La mano de Fátima

ILDEFONSO FALCONES

VINTAGE ESPAÑOL
Una división de Random House, Inc.
Nueva York

La mano de Fátima

A mis hijos:
Ildefonso, Alejandro, José María y Guillermo

Si un musulmán está combatiendo o se encuentra en zona pagana, no tiene obligación de mostrar una apariencia distinta de la de quienes le rodean. En estas circunstancias, el musulmán puede preferir o ser obligado a parecerse a ellos, a condición de que su actitud suponga un bien religioso, como predicarlos, enterarse de secretos y transmitirlos a musulmanes, evitar un daño o algún otro fin de provecho.

AHMAD IBN TAYMIYA (1263-1328),
famoso jurista árabe

En nombre de Alá

… En fin, peleando cada día con enemigos, frío, calor, hambre, falta de municiones, de aparejos en todas partes, daños nuevos, muertes a la continua, hasta que vimos a los enemigos, nación belicosa, entera, armada y confiada en el sitio, en el favor de los bárbaros y turcos, vencida, rendida, sacada de su tierra y desposeída de sus casas y bienes; presos, y atados hombres y mujeres; niños cautivos vendidos en almoneda o llevados a habitar a tierras lejos de la suya… Victoria dudosa, y de sucesos tan peligrosos, que alguna vez se tuvo duda si éramos nosotros o los enemigos los que Dios quería castigar.

DIEGO HURTADO DE MENDOZA,
Guerra de Granada, Libro Primero

1

El tañido de la campana que llamaba a la misa mayor de las diez de la mañana quebró la gélida atmósfera que envolvía a aquel pequeño pueblo, situado en una de las muchas estribaciones de Sierra Nevada; sus ecos metálicos se perdían barranco abajo, como si quisieran estrellarse contra las faldas de la Contraviesa, la cadena montañosa que, por el sur, encierra el fértil valle recorrido por los ríos Guadalfeo, Adra y Andarax, todos ellos regados por infinidad de afluentes que descienden de las cumbres nevadas. Más allá de la Contraviesa, las tierras de las Alpujarras se extienden hasta el mar Mediterráneo. Bajo el tímido sol del invierno, cerca de doscientos hombres, mujeres y niños —la mayoría arrastrando los pies, casi todos en silencio— se dirigieron hacia la iglesia y se congregaron a sus puertas.

El templo, de piedra ocre y carente de adorno exterior alguno, constaba de un único y sencillo cuerpo rectangular, en uno de cuyos costados se alzaba la recia torre que alojaba la campana. Junto al edificio se abría una plaza sobre las intrincadas cañadas que descendían hacia el valle desde Sierra Nevada. Desde la plaza, en dirección a la sierra, nacían estrechas callejuelas bordeadas por una multitud de casas encaladas con pizarra pulverizada: viviendas de uno o dos pisos, de puertas y ventanas muy pequeñas, terrados planos y chimeneas redondas coronadas por caparazones en forma de seta. Dispuestos sobre los terrados, pimientos, higos y uvas se secaban al sol. Las calles escalaban sinuosamente las laderas de la montaña, de forma que los terrados de las de abajo alcanzaban los cimientos de las superiores, como si se montasen unas sobre otras. En la plaza, frente a las puertas de la iglesia, un grupo formado por algunos niños y varios cristianos viejos de la veintena que vivía en el pueblo observaba a una anciana subida en lo alto de una escalera que estaba apoyada en la fachada principal del templo. La mujer tiritaba y castañeteaba con los escasos dientes que le quedaban. Los moriscos accedieron a la iglesia sin desviar la mirada hacia su hermana en la fe, que llevaba allí encaramada desde el amanecer, aferrada al último travesaño, soportando sin abrigo el frío del invierno. La campana repicaba, y uno de los niños señaló a la mujer, que temblaba al son de los badajazos, intentando mantener el equilibrio. Unas risas rompieron el silencio.

—¡Bruja! —se oyó entre las carcajadas.

Un par de pedradas dieron en el cuerpo de la anciana al tiempo que los pies de la escalera se llenaban de escupitajos.

Cesó el repique de la campana; los cristianos que todavía quedaban fuera se apresuraron a entrar en la iglesia. En su interior, a un par de pasos del altar y de cara a los fieles, un hombretón moreno y curtido por el sol permanecía de rodillas sin capa ni abrigo, con una soga al cuello y los brazos en cruz: sostenía un cirio encendido en cada mano.

Días atrás aquel mismo hombre había entregado a la anciana de la escalera la camisa de su mujer enferma para que la lavase en una fuente de cuyas aguas se decía que tenían poderes curativos. En aquella fuentecilla natural, oculta entre las rocas y la tupida vegetación de la fragosa sierra, jamás se lavaba la ropa. Don Martín, el cura del pueblo, sorprendió a la mujer mientras lavaba esa única camisa y no dudó de que se trataba de algún sortilegio. El castigo no tardó en llegar: la anciana debía pasar la mañana del domingo subida en la escalera, expuesta al escarnio público. El ingenuo morisco que había solicitado el encantamiento fue condenado a hacer penitencia mientras escuchaba misa de rodillas, y de esa guisa podían contemplarlo entonces los allí presentes.

Nada más acceder al templo los hombres se separaron de sus

mujeres, y éstas, con sus hijas, ocuparon las filas delanteras. El penitente arrodillado tenía la mirada perdida. Todas lo conocían: era un buen hombre; cuidaba de sus tierras y del par de vacas que poseía. ¡Sólo pretendía ayudar a su mujer enferma! Poco a poco los hombres se situaron, ordenadamente, detrás de las mujeres. En el momento en que todos hubieron ocupado sus puestos accedieron al altar el cura, don Martín, el beneficiado, don Salvador y Andrés, el sacristán. Don Martín, orondo, de tez blanquecina y mejillas sonrosadas, ataviado con una casulla de seda bordada en oro, se acomodó en un sitial frente a los fieles. En pie, a cada lado, se apostaron el beneficiado y el sacristán. Alguien cerró las puertas de la iglesia; cesó la corriente y las llamas de las lámparas dejaron de titilar. El colorido artesonado mudéjar del techo de la iglesia brilló entonces, compitiendo con los sobrios y trágicos retablos del altar y los laterales.

El sacristán, un joven alto, vestido de negro, enjuto y de tez morena, como la gran mayoría de los fieles, abrió un libro y carraspeó.

—Francisco Alguacil —leyó.

—Presente.

Tras comprobar de dónde provenía la respuesta, el sacristán anotó algo en el libro.

—José Almer.

—Presente.

Otra anotación. «Milagros García, María Ambroz…» Las llamadas eran contestadas con un «presente» que, a medida que Andrés pasaba lista, sonaba cada vez más parecido a un gruñido. El sacristán continuó comprobando rostros y tomando nota.

—Marcos Núñez.

—Presente.

—Faltaste a la misa del domingo pasado —afirmó el sacristán.

—Estuve… —El hombre intentó explicarse, pero no le salían las palabras. Terminó la frase en árabe mientras esgrimía un documento.

—Acércate —le ordenó Andrés.

Marcos Núñez se deslizó entre los presentes hasta llegar al pie del altar.

—Estuve en Ugíjar —logró excusarse esta vez, mientras entregaba el documento al sacristán.

Andrés lo ojeó y se lo pasó al cura, quien lo leyó detenidamente hasta comprobar la firma y asentir con una mueca: el abad mayor de la colegiata de Ugíjar certificaba que el 5 de diciembre del año de 1568 el cristiano nuevo llamado Marcos Núñez, vecino de Juviles, había asistido a la misa mayor oficiada en esa población.

El sacristán esbozó una sonrisa casi imperceptible y escribió algo en el libro antes de seguir con la interminable lista de cristianos nuevos —los musulmanes obligados por el rey a bautizarse y abrazar el cristianismo—, cuya asistencia a los santos oficios debía comprobar cada domingo y días de precepto. Algunos de los interpelados no contestaron y su ausencia fue cuidadosamente registrada. Dos mujeres, al contrario que Marcos Núñez con su certificado de Ugíjar, no pudieron justificar por qué no habían acudido a la misa celebrada el domingo anterior. Ambas intentaron excusarse atropelladamente. Andrés las dejó explayarse y desvió la mirada hacia el cura. La primera cejó en su intento tan pronto como don Martín la instó a que callara con un autoritario gesto de la mano; la segunda, sin embargo, continuó argumentando que ese domingo había estado enferma.

—¡Preguntad a mi esposo! —chilló mientras buscaba a su marido con mirada nerviosa en las filas posteriores—. Él os…

—¡Silencio, aduladora del diablo!

El grito de don Martín enmudeció a la morisca, que optó por agachar la cabeza. El sacristán anotó su nombre: ambas mujeres pagarían una multa de medio real.

Tras un largo rato de recuento don Martín dio inicio a la misa, no sin antes indicar al sacristán que obligase al penitente a elevar más las manos que sostenían los cirios.

—En el nombre del Padre, del Hijo y del Espíritu Santo…

La ceremonia continuó, aunque fueron pocos los que entendieron las lecturas sagradas o pudieron seguir el ritmo frenético y los constantes gritos con que el sacerdote les reprendió durante la homilía.

—¿Acaso creéis que el agua de una fuente os sanará de alguna enfermedad? —Don Martín señaló al hombre arrodillado; su dedo índice temblaba y sus facciones aparecían crispadas—. Es vuestra penitencia. ¡Sólo Cristo puede libraros de las miserias y privaciones con que castiga vuestra vida disoluta, vuestras blasfemias y vuestra sacrílega actitud!

Pero la mayoría de ellos no hablaba castellano; algunos se entendían con los españoles en aljamiado, un dialecto mezcla del árabe y el romance. Sin embargo, todos tenían la obligación de saber el Padrenuestro, el Avemaría, el Credo, la Salve y los Mandamientos en castellano. Los niños moriscos, gracias a las lecciones que recibían del sacristán; los hombres y las mujeres, por las sesiones de doctrina que se les impartían los viernes y sábados, y a las que debían asistir so pena de ser multados y no poder contraer matrimonio. Sólo cuando demostraban conocer de memoria las oraciones se les eximía de acudir a clase.

Durante la misa algunos rezaban. Los niños, atentos al sacristán, lo hacían en voz alta, casi a gritos, tal y como les habían aleccionado sus padres, porque así ellos podían burlar la presencia del beneficiado, con sus idas y venidas, para clamar a escondidas: *Allahu Akbar*. Muchos lo susurraban con los ojos cerrados, suspirando.

—¡Oh, Clemente! Libérame de mis tachas, mis vicios… —se oía entre las filas de hombres en cuanto don Salvador se alejaba un poco. Lo cierto era que no se apartaba demasiado, como si temiera que le retaran invocando al Dios de los musulmanes en el templo cristiano, durante la misa mayor.

—¡Oh, Soberano! Guíame con tu poder… —clamó un joven morisco varias filas más allá, entre el bullicio del Padrenuestro gritado por los niños.

Don Salvador se volvió arrebatado.

—¡Oh, Dador de paz! Ponme en tu gloria… —aprovechó para implorar otro desde el lado opuesto.

El beneficiado enrojeció de cólera.

—¡Oh, Misericordioso! —insistió un tercero.

Y de repente, finalizada la oración cristiana, volvió a imponerse la áspera voz del sacerdote.

—Su nombre sea loado —se pudo oír aquel día desde una de las últimas filas.

La mayoría de los moriscos permaneció inmóvil, rígida y firme; algunos sostenían la mirada de don Salvador, los más la escondían; ¿quién había osado loar el nombre de Alá? El beneficiado se abrió paso a empujones entre las filas, pero no pudo señalar al sacrílego.

A mitad de la misa, con don Martín sentado y vigilante, el sacristán y el beneficiado, uno con el libro y el otro con un cesto, esperaban para recibir los óbolos de los feligreses: monedas de blanca, pan, huevos, lino… Únicamente los pobres estaban exentos de efectuar donativos; en el caso de los más pudientes, no hacerlo durante tres domingos implicaba recibir la correspondiente multa. Andrés anotaba detalladamente quiénes y qué donaban.

Cuando sonó «la de morir», como llamaban a la campanilla que anunciaba la consagración, los moriscos se arrodillaron de mala gana entre las muestras de piedad de los cristianos viejos. La de morir tintineó en el momento en que el sacerdote, de espaldas a la feligresía, elevaba la hostia; volvió a oírse cuando, también de espaldas, alzó el cáliz. El sacerdote se disponía a decir las palabras sacramentales cuando, de repente, enojado por los murmullos que agitaban la iglesia, se giró hacia los fieles con semblante furioso.

—¡Perros! —gritó. La imprecación salpicó de saliva el sagrado vaso—. ¿Qué son esos murmullos? ¡Callaos, herejes! ¡Arrodillaos como se debe para recibir a Cristo, el único Dios! ¡Tú! —Su índice señaló a un viejo de la tercera fila—. ¡Yérguete! No estás idolatrando a tu falso dios. ¡Mirad! ¡Alzad la vista cuando se os ofrece el Santísimo Sacramento!

Su mirada fulminó a dos moriscos más antes de continuar. Luego, hombres y mujeres acudieron en silencio a comer «la torta». Muchos de ellos tratarían de mantener la pasta de trigo ensalivada en su boca hasta poder escupirla en sus casas; todos los moriscos, sin excepción, harían gárgaras para liberarse de sus restos.

La gente abandonó la iglesia tras ser bendecida con la paz; unos, los cristianos, la recibieron con devoción; otros, la gran mayoría, se burlaron santiguándose al revés, afirmando en silencio la unicidad de Dios y mofándose de la Trinidad, que debían invocar al hacer la señal de la cruz. Los moriscos se apresuraron a volver a sus casas para escupir la torta. Los pocos cristianos del pueblo se arremolinaron a las puertas de la iglesia para charlar, ajenos a los insultos que sus hijos gritaban contra la anciana, que por fin había caído de la escalera y estaba en el suelo, encogida y entumecida, con los labios azulados, respirando con dificultad. En el interior del templo, el cura y sus adjuntos prolongaron el castigo del penitente, y no cesaron de recriminarle sus culpas mientras recogían los objetos de culto y los llevaban del altar a la sacristía.

2

Los moriscos se han lanzado a la rebelión, es cierto, pero son los cristianos viejos quienes los empujan a la desesperación, con su arrogancia, sus latrocinios y la insolencia con que se apoderan de sus mujeres. Los propios sacerdotes se comportan del mismo modo. Como toda una aldea morisca se hubiese quejado ante el arzobispo de su pastor, se mandó averiguar el motivo de la queja. Que se lo lleven de aquí, pedían los feligreses... o, si no, que se le case, pues todos nuestros hijos nacen con ojos tan azules como los suyos.

FRANCÉS DE ÁLAVA, embajador de España
en Francia, a Felipe II, 1568

Juviles era el lugar principal de una taa compuesta por una veintena de aldeas repartidas por las escabrosas estribaciones de Sierra Nevada. De todas sus tierras, un cuarto de los marjales* era de regadío y el resto de secano. Se cultivaba trigo y cebada; contaba con más de cuatro mil marjales de viña, olivos, higueras, castaños y nogales, pero sobre todo morales, el alimento de los gusanos de seda, la mayor fuente de riqueza de la zona, aunque la de Juviles tampoco alcanzara el prestigio del que gozaban las sedas de otras taas de las Alpujarras.

* Medida equivalente a 441,75 m².

En aquellas cumbres, a más de mil varas sobre el nivel del mar, los moriscos, sufridos y laboriosos, cultivaban hasta el pedazo de tierra más abrupto que pudiera proporcionar algo de mies. Las laderas de la montaña, allí donde no asomaba la roca, se veían escalonadas a través de pequeños bancales enclavados en los lugares más recónditos. Aquel día, con el sol ya en lo más alto, volvía a Juviles procedente de uno de aquellos bancales, el joven Hernando Ruiz, un muchacho de catorce años de edad, de cabello castaño oscuro aunque de piel bastante más clara que la morena verdinegra de sus congéneres. Sus facciones, con todo, eran similares a las de los demás moriscos de pobladas cejas, a pesar de que en ellas destacaban unos grandes ojos azules. Era de mediana estatura, delgado, ágil y fibroso.

Acababa de recoger las últimas aceitunas de un viejo olivo que resistía el frío de la sierra, resguardado y retorcido justo al lado del bancal en el que crecería el trigo. Lo había hecho a mano. Había reptado por el árbol, sin varearlo, y recolectado incluso las olivas que todavía presentaban una tonalidad morada. El sol templaba el aire frío que venía de Sierra Nevada. Le hubiera gustado quedarse allí a desbrozar las malas hierbas, para luego ir hacia otro bancal, donde suponía que el humilde Hamid estaría trabajando las escasas tierras que poseía. En los bancales, cuando estaban los dos a solas, trabajando o recorriendo las sierras en busca de las preciadas hierbas con las que el hombre preparaba sus remedios, él le llamaba Hamid en lugar de Francisco, el nombre cristiano con el que había sido bautizado. La mayoría de los moriscos usaba dos nombres: el cristiano, y el musulmán para dentro de su comunidad. Hernando, sin embargo, era simplemente Hernando, aunque en el pueblo a menudo se mofaban de él o le insultaban llamándole el «nazareno».

Instintivamente, el muchacho aminoró la marcha al recordar su mote. ¡Él no era ningún nazareno! Pateó una piedra imaginaria y prosiguió hacia su casa, situada a las afueras del pueblo, en un lugar donde hallaron espacio suficiente para construir un cobertizo en el que estabular a las seis mulas con las que su padrastro trajinaba por los caminos de las Alpujarras, más una séptima: la Vieja, su preferida.

Haría cerca de un año que su madre se vio obligada a explicarle la razón de tal mote. Una mañana, al amanecer, él había ayudado a su padrastro, Brahim —José para los cristianos— a aparejar las mulas. Cumplido su trabajo, se despedía de la Vieja con una cariñosa palmada en el cuello cuando una fuerte bofetada en la oreja derecha le lanzó al suelo, unos pasos más allá.

—¡Perro nazareno! —gritó Brahim, en pie, iracundo. El muchacho sacudió la cabeza para despejarse y se llevó la mano a la oreja. Por detrás de su padrastro, le pareció ver cómo su madre desaparecía cabizbaja y se introducía en la casa—. ¡Le has puesto mal la cincha a aquel animal! —bramó el hombre al tiempo que señalaba hacia una de las mulas—. ¿Pretendes que se roce a lo largo del camino y no pueda trabajar? No eres más que un inútil nazareno —escupió sobre él—, un bastardo cristiano.

Hernando había escapado a gatas de los pies de su padrastro y se había escondido en un rincón del cobertizo, entre la paja, con la cabeza entre las rodillas. Tan pronto como el repiqueteo de los cascos de la recua anunció la partida de Brahim, Aisha, su madre, reapareció en el cobertizo y se dirigió hacia él con una limonada en la mano.

—¿Te duele? —le preguntó, agachándose y acariciándole el cabello.

—¿Por qué todos me llaman nazareno, madre? —sollozó alzando la cabeza de entre sus rodillas. Aisha cerró los ojos ante el rostro anegado en lágrimas de su hijo. Intentó secarlas con una caricia, pero Hernando volvió la cabeza—. ¿Por qué? —insistió.

Aisha suspiró profundamente; luego asintió y se sentó sobre sus talones, en la paja.

—De acuerdo, ya tienes edad suficiente —cedió con tristeza, como si lo que iba a hacer le costase un gran esfuerzo—. Debes saber que hará catorce años, uno más de los que tienes ahora, el cura del pueblo en el que vivía de niña, en la ajerquía almeriense, me forzó… —Hernando dio un respingo y acalló sus sollozos—. Sí, hijo. Yo grité y me opuse, como exige nuestra ley, pero poco pude hacer entonces frente a la fuerza de aquel depravado. Me abordó lejos del pueblo, en unos campos, a media mañana. Era un día soleado —recordó con tristeza—. ¡Sólo era una niña! —gritó de repente—. Me arrancó la camisa de un solo tirón. Me tumbó y…

Antes de continuar, la mujer volvió a la realidad y se enfrentó a los ojos de su hijo, inmensamente abiertos y clavados en ella:

—Tú eres el fruto de ese ultraje —musitó—. Por eso…, por eso te llaman nazareno. Porque tu padre era un cura cristiano. Es culpa mía…

Madre e hijo se miraron durante unos largos instantes. Las lágrimas volvieron a correr por el rostro del muchacho, pero esta vez a causa de un dolor diferente; Aisha luchó contra su propio llanto hasta que comprendió que le sería imposible contenerlo. Entonces dejó caer el vaso de limonada y extendió los brazos hacia su hijo, que se refugió entre ellos.

Aunque la joven Aisha hubiera salvado el honor con sus gritos, tan pronto como el embarazo fue notorio, su padre, un humilde arriero morisco, consciente de que no podía evitar la vergüenza, sí buscó al menos la manera de dejar de presenciarla. Encontró la solución en Brahim, un joven y apuesto arriero de Juviles con el que a menudo se encontraba en el camino y a quien propuso el matrimonio con su hija a cambio de dos mulas como dote: una por la muchacha y otra por el ser que portaba en sus entrañas. Brahim dudó, pero era joven, pobre y necesitaba animales. Además, ¿quién sabía siquiera si aquella criatura llegaría a nacer? Tal vez no superara los primeros meses de vida… En aquellas inhóspitas tierras eran muchos los niños que morían en su más tierna infancia.

A pesar de que la idea de que la muchacha hubiera sido forzada por un sacerdote cristiano le repugnaba, Brahim aceptó el trato y se la llevó con él a Juviles.

Pero, contra los deseos de Brahim, Hernando nació fuerte y con los ojos azules del cura que había violado a su madre. También sobrevivió a la infancia. Las circunstancias de sus orígenes corrieron de boca en boca, y si bien el pueblo se apiadó de la muchacha violada, no sucedió lo mismo con el fruto ilegítimo del estupro; aquel desprecio fue en aumento al ver las atenciones que dedicaban al chico don Martín y Andrés, mayores incluso que las que concedían a los niños cristianos, como si quisieran salvar de las influencias de los seguidores de Mahoma al bastardo de un sacerdote.

La media sonrisa con la que Hernando entregó las aceitunas a su madre no logró engañarla. Ella le acarició el cabello con dulzura, como hacía siempre que presentía su tristeza, y él, aun en presencia de sus cuatro hermanastros, la dejó hacer: eran escasas las ocasiones en que su madre podía demostrarle cariño y todas, sin excepción, se producían en ausencia de su padrastro. Brahim se había sumado sin dudarlo al rechazo de la comunidad morisca; su odio hacia el nazareno de ojos azules, el favorito de los sacerdotes cristianos, se había recrudecido a medida que Aisha, su mujer, paría a sus hijos legítimos. A los nueve años fue desterrado al cobertizo, con las mulas, y sólo comía en el interior de la casa cuando su padrastro estaba fuera. Aisha tuvo que ceder a los deseos de su esposo y la relación entre madre e hijo se desarrollaba a través de gestos sutiles cargados de significado.

Ese día la comida estaba preparada y sus cuatro hermanastros esperaban su llegada. Hasta el menor de ellos, Musa, de cuatro años, mostraba un semblante adusto ante su presencia.

—En el nombre de Dios, clemente y misericordioso —rezó Hernando antes de sentarse en el suelo.

El pequeño Musa y su hermano Aquil, tres años mayor, le imitaron y los tres empezaron a coger con los dedos, directamente de la cazuela, los pedazos de la comida que había preparado su madre: cordero con cardos cocinados con aceite, menta y cilantro, azafrán y vinagre.

Hernando desvió la mirada hacia su madre, que los observaba recostada contra una de las paredes de la pequeña y limpia estancia que utilizaban como cocina, comedor y dormitorio provisional de sus hermanastros. Raissa y Zahara, sus dos hermanastras, se hallaban en pie junto a ella, a la espera de que los hombres terminasen de comer para poder hacerlo ellas a su vez. Él masticó un trozo de cordero y sonrió a su madre.

Tras el cordero con cardos, Zahara, su hermanastra de once años, trajo una bandeja de uvas pasas, pero Hernando ni siquiera tuvo tiempo de llevarse un par a la boca: un repiqueteo apagado, lejano, le obligó a erguir la cabeza. Sus hermanastros percibieron el gesto y dejaron de comer, atentos a su actitud; ninguno de los dos tenía la capacidad de prever con tanta anticipación la llegada de las mulas.

—¡La Vieja! —gritó el pequeño Musa cuando el sonido de la mula se hizo perceptible para todos.

Hernando apretó los labios antes de volverse hacia su madre. Eran los cascos de la Vieja, parecía confirmar ésta con su mirada. Luego trató de sonreír, pero el gesto se quedó en una mueca triste, similar a la que esbozaba Aisha: Brahim volvía a casa.

—Alabado sea Dios —rezó para poner fin a la comida y levantarse con fastidio.

Fuera, la Vieja, seca y enjuta, plagada de mataduras y libre de cualquier arreo, le esperaba pacientemente.

—Ven, Vieja —le ordenó Hernando, y con ella se dirigió al cobertizo.

El irregular sonido de los pequeños cascos del animal le siguió mientras rodeaba la casa. Una vez en el interior del cobertizo, le echó algo de paja y acarició su cuello con cariño.

—¿Cómo ha ido el viaje? —le susurró mientras examinaba una nueva matadura que no tenía antes de partir.

La observó comer durante unos instantes antes de echar a correr montaña arriba. Su padrastro le estaría esperando, agazapado, lejos del camino que venía de Ugíjar. Corrió largo rato campo a través, atento a no cruzarse con ningún cristiano. Evitó los bancales sembrados o cualquier otro lugar en el que alguien pudiera estar trabajando incluso a aquella hora. Casi sin aliento, llegó a un lugar rocoso y de difícil acceso, abierto a un despeñadero, desde donde distinguió la figura de Brahim. Era un hombre alto, fuerte, barbudo, ataviado con una gorra verde de ala muy ancha y una capa azul de medio cuerpo por la que asomaba una faldilla plisada que le cubría hasta la mitad de los muslos; llevaba las piernas desnudas y unos zapatos de cuero atados con correas. A primeros de año, cuando entraran en vigor las nuevas leyes, Brahim, como todos los moriscos del reino de Granada, debería sustituir aquellas vestiduras por atuendos cristianos. Al cinto, retando a las prohibiciones en vigor, brillaba un puñal curvo.

Tras el morisco, paradas una detrás de otra —ya que ni siquiera cabían por parejas en aquel estrecho saliente de la roca—, estaban las seis mulas cargadas. En la pared de la quebrada se atisbaban las entradas a unas pequeñas cuevas.

Al avistar por fin a su padrastro, Hernando dejó de correr. El temor que siempre sentía ante su proximidad se agudizó. ¿Cómo le recibiría en esta ocasión? La última vez le abofeteó por haberse retrasado, aunque él había corrido a su encuentro sin entretenerse.

—¿Por qué te detienes? —vociferó el morisco.

Aceleró los pocos pasos que les separaban, encogiéndose instintivamente al pasar junto a él. No se libró de un fuerte pescozón. Trastabilló hasta alcanzar la primera mula y se apostó a la entrada de una de las cuevas tras deslizarse de costado entre roca y mulas; en silencio, empezó a introducir en ella las mercancías que descargaba su padrastro de los animales.

—Este aceite es para Juan —le advirtió entregándole una tinaja—. ¡Aisar! —gritó el nombre musulmán ante la duda que percibió en su hijastro—. Este otro para Faris. —Hernando ordenaba las mercancías en el interior de la cueva mientras se esforzaba por retener en la memoria los nombres de sus propietarios.

Cuando las mulas estuvieron medio descargadas, Brahim emprendió el camino de Juviles y el muchacho se quedó en la entrada de la cueva, recorriendo con la mirada la vasta extensión que se abría a sus pies, hasta la sierra de la Contraviesa. No permaneció mucho rato: conocía de sobra aquel paisaje. Se introdujo en la cueva y se entretuvo en curiosear las mercaderías que acababan de esconder y las muchas otras que se almacenaban allí. Centenares de cuevas de las Alpujarras se habían convertido en depósitos donde los moriscos escondían sus bienes. Antes de que anocheciera, los propietarios de aquellos productos pasarían por allí a recoger lo que les interesaba. Cada viaje era igual. Antes de llegar a Juviles, viniera del lugar del que viniese, su padrastro soltaba a la Vieja y le ordenaba que fuera a casa. «Conoce las Alpujarras mejor que nadie. Llevo toda la vida en estos caminos y pese a ello, algunas veces me ha salvado de situaciones difíciles», acostumbraba a comentar el arriero. Ésa era la señal: la Vieja llegaba sola a Juviles y Hernando acudía de inmediato a las cuevas a reunirse con su padrastro. Allí dejaban la mitad de lo mercadeado y así los elevados impuestos que su padrastro tenía que pagar por los beneficios de su trabajo descendían a la mitad. Por su parte, los compradores hacían lo propio en aquella o en otras grutas parecidas con muchas de las mercancías que recogían de manos de Hernando antes de que llegaran a Juviles. Los innumerables arrendadores de diezmos y primicias, o los alguaciles que cobraban multas y sanciones, acostumbraban a entrar en las casas de los moriscos a cobrar y embargar cuanto encontraban en ellas, incluso aunque su valor fuera superior a lo adeudado. Después no daban cuenta del resultado de las subastas y los moriscos perdían así sus propiedades. Muchas eran las quejas que la comunidad había elevado al alcalde mayor de Ugíjar, al obispo e incluso al corregidor de Granada, pero todas caían en saco roto y los recaudadores cristianos continuaban robándoles impunemente. Por eso todos aplicaban el procedimiento ideado por Brahim.

Sentado con la espalda apoyada en la pared de la cueva, Hernando quebró una ramita seca y jugueteó distraídamente con los trozos; le aguardaba una larga espera. Observó las mercaderías amontonadas y reconoció para sí la necesidad de esos engaños; de no llevarlos a cabo, los cristianos los habrían sumido en la más absoluta pobreza. También colaboraba en la ocultación para el diezmo del ganado, de las cabras y ovejas. Pese a ser rechazado por la comunidad, él había sido elegido como cómplice. «El nazareno —alegó un morisco viejo— sabe escribir, leer y contar.» Así era: desde muy niño, Andrés, el sacristán, se había empeñado en su educación, y Hernando había demostrado ser un buen alumno. Era imprescindible llevar bien las cuentas para engañar al arrendador de diezmos del ganado que aparecía cada primavera.

El recaudador exigía que los animales fueran recogidos en un llano y obligados a pasar en fila de a uno por un estrecho corredor hecho con troncos. Cada diez animales, uno era para la Iglesia. Pero los moriscos aducían que las cabañas de treinta o menos animales no tenían que estar sujetas a diezmo, y que el correspondiente pago debía limitarse a unos cuantos maravedíes. Así que, cuando llegaba el momento, dividían de común acuerdo los rebaños en grupos de treinta o menos, un ardid que conllevaba luego muchas cuentas para poder recomponer los rebaños.

Sin embargo, el coste de todas esas estratagemas había sido muy elevado para Hernando. El muchacho lanzó violentamente contra la pared los trocitos de rama que tenía en la mano. Ninguno de ellos llegó a dar en la piedra y cayeron al suelo… Recordó la tarde en que había sido elegido para llevar a cabo el engaño.

—Muchos de nosotros sabemos contar —se había opuesto uno de los moriscos cuando se propuso a Hernando para engañar al recaudador del diezmo del ganado—. Quizá no tan bien como el nazareno, pero…

—Pero todos ellos, tú incluido, poseéis cabras u ovejas y eso podría crear desconfianzas —insistió el anciano que había propuesto el nombre del muchacho—. Ni Brahim, ni mucho menos el nazareno, tienen ningún interés en el ganado.

—¿Y si nos denuncia? —saltó un tercero—. Pasa mucho rato con los curas.

El silencio se hizo entre los presentes.

—Descuidad. Eso corre de mi cuenta —aseguró Brahim.

Esa misma noche, Brahim sorprendió a su hijastro en el cobertizo, mientras éste terminaba de acomodar a las mulas.

—¡Mujer! —bramó el arriero.

Hernando se extrañó. Su padrastro estaba a un par de pasos de él. ¿Qué habría hecho mal? ¿Para qué llamaba a su madre? Aisha apareció por la puerta que daba al establo y se dirigió presurosa a donde estaban los dos, limpiándose las manos en un paño que llevaba a modo de delantal. Tal como llegó, antes incluso de que pudiera preguntar, Brahim giró sobre sí mismo y con el brazo extendido propinó un terrible revés al rostro de Aisha, que se tambaleó. Un hilo de sangre corrió por la comisura de sus labios.

—¿Lo has visto? —gruñó hacia Hernando—. Cien como ésos serán los que recibirá tu madre como se te ocurra contarles algo a los curas acerca de los manejos de las cuevas o del ganado.

Hernando permaneció toda la tarde en la cueva, hasta que poco antes del anochecer llegó el último morisco. Por fin pudo bajar al pueblo para ocuparse de las mulas; había que curarlas de las rozaduras y comprobar su estado. Allí donde dormía, en una esquina resguardada de las cuadras, encontró un cazo con gachas y una limonada de las que dio buena cuenta. Terminó con los animales y abandonó velozmente el cobertizo.

Escupió al pasar por delante de la pequeña puerta de madera de la casa. Sus hermanastros reían en el interior. El vozarrón de su padrastro destacaba por encima del alboroto. Raissa le vio desde la ventana y le dedicó una sonrisa fugaz: era la única que a veces se apiadaba de él, aunque incluso esas escasas muestras de afecto, como las de Aisha, debían realizarse a espaldas de Brahim. Hernando aligeró el paso hasta que empezó a correr en dirección a la casa de Hamid.

El morisco, viudo, flaco y ajado, curtido por el sol y cojo de la pierna izquierda, vivía en una choza que había soportado mil reparaciones sin demasiado éxito. Aunque no sabía su edad, a Hernando le parecía uno de los más viejos del pueblo. Pese a que la puerta estaba abierta, Hernando la golpeó con los nudillos tres veces.

—La paz —contestó Hamid a la tercera—. He visto regresar a Brahim al pueblo —añadió en cuanto el muchacho hubo traspasado el umbral.

Una humeante lámpara de aceite iluminaba la estancia, que era todo el hogar de Hamid, y pese a los desconchados de las paredes y las goteras que venían del terrado, la sala aparecía pulcra y limpia, como todas las habitaciones de las casas moriscas. La chimenea estaba apagada. El único ventanuco de la choza había sido cegado para que no cayese el dintel.

El muchacho asintió y se sentó en el suelo junto a él, sobre un almohadón raído.

—¿Has rezado ya?

Hernando sabía que se lo preguntaría. También sabía cuáles iban a ser la siguientes palabras: «La oración de la noche…».

—… es la única que podemos practicar con cierta seguridad —repetía siempre Hamid—, porque los cristianos duermen.

Si Andrés estaba empeñado en enseñarle las oraciones cristianas y a sumar, leer y escribir, el mísero Hamid, respetado como un alfaquí en el pueblo, hacía lo propio en cuanto a las creencias y enseñanzas musulmanas; se había impuesto esa tarea desde que los moriscos rechazaron al bastardo de un sacerdote, como si compitiese con el sacristán cristiano y con toda la comunidad. También le hacía rezar en los bancales, a resguardo de miradas indiscretas, o recitaban las suras al unísono mientras paseaban por las sierras en busca de hierbas curativas.

Antes de que contestara a la pregunta de Hamid, éste se levantó. Cerró y atrancó la puerta, y entonces ambos se desnudaron en silencio. El agua ya estaba preparada en unas vasijas limpias. Se colocaron en dirección a La Meca, la quibla.

—¡Oh Dios, Señor mío! —imploró Hamid, al tiempo que introducía las manos en la vasija y se las lavaba tres veces. Hernando le acompañó en las oraciones e hizo lo propio en su vasija—. Con tu auxilio me preservo de la suciedad y maldad de Satanás maldito…

Luego procedieron a lavarse el cuerpo tal y como era preceptivo: partes pudendas, manos, narices y cara, el brazo derecho y el izquierdo desde la punta de los dedos al codo, la cabeza, las orejas y los pies hasta los tobillos. Acompañaron cada ablución con las oraciones pertinentes, si bien en ocasiones Hamid dejaba que su voz se fuera convirtiendo en un murmullo casi inaudible. Era la señal del alfaquí para cederle la dirección de los rezos; el muchacho sonreía, y los dos proseguían el ritual con la vista perdida en dirección a la quibla.

—… que el día del Juicio me entregues… —oraba en voz alta el muchacho.

Hamid entrecerraba los ojos, asentía satisfecho y se sumaba de nuevo a la letanía:

—… mi carta en mi mano derecha y tomes de mí ligera y buena cuenta…

Tras las abluciones iniciaron la oración de la noche inclinándose dos veces, agachándose hasta tocar las rodillas con las manos.

—Alabado sea Dios… —empezaron a rezar al unísono.

En el momento de la prosternación, cuando se hallaban arrodillados sobre la única manta de la que disponía Hamid, con las frentes y narices rozando la tela y los brazos extendidos al frente, sonaron unos golpes en la puerta.

Los dos enmudecieron, inmóviles sobre la manta.

Los golpes se repitieron. Esta vez más fuertes.

Hamid giró el rostro sobresaltado hacia el muchacho, para encontrarse con sus ojos azules que refulgían a la luz de la vela. «Lo siento», parecía decirle. Él ya era mayor pero Hernando...

—Hamid, ¡abre! —se escuchó en la noche.

¿Hamid? Pese a su pierna lisiada, el morisco pegó un salto y se plantó ante la puerta. ¡Hamid! Ningún cristiano le hubiera llamado así.

—La paz.

El visitante pilló a Hernando todavía arrodillado sobre la manta, con los pulgares de los pies apoyados en ella.

—La paz —le saludó el desconocido, un hombre bajo, moreno de piel, curtido por el sol y bastante más joven que Hamid.

—Éste es Hernando —le presentó Hamid—. Hernando, él es Ali, de Órgiva, el esposo de mi hermana. ¿Qué te trae por aquí a estas horas? Estás lejos de tu casa. —Por toda contestación, Ali señaló con el mentón a Hernando—. El chico es de confianza —aseguró Hamid—: tú mismo puedes comprobarlo.

Ali observó a Hernando mientras éste se incorporaba y asintió con la cabeza. Hamid indicó a su cuñado que se sentase y después lo hizo él: Ali sobre la manta, Hamid sobre su almohadón raído.

—Trae agua fresca y algunas uvas pasas —le pidió éste a Hernando.

—En fin de año habrá mundo nuevo —auguró con solemnidad Ali sin esperar a que el muchacho cumpliera el encargo.

El cuenco con la veintena escasa de pasas que Hernando dejó entre los dos hombres no podía ser más que el resultado de las limosnas del pueblo hacia el alfaquí; en algunas ocasiones, él mismo le había llevado presentes de parte de su padrastro, al que nadie tenía precisamente por generoso.

Hamid asentía a las palabras de su cuñado en el momento en

que Hernando tomó asiento en una de las esquinas de la manta.

—Lo he oído —añadió.

Hernando los observó con curiosidad. Ignoraba que Hamid tuviera parientes, pero no era la primera vez que oía esas palabras: su padrastro no cesaba de repetir aquella frase, sobre todo al regreso de sus viajes a Granada. Andrés, el sacristán, le había explicado que era por la entrada en vigor de la nueva pragmática real, que obligaría a los moriscos a vestir como cristianos y a abandonar el uso de la lengua árabe.

—Ya hubo un intento fallido para el Jueves Santo de este año —prosiguió Hamid—, ¿por qué va a ser diferente ahora?

Hernando ladeó la cabeza. ¿Qué decía Hamid? ¿A qué intento fracasado se refería?

—Esta vez saldrá bien —aseguró Ali—. En la ocasión anterior, los planes para la insurrección estuvieron en boca de todas las Alpujarras. Por eso los descubrió el marqués de Mondéjar, y los del Albaicín se echaron atrás.

Hamid le instó a continuar. Hernando se irguió tan pronto escuchó la palabra «insurrección».

—En este caso se ha decidido que los de las Alpujarras no sepan lo que va a suceder hasta que llegue el momento de tomar Granada. Se han dado instrucciones precisas a los moriscos del Albaicín y se ha reunido en secreto a la gente de la vega, del valle de Lecrín y de Órgiva. Los casados se han ocupado de reclutar a los casados, los solteros a los solteros y los viudos a los viudos. Hay más de ocho mil personas dispuestas a asaltar el Albaicín. Sólo entonces se advertirá a los de las Alpujarras. Se calcula que la región podrá armar a cien mil hombres.

—¿Quién está detrás de la insurrección esta vez?

—Las reuniones se celebran en casa de un cerero del Albaicín llamado Adelet. Asisten los que los cristianos llaman Hernando el Zaguer, alguacil de Cádiar, Diego López, de Mecina de Bombarón, Miguel de Rojas, de Ugíjar, y también Farax ibn Farax, el Tagarí, Mofarrix, Alatar... Con ellos están bastantes monfíes... —prosiguió Ali.

—No me fío del todo de esos bandidos —le interrumpió Hamid.

Ali se encogió de hombros.

—Bien sabes —les excusó— que muchos de ellos se han visto obligados a vivir en las montañas. ¡A nosotros no nos hacen nada! Tú mismo hubieras ido con ellos de haber… —Ali evitó mirar la pierna inútil de Hamid—. La mayoría se ha lanzado al bandidaje por iguales injusticias que las que se cometieron contra ti.

Ali dejó la frase en el aire en espera de la reacción de su cuñado. Hamid permitió que los recuerdos volaran durante unos segundos y frunció los labios en gesto de asentimiento.

—¿Qué injust…? —saltó Hernando. Pero calló ante el brusco movimiento de mano con que Hamid recibió su intervención.

—¿Qué monfíes se unirán? —preguntó entonces el alfaquí.

—El Partal de Narila, el Nacoz de Nigüeles, el Seniz de Bérchul. —Hamid escuchaba con aire pensativo, y Ali insistió—: Está todo estudiado: los del Albaicín de Granada están preparados para el día de Año Nuevo. En cuanto se alcen, los ocho mil de fuera de Granada escalarán… escalaremos las murallas de la Alhambra por la parte del Generalife. Utilizaremos diecisiete escaleras que ya se están confeccionando en Ugíjar y Quéntar. Yo las he visto: están hechas a base de maromas de cáñamo, fuertes y resistentes, con unos travesaños de madera recia por los que pueden subir tres hombres a la vez. Tendremos que ir vestidos a la usanza turca, para que los cristianos crean que hemos recibido ayuda de Berbería o del sultán. Las mujeres trabajan en ello. Granada no está preparada para defenderse. La recuperaremos en igual fecha que aquélla en la que se rindió a los reyes castellanos.

—¿Y una vez se haya tomado Granada?

—Argel nos ayudará. El Gran Turco nos ayudará. Lo han prometido. España no puede soportar más guerras, no puede luchar en más sitios, pues ya lo hace en Flandes, en las Indias y contra los berberiscos y los turcos. —En esta ocasión Hamid alzó la mirada al techo. «Alabado sea Dios», murmuró—. ¡Se cumplirán las profecías, Hamid! —exclamó Ali—. ¡Se cumplirán!

El silencio, sólo roto por la entrecortada respiración de Hernando, se apoderó de la estancia. El muchacho temblaba ligeramente y no cesaba de pasear la mirada de un hombre a otro.

—¿Qué queréis que haga? ¿Qué puedo hacer? —preguntó de repente Hamid—. Soy cojo…

—Como descendiente directo de la dinastía de los nasríes, los nazaríes, debes estar en la toma de Granada en representación del pueblo al que siempre ha pertenecido y al que debe seguir perteneciendo. Tu hermana está dispuesta a acompañarte.

Antes de que Hernando volviera a preguntar, casi puesto en pie, Hamid se volvió hacia él, asintió y alargó la mano hasta su antebrazo, en un gesto que pedía paciencia. El muchacho se dejó caer de nuevo sobre la manta, pero sus inmensos ojos azules no lograban desviarse del humilde alfaquí. ¡Era descendiente de los nazaríes, de los reyes de Granada!

3

Hamid ofreció su casa a Ali para pasar la noche, pero éste declinó la invitación: sabía que sólo disponía de un lecho, y por no ofender a su anfitrión alegó que pretendía aprovechar aquel viaje para tratar algunos asuntos con un vecino de Juviles, que ya le esperaba. Hamid se dio por satisfecho y lo despidió en la puerta. Desde la manta, Hernando observó la formal despedida de ambos hombres. El alfaquí esperó a que su cuñado se perdiese en la noche y atrancó la puerta. Entonces se volvió hacia el muchacho: las arrugas que cruzaban su rostro aparecían tensas y sus ojos, normalmente serenos, ahora chispeaban.

Hamid se detuvo un momento junto a la puerta, pensativo. Luego, muy despacio, cojeó hacia el muchacho implorándole silencio con un gesto. Los escasos instantes que tardó en bajar aquella mano se hicieron interminables para Hernando. Por fin, Hamid se sentó y le sonrió abiertamente; las mil preguntas que se agolpaban en la mente del muchacho —¿Nazaríes? ¿Qué insurrección? ¿Qué piensa hacer el Gran Turco? ¿Y los argelinos? ¿Por qué deberías ser un monfí? ¿Hay berberiscos en las Alpujarras?— se redujeron sin embargo a una sola:

—¿Cómo puedes ser tan pobre siendo descendiente…?

El semblante del alfaquí se ensombreció antes de que Hernando terminara de formular la pregunta.

—Me lo quitaron todo —respondió secamente.

El muchacho desvió la mirada.

—Lo siento… —acertó a decir.

—No hace mucho —empezó a relatar Hamid para su sorpresa—, tú ya habías nacido incluso, se produjo un cambio importante en la administración de Granada. Hasta entonces los moriscos dependíamos del capitán general del reino, el marqués de Mondéjar, en representación del rey, señor de la casi totalidad de estas tierras. Sin embargo, la legión de funcionarios y leguleyos de la Chancillería de Granada exigió para sí el control de los moriscos, en contra del criterio del marqués, y el rey les dio la razón. Desde ese momento, escribanos y abogados empezaron a desempolvar viejos pleitos sostenidos con los moriscos.

»Existía una costumbre por la que a todo morisco que se acogiese a señorío le eran perdonados los delitos que pudiera haber cometido. Ganaban todos: los moriscos se establecían pacíficamente en tierras de las Alpujarras y el rey obtenía trabajadores que pagaban impuestos mucho más elevados que si las tierras se hallaran en manos de cristianos. Pero ese acuerdo en nada beneficiaba a la Chancillería Real.

Hamid cogió una pasa del cuenco, que aún estaba sobre la manta.

—¿No quieres una? —le ofreció.

Hernando se impacientaba. No, no quería una pasa… ¡Quería que contestara, que continuara hablando! Pero, por no contrariarle, alargó la mano y masticó en silencio junto a él.

—Bien —prosiguió Hamid—, los escribanos, bajo la excusa de perseguir a los monfíes, formaron partidas de soldados que en realidad no eran más que criados o parientes suyos… con las mejores pagas que hayan existido nunca en el ejército del rey. ¡Cobraban más que los tudescos de los tercios de Flandes! Ninguno de esos pretenciosos recomendados tenía arrestos para enfrentarse a un solo monfí, por lo que en lugar de luchar a espada contra los bandidos, lo hicieron con papeles contra los moriscos de paz. Aquellos que tenían causas pendientes debían pagar por ellas: muchos de los nuestros tuvieron que huir de sus hogares y unirse a los monfíes. Pero la avaricia de los funcionarios no se quedó ahí: empezaron a investigar todos los títulos de propiedad de las tierras de los moriscos, y aquellos que no podían acreditarla con escrituras eran obligados a pagar al rey o abandonar sus tierras. Muchos no pudimos hacerlo…

—¿Tú no poseías esos títulos? —inquirió Hernando al comprobar que el alfaquí se detenía en su explicación.

—No —respondió éste, con aire pesaroso—. Desciendo de la dinastía nazarí, la última que reinó en Granada. Mi familia, mi clan —Hamid adoptó un tono de orgullo que sobrecogió a Hernando— fue de los más nobles y principales de Granada, y un mísero escribano cristiano me privó de mis tierras y riquezas.

Hernando se estremeció. Hamid se detuvo, sumergido en tan dolorosos recuerdos. Un momento después se sobrepuso y continuó con su relato, como si por una vez quisiera oír en voz alta la historia de su desgracia.

—Como recompensa a la capitulación de Bu Abdillah, que los cristianos llamaban Boabdil, ante los españoles, éstos le concedieron en feudo las Alpujarras, donde se retiró junto a su corte. Entre los miembros de esa corte se hallaba su primo, mi padre, un reconocido alfaquí. Pero aquellos reyes aviesos no se contentaron con eso: sin que Boabdil lo supiera, a sus espaldas, volvieron a comprar a través de un apoderado las tierras que poco antes le habían entregado y le expulsaron de ellas. Casi todos los nobles y grandes señores musulmanes abandonaron España con el «Rey Chico»; salvo mi padre, que decidió quedarse aquí, con su gente, con aquellos que necesitaban los consejos que como alfaquí les proporcionaba. Luego, el cardenal Cisneros, en contra de las capitulaciones de Granada que garantizaban a los mudéjares la convivencia pacífica en su propia religión, convenció a los reyes de que expulsase a todos aquellos mudéjares que no se convirtieran al cristianismo. Casi todos tuvieron que convertirse. ¡No querían abandonar sus tierras, en las que nacieron y criaron a sus hijos! Asperjaron con agua bendita a centenares de nosotros a la vez. Muchos salieron de las iglesias alegando que no les había tocado ni una gota y que por lo tanto seguían siendo musulmanes. Cuando yo nací, hace cincuenta años… —Hernando dio un respingo—. ¿Me creías mayor? —El muchacho agachó la cabeza—. Hay cosas que nos hacen envejecer más que el transcurso de los años… Bien, en aquellos días, vivíamos tranquilamente en unas tierras verbalmente cedidas por Boabdil; nadie discutió nuestras propiedades hasta que el ejército de funcionarios y leguleyos se puso en marcha. Entonces…

Hamid calló.

—Te lo quitaron todo —terminó la frase Hernando, con voz rasgada.

—Casi todo. —El alfaquí tomó otra uva pasa del cuenco. Hernando se inclinó hacia él—. Casi todo —repitió, esta vez con la pasa a medio masticar—. Pero no pudieron despojarnos de nuestra fe, que era lo que más deseaban. Y tampoco me quitaron…

Hamid se levantó con dificultad y se dirigió a una de las paredes de la choza. Allí, con el pie derecho escarbó en el suelo de tierra de la vivienda hasta topar con un tablón alargado. Tiró de uno de sus extremos y se agachó para recoger un objeto envuelto en tela. Hernando no necesitó que le dijera qué era: su forma curva y alargada lo revelaba.

Hamid desenvolvió el alfanje con delicadeza y se lo mostró al muchacho.

—Esto. Tampoco me quitaron esto. Mientras alguaciles, escribanos y secretarios se llevaban trajes de seda, piedras preciosas, animales y grano, logré esconder el bien más preciado de mi familia. Esta espada estuvo en manos del Profeta, ¡la paz y las bendiciones de Dios sean con Él! —afirmó solemnemente—. Según mi padre, el suyo le contó que fue una de las muchas que recibió Muhammad en pago del rescate de los idólatras coraixíes que hizo cautivos en la toma de La Meca.

De la vaina de oro colgaban pedazos de metal con inscripciones en árabe. Hernando volvió a estremecerse y sus ojos chispearon como los de un niño. ¡Una espada propiedad del Profeta! Hamid desenfundó la hoja que brilló en el interior de la choza.

—Estarás —afirmó dirigiéndose a la espada— en la recuperación de la ciudad que nunca debió perderse. Serás testigo de que nuestras profecías se cumplen y de que en al-Andalus volverán a reinar los creyentes.

4

Juviles, viernes, 24 de diciembre de 1568

Los rumores que corrían por el pueblo desde hacía dos días se confirmaron con las palabras de una partida de monfíes que lo cruzaron camino de Ugíjar.

—Todas las gentes de guerra de las Alpujarras deben reunirse en Ugíjar —ordenaron desde sus caballos a los habitantes de Juviles—. El levantamiento se ha iniciado. ¡Recuperaremos nuestras tierras! ¡Granada volverá a ser musulmana!

Pese al secreto con que los granadinos del Albaicín trataban de llevar la revuelta, la consigna de que «a fin de año habrá nuevo mundo» corrió por las sierras, y monfíes y alpujarreños no esperaron al día de Año Nuevo. Un grupo de monfíes asaltó y dio cruel muerte a varios funcionarios que cruzaban las Alpujarras de camino a Granada para celebrar la Navidad, y que, como era costumbre en ellos, se habían dedicado a robar indiscriminada e impunemente a su paso por pueblos y alquerías. Otros monfíes se atrevieron con un pequeño destacamento de soldados y, por fin, los moriscos del pueblo de Cádiar se sublevaron en masa, saquearon la iglesia y las casas de los cristianos y los mataron salvajemente a todos.

Tras el paso de los monfíes, mientras los cristianos se encerraban en sus casas, el pueblo de Juviles se sumió en la agitación: los hombres se armaron con dagas, puñales y hasta alguna vieja espada o un inútil arcabuz que habían conseguido esconder celosamente a los alguaciles cristianos; las mujeres recuperaron los velos y los coloreados vestidos de seda, lino o lana, bordados en oro o plata, y salieron a la calle con las manos y los pies tatuados con alheña y ataviadas con aquellas vestiduras tan diferentes de las cristianas. Algunas con marlotas hasta la cintura, otras con largas almalafas terminadas en pico por la espalda; debajo, túnicas orladas; en las piernas, bombachos plisados en las pantorrillas y medias gruesas y arrugadas en los muslos, enrolladas desde los tobillos hasta las rodillas, donde se unían a los bombachos. Calzaban zuecos con correas o zapatillas. Todo el pueblo era un estallido de color: verdes, azules, amarillos… Había mujeres engalanadas por todas partes, pero siempre, sin excepción, con la cabeza cubierta: algunas sólo ocultaban el cabello; la mayoría, todo el rostro.

Aquel día Hernando llevaba desde primera hora de la mañana ayudando a Andrés en la iglesia. Preparaban la misa de la noche de Navidad. El sacristán repasaba una vez más una espléndida casulla bordada en oro cuando las puertas del templo se abrieron violentamente y un grupo de moriscos vociferantes entraron por ellas. Entre la turba, el sacerdote y el beneficiado, que habían sido sacados a rastras de sus casas, trastabillaban, caían al suelo y eran levantados a patadas.

—¿Qué hacéis…? —alcanzó a gritar Andrés tras acudir a la puerta de la sacristía, pero los moriscos le abofetearon y lo tiraron al suelo. El sacristán fue a caer a los pies de don Martín y don Salvador, que seguían sufriendo constantes golpes y zarandeos.

Hernando, cuya primera reacción había sido seguir a Andrés, se apartó atemorizado ante la entrada de aquella turba de hombres en la sacristía. Aullaban, gritaban y lanzaban patadas hacia todo cuanto se interponía en su camino. Uno de ellos barrió con el antebrazo los objetos que reposaban sobre la mesa de la estancia: papel, tintero, plumas… Otros se dirigieron a los armarios y empezaron a extraer su contenido. De pronto, una mano áspera lo agarró del pescuezo y lo arrastró fuera de la sacristía, empujándolo hacia donde se encontraban el sacerdote y sus ayudantes. Hernando se magulló el rostro al caer al suelo.

Mientras, varios grupos de moriscos empezaban a llegar empujando sin miramientos a las familias cristianas del pueblo, que fueron llevadas a empellones frente al altar, junto a Hernando y los tres eclesiásticos. Todo Juviles se había reunido en el templo. Las mujeres moriscas empezaron a bailar alrededor de los cristianos, lanzando agudos «yu-yús» que producían con bruscos movimientos de lengua. Desde el suelo, atónito, Hernando observaba la escena: un hombre orinaba sobre el altar, otro se empeñaba en cortar la maroma de la campana para silenciarla, mientras otros destrozaban a hachazos imágenes y retablos.

Frente al sacerdote y los demás cristianos se fueron amontonando los objetos de valor: cálices, patenas, lámparas, vestiduras bordadas en oro… Todo ello entre la ensordecedora algazara que los gritos de los hombres y los cánticos de las mujeres originaban en el interior de la iglesia. Hernando dirigió la mirada hacia dos fuertes moriscos que intentaban desgajar la puerta de oro del sagrario. El fragor del lelilí dejó de retumbar en sus oídos y todos sus sentidos se concentraron en la imagen de los grandes pechos de su madre que oscilaban al ritmo de una danza delirante. La larga melena negra le caía sobre los hombros; su lengua aparecía y desaparecía frenéticamente de su boca abierta.

—Madre —susurró. ¿Qué hacía? ¡Aquello era una iglesia! Y además… ¿cómo podía mostrarse así ante todos los hombres…?

Como si hubiese escuchado aquel leve susurro, ella volvió el rostro hacia su hijo. A Hernando le pareció que lo hacía despacio, muy despacio, pero antes de que se diese cuenta, Aisha estaba plantada frente a él.

—Soltadlo —exigió jadeante a los moriscos que le vigilaban—. Es mi hijo. Es musulmán.

Hernando no podía apartar su atención de los grandes pechos de su madre, que ahora caían, flácidos.

—¡Es el nazareno! —escuchó que decía uno de los hombres a sus espaldas.

El mote le devolvió a la realidad. ¡Otra vez el nazareno! Se volvió. Conocía al morisco: se trataba de un malencarado herrador con el que su padrastro discutía a menudo. Aisha agarró a su hijo de un brazo e intentó arrastrarle consigo, pero el morisco se lo impidió de un manotazo.

—Espera a que tu hombre vuelva con las mulas —le dijo con sorna—. Él decidirá.

Madre e hijo cruzaron la mirada; ella tenía los ojos entrecerrados y los labios apretados, trémulos. De repente Aisha se volvió y echó a correr. El sacristán, al lado de Hernando, intentó pasarle un brazo por los hombros, pero el muchacho, asustado, se zafó de él instintivamente y se volvió hasta donde le permitieron los guardianes para ver cómo su madre abandonaba la iglesia. Tan pronto como el cabello negro de Aisha desapareció tras la puerta, el tumulto estalló de nuevo en sus oídos.

Todo Juviles era una zambra. Los moriscos cantaban y bailaban por las calles al son de panderos, sonajas, gaitas, atabales, flautas o dulzainas. Las puertas de las casas de los cristianos aparecían descerrajadas. Al entrar en su pueblo, Brahim se acomodó, orgulloso y apuesto, en la montura del caballo overo desde la que encabezaba una partida de moriscos armados. A la comitiva le costaba avanzar debido al tumulto que reinaba en las calles: hombres y mujeres danzaban a su alrededor, celebrando la revuelta.

El arriero se había sumado al levantamiento en Cádiar, donde le sorprendió trajinando. Allí había luchado codo a codo con el Partal y sus monfíes contra una compañía de cincuenta arcabuceros cristianos a la que aniquilaron.

Brahim preguntó por los cristianos del pueblo y varias personas, entre gritos y saltos, le señalaron la iglesia. Allí se dirigió para entrar en ella montado sobre el overo. Parado en la puerta, mientras el caballo resoplaba inquieto, la algarabía cesó los instantes necesarios para que se oyese el débil intento de protesta de don Martín.

—¡Sacríl…!

El sacerdote fue inmediatamente silenciado a puñetazos y patadas. Brahim azuzó al overo para que pasase sobre los pedazos de retablos, cruces e imágenes que se desparramaban por el suelo, y el gentío volvió a estallar en gritos. Shihab, el alguacil del pueblo, le saludó desde donde estaban reunidos los cristianos, frente al altar, y Brahim se dirigió a ellos.

—Todas las Alpujarras se han levantado en armas —dijo al llegar hasta Shihab, sin desmontar del caballo de color melocotón—. Por orden del Partal, he traído a las mujeres, los niños y los ancianos moriscos que no pueden luchar, para que se refugien en el castillo de Juviles, donde también he dejado el botín logrado en Cádiar.

El castillo de Juviles estaba a dos tiros de arcabuz a levante del pueblo, sobre una plataforma rocosa de casi mil varas de altura y de muy difícil acceso. La edificación databa del siglo x y conservaba los muros y varias de sus originarias nueve torres semiderruidas, pero el interior era lo bastante grande como para acoger a los moriscos refugiados de Cádiar, así como un lugar seguro para almacenar el botín obtenido en esa rica localidad.

—¡En Cádiar ya no quedan cristianos vivos! —gritó Brahim.

—¿Qué debemos hacer con éstos? —le preguntó el alguacil señalando al grupo frente al altar.

Brahim se disponía a contestar, pero una pregunta se lo impidió:

—¿Y con éste? ¿Qué hacemos con éste? —El herrador salió desde detrás del grupo de cristianos con Hernando agarrado del brazo.

Una sonrisa cruel se dibujó en el rostro de Brahim cuando clavó la mirada en su hijastro. ¡Aquellos ojos azules de cristiano! De buena gana los arrancaría…

—¡Siempre has dicho que era un perro cristiano! —le imprecó el herrador.

Era cierto, lo había repetido mil veces… pero ahora necesitaba al muchacho. El Partal se había mostrado tajante cuando Brahim le pidió la espada, el arcabuz y el caballo overo del capitán Herrera, el jefe de los soldados de Cádiar.

—Tu trabajo es el de arriero —le había contestado el monfí—. Te necesitaremos. Hay que transportar todos los bienes que tomemos de estos bellacos para trocarlos por armas en Berbería. ¿De qué te va a servir un caballo si debes andar con los bagajes?

Pero Brahim quería aquel caballo. Brahim ardía en deseos de utilizar la espada y el arcabuz del capitán contra los odiados cristianos.

—La recua la dirigirá mi hijastro, Hernando —había replicado al Partal casi sin pensar—. Es capaz de hacerlo: sabe herrar y curar a los animales, y éstos le obedecen. Yo dirigiré a los hombres que me proporciones para defender los bagajes y el botín que transportemos.

El Partal se acarició la barba. Otro monfí, el Zaguer, que conocía bien a Brahim y se hallaba presente, intercedió por él.

—Puede ser mejor soldado que arriero —alegó—. No le falta valor ni destreza. Y conozco a su hijo: es hábil con las mulas.

—De acuerdo —cedió el Partal tras unos instantes de reflexión—. Lleva a la gente a Juviles y cuida de los bienes que tomamos. Tú y tu hijo responderéis de ellos con la vida.

Y ahora aquel herrador pretendía hacer cautivo a Hernando como cristiano. Brahim balbuceó unas palabras ininteligibles desde lo alto del overo.

—¡Tu hijastro es cristiano! —insistió a gritos el herrador—. Eso es lo que asegurabas a todas horas.

—¡Díselo, Hernando! —intervino Andrés. El sacristán se había incorporado y avanzaba hacia el chico. Uno de los vigilantes fue a echarse encima del sacristán, pero el alguacil se lo impidió—. ¡Reconoce tu fe en Cristo! —suplicó el sacristán una vez libre, con los brazos extendidos.

—Sí, hijo. Reza al único Dios —añadió don Martín, con el rostro ensangrentado y la cabeza gacha—. Encomiéndate al verdadero... —Un nuevo puñetazo atajó la frase.

Hernando paseó la mirada por los presentes, musulmanes y cristianos. ¿Qué era él? Andrés se había volcado en su instrucción más que en la de los otros muchachos del pueblo. El sacristán le había tratado mejor que su padrastro. «Sabe hablar árabe y castellano, leer, escribir y contar», sostenían interesadamente por su parte los moriscos. Y, sin embargo, Hamid también le había tomado bajo su custodia, y ya fuera en los campos o en su choza le enseñaba con tesón las oraciones y la doctrina musulmana, la fe de su pueblo. ¡En Cádiar ya no quedaban cristianos vivos! Eso aseguraba Brahim. Un sudor frío le empapó la frente: si le considerasen cristiano, le condenarían a... El griterío había cesado y gran parte de los moriscos murmuraban cerca del grupo.

El caballo de Brahim piafó contra el suelo. ¡Hernando era cristiano!, parecía reflejar el rostro del jinete. ¿Acaso no era hijo de un sacerdote? ¿Acaso no sabía más de las leyes de Cristo que cualquier musulmán? ¿Y si su segundo hijo, Aquil, pudiera hacerse cargo de la recua? El Partal no conocía a sus hijos. Podría decirle…

—¡Decídete! —le exigió Shihab.

Brahim suspiró; su atractivo rostro esbozó una aviesa sonrisa.

—Quedáoslo…

—¿Qué hay que decidir? ¿Qué hay que quedarse?

La voz de Hamid acalló los murmullos. El alfaquí vestía una sencilla túnica larga que realzaba la vaina de oro del largo alfanje que colgaba de una cuerda a modo de cinto. Trataba de andar lo más erguido que su pierna le permitía. El tintineo de los pedazos de metal que colgaban de la vaina pudo escucharse en el interior del templo. Algunos moriscos miraron con atención intentando adivinar qué inscripciones había en ellos.

—¿Qué hay que decidir? —repitió.

Aisha resoplaba tras él. Había corrido hasta la choza de Hamid, a sabiendas del cariño que éste profesaba a su hijo y del respeto de las gentes del pueblo hacia el alfaquí. ¡Sólo él podía salvarlo! Si esperaban a la decisión de Brahim como pretendía el herrador… El origen de aquel hijo nunca se mencionaba, pero no era necesario. Brahim no ocultaba su odio hacia Hernando: le maltrataba y le hablaba con desprecio. Si alguien del pueblo quería molestar al arriero no tenía más que mencionar al nazareno. Entonces su esposo se enojaba y maldecía; luego, por la noche, lo pagaba a golpes con Aisha. La única solución que había encontrado Aisha había sido la de recordarle una y otra vez que ella era la madre de sus otros cuatro hijos, volcarse en éstos y obtener su entrega incondicional, con lo que lograba suscitar en su esposo el atávico sentimiento de clan familiar que todo musulmán respetaba. Gracias a ello, Brahim cedía a regañadientes… Pero, en un momento así… En un momento así no sería sólo Brahim, sino todo un pueblo enardecido, el que reclamaría al nazareno.

Hamid había bajado la mirada ante los pechos de Aisha, que había aparecido de esa guisa ante la puerta de su choza. «Cúbrete», le rogó tan turbado como se sintió ella al percatarse de su desnudez. Luego trató de entender lo que le decía la mujer, instándole con sus manos a que se tranquilizase y hablase más despacio. Aisha consiguió explicarse y el alfaquí no dudó un instante. Ambos partieron hacia la iglesia. Hamid renqueaba detrás de la mujer, intentando seguir su rápida marcha.

—¡El muchacho es cristiano! —insistía el herrador sin cesar de zarandear a Hernando.

Hamid frunció el ceño.

—Tú, Yusuf —señaló al así llamado—, di la profesión de fe. Al momento, muchos de los moriscos bajaron la mirada; el herrador titubeó.

—¿Qué tiene que ver...? —empezó a quejarse Brahim desde lo alto del overo.

—Calla —ordenó Hamid, levantando una de sus manos—. ¡Reza! —insistió al herrador.

—No hay otro Dios que Dios y Muhammad es el enviado de Dios —entonó Yusuf.

—Continúa.

—Ésa es la profesión de fe. Ya es suficiente —se excusó el herrador.

—No. No lo es. En al-Andalus, no. Reza la oración de tus antepasados, aquellos a los que pretendes vengar.

Yusuf sostuvo la mirada del alfaquí durante unos segundos, pero luego bajó los ojos, al igual que muchos de los presentes.

—Reza la oración que deberías haber enseñado a tus hijos, pero que ya has olvidado —le reprochó Hamid—. ¿Alguno de los presentes puede recitar los atributos de la divinidad como es costumbre en nuestra tierra?

El alfaquí paseó la mirada por el grupo de moriscos. Nadie contestó.

—Hazlo tú, Hernando —le invitó entonces.

Tras soltarse de las amenazadoras manos del herrador, el muchacho recogió una de las casullas bordadas en oro amontonadas ante el altar; dudó unos instantes, luego se orientó hacia la quibla y se arrodilló sobre la seda.

—¡No! —gritó Andrés, pero en esta ocasión los moriscos no le permitieron continuar y le golpearon. El sacristán se llevó las manos al rostro y sollozó ante la traición de su pupilo, al tiempo que Hernando iniciaba la plegaria:

—No hay otro Dios que Dios y Muhammad es el enviado de Dios. Sabe que toda persona está obligada a saber que Dios es uno en su reino. Creó las cosas todas que en el mundo existen, lo alto y lo bajo, el trono y el escabel, los cielos y la tierra, lo que hay en ellos y lo que existe entre ellos. —Hernando había iniciado la plegaria con voz trémula, pero a medida que surgían las palabras, su tono fue cobrando firmeza—. Todas las criaturas han sido formadas por su potestad; nada se mueve sin su permiso...

Incluso el caballo de color melocotón se mantuvo quieto durante los rezos. Hamid escuchaba complacido con los ojos entrecerrados; Aisha lo hacía atenta, estrujándose las manos, como si quisiera empujar las palabras que salían de boca de su hijo.

—Él es el primero y el último, el que se manifiesta y el que se oculta. Él conoce cuanto existe —finalizó el muchacho.

Nadie habló hasta que lo hizo Hamid:

—¿Quién osa sostener ahora que este muchacho es cristiano?

5

Todos los cristianos de Juviles fueron confinados en la iglesia bajo la tutela de Hamid, quien debía intentar que apostataran de su religión y se convirtieran al islam.

Brahim se encaminó al norte, hacia la sierra, donde el Partal había dicho que acudiría a levantar a las gentes. A sus órdenes partió un variopinto grupo formado por media docena de hombres, unos armados con las armas obtenidas de la compañía de arcabuceros de Cádiar, otros con simples palos u hondas de esparto. Al final de la comitiva iba Hernando, que controlaba la recua de mulas, incrementada por seis buenos ejemplares escogidos por Brahim de entre los traídos de Cádiar.

Hernando había tenido que correr tras el overo de su padrastro. Cuando en la iglesia nadie se atrevió a poner en duda las palabras del alfaquí, Brahim espoleó a su caballo, dio media vuelta y ordenó al chico que le siguiera. Hernando ni siquiera había podido despedirse de Hamid o de su madre; con todo, sonrió al pasar junto a ellos. En la plaza de la iglesia le esperaban hombres y mulas.

—Como pierdas un animal o una carga, te arrancaré los ojos.

Tales fueron las únicas palabras que le dirigió su padrastro antes de iniciar la marcha.

Desde entonces, la única preocupación del muchacho consistió en arrear las mulas tras la montura de su padrastro y de los hombres que le seguían a pie. Las mulas de Juviles atendían a las órdenes; las requisadas lo hacían o no, según les viniese en gana. Una de ellas, la de mayor alzada, le lanzó una dentellada cuando la azuzó para que volviese a la fila. Hernando brincó con agilidad y evitó el mordisco, pero al ir a castigar al animal se encontró con las manos vacías.

«Ya te pillaré», maldijo entre dientes. La mula continuó a su aire mientras Hernando buscaba a su alrededor. «Un palo lo vería», pensó. Las mulas no eran tontas, pero aquélla necesitaba una lección. No podía arriesgarse a que le desobedecieran con su padrastro por ahí cerca, ya que sería él quien acabaría recibiendo el castigo, así que cogió un pedrusco de buen tamaño y volvió a acercarse al animal por su costado derecho, con el brazo a la espalda. En cuanto percibió la presencia del muchacho, la mula fue a morderle de nuevo, pero Hernando le propinó un fuerte golpe en el belfo con la piedra. El animal sacudió la cabeza y soltó un potente rebuzno. Hernando la arreó con suavidad y la mula volvió sumisa a su lugar en la recua. Al levantar la mirada se encontró con la de su padrastro que, girado en su montura, lo observaba con atención, atento, como siempre, a que el muchacho cometiera el más nimio error para poder castigarle.

Siguieron ascendiendo en dirección a Alcútar. Transitaban por un estrecho sendero en fila de a uno, y todavía no habían perdido de vista Juviles cuando el eco de una voz reverberó por desfiladeros, cañadas y montañas. Hernando se detuvo. Un escalofrío recorrió su espina dorsal. ¡Cuántas veces se lo había contado Hamid! Aun en la distancia, el muchacho reconoció el timbre de voz del alfaquí y lo percibió orgulloso, alegre, vivaz, chispeante; denotaba la misma satisfacción que el día en que le había mostrado la espada del Profeta.

—¡Venid a la oración! —escucharon que gritaba Hamid, seguramente desde la torre de la iglesia.

La llamada se deslizó por los abruptos despeñaderos, chocando contra las rocas y enredándose en la vegetación, hasta llenar todo el valle de las Alpujarras, desde Sierra Nevada hasta la Contraviesa y de allí, al mismo cielo. ¡Hacía más de sesenta años que en aquellas tierras no resonaba la llamada del muecín!

La comitiva se detuvo. Hernando buscó el sol y se irguió para comprobar que su sombra alcanzaba el doble de su estatura: era el momento exacto.

—No hay fuerza ni poder, sino en Dios, excelso y grande —murmuró, sumándose a las palabras de los demás. Tal era la contestación que recitaban desde sus casas todos los días, ya fuera por la noche o al mediodía, con suma discreción, atentos a que ningún cristiano pudiera oírlas desde la calle.

—¡Alá es grande! —gritó después Brahim, poniéndose en pie sobre los estribos y blandiendo el arcabuz sobre su cabeza.

Hernando se encogió atemorizado ante la figura y el despiadado semblante de su padrastro.

Al instante, su grito se vio arropado por el de todos los hombres que le acompañaban. Con el mismo arcabuz, Brahim hizo señal de continuar. Uno de los hombres se pasó el dorso de la mano por los ojos antes de echar a andar. Hernando le escuchó sorber la nariz y carraspear en varias ocasiones, como si pretendiera reprimir el llanto, y arreó a las mulas con el canto de Hamid resonando en sus oídos.

La población de Alcútar, situada a algo más de una legua de Juviles, los recibió con las mismas zambras, cánticos, bailes y fiestas que se celebraban en Juviles. Tras alzar en armas a los moriscos del pueblo, el Partal y sus monfíes se habían dirigido a la cercana Narila, su lugar de origen, sin esperar la llegada de Brahim.

Como todos los pueblos de la Alpujarra alta, Alcútar era un entresijo de callejuelas que subían, bajaban y serpenteaban, encerradas por pequeñas casas encaladas de terrados planos. Brahim se dirigió a la iglesia.

Un grupo de entre quince y veinte cristianos se hallaba congregado frente a las puertas del templo, estrechamente vigilado por moriscos armados con palos que asediaban a sus cautivos con gritos y golpes, cual pastores a las ovejas. Hernando siguió la mirada aterrada de una niña cuyo pelo pajizo destacaba en el grupo de cristianos; junto a la fachada de la iglesia, el cadáver asaeteado del beneficiado del lugar era objeto de escarnio por parte de cuantos pasaban por su lado, que le escupían o pateaban. Junto al beneficiado, de rodillas, un hombre joven con la mano derecha cercenada intentaba cortar la hemorragia por la que se le escapaba la vida. La sangre se encharcaba sobre el aguanieve y la mano se había convertido en el juguete de un perro, que se divertía mordisqueándola ante la atenta mirada de unos niños moriscos.

—¡Empieza a cargar el botín!

La voz de Brahim sonó en el momento en que uno de los niños, más osado que el resto, le quitaba al perro su macabro juguete y lo lanzaba a los pies del mutilado. El perro corrió hacia él, pero antes de que pudiera llegar, una mujer soltó una carcajada, escupió al hombre cuando éste le mostró el muñón y pateó la mano para que el can pudiera dar buena cuenta de ella.

Hernando negó con la cabeza y siguió a los soldados al interior de la iglesia. La niña cristiana, con el pelo pajizo empapado por el aguanieve, seguía con los ojos clavados en el cadáver del beneficiado.

Poco después, el muchacho salía del templo cargado con ropa de seda bordada en oro y un par de candelabros de plata que se sumaron al montón de enseres de todo tipo que ya se acumulaban a las puertas de la iglesia. Entonces se detuvo para hacerse con algo de ropa de abrigo procedente del saqueo de las casas cristianas. Desde lo alto del overo, Brahim torció el gesto.

—¿Pretendes que muera de frío? —se defendió, adelantándose a la reprimenda de su padrastro.

Las alforjas de las doce mulas se hallaban colmadas cuando el sol empezó a ponerse y una orla rojiza se dibujó por encima de las cumbres que rodeaban las Alpujarras. El cadáver desangrado del manco yacía sobre el del beneficiado. El perro había dejado de mordisquear la mano. Los cristianos permanecían inquietos, agrupados frente a la iglesia. La voz del muecín sonó enérgica, los moriscos extendieron las ropas de seda y lino sobre el barro y se postraron.

El rojo del cielo se trocó en ceniciento, ya finalizada la oración de la puesta del sol, y el Partal y sus monfíes se presentaron en Alcútar. Al grupo de cerca de treinta hombres rudos —algunos a caballo, otros a pie, todos bien abrigados y armados con ballestas, espadas o arcabuces, además de dagas al cinto— se le habían unido algunos gandules de Narila, la milicia urbana, ocupados a la sazón en controlar la fila de cautivos cristianos que habían llevado desde Narila hasta Alcútar. A los monfíes no parecía importarles el frío ni el aguanieve que caía: charlaban y reían. Hernando observó que, al final del grupo, una recua de mulas transportaba el botín obtenido en Narila.

Los nuevos cautivos pasaron a engrosar el ya numeroso grupo de detenidos frente a la iglesia. Los moriscos atajaron a golpes cualquier comunicación entre ellos y al cabo volvió a reinar el silencio mientras los niños moriscos correteaban alrededor de los monfíes, señalando sus dagas y sus caballos, y se henchían de satisfacción cuando alguno de ellos les revolvía el cabello. Brahim y el alguacil de Alcútar dieron la bienvenida al Partal y se apartaron para despachar con el monfí. Hernando vio cómo su padrastro señalaba en dirección hacia donde se hallaba él con las mulas cargadas, y cómo asentía el Partal. Luego este último señaló a las mulas que transportaban el botín de Narila e hizo además de llamar al arriero que las mandaba, pero Brahim se negó de forma ostensible. A pesar de la distancia y en la oscuridad rota por las antorchas, Hernando se percató de que ambos hombres discutían. Brahim gesticulaba y meneaba la cabeza: resultaba evidente que el tema de conversación era el nuevo arriero. El Partal parecía querer aplacar los ánimos y convencerle de algo. Al final parecieron ponerse de acuerdo, y el monfí mandó acercarse al arriero recién llegado para darle instrucciones. El arriero de Narila ofreció la mano a Brahim, pero éste no se la estrechó y lo miró con recelo.

—¿Has entendido bien cuál es tu lugar? —le espetó Brahim, observando de soslayo al Partal. El arriero de Narila asintió con la cabeza—. Tu fama te precede: no quiero tener problemas contigo, con tus mulas o con tu forma de trabajar. Confío en no tener que recordártelo —añadió para despedirle.

Se llamaba Cecilio, pero en los caminos se le conocía por Ubaid de Narila. Así se presentó a Hernando, con cierto orgullo, una vez que, a indicación de Brahim, hubo conducido su recua hasta donde se encontraba la del muchacho.

—Yo me llamo Hernando —respondió el joven.

Ubaid esperó unos instantes.

—¿Hernando? —se limitó a repetir al ver que el muchacho no añadía más.

—Sí. Sólo Hernando. —Lo dijo con firmeza, desafiando a Ubaid, varios años mayor que él y arriero de profesión.

Ubaid soltó una risa sarcástica y de inmediato le dio la espalda para ocuparse de sus animales.

«Si se enterase de mi apodo… —pensó Hernando, mientras notaba cómo se le encogía el estómago—. Quizá debería adoptar un nombre musulmán.»

Esa noche el grano y los alimentos saqueados en las casas de los cristianos se derrocharon para festejar la sublevación de las Alpujarras. Todas las taas, todos los lugares de moriscos se sumaban a la rebelión, afirmaba el Partal con entusiasmo. ¡Sólo faltaba Granada!

Mientras los principales del pueblo atendían a los monfíes, y los cristianos eran encerrados en la iglesia al cuidado del alfaquí del pueblo que, como Hamid en Juviles, debía intentar que apostataran, Hernando y Ubaid permanecieron junto a las mulas y el botín, refugiados bajo un chamizo. Sin embargo, no fueron olvidados por las mujeres de Alcútar, que les sirvieron en abundancia. Hernando sació entonces su hambre; Ubaid también, pero una vez satisfecho su estómago, intentó también satisfacer su deseo, y Hernando le vio galantear con cuantas mujeres acudieron a ellos. Alguna de ellas se acercó al muchacho y se sentó a su lado, zalamera, en busca de su contacto. Hernando se achicaba, desviaba la mirada e incluso se separaba, hasta que la mujeres cejaron en su empeño.

—¿Qué pasa, chico? ¿Te dan miedo? —preguntó su compañero, a quien la comida y la compañía femenina parecían haber puesto de mejor humor—. No hay nada que temer, ¿verdad? —dijo, dirigiéndose a una de ellas.

La mujer se rió, mientras Hernando se sonrojaba. El arriero de Narila le miraba con expresión maliciosa.

—¿O tienes miedo de lo que pueda decir tu padrastro? —insistió—. No parece que os llevéis demasiado bien…

Hernando no contestó.

—Bueno, tampoco es de extrañar… —prosiguió Ubaid. Sus labios esbozaron una sonrisa de complicidad, que no logró embellecer en absoluto un rostro sucio y vulgar—. Tranquilo, ahora está ocupado haciéndose el importante… Pero tú y yo estamos más cerca de lo que de verdad importa, ¿no crees?

Pero en ese momento, la mujer que acosaba a Ubaid reclamó sus atenciones y éste, tras lanzar una mirada hacia Hernando que el muchacho no acabó de comprender del todo, hundió la cabeza entre sus pechos.

Bien entrada la noche, Ubaid desapareció con una mujer. Al verlos marchar, Hernando recordó los comentarios del sacristán de Juviles:

—Las cristianas nuevas, las moriscas —le había explicado en una de las muchas sesiones de adoctrinamiento en la sacristía de la iglesia—, disfrutan de las prácticas amorosas solazándose sin medida con sus maridos... ¡O con quienes no lo son! Claro que el matrimonio moro no es tal: no es más que un contrato sin más trascendencia que la compra de una vaca o el arrendamiento de un campo. —El sacristán lo trataba como si el muchacho fuese un cristiano viejo, descendiente de cristianos sin tacha, y no el hijo de una morisca—. Tanto hombres como mujeres se entregan al vicio de la carne, algo que repele a Cristo Nuestro Señor. Por eso las verás gordas a todas, gordas y morenas, porque su única pretensión es proporcionar placer a sus hombres, acostarse con ellos como perras en celo y, en su ausencia, lanzarse al adulterio, pecar de gula y de pereza, y chismorrear todo el día sin más propósito que el de entretenerse hasta que llegue la hora de volver a recibirlos con los brazos abiertos.

«También hay cristianas gordas —había estado tentado de replicar en aquella ocasión—, y algunas son mucho más morenas que las moriscas», pero se había callado, como siempre hacía con el sacristán.

El día de Navidad amaneció frío y soleado en Sierra Nevada.

—Persisten en su fe —anunció el alfaquí de Alcútar al Partal y a los moriscos congregados frente a la iglesia—. Si les hablo del verdadero Dios y del Profeta, contestan rezando sus oraciones, todos al unísono; si los amenazo con maltratos, se encomiendan a Cristo. Los hemos golpeado y cuanto más lo hacemos, más invocan a su Dios. Les quitamos cruces y medallas, pero se burlan santiguándose y persignándose.

—Ya cederán… —masculló el Partal—. Cuxurio de Bérchules se alzó anoche. El Seniz y otros caudillos monfíes nos esperan allí. Recoged el botín —añadió, dirigiéndose a Brahim—. En cuanto a los cristianos, los llevaremos a Cuxurio. Sacadlos de la iglesia.

Cerca de ochenta personas fueron expulsadas de la iglesia a gritos, golpes y empellones. Entre el llanto de mujeres y niños, muchos levantaron los ojos al cielo y rezaron al encontrarse con la turba que les esperaba fuera; otros se santiguaron.

El Partal esperó a que fueran agrupados y se acercó a ellos con mirada escrutadora.

—¡Que Cristo haga caer sobre ti…!

El monfí acalló la amenaza del cristiano con un violento golpe de culata de su arcabuz. El hombre, delgado y de mediana edad, cayó de rodillas con la boca ensangrentada. La que debía de ser su esposa acudió en su ayuda, pero el Partal la derribó de un manotazo en el rostro. Luego entrecerró los ojos hasta que sus espesas cejas negras se fundieron en una sola. Todos los moriscos de Alcútar presenciaban los hechos. Entre los cristianos reinaba el silencio.

—¡Desnudaos! —ordenó entonces—. ¡Que se desnuden todos los hombres y los niños de más de diez años!

Los cristianos se miraron unos a otros, con la incredulidad dibujada en sus semblantes. ¿Cómo iban a desnudarse en presencia de sus mujeres, sus vecinas y sus hijas? Desde el interior del grupo se alzaron algunas protestas.

—¡Desnúdate! —exigió el Partal a un anciano de barba rala que estaba frente a él, una cabeza por debajo del monfí. El hombre se santiguó como respuesta. El monfí desenvainó lentamente su larga y pesada espada, y apoyó la afilada punta en el cuello del cristiano, sobre la nuez, hasta que en ella brotó un hilillo de sangre. Entonces insistió—: ¡Obedece!

El anciano, desafiante, dejó caer los brazos a sus costados. El Partal le hundió la espada en el cuello sin dudarlo.

—Desnúdate —dijo al siguiente cristiano, al tiempo que le acercaba al cuello la espada ensangrentada. El cristiano palideció y, al ver al viejo agonizante a su lado, empezó a desabrocharse la camisa—. ¡Todos! —exigió el Partal.

Muchas de las mujeres bajaron la mirada, otras taparon los ojos de sus hijas. Los moriscos estallaron en carcajadas.

Ubaid, que no se había perdido detalle de la escena, fue hacia las mulas. Hernando le siguió: debían prepararse para partir.

—¡Las pobres van cargadas! —exclamó el arriero con ironía—. Nadie sabe lo que llevan ahí… Es una suerte: si por casualidad se perdiera algo, nadie lo notaría…

Hernando se volvió hacia él, súbitamente azorado. ¿Qué había querido decir? Pero Ubaid parecía enfrascado en su tarea, como si sus palabras no hubieran sido más que un comentario al azar. Sin embargo, casi sin pensarlo, Hernando se oyó responder, con voz más firme de lo habitual:

—¡Nada se va a perder! Es el botín de nuestro pueblo.

Ninguno de los dos dijo ni una palabra más.

Por fin abandonaron Alcútar: Brahim, el Partal y sus monfíes encabezaban la marcha. Tras ellos iba una fila de más de cuarenta cristianos, desnudos y descalzos, ateridos de frío, con las manos atadas a la espalda. Mujeres cabizbajas, niños menores de diez años y las cerca de veinte mulas que cargaban el botín cerraban la comitiva, bajo la vigilancia de Hernando y Ubaid. Desparramados entre la formación, los moriscos que habían decidido tomar las armas y sumarse a la lucha, los gandules, imprecaban a los cristianos y los amenazaban con mil terroríficas torturas si no renegaban de su fe y se convertían.

Pese a que Cuxurio de Bérchules se hallaba a poco más de un cuarto de legua de Alcútar, la dureza del camino pronto hizo mella en los pies descalzos de los cristianos y Hernando distinguió varias piedras manchadas de sangre. De pronto uno cayó al suelo: a tenor de sus delgadas piernas y su entrepierna sin vello alguno, se trataba de un niño pequeño. Los hombres iban todos atados, así que ninguno pudo ayudarle; las mujeres lo intentaron, pero los gandules se lo impidieron a la vez que pateaban al muchacho. Hernando observó cómo la niña del pelo pajizo se echaba sobre él para protegerlo.

—¡Dejadle! —gritó, arrodillada, cubriéndole la cabeza con sus brazos.

—Pídele a tu Dios que le levante —le gritó uno.

—Renegad de vuestra fe —le espetó otro.

El pequeño grupo formado por el caído, la niña y los cuatro gandules rezagados hizo detener a la mula que encabezaba la recua.

—¿Qué pasa ahí? —Hernando oyó la voz de Ubaid a sus espaldas.

Hernando llegó hasta ellos en el momento en que uno de los moriscos se sumaba a los gritos del arriero.

—¡Vamos a tener que matarlos si no siguen adelante!

Entre las piernas de los gandules alcanzó a ver el cuerpo encogido del niño, vislumbró su rostro crispado y los ojos firmemente cerrados. Las palabras le surgieron sin pensarlas.

—Si los matáis no podréis… podremos —se corrigió al instante— convertirlos a la verdadera fe.

Los cuatro moriscos se volvieron al tiempo. Todos le superaban en varios años.

—¿Quién eres tú para decir nada?

—¿Quiénes sois vosotros para matarlos? —se enfrentó Hernando.

—Ocúpate de tus mulas, muchacho…

Hernando le interrumpió y escupió al suelo.

—¿Por qué no le preguntáis a él qué es lo que debéis hacer? —añadió señalando la ancha espalda del Partal, que se alejaba por delante—. ¿Acaso no los habría matado ya en Alcútar si ése hubiera sido su deseo?

Los cuatro jóvenes intercambiaron miradas y finalmente decidieron seguir el camino, no sin antes propinar otro par de puntapiés al niño. Con la ayuda de la chica, Hernando lo apartó del sendero y arreó a las mulas en espera de la Vieja. Sostenido por las axilas, colgando entre Hernando y la del pelo pajizo, el niño boqueaba en busca de aire. Ubaid observaba la escena sin decir nada. Sus ojos parecían sopesar la situación. El hijastro de Brahim tenía más arrestos de los que había deducido a simple vista… En ese momento Hernando ayudaba a la chiquilla a montar al niño sobre la Vieja.

—¿Por qué lo has hecho? —le preguntó él—. Podrían haberte matado.

—Es mi hermano —contestó ella, con el rostro arrasado en lágrimas—. Mi único hermano. Es bueno —añadió luego como si reclamase clemencia.

Se llamaba Isabel, le dijo después, mientras andaba junto a la Vieja, sosteniendo a su hermano, Gonzalico. Charlaron poco, pero lo suficiente para que Hernando percibiese el inmenso cariño que se profesaban.

La situación de Cuxurio de Bérchules era similar a la de todos los pueblos de las Alpujarras sublevados: la iglesia saqueada y profanada, los moriscos de fiesta y los cristianos del lugar cautivos. Allí les esperaba otra partida de monfíes a las órdenes de Lope el Seniz. Los monfíes decidieron conceder una oportunidad más a los cristianos, pero en esta ocasión, vistos los escasos resultados de Alcútar, dieron instrucciones a quienes ejercían de alfaquíes de que los amenazasen con maltratar, vejar y matar a sus mujeres si no se convertían al islam.

—Es como un pequeño alfaquí —quiso jactarse Brahim frente al Partal y al Seniz al ver aparecer la curiosa estampa que formaban su hijastro y la Vieja con el niño a horcajadas e Isabel a su lado—. ¿Conocéis a Hamid de Juviles? —Ambos asintieron. ¿Quién no sabía del cojo Hamid en las Alpujarras?—. Es su protegido. Le ha instruido en la verdadera fe.

El Partal entrecerró los ojos para observar la llegada de Hernando, la mula y el niño. «La conversión de un niño tan pequeño —pensó— podría minar más la resistencia de aquellos obstinados cristianos que cualquier amenaza.»

—Acércate —ordenó a Hernando—. Si es cierto lo que asegura tu padrastro, esta noche te quedarás con el pequeño cristiano y conseguirás que reniegue de su fe.

Pero mientras los moriscos sublevados se concentraban en la conversión forzosa de los cristianos, la revuelta de las Alpujarras vivía su primer revés importante. Esa misma noche de Navidad ni los moriscos de Granada ni los de su vega se sumaron al levantamiento. Farax, el rico tintorero líder de la revuelta, entró en el Albaicín al mando de ciento ochenta monfíes a los que disfrazó a modo de turcos para simular el desembarco de tropas de refuerzo y así recorrer el barrio morisco granadino llamando a gritos a la rebelión. Mientras monfíes y moriscos recorrían las sinuosas callejuelas del barrio musulmán, las escasas tropas cristianas permanecieron acuarteladas en la Alhambra. Sin embargo, las puertas y las ventanas de las casas moriscas también permanecieron cerradas.

—¿Cuántos sois? —se oyó preguntar a través del resquicio de una de ellas.

—Seis mil —mintió Farax.

—Sois pocos y venís presto.

Y la ventana se cerró.

6

Gonzalico empezó a temblar nada más verse obligado a devolver las mantas con las que se había cubierto durante la noche.

—¿Ha renegado? —le preguntó a Hernando un monfí de los del Seniz, al amanecer del día siguiente.

Hernando y Gonzalico habían hablado alrededor de un fuego, en el campo donde descansaban las mulas, y la pregunta del monfí los sorprendió sentados y en silencio, con la mirada fija en los rescoldos de la hoguera. ¿Renegar?, estuvo tentado de replicar el joven morisco. Se había afianzado en su fe con voz de niño y tesón de hombre. ¡Había rezado a su Dios! ¡Había encomendado su alma al Señor de los cristianos!

Negó cabizbajo. El monfí levantó a Gonzalico sin contemplaciones agarrándolo de un brazo. Hernando sólo vio trastabillar sus pies descalzos alejándose en dirección al pueblo.

¿Debía ir tras ellos? ¿Y si al final renegaba? Levantó la mirada de las brasas que se consumían. «¡Como la vida de Gonzalico!» Pero él no llegaría a tener tiempo de arder con la fuerza y la pasión con que lo habían hecho los troncos durante la noche. ¡Sólo era un niño! Vio trotar a Gonzalico para mantener el paso del monfí, cojeando aquí al pisar una piedra o cayendo allá y ser arrastrado unos pasos. Sus ojos se llenaron de lágrimas. Se levantó para seguirlos.

—Vuestros reyes nos obligaron a renunciar a nuestra fe —le había explicado Hernando en un momento de la noche—. Y lo hicimos. Nos bautizaron a todos. —Gonzalico no apartaba de él sus inmensos ojos pardos—. Ahora que vamos a reinar nosotros…

—Nunca reinaréis en los cielos —le interrumpió el pequeño.

—Si así fuese —recordaba haberle contestado sin querer entrar en la discusión que le planteaba—, ¿qué puede importarte renunciar aquí en la tierra?

El niño se sobresaltó.

—¿Renegar de Cristo? —preguntó con un hilillo de voz.

¿Acaso eran necios aquellos cristianos? Entonces le habló de la *fatwa* dictada por el muftí de Orán cuando se produjo la conversión forzosa de los musulmanes españoles:

—Y si os forzaran a beber el vino, pues bebedlo, no con voluntad de hacer vicio de él —recitó tras explicarle el sentido del dictamen de aquel jurisconsulto a sus hermanos de al-Andalus, al que todos los moriscos se habían aferrado—, y si os forzaran sobre comer el puerco, comedlo denegantes a él y certificantes de ser vedado. Eso significa que si te obligan por la fuerza —trató de convencerle al poner fin a la *fatwa*—, en realidad no estás renegando… siempre que cumplas con tu Dios.

—Reconoces tu herejía —insistió Gonzalico.

Con un suspiro, Hernando desvió su atención hacia la Vieja, siempre cerca de él. La mula dormitaba en pie.

—Te matarán —sentenció al cabo de un rato.

—Moriré por Cristo —exclamó el niño con un estremecimiento que ni la oscuridad ni la manta pudieron ocultar.

Ambos guardaron silencio. Hernando escuchaba el llanto sofocado de Gonzalico, acurrucado en la manta. «Moriré por Cristo.» ¡No era más que un niño! Buscó otra manta con la que taparlo y aun sabiéndolo despierto, se acercó a su lado.

—Gracias —sorbió Gonzalico.

¿Gracias?, se repetía sorprendido en el momento en que por entre las mantas, notó cómo el niño buscaba su mano y se aferraba a ella. Le permitió hacerlo y los sollozos fueron disminuyendo hasta llegar a convertirse en una respiración acompasada. Durante lo que restaba de la noche permaneció junto al niño mientras dormía, sin atreverse a soltarse de su mano por no despertarle.

Habían despertado antes de que llegara el monfí del Seniz. Gonzalico le sonrió. Hernando observó su sonrisa infantil y trató de responderle de igual forma, pero su intento se quedó en una mueca. ¿Cómo podía sonreír Gonzalico? «Sólo es un niño inocente», se dijo. La noche, la discusión, el peligro, los varios dioses, todo había quedado atrás, y ahora respondía como el niño que era. ¿Acaso no era un nuevo día? ¿Acaso no volvía a brillar el sol como siempre? Hernando no se había atrevido a insistir en la apostasía y, esta vez sí, le había sonreído abiertamente.

No tenían nada que comer.

—Ya comeremos después —aceptó Gonzalico con voz aniñada.

¡Después! Hernando se obligó a asentir.

Ninguno de los cristianos cautivos había apostatado. «Moriré por Cristo.» El compromiso tornó al recuerdo de Hernando, ya en el centro de Cuxurio, al ver cómo el monfí lanzaba al niño contra el numeroso grupo de cristianos que se apiñaban, todos desnudos, junto a la iglesia. Los «yu-yús» de las moriscas se entremezclaban con los llantos de las cristianas, obligadas a contemplar a sus padres, maridos, hermanos o hijos, desde una cierta distancia. Si alguna bajaba la vista o cerraba los ojos, era inmediatamente apaleada hasta que volvía a clavarlos en los hombres. Allí estaban todos los cristianos de Alcútar, Narila y Cuxurio de Bérchules; más de ochenta hombres y niños de diez años para arriba. El Seniz y el Partal gritaban y gesticulaban frente al alfaquí que había permanecido con los cristianos durante esa noche. El Seniz fue el primero: sin mediar palabra se dirigió hacia los cristianos. En pie ante ellos, encendió una mecha de su viejo arcabuz con incrustaciones doradas y la fijó en el serpentín.

El silencio se hizo en el pueblo; las miradas estaban fijas en aquella trenza de lino empapada en salitre que chisporroteaba lentamente.

El Seniz apoyó la culata del arma en el suelo, introdujo la pólvora en el cañón; metió un taco de trapo para atacar el conjunto a golpes de baqueta. El monfí no miraba más que a su arcabuz. Luego introdujo una pelota de plomo y volvió a atacar el cañón con la baqueta. Entonces alzó el arma y apuntó.

Un alarido surgió del grupo de cristianas. Una mujer cayó de rodillas, con los dedos de las manos entrelazados, suplicantes, y un morisco le tiró del cabello hasta obligarla a levantar la vista. El Seniz ni siquiera giró el rostro y cebó con pólvora fina la cazoleta. Luego, sin más preámbulo, disparó al pecho de un cristiano.

—¡Alá es grande! —gritó. El eco del disparo aún retumbaba en el aire—. ¡Matadlos! ¡Matadlos a todos!

Monfíes, gandules y hombres llanos se abalanzaron sobre los cristianos con arcabuces, lanzas, espadas, dagas o simples aperos de labranza. El griterío volvió a ensordecer Cuxurio. Las cristianas, retenidas por las moriscas y un grupo de gandules, fueron obligadas a presenciar la matanza. Desnudos, rodeados por una turba enloquecida, sus hombres nada podían hacer para defenderse. Algunos se arrodillaron santiguándose, otros trataron de proteger a sus hijos entre sus brazos. Hernando contemplaba la escena junto al grupo de las cristianas. Una enorme morisca puso en su mano una daga y le empujó para que se sumase a la carnicería. La hoja del arma destelló en su palma y la mujer volvió a empujarle. Hernando se adelantó hacia los cristianos. ¿Qué iba a hacer? ¿Cómo iba a matar a alguien? A medio camino, Isabel, la hermana de Gonzalico, escapó del grupo, corrió hacia él y le agarró de la mano.

—Sálvalo —suplicó.

¿Salvarlo? ¡Tenía que ir a matarlo! La enorme morisca estaba pendiente de él y…

Agarró a Isabel de un brazo, se colocó a su espalda y amenazándola con la daga en el cuello, la obligó a presenciar la matanza igual que otros hombres hacían con el resto de las mujeres. La morisca pareció satisfecha con eso.

—Sálvalo —escuchó que le repetía Isabel entre sollozos, sin hacer nada por escapar.

Sus ruegos le laceraban el pecho.

La obligó a mirar y, por encima de ella, él también lo hizo: Ubaid se dirigía a Gonzalico. Por un instante, el arriero se volvió hacia donde se encontraban Hernando e Isabel para después agarrar del cabello al niño y torcerle la cabeza hasta que éste le presentó la garganta. La criatura no se opuso. Lo degolló de un solo tajo, acallando la oración que surgía de sus labios. Isabel detuvo sus súplicas y su respiración, igual que Hernando. Ubaid dejó caer el cadáver hacia delante y se arrodilló para hincarle la daga en la espalda y rebuscar en su interior hasta alcanzar el corazón. Extrajo el corazón sanguinolento de Gonzalico y lo alzó con un aullido triunfal. Luego se dirigió hacia donde estaban ellos y lo arrojó a sus pies.

Hernando ya no ejercía fuerza alguna sobre la niña y sin embargo ésta permanecía pegada a él. Ninguno de los dos bajó la vista al corazón. La matanza continuaba, y Ubaid volvió a sumarse a ella: al beneficiado Montoya le vaciaron un ojo con un puñal antes de ensañarse con él a cuchilladas; a otros dos sacerdotes los martirizaron disparándoles una saeta tras otra hasta que en sus cuerpos ya no cupieron más flechas; otros fueron lentamente descuartizados antes de morir. Un hombre se ensañaba con una azada en lo que ya no era más que una masa sanguinolenta irreconocible, pero él seguía golpeando y golpeando. Un morisco se acercó al grupo de cristianas con una cabeza clavada en una pica y bailó acercándola a sus rostros. Al fin, los gritos fueron tornándose en cánticos que festejaban el salvaje fin de los cristianos. «Moriré por Cristo.» Hernando fijó la mirada en el cadáver destrozado de Gonzalico: su cuerpo era uno más de los que se amontonaban junto a la iglesia en un inmenso charco de sangre. Con gran esfuerzo, el joven reprimió las lágrimas. Algunos monfíes andaban por encima de los cadáveres en busca de moribundos a quienes rematar; la mayoría reía y charlaba. Alguien hizo sonar una dulzaina, y hombres y mujeres empezaron a danzar. Nadie vigilaba ya a las cristianas sometidas. La misma enorme morisca que le había entregado la daga, le arrebató a Isabel y la empujó con el resto. Luego le exigió que le devolviera el arma.

Hernando continuó con la daga en la mano, sus ojos azules parecían incapaces de desviarse del montón de cadáveres.

—Dame la daga —le apremió la mujer.

El muchacho no se movió.

La mujer le zarandeó.

—¡La daga! —Hernando se la entregó maquinalmente—. ¿Cómo te llamas?

La mujer sólo obtuvo un balbuceo por contestación y volvió a zarandearlo.

—¿Cómo te llamas?

—Hamid —contestó Hernando, volviendo en sí—. Ibn Hamid.

El mismo día de la matanza de Cuxurio de Bérchules, el Seniz, el Partal y sus monfíes recibieron órdenes de Farax, el tintorero del Albaicín de Granada y cabecilla de la revuelta, de acudir con el botín y las cautivas cristianas al castillo de Juviles. El día de Navidad, en Béznar, un pueblo situado en la entrada occidental de las Alpujarras, los moriscos proclamaron rey de Granada y de Córdoba a don Fernando de Válor.

El nuevo rey descendía, al igual que Hamid, de la nobleza musulmana granadina; si bien, y a diferencia del afalquí de Juviles, sostenía que su linaje entroncaba con los califas cordobeses de la dinastía de los Omeyas. Su familia, al contrario que la de Hamid, se había integrado con los cristianos tras la toma de Granada. Su padre alcanzó el grado de caballero veinticuatro de la ciudad —formando parte del grupo de nobles que dominaban y regían el cabildo—, pero fue condenado a galeras por un crimen. La veinticuatría la heredó su hijo, que también fue encausado por asesinar a quien denunció a su padre, así como a varios testigos del crimen. Entonces, don Fernando de Válor vendió su veinticuatría a otro morisco que había salido como fiador suyo en el proceso criminal; pero éste, que no confiaba demasiado en la palabra de don Fernando y temía perder la fianza, lo arregló para que en el momento del pago por la compra del cargo las autoridades embargasen también el dinero del precio de la compra. El 24 de diciembre de 1568, informado de la revuelta que agitaba las Alpujarras, don Fernando de Válor y de Córdoba se fugó de Granada sin veinticuatría y sin dineros, con una amante y un esclavo negro por toda compañía, para unirse a quienes, según él, constituían su verdadero pueblo.

El rey de Granada y de Córdoba tenía veintidós años y una piel morena verdinegra; era un hombre cejijunto y de grandes ojos negros. Gentil y distinguido, contaba con el aprecio y respeto de todos los moriscos, tanto por su cargo en Granada como por la sangre real que acreditaba. Con el apoyo de su familia, los Valorís, fué nombrado rey en Béznar, bajo un olivo y en presencia de multitud de moriscos, a pesar de la violenta oposición de Farax, que reclamaba la corona para él y a quien acalló nombrándole alguacil mayor. Al final, el tintorero besó la tierra que pisaba el nuevo rey después de que éste, vestido de púrpura, rezara sobre cuatro banderas extendidas a los cuatro puntos cardinales y jurara morir en su reino y en la ley y fe de Mahoma. Don Fernando fue investido rey con una corona de plata robada a la imagen de una Virgen y recibió el nombre de Muhammad ibn Umayya, que los cristianos transformaron en Aben Humeya, entre los vítores de todos los presentes.

7

La primera disposición adoptada por Aben Humeya fue la de enviar a Farax a recorrer las Alpujarras al mando de un ejército compuesto por trescientos curtidos monfíes, para recoger todo el botín capturado a fin de trocarlo a los berberiscos por armas, razón por la cual Hernando volvía a arrear su recua de mulas cargadas, desde Cuxurio al castillo de Juviles. Sus relaciones con Ubaid se habían vuelto más tensas: Hernando no conseguía borrar de su memoria el semblante salvaje que le había mostrado el arriero, y no dejaba de dar vueltas a sus comentarios sobre la posible pérdida accidental de parte del botín.

—Tengo que vigilar a la Vieja. Siempre se retrasa —le dijo a Ubaid para cerrar la marcha. Prefería no tenerlo a sus espaldas.

—Una mula vieja come igual que una joven —le espetó éste—. Mátala.—Hernando no contestó—. ¿Acaso quieres que también lo haga yo? —añadió el arriero al tiempo que llevaba la mano a la daga que le colgaba del cinto.

—Esta mula conoce los caminos de las Alpujarras mejor que tú —se le escapó al muchacho.

Ambos se miraron; los ojos de Ubaid rezumaban odio. Entre dientes, el arriero de Narila murmuraba algo cuando un grito de Brahim le hizo volver la cabeza. El grupo de cautivas cristianas se marchaba ya, y las mulas todavía no se movían tras las mujeres. Ubaid frunció el entrecejo, contestó con otro grito a Brahim y se sumó a la comitiva, no sin antes atravesar con la mirada a Hernando.

Fue en ese momento cuando Ubaid decidió que debía deshacerse de aquel muchacho: representaba a Brahim, el arriero de Juviles con el que había tenido mil problemas en los caminos de las Alpujarras… como con la mayoría de los otros arrieros. El oro y las riquezas que transportaban en las recuas había excitado la ambición del de Narila. ¿Quién iba a enterarse si faltaba algo? Nadie llevaba el control de lo que cargaban en los animales. Sí, la lucha de su pueblo era importante, pero algún día terminaría y entonces… ¿seguiría siendo un vulgar arriero obligado a recorrer las sierras nevadas para ganar una miseria? Ubaid no estaba dispuesto a ello. En nada peligraría la victoria de los suyos porque su tesoro se viera algo mermado. Había intentado recabar la ayuda de Hernando, ganarse su amistad apelando a las malas relaciones que ambos tenían con Brahim, pero aquel necio no le había seguido el juego. ¡Bien! ¡Peor para él! Ése era el momento, en los inicios del levantamiento, con la gente desorganizada. Después… después quién sabía cuántos arrieros se sumarían o qué disposiciones adoptaría el nuevo rey. Además, le constaba que nadie, ni siquiera su padrastro, iba a echar mucho de menos a ese muchacho al que trataban de nazareno.

Ubaid conocía bien aquella ruta. Eligió el recodo de un estrecho y sinuoso camino que discurría por la pared de una de las sierras. Los salientes de cada revuelta del camino impedían ver a quienes iban por delante o por detrás a más allá de unos pocos pasos de distancia; nadie podía volver atrás dada la estrechez de la cortada; nadie podía sorprenderle. Las mulas cerraban la marcha y por detrás de ellas, tras la Vieja, iba Hernando. Sería sencillo: se apostaría tras el recodo, cortaría el cuello del muchacho en cuanto éste pasase, lo montaría en una mula bien cargada, y escondería cadáver y animal en una cueva de aquel mismo tramo, sin detener la marcha siquiera. Todos pensarían que Hernando había huido con parte del botín. La culpa sería de Brahim por haber confiado en un nazareno bastardo; él sólo tendría que regresar por la noche y esconder bien su parte del botín hasta que llegase el final de la guerra.

Así lo hizo. Arreó a sus animales para que continuasen la marcha, cosa que hicieron acostumbrados como estaban a aquellos caminos. Empuñó su cuchillo y lo alzó cuando las primeras mulas de la recua de Hernando doblaron el recodo. Las fue contando;

eran doce. Las mulas le rozaban y Ubaid las azuzaba en silencio con la mano libre para que continuaran. La undécima superó el recodo y Ubaid se irguió en tensión; el muchacho tenía que ser el siguiente, después de que pasara el último animal.

Pero la Vieja se detuvo. Hernando la arreó con la voz, pero el animal se negó con tozudez: presentía la presencia de una persona tras la revuelta.

—¿Qué sucede, Vieja? —preguntó empezando a superarla para ver qué…

Hernando se acercó todavía más al recodo y la Vieja reculó, como si quisiera impedir que su dueño la superase. El muchacho se detuvo en seco. No transcurrió ni un instante antes de que Ubaid apareciese en el camino, amenazando con el cuchillo; las mulas se alejaban y tenía que rematar su plan. Hernando, detrás de la Vieja, hizo ademán de huir pero rectificó y cogió un gran candelabro de plata maciza de cinco brazos que sobresalía de una de las alforjas.

Los dos se retaron, con la Vieja de por medio. Hernando, con la espalda empapada en un sudor más frío que el de la temperatura de la sierra, intentaba controlar el temblor de sus manos, de todo su cuerpo, mientras apuntaba con el largo candelabro hacia el arriero de Narila. Un escabroso barranco, insondable, se abría a su costado derecho. Ubaid miró al abismo: un golpe con aquel candelabro…

—¡Atrévete! —le desafió Hernando con un chillido nervioso.

El arriero de Narila sopesó la situación y guardó el puñal en el cinto.

—Creí que te perseguían los cristianos —se excusó con cinismo antes de darle la espalda.

Hernando ni siquiera volvió la cabeza. Le costó volver a colocar el candelabro en la alforja; de repente se dio cuenta de su peso. Temblaba, mucho más de lo que lo había hecho al enfrentarse con Ubaid, y casi no podía controlar sus manos. Al final se apoyó en la grupa de la Vieja y le palmeó el anca agradecido. Continuó el camino, asegurándose de que la mula superaba cada uno de los recodos antes que él.

Jaleados por la chiquillería que salió a recibirles, ascendieron la empinada cuesta que llevaba al castillo de Juviles bien entrada la tarde del día de San Esteban. Hernando no perdía de vista a Ubaid, que iba por delante de él. A medida que se acercaban, percibieron la música y los aromas de las comidas que se preparaban en su interior. Tras las semiderruidas murallas del fuerte los esperaban las mujeres y los ancianos de Cádiar, así como muchas otras gentes de diferentes lugares de las Alpujarras, principalmente mujeres, niños y ancianos, que acudían en busca de refugio, ya que sus padres o esposos se habían sumado al levantamiento. En el interior del amplio recinto, jalonado por nueve torres defensivas —algunas destruidas, otras todavía irguiéndose con arrogancia sobre el abismo—, se abigarraban como en un bazar decenas de tiendas y chozas hechas con ramas y telas, que guardaban las pertenencias de cada familia. Las hogueras relumbraban en cualquier espacio que se abriese entre las tiendas; los animales se mezclaban con niños y ancianos, mientras las mujeres, ataviadas con coloreados trajes moriscos, se dedicaban a cocinar. La algarabía y los aromas lograron que Hernando se relajase: no se trataba de las ollas o pucheros con verduras y tocino que comían los cristianos; el aceite quemaba por doquier. Desfilaron junto a las tiendas entre la ovación general, y una mujer le ofreció un dulce de almendra y miel, otra un buñuelo y una tercera una sabrosa y trabajada confitura recubierta de alcorza. Aquí y allá, por grupos, sonaban panderos, gaitas y atabales, dulzainas y rabeles. Mordió la alcorza y en su boca se mezclaron los sabores del azúcar, el almidón y el almizcle, del ámbar, del coral rojo y las perlas, del corazón de ciervo y del agua de azahar; luego, entre fuegos y mujeres, cantos y bailes, aspiró el aroma del cordero, la liebre y el venado, y de las hierbas con las que los cocinaban: el cilantro, la hierbabuena, el tomillo y la canela, el anís, el eneldo y mil más de ellas. Las recuas de mulas cruzaron con dificultad el fuerte hasta uno de sus extremos, donde se asentaban los restos de la antigua alcazaba y se hallaba depositado el botín hecho en Cádiar. Las cautivas cristianas recién llegadas fueron asaltadas por las moriscas, quienes las despojaron de sus escasas pertenencias antes de ponerlas a trabajar.

Con la ayuda de los hombres a los que Brahim había encargado la protección del botín de Cádiar, Hernando y Ubaid empezaron a descargar las mulas y a amontonar los objetos de valor; ambos estaban tensos y se vigilaban el uno al otro. En ello estaban, transportando los frutos de la rapiña desde las alforjas al interior de la alcazaba, cuando las zambras y gritos fueron silenciándose hasta que todos pudieron escuchar la voz de Hamid que llamaba a la oración desde el campanario de Juviles, ahora convertido en minarete. El castillo disponía de dos grandes aljibes que proporcionaban agua de la sierra, limpia y pura. Cumplieron con las abluciones y la oración, y después regresaron a su tarea; en el interior de la alcazaba se acumulaba un considerable tesoro compuesto por gran cantidad de objetos de valor, joyas y todos los dineros desvalijados a los cristianos.

Hernando dejó que sus ojos recorrieran el oro y la plata amontonada. Absorto en la pequeña fortuna acumulada, no se percató de la proximidad de Ubaid. Tras la oración de la noche, la oscuridad de la alcazaba sólo se veía rota por un par de antorchas. La algarabía había empezado de nuevo. Brahim charlaba con los soldados de guardia más allá de la entrada a la alcazaba.

Ubaid le empujó al pasar junto a él.

—La próxima vez no tendrás tanta suerte —masculló.

¡La próxima vez!, se repitió Hernando. ¡Aquel hombre era un ladrón y un asesino! Estaban solos. Miró al arriero. Pensó unos instantes. ¿Y si…?

—¡Perro! —le insultó entonces.

El arriero se volvió sorprendido justo en el momento en que Hernando saltaba sobre él. El muchacho salió despedido por la bofetada con que le recibió Ubaid. Hernando trastabilló más de lo necesario para dejarse caer sobre el tesoro morisco, justo donde se encontraba una pequeña cruz de oro y perlas en la que se había fijado antes. El alboroto llamó la atención de Brahim y los soldados.

—¿Qué…? —empezó a decir Brahim, plantándose en el interior de la alcazaba en un par de zancadas—, ¿qué haces encima del botín?

—Me he caído. He tropezado —tartamudeó Hernando, al

tiempo que se sacudía la ropa, con la cruz escondida en la palma de su mano derecha.

Ubaid contemplaba la escena con extrañeza. ¿A qué había venido el súbito ataque del muchacho?

—Torpe —le recriminó su padrastro acercándose al tesoro para comprobar de una ojeada que ningún objeto se hubiera roto.

—Me voy a Juviles —soltó Hernando.

—Tú te quedas… —empezó a decir Brahim.

—¿Cómo quieres que me quede? —levantó la voz y gesticuló exageradamente. Llevaba la joya al cinto, tapada por la marlota que se había procurado de entre las ropas de los cristianos de Alcútar—. ¡Sígueme! ¡Mira!

Sin más dilación salió de la alcazaba y se dirigió a las recuas de mulas. Un confundido Brahim le siguió.

—Ésta lleva suelta una herradura. —Hernando levantó la mano de una de las mulas y movió la herradura—. Aquélla empieza a tener una matadura. —Para llegar a la que señalaba, el muchacho se deslizó entre las mulas de Ubaid—. No. No es ésa —añadió desde detrás de una de las del arriero de Narila.

Se puso de puntillas con los brazos a los costados y simuló buscar cuál era la que tenía la matadura. Mientras lo hacía, escondió la cruz entre los arreos de la mula de Ubaid.

—Aquélla. Sí, aquélla. —Llegó hasta el animal y levantó su guarnición. Las manos le temblaban y sudaban, pero la pequeña matadura que había observado durante el camino apareció a la vista de su padrastro—. Y ésta debe de tener algo en la boca puesto que no ha querido comer —mintió—. ¡Tengo las herramientas y los remedios en el pueblo!

Brahim echó un vistazo a los animales.

—De acuerdo —cedió tras pensar unos instantes—. Ve a Juviles, pero estate dispuesto a volver en cuanto te lo ordene.

Hernando sonrió a Ubaid, que contemplaba la escena desde la puerta de la alcazaba, junto a los soldados. El arriero frunció el ceño y entrecerró los ojos ante la sonrisa; luego le amenazó con el índice antes de perderse entre las tiendas, donde las mujeres empezaban a servir la cena. Brahim hizo ademán de seguirle.

—¿No vas a comprobar? —le detuvo su hijastro.

—¿Comprobar? ¿Qué…?

—No quiero problemas con el botín —le interrumpió con seriedad Hernando—. Si llegase a faltar algo…

—Te mataría. —Brahim se inclinó sobre el muchacho con los ojos cerrados en dos finas líneas.

—Por eso mismo. —Hernando tuvo que esforzarse para controlar el temblor que amenazaba a su voz—. Se trata del botín de nuestro pueblo; la prueba de su victoria. No quiero problemas. ¡Revisa mis mulas!

Brahim así lo hizo. Comprobó que las alforjas estuvieran vacías, comprobó los intersticios de los arreos e incluso exigió del muchacho que se despojase de la marlota para cachearlo antes de dejarle abandonar el castillo.

Una vez libre, serpenteando entre las tiendas con las mulas en fila, Hernando volvió la mirada: Brahim registraba entonces los animales de Ubaid.

—¡Arre! —apremió a la recua.

Hernando y sus mulas llegaron a Juviles ya entrada la noche. Los cascos de las caballerías sobre el empedrado quebraban el silencio del pueblo. Algunas moriscas se asomaron a las ventanas para obtener noticias de la revuelta, pero desistieron al comprobar que quien mandaba la recua era el joven nazareno. Aisha le esperaba en la puerta: la Vieja se había adelantado. Arreó a las demás mulas para que continuaran hacia el establo y se detuvo frente a su madre. La titilante luz de la candela que alumbraba el interior de la casa jugueteaba con el perfil de su madre. En aquel momento recordó sus enormes pechos danzando en la iglesia al son de los «yu-yús»; sin embargo, al instante, la visión se convirtió en la Aisha suplicante que había ido a obtener la ayuda de Hamid.

—¿Y tu padre? —le preguntó.

—Se ha quedado en el castillo.

Aisha se limitó a abrir los brazos. Hernando sonrió y se adelantó hasta sentir su abrazo.

—Gracias, madre —susurró.

En aquel mismo instante notó el cansancio: las piernas parecieron ceder y todos sus músculos se relajaron. Aisha estrechó el abrazo y empezó a cánturrear una canción de cuna, meciendo a su hijo en pie. ¡Cuántas veces había escuchado aquella melodía de niño! Después..., después vinieron los demás hijos de Brahim y él... Una linterna parpadeó junto a las últimas casas del pueblo. Aisha se volvió hacia ella.

—¿Has cenado? —preguntó de repente, nerviosa, tratando de separarlo. Hernando se resistió. Prefería aquel abrazo a la comida—. ¡Vamos, vamos! —insistió—. Te prepararé algo.

Entró decidida en la casa. Hernando permaneció un momento parado, deleitándose en el aroma de aquella ropa y aquel cuerpo que tan pocas veces podía abrazar.

—¡Venga! —le espetó su madre desde dentro de la casa—. Hay mucho que hacer y es tarde.

Desaparejó los animales, les echó cebada en el pesebre y Aisha le llevó una buena ración de migas de pan, huevos y una naranjada. Mulas y mulero comieron en silencio. Aisha, sentada al lado de su hijo, le acariciaba el cabello con dulzura mientras escuchaba el relato de lo acontecido desde su partida de Juviles. Le besó en la cabeza al escucharle contar, con la voz embargada por el llanto, la muerte de Gonzalico.

—Tuvo su oportunidad —trató de consolarle—. Tú se la diste. Esto es una guerra. Una guerra contra los cristianos: todos la sufriremos, no te quepa duda.

Hernando terminó de cenar y su madre se retiró. Entonces él se dedicó a curar a las mulas. Las inspeccionó: ya saciadas, todas, incluso las nuevas, descansaban con el cuello colgando y las orejas gachas. Por un momento cerró los ojos, vencido por el cansancio, pero se obligó a levantarse; Brahim podía mandarle llamar en cualquier momento. Herró a aquella que lo necesitaba. En la noche, el martilleo resonó por cañadas y barrancos mientras rectificaba la herradura de hierro dulce sobre el yunque para lograr darle la forma casi cuadrangular propia de los berberiscos. Brahim insistía en continuar con la técnica árabe, renegando de las herraduras semicirculares de los cristianos. Y Hernando estaba de acuerdo con él: el reborde saliente que quedaba en las herraduras debido a las características de los clavos que utilizaban permitía a las caballerías andar con seguridad por caminos escarpados. Luego, una vez herrada la mula y al contrario de como lo hacían los cristianos, cortó la parte del casco que sobresalía de la herradura. Terminó de herrar, comprobó los cascos de todas las demás mulas, y al final se volcó en curar las mataduras de la que había señalado en el castillo. Le había pedido a su madre que encendiera el fuego antes de retirarse. Entró en la casa sin preocuparse por sus cuatro hermanastros que dormían revueltos en la pequeña estancia que hacía las veces de cocina y comedor. Pronto recuperarían sus habitaciones del piso superior, junto a la de su madre y Brahim, cuando los casi dos mil capullos de seda que se agarraban a las andanas de zarzos dispuestas en las paredes fueran desembojados; mientras tanto, los capullos debían cosecharse en silencio y tranquilidad, y sus hermanastros se veían obligados a cederles sus habitaciones. Calentó agua y puso a cocer miel y euforbio, que dejó en el fuego mientras iba a masajear con el agua caliente la zona herida de la mula. Volvió al fuego y mejoró la cocción con sal envuelta en un paño. Cuando consideró que el remedio estaba listo, lo aplicó a la rozadura. Aquella mula no podría trabajar en algunos días por mucho que eso disgustara a Brahim. Contempló los animales con satisfacción, llenó sus pulmones del aire helado de la sierra y llevó su mirada hacia los perfiles de las montañas que rodeaban Juviles: todos contorneados en las sombras salvo el cerro del castillo, alumbrado por el fulgor de las hogueras de su interior. «¿Qué le habrá sucedido a Ubaid?», pensó, mientras se encaminaba al cobertizo para dormir lo poco que restaba de la noche.

8

A la mañana siguiente Hernando se levantó al alba. Hizo sus abluciones y atendió a la llamada de Hamid a la primera oración del día. Se inclinó dos veces y recitó el primer capítulo del Corán y la oración del *conut* antes de sentarse en tierra apoyando el costado derecho para continuar con la bendición y terminar entonando la paz. Sus hermanastros, también levantados, trataron de imitarle, balbuceando unas oraciones que no dominaban. Luego volvió a curar las mataduras de la mula y tras desayunar se encaminó a casa de Hamid. ¡Tenía tantas cosas que contarle! ¡Tantas preguntas que formularle! Los cristianos de Juviles todavía permanecían encerrados en la iglesia a pan y agua; Hamid insistía en procurar su conversión al islam. Sin embargo, al llegar a las cercanías de la iglesia, encontró a mujeres, niños y ancianos alborotados. Se unió a un grupo que se había reunido alrededor de los restos de la destrozada campana de la iglesia.

—Hamid conoce bien nuestras leyes —sostenía uno de los ancianos.

—Hace muchos años —musitó otro— que no se juzga a ningún musulmán conforme a nuestras leyes. En Ugíjar…

—¡En Ugíjar nunca se nos ha hecho justicia! —le interrumpió el primero.

Un murmullo de asentimiento recorrió el grupo. Hernando observó a la gente del pueblo: a los ancianos, a los niños y a las mujeres que no habían participado en la revuelta y que ahora caminaban en dirección al castillo. Aisha iba entre ellos.

—¿Qué sucede, madre? —le preguntó cuando llegó hasta ella.

—Tu padre ha llamado al castillo a Hamid —le contestó Aisha sin detenerse—. Van a juzgar a un arriero de Narila que ha robado una joya.

—¿Qué le harán?

—Unos dicen que le azotarán. Otros que le cortarán la mano derecha y algunos que lo matarán. No sé, hijo. Hagan lo que hagan —escuchó que decía su madre sin dejar de andar—, se merece cualquier cosa. Tu padrastro siempre me hablaba de él: hurtaba de las mercaderías que transportaba. Había tenido bastantes problemas y pleitos con moriscos, pero el alcalde mayor de Ugíjar siempre salía en su defensa. ¡Qué vergüenza! ¡Una cosa es robar a los cristianos, y otra a los de tu raza! Se cuenta que era amigo de…

Dejó de escuchar a su madre para revivir la discusión de su padrastro con el Partal y el posterior cruce de miradas que habían sostenido ambos arrieros tras la negativa de Brahim a saludarle. ¡Brahim era capaz de muchas cosas, pero nunca habría robado a un musulmán! Aisha siguió caminando; hablaba y gesticulaba junto a las demás mujeres, que asentían con parecidos aspavientos.

Hernando no continuó. No quería estar presente en el juicio. Seguro…, seguro que el arriero de Narila le echaba la culpa en público.

—Tengo que curar a las mulas —se excusó en el momento en que un grupo de niños le adelantó corriendo.

Un escalofrío surcó la piel del muchacho. ¡Matarlo…! ¿Y por qué no? ¿Acaso no había intentado hacerlo él? De no haber sido por la Vieja… ¿Acaso no le había amenazado con la muerte? ¿Y Gonzalico? Se había vengado cruelmente en el niño… aunque su actuación tampoco había sido más atroz que la de los demás moriscos. Apartó aquellos pensamientos de su mente. Hamid decidiría, sí: seguro que dictaba la sentencia acertada.

El juicio se inició tras la oración del mediodía y se prolongó durante toda la tarde. Ubaid negó haber hurtado la cruz, e incluso puso en duda la capacidad de Hamid para juzgarle.

—Cierto —reconoció el alfaquí, que sostenía en las manos la cruz encontrada entre las guarniciones de la mula—. No soy un *alcall*; ni siquiera, después de tantos años, puedo considerarme un alfaquí. ¿Prefieres que no te juzgue yo?

El arriero observó cómo algunos de los hombres que se congregaban en torno al juez llevaban la mano a sus dagas y espadas, y hacían además de adelantarse; sólo entonces reconoció la autoridad de Hamid. Ubaid no consiguió ningún testimonio a su favor: nadie contestó positivamente a las preguntas con que Hamid iniciaba sus interrogatorios.

—¿Testimonias tú que el llamado Ubaid, arriero de Narila, es un hombre de derecho y que nada hay que decir de él, que realiza la profesión de fe y sus purificaciones y que es bueno en la ley de Muhammad, bueno en su tomar y bueno en su dar?

Todos alegaron los numerosos problemas que el arriero había tenido con sus hermanos en la fe. Incluso dos mujeres se adelantaron sin haber sido llamadas a testificar, y, como si quisieran apoyar las declaraciones de sus hombres, aseguraron haberle visto la noche anterior cometiendo adulterio.

Hamid hizo oídos sordos a las acusaciones que un desesperado Ubaid lanzaba contra Hernando, y sentenció que le cortasen la mano derecha por ladrón. Sin embargo, como el cargo de adulterio no había sido debidamente probado por cuatro testigos, también ordenó que las dos mujeres que habían testificado a ese respecto recibieran ochenta azotes, tal y como marcaba la ley musulmana.

Antes de ocuparse del castigo del arriero, Brahim se dispuso a ejecutar la pena contra las dos mujeres. Se había procurado una fina vara e interrogó a Hamid con la mirada cuando le presentaron a las condenadas.

El alfaquí les preguntó si estaban preñadas. Ambas negaron, y entonces se dirigió a Brahim:

—Azótalas suavemente, contén tu fuerza —ordenó—. Así lo dice la ley.

Las dos mujeres dejaron escapar un suspiro de alivio.

—Quítales las marlotas y las pieles que llevan, sin llegar a desnudarlas. Tampoco les ates los pies o las manos... a no ser que pretendan huir.

Brahim se esforzó por cumplir las órdenes de Hamid. Con todo, ochenta azotes, aun suaves, terminaron por originar unas finas líneas de sangre en las camisas de las mujeres, que rápidamente se extendieron por sus espaldas.

En el centro del castillo, antes del anochecer, frente a centenares de moriscos en silencio, Brahim cercenó la mano derecha del arriero de Narila de un violento golpe de alfanje. Ubaid ni siquiera le miró: arrodillado, alguien sujetaba su antebrazo extendido sobre el tocón de un árbol a modo de tajo. No gritó en el momento en que su mano se separó por la muñeca, ni al aplicarle un torniquete, pero sí lo hizo después, cuando le introdujeron el brazo en un caldero lleno de vinagre y sal pistada.

Sus aullidos erizaron el vello de los moriscos.

Y de todo ello tuvo cumplida cuenta Hernando esa misma noche, a la vuelta de su madre, mientras cenaba.

—Al final ha dicho que fuiste tú quien robó la cruz. Una y otra vez. No paraba de gritar y llamarte nazareno. ¿Por qué te ha acusado ese canalla? —le preguntó Aisha.

Con la boca llena y la vista en el plato, Hernando abrió las manos y se encogió de hombros.

—¡Es un miserable! —contestó sin mirar a su madre y con la boca aún llena. Luego se introdujo con rapidez otro pedazo de carne en la boca.

Esa noche no se atrevió a ir a casa de Hamid y le costó conciliar el sueño. ¿Qué habría pensado él de las acusaciones del arriero? ¡Había sentenciado que le cortaran la mano derecha! El arriero no dejaría las cosas así. Sabía que había sido él. Seguro. Pero ahora... ahora le faltaba la mano derecha, aquélla con la que había empuñado el cuchillo en su contra. Con todo, debía andar con ojo. Se revolvió sobre la paja en la que dormitaba. ¿Y Brahim? Su padrastro se había extrañado de que le instara a revisar las mulas. ¿Y los demás presentes? ¡Aquel maldito apodo! Si antes había sido el nazareno para la gente de Juviles, ahora lo sería para los habitantes de todas las Alpujarras.

A la mañana siguiente tampoco se decidió a visitar a Hamid, pero a mediodía el alfaquí le mandó llamar. Lo encontró junto a la iglesia, al sol del frío invierno, en el mismo lugar en el que se hallaban los restos de la campana, sentado sobre el pedazo más grande de ellos con la espada del Profeta a sus pies. Frente a él, ordenadamente alineados en el suelo, se hallaba una multitud de niños, oriundos de Juviles o venidos del castillo. Algunas mujeres y ancianos observaban. Hamid le hizo señas de que se acercase.

—La paz sea contigo, Hernando —le recibió.

—Ibn Hamid —le corrigió el muchacho—. He adoptado ese nombre…, si no tienes inconveniente —tartamudeó.

—La paz, Ibn Hamid.

El alfaquí clavó su mirada en los ojos azules de Hernando. No necesitó más: pudo leer la verdad en ellos en un solo instante. Hernando agachó la cabeza; Hamid suspiró y miró hacia el cielo.

Los dos se alejaron unos pasos del grupo de niños, no sin que antes el alfaquí hubiera encargado a uno de ellos que vigilara su preciado alfanje.

Hamid dejó transcurrir unos instantes.

—¿Te arrepientes de lo que hiciste o tienes miedo? —inquirió después.

Hernando, que había esperado un tono más áspero, meditó la pregunta antes de responder:

—Quiso convencerme de que robara el botín. Intentó matarme en una ocasión y me amenazó con hacerlo de nuevo.

—Quizá lo haga —reconoció Hamid—. Tendrás que vivir con eso. ¿Vas a enfrentarte a ello o piensas huir?

Hernando le observó: el alfaquí parecía leerle los pensamientos más ocultos.

—Es más fuerte… incluso sin una de sus manos.

—Tú eres más inteligente. Utiliza tu inteligencia.

Los dos se miraron durante un largo rato. Hernando intentó hablar, preguntarle por qué le había protegido. Dudó. Hamid permanecía inmóvil.

—Dicen nuestras costumbres que el juez nunca actúa con injusticia —dijo por fin el alfaquí—. Si altera la verdad, es para hacerse útil. Y yo estoy convencido de haber sido útil a nuestro pueblo. Piensa en ello. Confío en ti, Ibn Hamid —le susurró entonces—. Tus razones tendrías.

El muchacho trató de hablar, pero el alfaquí se lo impidió.

—Bien —añadió de repente—, tengo mucho que hacer, y todos estos niños necesitan aprender el Corán. Hay que recuperar muchos años perdidos.

Se volvió hacia el grupo de críos, que ya daban muestras de impaciencia, y les preguntó en voz alta:

—¿Quiénes de vosotros conocéis la primera sura, al-Fatiha? —preguntó, mientras recorría, cojeando, los pasos que lo separaban de ellos.

Bastantes de ellos alzaron la mano. Hamid señaló a uno de los mayores y le indicó que la recitase. El chico se puso en pie.

—Bismillah ar-Rahman ar-Rahim, «En el nombre de Dios el Clemente, el Misericordioso…».

—No, no —le interrumpió Hamid—. Despacio, con…

El muchacho volvió a empezar, nervioso.

—Bismillah…

—No, no, no —volvió a interrumpirle pacientemente el alfaquí—. Escuchad. Ibn Hamid, recítanos la primera sura.

Susurró la palabra «recítanos».

Hernando obedeció e inició el rezo al tiempo que se mecía con suavidad:

—Bismillah…

El muchacho finalizó la sura y Hamid dejó transcurrir unos instantes con ambas manos abiertas y los dedos doblados; las giraba rítmica y pausadamente a ambos lados de su cabeza, junto a las orejas, como si aquella oración fuese música. Ninguno de los niños fue capaz de desviar la mirada de aquellas manos enjutas que acariciaban el aire.

—Sabed que el árabe —les explicó a continuación— es la lengua de todo el mundo musulmán; aquello que nos une sea cual sea nuestro origen o el lugar en el que vivimos. A través del Corán, el

árabe ha alcanzado la condición de lengua divina, sagrada y sublime. Debéis aprender a recitar rítmicamente sus suras para que re-
suenen en vuestros oídos y en los de quienes os escuchan. Quiero
que los cristianos de ahí dentro —señaló hacia la iglesia— oigan de
vuestras bocas esa música celestial y se convenzan de que no hay
otro Dios que Dios, ni otro profeta que Muhammad. Enséñales
—finalizó dirigiéndose a Hernando.

Durante los dos días siguientes, Hernando no tuvo oportunidad de hablar con Hamid. Cumplía con sus obligaciones para con
las mulas a la espera de que llegaran órdenes de Brahim, se encargaba de los pocos trabajos de la época en el campo y el resto lo dedicaba a enseñar a los niños.

El día 30 de diciembre Farax pasó por Juviles al mando de una
banda de monfíes, y antes de partir de nuevo ordenó la inmediata
ejecución de los cristianos retenidos en la iglesia.

Farax el tintorero, nombrado alguacil mayor por Aben Humeya,
no sólo se dedicó, como le había ordenado el rey, a recoger el botín
incautado a los cristianos, sino que decretó la muerte de todos
aquellos mayores de diez años que todavía no hubieran sido ejecutados, añadiendo que sus cadáveres no fueran enterrados sino abandonados para que sirvieran de alimento a las alimañas. También
mandó que ningún morisco, so pena de la vida, escondiera o diera asilo a cristiano alguno.

Hernando y los componentes de su improvisada escuela presenciaron cómo los cristianos de Juviles abandonaban la iglesia
desnudos, renqueantes, muchos enfermos, y con las manos atadas a
la espalda, en dirección a un campo cercano. Arrastrando los pies
junto al cura y al beneficiado, Andrés, el sacristán, volvió el rostro
hacia Hernando, que estaba sentado en el mayor de los fragmentos
de la campana. El joven mantuvo su mirada fija en él hasta que
un morisco empujó violentamente al sacristán con la culata de un
arcabuz. Hernando sintió parte del golpe en su propia espalda. «No
es una mala persona», se dijo. Siempre se había portado bien con
él… La gente se sumó a la comitiva y chillaba y bailaba alrededor

de los cristianos. Los niños permanecieron en silencio hasta que el grito de uno de ellos los levantó a todos al mismo tiempo. Hernando los observó correr hacia el campo como si de una fiesta se tratara.

—No te quedes ahí —escuchó.

Se volvió para encontrarse con Hamid a sus espaldas.

—No me gusta verlos morir —se sinceró el muchacho—. ¿Por qué hay que matarlos? Hemos convivido…

—A mí tampoco, pero tenemos que ir. A nosotros nos obligaron a hacernos cristianos so pena de destierro, otra forma de morir lejos de tu tierra y tu familia. Ellos no han querido reconocer al único Dios; no han aprovechado la oportunidad que se les ha brindado. Han elegido morir. Vamos —le instó Hamid. Hernando dudó—. No te arriesgues, Ibn Hamid. El próximo podrías ser tú.

Los hombres acuchillaron al beneficiado y al sacerdote. Algo alejado, desde un pequeño bancal, Hernando se estremeció al ver a su madre dirigirse lentamente hacia don Martín, que agonizaba en el suelo. ¿Qué hacía? Sintió que Hamid le pasaba el brazo por los hombros. A gritos y empujones, las mujeres del pueblo obligaron a los hombres a apartarse de los clérigos. En silencio, casi con reverencia, un morisco puso un puñal en la mano de Aisha. Hernando la observó arrodillarse junto al sacerdote, alzar el arma por encima de su cabeza y clavarla con fuerza en su corazón. Los «yuyús» estallaron de nuevo. Hamid apretó con fuerza el hombro del muchacho mientras su madre se ensañaba con el cadáver del sacerdote. Poco después el orondo cuerpo del clérigo aparecía convertido en una masa sanguinolenta, pero su madre, de rodillas, seguía clavando el cuchillo una y otra vez, como si con cada puñalada vengara parte del destino al que otro cura la había condenado. Entonces las mujeres se acercaron y la separaron del cadáver, alzándola por las axilas. Hernando alcanzó a ver su rostro desencajado, cubierto de sangre y lágrimas. Aisha se zafó de las mujeres, dejó caer el cuchillo, levantó ambos brazos al cielo y gritó con toda la fuerza de sus pulmones:

—¡Alá es grande!

Luego los moriscos acabaron con dos cristianos más, los principales del pueblo, pero antes de que pudieran continuar con los que faltaban, entre los que se hallaba Andrés, el sacristán, se presentó el Zaguer, alguacil de Cádiar, con sus hombres y detuvo la matanza. Hernando tan sólo intuyó las discusiones entre los soldados del Zaguer y los moriscos ávidos de sangre. Su atención se alternaba entre su madre, ahora sentada en el suelo, abrazada a las piernas y con la cabeza escondida entre las rodillas, toda ella temblorosa, y Andrés, el siguiente en la fila.

—Ve con ella —le dijo Hamid, empujándole por la espalda—. Lo ha hecho por ti, muchacho —añadió al notar su resistencia—. Ha sido por ti. Tu madre ha obtenido su venganza en uno de los hombres de Cristo, y parte de esa venganza también es tuya.

Sólo fue capaz de acercarse a su madre y permanecer en pie a su lado, a cierta distancia. El campo se despobló y algunos animales empezaron a aproximarse a los cuatro cadáveres que yacían en él. Hernando miraba a un par de perros que olisqueaban el cuerpo del beneficiado, dudando si espantarlos, cuando Aisha se levantó.

—Vamos, hijo —se limitó a decir.

A partir de aquel momento Aisha no mostró el menor cambio en su comportamiento usual; ese día ni siquiera se cambió de ropa, como si la sangre que la manchaba fuera algo natural. Quien no pudo concentrarse en sus quehaceres fue Hernando: Ubaid le esperaría en el castillo, eso si no decidía venir a por él. En el cobertizo, con las mulas, miraba a un lado y otro. Debía estar prevenido. Hamid sabía que había sido él quien había tendido una trampa al arriero. «Confío en ti», le había dicho, pero ¿qué pensaría de él? «Un juez nunca actúa con injusticia. Si altera la verdad, es para hacerse útil.» Y el alfaquí le había asegurado que se había sentido así. El joven volvió a inspeccionar las cercanías del cobertizo, atento a cualquier ruido.

Durmió mal, y al día siguiente hasta los niños notaron su distracción al recitar el Corán. Era el primero de año del calendario cristiano; ese día no hubo clase. Según era costumbre, las mujeres habían salido a hilar bajo los morales. Se habían pintado las manos con alheña, con la que también untaban las puertas de sus casas; habían preparado unas tortas de pan seco con ajo y partieron al campo, donde sobre hornos de ladrillo y lodo construidos al efecto ahogaron los capullos en un caldero de cobre y los cocieron con jabón para que perdieran la grasa. Mientras removían los capullos en el caldero con una escobita de tomillo, hilaban la seda en toscos tornos que montaban bajo los morales. Las moriscas tenían mucha destreza y la paciencia necesaria para hilar. Agrupaban los capullos en tres grupos: los capullos almendra, de los que obtenían seda joyante, la más valiosa; los capullos ocal, de los que se hilaba seda redonda, más fuerte y basta; y aquellos que estaban deteriorados, cuya seda se utilizaba para cordones y tejidos de poca calidad.

Hernando se preguntó qué harían con la seda aquel año. ¿Cómo podrían trasladarla y venderla en la alcaicería de Granada? Las noticias de los espías moriscos en la ciudad hablaban de que el marqués de Mondéjar continuaba reuniendo tropas para acudir a las Alpujarras.

—Además, el marqués de los Vélez se ha ofrecido al rey Felipe para atajar la revuelta por la zona de Almería —comentaron unos hombres en la plaza del pueblo, cerca de donde el joven daba clases.

Hernando indicó con un gesto al niño que en ese momento cantaba las suras que continuara con ello y se acercó al grupo.

—El Diablo Cabeza de Hierro —llegó a escuchar cómo musitaba con temor un anciano. Así era como llamaban los moriscos al cruel y sanguinario marqués—. Dicen —continuó el anciano— que sus caballos se orinan de pánico en el momento en que monta sobre ellos.

—Entre los dos marqueses nos aplastarán —sentenció un hombre.

—No hubiera sido así si los del Albaicín y los de la vega se hubieran sumado a la revuelta —intervino un tercero—. El marqués de Mondéjar tendría los problemas en su misma ciudad y no podría acudir a las Alpujarras.

Hernando observó cómo varios de ellos asentían en silencio.

—Los del Albaicín ya están pagando su traición —afirmó el primer anciano. Luego escupió al suelo—. Algunos huyen hacia las sierras, arrepentidos. Granada se ha llenado de nobles y soldados de fortuna, y a pesar de que ofrecieron pagar su estancia y alimentación en los hospitales de la ciudad, el marqués de Mondéjar ha ordenado que se alojen en las viviendas de los moriscos. Les roban y violan a sus mujeres e hijas. Cada noche.

—Dicen que han encarcelado en la Chancillería a más de cien moriscos de los principales y más ricos de la ciudad —añadió otro. El anciano asintió confirmándolo.

El silencio volvió a hacerse en el grupo.

—¡Venceremos! —gritó uno de los hombres. El niño que recitaba las suras calló ante el rugido—. ¡Dios nos ayudará! ¡Venceremos! —insistió, logrando que los presentes, niños incluidos, se sumasen a sus exclamaciones.

El 3 de enero de 1569, Hernando recibió la orden de Brahim de acudir al castillo de Juviles. Los moriscos partían al encuentro del ejército del marqués de Mondéjar, que se dirigía a las Alpujarras. Ni siquiera pudo cinchar la primera mula de lo que le temblaban las manos. El arnés se deslizó por el costado del animal y cayó al suelo mientras el muchacho miraba sus manos preocupado. ¿Qué haría Ubaid? Le mataría. Le estaría esperando…, no. ¿Qué iba a hacer un arriero manco en el castillo? ¿Cómo iba un manco a trabajar con las mulas? Un sudor frío humedeció su espalda; le tendería alguna trampa. No lo haría en el castillo. No. Allí no podría… Hernando aparejó a la recua como buenamente pudo, y tras despedirse de su madre se puso en marcha. ¿Y si escapase? Podría…, podría ir con los cristianos, pero… ¡Nunca llegaría a cruzar las Alpujarras! Le detendrían. Brahim le buscaría si no acudía y entonces sabría que Ubaid había dicho la verdad. Recordó el consejo de Hamid y la confianza que el alfaquí había depositado en él. No podía fallarle.

Ascendió al castillo, protegido entre las mulas, obligándolas a caminar cerca de él, atento a cuanto pudiera moverse. Ubaid no le salió al paso como temía. El castillo hervía con los preparativos de la marcha a Pampaneira, donde les esperaba Aben Humeya con su ejército. Buscó a Brahim y lo encontró charlando con jefes monfíes, cerca de la alcazaba.

—Saldremos de vacío —anunció su padrastro—. Prepara mi caballo… y las mulas del de Narila —añadió, señalando a Ubaid. El arriero de Narila llevaba el brazo derecho vendado, sucio, la ropa ajada, y su rostro aparecía tremendamente demacrado mientras intentaba, sin éxito, aparejar a sus animales.

—Pero… —trató de quejarse Hernando.

—Ya te habrás enterado de que ha pagado por su delito —le interrumpió Brahim, que recalcó las dos últimas palabras. Luego se inclinó sobre Hernando con los ojos entrecerrados, retándole a quejarse de nuevo.

¡Lo sabía! ¡También lo sabía su padrastro! Y sin embargo había empuñado la espada para cortarle la mano. Brahim observó cómo su hijastro se dirigía a la recua de Ubaid. Una mueca de satisfacción apareció en su rostro ante el enfrentamiento de ambos: los odiaba a los dos.

—Prepararé tus animales —le dijo Hernando al arriero de Narila sin poder apartar la mirada de la venda ensangrentada que cubría el muñón de su brazo derecho.

Ubaid escupió al rostro del muchacho, que se volvió hacia su padrastro.

—¡Prepáralas! —le gritó Brahim. La sonrisa se había borrado de sus labios.

—Apártate de las mulas —exigió entonces Hernando al arriero—. Prepararé tus animales te guste o no, pero te quiero lejos de mí. —Vio un palo largo en el suelo, lo cogió con las dos manos y amenazó a Ubaid—. ¡Lejos! —repitió—. Si te veo cerca de mí, te mataré.

—Antes lo haré yo —masculló Ubaid.

Hernando le aguijoneó con el extremo del palo pero Ubaid lo agarró con su mano izquierda impidiéndoselo. Hernando notó una fuerza impropia para una persona en el estado del arriero. Brahim parecía disfrutar con el desafío, que se prolongó durante unos instantes. ¿Qué podía hacer?, se preguntaba el muchacho. «Utiliza tu inteligencia», recordó. De repente soltó la mano derecha del palo y la alzó violentamente. Ubaid respondió instintivamente a la amenaza y levantó… ¡su muñón! El brazo cercenado y ensangrentado frente a su rostro hizo dudar al arriero, oportunidad que aprovechó Hernando para golpearle con el palo en el estómago. El arriero trastabilló y cayó al suelo.

—¡No te acerques a mí! Quiero verte lejos en todo momento —le ordenó, azuzándole de nuevo con el palo.

Sin poder ocultar el dolor en su muñeca, Ubaid se arrastró lejos de las mulas.

Aben Humeya estableció su base de operaciones en el castillejo de Poqueira, enclavado en lo alto de un cerro rocoso desde el que se controlaba el barranco de la Sangre, el de Poqueira y el río Guadalfeo. Hernando anduvo el camino desde Juviles junto a casi un millar de moriscos más, algunos armados, los más cargados con simples aperos de labranza, pero todos deseosos de entrar en combate contra las fuerzas del marqués. Ubaid, siempre por delante, logró resistir el trayecto apoyándose en las mulas, incapaz siquiera de montarse en alguna de ellas. Los de Juviles no eran los únicos: multitud de moriscos acudía a la llamada del rey de Granada y de Córdoba. En el castillejo ya no cabía nadie más y la gente se desparramaba por el pequeño pueblo de Pampaneira, donde las casas ya no podían acoger a más personas, y afortunado podía considerarse aquel que encontrara refugio contra el frío bajo los «tinaos» que, de casa a casa, cubrían las sinuosas callejuelas del pueblo.

Llegaron de noche, poco antes de que una partida de moriscos regresara derrotada a Pampaneira, dejando tras de sí doscientos muertos. Esa misma noche empezó el trabajo para Hernando: varios caballos volvían heridos y Brahim ofreció a su hijastro para que los curase.

Hasta la rebelión sólo algunos monfíes tenían caballos, puesto que los moriscos lo tenían prohibido. Incluso para echar el asno a las yeguas o el caballo a las burras y poder criar mulas, los moriscos tenían que pedir permisos especiales. Por eso tampoco disponían de veterinarios capaces de tratar a los caballos. Ya de día, Hernando permaneció un largo rato quieto en un campo cercano al de las mulas, observando a la luz del sol el estado de los animales. No estaba preparado para aquello; no se trataba de los problemas usuales de las mulas. ¿Cómo habían conseguido regresar, sin morir en el camino, algunos de aquellos animales? El frío era intenso y dos caballos agonizaban sobre la tierra escarchada; otros se mantenían quietos, doloridos, mostrando profundas heridas de pelotas de arcabuces, de espadas, de lanzas o alabardas de los soldados cristianos. De los ollares de todos ellos surgían convulsas vaharadas. Ubaid se mantenía a varios pasos de él; su mirada iba de caballo en caballo. Esa noche Hernando se acostó lejos del manco, con la Vieja trabada a su lado y suavemente atada a una de sus piernas: la Vieja siempre desconfiaba de cualquier desconocido que pretendiera acercársele.

—¡Ponte a trabajar! —La orden se escuchó a sus espaldas. Hernando se volvió para encontrarse con Brahim y varios monfíes—. ¿Qué haces ahí parado? ¡Cúralos!

¿Curarlos? Estuvo a punto de contestar a su padrastro, pero se reprimió a tiempo. Uno de los monfíes que acompañaban a Brahim, gigantesco, cargado con un arcabuz finamente labrado con arabescos dorados y un cañón casi el doble de largo que lo normal, le señaló a un alazán de poca alzada. Lo hizo con el arcabuz, manejando el arma con un solo brazo, como si no pesara más que un pañuelo de seda.

—Aquél es el mío, muchacho. Lo necesitaré pronto —dijo el monfí, al que apodaban el Gironcillo.

Hernando miró al alazán. ¿Cómo podía aquella pobre bestia cargar con tal mole? Sólo el arcabuz pesaría una barbaridad.

—¡Muévete! —le gritó Brahim.

¿Por qué no?, se preguntó el muchacho. Cualquiera podía ser el primero.

—Examina a aquellos dos —le dijo a Ubaid, señalando a los que agonizaban sobre la escarcha, al tiempo que él se dirigía hacia el alazán sin dejar de comprobar, por el rabillo del ojo, si el manco cumplía sus órdenes.

Pese a los trabones que inmovilizaban sus manos, el caballo renqueó unos pasos en dirección contraria cuando Hernando trató de acercarse. Una herida sangrante que partía de lo alto de la grupa le cruzaba el anca derecha. «No podrá moverse mucho más rápido», pensó entonces. En dos saltos podría agarrarlo del ronzal y ya lo tendría; sin embargo... Arrancó hierba seca y extendió la mano, susurrándole. El alazán parecía no mirarle.

—¡Cógelo ya! —le instó Brahim a sus espaldas.

Hernando continuó susurrando al caballo, recitando rítmicamente la primera sura.

—Acércate y cógelo —insistió Brahim.

—¡Cállate! —masculló Hernando sin volverse. La impertinencia pareció resonar hasta en las armas de los monfíes.

Brahim saltó hacia él, pero antes de que pudiera golpearle, el Gironcillo le agarró por el hombro y le obligó a esperar. Hernando escuchó la reyerta y aguantó con los músculos de la espalda en tensión; luego tornó a canturrear. Largo rato después, el alazán giró el cuello hacia él. Hernando extendió un poco más el brazo, pero el caballo no estiró el cuello hacia la hierba que se le ofrecía. Así volvieron a transcurrir otros interminables instantes, mientras el muchacho agotaba las suras que conocía. Al fin, cuando el vaho de los ollares del animal surgía con regularidad, se acercó lentamente y lo agarró del ronzal con suavidad.

—¿Cómo están los otros dos? —preguntó entonces a Ubaid.

—Morirán —gritó secamente éste—. Uno tiene el intestino fuera, el otro el pecho destrozado.

—Vamos —dijo el monfí, dirigiéndose a Brahim—. Parece que tu hijo sabe lo que hace.

—Matadlos —les pidió Hernando señalando a los caballos acostados, al ver que el grupo hacía ademán de retirarse—. No es menester que sufran.

—Hazlo tú —le respondió Brahim con el ceño todavía fruncido—. A tu edad deberías estar matando cristianos. —Tras estas palabras, soltó un par de carcajadas, le lanzó un cuchillo y se alejó junto a los monfíes.

9

Puente de Tablate, entrada a las Alpujarras.
Lunes, 10 de enero de 1569

Hernando recorrió el trayecto que separaba Pampaneira del puente de Tablate; iba a pie, sin mulas, como uno más de los tres mil quinientos moriscos que se dirigían al encuentro con el ejército cristiano del marqués de Mondéjar. Aben Humeya había tenido conocimiento de los movimientos del marqués a través de las fogatas que sus espías encendían en las cimas más elevadas y ordenó que se le impidiera cruzar el puente que daba acceso a las Alpujarras.

Antes de partir, el Gironcillo comprobó las suturas de seda con las que el muchacho había cerrado la herida del alazán, asintió satisfecho y montó pesadamente sobre el pequeño animal.

—Andarás junto a mí —le exigió—, por si el caballo necesitase de tus cuidados.

Y ahí iba Hernando, con la mirada fija en el anca del alazán, escuchando la conversación del Gironcillo con otros jefes monfíes.

—Dicen que no llegan a dos mil infantes —comentó uno.

—¡Y cien caballeros! —añadió otro.

—Nosotros somos muchos más…

—Pero no tenemos sus armas.

—¡Tenemos a Dios! —saltó el Gironcillo.

Hernando se encogió ante el golpe sobre la montura con que el monfí acompañó su exclamación. El alazán aguantó, las suturas también. Buscó entre la escasa caballería morisca los otros tres ejemplares que había logrado curar, pero no logró dar con ellos; luego miró sus ropas, cubiertas de sangre seca e incrustada.

Tan pronto como hubieron desaparecido Brahim y los monfíes, Hernando se había decidido a poner fin al sufrimiento de los animales moribundos. Cuchillo en mano, se había dirigido con resolución hacia el primero de ellos: el que presentaba la herida de lanza en el estómago.

¡Ya era un hombre!, se repetía sin cesar. Muchos moriscos de su edad estaban casados y tenían hijos. ¡Debía ser capaz de sacrificarlo! Llegó al lado del animal, que yacía inmóvil. Con las manos dobladas bajo el pecho descansaba el abdomen sobre la escarcha, para que el hielo aliviara el dolor procedente de aquella profunda herida que le reventaba la piel. En el pueblo había presenciado muchas veces cómo los matarifes degollaban las reses. El cristiano lo hacía en público y sacrificaba a los animales de manera que su nuez quedara unida a las cañas de los pulmones; los musulmanes debían realizar sus ritos prohibidos fuera del pueblo, en secreto, escondidos en los campos: con el animal de cara a la quibla, le tajaban el cuello de manera que la nuez se mantuviera unida a la cabeza.

Hernando se colocó por detrás del caballo y con la mano izquierda agarró la crin de la testa del animal al tiempo que con la derecha le rodeaba el cuello. Dudó. ¿Por encima o por debajo de la nuez? Los moriscos tenían prohibido comer carne de caballo; ¿qué importaba entonces cómo lo matara? Cruzó una mirada con Ubaid, que lo observaba a distancia con los ojos entrecerrados. Debía hacerlo. Debía demostrar al arriero… Cerró los ojos y deslizó el cuchillo con fuerza. Nada más notar el corte de la hoja, el animal echó el cuello atrás, le golpeó en el rostro y se levantó chillando. No estaba trabado. Galopó aterrorizado por el campo, con la sangre manando a chorretones de su yugular y las tripas saliendo de su estómago. Tardó en morir. Alejado, agonizó con los intestinos colgando hasta desangrarse. Pálido, observando cómo sufría, la bilis se instaló en la boca del muchacho y sin embargo… Se volvió hacia Ubaid. ¡Lo que podía conseguir la naturaleza, aun herida de muerte, si se trataba de pelear por el último soplo de

¡vida! No podía confiarse, concluyó entonces: al arriero de Narila sólo le faltaba una mano.

Buscó una soga antes de dirigirse al segundo caballo, al que ató de pies y manos mientras el animal se dejaba hacer, agonizante. Luego repitió la operación y le sajó el cuello con toda la fuerza que pudo. Esquivó el golpe de la testa y siguió hundiendo el cuchillo hasta que la sangre caliente le empapó la mayor parte del cuerpo. El caballo murió rápidamente, tumbado en el mismo lugar…

Con el olor dulzón de la sangre de aquel segundo caballo llenándole los sentidos, Hernando volvió a prestar atención a la conversación que mantenían los monfíes.

—El marqués no ha podido esperar a que lleguen más refuerzos —decía uno de ellos—. Sé que en Órgiva los cristianos llevan más de quince días encerrados en la torre de la iglesia, resistiendo el asedio de la población morisca. Tiene que entrar en las Alpujarras como sea para acudir en su ayuda.

—Agradezcámoselo, pues, a los cristianos de Órgiva —rió un monfí que debía de haberse unido al grupo y al que Hernando descubrió montado en otro de los caballos que había logrado curar.

Hicieron noche ya en la cima del cerro que se alzaba sobre el puente de Tablate. Por debajo del puente se abría una profunda y abismal garganta, y al otro lado, las tierras del valle de Lecrín. El Gironcillo le premió con una negra sonrisa y una tremenda palmada en la espalda al echar pie a tierra y comprobar que las suturas de seda habían resistido el arduo camino. Durante la noche, Hernando se ocupó y curó de nuevo a los caballos.

Al amanecer los espías anunciaron la próxima llegada del ejército cristiano, y Aben Humeya ordenó destruir el puente. Hernando observó cómo descendía una partida de moriscos que desarboló la estructura de madera hasta dejarla reducida a las cimbras y a algunos tablones sueltos, que usaron para volver junto a su ejército. Tres de ellos se despeñaron durante el regreso, y sus gritos se apagaron a medida que los cuerpos desaparecían en la profunda garganta del barranco.

—Vamos —le dijo el Gironcillo, obligándole a apartar la mirada de la sima en la que acababa de perderse el último morisco despeñado—. Ocupemos posiciones para recibir a esos mal nacidos como se merecen.

—Pero… —Hernando señaló hacia los caballos.

—Ya los cuidarán los niños. Tu padrastro tiene razón: estás en edad de pelear y quiero que permanezcas a mi lado. Creo que me traes suerte.

Descendió hacia el puente tras el Gironcillo, rodeado por una multitud de moriscos. En poco rato, la ladera del cerro se pobló con más de tres mil hombres que, eufóricos y confiados, aguardaban la llegada del ejército del marqués. A sus pies se abría el barranco de Tablate, y al frente tenían la ladera del cerro por el que debían aparecer los cristianos.

Alguien entonó las primeras notas de una canción y al instante retumbó un atabal. Otro morisco se alzó en la pendiente e hizo ondear una gran bandera blanca; más allá apareció una colorada, y otra… ¡Y cien más! Hernando sintió que se le erizaba el vello cuando los tres mil moriscos cantaron al unísono: al son de los atabales, cientos de banderas ondeantes cubrieron la ladera de blanco y rojo.

Así recibieron al ejército comandado por el marqués de Mondéjar, capitán general del reino de Granada. Hernando se dejó arrastrar por el entusiasmo general y, con el inmenso Gironcillo a su lado, cantó a voz en grito en abierto desafío a las tropas cristianas.

El marqués, con reluciente armadura, se puso al frente de las tropas; estableció que la caballería permaneciera en la retaguardia, dispuso a la infantería en la ladera opuesta y ordenó la carga de los arcabuceros. Mientras tanto, los moriscos tomaron sus respectivas posiciones.

Por encima del angosto barranco, los moriscos respondieron al ataque enemigo disparando sus escasos arcabuces y ballestas, pero, sobre todo, provocando con sus hondas una intensa lluvia de piedras sobre los cristianos. Hernando respiró el olor a pólvora que emanaba del arcabuz del Gironcillo. Él no disponía de honda con la que lanzar piedras, y lo hizo a mano, gritando exaltado. Tenía buena puntería: había lanzado piedras contra los animales, y en sus ratos perdidos se había entrenado en los campos. Acertó a darle a un infante y ello le llevó a arriesgarse más y más con cada pedrada: obcecado, se exponía al fuego enemigo.

—¡Resguárdate! —El monfí le agarró del brazo y lo sentó de un violento tirón. Luego se dedicó a baquetear el cañón de su arcabuz. Hernando hizo ademán de volver a lanzar una piedra, pero el Gironcillo no se lo permitió—. Entre los miles de moriscos que somos, yo soy su blanco. Mi arcabuz les llama a disparar contra mí. —Introdujo una pelota de plomo por el cañón y volvió a baquetear con fuerza—. No quiero que te maten por mi causa. ¡Lánzalas sin levantarte!

Poco duró sin embargo el intercambio de disparos y pedradas: los moriscos se vieron incapaces de soportar la superioridad de las armas de los cristianos, que cargaban y disparaban sin cesar provocando numerosas bajas. El Gironcillo ordenó la retirada hacia posiciones más elevadas, a las que no llegaran las pelotas de plomo cristianas.

—No podrán cruzar el puente —decían los rebeldes mientras se replegaban.

El marqués dio la orden de alto el fuego ante la inutilidad de los disparos. Los moriscos volvieron a cantar y gritar. Muchos todavía intentaban llegar con sus hondas allí donde no lo conseguían los arcabuces; algunos lo consiguieron, aunque con escasos resultados, lanzando las piedras al cielo para que la parábola les ayudase a salvar la distancia. Hernando contempló cómo el marqués, celada en mano, y sus capitanes uniformados se acercaban a examinar el puente destrozado. ¡Era imposible que por allí cruzase un ejército!

El silencio se hizo en las filas de ambos bandos hasta que todos vieron que el marqués negaba con la cabeza. Entonces los moriscos volvieron a estallar en vítores y a hacer ondear sus banderas. Hernando gritó también, elevando el puño al cielo. El capitán general cristiano se disponía a retirarse cabizbajo, cuando de las filas de la infantería surgió un fraile franciscano que, empuñando una cruz en la mano derecha y con el hábito recogido al cinto, se lanzó a caminar por el peligroso puente, sin tan siquiera mirar al marqués. Cesó el griterío. El marqués reaccionó y ordenó fuego a discreción para proteger al religioso. Durante unos instantes todos estuvieron pendientes de aquel fraile que andaba con paso vacilante y en la cruz que orgullosamente exhibía a los musulmanes.

Dos infantes más se atrevieron a cruzar el puente antes de que el fraile alcanzara la otra orilla. Uno de ellos pisó en falso y cayó al vacío, pero antes de que su cuerpo llegara a estrellarse contra las paredes del barranco, como si su muerte fuera una llamada al valor de sus compañeros, se escuchó un grito en la columna de la infantería cristiana:

—¡Santiago!

El grito de guerra rugió entre la tropa al tiempo que una larga fila de soldados se acercaba a la cabecera del destrozado puente, dispuesta a cruzarlo. El fraile estaba llegando ya al otro lado. Los cabos y sargentos acuciaban a los arcabuceros a que cargasen y disparasen con rapidez para impedir que los moriscos descendieran de nuevo de los cerros y atacaran a quienes cruzaban. Muchos lo intentaron, pero el fuego del ejército cristiano, concentrado en la cabecera del puente, fue efectivo. No mucho después, un cuerpo de infantes, entre los que se hallaba el fraile rezando a gritos con la cruz en alto, defendía ya el puente desde el lado de las Alpujarras.

Aben Humeya ordenó la retirada. Ciento cincuenta moriscos perdieron la vida en Tablate.

—Monta —dijo el Gironcillo a Hernando señalándole otro caballo, una vez en la cima del cerro—. El jinete ha muerto —añadió al ver dudar al muchacho—. No vamos a dejarles el caballo a los cristianos. Apóyate en el cuello y déjate llevar —le aconsejó iniciando el galope.

10

A ben Humeya huyó con sus hombres en dirección a Juviles. El marqués de Mondéjar le persiguió y tomó todos los pueblos ubicados en el camino entre Tablate y Juviles, saqueando las casas, esclavizando a las mujeres y niños que quedaban atrás y haciéndose con un cuantioso botín.

En el castillo de Juviles, los moriscos discutieron acerca de su situación y posibilidades. Algunos apostaban por la rendición; los monfíes, seguros de su castigo y de que con respecto a ellos no cabría esperar medida de gracia alguna, lo hacían por el enfrentamiento a muerte; otros proponían huir a las sierras.

Con urgencia, puesto que los espías anunciaban ya que el ejército cristiano se hallaba tan sólo a una jornada de Juviles, los moriscos adoptaron una solución intermedia: los hombres de guerra huirían con el botín, si bien antes liberarían a las más de cuatrocientas cautivas cristianas como muestra de buena voluntad a fin de continuar con unas negociaciones de paz que algunos principales ya habían iniciado. Entretanto, sus mujeres, aterradas, se veían obligadas a despedirse de sus maridos y esperar la temida llegada de los cristianos.

—¿Acaso pretendes que mueran mis hijos? —gritó Brahim desde lo alto del overo a Aisha, cuando ésta le propuso escapar con él de Juviles—. Los pequeños no resistirían el invierno en las sierras. Esto no es ninguna romería. ¡Es una guerra, mujer!

Aisha bajó la mirada. Raissa y Zahara sollozaban, abrumadas; los niños, aun notando la tensión general, contemplaban a su padre con admiración. Hernando, al frente de las mulas sobrecargadas con el botín que se llevaban del castillo, sintió cómo se le encogía el estómago.

—Podríamos… —trató de intervenir el muchacho.

—¡Cállate! —le interrumpió su padrastro—. Poco te importaría la muerte de tus hermanos. ¡Quédate con ellos y cuídalos! —ordenó a su esposa.

Brahim espoleó al caballo y las mulas le siguieron; incluso Ubaid pasó delante mientras Hernando esperaba a que su madre levantara la vista. Al fin lo hizo, con decisión.

—Llegará la paz —aseguró a su hijo—. No te preocupes. —Hernando trató de acercarse a ella, los ojos vidriosos, pero Aisha le rechazó—. Tus mulas se han ido —le indicó—. ¡Ve con ellos! —insistió su madre, irguiéndose y atusándose el cabello, como si quisiera restar importancia a la situación. Al percibir el dolor en el rostro de su hijo, levantó la voz—: ¡Vete!

Sin embargo el muchacho todavía no pudo seguir a sus mulas. En la que fuera la puerta del castillo encontró a Hamid despidiendo a los combatientes. Los animaba, les aseguraba que Dios estaba con ellos, que no les abandonaría…

—¡Apresúrate! —dijo Hernando al alfaquí—. ¿Qué haces parado…?

—Aquí termina mi aventura, hijo —le interrumpió éste.

¡Hijo! Era la primera vez que se lo decía.

—¡No puedes quedarte aquí! —exclamó de repente.

—Sí. Debo hacerlo. Debo permanecer con las mujeres, con los niños y con los ancianos. Éste es mi sitio. Además… ¿qué haría un cojo como yo corriendo por caminos y sierras? —Hamid forzó una sonrisa—. Sólo sería un estorbo.

Su madre, Hamid… Quizá debiera quedarse él también. ¿No aseguraba ella que llegaría la paz? El alfaquí intuyó sus pensamientos, mientras decenas de moriscos pasaban por su lado, huyendo.

—Lucha tú por mí, Ibn Hamid. Toma. —El alfaquí descolgó el alfanje que colgaba de su cinto y se lo ofreció—. Recuerda siempre que esta espada fue propiedad del Profeta.

Hernando la cogió solemnemente, alargando ambos brazos para que Hamid pusiera el alfanje en sus manos extendidas.

—No permitas que caiga en manos cristianas. No llores, muchacho. —El alfaquí sí que aceptó el abrazo de Hernando—. Nuestro pueblo y nuestra fe deben estar por encima de nosotros, ése es nuestro destino. Que el Profeta te guíe y te acompañe.

El ejército cristiano entró en Juviles y cerca de cuatrocientas cristianas, liberadas por los moriscos, salieron a recibirlo.

—¡Matadlos! ¡Acabad con los herejes! —exigieron a los soldados.

—Degollaron a mi hijo —gritaba una.

—Mataron a nuestros esposos e hijos —lloraba otra con una criatura en brazos.

—¡Profanaron las iglesias! —trataba de explicar una tercera entre el griterío.

Algunas de aquellas mujeres eran de Cuxurio y Alcútar, pero las había de todos los lugares de las Alpujarras. Una vez acomodados en el pueblo, dispersos por sus calles y la plaza, grupos de soldados escucharon estremecidos las historias que narraban las cautivas. En todos los pueblos rebelados se habían producido crueles matanzas y asesinatos en masa, la mayoría por orden directa de Farax.

—Se divertían torturándolos —contaba una—: les cortaban el dedo índice y el pulgar para que no pudiesen hacer la señal de la cruz antes de morir.

—Izaron al beneficiado hasta lo alto de la torre de la iglesia —recordó otra entre sollozos—, con los brazos extendidos y atados a un tronco horizontal del que colgaba el cuerpo, mofándose del calvario de Nuestro Señor. Una vez arriba, soltaron la soga y el clérigo se desplomó sobre las losas de la plaza. Lo repitieron en cuatro ocasiones, aplaudiendo y riendo en cada una de ellas. Luego, descoyuntado pero vivo, lo entregaron a las mujeres y éstas le lapidaron.

Por todo el pueblo se repetían las mismas escenas: los soldados clamaban venganza ante las atrocidades que oían en boca de las mujeres. Una joven de Laroles narró que los moriscos, después de haber pactado la rendición de los cristianos, incumplieron su palabra y untaron los pies de los clérigos con aceite y pez, y los martirizaron sobre las brasas antes de ejecutarlos y descuartizar sus cuerpos. Otra mujer de Canjáyar contó que en su pueblo se simuló la celebración de una misa, con el beneficiado y el sacristán desnudos en el altar. Obligaron al sacristán a pasar lista, y cada vez que un morisco escuchaba su nombre, se acercaba, y ya fuere con un puñal, con una piedra, un palo o las manos desnudas, se ensañaba con el clérigo y el sacristán procurando no causarles la muerte. Al final, todavía vivos, los descuartizaron lentamente, empezando por los dedos de los pies.

Sin embargo, al tiempo que sucedía eso entre los soldados, una comisión compuesta por dieciséis alguaciles musulmanes de los principales lugares de las Alpujarras se presentaba ante el marqués de Mondéjar. Los alguaciles se echaron a los pies del capitán general suplicando el perdón para ellos y para todos los hombres de los pueblos que se rindiesen. El marqués de Mondéjar cedió y prometió clemencia a quienes depusieran las armas; nada prometió, sin embargo, con respecto a Aben Humeya y los monfíes. Luego ordenó que el ejército fuese hacia el castillo.

La rendición corrió de boca en boca por las filas cristianas. Después de todo lo que habían visto y oído, después de los lamentos y llantos de las cristianas, después de recorrer decenas de leguas para acudir en defensa de las Alpujarras sin paga ni soldada a cambio, no podían consentir aquel perdón. ¡Los moriscos debían ser castigados y sus bienes repartidos entre los soldados! En el camino de acceso al castillo, los cristianos se toparon con Hamid y dos ancianos con bandera blanca que les rendían la fortaleza y suplicaban clemencia para las más de dos mil mujeres, sus hijos y los hombres que quedaban en su interior.

El marqués accedió y dictó un bando decretando el perdón de los hombres y ordenando la libertad de las mujeres moriscas y sus hijos. Para calmar a la soldadesca, los autorizó a saquear todas las riquezas que hubiera en el castillo y en el pueblo. Luego ordenó que los rendidos fueran custodiados en las casas de Juviles. Las moriscas y sus hijos fueron confinados en la iglesia, al menos los que cabían en ella; las restantes permanecieron en la plaza, vigiladas por unos soldados indignados ante el rumbo que tomaban los acontecimientos.

Las decisiones del marqués y el descontento que reinaba entre los soldados cristianos llegaron a oídos de la larga columna de moriscos que huía hacia Ugíjar. Hernando sonrió abiertamente a tres ancianos que no habían querido quedarse en el castillo y caminaban junto a las mulas, apoyándose en ellas de tanto en tanto.

—Nada les sucederá a las mujeres —exclamó agitando un puño cerrado.

Pero ninguno de ellos respondió. Continuaron andando con seriedad.

—¿Qué sucede? —se interesó—. ¿Acaso no habéis oído que el marqués ha perdonado a los que han quedado atrás?

—Un hombre contra un ejército —contestó el que parecía mayor de los tres, sin mirarle—. No puede ser. La codicia de los cristianos pasará por encima de cualquier orden del marqués.

Hernando se acercó al anciano.

—¿Qué quieres decir?

—El marqués tiene interés personal en nuestro perdón: gana mucho dinero con nosotros. Pero los soldados que le acompañan… ¡Sólo son mercenarios! Hombres sin paga que han venido a enriquecerse. Los cristianos sólo respetan aquello que les proporciona dinero. Si las mujeres hubieran sido hechas cautivas las respetarían, puesto que significan dinero. De no ser así…, no existirá orden ni bando de noble alguno, ni siquiera del rey, que pueda impedir… —Hernando borró la sonrisa y tanteó el alfanje de Hamid que llevaba colgado al cinto—. Que pueda impedir que los soldados se desmanden —finalizó el anciano acongojado.

Hernando salió corriendo sin pensar. Sorteó a los moriscos que le seguían, sin contestar a ninguna de las preguntas que le efectuaban al chocar contra ellos. ¡Juviles! Su mente estaba puesta en Juviles y en su madre, en Hamid. Brahim escuchó los gritos y quejas que Hernando provocaba a su paso y obligó al overo a volver hacia atrás, pero al llegar a la altura de los ancianos que acompañaban al muchacho, uno de ellos le detuvo con un gesto de su mano.

—¿Adónde va? —preguntó Brahim.

—Imagino que va a hacer lo que deberían haber hecho todos los musulmanes: luchar… ofrecer la vida por su gente, por su familia y por su Dios.

El arriero frunció el entrecejo.

—Todos luchamos por ellos. Esto es una guerra, anciano.

El morisco asintió.

—No lo sabes bien —musitó.

Hernando llegó a Juviles cuando ya había anochecido. Los cristianos estaban por doquier. Según los espías que habían llevado las noticias de la rendición a la columna de moriscos, el marqués había ordenado que las mujeres y sus hijos se congregaran en la iglesia. Rodeó el pueblo para poder llegar hasta la iglesia por los bancales que lindaban con ella y con la plaza por el sur. Era noche cerrada; sólo titilantes puntos de luz diseminados, los fuegos de los soldados cristianos, rompían la oscuridad. Recorrió de cuclillas el mismo bancal donde su madre acuchilló al sacerdote; la plaza y la iglesia quedaban sobre su cabeza. «Lo ha hecho por ti», le había dicho Hamid en aquel mismo bancal mientras ambos observaban la venganza de su madre. Las conversaciones de los cristianos le llegaban en forma de murmullos, interrumpidos de repente por una carcajada o algún improperio.

Estaba tratando de escuchar más allá de los soldados cuando alguien se le abalanzó por la espalda y le inmovilizó con la rodilla. No tuvo tiempo de gritar: una fuerte mano le tapó la boca al instante. Notó el acero de un cuchillo en el cuello. Así había matado él a los caballos, pensó Hernando. ¿Iba a morir como ellos?

—No lo mates —pudo escuchar que siseaban en árabe justo antes de que la hoja sajase su yugular. Eran varios hombres—. Me ha parecido ver unos destellos… Mira ese alfanje.

Hernando notó que le quitaban la espada del cinto. El tintineo de los colgantes de la vaina los paralizó a todos, pero los murmullos cristianos continuaron como si nada sucediera.

—Es de los nuestros —advirtió otro al tantear con sus dedos los colgantes de la vaina curvada.

—¿Quién eres? —susurró el hombre que le inmovilizaba, liberando su boca no sin aumentar la presión del filo sobre el cuello—. ¿Cómo te llamas?

—Ibn Hamid.

—¿Qué haces aquí? —inquirió un tercero.

—Supongo que lo mismo que vosotros —contestó—. He venido a rescatar a mi madre —añadió después.

Le dieron la vuelta, ahora con la punta del cuchillo en su nuez, pero ni uno ni los otros alcanzaron a verse los rostros al tenue reflejo de los fuegos cristianos.

—¿Cómo podemos saber que no nos engaña? —oyó Hernando que se preguntaban entre ellos.

—Habla en árabe —señaló uno.

—También algunos cristianos lo conocen. ¿Mandarías un espía que no hablase árabe?

—¿Para qué iban a mandar los cristianos un espía aquí? —preguntó el primero.

—Mátalo —terció el otro.

—No hay otro Dios que Dios, y Muhammad es el enviado de Dios —recitó Hernando. Instantáneamente el filo del cuchillo aminoró la presión. Luego continuó con la profesión de fe morisca.

Paulatinamente, a medida que recitaba la misma oración que no hacía mucho le salvara de los vecinos de Juviles que querían entregarle, el cuchillo fue apartándose de su cuello. Eran tres moriscos de Cádiar que pretendían liberar a sus mujeres e hijos.

—Hay muchas de ellas refugiadas en la iglesia —le explicó uno de ellos—. Otras están fuera, en la plaza, pero es imposible saber dónde están exactamente las nuestras. ¡Hay centenares de ellas con sus niños y no se ve absolutamente nada! Los soldados no les han permitido encender fuegos y no son más que una masa informe de sombras. Si nos internamos ahora no lograremos encontrarlas, y el revuelo será tal que los soldados se darán cuenta.

¿Y los hombres?, pensó Hernando. ¿Y Hamid? Sólo hablaban de mujeres y niños.

—¿Y los hombres que se quedaron en el castillo? —preguntó.

—Creemos que los tienen encerrados en las casas.

—¿Cómo podremos liberarlos? —preguntó Hernando en un susurro.

—Tenemos tiempo para pensarlo —le contestó otro de los moriscos—. Debemos esperar al amanecer. Antes no podremos hacer nada —añadió.

—¿A la luz del día? ¿Qué posibilidades tendremos entonces? ¿Cómo lo haremos? —se sorprendió el muchacho.

No obtuvo respuesta.

El frío de la noche se arrojó sobre ellos a la espera del amanecer. Se hallaban escondidos tras unos matorrales. Hablaron en susurros. Hernando supo de las mujeres e hijos de los de Cádiar. Él, por su parte, les explicó que en aquella iglesia y allí mismo, en ese bancal, llegó a descubrir el intenso dolor que había padecido su madre.

Al cabo de un buen rato, ya noche cerrada, el silenció asoló el pueblo. Los soldados cristianos dormitaban junto a las hogueras y los cuatro moriscos empezaron a notar que los músculos se les entumecían. Sierra Nevada no les iba a dar tregua.

—Nos congelaremos.

Hernando oía castañetear los dientes de uno de sus compañeros. Él sintió dolor al mover los dedos con los que mantenía aferrado el alfanje; parecía que estuviesen pegados a la vaina.

—Tendremos que buscar un refugio hasta que amanezca… —empezó a decir otro, cuando un agudo chillido de mujer proveniente de la plaza le interrumpió.

A aquel grito le siguió otro, también de mujer, y luego un tercero.

—¡Alto! ¿Quién vive? —exclamó un soldado apostado junto a uno de los fuegos.

—¡Hay moros armados entre las mujeres! —aseguraron desde otra de las hogueras.

Aquellas palabras fueron las últimas que pudieron oírse con nitidez. Los moriscos se interrogaron entre ellos. ¿Moros armados? Hernando se asomó por encima de los matorrales que le servían de abrigo. Los gritos de las mujeres y los niños se confundían con las órdenes de los soldados. Decenas de ellos corrieron desde los fuegos en dirección a la plaza con sus espadas y alabardas preparadas, y se mezclaron con las sombras. Sonó el primer disparo de arcabuz; Hernando pudo ver el chispazo, el centelleo y una gran nube de humo entre la negra muchedumbre que se adivinaba junto a la iglesia. Más disparos. Más destellos entre las sombras. Más gritos.

Hernando fue el primero en saltar y correr hacia la plaza, con el alfanje, desenvainado y en alto, agarrado con ambas manos. Los tres moriscos de Cádiar le siguieron. En la plaza, tras unos primeros momentos de indecisión, las mujeres intentaban defenderse de unos soldados que golpeaban indiscriminadamente con espadas y alabardas.

—¡Hay moros! —se escuchó en la confusión del gentío.

—¡Nos atacan! —gritaban los soldados cristianos desde todos los rincones de la plaza.

La oscuridad era absoluta.

—¡Madre! —empezó a gritar a su vez Hernando.

Entre las tinieblas, los arcabuceros cristianos se disparaban entre ellos. Hernando tropezó con un cadáver y estuvo a punto de caer. A su derecha, muy cerca, relampagueó un disparo al tiempo que una gran cantidad de humo envolvía el lugar. Volteó el alfanje entre el denso humo y notó cómo el arma se hundía en la carne. Al instante oyó un grito de muerte.

—¡Madre!

Continuó con el alfanje en alto. ¡No veía! No veía nada. No podía reconocer a nadie en el caos. Una mujer le atacó.

—¡Soy morisco! —le gritó.

—¡Santiago! —pudo oír al tiempo a su espalda.

Lanzada hacia su espalda, la alabarda cristiana le rozó el costado y se clavó en el estómago de la mujer. Hernando notó la última vaharada de calor de la morisca sobre su propio rostro, cuando ésta se aferró a él, herida de muerte. Se liberó del trágico abrazo, se volvió y descargó un golpe de alfanje. La espada chocó con el metal de una celada y resbaló por ella hasta clavarse en el hombro del cristiano. Mientras, notó cómo la mujer caía agarrándose a sus piernas.

—¡Madre! —volvió a gritar.

Cada vez eran más los cuerpos de mujeres y niños con los que tropezaba. ¡Chapoteaba en sangre! Las puertas de la iglesia estaban cerradas. ¿Y si Aisha se hallaba en el interior del templo? Los cristianos seguían disparando, pese a las voces de sus capitanes que ordenaban el alto el fuego. Pero nada podía detener la carnicería: el miedo descontrolado de los soldados seguía cobrándose víctimas entre las indefensas mujeres y sus hijos.

Hernando seguía sin ver. ¿Cómo iba a encontrarla? ¿Y si ya yacía cadáver en aquella sangrienta plaza?

—Madre —gimió con la espada vencida.

—¿Hernando? Hernando, ¿eres tú?

Hernando volvió a alzar el alfanje. ¿Dónde estaba? ¿De dónde venía la voz?

—¡Madre!

—¿Hernando? —Una sombra le tanteó. Él hizo ademán de descargar un golpe—. ¡Hernando! —Aisha le sacudió.

—¡Madre! ¡Alabado sea Dios! Vamos. Vámonos de aquí —contestó agarrándola del brazo y empujándola… ¿hacia dónde?

—¡Tus hermanas! ¡Faltan tus hermanas! —le apremió ella—. Musa y Aquil ya están conmigo.

—¿Dónde…?

—Las perdí en el tumulto…

Dos disparos sonaron hacia ellos. Un cuerpo a su izquierda se desplomó.

—¡Allí hay un moro! —oyeron gritar a un soldado cristiano.

Al destello de los arcabuces, Hernando percibió una sombra cercana, más baja que él. ¿Era Raissa? Quizá… Creía haber visto una muchacha. ¿Raissa? Los matarían a todos. La agarró del cabello y la atrajo hacia sí.

—Aquí está Raissa —le dijo a su madre.

—¿Y Zahara?

En esta ocasión fueron tres los fogonazos que partieron en su dirección. Hernando empujó a su madre mientras arrastraba a la muchacha.

—¡Vamos! —ordenó.

Se guió por la silueta del campanario; alguien trataba de iluminar la escena con una antorcha. Continuó empujando a su madre, que agarraba de la mano a los dos niños al tiempo que él arrastraba a la muchacha, todos agachados, hasta que lograron llegar al bancal. Desde allí corrieron barranco abajo, a trompicones, cayendo y levantándose, dejando atrás los disparos y los gritos de terror de mujeres y niños.

Sólo se detuvieron cuando los disparos se convirtieron en un siseo. Aisha se desplomó. Musa y Aquil empezaron a lloriquear y Hernando y la muchacha permanecieron quietos, tratando de recuperar la respiración.

—Gracias, hijo —dijo su madre, levantándose de repente—. Continuemos. No podemos detenernos. Estamos en peligro y debemos… ¿Raissa? —Aisha saltó hacia la muchacha y le alzó el rostro por la barbilla—. ¡Tú no eres Raissa!

—Me llamo Fátima —farfulló ella aún sin aire—, y éste —añadió mostrando una criatura de pocos meses de vida, que protegía contra su pecho— es Salvador… Humam, quiero decir.

Hernando no logró ver los inmensos ojos negros almendrados de Fátima, pero sí pudo percibir un brillo que parecía querer quebrar la oscuridad.

Esa noche murieron más de mil mujeres con sus hijos en la plaza de la iglesia de Juviles. Aquellas que permanecían refugiadas en el interior del templo se salvaron al cerrar las puertas, pero la plaza amaneció sembrada de cadáveres de indefensas mujeres y niños asesinados. Junto a algunos soldados cristianos muertos por sus compañeros en la confusión, sólo se encontró el cadáver de un morisco, que alguien reconoció como un vecino de Cádiar. El marqués de Mondéjar inició una investigación por el amotinamiento y ejecutó a tres soldados que, al amparo de la oscuridad, habían intentado forzar a una mujer, originando sus gritos y con ellos el desconcierto que desencadenó la matanza.

11

Tenía trece años y era de Terque, de la taa de Marchena, en el levante alpujarreño. Eso explicó Fátima a Hernando de camino a Ugíjar. Y no, no sabía dónde estaba su esposo. El padre de Humam se había unido a los monfíes que acudieron a luchar contra el marqués de los Vélez en el extremo oriental de las Alpujarras, y ella, como tantas otras mujeres moriscas, había terminado en la plaza de Juviles.

—Te vi armado y me acerqué a vosotros. Lo siento... No podía dejar que mi niño muriera a manos de los soldados... —musitó Fátima. Sus ojos negros expresaban pesar, pero también una firme resolución. Los dos caminaban delante de Aisha, que ni siquiera había pronunciado palabra desde que se percatara de la confusión que había tenido en el momento de escapar de la matanza. Los hermanastros de Hernando intentaban seguirles el paso quejándose constantemente.

Amanecía. El sol empezó a iluminar montañas y barrancos como si nada hubiera sucedido; el frío y la nieve producían tal sensación de limpieza que la matanza de Juviles se aparecía como una macabra fantasía.

Pero había sido real y él había conseguido su propósito: salvar a su madre. Pero sus hermanastras... Y Hamid, ¿qué habría sido del alfaquí? Apretó el alfanje que llevaba al cinto y volvió la cabeza hacia Aisha: caminaba cabizbaja; antes la había oído sollozar, ahora simplemente andaba tras ellos. Aprovechó también aquellos primeros rayos de sol para mirar de reojo a su acompañante: el pelo negro ensortijado le caía sobre los hombros. Era de tez oscura y facciones cinceladas; su cuerpo era el de las niñas que pasan por una maternidad prematura, y se movía con dignidad, a pesar del cansancio. Fátima se sintió observada y se volvió hacia él para mostrarle una leve sonrisa acompañada por el chispear de aquellos fantásticos y almendrados ojos negros que él descubrió justo entonces. Hernando notó una oleada de calor que le ascendía a las mejillas, y Humam rompió a llorar. Fátima arrullaba a su hijo sin dejar de andar.

—Detengámonos para que mame el niño —aconsejó Aisha por detrás.

Fátima asintió y todos se alejaron del sendero.

—Lo siento, madre —dijo Hernando mientras Fátima se sentaba para amamantar a Humam con los dos niños rodeándola, embobados. —Aisha no contestó—. Creí… Creía que era Raissa.

—Me has salvado la vida —le interrumpió entonces su madre—. A mí y a tus dos hermanos. —Aisha se abandonó al llanto, atrajo a su hijo y le abrazó—. No tienes por qué excusarte… —sollozó, aún abrazada a él—, pero entiende mi dolor por tus hermanas. Gracias…

Fátima observaba la escena con semblante serio. Humam mamaba con fruición. Sobre el pecho descubierto de la muchacha, Hernando pudo observar entonces una joya de oro que colgaba de su cuello: la *jamsa*, la mano de Fátima, el colgante que los cristianos les prohibían lucir, un amuleto que protege del mal.

Hernando y su pequeña comitiva tardaron toda la mañana en recorrer las cerca de tres leguas que separaban Juviles de Ugíjar, la población cristiana más importante de las Alpujarras que se hallaba en manos moriscas tras una salvaje matanza ordenada por Farax. Estaba enclavada en el valle del Nechite, algo alejada de las estribaciones de Sierra Nevada, por lo que su orografía no era tan fragosa como la de las Alpujarras altas; era un pueblo rico en vid y cereales, y poseía extensos pastos para el ganado. El ejército de Aben Humeya se encontraba acampado cuando llegaron. Ugíjar era un hervidero.

El rey de Granada se instaló en la casa que fuera de Pedro López, escribano mayor de las Alpujarras. El edificio albergaba una de las tres torres defensivas con las que contaba la población. Las torres estaban dispuestas en triángulo y gran parte del ejército se hallaba diseminado por el interior. Hernando encontró a su recua de mulas frente a la torre de la colegiata; Ubaid vigilaba al overo de su padrastro. Si antes le había temido, entonces se sintió con fuerzas para dirigirse a él.

—¿Y Brahim? —preguntó al arriero.

Ubaid se encogió de hombros a la vez que clavaba su mirada en Fátima. Musa y Aquil trataron de acercarse a las mulas, todavía cargadas con el botín, pero unos soldados se lo impidieron. Ubaid ni siquiera apartó la mirada de Fátima cuando el pequeño Musa cayó a sus pies, debido al empujón con que los soldados le apartaron del botín. La muchacha, intimidada, se arrimó a Hernando.

—¿Qué miras? —le espetó éste al arriero.

Ubaid volvió a encogerse de hombros, lanzó una última mirada lasciva hacia Fátima y cesó en su acoso. Hernando relajó la mano que instintivamente había llevado a la empuñadura del alfanje.

Tras preguntar a uno de los soldados por su padrastro, los condujo a todos a la casa de Pedro López, el lugar donde le señaló el morisco. Encontraron a Brahim a las puertas de la casa, junto a jefes y multitud de monfíes; Aben Humeya estaba en el interior, reunido con sus consejeros.

—¿Qué significa…? —exclamó su padrastro a la vista de Aisha y sus dos hijos, pero el Gironcillo, también presente, le interrumpió.

—¡Bienvenido, muchacho! —celebró—. Creo que te necesitaremos. Tenemos bastantes animales heridos.

Al instante, el Gironcillo se explayó explicando a los demás monfíes cómo había curado Hernando a su alazán. Brahim esperó furioso, conteniendo la rabia, a que el jefe monfí terminase de cantar las alabanzas de su hijastro.

—¡Pero abandonaste la recua! —saltó en el momento en que el Gironcillo puso fin a su discurso—. Además, ¿por qué has traído a mis hijos? Ya dije…

—No sé si moriremos aquí o si a tus hijos les sucederá algo —le impidió continuar Aisha, alzando la voz para sorpresa de su esposo—, pero de momento, Hernando les ha salvado la vida.

—Los cristianos… —murmuró entonces el muchacho— han matado a centenares de niños y mujeres a las puertas de la iglesia de Juviles.

Inmediatamente los monfíes le rodearon y él les explicó con pesar lo sucedido en Juviles.

—Vamos —indicó el Gironcillo antes incluso de que terminase—, debes contárselo tú mismo a Ibn Umayya.

Los soldados que montaban guardia a las puertas de la casa les franquearon el acceso sin problemas. Hernando entró con el Gironcillo. Los guardias hicieron ademán de impedir el paso a Brahim, pero éste consiguió convencerlos de que debía acompañar a su hijastro.

Se trataba de un edificio señorial de dos pisos, encalado, con balcones de hierro forjado en la planta superior, y techado con tejas a cuatro aguas. Nada más superar a la guardia, antes incluso de que se abrieran las recias puertas de madera que daban a la amplia estancia donde se encontraba Aben Humeya, Hernando percibió la esencia de algún perfume. El guardia que les acompañaba llamó y abrió las puertas, y un penetrante olor a almizcle se mezcló con el sonido de un *ud*, un laúd de mástil corto y sin trastes. El rey, joven, atractivo y soberbio, se arrellanaba en un sillón de madera tapizado en seda roja, rodeado por sus cuatro mujeres; su figura quedaba por encima de la de los demás presentes, que se hallaban sentados en el suelo sobre almohadones de seda entretejida con hilos de oro y plata y guadamecíes bordados en mil colores. El salón se hallaba decorado con alfombras y tapices; una mujer danzaba en el centro.

Los tres se quedaron inmóviles bajo el quicio de la puerta: Hernando con la vista clavada en la bailarina; el Gironcillo y Brahim miraban de hito en hito la estancia. Al final fue Aben Humeya quien, con una palmada, puso fin a música y baile y los hizo entrar. Miguel de Rojas, padre de la primera esposa del rey y acaudalado morisco de Ugíjar, varios de los principales de Ugíjar y algunos jefes monfíes como el Partal, el Seniz o el Gorri, fijaron su atención en los dos hombres y el muchacho.

—¿Qué queréis? —preguntó directamente Aben Humeya.

—Este muchacho trae noticias de Juviles —contestó el Gironcillo con voz potente.

—Habla —le instó el rey.

Hernando casi no se atrevía a mirar al rey. La nueva seguridad en sí mismo que había sentido la noche anterior pareció abandonarle como por ensalmo. Empezó su relato, tartamudeando, hasta que Aben Humeya le sonrió abiertamente y ese gesto le dio confianza.

—¡Asesinos! —gritó el Partal tras escuchar el relato.

—¡Matan a las mujeres y los niños! —exclamó el Seniz.

—Os dije que debíamos hacernos fuertes en esta ciudad —saltó Miguel de Rojas—. Debemos pelear y proteger a nuestras familias.

—¡No! Aquí no podemos detener a las fuerzas del marqués… —replicó el Partal.

Sin embargo, Aben Humeya le ordenó que callase, tranquilizando con un gesto de su mano a los demás monfíes que, ansiosos por atacar de nuevo, sostenían que debían abandonar la ciudad.

—Ya he dicho que de momento nos quedaremos en Ugíjar —declaró el rey, ante el descontento de los monfíes—. En cuanto a ti —añadió dirigiéndose a Hernando—, te felicito por la valentía que has mostrado. ¿A qué te dedicas?

—Soy arriero… Llevo las mulas de mi padrastro —explicó señalando a Brahim; Aben Humeya hizo gestos de reconocerle—, y cuido de vuestro botín.

—También es un magnífico veterinario —terció el Gironcillo.

El rey pensó durante unos instantes antes de volver a hablar:

—¿Cuidarás de los dineros de nuestro pueblo igual que has hecho con tu madre? —Hernando asintió—. En ese caso caminarás a mi lado con el oro.

Al lado de su hijastro, Brahim se movió inquieto.

—He pedido ayuda a Uluch Ali, beylerbey de Argel —prosiguió Aben Humeya—, prometiendo vasallaje al Gran Turco, y me consta que en una de las mezquitas de Argel se están acumulando armas para ser traídas a nuestro reino. Cuando se inicie la época de navegación nos llegarán esas armas... que tendremos que pagar.

El rey se mantuvo en silencio durante unos instantes. Hernando se preguntaba si aquella propuesta incluía a su padrastro cuando Aben Humeya volvió a tomar la palabra.

—Necesitamos arcabuces y artillería. La mayoría de nuestros hombres luchan con simples hondas y aperos de labranza. Ni siquiera tienen alabardas o espadas. Sin embargo... ¡Tú sí tienes un buen alfanje! —Señaló el arma que colgaba del cinto de Hernando.

Hernando la desenvainó para mostrársela y el alfanje apareció manchado de sangre. Entonces recordó los golpes que había dado con él, los tajos en carnes cristianas que había percibido en la oscuridad. No había tenido oportunidad de pensar en ello. Contempló absorto la hoja del alfanje, ennegrecida de sangre seca.

—Veo que también la has usado —dijo entonces Aben Humeya—. Confío en que sigas haciéndolo y en que muchos cristianos caigan bajo ese acero.

—Me la dio Hamid, el alfaquí de Juviles —explicó Hernando. Evitó, no obstante, mencionar que la espada había sido propiedad del Profeta; se la quitarían sin dudarlo y él había prometido a Hamid que cuidaría del arma. El rey asintió en señal de conocer al alfaquí—. Hamid estaba con los hombres, en el pueblo... —añadió el muchacho con pesar.

Luego guardó silencio y Aben Humeya se sumó a ese momento de respeto. Uno de los monfíes se incorporó para coger el alfanje, pero el monarca, al ver la ávida mirada del morisco puesta en la vaina de oro, dijo en voz bien alta:

—Cuidarás de ella hasta que puedas devolvérsela a Hamid. Yo, rey de Granada y de Córdoba, así lo dispongo. Seguro que podrás devolvérsela, muchacho —sonrió Aben Humeya—. En cuanto jenízaros y berberiscos acudan en nuestra ayuda, volveremos a reinar en al-Andalus.

Abandonaron la casa donde se alojaba Aben Humeya y consiguieron comida. Los hombres se sentaron en el suelo a dar cuenta del cordero.

—¿Quién es ella? —gruñó Brahim señalando a Fátima.

—Escapó con nosotros de Juviles —contestó Aisha, antes de que Hernando pudiera responder.

Brahim entrecerró los ojos y los clavó en la muchacha, que estaba de pie junto a Aisha; Humam dormía en un capazo entre ellas. Con un pedazo de cordero en la mano, la miró de arriba abajo, deteniéndose en sus pechos y en su rostro, en aquellos maravillosos ojos negros que Fátima bajó, turbada.

El arriero chasqueó la lengua, impúdicamente, como si la aprobase, y mordió el cordero.

—¿Y mis hijas? —inquirió mientras masticaba.

—No lo sé. —Aisha ahogó un sollozo—. Era de noche... Había mucha gente... No se veía nada... No pude encontrarlas. ¡Vigilaba a los varones! —se excusó.

Brahim miró a sus dos hijos y asintió, como si aceptara aquella excusa.

—¡Tú! —llamó a Fátima—. Sírveme agua.

Brahim desnudó a la muchacha con la mirada cuando ésta le llevaba el agua; el arriero mantuvo el vaso junto a su cuerpo, sin extender el brazo, para que la joven tuviera que acercársele y así tocar su piel.

Hernando se sorprendió conteniendo la respiración al observar cómo Fátima intentaba no rozar a Brahim. ¿Qué pretendía su padrastro? Por el rabillo del ojo, creyó ver cómo Aisha sacudía el capazo de Humam con uno de sus pies: el niño rompió a llorar.

—Tengo que darle de mamar —se disculpó Fátima, azorada.

El arriero la persiguió con la mirada, temblando al pensar en aquellos pechos de niña rebosantes de leche.

—Hernando... —le llamó Fátima una vez hubo alimentado a su hijo, y éste dormía en sus brazos.

—Ibn Hamid —le corrigió él.

Fátima asintió.

—¿Me acompañas a buscar noticias de mi esposo? Debo saber qué ha sido de él. —Fátima miró de soslayo a Brahim.

Después de dejar a Humam al cuidado de Aisha, desfilaron entre tiendas y corros en busca de noticias de las gentes de la taa de Marchena, que habían peleado junto a los monfíes contra el marqués de los Vélez, adelantado del reino de Murcia y capitán general de Cartagena. Soldado cruel que peleaba sin concesión alguna a los moriscos, el marqués de los Vélez había iniciado la lucha por su cuenta, antes incluso de recibir el encargo real, y había empezado por la costa de levante del antiguo reino, al sur y al este de las Alpujarras, donde no alcanzaba a combatir el de Mondéjar.

No les costó encontrar las noticias que buscaban. Una partida de los hombres del Gorri que lucharon contra el marqués de los Vélez, les empezaron a dar cumplida cuenta de sus avatares.

—Pero mi esposo no estaba con el Gorri —les interrumpió Fátima—. Él se fue con el Futey. Es… es su primo.

El soldado que había empezado a hablar suspiró entonces sin reparos. Fátima se agarró al brazo de Hernando: presagiaba malas noticias. Dos hombres que formaban parte del grupo esquivaron la mirada inquisitiva de la muchacha. Un tercero tomó la palabra:

—Yo estuve allí. El Futey cayó en la batalla de Félix. Y con él la mayoría de sus hombres… pero sobre todo mujeres… fallecieron muchas mujeres. Con el Futey estaban el Tezi y Portocarrero, y como no tenían suficientes hombres para hacer frente a los cristianos, disfrazaron de soldados a las mujeres. Nuestros hermanos les hicieron frente a campo abierto y después en las casas de Félix. Al final tuvieron que refugiarse en la cumbre de un cerro frente al pueblo, constantemente perseguidos por la infantería del marqués.

El hombre hizo una pausa que a Hernando le pareció interminable; notaba las uñas de Fátima clavadas en su brazo.

—Murieron más de setecientos, entre hombres y mujeres. Algunos logramos escapar a la sierra… de donde veníamos —añadió apesadumbrado—, pero los que no lo consiguieron… ¡Vi a mujeres abalanzarse con puñales contra las barrigas de los caballos! ¡Se dirigían a una muerte segura! Vi cómo muchas de ellas terminaron lanzando arena a los ojos de los cristianos a falta de fuerzas para levantar piedras. Lucharon con tanto valor como sus hombres. —En esta ocasión, el soldado miró directamente a Fátima—. Si no lo encuentras aquí… Los que sobrevivieron fueron muertos. El marqués de los Vélez no hace cautivos entre los hombres, ni concede el perdón como Mondéjar. Las mujeres y los niños que no murieron fueron tomados como esclavos. Vimos numerosas partidas de soldados que desertaban del ejército en dirección a Murcia, encabezando largas filas de mujeres y niños esclavos.

Buscaron por todo Ugíjar. Muchos moriscos les confirmaron el relato.

—¿De Terque? —terció un soldado que había oído las preguntas de Fátima—. ¿Salvador de Terque? —La muchacha asintió—. ¿El cordelero? —Fátima volvió a asentir, las manos frente a su pecho, los dedos entrelazados con fuerza—. Lo siento… murió. Murió junto al Futey luchando valerosamente…

Hernando la agarró al vuelo. No pesaba. Casi no pesaba. Ella se desmoronó en sus brazos y Hernando notó cómo se le empapaba la mejilla con sus lágrimas.

—¿A qué viene tanto llanto? —preguntó Brahim a la hora de la cena, sentado en corro en el centro del pueblo, entre multitud de hogueras.

—Su esposo… —se adelantó Hernando—. Dicen que está herido en las sierras —mintió.

Aisha, enterada de la muerte del padre del pequeño antes de que volviera Brahim, no contradijo la versión de su hijo. Tampoco lo hizo Fátima. Sin embargo, pese al dolor que mostraba la muchacha y al hecho de que su esposo supuestamente siguiera con vida, Brahim continuó mirándola lasciva y desvergonzadamente.

Esa noche Hernando no pudo conciliar el sueño: los sollozos contenidos de Fátima repiqueteaban en su interior con más fuerza que la música y los cánticos que se escuchaban en el campamento.

—Lo siento —susurró por enésima vez, tumbado a su lado, muy pasada la medianoche.

Fátima sollozó una respuesta ininteligible.

—Le querías mucho. —Las palabras de Hernando se quedaron entre la afirmación y la pregunta.

Fátima dejó transcurrir unos instantes.

—Nos criamos juntos... Le conocía desde que era una niña. Era aprendiz de mi padre, pocos años mayor que yo. Casarnos pareció lo más.... —La muchacha intentó encontrar la palabra—. Lo más natural. Siempre había estado ahí...

Los sollozos se habían convertido en un llanto desesperado.

—Ahora estamos solos, Humam y yo —logró articular—. ¿Qué haremos? No tenemos a nadie más...

—Me tienes a mí —susurró él. Sin pensarlo, acercó una mano hacia la joven, pero ella no la tocó.

Fátima se quedó en silencio. Hernando oía la respiración entrecortada de la muchacha, confundida con las zambras del campamento morisco. Antes de que la música y los cánticos ganaran fuerza, Fátima musitó:

—Gracias.

El marqués de Mondéjar concedió unos días de respiro al ejército morisco acampado en Ugíjar. Recibía a los principales de los lugares que acudían a él a rendirse; destinaba partidas de hombres que atacaban las cuevas en las que se escondían moriscos y por último, se dirigió a Cádiar antes que a Ugíjar.

Esos días bastaron para que los espías moriscos, que vigilaban cuanto sucedía en Granada, acudieran a Ugíjar provistos de noticias. Hernando se dirigió con curiosidad al nutrido corro de hombres que rodeaba a uno de los recién llegados.

—Han asesinado a todos nuestros hermanos que tenían presos en la cárcel de la Chancillería —logró oír Hernando; había tantos hombres que no llegaba a ver el centro del corro. El espía se mantuvo en silencio mientras duraron los rumores, las imprecaciones y los insultos con que los hombres recibieron su declaración. Luego continuó—: La soldadesca cristiana atacó la cárcel ante la pasividad de los alcaides, y los mataron como a perros, encerrados en los calabozos y sin posibilidad de defenderse. ¡A más de un centenar de ellos! Luego confiscaron todas sus haciendas y posesiones. ¡Se trataba de los más ricos de Granada!

—¡Sólo les interesan nuestros bienes! —gritó alguien.

—¡Lo único que pretenden es enriquecerse! —contestó otro.

—Tanto el marqués de Mondéjar como el de los Vélez están teniendo serios problemas con sus respectivos ejércitos. —Hernando reconoció la voz del espía de nuevo. La gente se había ido acercando al grupo y él se hallaba ya emparedado entre los muchos moriscos que prestaban atención—. Los soldados desertan en el momento en que obtienen algún esclavo o parte del botín. Mondéjar ha perdido a gran parte de sus hombres a raíz del botín obtenido desde que cruzó el puente de Tablate y entró en las Alpujarras, pero le siguen llegando refuerzos, gente ávida de hacerse rica antes de volver a sus casas.

—¿Qué ha sido de los ancianos, mujeres y niños de Juviles? —preguntó alguien.

Más de dos mil hombres habían dejado a sus familias en el castillo, y los rumores que corrieron después de las noticias proporcionadas por Hernando los habían tenido en vilo desde entonces.

—Cerca de mil mujeres y niños fueron vendidos como botín de guerra en almoneda en la plaza de Bibarrambla...

La voz del espía se apagaba.

—¡Habla más alto! —le instaron desde detrás.

—Las vendieron como esclavas —se esforzó en gritar el hombre—. ¡A mil de ellas!

—¡Sólo mil! —Hernando escuchó la apagada exclamación a sus espaldas y tembló.

—Las expusieron públicamente en la plaza, harapientas y humilladas. —Un silencio reverencial se hizo mientras el tono de voz del espía descendía de nuevo—. Los mercaderes cristianos las manoseaban sin el menor pudor con el pretexto de comprobar su estado, mientras los corredores gritaban los precios y las adjudicaban ante los insultos, pedradas y escupitajos de las gentes de Granada. ¡Todo el dinero ha ido a parar a las arcas del monarca cristiano!

—¿Y los niños? —se interesó alguien—. ¿También los vendieron como esclavos?

—En Bibarrambla, en almoneda pública, sólo vendieron a los niños mayores de diez años y a las niñas mayores de once. Así lo ordenó el rey.

—¿Y los menores?

Fueron varios los que hicieron la pregunta al mismo tiempo. El espía esperó unos instantes antes de contestar. Los hombres empujaron, se pusieron de puntillas o incluso llegaron a subirse sobre la espalda de alguno de sus compañeros para ver y escuchar mejor.

—También los vendieron, fuera de almoneda, a espaldas de la orden del rey —se arrancó de repente el espía, como si le costara un gran esfuerzo—. Yo los vi. Los herraron a fuego en el rostro… a niños de pocos años… para que nadie pudiera ya discutir su condición de esclavo. Luego los enviaron rápidamente a Castilla e incluso a Italia.

Hernando vio cómo un hombre, que se había encaramado sobre los hombros del que tenía delante, se derrumbaba y caía. Nadie osó hablar durante un largo rato: el dolor de aquellos hombres era casi palpable.

—¿Y los ancianos e impedidos de Juviles? —La pregunta surgió de entre la multitud ya en tono desesperado—. Eran cerca de cuatrocientos.

Hernando aguzó el oído. ¡Hamid!

—Los esclavizaron los propios soldados de Mondéjar cuando desertaron.

¡Hamid convertido en esclavo! Hernando notó que se le doblaban las rodillas y se apoyó en un hombre.

¡Pero faltaba una pregunta! Una que ninguno de los presentes deseaba formular. Durante aquellos días, Hernando había sido materialmente asaltado por grupos de moriscos; querían escuchar de su voz lo que se rumoreaba por el campamento. Todos ellos tenían mujeres e hijos en Juviles, y él les repetía una y otra vez lo sucedido. «Pero era noche cerrada cuando huiste de la plaza, ¿no?», discutían en un intento de negar la posibilidad de tantas muertes. «Fue imposible que vieras cuántas de las mujeres y niños llegaron a morir realmente…» Y entonces él asentía. Aquella noche había saltado sobre centenares de cadáveres, escuchando, sintiendo incluso el odio y la locura que se apoderaban de la tropa cristiana, pero ¿para qué desesperanzar más a aquellos esposos y padres?

—¡Murieron todas las que estaban fuera de la iglesia de Juviles! ¡Todas! —aulló el espía—. ¡Más de mil mujeres y niños! Ninguna se salvó.

Poco después, las hogueras en las cimas de cerros y montañas anunciaron a los moriscos que el marqués de Mondéjar se dirigía con su ejército hacia Ugíjar. Aben Humeya, convencido por los monfíes de que su suegro, Miguel de Rojas, le había aconsejado parapetarse en Ugíjar porque había llegado a un pacto con el marqués de Mondéjar —según el cual, a cambio de la cabeza del rey de Granada, Miguel de Rojas y su familia quedarían en libertad y se harían con el botín del ejército morisco—, asesinó sin contemplaciones a su suegro y a gran parte del clan familiar de los Rojas, y repudió a su primera esposa.

Aben Humeya y sus hombres partieron hacia Paterna del Río, al norte, en la falda de Sierra Nevada. Por encima de aquel pueblo sólo había rocas, barrancos, montaña y nieve. Hernando andaba con el ejército, junto al rey y su estado mayor, lejos de los demás arrieros, sus mulas cargadas de oro y plata amonedada y de todo tipo de joyas y ropajes bordados en hilo de oro. Brahim así lo había dispuesto por orden del rey: el botín debía ser seleccionado, y el oro y las joyas cargados en las mulas del joven arriero, que iba en cabeza; las demás mulas, con el resto del botín, seguían detrás, como era usual.

En algunas ocasiones, cuando el sinuoso camino se lo permitía, Hernando volvía la cabeza para intentar ver el final de una columna compuesta por seis mil hombres, allí donde, junto al resto de las mujeres, debían de andar Aisha, sus hermanastros y Fátima con su pequeño. No conseguía borrar de su mente los almendrados ojos negros de la muchacha que le perseguían, unas veces chispeantes, otras anegados en lágrimas y otras escondidos, atemorizados.

—¡Arre! —hostigaba entonces a las mulas para deshacerse de aquellas sensaciones.

Llegaron a Paterna y el rey morisco dispuso a sus hombres a

media legua del lugar, en una cuesta que consideró casi inexpugnable, mientras él, los bagajes y la gente inútil para el combate entraban en el pueblo.

Hernando no quiso unirse al resto de la impedimenta puesto que no deseaba toparse con Ubaid, y nada más llegar a Paterna buscó un corral lo suficientemente amplio en las casas de los arrabales; las pequeñas huertas de los edificios del centro del pueblo no podían acoger a su recua. Nadie le puso dificultades. Para desesperación de Brahim, que veía en peligro su posición, Aben Humeya confió en él públicamente.

—Haced lo que os ordene el muchacho —dijo a los demás soldados que custodiaban el oro—. Él es el guardián de las riquezas que nos proporcionarán la victoria.

Así que Hernando ni siquiera tuvo que excusar su decisión. Una vez en Paterna, y mientras Aben Humeya se encerraba en una de las casas principales, esperó la llegada de la retaguardia, donde entre las mujeres y los bagajes caminaban Aisha y Fátima. Las vio llegar arrastrando los pies, y el rostro anegado en lágrimas: Aisha a causa de la ya segura muerte de sus hijas; como los demás moriscos que acudieran a escuchar al espía, había vivido con la tenue esperanza de que hubieran sobrevivido; Fátima, por su esposo y su incierto futuro con un hijo pequeño a cuestas. Aquil y Musa, sin embargo, se entretenían jugando a la guerra. Una vez reunidos, los soldados los acompañaron en busca del corral. Al ver que Hernando se afanaba en el cuidado de los animales, y confiados en que el ejército morisco detendría a las fuerzas del marqués en la inexpugnable cuesta elegida por Aben Humeya, los dejaron y se desperdigaron por el pueblo.

Empezaba a nevar.

Pero las previsiones de Aben Humeya relativas a la dificultad de acceso resultaron erróneas. Los soldados cristianos, desobedeciendo las órdenes del marqués, atacaron y lograron poner en desbandada a las tropas que defendían el acceso al poblado. Entraron en él ávidos de sangre y botín, cansados del perdón que su capitán general concedía a cuantos herejes y asesinos se rendían.

El caos asoló Paterna. Los moriscos huyeron del pueblo; las

mujeres y los niños buscaban a sus hombres, y las cautivas cristianas, libres de repente, recibían con vítores a sus salvadores y trataban de impedir la huida de las moriscas. Sólo lucharon ellas. Los hombres del marqués, a excepción de algún que otro disparo, se lanzaron a la búsqueda del botín, que encontraron sin vigilancia de ningún tipo en decenas de mulas reunidas junto a la iglesia del pueblo, levantada, como muchas otras de las Alpujarras, sobre una antigua mezquita. El fabuloso trofeo encendió la avaricia y las rencillas entre los cristianos: sedas, aljófar y todo tipo de objetos de valor se amontonaban entre las mulas.

En el desconcierto, nadie se percató de que faltaba el oro; tantas eran las mulas frente a la iglesia que aquel que no encontró el oro, creyó que estaría en algunas acémilas más allá.

Con Sierra Nevada a sus espaldas, sin casas que le limitaran la visión, protegiéndose del frío y de la nieve, Hernando fue el primero en observar cómo el ejército morisco huía en desbandada por las sierras. A media legua de donde se encontraban, allí donde se produjo el primer enfrentamiento, centenares de figuras fueron punteándose en la nieve. Ascendían. Ascendían desordenadamente hacia las cumbres. Muchas de las figuras caían y resbalaban por pendientes y riscos; otras, de repente, quedaban inmóviles. Desde la distancia, Hernando no podía oír el estruendo de los arcabuces, pero sí ver los fogonazos y la intensa humareda que las armas cristianas despedían tras cada disparo.

—¡Vámonos! —apremió a Aisha y a Fátima.

Las dos mujeres perdieron unos instantes, atónitas ante la huida de su ejército.

—¡Ayudadme! —les urgió Hernando.

No tuvo necesidad de pedir instrucciones. Cuando logró aparejar la recua, comprobó cómo por el otro extremo del pueblo, Aben Humeya huía a galope tendido. Brahim y otros jinetes espoleaban violentamente a sus caballos detrás el rey. Los soldados acantonados en Paterna huían también en desbandada. Los disparos y los «¡Santiago!» de los perseguidores eran ya claramente perceptibles.

—¿Y ahora? —oyó preguntar a Fátima a sus espaldas.

—¡Por allá! ¡Subiremos al puerto de la Ragua! —contestó, e

indicó el extremo opuesto a aquel por el que huían el rey y sus hombres perseguidos por los cristianos.

Fátima y Aisha miraron hacia donde señalaba. La muchacha fue a decir algo, pero sólo logró balbucear un par de palabras ininteligibles mientras aferraba a Humam contra su pecho. Aisha estaba boquiabierta. ¡No se veía ningún sendero! ¡Sólo nieve y rocas!

—¡Venga, Vieja! —Hernando agarró a la mula del ronzal y la obligó a ponerse en cabeza—. Encuéntranos un camino hacia la cumbre —le susurró, palmeándole el cuello.

La Vieja empezó a tantear la nieve a cada paso que daba y lentamente iniciaron el ascenso. La nevada, ahora copiosa, los ocultó de la vista de los cristianos.

12

El puerto de la Ragua se alzaba a más de dos varas castellanas y constituía el paso para cruzar Sierra Nevada en dirección a Granada sin tener que rodear la cadena montañosa. Hernando lo conocía. Arriba se emplazaban unos llanos, buenos pastos de primavera, a los que, pensó el muchacho, habrían acudido los moriscos huidos; en pocos lugares más podían esconderse y reagruparse. En la vertiente norte del puerto, la que daba a Granada, se alzaba el imponente castillo de la Calahorra, pero en la que daba a las Alpujarras no existía defensa alguna.

También conocía con detalle el barranco que se abría a los pies de un cercano morro que le servía de referencia, a más de dos mil cuatrocientas varas de altura: allí acudía a buscar muchas de las hierbas necesarias para las pócimas de los animales. A finales de verano el lecho del barranco se cubría de grandes flores azules tan atractivas como peligrosas: las flores del acónito. Todo en ellas era venenoso, desde los pétalos hasta las raíces. Su uso medicinal era extremadamente complicado y fue lo primero de su herbolario que le había pedido Brahim en el momento del levantamiento. Desde antiguo, los musulmanes impregnaban sus saetas con el zumo del acónito: aquel que recibía el flechazo moría entre convulsiones y espumarajos, salvo que fuera tratado con zumo de membrillo, pero como en verano nadie había previsto la guerra que se iba a declarar, en invierno se encontraron con que las reservas de acónito eran escasas.

Hernando trataba de recordar aquel brillante manto azul, pero el temporal se lo impedía. Continuaba en cabeza, arrimado al flanco de la Vieja para no pisar en falso, y azuzándola con insistencia para que ascendiese y buscase el firme bajo la nieve. No paraba de volver la cabeza, con el cabello y las cejas escarchadas, para tratar de ver a la recua entre la ventisca. Ordenó a su madre y a Fátima que se agarrasen a la cola de un animal y no perdieran el rastro de aquellas pisadas que tan rápido desaparecían. Musa, el menor de sus hermanastros, caminaba con Aisha; Aquil lo hacía solo. El resto de las mulas parecía entender que debía seguir a la Vieja, y toda la línea se movía con precaución, pero el sol empezaba a ponerse, y en la oscuridad ni la Vieja sería capaz de continuar.

Necesitaban un refugio. Desde Paterna del Río se encaminaron hacia el este, evitando dirigirse a las zonas donde a buen seguro estarían los cristianos. Debían encontrar el camino que subía desde Bayárcal al puerto de la Ragua, pero pronto se hizo evidente que no iban a tener tiempo antes de que se pusiese el sol. En la tormenta de nieve, Hernando creyó ver una formación rocosa y hacia ella dirigió a la Vieja.

Ni siquiera era una cueva; con todo, apreció el muchacho, podían protegerse de la tempestad bajo los salientes rocosos. La recua fue trayendo a los demás, que se arrastraban tras las mulas, encogidos, los labios amoratados y las manos crispadas sobre sus colas. Fátima sólo usaba una mano mientras con la otra aferraba un bulto entre sus ropas.

Hernando dispuso las mulas contra el viento. Luego inspeccionó con una rápida mirada el lugar: de poco podían servirle el pedernal y el eslabón que siempre llevaba encima. Allí, sobre la nieve, no había posibilidad de encender fuego; tampoco se apreciaba la existencia de ramas secas u hojarasca. ¡Sólo rocas y nieve! ¿No habría sido mejor que los capturasen los cristianos?, se planteó al comprobar que el tenue resplandor que hasta entonces les había acompañado entre la tormenta empezaba a decaer.

—¿Cómo está el niño? —le preguntó a Fátima. La muchacha no le contestó. Por encima de sus ropas frotaba a su hijo con ambas manos—. ¿Se mueve? —inquirió entonces—. ¿Vive? —La pregunta se le trabó en la garganta.

Fátima asintió sin dejar de frotar. La joven desvió entonces la mirada hacia el temporal y la noche que se les echaba encima y un suspiro de temor salió de sus labios.

¿Por qué habían emprendido la huida? Hernando se volvió entonces hacia su madre: abrazaba a cada uno de sus hermanastros. Aquil temblaba sin poder detener el castañeteo de sus dientes. Musa, con sólo cuatro años, permanecía inmóvil, agarrotado. ¿Por qué tuvo que forzarles a aquella aventura? ¡Eran mujeres y niños! La noche ya se hacía patente. La noche...

Cogió unos puñados de nieve y se los llevó al rostro, al cabello y a la nuca; luego, con otros, se lavó las manos, se arrodilló sobre el húmedo manto blanco y rezó en voz alta, a gritos, suplicando al Misericordioso, por el que luchaban y arriesgaban sus vidas, que... No llegó a poner fin a sus oraciones. Se levantó repentinamente. ¡El oro! ¡Entre el botín se amontonaban las vestiduras! Decenas de casullas y ornamentos de seda bordada con hilos de oro y plata. ¿De qué iban a servirle a su pueblo si ellos morían? Revolvió entre las mulas y en poco tiempo logró embutir a mujeres y niños en lujosos ropajes. Luego desaparejó a los animales. Las alforjas también servirían, algunas eran de cuero... ¡También los arreos! Salvo las monedas de oro que acumuló en una de las alforjas de esparto, extrajo el resto del botín y amontonó alforjas y arreos sobre la nieve, a modo de suelo, junto a la pared.

—Contra las rocas —les dijo—. No os dejéis caer sobre la nieve. Aguantad la noche contra las rocas.

Él también se abrigó, pero sólo lo imprescindible: necesitaba conservar la libertad de movimientos de la que carecían los demás. ¡Tenía que vigilar que nadie cayera sobre la nieve y se le empapara la ropa! Luego arrimó a las mulas contra mujeres y niños. Las ató corto unas a otras, de manera que no pudieran moverse, y las empujó desde el exterior. Lanzó el ronzal de la última mula hacia la pared y se arrastró por debajo de las patas de los animales hasta llegar a las rocas. Le costó ponerse en pie. Lo hizo entre Fátima y Aisha. La Vieja, que había quedado muy cerca de mujeres y niños, le observaba impasible.

—Vieja —dijo mientras se acomodaba—, mañana seguirás teniendo trabajo. Te lo aseguro. —Estiró del ronzal que había lanzado por encima de los animales y lo mantuvo firme: ninguno de ellos debía moverse—. *Allahu Akbar!* —suspiró al notar la protección de ropas y animales.

La tempestad arreció durante la noche; sin embargo, Hernando se dejó vencer por la duermevela tras comprobar con satisfacción que nadie podía caer al suelo, emparedados como estaban entre rocas y mulas, protegidos del viento, del frío y de la nieve.

Amaneció soleado y en silencio. El reflejo del sol sobre la nieve dañaba los ojos.

—¿Madre? —preguntó.

Aisha logró hacer un hueco entre la ropa que la cubría. Cuando Hernando se volvió hacia Fátima, ésta también mostraba su rostro. Sonreía.

—¿Y el niño? —se interesó.

—Hace un rato que ha mamado.

Entonces fue él quien esbozó una franca sonrisa.

—¿Y mis… hermanos?

Notó que a su madre le complacía que los llamara así.

—Tranquilo. Están bien —contestó ella.

No sucedió lo mismo con las mulas. Hernando salió por entre las patas de la recua y se encontró con que las dos que estaban expuestas al viento estaban congeladas, tiesas y cubiertas de escarcha. Eran de las nuevas, de las que Brahim trajo de Cádiar, pero aun así… Recordó la pedrada que había tenido que propinar a una de ellas y le palmeó el cuello. La escarcha se desprendió y cayó en miles de brillantes cristalillos.

—Tardaré un poco en sacaros de ahí —gritó.

No fue así. Tras desatar la recua, se limitó a empujar aquellas dos estatuas de hielo que cayeron por la pendiente y provocaron un pequeño alud a los pies de las rocas que les servían de refugio. Los demás animales estaban entumecidos y los arreó muy despacio, esperando con paciencia a que cada uno de ellos adelantara una mano… y luego la otra. Cuando le llegó el turno a la Vieja, le frotó los riñones durante un buen rato antes de permitir que se moviera para dejar salir a las mujeres. La noche anterior no había tenido la precaución de poner a buen recaudo los alimentos que llevaban y ahora ni siquiera podía encontrarlos: estaban enterrados en la nieve, como muchos de los objetos que había tirado al suelo al quitar los arreos y las alforjas de las mulas.

—Parece que hoy sólo almorzará el niño —dijo.

—Si la madre no come —advirtió Aisha—, mal lo hará el hijo.

Hernando los observó a todos: también estaban entumecidos y sus movimientos eran lentos y doloridos. Miró al cielo.

—Hoy no habrá tormenta —aseguró—. En media jornada llegaremos a los llanos del puerto. Allí estarán los nuestros y podremos comer.

La Vieja logró encontrar el camino al puerto de la Ragua. Caminaban tranquilos, relucientes en sus abrigos de oro. Antes de partir, Hernando había rezado con devoción, con el viento de la noche aún retumbando en sus oídos y el imborrable recuerdo de los grandes ojos almendrados de Fátima cuando dejó de frotar a su niño y miró a la noche, temerosa, como la víctima indefensa pudiera hacerlo a su asesino. ¡Mil veces agradeció a Alá la muerte que les había perdonado! Recordó a Hamid… ¡Qué razón tenía con las oraciones! ¿Qué habría sido de Ubaid?, pensó al instante. Le parecía haber visto a algunos hombres escapar de los cristianos. Sacudió la cabeza y se obligó a olvidar al manco. Luego, mientras ordenaba los arreos y las alforjas de las mulas, mandó a sus hermanastros que buscaran entre la nieve el botín que podía haber quedado sepultado; sólo el oro y la plata amonedada estaban a resguardo. Para Musa y Aquil la misión fue como un juego, y así, a pesar del hambre y el cansancio, se divirtieron revolviendo en la nieve. El sonido de sus risas hizo que Fátima y Hernando cruzaran sus miradas. Sólo se miraron: sin palabras, sin sonrisas, sin gestos, y un dulce escalofrío recorrió la columna vertebral del muchacho.

En cuanto estuvieron en el camino del puerto de la Ragua, empezaron a cruzarse con moriscos. Muchos abandonaban derrotados y ni siquiera volvían la cabeza al cruzarse con el pintoresco grupo que formaban Hernando, mujeres y niños arropados en sedas ricamente bordadas. Pero no todos escapaban: algunos subían con provisiones y otros simplemente merodeaban por las laderas; muchos de estos últimos se les acercaron.

—Es el botín del rey —terminaba aclarándoles el muchacho. Alguno trataba de comprobarlo y se acercaba a las alforjas, pero Hernando desenfundaba el alfanje y el curioso cedía. Muchos de ellos, tras las explicaciones, corrían a adelantar las noticias al rey.

Así, cuando llegaron a los llanos del puerto de la Ragua, donde los restos del ejército morisco habían logrado levantar un precario campamento, Aben Humeya y los jefes monfíes, con Brahim entre ellos, les esperaban. Detrás estaban los soldados, y a los lados las mujeres y los niños que habían logrado escapar junto a sus hombres.

—Sabía que lo conseguirías, Vieja. Gracias —le dijo Hernando a la mula a un escaso centenar de varas de los llanos.

Pese a su precipitada salida, Aben Humeya se las había compuesto para vestir con cierto lujo y les observaba soberbio, altanero como era, al frente de sus hombres. Nadie salió al encuentro de Hernando. Él y su comitiva continuaron caminando, y cuando estuvieron lo bastante cerca, los acampados pudieron comprobar que las noticias eran ciertas: aquel muchacho traía consigo el oro del botín de los musulmanes. Entonces resonó la primera ovación. El rey aplaudió y al instante todos los moriscos se sumaron a la aclamación.

Hernando se volvió hacia Aisha y Fátima, y éstas le indicaron que se adelantara a ellas.

—Es tu triunfo, hijo —gritó su madre.

Llegó al campamento riéndose. Se trataba de una risa nerviosa que no podía controlar. ¡Le aclamaban! Y lo hacían aquellos mismos que le llamaban nazareno. Si Hamid le viese ahora… Acarició el alfanje que colgaba de su cinto.

El rey les concedió uno de los muchos precarios chamizos construidos con ramajes y alguna que otra tela, al que inmediatamente se trasladó también Brahim. Del propio botín salvado por Hernando, premió al muchacho con diez ducados en reales de plata de a ocho que su padrastro miró con avaricia, más un turbante y una marlota leonada, bordada de flores moradas y rubíes que refulgían en el interior de la cabaña con cada movimiento de Hernando. Aben Humeya le esperaba a cenar en su tienda. Con torpeza, trató de ajustarse la prenda ante Fátima, que estaba sentada sobre una de las alforjas de cuero. Después de la oración del anochecer, cuya llamada podrían haber escuchado incluso los cristianos de más allá del puerto, Aisha tomó en brazos a Humam y con sus dos hijos abandonó la tienda sin explicaciones. Hernando no pudo apreciar la previa mirada de complicidad que se había cruzado entre Aisha y Fátima: la de su madre incitando; la de la joven, aceptando.

—Esto me viene grande —se quejó él, al tiempo que estiraba una de las mangas de la marlota.

—Te queda maravillosa —mintió la muchacha, levantándose y acomodándosela sobre los hombros—. ¡Estate quieto! —le regañó con simpatía—. Pareces un príncipe.

Aun a través de la rica pedrería que le cubría los hombros, Hernando notó las manos de Fátima y enrojeció. Percibió su aroma; podía... podía tocarla, alzarla de la cintura. Pero no lo hizo. Fátima jugueteó unos segundos con la marlota con los ojos bajos, antes de volverse para coger con delicadeza el turbante. Se trataba de un tocado de oro y seda encarnada adornado de plumas y garzotas; en el rizo de las plumas lucía una inscripción en esmeraldas y pequeñas perlas.

—¿Qué dice aquí? —le preguntó ella.

—Muerte es esperanza larga —leyó.

Fátima se colocó delante de él y, poniéndose de puntillas, lo coronó. Él notó la leve presión de los senos contra su cuerpo y tembló, a punto de desmayarse al notar las manos de Fátima descendiendo hasta abrazarse a su cuello y quedar colgada de él.

—Ya he sufrido una muerte —le susurró al oído—. Preferiría encontrar la esperanza en vida. Y tú me la has salvado en dos ocasiones. —La nariz de Fátima rozó su oreja. Hernando permanecía inmóvil, azorado—. Esta guerra... Quizá Dios me permita empezar de nuevo... —musitó ella, y apoyó la cabeza sobre su pecho.

Hernando se atrevió a cogerla de la cintura y Fátima le besó. Primero lo hizo con suavidad, deslizando los labios entreabiertos sobre su rostro hasta llegar a la boca, una y otra vez. Hernando cerró los ojos. Sus manos se crisparon sobre los costados de la muchacha al percibir el sabor de Fátima en su boca; toda ella fue detrás de aquella lengua que le horadaba. Y le besó, le besó mil veces mientras sus manos recorrían la espalda de Hernando: por encima de la empedrada marlota primero, por debajo de ella después, deslizando las uñas por su espina dorsal.

—Ve con el rey —le dijo de repente, separándose—. Yo te esperaré.

«Yo te esperaré.» Hernando abrió los ojos al son de tal promesa. Lo primero con que se topó fue con los inmensos ojos de Fátima fijos en él. No había en ellos ni un atisbo de vergüenza; el deseo inundaba el chamizo. Bajó la mirada hasta los pechos de la muchacha, por debajo del colgante dorado: unas grandes manchas redondas de leche hacían resaltar sus pezones erectos a través de la camisa, pegada a ellos. Fátima cogió la mano derecha de Hernando y la puso sobre uno de sus senos.

—Te esperaré —prometió.

13

Al campamento de Aben Humeya iban llegando gentes que todavía creían en la sublevación, pero también era abandonado por aquellos otros que habían perdido la esperanza y que desertaban para acudir a la llamada del marqués de Mondéjar, que seguía admitiendo a los rendidos y les otorgaba salvaguarda para que viviesen en sus lugares. La gran tienda del rey carecía del boato de su alojamiento en Ugíjar, aunque estaba relativamente bien provista de alimentos. Hernando, incómodo por las lujosas prendas que vestía, con el alfanje al cinto junto a la bolsa de los reales, fue recibido con honores. Tras entregar la espada a una mujer, le acomodaron entre el Gironcillo, que le recibió con una sonrisa, y el Partal. Buscó a Brahim con la mirada entre los presentes, pero no lo encontró.

—La paz sea con aquel que protegió los tesoros de nuestro pueblo —le saludó Aben Humeya.

Un murmullo de asentimiento se escuchó en la tienda y Hernando se encogió todavía más entre los inmensos jefes monfíes que le flanqueaban.

—¡Disfruta, muchacho! —exclamó el Gironcillo, dándole una fuerte palmada en la espalda—. Esta fiesta es en tu honor.

Todavía sentía el golpe del Gironcillo en su espalda cuando la música empezó a sonar. Varias mujeres jóvenes entraron con cuencos llenos de uvas pasas y jarras de limonada, que aderezaron con una pasta que llevaban en unos saquitos. Depositaron las jarras en las alfombras, frente al círculo de hombres sentados. Bebieron y comieron, mirando a las bailarinas que danzaban en el centro de la tienda: unas veces solas, otras de la mano de algún jefe monfí. Hasta el Gironcillo, torpón, bailó con una muchacha de movimientos traviesos. ¡E incluso cantó!

—¡Quién danzara ya la zambra —aulló, tratando de seguir a la muchacha—, quitado de querellas, con hermosas moras bellas…, en ti, mi querida Alhambra!

¡La Alhambra! Hernando recordó la fortaleza recortada contra Sierra Nevada, coloreando Granada de rojo al atardecer, y se imaginó bailando con Fátima en los jardines del Generalife. ¡Decían que eran maravillosos! Su pensamiento voló hacia Fátima, hacia el cuerpo de la joven y el colgante de oro entre sus pechos… el mismo que llevaba la bailarina que en ese momento le tomaba de la mano y le obligaba a levantarse. Escuchó algún aplauso y gritos de ánimo mientras la joven le hacía moverse. Todo giraba a su alrededor. Sus pies bailaban con agilidad, pero no podía detenerlos… ni controlarlos. La muchacha reía y se acercaba a él; sentía su cuerpo, como poco antes había sentido el de Fátima…

Mientras bailaban, una de las mujeres trajo más jarras de bebida. Las dejó en el suelo, extrajo de un saquito una pasta hecha con apio y simiente de cáñamo, la introdujo en la limonada y la removió, tal y como llevaba haciendo con todas las jarras que hasta el momento había servido.

El Gironcillo brindó con el Partal y dio un largo trago.

—Hashish —suspiró—. Parece que hoy no lo usaremos para luchar contra los cristianos. —El Partal asintió mientras daba cuenta de su bebida—. ¡Bailemos pues en la Alhambra! —añadió alzando el vaso con la droga disuelta.

Hernando no volvió a sentarse. Los laúdes y las sonajas cesaron y la muchacha, agarrada a su joven compañero de baile, interrogó con la mirada a Aben Humeya. El rey entendió y le dio su consentimiento con una sonrisa. El muchacho se vio arrastrado por la bailarina hacia el exterior de la tienda, hasta un chamizo en el que se encontraban otras mujeres que atendían al rey. Ni siquiera buscó intimidad. Se lanzó sobre él mientras las demás miraban. Lo desnudó apresuradamente sin que Hernando fuera capaz de resistirse y luego se puso a desatar sus propios bombachos y las gruesas medias enrolladas desde los tobillos hasta las rodillas. En ello estaba cuando se oyó decir a una de las mujeres:

—¡No está retajado!

Todas se acercaron a Hernando y dos de ellas hicieron ademán de acercar su mano hasta el miembro erecto del muchacho. Sin dejar de luchar con sus bombachos, ya a media pantorrilla, la bailarina entrecerró los ojos y protegió el pene con una de sus manos.

—¡Fuera! —gritó, golpeando a las demás con la mano que tenía libre—. Ya lo probaréis después.

Hernando despertó con la boca reseca y un tremendo dolor de cabeza. ¿Dónde estaba? La luz del amanecer que empezaba a colarse en el chamizo le recordó vagamente la noche, la fiesta… ¿y después? Intentó moverse. ¿Qué se lo impedía? ¿Dónde estaba? La cabeza parecía a punto de reventarle. ¿Qué…? Unos brazos gordos, flácidos y pesados lo rodeaban. Entonces notó su contacto: el de su cuerpo desnudo contra… Saltó del lecho de ramas. La mujer ni siquiera se inmutó; gruñó y siguió durmiendo. ¿Quién era aquella mujer? Hernando observó sus enormes pechos y su inmensa barriga, todo desparramado de lado sobre la manta que cubría las ramas. ¿Qué había hecho? Un solo muslo de aquella matrona era más ancho que sus dos piernas juntas. Las arcadas y el frío le asaltaron al mismo tiempo. Examinó el interior del chamizo: estaban solos. Se levantó y buscó su ropa con la mirada. La encontró tirada aquí y allá y trató de protegerse del frío. ¿Qué había sucedido?, se preguntó, tiritando mientras se vestía. El simple roce de la ropa sobre su entrepierna le abrasó. Se miró el miembro: aparecía descarnado. El pecho, sus brazos y piernas mostraban arañazos. ¿Y su rostro? Encontró parte de un espejo roto y se miró: también estaba arañado, y su cuello y mejillas amoratados aquí y allá como si le hubieran succionado la sangre. Trató de remontarse a la fiesta, que ganó frescor en su memoria… El baile… La bailarina. El rostro de la joven acudió a su memoria, contraído, bailando… A horcajadas sobre él, montándolo y agarrándole de las manos para llevarlas a sus pechos, igual que poco antes hiciera… Luego la bailarina se mordió el labio inferior, y aulló de placer, y varias mujeres se echaron encima de él, y le dieron de beber, y... ¡Fátima! ¡Prometió esperarle! Buscó su nueva marlota. No estaba. Se llevó la mano al cinto que acababa de atarse instintivamente... Tampoco estaba la bolsa con los reales, ni el tocado de oro... ¡ni la espada de Hamid!

Sacudió a la mujer.

—¿Dónde está la espada? —La gorda refunfuñó en sueños. Hernando la zarandeó con más fuerza—. ¿Y mis dineros?

—Vuelve conmigo —protestó la morisca después de abrir los ojos—. Eres muy fuerte...

—¿Y mis ropas?

La mujer pareció despertar.

—No las necesitas. Yo te calentaré —le susurró, mostrándose obscenamente.

Hernando apartó la mirada de aquel obeso cuerpo, todo él depilado.

—¡Perra! —la insultó mientras se volvía para escudriñar el interior del chamizo. Era la primera vez que insultaba a una mujer—. ¡Perra! —repitió, apesadumbrado, al comprobar que había desaparecido todo.

Se encaminó a la cortinilla que hacía las veces de puerta, pero casi no pudo andar del dolor que le producía el roce de las ropas. Caminaba escocido, con las piernas abiertas.

Pese a que había amanecido, el campamento se hallaba en un extraño silencio. Vio al monfí que montaba guardia en la entrada de la cercana tienda de Aben Humeya y se dirigió a él.

—Las bailarinas me han robado —soltó sin saludarle.

—Veo que también te has divertido con ellas —replicó el guardia.

—Me han robado todo —insistió—: los diez ducados, la marlota, el tocado...

—La gran mayoría del ejército ha desertado esta noche —le interrumpió el monfí, esta vez con voz cansina.

Hernando volvió la mirada hacia el campamento.

—La espada —musitó—. ¿Para qué quieren la espada si se van a entregar a los cristianos?

—¿Tu espada? —preguntó el monfí. Hernando asintió—. Espera. —El hombre entró en la tienda y al cabo de unos segundos reapareció con el alfanje de Hamid en las manos—. Te la quitaste al entrar en la fiesta —le dijo cuando se la entregaba—. Es incómodo sentarse con ella.

Hernando la cogió con delicadeza. Al menos no había perdido la espada, pero... ¿habría perdido a Fátima?

Hernando clavó las uñas sobre el alfanje que le devolvió el morisco que montaba guardia frente a la tienda de Aben Humeya. Recorrió la mirada por el campamento, casi desierto tras la huida nocturna de gran parte del ejército, y se dirigió al chamizo en el que se alojaban Brahim, Aisha y Fátima, pero a cierta distancia se escondió apresuradamente tras una de las chozas vacías: Fátima salía de la tienda. Llevaba a Humam en brazos. La vio alzar la cabeza al cielo, limpio y frío, y se parapetó detrás del ramaje cuando la muchacha, con el semblante muy serio, se fijó en el campamento. ¿Qué decirle? ¿Que lo había perdido todo? ¿Que acababan de forzarle unas bailarinas y había despertado en brazos de una matrona depilada? ¿Cómo mostrarse ante ella con el cuerpo arañado y el cuello y el rostro amoratado? Podía..., podía mentirle, sí, decirle que el rey le había retenido durante toda la noche. Podía hacer eso pero... ¿Y si ella quería entregarse a él como le prometió? ¿Cómo mostrarle su miembro desollado? ¿Su entrepierna hinchada y mordida? Ni siquiera se había atrevido a examinarlo con detenimiento, pero le dolía; le escocía al andar. ¿Cómo explicarle todo aquello? La observó abrazar a Humam, como refugiándose en el niño. La vio acunarlo sobre su pecho, besarlo en la cabeza, tierna y melancólicamente, y desaparecer en el interior de la choza.

¡Le había fallado! Se sintió culpable y avergonzado, tremendamente avergonzado y, sin pensarlo, escapó de allí. Empezó a correr sin rumbo, pero al pasar por delante de la tienda de Aben Humeya, el guardia le detuvo.

—El rey quiere verte.

Hernando entró en la tienda, ofuscado y resoplando. Aben

Humeya le recibió en pie, ya vestido, ostentosamente, como si nada sucediese.

—El ejército… —farfulló al tiempo que indicaba hacia el campamento—. Los hombres… —Aben Humeya se acercó a Hernando y fijó la mirada en los moratones que aparecían en su cuello—. ¡Han huido! —gritó el muchacho incomodado.

—Lo sé —contestó con serenidad el rey, no sin dejar escapar una pícara sonrisa ante el aspecto de su visitante—, y no puedo recriminárselo. —En ese momento accedió a la tienda un monfí grande y fuerte, al que Hernando tenía visto y que se mantuvo en silencio—. Luchamos sin armas. Nos están aniquilando en todas las Alpujarras. Después de Paterna, el marqués de Mondéjar ha rendido muchos pueblos, pero se muestra magnánimo y les concede el perdón. Por eso huyen los hombres, en busca del perdón, y por eso te he mandado llamar. —Hernando hizo un gesto de sorpresa, pero Aben Humeya le contestó con una franca sonrisa—. Los hombres volverán, Ibn Hamid, no te quepa duda. Hace ya casi dos meses, tras mi coronación, envié a mi hermano menor Abdallah en solicitud de ayuda al bey de Argel. Todavía no tengo noticias suyas. Entonces sólo pude hacerle llegar una carta… ¡palabras! —añadió dando un manotazo al aire—. Hoy tenemos un cuantioso botín con el que procurar su voluntad. ¡Mis hombres huyen, cierto, y la prometida ayuda no llega! Ahora mismo partirás con el oro en dirección a Adra. Te acompañará al-Hashum. —Aben Humeya hizo un gesto hacia el monfí que se hallaba en la tienda—. Él embarcará y llevará el oro a Berbería, a nuestros hermanos creyentes en el único Dios. Tú volverás a darme cuenta. El camino será peligroso, pero debéis llegar a la costa y haceros con una fusta. Una vez en Adra, no os será difícil conseguir lo necesario para cruzar el estrecho con el oro del que disponéis y la ayuda de los moriscos de la zona. ¿Está todo preparado? —preguntó al monfí.

—La mula ya está cargada —contestó al-Hashum.

—Que el Profeta os acompañe y os guíe, pues —les deseó el rey.

Hernando siguió al monfí. ¡Partían hacia Adra, en la costa, lejos de allí! ¿Qué pensaría Fátima? Parecía triste… pero el rey se lo ordenaba, sí, eso era. ¡Ahora mismo!, había ordenado. Siquiera tenía tiempo de despedirse. ¿Y su madre? Rodearon la tienda. Al lado opuesto de donde se encontraba el guardia, les esperaba una de las mulas de la mano de Brahim. Su padrastro le miró de arriba abajo, entornando los párpados ante los moratones.

—¿Y los regalos del rey? —vociferó el arriero.

Hernando titubeó, como siempre que se hallaba delante de Brahim.

—No los necesito para el viaje —contestó al tiempo que simulaba comprobar los arreos de la mula—. Voy a despedirme de mi madre.

—Debemos partir ya —intervino al-Hashum.

Brahim escondió una sonrisa.

—Tienes una misión que cumplir —dijo con firmeza—. No es momento para llantos de madres. Yo se lo contaré todo.

A su pesar, Hernando asintió. Los dos hombres montaron y Brahim los vio partir. Por una vez se alegraba de la confianza que el rey depositaba en su hijastro. El arriero sonrió abiertamente al recordar la voluptuosidad del cuerpo de Fátima.

14

La tierra está llana?»

En condiciones normales, el viaje les hubiera supuesto entre tres y cuatro jornadas, pero Hernando y su compañero tuvieron que avanzar por senderos intransitables y campo a través, escondiéndose y evitando las muchas partidas de soldados cristianos que recorrían la tierra saqueando los lugares, robando, matando y violando a las mujeres, y después ponerlas en cautiverio. Acostumbraban a ser grupos de veinte hombres, sin capitán y sin alférez que portase bandera alguna; hombres codiciosos y violentos que escudados en el nombre del Dios cristiano tomaban venganza sobre los moriscos con el único fin de enriquecerse.

La lentitud del paso benefició a Hernando, que no cejó hasta encontrar las hierbas necesarias con las que procurarse un remedio para su entrepierna.

A la altura de Turón, agazapados tras unos espesos matorrales, mientras esperaban con la mula trabada en un cerro a que un hatajo de canallas pusiera fin a su rapiña, presenciaron cómo uno de los soldados cristianos se separaba del grupo y arrastraba del cabello a una niña de no más de diez años que no cesaba de aullar y patear. Se dirigía hacia donde estaban escondidos. Los dos al tiempo llevaron la mano a sus armas. Justo delante de ellos, al otro lado de los matorrales, el hombre abofeteó a la chiquilla hasta postrarla a sus pies; luego empezó a desatarse los calzones sonriendo con sus dientes negros. Hernando desenvainó el alfanje a la espera de que el soldado expusiese la nuca al lanzarse sobre la criatura, pero notó la presión de la mano de al-Hashum sobre su antebrazo. Se volvió hacia él y lo vio negar con la cabeza. Las lágrimas surcaban el rostro del monfí. Hernando obedeció y envainó lentamente, mirando cómo desaparecía el filo de la hoja en la vaina. Tampoco pudieron escapar de allí por no descubrirse. Al-Hashum, grande y curtido, fuerte, permaneció con la cabeza gacha, sollozando en silencio. Él no pudo. Fue incapaz de cerrar los ojos. Clavaba las uñas sobre el sagrado alfanje de Hamid, con mayor fuerza a medida que el llanto de la niña disminuía hasta llegar a convertirse en un gimoteo casi inaudible.

Los sollozos de la chiquilla se confundieron en Hernando con los recuerdos de Fátima, que le perseguían desde que abandonó el campamento de Aben Humeya. ¡Cobarde!, se reprochaba una y otra vez. Ella le había dicho que no tenía a nadie y Hernando le contestó que podía contar con él. Seguro que tanto Fátima como su madre se habrían enterado de la misión encomendada por el rey, Brahim se lo habría dicho, pero aun así… ¿Y si los cristianos también se hubiesen atrevido a ascender por aquellas cumbres inhóspitas y ahora mismo estuvieran violando a Fátima?

Soltó el alfanje cuando al-Hashum, con el rostro oculto por la bocamanga de la marlota con que secaba las lagrimas, le indicó con un gesto que debían proseguir la marcha. A Hernando le dolían los dedos.

Al-Hashum parecía conocer Adra. Frente a los arenales y campos estériles que se extendían hacia el mar esperaron hasta bien entrada la noche. El monfí era un hombre reservado, como Hernando había podido comprobar a lo largo del camino, pero no se comportó de forma arisca o malcarada y dejaba entrever un carácter más bien bondadoso, algo que extrañó al muchacho en un bandolero de las sierras. Esa noche, los dos sentados en lo alto de un cerro, mientras observaban cómo las aguas del mar cambiaban de color a medida que el sol se ocultaba, habló más de lo que lo había hecho en las jornadas precedentes.

—Adra está en poder de los cristianos. —El monfí trató de

susurrar, pero su vożarrón natural se lo impedía—. Aquí fue donde a principios del levantamiento traicionaron al Daud y a otras gentes del Albaicín de Granada que pretendían pasar a Berbería en busca de ayuda. Buscaron una fusta, igual que tenemos que hacer nosotros, y la consiguieron; pero el morisco que intermedió, ¡Dios lo condene al infierno!, perforó la barca y tapó los agujeros con cera. La fusta empezó a hacer agua a poca distancia de la costa; los cristianos sólo tuvieron que esperar al Daud y sus gentes en la playa para detenerles.

—¿Conoces… conoces a alguien de confianza? —inquirió Hernando.

—Creo que sí. —Las aguas del mar empezaban a oscurecerse—. Veo que ya andas con más soltura —soltó entonces al-Hashum—: los ungüentos te han curado la entrepierna.

Incluso en la penumbra, Hernando escondió el rostro, pero el monfí insistió; partiendo de las evidentes relaciones que tenían que haber originado aquel escozor en particular, al-Hashum terminó hablándole de su esposa y de sus hijos. Los había dejado en Juviles, aunque, como todos, ignoraba si la noche de la matanza se hallaban dentro o fuera de la iglesia.

—Muertos o esclavizados —murmuró, ahora sí con un hilo de voz—. ¿Cuál es peor destino?

Charlaron mientras caía la noche, y Hernando le habló de Fátima y de su madre.

Se escondieron en la casa de un matrimonio anciano que no se había visto capaz de escapar a las sierras cuando estalló la revuelta en Adra, y que cuidaban de una huerta y algunos árboles frutales, fuera de la ciudad. Zahir, que así se llamaba el hombre, los instó a introducir la mula en el interior de la vivienda.

—No tenemos animales —alegó—. Una mula en nuestras tierras levantaría sospechas.

La esposa de Zahir mantenía impoluto el interior de la vivienda, pero asintió a las palabras de su marido; ataron la acémila en la que, les dijeron con orgullo, era la habitación de sus hijos jóvenes que sí luchaban por el único Dios.

Permanecieron escondidos varios días sin salir de la casa. Zahir negociaba con discreción la barca. Hernando y al-Hashum supieron al instante que podían confiar en sus anfitriones pero ¿podían fiarse también de los hombres con quienes trataba el anciano?

—Sí —afirmó con rotundidad Zahir ante sus dudas—. ¡Son musulmanes! Rezan conmigo, y ya sea en la ciudad o en las playas, sin empuñar las armas, colaboran con nuestros jóvenes. Todos son conscientes de la importancia de transportar ese oro a Berbería. Las noticias que llegan de los lugares de las Alpujarras no son nada esperanzadoras. ¡Necesitamos la ayuda de nuestros hermanos turcos y berberiscos!

¡Las noticias! Cada noche, comiendo los escasos alimentos que podían proporcionarles aquellas gentes, escuchaban con ansiedad las nuevas que Zahir les contaba acerca de la guerra.

—Los pueblos continúan rindiéndose —les contó el anciano una noche—. Dicen que Ibn Umayya vaga por las sierras, sin armas ni provisiones, acompañado por menos de un centenar de incondicionales.

Hernando tembló ante el solo pensamiento de Fátima y Aisha perdidas por las quebradas de Sierra Nevada sin la protección de ejército alguno. El monfí frunció los labios ante el dolor que se percibía en el muchacho.

—¿Por qué se rinden? —gritó entonces al-Hashum.

Zahir negó con la cabeza en señal de impotencia.

—Por miedo —sentenció—. Ya no queda nadie con Ibn Umayya, pero los demás alzados de las Alpujarras que pretenden resistir están siendo diezmados. El marqués de los Vélez acaba de enfrentarse a nuestros hermanos en Ohánez. Ha matado a más de mil hombres y capturado a alrededor de dos mil mujeres y niños.

—Pero Mondéjar les concede el perdón —musitó Hernando pensando en lo que sucedería si hacían cautiva a Fátima.

—Sí. Los dos nobles actúan de forma totalmente distinta. Mondéjar considera que «la tierra está llana», y así se lo ha hecho saber por escrito al marqués de los Vélez, instándole a que cese en sus ataques a los moriscos y otorgue el perdón a cuantos se rindan...

—¿Entonces? —inquirió al-Hashum.

—El marqués de los Vélez ha jurado perseguir, ejecutar o esclavizar a todo nuestro pueblo. Al parecer, la carta le llegó después de la batalla de Ohánez. Al volver al pueblo, en las escaleras de la iglesia, ordenadas en hilera sobre el escalón superior, encontró las cabezas recién decapitadas de veinte doncellas cristianas. Aseguran que sus alaridos clamando venganza se pudieron escuchar hasta en la cumbre más alta de la sierra.

Los tres hombres que estaban sentados en el suelo de la vivienda y la esposa de Zahir, que se hallaba en pie, algo alejada, permanecieron en silencio largo rato.

—¡Tienes que llevar ese oro a Berbería! —exclamó al fin Hernando.

Hernando se enteró de que Aben Humeya estaba en Mecina Bombarón. El rey, a escondidas, descendía de las sierras a Válor, su pueblo y su feudo, en busca de comida, fiestas y comodidad, pero aquella noche se le esperaba en Mecina Bombarón para asistir a una boda musulmana. Mecina era una de las muchas poblaciones que se habían rendido al marqués, y a falta de cristianos, que habían huido ante las matanzas, disfrutaba de una tranquilidad provisional. Aben Humeya, siempre dispuesto a disfrutar de una fiesta incluso en las peores circunstancias, no quería perdérsela.

Tirando de la mula, solo, atento a cualquier movimiento sospechoso, se encaminó a Mecina para dar cuenta al rey del resultado de su misión. Se fue de Adra tan pronto como la fusta conseguida por Zahir se hubo perdido en las aguas oscuras de la noche, sin naves cristianas que la persiguieran y sin ningún agujero tapado con cera que pudiera hacerla zozobrar. En la misma playa rezó unas oraciones junto al anciano y un par de pescadores, en las que encomendaron a Dios el buen fin de la misión de al-Hashum, que transportaba el oro de los moriscos. Luego partió, contra la opinión de Zahir, al amparo de la luz de la luna. Tenía prisa por volver: quería ver a Fátima y a su madre cuanto antes.

Anduvo el camino de vuelta escondiéndose de todo y de todos, mordisqueando el pan ácimo y la carne en adobo que le había proporcionado la esposa de Zahir, sin dejar de pensar en Fátima, en su madre, y en aquel ejército que debía venir a liberarlos desde más allá de las costas granadinas.

Lo que no imaginaba Hernando, ni Aben Humeya, ni al-Hashum en su travesía nocturna, era que tanto Uluch Ali, beylerbey de Argel, como el sultán de la Sublime Puerta tenían sus propios proyectos. Efectivamente, tan pronto como llegaron las primeras noticias del levantamiento morisco, el beylerbey de Argel hizo un llamamiento a su pueblo para acudir en ayuda de los andaluces, pero ante la cantidad de gente de guerra bien dispuesta que acudió a la convocatoria decidió que era mejor utilizarla para sus propios fines y se lanzó a la conquista de Túnez, entonces en manos de Muley Hamida. Como contrapartida dictó un bando por el que autorizaba a cualquier aventurero a viajar a España, al tiempo que concedía el perdón a todos aquellos delincuentes que se alistasen en la guerra de al-Andalus. También dispuso una mezquita en la que recogió todas las armas —que fueron muchas— que los hermanos en la fe de los andaluces quisieron aportar a la revuelta, pese a que al final optara por venderlas en lugar de donarlas. Otro tanto sucedió con el sultán, en Constantinopla: la revuelta de los moriscos españoles significaba un nuevo frente de guerra para el rey de España, y le abría las puertas a la conquista de Chipre, para cuya empresa empezó a prepararse tras contestar a su gobernador en Argel y ordenarle que, como simple muestra de buena voluntad, enviase doscientos jenízaros turcos a al-Andalus.

Hernando oía música de laúdes y dulzainas a medida que se acercaba a Mecina, cuyas construcciones, como en la mayoría de los pueblos de las Alpujarras altas, escalaban arracimadas las estribaciones de Sierra Nevada montándose unas encima de otras. También existía alguna vivienda grande, como la de Aben Aboo, primo de Aben Humeya, donde éste solía acudir en busca de refugio. Era ya de noche cuando Hernando ató la mula y entró en Mecina. El jolgorio guió sus pasos. No podía dejar de pensar que le faltaba muy poco para ver a Fátima, quien debía de seguir en el campamento de la sierra. ¿Qué le diría? ¿Cómo se disculparía?

Llegó justo a tiempo de presenciar cómo la novia, tatuada con alheña y vestida con una alcandora a modo de camisa, era trasladada a casa de su esposo, sentada sobre las manos unidas de dos de sus parientes, con los ojos cerrados y sin que sus pies llegasen a tocar en momento alguno el suelo. Se sumó a la alegre comitiva. Las mujeres todavía gritaban las albórbolas o «yu-yús» especiales de las bodas, cumpliendo la ley musulmana que establecía que los casamientos debían ser públicos y paladinos. Nadie en Mecina podía negar que, tras las debidas exhortaciones a los contrayentes, aquél no hubiera sido un enlace público y evidente. La novia llegó a la pequeña puerta de la casa de dos pisos del esposo, con la gente aglomerada en la callejuela, y alguien le proporcionó un mazo y un clavo que ésta martilleó en la puerta. Luego, entre gritos, accedió a su nuevo hogar con el pie derecho.

A partir de ese momento, la novia, acompañada de todas las mujeres que pudieron entrar en la pequeña casa, fue conducida al tálamo, situado en la planta superior de la vivienda, donde ella misma debía cubrirse con una sábana blanca y esperar tendida y quieta, callada y con los ojos cerrados, mientras las mujeres le hacían regalos. Todas ellas, presintiendo la derrota y la vuelta de sacerdotes y beneficiados prestos a vigilar el cumplimiento de los bandos y órdenes que les prohibían el uso de sus trajes y costumbres, se aferraron a sus ritos y accedieron a la casa con el rostro cubierto para destapárselo en la intimidad de la cámara nupcial, allí donde los hombres no estaban.

Hernando tuvo problemas para llegar hasta la puerta de la casa; muchos eran los que intentaban entrar con el novio en las estancias del piso inferior, demasiados para su cabida.

—Tengo que ver al rey —dijo a la espalda de un anciano que ya en la calle le impedía el paso.

El hombre se volvió y le atravesó con la mirada de unos ojos ya cansados. Luego bajó la vista al alfanje que colgaba del cinto del muchacho. Nadie iba armado en Mecina.

—Aquí no hay ningún rey —le recriminó. Sin embargo, le abrió el paso e incluso avisó a los que le precedían para que hicieran lo propio—. Recuérdalo —insistió en el momento en que Hernando pasaba por su lado—. Aquí no hay ningún rey.

Como si se hubiera transmitido el mensaje a lo largo de la fila de hombres que esperaba, Hernando pudo llegar desde la calle a la diminuta estancia en la que los hombres se arremolinaban alrededor del novio. Le costó encontrar a Aben Humeya. Antes descubrió a Brahim, que comía dulces mientras charlaba y reía junto a algunos monfíes que Hernando conocía de vista, del campamento. Brahim parecía contento, pensó en el momento en que sus miradas se cruzaron. Desvió la vista de su padrastro y se topó con la de Aben Humeya, que le reconoció al instante. El monarca vestía con sencillez, como cualquiera de los muchos moriscos de Mecina. Se acercó a él.

—La paz, Ibn Hamid —le saludó el rey—. ¿Qué noticias me traes?

Hernando le relató el viaje.

—Me alegro —le interrumpió Aben Humeya con un gesto de su mano en cuanto el muchacho le confirmó que, con la ayuda de Dios, al-Hashum debía haber desembarcado ya en Berbería—. Pese a tu edad, eres un leal servidor. Ya lo has demostrado antes. Vuelvo a estarte agradecido y te compensaré, pero ahora disfrutemos de la fiesta. Ven, acompáñame.

Los hombres ya se dirigían al piso superior, donde les esperaban las mujeres con los rostros cubiertos. La mayoría llevaba algún regalo: comida, monedas de blanca, útiles de cocina, alguna pieza de tela… que entregaban a las dos mujeres que ejercían de maestras de ceremonias, erguidas a ambos lados de la cabecera de la cama. Hernando no llevaba nada. Sólo los parientes más cercanos podían exigir ver a la novia, tapada y quieta bajo la sábana blanca. Aquella prerrogativa le fue concedida también al rey, que premió a la novia con una moneda de oro, y las maestras de ceremonias alzaron la sábana delante de Aben Humeya.

—¡Comamos! —dijo el rey, una vez hubo hecho los honores.

La fiesta, dada la humildad del hogar de los recién casados, se trasladó a las calles y a las demás viviendas. Los óbolos a los novios cesaron, y éstos se encerraron para dejar transcurrir los preceptivos ocho días durante los que serían alimentados por sus familias. Aben Humeya y Hernando se dirigieron entonces a la casa de Aben Aboo, donde se preparaba un cordero al son de laúdes y atabales. Era una casa rica, con muebles y tapices, perfumada y con sirvientes. Brahim formaba parte del grupo de hombres de confianza que los acompañaba.

Antes de que las mujeres se dirigieran a una estancia separada, Hernando buscó a su madre. Ignoraba si habría bajado al pueblo con su padrastro y anhelaba verla. Pero todas iban con los rostros cubiertos y la mayoría de ellas eran de constitución similar a la de Aisha.

Brahim seguía riendo junto a otros hombres en un extremo del jardín, bajo un gran moral: su rostro, atractivo y curtido por el sol, parecía haber rejuvenecido en esos días. Hernando jamás lo había visto tan contento. Decidió acercarse al grupo de su padrastro.

—La paz —saludó. Todos le sacaban una cabeza y titubeó antes de continuar—: Brahim, ¿dónde está mi madre? —preguntó al fin.

Su padrastro lo miró, como si no esperase encontrarle allí.

—En la sierra —contestó haciendo ademán de volverse y continuar con su charla—. Al cuidado de tus hermanos y del hijo de Fátima —añadió como de pasada.

Hernando se sobresaltó; ¿le sucedía algo a la muchacha?

—¿Del hijo de Fátima? ¿Por qué…? —balbuceó.

Brahim no se molestó en responder, pero lo hizo por él uno de los hombres del grupo.

—En breve tu nuevo hermano —comentó éste antes de soltar una carcajada y propinar una fuerte palmada sobre la espalda del arriero.

—¿Có… Cómo? —logró inquirir el muchacho; el temblor súbito de sus rodillas parecía haberse extendido hasta su voz.

Brahim se giró hacia él. Hernando percibió satisfacción en sus ojos.

—Tu padrastro —contestó otro de los del grupo— ha pedido la mano de la muchacha al rey. —Las palabras se escapaban del entendimiento de Hernando. Su semblante debía de denotar tal incredulidad que el morisco se vio casi forzado a continuar—: Se ha sabido que su esposo murió en Félix, y a falta de parientes que puedan cuidar de ella, tu padre ha acudido al rey. ¡Alégrate, muchacho! Vas a tener una nueva madre.

La boca de Hernando se llenó de bilis. La arcada le pilló desprevenido y corrió hacia el otro extremo del jardín, chocando con los hombres que esperaban que el cordero terminara de hacerse en el espetón sobre el que giraba. No llegó a vomitar. Las arcadas se sucedieron una tras otra originándole unos tremendos pinchazos en el estómago. ¡Fátima! ¿Su Fátima casada con Brahim?

—¿Te ocurre algo, Ibn Hamid?

Era el rey, que se había acercado a él, quien se lo preguntaba. Su rostro mostraba preocupación. Con el antebrazo, se limpió la bilis de la comisura de los labios; respiró hondo antes de hablar. ¿Por qué no contárselo?

—Su Majestad ha dicho que me estaba agradecido…

—Así es.

—Necesito que me hagas un favor —añadió compungido.

Aben Humeya sonreía antes incluso de que Hernando alcanzara el final de su historia. ¿Qué iban a contarle a él de amoríos? Haciendo gala del espíritu voluble que le caracterizaba, agarró al muchacho del brazo y sin dudarlo se dirigió al grupo de hombres que charlaban y reían.

—¡Brahim! —clamó. El arriero se volvió; su expresión se alteró al encontrarse con el rey y su hijastro juntos—. He decidido no concederte la mano de esa muchacha. Alguien a quien nuestro pueblo debe grandes favores la ha reclamado para sí: tu hijo, a quien se la concedo.

El arriero apretó los puños, logrando así reprimir la ira que se reflejaba en la tensión de todos los músculos de su cuerpo. ¡Era el rey! Los demás moriscos enmudecieron con la mirada puesta en Hernando.

—Ahora —continuó Aben Humeya—, disfrutemos de la hospitalidad de mi primo Ibn Abbu. ¡Comed y bebed!

Hernando trastabilló detrás de Aben Humeya, que se detuvo sólo a un par de pasos más allá para hablar con uno de los jefes monfíes. No escuchó la conversación: la agitada respiración se lo impedía. Con todo, por el rabillo del ojo vio a Brahim que, con ademán furioso, salía de la casa de Aben Aboo.

No logró ver a Fátima. Durante el banquete las mujeres permanecieron ocultas en el interior de la vivienda. Hernando se negó a beber otra cosa que no fuera agua fresca y limpia, después de comprobar que no estaba turbia por la mezcla con pasta de hashish, mientras su mente no paraba de dar vueltas y vueltas. La gente ya se marchaba, y a medida que la concurrencia disminuía, el muchacho veía acercarse la hora en la que tendría que explicarse ante Fátima. Aben Humeya había dicho que él la había reclamado para sí… ¡y que se la concedía! ¿Significaba eso que debía casarse con ella? Lo único que pretendía… ¡era que no se casase con Brahim! Muchos eran los que le miraron y cuchichearon durante el transcurso de la noche; alguno incluso le señaló. ¡Todos los presentes lo sabían! ¿Cómo explicaría a Fátima…? ¿Y Brahim? ¿Cuál sería la reacción de su padrastro por haberle quitado a Fátima? El rey le defendía, pero…

Quedaban poco más de una decena de hombres en casa de Aben Aboo, entre ellos Aben Humeya, el Zaguer y el Dalay, alguacil de Mecina, cuando un soldado morisco entró corriendo.

—¡Los cristianos nos han rodeado! —profirió frente al rey—. Una partida de hombres se ha dirigido a Válor y otra está ya sobre Mecina —explicó ante el gesto de apremio de Aben Humeya—. Vienen hacia aquí. He podido oír las órdenes de sus capitanes.

Aben Humeya no tuvo que dar orden alguna. Todos los que no eran vecinos de Mecina y a los que no alcanzaba la salvaguarda del marqués, saltaron los muros de la casa por no utilizar la puerta y se perdieron en la noche en dirección a las sierras.

De pronto, Hernando se encontró solo en el jardín, junto a Aben Aboo.

—¡Huye! —le apremió el jefe morisco indicándole la tapia.

Las mujeres que todavía quedaban en el interior salieron en tropel, descubiertos sus rostros por la urgencia.

—¡Fátima! —gritó Hernando.

La muchacha se detuvo. Hernando vio brillar sus grandes ojos negros a la luz de una antorcha. En ese momento un grupo de cristianos entraron en el jardín y chocaron con las mujeres. En aquellos preciosos segundos de desorden, mientras los cristianos se deshacían de las moriscas, él corrió hacia Fátima, la agarró y se introdujo de nuevo en la vivienda. Los gritos de los soldados llegaban desde el jardín.

—¿Dónde está Fernando de Válor y de Córdoba, el mal llamado rey de Granada?

Aquello fue lo último que escuchó Hernando antes de escabullirse con Fátima por una ventana trasera que daba a la calle.

No eran soldados. El ejército del marqués de Mondéjar se había disuelto tras el botín obtenido en una expedición de castigo sobre las Guájaras. La mayoría de los hombres que esa noche partieron del campamento cristiano para poner cerco a Aben Humeya eran aventureros atraídos a la guerra por las ganancias que hasta el momento habían hecho cuantos participaban en ella; hombres con poca experiencia y menos escrúpulos, cuyo único objetivo era obtener el mayor botín posible.

Válor fue saqueado. Los ancianos del pueblo salieron a recibir a los cristianos y les ofrecieron comida, pero éstos los ejecutaron e irrumpieron con violencia en el pueblo. Mecina corría la misma suerte. Los aventureros, desmandados, mataban a los hombres, desvalijaban las casas y apresaban a las mujeres y a los niños para venderlos como esclavos.

En el jardín de Aben Aboo, después de un infructuoso registro en busca de Aben Humeya, se hallaba reunida una partida de soldados.

—¿Dónde está Fernando de Válor? —repitió uno de ellos golpeando con la culata del arcabuz a Aben Aboo en el rostro.

Los golpes se sucedieron pero, pese a ellos, el morisco se mantuvo firme en su negativa.

—¡Hablarás, maldito hereje! —masculló un cabo de barba tupida y dientes negros—. ¡Desnudadlo y atadle las manos a la espalda! —ordenó a los soldados.

Los soldados le presentaron a Aben Aboo, desnudo y maniatado, y el cabo lo empujó a golpes de arcabuz hasta el moral que se alzaba en el jardín. Cogió una cuerda más bien fina y la lanzó por encima de una rama hasta que el extremo cayó sobre la cabeza del morisco. El cabo se acercó a él, recogió la cuerda e hizo ademán de atársela al cuello.

Aben Aboo le escupió en el rostro. El cabo jugueteó con la cuerda sobre el cuello del morisco, sin dar importancia al escupitajo.

—No tendrás esa suerte —aseguró.

Entonces hincó una rodilla en tierra y ató el extremo de la cuerda al escroto de Aben Aboo, por encima de sus testículos. El morisco reprimió un aullido de dolor cuando el cabo apretó el nudo.

—Desearás que la hubiera atado a tu sucio gaznate —masculló mientras agarraba el otro extremo de la cuerda.

El cabo jaló de la cuerda. El morisco fue alzándose de puntillas a medida que la cuerda se tensaba: un intenso dolor le recorrió el escroto a medida que la cuerda tiraba de él hacia arriba. Cuando comprobó que Aben Aboo ya no podía subir más sin perder el equilibrio, el cabo entregó el extremo de la cuerda a uno de los soldados, que la ató con firmeza al tronco del moral.

—Hablarás, perro mahometano. Hablarás hasta renegar de tu secta y de tu Profeta —le escupió el cabo, acercándose a él—. Hablarás hasta despreciar a vuestro Alá, el perro de tu Dios, mierda infinita allí donde las haya, escoria…

Aben Aboo descargó una fuerte patada con su pierna derecha en los testículos del cabo, que se dobló sobre sí, dolorido. Sin embargo, el morisco no pudo aguantar el equilibrio y se desplomó.

El escroto se cortó, los testículos salieron despedidos por el aire y salpicaron de sangre a todos cuantos estaban bajo el moral. Aben Aboo quedó encogido en el suelo.

—Muere desangrado como el cerdo que eres —farfulló el cabo, todavía dolorido.

—Por Alá que Ibn Umayya vive aunque yo muera —logró decir Aben Aboo.

Después de dejar la fiesta, Brahim había vagado por Mecina en busca de hashish y de alguna mujer bien dispuesta en las muchas zambras que se celebraban en honor de los recién casados, para olvidar el desplante del rey. Encontró ambas cosas. Sin embargo, al presenciar el saqueo que llevaban a cabo los cristianos, creyó que el desorden podía depararle una buena oportunidad para vengarse de Hernando y volvió a casa de Aben Aboo, escondiéndose de la luz de las antorchas.

Llegó justo en el momento en que los soldados salían de la casa cargando con el botín obtenido. Brahim entró y se encontró con el primo del rey desangrándose en el jardín.

—Déjame morir —le imploró Aben Aboo.

Brahim no lo hizo. Lo introdujo en la casa, lo acomodó en un lecho y corrió en busca de ayuda.

15

Cruel condición es la de nuestros enemigos para ponernos en sus manos, teniéndolos tan ofendidos. Apresuremos el paso, y tomemos la delantera con varoniles ánimos a una honrosa muerte, defendiendo nuestras mujeres e hijos, y haciendo lo que somos obligados por salvar las vidas y las honras que naturaleza nos obliga a defender.

Luis de Mármol, *Historia de la rebelión y castigo de los moriscos del reino de Granada*

Hernando y Fátima huyeron de Mecina y corrieron campo a través en la noche, ascendiendo a las sierras. Tropezaron y cayeron en varias ocasiones. Sólo cuando el alboroto de los saqueadores en el pueblo llegó a ser casi inaudible se detuvieron a recuperar el resuello. Hernando hizo ademán de dirigirse a Fátima, pero ésta se lo impidió.

—Muerte es esperanza larga —le dijo entonces la muchacha—. ¿Recuerdas?

Por encima de un barranco, rodeados de bancales escalonados y vegetación, la luna parecía querer iluminar solamente sus rostros.

—Yo… —intentó excusarse Hernando.

—Tu padrastro ha pedido mi mano al rey —le interrumpió ella—, y…

—El rey se ha retractado.

Hubiera deseado ver temblar el reflejo de la luna en el rostro de

Fátima; ver cómo sus dientes blancos destellaban bajo aquella luz ambarina o el resplandor de sus ojos negros, pero se encontró con unas facciones impasibles y un silencio estremecedor.

—Me la ha concedido a mí —reconoció después el muchacho.

Transcurrieron unos instantes; ambos permanecieron quietos.

—Soy tuya pues. —Lo dijo sin emoción, cortando con sus palabras el aire frío que los separaba—. Me has salvado la vida en varias ocasiones… hoy una más. Disfruta de mí como dijo el Profeta, pero…

—¡No sigas!

—Puedes tomarme a mí, pero nunca te ganarás mi corazón.

—¡No!

Hernando se dio media vuelta y se alejó unos pasos. Hubiera deseado no escuchar esa afirmación. ¿Qué podía decirle para excusar su conducta de aquella noche? Nada, concluyó.

—Procura pisar donde yo lo haga —le advirtió entonces forzando la voz, abatido y con el rostro escondido, antes de reanudar el camino hacia las cumbres—. Podrías despeñarte.

Durante el mes que había durado el viaje de Hernando a Adra, Brahim había conseguido acomodo en una de las muchas cuevas que estaban por encima de Válor y Mecina, como el propio Aben Humeya y todos aquellos que le permanecían fieles.

Ya en la sierra, aquel conjunto de cumbres recubiertas de nieve de febrero, fue la muchacha quien guió a Hernando hasta esa cueva; la recua de mulas, bañada por la luz de la luna, se dibujaba cerca de la entrada. Hernando hizo ademán de dirigirse a ellas. Fátima titubeaba frente a una de las grutas, sin atreverse a entrar.

—¿Brahim? —La voz precedió a la aparición de una figura que se perfilaba en la boca de la cueva. Era Aisha.

—No. Soy Fátima. Vengo con Ibn Hamid. ¿Él…? ¿Y Brahim? ¿Ha regresado?

—No. No ha llegado todavía.

Fátima se apresuró a entrar.

—¡Espera, yo…! —trató de detenerla Hernando.

La muchacha ni siquiera aminoró el paso.

Aisha permaneció parada, en pie, frente a su hijo.

—Lo siento, madre —musitó él—. Tuve que irme. Cumplía órdenes del rey. ¿Brahim no te informó de eso?

Su madre le abrazó con fuerza, casi a su pesar. Luego, enjugándose las lágrimas y negando con la cabeza, se apartó de él y siguió a la muchacha al interior de la oscura cueva; Hernando se quedó solo, con los brazos caídos a los costados. Observó a la recua de mulas y fue hacia ellas. Las tanteó en busca de la Vieja, que bufó y volteó dócilmente el cuello para recibir el cariño que el muchacho hubiera deseado proporcionar a su madre.

Brahim tardó cerca de quince días en regresar, los necesarios para que se restableciera Aben Aboo, a cuyo lado permaneció en todo momento. Durante ese tiempo, Hernando no entró en la cueva. Dormía a la intemperie sin que Aisha o Fátima le dirigiesen la palabra, salvo las primeras y únicas que le dedicó su madre a la mañana siguiente, al servirle el desayuno, junto a las mulas.

—Huiste sin dar explicaciones. —Hernando balbuceó una excusa, pero Aisha le impidió continuar con un seco movimiento de su mano—. Huiste, y con ello promoviste la lascivia de tu padre, que de sobra conocías. La entregaste. Abandonaste cobardemente a Fátima en manos de tu padrastro… y con ella, a mí.

—¡No huí! El rey me encargó una misión; Brahim estaba al tanto de todo ¡y me prometió que te lo diría! —logró excusarse él—. Y, en cuanto a Fátima…, lo he arreglado. El rey se ha echado atrás: Fátima ya no tendrá que casarse con Brahim.

Aisha negó con la cabeza, la boca firmemente apretada y el mentón tembloroso, antes de volverse para esconder las lágrimas que anegaron sus ojos.

Hernando calló, impresionado ante la reacción de su madre.

—No sabes lo que dices —sollozó Aisha—. No puedes hacerte una idea de las consecuencias del cambio de opinión del rey.

Sin embargo, Aisha no lloró cuando Brahim la golpeó violentamente. Lo hizo nada más llegar, fuera de la cueva, en presencia de Fátima, los niños y algunos moriscos que se hallaban en el lugar compartiendo las escasas provisiones de que disponían. Hernando vio desplomarse a su madre y desenvainó el alfanje.

—¡Es mi esposo! —le detuvo Aisha desde el suelo.

Brahim y su hijastro se midieron con la mirada durante unos instantes. Finalmente el muchacho bajó los ojos: aquella escena le devolvía a su infancia, y, a su pesar, volvió a sentirse impotente ante el odio cerval que destilaban los ojos de su padrastro; un odio al que podía dar rienda suelta. El arriero aprovechó aquel momento de vacilación para derribar a Hernando de un fuerte puñetazo; luego se abalanzó sobre él y siguió golpeándolo con saña. El joven no opuso resistencia. Era mejor eso que presenciar cómo los recibía su madre.

—¡No te acerques a Fátima! —susurró Brahim, sudoroso por la paliza que acababa de propinarle—. O será tu madre la que pruebe estos puños… ¿Está claro? El rey te tiene aprecio, perro nazareno, pero nadie se atreverá a interferir en cómo trata un morisco a su esposa. No quiero verte dentro de mi casa.

Cierto era que Aben Humeya, a pesar de sus otros defectos, había demostrado cierta predilección por el joven arriero. Tras el asalto a Mecina, el rey se había interesado por la suerte corrida por Hernando. Había mandado a buscarle y se había alegrado de saber que había escapado sano y salvo de Mecina. Le había sonreído y le había preguntado por Fátima —a lo que Hernando musitó una respuesta ininteligible que Aben Humeya confundió con timidez—, y luego le había ordenado que se ocupase de los animales. «Necesitamos de tus conocimientos con los caballos —añadió después el rey—. Te dije que los hombres volverían, ¿recuerdas?»

Y así fue. En esos quince días Hernando había podido comprobar cómo aumentaba el número de caballos. Los moriscos volvían a las sierras con su rey y le juraban fidelidad hasta la muerte.

—El marqués de Mondéjar ha sido destituido como capitán general del reino y le han llamado a la corte —le explicó un día el Gironcillo, mientras él herraba al alazán, que continuaba sosteniendo el peso del enorme monfí y su arcabuz con el cañón más largo de todas las Alpujarras. Hernando, con el casco del caballo apoyado sobre su muslo, levantó la cabeza hacia él—. Han vencido los escribanos y leguleyos de la Chancillería, los mismos que nos quitaron nuestras tierras y que no tardaron en hacer llegar al rey sus quejas por el perdón que concedía el marqués a nuestro pueblo. ¡Quieren exterminarnos!

Con un gesto de la mano, Hernando apremió al Gironcillo a que le alcanzase la herradura.

—¿Quién manda ahora en las tropas cristianas? —inquirió el muchacho antes de martillear sobre el clavo que debía fijar la herradura al casco.

El Gironcillo se mantuvo en silencio observando la pericia del muchacho.

—El príncipe Juan de Austria —contestó tras el último golpe—, hijo bastardo del emperador, hermanastro del rey Felipe II, un jovenzuelo altanero y soberbio. Dicen que el rey ha ordenado que el tercio y las galeras de Nápoles vengan a España para ponerse a las órdenes del príncipe, del duque de Sesa y del comendador mayor de Castilla. La cosa va en serio.

Hernando soltó la mano del alazán y se irguió frente al monfí; pese al frío invernal, el sudor le corría por la frente.

—Si tan en serio va la cosa, ¿por qué vuelven a las sierras los moriscos? Quizá fuera mejor aceptar la rendición, ¿no?

Fue un guarnicionero recién llegado a las sierras, a quien Aben Humeya había encargado el cuidado de frenos, arreos y monturas, quien contestó a aquella pregunta. El hombre se acercaba, pendiente de las explicaciones del Gironcillo.

—Ya lo hicimos —vociferó todavía a unos pasos de ellos. Ambos se volvieron hacia el guarnicionero—. Algunos aceptamos esa rendición, ¿y qué conseguimos? Que nos robaran. Que nos mataran y que esclavizaran a nuestras mujeres e hijos. Los cristianos no han respetado las salvaguardas concedidas por el marqués de Mondéjar. Mejor morir luchando por nuestra causa que a traición y a manos de canallas.

—El príncipe y las nuevas tropas tardarán en llegar a Granada —intervino el Gironcillo—. Mientras tanto, no existe autoridad alguna. Mondéjar ha sido apartado y a Vélez le ha desertado la mayoría del ejército y aún no sabe cuál va a ser su nuevo papel en la guerra. Miles de soldados desmandados recorren las Alpujarras saqueando, apresando y matando a la gente de paz. Quieren hacer dinero y volver a sus casas antes de que Juan de Austria se haga cargo de la situación.

Lo que hacía cerca de cuatro meses se había planteado como una insurrección en defensa de las costumbres, de la justicia y de la tradicional forma de vida musulmana, se convertía ahora en una nueva rebelión, una lucha por la vida y la libertad. La rendición y la sumisión sólo ocasionaban la muerte y la esclavitud. Y los moriscos de todas las Alpujarras, acompañados de sus familias y cargados con sus escasas pertenencias, acudían en masa a Sierra Nevada, donde estaba su rey.

Fátima no abandonó a Aisha pese a los ruegos de ésta de que así lo hiciera. Brahim la humillaba a diario, buscando siempre que la muchacha se hallara presente, como si quisiera recordarle, una y otra vez, que ella era la causa de la desgracia de Aisha. Aquil, a sus siete años, imitaba a su padre y buscaba su aprobación en una conducta violenta y desconsiderada hacia su madre. Las dos mujeres se refugiaron la una en la otra: Fátima trataba de consolar a Aisha en silencio, acercándose a ella con delicadeza, sintiéndose culpable; Aisha la recibía como si se tratase de una de sus hijas muertas en Juviles, e intentaba convencerla con su cariño de que no la consideraba responsable de sus penas. No hablaron de su dolor: ambas evitaron hacerlo. Y con cada desplante, con cada insulto, se consolidaba más y más la relación que las unía.

Cuando concluía su trabajo con los caballos, Hernando se convertía en un espectador permanentemente atormentado. Aisha no le permitía intervenir ante la violencia de Brahim; él no podía acercarse a Fátima, quien de todos modos parecía seguir enfadada. Sin embargo, como no podía renunciar a las dos únicas personas a las que amaba, permanecía fuera de la cueva, vigilante, atento a que su padrastro cumpliese con el trato de no maltratar a su madre, aferrando el alfanje de Hamid siempre que Brahim andaba cerca y oía los insultos que dedicaba a su madre. Fátima no había vuelto a dirigirle la palabra; era Aisha quien, en silencio, le llevaba la comida todas las noches.

Y cuando en la sierra se escuchaba la llamada a la oración, se lanzaba a ella, devoto. Una noche… incluso invocó a la Virgen de los cristianos. Andrés, el sacristán de Juviles, le había asegurado la capacidad de la Virgen para interceder ante Dios. Se encomendó a ella recordando también las enseñanzas de Hamid:

—Nosotros, los musulmanes, defendemos a Maryam, creemos en su virginidad. Sí —insistió el alfaquí ante el gesto de sorpresa de su pupilo—, así lo dicen el Corán y la Suna. No escuches a quienes insultan su pureza y castidad; los hay, muchos, pero sólo lo hacen olvidando nuestras enseñanzas… para oponerse todavía más a los cristianos, para humillar aún más sus creencias. Pero en eso se equivocan: Maryam es uno de los cuatro modelos perfectos de mujer y efectivamente parió a Isa, aquél a quien ellos llaman Jesucristo, sin perder la virginidad. Y así la defendió Isa desde la cuna. Tal como nos enseña el Corán, Isa, al poco de nacer, ya habló y defendió la virginidad de su madre de los insultos de sus familiares, incrédulos ante el parto. —Pese a su fe ciega en Hamid, Hernando seguía reticente, con los ojos entornados. ¿Cómo iban ellos, los moriscos, a defender a la madre del dios cristiano?—. Piensa —añadió Hamid para convencerle— que cuando el Profeta logró al fin conquistar La Meca y entró triunfal en la Kaaba, ordenó que se destruyeran todos los ídolos: Hubal, patrón de La Meca, Wad, Suwaa, Yagut, Yahuq, Nasr y otros tantos, así como que se borraran las pinturas de los muros… excepto la que se encontraba debajo de sus manos: era un mural de Maryam y su hijo. Ten en cuenta —añadió con seriedad— que a Maryam nunca tocó el pecado primero; nació pura, así lo sostiene el Corán y la Suna.

Pero ¿acaso no había sido uno de los sacerdotes del hijo de

Maryam quien violó a su madre cuando era una niña indefensa?, se preguntó en silencio Hernando esa noche. ¿Acaso no era ése el origen de la desgracia de su madre? Su padrastro lo aullaba una y otra vez: ¡el nazareno! Y él lo escuchaba con los puños apretados, clavándose las uñas en las palmas. ¡Todos lo oían! Y de no gozar del favor de Aben Humeya, tal hubiera sido el trato que él habría recibido de los demás moriscos. Lo presentía: los veía mirarle de reojo y murmurar a sus espaldas. Pero ni el dios de los cristianos pese a la suplicada intercesión de Maryam, ni el de los musulmanes, acudieron en ayuda de Aisha…, de Fátima o de él.

Pasaban los días y Aben Humeya aprovechó la indecisión de sus enemigos y el incondicional apoyo de sus gentes para reorganizarse y, sobre todo, rearmarse. Nombró nuevos gobernadores de las taas de las Alpujarras y estableció un sistema fiscal para su corona: el diezmo de frutos y cosechas y el quinto de los botines que se hicieran sobre los cristianos. Acababa de iniciarse la época de navegación: aventureros, arráeces y jenízaros acudían a al-Andalus en ayuda de sus hermanos. ¡Por fin los alpujarreños empezaron a ver aquellos soldados de la Sublime Puerta que tantas veces les habían prometido!

El rey de Granada y Córdoba obtuvo dos importantes victorias sobre las tropas cristianas que enfervorizaron a sus gentes: una en Órgiva, contra una compañía del príncipe, y la otra en el mismo puerto de la Ragua, contra un centenar de soldados del marqués de los Vélez.

Tras esas escaramuzas llegó un período de calma en las Alpujarras: hasta tal punto que en Ugíjar se estableció un mercado tan importante como pudiera serlo el de Tetuán. La afluencia de mercaderes y la actividad comercial decidieron a Aben Humeya a poner una aduana para la recaudación de impuestos por las numerosas transacciones que se llevaban a cabo.

Los dos triunfos también aportaron a las cuadras de las que se ocupaba Hernando un gran número de caballos capturados a los cristianos.

—Debes aprender a montar —le dijo un día el propio rey, de

inspección en el llano en el que se encontraban los animales, rodeado por varios arcabuceros de la guardia de corps creada expresamente para su seguridad—. Sólo así llegarás a conocerlos bien. Además… —Aben Humeya le dedicó una sonrisa—, mis hombres de confianza deben acompañarme a caballo.

Hernando miró a los caballos. Sólo había montado una vez, junto al Gironcillo, huyendo de Tablate, y sin embargo… ¿qué tenía aquel hombre que le inspiraba confianza? ¿Su sonrisa? Ladeó la cabeza hacia el rey. ¿Su porte de caballero veinticuatro de Granada y rey de los moriscos? ¿Su donaire y gallardía?

Aben Humeya mantuvo su sonrisa.

—Venga —le apremió.

El rey le dejó elegir y Hernando embridó un caballo morcillo que tenía por el más manso y dócil de los que cuidaba. Nada más apretar la cincha, los reflejos rojizos del pelo negro del animal cobraron vida y brillaron con fuerza al sol de Sierra Nevada. Dudó antes de llevar el pie al estribo; jinete y caballo respiraban aceleradamente. Se volvió hacia el rey y éste le hizo un gesto con la mano para que montase. Calzó su pie izquierdo en el estribo y tomó impulso con la pierna derecha, pero en el momento en que lo hacía, el morcillo relinchó y salió a galope tendido.

Le fue imposible dominarlo y a los dos trancos cayó de espaldas, y rodó entre piedras y matorrales. Aben Humeya se acercó a él pero Hernando se levantó con rapidez, aún dolorido, y evitó la mano que el rey le tendía. Algunos de los arcabuceros reían.

—Primera lección —le dijo Aben Humeya—: no son estúpidas mulas ni borricos. Nunca debes dar por cierto que un caballo se comportará igual contigo pie a tierra que sobre él. —Hernando le escuchaba con la mirada fija en el morcillo. ¡El caballo mordisqueaba placenteramente unos matojos unos pasos más allá!—. Continúa intentándolo —añadió el rey—. Hay dos formas de montar a caballo: una, a la brida, la que usan los cristianos de todos los pueblos, quizá los castellanos los que menos por lo que han aprendido de nosotros, con sus grandes y pesadas armaduras que les impiden muchos movimientos. Cuando el Diablo Cabeza de Hierro monta en sus caballos, éstos tiemblan y se orinan. Yo lo he visto. Los domina y somete con crueldad... la misma que utiliza con los hombres. Nosotros, los musulmanes, montamos diferente: a la jineta, como hacen los berberiscos en los desiertos, con los estribos cortos, manejando al caballo con piernas y rodillas y no sólo con la brida y las espuelas. Sé duro si tienes que serlo, pero sobre todo, sé inteligente y sensible. Sólo con esas virtudes conseguirás dominar a estos animales.

Hernando hizo ademán de ir en busca del morcillo, pero el rey le llamó la atención:

—Ibn Hamid, has elegido un animal de capa negra. Los colores de los caballos responden a los cuatro elementos: aire, fuego, agua y tierra. Los morcillos como éste han tomado su color de la tierra y son melancólicos, por eso te puede parecer tranquilo, pero también son viles y cortos de vista, por eso te ha desmontado.

Tras estas palabras, el rey dio media vuelta y le dejó solo con los caballos y con la incógnita de cuáles eran los elementos a los que respondían las otras capas y qué virtudes y defectos se les atribuían.

Diariamente, ya fuera en el momento de comer o por las noches, volvía a la cueva dolorido, algunos días renqueando, otros cojeando ostensiblemente; en más de una ocasión tuvo que comer con una sola mano. Sin embargo, ya por simple fortuna ya por su juventud, ninguna de las muchas caídas que sufrió le produjo fracturas de consideración. Al menos, en cuanto ponía el pie en el estribo de alguno de los caballos, se olvidaba de Aisha y de Fátima, de Brahim y de todos los moriscos que murmuraban a sus espaldas... y eso era lo que necesitaba.

En algunas ocasiones el mismísimo rey cabalgaba con él y le enseñaba. Como noble que era, Aben Humeya dominaba la equitación. Entre ambos se estableció una relación que bordeaba la amistad mientras cabalgaban por las sierras. El rey le habló de los juegos de cañas y de las corridas de toros en las que había participado a lo largo de su vida y también del significado de los demás colores de las capas de los caballos: los blancos, que provenían del agua, flemáticos, blandos y tardíos; los castaños, del aire, de templados movimientos, alegres y ligeros; y los alazanes, del fuego, coléricos, ardientes y veloces.

—El caballo que logre participar de todos esos colores y combinarlos en su capa, en las coronas de los cascos, las cuartillas o las cañas, en las estrellas de su frente o en los remolinos, en sus crines o en la cola, será el mejor —le dijo una mañana el rey.

Aben Humeya cabalgaba tranquilamente sobre un alazán tostado; Hernando peleaba una vez más con el morcillo, que el rey le había regalado.

Al caer la tarde Hernando volvía con sus mulas, junto a la cueva. Entonces Aisha y Fátima le observaban pasar cabizbajo, tras un saludo a todos y a nadie, y refugiarse entre sus animales, como si acudiese a aquel lugar sólo por ellos. Sin embargo, las dos mujeres se daban cuenta de que el muchacho jamás olvidaba su alfanje, que acariciaba instintivamente tan pronto como se escuchaba la voz de Brahim. Sólo hablaba con sus mulas, principalmente con la Vieja. Todos los moriscos de las cuevas de los alrededores, algo celosos de los favores que el rey prodigaba al nazareno, habían tomado partido por Brahim y, si alguno dudaba, tampoco quería buscarse problemas con el imponente arriero.

Aisha sufría en silencio al ver a su hijo en ese estado, y ni siquiera Fátima pudo permanecer ajena a la melancolía que embargaba a Hernando. Durante los primeros días, la ira la había llevado a actuar con desdén. ¿Cuántas veces había pensado en ello durante el mes en que estuvo de viaje? Aquella noche había estado esperándole: Aisha le consiguió un poco de perfume, sólo unas gotas, y ella, en cuanto oyó que el barullo en la tienda del rey empezaba a decaer, lo dejó correr entre sus pechos fantaseando con las caricias de Hernando. ¡Pero él no apareció! El deseo se convirtió en desprecio: se imaginó escupiendo a sus pies tan pronto volviera, dándole la espalda, gritándole… ¡Pegándole incluso! Luego llegó el desvergonzado acoso de Brahim, sus miradas lascivas, sus roces, sus constantes insinuaciones… Cuando tuvo conocimiento de que Brahim, enterado de la muerte de su esposo y de que no tenía otros parientes, había pedido su mano al rey, maldijo a Hernando y le insultó entre lágrimas. La noche en que Hernando la salvó de Mecina y le informó de la decisión del rey, se sintió ofendida y aliviada a la vez. Cierto, ya no debía casarse con el odioso Brahim, pero ¿qué se creía Hernando? ¿Que él o el rey iban a decidir el futuro de Fátima y de su hijo sin contar con ella?

Pero los días pasaban y él siempre volvía para vigilarlas, erguido o a veces cojeando debido a alguna caída, resignado al desprecio con que era tratado, pero también siempre dispuesto a salir en su defensa: lo había demostrado soportando la paliza de Brahim sin protestar. El nazareno, le llamaban todos a sus espaldas. Aisha se había visto obligada a contarle la razón de aquel mote y la muchacha, por primera vez desde que Hernando retornara, sintió cómo se le agarrotaba la garganta. ¿Creería Hernando que ella también era partícipe de ese desprecio? ¿Qué pensaría allí, solo entre sus mulas?

Una noche, cuando Aisha se dirigía a entregar la cena a su hijo, Fátima fue hacia ella y le pidió el cuenco. Quería acercarse a él. Estaba tan pendiente del temblor de su mano que no se percató del gesto de preocupación con que Aisha recibió aquella solicitud.

Hernando la esperaba en pie; casi no podía creerse que fuera Fátima la que estuviera caminando hacia él.

—La paz sea contigo, Ibn Hamid —empezó a decir Fátima ya frente a él, ofreciéndole la comida.

—¡Puerca! —se oyó que gritaba Brahim frente a las cuevas.

El cuenco cayó de las manos de la muchacha.

Fátima se volvió para ver cómo Brahim, a la luz de la hoguera, abofeteaba de nuevo a Aisha. Hernando se adelantó un par de pasos con la mano en la espada, pero volvió a detenerse. Brahim levantó la vista y la clavó en Fátima, y entonces la joven entendió la mueca de Aisha: había tratado de advertírselo con la mirada. Si Fátima se acercaba a Hernando, ella pagaría las consecuencias. El rostro de Brahim expresaba una satisfacción malsana mientras levantaba la mano para descargarla otra vez sobre su esposa. Fátima regresó corriendo a la cueva. Brahim la vio pasar por su lado y soltó una carcajada.

16

En abril de 1569, el recompuesto ejército morisco y sus seguidores, mujeres y niños entre ellos, marchó hacia Ugíjar con Aben Humeya y sus íntimos por delante: entre ellos, cabalgando orgulloso, iba Hernando. La larga columna aparecía encabezada por una guardia de arcabuceros que llevaba el nuevo estandarte bermejo adoptado por Aben Humeya.

Al rey y sus lugartenientes les seguía la caballería morisca y después la infantería, que en esta ocasión había sido dispuesta ordenadamente, conforme a las tácticas cristianas: repartida en escuadras mandadas por capitanes que portaban sus propias banderas, que en parte se habían confeccionado durante la espera en las cuevas por encima de Mecina, en tafetán o seda, en blanco, amarillo o carmesí, con lunas de plata u oro en su centro, flecos de seda u oro, o borlas guarnecidas con aljófar. Pero otras escuadras marchaban arrogantes bajo estandartes y banderas antiguas, recuperadas de cuando los musulmanes dominaban al-Andalus, como la de las gentes de Mecina, de tafetán carmesí bordada en oro y con un castillo con tres torres de plata en su centro, o incluso alguna robada a los cristianos, como el estandarte del Santísimo Sacramento de Ugíjar, en damasco carmesí con flecos de seda y oro, en el que los moriscos bordaron lunas de plata.

Cerraban la marcha, como era habitual, los bagajes y multitud de gente inútil: mujeres, niños, enfermos y ancianos.

Todos avanzaban hacía Ugíjar al son de atabales y dulzainas, saludados entusiastamente por los habitantes dedicados al cultivo de las tierras por las que transitaban, porque aquélla era la orden que dio el rey: no se podía prescindir del laboreo. Los cristianos recibían suministros de fuera de Granada, pero ellos sólo disponían de sus propios recursos; la inesperada tregua proporcionada por la toma de posesión de don Juan de Austria, que continuaba enzarzado en discusiones en la ciudad, les brindaba la oportunidad de sembrar y recoger una nueva cosecha.

Hernando cabalgaba erguido, dominando al morcillo, refrenándolo constantemente para que no adelantase al grupo de caballeros que le precedían porque entre ellos se encontraba Brahim, convertido en inseparable compañero de un Aben Aboo al que se le tuvo que forrar la montura con varias capas de piel de cordero para que las cicatrices no le molestasen, aunque ni así podía evitar las muecas de dolor de su rostro. Aben Aboo cabalgaba al lado de su primo, el rey, y Brahim iba detrás de él.

Ni siquiera desde su montura lograba Hernando vislumbrar la retaguardia del ejército porque se lo impedían los grandes jefes monfíes que cabalgaban tras él. Allí estaban las mujeres, entre ellas Aisha y Fátima, y las mulas, cuidadas por Aquil y un chavalillo espabilado llamado Yusuf, al que Hernando conoció por las cuevas y a quien pidió que ayudara a su hermanastro. ¿Cómo iba Aquil a controlar él solo la recua?

Ugíjar los recibió engalanada y al son de música y zambras. No era la ciudad que conocieron huyendo de los cristianos. En la iglesia-colegiata se trabajaba a destajo para su reconversión en mezquita. Las campanas en las que los moriscos volcaban su odio aparecían destruidas a los pies del campanario, y en el triángulo que formaban las tres torres defensivas del lugar se ubicaba un zoco que se desparramaba por las calles adyacentes. Todo era color, aromas y bullicio, y gentes nuevas, sobre todo gentes nuevas: berberiscos, corsarios y mercaderes musulmanes del otro lado del estrecho. La mayoría vestía de forma similar a como lo podían hacer los moriscos, algunos con chilabas, pero lo que verdaderamente extrañó a Hernando fue el aspecto de muchos de ellos: algunos eran rubios y altos, de tez lechosa; otros pelirrojos de ojos verdes, y también podían verse negros libres. Todos se movían entre los berberiscos de piel tostada como si pertenecieran a sus clanes.

—Cristianos renegados —le comentó el Gironcillo cuando, embobado ante un imponente albino caucásico, Hernando casi llegó a chocar con el hombre.

El albino le sonrió de forma extraña, como... como si le invitase a echar pie a tierra e irse con él. Se volvió turbado hacia el monfí.

—Nunca te fíes de ellos —le aconsejó el Gironcillo tan pronto como dejaron atrás al albino—, sus costumbres son bastante diferentes a las nuestras: gustan de los muchachos como tú. Los renegados son los verdaderos dueños de Argel; el corso es suyo y nos desprecian. Tetuán es morisca; Salah, La Mámora y Vélez también, pero Argel...

—¿No son turcos? —le interrumpió Hernando.

—No.

—¿Entonces...?

—En Argel, con los renegados, conviven verdaderos jenízaros turcos enviados por el sultán. —El Gironcillo se alzó sobre los estribos y ojeó el zoco—. No. No han llegado todavía. Los reconocerás en cuanto lo hagan. Los jenízaros no dependen del beylerbey de Argel, sólo del sultán, de quien reciben órdenes a través de sus agás, sus propios jefes. En su día, hará cuarenta años, Jayr ad-Din, al que los cristianos llaman Barbarroja, sometió su reino a la Sublime Puerta, a nuestro sultán, a aquel que debe ayudarnos en la lucha contra los cristianos... Pero no te equivoques: los renegados que dominan Argel no son de fiar, sobre todo para hermosos muchachos como tú. —Rió—. ¡Nunca les des la espalda!

La carcajada del Gironcillo puso fin a la conversación. Aben Humeya desmontaba ya y le buscó con la mirada; Hernando debía hacerse cargo de los caballos. Entre el caos, trató de vislumbrar a Fátima y Aisha, pero la retaguardia de la columna ni siquiera había llegado a entrar en el pueblo. Primero debía acomodar a los caballos; luego volvería a ver qué es lo que sucedía con las mujeres.

Igual que había hecho en Paterna con las mulas, Aben Humeya dispuso a varios arcabuceros de su guardia a las órdenes de Hernando. Más allá de las abarrotadas calles de detrás de la iglesia de Ugíjar, donde la ciudad empezaba a perderse en campos, encontró una buena casa de dos pisos, grande y con tierras suficientes, debidamente cercadas por un muro bajo, como para acomodar los caballos del rey y de los jefes monfíes. Sin duda alguna se trataba de la vivienda de alguna de las familias cristianas asesinadas durante la insurrección; no tenía acceso directo desde la calle, sino que se entraba por las tierras que la rodeaban.

—¡Desalojad la casa! —gritó uno de los soldados a la familia morisca que salió en tropel ante la llegada de la comitiva.

Se trataba de un matrimonio de mediana edad: ella gorda, como la mayoría de las matronas; él, todavía más si cabe, con un viejo arcabuz en las manos que humilló al ver a los soldados. A su alrededor se hallaban siete niños de distintas edades.

Hernando percibió en la mujer la habitual sumisión de todas las moriscas; una niña de no más de dos años se escondía agarrada a las medias enrolladas en sus piernas. Quizá…, pensó él, quizá la presencia de aquella familia con tantos niños trocase el ambiente de la cueva.

—¿Entiendes de animales? —preguntó Hernando al hombre, deseando que contestase afirmativamente—. En ese caso —añadió al obtener por respuesta una mueca que quiso tomar por asentimiento—, tú y tu familia me ayudaréis con los caballos del rey y compartiremos la vivienda.

Hernando desembridó con rapidez a la docena de animales de la que se había hecho cargo, entorpecido por los intentos de ayuda de los tres niños. No le importó su evidente inexperiencia con los caballos. Tenía que encontrar a Aisha y a Fátima.

Con la misma celeridad abandonó la casa. Ya daría de comer a los animales a su regreso. Sin embargo, en cuanto cruzó el portón de hierro forjado que daba a la calle sin empedrar y comprobó que el ejército de Aben Humeya se estaba desparramando por el pueblo y empezaba a llegar hasta allí, volvió.

—Cerrad la puerta y apostaos tras ella —ordenó a los arcabuceros—. Que nadie entre en estas tierras. Vigilad también el perímetro. Son los caballos del rey —les recordó.

En el momento en que dos de los arcabuceros obedecían sus órdenes, un nutrido grupo de soldados con sus familias pretendían entrar en la casa.

—Son los caballos del rey —les advirtió, al tiempo que los arcabuceros se apresuraban a cerrar las puertas tras él.

Tenía que andar contra corriente. La villa era incapaz de acoger a todos los moriscos que llegaban; los soldados y sus familias, en masa, se expandían hacia las afueras mientras él intentaba regresar al centro. Trató de sortear a la muchedumbre con la que se topaba, pero a menudo chocaba con la gente y se veía obligado a introducirse a la fuerza entre los grupos apiñados. ¿Dónde podría encontrar a las mujeres? ¡Las mulas! Las mulas serían fáciles de encontrar aun entre…

Hernando chocó violentamente con un hombre.

—¡Cornuti!

El muchacho recibió un empellón que le lanzó contra un grupo que caminaba en dirección contraria, quienes a su vez lo empujaron. La riada de hombres y mujeres se detuvo y se abrió un pequeño espacio en el centro de la calle.

—Señori…

Hernando se volvió aturdido hacia el hombre que le había golpeado. ¿En qué idioma hablaba aquél…? «Te mataré», eso sí lo entendió, al tiempo que veía cómo un rubio, de cabello ensortijado y barba tupida, se movía hacia él armado con una preciosa daga de empuñadura enjoyada. El rubio soltó otra retahíla de palabras. No hablaba castellano, tampoco árabe ni aljamiado. Le pareció que mezclaba palabras de muchos idiomas.

—¡Perro! —masculló el hombre.

Eso también lo entendió, pero tenía prisa. Si Brahim encontraba antes a las mujeres, quizá se las llevase a algún otro lugar, lo que significaría que las perdería de vista: él debía vivir cerca de los caballos del rey. Intentó escapar y seguir su camino, pero chocó con los hombres que contemplaban la disputa. Alguien le empujó hacia el espacio que se había abierto alrededor del rubio. La gente se asomaba con curiosidad por encima de las cabezas y por entre los cuerpos de los primeros. El rubio, con el brazo extendido, movía la daga frente a él, en círculos pequeños, amenazante. Hernando comprobó que aquélla era su única arma y desenvainó el alfanje.

—Alá es grande —sentenció en árabe. Y empuñó la espada con

ambas manos, justo por el centro de su pecho, alzada, en disposición de golpear; mantenía las piernas abiertas y firmemente asentadas, todo él en tensión.

Entonces, el rubio le miró a los ojos azules.

—¡Bello! —exclamó de repente, arrastrando las «eles» con dulzura.

—¡Hermoso! —oyó Hernando que decían junto al rubio. No quiso desviar la mirada.

Alguien rió entre los moriscos. Otros silbaron.

—¡Bellísimo! —El rubio volvió a arrastrar las «eles» y escondió la daga en su cinto para enzarzarse en una sonora e ininteligible conversación con su compañero. Hernando continuaba quieto, con el alfanje alzado y el semblante furioso, pero ¿cómo iba a lanzarse sobre un hombre desarmado y que no le prestaba la menor atención? Entonces el rubio le miró de nuevo, le sonrió y le guiñó un ojo antes de volverse y abrirse paso a manotazos entre los espectadores que se apresuraban a apartarse.

—Bellllllo —oyó que algún morisco repetía torpemente.

La sangre le subió a borbotones hasta las mejillas y notó su impertinente calor justo cuando las risas estallaron entre los reunidos. Bajó el alfanje sin mirar a nadie.

—¡Hermoso! —rió un morisco a quien Hernando empujó para salir de allí. Mientras sorteaba a la gente, alguien le pellizcó en las nalgas.

Los encontró con las mulas, parados a la entrada del pueblo, sin saber adónde ir. Los niños trataban de impedir que la recua se sumase a alguna de las riadas de gente que discurría por su lado. Ni Aisha ni Fátima, ni siquiera sus hermanastros, pudieron esconder una expresión de alivio ante la celeridad con que Hernando se hizo cargo de la situación: hasta las mulas, empezando por la Vieja, parecieron alegrarse de aquella voz conocida que las empezó a arrear a gritos. Nadie sabía nada de Brahim.

Ya en casa, Salah, el obeso morisco que la ocupaba junto a su extensa familia, los recibió con una deferencia rayana en el servilismo. Hernando se dijo que alguno de los arcabuceros le habría comentado las atenciones que el rey le prestaba.

El morisco trasladó a su familia a la planta baja y cedió a los recién llegados la alta, en una de cuyas habitaciones todavía quedaba una gran cama con lo que debiera haber sido un magnífico dosel. Comentó que el resto del mobiliario lo había vendido no sin antes, y esto lo juró y perjuró con vehemencia, destrozar los tapices e imágenes cristianas.

Salah era un astuto comerciante que vendía lo que fuera necesario, tanto a musulmanes como a cristianos. En la guerra se movía mucho dinero, ¿para qué iba él, como acostumbraba a decir, a deslomarse tratando de fecundar las piedras a golpes de azada como hacían los alpujarreños en sus pedregales inhóspitos, si podía vender lo que aquéllos producían?

Anochecía, y Fátima y Aisha se sumaron a la mujer de Salah que preparaba la cena, restando importancia a las cinco bocas más que de repente tenía que alimentar. Yusuf, el muchacho que les había ayudado con las mulas, se sumó con gusto a las comodidades que parecía ofrecer aquella vivienda. Hernando lo aceptó en cuanto reparó que se apañaba bien con los animales. Poca más ayuda podía esperar: sus hermanastros le rehuían y no se acercaban a las mulas si él estaba presente, y los hijos de Salah, pese a la buena disposición de su padre, nada sabían de animales.

Fátima llevó unas limonadas a los hombres, que se encontraban en el porche de la casa. Lo hizo sin velo que la cubriese y sonrió a Hernando al entregarle la suya. El muchacho sintió una punzada en el estómago. ¿Le habría perdonado? También oyó charlar y reír a su madre, en la cocina. Brahim todavía no había hecho acto de presencia. En el cambio de guardia, ordenó a uno de los arcabuceros que investigase acerca de su padrastro y regresara a darle noticias. «Lo encontrarás con Ibn Abbu», le comunicó el soldado, que había preguntado por el arriero a uno de los capitanes del rey.

Antes de retirarse, Fátima sostuvo la mirada de Hernando durante unos instantes. ¡Volvía a sonreírle!

—Buena esposa —apuntó entonces Salah, rompiendo el encanto del momento—. Silenciosa.

Hernando se llevó el vaso a la boca para poder mirar de reojo al comerciante. A pesar de que la noche se presentaba fría, el hombre sudaba. Le contestó con un murmullo ininteligible.

—Alá os ha premiado con un varón. Mis dos primeros fueron hembras —insistió Salah.

El interés del mercader le molestó. Podía echarlos de allí… pero volvió a escuchar cómo su madre parloteaba alegremente desde la cocina, ¿cuánto tiempo hacía que no escuchaba la risa de su madre? Sin embargo tampoco deseaba proporcionar a Salah más explicaciones acerca de la situación de su familia.

—Pero después te ha compensado con cuatro —adujo.

Salah hizo ademán de contestar, pero la llamada a la oración del muecín silenciaron el zoco y su curiosidad.

Rezaron y luego cenaron. El comerciante tenía bien provista la despensa, que guardaba bajo llave en los sótanos del edificio: el antiguo lagar de los propietarios cristianos en donde también amontonaba multitud de variopintas mercaderías. Dieron cuenta de la cena y Hernando revisó los caballos y las mulas acompañado de Yusuf. Todos los animales pacían con tranquilidad: habían arrasado el huerto de la esposa del mercader, que tuvo que consentirlo tras volverse hacia su esposo reclamando ayuda con sus ojos. «Son los caballos del rey», le contestó impotente Salah, también con la mirada, haciendo un elocuente gesto hacia los arcabuceros que montaban guardia.

«Necesitarán cebada y forraje», pensó Hernando. En un par de días aquel campo estaría esquilmado, y el rey le había ordenado que en todo momento tuviera a los caballos dispuestos, por lo que no podía llevarlos a pacer a otros campos en las afueras de Ugíjar. Por la mañana tendría que proveerse de alimento suficiente. Dio por finalizada la ronda y dispuso mantas en el porche para taparse con ellas.

—Prefiero dormir aquí y estar cerca de los animales —se excusó, adelantándose a la pregunta de Salah, que veía con extrañeza que el chico no durmiera con su esposa.

Yusuf se quedó con él y charlaron hasta caer rendidos; el niño estaba atento a la menor de sus observaciones. Los arcabuceros de refresco dormitaban en sus puestos de guardia y las mujeres y los niños se distribuyeron en los dos pisos; Aisha en el dormitorio principal. Brahim seguía sin aparecer. Pese a hacerlo en el porche, Hernando durmió tranquilo por primera vez en muchos días: Fátima volvía a sonreírle.

Al amanecer atendió a los animales y decidió presentarse ante el rey para solicitarle dinero con el que comprar forraje, pero Aben Humeya no pudo recibirle. El rey se había acomodado otra vez en la casa de Pedro López, escribano mayor de las Alpujarras, cercana a la iglesia, y estaba recibiendo a los jefes de una compañía de jenízaros que acababan de llegar de Argel: los doscientos que el sultán ordenó a su beylerbey que enviase a al-Andalus para contentar, si no engañar, a sus hermanos en la fe.

Hernando los vio curioseando por el inmenso zoco en que se había convertido Ugíjar. Como le advirtió el Gironcillo, era imposible no fijarse en ellos. Pese a la cantidad de gente que se amontonaba en la ciudad —entre mercaderes, berberiscos, aventureros, moriscos y el ejército de Aben Humeya—, allí donde se hallaban los turcos, la gente se apartaba con temor. No vestían los bonetes y capas con las que Farax, desaparecido en las sierras, trató de disfrazar a los moriscos que intentaron alzar el Albaicín de Granada. Se cubrían con grandes turbantes, la mayoría de ellos ajados, con flecos que casi rozaban el suelo. Vestían bombachos, marlotas largas y prácticas zapatillas; muchos lucían largos y finos bigotes. Sin embargo lo que más impresionaba era la cantidad de armas que portaban: arcabuces de largos cañones, cimitarras y dagas.

Habían desembarcado en la costa de las Alpujarras al mando de Dalí, ayabachi de los jenízaros, uno de los oficiales de mayor rango por debajo del agá, cargo que democráticamente elegían en el *diwan* los cerca de doce mil miembros que se hallaban establecidos en Argel. A Dalí le acompañaban dos oficiales jenízaros: Caracax y Hosceni, y los tres se hallaban entonces reunidos con Aben Humeya.

Los jenízaros habían sido creados como una milicia de élite a las órdenes del sultán; soldados fieles e invencibles. Sus miembros eran reclutados obligatoriamente entre los niños cristianos mayores de ocho años que vivían en los amplios dominios europeos del imperio otomano, a razón de uno por cada cuarenta casas. Tras la leva, se les instruía en la fe musulmana y se les entrenaba como soldados desde esa tierna edad. Al alcanzar el rango de jenízaro gozaban de una paga de por vida y de numerosos privilegios frente al resto de la población. Disponían de jurisdicción propia: ningún jenízaro podía ser juzgado y castigado ni siquiera por el bey; dependían exclusivamente de su agá quien, en todo caso, los juzgaba en secreto.

Los jenízaros de Argel, sin embargo, habían dejado de seguir el procedimiento de levas obligatorias entre los infantes cristianos del imperio otomano. Los inicialmente trasladados a Argel desde el imperio fueron sustituyéndose por sus hijos u otros turcos, incluso cristianos renegados, pero nunca árabes o berberiscos. Los árabes y berberiscos tenían vedado el acceso al ejército de élite; los jenízaros constituían una casta privilegiada. Se dedicaban al saqueo de los pueblos de Berbería y en Argel: seguros y confiados en su poder y prerrogativas, actuaban con el más absoluto desprecio hacia los demás habitantes, robando y violando niños y mujeres. ¡Nadie podía tocar a un jenízaro!

Aquellos hombres, los doscientos que el sultán ordenó a su bey de Argel que mandase para contentar a los moriscos, acudieron a al-Andalus a luchar, pero eso no implicaba la pérdida de sus privilegios. Y Hernando pudo comprobarlo mientras esperaba, a las puertas de la casa del escribano mayor, a que el arcabucero de la guardia de Aben Humeya volviese con la respuesta del rey.

Mientras tanto, intentó vencer la curiosidad y evitar que su mirada persiguiese a los jenízaros que haraganeaban frente al edificio.

—¿Sabes algo de Brahim, el arriero? —preguntó distraídamente a uno de los arcabuceros que quedaban en la puerta—. Es mi padrastro.

—Ayer por la noche —le contestó—, partió junto a Ibn Abbu

y una compañía de hombres a Poqueira. El rey ha nombrado a su primo alguacil de Poqueira y a su vez, Ibn Abbu ha nombrado a tu padrastro lugarteniente suyo.

—¿Cuánto tiempo estarán en Poqueira? —preguntó de nuevo, en esta ocasión sin poder esconder su entusiasmo.

El arcabucero se encogió de hombros.

¡Brahim se había ido! Se volvió sonriente hacia el zoco que se abría frente a la casa en el momento en que pasaba un vendedor con un capazo lleno de uvas pasas a sus espaldas. Uno de los jenízaros echó mano de un puñado de pasas. El hombre se volvió y, sin pensar, empujó a quien le acababa de robar su humilde mercadería.

Todo transcurrió en un instante. Ninguno de los jenízaros recriminó su desplante al vendedor pero, de repente, agarraron al hombre entre varios: uno le extendió el brazo y aquel que había sido empujado le cercenó la mano a la altura de la muñeca con un rápido y eficaz golpe de cimitarra. La mano fue a parar al capazo de las uvas pasas, el hombre despedido a patadas del lugar y los jenízaros reanudaron su conversación como si nada hubiera sucedido; aquél era el castigo para quien osase tocar a uno de los soldados del sultán de la Sublime Puerta.

Hernando fue incapaz de reaccionar y se quedó quieto, absorto en el reguero de sangre que dejaba el vendedor de uvas pasas hasta desplomarse unos pasos más allá. Ensimismado como estaba, el arcabucero de la guardia del rey tuvo que golpearle en la espalda.

—Sígueme —le dijo cuando por fin fijó sus ojos en él.

La casa volvía a estar perfumada con almizcle, pero en esta ocasión no fue llevado a presencia de Aben Humeya. El guardia lo acompañó a una habitación al fondo del primer piso. La puerta de madera labrada se hallaba protegida por dos arcabuceros; el tesoro que el rey no había enviado a Argel debía de estar en su interior, pensó ante tales cautelas.

—¿Eres tú Ibn Hamid? —le preguntaron a sus espaldas. Hernando se volvió para encontrarse con un morisco ricamente ataviado—. Ibn Umayya me ha hablado de ti. —El hombre le tendió la mano—. Soy Mustafa Calderón, vecino de Ugíjar y consejero del rey.

Tras el saludo, Mustafa buscó en un juego de llaves que portaba al cinto y abrió la puerta.

—Aquí tienes toda la cebada que necesitas para los caballos —añadió invitándole a entrar con la mano extendida.

¿Cómo podía estar allí la cebada? Aquello no era un granero. Sorprendido, se quedó parado en el quicio de la puerta.

Las risas de Mustafa y de los tres arcabuceros no consiguieron distraer el asombro de Hernando: cerca de una docena de muchachas y niñas se amontonaban en el interior, iluminadas por la luz que entraba a través de un ventanuco alto. Las muchachas le miraban asustadas e intentaban ocultarse unas detrás de otras, retrocediendo hasta el fondo de la habitación.

—El rey quiere reservarse las joyas y el dinero que le queda —explicó el consejero, sorbiendo la nariz—. El oro es más fácil de transportar que las cautivas que le han dado en pago por su quinto… ¡Y las monedas no comen! —Volvió a reír—. Elige a la que quieras y negóciala en el mercado. Con su precio, obtendrás cuanto necesites, aunque cada mes tendrás que venir a pasar cuentas conmigo. Yo no lo hubiera hecho así, pero el rey ha insistido. También ha ordenado que si cabalgas junto a él, te compres ropa adecuada.

—¿Có…, cómo voy a vender a una niña?

—Te la quitarán de las manos, muchacho —le interrumpió el morisco—. Las mujeres cristianas son las más deseadas en Argel, una ciudad en poder de turcos y cristianos renegados que no quieren casarse con musulmanas. ¡Ni siquiera los turcos! Mira —añadió poniendo una mano sobre su hombro—, un cristiano cautivo puede ser rescatado por esos frailes mercedarios o trinitarios que van cargados de dinero a Berbería, pero una mujer nunca. Entre las pocas leyes que rigen la vida de los corsarios, hay una por la que está prohibido el rescate de las mujeres. ¡Las adoran!

—Pero… —empezó a decir Hernando observando cómo las muchachas temblaban y se apretujaban todavía más entre ellas.

—La que tú quieras, ¡ya! —le apremió Mustafa—. Estamos en consejo con los turcos y no puedo perder mucho tiempo.

¿Cómo iba él a vender a una niña? ¿Qué sabía él de…?

—Yo no puedo… —empezaba a protestar cuando el pelo pajizo de una niña temblorosa y sucia apareció ante él. Una de las mayores la acababa de desplazar sin contemplaciones—. ¡Ésa! —exclamó de repente, sin pensar.

—¡Hecho! —sentenció Mustafa—. Atadla y entregádsela —ordenó a los guardias para acto seguido retirarse con prisas—. Y recuerda: te espero en un mes.

Sin embargo, Hernando ya no escuchaba al consejero del rey. Tenía los ojos clavados en su cautiva. Era Isabel, la hermana de Gonzalico. ¿Qué habría sido de Ubaid?, pensó en ese momento, recordando cómo alzó el corazón del muchacho antes de arrojarlo a los pies de la niña.

En poco rato se encontró de nuevo en la calle, observado por arcabuceros y jenízaros; en las manos llevaba la soga con la que los guardias habían atado a la niña de pelo pajizo. Se quedó parado, con Isabel a sus espaldas, extrañado por los miles de reflejos que arrancaba el sol de gentes y colores. Antes no se había percatado de ello, ¿por qué ahora aquel zoco se le mostraba como un mundo nuevo?

—Muchacho, ¿qué vas a hacer con esa belleza? —oyó que le preguntaban con sorna.

Hernando no contestó. ¿Por qué había tenido que aceptar aquel trato? ¿Qué iba a hacer ahora con Isabel? ¿Venderla? El recuerdo de la matanza de Cuxurio y las súplicas de Isabel se mezclaron con los miles de colores y olores que flotaban en el ambiente. ¿Cómo iba a venderla? ¿Acaso no le habían hecho ya suficiente daño a aquella niña? ¿Qué culpa tenía ella? Entonces, ¿por qué la había elegido? ¡Ni siquiera lo pensó! La soga se tensó y Hernando se volvió hacia Isabel: un jenízaro trataba de examinarla y la niña retrocedía, asustada.

Dio un paso hacia el turco, pero el recuerdo de la mano cortada del vendedor de uvas pasas se interpuso en su camino. Isabel volvía a sollozar, los ojos muy abiertos, mirándole a él, suplicando su ayuda igual que había hecho en Cuxurio mientras Ubaid asesinaba a su hermano Gonzalico. Isabel chocó de espaldas con los arcabuceros de guardia, que le cerraron el paso, y el jenízaro empezó a manosear su cabello dorado.

—¡Quieto! —gritó Hernando. Soltó la soga y desenvainó el alfanje.

Ni siquiera pudo llegar a alzar la espada. Con asombrosa rapidez, el jenízaro desenvainó su cimitarra para, sin pausa, golpear violentamente el alfanje, que salió despedido por los aires. Instintivamente, el muchacho sacudió varias veces la mano al tiempo que los demás turcos estallaban en carcajadas.

—¡Deja a la niña! —insistió no obstante.

El jenízaro volvió el rostro hacia Hernando: una de sus manos tanteaba los nacientes pechos de Isabel. Una impúdica sonrisa blanca se sumó a los miles de destellos del zoco.

—Quiero ver la mercancía —silabeó.

Hernando dudó unos instantes.

—Y yo tus dineros —balbuceó—. Sin ellos no hay examen.

Algunos jenízaros, como si de un juego se tratara, aclamaron a Hernando.

—¡Bien dicho! —exclamaron entre carcajadas.

—¡Sí! Enséñale tus dineros…

En ese momento, el arcabucero que impedía la retirada de Isabel, el mismo que había acompañado a Hernando al interior de la casa, susurró unas palabras al oído del jenízaro. El turco escuchó en silencio y torció el gesto.

—¡No vale un ducado! —gruñó tras pensar unos instantes, y empujó a Isabel.

—¡Más de trescientos puedes obtener por ella, muchacho! —le contradijo otro jenízaro.

Tras agarrar de nuevo la soga, Hernando se dirigió al lugar al que había ido a parar el alfanje de Hamid, más allá del grupo de jenízaros que todavía reía a su costa, y caminó tirando de Isabel y sorteando a los turcos.

—De poco te servirá ese viejo alfanje —escuchó que le gritaban a sus espaldas al agacharse a recogerlo—, si no aprendes a empuñarlo con fuerza.

El zoco: los gritos, la muchedumbre, los colores y los aromas volvieron a abrirse ante Hernando. Envainó su alfanje y se irguió. ¿Qué iba a hacer con aquella niña?, pensó, mientras veía cómo algunos mercaderes se apresuraban en su dirección.

17

Ve. Eres libre.

Hernando había logrado cruzar el zoco sin hacer caso de las ofertas de los mercaderes. «¡Ya está vendida!», exclamaba, tirando de la niña para escapar de los mercaderes que se acercaban a Isabel. «¡No la toquéis!» Luego tuvo que zafarse de otros tantos que en cuanto veían a la joven cristiana maniatada los abordaban, y aun sin saber el supuesto precio de Isabel, se empecinaban en seguirlos con todo tipo de proposiciones.

Cuando por fin llegaron a las afueras del pueblo, se agazaparon tras un pequeño muro que separaba el camino de un olivar; entonces desató las manos de Isabel.

—¡Corre! —susurró una vez deshecho el nudo.

La niña temblaba. También lo hacía Hernando. ¡Estaba liberando a la esclava que el rey le había entregado para que pudiera alimentar a sus animales!

—¡Huye! —insistió en voz baja a la muchacha, que permanecía inmóvil. Incapaz de articular palabra, el temor se reflejaba en sus ojos castaños—. ¡Vete!

La empujó, pero Isabel se acurrucó todavía más contra el muro de piedra. Entonces él se levantó e hizo ademán de dejarla allí.

—¿Adónde? —preguntó Isabel con un hilo de voz.

—Pues… —Hernando gesticuló con las manos. Luego observó los alrededores, con la sierra al fondo. Aquí y allá ardían los fuegos de los soldados y moriscos que no cabían en Ugíjar: la mayoría pertenecía al gran ejército de Aben Humeya—. ¡No lo sé! Bastantes problemas tengo ya —se quejó—. Debería venderte y comprar forraje para los caballos del rey. ¿Cómo les daré de comer si te dejo libre? ¿Quieres que te venda?

Ella no contestó, pero tampoco dejó de suplicarle con la mirada. Hernando volvió a agacharse e indicó a Isabel que guardase silencio al ver venir a un grupo. Esperaron a que pasasen. ¿Qué iba a hacer?, pensó mientras tanto. ¿Cómo alimentaría a los caballos? ¿Qué sucedería si el rey se enteraba?

—¡Vete! ¡Huye! —insistió pese a todo, una vez que las voces de los moriscos se perdieron en la distancia. ¿Cómo iba a vender a la hermana de Gonzalico? No había conseguido que aquel obstinado niño renunciase a su fe. ¡No lo había convencido de que sólo se trataba de mentir! Recordó a aquella criatura que había dormido plácidamente a su lado, cogido de su mano, la noche anterior a que Ubaid lo degollase y le arrancase el corazón—. ¡Lárgate de una vez!

Hernando se levantó y se encaminó de vuelta al pueblo tratando de no volver la mirada, pero al cabo de una docena de pasos le pudo la curiosidad y una sensación… ¡Le seguía! Isabel le seguía, descalza, desastrada, llorando y mostrando al sol del mediodía su enmarañado pelo pajizo. El muchacho le hizo un gesto con la mano indicándole la dirección contraria, pero ella permaneció quieta. Volvió a ordenarle que se marchara e Isabel insistió en su actitud.

Hernando retrocedió.

—¡Te venderé! —le dijo, volviendo a apartarla del camino y llevándola hacia el muro—. Si me sigues, te venderé. Ya lo has visto: todos quieren comprarte.

Isabel lloraba. Hernando esperó a que se calmara, pero pasaba el rato y la niña seguía llorando.

—Podrías escapar —insistió—. Podrías esperar a que cayese la noche y colarte entre ellos…

—¿Y después? —le interrumpió Isabel entre sollozos—. ¿Adónde voy después?

Las Alpujarras estaban en manos de los moriscos, reconoció Hernando para sí. Desde Ugíjar hasta Órgiva, a más de siete leguas, donde se emplazaba el último campamento del marqués de Mondéjar, no se encontraban cristianos. Y a lo largo de las cuatro leguas que distaba Berja, donde estaba el marqués de los Vélez, tampoco hallaría ninguno. Las tierras estaban plagadas de moriscos que vigilaban el más mínimo movimiento. ¿Dónde podría llegar una niña antes de que la detuvieran? Y si la detenían… Si la detenían se sabría que él la había liberado; entonces se dio cuenta del error cometido y resopló.

Para no tener que volver a cruzar el zoco, rodearon Ugíjar y se dirigieron a la casa de Salah. Hernando tiraba otra vez de la soga que había atado de nuevo a las manos de Isabel por si se cruzaban con alguien. ¿Qué iba a hacer con ella? ¿Presentarla como musulmana? ¡Todo Ugíjar había visto su pelo pajizo, rubio y seco! ¿Quién no la reconocería? ¿Qué explicaciones daría? ¿Cómo podría convivir una cristiana con ellos? Efectivamente se toparon con multitud de grupos de moriscos y soldados que no dejaron de observar con expectación a la cautiva. Llegaron a las tierras de la casa, al muro que las encerraba, por el extremo más alejado de Ugíjar.

—Escóndete —dijo a Isabel después de desatarla. La niña miró a su alrededor: sólo estaba el muro; el resto eran campos llanos—. Túmbate entre los rastrojos, llegarán a cubrirte. Haz lo que quieras, pero escóndete. Si te descubren…, ya sabes lo que te sucederá.

—«Y a mí también», añadió para sí—. Vendré a buscarte. No sé cuándo. Tampoco sé para qué —chasqueó la lengua y negó con la cabeza—, pero sabrás de mí.

Rodeó el muro para llegar a la puerta principal sin preocuparse de Isabel; lo único que notó fue que la niña se lanzó al suelo en cuanto él le dio la espalda y empezó a alejarse. ¿Qué iba a hacer con ella? Pero aun suponiendo que lograse resolver aquella situación, ¿y la cebada? ¿Y el forraje? ¿De dónde iba a conseguir el alimento de los animales? Poco más podrían pastar en el campo que rodeaba la casa. ¡Isabel! ¿Quién le mandaba elegirla? Podría haber elegido a cualquier otra. ¡A la que empujó a Isabel para salvarse, por ejemplo! ¿Habría sido capaz de venderla?

Desde siempre los moriscos habían ayudado a los corsarios

berberiscos en sus incursiones en las costas mediterráneas. Se contaban muchos moriscos entre los corsarios, sobre todo entre los de Tetuán, pero también entre los argelinos. Eran hombres nacidos en al-Andalus que, con la ayuda de familiares y amigos, hacían prisioneros que luego vendían como esclavos en Berbería, aunque a veces llegaban incluso a liberarlos contra el pago del correspondiente rescate en las mismas playas, antes de zarpar para volver a sus puertos. Pero eso era en las tierras costeras del antiguo reino nazarí, no en las Alpujarras altas, donde los esclavos de los moriscos ricos acostumbraban a ser negros guineos. Los cristianos también les habían prohibido tener esclavos negros. Se lo contó Hamid. ¡Hernando nunca había vendido a nadie ni ayudado a capturar a cristiano alguno! ¿Cómo iba a vender a una muchacha, aunque fuera cristiana, a sabiendas de cuál iba a ser su destino en manos de aquellos corsarios o jenízaros? Acarició el alfanje, como hacía siempre que el alfaquí tornaba a su memoria.

Absorto en esos pensamientos, cruzó los portalones de hierro que daban a la casa. ¿Qué…? ¿Qué sucedía allí? Más de una docena de soldados berberiscos charlaban en el patio, frente al porche. Los acompañaban caballos enjaezados y mulas cargadas. Hernando se sintió débil de repente, levemente mareado, con el estómago revuelto y un sudor frío recorriendo su espalda.

Uno de los arcabuceros moriscos de la guardia de Aben Humeya le salió al paso. Hernando retrocedió sin querer. El hombre mostró sorpresa en su rostro.

—Ibn Hamid… —empezó a decir.

¿Acaso sabrían ya lo de Isabel? ¿Venían a detenerle? ¡Ubaid! Por detrás de una de las mulas, vio al arriero de Narila.

—¿Qué hace él aquí? —preguntó, alzando la voz y señalándole.

El arcabucero se volvió hacia donde señalaba Hernando y se encogió de hombros. Ubaid frunció el ceño.

—¿Ése? —preguntó a su vez el arcabucero—. No lo sé. Ha venido con el arráez corsario. Es lo que quería decirte: un capitán corsario junto a sus hombres se ha unido a nosotros. —Hernando trataba de escuchar la explicación, pero su atención estaba puesta en Ubaid, que continuaba mirándole con soberbia—. El rey le ha permitido estabular a sus animales junto a los nuestros puesto que aquí hay suficiente forraje para todos…

—¿Aquí? —se le escapó a Hernando.

—Eso ha dicho el rey —le contestó el arcabucero.

Le temblaron las rodillas. Por un instante estuvo tentado de salir corriendo. Escapar… o volver adonde estaba Isabel: atarla de nuevo y venderla de una vez por todas. No parecía difícil.

—Pero hay otro problema —continuó el arcabucero. Hernando cerró los ojos antes de enfrentarse al morisco: ¿qué más podía pasar?—. El turco dice que también se quedan él y sus hombres. No hay ningún alojamiento libre en todo Ugíjar, y aquí contáis con espacio suficiente. Dice que no ha venido a ayudarnos a luchar contra los cristianos para dormir a la intemperie.

—No —trató de oponerse Hernando. ¡Más gente! Y Ubaid entre ellos. Tenía a una cautiva cristiana escondida junto al muro y ni un grano de cebada para… uno, dos, tres, cuatro caballos más, contó, y otras tantas mulas—. No puede ser…

—Ya ha llegado a un acuerdo con el mercader. Él y sus acompañantes se instalarán en la planta baja; Salah y su familia, en el porche.

—¿Qué acuerdo?

El arcabucero sonrió.

—Creo que era algo así como que si no le cedía la planta baja, le cortaría la nariz y las orejas a dentelladas y después las clavaría en el estanterol de la tienda de popa de su embarcación.

—¿Estant… rol?

—Eso ha dicho —contestó el arcabucero, y volvió a encogerse de hombros.

¿Para qué preguntaba? ¿Qué le importaban a él las orejas de Salah y dónde las clavase el arráez turco?

—Detened a ese hombre —ordenó señalando a Ubaid. El arcabucero le miró sorprendido—. ¡Detenedlo! —le apremió—. No… no puede estar junto a los caballos del rey —añadió tras pensar la excusa unos instantes.

Aunque el arcabucero parecía confundido, algo en el tono de Hernando le hizo llamar a algunos compañeros, pero cuando éstos se dirigían hacia Ubaid varios soldados berberiscos se interpusieron en su camino. No eran jenízaros. Vestían en forma similar a los moriscos granadinos, pero su tez no era la de los árabes; sin duda se trataba de cristianos renegados. Los dos grupos quedaron el uno frente al otro: el desafío flotaba en el aire. Ubaid, escondido detrás de los berberiscos, tenía la mirada clavada en Hernando.

—¿Dónde está ese turco? —inquirió Hernando cuando el arcabucero se volvió hacia él en espera de instrucciones.

El morisco le señaló la vivienda. Encontró al arráez en el comedor del hogar cristiano, arrellanado sobre un montón de cojines de seda bordados en mil colores. Hernando no dudó de que fuera capaz de cortar a dentelladas cualquier oreja que se le pusiera por delante: se trataba de un hombre corpulento, de facciones rectas y severas y que le saludó con el mismo acento que el rubio que antes le había retado con la daga para luego burlarse de él. ¡Otro cristiano renegado!

Sin embargo, Hernando no fue capaz de contestar a su saludo. Después de examinar al arráez, su atención se posó en el extremo de uno de sus poderosos brazos: allí donde con los dedos de su mano derecha acariciaba el cabello de un niño, ricamente ataviado, que se sentaba en el suelo a sus pies.

—¿Te gusta mi garzón? —preguntó el corsario ante la mirada de asombro del muchacho.

—¿Qué…? —despertó Hernando—. ¡No! —La negativa surgió de su boca con más fuerza de la que hubiera deseado.

Vio sonreír al corsario y notó cómo le examinaba con desvergonzada lujuria. ¿Qué sucedía con esos hombres?, se preguntó, azorado. Se encontraba plantado allí delante, enfrente de un capitán corsario que amenazaba con arrancar orejas, pero que sin embargo acariciaba con dulzura el cabello de un niño. En ese momento, seguido por Salah, apareció otro muchacho algo mayor que el que estaba sentado y ataviado con el mismo lujo: una chilaba de lino amarillo sobre unos bombachos y delicadas babuchas del mismo color. El chico se movía con afectación; entregó un vaso de limonada al arráez y se sentó a su otro lado, pegado a él.

—Y éste, ¿tampoco te gusta? —inquirió antes de llevarse la limonada a los labios.

Hernando buscó ayuda en Salah, pero el comerciante no podía apartar sus ojillos hinchados del trío.

—Tampoco —contestó Hernando—. No me gusta ninguno de los dos. —Los tres parecían desnudarle con la mirada—. No puedes quedarte aquí —le espetó bruscamente, para poner fin a aquella situación.

—Me llamo Barrax —dijo el corsario.

—La paz sea contigo, Barrax, pero no puedes quedarte en esta casa.

—Mi barco se llama *El Caballo Veloz*. Es una de las naves corsarias más rápidas de Argel. Te gustaría navegar en ella.

—Quizá, pero...

—¿Cuál es tu nombre?

—Hamid ibn Hamid.

El capitán se levantó muy despacio: superaba en altura a todos los allí presentes en más de medio cuerpo; vestía una sencilla túnica de lino blanco. Hernando tuvo que hacer un esfuerzo para no dar un paso atrás; Salah sí que lo hizo. El corsario volvió a sonreír.

—Eres valiente —reconoció—, pero escúchame, Ibn Hamid: me quedo en esta casa hasta que vuestro rey se ponga en marcha con su ejército, y ningún perro morisco, por más protegido que sea de Ibn Umayya, me lo impedirá.

—Estamos esperando a mi padrastro... ¡y a Ibn Abbu! ¡Sí! —añadió incoherentemente—. Están en Poqueira. Es el primo del rey, alguacil de Poqueira. Si vuelven no habrá sitio...

—Ese día las mujeres y los niños del piso superior deberán abandonarlo para que lo ocupen el noble y valeroso Ibn Abbu junto a tu padrastro.

—Pero...

—Tranquilízate, tú también podrás dormir con nosotros, Ibn Hamid.

Tras estas palabras, el corsario hizo ademán de salir de la estancia junto a los dos garzones: uno despedía destellos de oro y el otro de rojo sangre.

—El arriero no puede quedarse —saltó entonces Hernando. El arráez se detuvo y abrió las manos en señal de incomprensión—. No quiero verlo por aquí —alegó por toda explicación.

—¿Quién cuidará entonces de mis caballos y mulas?

—No te preocupes por los animales. Lo haremos nosotros.

—De acuerdo —cedió el corsario sin darle mayor importancia; de repente esbozó una sonrisa y añadió—: Pero lo consideraré un favor hacia un joven tan valiente, Ibn Hamid. Estarás en deuda conmigo...

No disponía de cebada y los animales necesitaban alimento. Antes de que le ordenaran abandonar la casa, Ubaid la había reclamado. Hernando se enteró por Salah de que el manco se había unido a Barrax en Adra, adonde huyó tras la toma de Paterna por las tropas del marqués de Mondéjar. Corsarios, berberiscos y turcos llegaban a las costas de al-Andalus sin cesar, sabedores de que las galeras de Nápoles estaban prontas a arribar y de que a partir de aquel momento el desembarco se haría más difícil. También el corso se complicaría en las costas españolas con la llegada de la armada del comendador de Castilla, por lo que muchos arráeces decidieron buscar sus beneficios en la guerra o el comercio con los moriscos. Barrax necesitaba caballos y mulas para transportar sus enseres, principalmente las ropas y demás efectos personales de sus garzones, los únicos componentes de la expedición corsaria autorizados a viajar con equipaje, y por eso contrató a Ubaid que, aun manco, había logrado recuperar su competencia con las mulas y era un experto conocedor de la zona de las Alpujarras altas.

Fue Salah quien trasladó a Hernando la exigencia de forraje que efectuó Ubaid nada más llegar.

—Eso es asunto mío —le contestó Hernando de malos modos, tratando de quitárselo de encima.

¿Cómo iba a conseguirlo?, se dijo por enésima vez cuando el sudoroso mercader le dio la espalda.

Era mediodía y las mujeres preparaban la comida, pero con la llegada de Barrax y sus hombres, la intimidad del día anterior se había disipado: Aisha, Fátima y la esposa de Salah se movían con las cabezas y los rostros tapados en una casa en la que se topaban con extraños. Fátima trató de sustituir las sonrisas del día anterior con tiernas miradas que permanecían en Hernando un instante más de lo necesario, pero tanto ella como Aisha no tardaron en comprender que le sucedía algo.

—¿Qué te preocupa, hijo? —aprovechó para interesarse Aisha cuando nadie podía escucharles. Hernando negó con la cabeza, los labios apretados—. Tu padrastro no ha vuelto —insistió Aisha—, he oído que se lo decías al arráez. ¿Qué sucede entonces? —Al ver que Hernando evitaba su mirada, Aisha insistió—: No te preocupes por nosotras. No parece que el corsario esté interesado en las mujeres…

Dejó de escucharla. ¡Claro que no lo estaba! Allí a donde fuera, allí donde se hallase, Hernando se encontraba con la mirada libidinosa de Barrax: unas veces solo, otras mientras acariciaba a alguno de los garzones que le acompañaban. Lo había hecho durante toda la comida, sin dejar de mirar a Hernando, que estaba sentado enfrente junto a Salah, como si fuera el muchacho quien ocupara el lugar del garzón. Todos los demás comieron fuera de la casa. ¿Cómo iba a contarle eso a su madre, si es que no se había dado cuenta ya? ¿Cómo confesarle, también, que desde hacía algún tiempo tenía una niña cristiana escondida junto al muro, probablemente hambrienta y atemorizada, capaz de…? ¿De qué sería capaz Isabel? ¿Y si abandonaba su escondite y la detenían? Vendrían a por él. ¿Cómo contarle que no disponía de cebada y que aquella misma noche, al día siguiente a lo más tardar, los hombres de Barrax estallarían reclamando lo que Aben Humeya había prometido a su capitán? ¿Cómo iba a hacer partícipe a su madre de que había desobedecido al rey y le había robado una cautiva de su propiedad? Si al arriero de Narila le habían cortado una mano por un simple crucifijo… ¿qué le sucedería a él por una cristiana que podía valer trescientos ducados?

—¿Por qué tiemblas? —preguntó su madre llevando ambas manos a sus mejillas—. ¿Estás enfermo?

—No…, madre. No te preocupes. Lo arreglaré todo.

—¿Qué hay que arreglar? ¿Qué…?

—¡No te preocupes! —la interrumpió con brusquedad.

Dedicó la tarde al cuidado de los animales e intentó acercarse a la zona del muro tras la que debía continuar escondida Isabel, pero no consiguió hacerlo lo suficiente como para hablar con la niña, aunque fuera con el muro de por medio. Yusuf estaba permanentemente a su lado, atento, interesado, queriendo aprender y preguntando sin cesar el porqué de cada cuidado que Hernando procuraba a los animales.

Con todo, en un momento en que se hallaban cerca del lugar en el que debía encontrarse Isabel, Hernando mostró a Yusuf los belfos de los caballos, impregnados de tierra.

—¿Sabes por qué? —le preguntó.

—Por buscar las raíces —contestó el muchacho, extrañado ante el hecho de que Hernando le plantease entonces una cuestión tan sencilla.

—¡Es porque no hay comida! —dijo Hernando levantando la voz, simulando mirar más allá del muro—. Esta noche no habrá comida. —Gritó—: ¡Hay que aguantar hasta mañana!

—Ella ya ha comido —le susurró entonces Yusuf. Hernando dio un respingo—. Oí llantos y fui a ver qué pasaba… —se explicó el niño—. Le di un pedazo de pan. No te preocupes —añadió apresuradamente ante la evidente alarma de Hernando—: no te delataré.

¿Y mañana?, pensó no obstante el morisco. Dio una palmada afectuosa al rostro del pequeño Yusuf y miró al cielo plomizo que cubría Sierra Nevada.

Esa noche, Fátima, instigada por una preocupada Aisha, también se acercó a él para enterarse de qué le sucedía, y lo hizo con tal dulzura que Hernando creyó ver su rostro a través del velo que lo cubría.

Llevó los dedos de su mano derecha al velo para alzarlo, pero un ruido hizo que Fátima escapase.

—¿Y la cebada? —preguntó Salah.

Fue el mercader quien puso en fuga a Fátima justo en el momento en el que él se disponía a alzarle el velo. Pese a su obesidad, el comerciante se había deslizado silenciosamente en la estancia en la que ella había abordado a Hernando, antesala de las escaleras que descendían a los sótanos, donde el mercader escondía sus tesoros. En su huida, Fátima intentó pasar de lado para no rozar al gordo comerciante, pero éste jugueteó unos instantes con la muchacha, disfrutando de su contacto.

Hernando todavía tenía los dedos extendidos y la mano abierta hacia un velo que había desaparecido, con el susurro de la voz de Fátima acariciándole los oídos.

—¡Déjala! —gritó—. ¿A qué tanto interés en la cebada? —replicó con acritud tras comprobar que Fátima escapaba del asedio de Salah y corría al piso superior.

—Porque no habrá cebada. —Los ojillos de Salah brillaron a la tenue luz de una linterna que colgaba del techo, sobre el primer escalón—. Todo el mercado habla de un joven morisco con alfanje al cinto que tiraba de una preciosa niña cristiana entregada por el rey para comprar forraje.

—¿Y?

—La niña no está aquí y tampoco la has vendido. Nadie en Ugíjar te la ha comprado. Lo sé. —Hernando no había previsto aquella posibilidad y sin embargo… ¡De repente se sintió tranquilo! Allí mismo tenía la solución. La ansiedad que le había perseguido durante todo el día desapareció de súbito, mientras pergeñaba su plan. Salah continuaba hablando con una mueca triunfal en sus labios—: ¡Ladrón! ¿Qué has hecho con ella? ¿La has violado y matado? ¿Te la has quedado para ti? Vale mucho dinero… Entrégamela y no te denunciaré; en caso contrario… —El mercader hablaba y amenazaba. Hernando se afianzó sobre el piso—. Lo haré, acudiré al rey y te ejecutarán.

—Sí que la he vendido —afirmó Hernando; su dura mirada se posó sobre el gordo y taimado comerciante.

—Mientes.

—La he vendido al único mercader que conozco en Ugíjar... Pensaba que a través de él obtendría un mejor precio, pero...

—¿A quién...? —empezó a preguntar Salah, pero se interrumpió al ver cómo el muchacho echaba mano al alfanje.

—Pero ese gordo mercader no me ha pagado —continuó Hernando con aplomo— y ahora no tengo ni cristiana ni dinero con que alimentar a los caballos del rey.

Desenvainó y presionó con el alfanje la barriga de Salah, que retrocedió un solo paso hasta la pared; Hernando apretó con fuerza la empuñadura; todos los músculos de su brazo estaban en tensión: esta vez no se dejaría desarmar.

—¿Quién te iba a creer? —balbuceó Salah, comprendiendo la trampa que le tendía el muchacho—. Será... será tu palabra contra la mía y nunca podrás demostrar que me la has entregado.

—¿Tu palabra? —Hernando entrecerró los ojos—. ¡Nadie podrá oír tu palabra!

Cuando hizo ademán de clavar el alfanje, Salah cayó de rodillas. La espada corrió hasta su garganta y rasgó las vestiduras del mercader.

—¡No! —suplicó Salah. Hernando presionó el afilado extremo de la espada contra la nuez—. Haré lo que quieras, pero perdóname la vida. ¡Te pagaré! ¡Te pagaré lo que desees!

Luego lloró.

—Trescientos ducados —cedió Hernando.

—Sí, sí. Claro. Sí. Trescientos ducados. Lo que quieras. Sí.

El llanto no duró más que unos escasos instantes. Hernando volvió a ejercer un poco de presión sobre la nuez del mercader.

—Si me engañas, sufrirás. Palabra de Ibn Hamid. —Salah negó repetidamente con la cabeza—. Levántate y abre el almacén. Vamos a buscar el dinero.

Descendieron los escalones con la espada en la nuca del mercader. Salah tardó en abrir las dos cerraduras con que protegía el acceso; su espalda impedía que la linterna con que el muchacho se hizo iluminara lo suficiente.

—¡De rodillas! —exigió Hernando cuando la puerta se entreabrió y Salah hizo ademán de cruzarla—. Camina como un perro. —El mercader obedeció y accedió al almacén a cuatro patas. Hernando cerró la puerta de una patada. Luego intentó atisbar el interior sin dejar de amenazar a Salah, que resollaba—. ¡Ahora túmbate en el suelo, con los brazos y las piernas en cruz! Como note que haces el más mínimo movimiento, te mataré. ¿Dónde hay otra lámpara?

—Delante de ti, sobre un arcón. —Salah acabó tosiendo debido al polvo que sus palabras levantaron del suelo.

Encontró la lámpara, prendió la mecha y el sótano ganó algo de luz.

—¡Hereje! —soltó tan pronto como sus ojos se acostumbraron a la penumbra—. ¿Quién iba a creer en tu palabra? —Vírgenes y crucifijos, un cáliz, mantos y casullas y hasta un pequeño retablo se amontonaban junto a viejos toneles de víveres, ropas y mercaderías de todo tipo.

—Valen mucho dinero —se defendió el mercader.

Hernando se mantuvo en silencio durante unos instantes y luego rozó con los dedos la figura de una Virgen con el Niño que se hallaba cerca de él. «En esta ocasión me has salvado», estuvo tentado de decirle. De no ser por todas aquellas imágenes…, uno de los dos habría muerto.

—¿Dónde tienes los ducados? —preguntó.

—En una pequeña arca, justo al lado de la lámpara.

—Siéntate —le ordenó después de cogerla—. Despacio, con las piernas extendidas y abiertas —añadió cuando el mercader empezó a incorporarse pesadamente—. Cuenta trescientos ducados e introdúcelos en una bolsa.

Salah terminó y Hernando volvió a dejar el arca y la bolsa sobre el arcón.

—¿Los vas a dejar ahí? —inquirió Salah extrañado.

—Sí. No creo que haya mejor lugar para los dineros del rey.

Cerraron la puerta igual que la abrieron, con Hernando amenazando al mercader.

—Entrégame una de las llaves. Ésa, la más grande —le exigió una vez que Salah hubo terminado de manejar las cerraduras—. Bien —continuó con la llave ya en su poder—, ahora viene la última parte: me acompañarás a ver al jefe de la guardia de arcabuceros. Si hablas, yo intentaré excusarme. Me creerán o no, pero seguro que eso tú no llegarás a verlo con todo lo que escondes ahí dentro. Te matarán sin contemplaciones. ¿De acuerdo?

El mercader se mantuvo en silencio en el patio, escuchando cómo Hernando hablaba con el jefe de los arcabuceros y le ordenaba que uno de sus hombres montara guardia permanente frente a la puerta de acceso a los sótanos.

—En su interior se hallan los dineros del rey —explicó—. Solamente podremos entrar los dos a la vez, Salah y yo. Si algún día me sucediese algo, deberéis forzar la puerta y recuperar lo que es del rey. Ruega al Misericordioso —le dijo después a Salah, cuando ambos ya se encontraban dentro de la casa— que no me suceda nada.

—Oraré por ti —aseguró el mercader muy a su pesar.

A la mañana siguiente, temprano, cada cual abrió su cerradura bajo la mirada del arcabucero de guardia, en lo alto de las escaleras. Una vez dentro, Salah se apresuró a cerrar la puerta pero Hernando la mantuvo entreabierta, lo suficiente como para que el mercader tuviera que permanecer atento a cualquier ruido que se produjese en las escaleras, mientras corría el peligro de que alguien más viera sus mercancías. Hernando cogió varios ducados y se los entregó a Salah.

—Ve a comprar cebada y forraje —le dijo—. Suficiente para varios días y para todos los animales. Lo quiero todo aquí a lo largo de esta mañana, y por cierto, necesito buena ropa…

—Pero…

—El rey así lo desea. Hazte a la idea de que el precio ha aumentado. También quiero ropa negra…, ¡no!, blanca, de mujer… para una niña. —Sonrió—. Y un velo, sobre todo un velo, y lo necesito ahora mismo. Seguro que encuentras lo necesario entre… todo esto —añadió gesticulando con la mano.

Poco después, Hernando abandonaba el sótano ataviado de verde, con una marlota de tafetán rojo y plata, capa de tela de oro morada bordada con perlas y un bonete con una pequeña esmeralda en su frente: llevaba el alfanje de Hamid al cinto, las ropas para Isabel en la mano y la mirada de odio de Salah clavada en su espalda. Durante la noche había ideado multitud de planes para sacar a Isabel de aquellas tierras, pero los fue desechando uno a uno hasta que... ¿por qué no? ¿Acaso no le había salido bien el asunto del forraje? Simplemente, debía dejarse llevar por su instinto. En el salón se encontró con Barrax y sus garzones: el arráez se apartó de su camino y le hizo una reverencia. Hernando cruzó entre ellos dándoles la paz.

—De zafiros como tus ojos llenaría yo ese bonete si vinieses conmigo —exclamó el capitán a su paso.

Hernando trastabilló, turbado, pero se recompuso. Llegó al porche y pidió su caballo morcillo a Yusuf, que al poco se lo trajo embridado.

—Debo salir para cumplir un encargo del rey —se excusó ante Fátima y su madre, que no pudieron disimular la admiración por sus lujosas vestiduras.

Montó en el morcillo, lo espoleó y salió al galope de la casa, hasta llegar donde se encontraba la niña.

—Ponte estas ropas. —Isabel, tumbada allí donde la dejara el día anterior, no levantó la cabeza hasta que los cascos del morcillo llegaron a rozarle la frente—. ¡Obedece! —insistió ante las dudas de la muchacha—. ¿Qué miráis vosotros? —ladró a un grupo de soldados que se habían acercado.

Hernando desenvainó el alfanje y azuzó el caballo contra los moriscos; la capa de oro morada revoloteaba sobre la grupa del animal. Los hombres escaparon.

—Date prisa —insistió al volver junto a Isabel.

La niña no tenía donde esconderse y empezó a desnudarse encogida, tratando de taparse. Hernando le dio la espalda, pero el tiempo apremiaba. Podían llegar más soldados en cualquier momento.

—¿Estás ya? —Se volvió al no obtener respuesta y alcanzó a ver sus pequeños pechos—. ¡Rápido! —Isabel no sabía cómo ponerse un tipo de prendas que desconocía. Hernando desmontó y la ayudó, haciendo caso omiso a su sonrojo—. El velo, el velo, ¡cúbrete bien la cabeza!

Una vez lista, la montó a horcajadas sobre la cruz del caballo, por delante de él, para poder agarrarla por la barriga y partió al galope. Isabel oscilaba, inestable, pero no se quejó. Hernando dudó entre Órgiva y Berja, pero concluyó que aun cuando en esta última estuviese el Diablo Cabeza de Hierro, en el trayecto a Órgiva se toparía con mayor número de moriscos; Aben Aboo y Brahim merodeaban con sus hombres por la zona de Válor y nada más lejos de sus intenciones que toparse con su padrastro. Conocía el camino a Berja: era el mismo que había recorrido un par de meses antes hasta Adra. Aproximadamente a media legua de la costa debería desviarse hacia el levante, hacia las estribaciones de la sierra de Gádor. Lejos de Ugíjar y del ejército de Aben Humeya, Hernando contuvo al morcillo, ya sudoroso.

—¿Dónde me llevas? —preguntó entonces Isabel.

—Con los tuyos.

Trotaron un largo rato antes de que la niña volviera a hablar:

—¿Por qué lo haces?

Hernando no contestó. ¿Por qué lo hacía? ¿Por Gonzalico? ¿Por el calor de aquellas manos que mantuvo agarradas durante la última noche del pequeño? ¿Por la unión que tuvo con Isabel mientras los dos miraban cómo Ubaid lo asesinaba, o simplemente porque no quería que cayese en manos de algún berberisco o cristiano renegado? Ni siquiera se lo había planteado hasta entonces. Se limitó a actuar… ¡como le ordenaba su instinto! Pero realmente, ¿por qué lo hacía? Sólo se buscaba problemas. ¿Qué habían hecho los cristianos por él para que defendiese a una de las suyas? Isabel volvió a preguntarle por qué lo hacía. Espoleó al morcillo para que se pusiese al galope. ¿Por qué?, insistía la niña. Azuzó todavía más al caballo y alcanzó el galope tendido. Agarraba a Isabel por la barriga para que no se cayese. No pesaba. Era sólo una niña. Por eso lo hacía, concluyó con satisfacción mientras el viento le azotaba el rostro. ¡Porque no era más que una niña!

Ninguno de los moriscos con los que se cruzaron intentó detenerlos. Se apartaban de su camino mostrando interés en aquella extraña pareja a caballo: una figura femenina vestida de blanco con la cabeza y el rostro tapado, agarrada por un jinete que cabalgaba altivo con sus ricos ropajes y el alfanje golpeando el costado del caballo.

Antes del mediodía llegaron a los alrededores de Berja, la ciudad donde cada casa tenía un jardín y en la que varias torres defensivas descollaban por encima del vecindario. El último trecho lo hicieron al paso para procurar un descanso al caballo. Fue entonces cuando sintió el contacto del joven cuerpo de Isabel. La niña se recostaba totalmente contra él. El vestido, en su abdomen, allí por donde la mantenía firme, estaba empapado en sudor, y Hernando notó la barriga de Isabel, dura y en permanente tensión.

Desechó aquellas sensaciones a la vista de Berja. En el exterior de la ciudad la gente trabajaba los campos y algunos soldados cristianos descansaban mientras otros recogían forraje para los caballos. Los soldados detuvieron sus quehaceres ante la aparición de Hernando. El sol del mediodía caía a plomo. El morcillo, refrenado, sintiendo la tensión de su jinete, bailó resoplando en el sitio: el rojo de su pelo centelleaba, al igual que la capa de Hernando… Y al igual que la armadura del marqués de los Vélez y la de su hijo, don Diego Fajardo, ambos de pie a la entrada del pueblo.

Desmontó a Isabel en el momento en que un grupo de soldados corría ya hacia él con sus armas preparadas. Desde lo alto del morcillo, arrancó el velo de la muchacha y dejó que se mostrase su cabello rubio. Entonces desenvainó el alfanje y lo apoyó en la nuca de la niña. Los soldados tropezaron entre sí cuando los que iban en cabeza se detuvieron en seco, a poco más de cincuenta pasos de la pareja.

—¡Corre, niña! ¡Apártate! —gritó uno de ellos mientras intentaba cebar su arcabuz.

Pero Isabel se mantuvo quieta.

En la distancia, Hernando buscó la mirada del marqués de los Vélez, que se la sostuvo durante unos instantes. Por fin pareció comprender lo que pretendía el morisco. Con un gesto de la mano indicó a los hombres que se retirasen.

—La paz sea contigo, Isabel —le deseó Hernando tan pronto como los soldados cristianos obedecieron a su general.

Volvió grupas y abandonó el lugar a galope tendido, volteando el alfanje en el aire y aullando como hacían los moriscos cuando atacaban a las tropas cristianas.

18

Tenemos noticia de que nos han de asaltar veinte y
dos mil moros no mal armados, y nosotros no somos más que dos mil; yo, por mí solo, me encargo
de dos mil y a mi caballo le sobran otros tantos.
¿Y qué son nueve mil moros para la infantería de
nuestro valeroso campo, y otros nueve mil para
vosotros, mis ilustres caballeros, que tenéis tanto
ánimo y tan acreditado esfuerzo? Pero todavía nos
sobra el bélico sonido de nuestras claras trompetas,
cuyo espantable estrépito basta para desmayar a
otros tantos diez mil moriscos.

GINÉS PÉREZ DE HITA, *Guerras civiles de Granada*,
arenga del marqués de los Vélez
a su ejército

Habrían servido de algo sus desvelos por salvar a Isabel?, se
preguntaba Hernando algo más de un mes después de dejarla en manos del marqués de los Vélez, de nuevo a la vista
de Berja. ¿Continuaría la niña en el interior de la ciudad? Si así era,
la volverían a capturar… quizá hasta descubrieran que no la había
vendido.

Aben Humeya se había decidido a atacar Berja, obligado por los
moriscos del Albaicín de Granada, que exigían la derrota del sanguinario noble para sumarse a la rebelión. Aquél era el momento
adecuado: las tropas del marqués estaban más que diezmadas por las

deserciones, pero esperaban refuerzos de Nápoles que, junto a la flota real, acababan de arribar a las costas andaluzas.

¿A quién le cabía la menor duda de que los musulmanes arrasarían al ejército del Diablo Cabeza de Hierro?

El rey dispuso que el ataque se efectuara durante la noche y empezaba a oscurecer. El gran campamento morisco, a las afueras de la ciudad, hervía de actividad. Los hombres se preparaban para la guerra. Disponían de armas; gritaban, cantaban y se encomendaban a Dios. Sin embargo, aun entre los preparativos y el alboroto, muchos de ellos, igual que Hernando sobre su morcillo, igual que el rey y su corte, desviaban constantemente su atención hacia cerca de medio millar de soldados algo separados del resto.

Se trataba de *muyahidin* turcos y berberiscos que se ataviaban con camisas blancas sobre sus ropas para distinguirse en la oscuridad, al modo de las encamisadas nocturnas de los tercios españoles, y que convencidos de la victoria, adornaban sus cabezas con guirnaldas de flores. El hashish corría con abundancia entre aquellos soldados de Alá que habían jurado morir por Dios; también solicitaron del rey el honor de encabezar el ataque a la ciudad.

Una vez que Aben Humeya dio la orden, los observó abalanzarse ciegamente contra la ciudad. ¿Cómo no iban a vencer esos hombres?, volvió a preguntarse Hernando. Los gritos y los alaridos de guerra; los disparos de los arcabuces; el retumbar de los atabales y el sonido de las dulzainas envolvieron al muchacho. ¿Qué importaba Isabel frente a esos mártires de Dios? Hernando, como la casi totalidad de los hombres del ejército que quedaban atrás, sintió un escalofrío y gritó con fervor en el momento en el que los *muyahidin* aplastaron a los cristianos que defendían el acceso al pueblo. Aben Humeya dispuso entonces que el grueso del ejército morisco se sumase al asalto.

Varios monfíes que se hallaban a su lado aullaron y espolearon a sus caballos para cubrir la distancia que les separaba de la villa. Hernando desenvainó su alfanje y se sumó al frenético galope, gritando enloquecido.

Pero en el interior de las callejuelas de Berja no se podía luchar. Hernando ni siquiera podía dominar al morcillo; debido a la gran cantidad de soldados musulmanes que accedieron al pueblo, éstos se apretujaban entre los edificios y con ellos, los caballos. No encontró ningún enemigo en el que descargar un golpe de alfanje. ¡Todos eran musulmanes! Los cristianos los esperaban apostados en las casas, en su interior y en sus terrados planos, desde donde disparaban sin cesar. ¡No necesitaban ni apuntar! Los hombres caían heridos o muertos por doquier. El olor a pólvora y salitre inundaba las calles y el humo de los disparos de arcabuz casi le impedía ver qué era lo que sucedía. Tuvo miedo, mucho miedo. En un instante comprendió que, como los demás jinetes, sobresalía por encima de todos: era, pues, un blanco fácil y atractivo para los cristianos, amén de un estorbo para los moriscos que disparaban sus arcabuces y sus saetas desde las calles hacia los terrados. Espoleó al morcillo para escapar de aquella encerrona, pero el caballo fue incapaz de abrirse paso entre la muchedumbre. Una pelota de plomo voló junto a su cabeza. Hernando oyó su silbido cortando el aire. Aguantó sobre el morcillo, rezando agachado sobre su cuello. De repente sintió un lacerante dolor en el muslo derecho; una saeta le había dado por encima de la rodilla. El dolor se le hacía insoportable cuando el ejército musulmán empezó a retirarse. El morcillo estuvo a punto de caer al suelo ante el gentío que ahora empujaba en su retroceso. Hernando se vio incapaz de dominarlo, pero milagrosamente el caballo se revolvió, giró por sí solo y salió de la villa entre la riada de gente.

Aben Humeya insistió en sus ataques a lo largo de toda la noche. En el campamento morisco, un barbero obligó a Hernando a beber agua con hashish. Le hizo esperar mientras curaba a otros heridos para después sajar la carne de su muslo, arrancar la saeta y coser la herida con habilidad. Entonces se desmayó.

Al amanecer, Aben Humeya cejó en su empeño y ordenó la retirada. Durante toda la noche, el marqués de los Vélez supo usar con acierto su posición estratégica y continuó rechazando a los moriscos. Hernando se sumó al alocado galope de la corte del rey, con su pierna derecha colgando, incapaz de calzar el estribo, y los dientes apretados, esforzándose por no caer. Detrás quedaron casi mil quinientos muertos.

—Que el Profeta y la victoria te acompañen.

Éstas habían sido las palabras con que Fátima se había despedido de él antes de que partiera hacia Berja. ¡Era la despedida que se brinda a un guerrero!

El ejército del marqués de los Vélez no los perseguía —habría sido absurdo que saliera a campo abierto— y los moriscos caminaban maltrechos y desanimados hacia las sierras. Él dejó que el morcillo avanzase a su paso, a la querencia de los demás caballos, y se refugió en el recuerdo de Fátima para olvidar la humillante derrota y el punzante dolor que sentía en la pierna.

Durante los días posteriores a la liberación de Isabel, antes de que Aben Humeya decidiera atacar Berja, Fátima se le había ido acercando más y más, sin rencores y sin miedos. Aisha cuidaba de Humam y de sus hijos, mientras Brahim, que había pasado por la casa donde vivía su familia sólo para dejar constancia de su existencia, continuaba en Válor al lado de Aben Aboo; Barrax disfrutaba impúdicamente con sus garzones y Ubaid desapareció en el pueblo, a la espera de ser llamado por el arráez. Salah se movía compungido por sus trescientos ducados y los costosos ropajes con que se hizo Hernando, siempre atento a los sótanos en los que guardaba su tesoro.

Fátima y Hernando se buscaban y aprovechaban cualquier momento. Charlaban, paseaban y rememoraban juntos, a la luz del día o bajo las estrellas, rozándose siempre, los acontecimientos vividos durante los meses anteriores. En uno de esos paseos, Fátima se sinceró y le habló de su marido, aquel joven aprendiz a quien había querido más como un hermano que como a un amante.

—Lo recuerdo en casa desde que era muy pequeña. Mi padre le cobró cariño… y yo también. —Fátima miraba a Hernando, como si intentara decirle algo con esas palabras. Él se quedó en silencio, y ella prosiguió—: Era atento, y tierno… Fue un buen marido y adoraba a Humam.

La joven respiró hondo. Hernando aguardó a que siguiera hablando.

—Cuando murió, lloré por él. Igual que había llorado antes por mi padre. Pero… —Fátima le miró de repente; sus ojos negros parecían más intensos que nunca—, ahora sé que existen otros sentimientos…

Un beso dulce selló sus palabras. Luego, invadidos por una súbita timidez, ambos regresaron hacia la casa sin decir nada. Por unos instantes se habían olvidado de Brahim y de su amenazante asedio, pero mientras caminaban, el eco de sus airadas palabras resonó en los oídos de ambos. ¿Qué sería de Aisha si su marido llegaba a saber que Fátima se había entregado a Hernando?

El mismo día que se anunció que el ejército partiría hacia Berja, Fátima le llevó una limonada fresca a donde él se hallaba preparando los caballos. Era primera hora de la mañana. En el ambiente flotaba la alegría nerviosa del inminente combate. Entre risas, Hernando la montó en el morcillo, a pelo, notando el temblor de su cuerpo al cogerla de la cintura para alzarla sobre el caballo. Quiso ayudarla a echar pie a tierra y Fátima aprovechó para dejarse caer a peso en sus brazos desde lo alto del animal. Entonces, agarrada a él, le besó. Yusuf se escabulló sin dejar de mirar de reojo. El muchacho le devolvió un beso apasionado, apretándose contra sus pechos y su pelvis, deseándola y sintiendo su deseo. Más tarde, atareado con los preparativos para la partida, no se dio cuenta de que tanto la muchacha como su madre desaparecían durante el resto de la jornada.

Esa misma noche, Aisha les cedió la habitación de la cama con dosel y se fue a dormir con los niños. Durante el día se había dedicado a alquilar ropas y joyas para Fátima, desoyendo sus leves protestas. Compró un poco de perfume y dedicó casi toda la tarde a prepararla: la bañó y lavó su cabello negro con alheña mezclada con aceite dulce de oliva, hasta que éste adquirió una tonalidad rojiza que destellaba en cada uno de sus rizos; luego la perfumó con agua de azahar. Con la misma alheña, tatuó cuidadosamente sus manos y sus pies, trazando pequeñas figuras geométricas. Fátima se dejaba hacer: unas veces sonriendo, otras escondiendo la mirada. Aisha limpió sus ojos negros con jugo elaborado con bayas de arrayán y polvo de antimonio, y después de hacerlo la sujetó por el mentón, obligándola a estarse quieta, hasta que los grandes ojos negros de la muchacha aparecieron claros y brillantes. La vistió con una túnica de seda blanca bordada en perlas y abierta por los costados y la adornó con grandes pendientes, ajorcas en los tobillos y pulseras, todo de oro. Sólo en el momento en que quiso ponerle un collar, la muchacha se opuso con delicadeza a que le quitase la mano de Fátima que adornaba su pecho. Aisha acarició la pequeña mano extendida y cedió. Preparó velas y cojines. Llenó una jofaina con agua limpia y dispuso limonada, uvas, frutos secos y unos dulces de miel que había comprado en el mercado.

«Procura no moverte», le pidió cuando Fátima hizo ademán de ayudarla. Un casi imperceptible deje de tristeza cruzó el semblante de la muchacha.

—¿Qué sucede? —se preocupó Aisha—. ¿No…? ¿No estás decidida?

Fátima bajó la vista.

—Sí, claro —dijo al cabo—. Le quiero. Lo que no sé…

—Cuéntame.

Fátima alzó el rostro y se confió a Aisha.

—Salvador, mi esposo, gustaba de disfrutar conmigo. Y yo le complacía en cuantas pretensiones tenía, pero… —Aisha esperó con paciencia—. Pero nunca llegué a sentir nada. ¡Era como un hermano para mí! Crecimos juntos en el taller de mi padre.

—Eso no te sucederá con Hernando —aseguró Aisha. La muchacha le interrogó con la mirada, como si quisiera creer en sus palabras—. ¡Tú misma lo notarás! Sí, cuando el deseo haga temblar todo tu cuerpo. Hernando no es tu hermano.

Tras las oraciones de la noche, Aisha fue en busca de su hijo al porche y le obligó a acompañarla al piso superior sin darle explicaciones. Salah y su familia observaron cómo Aisha insistía en que la siguiese, luego, Barrax y los dos garzones los vieron pasar por la puerta abierta del comedor que utilizaban para dormir. El arráez soltó un suspiro de pesar.

—Prometió esperarte —le dijo Aisha en la puerta del dormitorio. Hernando fue a decir algo, pero sólo consiguió gesticular torpemente con la mano—. Hijo, no voy a consentir que dejéis de amaros por mi culpa. Y sería inútil… Entra —le indicó agarrándolo de la muñeca y entreabriendo la puerta. Antes de hacerlo, Hernando intentó abrazarla pero Aisha se retiró—. Ya no, hijo. Es a ella a quien tienes que abrazar. Es una buena mujer… y será una buena madre.

Pero no llegó a traspasar el umbral; se detuvo en él, fascinado. Fátima lo esperaba en pie, junto a los cojines dispuestos por Aisha alrededor de la comida.

—¡Entra! —le susurró su madre empujándolo para poder cerrar la puerta.

Una vez cerrada, Hernando volvió a quedarse inmóvil. Las luces de las velas jugueteaban con las formas de mujer que se adivinaban a través de la túnica; las perlas que orlaban la prenda brillaban, y también su cabello, y el oro, y los tatuajes de pies y manos, y sus ojos, todo envuelto en aquel limpio perfume de agua de azahar…

Fátima se adelantó, sonriente, y le ofreció la jofaina de agua. Hernando se lavó nervioso tras lograr balbucear las gracias. Luego, con dulzura, ella le invitó a sentarse. Hernando, azorado, retiró la mirada de los pechos libres que se insinuaban bajo la seda, pero tampoco fue capaz de posarla en aquellos inmensos ojos negros. Y se sentó. Y se dejó servir. Y comió y bebió, incapaz de disimular el temblor de sus manos o su agitada respiración.

Las uvas pasas se acabaron. También los frutos secos y la limonada. Por los costados abiertos de la túnica de seda, Fátima le mostraba su cuerpo una y otra vez, pero Hernando, turbado, desviaba la mirada como si quisiera rehuir el momento. ¡Ni siquiera era capaz de recordar algo de su única experiencia con mujeres! Fue a echar mano de otro pastelillo de miel, cuando ella susurró su nombre:

—Ibn Hamid.

La observó frente a sí, en pie, erguida. Fátima se quitó la túnica. Hernando contuvo la respiración ante la belleza del brillante cuerpo que le mostraba; sus pechos, grandes y firmes, se movían rítmicamente al compás de un deseo que la muchacha no podía esconder.

«Tú misma lo notarás», le había dicho Aisha.

—Ven —volvió a susurrarle después de unos instantes en los que sólo se escuchó la entrecortada respiración de ambos jóvenes. Hernando se acercó. Fátima tomó una de sus manos y la llevó a sus senos. Hernando los acarició y pellizcó con suavidad uno de sus erectos pezones. La leche brotó de él y Fátima jadeó. Hernando insistió. Un chorro de leche saltó y empapó su rostro. Los dos rieron. Fátima le hizo un gesto y él agachó la cabeza para mamar el néctar mientras deslizaba las manos por la curva de su espalda, hasta las nalgas, firmes. Entonces la muchacha lo desnudó, recorriendo su cuerpo con los labios, besándole dulce y tiernamente. Hernando se estremeció al contacto de los labios de Fátima con su miembro erecto. Fátima lo llevó al lecho. Tumbados los dos, ella intentó buscar aquel placer que nunca había encontrado en su esposo en un Hernando inexperto que sólo pretendía montarla. Recordó uno de los consejos del jeque Nefzawi de Túnez, transmitidos de mujer a mujer y se lo susurró al oído, mientras Hernando, encima de ella, pugnaba por introducir su pene:

—No te amaré, si no es con la condición de que juntes las ajorcas de mis tobillos con mis pendientes.

Hernando detuvo sus embates. Se incorporó y liberó de su peso el cuerpo de la muchacha. ¿Qué decía? ¿Sus tobillos en las orejas? Interrogó a Fátima con la mirada y ella le sonrió pícaramente mientras empezaba a alzar las piernas. La penetró con ternura, pendiente de sus susurros: despacio, te quiero, despacio, quiéreme…, pero cuando sus cuerpos llegaron por fin a fundirse en uno solo, Fátima lanzó un aullido que rompió el hechizo y erizó el vello de Hernando. Entonces sus requerimientos se confundieron entre suspiros y jadeos, y Hernando se abandonó al ritmo que le marcaban los gemidos de placer de la muchacha. Alcanzaron el orgasmo al tiempo y tras entregarse a su propio éxtasis, quedaron en silencio. Al cabo de un rato, Hernando abrió los ojos y observó el semblante de Fátima por entre sus piernas: mantenía los labios apretados y los ojos firmemente cerrados, como si tratase de retener aquel momento.

—Te amo —dijo Hernando.

Ella continuó sin mostrarle sus preciosos ojos negros, pero sus labios se extendieron en una sonrisa.

—Dímelo otra vez —susurró.

—Te amo.

La noche se les escapó entre besos, risas, caricias, jugueteos y promesas, ¡miles de ellas! Hicieron el amor en más ocasiones y Fátima encontró por fin el sentido de todas y cada una de aquellas antiguas leyes del placer; su cuerpo atento al más leve de los contactos, su espíritu definitivamente entregado al goce de los sentidos. Hernando la siguió en su camino, descubriendo ese inmenso mundo de sensaciones que sólo logran verse satisfechas con las convulsiones y espasmos del éxtasis. Y después, cada vez, se juraban, el uno al otro, entregarse el universo entero.

La derrota de Berja no modificó la situación. Tras la batalla, el marqués de los Vélez se retiró a la costa en espera de nuevas tropas. Don Juan de Austria se limitó a reforzar acuartelamientos periféricos: Órgiva, Guadix y Adra, por lo que Aben Humeya continuó dominando las Alpujarras. El rey de Granada conquistó Purchena, donde celebró unos fastuosos juegos. Organizó competiciones de baile por parejas o de mujeres, de canto y poesía, de luchas cuerpo a cuerpo, concursos de saltos, de levantamiento de pesos, de lanzamiento de piedras y de puntería, ya fuere con arcabuces, ballestas u hondas, en los que moriscos de al-Andalus, turcos y berberiscos compitieron entre sí por el amor de las damas, y por los importantes premios que prometió el rey a los vencedores: caballos, prendas bordadas en oro, alfanjes, coronas de laurel y decenas de escudos y ducados de oro.

Y mientras todo ello sucedía, Hernando alargó su convalecencia para disfrutar de su romance con Fátima en Ugíjar. Aisha y Fátima no seguían al ejército y permanecieron en la casa, con Salah y su familia. Pese a que el rey no estaba en la ciudad, Hernando ordenó al alguacil de Ugíjar que mantuviese a un morisco de guardia en las escaleras de los sótanos; el sobrante del dinero del rey estaba allí y en cualquier momento podía retornar a la ciudad y necesitar de él.

Por su parte, el pequeño Yusuf se ocupaba de las mulas que quedaban con el ejército y le mandaba recado de su situación periódicamente. Hernando disfrutaba de su estancia en la casa. La ausencia de Brahim los había sumido en un ambiente dulce: Aisha le cuidaba y le mostraba su afecto sin reparos, y Fátima le atendía, solícita. Tras aquella noche de amor, vivida antes de su partida a la guerra, sus relaciones se habían visto limitadas a miradas cargadas de deseo y caricias fugaces.

Aisha se lo planteó a ambos tan pronto su hijo regresó de Berja; las mujeres conocían bien aquellas leyes.

—Debéis casaros —les dijo, intentando apartar de su mente las consecuencias que esa boda podría tener para ella.

Los dos consintieron mutuamente con la mirada; sin embargo, Hernando mudó el semblante.

—No tengo medios para entregarle su *idaq*, su zidaque… —empezó a decir. ¿Los ducados de Aben Humeya?, pensó entonces volviendo la mirada hacia el interior de la casa, pero Aisha adivinó lo que pasaba por su cabeza.

—Primero deberías pedirle permiso al rey. Es su dinero. Deberás buscar con qué dotarla porque tu padrastro, que es tu familia, difícilmente contribuirá a ello. Tú —indicó dirigiéndose a Fátima— eres una mujer libre. Tras la muerte de tu marido has cumplido con los preceptos de nuestra ley y has guardado los cuatro meses y diez días de *idda* o alheda. Los calculé —añadió antes de que cualquiera de ellos empezase a echar cuentas—. Ciertamente, has incumplido la obligación de permanecer en casa de tu marido durante la *idda*, pero la situación no lo permitía con el ejército del marqués en Terque. Por lo que respecta al *idaq* —continuó dirigiéndose a Hernando—, tienes aproximadamente tres meses para conseguirlo. Habéis yacido juntos sin estar casados, por lo que no podéis casaros hasta que ella haya tenido tres veces el período, salvo que… —Aisha chasqueó la lengua—. Si estuvieras preñada, no podríais casaros hasta que se produjera el parto y tampoco podríais disfrutar del amor durante ese tiempo, la ley lo prohíbe. No encontraríamos ningún testigo que quisiera comparecer al matrimonio de una mujer encinta. Recuerda hijo: tienes tres meses para conseguir esa dote.

Hacer el amor habría significado ir posponiendo el matrimonio. La primera menstruación los tranquilizó. La decisión, no por dura, dejó de ser sencilla para ambos: tres meses de abstinencia. En cuanto al *idaq*, Hernando pensaba dirigirse al rey en cuanto estuviera curado del todo de la pierna. Si alguien podía ayudarle, ése no era otro que Aben Humeya, el hombre que le enseñó a montar y que le regaló un caballo. ¿Acaso no le había demostrado su aprecio en el pasado? Aunque, a su pesar, tenía serias dudas sobre ese afecto. Los rumores sobre la decadencia moral en la que había caído el rey llegaban hasta todos los rincones de la sierra. Lo que Hernando ignoraba era que el tiempo jugaba en su contra.

Por desgracia, esos rumores eran ciertos: el poder omnímodo y el dinero que después recibió a espuertas habían convertido al rey en un tirano. Aben Humeya fue vencido por la avaricia, y no existía hacienda morisca que no saquease; vivía en la lujuria, tal y como gustaba, rodeado de cuantas mujeres deseaba, a las que tomaba sin reparos; como noble granadino, de estirpe, desconfiaba de turcos y berberiscos; mentía, engañaba y se comportaba cruelmente con quienes tenía a su servicio. Su forma de actuar le había costado ya la pública enemistad de varios de sus mejores capitanes: el Nacoz en Baza, Maleque, en Almuñécar, Gironcillo, en Vélez, Garral en Mojácar, Portocarrero en Almanzora y por supuesto Farax, su contrincante a la corona.

Pero tuvo que ser una mujer la que arruinara la esplendorosa vida de Aben Humeya. El rey se encaprichó de la viuda de Vicente de Rojas, hermano de Miguel de Rojas, su suegro, al que había hecho asesinar en Ugíjar antes de divorciarse de su primera esposa. La viuda era una mujer de gran belleza, excepcional bailarina que además tocaba con maestría el laúd. Conforme a la costumbre, tras la muerte de su esposo la pretendió su primo Diego Alguacil, del clan de los Rojas, callado enemigo del rey. Aben Humeya entretuvo a Diego Alguacil con viajes y comisiones por todas las Alpujarras, hasta que tras volver de una de ellas, se encontró con que el rey había forzado a la viuda y la mantenía junto a él como una vulgar manceba.

Diego Alguacil, humillado, urdió un plan para acabar con Aben Humeya, a la sazón en Laujar de Andarax.

El rey no sabía escribir, por lo que todas las órdenes que remitía a sus capitanes diseminados a lo largo de las Alpujarras, las escribía e incluso firmaba con el nombre del rey, un sobrino de Alguacil, emparentado por lo tanto con los Rojas.

Por aquellas fechas, Aben Humeya se había librado de los molestos y arrogantes turcos y berberiscos mandándolos a combatir con el ejército de Aben Aboo, en los alrededores de Órgiva. A través de su sobrino, Diego Alguacil supo de una carta que el rey dirigía a Aben Aboo. Interceptó al mensajero, lo mató y compinchado con su sobrino, escribió otra en la que el rey ordenaba a Aben Aboo que, utilizando a las tropas moriscas, degollase a todos los turcos y berberiscos que estaban con él.

Fue el propio Diego Alguacil quien llevó esa carta a Aben Aboo, que no pudo reprimir la ira de los turcos, principalmente la de Huscein, Caracax y Barrax. Aben Aboo, Brahim con él, Diego Alguacil, turcos y arráeces se apresuraron en dirección a Laujar de Andarax donde encontraron a Aben Humeya en la posada del Cotón.

Ninguno de los trescientos moriscos que conformaban la guardia personal de Aben Humeya impidieron el acceso de Aben Aboo y de sus acompañantes a la posada. Ya en su interior, otro cuerpo de guardia selecta compuesta por veinticuatro arcabuceros, permitió que los turcos descerrajasen a patadas la puerta del dormitorio del rey. Tal era el odio que Aben Humeya se había ganado entre sus más próximos seguidores.

Aben Aboo, turcos y berberiscos sorprendieron al rey en el lecho, acompañado de dos mujeres, una de ellas la viuda del clan de los Rojas.

Aben Humeya negó el contenido de la carta, pero su suerte ya estaba echada. Aben Aboo y Diego Alguacil enrollaron una cuerda a su cuello y, cada uno por un lado, tiraron de ella hasta estrangular al rey. Luego se repartieron a sus mujeres, las dos que compartían lecho y otras tantas que llevaba consigo, así como las muchas riquezas personales que atesoraba junto a sí.

Antes de morir, Fernando de Válor, rey de Granada y de Córdoba, apostató de la Revelación del Profeta y clamó que fallecía en la fe cristiana.

19

No pude desear más ni contentarme con menos.» Ése fue el lema que Aben Aboo, que se proclamó nuevo rey de al-Andalus, estampó en su nuevo estandarte colorado. El monarca fue presentado al pueblo vestido de grana, como su antecesor, con una espada desnuda en su mano derecha y el estandarte en la izquierda. A excepción de Portocarrero, todos los capitanes enemistados con Aben Humeya juraron obediencia al nuevo rey, quien elevó a los turcos a los más altos puestos de su ejército. El dinero y las cautivas acumuladas por Aben Humeya fueron inmediatamente enviados a Argel para comprar armas, que luego Aben Aboo repartió a bajo precio entre los moriscos hasta llegar a reunir un ejército compuesto por seis mil arcabuceros. Con independencia del reparto de los botines, estableció un sueldo mensual de ocho ducados para turcos y berberiscos, y la comida para los moriscos. Nombró nuevos capitanes y alguaciles entre los que repartió el territorio de las Alpujarras y ordenó que las atalayas estuvieran permanentemente en funcionamiento, con ahumadas de día o fuegos de noche, para comunicar cualquier incidencia e impedir el paso de persona alguna que no perteneciera al ejército. El castrado Aben Aboo estaba dispuesto a lograr lo que su caprichoso antecesor no había conseguido: vencer a los cristianos.

Hernando recibió la noticia de la ejecución de Aben Humeya. Las piernas le temblaron y un sudor frío empapó su espalda al conocer el nombre del nuevo rey: Aben Aboo. Salah, que también escuchaba al mensajero, entrecerró los ojos y sopesó mentalmente el cambio de poder.

Hernando fue en busca de Aisha y de Fátima, que se hallaban en la cocina preparando la comida junto a la esposa del mercader.

—¡Vámonos! —les gritó—. ¡Huyamos!

Aisha y Fátima le miraron sorprendidas.

—Ibn Umayya ha sido asesinado —explicó atropelladamente—. Ibn Abbu es el nuevo rey y con él... ¡Brahim! Vendrá a por nosotros. ¡Vendrá a por Fátima! Es el lugarteniente del rey, su amigo, su hombre de confianza.

—Brahim es mi esposo —musitó Aisha interrumpiéndole. Luego miró a Fátima y a su hijo y se apoyó aturdida en una de las paredes de la cocina—. Huid vosotros.

—Pero si lo hacemos —intervino Fátima—, Brahim... ¡Te matará!

—Ven con nosotros, madre. —Aisha negó con la cabeza, las lágrimas asomaban ya a sus ojos—. Madre... —volvió a rogar.

El muchacho se acercó a ella.

—No sé lo que hará Brahim: si me matará o no si no os encuentra conmigo —murmuró Aisha, intentando controlar el pánico que le atenazaba la voz—, pero lo que sí sé es que moriré en vida si vosotros no escapáis. No podría soportar veros... Huid, os lo ruego. Escapad a Sevilla o a Valencia... ¡a Aragón! Escapad de esta locura. Yo tengo más hijos. Son hijos suyos. Quizá... quizá no pase de los golpes. ¡No puede matarme! ¡No he hecho nada malo! La ley se lo prohíbe. No puede culparme de lo que hagáis vosotros...

Hernando trató de abrazarla. Aisha mudó la voz y se irguió oponiéndose al abrazo.

—No puedes pedirme que abandone a tus hermanos. Ellos son menores que tú. Me necesitan.

Hernando negó con la cabeza ante la imagen de lo que podría sucederle a su madre por la ira de Brahim. Aisha buscó la ayuda de Fátima y le suplicó con la mirada. La muchacha entendió.

—Vamos —afirmó con resolución. Empujó a Hernando fuera de la cocina pero, antes de abandonarla, se volvió y lanzó una triste mirada a Aisha, que le contestó con una sonrisa forzada—. Prepáralo todo —le urgió ella una vez fuera de la cocina—. ¡Rápido! —insistió. Tuvo que zarandearle ante la conmoción del muchacho, que mantenía sus ojos clavados en Aisha—. Yo me ocuparé de Humam.

¿Prepararlo todo? Vio cómo Fátima cogía a su niño en brazos. ¿Qué tenía que preparar? ¿Cómo llegar hasta Aragón? ¿Y su madre? ¿Qué sería de ella?

—¿No la has oído? —insistió Aisha bajo el umbral de la puerta de la cocina. Hernando hizo ademán de volver a ella, pero Aisha fue contundente—: ¡Huye! ¿No te das cuenta? Primero te matará a ti. El día en que tengas hijos entenderás mi decisión, la decisión de una madre. ¡Vete!

«No pude desear más ni contentarme con menos.» Brahim, encumbrado al poder por el hombre al que salvó de una muerte segura, saboreó aquel lema y lo que significaba para él.

A Hernando lo capturaron en el sótano, junto a Salah, mientras se apropiaba de los dineros que restaban de los trescientos ducados que le entregara el mercader. Él y Fátima los necesitarían más que el malogrado Aben Humeya. Desde el sótano, escucharon los gritos de los soldados enviados por Brahim al irrumpir en la casa, y se quedaron paralizados. Luego, tras unos instantes de confusión, oyeron los pasos de aquellos hombres que descendían en tropel por las escaleras que llevaban hasta los tesoros del mercader.

Alguien abrió la puerta entrecerrada de una fuerte patada. Cinco hombres accedieron al sótano con las espadas desenvainadas. Aquel que parecía mandarlos fue a decir algo pero enmudeció a la vista de los objetos sacros que se amontonaban en su interior; los demás, tras él, trataban de escrutar en la penumbra.

Crucifijos, casullas bordadas en oro, la imagen de una Virgen, algún cáliz y otras piezas, descansaban a los pies de Aben Aboo. Junto a ellas, Hernando y Salah maniatados, y detrás Fátima y Aisha. Al contrario que Aben Humeya, el nuevo rey no seguía protocolo alguno y escuchó a Brahim allí donde se encontraron: en una estrecha callejuela de Laujar de Andarax con una comitiva de turcos y capitanes apelotonados a su alrededor. Los soldados que acompañaban a Brahim habían dejado caer al suelo con gran estrépito los objetos que tomaron del sótano del mercader.

Antes de que se apagase el tintineo de un cáliz que continuaba rodando sobre las piedras, Salah lloriqueó e intentó excusarse. El propio Brahim le hizo callar de un golpe dado con la culata de su arcabuz; de la boca del mercader empezó a manar un reguero de sangre. Hernando miraba directamente a Aben Aboo, mucho más gordo y flácido que cuando le conoció en la fiesta nupcial en Mecina. En las ventanas y balcones de las pequeñas casas encaladas de dos pisos se asomaban mujeres y niños.

—¿Es ésta la mujer de la que tanto me has hablado? —preguntó el rey señalando a Fátima. Brahim asintió—. Tuya es, pues.

—La voy a desposar —saltó entonces Hernando—. Ibn Umayya… —Esperó el golpe de Brahim, pero no llegó. Le dejaron hablar—: Ibn Umayya me concedió su mano y vamos a casarnos —tartamudeó.

Más de una veintena de personas, incluido el rey, tenían la mirada clavada en él.

—La ley…, la ley dice que tratándose de una viuda tiene que consentir en casarse con Brahim —añadió Hernando.

—Y lo ha hecho —afirmó Aben Aboo, en una muestra de cinismo—. Yo la he visto consentir. Todos lo hemos visto, ¿no?

A su alrededor se produjeron gestos de asentimiento.

Instintivamente Hernando se volvió hacia Fátima, pero en esta ocasión Brahim le propinó una bofetada y el rostro de la chica se desdibujó en una visión fugaz.

—¿Acaso dudas de la palabra de tu rey? —inquirió Aben Aboo.

Hernando no contestó: no había respuesta. El rey tanteó con el pie la figura de la Virgen, asqueado.

—¿Qué significa todo esto? —añadió, dando por cerrada la cuestión de Fátima.

Brahim puso al rey al tanto de los objetos que habían hallado los soldados en los sótanos de la casa de Salah. Finalizado el relato, Aben Aboo entrecruzó los dedos de las manos y con los índices extendidos sobre el puente de la nariz pensó durante unos instantes, sin apartar la mirada de aquellos tesoros cristianos.

—Tu padrastro —afirmó un momento después, dirigiéndose al muchacho— siempre ha sostenido que eras cristiano. Te llaman el nazareno, ¿no es verdad? Ahora entiendo por qué Ibn Umayya te protegía: el perro hereje murió encomendándose al Dios de los *papaces*. En cuanto a ti... —prosiguió señalando a Salah—. ¡Matadlos a los dos! —ordenó de repente, como si le molestase la situación—. Espetadlos en la plaza y asad sus cuerpos antes de entregárselos a las alimañas.

Salah cayó de rodillas y aulló suplicando misericordia. Brahim volvió a golpearle. Hernando ni siquiera prestaba atención a la sentencia. ¡Fátima! Era preferible morir a verla en manos de Brahim. ¿Qué podía importarle la vida si Fátima...?

—¡Te compro al joven!

La oferta sacudió a Hernando. Alzó el rostro y se irguió para encontrarse con Barrax, que había dado un paso adelante. Muchos de los presentes sonrieron sin disimulo.

Aben Aboo volvió a pensar. El nazareno merecía morir; le constaba que su lugarteniente así lo deseaba, pero una de las causas de la desgracia de Aben Humeya radicaba en no haber contentado a turcos y arráeces. No deseaba cometer el mismo error.

—De acuerdo —consintió—. Habla con Brahim para fijar el precio. El cristiano le pertenece.

Igual que él había llevado a Isabel: así recorrió Hernando las callejuelas de Laujar hasta el campamento del arráez y sus tropas, arrastrando los pies tras varios berberiscos de los de Barrax. Perdió una de sus zapatillas, pero continuó andando. Del mismo modo que arrastraba los pies, arrastraba sus recuerdos. ¿Qué sería de Fátima? Cerró los ojos en vano esfuerzo por intentar alejar de él la imagen de Brahim montando sobre Fátima. ¿Qué haría ella? No podía oponerse, pero... ¿y si lo hacía? Un fuerte tirón de la cuerda que ataba sus manos le obligó a continuar; se había detenido. Trastabilló. Alguien le escupió al grito de nazareno. Desvió la mirada hacia el morisco: no lo conocía. Tampoco al siguiente, unos pasos más allá, que le trató de perro hereje. Al doblar una calle, varios moriscos se burlaron de él ante unas mujeres con las que charlaban. Uno de ellos entregó una piedra a un niño de no más de cinco años para que se la lanzase. Dio sin fuerza en su cadera y el grupo entero jaleó al chaval. Dejó de pensar en Fátima y se lanzó sobre los moriscos. La soga resbaló de las manos del desprevenido hombre de Barrax. Hernando se abalanzó sobre el más cercano, que trocó las carcajadas por un alarido de pánico antes de caer derribado. Intentó golpearle pero no pudo con las manos atadas. El hombre pugnó por zafarse de él con los brazos y Hernando le mordió con fuerza, preso de una rabia incontenible. Los secuaces de Barrax le alzaron sin contemplaciones; Hernando se irguió, desafiante, la boca manchada de sangre, dispuesto a presentar batalla, pero los berberiscos no sólo no le maltrataron sino que le defendieron de los otros moriscos; aparecieron alfanjes y dagas y los dos grupos se tentaron.

—Si tenéis alguna reclamación —profirió uno de los berberiscos—, acudid con ella a Barrax. Es su esclavo.

Los moriscos bajaron las armas ante el nombre del arráez y Hernando escupió a sus pies.

A partir de entonces, tratando de no dañarle, como si fuera una preciada mercancía, los berberiscos lo llevaron en volandas; cuatro de ellos fueron necesarios ante las patadas, aullidos y mordiscos que lanzaba.

En el campamento de Barrax lo ataron a un árbol. Hernando siguió gritando, insultándoles a todos. Sólo calló en el momento en que Ubaid se acercó y se plantó ante él, acariciándose el muñón de su muñeca derecha.

—Aléjate de él, manco —le ordenó un soldado. Cuando Hernando exigió a Barrax que Ubaid abandonase la casa de Ugíjar, las pendencias entre ellos habían corrido de boca en boca—. Este muchacho es intocable —le advirtió el soldado.

Los labios de Ubaid dibujaron dos palabras mudas: «Te mataré».

—¡Hazlo! —le retó Hernando.

—¡Fuera! —gritó a su vez el soldado, apartando al arriero manco de un empujón.

La fiesta de la boda y la dote de la novia. Ése fue el precio que Brahim acordó con Barrax por la compra de su hijastro. El arráez exigió que en el pacto se incluyese el alfanje de Hamid; había comprobado la delicadeza con que el muchacho acariciaba la espada, por lo que pensaba regalársela tan pronto se sometiese a él, cosa de la que no dudaba. ¡Todos lo hacían! Miles de jóvenes cristianos vivían regaladamente en Argel, como garzones de turcos y berberiscos, después de renegar y convertirse a la verdadera fe.

—Llévatela —le contestó Brahim—. ¡Quédate sus ropas! Llévate todo lo que le pertenece. No quiero nada que pueda recordarme su existencia… bastante tengo con su madre. —Brahim entrecerró los ojos y meditó durante unos instantes. Sus días de arriero habían terminado: ahora era el lugarteniente del rey de al-Andalus y ya tenía un buen botín en oro—. Necesito una mula blanca para la novia, la más bella que exista en las Alpujarras. Te cambio mi recua de mulas por un ejemplar como ése. Harás un buen negocio —le indicó al arráez mientras éste lo pensaba—. Puedes encontrar mulas blancas en muchos pueblos de las Alpujarras. Quizá aquí mismo. Yo no tengo tiempo para ocuparme de esos detalles.

Un par de días después de haber aceptado el trato que le propuso Brahim, Barrax se acercó al árbol al que estaba atado Hernando y le mostró una preciosa mula blanca comprada por Ubaid en un pueblo cercano. Por orden del arráez, el muchacho estaba allí, encadenado, sin comida, alimentado sólo a base de agua. Hernando se negaba a contestar a las palabras de su amo.

—En ella montará tu amada para entregarse a tu padrastro —le dijo Barrax palmeando el cuello de la mula. Hernando, con los ojos hundidos y amoratados, el azul de sus iris apagado, observó al animal—. Reniega y entrégate a mí —insistió una vez más Barrax.

El muchacho se santiguó ostensiblemente. Profesar la fe…, profesar la fe sería el primer paso para caer en poder del arráez. ¡Qué absurdo! El viejo Hamid tuvo que convencer a sus convecinos de Juviles de que él era un verdadero musulmán y ahora…, ahora tenía que simular ser cristiano para no caer en poder de Barrax… ¿o lo era? ¿Qué era él? Tampoco tuvo ánimos para planteárselo; ahora tocaba defender su cristianismo. El arráez, imponente como era, frunció el ceño, pero continuó hablando con tranquilidad.

—Lo has perdido todo, Ibn Hamid: el favor del rey, tu amada… y la libertad. Te estoy ofreciendo una nueva vida. Conviértete en uno de mis «hijos» y triunfarás en Argel; lo sé, lo presiento. Vivirás bien, no te faltará de nada y en su momento llegarás a ser un corsario tan importante como yo; quizá más, sí, probablemente más. Yo te ayudaré. El príncipe de los corsarios, Jayr ad-Din, nombró capitán general a su garzón, Hasan Agá; luego le sucedió como beylerbey Dragut el indomable, que también fue garzón de Jayr ad-Din, y a éste nuestro gran Uluch Ali, a su vez garzón de Dragut. Yo mismo… ¿No lo entiendes? Te lo ofrezco todo cuando no tienes nada. —Hernando volvió a santiguarse—. Eres mi esclavo, Ibn Hamid. Se te considera cristiano. Cederás, y si no lo haces, remarás para mí como galeote y te arrepentirás de tu decisión. Esperaré, pero ten en cuenta que el tiempo pasa para ti y sin juventud… No quiero forzar tu cuerpo, tengo cuantos pueda desear: niños o mujeres; te quiero a mi lado, dispuesto a todo. Piénsalo, Ibn Hamid. ¡Soltadlo del árbol! —ordenó a sus hombres de repente, la mirada clavada en las hundidas cuencas de Hernando—, ponedle grilletes en los tobillos y que trabaje. Si va a comer, al menos que se lo gane. ¡Tú! —añadió dirigiéndose a Ubaid, a sabiendas del odio que existía entre él y Hernando—. Respondes con tu vida si algo le sucede, y te aseguro que tu muerte será mucho más lenta y dolorosa que la que tú pudieras procurarle a él. Mira bien esta mula blanca —terminó diciéndole a Hernando antes de volverse con el animal—, con ella terminan tus esperanzas e ilusiones en al-Andalus.

Aisha preparó a Fátima en la misma posada en la que residían Brahim y Aben Aboo, en la habitación que les cedió uno de los capitanes turcos. Brahim las acompañó hasta la estancia.

—Mujer —gritó dirigiéndose a Aisha pero desnudando a Fátima con la mirada—, es mi deseo que sea la más bella de las novias que hayan contraído matrimonio en al-Andalus. Prepárala. En cuanto a ti, Fátima, no tienes parientes, por lo que el rey se ha prestado a ser tu padrino de boda. Eres viuda. Tienes que otorgar poderes a un *walí* o algualí para que proceda a entregarte. ¿Consientes en ello?

Fátima se mantuvo en silencio, cabizbaja, luchando contra la congoja que le provocaba su futuro.

—Te diré una cosa, muchacha: serás mía. Puedes serlo como mi segunda esposa o como mi sierva. Tú tenías que saber lo que se escondía en los sótanos del mercader, y con toda seguridad callaste ante las prácticas cristianas del nazareno, si es que no las compartiste… ¡junto a tu hijo! —Fátima tembló—. Di: ¿apoderas al rey para que te entregue en matrimonio? —Ella asintió en silencio—. Recuerda bien lo que te he dicho. Si en la petición de mano no consientes, o si te opones a las exhortaciones, tu hijo y el nazareno morirán igual que el mercader: ése ha sido el trato que he pactado con el arráez. Si no consientes, me devolverá al perro nazareno y yo mismo lo espetaré en la plaza junto a tu hijo.

Fátima sufrió una arcada al pensar en Humam y Hernando espetados en un asador igual que lo había sido Salah. Brahim las había obligado a presenciarlo: el mercader chillaba igual que lo hacían los cochinos al ser sacrificados por los cristianos. Su obeso cuerpo, desnudo, a cuatro patas, fue inmovilizado por varios moriscos para que otro de ellos le clavara una lanza por el ano. La gente estalló en aplausos cuando los chillidos de pánico se convirtieron en aullidos de dolor: unos aullidos que fueron apagándose a medida que la lanza, empujada por una pareja de soldados, horadaba el cuerpo de Salah hasta lograr sacar el pico por la boca del mercader. Cuando lo colgaron en el asador para que voltease sobre las brasas, rodeado por una pandilla de chiquillos alborotados, el mercader ya había fallecido. El olor a carne asada inundó las cercanías de la plaza de Laujar durante todo un día hasta acabar impregnando ropas y penetrando en las viviendas.

Brahim sonrió y abandonó la estancia.

Con todo, Fátima no se dejó lavar.

—¿Acaso crees que lo notará? —indicó a Aisha con la voz quebrada, ante la insistencia de la mujer en las abluciones—. No quiero acudir limpia a este matrimonio.

Aisha no discutió: la muchacha se estaba sacrificando por Hernando. Bajó la mirada.

Fátima también le rogó que no repitiese el dibujo de los tatuajes que le hizo la noche en que se entregó a Hernando, y se opuso a perfumarse con agua de azahar. Aisha salió de la posada y encontró aceite de jazmín con que sustituir al azahar. Luego, a su pesar, la adornó con las joyas que les había hecho llegar Brahim, con el mensaje de que se usarían sólo para la boda y de que no formaban parte de la dote. Le acercó un collar, y la muchacha hizo ademán de arrancarse el amuleto de oro que colgaba de su cuello, pero Aisha se lo impidió poniendo su mano encima de la alhaja.

—No renuncies a la esperanza —le dijo, al tiempo que apretaba aquel símbolo contra su pecho.

Fue la primera vez que Fátima lloró.

—¿Esperanza? —balbuceó—. Sólo la muerte me procurará esperanza… una larga esperanza.

La petición de mano se efectuó en la misma posada, en un pequeño y frío jardín interior, frente al rey en su condición de *wali* y en presencia de la variopinta corte que le acompañaba. Dalí, capitán general de los turcos, y Husayn actuaron como testigos. Brahim se presentó y, conforme al ritual, pidió a Aben Aboo la mano de Fátima, quien se la concedió. Luego vinieron las exhortaciones, dirigidas por un viejo alfaquí de Laujar. Fátima, en su condición de viuda, tuvo que contestar a ellas personalmente y juró que no existía otro Dios que Dios, y que, por las palabras del Corán, contestaba la verdad a las preguntas que se le formulaban: quería ser casada a honra y conforme a la Suna del Profeta.

—Si bien juráis —terminó el alfaquí—, Alá es testigo y Él os dé su gracia. Asimismo, si mal juráis, Alá os destruya y no os dé su gracia.

Antes de que el rey empezase a dar lectura a la trigesimosexta sura del Corán, Fátima alzó los ojos al cielo: «Que Alá nos destruya», repitió en silencio.

Los pies tatuados con alheña fue lo único que se pudo ver de Fátima a lomos de la mula blanca que avanzaba conducida por el ronzal por un esclavo negro; la novia iba montada de lado, vestida con una túnica también blanca que la cubría desde la cabeza. De tal guisa, aplaudida y jaleada por miles de moriscos, Fátima recorrió el pueblo para volver a la posada. De regreso a ella, subió a la habitación de Brahim, y en el lecho, sin hablar, la taparon con la preceptiva sábana blanca bajo la que debía permanecer con los ojos cerrados. Mientras el enlace era celebrado con música y zambras en las calles, Fátima percibió el trasiego de decenas de personas por la habitación. Tan sólo en una ocasión alzaron el ligero manto que la protegía.

—Entiendo tu deseo —oyó que decía con un suspiro Aben Aboo, que había levantado la sábana más de lo que resultaba necesario para observar el rostro—. Disfrútala por mí, amigo, y que Alá te premie con muchos hijos.

Al finalizar las visitas, Fátima se sentó sobre los cojines del suelo y cerró la mente a su próximo encuentro con Brahim; hizo caso omiso a los desvergonzados e insistentes consejos de las exultantes mujeres que se quedaron con ella; rechazó cuanta comida le ofrecieron y, durante la espera, al oír la música que le llegaba desde las calles, trató de encontrar algún recuerdo en el que refugiarse, pero ¡cantaban por ella! ¡Celebraban su boda con Brahim! La imagen de Aisha, sentada frente a ella al otro lado de un brasero, inmóvil, con los ojos húmedos y el pensamiento perdido en ese hijo al que acababan de esclavizar, no le proporcionó consuelo. Se aferró entonces a lo único que parecía sosegarla: la oración. Rezó en silencio, como hacen los condenados; recitó todas las plegarias que sabía y dejó que sus temores se fundieran con los rezos. Era una fe desesperada, pero su fuerza crecía con cada palabra, con cada invocación.

Pasada la medianoche, el revuelo de las mujeres le anunció la llegada de Brahim al dormitorio. Una de ellas le retocó el cabello y le arregló la túnica sobre los hombros. Rehusó volver el rostro hacia la puerta por la que se apresuraban a salir las mujeres y clavó su mirada en el brasero. «Muerte es esperanza larga», musitó entonces con los ojos cerrados, pero ella no se encaminaba a la muerte. ¿Qué esperanza cabía hallar entonces? El chasquido del cerrojo acalló cánticos y dulzainas y Fátima llegó a escuchar la respiración agitada de Brahim a sus espaldas. La joven se estremeció.

—Muéstrate a tu esposo —ordenó el arriero.

Le flaquearon las piernas al intentar levantarse. Lo logró y se volvió hacia Brahim.

—Desnúdate —jadeó éste entonces, acercándose.

Fátima se irguió temblorosa, ¡le faltaba el aire! Olió el aliento fétido del arriero. Con el mentón recubierto de una barba grasienta, Brahim hizo un gesto hacia la túnica. Los dedos de Fátima pelearon torpemente con los nudos hasta que la túnica resbaló desde sus hombros y quedó desnuda frente a él, que se recreó examinando con lascivia aquel cuerpo que aún no había cumplido los catorce años. Él extendió una mano callosa hacia sus pechos rebosantes, y Fátima sollozó y entrecerró los ojos. Entonces notó cómo palpaba sus senos, rascando la delicada piel destinada al reposo de la cabeza de Humam, antes de pellizcar uno de sus pezones. En silencio, con los párpados firmemente apretados, ella se encomendó a Dios y al Profeta, a todos los ángeles… De su pezón empezó a manar leche en forma de gotas que resbalaban por los dedos de Brahim. Sin dejar de estrujarlo, Brahim clavó los dedos de su otra mano en la vulva de la muchacha y los introdujo en su vagina antes de derribarla sobre los cojines y penetrarla con violencia.

Las zambras y la música, el lelilí y los alaridos de las calles de Laujar acompañaron a Fátima a lo largo de una noche interminable, durante la cual Brahim sació su deseo una y otra vez. Fátima aguantó en silencio. Fátima obedeció en silencio. Fátima se sometió en silencio. Sólo lloró, por segunda y última vez en aquella jornada, cuando Brahim mamó de sus pechos.

20

A finales de octubre, al mando de diez mil hombres Aben Aboo atacó Órgiva, la mayor plaza bajo control cristiano de las tierras alpujarreñas. Tras unos iniciales embates que los acuartelados rechazaron, el rey se dispuso a rendirla por hambre y sed.

La inactividad que conllevaba el asedio sembró el tedio en el campamento morisco. Hernando, aherrojado por los tobillos, siguió al ejército junto al resto de los inútiles y efectuó el camino a Órgiva montado en la Vieja: de lado, como una mujer, clavándose los mil huesos que mostraba la famélica mula, como pretendió Ubaid al indicarle que montara en ella. Durante el trayecto fue constante objeto de escarnio por parte de las mujeres y la chiquillería que acompañaba al ejército. Sólo Yusuf, que había seguido a las mulas como si formara parte del trato entre Brahim y el arráez, le mostraba simpatía y espantaba a los chiquillos que se acercaban para reírse a su costa, siempre que Ubaid no estuviera alerta. A pesar de su incomodidad y vergüenza, intentó, sin éxito, distinguir a Fátima o a su madre en el camino, entre la gente. No consiguió dar con ellas hasta unos días después de que se instalaran a las afueras de la ciudad.

—Humilladle —ordenó Barrax a sus dos garzones—. No lo maltratéis si no es imprescindible. Humilladle en presencia de capitanes, jenízaros y soldados, pero sobre todo de esa morisca. Conseguid que pierda su orgullo. Lograd que olvide esa hombría que le ciega.

En el campamento, los dos garzones vistieron a Hernando con una delicada túnica de seda verde y unos bombachos del mismo color adornados con pedrería, ropas todas ellas que pertenecían al garzón de más edad. Hernando trató de oponerse, pero la ayuda de varios berberiscos ociosos que se divirtieron desnudándolo y vistiéndolo hicieron inútiles sus esfuerzos. Trató de arrancarse la ropa pero le ataron las manos por delante. Atado, aherrojado y vestido de seda verde, los garzones pretendieron pasearle por el campamento, entre tiendas y chamizos, entre soldados y mujeres cocinando.

No habían andado ni un par de pasos cuando Hernando se dejó caer al suelo. El mayor de los garzones le golpeó varias veces en la cabeza con una vara fina que llevaba, pero sólo consiguió que Hernando ofreciese su rostro.

—¡Pega! —le desafió.

Soldados, mujeres y niños observaban la escena. El garzón alzó la vara pero en el momento de descargar un nuevo golpe, el menor de ellos, ataviado con su chilaba de lino rojo sangre, le detuvo.

—Espera —le dijo, al tiempo que le guiñaba un ojo.

Entonces se arrodilló junto a Hernando y le lamió la mejilla. Tras unos instantes de silencio y ante el semblante enfurecido de Hernando, algunos de los curiosos aplaudieron y chillaron, otros abuchearon. Muchas mujeres mostraron su desaprobación con gestos e insultos, mientras los niños se limitaban a mirar con los ojos desmesuradamente abiertos. El mayor de los garzones estalló en carcajadas, la vara ya rendida, y el otro respondió deslizando su lengua de la mejilla al cuello, al tiempo que tanteaba con la mano derecha la entrepierna de Hernando, que se revolvió al solo contacto, aunque, atado como estaba, le fue de todo punto imposible zafarse del manoseo. Trató de morder al garzón y tampoco lo consiguió. Sólo escuchaba gritos y risas. El mayor de los garzones se acercó también, sonriendo.

—¡Basta! —gritó entonces Hernando—. ¡De acuerdo!

Los dos muchachos le ayudaron a levantarse sosteniéndole por las axilas y continuaron su paseo.

Deambuló por el campamento lo más rápido que le permitía la cadena que unía sus tobillos. No tardaron en toparse con Aisha y Fátima, cuyos rostros quedaban ocultos por el velo. Las reconoció sin necesidad de fijarse en Humam y Musa, a su lado. Su hermanastro corrió a unirse a la chiquillería que acompañaba a la comitiva. No fue un encuentro casual: los garzones se habían dirigido a la tienda de Brahim cumpliendo las órdenes de Barrax.

Hernando, avergonzado y humillado, bajó la mirada a los hierros de sus tobillos. Fátima también escondió la suya al tiempo que Aisha estallaba en llanto.

—¡Miradlo, mujeres! —La voz de Brahim, en pie en la entrada de su tienda, tronó por encima de risas, murmullos y comentarios. Hernando alzó la cabeza instintivamente, justo en el momento en que Fátima y su madre obedecían a su esposo, y sus miradas se encontraron, vacías todas ellas—. ¡Eso es lo que se merecen los nazarenos! —rió Brahim.

—Intentará huir —advirtió Barrax al jefe de su guardia y a los garzones aquella misma noche, después de que el muchacho fuera mostrado a todo el ejército como uno más de los amantes del arráez—. Quizá esta noche, quizá mañana o dentro de algunos días, pero lo intentará. No le perdáis de vista, dejadle hacer y avisadme.

Sucedió al cabo de tres días. Tras pasearlo nuevamente por el campamento, los garzones lo condujeron a la acequia en la que las mujeres lavaban la ropa y allí le obligaron a lavar la de Barrax. Bien entrada la noche, sin luna y sin importarle si los guardias vigilaban o no, Hernando se arrastró por debajo de las mulas, manos y pies atados, hasta dar con un pequeño barranco por el que se lanzó sin pensar. Rodó por la ladera y se golpeó contra piedras, arbustos y ramas. No sintió dolor. No sentía nada. Luego, sobre codos y rodillas, siguió el curso de la cañada en la oscuridad. Se arrastró con mayor afán a medida que los sonidos del campamento iban quedando atrás. Entonces empezó a reír, nerviosamente. ¡Lo iba a conseguir! De pronto chocó con unas piernas. El arráez se erguía en el centro de la cañada.

—Te advertí que mi barco se llamaba *El Caballo Veloz* —le dijo Barrax con voz queda. Hernando dejó caer la cabeza como un peso muerto sobre la arena—. Pocas naves españolas han escapado de mí una vez que he fijado mi objetivo en ellas. Tú tampoco lo conseguirás, muchacho. ¡Nunca!

Aben Aboo derrotó al ejército del duque de Sesa que acudió en defensa de Órgiva. La victoria proporcionó a los moriscos el control de las Alpujarras, desde las sierras hasta el Mediterráneo, así como importantes lugares cercanos a la propia capital del reino de Granada, como Güejar y muchas otras localidades más alejadas, Galera entre ellas, desde donde los cristianos temieron que la rebelión se extendiera al reino de Valencia.

Ante ese peligro, el rey Felipe II ordenó la expulsión del reino de Granada de todos los moriscos del Albaicín y, por primera vez desde la insurrección, declaró la guerra a sangre y fuego. Concedió campo franco a todos los soldados que participasen en la contienda bajo bandera o estandarte y les autorizó a que se hiciesen con todos los muebles, dineros, joyas, ganados y esclavos que capturasen al enemigo. También eximió a los soldados del pago del quinto real sobre el botín, como incentivo para obtener hombres.

En diciembre, después de meses de haber sido nombrado capitán general, don Juan de Austria obtuvo licencia de su hermanastro el rey Felipe II para entrar personalmente en combate. El príncipe organizó dos poderosos ejércitos para actuar a modo de pinza sobre los moriscos: uno bajo su mando, que entraría por oriente, por tierras del río Almanzora, y el otro a las órdenes del duque de Sesa, que atacaría por occidente, por las Alpujarras. El marqués de los Vélez continuaba guerreando por su cuenta con sus escasas tropas.

Mientras, desde Berbería seguían llegando armas y refuerzos para los sublevados.

Los cristianos recuperaron Güejar y don Juan, al mando de los tercios de Nápoles y casi medio millar de caballeros que se le unieron, se dirigió a poner cerco a la plaza fuerte de Galera, en lo alto de un cerro, donde se encontró con las cabezas de veinte soldados y la de un capitán de las tropas del marqués de los Vélez ensartadas todas ellas en lanzas en la torre del homenaje del castillo. Pese a la experiencia de los viejos soldados y la artillería expresamente traída desde Italia, el ejército del príncipe tuvo numerosas bajas, muertes que, tras la sufrida y laboriosa victoria de las fuerzas cristianas, pagaron los moriscos de Galera con su ejecución en masa en presencia del propio don Juan de Austria, quien luego dispuso la destrucción de la villa, que fue asolada, incendiada y sembrada con sal.

Durante el asedio, el príncipe también ordenó la matanza de mujeres y niños, sin respetar edades o condición. Pese a las matanzas, el ejército partió con cuatro mil quinientas mujeres y niños esclavizados, oro, aljófar y sedas, riquezas de todo tipo y trigo y cebada suficientes para sustentar a su ejército durante todo un año.

Aben Aboo no acudió en defensa de Galera y los miles de moriscos que se refugiaban en ella. Tras la rendición de Órgiva, atacó Almuñécar y Salobreña, donde fue derrotado. Luego repartió sus fuerzas por todas las Alpujarras, con orden de escaramucear contra los enemigos en espera de una ayuda de la Sublime Puerta que nunca llegaría, error que permitió al duque de Sesa la entrada en las Alpujarras y la toma de todos los lugares entre el Padul y Ugíjar. Por su parte, don Juan de Austria continuó pasando a cuchillo a pueblos enteros.

La muerte, el hambre resultado de la estrategia de tierra quemada de los cristianos y el frío, las sierras ya nevadas, empezaron a hacer mella en los ánimos de los moriscos y sus aliados de más allá del estrecho.

Sólo Hernando obtuvo una mínima satisfacción de la derrota de Salobreña. Cuando el alcaide del lugar, don Diego Ramírez de Haro, rechazó el ataque, los moriscos huyeron atropelladamente hacia las sierras. La gente inútil que acompañaba al ejército con los bagajes —mujeres, niños y ancianos— se puso en marcha en desorden, transportando sus enseres, al tiempo que el rey, Brahim, Barrax, los demás capitanes y la soldadesca, libres de trabas, lo hacían por delante, preocupados sólo por sus vidas.

Hernando, aherrojado por los tobillos y ayudado por Yusuf, aprovechó la confusión reinante para acercarse a saltos hasta la Vieja. Al lado de esa mula se encontraba la que transportaba las ropas, afeites y demás atavíos de los garzones. La gente chillaba y se apresuraba; nadie miraba; nadie estaba por él. Podía intentarlo. ¿Por qué no? Vio cómo Aisha y Fátima escapaban. También vio a los garzones, con sus túnicas deslumbrantes, que corrían confundidos entre el gentío, buscando aquella mula. Los muchachos adoraban sus pertenencias; les había visto perfumarse y cuidar sus ropas y aderezos como hacían las mujeres... ¡Más incluso! Quizá... ¿qué harían si veían peligrar todos sus tesoros?

Hizo un gesto a Yusuf para que vigilase. Justo antes de que los garzones llegaran ofuscados y jadeantes hasta ellos, aflojó los cierres y la cincha de las alforjas y desató el petral que las unía por el pecho del animal. Ubaid dio la orden de partir y la recua se puso en marcha. Entonces, las alforjas giraron hasta quedar boca abajo y dejar caer el tesoro de los garzones, que se esforzaron por recoger sus pertenencias corriendo tras la mula. Ubaid se percató de ello, pero no detuvo la marcha; el ejército morisco huía apresuradamente por delante de ellos. Yusuf sonreía volviendo una y otra vez la cabeza: primero a los garzones, luego a Hernando.

Los amantes del arráez se esforzaban en recoger el reguero de prendas, frascos y adornos que iban quedando en el camino, cogiendo unos y perdiendo otros. Con sus coloridas vestimentas destacando como fanales, gritaron y suplicaron a Ubaid para que les esperase.

Nadie les ayudó.

Hernando contempló la escena montado sobre la Vieja, escapando junto a la recua: una matrona empujó a uno de los garzones al verle agachado recogiendo una prenda; el muchacho cayó de bruces y perdió todo lo que llevaba amontonado en los brazos. El otro garzón acudió raudo en su ayuda, maldiciendo a chillidos, y otra mujer le puso la zancadilla. La siguiente escupió y la que iba detrás de aquélla le pateó. Perdieron sus preciosas babuchas, que varios mocosos cogieron para juguetear con ellas. A medida que la columna de inútiles escapaba, niños y mujeres recogían algo del camino. La última vez que Hernando pudo contemplarlos, habían perdido ya la cola de la gente y se hallaban en pie, descalzos y sucios, extrañamente quietos, llorando en tierra de nadie, entre la retaguardia del ejército morisco y la vanguardia de los cristianos.

Huyeron. Tal fue la explicación que Ubaid proporcionó a Barrax cuando todos llegaron a Ugíjar. Hernando y Yusuf escucharon la conversación a unos pasos de distancia. El capitán agarró al arriero de su marlota y lo alzó con uno solo de sus brazos, bramando y acercando peligrosamente su rostro y su boca abierta a la nariz de éste.

—Huyeron —ratificó Hernando desde donde estaba. Barrax se volvió hacia él, sin soltar al arriero—. ¿Tanto te extraña? —añadió con insolencia el muchacho.

El arráez paseó la mirada de uno a otro, varias veces, para terminar lanzando a Ubaid a varios pasos.

Aben Aboo estableció su campamento cerca de Ugíjar, donde dejó a los que consideraba elementos inútiles, un estorbo en su nueva estrategia de guerra de guerrillas; desde allí se esforzó por controlar a las tropas repartidas por las Alpujarras. Barrax y sus hombres regresaron al reducto morisco después de haberse enfrentado a don Juan de Austria en Serón. En un primer momento, la victoria se decantó por el lado de los musulmanes; ni siquiera el príncipe fue capaz de evitar que sus soldados, ávidos de botín, atacaran el pueblo desordenadamente y fueran vencidos. Don Juan corrigió a sus tropas, lo intentó de nuevo y tomó el pueblo.

Hernando fue llamado con urgencia a la tienda del arráez.

—Cúralo —le ordenó Barrax tal como entró en ella—. El manco me ha dicho que entendías de pócimas.

Hernando observó al hombre tumbado a los pies de Barrax: el velmez, sudado y grisáceo, mostraba una gran mancha de sangre en uno de sus costados; su respiración era irregular; su musculatura estaba contraída por el dolor y su rostro, enmarcado por una cuidada barba negra, aparecía crispado. Contaría unos veinticinco años, calculó antes de desviar la mirada hacia la brillante y labrada armadura del cristiano herido, amontonada a su lado.

—Es milanesa —apuntó entonces Barrax, recogiendo la celada y examinándola con detenimiento—. Fabricada cerca de donde nací, probablemente en el taller de los Negrolis. Un caballero próximo a ese bastardo infante cristiano, que lleva una armadura como ésta —añadió lanzando la celada—, comportará un rescate superior a todo el botín que llevamos hecho hasta el momento. No hay ninguna inscripción en la armadura, entérate de cómo se llama y de quién es este noble.

—Sólo he curado mulas —trató de excusarse Hernando.

—En tal caso, más fácil te será con un perro. Has tomado tu decisión, nazareno. Te lo advertí. No has querido renegar. Si muere, le acompañarás a la tumba; si vive, remarás como galeote en mi barco. Palabra de Barrax.

Luego le dejó a solas con el cristiano.

El caballero había sido herido por el propio Barrax en el camino de acceso a Serón mientras trataba de proteger a los soldados que huían en desbandada. Centenares de cristianos muertos quedaron en caminos y barrancos hasta que algunos días después don Juan pudo enterrarlos, pero al noble cautivo lo montaron como un saco en uno de los caballos y se lo llevaron al campamento.

Se arrodilló junto al caballero para examinar el alcance de la herida. ¿Qué iba a hacer? Trató de desgarrar con cuidado el velmez que vestía el caballero, acolchado con varias capas de algodón para protegerle del roce de la armadura. Él no había curado nunca a un hombre…

—Te ha llamado nazareno.

Las palabras, articuladas con dificultad, le sorprendieron con la tela del velmez entre los dedos.

—¿Entiendes el árabe? —le preguntó Hernando en castellano.

—También ha dicho que no hab… que no habías renegado.

Le faltaba el aire. Trató de incorporarse y de la herida manó un chorretón de sangre que empapó los dedos de Hernando.

—Calla. No te muevas. Debes vivir.

«Barrax cumple su palabra», murmuró para sí.

—Por Dios y la santísima Virgen… —boqueó el caballero—. Por los clavos de Jesucristo, si eres cristiano, libérame.

¿Era cristiano?

—No serías capaz de dar dos pasos —contestó el muchacho alejando aquel pensamiento—. Además, hay miles de soldados moriscos acampados aquí, ¿adónde irías? Guarda silencio mientras te examino.

La herida parecía bastante profunda. ¿Habría afectado a los pulmones? ¡Qué sabía él! Volvió a explorarla; luego hizo lo propio con el rostro del caballero. No había escupido sangre. ¿Y? ¿Qué significado podría tener que no escupiera sangre? Lo único que sabía con certeza era que si moría, él iría detrás. Lo había percibido en la actitud de Barrax, muy diferente a como le trataba mientras le pretendía, similar ahora a la que adoptaba al dirigirse a Ubaid o a cualquiera de sus hombres. El arráez, como la mayoría de los berberiscos y jenízaros, estaba preocupado por la marcha de la guerra. Y si no moría… remaría de por vida como galeote en *El Caballo Veloz*. ¿Quién iba a pagar un solo maravedí de rescate por un cristiano que en realidad era musulmán? Tocó la frente del noble: estaba caliente; la herida se había infectado. Eso sí que era igual que con las mulas. Tenía que cortar la infección y la hemorragia. Las posibles heridas internas del cuerpo…

Necesitaba cuernos. Llamó a Yusuf.

—Di al arráez que necesito dos o tres cuernos, preferentemente de ciervo, un mazo, una cazuela y lo necesario para hacer fuego…

—¿De dónde sacamos cuernos? —le interrumpió el chico.

—De los arcabuceros. Muchos de ellos guardan la pólvora fina de la cazoleta en cuernos. También necesitaré una lámina de cobre, vendas, agua fresca y trapos. ¡Corre!

Hernando empezó a triturar a golpes de mazo el extremo de uno de los tres cuernos que le proporcionó Yusuf.

—Barrax me ha dicho que me quede contigo y que te ayude —aclaró el muchacho cuando Hernando se volvió hacia él.

—Entonces, continúa tú con los cuernos. Debes pulverizar sus puntas.

Yusuf empezó a martillear y él desnudó al caballero, ya semiinconsciente, y le limpió la herida con agua fresca. También le colocó trapos empapados sobre la frente. Luego, una vez que Yusuf hubo terminado de machacar las puntas de los cuernos, calcinó el polvo en la cazuela y aplicó las cenizas sobre la herida. El caballero se quejó. Tapó la herida impregnada en cenizas con la lámina de cobre y colocó una venda.

¿A qué Dios debía de encomendarse a partir de entonces?

Brahim había enloquecido por Fátima. No le permitía abandonar el chamizo que ordenó que le levantaran en el campamento para ellos dos, e incluso faltaba a sus obligaciones para con el rey por estar con ella; Aisha, sus hijos y Humam se refugiaban bajo unos ramajes al lado de la choza. Fátima se mostraba indiferente cuando Brahim acudía a ella. El arriero la golpeaba, furioso ante el desprecio, y ella se sometía. La obligaba a acariciarlo, y ella lo hacía hasta que Brahim llegaba al éxtasis, pero éste sólo encontraba desdén en sus grandes ojos negros almendrados. Obedecía. Se entregaba a él, y en cada ocasión en que el arriero no conseguía más que la pasividad de su cuerpo, la muchacha obtenía una pequeña venganza, satisfacción que no obstante se desvanecía paulatinamente a medida que transcurrían los eternos días en que se hallaba recluida en el chamizo.

Una noche, Brahim apareció con Humam berreando, colgando de su mano derecha como si de un fardo se tratase.

—Le mataré si no cambias de actitud —la amenazó.

A partir de esa noche, siempre con Humam junto a ellos, para que su madre no olvidara lo que le sucedería al pequeño si no le satisfacía, Fátima recreó cuanto había aprendido de su madre y de las demás moriscas sobre el arte del amor, tratando de recordar aquello que le complacía a su esposo y cuantos comentarios intercambiaban las mujeres acerca de cómo satisfacer a sus hombres. Una y otra vez simuló el placer que hasta entonces le había negado. Luego Brahim la dejaba, llevándose consigo a Humam. La mayor parte del tiempo que pasaba en el chamizo, sola, lo dedicaba a rezar y a observar a Aisha y a su hijo a través de los resquicios del chamizo, llorando y acariciando la mano de Fátima que pendía de su cuello, esperando el momento en que tenía que amamantar al pequeño, único momento en que su esposo le permitía estar con él. Brahim pretendía tenerla apartada de todo, incluso de su hijo.

Entretanto, en el otro extremo del campamento de Aben Aboo, del que iban y venían los moriscos para escaramucear con las tropas del duque de Sesa, Hernando trataba de salvar la vida del cristiano… y la suya. Durante unos días, el caballero permaneció en la semiinconsciencia, luchando contra la infección. En los momentos en que despertaba y que Hernando aprovechaba para darle de beber algún caldo, rezaba y se encomendaba a Jesucristo y a la Virgen. En alguna ocasión le pidió que rezase con él, negándose a tomar alimento hasta que lo hiciese, y el muchacho accedía y rezaba mientras se empeñaba en introducir el caldo, que acababa chorreando por la barba del caballero. En otra ocasión de mayor lucidez, el hombre clavó su mirada en los ojos azules de Hernando.

—Son ojos de cristiano —dijo, inspeccionando después su aspecto harapiento—. Déjame libre. Te recompensaré.

Si lo hiciera, ¿adónde iría?, pensó Hernando mirando la sombra del berberisco que permanentemente montaba guardia ante la tienda.

—¿Cómo te llamas? —se limitó a contestarle.

El noble volvió a fijar su mirada en los ojos azules de Hernando.

—No cargaré en mi familia el deshonor de morir en la tienda de un corsario renegado, ni en mi príncipe la preocupación por mi cautiverio.

—Si no dices quién eres, no podrán rescatarte.

—Si sobrevivo, ya habrá tiempo para ello. Soy consciente de que valgo mucho dinero, pero si muero aquí, prefiero hacerlo en la ignorancia de los míos.

Hernando leyó la inscripción que constaba en uno de los lados de la achatada hoja hexagonal de la larga y pesada espada bastarda de seis mesas del noble, colgada en el poste de la entrada de la tienda junto al alfanje de Hamid, allí donde día y noche montaba guardia un soldado. Desde que Barrax trajera al cristiano herido, tuvo que dormir en la tienda del arráez al cuidado del caballero. La primera noche, el corsario le sorprendió mirando de reojo hacia el alfanje, en una esquina de la tienda. Barrax se dirigió al alfanje, lo cogió y lo colgó en aquel madero junto a la espada del caballero. El berberisco de guardia le observó sin decir palabra.

—Si quieres morir —advirtió entonces a Hernando—, sólo tienes que empuñar una de ellas.

Desde aquel momento, siempre que entraba en la tienda, Barrax desviaba la mirada hacia el poste y el berberisco de guardia dormía apoyado en las armas.

«No me saques sin razón ni me metas sin honor», rezaba la espada del noble. Hernando desvió la mirada al rostro del caballero, que en aquel momento dormía. ¿Y qué razón tenían los españoles para desenvainar sus armas? Vulneraron el tratado de paz suscrito por sus reyes cuando la rendición de Granada. Ellos, los moriscos, también eran súbditos del rey cristiano. Lo habían sido durante años, pagando más diezmos a los señores de los que satisfacía cristiano alguno; escarnecidos y odiados, se habían dedicado a trabajar en paz, por sus familias, unas tierras ásperas y desagradecidas que eran suyas desde tiempos inmemoriales. Simplemente eran musulmanes, ¡pero eso ya lo sabían los reyes Isabel y Fernando el día en que les prometieron la paz! ¿Qué paz era aquélla de la que pretendieron disfrutar? Con la sublevación, las tierras del Rey Prudente se hallaban inundadas de esclavas moriscas. Los mercaderes negociaban esclavos moriscos a bajo precio en toda España. Millares de personas, súbditas del mismo rey, bautizadas a la fuerza, fueron esclavizadas. ¡El mismo rey! Decían que en las Indias, también bajo el imperio de aquel monarca, sus habitantes, también bautizados a la fuerza, no podían ser esclavizados. Entonces, ¿por qué razón podían serlo ellos? ¿Por qué la Iglesia no defendía igual a esos dos pueblos, siervos del mismo rey? Se decía que los habitantes de las Indias comían carne humana, adoraban ídolos y atendían a sus chamanes, y sin embargo los reyes los habían eximido de la esclavitud. Por el contrario, los musulmanes creían en el mismo Dios de Abraham que los cristianos, no comían carne humana ni adoraban ídolos, y a pesar de haber sido bautizados y de ser obligados a vivir en la misma fe… ¡podían ser esclavizados!

Él también era esclavo. ¡Ahora por ser cristiano! ¿Qué locura era aquélla? Para unos no era más que un morisco al que ejecutarían como hacían con todos los mayores de doce años; para otros era un cristiano que remaría de por vida en un barco corsario… si es que antes no le mataban. Y si se prestaba a profesar la fe musulmana, ¡la suya!, entonces se convertiría en el garzón de un renegado. ¡Él, que sí que había nacido musulmán! ¿O pesaba algo la sangre cristiana que corría por sus venas? Aquel caballero sería rescatado por un puñado de monedas de oro que enriquecerían al renegado. El corsario regresaría rico a Argel, y el otro a sus tierras para volver a luchar contra los moriscos, para continuar esclavizándolos.

21

Bando en favor de los que se redujesen

Habiendo entendido el Rey mi señor que la mayor parte de los moriscos de este reino de Granada que se han rebelado fueron movidos, no por su voluntad, sino compelidos y apremiados, engañados e inducidos por algunos principales autores y movedores, cabezas y caudillos, que han andado y andan entre ellos; los cuales por sus fines particulares, y por gozar y ayudarse de las haciendas de la gente común del pueblo, y no para hacerles beneficio alguno, procuraron que se alzasen; y habiendo mandado juntar algún número de gente de guerra para castigarlos, como lo merecían sus culpas y delitos, y tomándoles los lugares que tenían en el río de Almanzora y sierra de Filabres y en la Alpujarra, con muerte y cautiverio de muchos de ellos, y reducídolos, como se han reducido, a andar perdidos y descarriados por las montañas, viviendo como bestias salvajes en las cavernas y cuevas y en las selvas, padeciendo extrema necesidad; movido por esto a piedad, virtud muy propia de su real condición, y queriendo usar con ellos de clemencia, acordándose que son sus súbditos y vasallos, y enterneciéndose de saber las violencias, fuerzas de mujeres, derramamiento de sangre, robos y otros grandes males que la gente de guerra usa con ellos, sin se poder excusar, nos dio comisión para que en su nombre pudiésemos usar de su real clemencia con ellos, y admitirlos debajo de su real mando en la forma siguiente:

Prométase a todos los moriscos que se hallaren rebelados fuera de la obediencia y gracia de Su Majestad, así hombres como mujeres, de cualquier calidad, grado y condición que sean, que si dentro de veinte días, contados desde el día de la data de este bando, vinieren a rendirse y a poner sus personas en manos de Su Majestad, y del señor don Juan de Austria en su nombre, se les hará merced de las vidas, y mandará oír y hacer justicia a los que después quisieran probar las violencias y opresiones que habían recibido para se levantar; y usará con ellos en lo restante de su acostumbrada clemencia, así con los tales, como con los que, demás de venirse a rendir, hicieren algún servicio particular, como será degollar o traer cautivos turcos o moros berberiscos de los que andan con los rebeldes, y de los otros naturales del reino que han sido capitanes y caudillos del rebelión, y que obstinados en ella, no quieren gozar de la gracia y merced que Su Majestad les manda hacer.

Otrosí: a todos los que fueren de quince años arriba y de cincuenta abajo, y vinieren dentro del dicho término a rendirse y trajeren a poder de los ministros de Su Majestad cada uno una escopeta o ballesta con sus aderezos, se les concede las vidas y que no puedan ser tomados por esclavos, y que demás de esto puedan señalar para que sean libres dos personas de las que consigo trajeren, como sean padre o madre, hijos o mujer o hermanos; los cuales tampoco serán esclavos, sino que quedarán en su primera libertad y arbitrio, con apercibimiento que los que no quisieren gozar de esta gracia y merced, ningún hombre de catorce años arriba será admitido a ningún partido; antes todos pasarán por el rigor de la muerte, sin tener de ellos ninguna piedad ni misericordia.

El bando dictado por don Juan de Austria en abril de 1570 corrió de mano en mano por las Alpujarras. Los cristianos lo tradujeron al árabe e hicieron copias que repartieron a través de espías y mercaderes, y que en unos casos fueron recitadas discretamente por quienes sabían leer, lejos de monfíes, jenízaros o berberiscos; en otros se cantaron como si de un pregón se tratara. El príncipe también decretó que nadie, bajo severas penas, osara detener, robar o maltratar a morisco alguno que acudiera a rendirse, como había sucedido en anteriores ocasiones.

Ambos bandos atravesaban momentos críticos: en tierras de las Alpujarras, los precios de las fanegas de trigo y cebada habían multiplicado su precio por más de diez y los soldados y sus familias pasaban hambre. Aben Aboo nada podía hacer para remediar aquella situación, por lo que, tras un cruce de cartas con Alonso de Granada Venegas, hombre de crédito entre los moriscos, delegó formalmente en el Habaquí las negociaciones de la rendición. Pero las simples negociaciones también tuvieron un efecto contrario a los intereses de los moriscos. En esas fechas, tres galeras venidas de Argel con víveres, armas y municiones, empezaron a desembarcar sus provisiones en las playas de Dalías, pero al enterarse sus ocupantes de que Aben Aboo negociaba su rendición, cargaron de nuevo y regresaron a Argel. Lo mismo sucedió con siete galeras más que arribaron a las costas al mando del Hoscein, hermano de Caracax, que acudía con cuatrocientos jenízaros y numeroso armamento, y que también puso rumbo hacia la ciudad corsaria tan pronto tuvo conocimiento de las negociaciones de paz.

En el lado cristiano la situación era bastante más compleja, si cabe: por una parte y con independencia de encuentros más o menos esporádicos en otras zonas de las Alpujarras, la estrategia de la guerra de guerrillas adoptada por Aben Aboo hacía prácticamente imposible una victoria definitiva. Por otra parte, la insurrección ya había tenido consecuencias en la cercana Sevilla, en la que diez mil moriscos vasallos del duque de Medina Sidonia y del duque de Arcos se sublevaron como consecuencia de los ultrajes a que fueron sometidos. El Rey Prudente logró solventar la situación ordenando a dichos nobles que acudieran en persona a pacificar sus tierras, pero cundió el temor de que en cualquier momento el levantamiento se extendiese a los reinos de Murcia, Valencia o Aragón, donde vivían gran cantidad de moriscos.

Sin embargo, la razón que más pesó en el rey Felipe para permitir que don Juan de Austria ofreciese condiciones para la rendición radicó en la actitud del sultán otomano.

En febrero de 1570, los turcos, imitando a los argelinos, que dedicaron sus fuerzas a la conquista de Túnez, atacaron Zara, en la Dalmacia veneciana, y reclamaron la isla de Chipre, donde desembarcaron en el mes de julio. En marzo de ese mismo año, Felipe II recibió en Córdoba, donde se hallaba reunido en Cortes para estar cerca del escenario de la guerra, a un enviado del papa Pío V. En nombre de toda la cristiandad, Su Santidad reclamaba el inicio de una nueva cruzada, a cuyos fines proponía la constitución de una Santa Liga para luchar contra la amenaza del infiel que, según el pontífice, se creía fuerte por la atención que España prestaba a sus conflictos internos. El piadoso monarca español aceptó, pero para dedicar esfuerzos a esa empresa le era imprescindible poner punto y final a los problemas con los moriscos de las Alpujarras.

El bando consiguió la rendición en masa de los moriscos, que acudieron al campamento de don Juan de Austria, en el Padul, para entregarse. Pero también consiguió que gran parte del ejército cristiano desertase ante la imposibilidad de obtener beneficios. De los diez mil hombres con que contaba el duque de Sesa al entrar en las Alpujarras, sólo le restaban cuatro mil.

—¡Nos vamos! ¡Volvemos a Argel! —La orden de Barrax tronó entre sus hombres—. Tenedlo todo preparado para mañana por la mañana. —Luego entró en su tienda—. ¿Me has oído? —gritó a Hernando—. Prepáralo para el viaje —añadió señalando al caballero.

Hernando se volvió hacia el noble: estaba algo mejor, pero…

—Morirá —dijo sin pensar.

Barrax no replicó. Frunció las cejas hasta que los extremos de cada una de ellas llegaron a fundirse por encima de sus ojos entrecerrados. Hernando contuvo la respiración mientras el arráez tuvo clavada su mirada sobre él. Barrax le dio la espalda y abandonó la tienda; su mano derecha acariciaba una daga, como si quisiera indicar al muchacho cuál iba a ser su destino.

Estaba condenado, pensó Hernando: le aguardaba la muerte o, en el mejor de los casos, remar en galeras de por vida. Sentado en el suelo, contempló las cadenas que ataban sus tobillos. No podía correr. ¡Ni siquiera andar! Era un esclavo. ¡No era más que un esclavo aherrojado! Y Fátima… Se llevó las manos al rostro y no pudo contener las lágrimas.

—Los hombres no lloran más que cuando se les muere una madre o tienen las tripas abiertas.

Hernando miró al caballero y tomó aliento, en un intento por contener el llanto.

—Vamos a morir ambos —le contestó, secándose los ojos con la manga.

—Sólo moriremos si Dios lo tiene así dispuesto —susurró el cristiano.

¿Dónde había escuchado esas mismas palabras? ¡Gonzalico! La misma disposición, la misma sumisión. Chasqueó la lengua. ¿Y el islam? ¿Acaso la propia palabra no significaba sumisión?

—Pero Dios nos ha hecho libres para luchar —añadió el caballero, interrumpiendo así sus reflexiones.

Hernando le contestó con una mueca de desprecio.

—¿Un hombre herido y otro encadenado? —A la vez que efectuaba esa observación señaló hacia el exterior de la tienda. El trajín era constante.

—Si ya has aceptado tu muerte, permite al menos que yo luche por mi vida —replicó el cristiano.

Hernando observó sus cadenas: no eran gruesas pero sí fuertes; sus tobillos aparecían despellejados allí donde rozaban con el hierro.

—¿Qué harías si te dejase libre? —le preguntó el muchacho con la mirada en las argollas.

—Huir y salvar mi vida.

—Dudo de que seas capaz de andar. Ni siquiera puedes levantarte de ese lecho.

—Lo conseguiré —repitió el caballero; al incorporarse, una mueca de dolor le contrajo el semblante.

—Hay miles de musulmanes ahí fuera. —En esta ocasión, Hernando se volvió hacia él. Percibió un desconocido brillo en la mirada del noble—. Te…

—¿Me matarán? —se le adelantó el caballero.

La llamada del muecín a la oración interrumpió su conversación. Anochecía. Los preparativos para el viaje cesaron y los fieles se postraron. «Ahora», silabeó el caballero en el silencio anterior al inicio de los rezos, indicando el extremo de la tienda tras el que se encontraban las mulas.

Hernando no rezaba. No lo había hecho desde hacía tiempo. La oración de la noche, aquélla en que los moriscos, libres de la vigilancia de los cristianos, podían rezar con cierta tranquilidad escondidos en sus casas. ¿Qué le habría aconsejado Hamid? ¿Qué diría el alfaquí de liberar a un enemigo cristiano? Volvió la cabeza hacia el poste de entrada de la tienda. El alfanje de Hamid, ¡la espada del Profeta! Por la abertura entre las telas vio cómo los miembros del campamento buscaban orientarse hacia la quibla, preparándose para la oración. El berberisco de guardia, como siempre, se mantenía firme en su puesto, al lado del poste, al lado de las espadas. Hernando recordó la amenaza de Barrax: «Si quieres morir, sólo tienes que empuñar una de ellas». Morir. ¡Muerte es esperanza larga! Fue como si los ojos almendrados de Fátima, cuya imagen estalló de repente en su memoria, le guiasen. ¿Qué importaba ya todo? Cristianos, musulmanes, guerras, víctimas...

—Simula que estás muerto —ordenó al caballero, volviéndose hacia él—. Cierra los ojos y contén la respiración.

—¿Qué...?

—¡Hazlo!

El inicio de los rezos de miles de moriscos quebró el silencio. Hernando escuchó los cánticos durante unos instantes y luego asomó la cabeza entre las telas.

—¡Ayúdame! —urgió al guardia—. El noble se está muriendo.

El berberisco se introdujo en la tienda, hincó una rodilla junto al herido y le palmeó el rostro. Hernando aprovechó que el guardia le daba la espalda para desenvainar el alfanje; el susurro metálico impelió al berberisco a volver la cabeza. Sin dudarlo, desde donde se encontraba, Hernando volteó el acero y acertó en el cuello del guardia, que cayó muerto sobre el caballero.

El noble apartó el cadáver con esfuerzo.

—Dame mi espada —le pidió, al tiempo que hacía ademán de levantarse. Hernando contemplaba absorto la afilada hoja del alfanje, en la que brillaba una fina línea de sangre—. ¡Por Dios! Dame la espada —suplicó el noble. Hernando miró al cristiano: ¿qué podía hacer aquel hombre en su situación con una espada tan pesada como aquélla?—. Por favor —insistió el caballero.

Le entregó la pesada espada bastarda y se dirigió al extremo de la tienda; las recuas de mulas estaban justo al otro lado. El noble lo seguía, encorvado, con la espada en la mano. Hernando percibió el dolor y la debilidad en los lentos y agarrotados movimientos del herido, y las dudas le asaltaron de nuevo. ¡Era un suicidio! Como si presintiese sus dudas, el caballero alzó el rostro hacia él y sonrió agradecido. Hernando se agachó, se apostó junto a la tela de la tienda e intentó distinguir algo en las sombras. El caballero prescindió de toda cautela: rasgó la tela con decisión, se coló por el agujero y empezó a gatear hacia el exterior. Al pasar a su lado, Hernando vio que la herida volvía a sangrar y que la venda que cubría la placa de cobre aparecía teñida de rojo. Le siguió, también a gatas, con la vista clavada en el suelo, en el alfanje que arrastraba, esperando toparse en cualquier momento con algún soldado de guardia. Pero no fue así, y a los pocos instantes se hallaban debajo de las patas de las mulas. Los murmullos de las oraciones de miles de fieles se confundían con su propia respiración acelerada. El cristiano le sonrió de nuevo, abiertamente, como si ya fueran libres. ¿Y ahora qué?, se preguntó Hernando: el caballero no podría llegar muy lejos, se desangraría, no lograrían recorrer la décima parte de una legua. El cielo se mostraba rojizo por encima de las sierras y el sol anunciaba su pronto ocaso. ¡Los atardeceres de Sierra Nevada! Cuántas veces los había contemplado desde… ¡Juviles! ¡La Vieja! Calló y escrutó entre las patas de los animales. ¿Cómo no iba a reconocer las patas de la Vieja? Las había curado miles de veces. Las localizó e hizo una seña al cristiano para que le siguiera. Al llegar a la mula, acarició los tendones combados y plagados de vejigas. La Vieja estaba aparejada para el viaje. Hernando se puso en pie, sin pararse a comprobar si alguien miraba, si alguien vigilaba. Todos continuaban enfrascados en los rezos de la noche. A su izquierda, a pocos pasos, se abría la quebrada a uno de los incontables barrancos de las Alpujarras.

—Levántate —apremió al noble. Hernando le ayudó a tumbarse atravesado sobre la Vieja, como un fardo—. Agárrate bien —le indicó mientras acompañaba sus manos hacia la cincha del animal. Cuando intentó quitarle la espada, el cristiano se opuso y optó por cogerse sólo con una mano.

Tirando de la mula hacia el barranco, caminó dando pequeños pasitos, impedido por las cadenas de sus tobillos; procuraba evitar su tintineo, y avanzaba sin mirar a ningún lugar en especial, los ojos puestos en el vacío que se abría por encima del despeñadero al que se acercaban. Sintió deseos de rezar y sumarse a los conocidos murmullos que se oían en el campamento, pero no pudo. Sólo cuando se encontró al borde del barranco volvió la cabeza: todavía podía verse una fina línea rojiza que delineaba las cumbres. Nadie se había fijado en ellos. Se deleitó unos segundos con la escena: miles de personas postradas hacia oriente, en sentido contrario al barranco donde ellos se encontraban. El cristiano le urgió y saltó a lomos de la mula, atravesado junto al caballero, y como él se agarró a la cincha por debajo de la barriga de la Vieja.

—Agárrate fuerte —le aconsejó—. El descenso será peligroso. ¡A Juviles, Vieja! ¡Llévanos a Juviles! —Entonces la palmeó en una de sus ancas, primero con suavidad, después con fuerza, hasta que la Vieja venció su inicial reparo a lanzarse por la cortada y, tras echar adelante una de sus manos, se sentó sobre sus ancas para deslizarse por la pendiente.

Lo que en realidad fueron unos instantes, se les hizo una eternidad. La mula sorteó piedras, rocas y árboles; para sorpresa del muchacho hasta saltó alguna que otra pequeña cortada vertical. ¡La Vieja! ¡Su Vieja! En varias ocasiones estuvieron a punto de caer cuando el animal se sentaba para deslizarse cuesta abajo. Se arañaron con zarzas y ramas, pero al final llegaron al cauce de un arroyo que descendía de Sierra Nevada. El agua helada les salpicó de libertad. La Vieja se quedó parada con el agua a media caña y meneó violentamente el cuello; sus grandes orejas voltearon, orgullosas, y lanzaron miles de gotas en todas direcciones, como si ella también fuera consciente de la hazaña que acababa de lograr.

Hernando se dejó caer al riachuelo y hundió la cabeza en el agua. Entonces gritó bajo el agua y originó un sinfín de burbujas que acariciaron su rostro. ¡Lo habían conseguido! Mientras, el caballero también se deslizó hasta quedar en pie, levemente apoyado en las espaldas de la mula; continuaba sangrando y sin embargo, aun vestido con el simple velmez, aparecía digno, altanero, con la pesada y larga espada asida con fuerza en la mano derecha.

Hernando se quedó sentado en el arroyo.

—¿Ves? —comentó el noble—, Dios no deseaba nuestra muerte. —Hernando rió nervioso—. ¡Hay que luchar! No llorar. No tienes las tripas fuera ni se te ha muerto una madre. Jesucristo y la santísima Virgen y…

El caballero continuó hablando, pero Hernando no le escuchó. ¿Y su madre? ¿Y Fátima?

—Huyamos —ordenó el noble al final de su discurso.

¿Huir?, se preguntó Hernando. Sí, eso es lo que quería. Para eso era para lo que se había arriesgado, pero ya había escapado una vez, a Adra. En esa ocasión ya había dejado solas a Fátima y a su madre.

—Espera.

—Nos perseguirán. ¡Lo harán en cuanto se den cuenta de que hemos escapado!

—Espera —insistió Hernando—. La noche los detendrá…

—¿Qué sucede? —le interrumpió el noble.

—Hace unos meses —explicó levantándose del río y mirando con una súbita tristeza el alfanje de Hamid—, acudí a rescatar a mi madre a Juviles. —¿Para qué echarle en cara la matanza?, pensó antes de continuar y, sin embargo, no pudo evitarlo—. Los cristianos matasteis a más de mil mujeres y niños —le recriminó.

—Yo no…

—¡Cállate! Lo hicisteis. Y esclavizasteis a otras tantas.

—¡Y vosotros…!

—¡Qué más da, ya! —le interrumpió el joven morisco—. Yo fui allí, a Juviles, a rescatar a mi madre. Lo conseguí. También rescaté a Fátima, mi… ¡la que debía ser mi esposa! Después he vuelto a salvarlas en otra ocasión. Hemos vivido momentos muy duros. —Hernando recordó el temporal de nieve, huyendo de Paterna, la boda en Mecina, escapando de los cristianos… ¿Para qué habría servido todo aquello?—. No voy a abandonarlas a su suerte —afirmó.

Luego se enfrentó con la mirada del cristiano. Éste sangraba en abundancia, y sin embargo rebosaba fuerza. Él mismo, mientras vivía como esclavo del arráez, había borrado de su mente a Fátima y a Aisha: había apartado cualquier pensamiento sobre ellas, como si no existieran, pero ahora…, ¡la libertad! ¡Qué extrañas energías daba la libertad! Brahim no se rendiría a los cristianos, pensó de pronto, pero si él conseguía huir con Fátima y su madre y entregarse, quizá lograran olvidar aquella pesadilla.

—Necesito tu ayuda… —empezó a decir el caballero.

—De poco te iba a servir en la oscuridad. Sólo necesitas a la Vieja. Tengo que ir en busca de mi madre… ¡Y de la mujer que amo! ¿Lo comprendes? No puedo permitir que los cristianos las matéis o las esclavicéis.

Llevado por el ímpetu de su decisión, hizo ademán de abandonar el río pero cayó al agua cuando las cadenas se lo impidieron. Las había olvidado.

—Esta resolución te honra —reconoció el caballero mientras le ayudaba a levantarse—. Ven —añadió, y señaló hacia la orilla.

—¿Qué te propones?

—Muchacho, no hay hierro moro que pueda resistirse al buen acero toledano —contestó el cristiano, al tiempo que le indicaba que se sentase y que con las piernas extendidas colocara los pies encadenados sobre una pequeña roca.

Hernando le vio empuñar la espada con las dos manos. No podría hacerlo; estaba herido. Aun en la penumbra, pudo leer el dolor reflejado en el rostro del caballero al alzar el arma por encima de su cabeza.

—¡Por los clavos de Jesucristo! —gritó el noble.

Hernando creyó ver sus pies libres entre las chispas que saltaron de cadena y piedra cuando el acero golpeó contra el hierro. El crujido del eslabón tajado coincidió con el alboroto que se produjo por encima de sus cabezas. Habían descubierto su fuga. El cristiano se inclinó sobre la espada, ahora clavada en la tierra, como si aquel golpe hubiera acabado con sus fuerzas.

—¡Huye! —le apremió Hernando. El caballero ni siquiera contestó. Hernando le pasó un brazo por debajo de las axilas y le acompañó hasta la Vieja. Le ayudó a subirse igual que antes, de través, como un fardo. Desató uno de los correajes y ató al cristiano a la mula. Guardó otras correas para sí—. Confía en ella —le dijo, acercándose a su oído—. Si ves que se detiene, ordénale que se dirija a Juviles. —La Vieja irguió las orejas—. Recuerda: a Juviles. ¡A Juviles, Vieja! ¡A Juviles! —Arreó a la mula golpeándole en el anca. La contempló encaminarse cauce abajo, pero sólo durante un momento: el barranco aparecía ya plagado de antorchas que descendían con extrema precaución.

Hernando se escondió entre unos matorrales mientras los berberiscos de Barrax buscaban aquí y allá sin excesivo celo, llevando con indiferencia las antorchas de un lado a otro. Los gritos del arráez resonaban por encima del barranco. Un par de soldados siguieron el curso del arroyo en la oscuridad, pero regresaron poco después. Al día siguiente retornaban a Argel, mucho más ricos de cuando desembarcaron en las costas de al-Andalus; ¿qué les importaba a ellos si Barrax había perdido a su cautivo?

Esperó a que transcurriese la mitad de la noche antes de decidirse a ascender por la senda abierta por los propios berberiscos. Con las correas que había guardado, ató los extremos sueltos de la cadena por encima de los grilletes; le rozaban y con toda seguridad le despellejarían igual que los aros de hierro de sus tobillos, pero el dolor era diferente: hasta entonces el sufrimiento le había hecho arrastrarse; ahora, apenas era una molestia que sentía en sus piernas libres.

Mientras esperaba al pie del barranco pudo oír las zambras y las fiestas en el campamento. Muchos corsarios y berberiscos, al igual que Barrax, habían decidido volver a su patria y celebraban su última noche en tierras de al-Andalus. Por su parte, los moriscos continuaban acudiendo a rendirse a don Juan de Austria y abandonaban, ya fuera a escondidas o con total descaro, las huestes musulmanas. En esta ocasión la orden del príncipe cristiano se cumplía, y hombres y mujeres eran respetados en su camino. Hasta el pequeño Yusuf le había confesado esa misma tarde su intención de escapar a la mañana siguiente para rendirse. El muchacho se había apoderado de una vieja ballesta, con la cual pretendía acudir al campamento de don Juan como exigía el bando. Aún no tenía catorce años, pero quería comparecer como un soldado más. Lo exclamó con orgullo.

Hernando forzó una sonrisa ante sus palabras.

—Yo… —titubeó Yusuf sin atreverse a mirarle al rostro—, yo…

—Di.

—¿Te parece bien? ¿Puedo?

Entonces fue Hernando quien escondió su mirada. Se le trabó la voz antes de contestar y carraspeó repetidamente.

—No tienes que pedirme permiso. Tú… —se detuvo y volvió a carraspear—, tú eres libre y no me debes nada. En todo caso soy yo quien te debe gratitud.

—Pero…

—Que Alá te proteja, Yusuf. Ve en paz.

Yusuf se acercó a él con la solemnidad que se puede esperar de un muchacho, y la mano extendida, pero terminó echándose en sus brazos. Aún ahora, Hernando sentía la entrecortada respiración del niño en su pecho.

Alcanzó la cima del barranco y se dirigió al campamento rodeando la tienda de Barrax. No necesitó tomar excesivas precauciones: la guardia estaba formada por un único berberisco que daba cabezadas, en un vano intento por mantenerse despierto. Los demás dormían la fiesta cerca de las hogueras. ¿Dónde podría encontrar a Fátima y a su madre? Tenía que recorrer el campamento, y después de sus paseos con los garzones, ¿quién no le reconocería? Vio un turbante tirado cerca de las brasas de una de las hogueras: no sabía cómo hacerse con él. Aunque el guardia estuviera dormitando, seguro que se daba cuenta de alguien que merodeara entre sus compañeros; nada se movía y el fulgor de las antorchas que iluminaban el campamento le delataría. Recorrió el lugar con la mirada hasta… ¡No!

Las piernas le flaquearon y cayó de rodillas mientras un sudor frío asolaba todo su cuerpo. Vomitó. Vomitó por segunda vez y su estómago le pidió una tercera y una cuarta, pero ya no tenía más que echar y las arcadas le desgarraron. Luego volvió a mirar hacia la entrada de la tienda de Barrax: ensartada en la misma pica de la que el arráez había ordenado colgar las espadas aparecía la cabeza degollada de Yusuf; le habían arrancado la nariz y las orejas, y las habían clavado debajo de la testa, en línea: primero una oreja, luego la otra y al final lo que debió ser la nariz del muchacho. Le asaltó otra arcada, pero en esta ocasión no dejó de mirar. Imaginó al inmenso arráez sobre Yusuf arrancándole nariz y orejas a dentelladas. ¡Cuántas veces había amenazado con ello! Sólo podía haber sido por su causa. Habrían culpado al muchacho de su fuga; la falta de la Vieja… Él era quien se ocupaba de los animales. Buscó la cabeza de Ubaid, pero no la encontró. Sin duda, el arriero debió de ser más listo y habría huido. Miró otra vez hacia los restos de Yusuf, testigos de la crueldad del corsario. Se levantó y desenvainó el alfanje.

Con sumo sigilo recorrió el lindero de la cumbre del barranco hasta colocarse a espaldas del berberisco que montaba guardia. «De poco te servirá ese viejo alfanje si no aprendes a empuñarlo con fuerza», le había dicho aquel jenízaro. Si fallaba, volvería a caer en poder de Barrax. Apretó los dedos sobre la empuñadura y tensó todos los músculos antes de descargar con fuerza el alfanje justo en la nuca del soldado. Sólo se escuchó el silbar del arma en el aire y el sordo golpear del hombre al caer a tierra con la cabeza colgando. Luego cruzó el campamento, sin preocuparse de los berberiscos que dormían, las mandíbulas apretadas, los músculos en tensión y la mirada clavada en la entrada de la tienda del arráez. Apartó la lona y entró. Barrax dormía en el suelo, sobre su jergón. Hernando esperó hasta que sus ojos se acostumbraron a la penumbra y se dirigió a él. Alzó el alfanje por encima de su cabeza; los dedos le dolían, los músculos de sus brazos y su espalda pugnaban por reventar. ¡Ahí estaba! ¡Indefenso! Su cuello era mucho más grueso que el del guardia al que no había logrado decapitar por completo. Fue a descargar el golpe, pero algo le detuvo y dejó el arma en alto. ¿Por qué no? ¡El corsario sabría quién iba a poner fin a su vida! ¡Se lo debía a Yusuf! Con uno de sus pies sacudió las costillas de Barrax. El corsario masculló algo, se removió y siguió durmiendo. Lo siguiente fue una fuerte patada en su costado. Barrax se incorporó confundido y Hernando se concedió unos instantes, los suficientes para que le viese, los suficientes para que alzase la mirada al alfanje, los suficientes para que después la bajase hasta sus ojos. El arráez abrió la boca para gritar y el alfanje voló hacia su cuello. De un solo tajo le cercenó la cabeza.

Hernando recorrió el campamento ataviado al modo turco, con las vestiduras que encontró en la tienda: un turbante que le escondía medio rostro, unos bombachos y una larga marlota que le llegaba hasta los tobillos; los grilletes envueltos en retales de tela y escondidos bajo los bombachos. En la mano derecha, en un saco, llevaba la cabeza del arráez. También portaba varias dagas al cinto y un pequeño arcabuz colgando del lado contrario al del alfanje de Hamid. Con osadía, alzando la voz, preguntó a los diversos soldados de guardia con los que se encontró por la tienda de Brahim, hasta que llegó a ella. Entró sin pensarlo, resueltamente, con el alfanje desenvainado. ¡Qué le importaba que fuera el esposo de su madre! En esta ocasión no le valdrían las súplicas de Aisha. Pero la tienda que le indicaron estaba vacía: no quedaba nada en su interior. Iba a envainar el alfanje cuando un ruido a sus espaldas le obligó a volverse con el arma otra vez dispuesta. Se encontró con su madre, quieta, en la entrada.

—¿Qué buscas? —preguntó Aisha.

Hernando se descubrió el rostro.

—¡Hijo! —Aisha fue hacia él, pero por primera vez Hernando se zafó de su abrazo.

—¿Y Brahim? —inquirió con brusquedad—. ¿Y Fátima? ¿Dónde están?

—Hijo… ¡Estás vivo! Y… ¿libre? —balbuceó su madre.

Hernando observó cómo las lágrimas corrían por sus mejillas.

—Madre, ¿dónde está Fátima? —volvió a preguntarle, esta vez con dulzura, al tiempo que la estrechaba entre sus brazos.

—Han huido. Escaparon a rendirse a los cristianos —contestó ella, entre sollozos—. Esta misma noche, al ponerse el sol. —La decepción de Hernando fue tan manifiesta que Aisha se apresuró a proseguir—: El rey se vio obligado a reprender a tu padrastro en varias ocasiones. Faltaba a los consejos y hasta a las escaramuzas por… —dudó—, por estar con Fátima —soltó al fin—. Como el bando de los cristianos sólo permite la libertad de dos personas, eligió a Fátima y a su hijo mayor, Aquil, aunque también se llevó a Humam a instancias de su madre. Quizá a un niño de pocos meses no lo tengan en cuenta.

—Fátima… ¿Fátima ha huido con él?

—Tuvo que obedecer, hijo. Brahim…

—¿Y Musa? —la interrumpió. No quería saber más detalles.

—En la tienda de al lado. En ésta sólo podían estar…

—¡Vamos tras ellos! —la apremió, interrumpiéndola de nuevo.

Empezaba a amanecer. Encontraron una recua de mulas a algunos pasos de la tienda y Hernando decidió hacerse con una de ellas para montar a su madre. El arriero, un morisco ya anciano, se despertó en cuanto notó movimiento entre sus animales y Hernando le amenazó con el alfanje. No le mató; le obligó a acompañarlos durante parte del trayecto, el suficiente como para que no tuviera tiempo de denunciar su fuga, y luego lo puso en libertad.

22

Hernando, Aisha y Musa tardaron dos días en recorrer la distancia que los separaba de Padul, donde estaba el campamento de don Juan de Austria. Durante el trayecto se unieron a centenares de moriscos que acudían a rendirse. El príncipe exigió que todos aquellos que transitasen por las Alpujarras con tales fines lucieran una cruz blanca en su hombro derecho, por lo que desde la distancia, aquella larga fila, como muchas otras que andaban otros caminos, parecía una procesión de grandes cruces blancas tejidas sobre los vestidos de unos hombres, mujeres y niños que arrastraban los pies en silencio, derrotados, cansados, hambrientos y enfermos, mientras dejaban atrás la fugaz ilusión de haber recuperado su cultura, su tierra... y su Dios. Todos conocían su destino: el éxodo a los diferentes reinos del monarca cristiano, lejos de Granada, como les había sucedido a los moriscos del Albaicín y de la vega.

Hicieron noche en los alrededores de Lanjarón. Allí se detuvieron algunos cuando la luz empezó a declinar; muchos otros se sumaron a ellos. No hubo zambras, ni fiestas ni bailes; se encendieron pocas hogueras y la gente se preparó para dormir al raso. Tampoco hubo más comida que las escasas provisiones con las que cada uno de ellos pudo hacerse a la partida. Nadie llamó a la oración.

Hernando mordisqueó un pedazo de pan, cogió la mula y se despidió de su madre.

—¿Adónde vas?

—Tengo que hacer. Volveré, madre —intentó tranquilizarla ante su mirada de preocupación.

Se dirigió al inexpugnable castillo de Lanjarón que se alzaba sobre un cerro rocoso de casi seiscientas varas al sur del pueblo que dominaba las tierras; tres de las cuatro caras de la fortaleza se abrían al vacío sobre impresionantes cortadas de roca. Había sido construido, como muchos otros, en la época nazarí y semiderruido tras la primera revuelta de las Alpujarras en el año 1500, cuando los moriscos se alzaron contra la dura política del cardenal Cisneros que finalizaría con la traición de los Reyes Católicos a los acuerdos de paz de Granada. Mientras cruzaba el campamento, buscó con la mirada a Brahim y Fátima: por más que hubieran huido al ponerse el sol, no podían haber viajado con la sola luz de la luna y tendrían que haberse detenido durante esa primera noche que les llevaban de ventaja, pero no logró reconocerlos entre la multitud de sombras que se movían apesadumbradas. Quizá estuvieran más adelante, ya en Tablate, a donde algunos se habían dirigido para hacer noche.

Recorrió la distancia que le separaba de la fortaleza al amparo de la tenue luz dorada de la luna. La mula era experta y se movía con cuidado, buscando donde pisar en firme… como la Vieja. ¿Qué habría sido de la pobre Vieja? Apartó aquel pensamiento al notar que le asaltaba la nostalgia. ¿Y el caballero? ¿Estaría vivo? Le hubiera gustado saber quién era, pero el cristiano casi desfalleció después de descargar el golpe que le libró de sus cadenas. En cualquier caso, de no haber sido por él, por su ansia de libertad, quizá no hubiera huido y estaría bogando como galeote en *El Caballo Veloz* de Barrax… o muerto como Yusuf. Volvió a sentir una tremenda angustia al recordar al muchacho. Alzó la mirada hacia la arrogante silueta del castillo y suspiró. Después de todos esos meses de penalidades, las gentes se rendían. Otra vez. ¿Para qué tantas muertes y desgracias? ¿Volvería alguna vez aquel castillo a defender los anhelos de un pueblo ultrajado y oprimido?

Ascendió el camino y accedió al castillo en ruinas; desmontó despacio, cabizbajo, y esperó a que sus ojos se habituasen a la nueva oscuridad. Eligió el bastión que aún quedaba en pie, en el lado sur de la fortaleza, y se dirigió a él.

Trató de encontrar la dirección de La Meca y cuando creyó haberlo conseguido, cogió arena del suelo y se lavó con ella. Alzó sus ojos azules al cielo: unos ojos distintos a los que habían contemplado el alfanje de Hamid por vez primera. El brillo infantil había desaparecido, velado por una expresión de dolor.

—No hay otro Dios que Dios y Muhammad es el enviado de Dios.

Lo recitó en voz baja, en un susurro, con el alfanje de Hamid por encima de su cabeza, sin desenvainar, agarrado por ambos extremos.

¿Cuántas veces había negado a Barrax aquella profesión de fe? —Hamid, aquí estoy —volvió a susurrar. Escuchó el silencio—. ¡Aquí estoy! —aulló. El grito resonó por cerros y cañadas sorprendiéndole. ¿Qué habría sido del alfaquí? Dejó transcurrir unos instantes y tomó aire—. ¡Alá es grande! —chilló con toda la fuerza de sus pulmones. Sólo le respondieron las silenciosas cumbres—. Prometí que ningún cristiano —añadió con voz temblorosa— se haría con este alfanje.

Lo enterró al pie del bastión, lo más hondo que pudo, desgarrándose los dedos y las uñas mientras escarbaba en la tierra con un punzón que había cogido en el campamento. Luego rezó, sintiendo a Hamid a su lado, como en tantas ocasiones lo habían hecho en Juviles y al final, con la ayuda de una piedra y del punzón, golpeó los pernos de los grilletes hasta que éstos saltaron y dejaron a la vista unos tobillos descarnados.

El sol superaba el mediodía cuando el grupo de Hernando llegó al campamento de don Juan de Austria. A un cuarto de legua de su destino, las mujeres empezaron a descubrirse cabezas y rostros y a esconder entre sus ropas las joyas prohibidas. En un gran llano a las afueras del Padul, los moriscos eran recibidos por varias compañías de soldados.

—¡Rendid vuestras armas! —gritaban mientras les obligaban a formar en filas—. ¡Aquel que alce un arcabuz, una ballesta o empuñe una espada, morirá en el acto!

En la cabecera de cada una de aquellas largas filas, una serie de escribanos, sentados detrás de unas mesas que desentonaban en el campo, tomaba nota de los datos personales de los moriscos y de las armas que entregaban; la espera era interminable debido a la indolencia y lentitud con que los escribanos cumplían con su tarea. A su lado, otro ejército, éste de sacerdotes, rezaba alrededor de los moriscos, exigiéndoles que se sumasen a sus oraciones, se santiguasen o se postrasen ante los crucifijos que les mostraban. De las filas se alzaban los mismos tediosos e ininteligibles murmullos que durante años se habían podido escuchar en las iglesias de las Alpujarras y con los que los moriscos respondían a los requerimientos de los sacerdotes.

—¿Qué llevas ahí? —le exigió a Hernando un soldado con la cruz roja de san Andrés de los tercios bordada en su uniforme, señalando la bolsa que portaba en la mano derecha.

—No es… —empezó a decir Hernando abriéndola e introduciendo la otra mano con indolencia.

—¡Santiago! —gritó el soldado desenvainando su espada ante lo que le pareció una actitud sospechosa.

Rápidamente varios soldados acudieron a la llamada de su compañero mientras los moriscos se apartaban de Hernando, Aisha y Musa, que al instante se encontraron rodeados de hombres armados. Hernando seguía con la mano en el interior de la bolsa.

—No escondo arma alguna —intentó tranquilizar a los soldados, empezando a extraer, lentamente, la cabeza del arráez—. ¡Esto es lo que queda de Barrax! —gritó mostrándola agarrada del cabello—. ¡El capitán corsario!

Los murmullos se extendieron incluso por las filas moriscas. Uno de los soldados veteranos ordenó a un bisoño que fuera en busca del cabo o del sargento mientras otros soldados y sacerdotes se sumaban al corro alrededor del muchacho y sus acompañantes. Todos sabían quién era Barrax.

—¿Cómo te llamas? —le preguntó un cabo que se abrió paso entre la gente y que sonrió al ver la cabeza del corsario.

—¡Hernando Ruiz! —se oyó al otro lado del corro antes de que éste pudiera contestar.

El muchacho se volvió sorprendido. Aquella voz… ¡Andrés, el sacristán de Juviles!

El sacristán también se había introducido en el grupo acompañado de dos sacerdotes y se dirigió directamente hacia Aisha, a la que abofeteó nada más tenerla delante. Hernando dejó caer la cabeza de Barrax e hizo ademán de saltar hacia el sacristán, pero el cabo le detuvo.

—¿Qué sucede? —se extrañó el soldado—. ¿A qué viene…?

—Esta mujer asesinó a don Martín, el párroco de Juviles —chilló el sacristán con los ojos inyectados en sangre. Entonces hizo ademán de abofetear de nuevo a Aisha.

Hernando notó que le cedían las piernas al recordar a su madre acuchillando al cura. Nunca previó que se encontrarían con alguien de Juviles, y menos aún con Andrés. El cabo agarró el brazo del sacristán y le impidió golpear a Aisha.

—¿Cómo te atreves…? —saltó uno de los sacerdotes en defensa del sacristán.

Las órdenes del príncipe eran tajantes: no debía hacerse nada que pudiera suscitar la sublevación de los moriscos.

—Don Juan —arguyó el cabo— ha prometido el perdón a cuantos moriscos se rindan, y nadie va a ir en contra de su decisión. Este muchacho —añadió— viene a entregar sus armas y… la cabeza de un capitán corsario. Los únicos que no gozan del favor ni del perdón del príncipe son los turcos y berberiscos.

—¡Ella asesinó a un hombre de Dios! —replicó el otro sacerdote mientras zarandeaba a Aisha del brazo.

—Parece que también han matado a un sanguinario enemigo del rey. ¿Ella viene contigo? —añadió.

—Sí. Es mi madre.

—¡Claro! —explotó de nuevo Andrés escupiendo sus palabras contra Aisha—. No podías volver con tu esposo, ¿eh? Cuando le reconocí en una de las filas con otra mujer…, ¡juró que habías muerto! Por eso has tenido que volver con tu hijo y con el triunfo de un corsario para ganar la libertad…

—La libertad se la concede el príncipe —saltó el cabo—. Os prohíbo —advirtió a los sacerdotes— que toméis medida alguna contra esta mujer. Si tenéis algo que decir o reclamar, dirigíos a don Juan de Austria.

—¡Lo haremos! —chilló el primer sacerdote—. Contra ella y contra su esposo, que ha mentido. —El cabo se encogió de hombros—. Acompáñanos a buscar a su esposo —le exigió el sacerdote. —Tengo cosas que hacer —se excusó éste al tiempo que recogía del suelo la cabeza de Barrax—. Acompañadlos —ordenó a una pareja de sus hombres—, y cuidad de que se cumplan las órdenes del príncipe.

¡Iban en busca de Brahim! Hernando ni siquiera prestó atención a los moriscos por los que se entremetieron siguiendo al sacristán. Tampoco lo hizo a los comentarios que saltaban a su paso; el suceso de la cabeza del capitán corsario había corrido de boca en boca. ¡Iban en busca de Brahim… y de Fátima!

—¡Allí está! —El grito de Andrés, señalando la mesa de un escribano, le devolvió a la realidad justo cuando su estómago se empezaba a encoger al imaginarse a Fátima en manos de su padrastro—. ¡José Ruiz! —rugió el sacristán apresurándose hacia el escritorio. El escribano dejó de escribir en su libro y alzó la mirada hacia el grupo que se acercaba a ellos—. ¿No me juraste que tu esposa había muerto?

Brahim palideció al ver a su hijastro y Aisha, a Musa, a los dos soldados, a unos sacerdotes y al sacristán de Juviles apresurándose hacia él. Hernando no llegó a percibir el pánico que se reflejó en el rostro de su padrastro; su mirada estaba fija en Fátima, delgada, demacrada, sus hermosos ojos negros almendrados hundidos en cuencas violáceas. La muchacha se limitó a verlos venir, impasible.

—¿A qué se debe este escándalo? —inquirió el escribano, deteniéndolos con un gesto de la mano antes de que se abalanzasen sobre el escritorio. Se trataba de un hombre enjuto, de rostro enfermizo y barba rala, al que molestó la interrupción. El sacristán se lanzó sobre Brahim, pero uno de los soldados le cortó el paso—. ¿Qué sucede aquí? —volvió a preguntar el escribano.

—¡Este hombre me ha mentido! —soltó Andrés. El escribano le contestó con un deje de resignación, convencido de que todos ellos lo hacían—. Me juró que su esposa había muerto, pero en realidad lo que estaba era tratando de esconder a la asesina de un sacerdote —acusó tomando a Aisha del brazo y presentándola ante el escribano.

—¿Su esposa? Según dice él —intervino el escribano como si le costase un tremendo esfuerzo el hablar—, su esposa es esa mujer. —Y señaló a Fátima.

—¡Bígamo! —clamó uno de los sacerdotes.

—¡Hereje! —vociferó el otro—. ¡Hay que denunciarle al Santo Oficio! El príncipe no puede perdonar los pecados, eso sólo corresponde a la Iglesia.

El escribano dejó caer la pluma sobre el libro y se secó la frente con un pañuelo. Tras días de trabajo y de atender a centenares de hombres y mujeres que ni siquiera hablaban aljamiado, sólo le faltaban aquellos problemas.

—¿Dónde están los alguaciles de la Suprema? —preguntó Andrés. Miró en derredor suyo e instó a los soldados a que acudieran en su busca.

Hernando vio cómo Brahim temblaba, cada vez más pálido. Sabía lo que estaba pensando. Si le detenían y averiguaban que estaba casado con dos mujeres, la Inquisición lo encarcelaría y…

—No…, no es mi esposa —farfulló entonces Brahim.

—Aquí pone María de Terque, esposa de José Ruiz de Juviles —dijo el escribano—. Eso es lo que me has dicho.

—¡No! ¡No me has entendido! Esposa de Hernando Ruiz de Juviles. —Brahim intercaló palabras en árabe, nervioso, sin dejar de gesticular—. Eso es lo que he dicho: Hernando Ruiz, mi hijo, no José Ruiz. ¡María de Terque es la esposa de mi hijo! —gritó dirigiéndose a todos los presentes.

Hernando se quedó atónito. Fátima levantó la vista de Humam, al que acunaba ajena a cuanto sucedía a su alrededor.

—Has dicho… —insistió el escribano.

Brahim soltó una nueva retahíla de palabras en árabe. Intentó dirigirse al escribano, pero éste le interrumpió con un gesto de desdén de la mano.

—¡Entregadme vuestro libro! —exigió exaltado Andrés, en tono autoritario.

El escribano agarró el libro con ambas manos y negó con la cabeza. Luego miró la larga fila de moriscos por inscribir, que se iba ampliando paulatinamente, todos pendientes de la discusión.

—¿Cómo quieren que hagamos nuestro trabajo si sólo saben chapurrear el castellano? —se quejó. Lo último que deseaba en aquellos momentos era verse inmerso, aunque fuera como testigo, en un proceso inquisitorial; ya había tenido malas experiencias con el Santo Oficio y cualquiera que se presentase ante él… Tomó la pluma de nuevo, la mojó en tinta y corrigió su anotación en voz alta—: María de Terque, esposa de Hernando Ruiz de Juviles. Ya está. No hay más problema. Rinde tus armas —añadió dirigiéndose al recién llegado—, y dame tus datos y los de quienes te acompañan.

—Pero… —se quejó el sacristán.

—Las reclamaciones, a la Chancillería de Granada —le interrumpió el escribano sin levantar la vista del libro.

—No podéis… —empezó a intervenir uno de los sacerdotes.

—¡Sí puedo! —se adelantó el funcionario mientras tomaba nota.

Hernando susurraba los datos de su madre y de Musa, mirando de reojo hacia Fátima. La muchacha permanecía ajena a todo el alboroto, con la mirada puesta en su pequeño, al que seguía meciendo con suavidad.

—¡Os están engañando! —insistió Andrés.

—No. —En esta ocasión el escribano se enfrentó al sacristán, harto ya de sus exigencias—. No me engaña. Ahora recuerdo que ciertamente me ha dicho Hernando Ruiz, no José Ruiz —mintió—. ¿Dónde queréis vivir hasta que el príncipe decida vuestra expulsión? —les preguntó después.

—En Juviles —contestó Brahim.

—Tiene que ser en tierra llana, lejos de las sierras y de la costa —recitó irritado el escribano por enésima vez en aquella larga jornada.

—En la vega de Granada —decidió Brahim.

—Pero… —trató de intervenir el sacristán

—El siguiente —añadió con fastidio el hombre, indicándoles que se apartasen.

—Si, como dicen, han contraído matrimonio durante la sublevación, casadlos conforme a los preceptos de la Santa Madre Iglesia.

—Tal fue la contestación que recibieron de boca de Juan de Soto, secretario de don Juan de Austria, el sacristán de Juviles y los dos sacerdotes que acudieron a quejarse en cuanto se alejaron de la mesa del escribano—. En lo que se refiere a la mujer —continuó el secretario, recordando la sonrisa de satisfacción de su príncipe ante la cabeza de Barrax, todavía a sus pies cuando fue a consultarle la queja—, le alcanza el perdón prometido. —Los tres hicieron amago de discutir, pero el secretario se lo impidió—: Obedeced, es la decisión del príncipe.

—No te acerques a Fátima o…

Hernando se vio sorprendido por la amenaza de Brahim unos pasos más allá de la mesa del escribano.

El muchacho se detuvo. ¡Ya no era el esclavo de un corsario! No hacía dos días que había renunciado a la libertad y arriesgado su vida para salvar a Fátima y a su madre. ¡Asesinó a tres hombres para conseguirlo! Salvo el turbante, que dejó caer en el camino, todavía vestía las ropas de algún turco.

—¿O qué? —gritó a su padrastro.

Brahim, por delante de él, se detuvo y se volvió hacia su hijastro. Hernando se encaró con el arriero. Brahim torció el gesto de la boca en una cínica sonrisa. Entonces agarró el brazo de Aisha y apretó con fuerza. Aisha resistió un instante, pero Brahim continuó apretando hasta que la mujer no pudo ocultar una mueca de dolor. Aisha no hizo ademán alguno de forcejear o apartarse de su esposo.

—¡Madre! —exclamó Hernando buscando la empuñadura de un alfanje que ya nunca llevaría. Aisha evitó cruzar la mirada con la de su hijo—. ¡Este perro hijo de puta te abandonó en Ugíjar! —gritó.

Brahim apretó con más fuerza el brazo de Aisha. Ésta seguía sin mirar a su hijo. Fátima reaccionó por primera vez y apretó a Humam contra su pecho, como si en ello le fuera la vida.

Hernando se encaró con su padrastro. En sus ojos azules brillaba una furia descontrolada. Temblaba. El odio acumulado estalló en un aullido de rabia. Brahim sonrió y retorció el brazo de su primera esposa con tanta violencia que ella no pudo evitar un gemido.

—Tú eliges, nazareno. ¿Quieres ver cómo le parto el brazo a tu madre?

Aisha sollozaba.

—¡Basta! —gritó Fátima—. Ibn Hamid, no…

Hernando dio un paso atrás, incrédulo ante la súplica muda que veía en el semblante de la muchacha, y respiró hondo para sosegar los latidos de su corazón.

Con los ojos entornados, el joven recordó el consejo de Hamid. «Usa tu inteligencia», le había dicho el alfaquí. No era el momento de dejarse llevar por las emociones… Sin decir nada, Hernando dio media vuelta y se alejó, luchando por contener las ansias de venganza.

23

Misericordia, señor. Misericordia nos conceda vuestra alteza en nombre de Su Majestad, y perdón por nuestras culpas que conocemos haber sido graves. —Tales fueron las palabras que el Habaquí, postrado ante don Juan de Austria, pronunció en el momento de su rendición—. Estas armas y bandera rindo a Su Majestad en nombre de Aben Aboo y de todos los insurrectos cuyos poderes tengo —finalizó al tiempo que don Juan de Soto lanzaba a tierra la bandera.

Antes de que el Habaquí entrase en la tienda, el estandarte colorado de Aben Aboo con su lema bordado, «No pude desear más ni contentarme con menos», fue rendido a las compañías de infantería y caballería debidamente formadas en el campamento. Una larga salva de arcabucería acompañó los gritos de caballeros y soldados antes de las oraciones de los sacerdotes.

El Habaquí consiguió del rey el perdón para turcos y berberiscos, que quedarían en libertad para volver a sus tierras. Felipe II cedió, puesto que le urgía poner fin al conflicto para encabezar la Santa Liga propuesta por el Papa, amén del temor de que la llegada de la primavera proveyese de alimentos a los moriscos y éstos retomasen el levantamiento.

Don Juan de Austria nombró comisarios y los envió a lo largo de las Alpujarras para obtener la total rendición de los moriscos del reino de Granada. El Habaquí se encargó de lo necesario a fin de embarcar a los turcos y berberiscos en los puertos designados por el príncipe, para lo que Felipe II dispuso multitud de navíos redondos y de remos. La pacificación definitiva se señaló para el día de San Juan de 1570, fecha en que deberían haber partido todos los turcos y berberiscos de tierras del reino de Granada. A 15 de junio se contabilizaban treinta mil moriscos rendidos. El Habaquí logró embarcar con destino a Argel a casi todos los turcos y corsarios, pero la mayoría de los berberiscos decidieron continuar luchando. Ante ello, Aben Aboo cambió de parecer y se retractó de la rendición: asesinó al Habaquí y volvió a hacerse fuerte en las sierras al mando de cerca de tres mil hombres.

> Hoy ha sido el último envío de ellos y con la mayor lástima del mundo, porque al tiempo de la salida, cargó tanta agua, viento y nieve que ciertos se quejaban por el camino a la madre la hija, y a la mujer su marido y a la viuda su criatura, y desta suerte; y yo de todos los saqué dos millas mal padeciendo: no se niegue que ver la despoblación de un reino es la mayor compasión que se puede imaginar. Al fin, Señor, esto está hecho.

> Carta de don Juan de Austria a Rui Gómez,
> 5 de noviembre de 1570

En noviembre de 1570, Felipe II ordenó la expulsión tierras adentro de todos los moriscos del reino de Granada. Los establecidos en la vega, entre ellos Hernando, Brahim y sus familias, fueron encomendados a don Francisco de Zapata de Cisneros, señor de Barajas y corregidor de Córdoba, que debía llevarlos a dicha ciudad para después repartirlos por tierras de Castilla y Galicia.

La vega de Granada se hallaba compuesta por multitud de alquerías al oeste de la ciudad. Se trataba de una zona llana y fértil, debido a que contaba con un ordenado y complejo sistema de distribución de agua a través de acequias construidas en época romana, que luego fue desarrollado y perfeccionado por los musulmanes. Tras la rendición de Granada ante los Reyes Católicos, la atávica distribución de la tierra en huertos y pequeñas parcelas pasó a tomar la forma de los cortijos: grandes extensiones de cultivos propiedad de nobles, principales cristianos y órdenes religiosas, como la de los cartujos, que se benefició de grandes superficies que dedicó al cultivo extensivo de la vid.

Allí, durante siete meses, vivieron desplazados miles de moriscos. Añoraban la fragosidad de las montañas, cañadas y barrancos de las Alpujarras, en unas tierras que se extendían sin obstáculos ante sus ojos, cultivadas y vigiladas por los cristianos, y constantemente cruzadas por frailes y sacerdotes que les recriminaban sus actos hicieran lo que hiciesen.

Conforme a las órdenes del príncipe, Hernando y Fátima contrajeron matrimonio cristiano en la iglesia del Padul. El día anterior al de la ceremonia, en el interior del templo, ambos fueron examinados de la doctrina cristiana por los mismos sacerdotes que les acosaron nada más llegar al pueblo, con el sacristán Andrés presente.

Hernando superó el examen sin dificultad.

—Ahora tú —indicó uno de los sacerdotes a Fátima—, reza el Padrenuestro.

La muchacha no contestó. Al cabo de unos instantes, los dos sacerdotes y el sacristán mostraron su impaciencia.

Fátima permanecía absorta en su desgracia. Esa misma noche, Brahim, a la vista de Hernando, de Aisha y de centenares de moriscos que se amontonaban en el suelo tratando de dormir, la había poseído sin el menor pudor, como si quisiera demostrar a todos ellos que continuaba siendo su dueño. Hernando, rabioso, tuvo que alejarse de los gemidos de placer de su padrastro. Salió al exterior buscando aire, sin poder evitar que a sus ojos asomaran ardientes lágrimas de impotencia.

—¿No sabes el Padrenuestro? —inquirió Andrés entrecerrando los ojos.

Hernando la empujó suavemente con el antebrazo y la muchacha reaccionó. Recitó con voz trémula el Padrenuestro y también el Avemaría, pero fue incapaz de acertar con el Credo, la Salve y los Mandamientos.

Uno de los sacerdotes le ordenó que todos los viernes, durante tres años, acudiese a su parroquia hasta aprender correctamente el catecismo; así lo hizo constar en su cédula. Luego, como era preceptivo, les obligaron a confesar.

—¿Eso es todo? —bramó el cura que confesaba a Fátima cuando ésta dio por terminada la declaración de sus pecados. Hernando, que esperaba su turno, de pie junto al confesionario, se encogió—. Don Juan puede haber ordenado vuestro matrimonio, pero el enlace no se llevará a cabo si no confiesas correctamente y te arrepientes de tus pecados. ¿Qué hay de tu adulterio? ¡Vives en pecado! Vuestros esponsales moros carecen de eficacia. ¿Qué hay de la sublevación? ¿De los insultos y blasfemias, de los asesinatos y sacrilegios que has cometido?

Fátima tartamudeó.

—¡No puedo absolverte! No veo en ti contrición ni arrepentimiento, ni propósito de enmienda.

La muchacha, arrodillada, no pudo observar la mueca de satisfacción del cura en el interior del confesionario, pero Hernando sí que percibió las sonrisas de Andrés y del otro sacerdote, pendientes de la confesión. ¿A qué esas sonrisas? Si no los casaban… ¡la Inquisición! Vivían en pecado. Ni siquiera el príncipe podía detener a la Suprema.

—¡Confieso! —gritó el muchacho hincándose de rodillas en el suelo—. Confieso vivir en pecado y me arrepiento por ello. Confieso haber presenciado el sacrilegio en las iglesias…

Fátima empezó a repetir, mecánicamente, las palabras de Hernando.

Ambos confesaron los mil pecados que los sacerdotes deseaban oír, se arrepintieron y prometieron vivir en lo sucesivo en la virtud cristiana. Esa noche la sufrieron como penitencia en el interior de la iglesia: Hernando rezó en voz alta, intentando esconder con sus palabras el pertinaz silencio en que permanecía Fátima, arrodillada a su lado.

A la mañana siguiente, con la sola presencia de Brahim, vigilante, amenazador, y algunos cristianos viejos del pueblo expresamente llamados para actuar como testigos, la pareja contrajo matrimonio. Volvieron a comulgar. Hernando percibió cómo Brahim se removía inquieto ante la formalidad de la ceremonia y permitió que «la torta» se deshiciese lentamente en su boca. ¡Le estaban casando con Fátima! ¿Qué importaba lo que sucediera después? Brahim volvería a reclamar a Fátima y dentro de la comunidad morisca ella seguiría siendo su segunda esposa, pero nada podía hacer ahora el arriero, salvo controlar sus impulsos ante la solemnidad con la que afrontaban su fingido matrimonio. El sacerdote los declaró marido y mujer, y Hernando, en silencio, imploró la ayuda de Alá.

La boda les costó la mula. Hernando tuvo la tentación de oponerse y alegar que el precio máximo por las bodas era el de dos reales para el cura, medio para el sacristán y una ofrenda humilde, pero no disponía de dinero; sólo tenía aquella mula que tampoco era suya. La última advertencia que recibieron los recién casados antes de abandonar el templo fue la de que no debían cohabitar ni mantener relaciones durante los siguientes cuarenta días.

En la vega de Granada, los moriscos vivían a la intemperie y casi sin fuego, al no poder conseguir la madera de los árboles frutales que dominaban el paisaje. Malbarataron cuanto habían podido conservar para obtener trigo, y hasta el agua, que con tanta abundancia se repartía entre los cultivos conforme a estrictas reglas ancestrales, se convirtió para ellos en un bien escaso. Andrajosos, vivían a centenares allí donde encontraban un pedazo de tierra yermo; las casas de los moriscos de la vega, expulsados con anterioridad a su llegada, estaban ahora ocupadas por cristianos. Compartían lo poco de lo que disponían, a la espera del anunciado éxodo. Tras la boda, Brahim volvió a reclamar a Fátima. Luego, ya en la vega, Hernando se vio obligado a acompañarle mientras recorrían aquellos vergeles prohibidos en busca de algo con lo que alimentarse; Brahim vigilaba en todo momento que su hijastro no se encontrara a solas con Fátima y cuando, por una u otra razón, eso sucedía, la muchacha le rehuía.

—No insistas —le aconsejó un día su madre—. Lo hace por Humam… y por mí. Brahim podría matar al pequeño si se enterase de que habla contigo. ¡La ha amenazado con ello! Lo siento, hijo.

Hernando se refugió en la comunión vivida en la iglesia del Padul; en ese instante en que se sintió esposo de Fátima. ¡Irónico! ¡En una iglesia cristiana! Quizá algún día…

En la vega, a la espera de la decisión del príncipe, los moriscos vivieron el desconsuelo por la derrota que entonces, desarmados y sometidos, encarcelados en las que fueran sus tierras, percibieron en toda su magnitud. ¿Adónde los desterrarían? ¿De qué vivirían? La preocupación acerca de su futuro en lejanos reinos hostiles, dominados por unos cristianos que no escondían su odio hacia los vencidos, los atenazaba en todo momento. Si alguien todavía confiaba en la revuelta de Aben Aboo, las noticias no invitaban al optimismo: el comendador mayor de Castilla y el duque de Arcos combatían con eficacia a las escasas fuerzas del rey de al-Andalus.

El primero de noviembre, cuando arreciaba el mal tiempo y la subsistencia se planteaba imposible para aquel pueblo hundido en la miseria, don Juan de Austria ordenó por fin su expulsión. A los moriscos de la vega de Granada les dieron orden de reunirse junto al Hospital Real de Granada, en un gran descampado extramuros de la ciudad. El hospital, la vieja puerta de Elvira que daba acceso al Albaicín y a la medina musulmana, el convento de la Merced, la iglesia mudéjar de San Ildefonso, y grandes y numerosas huertas valladas rodeaban el lugar.

Miles de moriscos se acumularon en el llano, frente al Hospital Real, custodiados por los soldados del corregidor don Francisco de Zapata, a la espera de que los contadores y escribanos dispuestos en su interior los censasen y tomasen escrupulosa nota de sus lugares de destino.

El 5 de noviembre, en medio de una tempestad, harapientos, famélicos y enfermos, tres mil quinientos moriscos, los Ruiz de Juviles entre ellos, abandonaron Granada por el camino de la Cartuja. Durante siete días recorrieron escoltados las más de treinta leguas que separaban Granada de Córdoba, acomodando las etapas de su viaje al bienestar del corregidor y sus oficiales, que buscaban detenerse en aquellos lugares en los que podían hacer noche sin prescindir de cama y comida.

Durante la primera etapa caminaron hasta Pinos, en la vega, a cerca de tres leguas de Granada. Don Francisco de Zapata se acomodó en el pueblo, pero los moriscos tuvieron que aguantar la noche bajo la lluvia, en las afueras, protegiéndose unos a otros. El reparto de comida fue escaso. Los lugareños se mostraron reacios a alimentar a quienes habían denostado de la cristiandad. Al amanecer iniciaron el ascenso a Moclín, lugar en el que se alzaba una imponente fortaleza que protegía el acceso a la vega y a la ciudad de Granada. La distancia que recorrieron fue la misma que la de la primera jornada, pero en este caso ascendiendo y sintiendo cómo el frío de la sierra se enredaba en las ropas empapadas por la lluvia para colarse hasta los mismos huesos. No podían quedar moriscos en el camino, por lo que todos los hombres hábiles fueron obligados a ayudar a los enfermos o incluso a transportar los cadáveres. No había carro alguno. Hernando, lejos de Fátima y Aisha, que caminaban por delante, cargó durante la ascensión con un anciano escuálido incapaz de sostenerse en pie, con una tos seca que a medida que transcurrió la jornada se convirtió en un sordo estertor que machacaba los oídos del muchacho. Falleció esa misma noche, como setenta moriscos más. El único consuelo para los deportados fue que, tras cargar con sus muertos hasta la siguiente parada, la falta de ataúdes les permitía enterrarlos en tierra virgen.

Algunos, desesperados, optaron por la huida, pero el príncipe había dispuesto que todo morisco que intentara huir pasaría a ser esclavo del soldado que le detuviese, por lo que la falta de cualquier hombre, mujer o niño daba paso a una ávida cacería por parte de los cristianos, quienes después herraban al fuego a sus nuevos esclavos, en la frente o en los carrillos, mientras los aullidos de dolor corrían por las filas de deportados. Ningún morisco alcanzó la libertad.

De Moclín se dirigieron a Alcalá la Real, a otras tres leguas, caminando por lo alto de la sierra. Hernando fue llamado a cargar con una matrona coja en sustitución del anciano muerto, para lo que necesitó la ayuda de otro muchacho de su edad. La noche anterior percibió en Fátima preocupación por el pequeño Humam, cuyas toses ella trataba de apaciguar contra su pecho.

En Alcalá la Real, a los pies de una colina coronada por otra fortaleza en cuyo interior amurallado se construía una imponente abadía sobre una antigua mezquita, fue donde Aisha anunció a su hijo la muerte del pequeño Humam durante la marcha de ese día: al igual que el anciano, sus toses se fueron convirtiendo en una respiración silbante y la criatura empezó a tiritar de tal modo que la propia Fátima hizo suyos aquellos temblores entre el llanto y los gritos de impotencia. No les permitieron detenerse. Fátima, desgarrada, rogó de rodillas a los cristianos que la ayudasen, que le permitiesen detenerse un momento para procurarle algo caliente al niño, pero sus muchas súplicas fueron respondidas con el desprecio. La soldadesca parecía más atenta a la posibilidad de que aquella joven madre, bella incluso en su sufrimiento, tomase la desesperada decisión de huir para cuidar de su hijo; por Fátima se podría obtener un buen precio en el mercado de Córdoba.

—Nadie nos ayudó —sollozó Aisha recordando las miradas de compasión de los demás moriscos.

Siguieron adelante hasta que a menos de una legua de Alcalá, madre e hijo dejaron de temblar. La propia Aisha tuvo que despegar el cadáver del niño de los agarrotados brazos de su madre.

Como esposo cristiano de la muchacha, Hernando compareció ante los escribanos, que tomaron nota y certificaron la defunción del pequeño Humam; Fátima no hablaba. Luego, al anochecer, Hernando, Brahim, Aisha y Fátima se apartaron del asentamiento morisco y como otras tantas familias musulmanas, vigilados de lejos por los soldados, procedieron a enterrarlo. Aisha lavó con delicadeza el cadáver del pequeño con el agua fría y cristalina que corría por una acequia. Escondida entre las ropas de Humam, encontró la mano de Fátima, que guardó; no era el momento de devolver la joya a la muchacha. Hernando creyó escuchar en boca de su madre aquellas mismas canciones de cuna que tanto recordaba; Aisha las canturreaba en voz baja, como cuando le premiaba a él con aquellos momentos. Brahim cavó una tumba cerca del lugar. Fátima ya no tenía lágrimas. No hubo alfaquí, ni oraciones, ni lienzo para envolver al pequeño. Brahim lo depositó en el hoyo con su madre que, en pie, enajenada, ni tan siquiera se acercó a la tumba.

A partir de Alcalá la Real, las etapas se hicieron más largas.

Descendieron hasta la campiña de Jaén. Brahim ayudaba a Fátima, que se dejaba arrastrar. No hablaba; no parecía vivir. Hernando sentía mareos y escalofríos en cada ocasión en que vislumbraba el cuerpo inerme de Fátima colgando de su padrastro. Al cabo de tres jornadas más, llegaron a Córdoba. Harapientos, descalzos, con niños y enfermos a cuestas, ordenados de cinco en fondo, flanqueados por sendas compañías de alabarderos y arcabuceros, entraron en la ciudad al son de la música y la curiosidad de sus gentes. Los soldados, en formación, iban ataviados con sus mejores galas.

De tres mil quinientos que partieron de Granada, sólo llegaron tres mil. ¡Quinientos cadáveres sembraron la macabra ruta!

Era el 12 de noviembre de 1570.

En nombre del amor

Yo no sabía qué era esto, pues no hubiera permitido que se llegase a lo antiguo, porque hacéis lo que puede haber en otras partes y habéis deshecho lo que era singular en el mundo.

Palabras atribuidas al emperador Carlos I en el año 1526, a la vista de la catedral cristiana en el interior de la mezquita de Córdoba, cuyas obras él mismo había autorizado, poniendo fin a las disputas entre el cabildo municipal y el catedralicio acerca de la conveniencia de su construcción.

24

Dejaron a sus espaldas la fortaleza de la Calahorra, cruzaron el puente romano sobre el Guadalquivir y accedieron a Córdoba por la puerta del Puente, que daba a la fachada trasera de la catedral de la ciudad. En formación, vigilados por los soldados y escrutados por la ciudadanía apelotonada a su paso, Hernando, como muchos otros moriscos que reconocieron en la catedral cristiana la maravillosa mezquita de la Córdoba de los califas, desvió la mirada hacia el templo. Alpujarreños humildes, ligados a sus tierras, nunca habían tenido oportunidad de verla, pero sí que sabían de ella, y aun extenuados, la curiosidad asomó a sus rostros. Justo detrás de aquella pared centenaria, bajo la cúpula, se hallaba el *mihrab*, el lugar desde el que el califa dirigía la oración. Algunos murmullos corrieron entre los deportados, que inconscientemente aminoraron la marcha. Un hombre que llevaba a un niño sobre los hombros señaló la mezquita.

—¡Herejes! —gritó una mujer ante aquellas muestras de interés.

Inmediatamente, el gentío se sumó a las ofensas, como si quisiera defender la iglesia de miradas profanas:

—¡Sacrílegos! ¡Asesinos!

Un anciano fue a lanzarles una piedra, pero los soldados se lo impidieron y apremiaron el paso de la columna. Cuando sobrepasaron la fachada posterior de la catedral, las calles se hicieron más angostas y los soldados dispersaron a los ciudadanos, que sólo pudieron seguir observando a la comitiva desde los balcones de las casas encaladas de dos pisos. Los moriscos recorrieron la calle de los Cordoneros, pasaron por la Alhóndiga y la calle de la Pescadería, cruzaron la de Feria y llegaron hasta la desembocadura de la calle del Potro. La cabeza del cortejo se detuvo en la plaza del Potro, el mayor enclave comercial de la ciudad y lugar elegido por el corregidor Zapata para tenerlos en custodia.

La plaza del Potro era una plazuela cerrada, centro del barrio del mismo nombre, donde trataron infructuosamente de acomodarse los tres mil moriscos que habían superado el éxodo, aunque la mayor parte terminó diseminada por las calles adyacentes. Pocos pudieron encontrar alojamiento, y menos aún pagarlo, en la posada del Potro, situada en la misma plaza, en la de la Madera, en la de las Monjas o en cualquiera de las muchas otras que existían en los alrededores. El corregidor estableció controles de acceso a la zona y allí, en las calles, a cargo y cuenta del cabildo municipal, quedaron los moriscos a la espera de las instrucciones del rey Felipe acerca de su destino final.

La noche se les echó encima mientras la mayor parte de ellos saciaba la sed en grandes tinajas. Cuando les llegó el turno, y mientras Brahim sorbía el agua, volcado bajo el chorro, Hernando observó a Fátima: su cabello, ahora astroso y sucio, enmarcaba un rostro de pómulos marcados y ojos hundidos y amoratados, unas facciones consumidas en las que destacaban los huesos. Vio cómo le temblaban las manos al unirlas en forma de cuenco y tratar de llevarlas hasta sus labios; el agua se le escapó entre los dedos antes de llegar a la boca. ¿Qué sería de ella? No resistiría un nuevo viaje.

Nadie osó lavarse; por más que el corregidor hubiera cerrado las calles, la medida afectaba tan sólo a los moriscos, y los viajantes, mercaderes, tratantes de ganado y artesanos que trabajaban y vivían en la zona —silleros, espaderos, lineros, fabricantes de agujas o curtidores—, transitaban con soberbia entre la masa de deportados, vigilándolos, igual que hacían los muchos sacerdotes que merodeaban entre ellos o la multitud de desocupados que diariamente acudían al lugar: mendigos o aventureros que aprovechaban para tratarlos con desprecio.

Los moriscos estaban agotados y hambrientos. De pronto, los cristianos aparecieron con grandes peroles de un potaje de verduras... ¡y tripas de cerdo! Entonces los sacerdotes se dedicaron a detenerse, aquí y allá, para comprobar que nadie rehusaba comer ese alimento que su religión les prohibía.

—¿Por qué no come? —preguntó uno de ellos, señalando a Fátima. La joven estaba sentada en el suelo, con la espalda apoyada en la fachada de uno de los edificios de la calle del Potro; la escudilla con la comida se hallaba intacta entre sus pies.

Fátima ni siquiera levantó el rostro al oír al sacerdote. Brahim, absorto en los pedazos de entraña que flotaban en su tazón, no contestó. Aisha tampoco lo hizo.

—Está enferma —se apresuró a excusarla Hernando.

—En ese caso, la comida le vendrá bien —arguyó el cura, y, con un gesto, la instó a comer.

Fátima siguió impasible. Hernando se arrodilló junto a ella, tomó el cucharón y lo colmó de caldo... y un pedazo de cerdo.

—Come, por favor —susurró a Fátima.

Ella abrió la boca y Hernando introdujo el potaje en su interior. La grasa resbaló por el mentón de la muchacha antes de que una arcada la obligase a escupir la comida a los pies del sacerdote. El hombre saltó hacia atrás.

—¡Perra mora!

Los moriscos que se hallaban a su alrededor se apartaron y formaron un corro. Todavía de rodillas, arrastrándose, Hernando se volvió hacia el cura y se dirigió a él.

—¡Está enferma! —exclamó—. ¡Mirad! —Cogió el pedazo de cerdo del suelo y se lo llevó a la boca—. Es... es mi esposa. Sólo está enferma —repitió—. ¡Mirad! —Volvió a donde estaba la escudilla, cargó el cucharón de pedazos de tripas y las comió—. Sólo está enferma... —balbuceó con la boca llena.

El sacerdote contempló durante un buen rato cómo Hernando masticaba y tragaba el cerdo, y cómo repetía, hasta que pareció darse por satisfecho.

—Volveré —dijo antes de darles la espalda y encararse con el morisco que tenía más cercano— y entonces confío en que haya mejorado y haga honor a la comida que con tanta generosidad os proporciona la ciudad de Córdoba.

Enfrente de donde se encontraban Fátima y Hernando, al otro lado de la calle, se abría una diminuta calleja sin salida, en la que ni siquiera cabían dos hombres de costado y que llevaba desde el Potro hacia el Guadalquivir. La puerta de madera que daba paso a la calleja se hallaba en aquel momento abierta y mostraba una hilera de boticas o pequeños locales, algunos de un solo piso, que se extendían a ambos lados y en toda su longitud. Justo en la puerta del callejón, armado, charlando con los clientes que entraban o salían del lupanar, el alguacil de la mancebía de Córdoba contemplaba a los moriscos. Detrás de él, sin atreverse a salir a causa de sus prohibidas vestiduras y alhajas que sólo podían utilizar en el interior de la mancebía, algunas mujeres asomaban la cabeza, y entre todas ellas, procurando no despertar los recelos del alguacil, un hombre presenciaba las súplicas del joven morisco por aquella muchacha enfermiza. ¿Había dicho que era su esposa? Esbozó una sonrisa que se desdibujó en su mejilla derecha, allí donde la infame «S» aparecía herrada al fuego. ¡Hernando! Habían transcurrido casi dos años desde que se despidieron en el castillo de Juviles. Durante todo ese tiempo, aquel hombre había pensado en Hernando todos los días: era el hijo que nunca había tenido… Emocionado al verlo con vida, pensó con orgullo que el joven había crecido y, pese a lo andrajoso de su aspecto, era evidente que ya era un hombre. ¿Qué edad tendría? ¿Dieciséis?, se preguntó Hamid.

—¡Francisco! —gritó el alguacil al percatarse de su presencia en la puerta—. ¡Ve a trabajar! Y vosotras también —añadió, azuzando con las manos a las mujeres.

Hamid dio un respingo y cojeó a lo largo de la calleja, haciendo un esfuerzo por contener las lágrimas. ¡Hernando! Había creído que no volvería a encontrarlo… ¿Cuántos vecinos más de Juviles habrían llegado en aquella nueva partida? No las había visto, pero le constaba que en la ciudad se hallaban varias esclavas procedentes de Juviles, capturadas antes del perdón concedido por don Juan de Austria; todos los demás moriscos libres que se establecieron en Córdoba provenían del Albaicín o de la vega de Granada, procedentes de las primeras deportaciones. En silencio, dio gracias al Clemente por haber protegido la vida y la libertad del muchacho. Pero ¿qué le sucedía a su esposa? Se la veía enferma; temblaba de manera convulsiva. Hernando debía amarla puesto que saltó a ciegas en su defensa, arrastrándose de rodillas hasta el cura. Se detuvo ante la puerta de una pequeña botica de dos pisos y acercó la oreja. No se oía nada en su interior. Llamó con los nudillos.

—Debes comer. —Hernando se dejó caer al lado de Fátima. Al instante, Brahim alzó la mirada de su escudilla.

—Déjala —gruñó—, no te acerques...

—¡Cállate! ¿Acaso quieres que fallezca? ¿La dejarás morir y después matarás a mi madre porque yo haya intentado ayudarla?

Brahim observó a la muchacha: encogida, temblorosa.

—Ocúpate tú, mujer —ordenó a Aisha, que comía cerrando los ojos cada vez que se llevaba el cucharón a la boca—, procura que no muera.

—Debes alimentarte, Fátima —susurró Hernando al oído de Fátima. Ella no contestó, no lo miró, continuó temblando—. Sé que sientes la pérdida de Humam, pero no comer no le devolverá la vida. Todos le echamos de menos...

—Déjame a mí —le instó Aisha, en pie frente a él. Hernando alzó sus ojos azules; su mirada expresaba una profunda consternación—. Déjame —repitió ella con dulzura.

Aisha tampoco consiguió que Fátima reaccionase. Intentó forzarla a tragar la sopa, dando cuenta ella del cerdo por si volvía algún sacerdote, pero tan pronto como conseguía introducirle algo de líquido o alguna verdura, la muchacha lo devolvía. Hernando, en cuclillas, observaba cómo su madre luchaba por alimentar a Fátima; contenía la respiración cuando lo conseguía, y se desesperaba hasta golpear la tierra con los nudillos al ver cómo el cuerpo de la muchacha rechazaba el alimento.

—Dicen que hay un hospital en la plazuela —le comentó una mujer morisca que presenciaba la escena con angustia.

Cuando Hernando la interrogó con la mirada, la mujer le señaló la plaza del Potro; él salió corriendo, pero tuvo que detenerse varios pasos más allá: una multitud se apelotonaba en lo que debía ser la entrada del hospital, frente a un pórtico cerrado por un doble arco de medio punto. Con todo, se acercó y luchó por abrirse paso entre la gente, haciendo caso omiso de las protestas.

—Ya os he dicho —logró escuchar que decía el capellán— que las catorce camas del hospital están ocupadas y en más de la mitad de ellas hay dos personas. Pero, además, para acceder al hospital es necesaria la orden del médico o del cirujano y ahora no está ninguno de los dos.

Algunos cedían al escuchar aquellas palabras y abandonaban el pórtico; otros permanecían en su sitio, mostrando sus heridas, tosiendo o extendiendo los brazos, suplicantes. Un niño agonizaba a los pies del capellán mientras su padre lloraba desconsolado. ¿Qué podía conseguir él?, pensó Hernando al ver cómo el capellán negaba tercamente con la cabeza. La visión de Fátima temblando y vomitando le impelió a hacerlo, y por segunda vez en la noche se hincó de rodillas frente a un sacerdote.

—Por Dios y la santísima Virgen… —gritó con las manos entrelazadas a la altura del estómago del capellán, recordando las palabras de súplica del noble cristiano en la tienda de Barrax—, por los clavos de Jesucristo, ¡ayudadme!

El sacerdote permaneció un instante atónito, antes de agacharse y obligarle a ponerse en pie. ¡Era el primer morisco que invocaba a Jesucristo! Sin embargo, Hernando se mantuvo de rodillas.

—Ayudadme —repitió mientras el sacerdote le tomaba por las manos y pugnaba por alzarle—. ¿Dónde puedo encontrar a ese cirujano? ¡Decidme! Mi esposa está muy enferma…

El capellán le soltó las manos con gesto brusco.

—Lo siento, muchacho. —El hombre negó con la cabeza—. El hospital de la Caridad sólo admite varones.

Hernando no quiso escuchar cómo, después de su marcha, los demás moriscos rompían en invocaciones a la Santísima Trinidad.

Transcurrieron las horas, era ya noche cerrada. Los moriscos intentaron dormir en el suelo, unos encima de otros. Hernando andaba de un lado a otro, sin alejarse de Fátima, reprimiendo los sollozos ante los temblores de la muchacha. Brahim dormía apoyado en la pared, con Musa y Aquil encogidos a su lado. Aisha acariciaba el cabello de Fátima, velándola, como… como si esperase su muerte.

Bien entrada la madrugada, el ruido de la puerta de la calleja al abrirse sorprendió a Hernando. Primero vio a una joven rubia dirigirse directamente hacia él, ¿qué hacía aquella mujer?, pero detrás, cojeando…

—¡Hamid! —El alfaquí se llevó el índice a los labios y renqueó hacia él.

Hernando se echó en sus brazos. En ese momento fue consciente de cuánto había añorado aquel rostro amable y familiar, el rostro de quien había sido su mayor consuelo durante los tiempos tristes de su infancia.

—¡Vamos! No hay tiempo —le apremió Hamid no sin antes abrazarle con fuerza—. Aquélla, su esposa, aquella muchacha —le indicó a la joven que salió con él—. Ayúdala, vamos.

—¿Qué… qué vas a hacer? —preguntó Hernando inmóvil, sin poder apartar la mirada de la letra al fuego que aparecía herrada en la mejilla del alfaquí.

Aisha se levantó y fue ella quien ayudó a la rubia a alzar a Fátima por las axilas.

—Intentar salvar a tu esposa —le contestó Hamid cuando las dos mujeres ya cruzaban la calle arrastrando a Fátima—. No debes traspasar la puerta, Aisha —añadió—. Yo me haré cargo de la muchacha.

Hernando permanecía paralizado. ¿Su esposa? Eso era frente a los cristianos, pero Hamid… ¿Y Brahim? ¿Qué diría Brahim cuando viese que Fátima no estaba? El hecho de que fuera Hamid quien ayudara a la muchacha tal vez sirviera para mitigar su cólera.

—No es mi… —Aisha, ya libre de Fátima, le agarró del antebrazo y le hizo callar con un gesto. El alfaquí no llegó a escucharle: sólo estaba pendiente de que nadie los descubriese.

—Mañana —dijo antes de cerrar la puerta de la mancebía—
saldré a comprar. Hablaremos entonces, pero tened en cuenta que
aquí sólo soy un esclavo; seré yo el que elija el momento…Y lla-
madme Francisco, ése es mi nombre cristiano.

25

El 30 de noviembre de 1570, por orden del rey Felipe II, los tres mil moriscos llegados de la vega de Granada con el corregidor Zapata partieron hacia sus destinos definitivos: Mérida, Cáceres, Plasencia y otros lugares, lo que devolvió a Córdoba cierta tranquilidad y a la plaza del Potro la frenética actividad comercial que era habitual en ella. A primera hora de la mañana, desde más allá del molino de Martos, en la ribera del Guadalquivir, Hernando los vio cruzar el puente romano, en formación, igual que él mismo lo había hecho en dirección contraria hacía casi tres semanas.

A la vista de aquella columna de hombres, mujeres y niños silenciosos, entregados a la fatalidad, el fardo de pieles apestosas y sangrantes que cargaba sobre los hombros se le hizo realmente pesado, mucho más de lo que lo había sido a lo largo del trayecto por las afueras de la ciudad, alrededor de las murallas, como ordenaba el cabildo municipal, desde el matadero hasta la calle Badanas, junto al río, donde se ubicaba la curtiduría de Vicente Segura. Durante unos instantes, Hernando aminoró el paso al tiempo que su mirada seguía la columna de proscritos. Notó la sangre de las reses corriendo por su espalda hasta empaparle las piernas, y el penetrante hedor a piel y carnaza recién desollada que los cordobeses se negaban a que recorriese sus calles acompañó el sufrimiento que, aun en la distancia, podía presentir en aquellas gentes. ¿Qué sería de todos ellos? ¿Qué harían? Una mujer pasó por su lado mirándole con el ceño fruncido y Hernando reaccionó y se puso en marcha: su patrón no admitía retrasos, así que él no podía permitírselos.

Aquél fue el trato que Hamid había conseguido para ellos a través de Ana María, la prostituta que se hizo cargo de Fátima, que la escondió y la atendió en el segundo piso de su botica en la mancebía con la ayuda de Hamid. Sonrió al pensar en Fátima: había escapado de la muerte.

Ante la orden de abandonar Córdoba, los funcionarios del cabildo volvieron a preocuparse de los moriscos, los censaron de nuevo y repartieron a las gentes en destinos distintos. En ese momento, Fátima tuvo que abandonar la mancebía y Hernando comprobó que las noticias que día a día les proporcionaba el alfaquí eran ciertas y que la muchacha, aun con la tristeza escrita en su rostro, había ganado peso y presentaba un aspecto más saludable.

Ninguno de ellos llegó a conocer a Ana María.

—Es una buena muchacha —comentó una mañana Hamid.

—¿Una prostituta? —se le escapó a Hernando.

—Sí —afirmó con gravedad el alfaquí—. Suelen ser buenas personas. La mayoría de ellas son muchachas de hogares humildes y sin recursos que sus padres entregaron a familias acomodadas para que les sirvieran como criadas desde niñas. El acuerdo al que acostumbran a llegar consiste en que, a medida que van alcanzando la edad suficiente, esas familias adineradas deben proveerlas de una dote económica suficiente para que contraigan un buen matrimonio. Pero en muchísimos casos no se cumple ese acuerdo: cuando se acerca el momento se las acusa de haber robado o de mantener relaciones con el señor o los hijos de la casa, cosa a la que por otra parte se ven obligadas con frecuencia... Con demasiada frecuencia —lamentó—. Entonces se las expulsa sin dinero alguno y con el estigma de ladronas o putas. —Hamid apretó los labios y dejó transcurrir unos instantes—. ¡Es siempre la misma historia! La mayoría de las mancebías se nutren de esas desgraciadas.

Hamid había sido hecho esclavo tras la entrada de los cristianos en Juviles. De poco sirvió el perdón concedido por el marqués de

Mondéjar. En el desbarajuste que se originó con la matanza de mujeres y niños en la plaza de la iglesia, algunos soldados se apoderaron de los hombres instalados en las casas del pueblo y desertaron con el exiguo botín que representaban aquellos moriscos que no pudieron huir con el ejército musulmán. Hamid, herrado al fuego, cojo y escuálido, fue vendido a bajo precio antes incluso de llegar a Granada, sin regateos, a uno de los muchos mercaderes que seguían al ejército. Desde allí fue transportado a Córdoba y adquirido por el alguacil de la mancebía; ¿qué mejor esclavo para un lugar repleto de mujeres que un hombre cojo y débil?

—¡Compraremos tu libertad! —exclamó Hernando, indignado, al conocer la historia.

Hamid le contestó con una sonrisa resignada.

—No pude escapar de Juviles con nuestros hermanos. ¿Y la espada? —preguntó de repente.

—Enterrada en el castillo de Lanjarón, junto…

Hamid le hizo seña de que callase.

—Aquel llamado a encontrarla, lo hará.

Hernando siguió ese pensamiento antes de insistir de nuevo:

—¿Y tu libertad?

—¿Qué haría en libertad, muchacho? No sé hacer nada más que cultivar campos. ¿Quién iba a contratar a un cojo para cultivar? Tampoco puedo esperar las limosnas de los fieles. Aquí, en Córdoba, sólo encontraría la muerte si, en libertad, me dedicase como alfaquí a lo que he hecho durante toda mi vida…

—¿En libertad? ¿Quiere eso decir que continuarás como alfaquí? —le interrumpió Hernando.

Hamid le obligó a callar tras mirar de reojo si alguien les escuchaba.

—Ya hablaremos de eso más adelante —susurró—. Me temo que tendremos mucho tiempo para ello.

—Tú entiendes de hierbas —insistió no obstante el muchacho—. Podrías dedicarte a ellas.

—No soy médico ni cirujano. Cualquier cosa que hiciera con hierbas sería considerada brujería. Brujería… —repitió para sus adentros.

Había tenido que persuadir a la joven Ana María de que sus conocimientos no eran brujería aunque, después de todo, la muchacha tampoco parecía excesivamente convencida. Poco después de llegar a la mancebía, un día la encontró llorando desconsoladamente en su botica cuando fue a llevarle ropa de cama limpia. Al principio, Ana María se mantuvo obstinada y no contestó a sus preguntas; Hamid era propiedad del alguacil y ¿quién le aseguraba a ella que no le contaría…? Hamid leyó aquella desconfianza en sus ojos e insistió, hasta que, poco a poco, ella se abrió al alfaquí y se desahogó. ¡Chancro! Le había aparecido una pequeña llaga en la vulva, indolora, casi imperceptible, pero señal inequívoca de que en poco tiempo se convertiría en una sifilítica. El médico que cada dos semanas mandaba el cabildo municipal a controlar la salud e higiene de las prostitutas acababa de pasar y no se había percatado, pero en la siguiente visita no le pasaría inadvertido. La muchacha volvió a estallar en llanto.

—Me enviará al Hospital de la Lámpara —sollozó—, y allí…, allí moriré entre sifilíticas.

Hamid había oído hablar del cercano Hospital de la Lámpara. Todos los cordobeses tenían miedo a ingresar en alguno de los muchos hospitales que existían en Córdoba. «Suma pobreza es la que obliga, a un pobre, a ir a un hospital», se decía entre las gentes, pero el de la Lámpara, asilo de mujeres aquejadas de enfermedades venéreas sin curación, era nombrado con pavor entre las prostitutas. Fuertemente vigilado por las autoridades como medida sanitaria, entrar en él conllevaba una agonía lenta y dolorosa.

—Yo podría… —empezó a decir Hamid—, conozco…

Ana María se volvió hacia él y le suplicó con sus ojos verdes.

—Hay un antiguo remedio musulmán que quizá… —¡Tampoco había tratado de chancro a nadie en las Alpujarras! ¿Y si no funcionaba? Sin embargo, ya tenía a la muchacha de rodillas, agarrada a sus piernas.

«¡Dios permita su curación!», rezó en silencio Hamid cuando aquella misma noche lavó con miel la vulva de Ana María y después espolvoreó sobre la llaga las cenizas que obtuvo de un canuto de caña relleno de una masa compuesta de harina de cebada, miel y sal.

«¡Permítalo Dios!», rezó noche tras noche al repetir el tratamiento. En la siguiente visita del médico del cabildo municipal, la llaga había desaparecido. ¿En verdad aquella diminuta fístula fue el anuncio de la sífilis?, pensó Hamid mientras Ana María sollozaba de alegría en sus brazos, agradecida. Era la medicina del Profeta, concluyó sin embargo: una medicina capaz de curar chancros y sífilis. ¿Acaso no se había encomendado a Dios en cada ocasión en que la curó?

—No se lo cuentes a nadie, te lo ruego —le pidió Hamid, separándose de ella—. Si supieran… Si el alguacil o la Inquisición llegase a conocer lo que aquí ha sucedido, me procesarían por brujo… y a ti por hechizada… —añadió para mayor seguridad—. ¿Qué estás haciendo, muchacha? —le preguntó sorprendido, al ver cómo Ana María se quitaba el jubón.

—Mi cuerpo es lo único que poseo —contestó ella, al tiempo que se abría la camisa y le mostraba sus jóvenes pechos.

Hamid no pudo dejar de mirar aquellos senos blancos y tersos, la gran areola morena que rodeaba sus pezones. ¿Cuántos años hacía que no disfrutaba de una mujer?

—Me basta con tu amistad —se excusó azorado—. Cúbrete, te lo ruego.

A partir de aquel día Hamid gozó de un respeto reverente por parte de todas las mujeres de la mancebía; incluso el alguacil mudó su trato hacia el esclavo. ¿Qué habría contado Ana María? El viejo alfaquí prefería no saberlo.

—He conseguido que podáis quedaros en Córdoba —anunció Hamid a Hernando una mañana. El alfaquí tomó aire antes de continuar—: Eres toda mi familia… Ibn Hamid —lo nombró en voz baja, acercándose a la oreja de Hernando, que se estremeció—, y me gustaría tenerte cerca, en esta ciudad. Además… tu esposa no resistiría un nuevo éxodo.

—No es mi esposa… —confesó por fin.

Hamid le interrogó con la mirada y Hernando le contó la historia. Entonces el anciano comprendió por qué Brahim le había recibido furioso la primera mañana en que se encontraron. El alfaquí creyó que se debía a que la muchacha hubiera sido introducida en una mancebía y se mostró contundente: «Ningún hombre estará con ella —le dijo—. Confía en mí». El arriero quiso discutir, pero Hamid le dio la espalda. Luego fue Aisha quien, una vez más, se encaró con su esposo: «La están curando, Brahim. Muerta, de poco te servirá».

Ana María conocía a un jurado de Córdoba: un hombre que estaba encaprichado de ella y que acudía con regularidad a la mancebía. Los jurados estaban llamados a ser el contrapeso de los veinticuatros en el gobierno municipal. A diferencia de los veinticuatros, nobles todos ellos, los jurados eran hombres del pueblo elegidos directamente por sus conciudadanos para que los representaran en el cabildo. Con el paso del tiempo, sin embargo, el cargo se patrimonializó y se convirtió en sucesorio, hábil para ser cedido en vida, y los diferentes monarcas lo utilizaban, bien para premiar servicios, bien para obtener pingües beneficios de su venta. La elección en la parroquia se convirtió en una pantomima formalista y los jurados, sin poseer los títulos y riquezas de la nobleza, trataron de equipararse con ella y los veinticuatros. El jurado que visitaba a Ana María acogió la solicitud de la muchacha como una oportunidad de demostrarle su poder más allá del tálamo, y en un alarde de vanidad aceptó el encargo de lograr que aquellos moriscos se quedasen en Córdoba.

—Son parientes del morisco cojo —explicó con voz melosa Ana María refiriéndose a Hamid; tenía al jurado, ya satisfecho, a su lado, en la cama—, y una de las mujeres está enferma. No puede viajar. ¿Serás…?, ¿serás capaz? —Lo preguntó con inocencia, zalamera, provocándolo, consciente de que el jurado le contestaría con algo parecido a un «¿acaso lo dudas?», como así sucedió. Ana María acarició el pecho blando del hombre—. Si lo consigues —susurró—, tendremos las mejores sábanas de la mancebía —añadió con un guiño pícaro.

La autorización para permanecer en Córdoba requirió que los hombres tuviesen trabajo. El jurado consiguió que Brahim fuese contratado en uno de los muchos campos de cultivo de las afueras de la ciudad.

—¿Arriero? —se burló el jurado cuando Ana María le contó

cuál era la profesión de Brahim—. ¿Y tiene mulas? —La muchacha negó—. ¿Cómo va a trabajar de arriero entonces? Con Hernando no hubo lugar a discusión: trabajaría como mozo en la curtiduría de Vicente Segura.

Y allí estaba él, aquel 30 de noviembre de 1570, cargando pellejos hasta la calle Badanas por la ribera del Guadalquivir, con la mirada puesta en los últimos moriscos que en aquel momento superaban la fortaleza de la Calahorra y dejaban atrás el puente romano de acceso a la ciudad de los califas.

La calle Badanas se iniciaba en la iglesia de San Nicolás de la Ajerquía, junto al río, y luego, dibujando una línea quebrada, desembocaba en la del Potro, muy cerca de la plaza. En la zona se ubicaba la mayor parte de las curtidurías, ya que en ella se disponía del abundante agua del Guadalquivir, imprescindible para su trabajo; el aire que se respiraba era acre e hiriente, resultado de los diversos procesos a los que se sometían las pieles antes de convertirse en fantásticos cordobanes, guadamecíes, suelas, zapatos, correajes, arneses o cualquier otro tipo de objeto que necesitara del cuero. Hernando accedió al taller de Vicente Segura por su puerta trasera, la que daba al río, y descargó los pellejos en una esquina del gran patio interior, allí donde lo había hecho durante los tres días que llevaba trabajando. Uno de sus oficiales, un cristiano calvo y fuerte, se acercó a comprobar el estado de los pellejos sin tan siquiera saludar a Hernando que, una vez más, volvió a quedarse absorto en el trajín que se desarrollaba en el interior del patio que cubría el espacio existente entre el río y la calle Badanas: oficiales, aprendices y un par de esclavos que no hacían otra cosa que acarrear agua limpia del río, trabajaban sin cesar. Unos rendían las pieles: era la primera operación que se efectuaba en cuanto entraba un pellejo en la curtiduría; consistía en introducirlo en balsas con agua fresca hasta ablandarlo, tantos días como fuera necesario según la piel y su estado. Algunas de ellas, ya rendidas o en proceso de estarlo, se hallaban extendidas sobre tablas, con la parte de la carnaza al aire, listas para que los operarios las rasparan con cuchillos cortantes y las limpiaran de la carne, sangre e inmundicias que pudieran haber quedado adheridas.

Una vez rendidas las pieles, éstas se introducían en los pelambres para el apelambrado, operación que consistía en sumergirlas en agua con cal y con la carnaza hacia abajo. El proceso de encalado dependía de la clase de piel y del objeto al que fuera destinada.

Hernando observó que algunos aprendices levantaban las pieles de los pelambres para orearlas colgadas de palos durante más o menos tiempo, según la estación del año, antes de volverlas a introducir para repetir la operación a los pocos días. El apelambrado podía durar entre dos y tres meses, según fuera verano o invierno. El rendido y encalado eran comunes a todas las pieles; luego, cuando el maestro consideraba que la piel estaba suficientemente apelambrada, los procedimientos variaban según fueran a ser destinadas a suelas, zapatos, correajes, cordobanes o guadamecíes. El curtido de las pieles se efectuaba en noques, unos agujeros hechos en la tierra recubiertos de piedra o ladrillo, en donde las pieles se sumergían en agua con corteza de alcornoque, que abundaba en Córdoba; en los noques el maestro controlaba con precisión el curtido de las pieles. Hernando miró al maestro y al oficial al que éste controlaba, metido en uno de los noques y desnudo de cintura para abajo, pateando pieles de cabrito destinadas a cordobanes negros, sin dejar ni un momento de voltearlas ni de bañarlas con agua y zumaque. Aquella operación se desarrollaría durante ocho horas, a lo largo de las cuales en momento alguno cesarían los oficiales de patear, voltear y empapar las pieles de cabrito.

—¿Qué miras? ¡No estás aquí para perder el tiempo! —Hernando se sobresaltó. El oficial calvo al que había entregado los pellejos esperaba con uno de ellos extendido, aquel que parecía encontrarse en peor estado—. Éste es para tu agujero —le indicó—. Ve al estercolero, como los otros días.

Hernando no quiso mirar hacia el otro extremo del patio, donde en un rincón algo alejado y escondido se abría un profundo hueco en el suelo; en el frío de aquel día de noviembre se alzaba del agujero una columna de aire caliente y pestilente resultado de la putrefacción del estiércol. Cuando se introdujese en su interior, como había tenido que hacer a lo largo de los dos días anteriores, aquella columna de humo cobraría vida, se pegaría a sus movimientos y le envolvería en calor, hedor y miasmas. El maestro había decidido que las pieles que presentaban defectos, como la que acababa de darle el oficial, no se apelambrasen con cal sino con estiércol; el proceso era mucho más breve, no tenía que llegar a los dos meses, y sobre todo mucho más barato. Las pieles resultantes, de menor calidad debido a que con el estiércol no se obtenían los mismos resultados que con la cal, se destinaban a suelas de zapato.

Cruzó el patio, entre balsas, noques, largas tablas en las que se trabajaban las pieles con cuchillos cortantes o botos, según hiciera falta, y palos de los que colgaban las pieles. Pasó delante de un aprendiz que estaba en la balsa y arrastró los pies en dirección al estercolero. Varios aprendices jóvenes intercambiaron sonrisas: no existía tarea más ingrata, y la llegada del morisco los había librado del estercolero. Vicente, junto al noque en el que se pateaba el cordobán, se percató de la situación y lanzó un grito; las sonrisas se esfumaron, y oficiales y aprendices se volcaron en sus respectivos trabajos, ajenos al morisco, que ya se hallaba en el borde del agujero. El estiércol que cubría las pieles bullía.

El primer día había estado a punto de desmayarse. Le faltaba el aire: boqueó tratando de encontrarlo, pero el hedor ardiente se le introdujo en los pulmones, asfixiándolo. Entonces tuvo que acercarse al borde del agujero y apoyar el mentón a ras de suelo, en busca de aire. Casi vomitó, pero el oficial que aquel día le controlaba le gritó que no lo hiciera sobre las pieles, de modo que cerró la boca y reprimió las arcadas.

Hernando miró el estiércol y se descalzó, se quitó la ropa y se dejó caer en el agujero. ¿Dónde quedaba Sierra Nevada? ¿Su aire puro y límpido? ¿Su frescor? ¿Dónde los árboles y los barrancos por los que corrían los miles de riachuelos que descendían de las cumbres nevadas? Contuvo la respiración. Había aprendido que era la única forma de soportar aquella tarea. Se trataba de levantar las pieles para airearlas y que no se recalentasen más de lo necesario. Revolvió entre el estiércol, donde se amontonaban las pieles, hasta encontrar la primera de ellas. La sacudió y logró sacarla del agujero antes de que se le hiciera imposible seguir sin respirar. Entonces buscó el aire, de nuevo a ras de suelo. La primera piel era la más sencilla de levantar; a medida que profundizaba en aquel hueco inmundo, se amontonaba el estiércol y se le hacía más y más difícil levantar las demás. Permaneció más de dos horas levantándolas, aguantando la respiración, con cuerpo y cabello lleno de inmundicias hediondas. Una vez finalizada su labor, uno de los oficiales se acercó y comprobó el estado de las pieles. Retiró un par de ellas, grandes pieles de buey que consideró ya apelambradas, y le indicó que aireara las demás y extrajera con una pala todo el estiércol del hueco; luego, al final de la jornada, debía volver a colocarlas en él: una capa de estiércol y una piel, otra capa de estiércol y otra piel, así hasta cubrirlas todas para, al día siguiente, levantarlas de nuevo.

26

En aquel año de 1570, la población de Córdoba alcanzaba los cincuenta mil habitantes aproximadamente. Como en toda ciudad amurallada, en las que estaba prohibida la construcción de viviendas extramuros que pudieran impedir el libre acceso al camino de ronda u hostigar a la ciudad que se abría sobre las murallas, más allá de las cuales se extendía el campo. El río Guadalquivir dejaba de ser navegable a su altura y trazaba un caprichoso e impresionante meandro. Al norte de la ciudad estaba Sierra Morena y al sur, más allá del río, se extendían los campos de cultivo, la rica «campiña de pan». En el siglo x Córdoba culminó su proceso de independencia de Oriente, y Abderramán III se erigió en califa de Occidente, sucesor y vicario de Muhammad, príncipe de los creyentes y defensor de la ley de Alá. A partir de entonces, Córdoba se convirtió en la mayor urbe de Europa, heredera cultural de las grandes capitales orientales, con más de mil mezquitas, miles de viviendas, comercios y cerca de tres centenares de baños públicos. Fue en Córdoba donde florecieron las ciencias, las artes y las letras. Tres siglos más tarde, fue conquistada para la cristiandad por el rey santo, don Fernando III, tras seis meses de asedio, llevado desde la Ajerquía sobre la Medina, las dos partes en las que se dividía la ciudad.

Los cristianos no trabajaban los domingos de modo que, en el primer festivo que pasaban en la ciudad, Hernando escapó ofuscado de la mísera casa de dos pisos situada en un callejón sin salida que daba a la calle de Mucho Trigo y en la que, en seis pequeñas estancias, se hacinaban siete familias moriscas, entre ellas la suya.

—Hay algunas casas en las que llegan a vivir catorce y dieciséis familias —les había comentado Hamid al proponerles aquella vivienda—. El rey —explicó ante sus gestos de incredulidad— ha dispuesto que los moriscos compartan casa con cristianos viejos a fin de que éstos puedan controlarlos, pero el cabildo no ha creído oportuno obedecer esa orden al entender que ningún cristiano querría vivir con nosotros, y ha dispuesto que vivamos en casas independientes, siempre que éstas se sitúen entre dos edificios ocupados por cristianos. Además —añadió, chasqueando la lengua—, aquí todas las casas son propiedad de la Iglesia o de los nobles, que cobran muy buenas rentas por su alquiler, cosa que no podrían hacer si viviésemos en las de los cristianos. Debemos ser más de cuatro mil moriscos los que hemos llegado a la ciudad. No les ha costado mucho a los veinticuatros de Córdoba adoptar esa decisión: pagan unos sueldos míseros, pero ganan mucho dinero con nosotros: primero nos explotan y después nos roban nuestros exiguos ingresos con las rentas de sus casas.

Como habían sido los últimos en llegar, les tocó compartir habitación con un matrimonio joven que acababa de tener un hijo, el cual parecía despertar sentimientos encontrados en una Fátima apesadumbrada. La muchacha se limitaba a seguir las instrucciones que en todo momento le daba Aisha. Luego, una vez cumplidas, volvía a su pertinaz silencio, que sólo interrumpía para musitar alguna oración. A veces alzaba el rostro cuando oía llorar al pequeño. Hernando, en las pocas ocasiones en que se encontraba en casa, intentó averiguar qué trataban de expresar aquellos ojos negros ahora siempre apagados, pero sólo podía leer en ellos una inmensa congoja.

Pero también Aisha dejaba escapar miradas tristes hacia el recién nacido. En el mismo momento en que las autoridades los censaron, como hacían con todos los menores deportados, les arrebataron a Aquil y Musa, quienes fueron entregados a piadosas familias cordobesas que debían educarlos y convertirlos a la fe cristiana. Aisha y Brahim, tan impotente como su mujer por una vez, se habían visto obligados a contemplar cómo los niños, deshechos en lágrimas, eran apartados de su familia y puestos en manos de desconocidos.

El rostro del arriero expresaba una furia salvaje: ¡eran sus varones! ¡El único orgullo que le quedaba!

Sin embargo, no era Fátima, ni la expectativa de compartir durante largo tiempo la habitación con el joven matrimonio y su pequeño, lo que impulsó aquel domingo a Hernando a levantarse antes de que saliese el sol y a salir con sigilo. Esa noche, amontonados todos en la habitación y por primera vez en muchos meses, Brahim había buscado a Aisha y ella se entregó a él como lo que era: su primera esposa. Hernando, encogido y tenso en su jergón, escuchó los suspiros y jadeos de su madre justo a su lado. ¡No había espacio para más! En la penumbra, los párpados prietos sobre sus ojos, sufrió al notar cómo ella procuraba el placer de Brahim, volcándose en él tal y como debían hacerlo las mujeres musulmanas: buscando el acercamiento a Dios a través del amor.

No quería ver a su madre. No quería ver a Brahim. ¡No quería ver a Fátima!

Pero aquella sensación de ahogo no cedió por más que huyera de la habitación y empezara a pasear por las calles de Córdoba bajo el sol que empezaba a alumbrarlas. Primero pensó en dirigirse a la mezquita: contemplar de cerca aquella construcción que sobresalía por encima de todos los edificios de Córdoba y que tantas veces veía al cruzar el puente romano, cuando volvía a la curtiduría cargado con el estiércol. No quedaba ninguna otra mezquita en la ciudad de los califas. El rey Fernando ordenó que sobre ellas se levantasen iglesias; hasta catorce se construyeron a expensas de los lugares de culto musulmanes. Luego derribaron las demás. La mezquita de los califas tampoco lo era ya, pero se comentaba que aún podían verse las celosías sobre las puertas de entrada, los arabescos o las largas filas de columnas coronadas por dobles arcos de herradura en ocre y colorado que la hacían única en el mundo; decían también que si uno se empeñaba, todavía podían oírse los ecos de las oraciones de los creyentes.

Al recordar los insultos de los cristianos a su llegada a Córdoba y la suspicacia con la que la gente le miraba cuando, cargado de estiércol, se acercaba a la mezquita tras cruzar el puente romano, Hernando desechó la idea. ¡Hasta los niños parecían defender el templo de los herejes! Anduvo por lo tanto sin rumbo por las calles de la Ajerquía y la Medina, y se percató de que Córdoba era en sí misma, toda ella, un gran templo de la cristiandad. A los catorce templos construidos por el rey castellano, que eran sede de las parroquias de la ciudad, se sumaba uno más, posterior, y casi una cuarentena de pequeños hospitales o asilos, todos con su correspondiente iglesia. Entre iglesias y hospitales había grandes extensiones de terreno con magníficos conventos ocupados por órdenes religiosas: San Pablo, San Francisco, la Merced, San Agustín y la Trinidad. Y también imponentes conventos de monjas, como el de la Santa Cruz, lindante con la calle de Mucho Trigo, donde vivía Hernando, el de Santa Marta, y otros tantos que se habían ido construyendo desde la conquista, todos escondidos a la curiosidad de los vecinos mediante largos y altos muros ciegos encalados, sólo abiertos en las puertas de acceso.

En cualquier rincón de las calles de Córdoba aparecían pinturas o esculturas de Ecce Homos, Vírgenes, santos o Cristos, algunos a tamaño natural, e infinidad de altares que los cristianos viejos mantenían siempre iluminados con velas, las únicas luces nocturnas de la ciudad. Minúsculas ermitas, alguna de ellas para no más de doce personas, beaterios y casas de emparedadas se diseminaban por todo el caserío, al igual que lo hacían monjes o cofrades constantemente, pidiendo limosna entre el soniquete de rosarios cantados por las calles.

¿Cómo iban a poder sobrevivir ellos en aquel gigantesco santuario?, pensó Hernando de pie, con la mirada perdida en la fachada de la iglesia de Santa Marina, cerca del matadero, más allá del cementerio que rodeaba el templo por tres de sus costados, a donde le llevaron sus pasos, al norte de la ciudad.

¡Juviles! ¡La sierra!, gritó en su interior. Allí quieto, bajo los primeros rayos de sol, se sintió sucio y apestando a estiércol putrefacto.

—Ni se te ocurra lavarte —le había advertido Hamid—. Es uno de los comportamientos que los cristianos vigilan y consideran como una señal de herejía.

—Pero…

—Piensa que ellos no lo hacen —le interrumpió el alfaquí—. En ocasiones se lavan los pies y algunos, la mayoría, sólo se bañan una vez al año, en el día de su onomástica. Las puntillas de sus camisas son nidos de piojos y pulgas. ¡Lo sufro! Ten en cuenta que una de mis responsabilidades es cambiar las sábanas de la mancebía.

De mala gana había seguido su consejo y no se lavó hasta que el hedor se le cosió a la piel, como sucedía con todos los moriscos…, como sucedía con todos los cristianos. Oliéndose, observó los enterramientos de los parroquianos a las puertas de su iglesia; nobles y ricos, todo aquel que podía pagarlo, se procuraban una tumba en el interior de una iglesia, de un convento o de la catedral, pero los tenderos y artesanos yacían allí, en medio de las calles de Córdoba, mientras en las afueras se enterraba a los indigentes.

El domingo era obligado asistir a misa y tenía que ir acompañado de Fátima, su legítima esposa frente a los cristianos, que ya el viernes había acudido a la iglesia para las clases de evangelización que le impusieron el día de su boda. Así pues, regresó a San Nicolás de la Ajerquía descendiendo junto al arroyo de San Andrés. Si algo sobraba en Córdoba, además de devoción cristiana, era agua: como en Sierra Nevada, pero a diferencia del agua cristalina de las cañadas de las Alpujarras, aquí se encharcaba en las plazas o descendía emponzoñada hasta el río. Por el arroyo de San Andrés, por donde ahora caminaba Hernando, bajaban las aguas que recogían los desechos del matadero y los de todo el vecindario de su cauce. ¿Por qué les importaría tanto a los cristianos el recorrido de los pellejos si permitían el paso de aquellas aguas pútridas?, se quejó para sí al cruzar con cuidado sobre uno de los tablones que a modo de puentes ordenó colocar el cabildo entre las casas que canalizaban el arroyo. Tal era la profundidad del cauce de aquel hediondo arroyo, a nivel inferior incluso al de los cimientos de los edificios, que los cordobeses lo bautizaron como «el despeñadero».

El interior de la iglesia de San Nicolás, enclavada allí donde la calle de las Badanas confluía con el río, sorprendió a Hernando, que se había reunido allí con Fátima y los demás moriscos para asistir al servicio religioso. En aquellas ocasiones en que volvía del matadero había observado su fachada baja, de no más de cinco varas de altura, que la diferenciaba de las demás iglesias construidas por el rey Fernando, mucho más grandes y altas. Como las demás, se había erigido sobre una mezquita, pero sin embargo San Nicolás conservaba todavía las hileras de columnas rematadas con arcos que caracterizaban los lugares de culto musulmanes, al estilo de la catedral. Pero aquella sensación fugaz desapareció tan pronto como el sacristán empezó a pasar lista a los moriscos; cerca de doscientos se hallaban empadronados en la parroquia pero, al contrario que en Juviles, aquí eran minoría entre los más de dos mil cristianos viejos que se acumulaban en el templo: la mayoría artesanos, comerciantes y asalariados —los nobles habitaban en otras parroquias—, amén de un número considerable de esclavos propiedad de los artesanos.

Hombres y mujeres oyeron misa separados. No se produjeron los exabruptos ni las amenazas del sacerdote de Juviles: allí la misa era para los cristianos. La ceremonia les costó un maravedí por cabeza. Salieron, y mientras esperaban a las mujeres, se les acercó un hombre bien vestido. Sin pensarlo, Hernando desvió la mirada hacia las puntillas del cuello de su camisa a la espera de que apareciera algún piojo o de ver saltar alguna pulga.

—Vosotros sois los nuevos moriscos del callejón de Mucho Trigo, ¿no? —preguntó a Hernando y Brahim, con soberbia, sin tenderles la mano. Los dos asintieron y el recién llegado se volvió hacia Hamid para examinarlo con desprecio, deteniéndose en su rostro marcado—. ¿Qué haces tú con ellos?

—Somos del mismo pueblo, excelencia —respondió Hamid con humildad.

El hombre pareció tomar nota mental de aquella noticia.

—Me llamo Pedro Valdés, justicia de Córdoba —dijo después—. No sé si vuestros vecinos os habrán hablado de mí, pero sabed que tengo el cometido de visitaros una vez cada quince días para comprobar vuestro estado y que viváis conforme a los preceptos cristianos. Confío en que no me ocasionéis problemas. —En aquel momento se sumaron Aisha y Fátima, que no obstante se quedaron a un par de pasos del grupo—. ¿Vuestras esposas? —se interesó. Dio por supuesto que sí y sin esperar respuesta reparó en Fátima, que aparecía empequeñecida al lado de Aisha—. Ésa está demacrada y delgada —indicó como si hablase de un animal—. ¿Está enferma? Si es así, tendré que ordenar su ingreso en un hospital. —Tanto Hernando como Brahim titubearon y buscaron la ayuda de Hamid—. ¿Necesitáis que un esclavo conteste por vosotros? —les recriminó el justicia—. ¿Está enferma o no?

—No…, excelencia —balbuceó Hernando—. El viaje…, el viaje no le sentó bien, pero se está reponiendo.

—Mejor así. Los hospitales de la ciudad andan escasos de camas libres. Llévala a pasear por la ciudad. El sol y el aire le harán bien. Disfrutad de la fiesta del Señor y agradecédsela. El domingo es un día de alegría: el día en que Nuestro Señor resucitó de entre los muertos y ascendió a los cielos. Llévala a pasear —repitió haciendo además de dejarlos—. ¿Tú eres el esclavo de la mancebía? —preguntó no obstante a Hamid antes de volverse.

El alfaquí asintió y el justicia tomó nueva nota mental. Luego se dirigió a un grupo de ricos mercaderes y sus mujeres que le esperaban algo más allá.

—¡A casa! —gritó Brahim tan pronto como el justicia y sus acompañantes hubieron desaparecido.

Aisha y Fátima ya se encaminaban tras él cuando Hamid intervino:

—A veces hacen visitas por sorpresa, Brahim. Los justicias, los sacerdotes y el superintendente se divierten con sus amigos acudiendo a nuestras casas. Unos vasos de vino y…

—¿Quieres decir que estás de acuerdo en que mi esposa se muestre a todos los cristianos paseando por la ciudad, con este… —escupió sin mirar a Hernando—, con el nazareno?

—No —confesó Hamid—. No se trata de que se muestre a los cristianos. Pero tampoco estoy de acuerdo con acudir a su misa, rezar sus oraciones, comer la torta, y sin embargo lo hacemos. Debemos vivir como ellos pretenden. Sólo así, sin darles problemas, engañándolos, podremos recuperar nuestras creencias.

Brahim pensó unos instantes.

—Jamás con el nazareno —afirmó, tajante.

—A ojos de los cristianos, es su esposo.

—¿Qué es lo que pretendes defender, Hamid?

—Llámame Francisco —le corrigió el alfaquí—. No defiendo nada, José. —Hamid forzó la voz al pronunciar el nombre cristiano de Brahim—. Las cosas son así. No las he dispuesto yo. No busques problemas a tu pueblo; todos dependemos de lo que hagan los demás. Tú exiges que se cumplan nuestras leyes respecto a tus dos esposas y te respetamos, pero te niegas a someterte al bien de nuestros hermanos y buscas enfrentamientos con los cristianos. Hernando —añadió, dirigiéndose a él—, recuerda que conforme a nuestra ley, ella no es tu esposa; compórtate como el familiar suyo que eres. Id a pasear. Cumplid la orden del justicia.

—Pero… —empezó a quejarse Brahim.

—No quiero problemas si el justicia se presenta en tu casa, José. Ya tenemos bastantes. Id —insistió a Hernando y Fátima.

Fátima le siguió como podría haber hecho con cualquier otro que hubiera tirado del ajado vestido que la cubría; esta vez con la muchacha a su lado, silenciosa y cabizbaja, Hernando volvió a internarse en las calles de Córdoba tratando de acomodar su paso al lento caminar de ella.

—Yo también echo de menos al pequeño —le dijo varias calles más allá, tras haber desechado decenas de comentarios que le rondaron la cabeza. Fátima no contestó. ¿Cuánto iba a durar aquello? —se lamentó él—. ¡Eres joven! —saltó exasperado—. ¡Podrás tener más hijos!

Al instante se dio cuenta de su error. Fátima sólo lo exteriorizó aminorando todavía más su marcha.

—Lo siento —insistió Hernando—. ¡Lo siento todo! Siento haber nacido musulmán; siento el levantamiento y la guerra; siento no haber sido capaz de prever lo que iba a suceder y soñar esperanzado como lo hicieron miles de nuestros hermanos; siento nuestros deseos de libertad; siento…

Hernando calló de repente. Su deambular les había llevado a la Medina, al barrio de Santa María, más allá de la catedral, una intrincada red de callejas y callejones sin salida, como en muchas ciudades musulmanas. Un grupo de personas corría hacia ellos: se agolpaban en el estrecho callejón, gritaban, y algunos se detenían un instante para mirar nerviosa y fugazmente hacia atrás antes de reemprender la carrera.

—¡Un toro! —oyó que gritaba una mujer al pasar junto a ellos.

—¡Que vienen! —chilló un hombre.

¿Un toro? ¿Cómo podía ser que allí, en una calleja de Córdoba…? No tuvo tiempo de pensar nada más. Se habían quedado parados; por aquel estrecho espacio se aproximaban cinco jinetes engalanados, tirando de un impresionante toro ensogado a sus sillas de montar: unas sogas en los cuernos, otras en el pescuezo del animal. Las grupas de los caballos chocaban contra las paredes y los jinetes volteaban sus monturas con habilidad. El toro se defendía bramando, y los hombres tiraban de él hacia delante cuando el animal se revolvía hacia atrás o lo refrenaban desde atrás cuando parecía que iba a alcanzar y cornear a los de delante. Los bramidos del toro, los relinchos de los caballos, los cascos contra la tierra y los gritos de los jinetes resonaron en el callejón.

—¡Corre! —gritó, agarrando a Fátima de un brazo.

Pero la dejó atrás. Hernando se detuvo y se volvió nada más notar que el brazo de Fátima se soltaba de su mano. Los dos primeros jinetes estaban a menos de quince pasos de ella. Tiraban del toro, ciegos, ajenos a lo que sucedía delante. Fue sólo un instante en el que creyó ver a Fátima de espaldas a él, erguida como no lo había estado en mucho tiempo, firme, con los puños apretados a sus costados, ¡buscando la muerte! Saltó sobre ella justo en el momento en que el primer jinete iba a arrollarla. El caballero ni siquiera había intentado detenerse. En la caída chocaron contra la pared de una casa; él trató de proteger a Fátima, tumbándose sobre su cuerpo. Otro de los caballos saltó por encima; el toro lanzó una cornada que, por suerte, no les alcanzó y que descascarilló la pared por encima de sus cabezas. El último jinete que galopaba por su lado también los rebasó, pero en esta ocasión Hernando notó cómo el caballo le pisaba la pantorrilla.

Después de los caballos, otro grupo de gente pasó corriendo sin preocuparse de la pareja tumbada en el suelo, que permanecía inmóvil mientras el estruendo se convertía en un eco a lo largo del callejón. Hernando sintió la respiración entrecortada que agitaba el cuerpo de Fátima. Al levantarse, también sintió un dolor agudo en la pierna izquierda.

—¿Estás bien? —preguntó a la muchacha mientras, dolorido, intentaba ayudarla.

—¿Por qué siempre tienes que salvarme la vida? —le espetó ella una vez en pie, frente a él. Temblaba, pero sus ojos…, era como si después de haberse enfrentado a la muerte, sus ojos negros hubieran recobrado la vida. Hernando, con los brazos extendidos, intentó agarrarla de los hombros, pero ella se soltó—. ¿Por qué…? —empezó a gritar Fátima.

—Porque te quiero —la interrumpió alzando la voz, todavía con los brazos extendidos—. Sí. Porque te quiero con toda el alma —repitió en voz baja y trémula.

Fátima clavó en él su mirada. Transcurrieron unos instantes antes de que una lágrima se deslizase por su pómulo. Luego estalló en el llanto que había reprimido desde la noche de su boda con Brahim.

Se abrazó a Hernando. Y lloró todo lo que no había llorado mientras él la acunaba en un callejón cordobés.

Algo más lejos, allí donde el callejón se unía a otras dos callejas formando una diminuta plaza irregular, una señorita noble vestida de negro, con su dama de compañía un paso por detrás, observaba desde el balcón de un palacete cómo cinco jóvenes caballeros la galanteaban dando muerte al toro, ya libre de sus sogas, mientras la gente llana jaleaba y aplaudía refugiada en las bocacalles.

27

Pascua de Navidad de 1571

El cabildo municipal había decretado tres días de fiesta para celebrar la rotunda victoria de don Juan de Austria sobre los turcos, al mando de la armada de la Santa Liga, en la batalla naval de Lepanto. Los sentimientos religiosos se exacerbaron con el triunfo de las fuerzas cristianas sobre las musulmanas y junto a los festejos paganos, la ciudad hervía con procesiones y *Te Deum* de acción de gracias. No era el mejor momento para que los moriscos paseasen por las calles de Córdoba sumándose al júbilo y al fervor popular. Además, pocos meses antes se había tenido noticia de la definitiva derrota del rey de al-Andalus. Aben Aboo fue traicionado y asesinado por el Seniz; su cuerpo, rellenado con sal, fue trasladado a Granada, donde su cabeza todavía colgaba sobre el arco de la puerta del Rastro, la que salía al camino de las Alpujarras, metida en una jaula de hierro.

Con todo, Hernando presenciaba las fiestas con Hamid en la plaza de la Corredera. En el centro de la gran plaza cordobesa se erigió un castillo en el que se simularía una batalla entre moros y cristianos, pero hasta entonces, el vino manaba gratuitamente del pico de un pelícano, por lo que el alcohol iba haciendo mella en una muchedumbre que se peleaba por acercarse a aquella curiosa fuente. Mientras tanto, el cabildo anunció un certamen para el que dispuso un premio de once piezas de terciopelo, damasco y tela de plata: dos piezas para los vencedores de unas carreras a caballo; cuatro para los hombres más elegantes; tres más para las tres mejores compañías de infantería formadas por los gremios, ¡y dos para las mujeres de la mancebía que más lucieran!

—Es difícil entender a esta gente —comentó el joven a Hamid mientras Ana María se paseaba con coquetería por delante del numeroso público que la vitoreaba sin reparos—. En presencia de sus mujeres e hijas, premian a las mujeres con las que se acuestan.

—Todas ellas saben que sus maridos acuden a la mancebía —arguyó Hamid sin prestar atención a lo que decía, con la mirada fija en las evoluciones de una Ana María bellísima. Hernando hizo lo propio, si bien estaba más pendiente de los esfuerzos de los alguaciles por impedir que algunos hombres ya borrachos saltasen sobre la muchacha—. Los cristianos no buscan el placer en sus esposas —añadió el alfaquí en voz baja, volviéndose hacia el muchacho en el momento en que Ana María fue sustituida por una voluptuosa mujer de pelo negro—. Es pecado. Los tocamientos y las caricias son pecado. Incluso adoptar otra postura que no sea la de yacer en el lecho, es pecado. No se puede buscar la sensualidad…

—¡Pecado! —intervino Hernando, sonriente.

—Exacto. —Hamid le hizo un gesto para que bajase la voz—. Por eso sus esposas aceptan que busquen la sensualidad y el placer en las prostitutas. Las meretrices no dan los problemas de bastardos y reclamaciones de herencia que les pueden plantear las barraganas o las cortesanas. Y su Iglesia lo apoya.

—Hipócritas.

—Varias boticas de la mancebía son propiedad del cabildo catedralicio —dijo Hamid antes de que ambos se apartaran del certamen y anduvieran sin rumbo desde la plaza de la Corredera, entre la multitud.

—Sí —afirmó Hernando pensativo, transcurridos unos instantes—, pero esas mismas esposas tan castas con sus maridos, buscan después el placer en otros hombres…

Hamid le miró con curiosidad y él le contestó con una simple mueca que eliminó de su rostro en cuanto percibió la desaprobación en el alfaquí.

Había transcurrido más de un año desde que Fátima se echara en sus brazos tras buscar la muerte frente a un toro y unos caballos desbocados.

—Continúo siendo su segunda esposa —lamentó la muchacha después de besarse en el callejón y cruzar promesas de amor.

—¡Aquí no vale ese matrimonio! —alegó Hernando sin pensarlo.

El semblante de Fátima mudó y Hernando titubeó, ¿cómo podía haber afirmado…?

—Es nuestra ley —se le adelantó Fátima—. Si renunciamos a ella… a nuestras creencias… Mal que me pese, debo respetar mi matrimonio con Brahim: ante los nuestros es mi marido. No puedo olvidarme de eso, por mucho que lo desee. Por mucho que lo aborrezca…

—No. No quería decir…

—No seríamos nada. Eso es lo que pretenden los cristianos: martirizarnos hasta nuestra desaparición. Somos un pueblo maldito para ellos. Nadie nos quiere aquí: los humildes nos odian y los nobles nos explotan. Ha muerto mucha de nuestra gente por defender la verdadera fe: mi esposo, mi hijo… ¡Ningún cristiano hizo nada por un niño enfermo e indefenso! ¡Malditos! ¡Malditos todos ellos! Tú mismo lo enterraste… —La voz de Fátima se quebró hasta quedar convertida en un sollozo. Hernando la atrajo hacia sí y la abrazó—. ¡Debemos cumplir con nuestras obligaciones…! —lloró.

—Encontraremos alguna solución —trato de consolarla Hernando.

—¡No seríamos nada sin nuestras leyes! —insistió la muchacha.

—No llores, te lo ruego.

—¡Es nuestra religión! ¡La verdadera! ¡Malditos!

—Lograremos resolverlo.

—¡Perros cristianos! —Antes de que terminara la frase, Hernando hundió el rostro de la muchacha en su hombro para acallar sus palabras—. ¡Moriré por el Profeta, loado sea, si es necesario! —sentenció después ella.

—Moriré contigo —le susurró él mientras más allá, en la plazuela, la gente estallaba en vítores cuando el rejón se introdujo en lo alto del toro hiriéndolo de muerte.

La doncella que miraba desde el balcón de su palacio aplaudió comedidamente.

«¡Moriré por el Profeta!» La determinación que se desprendía de aquella promesa era la misma que Hernando oyó de boca de Gonzalico antes de que el manco lo degollase. ¿Qué habría sido de Ubaid?, se preguntó una vez más. Al anochecer dejó a Fátima en la casa de la calle de Mucho Trigo. Brahim y Aisha parecían tranquilos y él volvió a escapar tras hacerse con un pedazo de pan de centeno duro, pero sólo cuando Fátima se lo permitió con un casi imperceptible movimiento del mentón. Aquel domingo, después del episodio con el toro, habían descendido hasta el río, pasando por delante de la mezquita, donde entre curas y capellanes apretaron las manos que llevaban entrelazadas, y allí, a orillas del Guadalquivir, frente a la noria de la Albolafia y los molinos que lo cruzaban, dejaron pasar las horas. Hernando no tenía dinero. Cobraba dos míseros reales al mes, menos que una sirvienta con derecho a cama y comida, dineros que además inmediatamente entregaba a su madre para, junto a las ganancias de Brahim, cubrir los gastos del alquiler y la manutención. No comieron nada, excepción hecha de un par de buñuelos fríos y aceitosos que un buñolero morisco les regaló después de observar cómo saboreaban el aroma que dejaba tras de sí.

Pasaba la hora de vísperas y las puertas de las casas de los cristianos piadosos se encontraban cerradas, como ordenaban las buenas costumbres durante el invierno. Sin embargo, eso no se aplicaba a la zona del Potro, donde se aglomeraba la gente: mercaderes, tratantes, viajeros, soldados y aventureros, mendigos, vagabundos o simples vecinos bebían en posadas y mesones, charlaban en tertulias improvisadas, entraban y salían de la mancebía, peleaban o cerraban tratos comerciales cualquiera que fuese la hora. Hernando dirigió sus pasos hacia el lupanar, pero no acertó a ver a Hamid en el callejón: sólo las puertas de la mancebía, abiertas a la calle del

Potro. Deambuló sin rumbo por la zona. «Lograremos resolverlo», le había dicho a Fátima, pero ¿cómo? Sólo Brahim podía repudiarla y nunca lo haría si eso significaba que él, el nazareno, terminase consagrando su amor. Mientras tanto, ¿qué sería de ella? Fátima se esforzaba por no engordar y aparecer poco atractiva ante su esposo, pero Brahim volvía a mirarla con ojos de deseo.

—¡Muchacho! —Absorto en sus pensamientos, no hizo caso—. ¡Eh! ¡Tú!

Hernando notó cómo una mano le agarraba del hombro, se volvió y se encontró con un hombre delgado y bajo, quizá más bajo que él. Al principio, a la escasa luz que salía de los mesones y las posadas, no lo reconoció, pero el hombre le mostró unos dientes tan negros como la noche que los rodeaba y entonces recordó: era uno de los tratantes de mulas que mercadeaban junto a la torre de la Calahorra, allí donde acudía a por el estiércol de la curtiduría. Habían cruzado algún saludo cuando él se metía entre su ganado.

—¿Quieres ganarte un par de blancas? —le preguntó el tratante.

—¿Qué hay que hacer? —inquirió Hernando, dando a entender que estaba dispuesto a lo que fuese.

—Acompáñame.

Bajaron por la calle de Badanas hasta el río. El hombre no habló, ni siquiera se presentó. Hernando le siguió en silencio. Dos blancas eran una miseria, pero aun así suponían el trabajo de dos días en la curtiduría. Ya en la orilla, el hombre escrutó nervioso a uno y otro lado. No había luna y la oscuridad era casi completa.

—¿Sabes remar? —le preguntó, descubriendo un destartalado y minúsculo bote escondido en la orilla.

—No —reconoció el morisco—, pero puedo…

—Da igual. Sube —le ordenó con la chalupa ya en el agua—. Remaré yo. Tú ocúpate de achicar el agua.

¿Achicar el agua? Hernando dudó en el momento en que iba a saltar al bote.

—Sube con cuidado —le advirtió el tratante—, esto no aguanta muchos meneos.

—Yo…

¡No sabía nadar!

—¿Qué esperabas? ¿Una galera de Su Majestad?

El muchacho miró las negras aguas del Guadalquivir. Discurrían con calma.

—¿Adónde vamos? —preguntó todavía en la orilla.

—¡Virgen santa! A Sevilla, si te parece. Allí haremos una parada y continuaremos hasta Berbería para visitar un lupanar al que acostumbro a ir todos los domingos. ¡Calla y haz lo que te digo! Realmente parecían tranquilas las aguas del Guadalquivir, trató de convencerse Hernando mientras subía al bote. En cuanto pisó el fondo, el agua le empapó los zapatos.

—¿Cuántas mujeres hay en ese lupanar del que hablas? —ironizó, una vez sentado sobre lo que en sus días debía de haber sido uno de los dos bancos con los que contaba la chalupa. El tratante ya bogaba en dirección a la orilla contraria.

—Las suficientes para los dos —rió el hombre—. Achica. Encontrarás un cazo a tu derecha. —Hernando tanteó y empezó a achicar el agua tan pronto como encontró el cazo. El hombre bogó con cuidado, procurando introducir las palas de los remos sin que chapoteasen, con la mirada fija en el puente romano y en los vigilantes que montaban guardia en él—. Dicen que en los lupanares hay mujeres de todas las razas y lugares —comentó sin embargo en voz baja—: muchas de ellas cautivas cristianas. Bellísimas y expertas en el arte del amor…

Fantaseando con las mujeres de aquel imaginario burdel arribaron a la orilla contraria, donde al momento fueron abordados por otro hombre del que Hernando, en la oscuridad, ni siquiera logró distinguir sus rasgos. Fueron sólo unos instantes, en silencio, los imprescindibles para que tratante y desconocido intercambiaran una bolsa de dineros y cargasen una barrica en la chalupa. Se despidieron con un siseo y el bote se hundió peligrosamente cuando el tratante, después de girarlo, se encaramó a él.

—Ahora sí que tendrás que achicar de verdad —le anunció—. Si no lo haces… ¿Sabes nadar?

No hablaron durante la mitad del tornaviaje. Hernando notó cómo el agua se colaba con mucha más presión. ¡El cazo era insuficiente! Sintió que se le encogía el estómago, más aún a medida que percibía que el hombre remaba más deprisa, sin precaución alguna, esforzándose, una bogada que era cada vez más corta a causa del agua y el peso.

—¡Achica! —llegó a gritarle el tratante.

—¡Rema! —le apremió él.

Llegaron a la ribera de la que habían partido. Hernando estaba empapado y la chalupa inundada, haciendo agua por todas sus secas y carcomidas junturas.

El hombre le indicó que le ayudase con la barrica y la descargaron. Luego se afanaron en esconder el bote.

—Todavía le quedan muchos viajes —le dijo mientras tiraban de la chalupa—. *La Virgen Cansada*, así se llama —masculló después de dar un fuerte tirón.

—¿*La Virgen Cansada*? —se interesó Hernando mientras veía cómo el agua caía de los costados de la barca y ésta se hacía menos pesada.

—Lo de la Virgen, para que Su Señora no esté enfadada si hay que encomendarse a ella; nunca se sabe. —El hombre jaló con fuerza hasta que logró trasladar la chalupa un par de pasos más—. Lo de cansada…, ya lo has visto, siempre vuelve renqueante —rió irguiéndose—. ¿Cómo te llamas? —añadió, mientras tapaba la barca con ramas. El muchacho contestó y el hombre se presentó como Juan—. Ahora tenemos…

—¿Y mi dinero? —le interrumpió Hernando.

—Después. Esperaremos aquí hasta bien entrada la madrugada, hasta que se haya retirado la gente y podamos transportar la barrica sin problemas.

Esperaron hasta que se apagaron las voces en el Potro. Hernando, aterido, no dejaba de saltar y golpearse los costados. Juan le contó que se trataba de vino.

—Te vendría bien un buen trago —dijo al verlo temblar—, pero no podemos abrirla.

También le explicó que en Córdoba no se permitía la entrada de vino de otros lugares y que los impuestos eran muy altos. Con esa barrica, el posadero haría buen negocio… y también ellos.

—¿Dos blancas? —se burló Hernando.

—¿Te parece poco? No seas ambicioso, muchacho. Pareces listo y atrevido. Podrás ganar más si aprendes y te esfuerzas.

Cuando incluso la zona del Potro dormitaba, apareció el posadero. Juan y él se saludaron; eran los dos de la misma altura, uno delgado y el otro gordo. Taparon la barrica con un manto con el que trataron de disimular su forma, y se pusieron en marcha: el posadero abría la marcha y los otros dos transportaban el vino. Ya en la posada, en la calle del Potro, introdujeron la barrica en un sótano escondido. Una vez terminado el trabajo, Hernando corrió a calentarse junto a las brasas que languidecían en la chimenea de la planta baja y Juan le entregó sus dos monedas de vellón... y un vaso de vino.

—Te reconfortará —le animó ante la duda que se reflejó en su rostro.

Fue a beber, pero recordó las palabras de Fátima: «¡Debemos cumplir con nuestras obligaciones! ¡No seríamos nada sin nuestras leyes!».

—No, gracias —rehusó, e hizo ademán de devolverle el vaso.

—¡Bebe, moro! —gritó el posadero, que estaba recogiendo una de las mesas—. El vino es un regalo de Dios.

Hernando buscó la mirada de Juan, que le contestó enarcando las cejas.

—Este vino no es exactamente un regalo de vuestro Dios —replicó Hernando—, lo hemos traído...

—¡Hereje! —El posadero dejó de fregar la mesa y se dirigió resoplando hacia él.

—Te dije que era atrevido, León —terció Juan; impidió que el hombre se acercara a Hernando, parándolo con la mano en su pecho—, aunque retiro lo de listo —añadió volviéndose hacia el muchacho.

—¿Tanto te importa que beba? —preguntó entonces Hernando.

—En mi posada, sí —bramó el posadero, sin dejar de forcejear con Juan.

—En tal caso —afirmó, alzando el vaso en un brindis—, lo haré por ti.

«Y si os forzaran a beber el vino, pues bebedlo, no con voluntad de hacer vicio de él», recitó para sí al dar un largo trago.

Abandonó la posada al clarear el día; algunos cristianos salían de oír misa. Después de la primera, brindó varias veces más con Juan y León que, ya satisfecho, le ofreció los escasos restos de la cena de los huéspedes, que recalentaron sobre las brasas. Se dirigió directamente a la curtiduría, achispado, pero al tanto de una información que quizá pudiera serle de utilidad; al enterarse de que trabajaba en la curtiduría de Vicente Segura, Juan y el posadero habían intercambiado risas y chanzas, a cuál más obscena, sobre la esposa del curtidor.

—Utiliza bien lo que sabes —le aconsejó Juan—. No seas tan impetuoso como lo has sido con León.

Tras doblar una de las revueltas de la calle Badanas, aligeró el paso. ¿Era…? Sí. Era Fátima. Esperaba algo más allá de la puerta de la curtiduría por la que accedían aprendices y oficiales.

—¿Qué haces aquí? —preguntó Hernando—. ¿Y Brahim? ¿Cómo te ha permitido…?

—Está trabajando —le interrumpió ella—. Tu madre no le contará nada. ¿Qué ha sucedido? —inquirió la muchacha—. No has venido a dormir. Algunos de los hombres de la casa querían denunciarte ya al justicia, sin esperar a la segunda noche.

—Toma. —Hernando le entregó las dos monedas de vellón—. Esto es lo que he estado haciendo. Escóndelas. Son para nosotros.

¿Y por qué no?, se le ocurrió entonces. Quizá pudiera comprar a Brahim la libertad de Fátima. Si conseguía dinero…

—¿Cómo las has obtenido? ¿Has bebido? —Fátima frunció el ceño.

—No. Sí. Bueno…

—Vas a llegar tarde, moro. —La seca advertencia la lanzó, de camino a la curtiduría, el oficial calvo y musculoso que repartía los pellejos.

¿Por qué tenía que andarse con cautelas?, pensó Hernando. ¡Se sentía capaz de todo! Además, quizá no tuviera otra oportunidad como aquélla: a solas con el oficial del que sus compañeros de contrabando aseguraban que se entendía con la mujer del maestro curtidor.

—Estoy hablando con mi esposa —le soltó, arrogante, cuando el oficial ya se alejaba.

El hombre se detuvo en seco y se volvió. Fátima se encogió y se pegó a la pared.

—¿Y? ¿Acaso eso te permite llegar tarde? —bramó.

—Hay quien pierde más tiempo de trabajo visitando a la esposa del maestro en cuanto éste se ausenta de la curtiduría. —La turbación que se reflejó en el rostro del oficial le confirmó las bromas de sus compañeros de noche. El hombre gesticuló sin decir nada. Luego titubeó.

—Apuestas muy fuerte, muchacho —acertó a decir.

—Yo, y muchos como yo, ¡un pueblo entero!, apostamos un día, mucho más fuerte… y perdimos. Poco me importa hoy el resultado de la partida.

—Y ella —añadió el otro, señalando a Fátima—, ¿tampoco te importa?

—Nos protegemos el uno al otro. —Hernando acercó la mano al rostro de una Fátima asombrada y le acarició la mejilla—. Si a mí me sucediese algo, el curtidor llegaría a saber…
—Hernando y el oficial se tentaron con la mirada—. Pero bueno, pudiera ser que no fueran más que habladurías a las que no haya que prestar mayor atención, ¿no? ¿Para qué poner en duda el honor de un maestro de prestigio en Córdoba y la honra de su esposa?

El hombre pensó durante unos instantes: honor y honra, los bienes más preciados de cualquier buen español. ¡Cuántos perdían su vida por un simple lance de honor! Y el maestro…

—Serán habladurías —cedió al fin—. Apresúrate. No conviene que llegues tarde.

El oficial hizo ademán de reemprender el camino pero Hernando le llamó la atención:

—¡Eh! —El hombre se detuvo—. ¿Y vuestra cortesía? ¿No os despedís de mi esposa?

El oficial dudó con la ira marcada en su rostro, pero volvió a ceder.

—Señora… —masculló, atravesando a Fátima con la mirada.

—¿A qué humillarle tanto? —le reprobó ella una vez que el hombre desapareció tras la puerta de la curtiduría.

Hernando buscó sus ojos negros.

—Los pondré a todos a tus pies —prometió e, inmediatamente, llevó un dedo a los labios de la muchacha para acallar sus quejas.

28

Poco le costó a Hernando comprender la esencia de Córdoba, más allá de iglesias y sacerdotes, misas, procesiones, rosarios o beatas y cofrades pidiendo limosna por las calles. Efectivamente, los piadosos cordobeses cumplían con sus obligaciones religiosas y asumían con generosidad la dotación de mujeres humildes, hospitales o conventos, así como la manda de legados píos en sus testamentos o el rescate de cautivos en manos de los berberiscos. Pero una vez cumplidos con la Iglesia, sus intereses y su forma de vida se distanciaban de los preceptos religiosos que deberían inspirarlos. Pese a los esfuerzos del Concilio de Trento, el cura que no disfrutaba de una barragana en su casa, disponía de una esclava. No se consideraba pecado preñar a una esclava. Era, según oyó, como echar el caballo a una burra para que pariese una mula; a fin de cuentas, argüían, el vástago heredaba la condición de la madre y nacía esclavo. Los esfuerzos de las autoridades eclesiásticas por impedir que los confesores exigieran favores sexuales a las mujeres culminaron con la obligación de separar a confesor y penitente mediante una celosía en los confesionarios. Pero las autoridades tampoco eran buen ejemplo de castidad y recato. Las riquezas y prebendas que conllevaban sus cargos eran ansiadas por los segundones de las familias nobles, y el mismísimo deán de la catedral, don Juan Fernández de Córdoba, de insigne linaje, llegó a perder la cuenta de los hijos que dejó esparcidos por la ciudad.

La sociedad civil no era diferente. Tras la pureza que debía regir la vida matrimonial parecía esconderse un mundo de libertinaje, y los escándalos se sucedían una y otra vez con cruentas consecuencias para quienes eran descubiertos en el adulterio. Las monjas, enclaustradas la mayoría de las veces por sus padres y hermanos por simples motivos económicos —resultaba menos gravoso al patrimonio familiar entregar a una hija a la Iglesia que dotarla para un esposo de su condición—, y, por tanto, sin vocación religiosa alguna, competían con los clérigos en dejarse seducir por los galanteadores, que aceptaban el reto de obtener tan preciado trofeo como uno de los mayores éxitos de los que jactarse.

Para Hernando y los demás moriscos que, como él, llegaron a fecundar las piedras del reino de Granada a golpes de azada, la sociedad cordobesa se les mostraba perezosa y degenerada: ¡el trabajo estaba mal considerado! Los trabajadores tenían vedado el acceso a los cargos públicos. Los artesanos trabajaban lo mínimo imprescindible para su sustento y un ejército de hidalgos, el escalón más bajo de la nobleza, generalmente sin recursos, prefería morir de hambre antes que humillarse procurándoselos mediante el trabajo. ¡Su honor, ese exacerbado sentido del honor que imbuía a todos los cristianos cualquiera que fuese su condición y su clase social, se lo impedía!

Lo comprobó pocos días antes de la celebración de la victoria de Lepanto. Podía haber pedido excusas, como trató de hacer en un primer momento; dar media vuelta y dejar zanjado el asunto, pero algo en su interior le empujó a no hacerlo. Un atardecer andaba distraído por la estrecha calle de Armas, cerca de la ermita de la Consolación, allí donde se encontraba la casa de expósitos con su torno para abandonar a los hijos no deseados, cuando un joven hidalgo de actitud altiva, capa negra, espada al cinto y gorra adornada con pasamanería, que venía en sentido contrario dio un traspiés a su altura y estuvo a punto de caer. Hernando no pudo impedir que se le escapase una sonrisa mientras trataba de ayudarle. Lejos de agradecérselo, el joven se soltó de su mano con un aspaviento y se encaró con él.

—¿De qué te ríes? —gruñó el hidalgo recomponiéndose.

—Disculpad…

—¿Qué miras? —El joven hizo ademán de llevar la mano a la espada.

¿Que qué miraba? Después del traspié, el hidalgo trataba de recomponer el relleno de serrín con el que pretendía dar empaque a sus calzas. ¡Imbécil engreído! ¿Y si le daba una lección a aquel petimetre?

—Me preguntaba…, ¿cómo os llamáis? —tartamudeó deliberadamente, bajando la vista al suelo.

—¿Quién eres tú, estúpido apestoso, para interesarte por mi nombre?

—Es que… —Hernando pensaba a toda prisa. ¡Presuntuoso! ¿Cómo podría darle esa lección? Los puntiagudos zapatos de terciopelo en los que tenía fija la mirada le indicaron que aquel hidalgo debía de tener algo de dinero. Observó las calzas acuchilladas y los bajos de su capa semicircular, remendados con esmero por alguna criada—. Es que…

—¡Habla ya!

—Me parece… creo… Sospecho que la otra noche, en un mesón de la Corredera, oí hablar de vos…

Dejó flotar las palabras en el aire.

—¡Continúa!

—No me gustaría equivocarme, excelencia. Lo que escuché… No puedo. Disculpad mi atrevimiento, pero insisto en saber cómo os llamáis.

El joven pensó durante unos instantes. Hernando también: ¿en qué lío se estaba metiendo?

—Don Nicolás Ramírez de Barros —alardeó con solemnidad—, hidalgo por linaje.

—Sí, sí —confirmó Hernando—. Hablaban de vuestra excelencia: don Nicolás Ramírez. Recuerdo…

—¿Qué decían?

—Eran dos hombres. —Se interrumpió un momento, e iba a seguir cuando el hidalgo se le adelantó:

—¿Quiénes eran?

—Eran dos hombres… bien vestidos. Hablaban de vuestra excelencia. ¡Seguro! Lo escuché. —Simuló no atreverse a continuar. ¿Qué contarle? Ya no podía echarse atrás.

—¿Qué decían?

¿Qué podían decir?, se preguntó. ¡Hidalgo por linaje! De eso se había jactado el petimetre.

—Que vuestro linaje no era limpio —soltó sin darle más vueltas.

El joven crispó la mano sobre la empuñadura de su espada. Hernando se atrevió a mirar su rostro: congestionado, colérico.

—¡Por Santiago, patrón de España —masculló—, que mi sangre es limpia hasta los romanos! ¡Quinto Varus dio origen a mi apellido! Dime: ¿quién ha osado sostener tal afrenta?

Notó el aliento a cebolla de don Nicolás en su rostro.

—No…, no lo sé —tartamudeó, en esta ocasión sin necesidad de simular. ¿No se habría excedido? El joven temblaba de ira—. No los conozco. Como comprenderá vuestra excelencia, no me trato con tales personajes.

—¿Los reconocerías? —¿Cómo reconocer a dos hombres que acababa de inventarse? Podía contestarle que en la noche no los vio con suficiente claridad—. ¿Los reconocerías? —insistió el hidalgo, zarandeándole con violencia por los hombros.

—Por supuesto —afirmó Hernando, y se separó de él.

—¡Acompáñame a la Corredera!

—No.

Don Nicolás dio un respingo.

—¿Cómo que no? —El hidalgo dio un paso hacia él y Hernando reculó.

—No puedo. Me esperan en la… —¿Cuál era el gremio más alejado de la zona del Potro? Aquel en el que no le encontrara después si le buscaba—. Me esperan en la ollería. Vuestros problemas no me incumben. Lo único que me interesa es mantener a mi familia. Si no acudo a trabajar, el maestro no me pagará. Tengo esposa e hijos a los que trato de educar en la doctrina cristiana…

—¡Ahí estaba!, se felicitó al ver al hidalgo rebuscar con torpeza en sus calzas hasta encontrar una bolsa. ¡Por Fátima!, pensó Hernando—. Uno de ellos está enfermo y me parece que otro…

—¡Calla! ¿Cuánto te paga tu maestro? —preguntó, tanteando las monedas en el interior de la bolsa.

—Cuatro reales —mintió.

—Toma dos —le ofreció.

—No puedo. Mis hijos…

—Tres.

—Lo siento, excelencia.

El hidalgo puso en su mano una moneda de cuatro reales.

—¡Vamos! —ordenó.

Para llegar de la ermita de la Consolación, donde estaba el torno para los expósitos, hasta la Corredera sólo había que cruzar la plaza de las Cañas; unos escasos pasos que el hidalgo anduvo tieso y con vigor, la mano en la empuñadura de la espada, renegando, clamando venganza contra aquellos que se habían permitido mancillar su apellido. Hernando lo hizo por delante, empujado por don Nicolás de tanto en tanto. ¿Y ahora?, pensaba, ¿cómo escapar de aquella trampa que él mismo se había tendido? Pero apretó la moneda en su mano. ¡Cuatro reales! ¡Todo dinero era bueno para comprar la libertad de Fátima!

—¿Y si no estuviesen esta tarde? —planteó en una de las ocasiones en que el hidalgo le azuzó por la espalda.

—Reza para que no sea así —se limitó a contestar don Nicolás.

Accedieron a la gran plaza cordobesa por su testero sur. Hernando trató de acostumbrar la vista al gran espacio. En la plaza se contaban tres mesones: el de la Romana, allí por donde habían accedido, y otros dos a su derecha, en el testero este, junto a la calle del Toril, el de los Leones y el del Carbón, situados cerca del hospital de Nuestra Señora de los Ángeles. Todavía había suficiente luz natural. La gente entraba y salía de los mesones y la gran plaza hervía.

—¿Y bien? —inquirió el hidalgo.

Hernando resopló. ¿Y si echaba a correr? Como si hubiera imaginado sus intenciones, don Nicolás lo agarró del brazo y lo arrastró al mesón de la Romana. Accedieron al establecimiento empujando sin contemplaciones a un parroquiano que estaba en la puerta. Desde allí mismo, el hidalgo le zarandeó exigiéndole una respuesta.

—No. Aquí no están —afirmó el muchacho después de que algunos clientes callasen y sostuviesen su mirada cuando Hernando paseó la suya por el interior del mesón.

Lo mismo alegó en el de los Leones. ¡Podían no estar!, pensó en el momento de entrar en el mesón del Carbón. ¿Por qué tenían que estar? Pero entonces, sus cuatro reales… ¿Qué decisión tomaría el hidalgo? Nunca dejaría que las cosas quedasen así. ¡Su honor! ¡Su apellido! Le obligaría a esperar toda la noche y después… ¡Le había pagado lo que él creía el salario por trabajar durante un mes! Una fuerte carcajada interrumpió sus reflexiones. En una de las mesas, un hombre barbudo, ataviado con las coloridas vestimentas de un soldado de los tercios, alzaba un vaso de vino y fanfarroneaba a gritos frente a dos hombres que le acompañaban. Era evidente que estaba bebido.

—Aquél —señaló, presto a escapar tan pronto como don Nicolás se despistase.

Pero el hidalgo ejerció aún más presión sobre su brazo, como si se preparase para la pelea.

—¡Vos! —gritó don Nicolás desde la puerta.

Las conversaciones cesaron de repente. Unas risas se cortaron en seco. Un par de clientes, los más cercanos, se levantaron a toda prisa de su mesa y se apartaron tropezando con las sillas. Hernando notó que le temblaban las piernas.

—¿Cómo habéis osado mancillar el apellido de los Varus? —volvió a gritar el hidalgo.

El hombre se levantó con torpeza y trató de trasegar el resto del vino, que le chorreó por la barba. Echó mano a la empuñadura damasquinada de su espada.

—¿Quién sois vos, señor, para levantarme la voz? —rugió—. ¡A un alférez del tercio de Sicilia, hidalgo vizcaíno! —Hernando se encogió nada más escuchar aquellas palabras. ¡Otro hidalgo!—. Si es cierto vuestro linaje, cosa que dudo, no lo merecéis.

—¿Dudáis de mi linaje? —gritó don Nicolás.

—Os lo dije —trató de susurrarle entonces Hernando—. Eso es lo que oí, que lo dudaba… —Pero don Nicolás no le prestó atención; de repente Hernando se vio libre de la presión sobre su brazo.

—¡Vos mismo mancilláis vuestro apellido! —bramó el alférez.

—¡Exijo una reparación! —chilló a su vez don Nicolás.

—¡La tendréis!

Ambos hidalgos desenvainaron sus espadas. La gente que todavía quedaba en las mesas se levantó para dejar el espacio franco y los dos caballeros se encararon. Hernando permaneció unos instantes atónito. ¡Se iban a batir en duelo! Abrió la mano sudorosa, y observó la moneda de cuatro reales. La lanzó un par de veces al aire, recogiéndola en la palma, y abandonó el mesón. ¡Imbéciles!, pensó al escuchar el chasquido metálico del primer choque entre los aceros.

Volvió a la calle de Mucho Trigo con una sensación extraña, diferente a la que hubiera debido proporcionarle aquella victoria por la que tantos riesgos había corrido: dos nobles se estaban jugando la vida sin que ninguno de ellos se hubiera ni siquiera preocupado de lo que pretendía su enemigo. ¡Y todo por una simple palabra malentendida! En el camino, cuando ya había anochecido, se topó con una procesión de ciegos que andaban en hilera, atados unos a otros, y rezaban el rosario pidiendo limosna, como hacían tres noches por semana mientras recorrían las calles de Córdoba desde el hospital de Ciegos en la calle Alfaros. Un hombre que rezaba y cuidaba de las velas de una imagen de la Virgen en la fachada de un edificio dejó caer una moneda en el cazo que movía rítmicamente el primero de los ciegos; Hernando se apartó de su camino y apretó su moneda de cuatro reales. ¡Cristianos!

Había conseguido bastante dinero desde que conoció los escarceos entre el oficial de la curtiduría y la esposa del maestro. Lo pensó durante varias noches: sabía escribir y sumar, y seguro que aquellos conocimientos podían proporcionarle una labor mejor remunerada y lejos del estiércol, trabajo por el que cobraba menos que un criado, pero optó por no hacerlo. Su cometido en el pozo del estiércol, que se hallaba alejado y escondido a los demás operarios de la curtiduría que tampoco se acercaban al lugar, le proporcionaba una libertad, consentida y encubierta por el oficial, de la que no habría podido gozar en otro puesto.

Desde entonces, las expediciones a la otra orilla del Guadalquivir en *La Virgen Cansada*, que aguantaba con tenacidad un viaje tras otro, se repitieron en numerosas ocasiones. Hernando y Juan trabaron amistad y sus conversaciones nocturnas sobre las mujeres del burdel berberisco, más allá de la parada de Sevilla, se desarrollaban entre chanzas y bromas.

—¡Cómo vas a montar a tres mujeres al tiempo si eres incapaz de bogar con fuerza! —le azuzaba Hernando, achicando sin cesar, cuando *La Virgen* se cansaba y se anegaba del agua del Guadalquivir en los tornaviajes.

Pero aquella amistad también le proporcionaba algo más que el par de blancas que el tratante de mulas le pagó en la primera ocasión: Hernando participaba en los beneficios del contrabando de vino. El Potro y su ambiente —poblado de aventureros, bribones y sinvergüenzas— llegaron a convertirse en su verdadero hogar. Continuaba trabajando en la curtiduría; necesitaba la respetabilidad que le concedía aquel puesto de trabajo ante el justicia o el sacerdote de San Nicolás cuando los visitaban para controlar que se convertían en buenos cristianos, pero su vida estaba en el Potro.

Mientras los muchachos de los barrios de San Lorenzo o de Santa María le transportaban los pellejos desde el matadero, Hernando acudía a la Calahorra a trapichear con Juan y los demás tratantes. Sonreía siempre que recordaba cómo había logrado deshacerse de tan ingrata tarea. En sus primeros viajes, al rodear la muralla, vio cómo los chicos de los diferentes barrios se peleaban a pedradas en el camino de ronda y sus alrededores. Aquellas refriegas habían llegado a ocasionar algún muerto y bastantes heridos entre los despistados que transitaban por la zona, por lo que el cabildo municipal decidió prohibirlas, pero los chavales no hacían caso a las ordenanzas y las pedreas se sucedían. La primera vez que Hernando se vio envuelto en una de ellas, entre decenas de muchachos apedreándose, se protegió con los pellejos hasta que decayó la lucha. Otros días los vio entrenarse para la siguiente pedrea. ¿Quién podía ganar a un alpujarreño lanzando piedras?, pensó entonces. Una blanca fue la apuesta. Puntería a un palo: si perdían ellos, le llevaban los pellejos hasta la curtiduría; si ganaban, cobraban la blanca. Perdió algunas monedas, pero ganó la mayoría de las apuestas y mientras los mozalbetes cumplían su parte del trato, él acudía al campo de la Verdad donde simulaba recoger estiércol arrastrándose por debajo de las mulas. Entonces, algún tratante de caballos señalaba al morisco sucio y maloliente, le agarraba del cabello y le montaba en un palafrén para convencer al comprador de que el caballo era manso y no tenía vicio alguno, y Hernando caía encima de la montura como un saco, aparentemente atemorizado, como si jamás hubiera montado, mientras el tratante cantaba las excelencias de un animal capaz de soportar a un jinete inexperto. Si el trato se cerraba, Hernando recibía su dinero.

Una noche ayudó a un caballero a trepar la tapia del convento de monjas de Santa Cruz, esperando al otro lado para lanzarle la soga de vuelta mientras en la oscuridad percibía las risillas de la pareja primero y los jadeos apasionados después. Pero no todas sus correrías finalizaron con éxito. En una ocasión se unió a un grupo de mendigos forasteros que no tenían permiso para limosnear en Córdoba. La mendicidad estaba perfectamente regulada en Córdoba y sólo podían practicarla aquellos que contaban con la autorización del párroco. Una vez que acreditaban haber confesado y comulgado, se les entregaba una cédula especial que se colgaban al cuello y que les permitía pedir limosna dentro de los límites de su parroquia. Uno de aquellos mendigos clandestinos tenía la rara habilidad de contener la respiración hasta simular estar muerto: su semblante adoptaba un color mortecino que convencía a cuantos le miraban. Eligieron la plaza de la Paja, allí donde se vendía la paja de escaña para los jergones, y el mendigo se dejó morir causando un gran revuelo entre los parroquianos. Hernando y otros compinches se acercaron al cadáver, llorándolo y pidiendo limosna para darle cristiano entierro, a lo que la gente, conmovida, respondió con generosidad. Pero resultó que un sacerdote, que se hallaba de paso en Córdoba, había presenciado el mismo ardid en Toledo, por lo que se acercó al muerto y ante la indignación de la apenada concurrencia, la emprendió a puntapiés con el mendigo. A la tercera patada en los riñones, el muerto revivió, y Hernando y sus cómplices sufrieron para escapar de las iras de los embaucados.

También trabajaba para los coimeros, los dueños de los garitos ilegales donde se jugaba a naipes o a dados. Conoció a un chaval unos años mayor que él, Palomero le llamaban, que se dedicaba a captar a los potenciales clientes. Palomero tenía un sentido especial para saber qué forastero andaba a la búsqueda de una casa de tablaje en la que apostar sus dineros y, en cuanto lo veía, corría a por él para aconsejarle e insistirle en que fuera a la de Mariscal, que era quien le pagaba. Hernando le ayudaba a menudo, sobre todo impidiendo que los demás captadores de clientes que se movían por la plaza del Potro llegaran al jugador que Palomero había descubierto. Les zancadilleaba, les empujaba o utilizaba cualquier treta para conseguirlo.

—¡Al ladrón! —se le ocurrió gritar una noche ante un joven al que no pudo retener y que se dirigía ya al jugador con el que negociaba Palomero.

De algún lugar apareció un alguacil que se lanzó encima del joven, pero eso tampoco le sirvió de nada a Palomero, puesto que el jugador desapareció entre el barullo.

Como tenía que suceder, fueron muchas las reyertas en las que se vio envuelto y muchos los golpes que recibió en ellas, lo que le granjeó una sincera amistad por parte de Palomero, y algunos dineros más de los que habían pactado. Charlaban, reían y compartían comida, y Hernando nunca dejaba de sorprenderse ante las constantes muecas que Palomero conseguía hacer con su cara.

—¿Ahora? —preguntaba a Hernando.

—No.

—¿Y ahora? —insistía al cabo de unos instantes.

—Tampoco.

Palomero decía haber descubierto la trampa con la que Mariscal acostumbraba a desplumar, ya no a los «blancos», los ingenuos que acudían a su casa de tablaje, sino a los propios fulleros o tahúres por expertos que pudieran ser.

—Es capaz de mover el lóbulo de la oreja derecha al tiempo que permanece impertérrito —le confesó maravillado—. No se le mueve ni un solo músculo más del rostro, ¡ni siquiera el resto de la oreja! Juega a medias con un cómplice, que en cuanto reconoce la señal, sabe qué cartas lleva Mariscal y apuesta. ¿Ahora?

Hernando estalló en carcajadas ante el rostro contraído de su amigo.

—No. Lo siento.

En general, exceptuando algunos fracasos como el del falso muerto, las cosas le iban bien. Tanto, que ya había hablado con Juan para pagarle el primer plazo de una mula, no la que él hubiera deseado pero tampoco la que podría comprar con su capital: el tratante le hizo un buen precio. Pensaba trocarle a Brahim aquella mula por Fátima. No se negaría por más que odiase a Hernando. Hacía tiempo que no reclamaba a su segunda esposa. Fátima continuaba con su ayuno, para lo que tampoco tenía que hacer grandes esfuerzos dadas las carencias, por lo que no engordaba y se mantenía extremadamente delgada y lánguida, algo que no atraía a un Brahim siempre cansado debido al extenuante trabajo en los campos, al que no estaba acostumbrado. Aisha colaboraba en la tranquilidad de la muchacha y saciaba a su esposo cuando éste se veía capaz. Sin embargo, desde que la había salvado del toro en el callejón, los ojos negros de Fátima chispeaban día y noche. Hernando tuvo que convencerla de su plan.

—¡Seguro que aceptará! —trató de animarla—. ¿No ves cómo se levanta al alba y cómo retorna a casa después de una jornada de trabajo en los campos? Está consumiéndose día a día. Brahim es hombre del camino; nunca ha sido agricultor, y menos por la miseria que le pagan. Necesita el espacio abierto. Te repudiará. No me cabe duda.

Y era cierto. Ni siquiera el ya notorio embarazo de Aisha logró trocar el alicaído espíritu del arriero, que venía ahora a confundirse con su natural mal humor e irascibilidad.

—Te odia a muerte —alegó Fátima, quien era consciente de que, en los últimos días, Brahim había vuelto a mirarla con ojos lascivos. Se cruzaba con ella en la casa, le impedía el paso y echaba las manos a sus senos. La muchacha optó, sin embargo, por no transmitir sus temores a un ilusionado Hernando. No era lo único que le ocultaba esos días, pensó con tristeza.

—Pero se quiere más a sí mismo —sentenció él—. Cuando yo estaba en el vientre de mi madre, me aceptó a cambio de una mula. ¿Por qué no iba a hacer lo mismo ahora en peores circunstancias? Con aquellos cuatro reales que acababa de obtener de don Nicolás, calculó justo al doblar el callejón que llevaba a la ruinosa casa en la que se hacinaban, podría entregarle a Juan el primer pago de la mula. Un joven apostado en la misma esquina le ordenó que guardara silencio. ¿Qué hacía allí aquel muchacho? Lo tenía visto en la casa; dormía con su familia en una de las habitaciones del piso superior... ¿Cómo se llamaba? Hernando se acercó a él, pero el joven se llevó un dedo a los labios y le indicó que continuara.

Desde la misma puerta, percibió un ambiente festivo impropio e inusual. Extrañado por el son de una canción morisca, cantada en susurros, cruzó el portal y se dirigió al patio interior del edificio, idéntico al de la mayoría de las casas cordobesas, que los cristianos convertían en vergeles plagados de todo tipo de aromáticas y coloridas flores alrededor de la sempiterna fuente. En las casas arrendadas por los moriscos, aquellos patios servían para todo menos para el ornato y la complacencia; allí se tendía, se lavaba, se trabajaba la seda, se cocinaba y hasta se dormía; no existía flor que resistiese aquel trajín. Todos los vecinos del inmueble se hallaban reunidos en el patio o en las habitaciones de la planta baja. Vio bastantes caras nuevas. Y también vio a Hamid. Algunos charlaban en susurros; otros, con los ojos cerrados, como si quisieran huir de aquella gran prisión cordobesa, tarareaban la canción que había escuchado al entrar. En una esquina del patio, quizá orientada hacia La Meca, un hombre rezaba. Al momento entendió el porqué de la vigilancia en la esquina del callejón: las reuniones de moriscos estaban prohibidas y más para rezar, pero...

—Si os descubrieran —recriminó a Hamid, que se dirigió a él nada más verlo—, no habría escapatoria. El callejón no tiene salida y los cristianos siempre accederían a la casa por...

—¿Por qué te excluyes de la reunión, Ibn Hamid? —le interrumpió el alfaquí.

Hernando se quedó atónito. Hamid le había hablado con dureza.

—Yo…, no. Lo siento. Tienes razón. Quería decir si nos descubrieran. —Hamid asintió, aceptando la excusa—. ¿Qué…, qué se celebra? Corremos un riesgo importante. ¿Qué haces aquí?

—Mi amo me ha dado licencia por un rato. No podía perderme este día.

Hernando ni siquiera estaba al tanto del calendario cristiano, menos por lo tanto del musulmán. ¿Sería alguna fiesta religiosa?

—Lo lamento, Hamid, pero no sé qué día es. ¿Qué celebramos? —insistió distraído, mirando a la gente. De repente vio a Fátima, el adorno de una mano de oro brillaba en su cuello. ¿Qué había sido de esa mano? ¿Dónde la mantenía escondía? Fátima volvió la vista hacia él, como si, en la distancia, se hubiera sentido observada. Hernando fue a sonreírle pero ella desvió la mirada y bajó la cabeza. ¿Qué sucedía? Buscó a Brahim y lo localizó cerca de Fátima. En el patio no podría abordar a la muchacha para preguntar por qué le rechazaba de aquella forma—. ¿Qué celebramos? —volvió a preguntar al alfaquí, en esta ocasión con un hilo de voz.

—Hoy hemos rescatado de la esclavitud a nuestro primer hermano en la fe —le contestó Hamid con solemnidad—. Aquél —añadió, señalándole a un hombre que mostraba la marca al fuego de una letra en su mejilla. Hernando dirigió su atención hacia el morisco, que junto a una mujer recibía la felicitación de los presentes. ¿Qué importancia podía tener un rescate para que Fátima…? ¿Qué era lo que sucedía?—. La que está a su lado es su esposa —prosiguió Hamid—. Se enteró de que él vivía como esclavo en la casa de un mercader de Córdoba y…

Hamid detuvo su explicación.

—¿Y? —preguntó Hernando sin darle mayor importancia. ¿Qué le pasaba a Fátima? Intentó captar su atención de nuevo, pero era evidente que ella le rehuía.

—Acudió a la comunidad.

—Bien.

—A sus hermanos.

—Ajá —murmuró Hernando.

—Todos han contribuido aportando el coste del rescate. ¡Todos los moriscos de Córdoba! Incluso yo he dado algún dinero que logré obtener… —Hernando se volvió extrañado, interrogando a Hamid con la mirada—. Fátima —confesó entonces el alfaquí— ha sido una de las más generosas.

Hernando meneó la cabeza como si quisiera alejar las palabras que acababa de escuchar. La moneda de cuatro reales del hidalgo que todavía apretaba en el puño estuvo a punto de escapársele de entre los dedos, tal fue la debilidad que le asaltó. ¡Fátima! ¡Una de las que más había contribuido!

—Esos dineros… —balbuceó—, esos dineros eran para comprar su propia libertad y…

—¿La tuya? —añadió Hamid.

—Sí —contestó con firmeza, reponiéndose—. La mía. ¡La nuestra!

Volvió a buscar a Fátima y en esta ocasión la encontró erguida al otro lado del patio. Ahora sí que ella le sostuvo la mirada, segura de que Hamid ya le había contado el destino que había dado a sus dineros. Fátima había explicado al alfaquí para qué atesoraban aquella cantidad, y le confesó que ella se veía incapaz de decírselo. Con una sensación extraña, Hernando la contempló: estaba orgullosa y satisfecha, el brillo de sus ojos competía con el fulgor titilante que las luces arrancaban a la joya de oro que adornaba su cuello.

—¿Por qué? —le preguntó Hernando desde la distancia.

Fue Hamid quien le contestó:

—Porque te has alejado de tu pueblo, Ibn Hamid —le recriminó a su espalda. Hernando no se movió—. Mientras los demás nos organizamos, intentamos rezar en secreto y mantener vivas nuestras creencias, o ayudamos a aquellos de los nuestros que lo necesitan, tú te has dedicado a correr por Córdoba como un rufián. —Hamid esperó unos instantes. Hernando continuó quieto, hechizado por aquellos ojos negros almendrados—. Me duele ver a mi hijo en el último de los grados que rigen y gobiernan nuestro mundo: el de los baldíos.

Hamid percibió un ligero temblor en los hombros de Hernando.

—Tú me enseñaste —replicó éste, sin volverse— que por debajo hay otro: el último, el duodécimo, el de las mujeres. ¿Por eso Fátima ha tenido que renunciar a su libertad?

—Ella confía en la misericordia de Dios. Tú deberías hacer lo mismo. Vuelve con nosotros, con tu pueblo. Vuestra esclavitud, la tuya y la de Fátima, no es la de los hombres, que se puede comprar. Vuestra esclavitud es la de nuestras leyes, la de nuestras creencias, y ésa sólo Dios está llamado a proveerla. Cuando Fátima me entregó el dinero y me explicó para qué lo tenías, por qué luchabas por conseguirlo, le dije que confiara en Dios, que no perdiera la esperanza. Entonces me aseguró que con una sola frase lo entenderías…

—Hernando volvió la cabeza hacia aquel que todo le había enseñado. La sabía. Sabía qué frase era aquélla, pero sólo al escucharla de nuevo la captó en todo su significado: en la historia que se escondía tras ella, en los padecimientos y las alegrías compartidas con Fátima. Hamid entrecerró los ojos antes de susurrarla—: Muerte es esperanza larga.

29

Repúdiame! ¡Mátame, si no! Fuérzame si eso es lo que deseas… pero jamás volverás a obtener mi consentimiento. ¡Por Dios que moriré antes que entregarme de nuevo a ti! Incluso en la penumbra de la habitación fue perceptible el temblor de ira con que Brahim acogió la negativa de Fátima a su acercamiento. Aisha, agazapada en una esquina, escuchó aquellas palabras, confundida entre el terror por la reacción de Brahim y el orgullo por la actitud de la muchacha; la joven pareja con su pequeño, tumbada sobre un jergón en el otro lado de la estancia, entrelazaron sus manos y contuvieron la respiración. Hernando no estaba. Brahim balbuceó algo ininteligible. Golpeó al aire con uno de sus puños en repetidas ocasiones, y continuó gruñendo e imprecando. Fátima permaneció en pie frente a él: temía que alguno de esos golpes le acertase en el rostro. Pero no fue así.

—Nunca serás una mujer libre… por más dinero que pueda conseguir el nazareno —sentenció Brahim—. ¿Lo entiendes, mujer? —Fátima no contestó, enfrentada a la furia de Brahim—. ¿Qué te has creído? ¡Soy tu esposo! —Por un instante Fátima creyó que iba a forzarla allí, delante de todos, pero Brahim miró a su alrededor y se contuvo—. No eres más que un montón de piel y huesos. ¡Nadie querría yacer contigo! —añadió con un gesto de desprecio antes de encaminarse hacia Aisha.

Las rodillas le cedieron y Fátima se dejó caer al suelo, sorprendida por haber aguantado el reto en pie. Transcurrió un largo rato antes de que se mitigaran los temblores y su respiración se normalizase. Lo había pensado una y mil veces, segura de que no tardaría en llegar el día en que, a pesar de su delgadez y su aspecto escasamente deseable, Brahim volvería a pretenderla. Y así había sucedido. El tiempo había ido jugando a su favor y la entrega de todos sus dineros para el rescate del primer morisco, algo que la comunidad juzgó como el primer signo de que, tras la derrota, continuaban siendo un pueblo unido por su fe, la convenció definitivamente. ¿Por qué, entonces, tenía que entregarse a un hombre al que aborrecía? ¿Acaso no acababa de renunciar a la posibilidad de su libertad, de sus ilusiones y de su futuro por los seguidores del Profeta? La comunidad se lo agradeció, a ella y a un Hernando que terminó cediendo. Después de escuchar las palabras de Hamid, éste la había mirado a través del patio una vez más; ella levantó los ojos al cielo y él siguió aquel camino con los suyos. Luego la perdonó con una simple mueca de aprobación. ¡Toda Córdoba sabía de su generosidad! Brahim preguntó por el origen del dinero y Hamid le contestó sin tapujos. Fátima se sentía segura; sabía que contaba con el apoyo de la comunidad... y de eso también era consciente Brahim. Además, su pequeño Humam ya no estaba para convertirse en moneda de cambio por sus atenciones sexuales. También la muchacha pensó en ello: quizá..., quizá Dios y el Profeta habían decidido liberar al niño de lo que hubiera sido una terrible carga durante toda su vida. ¡Se lo debía a ella misma y a aquel hijo perdido! Y en cuanto a la posibilidad de que Brahim maltratase a Aisha, como hacía en las Alpujarras, ¿qué era un musulmán sin hijos? Musa y Aquil no habían vuelto a aparecer; nada sabían de ellos, aunque todos se mantenían al tanto por si los veían. Algunos moriscos acudieron al cabildo municipal quejándose de que aquellos hijos que les habían robado eran tratados como esclavos por las familias de acogida, pero los cristianos no les hacían caso, como tampoco se lo hacían a la pragmática real que impedía que los niños moriscos menores de once años fueran hechos esclavos. Córdoba, al igual que todos los reinos cristianos, rebosaba de niños, acogidos o esclavos, utilizados por sus amos como pequeños criados o trabajadores hasta que alcanzaban la edad de veinte años. Aisha estaba a salvo, concluyó Fátima: mientras estuviera embarazada y probablemente durante la lactancia del pequeño, Brahim no la maltrataría, ya que eso pondría en peligro al nuevo hijo, tan deseado. Esa noche, mientras trataba de recuperar la calma, Brahim confirmó sus reflexiones y no se ensañó con su primera esposa como hacía en las Alpujarras. Entonces Fátima lloró en silencio, y lo hizo en la seguridad de que sólo un paso más allá de donde ella se había dejado caer, exangüe, Aisha también estaría llorando en secreto, consolándola sin palabras, tal y como las dos mujeres habían aprendido a comunicarse allá, en la sierra.

A esa misma hora Hernando cruzaba la puerta de una pequeña casa destartalada de la calle de los Moriscos, en el barrio de Santa Marina. Desde que Fátima había entregado sus dineros para el rescate del primer esclavo morisco y Hamid le llamó la atención, había cambiado de actitud. ¡Y se sentía mejor! ¿Por qué no confiar en Dios? Si Fátima y Hamid lo hacían… Además, ella le había prometido que Brahim no la tocaría, y la creyó, ¡Dios, si la creyó! «Antes me quitaré la vida», le había asegurado con firmeza. Enaltecido por la promesa, Hernando puso a disposición de sus hermanos de fe la facilidad con que se movía por Córdoba, sus muchos contactos, su inteligencia y su picardía. Y la comunidad lo recibió con afecto y agradecimiento. Unos sentimientos que Fátima también compartía, mucho más que en las ocasiones en que él le había entregado una moneda para comprar la mula con que pretendía trocarla: el dinero lo cogía y lo escondía, casi por obligación, insatisfecha, como si dudase de que aquél fuera el camino. ¡La había valorado en una simple mula vieja!, se lamentaba él ahora al verla sonreír, con los ojos negros inmensamente abiertos mientras escuchaba cuál era el último servicio que Hernando había prestado a algún hermano. Había mucho que hacer, le aseguró Hamid en la larga conversación que sostuvieron tras la fiesta del primer rescate.

Porque, pese a todo, Córdoba atraía a los moriscos. Era la ciudad califal, la que alcanzó la sublimación de la cultura y religión musulmanas en Occidente, y las condiciones de vida allí en poco se diferenciaban a las que los moriscos padecían en cualquier otra ciudad o pueblo español. En todos ellos la presión cristiana era sofocante; aún más, si eso es posible, en los pueblos pequeños, donde los moriscos sufrían de cerca el odio de los cristianos viejos. Y en todos sin excepción, eran explotados por las autoridades o los señores del lugar. Por eso, transcurridos ya dos años desde la deportación, un constante goteo de inmigrantes sin permiso iba llegando a Córdoba, atraídos por su pasado y por el auge que vivía la ciudad en aquellos tiempos.

Por orden real, los moriscos no podían ausentarse de sus lugares de residencia a menos que llevaran la correspondiente autorización expedida por las autoridades locales, en la que debía constar la descripción física detallada de la persona, adónde se dirigía, para qué y cuánto tiempo estaba autorizado a permanecer fuera del pueblo en el que estaba censado. Decenas de ellos conseguían la cédula con alguna excusa y llegaban a Córdoba pero, al vencimiento del plazo, se encontraban en la ciudad sin la cédula de la que debían disponer todos los moriscos residentes en Córdoba.

De acuerdo con Hamid y con dos ancianos del Albaicín granadino que habían asumido el control y el mando de la comunidad, Hernando se ocupaba de aquellos recién llegados. Una vez caducados sus permisos, se les planteaban dos posibilidades: contraer matrimonio con una morisca previamente censada en Córdoba o permitir su detención por las autoridades y cumplir una pena de tres o cuatro semanas en la cárcel. El cabildo municipal entendía que aquel flujo beneficiaba a la ciudad, ya que aportaba mano de obra barata y mayores rentas a los propietarios de casas, por lo que en ambos casos, ya fuera a través del matrimonio o del cumplimiento de la condena, se concedía la correspondiente cédula que acreditaba a quienes la poseían como vecinos de Córdoba.

Hernando sabía de todos los moriscos que se escondían en las casas de sus correligionarios cuando les había caducado el permiso que les permitía moverse libremente por la ciudad. Actuaba como casamentero, como esa noche en la que entraba en un pequeño edificio de la calle de los Moriscos con el fin de anunciar que había encontrado una esposa para un buen peraile de Mérida, cuyo oficio era muy demandado en Córdoba dentro del gremio de tejedores.

Pero no todos los indocumentados eran perailes, ni todas las moriscas cordobesas estaban dispuestas a contraer matrimonio, por lo que la mayoría terminaba en la cárcel y ahí era donde el muchacho tenía que actuar con mayor tiento.

La cárcel real no era más que un negocio arrendado a un alcaide, en donde la única obligación de las autoridades era proveer de un local en el que recluir a los presos, con sus correspondientes grilletes y cadenas. Los presos debían comprar la comida o recibirla de fuera, siempre previo pago al alcaide; la cama se alquilaba según los baremos que había fijado el rey ante los abusos cometidos. Los precios variaban según durmieran una, dos o tres personas en el mismo catre. Quienes podían, pagaban. Los pobres e indigentes vivían en la cárcel de la caridad pública, pero esa caridad difícilmente alcanzaba a los sacrílegos cristianos nuevos que tantas atrocidades habían cometido durante el levantamiento.

Hernando tenía que controlar cuándo era más oportuno que fuera detenido uno de los moriscos según las disponibilidades de la cárcel; que el alcaide recibiera los dineros correspondientes y que la comunidad suministrara comida a los presos que se hallaban encarcelados. No había cesado en sus correrías nocturnas por la zona del Potro, pero ahora no buscaba dinero sino información. ¿Cuándo tenía previsto algún justicia registrar las casas de los moriscos que le correspondían? ¿Qué nuevas se producían en la cárcel? ¿Qué alguacil era el más adecuado para detener a algún morisco y dónde? ¿Quién disponía de esclavos moriscos y cuánto le habían costado? ¿Cuánto tardaría el cabildo municipal en conceder la vecindad a tal o cual persona? Cualquier información era buena y, si podía, dejaba correr algo del poco dinero que le proporcionaban los ancianos de la comunidad para comprar alguna que otra voluntad o para que un criado que bebía vino en un mesón le dijera el nombre y origen de aquel esclavo o esclava que vivía en su casa. Liberar a los esclavos capturados en la guerra de las Alpujarras se había convertido en el principal objetivo de la comunidad. Sin embargo, los cristianos que compraron a aquellos hombres o mujeres a bajo precio, mucho más baratos que si fueran negros, mulatos o blancos de cualquier otro origen, especulaban con el interés de los moriscos en sus correligionarios y aumentaban desmesuradamente el coste del rescate. Todo cordobés que tuviera esclavos moriscos se convirtió en un tratante a pequeña escala empeñado en obtener beneficios, sobre todo de los hombres, puesto que las mujeres pocas veces se ponían en venta, dado que los hijos de las esclavas heredaban la condición de la madre. Dejar preñada a una morisca implicaba, pues, un buen beneficio a un plazo bastante corto.

Dudó en seguir con los viajes en *La Virgen Cansada*. Juan le insistía en que continuara trabajando con él. ¿Qué mal podía hacerle conseguir unos buenos y fáciles dineros? «El que me acompaña ahora —se quejó, con un guiño de complicidad— no quiere hablar de las mujeres del burdel berberisco.» Incluso le ofreció mayores ganancias, pero un día, cuando se dirigía a la plaza del Salvador por la calle Marmolejos, por la que se obligaba a transitar, desechó cualquier posibilidad de continuar con sus salidas nocturnas en la chalupa. A lo largo de la calle Marmolejos, afirmados contra la fachada ciega del convento de San Pablo, había una serie de poyos o asientos corridos donde se exponían los cadáveres de aquellos que fallecían en el campo y que habían sido traídos a la ciudad por los hermanos de la Misericordia. Hernando acostumbraba a observar los cadáveres intentando entrever por sus ropas o por su tez, aunque tampoco ésta se diferenciara en exceso de la de los españoles, si se trataba o no de algún morisco. Si así se lo parecía, lo comunicaba a los ancianos para que investigasen en otras comunidades si alguien había perdido un pariente. Pero en los poyos no sólo se exponían cadáveres; servían para todo: en ellos se vendía el pan o los demás efectos decomisados, se ofrecían los trabajadores sin empleo, se sometía a escarnio público a comerciantes ilegales o estafadores, y sobre todo se derramaba el vino forastero. Ese día, en el poyo siguiente al del cadáver de una mujer que empezaba a descomponerse, un veedor y un alguacil se hallaban junto a una barrica de vino, rodeados de un enjambre de muchachos prestos a lanzarse al suelo a beberlo en el momento en que el veedor descargase el primer hachazo sobre ella. El vino decomisado, al contrario que otros productos, no se revendía. Hernando no pudo dejar de observar aquella barrica. La conocía bien. Había transportado muchas de ellas en *La Virgen Cansada*. Con el estómago encogido, dejó atrás el chasquido de la madera al resquebrajarse y la algarabía de la chiquillería al lanzarse sobre el vino. Esa noche no encontró a León en su posada del Potro.

—Lo detuvieron —le explicaría unos días después Juan, entre sus mulas, en el campo de la Verdad—. El veedor encontró el escondite de las barricas, aunque por la determinación con que se dirigió al lugar… Se diría que alguien había denunciado a León.

30

Plaza de la Corredera, primavera de 1573

El estiércol era una mercancía apreciada en la Córdoba de las huertas y los mil patios floridos. Hernando continuaba trabajando en la curtiduría por los dos míseros reales al mes que le pagaban. Con ello lograba acreditar ante el justicia una ocupación estable que además le permitía, siempre encubierto por el oficial que jugaba al amor con la esposa del maestro, la movilidad necesaria para dedicarse a sus otros asuntos. Pero ese exceso de trabajo fue en detrimento de la recogida del estiércol necesario para apelambrar los pellejos, y pese a que el oficial le excusaba, la carencia de estiércol era ya insostenible.

Aquel primer domingo de marzo, al alba, quince toros bravos acompañados por algunas vacas, procedentes de las dehesas cordobesas, cruzaron al galope el puente romano de acceso a la ciudad. Tras ellos, azuzándolos, vaqueros a caballo armados con largas garrochas con las que los habían corrido desde el campo. En el extremo del puente, pese a la temprana hora, las festivas gentes de la ciudad de Córdoba esperaban a los toros. Desde allí, el encierro discurriría por la ribera del Guadalquivir hasta la calle Arhonas, luego subiría por ésta hasta la del Toril, junto a la plaza de la Corredera, donde los toros serían encerrados hasta la tarde.

El día anterior el oficial se lo advirtió a Hernando:

—Necesitamos estiércol. Mañana habrá encierro y se correrán quince toros. Tanto en el recorrido de la manada como en las plazas cercanas a la Corredera, allí donde estén los caballos de los nobles, podrás encontrarlo.

—Los domingos no se debe trabajar.

—Es posible, pero si no trabajas mañana, ten por seguro que tampoco lo harás el lunes. El maestro ya me ha llamado la atención. Sí —añadió con rapidez ante la expresión amenazante que adoptó el rostro de Hernando—, yo tampoco lo haré si tú… Bueno, ¡tú mismo! Si eso es lo que quieres, perderemos los dos el trabajo.

—Los criados de los nobles no me dejarán.

—Los conozco. Yo estaré allí. Te permitirán recoger el estiércol. Primero recoge el del encierro.

Y allí estaba Hernando, plantado en el extremo del puente romano, mezclado entre la gente con un gran capazo de esparto en sus manos, tras una talanquera construida por el cabildo para obligar a los toros a que girasen y continuasen su carrera por la ribera del río, en cuyo margen se amontonaban los vecinos que, en caso de apuro, sólo podrían lanzarse al agua. En la embocadura de la calle Arhonas, en la ribera, se había dispuesto otra empalizada para que los toros tomaran por dicha calle. A partir de allí, las confluencias con las demás calles de la Ajerquía por las que discurriría el encierro también se encontraban protegidas con grandes maderos hasta la calle del Toril, donde se montó un cercado con una única salida: la plaza de la Corredera.

Hernando notó el nerviosismo de la gente ante el rumor de toros y vaqueros en el campo de la Verdad.

—¡Ya llegan! ¡Ya vienen! —se oía gritar.

El estruendo de los animales al cruzar el antiguo puente de piedra se confundió con los chillidos. Algunos hombres saltaron las vallas y empezaron a correr delante de la manada; otros prepararon dardos para lanzar contra los toros o viejas capas con las que distraerlos de su carrera. Hernando vio cómo los morlacos le pasaban por delante, detrás de las vacas: bramaban, galopando a ciegas, en grupo, por delante de los vaqueros. El giro del puente a la ribera era brusco y en pendiente debido al desnivel existente entre el puente y la orilla, por lo que varios toros chocaron contra la valla de madera. Uno de ellos cayó y resbaló por el suelo mientras era pisoteado por los que le seguían; un joven trató de echarle una capa por delante, pero el toro, con una agilidad asombrosa, saltó desde el suelo y le corneó en el muslo, alzándolo por encima de su testuz. Hernando alcanzó a ver cómo otros dos hombres que corrían por delante también eran corneados, pero cuando los toros se revolvieron para ensañarse en ellos, se encontraron con las garrochas de los vaqueros clavadas en sus costados, forzándoles a continuar el recorrido.

Fueron tan sólo unos instantes de gritos, carreras, polvo y un ruido atronador hasta que toros, gente y caballos desaparecieron por la esquina de la calle Arhonas. Hernando olvidó el estiércol que debía recoger y permaneció absorto en la gente que quedaba tras el paso de la manada: el joven de la capa sangraba sin cesar por la entrepierna, agarrado a una muchacha a su lado que gritaba desesperada; hombres, mujeres y niños que intentaban salir del río a cuyas aguas habían saltado al paso de los toros y una sucesión de heridos, unos en pie, cojeando o doliéndose, y otros tendidos a lo largo de la ribera del Guadalquivir. Cuando quiso darse cuenta, varias ancianas y niños se habían lanzado ya a recoger el estiércol pisoteado a lo largo del camino. Miró su capazo vacío y negó con la cabeza. Allí no iba a conseguir ni una bosta. Traspasó la valla y se acercó al joven herido, ya rodeado por un nutrido grupo de mujeres, por si pudiera ayudar en algo.

—¡Lárgate! ¡Moro! —le espetó una anciana vestida de negro.

—Ese joven morirá, si es que no lo ha hecho ya —terminó afirmando Hernando a Hamid después de la misa mayor, más allá del cementerio, en presencia de Fátima y una embarazada Aisha; Brahim, algo alejado, estaba de charla con otros moriscos.

—Sí. Muchos mueren…

—¿Qué placer encuentran?

—La pelea, la lucha del hombre contra el animal —contestó Hamid. Hernando, con una mueca, abrió las manos en señal de incomprensión—. También lo hicimos nosotros —objetó el alfaquí—. En la corte de Granada fueron famosos los juegos de toros.

Los Zegríes, los Gazules, los Venegas, los Gomeles, los Azarques y muchos otros nobles más, se distinguieron a la hora de sortear y matar a los toros. Es más, ningún alfaquí musulmán osó nunca prohibir aquellas fiestas y, sin embargo, el Papa de Roma, bajo pena de excomunión, sí que las ha prohibido a los cristianos. El que muere en los juegos de toros lo hace en pecado mortal y los curas que presencien las fiestas pierden sus hábitos.

Hernando recordó entonces al ejército de sacerdotes que salía de las casas de la Ribera una vez pasados los toros y corría entre los heridos del encierro procurando su salvación entre santos óleos y oraciones.

—En tal caso, ¿por qué los corren? ¿No son tan piadosos?

Hamid sonrió.

—España quiere toros. Los nobles quieren toros. El pueblo quiere toros. Debe de ser el único asunto, aparte del relativo al dinero, que enfrenta al cristianísimo rey Felipe con el papa Pío V.

Aquellos nobles musulmanes de los que hablaba Hamid no eran en Córdoba sino el patriciado de la ciudad: los Aguayos, los Hoces, los Bocanegras y, por supuesto, los correspondientes a la insigne casa de los Fernández de Córdoba y su rama, no menos ilustre, de Aguilar. ¡Córdoba era noble! Muchos eran los títulos y mercedes reales obtenidos por los cordobeses durante la conquista, y en las fiestas de toros los nobles de la ciudad, antes de enfrentarse a los animales, competían entre ellos en lujo y boato.

Después de comer y antes de que diera comienzo la fiesta, en los palacios de los nobles se exhibieron las cuadrillas de los señores, compuestas por sus servidumbres lujosamente vestidas con libreas del mismo color. Dentro de las cuadrillas, de treinta, cuarenta y hasta sesenta criados, dos de ellos ejercían la función de lacayos: eran aquellos que acompañarían al señor en el interior de la plaza. Las gentes de Córdoba se apostaron delante del palacio de los Fernández de Córdoba, en la cuesta del Bailío; delante del palacio del marqués del Carpio, en la calle Cabezas, o alrededor de tantos otros palacios y casas solariegas para contemplar y aplaudir la salida de los nobles a caballo, acompañados por sus extensas familias y escoltados por las cuadrillas de criados, que cargaban con comida, vino y sillones para sus señores.

La plaza de la Corredera había sido convenientemente preparada para correr los toros que saltarían, uno a uno, por la arcada y el pasillo que daba a la calle del Toril, en su testero este. En el testero norte, el más largo de la irregular plaza, se dispusieron vallas más allá de los soportales de madera de las casas que daban a ella, cuyos balcones, engalanados para la ocasión con tapices y mantones, fueron arrendados por el cabildo a nobles y ricos mercaderes que rivalizaban en el lujo de sus vestiduras. Entre ellos, moviéndose con discreción, vulnerando la bula papal, había sacerdotes y miembros del cabildo catedralicio. En el frente sur, apoyadas en una pared blanca que el cabildo había ordenado construir para cerrar la plaza, se levantaron unas tribunas de madera en las que se hallaba el corregidor, como representante del rey y gobernador del coso, junto a otros nobles y caballeros. Alrededor del resto de la plaza, ya metidas en ella dada su amplitud, se instalaron talanqueras detrás de las cuales el público podía resguardarse de los toros.

Desde la plaza de las Cañas, por la que se desparramaron los criados con los caballos de repuesto de quienes iban a correr los toros y los de sus familiares, Hernando escuchó el griterío de la gente cuando los nobles a caballo, con los dos lacayos que debían ayudarles portando las lanzas, hicieron el paseíllo, todos ellos vestidos a lo morisco, con marlotas ajustadas que les proporcionaban libertad de movimientos, bonetes y capellares colgando de su hombro izquierdo, y armados con espadas; cada noble vestía los mismos colores que los de las libreas de sus cuadrillas y montaba a la jineta, a la morisca, con los estribos cortos. El oficial de la curtiduría cumplió su palabra y le esperó en la plaza de las Cañas. Por mediación suya, Hernando logró rebasar a los alguaciles que impedían que el pueblo se mezclase con los criados de los caballeros, cargado con su gran capazo de esparto. Sin embargo, no era el único que corría por allí para obtener estiércol.

Ocho caballeros se disponían a correr los toros esa tarde de marzo. Con gesto solemne, el corregidor entregó al alguacil de la plaza la llave del toril, en señal de que podía empezar la fiesta; cuatro de los caballeros abandonaron el coso mientras los otros cuatro tomaban posiciones en su interior. Los caballos piafaban, bufaban y sudaban. El silencio se hizo en la Corredera cuando el alguacil abrió el portalón de maderas con que cerraban la calle del Toril, antes de que estallaran los vítores ante la carrera de un gran toro zaino que, hostigado por los garrocheros, accedió a la plaza bramando. El toro corrió la plaza al galope tendido, derrotando contra los palenques a medida que la gente le llamaba a gritos, golpeaba los maderos o le lanzaba dardos. Tras el ímpetu inicial, el toro trotó, y más de un centenar de personas saltaron al coso y le citaron con capotes; los más atrevidos se acercaban a él, dándole un violento quiebro para esquivarle tan pronto como éste se revolvía contra ellos. Algunos no lo lograron y terminaron corneados, atropellados o volteados por los aires. Mientras el pueblo se divertía, los cuatro nobles permanecían en sus lugares, reteniendo a sus caballos, juzgando la bravura del animal y si ésta era la suficiente como para batirse con él.

En un momento determinado, don Diego López de Haro, caballero de la casa del Carpio, vestido de verde, gritó para citar al toro. Al instante, uno de los lacayos que le acompañaban corrió hacia la gente que importunaba al animal y los obligó a apartarse. El espacio entre toro y jinete se despejó y el noble volvió a gritar:

—¡Toro!

El toro, enorme, se volvió hacia el caballero y los dos se observaron desde la distancia. La plaza, casi en silencio, estaba pendiente de la pronta acometida. Justo en aquel momento, el segundo lacayo se acercó a don Diego con una lanza de fresno, gruesa y corta, terminada en una afilada punta de hierro; a tres palmos de la punta se habían practicado en la madera unos cortes cubiertos de cera para facilitar que se rompiera en el embate contra el toro. Los tres caballeros restantes se acercaron con sigilo, para no distraer al toro, por si era menester su ayuda. El caballo del noble corcoveó por el nerviosismo hasta quedar de lado frente al toro; los silbidos y protestas recorrieron la plaza al instante: el encuentro debía ser de frente, cara a cara, sin ardides contrarios a las reglas de la caballería.

Pero don Diego no necesitó reprobaciones y ya espoleaba al

caballo para que éste volviera a colocarse de frente al toro. El lacayo permanecía junto al estribo derecho de su señor con la lanza ya alzada, para que éste sólo tuviera que cogerla en cuanto el toro iniciase la embestida.

Don Diego volvió a citar al toro al tiempo que echaba a su espalda la capa verde que llevaba sujeta al hombro. El verde brillante que ondeaba en manos del jinete llamó la atención del morlaco.

—¡Toro! ¡Eh! ¡Toro!

La embestida no se hizo esperar y una mancha zaina se abalanzó sobre caballo y jinete. En ese momento don Diego agarró con fuerza la lanza que sostenía su lacayo y apretó el codo contra su cuerpo. El lacayo escapó justo en el instante en que el toro llegaba al caballo. Don Diego acertó con la lanza en la cruz del animal y la hundió un par de palmos antes de que ésta se quebrase, deteniendo su brutal carrera. El chasquido de la madera fue la señal para que la plaza estallase en vítores, pero el toro, aun herido de muerte y sangrando a borbotones por la cruz, hizo ademán de embestir de nuevo al caballo. Sin embargo don Diego ya había desenvainado su pesada espada bastarda, con la que descargó un certero golpe en la testuz del animal, justo entre los cuernos, partiéndole el cráneo. El zaino se desplomó muerto.

Mientras el caballero galopaba por la plaza, palmeando a su caballo en el cuello, saludando y recibiendo los aplausos y los honores de su victoria, la gente se lanzó sobre el cadáver del animal, peleando entre sí por hacerse con el rabo, los testículos o cualquier parte que pudieran cortar antes de que continuase la fiesta. Se trataba de los «chindas», que después vendían aquellos despojos, principalmente el preciado rabo del toro, a los mesoneros de la Corredera.

A través de los gritos y los silencios, Hernando intentó imaginar el desarrollo de la fiesta desde la plaza de las Cañas, donde se encontraba; nunca había presenciado un juego de toros y lo más cerca que había estado de un toro fue cuando éste le saltara por encima mientras él protegía el cuerpo de Fátima. ¿Qué estaría sucediendo en la plaza? Con esa pregunta en la mente se peleaba por el estiércol con otros hombres que también lo pretendían. «Esta tarde no puedes fallar —le había advertido el oficial—. Por lo menos tienes que llenar el capazo. Nos servirá para la capa superior del pozo.» Sin embargo, tenía una ventaja sobre aquellos otros que luchaban con él por el estiércol: no temía a los caballos y se apercibió de esa circunstancia. Era diferente recoger el estiércol de una calle una vez ya habían pasado las caballerías que hacerlo en el momento en el que el animal acababa de estercolar. Los caballos estaban nerviosos junto a la plaza: sabían lo que sucedía; no era la primera vez que se enfrentaban a los toros, en la ciudad o en las dehesas, y se mostraban tremendamente inquietos, manoteando y relinchando. Sus competidores no estaban acostumbrados a tratar con los caballos de los nobles, de raza, coléricos algunos, nerviosos todos, y tan pronto Hernando veía que alguno de ellos estercolaba y que alguien corría en busca del excremento, él también lo hacía, bruscamente, espantando al caballo. Entonces sus contrincantes acostumbraban a apartarse, temerosos, de los amenazadores pies del animal y Hernando se lanzaba sobre el estiércol. Los criados de los nobles, que actuaban de palafreneros y que se turnaban entre la plaza de las Cañas o la Corredera según estuviese o no su señor, encontraron en aquella competición una forma de entretenimiento y le avisaban en el momento en que alguno de los caballos estercolaba.

En el instante en que la plaza aplaudió la irrupción del séptimo toro, ya tenía lleno el gran capazo de esparto. Él no estaba autorizado a entrar en la curtiduría un domingo, por lo que mandó recado al oficial y éste acudió en busca del estiércol.

—Tendremos tiempo de llenar otro —le dijo el hombre al recoger la espuerta.

Hernando resopló cuando el oficial le dio la espalda y se dirigió a la curtiduría, momento que aprovechó para deslizarse entre las cuadrillas hasta llegar a la puerta de acceso de los caballeros, al lado de la pared blanca, en el testero sur de la plaza, junto a un joven criado con quien había cruzado varias sonrisas ante los sustos y alguna que otra caída provocada en sus peleas por el estiércol. La fiesta se desarrollaba sin incidentes: cada noble mostraba con mayor o menor acierto su arte en correr los toros para el disfrute del pueblo. Hernando logró apoyarse en la talanquera que hacía las veces de puerta justo cuando un gran toro colorado arremetía contra un caballero montado en un morcillo como el que en su día le regaló Aben Humeya. Durante unos instantes sintió aquel correoso caballo morcillo entre sus piernas y volvió a creerse un noble musulmán en las Alpujarras, libre en las sierras, anhelante de victoria… El estruendo que resonó en la plaza le devolvió a la realidad. El caballero había errado con la lanza y ésta resbaló desde la cruz y se clavó en la grupa del toro, donde su herida no era mortal. Al instante, otro noble acudió al quite y caracoleó con su caballo para distraer al toro a fin de apartarlo del primero y que no le embistiese. La segunda lanza, una vez el caballero se hubo recompuesto, sí fue suficiente para que el toro cayera herido de muerte. El octavo, un toro castaño, se limitó a trotar por la plaza, amagando alguna cornada y escapando de la gente que le acosaba. Uno de los nobles lo citó y el toro corrió cuatro o cinco metros antes de detenerse frente al caballero y huir. La gente empezó a silbar.

—¿Qué sucede? —preguntó Hernando al joven criado.

—Es manso —contestó éste sin dejar de observar el coso—. Los caballeros no pelearán con él —añadió.

Y así fue. Los cuatro nobles que en aquel momento se encontraban en la Corredera se retiraron con solemnidad y obligaron a los que estaban en la puerta a apartarse. La talanquera se cerró de nuevo; al recuperar su posición, Hernando observó que la plaza se había llenado de gente, e incluso de perros que perseguían y acosaban al animal. De los muchos capotes que le echaron sobre la cabeza, uno de ellos quedó enganchado en los cuernos y tapó su visión, momento en el que varios hombres con dagas y navajas se abalanzaron sobre el toro y la emprendieron a cuchilladas. Otros se lanzaron a sus patas para desjarretarlo. Uno de ellos, con una guadaña, consiguió sajar el fuerte tendón de la mano izquierda del animal y el toro cayó. Allí le siguieron acuchillando hasta la muerte.

Todavía no habían terminado de cortarle el rabo cuando ya salía a la plaza el siguiente morlaco: un toro más bien pequeño pero muy ágil, saltarín, entrepelado.

—¡Aparta de ahí, imbécil!

Absorto en el toro, Hernando no se dio cuenta de que tanto el criado como los demás cuadrilleros se habían apartado de la talanquera. Obedeció y franqueó el paso a un noble gordo, cuya marlota estaba a punto de reventarle sobre la barriga. Tras él iban sus dos lacayos, hoscos, y después tres nobles más que bromeaban señalando al obeso caballero que les precedía.

—El conde de Espiel —susurró el joven criado como si, pese a la algarabía y a la distancia, el conde pudiera oírle—. No sabe correr los toros, pero se empeña en salir una y otra vez a la plaza.

—¿Por qué? —inquirió Hernando con el mismo tono de voz.

—¿Soberbia? ¿Honor? —se limitó a contestar el joven.

Nada más pisar el coso, el lacayo que no portaba las lanzas para el conde empezó a gritar a la gente para que dejasen de importunar al saltarín y permitiesen el enfrentamiento con su señor. Los cordobeses obedecieron a desgana, renunciaron a la fiesta que los demás nobles les regalaban e incluso evitaron silbar en el momento en el que el conde de Espiel citó al toro y permitió que el caballo se aliviase a la izquierda para poder enfrentar mejor la embestida. Hernando observó a los demás caballeros, que ya no sonreían. Uno de ellos, vestido de morado, negaba con la cabeza. Pese a la ventaja obtenida por la posición del caballo para recibir al toro, el conde falló y golpeó con la punta de la lanza en el hocico del animal cuando éste saltó antes de llegar al caballo. La lanza salió despedida de la mano del noble. El conde lanzó una imprecación y perdió un precioso instante para apartar al caballo del recorrido de aquel toro cuya embestida no pudo detener.

Hincó las espuelas en los ijares del caballo pero el toro ya se le había echado encima y, en plena carrera, corneó la barriga del caballo con sus dos imponentes astas. El conde salió despedido y rodó por el suelo mientras el caballo quedaba ensartado en los cuernos del saltarín, que tras un par de trancos, levantó la cabeza sosteniendo al animal en el aire y le rajó la barriga como si de un simple paño viejo se tratase. Los relinchos de muerte del caballo atronaron la Corredera, llegando hasta lo más profundo de los vecinos que observaban el espectáculo. El toro bajó la cabeza; el caballo cayó al suelo y el morlaco se ensañó con su presa, corneándolo una y otra vez, arrastrándolo por la plaza, destrozándolo encelado, sin atender a los jinetes que trataban de distraerlo. El empuje del toro llevó al caballo hasta la talanquera en la que se encontraba Hernando. La sangre le salpicó cuando el toro volteó de nuevo al caballo; los intestinos y órganos del animal volaron por los aires.

Antes de que Hernando llegara a darse cuenta, el conde de Espiel se plantó junto al toro y el cadáver del caballo, espada en mano.

—¡Toro! —gritó con el arma en alto, asida con ambas manos.

El toro atendió al envite y alzó su cabeza empapada en sangre hacia el noble, momento en el que éste descargó un tremendo golpe en la cerviz del animal. El buen acero toledano cortó la mitad del grueso cuello del toro y éste cayó desplomado junto al caballo.

Se trataba de un conde, ¡de un grande de España! Al principio fueron moderados, procedentes sólo de la nobleza, sus iguales, pero cuando el conde de Espiel volvió a alzar su espada ensangrentada en señal de victoria, los aplausos resonaron en la Corredera.

—¡Un caballo! —gritó entonces el conde a uno de sus lacayos, mientras recibía orgulloso la aclamación del pueblo.

Hernando y los demás tuvieron que volver a apartarse y el lacayo corrió hacia la plaza de la Paja en busca de otro caballo.

—¿Por qué? —preguntó Hernando al criado.

—Los nobles —contestó éste— tienen que abandonar la plaza a caballo. No pueden hacerlo a pie. Si su caballo muere, les llevan otro. No es la primera vez que sucede con el conde —acertó a decir en el mismo instante en que el lacayo del conde ya volvía tirando de la brida de un semental castaño de gran alzada.

—¡Mi caballo! —exigía el conde desde el coso.

Hernando y el criado ayudaron a abrir por completo la talanquera para dejar paso a la nueva montura, pero en cuanto ésta vio al primer caballo y al toro muertos frente a él, y olió la sangre del inmenso charco que les rodeaba, se encabritó soltándose del lacayo y quedó libre entre la servidumbre. Un criado trató de volver a agarrarlo, pero el animal había enloquecido, relinchaba con violencia y se alzaba, manoteando en el aire, rozando las cabezas de los criados, para acto seguido lanzar coces frenéticas. Dos hombres sa-

344

lieron despedidos por las coces que les alcanzaron en pecho y estómago, otro sufrió la misma suerte cuando el caballo le propinó un fuerte cabezazo. El conde seguía exigiendo a gritos su caballo, pero el espacio en la talanquera era mínimo y la multitud de criados que intentaba hacerse con el semental no lograba sino enloquecerlo todavía más. Algunos caballeros de los que corrían los toros se acercaron a la entrada de la plaza, pero no parecía que estuvieran muy dispuestos a ayudar; uno de ellos incluso sonrió al escuchar los gritos exasperados del conde de Espiel.

En ese momento el semental, alzado sobre sus patas, manoteó en el aire justo donde se encontraban Hernando y su compañero. Hernando se apartó a toda prisa con la sola visión de los ojos fuera de las órbitas e inyectados en sangre del caballo, sangre igual que la que brotó del rostro del joven criado que le acompañaba cuando el semental le alcanzó en la cara con una de sus manos. ¡Los iba a despedazar! El animal rozó la tierra presto a empinarse de nuevo y Hernando saltó sobre su cabeza y le tapó los ojos con su cuerpo hasta alcanzar una de sus orejas, que mordió con fuerza, retorciéndole la otra con una mano. Sintió en su estómago la vaharada del relincho de dolor del caballo, y cuando el animal bajó la cabeza por el peso de Hernando, éste le torció el cuello brusca y violentamente hasta tirarlo al suelo.

En tierra, con Hernando tumbado sobre su cabeza y todavía mordiéndole la oreja, el caballo intentaba levantarse, pero no lo consiguió al no poder doblar el cuello. Durante unos instantes se debatió con todas sus fuerzas, hasta que poco a poco fue cediendo.

—¡Quietos! —oyó que alguien ordenaba a los criados del conde que acudían a por el caballo.

Dejó de morder la oreja del animal, pero mantuvo la otra retorcida. Sólo se le ocurrió recitar en voz baja algunas suras, con sus labios junto al oído del animal, en un intento por tranquilizarlo. Así permaneció durante unos largos instantes, sin ver nada ni a nadie, recitando suras, mientras el caballo volvía a acompasar su respiración.

—Voy a taparle la cara con un manto, muchacho —Era la misma voz que había ordenado a los criados que permanecieran quietos. Hernando sólo llegó a ver unas espuelas de plata—. Lo meteré entre tu cuerpo y su cabeza. No permitas que se levante.

Hernando aguantó, y dejó espacio para que el hombre de las espuelas de plata introdujese el manto. También lo oyó renegar en voz baja mientras manipulaba con la manta:

—Engreído. No merece caballos como los que tiene. —Hernando encogió la barriga. Notó cómo el hombre deslizaba la manta entre ella y la cabeza del semental—. Imbécil. ¡Grande de España! —masculló antes de dar por finalizada su labor—. Ahora —le instruyó—, debes dejar que se levante poco a poco. Primero doblará el cuello para levantar la cabeza y luego extenderá las manos para darse impulso. —Hernando lo sabía—. En ese momento deberás terminar de colocarle el manto por debajo de la quijada para que no pueda librarse de él. ¿Te ves capaz? ¿Te atreves?

—Sí.

—Ahora —le indicó el hombre.

El semental, probablemente agotado, se levantó mucho más despacio de lo que esperaba Hernando, así que no tuvo problema para anudarle el manto por debajo de la quijada como le había dicho el hombre de las espuelas. Ya en pie, el caballo se quedó quieto, ciego. Hernando le palmeó el cuello y le habló para calmarlo. Uno de los criados del conde fue a coger al caballo por la brida, pero una mano se lo impidió.

—Ineptos. —Hernando se volvió hacia aquella voz conocida. Don Diego López de Haro, veinticuatro de Córdoba, caballerizo real de Felipe II, se encontraba junto a él—. Seríais capaces —añadió hacia el criado— de volver a encabritar a este animal. Ni siquiera sabéis reconocer a un buen caballo, como vuestro… —Calló y meneó la cabeza—. ¡Sólo sabéis tratar con asnos y borricos! Muchacho, llévaselo tú al conde. —Hernando percibió cómo don Diego escupía la última palabra.

De lo que no se dio cuenta fue de cómo el caballerizo real entrecerraba los ojos y apoyaba la mano derecha en su mentón, observando con interés lo que haría Hernando al entrar en la plaza: el semental todavía olería la sangre. Y así fue. El caballo hizo ademán de recular, pero al momento Hernando le dio un tirón de la brida y una fuerte patada en la barriga. El semental temblaba, pero obedeció y accedió a la Corredera. Ya había dejado atrás los cadáveres del caballo y del toro, mientras don Diego asentía satisfecho a sus espaldas, cuando el conde de Espiel le gritó desde donde todavía estaba esperando:

—¿Cómo te atreves a patear a mi caballo? ¡Vale más que tu vida!

Los dos lacayos que atendían al noble en la plaza corrieron hacia Hernando. Uno le arrebató las bridas de la mano y el otro trató de agarrarle del brazo.

—¡Detenedlo! —ordenó el conde de Espiel.

La gente, después de la larga espera, volvió a estallar en gritos. Nada más notar el contacto del lacayo en su brazo, Hernando azuzó al semental, que giró sobre sí y barrió a los lacayos con su grupa, momento que él aprovechó para escabullirse. Saltó por encima del cadáver del toro y echó a correr en dirección a la plaza de la Paja. Al pasar por delante de don Diego, éste hizo un imperativo gesto a los lacayos con los que había estado hablando mientras contemplaba cómo se desenvolvía Hernando en la plaza. Los lacayos salieron a la carrera tras el muchacho. Un alguacil de los que vigilaban la plaza de la Paja se lanzó sobre Hernando al ver que le perseguían dos lacayos, y logró detenerle. A cierta distancia, varios de los criados del conde de Espiel también trataban de darle alcance.

—¿Qué…? —empezó a preguntar el alguacil.

—¡Dejadlo! —ordenó uno de los lacayos arrancando a la presa de las manos del alguacil.

—¡Detenedlos a ellos! —añadió el otro lacayo al tiempo que señalaba a los criados del conde de Espiel—. ¡Pretenden asesinarle!

La simple acusación fue suficiente para que los alguaciles que vigilaban plantaran cara a los hombres del conde, y fue suficiente también para que Hernando y los lacayos de don Diego se perdiesen en dirección al Potro.

Mientras, el conde de Espiel paseaba orgulloso a caballo por la Corredera, entre los aplausos del público.

—Retirad estos cadáveres de aquí —ordenó don Diego a todos los cuadrilleros que contemplaban la escena desde la puerta, señalando al toro y al caballo muertos—. En caso contrario —ironizó en voz baja, dirigiéndose a dos caballeros que se hallaban junto a él—, ese imbécil será incapaz de abandonar la plaza y nos dará la noche.

31

Algunos días antes del domingo del juego de toros, Fátima y Jalil, cuyo nombre cristiano era Benito, uno de los ancianos que junto a Hamid se había constituido en jefe de la comunidad morisca de Córdoba, se dirigían a la cárcel, cada cual con la comida que había logrado recoger para los presos, como venían haciendo con regularidad. Hablaban de Hernando, de su trabajo por la comunidad.

—Es un buen hombre —afirmó en un momento determinado Jalil—: joven, sano y fuerte. Debería casarse y formar una familia.

Fátima no dijo nada. Bajó la mirada y su caminar se hizo más lento.

—Existe una posibilidad de arreglar vuestro problema —afirmó Jalil, conocedor de la situación.

Ella se detuvo e interrogó al anciano:

—¿Qué quieres decir?

—¿Ha dado ya a luz Aisha? —le preguntó Jalil, al tiempo que le indicaba que continuara andando. Circundaban la mezquita hasta llegar cerca de la puerta del Perdón, donde nacía la calle de la Cárcel. Fátima vio cómo el anciano miraba de reojo el símbolo del dominio musulmán en Occidente mientras ella aligeraba el paso para alcanzarle.

—Sí —contestó—. Un niño precioso. —Lo dijo con melancolía. Córdoba le quitó a Humam; Córdoba le daba un nuevo hijo a Aisha.

Jalil creyó entenderla.

—Eres joven todavía y, pese a tu aspecto, fuerte. Lo demuestras día a día. Confía en Dios. —Jalil guardó silencio unos instantes. En el momento en que embocaban la calle de la Cárcel, el anciano volvió a hablar—: Cuando contrajiste matrimonio con Brahim, ¿él era pobre?

—No. Entonces era el lugarteniente de Ibn Abbu, el rey de al-Andalus, y disponía de cuanto deseaba. Recorrí las calles de Laujar montada en la mejor mula blanca…

Calló de inmediato al encararse con dos mujeres vestidas de negro acompañadas de varios criados y seguidas por unos pajes que mantenían alzados los bajos de sus faldas para que no se ensuciasen. La estrecha calle no permitía el paso de tantas personas y los dos moriscos se apartaron con prudencia. Las mujeres ni siquiera repararon en ellos, pero tanto Fátima como Jalil sí lo hicieron en los niños que actuaban como pajes: probablemente serían moriscos, niños robados a sus madres para evangelizarlos. El anciano suspiró, y ambos se mantuvieron unos instantes en silencio mientras las mujeres y su séquito seguían calle abajo.

—Era la mejor mula banca de las Alpujarras —siseó ella una vez que el grupo hubo girado hacia la catedral.

Jalil asintió como si aquella revelación fuera interesante. Entonces se detuvo, a algunos pasos de la cárcel, a cuyas puertas se apelotonaban los familiares de los presos.

—El dinero que gana tu esposo… quiero decir, ¿quién te mantiene?

—No sé —reconoció ella—. Todos. Tanto Brahim como Hernando entregan sus jornales a Aisha para que los administre.

—¿El de Hernando también? —le interrumpió Jalil.

—¡Claro! Aunque sea poco, sin él no podríamos vivir. Brahim no hace más que quejarse de ello.

—Y ahora, con el nuevo hijo, supongo que será más difícil todavía.

—Eso parece que es lo único que le preocupa: su nuevo hijo, ¡un varón que le ha hecho sonreír de nuevo! —Fátima se planteó si en realidad alguna vez le había visto sonreír abiertamente, aparte de aquella mueca cínica con que acostumbraba a responder. Ciertamente, no, concluyó—. Pero si no está con el niño —prosiguió—, no hace más que renegar de los míseros jornales que le pagan en el campo.

Jalil volvió a asentir.

—El marido —le explicó entonces— debe gobernar a su esposa y debe proveerla de comida y bebida, vestirla y calzarla… —en ese momento el anciano bajó la mirada a los pies de Fátima, calzados con unos zuecos de cuero, rotos y agujereados, cuya suela de corcho casi había desaparecido—, y también proporcionarle una morada conveniente. Si no lo hace así, la esposa puede demandar el ser quitada de él. —La muchacha cerró los ojos y sus uñas se clavaron en el pedazo de pan duro que portaba a la cárcel—. Nuestras leyes dicen que sólo si la esposa se casó con su marido a sabiendas de que era pobre, perderá el derecho a pedir el divorcio si éste no puede gobernarla.

—¿Cómo puedo pedir el divorcio? —saltó la muchacha, esperanzada.

—Deberías acudir al *alcall*, y si él considera que tienes razón, concederá a Brahim un período de entre ocho días y dos meses para que pase a disfrutar de mejor fortuna. Si la consigue, podrá volver a ti, pero si transcurrida la *idda* que determine el *alcall*, continúa siendo incapaz de gobernarte convenientemente, podrás contraer matrimonio con otra persona y Brahim perderá cualquier derecho sobre ti.

—¿Quién es el *alcall*?

El anciano dudó.

—No… no tenemos. Supongo que podría ser yo, o Hamid, o Karim —añadió refiriéndose al tercer anciano que componía el consejo.

—Si no tenemos *alcall*, Brahim podría negarse a cumplir…

—No. —El anciano fue tajante—. Él dispone de dos esposas conforme a nuestras leyes. No puede acogerse a ellas para lo que le beneficia y negarlas si le perjudican. La comunidad estará contigo, con nuestras costumbres y nuestras leyes. Brahim nada podrá oponer, ni frente a nosotros ni frente a los cristianos. ¿Acaso no estás oficialmente casada con Hernando?

Fátima se quedó pensativa. ¿Y Aisha? ¿Qué sucedería con Aisha

351

si ella solicitaba el divorcio? Ante el silencio de la muchacha, Jalil la instó a continuar hasta la cárcel. Hernando había hecho bien su trabajo y uno de los porteros tomó la comida para los presos moriscos mientras la gente entraba y salía del edificio en constante trajín. Ellos no lo hicieron; no querían levantar animadversiones para con los suyos que permanecían encarcelados. Fátima entregó el pan duro, algunas cebollas y un pedazo de queso, antes de volver a la calle. Ahora, continuaba pensando, Brahim parecía satisfecho con su nuevo hijo. Pero ¿cuánto duraría...? Aunque... ¡igual tenía más hijos! ¿Y si los tenía con ella? ¿Y si la violaba? Estaba en su derecho. Podía...

—Quiero divorciarme, Jalil —afirmó al instante.

El anciano asintió. Volvían a encontrarse ante la puerta del Perdón de la mezquita de Córdoba.

—Ahí dentro —dijo deteniéndose y señalando hacia el templo— es donde deberías reclamar tu derecho delante del *alcall* o del cadí. Te pregunto, Fátima de Terque —añadió con extrema formalidad—: ¿por qué deseas el divorcio?

—Porque mi esposo, Brahim de Juviles, es incapaz de gobernarme como me corresponde.

Después de hablar en la misma plaza del Potro con los lacayos de don Diego López de Haro, y tras comprobar que los criados del conde de Espiel ya no les perseguían, Hernando fue en busca de Hamid. El domingo la mancebía estaba cerrada y el alfaquí salió a la calle del Potro sin impedimentos. Toda la Córdoba cristiana, incluido el alcaide del burdel, y al igual que la mayoría de los moriscos, se hallaba en la plaza presenciando cómo se corrían los toros.

—Quieren que trabaje en las caballerizas reales de Córdoba —le comentó después de saludarse—, con los caballos del rey. Hay centenares de ellos. Los crían y los doman, y necesitan gente que entienda de caballos. —Luego le contó lo sucedido con el semental del conde—. Parece ser que por eso don Diego se ha fijado en mí.

—Algo he oído de ese asunto —asintió el alfaquí—. Hará seis

o siete años, el rey Felipe ordenó la creación de una nueva raza de caballos. A los cristianos ya no les sirven los pesados y ariscos caballos de guerra. España vive en paz. Cierto que mantiene guerras en muchas tierras lejanas, pero aquí no, y desde que el padre del rey, el emperador Carlos, adoptó los modos de la corte borgoñesa, los nobles necesitan caballos con los que lucirse en sus paseos, sus fiestas, sus juegos de cañas o sus juegos de toros. Tengo entendido que eso es lo que buscan: el perfecto caballo cortesano. Y el rey eligió Córdoba para llevar adelante su proyecto. Están construyendo unas magníficas caballerizas junto al alcázar, donde la Inquisición. Algunos alarifes moriscos trabajan en ella. Te felicito —finalizó el alfaquí.

—No sé. —Hernando acompañó sus dudas con una mueca—. Ahora estoy bien. Puedo hacer lo que quiera y moverme con libertad por la ciudad. Pese al salario... —Entonces pensó en el sueldo de veinte reales al mes, más vivienda, que le ofrecían los lacayos de don Diego—. Si aceptase, no podría ocuparme de los moriscos que llegan a la ciudad...

—Acepta, hijo —le recomendó Hamid. Hernando fue a insistir, pero el alfaquí se le adelantó—: Es muy importante que consigamos trabajos bien remunerados y de responsabilidad. Algún otro desarrollará las funciones que tú estás haciendo ahora, y no creas que no tendrás nada que hacer por la comunidad. Debemos organizarnos. Poco a poco lo vamos consiguiendo. A medida que nuestros hermanos empiezan a trabajar como artesanos o mercaderes y abandonan los campos, se obtienen dineros para nuestra causa. Cualquiera de ellos es infinitamente más valioso que esos perezosos cristianos. Aprovecha. Trabaja duro y sobre todo intenta continuar con la instrucción que seguíamos en las Alpujarras: lee, escribe. En toda España hay hombres preparándose para ello. Nosotros..., yo, desapareceremos un día u otro y alguien deberá continuarnos. ¡No podemos permitir que nuestras creencias se olviden! —Hamid tomó por los hombros a Hernando en medio de la desierta calle del Potro, sin precaución alguna. Aquel contacto, su vehemencia, causaron un escalofrío en el muchacho—. ¡No podemos dejar que vuelvan a vencernos y que nuestros hijos ignoren la religión de sus antepasados! —La voz de Hamid surgió quebrada. Hernando le miró a los ojos: estaban húmedos—. No hay otro Dios que Dios y Muhammad es el enviado de Dios —logró entonar entonces Hamid, como si de un canto de victoria se tratase.

¡Una lágrima! Una lágrima corría por la mejilla del alfaquí.

—Sabe —se sumó Hernando, recitando la profesión de fe de los moriscos—, que toda persona está obligada a saber que Dios es uno en su reino. Creó las cosas todas que en el mundo existen, lo alto y lo bajo, el trono y el escabel, los cielos y la tierra...

Cuando Hernando terminó, se abrazaron.

—Hijo —musitó Hamid con el rostro apoyado en el hombro del muchacho.

Hernando le estrechó con fuerza entre sus brazos.

—Existe un problema —objetó Hernando al cabo de unos instantes—: me han ofrecido una vivienda. Fátima... Ante los cristianos, ella es mi esposa, está censada como tal, por lo que tendría que venir a vivir conmigo y eso es imposible. No sé si podré renunciar a la vivienda o si hace falta que resida en ella.

—Quizá no tengas que renunciar a nada. —Hamid se separó de él—. Hace algunos días, Fátima solicitó el divorcio de Brahim.

—¡No me ha dicho nada!

—Lo estábamos tratando en consejo. Nosotros le pedimos que no lo hiciera, que no dijera nada a nadie hasta que iniciásemos el juicio y se enterase Brahim.

—¿Podrá..., podrá divorciarse? —balbuceó Hernando.

—Si lo que sostiene es cierto, y lo es, sí. Hoy mismo, cuando todos estaban en los juegos de toros, nos hemos reunido y hemos acordado iniciar el juicio. Si éste fallase conforme a los intereses de Fátima y en el plazo de dos meses Brahim no encontrase el suficiente dinero con que gobernarla, ella quedaría libre.

Aquella noche, en consejo, los dos ancianos y Hamid se dirigieron a la calle de Mucho Trigo, a casa de Brahim. El alfaquí había pedido a Hernando que desapareciese esa noche, que buscase otro sitio para dormir, cosa que no le fue difícil.

Por su parte, Fátima sabía que ese domingo se reunía el consejo con el fin de tratar la solicitud de divorcio. Se lo había comunicado Jalil.

Por la tarde, cuando Brahim y los demás vecinos de la casa acudieron a los toros, Fátima se quedó a solas con Aisha y el bebé. Lo habían bautizado con el nombre de Gaspar, igual que el de uno de los padrinos, cristianos viejos los dos, que el párroco de San Nicolás eligió para aquella función, como era obligado en el caso de los bautizos de los hijos de los moriscos. Ni Aisha ni Brahim tenían especial predilección por ningún nombre cristiano y aceptaron la propuesta del sacerdote: el niño se llamaría Gaspar.

El bautizo les costó tres maravedíes para el sacerdote, una torta para el sacristán y algunos huevos como obsequio para los padrinos, así como la toca de lino blanco que cubría a la criatura y que quedaba para la Iglesia; Brahim tuvo que pedir prestado para hacer frente a esos gastos. Con anterioridad al bautizo, el sacerdote, al igual que hizo la partera cristiana que acudió al alumbramiento, comprobó que Gaspar no estuviera circuncidado, pero nadie comprobó cómo, al volver a casa, Aisha lavó una y otra vez con agua caliente la cabecita del recién nacido para limpiarla de los óleos santos. Ellos habían decidido llamarlo Shamir. Esa ceremonia había tenido lugar una noche, días antes de su bautizo cristiano, con el niño en brazos en dirección a la quibla, después de lavarle el cuerpo entero, vestirle con ropas limpias, adornarle el cuello con la mano de oro de Fátima y rezar en sus oídos.

La tarde de ese domingo de marzo, las dos mujeres estaban sentadas en el patio de la casa.

—¿Qué te sucede? —le preguntó al fin Aisha, rompiendo así el silencio.

Fátima le había pedido que le dejase a Shamir y llevaba mucho rato acunándolo, canturreando, mirándolo y acariciándolo, ensimismada en la criatura, sin dirigir la palabra a Aisha. Ella le dejó hacer; primero pensó que la joven echaba de menos a Humam, y por tanto respetó su silencio y su dolor, pero a medida que el tiempo transcurría y la muchacha ni siquiera la miraba, presintió que había algo más.

Fátima no le contestó. Apretó los labios para reprimir un ligero temblor que no pasó inadvertido a Aisha.

—Cuéntame, niña —insistió ésta.

—He pedido el divorcio de Brahim —cedió.

Aisha inspiró con fuerza.

Por primera vez desde que cogiera en brazos a Shamir, las dos mujeres cruzaron sus miradas. Fue Aisha la que permitió que afloraran las lágrimas. Fátima no tardó en acompañarla y lloraron mirándose la una a la otra.

—Al final… —Aisha hizo un esfuerzo por sobreponerse al llanto que se prolongó durante un buen rato—, al final lograréis huir. Deberíais haberlo hecho hace mucho tiempo, cuando la muerte de Ibn Umayya.

—¿Qué sucederá?

—Que por fin alcanzarás la felicidad.

—Quiero decir…

—Sé lo que quieres decir, querida. No te preocupes.

—Pero…

Aisha alargó el brazo y, con delicadeza, puso los dedos sobre los labios de la muchacha.

—Estoy contenta, Fátima. Lo estoy por vosotros. Dios me ha puesto a prueba, y tras las desgracias ahora me ha premiado con el nacimiento de Shamir. Tú también has sufrido y mereces volver a ser feliz. No debemos poner en duda la voluntad de Dios. Disfruta, pues, de los dones que Él ha decidido concederte.

Pero ¿qué diría Brahim?, se preguntaba Fátima sin poder evitar un estremecimiento al pensar en el carácter violento del arriero.

Brahim lanzó mil maldiciones cuando Jalil, acompañado de Hamid y Karim, le comunicó la solicitud de divorcio por parte de su segunda esposa. Fátima y Aisha se protegieron la una a la otra, acercándose cuanto pudieron, en un rincón de la habitación. Luego, como si acabara de percatarse de ello, Brahim puso en duda la representatividad del consejo.

—¿Quiénes sois vosotros para decidir sobre mi esposa? —bramó.

—Somos los jefes de la comunidad —contestó Jalil.

—¿Quién lo dice?

—En cuanto a ti respecta, ahora —intervino en esta ocasión Karim, Mateo en su nombre cristiano, el otro anciano, haciendo un gesto hacia la puerta, a su espalda—: ellos.

Como si respondieran a una señal previamente pactada, aparecieron tres jóvenes moriscos fornidos que se plantaron tras los ancianos. Brahim tuvo suficiente con sopesar la fuerza de uno solo de ellos.

—No debería ser así, Brahim —trató de conciliar Hamid—. Tú sabes que efectivamente somos los jefes de la comunidad. Nadie nos ha elegido, pero tampoco nos hemos erigido en ello; no hemos pedido serlo. Honrarás a los sabios. Obedecerás a los mayores. Ésos son los mandamientos.

—¿Qué es lo que pretendéis?

—Tu segunda esposa —explicó Jalil— se ha quejado ante nosotros de que no la gobiernas convenientemente...

—¿Y quién puede hacerlo en esta ciudad? —le interrumpió Brahim a gritos—. Si tuviera mis mulas... ¡Nos roban! Nos pagan míseros sueldos...

—Brahim —volvió a intervenir Hamid con templanza—, no hables sin saber cuáles pueden ser las consecuencias de tus palabras. Frente a la solicitud de Fátima, debemos iniciar un juicio y es lo que hemos hecho. Por eso estamos aquí, para darte la oportunidad de exponer lo que creas oportuno, admitir testigos si los propones, y finalmente decidir conforme a nuestras leyes.

—¿Tú? Sé bien lo que vas a decidir. Ya lo hiciste una vez, ¿recuerdas? En la iglesia de Juviles. ¡Siempre defenderás al nazareno!

—Yo no juzgaré. Ningún juez puede hacerlo si conoce datos anteriores al juicio. Estate tranquilo por ello.

—Brahim de Juviles —decidió terciar Jalil para poner fin a posibles disputas personales—, tu segunda esposa, Fátima, se ha quejado de que no la puedes gobernar. ¿Qué tienes que decir?

—¿A ti? —escupió Brahim—. ¿A un viejo del Albaicín de Granada? Probablemente fuiste tú y otros como tú, cobardes todos, quienes decidisteis no sumaros al levantamiento. Traicionasteis a vuestros hermanos de las Alpujarras...

—Te pregunto por tu esposa —insistió Jalil.

—¿Tienes esposa, viejo? ¿La puedes gobernar? ¿Alguien puede gobernar a su esposa en esta ciudad?

—¿Quieres decir con ello que no puedes? —saltó entonces Karim.

—Quiero decir —Brahim arrastró las palabras— que nadie puede hacerlo en Córdoba.

—¿Es todo lo que tienes que alegar en este juicio? —inquirió Jalil.

—Sí. Todos lo sabéis, todos conocéis cuál es nuestra situación. ¿A qué viene esta pantomima?

Jalil y Karim se consultaron en silencio. En el rincón, Aisha buscó la mano de Fátima y la presionó con fuerza.

—Brahim de Juviles —sentenció Jalil—, conocemos las penurias por las que está pasando nuestro pueblo. Las sufrimos como tú y tenemos en cuenta las dificultades que todos tienen, no ya para gobernar a sus esposas, sino para vestir y alimentar a sus hijos. No aceptaríamos la solicitud de una esposa por tales razones. Es cierto, tampoco yo puedo gobernar a mi esposa como lo hacía en Granada. Sin embargo, no hay ningún creyente en Córdoba que, como tú, tenga dos esposas. Si, como sostienes, nadie puede gobernar a una esposa en esta ciudad, ¿cómo podría pretender hacerlo con una segunda? Te otorgamos un plazo de dos meses para que acredites ante este consejo que estás en disposición de gobernar convenientemente a tus dos esposas. Transcurrida esa *idda*, si así no lo hicieres y ella insistiera, Fátima será quitada de ti.

Brahim no se movió mientras escuchaba la sentencia; sólo sus ojos entrecerrados denotaban la ira que le devoraba. Entonces intervino Karim. Hamid se lo había pedido a los dos ancianos. «Lo conozco bien —dijo refiriéndose a Brahim—. Puede llegar a matarla antes que entregarla», aseguró.

—Tampoco, y en consideración a tu nuevo hijo y a los escasos recursos de los que dispones, te exigiremos como ordena la ley que durante la *idda* mantengas a tu segunda esposa. Te liberamos de ello en beneficio del niño. Pero, mientras tanto, Fátima vivirá bajo nuestra guarda.

—¡Perro! —masculló Brahim, encarándose con Hamid.

De inmediato, los tres jóvenes moriscos se plantaron frente a Brahim.

—Ven con nosotros, Fátima —le instó Jalil.

En ese momento, Aisha deshizo el fuerte nudo que entrelazaba sus dedos con los de Fátima. Las manos les sudaban a las dos.

Fátima extendió la mano en busca de un último contacto con su compañera y se adelantó hacia los ancianos.

32

Al alba, Hernando acudió a las caballerizas reales, un edificio de nueva construcción levantado junto al alcázar de los reyes cristianos, sede de la Inquisición cordobesa. Desde que había llegado a Córdoba, al igual que los demás moriscos, Hernando evitaba aquel barrio, el de San Bartolomé, emplazado entre la mezquita y el palacio episcopal, el Guadalquivir y el linde occidental de la muralla de la ciudad. No sólo se encontraban allí la Inquisición y su cárcel, el palacio episcopal, con el constante trasiego de sacerdotes y familiares de la Inquisición, sino que a diferencia de los demás vecindarios de Córdoba, en el de San Bartolomé no se hallaba censado ningún morisco libre. Sus habitantes eran distintos a los demás de la ciudad: se trataba de una parroquia añadida a la distribución geográfica que tras la conquista se hizo de la ciudad y que, por orden real, fue poblada con hombres valientes y fornidos en los que debía recaer la condición de ser buenos ballesteros de guerra: una especie de milicia urbana siempre dispuesta a defender las murallas de la ciudad. Esas cualidades caracterizaban a las privilegiadas gentes de San Bartolomé, que se enorgullecían frente a los demás vecinos, practicaban incluso una marcada endogamia y mantenían no pocas rencillas con las demás parroquias. Pocos moriscos querían mezclarse con inquisidores, sacerdotes, y gentes altivas y orgullosas.

Aquella noche pudo refugiarse en casa del peraile al que había encontrado esposa, donde fue agasajado con una buena cena que saborearon, en un ambiente de cierta nostalgia, con cordero especiado con sal, pimienta y cilantro seco, frito en aceite al estilo de aquella Granada que todos añoraban. Antes de que terminasen, Karim, que también vivía en la calle de los Moriscos, pasó por la casa del cardador y se unió a la fiesta después de dejar a Fátima al cuidado de su esposa. Hernando y ella no podrían verse durante los dos meses de *idda* concedidos a Brahim.

¿Qué eran dos meses?, pensó una vez más Hernando de camino hacia las caballerizas. Su felicidad sería completa... si no fuera por su madre. Ya fuera de la casa, al despedirse, Hernando se interesó por Aisha, y Karim le contestó que su madre afrontaba la situación con entereza, que no se preocupase: la comunidad estaba con ellos.

—Prospera, muchacho —le instó luego el anciano—. Hamid me ha contado lo de don Diego y los caballos. Necesitamos gente como tú. ¡Trabaja! ¡Estudia! Nosotros nos ocuparemos de todo lo demás.

Karim se perdió en la fresca oscuridad de aquella noche de marzo con un «confiamos en ti» que vino a turbar las fantasías acerca de Fátima que esa noche se permitió sin límite. ¡Confiamos en ti! Cuando se lo decía Hamid era como si hablase al niño de Juviles, pero al escucharlo de labios de aquel desconocido anciano del Albaicín... ¡Confiaban en él! ¿Para qué? ¿Qué más debía hacer?

Cruzaba el Campo Real, sembrado de desechos como siempre, y desvió la mirada hacia su izquierda, donde se alzaba majestuoso el alcázar. ¡La Inquisición! Un escalofrío le recorrió la columna vertebral al contemplar las cuatro torres, todas diferentes, que se elevaban en cada una de las esquinas de la fortaleza de altas y macizas murallas almenadas. La larga fachada de las caballerizas reales empezaba allí mismo, al final del alcázar. Hernando pudo oler a los caballos en su interior, escuchar los gritos de los palafreneros y los relinchos de los animales. Se detuvo en el ancho portalón de acceso al recinto junto a la muralla antigua, cerca de la torre de Belén.

Estaba abierto, y aquellos sonidos y olores que había percibido al otro lado de la fachada le golpearon cuando se detuvo en el umbral de la puerta abierta. Nadie vigilaba en la entrada, y después de unos instantes de espera Hernando avanzó unos pasos. A su izquierda se abría una gran nave corrida con un amplio pasillo central, a cuyos dos lados, entre columnas, se hallaban las cuadras llenas de caballos. Las columnas sostenían una larga y recta sucesión de bóvedas baídas que invitaban a adentrarse bajo esas curvas hasta rebasar un arco y encontrarse con el siguiente y el siguiente…

Los mozos trabajaban con los caballos en el interior de las cuadras.

Parado en la entrada de la nave, en el centro del pasillo, Hernando chasqueó la lengua para que los dos primeros caballos que estaban a su derecha, atados a unas argollas en la pared, dejaran de morderse en el cuello.

—Siempre lo hacen —dijo alguien a su espalda. Hernando se volvió justo cuando el hombre que le había hablado, le imitaba y chasqueaba la lengua con más fuerza—. ¿Buscas a alguien? —le preguntó después.

Se trataba de un hombre de mediana edad, alto y fibroso, moreno y bien vestido, con borceguíes de cuero por encima de la rodilla, atados con correas a lo largo de la pantorrilla, calza y saya blanca ajustada, sin lujos ni adornos, y que después de examinarlo de arriba abajo le sonrió. ¡Le sonreía! ¿Cuántas veces le habían sonreído en Córdoba? Hernando le devolvió la sonrisa.

—Sí —contestó—. Busco al lacayo de don Diego… ¿López?

—López de Haro —le ayudó el hombre—. ¿Quién eres?

—Me llamo Hernando.

—Hernando, ¿qué?

—Ruiz. Hernando Ruiz.

—Bien, Hernando Ruiz. Don Diego tiene muchos lacayos, ¿a cuál de ellos buscas?

Hernando se encogió de hombros.

—Ayer, en los juegos de toros…

—¡Ahora caigo! —le interrumpió el hombre—. Tú eres el que entró en la plaza el semental del conde de Espiel, ¿no es cierto? Sabía que tu cara me era familiar —añadió mientras Hernando asentía—. Veo que no te pillaron, pero no deberías haber ayudado al conde. Ese hombre tendría que haber salido de la plaza a pie y humillado; ¿qué triunfo implica que el toro mate al caballo por su torpeza? Era un buen animal —musitó—. De hecho, el rey debería prohibirle montar, por lo menos delante de un toro… o de una mujer. Bueno, ahora sé a quién buscas. Acompáñame.

Abandonaron la nave de las cuadras y salieron a un inmenso patio central. En él se movían tres jinetes domando caballos, dos de ellos montados en soberbios ejemplares mientras el tercero, en quien Hernando reconoció al lacayo de don Diego, pie a tierra, obligaba a un potro de dos años a trazar círculos a su alrededor, a la distancia que le permitía el ronzal del cabezón que el animal llevaba puesto por encima del freno y las bridas; los estribos, sueltos, golpeaban sus costados, excitándole.

—Es aquél, ¿no? —le señaló el hombre. Hernando asintió—. Se llama José Velasco. Por cierto, yo soy Rodrigo García.

Hernando titubeó antes de aceptar la mano que le ofreció Rodrigo. Tampoco estaba acostumbrado a que los cristianos le tendieran la mano.

—Soy… soy morisco —anunció para que Rodrigo no se llamase a engaño.

—Lo sé —le contestó él—. José me lo ha comentado esta mañana. Pero aquí todos somos jinetes, domadores, mozos, herradores, freneros o lo que sea. Aquí, nuestra religión son los caballos. Pero cuídate mucho de repetir esto en presencia de algún sacerdote o inquisidor.

Hernando notó que Rodrigo, al tiempo que decía esas palabras, le estrechaba la mano con franqueza.

Al cabo de un rato, cuando el potro ya sudaba por los costados, José Velasco lo obligó a detenerse, ató al cabezón el ronzal que utilizaba para hacerlo girar y acercó el potro a un poyo; se subió a éste, y ayudado por un mozo que aguantaba al animal montó con cuidado sobre él. Los otros dos jinetes detuvieron sus ejercicios. El joven caballo se quedó quieto y expectante, encogido, con las orejas gachas, al notar el peso de Velasco.

—Es la primera vez —susurró Rodrigo a Hernando, como si levantar la voz pudiera originar un percance.

Velasco llevaba una larga vara cruzada por encima del cuello del potro y sostenía en sus manos tanto las riendas como el ronzal; las riendas sueltas, como si no quisiera molestar al potro con el freno que mordía en la boca; el ronzal, por el contrario, tenso a la argolla que colgaba por debajo del belfo inferior del animal. Esperó unos segundos a ver si el potro respondía pero, al no hacerlo y continuar quieto y en tensión, se vio obligado a azuzarlo con suavidad. Primero chasqueó la lengua; luego, al no obtener respuesta, atrasó los talones de sus borceguíes, sin espuelas, hasta rozar sus costados. En ese momento el potro salió disparado, corcoveando. Velasco aguantó el envite y al cabo, el potro volvió a detenerse, él solo, sin que el jinete hubiera hecho más que aguantar encima suyo.

—Ya está —afirmó Rodrigo—. Tiene buenas maneras.

Así fue. En la siguiente ocasión el potro salió encogido, pero sin corcovear. Velasco lo dirigía mediante el ronzal y en última instancia, sin pegarle, le mostraba la vara por alguno de los lados de la cabeza para obligarle a girar hacia el contrario, sin dejar de hablarle y palmearle el cuello.

Los casi cien caballos españoles estabulados en las caballerizas reales de Córdoba constituían los ejemplares escogidos, los perfectos, de entre las cerca de seiscientas yeguas de cría que componían la cabaña del rey Felipe II y que se hallaban diseminadas en varias dehesas de los alrededores de Córdoba. Tal y como le había comentado Hamid, en 1567 el rey ordenó la creación de una nueva raza de caballos, para lo que dispuso la adquisición de las mejores mil doscientas yeguas que hubiera en sus territorios; pero no fue posible encontrar tantas madres de la calidad requerida y la yeguada se quedó en la mitad. Además, ordenó destinar los derechos de las salinas a dicha empresa, incluyendo la erección de las caballerizas reales en Córdoba y el alquiler o compra de las dehesas en las que debían acomodarse las yeguas. Para dirigir el proyecto nombró caballerizo real y gobernador de la raza al veinticuatro de Córdoba don Diego López de Haro, de la casa de Priego.

El caballo debía ser un animal de cabeza pequeña, ligeramente acarnerada y frente descarnada; ojos oscuros, despiertos y arrogantes; orejas rápidas y vivaces; ollares anchos; cuellos flexibles y arqueados, gruesos en su unión con el tronco y suavemente engarzados en la nuca, con algo de grasa allí donde nacen las crines, abundantes y espesas, igual que las colas; buenos aplomos; dorsos cortos, manejables; con cruces destacadas, y grupas anchas y redondas.

Pero lo más importante del caballo español debía ser su forma de moverse, sus aires. Elevados, gráciles y elegantes, como si no quisiera apoyar ninguna de sus patas en el ardiente suelo de Andalucía y, después de hacerlo, las mantuviese en el aire, sosteniéndolas, bailando el mayor tiempo posible, revoloteando sus manos en el trote o en el galope, como si la distancia a recorrer careciese de importancia alguna; luciéndose, orgulloso, exhibiendo al mundo su belleza.

Durante seis años, don Diego López de Haro, como gobernador de la raza, buscó todas y cada una de esas cualidades en los potros que nacían en las dehesas cordobesas, para volverlos a cruzar entre ellos y obtener descendientes cada vez más perfectos. Los animales que carecían de las cualidades buscadas se vendían como desechos, por lo que en las caballerizas de Córdoba se hallaban los caballos más puros y perfectos de lo que por disposición real se había dado en llamar la raza española.

José Velasco encomendó a Hernando el cuidado, limpieza y sobre todo la doma de pesebre de los potros. Durante ese mes de marzo, justo cuando llegase la primavera y con ella la época de cubrición de las yeguas, el caballerizo real elegiría los potros de un año que serían trasladados desde las dehesas hasta las caballerizas para ocupar el sitio de aquellos otros caballos, ya domados, que partirían en dirección a Madrid, a las caballerizas reales de El Escorial, para ser entregados al rey Felipe. No se vendía ningún caballo de raza española de los que don Diego consideraba perfectos; todos eran para el rey, para sus cuadras o para regalarlos a otros reyes, nobles o jerarcas de la Iglesia.

Desde las dehesas, los potros llegaban cerriles. Hasta que a los dos años se les doma a la silla, montándolos por primera vez, hay mucho trabajo que hacer, como le comentaron a Hernando durante los días que faltaban para la llegada de los animales: debían conseguir que se acostumbrasen al contacto con el hombre, que se dejasen tocar, limpiar, embridar y curar; también debían aprender a permanecer estabulados, permanentemente atados a las argollas de las paredes de las cuadras, conviviendo con otros caballos a sus lados; a comer de los pesebres, a beber en el pilón; a obedecer al ronzal y andar de la mano y a admitir los frenos o el peso de la silla necesarios para montarlos. Todo ello era desconocido para los jóvenes caballos, que hasta entonces habían vivido en libertad en las dehesas, junto a sus madres.

Si en algún momento Hernando había llegado a soñar con montar uno de aquellos fantásticos caballos, sus sueños se fueron desvaneciendo a medida que le explicaban cuáles iban a ser sus tareas. Sin embargo, sí que se cumplió otro sueño: en el segundo piso de las caballerizas reales, por encima de las cuadras, había una serie de estancias para uso de los empleados, de las que le cedieron una amplia habitación de dos piezas, independiente aunque compartiera cocina con otras dos familias. ¡En sus diecinueve años de vida jamás había dispuesto de aquel espacio para él! Ni en Juviles ni mucho menos en Córdoba. Hernando recorrió aquellas dos piezas una y otra vez. El mobiliario se componía de una mesa con cuatro sillas, una buena cama con sábanas y manta, una pequeña cómoda con una jofaina (¡podría lavarse!) y hasta un arcón. ¿Qué meterían en aquel arcón?, pensó antes de dirigirse al ventanal que daba al patio de las caballerizas. Al mostrarle sus habitaciones, el administrador de las cuadras se volvió justo cuando Hernando abría el arcón.

—¿Y tu esposa? —le preguntó como si hubiera sido a ella a quien debiera habérselo enseñado—. En tus papeles dice que estás casado.

Hernando ya tenía preparada la contestación para aquella pregunta.

—Está cuidando de un familiar enfermo —contestó con firmeza—. De momento no puede dejarlo.

—En cualquier caso —le advirtió el administrador—, deberíais acudir sin falta a censaros en la parroquia de San Bartolomé. Imagino que tu esposa no tendrá problema en dejar a ese enfermo el tiempo necesario para realizar ese trámite.

¿Habría algún problema? La pregunta volvió a asaltarle mientras desde la ventana, ya a solas, miraba cómo Rodrigo trabajaba un caballo tordo, insistiendo en un ejercicio que el animal no terminaba de ejecutar correctamente; las largas espuelas de plata del jinete lanzaban destellos al sol de marzo cuando Rodrigo las clavaba en los ijares del tordo. Fátima todavía no era su esposa. Karim había sido tajante: debían transcurrir los dos meses de *idda* concedidos a Brahim, durante los que Hernando no podía acercarse a ella. ¿Y si Brahim obtenía el dinero suficiente para recuperar a Fátima?

El espolazo con el que Rodrigo castigó al caballo cuando éste volvió a equivocar el ejercicio se hincó en las carnes de Hernando tanto como en los ijares del animal rebelde. ¿Y si Brahim lo conseguía?

Se le había echado la noche encima y ya no podía volver a Córdoba. ¿Qué excusa iba a alegar en la puerta?, pensó Brahim. Agazapado entre los matorrales, en el camino que llevaba de la venta de los Romanos hasta la ciudad por la puerta de Sevilla, observó transitar a varios mercaderes, armados todos, que iban en grupo para protegerse. Había conseguido un puñal; se lo había prestado un morisco que trabajaba junto a él en el campo, después de insistirle una y otra vez.

—Vigila —le había advertido el hombre—, si te pillan con él te detendrán y yo perderé mi puñal.

Brahim era consciente de ello. Entrar escondida un arma en Córdoba, confundido entre la multitud que volvía de trabajar los campos, era relativamente sencillo, pero volver por la noche, solo y armado, no era más que una temeridad. En cualquier caso, de poco le estaba sirviendo el puñal. Brahim lo empuñaba con decisión ante el rumor de pasos y caballerías. «En la siguiente oportunidad saltaré sobre ellos», se prometía después de dejar escapar, oculto en los matorrales, a una partida de mercaderes tras otra. Pero cuando por fin aparecía ese nuevo grupo en el camino, la mano con la que asía el puñal se le anegaba en sudor y las piernas que debían correr hacia ellos se negaban a hacerlo. ¿Cómo iba a enfrentarse a varios hombres armados con espadas? Entonces, maldiciéndose, escuchaba cómo sus risas y sus chanzas se perdían en la distancia. «Al siguiente —trataba de convencerse—. Los próximos no se me escapan.» Estuvo a punto de decidirse al paso de dos mujeres y varios niños que se apresuraban hacia Córdoba con una cesta de hortalizas, pero ninguna de ellas mostraba una mísera ajorca, ni siquiera de hierro, en sus muñecas o en sus tobillos. ¿Qué iba a hacer con una cesta de hortalizas?

Le asaltó la oscuridad y el camino, pese a estar frente a él, desapareció de su vista. Ningún mercader más se atrevió a recorrerlo ante las sombras que borraron sus márgenes y el silencio cayó sobre Brahim, machacándole su cobardía.

Transcurrió más de la mitad del plazo de dos meses de *idda* que le habían concedido los ancianos para acreditar que podía gobernar a Fátima, y Brahim no consiguió un solo real por encima del salario que le pagaban en el campo. Es más, una parte de los jornales cobrados desde entonces la había tenido que destinar a devolver el préstamo para el bautizo de Shamir. Era imposible conseguir dinero trabajando, pero también lo era tratando de robarlo.

El nazareno se quedaría con Fátima. Ni siquiera esa posibilidad, que torturaba su conciencia sin tregua, le insufló el valor necesario para arriesgar su vida frente a un puñado de cristianos, por poco armados que fueran.

Brahim sabía de Hernando. Aisha se había visto obligada a contarle qué era de su hijo, y al comprobar que su esposo no reaccionaba con violencia, sino que se encerraba en sí mismo, el pánico la asaltó al comprender a su vez la trascendencia de lo que sucedía: Brahim perdería a Fátima; Brahim iba a ser denostado y humillado frente a la comunidad... ¡Él!, ¡el arriero de Juviles, el lugarteniente de Aben Aboo! Por el contrario, aquel hijastro al que había aceptado a cambio de una mula y al que siempre había detestado, prosperaba, obtenía un trabajo bien remunerado y, lo más importante, le arrebataría a su preciada Fátima.

Dos jinetes que corrieron el oscuro camino a galope tendido le sobresaltaron.

—¡Nobles! —escupió Brahim.

—Pídeles el dinero a los monfíes de Sierra Morena —le recomendó el hombre del puñal a la mañana siguiente, después de que Brahim se lo devolviese y confesase su inutilidad—. Siempre necesitan gente en la ciudad o en los campos, hermanos que les proporcionen información acerca de las caravanas que van a partir, de las personas que llegan o se van o de las actividades de la Santa Hermandad. Necesitan espías y colaboradores. Yo conseguí el puñal de ellos.

¿Cómo podía dar con los monfíes?, se interesó Brahim. Sierra Morena era inmensa.

—Ellos serán los que darán contigo si acudes a Sierra Morena —le contestó el hombre—, pero procura que no lo hagan primero los de la Santa Hermandad.

La Santa Hermandad era una milicia municipal compuesta por dos alcaides y unidades de cuadrilleros, generalmente doce, que vigilaban los delitos que se cometían fuera de los cascos urbanos: en los campos, en las montañas y en los pueblos de menos de cincuenta habitantes, allí donde la organización de los grandes municipios no podía llegar. Su justicia acostumbraba a ser sumaria y cruel, y en aquellos momentos buscaban a los monfíes moriscos que tenían atemorizados a los buenos cristianos, como el Sobahet, un cruel monfí valenciano que capitaneaba una de las partidas que se habían hecho fuertes en Sierra Morena, al norte de Córdoba, compuesta en su mayor parte por esclavos desesperados, fugados de tierras de señorío, donde la vigilancia era menor que en la ciudad, y que debido a tener los rostros marcados al hierro no podían esconderse en las ciudades y optaban por hacerlo en las sierras.

Los monfíes eran su única posibilidad, concluyó Brahim.

Al amanecer del día siguiente, tras pasar ante la iglesia y el cementerio de Santa Marina, y dejar a su izquierda la torre de la Malmuerta destinada a cárcel de nobles, Brahim, Aisha y el pequeño Shamir abandonaron Córdoba por la puerta del Colodro, en dirección norte hacia Sierra Morena.

Había ordenado a Aisha que se preparase para partir con él y el niño, y que se proveyese de comida y ropa de abrigo. Su tono fue tan tajante que la mujer ni siquiera se atrevió a preguntar. Cruzaron la puerta del Colodro mezclados entre la gente que salía a trabajar a los campos o al matadero, y se dirigieron hacia Adamuz, por encima de Montoro, en el camino de las Ventas, el que unía Córdoba con Toledo a través de Sierra Morena. Cerca de Montoro acababan de encontrar a cuatro cristianos degollados y con las lenguas cortadas; los monfíes debían rondar por la zona.

Desde Córdoba hasta Toledo, en el camino de las Ventas, había numerosas posadas para los viajeros que lo transitaban, por lo que Brahim tomó sendas alejadas de la vía principal, o incluso campo a través, pero antes de llegar a Alcolea, en descampado, como estaba ordenado hacerlo, se produjo el primer encuentro con la Santa Hermandad. Atado a un poste hundido en la tierra, el cadáver asaetado de un hombre se descomponía para servir de alimento a los carroñeros y de advertencia a los vecinos: ésa era la forma en que la Hermandad ejecutaba sus sentencias de muerte contra los malhechores que osaban delinquir fuera de las ciudades. Brahim recordó las precauciones que le habían aconsejado tomar y obligó a Aisha a abandonar la ruta que seguían, aunque se trataba de un camino apartado por el que trataban de rodear las estribaciones de Sierra Morena e internarse directamente en la sierra. Entre alcornoques y cañadas, su instinto de arriero le permitió orientarse sin dificultad y encontrar aquellos pequeños y desconocidos senderos que sólo seguían los cabreros y los expertos en la montaña.

Él y Aisha, que caminaba en silencio detrás de su marido con el niño a cuestas, tardaron todo el día en recorrer la distancia que separaba Córdoba de Adamuz, un pequeño pueblo sometido al señorío de la casa del Carpio; acamparon en sus afueras, entre los árboles, escondidos de los viajeros y la Hermandad.

—¿Por qué escapamos de Córdoba? —se atrevió a preguntar Aisha en el momento en que entregaba a Brahim un pedazo de pan duro—. ¿Adónde nos dirigimos?

—No escapamos —le contestó su esposo con rudeza.

Ahí terminó la conversación y Aisha se volcó en el niño. Pernoctaron a la intemperie, sin encender fuego y luchando contra el sueño, temerosos del aullar de los lobos, los gruñidos de los cerdos salvajes o cualquier otro sonido que pudiera delatar la presencia del oso. Aisha protegió a Shamir con su cuerpo. Brahim, sin embargo, parecía feliz; observaba la luna y dejaba vagar la mirada entre las sombras, deleitándose con la que había sido su forma de vida antes de la deportación.

Al alba, efectivamente, fueron los monfíes quienes acudieron a ellos. Los bandoleros merodeaban por el camino de las Ventas atentos a cualquier viajero procedente de Madrid, Ciudad Real o Toledo que no hubiera sido lo suficientemente precavido como para hacerlo en compañía o protegido. Ya los habían descubierto la jornada anterior, vigilantes como siempre lo estaban a cualquier movimiento que pudiera significar la llegada de los cuadrilleros de la Hermandad, pero no les habían dado importancia: un hombre y una mujer con un niño que viajaban a pie y sin equipaje, evitando los caminos principales, carecían de interés. De todas formas, convenía saber qué hacían aquellos tres en la sierra.

—¿Quiénes sois y qué pretendéis?

Brahim y Aisha, que desayunaban sentados, ni siquiera los habían oído acercarse. De repente, dos esclavos prófugos marcados al hierro en el rostro, armados con espadas y dagas, se plantaron ante ellos. Aisha apretó al niño contra su pecho; Brahim hizo ademán de levantarse, pero uno de los esclavos se lo prohibió con un gesto.

—Me llamo Brahim de Juviles, arriero de las Alpujarras. —El monfí asintió en señal de que conocía el lugar—. Mi hijo y mi esposa —añadió—. Quiero ver al Sobahet.

Aisha volvió la cabeza hacia su esposo. ¿Qué pretendía Brahim? Un tremendo presentimiento la asaltó, encogiéndole el estómago. Shamir reaccionó a la congoja de su madre y rompió a llorar.

—¿Para qué quieres ver al Sobahet? —preguntó mientras tanto el segundo monfí.

—Es cosa mía.

Al instante, los dos esclavos huidos llevaron las manos a las empuñaduras de sus espadas.

—En la sierra, todo es cosa nuestra —replicó uno de ellos—. No parece que estés en situación de exigir...

—Quiero ofrecerle mis servicios —confesó entonces Brahim.

—¿Cargado con una mujer y un niño? —rió uno de los esclavos.

Shamir berreaba.

—¡Hazlo callar, mujer! —ordenó Brahim a su esposa.

—Acompañadnos —cedieron los esclavos después de consultarse con la mirada y hacer un gesto de indiferencia.

Todos se internaron en las entrañas de la sierra; Aisha trastabillaba detrás de los hombres, tratando de calmar a Shamir. Brahim había dicho que quería ofrecerse al monfí. Era evidente que Brahim buscaba dinero para recuperar a Fátima, pero ¿para qué los llevaba a ellos? ¿Para qué necesitaba al pequeño Shamir? Tembló. Le flaquearon las piernas, cayó de rodillas al suelo con el niño abrazado contra su pecho, se levantó y se esforzó por seguir la marcha. Ninguno de los hombres se volvió hacia ella... y Shamir no cesaba de llorar.

Llegaron a un pequeño claro que había servido como campamento a los monfíes. No había tiendas ni ningún chamizo; sólo mantas esparcidas por el suelo y las brasas de un fuego en el centro del claro. Arrimado a un árbol, el Sobahet, alto y cejijunto, con barba negra descuidada, recibía explicaciones de los dos esclavos que habían acompañado a Brahim y Aisha. Examinó a Brahim desde la distancia y luego le ordenó acercarse.

Cerca de media docena de monfíes, todos herrados y harapientos, recogían el campamento: unos permanecían atentos a los nuevos visitantes, otros miraban a Aisha sin esconder su deseo.

—Di rápido lo que tengas que decir —conminó el jefe monfí a Brahim, antes incluso de que éste llegase a su altura—. En cuanto regresen los hombres que nos faltan, partiremos. ¿Por qué crees que podría estar interesado en tus servicios?

—Porque necesito dinero —contestó sin tapujos Brahim.

El Sobahet sonrió con cinismo.

—Todos los moriscos lo necesitan.

—Pero ¿cuántos de ellos escapan de Córdoba, se internan en Sierra Morena y acuden a ti?

El monfí pensó en las palabras de Brahim. Aisha trataba de escuchar la conversación a unos pasos de distancia. El niño ya se había calmado.

—Los cristianos pagarían bien por mi detención y la de mis hombres. ¿Quién me asegura que no eres un espía?

—Ahí están mi mujer y mi hijo varón —alegó Brahim con un gesto hacia Aisha—. Pongo sus vidas en tus manos.

—¿Qué podrías hacer? —preguntó el Sobahet, satisfecho con la réplica.

—Soy arriero de profesión. Participé en el levantamiento y fui lugarteniente de Ibn Abbu en las Alpujarras. Sé de recuas, y sólo con verlas, con echar una ojeada a sus arreos y jaeces, puedo prever qué es lo que transportan y cuáles son sus defectos. Puedo moverme con una recua de mulas por cualquier lugar, por peligroso que sea, de día o de noche.

—Ya tenemos a un arriero con nosotros: mi segundo, mi hombre de confianza —le interrumpió el Sobahet. Brahim se volvió hacia los esclavos—. No. No es ninguno de ellos. Le estamos esperando. Y ya hemos considerado la posibilidad de ayudarnos con algunas mulas, pero nos movemos con rapidez; las mulas no harían más que entorpecer nuestros desplazamientos.

—Con buenos animales puedo moverme tan rápido como cualquiera de tus monfíes y por lugares a los que nunca llegaría un hombre. Deberías tenerlos, multiplicarían tus beneficios.

—No. —El monfí acompañó su negativa con un gesto de la mano—. No me interesa… —empezó a decir como si diera la conversación por terminada.

—¡Deja que te lo demuestre! —insistió Brahim—. ¿Qué riesgo corres?

—Poner en tus manos nuestro botín, arriero. Ése sería el riesgo que correría. ¿Qué sucedería si te quedases atrás con tus mulas cargadas? Deberíamos esperarte y arriesgar nuestras vidas… o confiar en ti.

—No te fallaré.

—He oído demasiadas veces esa promesa —alegó el Sobahet con una mueca.

—Podría actuar como espía…

—Ya tengo espías en Córdoba y en los pueblos que la circundan. Sé de cada caravana que se mueve por el camino de las Ventas. Si quieres unirte a mi partida, te pondré a prueba, como a todos. Es lo más que puedo ofrecerte. —En ese momento otro grupo de monfíes apareció entre los árboles—. ¡Nos vamos! —gritó el Sobahet—. Piensa en lo que te he dicho, arriero, y ven si quieres. Pero tú solo, sin tu mujer ni tu hijo.

—¡Perra! ¿Qué hace esta puta aquí? —El grito resonó entre el ajetreo de los hombres que se preparaban para partir. El Sobahet dio un respingo. Brahim se volvió hacia donde estaba Aisha.

¡Ubaid! Aisha permanecía paralizada frente al arriero de Narila, que acababa de llegar al campamento. En el repentino silencio que prosiguió a los insultos, Ubaid volvió la cabeza hacia Brahim, como si después de haberse topado con su esposa, presintiera su presencia.

Los dos arrieros enfrentaron sus miradas.

—Sólo falta el nazareno para que se cumpla el mejor de mis sueños —sonrió el Manco. Brahim tembló y buscó ayuda con la mirada en el jefe de los monfíes—. Éste es el hombre del que te he hablado tantas veces. —El Sobahet endureció su expresión—. Fue él quien me cortó la mano.

—Tuyo es, Manco. Él y su familia —masculló el Sobahet señalando a Aisha y al niño—, pero aligera. Debemos irnos.

—¡Lástima que falte el nazareno! Cortadle la mano —ordenó Ubaid—. ¡Cortádsela! A él y a su hijo. Que su descendencia recuerde siempre por qué a Ubaid de Narila le llaman el Manco.

Antes de que Ubaid terminase de hablar, dos hombres agarraron a Brahim. Aisha aulló y protegió a Shamir, al tiempo que otros monfíes trataban de arrebatárselo. El niño estalló de nuevo en llanto, y mientras Aisha defendía a su pequeño, tumbada en el suelo sobre él, los monfíes que luchaban con Brahim lo arrodillaron. Brahim gritaba, insultaba e intentaba defenderse. Extendieron su brazo y lo aguantaron con firmeza antes de que un tercero descargara un golpe de alfanje sobre la muñeca. Inmediatamente, Brahim, con los ojos abiertos por la terrorífica impresión de ver desgajada su mano, fue arrastrado hasta las brasas donde le introdujeron el muñón para cauterizar la herida. Los gritos de Brahim, los gemidos de Aisha y los llantos del bebé se confundieron en uno solo cuando los monfíes lograron arrancar al niño de brazos de su madre.

Aisha saltó tras ellos hasta caer a las piernas de Ubaid.

—¡Yo soy la madre del nazareno! —gritó de rodillas, agarrada con ambas manos a la marlota del monfí—. El niño morirá. ¿Qué dolerá más a Hernando? ¡Mátame a mí! Te cambio mi vida por la de él, pero deja a mi pequeño, ¿qué culpa tiene? —sollozó—. ¿Qué culpa…? —trató de repetir antes de caer presa de un llanto incontrolado.

Ubaid no hizo ademán de apartar a la mujer, por lo que los monfíes que llevaban al niño se detuvieron. El de Narila dudó.

—De acuerdo —accedió—. Dejad al niño y matadla a ella. Tú —añadió, dirigiéndose a un Brahim que se retorcía en el suelo—, llevarás su cabeza al nazareno. Dile también que acabaré aquí, en Córdoba, lo que debí haber hecho en las Alpujarras.

Aisha se desasió de la marlota de Ubaid y éste se apartó para dejar sola a la mujer, de rodillas. Indicó a uno de los monfíes, un esclavo marcado, que la ejecutase y el hombre se acercó a ella con la espada desenvainada.

—No hay otro Dios que Dios y Muhammad es el enviado de Dios —recitó Aisha con los ojos cerrados, entregada a la muerte.

El esclavo detuvo el golpe al oír la profesión de fe. Bajó la cabeza. Ubaid llevó los dedos de su mano izquierda al puente de su nariz; el Sobahet contemplaba la escena. La espada del monfí siguió en el aire durante unos instantes. Hasta Shamir calló. Luego, el hombre miró a sus compañeros en busca de apoyo. ¡No eran asesinos! Entre ellos se encontraban un platero de Granada, tres tintoreros, un comerciante… Se habían visto obligados a convertirse en monfíes para escapar de una esclavitud injusta, de un trato ignominioso. ¿Luchar y matar cristianos? Sí. ¡Los cristianos les habían robado su libertad y sus creencias! ¡Eran ellos quienes habían esclavizado a sus esposas e hijas! Pero asesinar a una mujer musulmana…

Antes de que el monfí rindiese la espada, el Sobahet y Ubaid intercambiaron sus miradas. No podía pedirle aquello a los hombres, pareció decirle el jefe monfí a su lugarteniente, ni tampoco debía hacerlo él personalmente; era una mujer musulmana. Entonces intervino Ubaid:

—Coge a tu niño y a tu marido y vete. Eres libre. Yo, Ubaid, te concedo la vida, la misma que le quitaré a tu otro hijo.

Aisha abrió los ojos sin mirar a nadie. Se levantó presurosa, temblando, y acudió al hombre que sostenía a Shamir, que se lo ofreció en silencio. Luego se dirigió allí donde se hallaba Brahim, postrado junto a las brasas. Lo observó con desprecio y le escupió.

—Perro —acertó a insultarle.

Abandonó el claro del bosque, deshecha en llanto, sin saber adónde dirigirse.

—Enséñale dónde está el camino de las Ventas —ordenó el Sobahet a uno de los monfíes, cuando la espalda de Aisha se perdía en dirección contraria, hacia la fragosidad de la sierra.

33

Hernando entregó a Rodrigo un soberbio ejemplar de tres años de edad, ya embridado, nervioso, y de una curiosa capa pía, con grandes manchas marrones sobre blanco. Los potros, una vez montados, cuando ya se dejaban mandar en el picadero de las caballerizas reales, debían acostumbrarse al campo, a los toros y a los animales, a cruzar ríos y saltar cortadas, a galopar por los caminos y a detenerse al solo contacto con el freno, pero también debían conocer la ciudad: pararse junto al taller de un forjador y permanecer impasibles ante los golpes en el hierro sobre la forja; moverse entre la gente sin asustarse de las correrías de los niños, de los colores, de las banderas o de los muchos animales que andaban sueltos por Córdoba —perros, gallinas y por supuesto los numerosos cerdos peludos y oscuros, de colas negras, y orejas y hocicos puntiagudos en los que algunos mostraban imponentes colmillos—; soportar la música, las fiestas y todo tipo de ruidos e imprevistos. ¿Qué sería de aquellos caballos y sobre todo de sus domadores si el rey o cualquiera de sus familiares, allegados o beneficiados cayeran por los suelos porque sus monturas se hubieran asustado del estruendo de los pífanos y timbales en una parada militar o del griterío de los súbditos ante su rey?

Todavía no habían llegado los nuevos potros de las dehesas, por lo que Hernando se limitaba a ayudar en las cuadras sin función concreta, y con aquel propósito Rodrigo, montado en el pío, y Hernando a pie, con una larga y flexible vara en la mano, salieron de ellas por la mañana a recorrer la ciudad y someter al fogoso potro a toda clase de nuevas experiencias.

—Te he visto trabajar en las cuadras y me complace tu labor —le dijo el jinete antes de echar el pie al estribo del caballo—, pero de momento no deja de ser similar a la de los demás. Ahora comprobaré si en verdad posees ese sentido especial que creyó percibir en ti don Diego. Vamos a recorrer la ciudad y a enseñársela a este potro. Se asustará. Cuando ello suceda, si consideras que yo ya no debo hacer nada más, que castigarlo con las espuelas o con la vara sería contraproducente, deberás intervenir azuzando al caballo y en la medida correcta. ¿Entiendes?

Hernando asintió cuando el jinete ya pasaba su pierna derecha por encima de la grupa. ¿Cómo sabría cuándo y en qué medida?

—Si el potro llegara a desmontarme —repuso Rodrigo, mientras se acomodaba en la montura—, cosa bastante usual en estas primeras salidas a la ciudad, tu objetivo es el caballo. Pase lo que pase, aunque yo me descuerne contra una pared, o el caballo patee a una anciana o destroce una tienda, debes hacerte con él e impedir que huya por la ciudad para que no sufra daño alguno. Y ten en cuenta una circunstancia: por privilegio real, nadie, repito, ¡nadie!, ni el corregidor, ni los alguaciles, ni los jurados o los veinticuatros de Córdoba tienen autoridad o jurisdicción sobre los caballos y el personal de las caballerizas reales. Tu misión es proteger a este animal y si a mí me sucede algo, traerlo de vuelta a las cuadras sano y salvo, pase lo que pase o te digan lo que te digan.

Hernando siguió al jinete fuera de las cuadras planteándose todavía qué era lo que Rodrigo esperaba de él pero, al igual que el potro, no tuvo tiempo de más: en cuanto el animal adelantó una mano fuera del recinto e irguió las orejas, extrañado de la gente que deambulaba por el Campo Real y de los edificios que le eran desconocidos, Rodrigo lo espoleó con fuerza para impedirle pensar; el potro brincó hacia el exterior, como tuvo que hacer Hernando para no perderles. A partir de ahí se sucedió una mañana frenética. El jinete obligó al pío a galopar por estrechos callejones; pasó entre la gente y buscó aquellos lugares y situaciones que más podían sorprender al animal, con Hernando siempre a la zaga. Buscaron la calle de los Caldereros en el barrio de la Catedral, en la que sometieron al potro a los golpes del martillo sobre el cobre. Luego se plantaron en la curtiduría con su constante trasiego; se detuvieron en los talleres de perailes y tintoreros, en los de los plateros y fabricantes de agujas; recorrieron varias veces la Corredera y los mercados hasta llegar al matadero y a la zona de las ollerías. La experiencia y el arrojo de Rodrigo hicieron casi innecesario el concurso de su ayudante.

Sólo en una ocasión se vio obligado a ello. Rodrigo acercó el potro a uno de los muchos cerdos que corrían sueltos por las calles. El gorrino, grande, se revolvió contra el caballo, chillando y mostrando sus colmillos. En ese momento el pío giró sobre sí, aterrado, y se fue a la empinada, lo que descolocó al jinete. Pero antes de que pudiese escapar del cerdo, Hernando le cerró el paso y le fustigó con la vara en las ancas, obligándole a enfrentarse al animal hasta que Rodrigo se recompuso y volvió a asumir el mando. Por lo demás, se limitó a mostrar la vara tras el caballo, chasqueando la lengua en aquellas ocasiones en que, pese a las espuelas o caricias del jinete según los casos, el potro se espantaba de ruidos o movimientos y se mostraba reticente a acercarse.

Con todo, al igual que el potro, Hernando retornó a las caballerizas sudoroso y sin resuello.

—Bien, muchacho —le felicitó Rodrigo. El jinete echó pie a tierra y le entregó el caballo—. Mañana continuaremos.

Hernando tiró de las bridas del pío hacia la nave de cuadras y allí, a su vez, se lo entregó a un mozo. Iba a abandonar la nave, pero un herrador que inspeccionaba los cascos de otro caballo y al que había visto en más de una ocasión por las caballerizas, se dirigió a él en voz alta.

—Ayúdame. ¡Aguanta! —le indicó. El hombre, de tez muy morena, le cedió una de las patas traseras del caballo. Una vez Hernando la sostuvo en alto, cruzada sobre su muslo, de espaldas al caballo, el herrador rascó la ranilla del casco con una navaja y la limpió de la suciedad acumulada—. Tengo un mensaje para ti —le susurró entonces, sin dejar de rascar—. Han encarcelado a tu madre. —Hernando estuvo a punto de soltar la pata del caballo. El animal se inquietó—. ¡Aguanta! —le ordenó el hombre, esta vez en voz alta.

—¿Cómo…, cómo lo sabes? ¿Qué ha pasado? —preguntó, casi en la oreja del herrador, pegado a él.

—Me envían los ancianos. —El respeto con que pronunció la última palabra indicó a Hernando que aquel hombre era de los suyos—. La detuvo la Hermandad en el camino de las Ventas cuando ella regresaba a Córdoba con su pequeño en brazos. No tenía autorización para abandonar la ciudad y la han condenado a sesenta días de cárcel.

—¿Qué hacía en el camino de las Ventas?

—Tu padrastro ha desaparecido. Tu madre alegó ante el alcaide de la Hermandad que su esposo la había obligado a huir de Córdoba con el niño, pero que logró burlarle y volver. —Aisha se cuidó mucho de explicar a los cuadrilleros, y después al alcaide, que se habían reunido con los monfíes—. Me han dicho que no te preocupes, que está bien, que le han conseguido una manta para ella y ropa para la criatura y les llevan comida.

—¿Cómo se encuentra?

—Bien, bien. Los dos están bien.

—¿Y mi…? ¿Sabes algo de Fátima? —Si Brahim había decidido huir de Córdoba, pensó, tal vez se hubiera llevado consigo a Fátima. ¿O se había rendido?

—Ella sigue viviendo con Karim —contestó el herrador, que parecía estar al tanto de la historia.

Con la atención aparentemente puesta en cómo el hombre terminaba de limpiar las ranillas del caballo, Hernando no pudo dejar de plantearse lo que aquello significaba: ¡Brahim había huido dejando a Fátima en Córdoba! ¿Cuánto tiempo restaba para que se cumpliera la *idda*? ¿Dos, tres semanas?

—¿Quién eres? —se interesó cuando el herrador finalizó su trabajo y le indicó que ya podía soltar el pie del caballo.

—Me llamo Jerónimo Carvajal —contestó el hombre al tiempo que se erguía.

—¿De dónde eres? ¿Cuándo…?

—Aquí, no. —Jerónimo interrumpió la curiosidad del muchacho mientras se llevaba la mano a los riñones y hacía un gesto de dolor—. Este trabajo me destrozará. Ven conmigo —le indicó, mientras recogía sus herramientas y se encaminaba hacia la salida de las cuadras.

Cruzaron el zaguán de entrada al edificio, a cuya derecha se abría una pequeña escribanía que servía de administración de las caballerizas. Allí encontraron al ayudante del caballerizo mayor y a un escribano que rasgueaba sobre unos legajos.

—Ramón —dijo Jerónimo en tono firme al ayudante, desde la misma puerta—, necesito material. Me llevo al nuevo.

El tal Ramón, en pie al lado del escribano, asintió con un simple gesto de la mano sin dejar de mirar lo que escribía el otro, y Jerónimo y Hernando salieron a la calle.

—Soy natural de Orán y mi verdadero nombre es Abbas —se le adelantó Jerónimo una vez hubieron dejado atrás las edificaciones—. Vine a España para trabajar en las cuadras de uno de los nobles que acudieron en la defensa de la ciudad hace diez años. Luego, don Diego me contrató para las caballerizas del rey.

Superaron el palacio del obispo y caminaban ya junto a la fachada posterior de la mezquita. Hernando se fijó en Abbas: sus orígenes africanos se revelaban en una tez bastante más morena que la de los moriscos españoles, que muchas veces podían confundirse con los cristianos; era algo más alto que él y mostraba un pecho y unos brazos fuertes, los de un herrador acostumbrado a martillar sobre el yunque y herrar a los caballos. Su pelo era espeso y negro como el azabache, sus ojos oscuros y sus rasgos firmes, sólo rotos por una nariz sensiblemente bulbosa, como si en algún momento se la hubieran roto.

—¿Qué vamos a comprar? —se interesó Hernando.

—Nada. Aunque si te preguntasen al volver, di que hemos estado buscando material pero que no me ha parecido convincente.

Habían llegado ya a la esquina con la calle del mesón del Sol, que rodeaba la mezquita hasta la puerta del Perdón.

—Entonces, ¿podríamos…? —indicó señalando la calle que se abría a su derecha.

—¿La cárcel? —entendió Abbas.

—Sí. Me gustaría ir a ver a mi madre. Conozco al alcaide —tranquilizó al herrador ante su expresión de duda—. No habrá problema. Tengo que hablar con ella.

Abbas acabó accediendo y giró por la calle del Sol.

—Y yo tengo que hablar contigo —comentó mientras subían hacia la puerta del Perdón, dejando a su izquierda los vestigios de su cultura en forma de magníficas puertas y arabescos labrados en la piedra de la mezquita—. Entiendo que quieras visitar a tu madre, pero te ruego que no te entretengas.

—¿De qué quieres hablar?

—Después —se opuso Abbas.

Hernando se mezcló entre la gente que entraba y salía de la cárcel hasta dar con el portero. Abbas esperó fuera. Alrededor de un patio interior rodeado de arcadas, se alzaban dos pisos en los que se encontraban las mazmorras y las dependencias del alcaide y demás servicios, incluido un pequeño mesón. Saludó al portero y le preguntó por el obeso y desastrado alcaide, que no tardó en aparecer en el patio al saber de la llegada del morisco.

Un hedor a heces acompañó la llegada del alcaide. Hernando hizo ademán de apartarse cuando el hombre le tendió la mano derecha, todo él sucio de excrementos y mojado en orines.

—¿Otro que se ha refugiado en las letrinas? —preguntó a modo de saludo tras suspirar y aceptar la mano que le ofrecía el jefe de la cárcel.

—Sí —afirmó el alcaide—. Está condenado a galeras y es la tercera vez que se revuelca en la mierda para evitar que lo cojamos.

—Hernando sonrió pese a la caliente humedad que notaba en la mano que estrechaba la suya. Se trataba de una estratagema de los presos que iban a ser sacados de la cárcel antes de ser ajusticiados: esconderse en las letrinas para revolcarse en los orines y excrementos de los demás. Ningún alguacil quería acercarse a detenerlos, pero probablemente tres veces eran demasiado y en ésta había sido necesaria la presencia del mismo alcaide para llevar a galeras al condenado—. Me habían dicho que ya no volverías por aquí —añadió el alcaide poniendo fin al húmedo apretón de manos.

—Se trata de un asunto particular. —Hernando percibió en el

brillo de los ojos de su interlocutor el interés que originó su declaración—. La Hermandad ha ordenado el encarcelamiento de una mujer y su hijo. —El alcaide simuló pensar—. Se llama Aisha, María Ruiz.

—No sé… —empezó a decir el alcaide frotando con descaro pulgar e índice de su mano, reclamando el pago acostumbrado.

—Alcaide —protestó Hernando—, esa mujer es mi madre.

—¿Tu madre? ¿Y qué hacía tu madre en el camino de las Ventas?

—Veo que os acordáis de ella. Eso quisiera saber yo: ¿qué hacía allí? Y, no os preocupéis, cumpliré con vos.

—Espera aquí.

El hombre se alejó hacia una de las mazmorras que daban al patio, por detrás de las arcadas que lo circundaban, y Hernando presenció cómo dos alguaciles que mascullaban sin cesar, sucios de excrementos y orines, flanqueaban al reo condenado a galeras. El galeote, mugriento, sonreía entre los malhumorados alguaciles, mientras que desde las mazmorras se despedían de él a gritos, y la gente se apartaba con asco a su paso. Los siguió con la mirada hasta que abandonaron la cárcel y al volverse hacia el patio, se encontró con Aisha, que había dejado a Shamir en brazos de otra reclusa.

—Madre…

—Hernando —musitó Aisha al verle.

—¿Dónde podríamos estar a solas un rato? —preguntó Hernando al alcaide.

Éste les cedió una pequeña habitación contigua a la portería, sin ventanas, que servía de almacén.

—¿Qué hacías…? —empezó a preguntar tan pronto como el alcaide cerró la puerta tras de sí.

—Abrázame —le interrumpió Aisha.

Contempló a su madre, que le esperaba con los brazos entreabiertos, como si no se atreviera a refugiarse en él. ¡Nunca se lo había pedido! Por un segundo recordó cómo, en Juviles, ella reprimía sus muestras de cariño ante la más mínima posibilidad de ser descubierta y ahora… Se echó en sus brazos y la abrazó con fuerza. Aisha lo arrulló y tarareó una de sus canciones de cuna sin lograr evitar que el son se quebrase por algún sollozo.

—¿Qué hacías en el camino de las Ventas, madre? —preguntó al fin con la voz tomada.

Aisha le contó la huida a la sierra, el encuentro con los monfíes y con Ubaid; cómo le cortaron la mano a su padrastro y a ella le perdonaron la vida.

—Le escupí y le insulté —reveló al final, titubeando, incapaz todavía de aceptar el hecho de que había dejado a su esposo abandonado en Sierra Morena después de que le cortasen una mano.

Hernando deseó reír, gritar incluso. ¡Perro!, pensó. ¡Por fin su madre se había rebelado! Sin embargo, algo le aconsejó no hacerlo.

—Él se buscó su perdición —se limitó a afirmar.

Aisha titubeó antes de asentir ligeramente.

—Ubaid quiere matarte —le advirtió—. Es peligroso. Se ha convertido en el lugarteniente de un jefe de los monfíes.

—No te preocupes por ello, madre —la atajó, sin excesiva convicción—. Nunca bajará a Córdoba, ni por mí ni por nadie. Piensa solamente en ti y en el niño. ¿Cómo os tratan aquí?

—Nadie nos molesta… y comemos.

Abbas respetó el silencio en el que Hernando se había sumido cuando empezó a caminar a su lado. La despedida había sido larga: Aisha sollozaba y parecía querer retenerlo junto a ella, y él… tampoco quería dejarla allí, pero antes de que se dejara llevar por el mismo llanto, cuando Aisha percibió un ligero temblor en el mentón de su hijo y notó que se le aceleraba la respiración, le obligó a marcharse. Hernando buscó al alcaide y le prometió dinero, cualquier cosa a cambio de que la tratara bien y cuidara de ella, y abandonó la cárcel mirando una y otra vez la puerta de la mazmorra por la que su madre desapareció.

—¿De qué querías hablar antes? —preguntó a Abbas cuando se hubo repuesto.

—Tu madre, ¿está bien? —inquirió éste a su vez. Hernando asintió—. ¿La han azotado?

—No… que yo sepa.

—En ese caso la condena ha sido benévola. A un hombre lo

habrían condenado a muerte si hubiera ido a Granada, a galeras de por vida si hubiera llegado a diez leguas de Valencia, Aragón o Navarra y a azotes, y cuatro años de galeras si lo hubieran encontrado en cualquier otro lugar fuera de su residencia.

La había abrazado con fuerza, pensaba Hernando, y no se había quejado. No debían de haberla azotado... ¿o sí?

—Luego me contarás qué ha pasado, sobre todo con tu padrastro —continuó Abbas—. Necesitamos saberlo.

—¿Necesitamos? —se sorprendió.

—Sí. Todos. Nos vigilan. Un fugado... afecta a la comunidad. Investigarán en su entorno.

—Nadie contará nada —comentó Hernando.

Andaban sin rumbo por la medina, un complejo entramado de callejas estrechas y sinuosas, toda ella rodeada de grandes porciones de terreno en las que a su vez penetraban innumerables callejones sin salida.

—No te equivoques, Hernando. Eso es lo primero que tienes que aprender: entre nosotros también hay traidores, creyentes que actúan como espías para los cristianos.

Hernando se detuvo y frunció el ceño.

—Sí —insistió Abbas—. Espías. El consejo de ancianos te ha elegido...

—¿Y tú quién eres realmente? ¿Cómo sabes tantas cosas?

Abbas suspiró. Volvían a caminar.

—Ellos han aprovechado mi trabajo en las caballerizas para que pudiera avisarte cuanto antes de lo de tu madre, pero también desean que te proponga algo. —Hizo una pausa y, al ver que Hernando no replicaba, siguió hablando—: Todas las aljamas de España están organizadas. Todas cuentan con mufties y alfaquíes que actúan en secreto. Valencia, Aragón, Cataluña, Toledo, Castilla..., en todos esos lugares hay comunidades de creyentes establecidas, ¡en algunas de ellas incluso hay quien se llama rey! Todas las demás poblaciones a las que han sido deportados los musulmanes de Granada se están organizando, sumándose a los moriscos que ya estaban allí establecidos o, como en Córdoba, donde ya no quedaba casi ninguno, creando esa estructura de nuevo.

—Pero yo…

—Calla. Lo primero que tienes que hacer es no confiar en nadie. No sólo hay espías, hay muchos otros de nuestros hermanos que, aun no deseándolo, ceden bajo la tortura de la Inquisición. Podremos hablar de lo que quieras y trataré de contestar a cuantas cuestiones desees plantearme, pero júrame que si no aceptas nuestra propuesta, nunca contarás a nadie nada de lo que conozcas. —Sus pasos los llevaron frente a la calle del Reloj, donde sobre una pequeña torre se hallaba el reloj de la ciudad. Los dos se distrajeron un rato y observaron cómo unos muchachos apedreaban las campanas—. ¿Lo juras? —insistió Abbas. Un jesuita, con gritos y aspavientos, trataba de poner fin a la pedrea contra las campanas.

—Sí —afirmó Hernando con la mirada perdida en los chiquillos que escapaban del jesuita—. ¿Y cómo sé entonces que puedo fiarme de ti?

Abbas sonrió.

—¡Aprendes rápido! ¿Te fías de Hamid, el esclavo de la mancebía?

—¡Más que de mí mismo! —replicó Hernando.

Hacia la mancebía dirigieron sus pasos; Hamid estaba ocupado y no pudo acercarse, pero desde la puerta hizo un gesto de asentimiento que Hernando comprendió al instante: el herrador era de confianza.

Aquella noche, encerrado en su habitación, después de comprobar en un par de ocasiones que la puerta se hallaba atrancada por dentro, Hernando se sentó en el suelo y deslizó los dedos por la tapa de un raído ejemplar del Corán escrito en aljamiado. Luego abrió la obra divina y hojeó su contenido.

—No soy quién para hablar de tus virtudes o tus defectos —le había confesado Abbas esa mañana—, pero hay algo que sí es importante para las necesidades de nuestros hermanos: sabes leer y escribir, conocimientos de los que la gran mayoría carecemos.

Los libros escritos en árabe o de contenido musulmán se hallaban estrictamente prohibidos, y cualquiera al que se le encontrase alguno de ellos terminaba en las mazmorras de la Inquisición. Abbas, que también vivía con su familia sobre las cuadras, pareció descansar cuando, con sigilo, le entregó el Corán.

—Hay muchos más libros repartidos entre la gente —afirmó—. Desde traducciones o composiciones del gran cadí Iyad sobre los milagros y virtudes del Profeta, hasta simples manuscritos con versos o profecías en árabe o aljamiado. Los mantienen escondidos como buenamente pueden para conservar nuestras leyes y nuestras creencias, cada uno de ellos como un tesoro. El cardenal Cisneros, el que convenció a los Reyes Católicos para que incumplieran los tratados de paz con los musulmanes, quemó en Granada más de ochenta mil de nuestros escritos. Trata la obra divina por lo tanto como lo que es: el tesoro de nuestro pueblo.

¡El tesoro de nuestro pueblo! De nuevo Hernando se convertía en el guardián del tesoro de los creyentes.

Debía leer y aprender. Escribir. Transmitir los conocimientos y mantener vivo el espíritu de los musulmanes. Aceptó sin dudarlo; Abbas le invitó a entrar en un mesón y para su sorpresa, pidió dos vasos de vino con los que brindaron a la vista de los tertulianos que se hallaban presentes.

—Tienes que ser más cristiano que los cristianos y, a la vez, más musulmán que cualquiera de nosotros —susurró a su oído.

Hernando alzó el vaso y asintió.

—Alá es grande —vocalizó en silencio cuando Abbas alzó el suyo para brindar.

Desde su habitación, en el silencio de la noche, podía escuchar el rumor del centenar de caballos bajo la solera; algunos escarbaban inquietos, otros relinchaban o bufaban, pero también podía olerlos. ¡Qué poco tenía que ver aquel olor con el del estiércol putrefacto de la curtiduría! Se trataba de un olor fuerte y penetrante, cierto, pero sano. Regularmente, el estiércol de las caballerizas reales se transportaba a la contigua huerta de la Inquisición, por lo que nunca llegaba a pudrirse bajo los pies de los caballos.

Cerró el Corán, y a falta de mejor escondite lo guardó en el arcón. Ya buscaría algún sitio más seguro, pensó mientras observaba el libro en el fondo, el único objeto que guardaría aquel mueble hasta que llegase Fátima. Entonces quizá ella lo llenase, poco a poco, con enseres y ropas, quizá las de algún niño. Cerró el arcón y echó la llave. ¡Fátima! Hubiera aceptado igual, seguro, pero cuando Abbas le dijo que también contaban con ella, no lo dudó.

—Son nuestras mujeres las que enseñan a sus hijos —le explicó el herrador—. De ellas depende su educación y todas lo aceptan con orgullo y esperanza. Además, de esta forma se evitan las denuncias a la Inquisición. Es casi inimaginable que un hijo denuncie a su madre. Tú, ni puedes ni debes reunirte con las mujeres para explicarles la doctrina; eso tiene que hacerlo una mujer. Nadie sospecha de una mujer que se reúne con otras.

34

La *idda* de dos meses se cumplió a mediados de semana, pero Karim le rogó que no acudiera a buscar a Fátima hasta el domingo después de la misa mayor. Aún no estaban casados conforme a la ley de Mahoma, y la boda, que se celebraría en secreto, planteó un serio problema a Hernando: no tenía dinero para el zidaque y sin dote no podía celebrarse el enlace. La mayor parte de su salario había ido a parar a manos del alcaide de la cárcel y el exiguo resto debía cubrirles los gastos. ¡No disponía del cuarto de dobla que exigía la ley! ¿Cómo podía no haber pensado en ello?

—Vale con una sortija —trató de tranquilizarle Hamid ante el problema.

—Tampoco tengo para eso —se quejó él, pensando en los caros talleres de platería de Córdoba.

—De hierro. Con que sea de hierro, basta.

El domingo anduvo desde la iglesia de San Bartolomé hasta la calle de los Moriscos en Santa Marina. Cruzó Córdoba entera sin apresurarse, dando tiempo a Karim y Fátima, sin dejar de acariciar entre sus dedos la magnífica sortija de hierro que le forjó Abbas aprovechando un resto de metal. Con sus grandes manos, tan distintas a las delicadas de los joyeros, Abbas llegó incluso a grabarle minúsculas muescas decorativas.

En la misma calle, dos jóvenes moriscos que fingían charlar pero que en realidad vigilaban la posible visita de algún sacerdote o jurado, le saludaron con cordialidad. Un tercero que apareció de la nada le acompañó hasta la casa de Karim: un pequeño y viejo edificio de una sola planta con huerto trasero que, como todos, era compartido por varias familias. Sin embargo, las mujeres habían logrado encalar su fachada, como las de la mayoría de las humildes casas de la calle de los Moriscos, y su interior, al igual que sucedía con los de las casas de Granada, se presentaba inmaculadamente limpio.

Jalil, Karim y Hamid encabezaban la escasa lista de invitados que saludaron a Hernando; los imprescindibles para que el enlace alcanzara la notoriedad requerida en las bodas; pocas más costumbres podían cumplirse en Córdoba. Hamid le abrazó pero el joven tenía la mente en su madre: la segunda vez que fue a la cárcel, Aisha le suplicó que no volviera a visitarla más. «Tienes un buen trabajo entre los cristianos —alegó—.Yo saldré pronto. No permitas que te vean por aquí, de visita a una morisca fugada, y que con ello puedan relacionarte con el desaparecido Brahim.» ¡Le hubiese gustado tanto que su madre estuviera allí ese día!

Hamid se deshizo del abrazo y tomándolo por los hombros le obligó a girarse hacia donde acababa de aparecer Fátima. Iba ataviada con una túnica de lino blanco prestada que contrastaba con su tez morena, con el chispear de sus inmensos ojos negros y con su largo cabello negro ensortijado que las mujeres habían adornado con coloridas flores diminutas. La esposa de Karim le había regalado una delicada toca blanca que cubría su hermosa melena. Fátima lucía sus esplendorosos diecisiete años. En el nacimiento de su cuello, allí donde Hernando percibió el palpitar del corazón de la muchacha, refulgía la prohibida joya de oro.

Le ofreció su mano y ella la tomó con fuerza, la misma que había demostrado hasta ese momento. Así lo entendió Hernando, que apretó la suya a su vez. Cruzaron sus miradas y las sostuvieron. Nadie les interrumpió; nadie osó moverse siquiera. Él fue a decirle que la amaba, pero Fátima se lo impidió con un gesto casi imperceptible, como si quisiera prolongar aquel momento y deleitarse en la victoria. ¡Cuánto les había costado! En sólo unos instantes, ambos al tiempo recordaron sus sufrimientos: la obligada boda y entrega de Fátima a Brahim…

—Te amo —afirmó Hernando, aunque intuía los pensamientos que poblaban la cabeza de su futura esposa.

Fátima apretó los labios. También ella adivinaba lo que él estaba pensando. ¡Hernando había soportado la esclavitud por su amor!

—Y yo a ti, Ibn Hamid.

Se sonrieron, momento que aprovechó la esposa de Karim para apresurarles. No convenía demorar la ceremonia.

Hamid hizo las exhortaciones. Aparecía envejecido; en ocasiones le tembló la voz y tuvo que carraspear repetidamente para recuperar el tono. Fátima perdió cualquier atisbo de entereza y serenidad al recibir el tosco anillo de hierro. Con manos temblorosas, buscó el dedo adecuado; luego esbozó una sonrisa nerviosa. No hubo zambras ni bailes, ni siquiera un convite; se limitaron a orar en susurros en dirección hacia la quibla y el matrimonio abandonó la calle de los Moriscos como una pareja más. Fátima se había quitado los adornos del cabello y se había cambiado la túnica blanca por su ropa habitual. Iba con la cabeza cubierta por la toca y un diminuto hatillo en una mano. ¡Cuánto arcón quedaría por llenar!, pensó Hernando al ver lo poco que pesaba el hatillo.

Escondieron la mano de Fátima en el interior del Corán, que a su vez taparon con la toca blanca que Fátima dobló con primor. Para cumplir con la costumbre, introdujeron debajo del colchón de la cama un pequeño bollo de almendras. Luego, por enésima vez, ella recorrió las dos estancias, mirando aquí y allá, fantaseando con su futuro en aquella casa, hasta que llegó a pararse de espaldas a él, frente a la jofaina, en la que deslizó con delicadeza las yemas de los dedos y rozó la superficie del agua limpia. Entonces le pidió que la dejara sola hasta el anochecer.

—Me gustaría prepararme para ti.

Hernando no llegó a verle el rostro, pero su tono de voz, sensual, le dijo cuanto deseaba escuchar.

Ocultando su ansiedad, obedeció y descendió a las cuadras, que los domingos se hallaban desiertas; sólo un mozo de guardia haraganeaba en el patio exterior. Paseó a lo largo de las caballerizas y palmeó las ancas y grupas de los potros distraídamente. ¿Cómo se prepararía Fátima para él? No disponía de la túnica blanca abierta por los costados con que le había recibido en su primera noche de amor, en Ugíjar. ¡No estaba en el hatillo! Se estremeció con el recuerdo de sus pechos duros y turgentes insinuados al contraluz, mostrándose, provocativos, a través de las aberturas, moviéndose mientras le servía, mientras le atendía…

No tuvo oportunidad de apartarse. Uno de los potros cerriles recién llegados de las dehesas coceó a su paso y alcanzó de refilón su pantorrilla. Hernando sintió un dolor agudo y se llevó las manos a la pierna; por fortuna, el potro todavía no estaba herrado y el dolor de la patada fue disminuyendo poco a poco. ¡Estúpido!, masculló Hernando recriminándose su desidia. ¿Cómo podía ir dando palmadas a aquellos animales que no estaban acostumbrados al trato? El potro se llamaba Saeta, y su fogoso carácter ya le había indicado que le daría más problemas que los demás. Hernando se acercó a él y Saeta tironeó del ronzal que le ataba a la pared. Atento a aquellos pies prestos a cocear de nuevo, se plantó a su lado. Allí, quieto, esperó pacientemente a que el animal se calmase, primero sin hablarle siquiera, para empezar a susurrarle tan pronto como el potro dejó de pelear contra sus ataduras y de moverse inquieto en el escaso espacio en el que se hallaba confinado. Le habló con dulzura durante largo rato, igual que hacía con la Vieja en las sierras. No hizo intento alguno por acercarse a él o por llevar una mano a su cuello para palmearlo. Saeta evitaba mirarle, pero erguía las orejas ante los cambios en su tono de voz. Así estuvieron bastante tiempo. El potro no cedió; permaneció obstinado, en tensión, la cabeza al frente sin hacer el menor ademán de ladearla para olisquearlo o buscar algún contacto.

—Ya te entregarás —auguró Hernando cuando decidió que no era el momento de ir más allá—, y ese día —continuó diciendo mientras abandonaba la cuadra atento a los pies del potro—, lo harás de corazón, más que ninguno.

—Seguro que será así. —Hernando se volvió, sobresaltado, al oír la voz. Don Diego López de Haro y José Velasco le observaban. El noble aparecía ataviado de domingo: calzas acuchilladas en diversas tonalidades de verde por encima de las rodillas, medias y zapatos de terciopelo; jubón negro extremadamente ceñido, sin mangas, con lechuguillas en el cuello y en los puños de la camisa, sobretodo y espada al cinto. José, su lacayo, estaba al lado y a unos pasos por detrás el mozo de guardia. ¿Cuánto tiempo habrían estado observándole? ¿Habría dicho alguna inconveniencia mientras le hablaba al potro? Recordaba… ¡le había hablado en árabe!—. ¿Te ha dolido la coz? —inquirió don Diego señalando su pierna. Si habían visto cómo Saeta le propinaba una coz… ¡Habían estado escuchando desde el principio!

—No, excelencia —tartamudeó.

Don Diego se acercó y apoyó una mano en el hombro del muchacho con familiaridad. El contacto, no obstante, intimidó a Hernando: ¡había recitado algunas suras!

—¿Sabes por qué se llama Saeta? —El caballerizo real no esperó su respuesta—. Porque es rápido y duro como ellas, y también ágil y gallardo, y se mueve elevando manos y pies como si quisiera tocar el cielo con rodillas y corvejones. Tengo puestas grandes esperanzas en este potro. Cuídalo. Cuídalo bien. ¿Dónde has aprendido de caballos?

Hernando titubeó… ¿Debía contárselo?

—En Sierra Nevada —trató de zafarse.

Don Diego ladeó ligeramente la cabeza, en espera de mayores explicaciones.

—En las sierras sólo tenían caballos los monfíes —apuntó ante su silencio.

—Con Ibn… Aben Humeya —se vio obligado a reconocer entonces—. Me ocupé de sus caballos.

Don Diego asintió, su mano derecha seguía apoyada en el hombro de Hernando.

—Don Fernando de Válor y de Córdoba —musitó—. Dicen que murió clamando su cristiandad. Don Juan de Austria ordenó que se exhumara su cadáver de las sierras y se le enterrase cristianamente en Guadix. —El noble pensó durante unos instantes—. Retírate —indicó después—. Hoy es domingo, ya continuarás mañana.

Hernando desvió la mirada hacia las ventanas: el sol empezaba a ponerse. ¡Fátima! Hizo una torpe reverencia y abandonó las cuadras presuroso.

Don Diego, sin embargo, permaneció con la mirada fija en Saeta.

—He visto a muchos hombres reaccionar con violencia cuando un potro les cocea o se defiende —comentó a su lacayo sin volverse hacia él—. Entonces los maltratan, los castigan y sólo consiguen resabiarlos. Por el contrario, este chico se ha acercado a él con ternura. Cuida de ese muchacho, José. Sabe lo que hace.

Hernando subió corriendo las escaleras que llevaban a las habitaciones y golpeó la puerta.

—Tendrás que esperar —le dijo Fátima desde el interior.

—Está anocheciendo —se oyó decir a sí mismo en un tono tremendamente ingenuo.

—Pues tendrás que esperar —contestó ella con firmeza.

Paseó arriba y abajo el pasillo que daba a las habitaciones hasta que se cansó de hacerlo. ¿Qué estaba haciendo? El tiempo transcurría. ¿Volvía a llamar? Dudó. Al final optó por sentarse en el suelo, justo frente a la puerta. ¿Y si le veía alguien? ¿Qué les diría? ¿Y si alguno de los demás empleados que vivían en el piso superior…? ¿Y si era el propio caballerizo? ¡Estaba abajo, en las cuadras! ¿Qué habría escuchado de las palabras que le había susurrado al potro? Estaba prohibido hablar en árabe. Sabía que los moriscos habían elevado una petición al cabildo cordobés en la que exponían la dificultad que para muchos de ellos suponía abandonar el único idioma que conocían. Suplicaban una moratoria en la aplicación de la pragmática real para dar tiempo a que, aquellos que no lo sabían, aprendieran el castellano. Se la denegaron y hablar en árabe continuaba castigándose con multas y cárcel. ¿Qué pena conllevaría, entonces, el recitar el Corán en árabe? Sin embargo, don Diego no había dicho nada. ¿Sería cierto que allí la única religión eran los caballos…?

Unos tímidos golpes en la puerta le alejaron de sus pensamientos. ¿Qué significaba…?

Los golpes se repitieron. Fátima golpeaba desde dentro.

Hernando se levantó y abrió con delicadeza. La puerta no estaba atrancada.

Se quedó paralizado.

—¡Cierra! —le gritó Fátima con un hilo de voz y una sonrisa en los labios.

Obedeció con torpeza.

A falta de túnica, Fátima le recibió desnuda. La luz del ocaso y el titilar de una vela tras ella jugueteaban con su figura. Sus pechos aparecían pintados con alheña en un dibujo geométrico que ascendía en forma de llama hasta lamer la punta de los dedos de la mano de oro que volvía a pender de su cuello. También se había pintado los ojos, circundándolos hasta terminar dibujando unas largas líneas que resaltaban su forma almendrada. Un delicioso aroma de agua de azahar envolvió a Hernando mientras recorría con la mirada el esbelto y voluptuoso cuerpo de su esposa, los dos quietos, en un silencio sólo roto por sus respiraciones entrecortadas.

—Ven —le pidió ella.

Hernando se acercó. Fátima no hizo ademán de moverse y él siguió con la yema de los dedos el dibujo de sus pechos. Luego, en pie frente a su esposa, jugueteó con sus pezones erectos. Ella suspiró. Cuando fue a tomar uno de sus pechos con la mano, ella le detuvo y tiró de él hasta donde estaba la jofaina. Entonces empezó a desnudarle con delicadeza y le lavó el cuerpo.

Entonces Hernando balbuceó unas primeras palabras y se abandonó a los estremecimientos que le sacudían tan pronto uno de los senos de Fátima rozaba su piel, cada vez que sus húmedas manos corrían sensualmente por su torso, por sus hombros, por sus brazos, por su abdomen, por su entrepierna…

Y mientras tanto, ella le hablaba en susurros, con dulzura: te quiero; te deseo; hazme tuya; tómame; condúceme al paraíso…

Cuando terminó, le besó y se colgó de su cuello.

—Eres la mujer más bella de la tierra —le dijo Hernando—. ¡Cuánto he esperado este…!

Pero Fátima no le dejó continuar: alzó ambas piernas hasta ceñirlas a su cintura, quedó suspendida de él y se movió delicadamente la vulva hasta encontrar su pene erecto. Sus jadeos se confundieron en uno solo cuando Fátima se deslizó hacia abajo y él la penetró hasta llegar a lo más hondo de su cuerpo. Hernando, en tensión, sus músculos brillantes de sudor, la sostuvo agarrada por la espalda y ella se arqueó, contorsionándose en busca del placer. Fátima impuso el ritmo: escuchó con atención sus jadeos, sus suspiros y sus ininteligibles susurros; se detuvo en varias ocasiones y le mordisqueó los lóbulos de las orejas y el cuello, hablándole para sosegar su ímpetu, prometiéndole el cielo para luego, de nuevo, iniciar un rítmico baile sobre su miembro. Al fin, alcanzaron el orgasmo al tiempo. Hernando aulló; Fátima se deleitó en un éxtasis que se alzó por encima del grito de su esposo.

—Al lecho, llévame al lecho —le rogó la muchacha cuando él hizo ademán de alzarla y separarse—. Así. ¡Llévame! —Se abrazó todavía más a él—. Los dos juntos —le exigió—. Te amo. —Tiraba de sus cabellos mientras él la conducía al tálamo—. No te separes de mí. Quiéreme. Mantente dentro de mí…

Tumbados, sin romper su unión, se besaron y acariciaron hasta que Fátima notó que el deseo renacía en Hernando. Y volvieron a hacer el amor, con frenesí, como si fuera la primera vez. Luego ella se levantó y preparó limonada y frutos secos, que le sirvió en la misma cama. Y mientras Hernando comía, le lamió todo el cuerpo, moviéndose como una gata hasta que él se sumó a su juego tratando de alcanzarla con su lengua a medida que ella se deslizaba de un lado a otro.

Esa noche, los dos juntos, recorrieron una y otra vez los milenarios caminos del amor y del placer.

35

8 de diciembre de 1573,
festividad de la Concepción de Nuestra Señora

Habían transcurrido siete meses desde que contrajeran matrimonio. Aisha cumplió los sesenta días de condena, fue puesta en libertad y Hernando obtuvo el permiso del administrador para que, junto a Shamir, compartiera con ellos las habitaciones de encima de las cuadras. Fátima estaba embarazada de cinco meses y Saeta acabó entregándose a sus cuidados y caricias. No volvió a hablarle en árabe. La misma noche de bodas, tumbados en la cama, sudorosos, había explicado a Fátima lo que le había sucedido con el potro y don Diego.

—Un cristiano siempre será un cristiano —le contestó ella en un tono absolutamente distinto al utilizado a lo largo de la noche, recelosa ante la afirmación de que allí la única religión eran los caballos—. ¡Malditos! No te fíes, mi amor: con caballos o sin ellos, nos odian y lo harán siempre.

Luego Fátima volvió a buscar el cuerpo de su esposo.

Hernando trabajaba de sol a sol. Dos veces al día tenía que pasear a los potros del ronzal para que hicieran ejercicio. Lo hacía con un ronzal largo alrededor del que giraban los animales; con una vara verde untada con miel en la boca, cuyo grosor debía ir en aumento hasta llegar al de una lanza para que se acostumbrasen al freno de hierro que un día les embocarían, y con sacos de arena en el lomo para que se hicieran al peso de un jinete. En las cuadras los limpiaba restregándoles todo el cuerpo con un mandil; les levantaba pies y manos y les limpiaba los cascos preparándolos para el momento en que los herrasen. Saeta fue el primero en admitir el trabajo en el patio con un saco de arena en el lomo y una gruesa vara en la boca. Con independencia de esos trabajos, a menudo alguno de los jinetes le pedía que le acompañara a recorrer la ciudad como hiciera con Rodrigo. Le gustaba su trabajo y los potros rebosaban salud y buenas maneras. Sorprendió a los mozos de cuadra con propuestas de algún tipo de alimentación complementaria a la paja y avena que de ordinario comían los potros: Saeta, brioso, debía comer una pasta de habas o garbanzos hervidos con salvado y un puñado de sal durante la noche; algún otro potro, apocado, debía complementar su alimentación con trigo o centeno, igualmente hervido la noche anterior hasta formar una pasta a la que también debía añadírsele salvado, sal y, en este caso, aceite. Frente a aquellas recomendaciones, que originaron alguna reticencia en las costumbres de las caballerizas, don Diego consideró que en nada podían perjudicar a los potros, por lo que accedió a los consejos del morisco. Los resultados fueron notorios e inmediatos: Saeta, sin perder su brío, se sosegó, y aquellos potros apocados ganaron en ánimo y alegría. Jinetes, mozos de cuadra, herradores y guarnicioneros le respetaban y hasta el administrador le concedía con diligencia todo aquello que pudiera necesitar, como la recomendación para que Aisha pudiera trabajar ayudando en el hilado de la seda.

Ese 8 de diciembre de 1573, día de la Concepción de Nuestra Señora, los inquisidores tenían previsto celebrar un auto de fe en la catedral de Córdoba. Hernando y Fátima vivían con inquietud el alboroto que el anuncio originó entre la población, incluido el personal de las caballerizas, tal y como había sucedido en la misma fecha de los dos años anteriores, en los que el mismo día fue el elegido para celebrar sendos autos de fe. El del año anterior alcanzó el cenit del fervor popular y la curiosidad morbosa: en ese auto, tras un largo proceso en el que se hizo necesaria la tortura, se dictó sentencia contra siete brujas, entre ellas la famosa hechicera de Montilla Leonor Rodríguez, conocida como «La Camacha», a quien, tras abjurar de *levi*, se le condenó a recibir cien latigazos en

Córdoba y otros cien en Montilla, a destierro de Montilla durante diez años y obligación de servir en un hospital de Córdoba durante los dos primeros. En aquellas jornadas en las que la religiosidad se podía percibir hasta en los animales, los moriscos procuraban pasar inadvertidos entre la vecindad. ¡La Camacha confesó haber aprendido sus artes nigrománticas de una mora granadina!

Sin embargo, ni el uno ni la otra pudieron permanecer ajenos a las intenciones del tribunal de la Inquisición para aquel año. La noche anterior, Abbas les había hecho una visita.

—Mañana deberemos acudir a la mezquita a presenciar el auto de fe —les anunció bruscamente tras saludarlos.

Hernando y Fátima cruzaron sus miradas.

—¿Tú crees? —preguntó el joven—. ¿Qué razón podría...?

—Hay varios moriscos condenados.

Pese a su origen africano, Abbas se llevaba muy bien con los inquisidores. Él mismo seguía las instrucciones dadas a Hernando y se presentaba ante sus despiadados vecinos del alcázar como el más cristiano de los cristianos, hasta el punto de que no era inusual que se le pusiese como ejemplo de evangelización de alguien nacido en la secta de Mahoma. Su oficio le permitía, asimismo, ganarse la confianza y gratitud de los avaros inquisidores y familiares del Santo Oficio: el herraje de una puerta desprendida, aquella barandilla de hierro que había cedido; un adorno quebrado. ¡Las rejas de los ventanucos de las mazmorras...! Todos aquellos pequeños arreglos eran encomendados al hábil herrador de las caballerizas que decía realizarlos por devoción, sin cobrar por ellos.

—Aun así —insistió Hernando—, ¿qué razón podría llevarnos a presenciar el auto de fe?

—En primer lugar, nuestra devoción y respeto por la Santa Inquisición —contestó el herrador con una mueca—. Deben vernos allí, créeme. En segundo, quiero que conozcas a alguien; y en tercer lugar, y éste es el importante, para tener conocimiento directo de por qué se ha juzgado a nuestros hermanos y cuáles son las penas que se les imponen. Debemos informar a Argel de cómo son tratados por la Inquisición los musulmanes en España.

Fátima y Hernando se irguieron al tiempo.

—¿Por qué? —se interesó él.

Abbas le rogó atención con un gesto de la mano.

—Por cada penado de los nuestros, los turcos castigarán a los cristianos cautivos en los baños de Argel. Sí. Es así —afirmó ante la expresión de Hernando—. Y los cristianos lo saben. No por ello la Inquisición deja de sancionar lo que ellos consideran herejía, pero es un buen método de presión que probablemente influya en el momento de imponer una condena más o menos dura. Lo sé. Les he oído hablar de ello. Las noticias van y vienen. Nosotros las enviamos a Argel y de allí vuelven de boca de rescatados o de frailes mercedarios que vienen de rescatar cautivos. Siempre se ha hecho así: antes de los Reyes Católicos, los corsarios apresados en España eran lapidados o ahorcados, lo cual obtenía una inmediata respuesta en el otro lado del estrecho y los corsarios ejecutaban a algún cristiano. Se llegó a un acuerdo tácito entre las dos partes: la pena de galeras a perpetuidad por ambas partes. Algo similar sucede con la Inquisición. Aquí en Córdoba, antes de la llegada de los granadinos deportados, no habitaban moriscos; ahora nos toca a nosotros organizar lo que en otros reinos lleva años haciéndose.

—¿Cómo hacemos llegar esa información hasta Argel?

—¡Más de cuatro mil arrieros moriscos cruzan España cada día! Constantemente hay creyentes que embarcan hacia Berbería. A pesar de la prohibición de que los moriscos se acerquen a las costas, no es difícil burlar la escasa vigilancia de los cristianos. Nosotros, a través de los arrieros, hacemos llegar a los monfíes y a los esclavos y fugados que se reúnen con ellos para huir a Berbería las noticias acerca de las condenas de la Inquisición. Son ellos quienes se encargan de transmitirlas…

—¿Ubaid está entre ellos? —saltó Hernando, al recordar el relato de su madre de lo ocurrido en la sierra.

—¿Te refieres al Manco? —Abbas frunció el ceño.

—Sí. Ese hombre ha jurado matarme.

Fátima, sorprendida, interrogó a su esposo con la mirada. Hernando no había querido contarle los sucesos del camino de las Ventas. Su madre y él se habían limitado a decir que Brahim había huido y Aisha había logrado escapar.

Hernando tomó a Fátima de la mano y asintió.

—Pero ¿qué hace Ubaid en Córdoba? ¿Cuándo has sabido algo de él? —insistió ella dirigiéndose a Hernando, a sabiendas de que aquel hombre suponía una peligrosa amenaza.

—Los monfíes nos son muy útiles —terció Abbas—, pero nosotros lo somos más para ellos. Sin la ayuda que obtienen de los moriscos de los campos y de los lugares en los que tienen que esconderse, no podrían sobrevivir. ¿Por qué ha jurado matarte?

Hernando le contó la historia, refiriéndole las amenazas que había proferido el arriero de Narila contra Brahim y contra él mismo, aunque calló, sin embargo, el hecho de que él hubiera escondido en los arreos de la mula el crucifijo de plata que conllevó su condena.

—¡Ahora lo entiendo! —intervino Abbas—. Por eso le cortó la mano a tu padrastro. No alcanzábamos a comprender por qué había reaccionado tan violentamente con un hermano en la fe. También comprendo la desconfianza de Hamid hacia el Sobahet y en el Manco.

Fátima comprendió entonces y clavó sus ojos negros, acusadores, en el semblante de Hernando.

—Creímos que era preferible que no te enteraras —reconoció él, apretando la mano de su esposa con más fuerza—. Pero ¿cómo sabes tú todo eso? —añadió dirigiéndose al herrador.

—Ya te he dicho que estamos en permanente contacto. —Abbas se llevó la mano al mentón y se lo frotó repetidamente—. Trataré de arreglar este asunto. Exigiremos que te deje en paz. Te lo juro.

—Si tanto sabéis de los monfíes —intervino entonces Fátima con la preocupación en el rostro—, ¿qué ha sido de Brahim?

—Sanó —contestó Abbas—. Tengo entendido que se sumó a una partida de hombres que pretendía cruzar a Berbería.

Y así había sido. Lo que nadie sabía, ni siquiera los hombres a los que Brahim se había sumado en su fuga, era que el dolor de su miembro cercenado pareció desaparecer cuando Brahim echó un

401

último vistazo a las tierras de Córdoba que se extendían a los pies de Sierra Morena. Las constantes y tremendas punzadas que sentía en el brazo menguaron ante la ira que le asaltó en aquel momento, el de abandonar el que dentro de su mísera vida entre los cristianos había constituido su único anhelo: Fátima. Desde la distancia, imaginó a la esposa que los ancianos le habían robado en brazos del nazareno, entregada a él, ofreciéndole su cuerpo, quizá ya con la simiente del bastardo en su vientre... «¡Juro que volveré a por ti!», masculló Brahim en dirección al llano.

Era poco después de la hora tercia de un día frío pero soleado y Hernando dudó a la hora de cruzar la puerta del Perdón de la mezquita cordobesa. Fátima lo percibió a tiempo pero Abbas se adelantó un par de pasos. Con todo, la multitud que se apelotonaba a sus espaldas los empujó hacia el interior al son de las campanas que repicaban en el antiguo alminar musulmán, convertido en campanario.

Hernando llevaba tres años viviendo en Córdoba y había transitado decenas de veces alrededor de la mezquita; algunas veces se limitaba a esconder la vista en el suelo, otras miraba de reojo los muros que, a modo de fortaleza, rodeaban el lugar de oración de los califas de Occidente y de los miles de fieles que hicieron de Córdoba el faro que irradiaba la verdadera fe hacia el poniente de la cristiandad.

Pero nunca se había atrevido a entrar en ella. En la catedral se contaban más de doscientos sacerdotes, excluyendo incluso a los miembros del cabildo, que diariamente oficiaban más de treinta misas en sus muchas capillas.

Abbas volvió a sumarse a ellos cuando, una vez superado el vestíbulo cubierto por una cúpula que se abría tras el gran arco apuntado de la puerta, Hernando y Fátima fueron escupidos por la riada de gente que se desparramó en el huerto del gran claustro que antecedía a la entrada de la catedral, entre naranjos, cipreses, palmeras y olivos. El herrador creyó adivinar los pensamientos del joven, apretó los labios y le hizo un gesto animándole a que continuara. Fátima, ataviada con la toca blanca que había llevado el día de su boda, se agarró a su brazo.

El huerto del claustro se conformaba como un amplio rectángulo cerrado y rodeado de galerías de arcos sobre columnas en tres de sus lados, que coincidía en sus medidas con la fachada norte de la catedral. Pese al frescor de los árboles y las fuentes del huerto, los tres moriscos se encogieron ante la visión de los centenares de sambenitos que colgaban de las paredes del claustro, en notoria y permanente advertencia de que la Inquisición vigilaba y sancionaba la herejía. En tiempos de los musulmanes, los fieles se purificaban y hacían sus abluciones en cuatro lavatorios, dos para mujeres y dos para hombres, que el califa al-Hakam construyó fuera de la mezquita, frente a sus fachadas oriental y occidental, y luego accedían a la sala de oración a través de las diecinueve puertas, una por nave, que se abrían por sus costados y que los cristianos habían tapiado. Por tanto, aquel día, entraron en el recinto por la puerta del Arco de Bendiciones, la única que quedaba abierta en el huerto, allí donde antaño se bendecían los pendones de las tropas que partían a luchar contra los musulmanes. Ya en el interior, esperaron a que sus ojos se habituaran a la luz de las lámparas que colgaban del techo de sólo nueve varas de altura, y hasta Abbas, aun conociéndola, no pudo sino sumarse a la impresión que inmovilizó a Fátima y Hernando mientras la gente entraba a raudales, sorteándolos unos, empujándolos otros. ¡Un bosque de casi un millar de columnas alineadas, unidas todas ellas por dobles arcadas, unas encima de otras, que alternaban el rojo de los ladrillos y el ocre de la piedra en los arcos, se abría ante ellos invitándolos a la oración!

Permanecieron quietos unos instantes respirando el fuerte olor a incienso. Hernando contemplaba absorto los capiteles visigóticos o romanos, todos diferentes, que culminaban las columnas en su unión con los arcos. Fátima seguía flanqueada por los dos hombres.

—No hay otro Dios que Dios y Muhammad es el mensajero de Dios —susurró entonces ella, como si alguna fuerza externa, mágica, le hubiera obligado a pronunciar tales palabras.

—¿Estás loca? —la increpó Abbas a la vez que volvía la cabeza para ver si alguien daba muestras de haberla oído.

—Sí —contestó Fátima en voz alta, al tiempo que se adelantaba, embriagada, acariciando su prominente barriga, hacia el interior de la mezquita.

Abbas dirigió la mirada hacia Hernando suplicándole que impidiera cualquier disparate por parte de su esposa.

—Hazlo por nuestro hijo —le rogó éste tras alcanzarla y posar su mano sobre la barriga de la muchacha. Fátima pareció despertar—. Un día te juré que pondría a los cristianos a tus pies, hoy te juro que algún día rezaremos al único Dios en este lugar santo.

—Ella entrecerró los ojos. Aquel compromiso no le pareció suficiente—. Lo juro por Alá —añadió Hernando en voz baja.

—Ibn Hamid —le contestó ella sin precaución alguna. La gente seguía fluyendo por sus costados, charlando excitada por el auto de fe que iban a presenciar—. Recuerda siempre este juramento que acabas de hacer y cúmplelo suceda lo que suceda.

Abbas resopló al ver cómo Fátima se agarraba de nuevo al brazo de su esposo.

Poco más pudieron adentrarse en la mezquita; miles de personas rodeaban ya la zona en la que se estaba construyendo la nueva catedral renacentista, en forma de crucero, sustentada en grandes pilares y arbotantes al estilo gótico, en el corazón del lugar de oración de los musulmanes —en la nave central que conducía al *mihrab*— y que horadaba el centro del techo de la mezquita para luego emerger imponente por encima de ésta y así alcanzar las tan anheladas proporciones que procuraban los cristianos a sus templos. Aquella magna construcción, que se había iniciado muchos años atrás y que todavía se hallaba en curso, estaba llamada a sustituir a la primitiva y pequeña iglesia construida también en el interior de la mezquita, en el lugar que ocupaba la quibla de la ampliación llevada a cabo por Abderramán II. La erección de la nueva capilla mayor originó el rechazo del cabildo municipal cordobés, algunos de cuyos miembros temieron que la nueva construcción acabase con sus capillas o altares y en pugna con el cabildo catedralicio, los veinticuatros y jurados de Córdoba dictaron un bando por el que se sentenciaba a muerte a todo operario que se prestase a trabajar en la construcción de la nueva catedral. El emperador Carlos I puso fin al contencioso y autorizó la construcción de la nueva catedral. Mientras esperaban la entrada de todos los fieles, muchos de los cuales se tuvieron que conformar con permanecer en el huerto del claustro, así como del tribunal del Santo Oficio, de los miembros de los cabildos catedralicio y municipal y sobre todo de los reos, entre murmullos, risas y conversaciones de los espectadores, Hernando tuvo tiempo suficiente para observar el interior del magno edificio capaz de albergar a miles de personas. Con independencia del huerto, la planta de la mezquita era casi cuadrangular. En su centro se procedía a la construcción de la nueva catedral, toda ella rodeada de centenares de columnas y dobles arcos montados que combinaban el rojo y el ocre. El espacio que quedaba entre la última línea de columnas y los muros de la mezquita había sido aprovechado por los nobles y prebendados cristianos para abrir numerosas capillas dedicadas a sus santos y mártires. Altares, cristos, cuadros e imágenes religiosas, como sucedía a lo largo y ancho de las calles de toda la ciudad, se exponían al fervor popular como muestra del poder de las casas nobles que las pagaban y beneficiaban con mandas y legados. Allí donde mirase, podía encontrar los escudos de armas y emblemas heráldicos de nobles, caballeros y príncipes de la Iglesia: esculpidos en la propia fábrica, en paredes, arcos y columnas; labrados en el hierro forjado del sinfín de rejas que cerraban las capillas perimetrales; en las laudas sepulcrales, casi todas a ras de suelo; en los retablos y pinturas de las capillas y en cualquier soporte por nimio que éste pudiera resultar: cerraduras, lámparas, picaportes, cofres, sillas…, amén de los que aparecían en los escudos de guerra y los cascos de los caballeros castellanos, alemanes, polacos o bohemios que colgaban por doquier en gratitud por las victorias conseguidas en nombre del cristianismo.

«Musulmán entre cristianos», se sintió Hernando al son de la música del órgano y los cánticos del coro que anunciaba la entrada del obispo, del inquisidor de Córdoba y del corregidor de la ciudad, todos por delante de sus respectivas cortes y de los reos. «Igual que aquella construcción», añadió para sí acariciando una de las columnas: el fervor cristiano se mostraba en todo el perímetro del templo, donde se hallaban las capillas. El espacio que se abría a partir de esas capillas, con sus mil columnas y arcos ocres y rojos cantaba la magnificencia de Alá, y en el centro, rodeada por las columnas, la nueva capilla mayor y el coro, de nuevo cristiana.

Hernando elevó la mirada al techo de la catedral: los cristianos buscaban acercarse a Dios en sus construcciones, alzándolas cuanto sus recursos técnicos les permitían; firmes en sus bases, esbeltas en las alturas. Sin embargo la mezquita de Córdoba se mostraba como un prodigio de la arquitectura musulmana, el resultado de un audaz ejercicio constructivo en el que el poder de Dios venía a descender sobre sus creyentes. La sección de los arcos superiores de las dobles arcadas que descansaban sobre las columnas de la mezquita, era el doble de ancha que la sección de los arcos que los aguantaban. Al contrario de lo que sucedía con las construcciones cristianas, en la mezquita, la base firme, el peso, se hallaba por encima de las esbeltas columnas en notorio y público desafío a las leyes de la gravedad. El poder de Dios se situaba en las alturas, la debilidad de los creyentes que oraban en la mezquita, en su base.

¿Por qué no habrían derruido los cristianos todo vestigio de aquella religión que tanto odiaban, igual que con las demás mezquitas de la ciudad?, se preguntó con la mirada todavía en los arcos dobles por encima de las columnas. El cabildo catedralicio de Córdoba era de los más ricos de España y sus nobles también, y devoción no faltaba para haber asumido un proyecto como aquél. Podían haber proyectado la construcción de una gran catedral como las de Granada o Sevilla y sin embargo, habían permitido que la memoria musulmana perviviese en aquellas columnas, en los techos bajos, en la disposición de las naves… ¡en el espíritu de la mezquita! «Mágica unión la que, con independencia de las gentes, se respira en el interior de este edificio», suspiró.

Ninguno de ellos llegó a ver el auto de fe que se celebraba en un entarimado junto a la antigua capilla mayor; sólo aquellas filas más cercanas al cordón de seguridad establecido por los justicias y alguaciles alrededor de los principales pudieron llegar a contemplar el acto. Sin embargo sí que escucharon la lectura pública de las acusaciones y las sentencias, sin méritos, brevemente, en las que tan sólo se mencionaban las culpas y las penas impuestas contra cuaren-

ta y tres reos del reino de Córdoba, de los que veintinueve eran
moriscos, sobre el que el tribunal ejercía su jurisdicción, lecturas que
los cristianos escucharon en silencio para luego vitorear o abuchear
las penas con que concluía la exposición de cada uno de ellos.

Doscientos azotes a un cristiano, vecino de Santa Cruz de
Mudela, por sostener que era falsa la afirmación del Credo en la
que aseguraba que Dios vendría a juzgar a vivos y muertos. «¡Ya ha
venido una vez! —sostenía el reo—. ¿Por qué va a volver?» Varias
penas también de azotes para otros tantos cristianos por haber afirmado en público que no eran pecado las relaciones carnales o el
vivir amancebado siendo soltero; doscientos azotes y galeras durante tres años a un vecino de Andújar por bigamia; multa para un
tejero de Aguilar de la Frontera por declarar que no existía el infierno sino para moros y desesperados: «¿Por qué van a ir al infierno
los cristianos si existen moros?»; multa y escarnio público mediante
soga y mordaza para otro hombre por manifestar que no era pecado yacer con una mujer pagando por ello; penas menores de multas
y sambenitos para varios hombres y mujeres por haber blasfema-
do y puesto en tela de juicio la eficacia de la excomunión o por
proferir palabras malsonantes, escandalosas o heréticas. Confiscación de bienes, azotes y galeras de por vida contra dos franceses por
ser seguidores de la secta de Lutero y relajación en efigie para tres
vecinos de Alcalá la Real por haber renegado de la religión católica en Argel, tras haber sido apresados por los corsarios.

—Elvira Bolat —cantó el notario a continuación de los relaja-
dos de Alcalá—, cristiana nueva de Terque...

—¡Elvira! —se le escapó a Fátima. Un hombre y una mujer
que estaban por delante de ellos se volvieron sorprendidos: primero
hacia la muchacha, luego hacia Hernando, a quien ella trataba de
darle una explicación—: Era mi amiga antes de que...

Abbas se santiguó ostensiblemente.

—Mujer —la interrumpió con brusquedad Hernando, que se
santiguó imitando al herrador—, renuncia a este tipo de amistades
de la infancia. No te convienen. Reza por ella —añadió apretán-
dole el antebrazo—. Ruega la intercesión de la Virgen María para
que Nuestro Señor la guíe por el camino del bien.

El hombre que se había vuelto hacia ellos asintió en señal de conformidad a la reconvención, y él y su mujer volvieron a prestar atención a la lectura.

Multa, sambenito y cien latigazos. Cincuenta en Córdoba y cincuenta más en Écija, de donde era vecina Elvira, por «cosas de moros». Similar suerte —sambenitos, períodos de evangelización en las parroquias y cien o doscientos latigazos según el sexo— corrieron los restantes moriscos encausados, todos reconciliados con la Iglesia tras admitir sus faltas y herejías. El siguiente reo era un esclavo reincidente apresado tratando de huir a Berbería y que en todo momento se mantuvo fiel a la secta de Mahoma: relajación. La gente estalló en vítores y aplausos. ¡Ya tenían garantizado su espectáculo! La quema en la hoguera de las tres efigies inanimadas de los apóstatas de Alcalá cautivos en Argel no satisfacía a nadie; la del esclavo impenitente, vivo, que de insistir en su postura ardería sin la gracia de ser previamente ejecutado a garrote vil, sí les atraía.

—Así lo pronunciamos y declaramos.

Los miembros del tribunal pusieron fin al auto de fe y los reos fueron entregados al brazo secular para que ejecutase las penas impuestas. Antes de que se hubiera podido oír la última palabra, la gente ya corría hacia el Quemadero, en el campo del Marrubial, ubicado en las afueras de la ciudad en su extremo oriental. Tenían que cruzar toda la ciudad.

El alboroto que originó la multitud permitió a Hernando dirigirse a Abbas sin cautelas. Se sentía asqueado. Hombres y mujeres de todas las edades se empujaban, reían y gritaban.

—¡Un moro menos! —oyó que decía uno de ellos.

Un coro de risotadas aplaudió las palabras.

—¿También tenemos que presenciar cómo queman a uno de los nuestros? —preguntó él entonces.

—No, porque nos esperan en la biblioteca —contestó el herrador con cierta frialdad—, pero deberíamos hacerlo. —Hernando se dio cuenta al instante del error cometido—. Ese hombre morirá reivindicando la verdadera religión delante de miles de cristianos exaltados, ávidos de sangre y venganza todos ellos. Piensa que cuantos creyentes han sido hoy condenados se sienten orgullosos por ello. Las mujeres, con la excusa del frío, pedirán sambenitos con los que vestir a sus hijos pequeños a fin de que les acompañen para mostrarnos a todos que no han olvidado a su Dios, que el culto sigue vivo entre los creyentes. —Fátima escuchaba con los ojos entrecerrados y con ambas manos sobre la barriga. Hernando hizo además de pedir excusas, pero Abbas no se lo permitió—: No hace mucho, hemos tenido conocimiento de que algunos días después de que se celebrase un auto de fe en Valencia, el verdugo que intervino en la ejecución de las penas acudió al pequeño pueblo de Gestalgar, en la serranía, para cobrar a nuestros hermanos los honorarios por su infame trabajo. Uno de ellos se negó a pagar porque no había sido azotado. Comprobaron el error y el hombre recibió los cien latigazos en presencia de su familia y de sus vecinos y sólo entonces, con la espalda en carne viva, pagó al verdugo. Podía haber pagado y haberse librado de los azotes, pero prefirió sufrir la condena como sus hermanos. ¡Ése es nuestro pueblo! —El herrador dejó transcurrir un instante, mientras paseaba la mirada sobre el bosque de columnas y arcadas bicolor, como si aquellos testigos del poder musulmán pudieran ratificar su afirmación—. Vamos —les dijo después.

Atravesaron la mezquita entre los rezagados y quienes por una razón u otra no podían acudir a presenciar la ejecución de las condenas. Ninguna de las autoridades restaba ya en el interior de la mezquita. Rodearon el crucero de la catedral en construcción, cuyos brazos se habían adaptado a las dimensiones de las originarias naves musulmanas, y dejaron atrás las tres pequeñas capillas renacentistas que se situaban en el trasaltar. La capilla mayor ya estaba construida; sin embargo, la cúpula elíptica destinada a cubrirla todavía se hallaba pendiente, por lo que los andamiajes soportaban una cubierta provisional. Desde allí se dirigieron a la esquina suroriental, donde en una antigua capilla estaba la magnífica biblioteca catedralicia con centenares de documentos y libros, algunos de ellos manuscritos de más de ochocientos años de antigüedad. Aunque una magnífica reja de hierro forjado cerraba el recinto, la puerta estaba abierta.

—Tu esposa —dijo Abbas ya en la reja—, ¿será capaz de esperarnos aquí sin cometer ninguna torpeza?

Fátima hizo ademán de encararse con el herrador, pero Hernando se lo impidió con un simple gesto.

—Sí —contestó.

—¿Será capaz de entender que de nuestra discreción dependen las vidas de muchos hombres y mujeres?

—Lo entiende —confirmó de nuevo Hernando al tiempo que Fátima asentía avergonzada.

—Vamos, entonces.

Los dos hombres franquearon la reja que daba acceso a la biblioteca y se detuvieron. En su interior, en estanterías, aparecían centenares de tomos encuadernados, rollos de pergamino y algunas mesas para lectura. Entre dos de ellas había un corro de cinco sacerdotes. En cuanto el herrador se dio cuenta de la reunión que se celebraba en el interior de la biblioteca intentó retroceder, pero uno de los sacerdotes se apercibió de su presencia y los llamó. Abbas, grande como era, entrecruzó los dedos de sus manos en señal de oración, se las llevó al pecho e inclinó la cabeza; Hernando lo imitó y ambos se dirigieron hacia el grupo.

—¿Qué queréis? —inquirió, molesto, el religioso que les había llamado, antes incluso de que llegaran hasta el grupo de sacerdotes.

—Lo conozco, don Salvador —intervino entonces otro de los sacerdotes, el mayor de ellos, calvo y gordo, de escasa estatura, pero con una voz demasiado dulce para su aspecto—. Es un buen cristiano y colabora con la Inquisición.

—Buenos días, don Julián —saludó entonces Abbas.

Hernando farfulló un saludo.

—Buenos días, Jerónimo —contestó el sacerdote—. ¿Qué te trae por aquí?

Uno de los religiosos se dirigió a una estantería para coger un libro; los demás, salvo don Salvador, que los escrutaba, presenciaban la escena con cierta displicencia hasta que las palabras de Jerónimo llamaron su atención.

—Hace tiempo… —Abbas carraspeó un par de veces—, hace tiempo, cuando llegaron los moriscos granadinos, me pedisteis que si encontraba entre ellos a un buen cristiano que además supiera escribir bien en árabe, os lo trajese. Se llama Hernando —añadió él herrador, tomando del brazo a su acompañante y obligándole a dar un paso al frente.

¡Escribir en árabe! Hernando sintió sobre sí hasta los ojos del Cristo crucificado que presidía la biblioteca. ¿Había enloquecido Abbas? Hamid le enseñó los rudimentos de la lectura y la escritura en el lenguaje universal que unía a todos los creyentes, pero de ahí a que le presentasen en la biblioteca catedralicia como un buen conocedor... Algo le impelió a volverse hacia la entrada, donde encontró a Fátima escuchando tras la reja. La muchacha le animó con un imperceptible gesto de sus labios.

—Bien, bien... —empezó a decir don Julián.

—¿No es demasiado joven para saber escribir en árabe? —le interrumpió don Salvador.

Hernando percibió un movimiento de intranquilidad en Abbas. ¿Acaso éste no había pensado en lo que podría sucederles? ¿No lo tenía preparado? Notó la animadversión que rezumaba de las palabras de don Salvador.

—Tenéis razón, padre —contestó con humildad, al tiempo que se volvía hacia él—. Creo que mi amigo valora en demasía mis escasos conocimientos.

Don Salvador irguió la cabeza ante los ojos azules del morisco. Dudó unos instantes.

—Aunque sean escasos, ¿dónde los adquiriste? —le interrogó después, quizá con un tono de voz algo diferente al utilizado hasta entonces.

—En las Alpujarras. El párroco de Juviles, don Martín, a quien Dios tenga en su gloria, me enseñó lo que sabía.

Bajo ningún concepto iba a hablar de Hamid y en cuanto al pobre don Martín..., la imagen de su madre acuchillándolo relampagueó en su recuerdo. ¿Qué iban a saber los miembros del cabildo catedralicio de Córdoba acerca del párroco de un pequeño pueblo perdido en la sierra granadina?

—¿Y cómo es que un párroco cristiano sabía árabe? —terció el sacerdote más joven del grupo.

Don Julián fue a contestar pero don Salvador se le adelantó; todos parecían respetarlo.

—Es muy posible —afirmó—. Hace ya bastantes años que el rey dispuso la conveniencia de que los predicadores conocieran el árabe para poder evangelizar a los herejes; muchos de ellos ignoran el castellano y ni siquiera son capaces de expresarse en aljamiado, sobre todo en Valencia y Granada. Hay que conocer el árabe para poder contradecir sus escritos polémicos, para saber qué es lo que piensan. Bien, muchacho, demuéstranos tus conocimientos por exiguos que sean. Padre —añadió dirigiéndose a don Julián—, alcanzadme el último manuscrito polémico que ha caído en nuestras manos.

Don Julián titubeaba, pero don Salvador le apremió meneando los dedos de su mano derecha extendida. Hernando notó un sudor frío en la espalda y evitó mirar a Abbas, pero sí lo hizo hacia Fátima, que le guiñó un ojo desde el otro lado de la reja. ¿Cómo podía guiñarle un ojo en aquellos momentos? ¿Qué quería decirle? Su esposa le animó con un movimiento del mentón y una sonrisa, y entonces la entendió: ¿por qué no? ¿Qué sabían aquellos curas de árabe? ¿No le estaban buscando a él como traductor?

Cogió el astroso papel que le tendía don Julián y lo ojeó. Se trataba de un árabe culto, de un árabe de más allá de al-Andalus, diferente, como repetía hasta la saciedad Hamid, al dialectal implantado en España durante el transcurso de los siglos. ¿De qué trataba aquel escrito?

—Está fechado en Túnez —anunció con seguridad mientras trataba de entender qué decía—, y versa sobre la Santísima Trinidad —añadió al comprender los caracteres—. Más o menos, dice así: en el nombre del que juzga con verdad —se inventó, simulando que leía—, del que está enterado, del Clemente, del Misericordioso, del Creador…

—De acuerdo, de acuerdo —le interrumpió don Salvador ofuscado, haciendo un aspaviento—. Evita todas esas blasfemias. ¿Qué dice del dogma de la Trinidad?

Hernando intentó descifrar lo que constaba escrito. Conocía a la perfección el contenido de la disputa entre musulmanes y cristianos: Dios es solo uno, ¿cómo, por lo tanto, podían sostener los cristianos que existían tres dioses, padre, hijo y espíritu santo en uno solo? Podía hablar de aquella polémica sin necesidad de averiguar el exacto contenido del texto, pero… se persignó con seriedad y después se santiguó y alejó el papel que sostenía en su mano.

—Padre, ¿en verdad deseáis que repita, aquí —se volvió hacia la catedral—, en este lugar sagrado, lo que aparece escrito en este papel? Por mucho menos esta mañana se ha condenado a varias personas.

—Tienes razón —concedió don Salvador—. Don Julián —agregó, dirigiéndose a éste—, hacedme un informe sobre el contenido de ese documento. —Hernando llegó escuchar el suspiro que salió de los labios de Abbas—. ¿En dónde trabajas? —le preguntó entonces.

—En las caballerizas reales.

—Don Julián, hablad con el caballerizo real, don Diego López de Haro, para que este joven pueda enseñaros el árabe y ayudarnos con los libros y documentos al tiempo que compagina su trabajo con los caballos del rey. Comunicadle que tanto el obispo como el cabildo catedralicio le estarán agradecidos.

—Así lo haré, padre.

—Podéis iros —despidió don Salvador a Hernando y Abbas.

Fátima sonrió a su esposo mientras traspasaba la reja de la biblioteca.

—¡Bien! —susurró.

—¡Silencio! —urgió Abbas.

Se dirigieron a la puerta de San Miguel, en el extremo occidental de la mezquita. Hernando y Fátima siguieron al herrador por todo el testero sur del edificio. Pasaron por delante de la capilla de don Alonso Fernández de Montemayor, adelantado mayor de la frontera en tiempos del rey Enrique II, y Abbas se detuvo.

—Esta capilla, bajo la advocación de san Pedro —señaló mientras hacía una piadosa genuflexión en su frontal, invitando a Hernando y a Fátima a imitarle—, está construida en el vestíbulo del *mihrab* de al-Hakam II. —Los tres se mantuvieron unos instantes arrodillados algo más allá de los magníficos arcos polibulados, diferentes a los de herradura del resto de la mezquita, que daban acceso al vestíbulo, dentro de lo que fue la *maqsura*, la zona reservada al califa y su corte—. Ahí detrás —señaló Abbas con el mentón—, utilizado ahora como sagrario de la capilla, se encuentra el *mihrab*, donde el rey prohibió que se efectuara enterramiento cristiano alguno. —Los restos del protegido del rey, don Alonso, al contrario que la mayoría de los enterramientos en el suelo, se mostraban en un sencillo y gran ataúd blanco de piedra—. Aquí sí —siseó a Fátima el herrador—: éste es el lugar.

—Alá es grande —silabeó ella escondiendo la cabeza, al tiempo que se levantaba.

Cada uno, a su manera, intentó imaginar el aspecto del famoso *mihrab* de al-Hakam II, frente al que permanecían arrodillados y que aparecía profanado y convertido en simple y vulgar sacristía de la capilla de San Pedro. Allí, en el *mihrab*, se leía el Corán. El ejemplar del Corán que se guardaba en la cámara del tesoro era trasladado cada viernes al *mihrab* y depositado sobre un atril de aloe verde con clavos de oro. Había sido escrito de mano del Príncipe de los Creyentes, Uzman ibn Affan; estaba adornado en oro, perlas y jacintos, y pesaba tanto que tenía que ser transportado por dos hombres. Tanto en el vestíbulo como en el *mihrab*, el califa, de acuerdo con la magnificencia de la cultura cordobesa, ordenó la unión de variados estilos arquitectónicos hasta obtener un conjunto de una belleza inigualable. Al nicho en el que se custodiaba el Corán se accedía pasando bajo una labrada cúpula octogonal de estilo armenio cuyos arcos no se unían en su centro sino que se cruzaban a lo largo de sus paredes. Bizancio también estaba presente, con sus mármoles veteados o blancos y sobre todo con los coloridos mosaicos construidos con materiales traídos por artesanos venidos expresamente de la capital del imperio de Oriente. Inscripciones coránicas en oro y mármoles bizantinos. Arabescos. Elementos grecorromanos y también cristianos, cuyos maestros contribuyeron a la construcción, habían convertido aquel lugar donde se emplazaba la capilla de San Pedro en uno de los más bellos del universo.

Los tres oraron en silencio durante unos instantes y, taciturnos, abandonaron la mezquita por la puerta de San Miguel. Salieron a la calle de los Arquillos, en la que se encontraba el palacio episcopal, construido sobre el antiguo alcázar de los califas de Córdoba. Cruzaron bajo uno de los tres arcos en los que descansaba el puente que cruzaba la calle por alto y que unía el antiguo palacio y la catedral, y continuaron en dirección hacia las caballerizas. Superaron el alcázar de los reyes cristianos y Hernando decidió afrontar el asunto.

—Yo no puedo traducir esos documentos —se quejó—. Están escritos en árabe culto. ¿Cómo voy a enseñar árabe culto a ese sacerdote?

Abbas anduvo unos pasos más sin contestar. Sentía cierta desconfianza. No le había satisfecho la actitud de Fátima, demasiado atrevida e inconsciente, pero aun así, se dijo, todos contaban con ella; además, reconoció, ¿no había sido él mismo quien acababa de señalarle el lugar en el que se escondía el *mihrab*, instándola a rezar? ¿Acaso no tenían todos idénticos sentimientos?

—Es al revés —confesó el herrador ya cerca de la puerta de las cuadras—. Es don Julián quien tiene que enseñarte a ti el árabe culto, el de nuestro libro divino.

Hernando se detuvo en seco, con la sorpresa dibujada en su rostro.

—Sí —confirmó Abbas—, ese sacerdote, don Julián, es uno de nuestros hermanos y el más culto de los musulmanes de Córdoba.

36

En las mismas fechas en que Aisha era puesta en libertad tras su detención en Sierra Morena, Brahim abandonó la partida de monfíes del Sobahet junto a dos de los esclavos fugitivos que la componían. El escupitajo que le lanzó su esposa antes de abandonar el campamento se sumó al intenso dolor que sentía en el brazo. Poco después de que Aisha desapareciese entre los árboles, los monfíes se pusieron en marcha y Brahim se arrastró tras ellos; no podía quedarse solo en las sierras y tampoco podía volver derrotado y manco a Córdoba, por lo que los siguió, siempre a cierta distancia, como un perro maltratado. El Sobahet lo permitió; Ubaid se reía de él lanzándole los restos de su comida. Por eso, cuando escuchó que dos de los hombres pretendían huir a Berbería, se sumó a ellos y juntos se encaminaron hacia las costas valencianas. Durante varias largas jornadas robaron comida y buscaron ayuda en las casas moriscas, tratando siempre de evitar a las cuadrillas de la Santa Hermandad que vigilaban aquellas antiguas vías romanas, ahora descuidadas. Anduvieron hacia el este, hacia Albacete, desde donde tomaron el camino que llevaba a Xátiva para, desde allí, llegar a las poblaciones costeras del reino de Valencia situadas entre Cullera y Gandía, todas ellas casi exclusivamente pobladas por moriscos.

Desde aquellas costas y pese al esfuerzo de los sucesivos virreyes de Valencia, el flujo de moriscos hacia Berbería era constante, ayudados por los corsarios que acudían a saquear el reino. Los españoles no dejaban vivir a los cristianos nuevos bautizados a la fuerza, pero tampoco los dejaban escapar a tierras musulmanas; no sólo los nobles y terratenientes perdían mano de obra barata, sino que la propia Iglesia estaba empeñada en la salvación de sus almas como defendía el duque de Gandía, Francisco de Borja, general de los jesuitas, que abogaba «porque tantas almas como se podía perder, no se pierdan». Pero los moriscos ya se preocupaban por salvar sus almas… si bien en aquellas tierras donde se loaba a Muhammad, y sus hermanos valencianos ayudaban a todos aquellos que, decididos a abandonar los reinos que les habían pertenecido durante ocho siglos, se proponían cruzar a Berbería.

Brahim y sus compañeros, junto a media docena más de moriscos, lo consiguieron cuando al amanecer de una mañana de septiembre cerca de una cincuentena de corsarios recorrieron la costa para saquear los arrabales de Cullera. Los corsarios utilizaron su táctica habitual: tres galeotas fondearon al amparo de la noche más allá de la desembocadura del río Júcar, donde desembarcaron, lejos del lugar que pretendían atacar. Al día siguiente, al alba, se dirigieron a pie hacia su objetivo. Excepción hecha de los posibles ataques perpetrados por una gran armada corsaria, el corso terrestre basaba sus incursiones en la sorpresa y la rapidez. Los saqueos debían llevarse a cabo en un período de tiempo relativamente corto, inferior al plazo de respuesta a los toques de rebato de la ciudad asaltada y de las circundantes; los corsarios no querían entablar batalla. Luego, las galeotas acudían a recogerlos con el botín a un punto cercano y previamente pactado.

Esa noche, una avanzadilla de corsarios se internó en las tierras para visitar a los moriscos y obtener de ellos información para el pillaje; los cristianos nuevos tenían prohibido acercarse al litoral bajo pena de tres años de galeras. Fue entonces cuando Brahim, los dos esclavos y otros tantos moriscos se sumaron a la expedición. Dos hombres prácticos en el terreno los acompañaron a fin de indicar a los corsarios los caminos para llegar a Cullera.

—Déjame una espada, me gustaría ir con vosotros —solicitó el arriero a un hombre que parecía ser el adalid, ya de vuelta en la playa en la que permanecían escondidos los corsarios en espera del amanecer. Las galeotas seguían en alta mar, para no ser avistadas.

—¿Morisco y manco? —le espetó el corsario—. ¡Guárdate de intervenir!

Brahim apretó los dientes y se dirigió al grupo de moriscos emplazados lejos de los corsarios, sentados sobre la arena, en silencio.

—¿Qué miras? —espetó a uno de los esclavos fugados de la partida de Ubaid, lanzándole una patada que le rozó el rostro. Brahim trató de permanecer en pie, ofendido, hasta que un corsario le ordenó de malos modos que se sentara como los demás y guardara silencio.

En una intervención fulminante, los corsarios atacaron los arrabales de Cullera. Sorprendieron a los campesinos que habían acudido a atender sus tierras y tomaron diecinueve cautivos pero, en lugar de perseguir a otros tantos que huían despavoridos, partieron velozmente al punto de encuentro pactado con las galeotas, en esta ocasión cercano a Cullera. Ni las fuerzas en el interior de la ciudad, ni las de los lugares cercanos, tuvieron siquiera oportunidad de contrarrestar el ataque y antes de que se hubiesen percatado de lo sucedido, corsarios, cautivos y moriscos fugados se hallaban ya embarcados en las galeotas, rumbo a alta mar.

Sin embargo, una vez hubieron superado la distancia de un tiro de lombarda, las tres galeotas viraron hacia la costa e izaron «bandera de seguro»; las naves ya iban suficientemente cargadas con el botín de otras incursiones y la temporada de navegación se hallaba próxima a finalizar. Los valencianos sabían qué significaba la bandera blanca: los arráeces corsarios estaban dispuestos a negociar en aquel mismo momento el rescate de los cautivos. Aceptaron el seguro e iniciaron los tratos, chalupas arriba y abajo. Quince hombres fueron rescatados durante la mañana, los cuatro restantes continuaron viaje hacia los mercados de esclavos de Argel.

Durante las dos tranquilas jornadas del tornaviaje, en las que los galeotes tuvieron que esforzarse por avanzar en una mar en calma, Brahim fue testigo del mismo desprecio por parte de la tripulación corsaria —toda ella compuesta por turcos y renegados cristianos— que tuvieron que sufrir los moriscos durante el levantamiento de las Alpujarras. Nadie quería saber nada con ellos. Los alimentaron como si fueran perros y ni siquiera los utilizaron para bogar en el Mediterráneo. ¿Por qué aceptaban llevarlos entonces? Recordó el regocijo de los moriscos valencianos a la vista de los corsarios; el solo hecho de pensar en el daño que infligirían a los cristianos era para ellos suficiente satisfacción, máxime cuando con ello mantenían viva la esperanza de una futura ayuda por parte de la Sublime Puerta. Observó a los galeotes remando con esfuerzo; las naves cargadas, a las órdenes del cómitre. Dividieron a los moriscos fugados en grupos para que se pudieran acomodar en la escasa superficie lateral que restaba entre la cámara de boga y las plataformas que llegaban hasta la borda. Luego volvió la mirada hacia el arráez de su nave, de pie en proa, el largo cabello rubio propio de los cristianos renegados del Adriático cayéndole por los hombros, suavemente mecido por el ritmo que imprimían los remeros. Brahim escupió al mar. La ayuda que les prestaban para la fuga no se sustentaba más que en un interés comercial: los corsarios aceptaban transportar aquella despreciable carga humana con el único fin de obtener el favor de los lugareños.

Por eso, en cuanto la flotilla de galeotas entró en el puerto de Argel y avistó sus grandes e imponentes murallas mientras ulemas, alfaquíes y todo tipo de gentes corrieron a recibirlos al son de los atabales, Brahim decidió que no continuaría ni un solo día más en una ciudad tan hostil para con los moriscos de al-Andalus como podía ser aquel nido de corsarios. Vagabundeó por sus calles durante un par de días, lejos de los moriscos que acudían a venderse como mano de obra tan barata como en España a los propietarios de los numerosos huertos o campos frutales que rodeaban la ciudad, o incluso a las grandes explotaciones de trigo de la llanura de Yiyelli. Al fin, en el zoco, encontró una caravana que partía hacia Fez e intentó incorporarse a ella, prometiendo trabajar tan duro como el que más por los restos de la comida. ¡Tenía hambre! Había tenido que pelear con hombres más fuertes que él, provistos de sus dos manos, por las basuras de los argelinos.

—Soy arriero —afirmó cuando vio cómo el árabe que debía de ser el jefe de la caravana, un hombre del desierto vestido a lo beduino, desviaba su mirada hacia el muñón y meneaba la cabeza.

Entonces Brahim quiso demostrarle su valía con los animales, aun con una sola mano. Titubeó al recordar los problemas que había tenido Ubaid para manejarse con las mulas en las Alpujarras, pero al fin se dirigió a un numeroso grupo de camellos que descansaban tendidos sobre sus cuatro patas. Era la primera vez que veía un camello e incluso en aquella complicada postura, con las patas dobladas, su joroba superaba en altura a cualquiera de las mulas con las que había trajinado el arriero. Acarició la cabeza del animal ante la curiosidad del jefe de la caravana y la más absoluta indiferencia del camello. Luego intentó que se pusiera en pie y tiró con su mano izquierda del ronzal, pero el camello ni siquiera movió la cabeza. Jaló hacia uno y otro lado, como hacía con las mulas cuando no querían andar hacia delante, para engañarlas y lograr que emprendieran el paso hacia un lado, pero el terco animal permaneció impasible. Brahim vio que alrededor del árabe se había congregado un pequeño grupo de gente que observaba la escena sonriendo; uno de ellos le señalaba, mientras apremiaba a otro camellero para que se sumara al espectáculo. ¿A qué venía aquella prisa?, pensó. Sintió hervir la humillación y pegó un fuerte tirón del ronzal del camello para que se levantase pero, cuando iba a dar el segundo tirón, el animal lanzó una dentellada que le alcanzó en el estómago. Saltó hacia atrás, trompicó y cayó al suelo entre las bostas de los camellos y las risotadas de los hombres de la caravana. ¡Era eso! Sabían que iba a morderle. Se arrodilló para levantarse tratando de dar la espalda al grupo de camelleros. Las risas cesaron, salvo una carcajada infantil, aguda, que continuó resonando en el campamento. Mientras se levantaba, dudó en alzar el rostro hacia el lugar del que provenía aquella risa tan inocente como irritante. Por fin lo hizo y se topó con un niño de unos ocho años, todo él ataviado en ropajes de seda verde bordada, como un pequeño príncipe. A su lado se hallaba un hombre enjoyado y armado con un alfanje en cuya vaina brillaban numerosas piedras preciosas incrustadas, tan lujosamente vestido como el niño; tras ellos, tres mujeres, todas con túnicas negras de amplias mangas, envueltas en mantos negros o azules sujetos con alfileres de plata sobre las túnicas, los rostros cubiertos con velos en los que aparecían agujeros para los ojos. Las muñecas y los tobillos de las mujeres se veían adornados con numerosos aros de plata. Brahim miró directamente al niño. ¡Tenía hambre! Mucha hambre. Quedarse en la ciudad supondría morir de inanición, o a manos de algún jenízaro o corsario si le pillaban robando, único destino que le quedaba salvo el de volver a trabajar los campos. ¡Con una sola mano, ni siquiera podía enrolarse como remero o venderse como galeote!

Observó cómo el hombre del alfanje apoyaba cariñosamente una mano en el hombro del niño, cuyas risas ya se habían apagado, y entonces se le ocurrió: guiñó un ojo al pequeño, dio un paso, buscó apoyar su pie descalzo encima de una de las muchas bostas que aparecían desparramadas por doquier, y se dejó resbalar exagerando la culada con la que terminó de nuevo sobre la tierra. Las carcajadas del niño estallaron otra vez y, de reojo, Brahim comprobó que los labios del hombre se torcían en una sonrisa. Desde el suelo, gesticuló e hizo mil aspavientos, torpes todos ellos. ¿Qué inventar para ganarse a aquel niño y a su padre?, pensaba mientras tanto. Jamás había actuado como un bufón, pero ahora lo necesitaba. ¡Debía abandonar aquella ciudad en la que todos le miraban por encima del hombro, como en Córdoba! ¡No había hecho tan largo viaje para terminar otra vez como un vulgar campesino, por más mezquitas a las que pudiera acudir para llorar sus penas! Simuló tropezar una y otra vez cuando pretendía levantarse y las carcajadas del niño le animaron: se dirigió a otro camello tendido y saltó sobre su joroba, dejándose caer como un saco por el otro lado; a las risas del niño se sumaron otras que no reconoció pero que supuso que procedían de los camelleros. Probó de nuevo a montarse con el mismo resultado y al final terminó rodeando al camello, examinándolo con atención, levantándole la cola, como si pretendiese averiguar dónde se escondía su secreto.

Al escuchar la primera risotada del hombre del alfanje, Brahim se dirigió hacia ellos y les hizo una reverencia; el niño le mostró unos grandes ojos castaños empañados en lágrimas. El hombre asintió y le entregó una moneda de oro, una soltanina acuñada en la propia Argel, y fue entonces cuando Brahim se percató del dolor que atenazaba todo su cuerpo, especialmente en la barriga, allí donde le había mordido el camello.

Le permitieron viajar como el bufón del hijo del rico mercader de Fez, Umar ibn Sawan. Cerca de cincuenta camellos cargados de costosas mercaderías, vigilados por un pequeño ejército contratado por Umar, se pusieron en marcha para recorrer la Berbería central, desde Argel hasta Tremecén, y de allí a la magnífica y rica ciudad de Fez, erigida entre cerros y colinas en el centro del reino de Marruecos. Durante el trayecto, Brahim comprendió el porqué del mordisco del camello: sus cuidadores los trataban con cariño y extrema delicadeza. Una simple vara con la que les rozaban las rodillas y el cuello servía para que se levantasen o se tumbasen y, en lugar de fustigarlos para que apresurasen el paso en las largas jornadas, cuando el cansancio empezaba a hacer mella, ¡les cantaban! Para sorpresa del mulero alpujarreño, los animales respondían esforzándose y afirmando el paso. Umar y su hijo, Yusuf, viajaban montados en caballos árabes del desierto, pequeños y delgados puesto que sólo los alimentaban con leche de camella dos veces al día. Sin embargo, según oyó, el que montaba el padre valía una fortuna: había logrado superar a un avestruz en carrera en los desiertos de Numidia, donde lo adquirió el mercader. Las tres mujeres de Umar viajaban escondidas en pequeñas cestas cubiertas de bellísimos tapices que se bamboleaban incesantemente al paso de los camellos que las transportaban.

Brahim viajaba a pie, mezclado entre camellos, cuidadores, esclavos, sirvientes y soldados. Compró unos zapatos viejos y un turbante con parte de la soltanina de oro con que el mercader le había premiado las risas de su hijo; unas risas que también esperaba soltar a su costa el resto de la comitiva, por lo que era constante objeto de burlas, chanzas y empujones. El arriero simulaba grotescas caídas, permitiendo que le ridiculizaran en todo momento. Entonces respondía a las burlas con sonrisas y ademanes cómicos. Descubrió que si andaba a cuatro patas, protegiéndose el muñón con la tela del turbante, sintiendo una punzada de dolor cada vez que lo apoyaba en tierra, los viajantes se reían; también lo hacían cuando, sin razón alguna, empezaba a correr en círculo alrededor de un camello o una persona, ululando como un loco. El pequeño Yusuf reía desde su caballo, por fuera de la comitiva, siempre acompañado por su padre.

¡Todos ellos eran imbéciles!, pensaba en los momentos de descanso. ¿Acaso no eran capaces de percibir la ira de sus ojos? Porque en cada ocasión en que Brahim originaba una carcajada, un ardor incontrolable nacía en su estómago para quemar todo su cuerpo. ¡Era imposible que no se percatasen del fuego que brotaba de sus pupilas! Andaba entre los camelleros y miraba de reojo a los dos jinetes, cómo charlaban y galopaban arriba y abajo de la caravana; cómo sonreían y daban incesantes órdenes que los hombres atendían con actitud servil. También miraba el lujo de los tapices que tapaban las cestas de las tres mujeres y, por las noches, después de haber divertido durante un buen rato al pequeño Yusuf, envidiaba las grandes tiendas en las que se alojaban el mercader y su familia, rebosantes de cómodas telas, cojines y los más variados enseres de cobre o hierro, mucho más lujosas que cualquiera de las viviendas que Brahim hubiera conocido. Cuando Umar, Yusuf y sus mujeres se retiraban, él se acostaba en el suelo, junto a las tiendas.

A una jornada de Tremecén, llegó a la conclusión de que debía escapar. Habían cruzado montañas y desiertos, y entre la gente se hablaba del próximo desierto que les esperaba tras superar la ciudad: el de Angad, donde partidas de árabes atacaban las caravanas que hacían la ruta entre Tremecén y Fez. Árabes. Se hallaba ya entre árabes: el reino de Tremecén, el de Marruecos, el de Fez. ¡Estaba hastiado de humillaciones, de golpes y de burlas! ¡Estaba harto de desiertos y de camellos que se movían al son de estúpidas cantinelas!

Los soldados de guardia de las tiendas le consideraban un loco idiota, igual que los esclavos y la mayoría de los componentes de la caravana, por lo que hacía tiempo que habían dejado de vigilar sus movimientos o lo que hacía mientras dormía junto a la tienda. Por eso, la noche en que acamparon a unas leguas de Tremecén, Brahim no tuvo el menor impedimento en colarse dentro de la de Umar, arrastrándose por debajo de uno de sus laterales. Padre e hijo dormían profundamente. Escuchó el acompasado respirar de ambos y esperó a que su visión se acostumbrase a la tenue iluminación de los destellos del fuego fuera de la tienda, alrededor del que dormitaban los tres guardias. Escrutó en el interior, las sedas y los tapices, las lujosas ropas del mercader y de su hijo… y junto a Umar, un cofrecillo de metal engarzado en piedras preciosas. Casi arrastrándose, para impedir que se viera sombra alguna desde el exterior, se acercó a Umar y cogió el cofre, aunque tuvo que volver a dejarlo para, con su única mano, introducir la magnífica daga del mercader en su propio cinto. Cogió de nuevo el cofre y salió por donde había entrado. Se arrastró fuera de la tienda y comprendió que acababa de cerrar una terrible apuesta: huir o morir. Si le descubrían… Escondió el cofrecillo en su turbante, se lo ató con fuerza a la cintura y anduvo encogido entre los camellos y las personas que dormían; avanzaba muy despacio, a fin de impedir el tintineo procedente del interior del cofre, audible a pesar de la tela que lo envolvía, hasta llegar cerca de donde se almacenaban las mercaderías que transportaban los camellos. Allí también se apostaban hombres de guardia. Inspeccionó los alrededores en busca de alguna de las hogueras que se habían encendido durante la noche; encontró una, se dirigió a ella, se descalzó e introdujo una brasa candente dentro de su zapato. Volvió al lugar de las mercancías y, escondido a algunos pasos, esperó a que los guardias se apartasen en sus rondas constantes. Entonces lanzó la brasa, con el zapato, que fueron a caer entre unos fardos en los que se adivinaban ricos paños de seda. Sin comprobar el resultado de su lanzamiento, se dirigió a donde dormían trabados los caballos de Umar y su hijo.

Acarició a los caballos para que se tranquilizasen y se acostumbraran a su presencia; de esos animales sí sabía. Varios hombres dormían muy cerca. Cuando consideró que los caballos aceptarían sus manejos sin molestarse y despertar a sus cuidadores, los destrabó con sigilo y embocó el de Umar, aquel que había logrado vencer al avestruz. Entonces esperó, agazapado. Alguien daría la voz de alarma. El tiempo transcurría lentamente sin que nada sucediese; Brahim imaginó ya el alfanje de Umar sobre su cuello, en seguro castigo al robo que acababa de cometer, cuando resonó un primer grito al que siguieron muchos otros. Una densa humareda, todavía sin llamas, ascendía en la oscuridad desde la pila de mercancías. Los hombres saltaron para ponerse en pie, y una impresionante llamarada que rugió al desatarse le sorprendió mientras el caos se apoderaba del campamento. Perdió unos instantes extasiado ante aquella lengua de fuego rojo intenso que parecía querer lamer el cielo.

—¿Qué haces con los caballos? —le gritó el mozo que se ocupaba de ellos y que en lugar de dirigirse al fuego lo hizo hacia los animales.

Brahim despertó y trató de engatusarle con una mueca grotesca. Cuando el joven le miraba al rostro, extrañado por su reacción, extrajo la daga y se la hundió en el pecho. Aquélla sería la última payasada que haría en su vida, se prometió al montar de un salto sobre el caballo, a pelo, con un zapato de menos.

Y mientras la gente corría de aquí para allá esforzándose por apagar el fuego, Brahim partió al galope tendido en dirección al norte, con el caballo de Yusuf haciéndolo a su lado, a la querencia. En poco rato, caballos y jinete se perdieron en la noche.

Llegó a Tetuán casi a finales de octubre de 1574, después de días de cabalgar desde Tremecén. Evitó los caminos, dejándose guiar por su instinto y experiencia como arriero, siempre hacia el norte, escondiéndose al menor movimiento que percibía y sin confiarse por más que hubiera llegado a la convicción de que Umar no le perseguía por aquellas ariscas tierras. Los dos caballos eran muy valiosos y el interior del cofre le reveló una segunda fortuna compuesta de piedras preciosas y diferentes monedas de oro: dirhams, rubias, zianas, doblas, soltaninas y escudos españoles.

Tetuán era una pequeña ciudad enclavada al pie del monte Dersa, en el valle del río Martil. Se hallaba a sólo seis millas del Mediterráneo y a cerca de dieciocho del estrecho de Gibraltar, en un punto estratégico en el tráfico naval. Fértil, gozaba de abundante agua que le llegaba de la sierra del Hauz y la cordillera del Rif. La medina amurallada de la ciudad había sido reconstruida y repoblada por los musulmanes que habían huido tras la rendición de Granada

a los Reyes Católicos, por lo que sus habitantes eran mayoritariamente moriscos.

Rompió su promesa de no volver a presentarse como un bufón y, tras esconder caballos y dineros en las montañas, accedió a la
ciudad cruzando la puerta de Bab Mqabar, junto al cementerio,
como un pordiosero loco, con sólo unas cuantas monedas escondidas. El espíritu andalusí que se respiraba, la forma de hablar y de
vestir de las gentes, la distribución de las calles como si se tratara del
Albaicín de Granada o de cualquier pequeño pueblo de las Alpujarras, le convenció al instante de que aquél era el lugar donde
debía vivir. Persuadió a un bribón zarrapastroso, de ojos vivos, redondos y grandes y con el cuero cabelludo a clapas por la sarna,
para que le guiase por la ciudad. Sorprendió a los mercaderes del
zoco y al muchacho, y compró vestiduras nuevas y todo lo necesario para presentarse en el lugar elegido con cierta distinción.
También compró ropa para Nasi, que así se llamaba el pillastre. No
podía entrar en Tetuán con ese aspecto de indigente si viajaba con
dos magníficos caballos y un cofre lleno de oro. Luego volvió con el
asombrado muchacho allí donde había escondido los caballos, se
lavó en un arroyo y obligó a hacer lo propio a Nasi, se vistió, echó
una estera por encima del caballo a modo de montura, y en el de
Yusuf cargó los bultos para que Nasi, con la cabeza cubierta por un
turbante, tirara de él como si se tratara de su sirviente, cosa a la que
el chico accedió tan pronto escuchó la oferta de comer a diario.

—Pero si cuentas algo de mí, te cortaré el cuello —le amenazó mostrándole el filo de la daga.

Nasi no pareció impresionado a la vista del cuchillo, pero su
contestación sonó sincera:

—Lo juro por Alá.

Arrendaron una buena casa de sólo un piso y que disponía de
una huerta en su parte trasera.

En el último cuarto de aquel siglo XVI, cuando Brahim se estableció en la ciudad, el negocio del corso varió por completo. Del
puerto de Tetuán, Martil, zarpaban numerosas fustas, generalmente
pequeñas, para atacar las costas españolas en competición con las
demás ciudades corsarias de Berbería: Argel, Túnez, Sargel, Vélez,

Larache o Salé. Pero a partir de esas fechas, la arribada de grandes naves redondas francesas, inglesas u holandesas al Mediterráneo, llevó a los armadores de Argel a sustituir sus delicadas galeotas y galeras de cascos delgados y ligeros por grandes veleros redondos armados con decenas de cañones, con los que optar a alcanzar y vencer a aquellas nuevas embarcaciones; así pues, el radio de influencia de los señores del corso argelino logró llegar hasta las zonas más remotas del Mediterráneo, por alejadas que pudieran estar de sus puertos, e incluso al Atlántico: Inglaterra, Francia, Portugal y hasta Islandia.

El corso menor, aquel que arribaba a las costas españolas para saquearlas en rápidas y sorpresivas acciones de pillaje, sin llegar a cesar, quedó como una actividad secundaria para aquellos grandes pueblos corsarios. Así las cosas, una vez establecido en Tetuán, Brahim se convirtió en el armador de tres fustas de doce bancos de remeros cada una, con una condición que aceptaron los arráeces de las naves: él iría personalmente en las expediciones porque, si bien no sabía de navegación, ¿quién mejor que un arriero que conocía palmo a palmo las costas de Granada, Málaga y Almería para dirigir los ataques?

En marzo de 1575, ya abierta la época de navegación y al mando de una partida de treinta moriscos, el antiguo arriero alpujarreño desembarcó en las costas almerienses, cerca de Mojácar, sin que ningún guarda de las nueve torres defensivas que se hallaban repartidas en tan sólo siete leguas de costa, entre Vera y la propia Mojácar, para la vigilancia de aquella zona del litoral almeriense, avistasen las fustas y tocasen a rebato.

—Las defensas están desguarnecidas o derruidas —comentó riendo el arráez que navegaba con Brahim—. Algunas torres ni siquiera disponen de guarda o éste no es más que un anciano que prefiere dedicarse a su huerto en lugar de cumplir un trabajo por el que el rey Felipe no le paga.

Y así era. Por más incursiones corsarias que se produjeran en España, el sistema defensivo compuesto por torres de vigilancia que se extendían a lo largo de las costas, con guardas y atajadores que debían alertar a las ciudades y tropas, había ido degradándose por falta de recursos económicos hasta el punto de ser prácticamente ineficaz.

En esa ocasión nadie impidió a Brahim tomar parte en el saqueo de algunas alquerías cercanas a Mojácar. Cerca de medio centenar de hombres, entre moriscos y galeotes libres, desembarcaron en las costas de al-Andalus; otros quedaron al cuidado de las fustas, la mayoría se desperdigó en grupos en busca del botín. Brahim se detuvo un instante y los observó correr tierra adentro. ¡España! Respiró profundo y se hinchió de orgullo. ¡Volvía a estar en España y aquéllos eran sus hombres! ¡Él les pagaba! Tenía a un pequeño ejército a su servicio.

—¿A qué esperas? —le urgió el arráez que capitaneaba su partida—. ¡No tenemos tiempo!

Más allá de la playa encontraron a algunos campesinos trabajando sus tierras. Brahim los vio huir espantados con los corsarios tras ellos; alcanzaron a dos.

—¡Por allí! —gritó Brahim señalando a su izquierda—. Allí hay algunas casas.

Las recordaba. Había trajinado en aquella zona.

Los berberiscos corrieron hacia donde indicaba el antiguo arriero. Cuando llegaron a un pequeño grupo de casas humildes, sus moradores se habían marchado también, advertidos por los gritos de quienes habían huido de los campos.

Brahim descerrajó la puerta de una de las casas de una fuerte patada. No era necesario, pero el gesto le hizo sentirse poderoso, invencible. Nada pudo aprovechar del interior de la vivienda de una mísera familia campesina.

Al cabo de un tiempo se reunieron todos en la playa, sin bajas, sin lucha alguna, con pocos dineros, algo de quincallería y mucha ropa de escaso valor, pero con quince cautivos entre los que destacaban, por el considerable beneficio que podían obtener de ellas en el mercado de esclavos de Tetuán, tres jóvenes mujeres gallegas, sanas y voluptuosas, de las que habían ido a repoblar el reino de Granada tras la expulsión de los suyos.

Mientras los hombres embarcaban a sus espaldas, Brahim, sudoroso, congestionado, enardecido, volvió a clavar la mirada en las tierras de al-Andalus. Poco más allá se alzaba Sierra Nevada, con sus cumbres y sus ríos y sus bosques y…

—¡He vuelto, bastardo nazareno! —gritó—. ¡Fátima, aquí estoy! ¡Juro por Alá que algún día recuperaré lo que es mío!

37

Hernando espoleó a Corretón y el aire frío de las dehesas cordobesas le golpeó el rostro. El potente retumbar de los cascos sobre la tierra húmeda no logró acallar las imprecaciones de José Velasco y Rodrigo García, que galopaban por detrás de él tratando de darle alcance. Los retó en la misma dehesa, rodeados de yeguas y potros: «Corretón es capaz de vencer a cualquiera de vuestros caballos». Entre simpáticas burlas, los dos veteranos domadores se mostraron incrédulos.

—El último en llegar a aquel alcornocal —Hernando señaló el límite de la dehesa, donde los árboles limitaban el campo de las yeguas—, pagará una ronda de vinos.

Inclinado hacia delante en la montura, sobre el cuello extendido de Corretón, las riendas largas, manteniendo un leve contacto en la boca del caballo y sintiendo en las piernas el frenético ritmo de los impetuosos y veloces trancos del caballo, continuó espoleándolo para que aumentase la ventaja sobre sus seguidores. Aquél era un gran día para todos los moriscos. Antes de que saliesen al campo, la noticia se extendía por la ciudad al redoble de las campanas de todas las iglesias: don Juan de Austria había fallecido de tifus en Namur, siendo gobernador de los Países Bajos. El verdugo de las Alpujarras acabó sus días en una simple barraca.

Corretón galopaba como lo hacían pocos caballos y Hernando gritó. Lo hizo cuanto le permitieron sus pulmones. ¡Por las mujeres y niños de Galera que ordenó ejecutar el príncipe cristiano!

A menos de un cuarto de legua del alcornocal, Rodrigo primero, José después, lo superaron lanzándole una lluvia de barro y guijarros. Hernando aminoró la carrera hasta llegar adonde le esperaban los dos jinetes, ya en el alcornocal, galopando despacio, para que sus monturas recuperasen el resuello sin brusquedad.

—¡Brindaremos por ti! —resopló Rodrigo.

José rió y simuló llevarse un vaso a los labios.

—Es mucho más joven que vuestros caballos —se defendió el morisco.

—Deberías haberlo tenido en consideración a la hora de soltar bravatas —le advirtió el lacayo de don Diego—. ¿No pretenderás retractarte?

—¡Vosotros lo sabíais! He elegido mal la distancia.

Rodrigo se acercó a él y le golpeó en el hombro.

—Pues eso te costará dinero.

Los animales empezaron a respirar con normalidad y se dispusieron a volver a la ciudad. Entonces Rodrigo les llamó la atención.

—¡Mirad! —exclamó señalando hacia la espesura.

La grupa y los cuartos traseros de una yegua sobresalían por debajo de unos matorrales. Se acercaron y desmontaron. José y Rodrigo se dirigieron a inspeccionar el cadáver de la yegua, mientras Hernando quedaba al cuidado de los caballos.

—Es una de las más viejas —comentó José desde el lugar en el que yacía el animal. Los dos volvieron a donde esperaba Hernando y montaron de nuevo—. Pero dio muy buenos potros —afirmó a modo de epitafio—. Nosotros volveremos a Córdoba —añadió dirigiéndose al morisco—, tú ve en busca del yegüero y dile que aquí tiene un cadáver. Vuelves con él, y cuando haya desollado a la yegua, te llevas la piel para mostrársela al administrador y que la dé de baja en los libros. ¡Ah, y apresúrate antes de que alguna alimaña se ensañe con el cadáver y desaparezca la marca del hierro del rey!

Si algún carroñero atacase el cadáver allí donde la yegua se hallaba herrada con la «R» coronada y ésta desapareciese, sería imposible acreditar su muerte ante el administrador y los yegüeros se encontrarían en un verdadero problema.

El pellejo de la yegua muerta con su hierro bien visible, que Hernando llevaba cruzado por delante de la montura, apestaba igual que aquellas que transportara desde el matadero a la curtiduría hacía más de siete años. ¡Cómo había cambiado su vida en ese tiempo! Encontrar al yegüero, volver al alcornocal y desollar el cadáver le llevó casi todo lo que restaba del día; cuando terminó, el sol se escondía ya, jugando con la silueta que se adivinaba de Córdoba: la catedral emergiendo de la mezquita, el alcázar, la torre de la Calahorra y los campanarios de las iglesias iluminadas con un resplandor rojizo por encima de las casas. El silencio en el campo era casi absoluto y se movían al paso. Corretón pisaba con suavidad como si fuera consciente del hechizo. Hernando suspiró. El caballo volteó las orejas hacia él, sorprendido, y el jinete le palmeó el cuello.

Hacía cerca de año y medio un joven domador había sufrido un accidente en las dehesas; un toro al que corría derribó al caballo y corneó al hombre en la entrepierna.

Los jinetes que le acompañaban trasladaron a Alonso, que así se llamaba el accidentado, a las caballerizas reales. Sangraba en abundancia, si bien no parecía que el asta hubiera afectado a zonas vitales. Con todo, cuando llegó el cirujano a las cuadras y se enfrentó a la herida que mostraba en la entrepierna y diagnosticó que tendría que intervenir en la zona del glande del miembro de Alonso, éste no se dejó tocar hasta que un escribano público acudiese y, antes de ser tocado por el cirujano, diese fe de que su miembro no estaba retajado. Hernando fue quien tuvo que correr en busca del escribano público. Temió que Alonso se desangrase en el tiempo en que tardaba el funcionario en responder y ponerse en marcha, pero a nadie parecía importarle aquella posibilidad: todos los presentes, incluido el cirujano, admitieron como lógica la exigencia de Alonso. ¡Era más importante no parecer un judío o musulmán que la propia vida! Para su sorpresa, el escribano venció la pereza nada más escucharle, le entregó sus papeles e instrumentos de escritura para que los llevase y corrió a las cuadras donde, volcado en la entrepierna del herido, siguió con interés los dedos y las explicaciones del cirujano entre la sangre y la carne desgarrada, para comprobar personalmente que el tal Alonso efectivamente no estaba previamente descapullado. Entonces levantó acta de que durante aquella intervención y por motivos médicos, al decir del cirujano, había sido necesario proceder a cortar el prepucio del miembro del jinete. Luego entregó el documento al enfermo, que lo agarró como si en ello le fuera la vida… o el honor.

—No creo que Alonso pueda volver a montar en algún tiempo —comentó don Diego a su lacayo tras firmar el documento público en calidad de testigo—. ¿Sabes montar? —le preguntó de sopetón a Hernando, que todavía permanecía junto al escribano.

—Sí… —titubeó éste ante la oportunidad que tanto deseaba.

Don Diego comprobó su afirmación montándole en un caballo de cuatro años, presto a ser entregado al rey. Entonces, tan pronto como sintió entre sus piernas el poderío de uno de aquellos animales, resonaron en su cabeza todos y cada uno de los consejos de Aben Humeya: erguido; recto; orgulloso, sobre todo orgulloso; suave en la mano; son tus piernas las que mandan; enérgico sólo si es necesario; ¡baila! ¡Baila con tu caballo! ¡Siéntelo como si fuera parte de ti! Y bailó con el caballo, pidiéndole los movimientos que durante mil días había observado que los jinetes expertos obtenían de sus monturas mientras los trabajaban en el patio de caballos o en los soportales, el picadero cubierto que el rey mandó construir para proteger a los animales del clima extremo de los veranos e inviernos. Él mismo se sorprendió de la respuesta del caballo a sus piernas y a su mano, extasiándose con los aires y la doma de aquel ejemplar de pura raza española.

—Tiene el mismo instinto, el mismo arte que pie a tierra con los potros —comentó don Diego a José y Rodrigo mientras contemplaban las evoluciones de jinete y caballo—. Enseñadle. Enseñadle cuanto sabéis.

Y los domadores le enseñaron. También lo hizo don Julián en la biblioteca de la catedral de Córdoba, que el cabildo había decidido trasladar ese mismo año. De la mano del sacerdote, Hernando profundizó en el conocimiento de la lengua sagrada hasta llegar a dominar el árabe culto. Acudía a la mezquita por las noches, después de haber trabajado en las caballerizas, cuando el trasiego de sacerdotes y personas disminuía, antes de los oficios de completas, a veces incluso después, y de que se cerraran las puertas del templo. Don Julián era el último de los sacerdotes que los mudéjares primero, y los moriscos después, una vez que el cardenal Cisneros y los Reyes Católicos ordenaron su expulsión o conversión forzosa, lograron introducir de forma subrepticia en la gran mezquita cordobesa.

—Desde que el rey Fernando conquistó Córdoba y la mezquita cayó en manos cristianas —le explicó don Julián con su voz dulce, sentados los dos solos en una mesa de la biblioteca, cabeza con cabeza, frente a unos documentos y a una lámpara—, casi siempre ha existido un musulmán disfrazado con los hábitos de sacerdote. Nuestra función ha sido la de orar en este recinto sagrado, aunque sea en silencio, así como enterarnos de lo que opina la Iglesia, lo que piensa hacer, y advertir de ello a todos nuestros hermanos. Sólo desde dentro de sus iglesias y de sus cabildos puede conseguirse todo esto.

—¡No pretenderéis que yo me ordene sacerdote! —se sorprendió Hernando.

—No, claro que no. Por desgracia, infiltrar a nuevos musulmanes entre los religiosos cristianos es ya casi imposible. Los expedientes de limpieza de sangre y las informaciones que tienen que ofrecerse para acceder a cualquier cargo en el cabildo catedralicio se han complicado con el tiempo.

Hernando conocía los expedientes de limpieza de sangre. Se trataba de procedimientos administrativos por los que una persona debía acreditar que entre sus antepasados no existía ningún converso musulmán o judío. La limpieza de sangre se convirtió en España en un requisito imprescindible para acceder no sólo al clero, sino a cualquier cargo público.

—El estatuto de limpieza de sangre de esta catedral —continuó diciendo don Julián— fue aprobado en agosto de 1530, si bien no fue ratificado por bula papal hasta más de veinte años después, aunque durante ese lapso hubiera venido aplicándose por orden del emperador Carlos. En los tiempos en los que yo superé esa prueba, hace unos cuantos años ya —el viejo sacerdote meneó la cabeza como si le pesase el recuerdo—, un expediente alcanzaba las doce hojas y la información era bastante somera. Hoy alcanzan hasta las doscientas cincuenta hojas y más, e incluyen precisas investigaciones acerca de padres, abuelos y demás antepasados; lugares de residencia, cargos, vida… En fin, dudo mucho que cuando yo falte, si es que no me descubren antes, podamos continuar con esta artimaña. Debemos por lo tanto fortalecer aquellos mecanismos de protección que no dependan de nuestra presencia en las iglesias.

»Sólo en Granada es diferente —explicó el sacerdote—. Allí, el arzobispo se muestra renuente a aplicar los expedientes de limpieza de sangre. Granada todavía está poblada por grandes familias que proceden de la nobleza musulmana y que se integraron con la jerarquía cristiana en época de los Reyes Católicos: incluso hay sacerdotes, jesuitas o frailes que descienden de moriscos. Es realmente complicado aplicar en ese reino los estatutos de limpieza de sangre… Pero llegarán, también llegarán a ellos.

Durante los cinco años que llevaba trabajando con don Julián, Hernando había tenido oportunidad de conocer los mecanismos a los que se refería el sacerdote y que se ejercían a través del consejo compuesto por los tres ancianos de la comunidad: Jalil, Karim y Hamid, más don Julián, Abbas y él mismo. Reunirse los seis era sumamente complejo para Hamid, dada su condición de esclavo, pero además entrañaba un gran peligro, sobre todo para el clérigo, por lo que Hernando actuaba como mensajero entre todos ellos en aquellas situaciones excepcionales que requerían de una decisión conjunta. Dada la necesidad de acudir a la catedral por las noches, consiguió del escribano de las caballerizas una cédula especial que le permitía una libertad de movimientos de la que raramente disponían los demás moriscos de Córdoba.

Así sucedió nada más iniciar su labor con el bibliotecario. En 1573, la comunidad musulmana tuvo conocimiento de que se preparaba un levantamiento en Aragón; las noticias llegaban a través de los monfíes y de los arrieros que se desplazaban de un lugar a otro.

Los moriscos de aquel reino se habían puesto en contacto con los hugonotes franceses prometiéndoles ayuda militar y económica si invadían Aragón. Nada más correr el rumor, muchos hombres de Córdoba y sus lugares se mostraron dispuestos a acudir a Aragón para alzarse en armas contra los cristianos. El consejo decidió aplacar aquellos ánimos y rogó a los creyentes de toda Córdoba que se mantuvieran a la expectativa y no adoptaran decisiones precipitadas. Dos años después, el francés que había actuado de intermediario entre hugonotes y moriscos fue detenido por la Inquisición y confesó bajo tortura. El conde de Sástago, virrey de Aragón, ordenó también que los inquisidores detuviesen y torturasen a moriscos elegidos al azar de las poblaciones del reino, para comprobar la certidumbre de los planes.

En diciembre de 1576 se repitieron los sucesos: circulaban copias de una carta del sultán de la Sublime Puerta en la que se anunciaba la llegada de tres flotas musulmanas que desembarcarían al mismo tiempo en Barcelona, Denia y Murcia. En mayo del siguiente año, la Inquisición se hizo con una carta del beylerbey de Argel en la que advertía a los moriscos españoles de que la flota no llegaría hasta agosto y que su desembarco coincidiría con una invasión desde Francia, instando a los moriscos a ganar las montañas cuando sucediese. Sin embargo, en aquel octubre de 1578 nada se sabía de flotas o desembarcos.

—Nuestros hermanos en la fe sólo se preocupan de sus más próximos intereses —afirmó Karim. Era domingo y, tras la misa, inusualmente, habían logrado reunirse todos salvo don Julián, en casa de Jalil. Se hallaban sentados en el suelo, sobre esteras, mientras los jóvenes vigilaban en la calle de los Moriscos la posible llegada de jurados o sacerdotes. La dura aseveración de Karim logró que Hamid y Jalil bajaran la mirada; Abbas hizo ademán de contradecirlo, pero Karim se lo impidió—. No, Abbas, es cierto. En el levantamiento de las Alpujarras se limitaron a enviarnos corsarios y delincuentes, mientras que las tropas que nos prometieron atacaban Túnez y el sultán invadía Chipre. No hace mucho que los argelinos han vuelto a ocupar Túnez y Bizerta y han logrado expulsar a los españoles de La Goleta, y en cuanto al sultán…

—Hace ya tiempo que el sultán llegó a un acuerdo con el rey Felipe para que la flota turca no ataque los puertos del Mediterráneo —le interrumpió Hernando. Los tres ancianos lo miraron, sorprendidos, y Abbas soltó un bufido de incredulidad—. Quien vosotros sabéis —ni siquiera en la intimidad querían nombrar a don Julián; sólo ellos cinco sabían en Córdoba quién era en realidad el sacerdote— ha tenido conocimiento de esa circunstancia. Se trata de acuerdos secretos. El rey no quiere mandar una embajada formal y ha enviado a un caballero milanés para que negocie la paz; hasta tal punto se desea mantener el secreto de la negociación que el milanés se mueve por Constantinopla ataviado con ropas de esclavo. El rey Felipe no quiere que los franceses interfieran en sus negociaciones y tampoco que la cristiandad le considere un traidor por pactar la paz con los herejes, pero es así. Los turcos han desviado sus esfuerzos hacia Persia, con la que están en guerra, por lo que se hallan tan interesados como los cristianos en esos acuerdos de paz.

—Eso significa… —empezó a decir Karim.

—Que todas las promesas de liberación para con nuestro pueblo son nuevamente falsas —terminó la frase Hamid.

Hernando escuchó al alfaquí con el estómago encogido. Hamid había hecho un esfuerzo para hablar. Sus palabras fueron firmes, cortantes y secas, pero tras ellas pareció vaciarse. Envejecía; envejecía con una rapidez inusitada.

Durante unos instantes el silencio dominó la estancia en la que se encontraban, cada cual sopesando aquella realidad.

—¡No debe conocerse! —exclamó al fin Karim—. La comunidad no debe conocer esas circunstancias…

—¿De qué serviría? —le interrumpió Hernando.

—No podemos negarles la esperanza —terció Jalil, sumándose a las palabras de su compañero. Hernando observó cómo Hamid asentía—. Es lo único que nos queda. La gente habla de turcos, argelinos y corsarios con los ojos brillantes, encendidos. ¿Qué podríamos hacer sin su ayuda? ¿Alzarnos de nuevo? —Jalil golpeó al aire, violentamente, con una mano—. No tenemos armas y controlan hasta nuestro más mínimo movimiento. Si en nuestro terreno, en la fragosidad de las sierras, armados y entusiastas, sufrimos una derrota, ¡ahora nos aniquilarían! Si les despojamos de la esperanza que supone esa ayuda de la Sublime Puerta, la gente caerá en la desesperación y se lanzará a los brazos de los cristianos y de su religión, y eso es lo que pretenden. Debemos mantener viva esa ilusión. Todas nuestras profecías así lo anuncian: ¡los musulmanes volveremos a reinar en al-Andalus!

Hernando se vio obligado a convenir con aquella postura.

—Dios, el que otorga poder, el que humilla —sentenció Hernando, cruzando su mirada con Hamid—, nos protegerá.

Hernando y Hamid se hablaron con los ojos; los demás respetaron aquel momento de comunión.

—Dios —susurró entonces el alfaquí, cantando, igual que en las Alpujarras— extravía al que quiere y dirige al que quiere. Que tu alma, ¡oh Muhammad!, no se suma en la aflicción sobre su suerte. Dios conoce sus acciones.

Transcurrieron otros instantes en silencio.

—Continuemos pues aceptando las promesas de ayuda que nos llegan por parte de los turcos —fue Jalil quien rompió el hechizo producido tras las palabras de Hamid—. Finjamos acogerlas con esperanza pero tratemos a la vez de que nuestros hombres no se sumen a proyectos ilusorios.

Dieron por cerrada la sesión y Abbas ayudó a Hamid a levantarse. Por precaución, acostumbraban a abandonar por separado los lugares en los que se reunían, concediéndose un tiempo de espera entre la partida de uno y otro. Hamid renqueó hasta la puerta de la casa.

—Apóyate en mí —le indicó Hernando, al tiempo que le ofrecía su antebrazo.

—No debemos…

—Un hijo siempre se debe a su padre. Es la ley.

Hamid cedió, forzó una sonrisa y se apoyó en el brazo que le ofrecía. El herraje que marcaba su condición de esclavo aparecía desdibujado en un rostro surcado por mil estrías.

—Con el tiempo va desapareciendo, ¿verdad? —comentó ya en la calle, consciente de que Hernando miraba de soslayo aquella señal infamante.

—Sí —reconoció éste.

—Ni siquiera la esclavitud puede vencer a la muerte.

—Pero todavía se pueden reconocer con claridad los contornos de esa letra —trató de animarle Hernando al tiempo que se despedía con un gesto casi imperceptible de uno de los vigilantes que continuaba simulando que jugaba en la calle de los Moriscos.

Hamid caminaba despacio, disimulando el dolor que le producía su pierna maltrecha. El cielo aparecía gris y pesado. Rodearon la iglesia de Santa Marina por su parte trasera y descendieron por las calles Aceituno y Arhonas para llegar a la zona del Potro y así evitar las concurridas calles cercanas a la de Feria, empedradas algunas de ellas, por donde los domingos paseaban las gentes de Córdoba. Además, pensó Hernando, en aquella zona de la Ajerquía era menos probable que se toparan con algunos jóvenes nobles que hubieran decidido cortejar a alguna señorita corriendo un toro frente a su ventana; Hamid no hubiera podido escapar. Sin embargo, ese año de 1578, igual que el anterior, la sequía había asolado Córdoba aun en octubre, y la falta de lluvia provocaba un fuerte olor de los pozos negros en una zona en la que no existía el alcantarillado, pestilencia a la que se sumaba el hedor que despedían los muchos muladares donde la población depositaba las basuras. El paseo, por tanto, no tuvo nada de agradable.

—¿Cómo está tu familia? —se interesó Hamid.

—Bien —contestó Hernando. En los cinco años de matrimonio él y Fátima habían tenido dos hijos—. Francisco —al mayor le llamó Francisco en honor a Hamid, sin ningún nombre musulmán por miedo a que los niños pudieran llegar a utilizarlos— crece sano y fuerte; e Inés está preciosa. Cada vez se parece más a su madre; luce sus ojos.

—Si además llega a parecerse a ella en el carácter —añadió el alfaquí reconociendo la labor de Fátima—, será una gran mujer. Y Aisha, ¿ha superado…?

—No —se le adelantó Hernando—, no lo ha superado.

Habían tenido oportunidad de hablar de Aisha en otras ocasiones. Cuando salió de la cárcel y se hizo cargo de su nueva situación tras la fuga de Brahim, también aceptó que, dadas las circunstancias, nunca más podría tener a un hombre a su lado. Entonces Hernando le explicó que la ley morisca establecía que la ausencia durante un plazo de cuatro años sin noticia alguna del marido le daba derecho a pedir su divorcio al consejo.

—También tendría que hacerlo ante el obispo —rebatió ella—. Ese nuevo matrimonio no tendría validez ante los cristianos. Brahim es un prófugo declarado; así lo manifesté una vez detenida sin pensar en las consecuencias que ello podría acarrearme en el futuro. El obispo jamás me permitiría contraer nuevo matrimonio… y yo jamás me someteré a su juicio. Tampoco necesito volver a casarme.

Decidida a que Shamir ignorara la verdad sobre su padre, Aisha pergeñó una historia que le contaría cuando el niño tuviera edad de preguntar: un relato en el que era hijo de un héroe, muerto en las Alpujarras durante la revuelta de los moriscos; un relato en el que ella se mantenía fiel a la memoria de su esposo. Y a partir de aquel momento, Aisha se volcó en recuperar a su familia, a los hijos que los cristianos le habían robado nada más llegar a Córdoba. Lo habló con su primogénito.

—Tú eres ahora el jefe de la familia —le dijo—. Ganas un buen salario y tenemos dos habitaciones a nuestra disposición, algo que no tienen la gran mayoría de los moriscos. Ahora trabajas en la catedral —a diferencia de Fátima, su madre no conocía toda la verdad sobre lo que hacía en la biblioteca—, por lo que nadie podría alegar que tus hermanos no serían instruidos en la fe cristiana. Son tus hermanos. ¡Son mis hijos! ¡Quiero tenerlos a mi lado, como a ti y a Shamir!

¡Y los hijos del perro de Brahim!, pensó entonces Hernando. Sin embargo, calló. Las lágrimas que corrían por las mejillas de su madre, y la visión de sus manos entrelazadas, temblorosas, en espera de su decisión, fueron suficientes para que le prometiese hacer todo lo posible por encontrarlos y liberarlos. Musa debería contar por aquel entonces unos nueve o diez años y Aquil, unos quince. Comunicó a Fátima que iba a hacer lo que le pedía su madre; no le consultó ni le dio oportunidad de discutir. Habló con don Julián, se lo explicó y obtuvo una recomendación firmada por don Salvador, quien resultó ser el sochantre de la catedral, el encargado de cuidar de los libros del coro que estaban atados con cadenas a los sitiales; de arreglarlos cuando hacía falta o de encargar nuevos libros.

Don Salvador le examinó de sus conocimientos de lengua arábiga y con el tiempo, a veces veladamente, otras con descaro, lo hizo acerca de aquella aseveración que hiciera Abbas al presentarlo como un buen cristiano. El sochantre de la catedral quedó satisfecho de unas creencias y conocimientos que Hernando le mostró con firmeza y humildad a la vez, siempre en busca de sus consejos y explicaciones. Con ayuda de los sacerdotes, logró que el cabildo municipal le comunicase a qué familias habían sido entregados sus hermanos para su evangelización, pero en el momento en que todo estaba dispuesto para que les fueran devueltos, el ollero y el panadero, los piadosos cristianos que se habían hecho cargo de ellos, alegaron que los niños habían huido y con el fin de acreditarlo, mostraron sendas denuncias que en su día formularon ante el cabildo.

En realidad, como le explicó Hamid, los habían vendido, como a muchos otros. Fueron muchos los niños de todos los reinos españoles que, a pesar de ser menores de la edad fijada por el rey Felipe, habían sido esclavizados. Hamid le contó que algunos, al llegar a una determinada edad, pleiteaban y reclamaban su libertad, pero se trataba de un proceso largo y caro: muchos otros ni lo intentaban o ignoraban que pudieran hacerlo. En el caso de los hijos de Aisha, al no saber adónde los habían llevado o a quién los habían vendido, poco podía hacerse en su ayuda.

Aisha no pudo soportar la noticia y se hundió en una desesperación que con el paso del tiempo degeneró en una forma de vida apática, sin ilusión alguna. ¡En Córdoba le habían robado a dos de sus varones y en Juviles habían asesinado a sus dos hijas! Ni siquiera la presencia de Shamir conseguía sacarla de su ensimismamiento.

—No lo ha superado —repitió Hernando, y notó cómo Hamid le apretaba el antebrazo en señal de consuelo.

Discurrieron por delante de un gran mural en una de las paredes de un edificio que mostraba un Cristo crucificado. Varias personas rezaban; otras encendían velas a sus pies y un hombre que solicitaba limosna para el altar se dirigió a ellos. Hernando le entregó una blanca y se santiguó mientras musitaba lo que el hombre entendió como una plegaria. ¿Por qué permitía aquel Dios, que tan bueno y misericordioso le decían que era, que cuatro de sus hermanastros hubieran tenido tal fin? ¿Por qué le habían robado la libertad y los medios de vida a un pueblo entero? Observó que Hamid le imitaba y se santiguaba también, y continuaron con su camino.

Llegaron a la intersección de la calle de Arhonas con la de Mucho Trigo y la del Potro, allí donde se unían cinco de ellas formando una plazuela, y anduvieron hasta la mancebía en silencio.

—Y tú —se atrevió a preguntar Hernando unos pocos pasos más allá de la puerta de la mancebía—, ¿cómo te encuentras?

—Bien, bien —farfulló Hamid.

—¿Qué sucede? —insistió Hernando. Se detuvo y apretó la descarnada mano que reposaba en su antebrazo, dándole a entender que no le creía.

—Que me hago viejo, hijo. Eso es todo.

—¡Francisco! —El chillido sobresaltó a Hernando. Se volvió hacia la puerta de la mancebía y se encontró con una mujer grande, gruesa y de cabello grasiento, sudorosa y con las mangas dobladas por encima de los codos—. ¿Dónde estabas? —continuó la mujer a gritos, pese a que se hallaban a escasos pasos de ella—. Hay mucho que hacer. ¡Entra!

Hamid hizo ademán de entrar, pero Hernando le retuvo.

—¿Quién es? —le preguntó.

—¡Entra ya! ¡Moro! —insistió la mujer.

—Nadie… —Hernando apretó la mano que todavía agarraba—. La nueva esclava que se ocupa de las mujeres —cedió entonces Hamid.

—¿Significa eso…?

—Tengo que entrar, hijo. La paz sea contigo.

Hamid se desprendió de la mano de Hernando y renqueó hasta

la mancebía sin volver la vista. La mujer le esperó con los brazos en jarras. Hernando lo observó dirigirse a la mancebía con movimientos lentos y pausados; frunció el ceño y apretó los puños al imaginar los rictus de dolor que había visto reflejarse en sus facciones. Cuando el alfaquí pasó al lado de la mujer, ésta le empujó por la espalda.

—¡Apresúrate, viejo! —gritó.

Hamid trastabilló y estuvo a punto de caer al suelo.

Hernando sintió que se le revolvía el estómago. Permaneció allí quieto, con aquella desagradable sensación, hasta que la puerta del callejón de la mancebía se cerró a espaldas de la mujer. Entonces creyó oír más gritos e imprecaciones. Una nueva esclava: ¡Hamid ya no les era útil!

Varios hombres que transitaban por la calle del Potro le empujaron al pasar por su lado.

¿Qué sería de Hamid?, se preguntó al tiempo que empezaba a andar sin rumbo. ¿Cuánto tiempo haría que vivía en esa situación? ¿Cómo era posible que él no se hubiese dado cuenta, que no hubiera entendido el significado del dolor y resignación que mostraba su… padre? ¿Tanto le cegaba a uno la felicidad como para no percatarse del dolor ajeno?

—¡Ingrato! —La exclamación sorprendió a uno de los mesoneros de la plaza del Potro, adonde Hernando había caminado sin desearlo. El hombre observó durante unos instantes al recién llegado, como sopesándolo: bien vestido, con sus borceguíes de jinete, uno más de los variopintos personajes que se movían por la zona—. ¡Desagradecido! —se recriminó Hernando. El mesonero torció el gesto.

—¿Un vaso de vino? —le propuso—. Cura las penas.

Hernando se volvió hacia el hombre. ¿Qué penas? ¡Él nunca había sido más feliz! Fátima le adoraba y él le correspondía. Charlaban y reían, hacían el amor a la menor oportunidad, y trabajaban por la comunidad, los dos; nada les faltaba, y se sentían plenos y satisfechos, ¡orgullosos! Veían crecer a sus hijos sanos y fuertes, alegres y cariñosos. Y mientras tanto, Hamid… Un vaso de vino, ¿por qué no?

El mesonero llenó por segunda vez el vaso, después de que Hernando lo escanciase de un solo trago.

—¿El moro viejo de la mancebía? —inquirió cuando Hernando, con los sentidos nublados por los dos vasos de vino de los que había dado cuenta, le preguntó por él.

Hernando asintió con tristeza.

—Sí, el moro viejo…

—Está en venta. Hace tiempo que el alguacil intenta deshacerse de él para ahorrarse los restos de comida con que le tiene que alimentar. Cada noche se lo ofrece a todo aquel que pasa por el Potro.

¡Hacía tiempo que intentaban venderlo! ¿Por qué Hamid no le había dicho nada? ¿Por qué había permitido que esas mismas noches, mientras el alguacil mercadeaba con él, su hijo durmiera tranquilo junto a su esposa, satisfecho, dando gracias a Dios por todo lo que había conseguido?

—Nadie quiere comprarlo. —El mesonero soltó una carcajada al tiempo que volvía a llenar el vaso de vino—. ¡No sirve para nada!

Hernando dejó el vaso que inconscientemente se había llevado a los labios y renunció a un nuevo trago. ¿Qué decía aquel hombre? ¡Estaba hablando de un maestro! «Niños, Hamid me enseñó…» Centenares de veces había iniciado una conversación con ellos utilizando aquella frase. Sólo eran criaturas, pero él se deleitaba contándoles cosas. Y en aquellos momentos Fátima agarraba su mano y la apretaba con inmensa ternura, y su madre dejaba vagar los recuerdos hacia aquel pequeño pueblo de la sierra alpujarreña, y los niños le miraban con los ojos abiertos, atentos a sus palabras; quizá su edad no les permitiese entender qué era lo que pretendía transmitirles, pero Hamid siempre estaba allí, con ellos, en los momentos más íntimos, en los de mayor felicidad, con la familia reunida, sana, sin hambre, con sus necesidades cubiertas. ¿Y decían que no servía para nada? ¿Cómo podía no haberse dado cuenta?, volvió a recriminarse. ¿Cómo podía haber estado tan ciego?

—¿Por qué? —le sorprendió el mesonero—. ¿Acaso te interesa ese anciano inválido?

Hernando alzó el rostro y le miró a los ojos. Sacó una moneda que dejó en el mostrador, meneó la cabeza y se dispuso a abandonar el local; sin embargo…

—¿Cuánto pide el alguacil por el esclavo?

El hombre se encogió de hombros.

—Una miseria —contestó al tiempo que sacudía indolentemente una mano.

—Nos pidió…, nos exigió que no te lo contásemos. —Tal fue la explicación que le proporcionó Abbas.

Hernando se había encaminado a la herrería nada más traspasar el portalón de entrada de las caballerizas, después de hablar con el mesonero.

—¿Por qué? —llegó casi a chillar. Abbas le rogó que bajase la voz—. ¿Por qué? —repitió en otro tono—. La comunidad continúa liberando esclavos. Yo mismo contribuyo. ¿Por qué no él? Me han dicho que piden una miseria. ¿Te das cuenta? ¡Una miseria por un hombre santo!

—Porque no quiere. Quiere que se libere a los jóvenes. Y esa miseria que te han dicho, lo sería si el alguacil lo vendiese a otro cristiano, pero si se entera de que somos nosotros quienes pretendemos liberarlo, el precio no será el mismo. Bien sabes que eso es lo que sucede: por cualquiera de nuestros hermanos pagamos precios muy superiores a los de venta.

—¿Qué importa si cuesta dinero? Ha dedicado toda su vida a trabajar para nosotros. Si alguien merece ser liberado, ése es Hamid.

—Estoy de acuerdo contigo —concedió Abbas—, pero hay que respetar su decisión —añadió antes de que Hernando se lanzase a discutir—, y ésa es la de que no se invierta en su persona.

—Pero…

—Hamid sabe lo que se hace. Tú mismo lo has dicho: es un hombre santo.

Abandonó la herrería sin despedirse. ¡No iba a permitirlo! Algunos cristianos, sobre todo mujeres piadosas, liberaban a sus esclavos si éstos ya no les eran útiles, pero esa actitud no era la propia del alguacil de la mancebía; el hombre aguantaría a Hamid hasta que alguien le ofreciese algún dinero por él, el que fuese. El tráfico de carne humana era uno de los negocios más prósperos y rentables de la Córdoba de aquel siglo y no sólo para los tratantes profesionales, sino para cualquiera que dispusiese de un esclavo. Todos negociaban con sus esclavos y obtenían pingües beneficios. Pero quien adquiriese a Hamid, aun cojo, viejo y dolorido, con toda seguridad no lo haría para tenerlo inactivo; le obligaría a trabajar para recuperar su inversión... y quizá en algún lugar alejado de Córdoba. Por más que se empeñase, el alfaquí no merecía tal destino en el final de sus días. Ni él tampoco lo merecía, reconoció para sus adentros mientras se dirigía a sus habitaciones en el piso superior. ¡Necesitaba a Hamid! Necesitaba verle y charlar con él aunque fuese sólo de vez en cuando. Necesitaba sus consejos y, sobre todo, saber que siempre estaba allí para dárselos. Necesitaba disfrutar en Hamid del padre que no tuvo en su infancia.

Habló con Fátima y ella le escuchó con atención. Una vez se hizo el silencio, Fátima sonrió y acarició una de sus mejillas.

—Libérale —susurró—. Cueste lo que cueste. Ahora te ganas bien la vida. Saldremos adelante.

Así era, se dijo Hernando mientras cruzaba el puente romano en dirección a la torre de la Calahorra. Con aquellos pensamientos, indiferente, mostró su cédula especial a los alguaciles que controlaban el tráfico en el puente. Le habían aumentado la paga hasta los tres ducados mensuales más diez fanegas de buen trigo al año; aunque era menos de lo que cobraban los domadores antiguos, e incluso Abbas como herrador, para ellos suponía un sueldo más que generoso. Fátima ahorraba moneda a moneda, como si aquella bonanza pudiera finalizar en el momento más inesperado.

En los días de fiesta, el campo de la Verdad se llenaba de cordobeses que paseaban por la ribera del río, contemplando la línea de tres molinos asentados en el Guadalquivir, de orilla a orilla, río abajo del puente romano o buscando el sosiego de los campos que se abrían más allá del barrio extramuros. Dada aquella afluencia de gente y pese a ser domingo, los tratantes de caballos y mulas mostraban sus animales en venta por si alguno de los ciudadanos se animaba a comprar.

Juan el mulero andaba encorvado, y eso le hacía parecer más bajo de lo que era. Le sonrió mostrando unas encías descarnadas en las que Hernando echó en falta muchos de los dientes negros que el hombre tenía cuando lo conoció.

—¡El gran jinete morisco! —le saludó el mulero. Hernando se sorprendió—. ¿Te extraña? —añadió Juan, golpeándole cariñosamente en la espalda—. Sé de ti. De hecho, mucha gente sabe de ti.

Hernando nunca había pensado en aquella posibilidad. ¿Qué más sabría la gente de él?

—No es usual que un muchacho morisco termine montando los caballos del rey... y trabajando en la catedral. Algunos de los tratantes con quienes hiciste negocio —explicó Juan, guiñándole un ojo— utilizan tu nombre para atraer a los compradores. ¡Este caballo lo domó Hernando, el jinete morisco de las caballerizas reales!, se jactan ante el interés de la gente. Yo había pensado decir que también habías montado mis mulas, pero no sé si daría resultado.

Los dos rieron.

—¿Cómo te van las cosas, Juan?

—*La Virgen Cansada* falleció por fin —le dijo al oído, tomándole del brazo con familiaridad—. Se hundió lenta y solemnemente, como corresponde a una señora, pero por fortuna lo hizo cerca de la ribera y pudimos recuperar los barriles.

—¿Continuaste traficando después de que...?

—¡Mira qué mula! —le indicó Juan haciendo caso omiso de la pregunta. Hernando examinó el ejemplar. En apariencia se trataba de un buen animal, limpio de cañas, con buen hueso y fuerte. ¿Qué defecto escondería?—. ¿Quizá el caballerizo real quiera comprar alguna buena mula? —bromeó el tratante.

—¿Quieres ganarte un par de blancas? —le lanzó entonces, recordando la misma propuesta que en su día le hiciera a él el mulero.

Juan se llevó la mano al mentón, receloso, y volvió a exhibir sus encías descarnadas.

—Empiezo a ser viejo —aseveró—. Ya no puedo correr...

—¿Tampoco puedes disfrutar de las mujeres? ¿Qué hay de aquel burdel en Berbería?

—Me ofendes, muchacho. Todo español que se precie pagaría por terminar sus días montado sobre una buena hembra.

Hernando costearía el placer del mulero. Ése fue el trato que acordaron frente a una jarra de vino en un mesón cercano a la catedral. Juan se mostró dispuesto a colaborar, sobre todo cuando el joven le explicó el porqué de su interés en el esclavo tullido de la mancebía.

—Es mi padre —le dijo.

—Siendo así, lo haría gratis —afirmó el mulero—, pero mereces pagar tu impertinencia sobre mi virilidad. No debe quedar un ápice de duda a ese respecto —ironizó.

—¿Cómo podría saber que no me engañas y que en realidad no has hecho más que dormirte como un niño en el regazo de una de esas mujeres? Yo no estaré allí —contestó, siguiéndole la broma.

—Muchacho, párate en la plaza del Potro, junto a la fuente, y aun en la distancia y por encima de la algarabía del lugar, podrás escuchar los gemidos de placer...

—Hay muchas mujeres en la mancebía, muchas boticas. ¿Y si no es la tuya la que...?

—Mi nombre, muchacho, escucharás cómo grita mi nombre.

Hernando lo recordó remando de vuelta en *La Virgen Cansada*, la chalupa anegada de agua y la bogada cada vez más corta y pesada. Ya entonces era bajo y delgado y, sin embargo, ¡llegaban a la orilla! Asintió con la cabeza, como si reconociese la vitalidad de Juan, antes de continuar.

—El alguacil no debe sospechar que estás interesado en... el esclavo. Quiere venderlo y lo dará por el precio que sea. Por supuesto, tampoco debe enterarse de que hay moriscos tras la operación. Y mi padre... mi padre tampoco debe saber nada. —El mulero frunció el ceño—. No quiere que gastemos nuestro dinero en un viejo —explicó—, pero yo no puedo permitirlo. ¿Me entiendes?

—Sí. Te entiendo. Déjalo en mis manos. —Juan alzó el vaso de vino—. ¡Por los buenos tiempos! —brindó.

El lunes al anochecer, Juan el mulero entró en la mancebía y mostró una bolsa con varias coronas de oro que le había proporcionado Hernando, fanfarroneando de que ese día había cerrado la mejor operación de su vida. El alguacil celebró su fortuna y rió con él mientras le cantaba las excelencias de las mujeres que trabajaban en las boticas que se abrían a ambos lados del callejón; algunas esperaban en las puertas, exhibiéndose, hasta que el mulero se decidió por una joven muchacha morena entrada en carnes y se perdió con ella en el interior de una pequeña casa de un solo piso y de una sola estancia en la que la cama arrinconaba a un par de sillas y un mueble con una jofaina.

Por su parte, Hernando se excusó con don Julián y aquella noche volvió a vagabundear entre la gente que siempre llenaba la plaza del Potro, sintiendo cierta nostalgia al escuchar los gritos, las chanzas, las apuestas e incluso al presenciar las usuales reyertas.

Desde hacía algo más de un año, la plaza del Potro y sus alrededores se hallaba más poblada que nunca. A los usuales vagabundos, tahúres, aventureros, soldados sin capitán o capitanes sin soldados —todo tipo de gentes de mal vivir que acudían a ella como un faro que les llamaba—, a los pobres y desahuciados que hacían noche en sus viajes por el camino de las Ventas hacia la rica y lujosa corte de Madrid para obtener alguna prebenda, y a los que se dirigían a Sevilla con la intención de embarcar hacia las Indias en busca de fortuna, se sumó un ingente número de indeseables que el virrey de Valencia había expulsado sin contemplaciones de sus tierras, y que emigraron a Cataluña o Aragón, a Sevilla —donde ya pocos más podían sobrevivir— o a Córdoba.

Y él, Hernando, se había puesto en manos de uno de aquellos personajes.

—¿Confías en el mulero? —le había preguntado Fátima mientras le entregaba los quince ducados en monedas de oro cuidadosamente atesorados en el arcón, en una bolsa junto al Corán.

¿Confiaba? Hacía ya varios años que no trataba con Juan.

—Sí —afirmó convencido con los recuerdos agolpándose en su

cabeza. Confiaba más en aquel sinvergüenza que en cualquiera de los cristianos de Córdoba. Habían vivido juntos el peligro, la tensión y la incertidumbre. Aquél era un lazo difícil de romper.

Juan disfrutó del placer que le proporcionó Ángela, la joven morena, hasta que, ya satisfecho, derramó intencionadamente una jarra de vino sobre las sábanas del lecho.

—¡Que las cambien! —bramó simulando estar borracho.

—¿No has tenido suficiente? —se extrañó la muchacha.

—Muchacha, yo te diré cuándo tenemos que parar. ¿Acaso no pago?

Ángela se echó una capa por encima y se asomó a la puerta.

—¡Tomasa! —chilló, descubriendo una voz mucho más tosca que la que utilizaba con los clientes—. ¡Sábanas limpias!

Hernando había puesto al corriente al mulero acerca de la existencia de aquella mujer, pero lo que no le contó era que Tomasa le sacaba una cabeza y podía llegar a pesar el doble que él. Cuando aquella mujerona apareció por la puerta con la muda, Juan se acoquinó y se sintió ridículo con sus calzas raídas por toda indumentaria.

Tenía pensado amedrentarla hasta convencerla de que mandase llamar al padre de Hernando, necesitaba estar con él como segunda parte de su plan, pero a la sola vista de los fuertes antebrazos arremangados de la mujer, se echó atrás. Una bofetada de Tomasa dolería más que la patada de una mula.

La mujer se inclinó para arrancar las sábanas manchadas y le ofreció un culo enorme. ¡Tenía que ser entonces! Si llegaba a arreglar la cama…

¡Por Hernando!

Apretó los pocos dientes que le quedaban y con las dos manos abiertas le hincó los dedos en las nalgas.

—¡Dos hembras! —gritó al tiempo—. ¡Santiago! —aulló al contacto del duro trasero de la mujer.

Ángela estalló en carcajadas. Tomasa se volvió y lanzó una bofetada al mulero, pero Juan ya la esperaba y la esquivó; luego saltó sobre ella y hundió el rostro en sus grandes pechos. Quedó como una garrapata: agarrado a Tomasa con brazos y piernas, sin llegar a rodear por completo aquel inmenso talle. Ángela continuaba riendo y Tomasa trataba infructuosamente de librarse del bicho que tenía pegado al cuerpo y que rebuscaba con la boca entre sus pechos. Juan encontró uno de los pezones de la mujer y lo mordió. El mordisco fue como un revulsivo y Tomasa lo empujó con tal fuerza, que el mulero salió disparado contra la pared. La mujer, ofuscada y dolorida, trató de remendar el maltrecho corpiño que la violenta búsqueda de su pezón casi había desgarrado.

—¡Pre… preciosa! —exclamó Juan, boqueando en busca del aire que le faltaba por el golpe contra la pared.

Varias mujeres se habían arremolinado en la puerta sumándose a las carcajadas de Ángela. Enrojecida, Tomasa paseaba la mirada de Juan a las mujeres.

El mulero hizo lo que le pareció el último esfuerzo que podría hacer en su vida y volvió a dirigirse hacia Tomasa, relamiéndose libidinosamente el labio superior. La mujer lo esperaba con el ceño fruncido, intentando arremangarse todavía más unas mangas prontas a reventar.

—¡Basta! Ya sabía yo que con una mujer atendiendo a las muchachas, un día u otro sucedería esto —se escuchó desde la puerta. Juan no pudo impedir que surgiera un suspiro de su boca ante la aparición del alguacil de la mancebía—. ¡Fuera! —gritó a Tomasa—. Dile a Francisco que se ocupe él de la cama.

Alertado por el escándalo, Hamid no tardó en llegar. Las demás mujeres ya se habían marchado cuando el viejo, renqueante, entró en la habitación. Sólo Ángela seguía allí.

—¿Un moro? —gritó el mulero, encarándose con Hamid—. ¿Cómo osáis mandarme un moro para que toque las sábanas en las que voy a yacer? —añadió volviéndose hacia Ángela—. ¡Ve a buscar al alguacil!

La muchacha obedeció y corrió en busca del alguacil. Ahora venía la parte más difícil, pensó el mulero. Sólo tenía quince ducados para comprar al esclavo. No había querido borrar la sonrisa ni apagar el brillo de los ojos azules del muchacho al confiarle aquella cantidad, que a buen seguro constituía toda su fortuna, pero los esclavos de más de cincuenta años se vendían en el mercado a treinta y dos ducados pese a que poco rendimiento se podía esperar de hombres de esa edad. ¿A cuánto ascendería la miseria que esperaba obtener el alguacil y de la que le había hablado Hernando?

Hamid se extrañó de que tras el violento recibimiento prodigado por el mulero, ahora éste estuviera pensando en silencio, parado frente a él como si no existiera. Trató de esquivarlo para hacer la cama, pero Juan le detuvo.

—No hagas nada —le ordenó. ¿Qué más daba ya si aquel hombre podía sospechar qué era lo que iba a suceder y quién estaba detrás de todo ello?—. Quédate donde estás y en silencio, ¿entendido?

—¿Por qué debería…? —empezó a preguntar Hamid cuando Ángela y el alguacil accedieron a la botica.

—¿Un moro? —volvió a gritar Juan—. ¡Me has enviado a un moro! —El mulero martilleó en el pecho de Hamid con un dedo—. Y para colmo me ha insultado. ¡Me ha llamado perro cristiano y adorador de imágenes!

Hamid perdió la compostura que le caracterizaba y alzó las manos.

—Yo no… —intentó defenderse.

—¡Nadie me llama perro cristiano! —Juan le abofeteó.

—Déjalo —le instó el alguacil interponiéndose entre ellos.

—¡Azótalo! —exigió Juan—. Quiero ver cómo lo castigas. ¡Azótalo ahora mismo!

¿Cómo lo iba a azotar?, se planteó el alguacil. El pobre Francisco no aguantaría vivo más de tres latigazos.

—No —se opuso.

—En ese caso acudiré a la Inquisición —amenazó Juan—. Tienes en tu establecimiento a un moro que insulta a los cristianos y que blasfema —agregó mientras empezaba a recoger sus ropas—. ¡La Inquisición lo castigará como merece!

Hamid permanecía quieto detrás del alguacil, quien miraba cómo Juan se vestía sin dejar de refunfuñar por lo bajo. Si el mulero lo denunciaba a la Inquisición, Francisco ni siquiera sobreviviría quince días en sus cárceles. Jamás llegaría con vida al siguiente auto de fe, por lo que nunca recuperaría un mísero real por aquel esclavo.

—Por favor —rogó a Juan—. No lo denuncies. Nunca se ha comportado así.

—No lo haría si tú lo castigases. Tú eres su propietario. Si ese esclavo hereje fuera mío lo...

—¡Te lo vendo! —saltó el alguacil.

—¿Para qué lo quiero? Es viejo... y tullido... y malhablado. ¿De qué me serviría?

—Te ha insultado —trató de provocarle el alguacil—. ¿Qué satisfacción obtendrás si es la Inquisición quien lo castiga? Se arrepentirá como hacen todos estos cobardes, se reconciliará y le condenarán simplemente a sambenito. Ya ves lo viejo que es.

Juan simuló pensar.

—Si fuese mío... —masculló para sí—, estaría recogiendo mierda de mula todo el día...

—Quince ducados —ofertó el alguacil.

—¡Estás loco!

Cinco ducados. Juan consiguió a Hamid por cinco ducados, cifra en la que, además, se permitió exigir que se incluyese el servicio de Ángela. Decidió no esperar a la mañana siguiente: en presencia de dos clientes de la mancebía como testigos pagó con las coronas de oro que llevaba en la bolsa y abandonó el burdel con Hamid a sus espaldas. Con todo, quedó con el alguacil para otorgar la correspondiente escritura de compraventa tan pronto como amaneciera.

Hernando estaba distraído escuchando la historia del asedio y toma de la ciudad de Haarlem producida hacía cinco años. Un soldado mutilado de los tercios de Flandes que había participado en ella y al que la gente, complacida, invitaba a beber, la narraba entre trago y trago. El soldado, casi ciego, lucía con orgullo los harapos con los que había luchado a las órdenes de don Fadrique de Toledo, hijo del duque de Alba, y relataba cómo durante el duro asedio a la fortificada ciudad en el que los tercios sufrieron numerosas bajas, el noble se planteó renunciar a su conquista. Entonces recibió un mensaje de su padre.

—Le dijo el duque de Alba —contó el soldado con voz potente— que si alzaba el campo sin rendir la plaza, no le tendría por hijo y que si, por el contrario, moría en el asedio, él mismo iría en persona a reemplazarle aunque estaba enfermo y en cama. —El corro alrededor del soldado era un remanso de silencio en comparación con el bullicio del resto de la plaza del Potro—. Añadió que en el caso de que fracasaran los dos, entonces iría de España su madre, a hacer en la guerra lo que no habían tenido valor o paciencia para hacer su hijo o su esposo.

Del corro se alzaron murmullos de aprobación y algún aplauso, momento en el que el soldado aprovechó para escanciar el resto del vino que le quedaba en el vaso. Escuchó con paciencia cómo se lo volvían a llenar, y se lanzó a relatar la definitiva y sangrienta toma de la ciudad. Hernando notó cómo alguien pasaba a sus espaldas y le golpeaba.

Se volvió y se encontró con Hamid, que cojeaba cabizbajo tras el mulero; en su mano llevaba un hatillo no mayor del que Fátima aportó a su matrimonio. ¡Juan lo había conseguido! Un temblor le recorrió todo el cuerpo y, con la garganta agarrotada, los contempló dirigirse lentamente hacia la parte superior de la plaza.

—Por orden de su padre —exclamó el soldado en aquel momento—, don Fadrique ejecutó a más de dos mil quinientos valones, franceses e ingleses…

—¡Herejes!

—¡Luteranos!

Los insultos a la resistencia de los ciudadanos de Haarlem no distrajeron a Hernando, que en esos momentos creía escuchar el roce del gastado zapato que Hamid arrastraba sobre el pavimento, aquella extraña cadencia que le acompañó en su niñez. Se llevó los dedos a los ojos para enjugarse las lágrimas. Las dos figuras continuaron alejándose de él, indiferentes a la gente y al bullicio, a las riñas y a las risas, ¡al mundo entero! Un mulero bajo, encorvado y sin dientes, pícaro y estafador. Un anciano cojo y cansado de la vida, sabio y santo. Se esforzó por sobreponerse a la maraña de sensaciones que le asaltaba. Apretó los puños y agitó los brazos casi sin moverlos, reprimiendo la fuerza, notando la tensión en todos sus

músculos, irritado por la lentitud del alfaquí en cruzar la plaza.
Los vio superar la calle de los Silleros y después la de los Toqueros; luego giraron y rodearon el hospital de la Caridad. Entonces escrutó a la multitud, seguro de que al igual que él, todos debían de haber estado pendientes de aquella mágica pareja que había desaparecido por la calle de Armas, pero no era así: nadie parecía haberles prestado la menor atención y sus más cercanos vecinos seguían atentos a los relatos del mutilado.

—¡Nos debían más de veinte meses de paga y nos impidieron el saqueo de la ciudad! ¡Todo el dinero que la ciudad pagó para evitar el pillaje se lo quedó el rey! —gritaba el ciego, al tiempo que golpeaba la mesa, dispuesta en la calle, con el vaso y derramaba el vino. Excitado, excusó el amotinamiento que tras la toma de Haarlem protagonizaron los soldados de los tercios—. ¡Y en castigo, a los enfermos y heridos como yo, no nos pagaron los atrasos!

¿Qué le importaba a él ese ciego y la suerte que hubiera corrido en aquella otra guerra religiosa que mantenía el católico rey Felipe?, pensó Hernando al cruzar la plaza, esforzándose por no correr.

Le esperaban unos pasos más allá, en la calle de Armas, tenuemente iluminados los dos por el reflejo de las velas al pie de una Virgen de la Concepción a tamaño natural que se hallaba sobre una hermosa reja labrada. La calle aparecía desierta. Juan lo vio llegar, Hamid, no: se mantenía cabizbajo, derrotado.

Hernando se plantó delante de él y se limitó a cogerle de las manos. No le surgían las palabras. Sin desviar la mirada del suelo, el alfaquí observó las manos que le agarraban y después los borceguíes que siempre calzaba Hernando desde que le nombraran jinete de las caballerizas reales. Aquella misma mañana había caminado junto a él.

—Hamid ibn Hamid —musitó, alzando por fin el rostro.

—Eres libre —logró articular Hernando, y antes de que el alfaquí pudiese replicar, se echó en sus brazos y estalló en un llanto nervioso.

A la mañana siguiente, ante el escribano público, con Hamid ya bajo los cuidados de Fátima en las caballerizas, Juan y el alguacil otorgaron escritura de compraventa del esclavo de la mancebía llamado Francisco. Como si se tratase de una simple y vulgar bestia, el alguacil no lo vendió como sano y detalló al escribano todos y cada uno de los defectos físicos que padecía Hamid, aquellos aparentes y aquellos otros vicios que no lo eran tanto. Juan, por su parte, renunció a reclamarle por los defectos y vicios presentes o futuros del esclavo; tras ello, comprador y vendedor aceptaron el trato frente a dos testigos, y el escribano firmó el correspondiente documento.

Poco más tarde, ante otro escribano y otros dos testigos para que el alguacil no llegara a enterarse, Juan dictó la carta de manumisión a favor de su esclavo Francisco; le concedió la libertad y renunció a cualquier patronato que las leyes pudieran otorgarle sobre su siervo manumitido.

Hernando besó la carta de manumisión que Juan le entregó al salir de casa del escribano. Entonces quiso premiar a su amigo con una corona de oro, pero el mulero la rechazó.

—Muchacho —le dijo—: nos equivocamos al fantasear con las mujeres de Berbería. Ninguna de ellas debe de tener las posaderas que ayer llegué a palpar, pero que fui incapaz de catar. Tenías razón —agregó, apoyando una mano sobre su hombro—: me he hecho viejo.

—No… —intentó excusarse Hernando.

—Ya sabes dónde puedes encontrarme —se despidió sin más el mulero.

Y Hernando lo vio partir. Mientras Juan se alejaba, Hernando pensó que el mulero caminaba algo más erguido que el día anterior.

38

Rosas, azahares, lirios, alhelíes o naranjos; ¡miles de flores! El pequeño patio de la nueva casa en la que vivían Hernando y su familia llamaba a deleitarse en una sensual mezcla de perfumes durante las noches de aquel mayo de 1579. El suelo del patio era de piezas de terrazo, cruzado todo él por el dibujo de una estrella compuesta por diminutos cantos rodados en cuyo centro se erigía una sencilla fuente de piedra sin adornos, de la que permanentemente brotaba el agua cristalina. Porque si Córdoba tenía problemas con las aguas residuales y su red de alcantarillado, origen de frecuentes epidemias de tifus y de todo tipo de endémicas enfermedades gastrointestinales que afectaban sobre todo a las zonas más humildes de la Ajerquía, contaba por otra parte con treinta y nueve veneros y numerosos pozos que aprovechaban la inagotable y preciada agua de la sierra. La villa, la antigua medina, con su intrincada disposición de calles y callejas era la zona más privilegiada en el reparto del agua cordobesa. Y precisamente fue allí, en la medina, en la calle de los Barberos, donde Hernando alquiló una pequeña casa propiedad del cabildo catedralicio, de las muchas con las que había sido beneficiada la Iglesia a lo largo de los años.

La casa patio de la calle de los Barberos que alquiló cumplía todas las características que habían definido a las *domus* romanas en las que se inspiraban las viviendas cordobesas y que después los musulmanes tomaron como modelo de lo que debían ser sus viviendas: oasis con flores y agua; paraísos aislados del exterior. Encajonada entre otros dos edificios similares, el patio rectangular se hallaba cerrado en uno de sus lados por un muro ciego, al constituir la medianera de un colindante; los tres lados restantes aparecían rodeados de crujías que daban acceso a las estancias y, entre las crujías y el patio, una galería porticada mediante vigas de madera que se elevaba otro piso más, en el que la galería estaba protegida por una barandilla también de madera que abría al patio; todo techado mediante una cubierta de pequeñas tejas alternativamente colocadas de forma cóncava o convexa para actuar como canalones en la recogida de las aguas de lluvia. El acceso a la vivienda se efectuaba a través de un fresco zaguán casi tan amplio como una estancia, embaldosado con azulejos de colores hasta media altura. El zaguán se cerraba a la calle mediante una puerta de madera y al patio central de la casa mediante una reja calada. En el piso inferior se ubicaban la cocina, una sala, la letrina y una minúscula estancia. En el piso superior, con acceso desde la galería abierta al patio, había cuatro estancias más.

La idea de mudarse a una vivienda independiente rondaba la cabeza de Hernando desde que le aumentaron el salario y se produjo la llegada de Hamid. El alfaquí terminó aceptando su libertad y admitió la protección que le ofrecía Hernando como la consecuencia natural de lo que ambos consideraban tan fuerte como cualquier relación familiar. Sin embargo, a diferencia de Aisha, que había insistido en ir a trabajar en la seda, Hamid se recluyó en las habitaciones superiores de las cuadras, donde rezaba, pensaba y leía el Corán aprovechando la intimidad que le proporcionaba aquel lugar cuya única religión eran los caballos. También tomó como obligación propia la educación de los tres niños, los dos hijos de Hernando y Shamir, el hijo de Aisha.

Pero si todos aquellos argumentos eran de por sí suficientes para que considerase llegada la hora de buscar una nueva casa, hubo otro, egoístamente superior a los demás, que le impelió a empeñarse en ello. La pareja buscaba otro hijo; deseaban tenerlo y su intimidad se vio coartada por la presencia de su familia. Hacían el amor, sí, pero escondidos bajo las sábanas, reprimiendo sus manifestaciones y ahogando sus jadeos de placer. Ambos echaban en falta la posibilidad de recrearse el uno en el otro en libertad. Cohibida por la presencia del alfaquí, Fátima evitaba el uso de las esencias y los perfumes que tan deliciosos hacían los coitos. Tampoco jugueteaban antes de alcanzar el éxtasis, tocándose, rozándose, besándose o lamiéndose, y las mil posturas de las que desinhibidamente habían llegado a disfrutar se limitaban ahora a las que podían ocultar bajo las sábanas. El embarazo no llegaba.

—Mi vagina es incapaz de succionar tu miembro —se lamentó un día Fátima—. No dispongo de sosiego. Necesito ser capaz de atrapar tu pene en mi interior, apretarlo y aprisionarlo hasta lograr sorber toda la vida que estás dispuesto a proporcionarme.

Encontró la casa. Aisha, Fátima, él y los niños se establecieron en el piso superior mientras Hamid, para tranquilidad de su esposa, hacía suya la diminuta habitación sobrante de la planta baja.

Desde la recta calle de los Barberos, cuya continuación, donde se emplazaba un cuadro de la Virgen de los Dolores, estaba dedicada al caudillo musulmán Almanzor por haber estado allí uno de sus palacios, se podía ver sin dificultad la torre de entrada a la catedral, el antiguo alminar, que sobresalía orgullosa por encima de los edificios. Con aquella referencia y una somera consulta a las estrellas desde el patio, Hamid calculó con precisión la dirección de la quibla e hizo una inapreciable incisión en la pared de su habitación hacia la que dirigir sus oraciones.

Su salario en las caballerizas les permitía vivir sin estrecheces, pero no habría podido optar a esa casa de no haber sido por el precio reducido de la renta, obtenido gracias a la mediación de don Julián ante el cabildo catedralicio. El sacerdote le agradecía así su desinteresado esfuerzo en la copia de coranes, cuyos beneficios entregaban todos directamente a la causa.

—Quien pierde la lengua arábiga pierde su ley —le recordó un día don Julián en la intimidad de la biblioteca.

Aquella máxima invocada ya en la guerra de las Alpujarras se alzó como un objetivo prioritario para las diversas comunidades moriscas repartidas por todos los reinos españoles, en contradicción con el empeño por parte de los cristianos, generalmente estéril, de que los moriscos abandonasen el uso del árabe en su vida cotidiana. Los nobles de cualquiera de aquellos reinos, interesados en los míseros salarios que satisfacían a los moriscos, actuaban con lasitud ante el uso de la lengua árabe en sus tierras de señorío, pero los municipios, la Iglesia y la Inquisición, por orden real, hicieron suya esa máxima y la convirtieron en una de sus banderas. Las aljamas reaccionaron y promovieron en secreto *madrasas* o escuelas coránicas, pero sobre todo, proveyeron a los musulmanes de los prohibidos y sacrílegos ejemplares del libro divino, por lo que a lo largo de toda España se desarrolló una red de copistas.

—Por fin los he conseguido —le dijo una noche don Julián, poniendo delante de Hernando, en la mesa en la que trabajaba, un pliego de papel virgen. Se hallaban solos en la biblioteca. Era tarde; hacía un par de horas que habían finalizado los oficios de completas y la catedral había sido despejada de los variopintos personajes que la poblaban durante el día, entre ellos los delincuentes que se acogían a sagrado y que pasaban las noches inmunes a la acción de la justicia ordinaria en las galerías del huerto de acceso, ya que los alguaciles no podían entrar en la iglesia a detenerlos. Hernando recreó las muchas y pintorescas situaciones que había tenido oportunidad de contemplar, y sonrió al escuchar los correteos de los porteros en sus esfuerzos por expulsar del recinto sacro a algunos perros y, esa noche, incluso a un cerdo.

Antes de cogerlo, Hernando rozó con las yemas de los dedos el pliego. Se trataba de un papel basto, excesivamente satinado, muy grueso, de superficie irregular y sin ninguna filigrana al agua que acreditase su procedencia.

—Tengo bastantes pliegos más —sonrió triunfante el sacerdote mientras Hernando sopesaba una hoja sensiblemente más larga y ancha que las usuales—. No te extrañe —añadió ante la actitud de su alumno—, es papel fabricado artesanalmente, en secreto, en las casas de los moriscos de la zona de Xátiva.

Xátiva era una de las grandes poblaciones del reino de Valencia, en la que la cuarta parte de su vecindario estaba compuesta por moriscos o cristianos nuevos. Sin embargo, como sucedía con muchos de los lugares de aquel reino mediterráneo, se hallaba rodeada de pequeños pueblos en los que la casi totalidad de sus habitantes eran moriscos. Hacía más de cuatro siglos que en Xátiva, siguiendo los avances técnicos musulmanes en su elaboración, se fabricaba papel. Los reyes cristianos otorgaron privilegios a la aljama de Xátiva y protegieron aquella industria, de forma que muchos moriscos se dedicaron a la elaboración de papel en el interior de sus casas, utilizando como materia prima ropa y paños viejos. Aquellas industrias domésticas eran ahora las que subrepticiamente proveían a la comunidad morisca de papel, aunque fuera de baja calidad, porque comprar papel en cantidades suficientes como para hacer copias de libros era tarea harto complicada y siempre sospechosa.

A pesar de que la imprenta había sido inventada hacía más de un siglo, continuaban copiándose manuscritos, pues la edición de libros se hallaba en manos de muy pocas personas. El pueblo, analfabeto en su gran mayoría, no tenía acceso a la lectura ni interés en su edición, y los grandes señores, propietarios del capital necesario para costear los gastos que requería una imprenta, se negaban a ofender su honor dedicando sus dineros a actividades mercantiles impropias de su estatus personal. En la década de los ochenta sólo existía en Córdoba una imprenta, portátil, utilizada casi artesanalmente por un impresor, por lo que el comercio de papel era casi inexistente. El propio cabildo catedralicio encargaba la edición de sus libros religiosos a imprentas de otras ciudades, como Sevilla.

—¿Cómo lo has conseguido? —se interesó Hernando.

—A través de Karim.

—¿Y la aduana del puente?

Don Julián guiñó un ojo.

—Es bastante sencillo, aunque caro, esconder unos pliegos de papel bajo las monturas de mulas o caballos.

Hernando asintió y volvió a rozar con las yemas de los dedos el tosco pliego de papel. Debía cobrar por su trabajo: así se lo impuso el sacerdote, pero Hernando invertía todo ese dinero en proyectos como la liberación de esclavos moriscos. Por nada del mundo habría querido enriquecerse a costa de propagar su fe.

Así pues, después de su aprendizaje, Hernando reproducía coranes, en árabe culto pero con la caligrafía propia de los copistas, primando la claridad y la celeridad sobre la estética. Al mismo tiempo, entrelineándola con el árabe, escribía la traducción de las suras al aljamiado, para que todos los lectores pudieran entenderlas. Escondían los pliegos de papel entre los numerosos ejemplares de la biblioteca catedralicia y los ejemplares que obtenían de ellos se distribuían a través de Karim por todo el reino de Córdoba, necesitado de unas guías religiosas de las que ya disponían las aljamas valencianas, catalanas o aragonesas que no habían padecido el éxodo de los granadinos.

Y si Hernando se volcaba en la prohibida transcripción del libro revelado, Fátima, por su parte, asumió la transmisión de la cultura de su pueblo de forma verbal a las mujeres moriscas, para que éstas hicieran lo propio con sus hijos y esposos.

Con la paciente ayuda de Hernando y de Hamid, que la examinaban y corregían con cariño, había aprendido de memoria algunas de las suras del Corán, preceptos de la Suna y las profecías moriscas más conocidas por la comunidad.

A diario, con su preciada toca blanca bordada tapándole el cabello, acudía a la compra y luego se distraía en lo que aparentemente no eran más que inocentes reuniones de pequeños grupos de mujeres ociosas que chismorreaban en alguna de sus casas alrededor de una limonada.

A veces salía de la casa patio al tiempo que lo hacía Hernando, y los dos se entretenían en una larga despedida antes de separar sus caminos. Luego, como si se tratase de un juego, alguno de los dos volvía la cabeza y contemplaba con orgullo cómo el otro acudía a cumplir con una obligación que Dios les imponía y su pueblo agradecía. Algunas veces coincidían en esa última mirada: sonreían y se apremiaban con casi imperceptibles gestos de las manos.

—Nosotras somos las llamadas a transmitir las leyes de nuestro pueblo a los niños —exhortaba Fátima a las moriscas—. No podemos permitir que las olviden como pretenden los sacerdotes. Los hombres trabajan y regresan exhaustos a sus casas cuando sus hijos ya duermen. Además, un hijo nunca denunciará a su madre ante los cristianos.

Y ante reducidos grupos de mujeres atentas a sus palabras les recitaba una y otra vez alguno de los preceptos del Corán, que ellas repetían en murmullos, añadiendo después la interpretación que Hamid le proporcionaba.

Uno y otro día, Fátima repetía sus enseñanzas a diferentes auditorios. Y siempre, después de haber tratado algún precepto coránico, las mujeres le rogaban que les recitase un *gufur* o jofor, alguna de las profecías en las que confiaban, dictadas para su pueblo, para los musulmanes de al-Andalus que auguraban el regreso de sus costumbres, su cultura y sus leyes. ¡Su victoria!

—Los turcos caminarán con sus ejércitos a Roma, y de los cristianos no escaparán sino los que tornaren a la ley del Profeta; los demás serán cautivos y muertos —recitaba entonces ella—. ¿Entendéis? Ese día ya ha llegado: los cristianos nos han vencido. ¿Por qué?

—Porque olvidamos a nuestro Dios —contestó abatida en una de las ocasiones una matrona ya mayor, conocedora de la profecía.

—Sí —aseveró Fátima—. Porque Córdoba se convirtió en lugar de vicio y pecado. Porque toda al-Andalus cayó en la soberbia de la herejía.

Muchas bajaban entonces la mirada. ¿Y acaso no era cierto? ¿Acaso no se habían relajado en el cumplimiento de sus obligaciones? Todos los moriscos se sentían culpables y aceptaban el castigo: la ocupación de sus tierras por parte de los cristianos, la esclavitud y la ignominia.

—Pero no os preocupéis —trataba de animarlas Fátima—. La profecía continúa; lo dice el libro divino: ¿por ventura no habéis visto a los cristianos vencer en el cabo de la tierra, y después de haber vencido, ser ellos vencidos en pocos días? De Dios es este juicio; antes y después fueron los creyentes gozosos en la victoria; Él es el que ayuda a quien es servido, y no faltará de la promesa de Dios un punto.

Y poco a poco volvían a mirar a Fátima con el anhelo de la esperanza en sus rostros.

—¡Debemos luchar! —les exigía—. ¡No podemos resignarnos a la desgracia! Dios está pendiente de nosotros. ¡Las profecías se cumplirán!

Un atardecer de primavera Hernando regresaba cansado a su casa. Durante la jornada habían tenido que preparar el viaje de más de cuarenta caballos al puerto de Cartagena, donde les esperaba una nave para trasladarlos a Génova y, de allí, a Austria. El rey Felipe había decidido regalar aquellos soberbios ejemplares a su sobrino el emperador y a los archiduques, el duque de Saboya y el duque de Mantua. Conforme establecía el rey en su orden, primero eligieron aquellos que debían ser enviados a Madrid para su uso personal y el del príncipe, y después lo hicieron con los que debían ser objeto de regalo. Don Diego López de Haro estuvo todo el día en las caballerizas. Eligió y desechó animales; vaciló y cambió de opinión, dejándose aconsejar por los jinetes, entre ellos Hernando, acerca de cuáles eran los mejores para el monarca.

—¿Sabrán conservar la raza? —dudó el morisco a la vista de un magnífico semental de cinco años, altivo, de capa torda, que se movía elevando manos y pies con elegancia, y que el caballerizo escogió como uno de los que partirían hacia Austria.

—Seguro que sí —contestó don Diego por delante de él, sin volverse, con la atención puesta en el semental—. En aquella corte hay grandes jinetes y expertos en caballos. No me cabe duda de que a partir de estos sementales obtendrán ejemplares que se convertirán en el orgullo de Viena.

¿Realmente lo conseguirían?, se preguntaba Hernando cuando, sorprendido, se encontró con que la puerta de su casa estaba cerrada. En el mes de mayo y a aquellas horas solía hallarse abierta hasta la reja calada que daba al patio. ¿Habría sucedido algo? Golpeó la puerta con fuerza, una y otra vez. La sonrisa de su esposa al recibirle le tranquilizó.

—¿Por qué...? —empezó a preguntar cuando ella volvió a atrancar la puerta.

Fátima se llevó un dedo a los labios y le rogó silencio. Luego lo acompañó hasta el patio. Hamid había quebrantado la estricta orden acerca del lugar en el que debían ser educados los niños. Hernando había exigido que esas lecciones tuvieran lugar en las habitaciones, para que nadie pudiera oírlos hablar en árabe. Pero, en su lugar, Hamid los había llevado al patio, donde sentados en el suelo de la galería sobre simples esteras, los niños atendían al alfaquí mientras éste trataba de enseñarles matemáticas.

Fue a quejarse a su esposa, pero la encontró, otra vez, con el dedo cruzado en mitad de sus labios y se resignó al silencio.

—Hamid ha dicho —le explicó ella entonces— que el agua es el origen de la vida. Que los niños no aprenden en el interior de una habitación mientras escuchan correr el agua fuera. Que necesitan el aroma de las flores, el contacto con la naturaleza para que gocen sus sentidos y así aprender con facilidad.

Hernando suspiró y al volverse de nuevo se encontró con las tres criaturas que le observaban, sonrientes; Hamid lo hacía de reojo, como un niño grande.

—Y tiene razón —cedió—. No podemos privarlos del paraíso —afirmó. Tomó a Fátima de la mano y se acercó adonde se encontraban profesor y alumnos. Día a día Hamid recuperaba su carácter, y aquella muestra de rebeldía… en el fondo le satisfacía.

Saludó a sus hijos y a Shamir en árabe, y al oírlo, los propios niños le instaron a que bajase la voz. Se sentó en el espacio sobrante de la estera de Francisco y se volvió hacia Hamid.

—La paz —saludó asintiendo.

—La paz sea contigo, Ibn Hamid —le respondió el alfaquí.

Hasta que Aisha y Fátima tuvieron preparada la cena, Hernando se mantuvo en silencio. Escuchó las explicaciones de Hamid y observó los progresos de los niños. Shamir le recordaba a Brahim: arisco, inteligente, pero al contrario que su padre, con un gran corazón que demostraba en el cuidado de los menores. Francisco, el mayor de sus hijos, a quien tuvo que advertir en varias ocasiones de que no se mordiera la lengua mientras garabateaba números con su palillo en una tablilla de hojas embetunadas que se usaba una y otra vez, era un niño listo y simpático, pero siempre previsible: los ojos azules, heredados de su padre, y su espontaneidad anunciaban incluso qué era lo que se proponía hacer, acusándole sin remedio cuando cometía alguna trastada. Francisco era incapaz de mentir, ni siquiera sabía ocultar la verdad.

Tras tocarle con un dedo la punta de la lengua que apareció de nuevo ante la dificultad de una suma y comprobar cómo se escondía con rapidez, como una serpiente, Hernando fijó su atención en Inés, consciente de que Hamid hacía lo mismo que él, como si supiera qué era lo que pensaba. En verdad era igual que su madre… ¡preciosa! La niña estaba enfrascada en escribir números y sus inmensos ojos negros parecían dispuestos a atravesar la tablilla. Inés preguntaba y se interesaba por las cosas, pensaba las contestaciones que recibía y, a veces al instante, a veces al cabo de un par de días, volvía a plantear alguna duda sobre la misma cuestión. Sus razonamientos no eran tan ágiles o inmediatos como los de los varones, pero a diferencia de éstos, siempre eran fundados. Inés refulgía con sus solos movimientos.

Hernando asintió con la cabeza, en señal de satisfacción, y después cruzó la mirada con Hamid. Sí, se encontraban en un paraíso, con la puerta de la calle cerrada a intromisiones extrañas, escuchando el rumor del agua al correr en la fuente y percibiendo el intenso aroma de las flores, esplendoroso a aquellas horas del atardecer en las que el sol se apagaba y el frescor hacía revivir las plantas y excitaba los sentidos, pero era lo mismo, se dijeron el uno al otro en silencio, lo mismo que durante años había hecho el alfaquí con el niño morisco en el interior de una mísera choza, perdida en las estribaciones de Sierra Nevada.

Como si no quisiera perturbar la concentración de los niños, Hamid le observó sin decir nada, reconociendo la valía de su primer alumno, aquel a quien había entregado sus conocimientos en el mismo secreto con que lo hacía ahora a sus hijos. Había sido un largo camino: la orfandad, una guerra, la esclavitud a manos de un corsario y la deportación a unas tierras extrañas en las que no encontraron más que odio y desventura. La pobreza y el duro trabajo en la curtiduría; los errores y la vuelta a la comunidad; la fortuna en las cuadras hasta llegar a convertirse en el miembro más importante de entre los suyos y ahora… Ambos posaron a la vez la mirada sobre los tres niños y un escalofrío de satisfacción recorrió la espina dorsal de Hernando: ¡sus hijos!

En ese momento, Aisha los llamó a cenar.

Hernando ayudó al alfaquí a levantarse. Hamid aceptó la ayuda y se apoyó en él. Luego, al cruzar el patio, solos, puesto que los niños lo corrieron en cuatro presurosas zancadas, continuó apoyándose en él.

—¿Recuerdas el agua de las sierras? —preguntó el alfaquí al pasar al lado de la pequeña fuente, junto a la que se detuvieron unos instantes.

—Sueño con ella.

—Me gustaría volver a Granada —musitó Hamid—. Terminar mis días en aquellas cumbres…

—Allí se esconde una espada sagrada que alguien, algún día, tendrá que empuñar de nuevo en nombre del único Dios. Ese día el espíritu de nuestro pueblo renacerá en las sierras, principalmente el tuyo, Hamid.

Si Hamid les inculcaba la Verdad, Hernando se esforzaba en enseñar a los niños la imprescindible doctrina cristiana para que pudieran atestiguar su correspondiente evangelización los domingos en la catedral o en las preceptivas visitas semanales del párroco de Santa María. El jurado de la parroquia y el superintendente habían abandonado sus controles, quizá por la dependencia jerárquica de Hernando del caballerizo real y su jurisdicción especial, pero don Álvaro, el prebendado catedralicio que se hallaba al frente de la parroquia, impecablemente ataviado siempre con sus hábitos negros y su bonete, continuaba con sus visitas semanales como si de cualquier otro cristiano nuevo se tratase, aunque todos sospechaban que su interés era mayor por el buen vino y los sabrosos dulces de Aisha con que era agasajado en sus largas visitas que por verificar la catolicidad de la familia. En cualquier caso, entre tragos y bocados, don Álvaro se acomodaba en una silla en la galería y examinaba a los niños, escuchando una semana tras otra, con obstinación, como si tuviese miedo de que las hubieran olvidado, cómo recitaban las oraciones y las doctrinas que les habían enseñado, farsa que siempre se desarrollaba ante una familia atemorizada por si a cualquiera de los pequeños se les escapaba alguna frase o expresión en árabe.

En cuanto tenía la oportunidad, Hernando tomaba la iniciativa y se sentaba con el sacerdote para distraerlo y charlar con él sobre temas diversos, principalmente acerca de la situación del otro movimiento herético que amenazaba al imperio español y en el que se hallaba realmente interesado: el luteranismo.

Hamid, por su parte, simulaba cualquier indisposición y se encerraba en su pequeña habitación —Hernando estaba convencido de que a orar en una especie de desafío a la presencia del sacerdote—, en cuanto don Álvaro cruzaba la cancela del patio.

—Es una obra de caridad —se justificó en contestación al interés de don Álvaro por aquel invisible Hamid que según los libros de la parroquia constaba censado en la casa—. Se trata de un anciano enfermo que vivía en nuestro pueblo de las Alpujarras y, como buen cristiano, no podía permitir que muriese en la calle. Padece de fiebres recurrentes, ¿deseáis verlo?

El sacerdote bebió un trago de vino, paseó su mirada por el placentero jardín y, para su tranquilidad, negó con la cabeza. ¿Para qué quería él acercarse a un anciano que padecía de fiebres?

Así pues, después de que don Álvaro comprobara una vez más la memoria de los niños, las conversaciones se desarrollaban en la galería entre éste y Hernando a solas, mientras Aisha o Fátima, desde el otro lado del patio, estaban pendientes de que no se acabasen el vino o los dulces. Hacía poco que había caído en manos de Hernando y de don Julián un ejemplar de las *Instituciones* de Calvino, editado en Inglaterra en lengua castellana. Eran muchos los libros protestantes publicados en castellano, en Inglaterra, Holanda o Zelanda, que corrían clandestinamente por los reinos de Felipe II. El rey y la Inquisición luchaban con todas sus fuerzas por mantener pura e incólume la fe católica, libre de cualquier influencia herética, hasta el punto de que hacía veinte años que el monarca había prohibido que los estudiantes españoles acudiesen a universidades extranjeras, excepción hecha, por supuesto, de las pontificias de Roma y Bolonia.

Muchos moriscos veían con buenos ojos las doctrinas protestantes, sobre todo los aragoneses por su contacto geográfico con Francia y el Bearne, adonde huían para convertirse al cristianismo, pero renegando del catolicismo. Los ataques de los protestantes hacia el Papa y hacia los abusos del clero, el mercadeo de bulas e indulgencias, la condena del uso de imágenes como objetos de culto o devoción, potestad de cualquier creyente de interpretar los textos sagrados al margen de la jerarquía eclesiástica y la visión rígida de la predestinación, constituían puntos de unión entre dos religiones minoritarias que luchaban por resistir a los ataques de la Iglesia católica.

Hernando lo discutió con don Julián, y también con Hamid, y todos lamentaron aquel acercamiento entre musulmanes y quienes, en definitiva, no dejaban de ser cristianos, por mayores simpatías que pudieran sentir hacia esta tendencia.

—Al fin y al cabo —alegó el sacerdote—, los protestantes persiguen reencontrarse con las escrituras dentro del cristianismo y los moriscos convertidos no pretenden reforma alguna, sino su simple destrucción. Las posiciones sincréticas entre las doctrinas luteranas y musulmanas que se empiezan a percibir en algunos escritos polémicos de los propios creyentes no logran sino debilitar el verdadero objetivo de la comunidad morisca.

Tal y como don Álvaro abandonaba la casa, después de haber renegado contra los luteranos y los ataques que vertían contra la forma de vida del clero católico, Hamid salía de su habitación indignado e, indefectiblemente, derramaba por el desagüe lo que restaba del vino.

—Cuesta dinero —le reprendía Hernando, pero no obstante le permitía tal desagravio esforzándose por ocultar una sonrisa.

Se llamaba Azirat y supuso uno de los mayores cambios en la vida de Hernando. Ya desde la época del emperador Carlos I, las finanzas de la monarquía se hallaban siempre en quiebra. Hacía cinco años que el reino había suspendido sus pagos; ni siquiera las inmensas fortunas en plata y oro que arribaban del Nuevo Mundo llegaban a cubrir los gastos de los ejércitos españoles, a los que se sumaban los descomunales costes de la lujosa corte borgoñona, cuyo protocolo había adoptado el emperador. España disponía de considerables materias primas de las que no se obtenía el debido provecho: la apreciada lana de oveja merina castellana se vendía sin manufacturar a comerciantes extranjeros, quienes la transformaban en paños que después revendían en España por diez o veinte veces el valor de coste que habían pagado. Lo mismo sucedía con el hierro, la seda y otras muchas materias primas; y el oro, por las guerras o el comercio, salía de España a espuertas. Los intereses que pagaba el rey a sus banqueros superaban el cuarenta por ciento, y las bulas e indulgencias que se vendían y con las que se financiaban tanto Roma como España no eran suficientes. Hidalgos, clero y numerosas ciudades no pechaban con los impuestos y todo el coste fiscal recaía en el campo, en los trabajadores y en los artesanos, lo que los empobrecía aún más e impedía el desarrollo del comercio, en un círculo vicioso de difícil solución.

En 1580 la situación económica se agravó todavía más: tras la muerte en Alcazarquivir del rey Sebastián de Portugal en un vano intento de conquistar Marruecos, su tío, el rey Felipe de España, reclamó sus derechos sucesorios al trono de Portugal, y como el brazo popular se negara a su coronación, preparaba la invasión del vecino reino con un ejército al mando del anciano duque de Alba, que a la sazón contaba con setenta y dos años. Además de Brasil, Portugal dominaba la ruta comercial con las Indias Orientales y señoreaba toda la costa africana, desde Tánger hasta Mogadiscio, bordeando todo el continente. Con la unión de Portugal, España se convertiría en el mayor imperio de la historia.

Todos aquellos ingentes gastos afectaban también a las caballerizas reales que, pese a que Felipe II continuara regalándose y regalando a sus preferidos y a las cortes extranjeras magníficos ejemplares de la nueva raza, se resentían de la falta de unos fondos que don Diego López de Haro no cesaba de reclamar a la Junta de Obras y Bosques, encargada de proporcionárselos.

Por eso, parte del sueldo que se adeudaba a jinetes y trabajadores les fue satisfecho con potros desechados de las caballerizas, con la condición de que si al crecer interesaban al rey, podían serles sustituidos por otros, hecho que difícilmente llegaba a suceder dada la cantidad de caballos que nacían al año y al hecho de que los empleados no tardaban en vender los caballos rechazados para obtener dinero. ¡Con la venta de sólo ocho caballos de las cuadras del rey se adquirieron treinta buenos ejemplares de guerra para el ejército acantonado en la plaza de Orán!

Pero Hernando no estaba dispuesto a vender a Azirat, el caballo que le habían cedido en pago de parte de sus salarios; su forma de vida era austera y sus necesidades escasas. En la dehesa, en el momento de herrar los potros al fuego y anotarlos en el libro de registro, lo llamaron Andarín por la elegancia de sus movimientos, pero había nacido de un color rojo ardiente, brillante, que lo invalidaba para los gustos cortesanos; la capa alazana no se admitía en la nueva raza.

Andarín, con aquel color de fuego que revelaba cólera, ímpetu y velocidad, cautivó a Hernando desde el preciso instante en que lo vio moverse.

—Lo voy a llamar Azirat —le comentó a Abbas. Sin embargo no pronunció la zeta española, sino que utilizó la cedilla y remarcó la «te»: *açiratt*.

Abbas arrugó el entrecejo al tiempo que Hernando asentía. El puente del *açiratt*; el puente de entrada al cielo, larguísimo y estrecho como un cabello, que se extendía por encima del infierno y a través del cual los bienaventurados cruzarían como un rayo mientras los demás caerían al fuego.

—No sólo trae mala suerte cambiar el nombre de origen de un caballo —replicó el herrador—, sino que en algunos casos está penado hasta con la muerte. Los extranjeros que lo hacen pueden ser sentenciados con la pena capital.

—Yo no soy extranjero y este caballo sería capaz de cruzar ese largo y delicado cabello —replicó, haciendo caso omiso de la advertencia de su amigo—, podría andar sobre él sin caerse ni romperlo. Si parece que no toque el suelo… ¡Que flote en el aire!

A sus veintiséis años, Hernando era el jefe de un clan familiar y uno de los más considerados e influyentes miembros de la comunidad morisca. Vivía siempre rodeado de gente, volcado en los demás. Azirat vino a proporcionarle unos momentos de libertad de los que no había disfrutado a lo largo de su existencia y así, en cuanto tenía oportunidad, aparejaba al caballo y salía al campo en busca de la soledad, unas veces andando las dehesas al paso, con tranquilidad, pensativo; otras, sin embargo, permitía a Azirat que demostrase su velocidad y su poderío. Y en ocasiones buscaba las dehesas en las que pastaban los toros, corriéndolos sin dañarlos, jugueteando con aquellas peligrosas astas que nunca llegaban a cornear las ancas de Azirat cuando éste quebraba con agilidad frente a sus embestidas, encelándolos en la tupida cola del caballo mientras los toros la perseguían, dando fuertes cabezazos al engaño que les presentaban los largos pelos de la cola del caballo.

Nunca se dirigió al norte, hacia Sierra Morena, allí donde campaba Ubaid con los monfíes. Abbas le aseguró que el arriero de Narila no le molestaría, que le habían hecho llegar recado exigiéndoselo, pero Hernando no se fiaba.

Los domingos acostumbraba a montar consigo a Francisco y a Shamir, que habían crecido como hermanos, y les cedía el control de las riendas allí donde no había peligro. Si cuando él salía a caballo buscaba la soledad procurando no alardear en exceso ante los cristianos, con los niños no llegaba a correr por el campo y se limitaba a pasear por los alrededores de Córdoba. Uno de esos días, al atardecer, cruzó el puente romano con los niños, orgullosos y sonrientes. Francisco iba delante, a horcajadas; Shamir agarrado a su espalda.

—¡Mirad, padre! —señaló Francisco en cuanto dejaron atrás la Calahorra y llegaron al campo de la Verdad—. Allí está Juan el mulero.

Desde la distancia, Juan los saludó con gesto cansado. Cada domingo que pasaban por allí, Hernando lo veía más y más envejecido; ni siquiera le quedaban ya aquellos pocos dientes con los que logró mordisquear el pezón de la mujer de la mancebía.

—Desmontad, muchachos —les dijo Juan a los niños con voz pastosa una vez llegaron hasta él. Hernando se extrañó, pero el mulero le hizo callar con un gesto—. Id a ver las mulas. Me ha dicho Damián que os echan de menos desde la última vez que estuvisteis acariciándolas.

Damián era un bribonzuelo que Juan había tenido que contratar para que le ayudase. Francisco y Shamir corrieron hacia la re-cua y los dos hombres quedaron frente a frente. Juan movió los labios sobre las encías, preparándose para hablar.

—Hay una persona, un cristiano nuevo de los vuestros, pregun-tando, investigando… —Hernando esperó hasta que el mulero comprobó que nadie los escuchaba—… por el contrabando de hojas de papel.

—¿Quién es?

—No lo sé. A mí no se ha dirigido. Pero he oído que preguntó a un arriero.

—¿Estás seguro?

—Muchacho, estoy al tanto de todo lo que entra y sale ilegal-mente de Córdoba. Poco puedo hacer ya, más que chismorrear y sacar tajada de aquí y allá.

Hernando echó mano de la bolsa y le entregó unas monedas. En esta ocasión Juan las admitió.

—¿No van bien las cosas? —se interesó el morisco.

—Los ojos del señor engordan al caballo —empezó a recitar Juan haciendo un gesto despectivo hacia Damián—, y los lacayos y mozos, lo gastan y destruyen —finalizó el dicho—. Lo mismo vale para las mulas y ningún remedio me queda. Y en cuanto a tra-pichear… ¡Hoy por hoy no podría ni alzar uno de los remos de *La Virgen Cansada*!

—Cuenta conmigo si necesitas algo.

—Mejor que te preocupes por ti, muchacho. Ese morisco, y supongo que también la Inquisición, van detrás de todos los que usáis ese papel.

—¿Usáis? ¿Cómo puedes suponer…?

—Seré viejo y estaré débil, pero no soy idiota. Ni la Iglesia ni los escribanos tienen necesidad de entrar esas cantidades de papel de contrabando. Se rumorea que el papel es de baja calidad y vie-ne de Valencia. El arriero al que preguntó el morisco era de allí, así que tampoco se trata del que usan los hidalgos para escribir ni el editor para imprimir sus libros.

Hernando resopló.

—¿No podemos averiguar quién es ese morisco?

—Si algún día vuelve el arriero de Valencia…, pero dudo que lo haga sabiendo que alguien hace preguntas inconvenientes. Si podéis encontrarlo allí en su tierra… Pero no pierdas un segundo —le aconsejó el mulero, apremiándole.

—¡Niños! —gritó Hernando echando el pie izquierdo al estribo y pasando con agilidad la pierna derecha por encima de la grupa—. Nos vamos. —Alzó a uno y otro hasta montarlos—. Si te enteras de algo más… —añadió entonces hacia Juan. El mulero asintió con una sonrisa que dejó a la vista sus encías—. Azirat se ha puesto enfermo —dijo a Francisco ante las quejas del niño por no continuar el paseo. En sus costados, notó la presión de las manos de Shamir, como si no creyese aquella excusa dirigida al pequeño—. No querrás que enferme más todavía, ¿verdad? —insistió, no obstante, tratando de calmar a Francisco.

En las caballerizas, mientras los niños ayudaban al mozo a desembocar al caballo, Hernando advirtió a Abbas de lo sucedido; luego corrió hacia la calle de los Barberos.

—¡No quiero ver una hoja de papel en esta casa! —ordenó a Fátima, a su madre y a Hamid, sobre todo a Hamid, señalándole con un dedo. Se reunieron lejos de los niños, en una de las habitaciones superiores, y les explicó acaloradamente lo que le había contado Juan. El alfaquí trató de contestar, pero Hernando no se lo permitió—: Hamid, ni uno solo, ¿me entiendes? No podemos ponernos en riesgo, ni nosotros, ni a ellos —añadió haciendo un gesto hacia el patio, en donde se oían las risas de los niños—. Ni a todos los demás.

Con todo, fue Fátima quien discutió:

—¿Y el Corán? —Todavía conservaban el ejemplar que les había dado Abbas.

Hernando pensó unos instantes.

—Quémalo. —Los tres lo miraron, atónitos—. ¡Quémalo! —insistió—. Dios no nos lo tendrá en cuenta. Trabajamos para Él y de poco le serviría que nos detuvieran.

—¿Por qué no lo escondes fuera de…? —terció Aisha.

—¡Quemadlo! Y limpiad las cenizas del papel. A partir de este momento… de cuando lo hayáis quemado todo —se corrigió—, quiero la puerta del zaguán abierta. Suspenderemos las clases de los niños hasta que veamos qué es lo que sucede y tú, Fátima, esconde el colgante donde nadie pueda encontrarlo. Tampoco quiero muescas en las paredes que señalen hacia La Meca.

—No puedo quitarlas —adujo Hamid.

—Pues haz más, muchas más, en todas direcciones. Seguro que recordarás siempre cuál es la buena. Tengo que ir a la mezquita…, pero también hay que advertir a Karim y a Jalil, a Karim sobre todo.

—Observó a los tres. ¿Podía fiarse de que cumplieran sus instrucciones, de que no tratarían de esconder también aquel Corán que tantas noches habían leído?—. Ven —dijo a Fátima, extendiendo la mano para que ella la tomase.

Salieron de la habitación y se apoyaron en la barandilla de la galería del piso superior. Abajo jugaban los niños, alrededor de la fuente. Reían, corrían e intentaban pillarse unos a otros al tiempo que se echaban agua. Permanecieron contemplándolos en silencio, hasta que Inés percibió su presencia; alzó el rostro hacia ellos y mostró los mismos ojos negros y almendrados de su madre. Al momento, Francisco y Shamir la imitaron, y como si fueran conscientes de la trascendencia del momento, los tres niños sostuvieron sus miradas. Durante unos instantes, igual que ascendía entremezclado el frescor del patio y el aroma de las flores, una corriente de vida y de alegría, de inocencia, se desplazó desde el patio a la galería superior. Hernando apretó la mano de Fátima al tiempo que su madre, tras él, apoyaba la suya en el hombro de su hijo mayor.

—Hemos pasado hambre y muchas penurias hasta llegar aquí —dijo él, rompiendo el hechizo—, no podemos errar ahora. —Se incorporó de repente. ¡Debía confiar en ellos!—. Ocupaos de poner en orden la casa —ordenó dirigiéndose a Fátima y Aisha—. Padre —añadió, dirigiéndose a Hamid—, confío en ti.

Llegó a la catedral antes de que finalizasen los oficios cantados de vísperas. La música del órgano y los cánticos de los novicios que estudiaban en los jesuitas inundaban el recinto, deslizándose entre las mil columnas de la mezquita. Jerárquicamente ordenados en sus correspondientes sitiales del coro, como era su obligación en todos los oficios, los miembros del cabildo en pleno participaban en los cánticos. El olor a incienso abofeteó a Hernando: después de haber respirado el fresco aroma de las flores y plantas del patio, aquel aire dulzón le recordó para qué se encontraba allí. Se sumó a la feligresía que participaba en el oficio; una vez terminado el acto se dirigió a un portero para que buscase a don Julián y le comunicase que le esperaba.

Lo hizo delante de la reja de la biblioteca, que en aquellos momentos estaba en obras. Tras la muerte del obispo fray Bernardo de Fresneda y en sede vacante, el cabildo catedralicio había decidido convertir la biblioteca en una nueva y suntuosa capilla del Sagrario, al estilo de la Capilla Sixtina, puesto que el sagrario que se encontraba en la capilla de la Cena se había quedado pequeño. Parte de la biblioteca fue trasladada al palacio del obispo; el resto convivía con las obras hasta que se construyera una nueva librería junto a la puerta de San Miguel.

—Bien —comentó el sacerdote intentando transmitir tranquilidad a Hernando tras escuchar sus encendidas explicaciones—. Mañana, después del oficio de vigilia, ordenaré que trasladen nuestros libros y papeles al palacio del obispo.

—¿Al palacio del obispo? —se asombró Hernando.

—¿Dónde mejor? —sonrió don Julián—. Es su biblioteca privada. Hay centenares de libros y manuscritos y soy yo quien se ocupa de ellos. No te preocupes por eso, los esconderé bien. Por más libros que fray Martín pretenda leer, nunca llegará a acceder a los nuestros; además, de esa forma, cuando se tranquilice la situación podremos continuar con nuestra labor.

¿Podría, pensó Hernando, aprovechar él también la estratagema de don Julián y esconder su Corán en la biblioteca de fray Martín de Córdoba?

—Es posible que en mi casa aún tenga un Corán y algunos calendarios lunares…

—Si me los traes antes del oficio de vigilia… —Don Julián interrumpió sus palabras para contestar al saludo de dos prebendados que pasaron a su lado. Hernando inclinó la cabeza y murmuró unas palabras—. Si me los traes —repitió cuando los sacerdotes ya no podían oírlos—, me ocuparé de ellos.

Hernando escrutó al viejo sacerdote: su aplomo... ¿era real o una mera impostura? Don Julián imaginó sus pensamientos.

—El nerviosismo sólo puede conducirnos al error —le aclaró—. Debemos superar esta dificultad y continuar con nuestra labor. ¿En algún momento pensaste que esto sería sencillo?

—Sí... —reconoció un titubeante Hernando tras unos instantes. Y lo cierto es que así se lo había parecido últimamente. Al principio, cuando accedía a la catedral, notaba cómo se le atenazaban los músculos y le sobresaltaba el menor ruido, pero después, poco a poco...

—La confianza en exceso no es buena consejera. Debemos estar siempre alerta. Tenemos que encontrar a ese espía antes de que él nos encuentre a nosotros. Karim sabrá del arriero valenciano. Hay que dar con él y enterarse de quién fue el que le preguntó.

Todo lo había llevado Karim. Los demás trataron de convencerle de que les permitiera ayudarle, pero el anciano se negó y tuvieron que reconocerle su razón. «Con que uno se arriesgue, ya es bastante», sostenía el anciano. Karim se ocupaba de adquirir el papel y de tratar con los moriscos valencianos y los arrieros; él se ocupaba de hacérselo llegar a Hernando y a don Julián, y era él quien recibía los libros o documentos ya escritos para, después de encuadernarlos con la ayuda de una prensa que guardaba en su casa, distribuirlos por Córdoba. Excepción hecha de las esporádicas reuniones que mantenían, y que poco podían demostrar, nadie podía relacionar a los demás miembros del consejo con la copia y venta de ejemplares del Corán.

Abandonaron la catedral por la puerta de San Miguel. Ya era casi noche cerrada y ascendieron por la calle del Palacio. Como casi todos los religiosos de Córdoba, don Julián también vivía en la parroquia de Santa María, en la calle de los Deanes, a pocos pasos de Hernando. En la conjunción de los Deanes con Manriques, allí donde se formaba una plazuela, un hombre fornido les salió al paso. Hernando echó mano al cuchillo que llevaba al cinto, pero una voz conocida detuvo sus movimientos.

—¡Tranquilos! Soy yo, Abbas. —Reconocieron al herrador, quien no se anduvo con rodeos—: Los familiares de la Inquisición acaban de detener a Karim —anunció—. Han registrado su casa y han encontrado un par de ejemplares del Corán y otros documentos, que han requisado, así como la prensa, las cuchillas y los demás enseres que usaba para encuadernarlos.

39

S e llamaba Cristóbal Escandalet y había emigrado a Córdoba desde Mérida, junto a su mujer y tres hijos jóvenes, hacía un par de años. Era buñolero de profesión y recorría la ciudad ofreciendo los sabrosos dulces moriscos hechos con harina amasada y fritos en aceite: buñuelos de viento; buñuelos de jeringuilla, alargados, compactos y estriados o buñuelos bañados en miel. Hamid localizó la casa en la que vivía hacinado con cuatro familias más, en el humilde barrio de San Lorenzo, cerca de la puerta de Plasencia, en el extremo occidental de la ciudad.

Llevaba un par de días siguiéndolo. Estudió cómo hablaba y trataba con la gente, cómo se la ganaba haciendo gala de una considerable simpatía y capacidad para embaucar a los potenciales compradores de sus productos, ya se tratara de cristianos viejos, ya de cristianos nuevos. Rondaba los treinta años; de estatura normal, enjuto y fibroso, se movía siempre con nervio, cargado con sus aparejos para freír los buñuelos. Hamid comprobó que tenía una sartén reluciente, y que la manga por la que salían los buñuelos era nueva.

—¡El precio por traicionar a Karim! —exclamó, airado, observando a cierta distancia cómo Cristóbal cantaba las excelencias de sus dulces en un día de mercado, frente a la cruz del Rastro, donde la calle de la Feria se unía a la ribera del Guadalquivir.

Una mujer que pasaba por su lado se volvió hacia él, sorprendida. Hamid le sostuvo la mirada con frialdad y la mujer continuó su camino. Luego el alfaquí volvió a centrarse en el buñolero, en sus brazos nervudos y en su cuello enhiesto y fuerte. ¡Debía cortar aquel cuello y debía hacerlo él, Hamid! ¡Sólo él podía hacerlo! Ésa era la pena para el musulmán que abandonaba su ley y, para Cristóbal, no cabía la posibilidad de arrepentimiento: había traicionado a sus hermanos en la fe. Sin embargo, ¿cómo un anciano cojo, débil y desarmado podía ejecutar la sentencia a muerte que dictó tan pronto como tuvo conocimiento del nombre del traidor?

La detención y confinamiento de Karim en la cárcel de la Inquisición, en el alcázar de los reyes cristianos, conmocionó a la comunidad morisca de Córdoba. Durante días no existió otro tema de conversación entre sus miembros, algunos de los cuales sembraron la duda acerca de la identidad del traidor del respetado anciano. Muchos eran los que conocían las actividades de Karim: aquellos que vigilaban la casa durante las reuniones del consejo; los que compraban ejemplares del Corán, de las profecías, de los calendarios lunares o de los escritos de polémica y aquellos otros que aprovechaban sus salidas al campo a trabajar las tierras para llevar los libros fuera de Córdoba y distribuirlos por las demás aljamas del reino. La desconfianza anidó en la comunidad y muchos fueron los que tuvieron que defender su inocencia ante miradas de soslayo o acusaciones directas. Para no originar más recelos en la grey, los miembros del consejo decidieron no hacer pública la noticia de que había sido precisamente un morisco quien preguntó al arriero valenciano, pero tampoco pudieron hacer nada por investigar de quién se trataba: Karim resultaba inaccesible en la cárcel de la Suprema y su esposa, anciana y rota por lo acaecido, nada sabía al respecto, como le contó a Abbas cuando el herrador logró verla por fin después de que los familiares de la Inquisición hicieran cumplido inventario de los escasos bienes propiedad de Karim para requisarlos a favor del Santo Oficio.

La delación era, con mucho, el más infame y execrable de los delitos que podía cometer un morisco. Desde la época del emperador Carlos I se habían sucedido los edictos de gracia por parte de la Inquisición española, sustentados todos ellos en bulas papales.

Tanto el rey como la Iglesia eran conscientes de las dificultades que conllevaba la pretendida evangelización de un pueblo entero bautizado a la fuerza; las carencias en cuanto a sacerdotes que estuvieran lo bastante capacitados y dispuestos a llevar a buen término tal tarea eran indiscutibles. También era consciente la Iglesia de que, en aquella situación, el número de relapsos que indefectiblemente deberían acabar en la hoguera era tan elevado, que la función ejemplarizante de esa pena carecía de sentido y de efectos sobre el resto, por lo que durante un siglo intentó acoger en su seno a los moriscos que simplemente confesasen y se reconciliasen, aunque fuera en secreto, sin conocimiento de sus hermanos, extendiendo el perdón incluso a relapsos reincidentes y ofreciéndoles beneficios como la no confiscación de sus bienes.

Sin embargo, esas confesiones se hallaban sometidas a una condición: debían denunciar a aquellos otros miembros de su comunidad que practicaban la herejía. Ninguno de los edictos de gracia prosperó. Los miembros de la comunidad morisca no se delataron entre sí.

Por otra parte, el pueblo odiaba a los moriscos. Su laboriosidad, en contra del artesanado cristiano que pretendía emular a nobles e hidalgos con su animadversión hacia cualquier tipo de actividad laboral, exacerbaba a las gentes que veían cómo los moriscos, una vez superado el desconcierto producido por la deportación de los granadinos, volvían a enriquecerse: poco a poco, ducado a ducado. También se elevaban numerosas quejas a los consejos reales por parte de las poblaciones, basadas en la considerable fertilidad de los moriscos, quienes, por otra parte, no eran llamados a los ejércitos reales que año a año venían a diezmar el campesinado y la vecindad españolas.

Tal y como presumía Hernando, Fátima y Hamid no habían echado al fuego el Corán y los demás documentos: los habían escondido en el patio, bajo los terrazos.

—Ingenuos —les recriminó, luego de sonsacarles la verdad—. Los oficiales de la Inquisición no habrían tardado ni un instante en encontrarlos.

Lo quemó todo salvo el Corán y antes del amanecer, tras una noche en vela temiendo escuchar el resonar de las pisadas de los oficiales de la Suprema dirigiéndose a su casa, disimuló el libro divino en su marlota y lo llevó a la catedral, antes del oficio de vigilia, como le había dicho don Julián.

Descendió la calle de los Barberos y la de Deanes hasta llegar a la puerta del Perdón. Hacía frío, pero él llevaba la marlota doblada sobre su brazo derecho, el Corán apretado contra su cuerpo. Tembló. ¿De frío? Sólo después de traspasar el gran arco de la puerta del Perdón, comprendió que no era el frío lo que le provocaba aquellas tenues convulsiones. ¿Qué estaba haciendo? Ni siquiera se lo había planteado: cogió el libro para entregárselo a don Julián como si aquello fuera lo más normal y ahora se encontraba en el huerto de la catedral, con un Corán bajo el brazo, rodeado de sacerdotes que acudían al oficio de vigilia. Salvo el obispo, que cruzaba por el antiguo puente que unía la catedral con su palacio, los demás lo hacían por la puerta del Perdón: las otras dignidades del cabildo, reconocibles por sus lujosas vestiduras, y más de un centenar de canónigos y capellanes a los que se sumaban organistas y músicos, niños del coro, acólitos, alcaides del silencio, sacristanes, celadores... De repente se vio inmerso en una corriente de sacerdotes y todo tipo de trabajadores de la catedral. Algunos charlaban, los más caminaban en silencio, adormilados, con aspecto hosco. Un tremendo escalofrío le recorrió la espina dorsal. ¡Se encontraba en uno de los lugares más sagrados de toda Andalucía con un Corán bajo el brazo! Se detuvo, y tres niños del coro que iban tras él se vieron obligados a sortearlo. Apretó el libro contra su cuerpo, y simulando una indiferencia que en modo alguno sentía comprobó que la marlota lo tapaba. Observó cómo la riada de hombres vestidos con hábitos negros y birretes confluía en la puerta del Arco de Bendiciones por la que se accedía al interior del recinto, y entonces lo decidió y dio media vuelta para escapar de allí. Ya se ocuparía de esconder el Corán en alguna otra...

—¡Eh! —Hernando escuchó la exclamación a sus espaldas y confió que no fuera dirigida a él—. ¡Tú! —Miró al frente y apretó el paso—. ¡Detente! —Un sudor frío fluyó de repente y le recorrió la espalda. El inicio del arco de la puerta del Perdón estaba a solo…—. ¡Alto!

Dos porteros le salieron al paso y le impidieron continuar.

—¿No oyes que te llama el inquisidor? —Hernando balbuceó una excusa y miró más allá de la puerta, hacia la calle. Podía echar a correr y huir. Su mente trataba de decidir: ¿escapar? Lo habrían reconocido y antes de que pudiera acudir a por Fátima y los niños…—. ¿Acaso no entiendes? —le gritó el otro portero.

Hernando se volvió hacia el huerto. Un sacerdote delgado y altísimo le esperaba. Sabía que una de las canonjías del cabildo catedralicio estaba reservada a un representante de la Inquisición. Dudó de nuevo. Percibió la respiración de los porteros en su nuca y sin embargo…, el canónigo estaba solo, ningún familiar ni alguacil de la Suprema le acompañaba.

Se tranquilizó y respiró hondo.

—Padre —saludó con una inclinación de cabeza tras recorrer la distancia que le separaba del inquisidor—. Disculpadme, pero nunca pude suponer que vuestra paternidad se dirigiera a mí, un simple…

El inquisidor le interrumpió y le ofreció la mano, lacia, para que hiciera la pertinente genuflexión. Instintivamente fue a cogerla, pero el libro bajo su brazo derecho…, lo agarró por encima de la marlota con el izquierdo y se lo pegó al pecho al tiempo que llegaba casi a arrodillarse para poder comprobar que nada se veía. El inquisidor le instó a levantarse. Hernando dobló la marlota sobre el brazo para impedir que pudiera ni siquiera notarse la presencia del libro. El sacerdote lo examinó de arriba abajo. Él apretó el Corán contra su pecho. ¡Allí estaba contenida la revelación divina! ¡Ese libro era el que debería estar en el interior de la mezquita, custodiado en el *mihrab*, en lugar de todos aquellos sacerdotes cristianos con sus cánticos y sus imágenes! Una oleada de calor nació de allí donde se alojaba el libro divino, junto a su corazón, para extenderse por todo su cuerpo. Se irguió y tensó sus músculos, y cuando el inquisidor puso fin a la inspección, se sentía fuerte, confiado en Dios y su palabra.

—Ayer —habló el inquisidor con voz sibilante—, detuvimos a

un hereje que se dedicaba a copiar, encuadernar y distribuir escritos difamatorios y contrarios a la doctrina de la Santa Madre Iglesia. No habrá período de gracia para su confesión espontánea. Hoy mismo, dada la gravedad del caso y la necesidad de detener a sus posibles cómplices antes de que huyan, daremos inicio a los interrogatorios en la sede del tribunal. Los libros están escritos en un árabe que nuestro traductor usual no llega a comprender del todo. El cabildo me ha proporcionado excelentes referencias tuyas, por lo que deberás presentarte allí a la hora de tercia para presenciar los interrogatorios y actuar como traductor de todos esos escritos.

Hernando se desinfló. La entereza desapareció en el instante en que se imaginó frente a Karim, presenciando su interrogatorio y quizá su tortura… ¡mientras traducía lo que él mismo había escrito!

—Yo… —trató de excusarse balbuceante—, tengo que trabajar en las caballerizas…

—¡La persecución de la herejía y la defensa de la cristiandad están por encima de cualquier trabajo! —le interrumpió el inquisidor.

Los cánticos empezaron a sonar en el interior de la catedral, las voces llegaban hasta el huerto. El sacerdote volvió el rostro hacia la puerta del Arco de Bendiciones y se apresuró a entrar; corrió como deslizándose, sin hacer ruido.

—A tercias, recuérdalo —insistió antes de dejarlo solo.

Hernando recorrió la escasa distancia que le separaba de su casa con la mente en blanco, intentando no pensar, murmurando suras y estrechando el Corán contra su pecho.

El alcázar de los reyes, antigua residencia de los Reyes Católicos y ahora sede del tribunal inquisitorial, era una fortaleza construida por el rey Alfonso XI sobre las ruinas de parte del palacio califal. Sin embargo, desde hacía tiempo, todos los dineros que llegaban al tribunal para la conservación del lugar eran defraudados por los inquisidores para sus gastos personales, por lo que las instalaciones se habían ido degradando progresivamente y allí donde debía haber habitaciones, salas, secretarías y archivos, se emplazaban gallineros, palomares, cuadras y hasta lavanderías de paños cuyos productos vendían sin la menor vergüenza los criados de los inquisidores en la puerta que daba al Campo Real. Las condiciones higiénicas del alcázar, entre animales y suciedad, cárceles insalubres y dos lagunas de aguas estancadas y putrefactas que se emplazaban en el linde que daba al Guadalquivir, llegaron a dar pábulo a la leyenda de que todo el que vivía en el alcázar enfermaba hasta morir.

A tercias, como le ordenaron, Hernando se presentó en la puerta que daba al Campo Real, bajo la torre del León.

—Debes dar la vuelta —le indicó de malos modos uno de los vendedores de paños—. Cruza el camposanto y entra por la puerta del Palo, en la torre de la Vela, junto al río.

La puerta del Palo se abría a un patio amurallado, con álamos y naranjos, que daba al Guadalquivir. Dos porteros le interrogaron como si fuese él el que iba a ser juzgado hasta que uno de ellos, con gesto brusco, le indicó una pequeña puerta que se abría en la fachada sur. Nada más traspasarla y dejar atrás los árboles del patio, Hernando notó que se le pegaba al cuerpo la malsana humedad del lugar. Accedió a un lúgubre pasillo que llevaba a la sala del tribunal; a su izquierda se abrían las cárceles en intrincada disposición para aprovechar el espacio del antiguo alcázar; sabía que en ellas se hacinaban los presos, pero era tal el aterrador silencio, que sus pasos resonaron a lo largo del pasillo.

La sala del tribunal era rectangular y de altos techos abovedados. En uno de sus lados ya se hallaban dispuestos, tras unas mesas, varios inquisidores, entre ellos aquel que le hablara en la catedral, el promotor fiscal del Santo Oficio y el notario. Le tomaron juramento acerca de la confidencialidad de cuanto escuchara en la «sala del secreto» y lo sentaron ante una mesa más baja que las demás, junto al notario. Frente a ellos se disponían tres ejemplares mal cosidos del Corán y algunos otros documentos sueltos.

Karim era quien se encargaba del cosido de los pliegos antes de distribuirlos. Con el rumor de las conversaciones de los inquisidores de fondo, Hernando reconoció cada uno de aquellos ejemplares del libro divino. Con la mirada clavada en los libros pudo recordar en qué momento exacto había escrito cada uno de ellos, puesto que ya casi no necesitaba copiarlos; las dificultades que tuvo en uno u otro; los errores cometidos; los cálamos que tuvo que cortar y en qué sura lo hizo; la tinta que le faltó; las observaciones y comentarios de don Julián…, las bromas y las inquietudes ante cualquier ruido extraño e imprevisto…, la ilusión y la esperanza de un pueblo representada en cada carácter que llegó a escribir sobre aquellos pliegos de papel demasiado satinado y de baja calidad que con tantas dificultades les arribaba desde Xátiva.

Hernando se encogió en la dura silla de madera ante la aparición de Karim en la sala del tribunal; sucio y desastrado, débil y encogido. ¿Qué pensaría el anciano? ¿Quizá que era él el delator? No fue necesario más que un instante, en que la mirada de Karim se posó en él, para convencerle de que tal posibilidad estaba muy lejos de la mente del anciano.

—¡Te perdono! —exclamó Karim una vez en el centro de la sala, sin dirigirse a nadie en especial, interrumpiendo el inicio de la lectura por parte del notario.

Los inquisidores se irritaron.

—¿Qué tienes tú que perdonar, hereje? —soltó uno de ellos.

Hernando hizo caso omiso de las imprecaciones que se sucedieron. Aquellas palabras iban dirigidas a él. ¡Te perdono! Karim había evitado mirar a nadie al pronunciarlas y había hablado en singular. ¡Te perdono! Hernando había flaqueado al verlo entrar, pero luego se sobrepuso. Aquella misma mañana se había sentido fuerte con el Corán apretado contra su pecho; sin embargo, luego se había sumido en la desesperación al saber que tendría que presenciar el proceso contra Karim. Fátima, Aisha y un cabizbajo Hamid le habían asaltado a preguntas, a ninguna de las cuales fue capaz de responder. Y ahora Karim le perdonaba, comprometiéndose a cargar con toda la responsabilidad.

A lo largo de la mañana de ese día, Karim respondió al interrogatorio de rigor.

—¡Todos los cristianos! —indicó ante la pregunta acerca de si tenía enemigos conocidos—. Aquellos que incumplieron el tratado de paz que firmaron vuestros reyes; los que nos insultan, nos maltratan y nos odian; los que nos roban nuestras cédulas para que nos detengan, los que nos impiden cumplir con nuestras leyes…

Luego, con voz trémula, Hernando tradujo parte del contenido de los libros, cuya tenencia también reconoció Karim a satisfacción de los inquisidores. El anciano confesó: él mismo había obtenido el papel y la tinta y él mismo los había escrito. ¡Él y sólo él era el responsable de todo!

—Podéis llevarme al quemadero —les retó, señalando con el índice a todos los presentes—. Nunca me reconciliaré con vuestra Iglesia.

Hernando contuvo el llanto, consciente, no obstante, del ligero temblor de sus labios.

—¡Perro hereje! —estalló uno de los inquisidores—. ¿Acaso crees que somos imbéciles? Nos consta que un viejo como tú no es capaz de hacer todo esto solo. Queremos saber quién te ha ayudado y quiénes tienen los libros que faltan.

—Os he dicho que no hay nadie más —aseguró Karim.

Hernando lo vio solo, en pie, en el centro de la gran sala, enfrentado al tribunal: un espíritu inmenso en un cuerpo pequeño. En verdad no había nadie más; nadie más era necesario, pensó entonces, para defender al Profeta y al único Dios.

—Sí que los hay.— La afirmación, cortante pero serena, surgió de la voz silbante del canónigo catedralicio—. Y nos dirás sus nombres. —Sus últimas palabras flotaron en el aire antes de que el mismo inquisidor ordenase la suspensión del acto hasta el día siguiente.

Aquella tarde Hernando no acudió a las caballerizas. Después de que los alguaciles se llevaran a Karim y los inquisidores abandonaran sus mesas, intentó excusar su presencia para la sesión del día siguiente: ya había traducido parte de los documentos y además, los coranes estaban interlineados en aljamiado.

—Por eso mismo —se opuso el canónigo—. Ignoramos si esas traducciones interlineadas son correctas o no son más que otra estratagema para confundirnos. Estarás con nosotros durante todo el proceso.

Y lo despidió con un displicente gesto de la mano.

Hernando no comió ni cenó. Ni siquiera habló. Se encerró en su habitación y, en dirección a la quibla, oró lo que restaba del día y parte de la noche hasta caer exhausto.

Nadie le interrumpió ni le molestó; las mujeres mantuvieron a los niños en silencio.

A tercias del siguiente día, Hernando no fue acompañado a la sala del secreto. Desde el mismo pasillo que llevaba al tribunal descendieron por unas escaleras hasta unas bóvedas sin ventanas en las que ya se hallaban presentes los inquisidores. Siseaban entre ellos, dispuestos en corro alrededor de los más variados instrumentos de tortura: maromas que colgaban del techo, un potro, y mil y un crueles artilugios de hierro para rasgar, inmovilizar o desmembrar a los reos.

El hedor que se respiraba en el interior de la estancia, cálido y pegajoso, se hacía insoportable. Hernando reprimió una arcada a la vista de todos aquellos macabros útiles.

—Siéntate allí y espera —le ordenó el canónigo señalándole una mesa cercana, donde ya se hallaban dispuestos los coranes y los legajos del notario, quien a su vez charlaba con inquisidores, médico y verdugo.

—Es demasiado viejo —oyó que comentaba uno de los inquisidores—. Debemos ir con cuidado.

—No os preocupéis —aseveró el verdugo, un hombre calvo y fornido—. Cuidaré de él —ironizó.

Algunos sonrieron.

Hernando se obligó a apartar la mirada de aquel grupo de hombres, y habría deseado poder cerrar también sus oídos. Posó los ojos sobre la mesa, en los legajos del notario. «Mateo Hernández, cristiano nuevo moro», rezaba la primera página escrita con la pulcra caligrafía del notario de la Inquisición. Luego seguía la descripción de la fecha, lugar, y de los hechos en los que se fundamentaba la incoación del proceso, la relación de los inquisidores presentes hasta que, en la última línea de aquella primera página, podía leerse:

En Córdoba, a veintitrés de enero del año mil quinientos ochenta de Nuestro Señor, ante el licenciado Juan de la Portilla inquisidor del Tribunal de Córdoba y en la Sala del Santo Oficio, a efectos de denunciar la herejía, compareció quien dijo llamarse...

Ahí terminaba la última línea de la primera página. Hernando levantó la cabeza hacia los inquisidores: continuaban charlando a la espera de que les trajesen al reo. ¡Veintitrés de enero! De eso hacía más de un mes. ¿Quién era aquel que había comparecido ante el inquisidor hacía más de un mes y cuya denuncia había originado el proceso? Sólo podía ser... De repente se hizo el silencio y Karim entró en la sala de torturas acompañado de dos alguaciles. En el preciso instante en que los inquisidores desviaban su atención hacia el reo, Hernando pasó la página. Una simple ojeada le bastó: Cristóbal Escandalet. Con los puños cerrados, aguantó el impulso de comprobar si alguien se había percatado de su acción y esperó a que el notario tomase asiento a su lado.

Cristóbal Escandalet, mascullaba Hernando como si quisiera grabar a fuego el nombre en su memoria. ¡Ése era el traidor!

Karim volvió a negar que alguien le hubiera ayudado. Su seguro tono de voz, que obligó a Hernando a fijarse en él, contrastó con su aspecto cansado y desastrado, sobre todo después de que le arrancaran la camisa para mostrar un torso pelón y flácido.

—Inicia el interrogatorio —ordenó don Juan de la Portilla, en pie como los demás inquisidores, al tiempo que el notario empezaba a rasguear con su pluma sobre el papel.

Tendieron al reo boca abajo y lo inmovilizaron sobre el potro, con los brazos a la espalda para atarle los pulgares con un cordel que enlazaba con una maroma; ésta ascendía hasta un torno colgado del techo para luego descender de nuevo. Karim volvió a negarse a contestar a las preguntas del inquisidor y el verdugo empezó a tirar del cabo de la maroma.

Si alguien esperaba que chillara, se equivocó. El anciano apretó su rostro contra el potro y sólo permitió que se le escapasen unos sordos gruñidos que marearon a Hernando; gemidos sólo rotos por las insistentes preguntas del inquisidor.

—¿Quiénes son los que están contigo? —gritaba una y otra vez, más y más exaltado cuanto mayor era el silencio de Karim.

Cuando el verdugo negó con la cabeza, y los inquisidores cejaron en sus intentos y liberaron al anciano del potro, sus pulgares miraban hacia el dorso de las manos, desgarrados de sus bases. Su rostro estaba congestionado, su respiración era agónica, los ojos aparecían cansados, acuosos, y del labio inferior le corrían hilillos de sangre; no podía tenerse en pie si no lo hacía agarrado del verdugo. El médico se acercó a Karim y le examinó los pulgares manejándolos con desidia, descuidadamente, y Hernando contempló en el rostro de su amigo las muestras de dolor que hasta entonces había escondido.

—Se encuentra bien —anunció el facultativo. Sin embargo, se dirigió al licenciado Portilla y le habló al oído. Mientras lo hacía, Hernando leyó cómo el notario apuntaba el dictamen: «El reo se encuentra bien».

—Se suspende la sesión hasta mañana —determinó el inquisidor en cuanto el médico se separó de él.

—Debes comer —susurró Fátima después de entrar en la habitación donde Hernando permanecía orando desde que llegó a la casa. Pasaba de la medianoche.

—Karim no lo hace —contestó él.

Fátima se acercó a su esposo, que en aquel momento estaba sentado sobre los talones y con el torso descubierto. Sus brazos y su pecho aparecían arañados, desgarrados en algunas zonas, resultado del vigor con el que se había lavado, frotándose como si quisiera arrancarse la piel y desprenderse del hedor de la mazmorra que pese a todo seguía impregnando su cuerpo.

—Hace frío. Deberías abrigarte.

—¡Déjame, mujer! —Fátima obedeció y dejó el cuenco con comida y el agua en un rincón—. Dile a Hamid que venga —añadió sin volverse hacia ella.

El alfaquí no tardó en acudir.

—La paz… —Hamid interrumpió su saludo ante el aspecto de

Hernando, que ni siquiera se volvió hacia él—. No deberías castigarte —murmuró.

—El traidor se llama Cristóbal Escandalet —reveló Hernando como toda contestación—. Díselo a Abbas. Él sabrá qué hacer.

Le hubiera gustado matarlo él con sus manos, estrangularle lentamente y contemplar sus ojos agónicos, causarle el mismo dolor que soportaba Karim, pero se hallaba a disposición del tribunal y había decidido que sería más conveniente que fuera Abbas quien se ocupara de aquel perro. Y cuanto antes, mejor.

—El castigo para quien traiciona a nuestro pueblo es terminante. Sin duda Abbas sabrá qué hacer. Lo que me preocupa... —Hamid dejó que sus última palabras flotasen en el aire; esperaba una reacción por parte de Hernando, pero éste hizo ademán de iniciar sus oraciones—. Lo que me preocupa —insistió entonces el alfaquí—, es si tú sabes qué es lo que debes hacer.

—¿Qué quieres decir? —inquirió Hernando, tras unos instantes de duda.

—Karim se está entregando por nosotros...

—Me está protegiendo a mí —le interrumpió Hernando todavía dándole la espalda.

—No seas soberbio, Ibn Hamid. Nos protege a todos. Tú..., tú no eres sino un instrumento más en nuestra lucha. También protege a tu esposa, y a las madres a quienes ella enseña la palabra revelada, y a éstas cuando se las transmiten a sus hijos, y a los pequeños que las aprenden en secreto con la advertencia de que no las utilicen fuera de sus hogares... Nos protege a todos.

Hamid percibió un ligero temblor en el cuerpo de Hernando.

—Mi vida está en sus manos —dijo al fin, volviendo la cabeza hacia el alfaquí, quien temió que su pupilo se derrumbase. Se acercó a él y se postró a su lado, con dificultad—. Es posible que tengas razón... ¡seguro! Nos protege a todos, pero no puedes llegar a imaginar el pánico que me atenaza cuando veo ese débil cuerpo ajado, roto por la tortura, sometido a interrogatorio. ¿Cuánto puede aguantar un anciano como él? Tengo miedo, Hamid, sí. Tiemblo. No puedo controlar mis rodillas ni mis manos. Temo que, en la locura del dolor, acabe delatándome a mí mismo.

El alfaquí esbozó una triste sonrisa.

—La fuerza no reside en nuestro cuerpo, Ibn Hamid. La fuerza está en nuestro espíritu. ¡Confía en el de Karim! No te delatará. Hacerlo significaría traicionar a su pueblo.

Los dos cruzaron una mirada.

—¿Has rezado ya? —le sorprendió el alfaquí rompiendo el hechizo. Hernando creyó escuchar el eco de aquellas mismas palabras en la vieja choza de Juviles. Apretó los labios en espera de las siguientes—: La oración de la noche es la única que podemos practicar con cierta seguridad. Los cristianos duermen. —Hernando fue a contestar como siempre hacía, con un nudo en la garganta debido a la nostalgia que le invadía, pero Hamid se lo impidió—. ¿Cuánto hemos luchado desde entonces, hijo?

Sin embargo, Hamid no dio el recado a Abbas. El herrador era joven y fuerte. Karim moriría, durante la tortura o quemado como un hereje. Jalil era tan viejo como Karim, don Julián también era mayor y tenía que actuar siempre en la clandestinidad, sin posibilidad de moverse entre los moriscos, y él…, él sentía que su vida no tardaría en finalizar. Abbas no debía arriesgarse. Pero ¿cómo podía matar a aquel perro traidor?, volvió a pensar mientras le observaba vender despreocupadamente sus buñuelos en la cruz del Rastro.

Durante aquellos dos días de constante persecución, a Karim le habían descoyuntado los brazos en el potro de tortura, pero el anciano seguía tan obcecado en su silencio como Hernando en su ayuno y oración. Fátima y Aisha estaban preocupadas y hasta los niños presentían que algo terrible se avecinaba.

—¿Bebe el agua que le dejas? —preguntó Hamid a Fátima.

—Sí —contestó ella.

—En ese caso…, aguantará.

Hamid vio cómo el buñolero trasladaba su tenderete en busca de una zona en la que se había congregado un nutrido grupo de personas. Le siguió con la mirada hasta verle detenerse junto a un cuchillero.

Ofrecía a gritos sus productos, exprimiendo en la manga los buñue-los de jeringuilla que caían formando círculos en la sartén y chispo-rroteaban en el aceite hirviendo antes de que los cortase para ofrecer-los al público. ¡Cuchillos! Pero era demasiada la distancia que existía entre Cristóbal y el cuchillero como para que, en el supuesto de que lograra hacerse con uno de ellos, pudiera sorprender al buñolero y asestarle una puñalada. Seguro que los gritos del cuchillero le pondrían en guardia. Además, ¡debía cortarle la cabeza! ¿Cómo…?

De repente, Hamid apretó las mandíbulas.

—Alá es grande —masculló entre dientes mientras cojeaba en dirección al buñolero.

Cristóbal le vio dirigirse hacia él con los ojos clavados directa-mente en los suyos. Dejó de vocear sus buñuelos y frunció el ceño, pero cuando el alfaquí llegó a su altura, sonrió. ¡Sólo era un anciano tullido!

—¿Quieres uno, abuelo? —Hamid negó con la cabeza—. ¿En-tonces? —inquirió Cristóbal.

En ese momento, Hamid cogió la sartén con las dos manos. El silbido de la piel y la carne de los dedos al quemarse con la sartén incandescente pudo oírse por quienes estaban alrededor. El alfaquí ni siquiera pestañeó. Algunas personas saltaron a un lado justo cuando lanzaba el aceite hirviendo al rostro de Cristóbal. El buño-lero aulló y se llevó las manos a la cara antes de caer al suelo retor-ciéndose de dolor. Con la sartén todavía en las manos, y el olor a carne quemada invadiendo el lugar, el alfaquí se dirigió a la para-da del cuchillero. La gente se apartó a su paso y el cuchillero hizo lo propio ante un hombre enloquecido que parecía capaz de lan-zarle los restos del aceite. Entonces Hamid tiró la sartén, cogió un cuchillo, el más grande de los que se exponían a la venta, y volvió donde el buñolero seguía chillando.

La mayoría de la gente observaba quieta, a distancia; alguien corrió en busca de los alguaciles.

Hamid se arrodilló junto a Cristóbal, que pateaba y aullaba boca arriba, con la cara oculta entre las manos. Entonces le sajó los antebrazos, y el repentino y nuevo dolor llevó al buñolero a descu-brir su garganta. El alfaquí deslizó el cuchillo por el cuello del delator: fue un corte certero, profundo, con toda la fuerza de una comunidad ultrajada y traicionada. Surgió un chorro de sangre y Hamid se levantó empapado en ella, con el inmenso cuchillo todavía en la mano, y se topó con un alguacil que mantenía su espada desenvainada.

—¡Perros cristianos! —gritó amenazante, dejando escapar todo el rencor que había reprimido a lo largo de su vida.

El alguacil hundió su espada en el estómago de Hamid.

Las Alpujarras, las cumbres blancas de Sierra Nevada, los ríos y los barrancos, los bancales diminutos de tierras fértiles ganados a la montaña, escalón a escalón, el trabajo en los campos y las oraciones nocturnas... todo apareció con nitidez en la mente de Hamid. No sentía dolor alguno. Hernando, ¡su hijo!... Aisha, Fátima, los pequeños... Tampoco sintió dolor cuando el alguacil tiró del arma y la extrajo de su cuerpo. La sangre brotó de sus entrañas y Hamid la observó: igual que la vertida por miles de musulmanes que decidieron defender su ley.

El alguacil permanecía en pie frente a él, seguro de que aquel anciano se desplomaría en un instante. La gente los rodeaba en silencio.

—No hay otro Dios que Dios y Muhammad es el enviado de Dios —entonó Hamid.

No debían capturarle. No debían saber quién era él. Por razón alguna quería poner en peligro a su familia. Alzó el cuchillo y cojeó hacia el río, junto a la cruz del Rastro. La gente se apartó a su paso y el alguacil le siguió. ¡Tenía que derrumbarse! Un reguero de sangre quedaba tras él y, sin embargo, todos se detuvieron, sobrecogidos ante la magia de aquel anciano que renqueaba con serenidad hacia la ribera.

—¡No! —gritó el alguacil al comprender las intenciones de Hamid, justo en el momento en el que éste se dejó caer en el Guadalquivir y desapareció en sus aguas.

Hernando no era capaz de soportar más dolor. Acababa de volver del alcázar de los reyes cristianos, donde la tortura a Karim se había convertido en crueldad inútil: el anciano continuaba empecinado en no desvelar la identidad de sus cómplices y hasta el verdugo había osado volverse hacia los inquisidores indicando con un gesto de sus manos lo absurdo de aquella insistencia.

—¡Continúa! —le gritó el licenciado Portilla atajando sus dudas.

Mientras, Hernando era obligado a presenciar la barbarie. Las palabras de Hamid habían conseguido que se afianzara en su fe, en el espíritu que los movía a luchar por sus leyes y costumbres, y con ese ánimo trataba de acudir al alcázar de los reyes, pero una vez en las mazmorras, cuando torturaban a Karim y le exigían el nombre de sus cómplices, el miedo volvía a atenazarle. ¡Era su nombre el que tan tenazmente callaba! A sólo dos pasos, Karim era salvajemente torturado; olía su sangre y sus orines; contemplaba las convulsiones que se reflejaban en sus músculos, contraídos por el intenso dolor; escuchaba sus gritos apagados, peores que el más terrible de los aullidos, y sus jadeos y sollozos en los descansos. Unas veces se enorgullecía por la victoria de Karim sobre los inquisidores, ¡defendía a su pueblo, a su ley! Pero otras sentía un atroz sentimiento de culpa…Y a ratos su sudor frío se mezclaba con el hedor de la mazmorra al solo pensamiento de que Karim pudiera ceder y señalarle con uno de sus dedos: ¡él!, ¡es a él a quien buscáis! Entonces se arrugaba en la silla, aterrorizado, con el estómago encogido, imaginando cómo se lanzaban encima de él los alguaciles y los inquisidores. El siguiente podía ser él y nadie podría echarle en cara a un hombre, cualquiera que fuese su condición, que ante tal cúmulo de tormentos, desfalleciese y declarase aquello que exigían. Orgullo, culpabilidad, pánico; los sentimientos se entremezclaban en Hernando, iban y venían, lo zarandeaban como si de un muñeco se tratara, alternándose sin tregua ante una simple pregunta, un nuevo tirón de la maroma, un grito…

Acababa de regresar a casa cuando un joven enviado por Jalil le contó lo sucedido con Hamid. Fátima y Aisha lloraban acurrucadas en el suelo, contra la pared, abrazadas a los niños.

¡No podía soportar más dolor!

—El buñolero muerto… —inquirió Hernando con la voz rasgada—. ¿Se llamaba Cristóbal Escandalet?

—Sí —le contestó el joven.

Hernando negó con la cabeza. ¿Acaso Hamid no se lo había dicho a Abbas?

—Ese hombre era un espía y un traidor —afirmó entonces dirigiéndose de nuevo al joven morisco—. Fue él quien denunció a Karim ante la Inquisición. ¡Que todos nuestros hermanos sepan por qué nuestro mejor alfaquí ha cometido tal acción! Lo juzgó, dictó sentencia y él mismo la ejecutó. ¡Que lo sepa también la familia del buñolero!

Lloró ya en su habitación, presto a entregarse de nuevo a la oración y al ayuno. ¿Quién utilizaría ahora el pequeño cuarto del piso bajo? Y la muesca en dirección a la quibla, ¿quién se postraría ante ella a partir de entonces? Se la había mostrado como pudiera hacer un niño cuando ha hecho una buena acción, con orgullo e inocencia, en espera de su beneplácito. Hamid, aquel de quien lo había aprendido todo, aquel de quien tomó su nombre: Hamid ibn Hamid, ¡el hijo de Hamid!

Una lágrima nubló su visión para alejarle de la realidad. Entonces, un grito estremecedor resonó en la noche por todo el barrio de Santa María:

—¡Padre!

Los alguaciles entraron a Karim arrastrándolo de las axilas, la cabeza le colgaba y los pies, ya destrozados por la tortura, se deslizaban tras él por el suelo, como si el que los hubiera unido a los tobillos para presentarlo a los inquisidores se hubiera equivocado al hacerlo.

Los alguaciles trataron de erguirlo frente al licenciado Portilla y el verdugo tiró del escaso cabello cano que le restaba a Karim para mostrar su rostro. El inquisidor chasqueó la lengua y dio un manotazo al aire, rindiéndose.

Hernando observó los ojos amoratados del anciano, hinchados, perdidos mucho más allá de las paredes de la mazmorra; quizá mirando a la muerte, quizá al paraíso. ¿Quién se merecía el paraíso más que aquel buen creyente? Entonces los labios resecos de Karim se movieron.

—¡Silencio! —clamó el inquisidor.

El balbuceo de Karim pudo oírse en la estancia como un rumor lejano; deliraba en árabe.

—¿Qué dice? —vociferó el inquisidor a Hernando.

El morisco aguzó el oído sabiéndose observado por el licenciado Portilla.

—Llama a su mujer —creyó entender. Amina, estuvo a punto de citar—. Ana —mintió—, parece que se llama Ana.

Karim no cesaba de murmurar.

—¿Tanta palabrería para llamar a su mujer? —sospechó el inquisidor.

—Recuerda poesías —aclaró Hernando. Le pareció escuchar una de aquellas antiguas, de las que aparecían labradas en las paredes de la Alhambra de Granada—. Se asemeja a la esposa… que se presenta al esposo adornada de su hermosura tentadora —recitó.

—Pregúntale por sus cómplices. Quizá ahora…

—¿Quiénes han sido tus cómplices? —obedeció Hernando, sin poder levantar la mirada.

—¡En árabe, imbécil!

—¿Quiénes…? —empezó a traducir para detenerse de repente. Nadie en esa mazmorra, salvo Karim, podía entenderle—: Dios ha hecho justicia —le anunció en árabe—. Aquel que ha traicionado a nuestro pueblo ha sido degollado conforme a nuestra ley. Hamid de Juviles se ha ocupado de ello. Te encontrarás con el santo alfaquí en el paraíso.

Portilla desvió la mirada hacia el morisco, extrañado por la longitud de su discurso. En ese momento, un brillo casi imperceptible apareció en los ojos del anciano al tiempo que sus labios se contraían en un rictus que pretendía ser una sonrisa. Luego, expiró.

—Será quemado en efigie en el próximo auto de fe —sentenció el inquisidor cuando el médico, tras reconocer a Karim, certificó lo que ya todos sabían—. ¿Qué es lo que le has dicho? —preguntó a Hernando.

—Que debía ser un buen cristiano —afirmó sin pestañear, seguro de sí mismo—. Que debía confesar lo que interesabais y reconciliarse con la Iglesia para obtener el perdón de Nuestro Señor y la salvación eterna de su alma…

El licenciado se llevó los dedos a los labios y los frotó.

—Está bien —cedió después.

40

E l 15 de abril de 1581, las Cortes portuguesas, reunidas en la ciudad de Tomar, juraron rey de Portugal a Felipe II de España. La península Ibérica se unificaba así bajo una misma corona y el Rey Prudente obtenía el control de los territorios que la formaban y el comercio con el Nuevo Mundo, repartido entre España y Portugal a raíz del tratado de Tordesillas.

Fue precisamente en Portugal donde por primera vez se trató la posibilidad del exterminio en masa de los moriscos españoles. Reunidos el rey, el conde de Chinchón y el rehabilitado anciano duque de Alba, cuyo carácter no se suavizaba ni siquiera con la vejez, estudiaron la posibilidad de embarcar a todos los moriscos con destino a Berbería para, una vez en alta mar, barrenar las naves a fin de que perecieran ahogados.

Por fortuna, o quizá porque la armada estaba ocupada en otros menesteres, la matanza de todo un pueblo no se llevó a cabo.

Pero en el mes de agosto de ese mismo año, desde Portugal, el rey adoptó también otra decisión que afectaría directamente a Hernando. Ese verano la sequía hizo estragos en la campiña cordobesa: las yeguas carecían de pastos en las dehesas, y faltaba el dinero para alimentarlas con un grano excesivamente caro que, por otra parte, era reclamado por los vecinos. Hasta el obispado de Córdoba se había visto obligado a adquirir trigo importado de fuera de España. Por eso, el rey escribió al caballerizo mayor don Diego López de Haro y al conde de Olivares comunicándoles que la yeguada debía ser trasladada a Sevilla, a los pastos del coto real del Lomo del Grullo, sobre el que tenía jurisdicción el conde, para que allí pudiera apacentar.

Había transcurrido más de un año desde que Karim murió a manos del verdugo de la Inquisición y Hamid desapareció en las aguas del Guadalquivir tras vengar la traición a la comunidad morisca. Hernando vivió ese período en constante penitencia, porque cada vez que recordaba el obstinado silencio de Karim en la sala de tortura del alcázar de los reyes cristianos le invadía un sentimiento de culpabilidad al que sólo creía engañar mediante el ayuno y la oración.

—Habría muerto igual —trató de convencerle Fátima, preocupada por el estado que mostraba su esposo: delgado, demacrado y con unas marcadas ojeras negras que apagaban el intenso azul de sus ojos—. Aunque hubiera confesado, nunca se habría reconciliado con la Iglesia y le habrían ejecutado de todos modos.

—Quizá sí… —contestó Hernando, pensativo—, quizá no. Eso no podemos saberlo. Lo único cierto, lo único que sé, puesto que lo viví momento a momento, es que falleció en el dolor y la crueldad por mantener en secreto mi nombre.

—¡El de todos, Hernando! Karim ocultaba el nombre de todos aquellos que siguen creyendo en el único Dios, no sólo el tuyo. No puedes asumir solo esa responsabilidad.

Pero el morisco rechazó las palabras de su mujer.

—Dale tiempo, hija —le recomendó Aisha ante el llanto de Fátima.

Don Diego anunció a Hernando que debía ir con la yeguada a Sevilla y quedarse con ella hasta volver a Córdoba. Fátima y Aisha se alegraron, esperanzadas en que el viaje y el tiempo que estuviese en Sevilla consiguieran distraerle y arrancarle de la tristeza en la que se hallaba sumido y para la que no parecía existir consuelo, ni siquiera en sus paseos diarios a lomos de Azirat.

A principios de septiembre, cerca de cuatrocientas yeguas, los potros de un año y los nacidos en esa primavera, se pusieron en marcha en dirección a los ricos pastos de las marismas del bajo Guadalquivir. El Lomo del Grullo se hallaba a unas treinta leguas de Córdoba por el camino de Écija y Carmona a Sevilla desde donde, una vez cruzado el río, debían dirigirse a Villamanrique, población enclavada junto al coto de caza real. En circunstancias normales el viaje podía hacerse en unas cuatro o cinco jornadas, pero Hernando y los demás jinetes que le acompañaban pronto comprendieron que, por lo menos, doblarían el número de días. Don Diego contrató personal complementario para que ayudase a los yegüeros que andaban junto al ganado, tratando de mantener unida y compacta una gran manada que no estaba tan acostumbrada a los traslados a larga distancia como podían estarlo los grandes rebaños de ovejas que trashumaban por la cercana cañada real de la Mesta. A todo aquel contingente de hombres y caballos se les unió, como si de una romería se tratase, un grupo de nobles cordobeses deseosos de satisfacer al rey, que no hacían sino entorpecer el trabajo de yegüeros y jinetes.

Así, como bien previeran Fátima y Aisha, Hernando llegó a olvidar toda preocupación, centrándose en galopar arriba y abajo con Azirat para recuperar las yeguas o los potros que se alejaban de la manada, o para actuar todos unidos a fin de agrupar aún más a los animales en el momento de cruzar un paso estrecho o complicado. El rojo brillante del pelo de Azirat destacaba allí donde trabajase y su agilidad, sus caracoleos y sus aires soberbios despertaban admiración entre los viajeros.

—¿Y ese caballo? —preguntó un noble obeso, apoltronado más que montado en una gran silla de cuero repujada con adornos de plata, a otros dos que le acompañaban, algo alejados de la manada para evitar la polvareda que levantaba la manada del seco camino.

Hernando acababa de frustrar la huida de uno de los potros, persiguiéndolo, adelantándolo y revolviéndose frente a él con Azirat a la empinada que, elevado sobre sus cuartos traseros, sin llegar a manotear en el aire, obligó al díscolo a retornar.

—Por su capa colorada, no debe de ser sino un desecho de las caballerizas reales —presumió uno de los interpelados—. Una verdadera lástima —sentenció, impresionado ante los movimientos de caballo y jinete—. Será uno de los caballos con que Diego satisface parte del sueldo de los empleados.

—¿Y el jinete? —inquirió el primero.

—Un morisco —aclaró en esta ocasión el tercero—. He oído a Diego hablar de él. Tiene una gran confianza en sus cualidades y no cabe duda de que...

—Un morisco... —repitió para sí el noble obeso sin hacer caso a otras explicaciones.

Los tres hombres observaban ahora cómo Hernando se dirigía a galope tendido hacia la cabeza de la manada. Cuando el morisco pasaba por su lado, el conde de Espiel se irguió sobre los estribos de plata de su lujosa silla de montar y frunció el ceño. ¿Dónde había visto antes aquella cara?

El rey les proveyó de órdenes para recabar la ayuda de las gentes y los corregidores de todos los pueblos que cruzaran en su camino, pero, no obstante, antes de poner fin a cada jornada, los jinetes tenían que encontrar el lugar adecuado para reunir y alimentar a aquella cantidad de ganado y obtener grano o paja si los pastos elegidos eran insuficientes. Al mismo tiempo, los nobles buscaban las comodidades del pueblo más cercano.

Por las noches, Hernando caía rendido después de atender a Azirat, cenar el potaje de la olla que el cocinero preparaba sobre un fuego a campo abierto y charlar un rato con los demás hombres. Sólo durante los turnos de guardia en aquellas dehesas abiertas y desconocidas tanto para el ganado como para los hombres rememoraba los acontecimientos que habían marcado su último año.

Fue en esos momentos de silencio, montado sobre Azirat, cuando Hernando llegó a reconciliarse consigo mismo. A lomos de su caballo, mientras escuchaba cómo el resoplar de alguno de los animales rompía el silencio o azuzaba con suavidad a aquel que, dormitando, pretendía alejarse de la manada, el morisco recobró el sosiego. ¡Cuán diferentes eran aquellas horas del estruendo de más de medio millar de animales por los caminos! Los relinchos y bramidos, las coces y los mordiscos; la inmensa polvareda que levantaban a su paso y que le impedía ver más allá de unos pasos. Por las noches podía contemplar un inmenso cielo estrellado, nítido y brillante, diferente al que alcanzaba a ver desde su casa de Córdoba, encajonada entre tantos otros edificios. Allí en el campo, a solas, llegó a sentirse como en las Alpujarras. ¡Hamid! Se había entregado a ellos. Buscando el contacto de un ser vivo, palmeaba el cuello de Azirat cuando notaba cómo se le cerraba la garganta al recuerdo del viejo alfaquí. También pensó en Karim, pero en esta ocasión permitió que las dolorosas escenas que había vivido en las mazmorras de la Inquisición renacieran una tras otra en su memoria, sin refugiarse en la oración o en el ayuno para alejarlas de sí. Revivió una y otra vez el dolor del anciano, sintiéndolo en su carne, viéndolo, sufriéndolo, doliéndose como si fuera allí y entonces donde lo torturaran, a Karim... y a él. Poco a poco, su rostro congestionado y sus reprimidos aullidos de dolor en pugna por no conceder victoria o satisfacción alguna a sus verdugos, y su cuerpo cada día más dislocado, se le presentaron con una crudeza tal, que Hernando se encogía en la montura y allí, en la inmensidad de Andalucía, donde al amparo de la noche podía huir a ningún sitio para alejarse de todos aquellos recuerdos, empezó a aprender a vivir con su dolor y a enfrentarse a él.

Hernando miró al cielo, a la luna que jugaba a definir los contornos y vio caer una estrella fugaz, y al cabo, otra... y otra más, como si los dos ancianos le contemplaran y le hablaran desde el paraíso.

Brahim también vio las mismas estrellas fugaces, pero su interpretación fue bien distinta de la de Hernando. Habían transcurrido siete años desde que había armado sus primeras fustas para el corso y después de cuatro temporadas capitaneando personalmente los ataques a la costa, y de varias ocasiones en las que las milicias urbanas estuvieron a punto de detenerle, decidió ceder su puesto en las barcas a Nasi, convertido en un joven fuerte y cruel como su amo, y limitarse a invertir su dinero, a llevar el negocio con mano de hierro y a recoger los cuantiosos beneficios que éste le proporcionaba.

Junto a Nasi se mudó a un palacete en la medina de Tetuán, donde vivía rodeado de lujo y de mujeres. Para cerrar una conveniente alianza volvió a casarse, esta vez con la hija de otro jeque de la ciudad que le dio dos hijas, pero se cuidó mucho, a la hora de concertar y contraer matrimonio, de advertir a la familia de la novia de que aquella mujer no era más que su segunda esposa; que la primera estaba retenida en España y que, un día u otro, volvería a él para ocupar el lugar que le correspondía.

Porque a medida que el antiguo arriero de las Alpujarras obtenía riquezas, prestigio y respeto, su humillante salida de Córdoba le corroía más y más; ahí estaba el muñón de su brazo derecho como un recuerdo perenne, sobre todo durante las calurosas noches del verano norteafricano en las que se despertaba, empapado en sudor, por las punzadas de dolor de aquella mano que le faltaba. Luego, el tiempo discurría hasta el amanecer en una duermevela. Cuanto mayor era su poder, mayor era su desesperación. ¿De qué le servían los esclavos si no lograba olvidar la esclavitud a que él mismo había sido condenado en Córdoba? ¿Para qué quería sus fabulosas riquezas si le robaron la mujer que deseaba por no poder gobernarla? Y en cada ocasión en que castigaba a alguno de sus hombres por ladrón y sentenciaba que le cortasen una mano, siempre se veía a sí mismo, en Sierra Morena, inmovilizado por un grupo de monfíes que le extendían el brazo para que el alfanje cercenara la misma mano que él ordenaba entonces cortar.

Las comodidades y la abundancia, amén de la falta de cualquier otro tipo de preocupaciones, llevaron a Brahim a obsesionarse con su pasado y no había cautivo cristiano o fugado morisco que no fuera interrogado sobre la situación en Córdoba, sobre un monfí de Sierra Morena al que llamaban el Manco; sobre Hernando, morisco de Juviles, que vivía en Córdoba y al que llamaban el nazareno, y sobre Aisha o Fátima. Sobre todo acerca de Fátima, cuyos almendrados ojos negros permanecían vivos en el recuerdo y en el cada vez más enfermizo deseo del arriero. El interés del rico corsario, que premiaba con suma generosidad cualquier noticia, corrió de boca en boca y pocos eran los hombres de sus fustas que no perseguían aquellas informaciones y que, de una forma u otra, se las proporcionaban al retornar de sus incursiones. Así llegó a enterarse de que el Sobahet había muerto y de que Ubaid había ocupado su puesto.

—¿Conocéis Córdoba?

Brahim lo preguntó directamente en aljamiado, interrumpiendo sin consideración los saludos de cortesía de los dos frailes capuchinos en misión redentora de esclavos. ¿Qué le importaban a él las formalidades?

Los frailes, tonsurados, ataviados con sus hábitos y sus cruces en el pecho, se sorprendieron y se consultaron con la mirada. Se hallaban en la magnífica sala de recepción del palacio de la medina de Brahim, en pie frente a su anfitrión, que los interrogaba recostado sobre multitud de cojines de seda, con el joven Nasi a su lado.

—Sí, excelencia —contestó fray Silvestre—. He estado varios años en el convento de Córdoba.

Brahim no pudo ocultar su satisfacción, sonrió e indicó a los monjes que tomaran asiento junto a él, palmeando nerviosamente los cojines que se disponían a sus lados. Mientras el corsario ordenaba que llamasen a un esclavo para que los atendiese, fray Enrique cruzó una mirada de complicidad con su compañero: debían aprovechar la predisposición del gran corsario de Tetuán para obtener sus favores y un menor precio por las almas que habían ido a rescatar.

Junto a otras órdenes redentoras, los monjes capuchinos se ocupaban del rescate de los esclavos de Tetuán, mientras los carmelitas hacían lo propio con los de Argel. A tales fines, fray Silvestre y fray Enrique acababan de visitar la alcazaba Sidi al-Mandri, residencia del gobernador y etapa obligada en toda misión de rescate: primero, tras pagar impuestos al desembarcar entre los insultos y los escupitajos de la gente, había que liberar a los cautivos propiedad del gobernante del lugar; como era costumbre, el gobernador incumplió las condiciones pactadas en el difícil y complejo acuerdo por el que concedía permiso y salvaguarda a los monjes redentoristas, y exigió mayor precio y mayor número de esclavos de su propiedad para liberar. Por eso, encontrarse con un jeque bien dispuesto, que los invitaba a sentarse y les ofrecía comida y bebida que ya les estaba sirviendo todo un ejército de esclavos negros, constituía una circunstancia que debían aprovechar. Tenían dinero, bastante dinero fruto de las entregas directas de los familiares de los cautivos, de las limosnas que constantemente se demandaban en todos los reinos, y sobre todo de las mandas y legados que los piadosos cristianos efectuaban en sus testamentos. ¡Cerca de un setenta por ciento de los testamentos de los españoles instituían mandas para el rescate de almas! Sin embargo, todo el dinero del mundo era insuficiente para liberar a los miles de cristianos que se amontonaban bajo tierra en los silos de Tetuán, porque la ciudad se hallaba construida sobre terreno calcáreo y, junto a la alcazaba, existían unas inmensas galerías subterráneas naturales que cruzaban toda la ciudad y en las que se encerraban a miles de cristianos cautivos.

Los frailes acababan de estar en aquellas mazmorras y casi habían llegado a perder el sentido debido al hedor y al ambiente malsano. Miles de hombres se hacinaban en los subterráneos, mugrientos, desnudos y enfermos. No había luz natural ni aire; la única ventilación provenía de unas troneras enrejadas que daban directamente a las calles de la ciudad. Allí, los cristianos esperaban su rescate o su muerte, aherrojados mediante cadenas o argollas, o con los pies introducidos entre largas barras de hierro que les impedían moverse.

—Contadme, contadme —los exhortó Brahim, despertándolos del recuerdo de las salvajes condiciones en que se mantenían cautivos a sus compatriotas.

Fray Silvestre sabía de Hernando, el morisco empleado por don Diego en las caballerizas reales y que los domingos se paseaba por Córdoba en un magnífico caballo alazán con dos niños a horcajadas en la montura. Le habían comentado que prestaba servicios al cabildo catedralicio, aunque ignoraba cualquier circunstancia acerca de su familia. Y sí, por supuesto, sabía del sanguinario monfí a quien todos llamaban el Manco —el religioso tuvo que hacer un esfuerzo por desviar la mirada del muñón de Brahim—, que tras la muerte del Sobahet se había convertido en un reyezuelo en las entrañas de Sierra Morena. Ninguno de los dos osó preguntar a qué venía el interés del corsario por aquellos personajes, y entre tragos de limonada, dátiles y dulces, hablaron de Córdoba antes de tratar sobre el rescate de los esclavos que habían venido a liberar y cuya negociación, para desespero de los religiosos, Brahim dejó en manos de Nasi.

Poco a poco, Brahim fue reuniendo la información que anhelaba pero, pese a que la osadía de los corsarios los llevaba a internarse en territorio cristiano hasta poblaciones bastante alejadas de las costas, Córdoba estaba demasiado lejos, a más de treinta leguas por las vías principales, como para arriesgarse a acudir hasta allí. Además, ¿qué harían una vez se hallaran en la antigua sede califal?

Ahora, Brahim contemplaba aquellas mismas estrellas fugaces en las que Hernando, en una dehesa cercana a Carmona, quiso ver un mensaje celestial de sus difuntos seres queridos. El corsario había logrado resolver, no sin riesgos, los problemas que le impedían llevar a cabo su venganza. La solución le había llegado de la mano de la joven y bella doña Catalina y su pequeño Daniel, esposa e hijo de don José de Guzmán, marqués de Casabermeja, rico terrateniente de origen malagueño, a quienes sus hombres hicieron prisioneros junto a una pequeña escolta con la que viajaban, en una incursión en las cercanías de Marbella.

Doña Catalina y su hijo Daniel constituían una presa valiosísima, por lo que el corsario los acogió de inmediato en su palacio y les procuró cuantas atenciones fueran necesarias hasta que llegasen los negociadores del marqués, porque los nobles no esperaban hasta que una misión redentorista obtuviera los fondos y los difíciles permisos necesarios del gobernador de Tetuán y del rey Felipe, siempre reacio a aquella fuga de capitales hacia sus enemigos musulmanes, aunque al final se viera siempre obligado a claudicar. En el caso de nobles y principales, tan pronto como las familias tenían noticias de dónde se encontraban sus allegados, cosa de la que se ocupaban los propios corsarios, se entraba en rápidas negociaciones para pactar el rescate.

Doña Catalina y su hijo no fueron menos y Brahim no tardó en recibir la visita de Samuel, un prestigioso mercader judío de Tetuán con quien el arriero ya había tenido numerosos tratos comerciales a la hora de vender mercancías capturadas a los barcos cristianos.

—No quiero dinero —le interrumpió tan pronto como el judío empezó a negociar—. Quiero que el marqués se ocupe de devolverme a mi familia y de procurarme venganza sobre dos alpujarreños.

La última de las estrellas fugaces trazó una parábola en el límpido cielo cordobés y Brahim sonrió con el recuerdo de la cara de sorpresa de Samuel al escuchar sus condiciones para liberar a doña Catalina y su hijo.

—Si no es así, Samuel —sentenció poniendo fin a la conversación—, mataré a madre e hijo.

Brahim miraba al cielo desde el balcón de la estancia en que se hallaba alojado, en la venta del Montón de la Tierra, la última de las que se abrían en el camino de las Ventas desde Toledo, a sólo una legua de Córdoba. Por allí había pasado hacía ocho años con Aisha y Shamir en busca del Sobahet para proponerle el trato que conllevó la pérdida de la mano derecha. ¡Ubaid!, masculló. Acarició la empuñadura del alfanje que colgaba de su cinto; había aprendido a utilizar el arma con su mano izquierda. En su bolsa llevaba un documento suscrito por el secretario del marqués que le garantizaba la libre circulación por Andalucía, y en la puerta de su habitación se apostaba un lacayo del noble para que nadie le molestase mientras esperaba acontecimientos. Desde el balcón observó también la planta baja de la venta, un patio cuadrado iluminado por hachones clavados en las paredes, alrededor del cual se disponían la cocina y el comedor, el pajar, las habitaciones del mesonero y su familia y establos para las caballerías. Varios soldados del pequeño ejército reclutado por el marqués remoloneaban en el patio y esperaban igual que él. Al ventero se le había entregado una buena cantidad de dinero para comprar su silencio y cerrar la posada a cualquier otro viajero.

Volvió a mirar al cielo y trató de contagiarse de la serenidad con qué le amparaba. Llevaba años soñando con ese día. Golpeó repetidamente la barandilla de madera en la que se apoyaba con el puño de su mano izquierda y un par de soldados miraron hacia el balcón.

Nasi había tratado de convencerle, una vez más, hacía cuatro días, antes de que desembarcara en las costas malagueñas.

—¿Qué necesidad tienes de ir a Córdoba? El marqués puede traértelos a todos, incluido Ubaid. Podría entregártelo aquí, encadenado como un perro. No correrías ningún riesgo...

—Quiero presenciarlo desde el primer momento —contestó Brahim.

Tampoco lo entendió el marqués, un joven soberbio y tan altivo como anunciaba su magnífica presencia. El noble había exigido garantías de que, una vez cumplida su parte del trato, el corsario cumpliría con la suya y para su sorpresa, la garantía se le presentó en la persona del mismísimo Brahim.

—Si yo no volviese, cristiano —le amenazó éste—, no puedes llegar a imaginar los sufrimientos que padecerán tu mujer y tu hijo antes de morir.

Había hablado con Nasi al efecto.

—En caso de que no regrese, mi mujer y mis hijas heredarán, como es ley —añadió al despedirse de su joven ayudante—, pero el negocio será tuyo.

Sabía que se jugaba la vida, que si algo salía mal..., pero necesitaba estar allí, ver la expresión de Fátima y del nazareno, de Aisha, de Ubaid; la venganza sería poca si le privaban de esos momentos.

Aquella madrugada, siete hombres del marqués de Casabermeja, de entera confianza y probada fidelidad al noble, se dirigieron a la puerta de Almodóvar, en el lienzo occidental de la muralla que rodeaba Córdoba. Durante el día habían comprobado que las informaciones recibidas acerca de la situación de la casa de Hernando eran correctas. No lograron ver al morisco, pero un par de vecinos, cristianos viejos bien dispuestos cuando de maldecir a los moriscos se trataba, les confirmaron que allí vivía el que trabajaba como jinete en las caballerizas reales. También pagaron una buena suma al alguacil que debía franquearles el paso por la puerta de Almodóvar. Esa madrugada el portón se entreabrió, y el marqués, embozado, junto a dos lacayos con el rostro igualmente cubierto y siete soldados más, entró en Córdoba. Fuera, escondidos, esperaban dos hombres con caballos para todos. Los diez hombres descendieron en silencio por la desierta calle de Almanzor hasta llegar a la de los Barberos, donde uno de los hombres se apostó. El marqués, con el rostro oculto en el embozo, se santiguó frente a la pintura de la Virgen de los Dolores que aparecía en la fachada de la última casa de la calle de Almanzor antes de ordenar que apagaran las velas que descansaban bajo la escena, única iluminación de la calle. Mientras los lacayos obedecían, el resto se adelantó hasta la casa, cuya recia puerta de madera permanecía cerrada. Uno de ellos continuó más allá, hasta la intersección de la calle de los Barberos con la de San Bartolomé, desde donde silbó en señal de que no existía peligro alguno; nadie andaba por aquella zona de Córdoba a tales horas y sólo algunos ruidos esporádicos rompían la quietud.

—Adelante —ordenó entonces el noble sin importarle que pudieran escucharle.

A la luz de la luna, que pugnaba por llegar a los estrechos callejones de la Córdoba musulmana, uno de sus hombres se desprendió de la capa, y ayudado por otros dos que lo impulsaron hacia arriba, se encaramó con asombrosa agilidad hasta un balcón del segundo piso. Una vez allí, arrojó una cuerda por la que ascendieron los dos que le habían ayudado.

El caballero continuó oculto tras su embozo, y los hombres que le acompañaban empuñaron sus espadas, dispuestos para el ataque, en cuanto vieron a sus tres compañeros apretujados en el pequeño balcón de la vivienda de Hernando.

—¡Ahora! —gritó el marqués.

Dos fuertes patadas contra el postigo de madera que cerraba la ventana resonaron en las calles de la medina. Inmediatamente después de las patadas, al escucharse el primer grito desde dentro de la casa, los del balcón se lanzaron contra el maltrecho postigo, lo hicieron añicos e irrumpieron en el dormitorio de Fátima. Los hombres que esperaban abajo se movieron, nerviosos, junto a la puerta cerrada. El marqués ni siquiera volvió la cabeza, hierático. El escándalo de los gritos y las correrías de hombres y mujeres por la casa, los llantos de los niños y los tiestos de flores que se rompían contra el suelo precedió a la apertura de la puerta que daba a la calle. Los hombres que esperaban abajo se arrollaron unos a otros con las espadas en alto para superar el zaguán de entrada. En las casas vecinas empezó a evidenciarse movimiento. La luz de una linterna brilló en un balcón cercano.

—¡En nombre del Manco de Sierra Morena —gritó uno de los apostados en el callejón—, apagad las luces y quedaos en vuestras casas!

—¡En nombre de Ubaid, monfí morisco, cerrad las puertas y las ventanas si no queréis salir perjudicados! —ordenaba el otro recorriéndolo arriba y abajo.

El marqués de Casabermeja continuó quieto frente a la fachada de la casa; poco después salieron sus hombres llevando a rastras a Aisha y a Fátima, descalzas y con la simple camisola con la que dormían, y en volandas a los tres niños, que lloraban.

—No hay nadie más, excelencia —le comunicó uno de ellos—. El morisco no está.

—¿Qué pretendéis? —gritó entonces Fátima.

El hombre que la agarraba del brazo le propinó un manotazo en el rostro al tiempo que el secuaz que arrastraba a Aisha la zarandeaba para que no gritase. Fátima, aterrada, tuvo tiempo de lanzar una última mirada hacia su hogar. Los sollozos de sus hijos la hicieron volver la cabeza hacia ellos. Dos hombres los cargaban sobre los hombros; otro arrastraba a Shamir, que intentaba soltarse mediante infructuosos puntapiés. Inés, Francisco… ¿qué iba a ser de ellos? Se debatió una vez más, inútilmente, en los fuertes brazos de su secuestrador. Cuando se rindió, vencida, salió de su boca un grito ronco, de ira y dolor, que el hombre sofocó con su recia mano. ¡Ibn Hamid!, murmuró entonces Fátima para sí, con el rostro anegado en lágrimas. Ibn Hamid…

—Vámonos —ordenó el noble.

Desanduvieron sus pasos hasta la cercana puerta de Almodóvar, arrastrando a las dos mujeres por las axilas; los niños seguían en brazos de aquellos que los habían sacado de la casa.

En sólo unos instantes montaban a caballo, con las mujeres tumbadas sobre la cruz como si de simples fardos se tratase y los niños agarrados por los jinetes. Mientras, en la calle de los Barberos, los vecinos se arremolinaban frente a las puertas abiertas de la casa de Hernando, dudando si entrar o no. El marqués y sus hombres partieron al galope en dirección a la venta del Montón de la Tierra.

Pero el secuestro de aquella familia sólo constituía una parte del acuerdo con Samuel el judío, que también incluía poner a los pies de Brahim al monfí de Sierra Morena conocido como el Manco, pensaba el marqués, preocupado durante su carrera hacia la venta por no haber encontrado a Hernando.

Asaltar una casa morisca en Córdoba fue para el marqués de Casabermeja una empresa relativamente fácil. Sólo hacía falta contar con hombres leales y preparados, y dejar caer unos escudos de oro aquí y allá; nadie iba a preocuparse por unos cuantos perros moros. Lo del monfí era diferente: había que encontrar a su banda en el interior de Sierra Morena, acercarse a él y, con toda seguridad, pelear con su gente para capturarlo. La empresa del monfí se había iniciado hacía días y sólo cuando el marqués recibió noticias de que sus hombres ya se habían puesto en contacto con el Manco, avisó a Brahim y éste se arriesgó a entrar en Córdoba. Todo tenía que hacerse al mismo tiempo, puesto que ni el corsario quería permanecer en tierras españolas más días de los imprescindibles, ni el marqués de Casabermeja quería arriesgarse a que los detuvieran.

Para capturar al monfí el marqués había contado con un ejército de bandoleros valencianos capitaneados por un noble de menor rango y escasos recursos económicos, cuyas tierras lindaban con las posesiones que él señoreaba en el reino de Valencia. No era el único hidalgo que recurría a tratos con bandoleros; existían verdaderos ejércitos al mando de nobles y señores que, amparados en sus prerrogativas, usaban a esos criminales a sueldo para misiones de puro saqueo o con el fin de zanjar a su favor cualquier pleito sin necesidad de recurrir a la siempre lenta y costosa justicia.

El administrador de las tierras del marqués en Valencia gozaba de buenas relaciones con el barón de Solans, quien mantenía un pequeño ejército de cerca de cincuenta bandoleros que haraganeaban en un destartalado castillo y que aceptó de buen grado el importe que le ofreció el administrador por deshacerse de una banda de moriscos. Salvo el Manco, al que deberían entregar vivo en la venta del Montón de la Tierra, los demás debían morir, pues el marqués no deseaba testigos. El barón de Solans engañó a los monfíes de Sierra Morena haciendo llegar a Ubaid un mensaje por el que le invitaba a aliarse con él dado su conocimiento de las sierras para, juntos, afrontar misiones de mayor envergadura en las cercanías de la rica Toledo. Cuando ambas partidas se encontraron en la sierra, se produjo una lucha desigual: cincuenta experimentados criminales bien armados contra Ubaid y algo más de una docena de esclavos moriscos fugados.

Brahim corrió hacia el balcón que daba al patio ante la agitación de los hombres que allí esperaban. Llegó a tiempo de ver cómo abrían las puertas de la venta para franquear el paso a un grupo de jinetes y crispó los dedos de su mano izquierda sobre la barandilla de madera cuando, entre las sombras y el titilar del fuego de los hachones, vislumbró las figuras de dos mujeres que los hombres dejaron caer de los caballos tan pronto como las puertas se cerraron tras ellos.

Aisha y Fátima trataron de ponerse en pie. La primera se apoyó en la espalda de un caballo y volvió a caer cuando éste caracoleó inquieto. Fátima gateó y trastabilló en varias ocasiones antes de lograr levantar la mirada hacia los jinetes, buscando a los niños cuyos llantos le llegaban con nitidez pese al alboroto que armaban los caballos. Por encima de ellos, Brahim sí que descubrió a los niños, pero…, aguzó la vista inclinándose sobre la baranda.

—¿Y el nazareno? —gritó desde el balcón—. ¿Dónde está ese hijo de puta?

Aisha se llevó las manos al rostro y se derrumbó entre las patas de uno de los caballos; dejó escapar un único grito que resonó por encima del repicar de cascos, los bufidos de animales y las órdenes

de sus jinetes. Fátima se irguió y, temblorosa, con todos los músculos de su cuerpo en tensión, giró lentamente la cabeza, como si
quisiera darse tiempo para identificar la voz que acababa de reventar en sus oídos antes de alzar sus inmensos ojos negros hacia el
balcón. Sus miradas se cruzaron. Brahim sonrió. Instintivamente,
Fátima trató de tapar sus pechos, que sintió desnudos bajo la sencilla camisola de dormir. Unas risotadas surgieron de boca de los
jinetes más próximos a Fátima, algunos de ellos ya pie a tierra.

—¡Cúbrete, perra! —gritó el corsario—. ¡Y vosotros —añadió
hacia los hombres que por primera vez parecían darse cuenta de la
desnudez de las mujeres—, desviad vuestras sucias miradas de mi
esposa! —Fátima notó cómo el llanto le llenaba los ojos: «¡Mi esposa!,
¡ha gritado mi esposa!»—. ¿Dónde está el nazareno, marqués?

El noble era el único de los hombres que permanecía oculto en
su embozo, a caballo; el refulgir de los hachones chocaba contra los
pliegues de su capucha. Tampoco contestó, lo hizo uno de sus lacayos por él.

—No había nadie más en la casa.

—Ése no era el trato —rugió el corsario.

Durante unos instantes, sólo se oyeron los sollozos de los niños.

—En ese caso, no hay trato —le retó el noble con voz firme.

Brahim afrontó el desafío sin decir palabra. Observó a Fátima,
abrazada a sí misma, encogida y cabizbaja, y un escalofrío de placer le recorrió la columna vertebral. Luego volvió la cabeza hacia
el noble: si el trato se deshacía, su muerte era segura.

—¿Y el Manco? —inquirió, dando a entender que cedía a la
falta de Hernando.

Como si estuviera previsto, en aquel mismo momento resonaron en el patio un par de aldabonazos sobre la vieja y reseca madera
de la puerta de la venta. El administrador del marqués fue claro en
sus instrucciones: «Estad preparados con el monfí. Escondeos en las
cercanías y cuando veáis que mi señor entra en la venta, acudid
a ella».

Ubaid accedió al patio arrastrando los pies, con los brazos atados por encima del muñón y entre dos de los secuaces del barón,
que los precedía a todos. El noble valenciano, ya viejo pero firme

y correoso, buscó al marqués de Casabermeja y sin dudarlo un instante, se dirigió a la figura embozada a caballo.

—Aquí lo tenéis, marqués —le dijo, al tiempo que echaba un brazo atrás hasta agarrar a Ubaid del cabello y le obligaba a arrodillarse a los pies del caballo.

—Os estoy agradecido, señor —contestó Casabermeja.

Mientras el marqués hablaba, uno de sus lacayos echó pie a tierra y entregó una bolsa al barón, quien la desató, la abrió y empezó a contar los escudos de oro que restaban del pago convenido.

—El agradecimiento es mío, excelencia —afirmó el valenciano dándose por satisfecho—. Confío en que en vuestra próxima visita a vuestros estados de Valencia, podamos reunirnos y salir de caza.

—Estaréis invitado a mi mesa, barón. —El marqués acompañó sus palabras con una inclinación de cabeza.

—Me considero muy honrado —se despidió el barón. Con un gesto indicó a los dos hombres que le acompañaban que se dirigieran hacia la puerta.

—Id con Dios —le deseó el marqués.

El barón respondió a esas palabras con algo parecido a la reverencia con que debía despedirse de un caballero de mayor rango y se encaminó hacia la salida. Antes de que alcanzase la puerta, el marqués desvió su atención hacia el balcón donde unos instantes antes se hallaba Brahim, pero el corsario ya había bajado al patio para, sin mediar palabra, echar por encima de Fátima una manta piojosa que encontró en la habitación, y dirigirse, sofocado y resoplando, hacia el arriero de Narila.

—No te acerques a él —le conminó el lacayo que había pagado al barón haciendo ademán de empuñar su espada. Varios de los hombres que le rodeaban sí que la desenvainaron nada más percibir la actitud del servidor de su señor.

—¿Qué…? —empezó a quejarse Brahim.

—No te hemos oído dar el visto bueno al nuevo trato —le interrumpió el lacayo.

—De acuerdo —accedió de inmediato el corsario, antes de apartarlo violentamente de su camino.

Ubaid había permanecido arrodillado a los pies del caballo del marqués, tratando de mantener su orgullo, hasta que oyó la voz de Brahim, momento en que volvió la cabeza lo justo para recibir una fuerte patada en la boca.

—¡Perro! ¡Cerdo marrano! ¡Hijo de mala puta!

Aisha y Fátima, envuelta ésta en la sucia y áspera manta con que la había cubierto Brahim, intentaron observar la escena entre el baile de sombras originado por el fuego de los hachones, los hombres y los caballos: ¡Ubaid!

Brahim había acariciado mil distintas formas de disfrutar con la lenta y cruel muerte que reservaba al arriero de Narila, pero la mueca de desprecio con la que éste le respondió desde el suelo, con la boca ensangrentada, le irritó de tal manera que olvidó todas aquellas torturas con las que había soñado. Temblando de ira, desenvainó el alfanje y descargó un golpe sobre el cuerpo del monfí, acertando en su estómago sin originarle la muerte. Tan sólo el marqués permaneció quieto en su sitio; los demás se apartaron presurosos de un hombre enloquecido que, al tiempo que gritaba insultos casi incomprensibles, se ensañaba con Ubaid, aovillado, golpeándolo con su alfanje una y otra vez: en las piernas, en el pecho, en los brazos o en la cabeza.

—Ya está muerto —señaló el marqués desde su caballo, aprovechando un momento en que Brahim paró para coger aire—. ¡Ya está muerto! —gritó al comprobar que el corsario hacía ademán de descargar otro golpe.

El corsario se detuvo, jadeando, temblando todo él, y rindió el alfanje para permanecer quieto junto al cadáver destrozado de Ubaid. Sin mirar a nadie, se arrodilló, y con el muñón de su mano derecha volteó en el amasijo de carne en busca de lo que había sido su espalda. Muchos de aquellos hombres, incluido el marqués por más que su embozo no lo revelara, avezados en los horrores de la guerra, apartaron la mirada cuando Brahim dejó caer el alfanje y empuñó una daga con la que sajó el costado del monfí en busca de su corazón. Luego hurgó en el interior del cuerpo hasta arrancárselo y de rodillas, lo miró: el órgano aún parecía palpitar cuando escupió sobre él y lo arrojó a la tierra.

—Partiremos al amanecer —dijo Brahim dirigiéndose al marqués. Se había levantado, empapado en sangre.

El noble se limitó a asentir. Entonces Brahim se dirigió hacia donde estaba Fátima y la agarró del brazo. Todavía tenía que cumplir una parte de sus sueños. Sin embargo, antes la empujó hasta donde se encontraba Aisha.

—¡Mujer! —Aisha alzó el rostro—. Dile a tu hijo el nazareno que lo espero en Tetuán. Que si quiere recuperar a sus hijos tendrá que venir a buscarlos a Berbería.

Mientras el corsario daba media vuelta tirando de Fátima, Aisha cruzó su mirada con la de su amiga, que negó de manera casi imperceptible. «¡No lo hagas! ¡No se lo digas!», le suplicaron sus ojos.

Hasta que el cielo empezó a cambiar de color nadie molestó a Brahim, que se había encerrado con Fátima en la habitación superior de la venta.

41

A l amanecer, cuando las espaldas de las comitivas de Brahim y del marqués se perdieron en la distancia, Aisha abandonó la venta del Montón de la Tierra. Atrás quedaba el cadáver de Ubaid, que los lacayos del marqués habían enterrado cerca de la venta para borrar todo rastro. Aisha había pasado la noche acurrucada en un rincón, junto a Shamir y sus nietos, intentando tranquilizarlos, luchando por contener las lágrimas. Sabía que estaba a punto de perder a otro hijo… ¿Qué tendría Dios reservado para él?

Antes de partir, Brahim descendió de su habitación, satisfecho, seguido a unos pasos por Fátima que andaba dolorida y tapada con la manta desde la cabeza a los pies; sólo se le veían los ojos, a través de un hueco que mantenía entrecerrado con sus manos.

Los hombres del marqués preparaban los caballos y el ajetreo en el patio era considerable.

—Tú eres Shamir, ¿no? —preguntó Brahim acercándose a su hijo. Aisha percibió en su esposo un atisbo de ternura. El niño, con la mirada escondida, permitió que el corsario le tocara la cabeza. El pequeño no sabía quién era; para él, tal y como decidieron Aisha y Fátima, su padre había muerto en las Alpujarras—. ¿Sabes quién soy yo?

Shamir negó con la cabeza y Brahim atravesó a Aisha con la mirada.

—Mujer —masculló en su dirección—, tienes suerte de que necesite que des el mensaje que te encargué ayer; de no ser por eso, te mataría ahora mismo.

Luego alzó el rostro de Shamir por el mentón hasta que los ojos del niño se clavaron en él.

—Escúchame bien, muchacho: yo soy tu padre y tú eres mi único hijo varón. —Ante esas palabras, Francisco se acercó a Shamir, aguijoneado por la curiosidad—. ¡Apártate! —le espetó Brahim empujándolo con el muñón y tirándolo al suelo.

—¡No le pegues! —saltó Shamir librándose de la mano que le sostenía el mentón y lanzándose contra su padre, que estalló en carcajadas mientras soportaba los golpes que el niño le propinaba en la barriga.

Le dejó hacer hasta que decidió librarse de él con una bofetada. Shamir fue a caer junto a Francisco.

—Me gusta tu carácter —rió Brahim—. Pero mientras te empeñes en defender al hijo del nazareno —añadió como si fuera a escupir a Francisco—, correrás su misma suerte. En cuanto a la otra —añadió con referencia a Inés—, atenderá como esclava a mis dos hijas. Y el día que el nazareno se presente en Tetuán…

Sola en el camino a Córdoba, arrastrando los pies, Aisha volvió a sentir el mismo escalofrío que le recorrió el cuerpo en el patio de la venta al solo recuerdo de aquella frase que Brahim dejó flotar en el aire: el día que el nazareno se presente en Tetuán… Fátima también se había estremecido debajo de la manta. Las dos mujeres cruzaron la que, presentían, iba a ser su última mirada, y Aisha percibió la misma súplica que le hiciera la noche anterior: ¡No se lo digas! ¡Lo matará!

¡Lo matará! Con esa certeza, Aisha accedió a Córdoba por la puerta del Colodro. Pero esta vez, a diferencia de lo ocurrido años atrás, cuando recorrió ese mismo camino con Shamir en brazos después de que Brahim la obligara a seguirlo a la sierra, consiguió ocultarse a la vigilancia de los alguaciles. Cruzó la puerta a escondidas, como un alma en pena, con los pies sangrantes y sólo vestida con la camisola de dormir. Llegó a la calle de los Barberos, donde la visión de la puerta del zaguán y la cancela de reja que daba al patio abiertas de par en par, la espabiló. El postigo de la ventana de un balcón se cerró de repente a pesar de que era de día y una de sus vecinas, dos casas más allá, que en aquel momento iba a pisar la calle, se echó atrás y volvió a entrar. Aisha accedió a la casa y entendió el porqué: sus vecinos cristianos la habían saqueado durante la noche. Nada quedaba en su interior, ¡ni siquiera los tiestos! Aisha miró hacia la fuente: no habían podido robarles el agua que manaba de ella; luego desvió la mirada al lugar donde, bajo una loseta, escondían sus ahorros. La loseta estaba levantada. Observó la siguiente: en su sitio. Hernando tenía razón. Una melancólica sonrisa apareció en sus labios al recordar las palabras de su hijo.

—Debajo de ésta guardaremos los dineros. —Entonces había dispuesto la loseta en forma tal que cualquier observador, por poco sagaz que fuese, llegara a darse cuenta de que había sido removida. Bajo la que estaba justo al lado de aquélla, bien afianzada, escondió el Corán y la mano de Fátima—. Si alguien entra a robar —afirmó al final—, encontrará los dineros y será difícil que imagine que en la otra también se esconde un tesoro, nuestro verdadero tesoro.

Pero Hernando pensaba en la Inquisición o la justicia cordobesa, nunca en sus vecinos.

—¿Qué ha sucedido, Aisha? ¿Y Fátima y los niños?

Aisha se volvió para encontrarse con Abbas, parado junto a la cancela de hierro.

—No… —balbuceó abriendo las manos—. No sé…

—Dice la gente que anoche, Ubaid y sus hombres…

Aisha no escuchó más. ¡No se lo digas! ¡Lo matará! La súplica de Fátima revivió en su recuerdo. Además… ¡sólo le quedaba Hernando! Le habían vuelto a robar a otro hijo. No tenía más que aquel sonriente niño de ojos azules que buscaba su cariño en Juviles, al amparo de la noche, ocultos a las miradas. ¿Qué iba a ser ahora de sus vidas? ¡No estaba dispuesta a poner en peligro la vida del único hijo que le quedaba! La propia Fátima se lo había rogado con la mirada. Durante la noche, en la venta, había escuchado los comentarios de los hombres del marqués acerca de Brahim. Todos sabían por qué estaban allí. Por ellos supo que se había convertido en uno de los más importantes corsarios de Tetuán; que vivía en una fortaleza magnificada por la imaginación de los hombres y que mantenía a un verdadero ejército a sus órdenes. ¡Jamás permitiría que Hernando se acercase de nuevo a Fátima!

—Los han matado a todos —sollozó hacia Abbas—. ¡Ubaid y sus hombres los han matado! —gritó—. A mi Shamir, a Fátima y a Francisco… ¡A la pequeña Inés!

Aisha se dejó caer al suelo y estalló en llanto. No necesitó simular sus lágrimas ni el dolor que la atenazaba. En realidad, quizá… Quizá todos ellos estuvieran mejor muertos que en manos de Brahim. Aulló al cielo pensando en Shamir. ¿Qué sería de su pequeño? ¿Y de Fátima? ¿Qué desgracias le tendría preparadas Dios?

Abbas no acudió a consolarla. Su cuerpo fuerte flaqueó y tuvo que echar mano a la cancela para sostenerse, tratando de encontrar el aire que le faltaba. Había prometido a su amigo que el monfí no le molestaría, por ellos, por los moriscos. Pero también le prometió cuidar de su familia durante el viaje a Sevilla. Hernando se lo rogó antes de partir y él le contestó hasta con displicencia.

—¿Qué puede suceder? —recordaba haberle dicho.

Durante unos instantes sólo el constante rumor del agua que brotaba y caía en la fuente de un bello patio cordobés, ahora asolado, acompañó a Aisha y a Abbas.

Abbas siguió el mismo camino por el que había pasado la yeguada hacia el coto real del Lomo del Grullo: una jornada hasta Écija con una parada en la venta Valcargado; otra hasta Carmona, deteniéndose en Fuentes; una tercera hasta Sevilla, descansando en la venta de Loysa, y desde Sevilla a Villamanrique. Se obligaba a andar. Exigía a sus piernas que se adelantasen la una a la otra y observaba cómo sus pies se acercaban, con tristes y dolorosos pasos, a un destino al que no quería arribar. ¿Qué iba a decirle a Hernando? ¿Cómo anunciarle que su esposa y sus hijos habían sido asesinados por Ubaid? ¿Cómo confesarle que no había cumplido con su palabra?

Trató de ponerse en contacto con el Manco mientras esperaba el permiso del caballerizo real para partir hacia el Lomo del Grullo: quería saber por qué, quería incluso enfrentarse a él para matarle, pero ninguno de los contactos a través de los que usualmente llegaba hasta el monfí lograron nada positivo: el Manco y su partida habían desaparecido. Quizá se hubieran internado en la sierra y volvieran algún día, pero nadie parecía tener la menor noticia de Ubaid. ¿Por qué habría matado a Fátima y a los niños?

—¿Por qué lo hizo? —se extrañó también don Diego al entregarle el salvoconducto para que pudiera desplazarse hasta Sevilla—. ¿Acaso no es morisco también?

—Hernando y él tuvieron problemas en las Alpujarras —le aclaró Abbas.

—¿Algo tan grave como para matar a una mujer y a tres niños indefensos? —replicó el noble agitando el documento que llevaba en la mano—. ¡Virgen santísima!

Abbas sólo pudo encogerse de hombros. Don Diego tenía razón, y él ni siquiera había sido capaz de encontrar los cuerpos para sepultarlos debidamente, ya que Aisha se negaba a hablar. En cuanto el herrador se interesaba por algún detalle más concreto, que arrojara un poco de luz sobre el punto preciso donde había sucedido la matanza, más allá del «en algún lugar de la sierra» que Aisha repetía como única respuesta, ésta rompía en llanto para terminar siempre sollozando las mismas palabras:

—Te lo ruego. Ve a buscar a mi hijo.

Y en ello estaba Abbas, paso a paso bajo el sol de Andalucía, con el estómago encogido, la bilis siempre en la boca y las lágrimas asomando a los ojos, mientras pensaba en cómo comunicarle a un buen amigo que su esposa y sus dos hijos habían sido salvajemente asesinados en el interior de Sierra Morena.

Todas aquellas frases que había ideado se le borraron de la mente a la sola visión de Hernando, que abandonó la yeguada y saltó ágilmente de Azirat a tierra para correr hacia él, curtido por el sol, sus ojos azules más brillantes que nunca, mostrando unos dientes blancos en amplia y sincera sonrisa.

A Abbas se le nubló la vista; la yeguada se convirtió para él en un simple borrón informe. Sin embargo, llegó a percibir cómo

Hernando se detenía bruscamente a escasos pasos de donde él se hallaba. Su presencia se confundió con las mil manchas oscuras de las yeguas a sus espaldas, y las palabras de Hernando le parecieron lejanas, como si le llegasen transportadas por el viento desde algún lugar remoto.

—¿Qué sucede?

—Ubaid... —musitó Abbas.

—¿Qué pasa con Ubaid? —Hernando parecía atravesarle con sus ojos azules, ahora teñidos de una creciente inquietud—. ¿Ha pasado algo? Mi familia... ¿está bien? ¡Habla!

—Los ha asesinado —logró articular el herrador, sin poder levantar la mirada—. A todos menos a tu madre.

Hernando se quedó mudo. Durante unos instantes permaneció inmóvil, como si su mente se negara a admitir lo que acababa de oír. Luego, muy despacio, se llevó las manos al rostro y aulló al cielo. ¡Fátima! ¡Los niños!

—¡Hijo de puta! —exclamó de repente en dirección a Abbas.

Golpeó al herrador y éste cayó al suelo. Luego se abalanzó sobre él.

—¡Perro! ¡Me prometiste seguridad! ¡Te encargué que los vigilaras, que cuidases de ellos!

Hernando golpeaba a un Abbas inerte, incapaz tan siquiera de protegerse ante la paliza.

Lo último que notó el herrador antes de perder el conocimiento fue cómo los demás hombres levantaban a Hernando, que gritaba lo que para él ya eran palabras ininteligibles.

Antes de llegar a Sevilla, Azirat se negó a continuar galopando al mismo ritmo que llevaba desde que partieron del Lomo del Grullo. Hernando clavó una vez más sus espuelas en los ijares del caballo, igual que llevaba haciéndolo durante las cerca de siete leguas que recorrió al galope tendido, pero el animal fue incapaz de echar las manos por delante y su galope, pese al castigo, se fue haciendo más y más lento y pesado hasta llegar a detenerse.

—¡Galopa! —gritó entonces, espoleándolo y echando su cuerpo hacia delante. Azirat simplemente se tambaleó—. Galopa —sollozó, mientras movía frenéticamente las riendas. El animal se arrodilló en el camino—. ¡Dios! ¡No!

Hernando saltó del caballo. Azirat se hallaba cubierto de espuma; sus ijares ensangrentados, los ollares desmesuradamente abiertos en su esfuerzo por respirar. Hernando apoyó la mano sobre su corazón: parecía que iba a reventar.

—¿Qué he hecho? ¿También tú vas a morir?

¡Muerte! El frenesí del galope en el que había tratado de refugiarse desapareció ante el animal destrozado y el dolor atravesó de nuevo a Hernando. Llorando, tiró de las riendas, levantó a Azirat y lo obligó a andar. El caballo se ladeaba como borracho. Cerca corría un arroyo, pero Hernando no se acercó a él hasta que notó cierta recuperación en el caballo. Cuando lo hizo, no le permitió beber: con las manos en forma de cuenco le ofreció algo de agua, que Azirat ni siquiera pudo lamer. Le quitó la montura y las bridas, y con su marlota a modo de esponja le frotó todo el cuerpo con agua fresca. La sangre de sus costados, provocada por los tajos de las espuelas, se mezcló en la imaginación de Hernando con la brutalidad de Ubaid. Repitió una y otra vez la acción y lo obligó a andar sin dejar de ofrecerle agua en sus manos. Al cabo de un par de horas, Azirat extendió el cuello para beber por sí directamente del arroyo; entonces Hernando se llevó las manos al rostro y se abandonó al llanto.

Pasaron la noche a la intemperie, junto al arroyo. Azirat ramoneaba hierbajos y Hernando lloraba desconsoladamente, con las imágenes de Fátima, Francisco e Inés danzando frente a él. Golpeó la tierra hasta desollarse los nudillos al escuchar sus voces y sus risas inocentes; aulló de dolor al olerlos de nuevo, y creyó notar el calor y la ternura de sus cuerpos junto a él al tiempo que trataba de alejar de sí la inimaginable escena de sus muertes a manos de un Ubaid que se le aparecía, triunfante, con el corazón palpitante de Gonzalico en sus manos.

La siguiente jornada la hizo a pie. Cuantos se cruzaron con él dudaron de si era el hombre el que tiraba del caballo o era éste el que arrastraba a un despojo humano agarrado a sus riendas. Sólo al despuntar el alba del tercer día, se atrevió a montar de nuevo y en dos más, siempre al paso aunque el caballo diera muestras de haberse recuperado, cruzó el puente romano y dejó atrás la Calahorra.

Hernando no tuvo más fortuna que Abbas a la hora de obtener información de su madre.

—¿Para qué quieres saberlo? —llegó a gritar la misma noche de la llegada de su hijo a Córdoba, cuando se quedaron a solas, después de que las constantes visitas de condolencia hubieran terminado—. ¡Yo lo vi! ¡Yo vi cómo morían todos! ¿Quieres que te lo cuente? Logré escapar o quizá… quizá no quisieron matarme a mí. Luego erré toda la noche por la sierra hasta dar con un sendero de regreso a Córdoba. Ya te lo he contado. —Aisha se había dejado caer en una silla, cabizbaja, derrotada. Mil veces había tenido que mentir a lo largo del día; tantas como había dudado sobre contarle la verdad a su hijo ante el tremendo dolor que percibía en su rostro a cada pregunta de las visitas, a cada pésame, a cada silencio. ¡Pero no! No debía hacerlo. Hernando correría a Tetuán. Lo conocía; estaba segura. Y ella perdería al único hijo que le quedaba…

—¿Que para qué quiero saberlo? —masculló Hernando, sin dejar de andar por la galería con las manos crispadas—. ¡Necesito saberlo, madre! ¡Necesito enterrarlos! ¡Necesito encontrar al hijo de puta que los asesinó y…!

Aisha alzó el rostro ante la escalofriante ira que percibió en el tono de voz de su hijo. ¡Nunca le había visto así! ¡Ni siquiera… ni siquiera en las Alpujarras! Fue a decir algo, pero calló aterrorizada al ver cómo Hernando, con la mirada perdida, se arañaba con fuerza el dorso de la mano.

—Y juro que lo mataré —terminó la frase su hijo, al tiempo que unos profundos surcos de sangre aparecían en su mano.

—¡Ubaid!

El aullido quebró el apacible silencio de aquella mañana de finales de agosto y resonó en las sierras.

—¡Ubaid! —volvió a gritar Hernando hacia los fragosos bosques que se abrían a sus pies, parado en lo más alto de uno de los cerros de Sierra Morena, alzado sobre los estribos, como si pretendiese erigirse sobre la más alta de las cumbres, exhibiéndose a la mirada de quien quiera que pudiera estar escondido entre la vegetación. Sólo el ruido del correteo y del aletear de los animales, sorprendidos, le respondió—. ¡Perro repugnante! —continuó gritando—. ¡Ven a mí! ¡Te mataré! ¡Te cortaré la otra mano, te abriré en canal y yo mismo repartiré tus despojos entre las alimañas!

Sus gritos se perdieron en la inmensidad de Sierra Morena. Y tornó el silencio. Hernando se desplomó en la montura. ¿Cómo iba a encontrar al Manco en aquellas serranías?, pensó. ¡Tenía que ser el monfí quien acudiese a su desafío! Desenvainó la espada y la alzó al cielo.

—¡Puerco asqueroso! —aulló de nuevo—. ¡Asesino!

A lomos de Azirat, había abandonado Córdoba tan pronto como logró ordenar cuanto necesitaba. Se despidió de su madre después de intentar, una vez más, que le proporcionase algún dato, el más mínimo indicio para empezar su búsqueda, pero no lo logró.

—¿Adónde vas? —le preguntó Aisha.

—Madre, a hacer lo que todo aquel que se llame hombre debe hacer: vengarme de Ubaid y encontrar los cadáveres de mi familia.

—Pero…

Hernando la dejó con la palabra en la boca. Luego se dirigió a la casa de Jalil y el anciano le prometió que tendría lo que necesitaba: una buena espada, una daga y un arcabuz que le entregarían en secreto en el camino de las Ventas.

—Que Alá te acompañe, Hamid —le despidió solemnemente el anciano, irguiéndose cuanto le permitió su cuerpo.

Después fue a las caballerizas y buscó al administrador. Durante unos instantes, mientras el morisco excusaba su presencia, el hombre le examinó desde detrás de la escribanía: el rostro aparecía macilento y unas ojeras amoratadas revelaban la noche que había pasado, en vela, llorando, golpeando muebles y paredes, clamando venganza.

—Ve —musitó el administrador—. Encuentra al asesino de tu familia.

Ese primer día, después de esperar en vano a que Ubaid respondiese, Hernando azuzó a Azirat para que bajase del cerro. Hasta que se puso el sol, recorrió cañaverales, cruzó riachuelos y ascendió lomas desde las que volvió a retar a Ubaid. Preguntó en las ventas y a las gentes que encontró en el camino; nadie supo darle noticias del paradero de los monfíes: hacía tiempo que no actuaban.

De regreso a Córdoba, escondió las armas entre unos matorrales para poder cruzar la puerta del Colodro sin problemas. Dejó a Azirat en las cuadras, pero antes de dirigirse a su casa acudió a los poyos del convento de San Pablo a comprobar si los hermanos de la Misericordia habían tenido más suerte que él y habían encontrado los cadáveres de su familia. Entre las gentes que remoloneaban curiosas, se acercó a aquellos de los cuerpos que aparecían descompuestos, con sentimientos enfrentados: rezaba por encontrarlos y poder sepultarlos, pero no deseaba que sucediera allí, rodeado de cristianos, mercancías robadas y alguaciles, risas y chanzas.

—¡Lo encontraré! ¡Juro que daré con él aunque tenga que recorrer España entera!

Eso fue todo lo que le dijo a su madre cuando ésta lo recibió, antes de encerrarse en su dormitorio para martirizarse con el aroma de Fátima que todavía flotaba en el interior.

Al día siguiente, Hernando se dispuso a partir antes incluso de que amaneciese. ¡Quería disponer de todas las horas de sol! Regresó a Córdoba con las manos vacías. Lo mismo hizo al día siguiente, y al otro, y al siguiente del otro.

Aisha le contemplaba volver derrotado, cada día un poco más. Y lloró acompasando sus propios sollozos a los que escuchaba desde la habitación de su hijo en el silencio de las noches. Volvió a considerar contarle la verdad, aunque fuera sólo para verle sonreír de nuevo, pero no lo hizo. La mirada suplicante de Fátima y el temor a quedarse sola, a mandar al hijo que le restaba a una muerte segura, se lo impidió. Ella misma había perdido ya a cinco hijos, ¿por qué no iba a superar aquella desgracia también Hernando? Los niños morían a centenares antes de alcanzar la pubertad y en

cuanto a Fátima, seguro que encontraría a otra mujer. Además…
además tenía miedo; tenía miedo a quedarse sola.

Hernando continuó acudiendo a las sierras, cada día algo más
demacrado que el anterior; ya ni siquiera hablaba, ¡ni siquiera clamaba venganza! Durante las noches, sólo se escuchaba el murmullo
de sus constantes oraciones.

«Lo superará —se decía Aisha a diario—. Tiene un buen trabajo
—se repetía tratando de convencerse—, y está bien considerado.
¡Es el mejor domador de las cuadras del rey! Abbas lo dice, todo el
mundo lo asegura. Hay decenas de muchachas sanas y jóvenes dispuestas a contraer matrimonio con un hombre como él. Volverá a
ser feliz.»

Pero cuando habían transcurrido cerca de veinte días comprendió que su hijo se iba a dejar la vida en el empeño, que nunca iba
a cejar. ¿Debía contarle la verdad? Aisha sintió una congoja insupe-
rable, le temblaban las rodillas: no sólo le había engañado, sino que
había permitido que se torturase durante todo ese tiempo. ¿Cómo
respondería Hernando? Era un hombre, un hombre enajenado. Si
no la golpeaba, cuando menos la odiaría, igual que odiaba a quien
creía que había matado a su familia. ¿Qué podía hacer? Se imaginó a Hernando insultándola a gritos, y las palizas de Brahim se le
revelaron clementes. ¡Era su hijo! ¡El único que le quedaba! ¡No
podía enfrentarse a él!

A la mañana siguiente, después de que Hernando se arrastrase una
vez más en busca del monfí, Aisha abandonó Córdoba por la misma
puerta del Colodro. Andaba cabizbaja y portaba un hatillo. El sol de
finales de agosto seguía cayendo a plomo. Recorrió la legua que
separaba la ciudad de la venta del Montón de la Tierra igual que lo
hiciera aquella aciaga mañana. A la vista de la posada, el dolor le
asaltó hasta casi atenazarle las piernas e impedirle continuar su camino. ¿Y si no le salía bien? Se quitaría la vida, decidió sin dudar.

Recordó a los cuatro hombres del marqués de Casabermeja
que habían salido de la venta para enterrar el cadáver del monfí
luego de que Brahim lo hubiera asesinado y se hubiera encerrado

con Fátima en el dormitorio del primer piso. Luchó por apartar de su mente la mirada lasciva de su esposo; pugnó por olvidar las palabras que le había dirigido al pasar junto a ella, tirando de la muchacha: «¡Mujer! Dile a tu hijo el nazareno que lo espero en Tetuán. Que si quiere recuperar a sus hijos tendrá que venir a buscarlos a Berbería». ¡Los hombres del marqués!, eso era lo que le interesaba y trató de concentrarse. Sin embargo, la suplicante mirada de Fátima rogándole que no lo hiciera, que no le dijera nada a Hernando, revivió en su mente con una fuerza inusitada.

Aisha se detuvo, se acuclilló a la vera del camino, se llevó las manos al rostro y rompió a llorar. ¡Hernando! ¡Shamir! ¡Fátima y los niños!

Al cabo de un rato logró reponerse. Aquélla era su última oportunidad.

—Los hombres del marqués —susurró para sí.

No habían tardado demasiado en volver a la venta; tampoco la habían abandonado con palas y útiles, creyó recordar. El cadáver del monfí no podía estar lejos. Recorrió los alrededores de la posada con la mirada, ¿dónde lo habrían enterrado? Mientras trataba de revivir la escena, alzó la vista al sol ardiente, como si éste pudiera ayudarle ¿Dónde…?

—¿Estáis seguros de que nadie lo encontrará? —Las palabras del lacayo del marqués a la vuelta de los enterradores resonaron en sus oídos como si las estuviese diciendo allí y ahora. Entonces no les había prestado atención—. Ya sabéis que Su Excelencia desea que ese cadáver desaparezca; nadie debe saber que no fue el monfí…

—No temáis —contestaron los soldados con despreocupación—. Allí donde lo hemos dejado…

¡Dejado! ¡Habían dicho dejado! Los soldados no gustaban de trabajar, ¿para qué esforzarse? Caminó los alrededores de la venta fijándose en matorrales y rastrojos. No, ahí no podía ser. Examinó los árboles y sus raíces, recordando aquellos de las Alpujarras en cuyos huecos llegaba a caber un hombre a caballo. Pateó algún que otro montículo de tierra seca y hasta escarbó con una pequeña pala que llevaba en el hatillo en un túmulo que le pareció apropiado. El sol había superado con creces el mediodía y caía con fuerza; Aisha sudaba. Al final se topó con una acequia seca e inutilizada. Observó su recorrido y detuvo la mirada allí donde el canalillo se unía con otro. El paso estaba cegado con piedras. No lo dudó. Se apresuró, y sólo tuvo que apartar unas cuantas rocas y escarbar en la tierra que había por debajo: el olor putrefacto del cadáver la golpeó. ¡Allí estaba el monfí!

Aisha se secó el sudor que corría por su rostro, se irguió y miró a su alrededor. Nada se movía a aquellas horas de calor, después de comer. Continuó desenterrando el cadáver hasta que Ubaid se le apareció, reconocible, con el corazón que le había arrancado Brahim dispuesto sobre su estómago. Lo miró largo rato. Luego extrajo del hatillo la delicada toca blanca bordada de Fátima, la besó con tristeza y la ensució con tierra seca. La había encontrado al día siguiente del secuestro, olvidada en la rapiña de sus vecinos cristianos tras un tiesto roto, y la guardó para dársela a Hernando, pero por no entristecerle no había llegado a hacerlo. Se arrodilló junto a los restos de Ubaid y se la ató al cuello. Se levantó y volvió a examinar el entorno: el silencio sólo se veía turbado por el zumbar de los insectos que ahora se lanzaban sobre el cuerpo del monfí. Todavía le quedaba lo más importante. El camino de las Ventas estaba cerca. Agarró el cadáver de las axilas y empezó a tirar de él, de espaldas; decidió hacerlo por la acequia que llevaba al camino. El corazón del monfí cayó a tierra. Aisha tardó un buen rato: cada pocos pasos tenía que detenerse a descansar y comprobar que nadie merodeaba, pero al fin lo consiguió. Hizo un último esfuerzo y lo arrastró hasta la vera del camino. Cuando lo soltó, notó tremendos pinchazos de dolor en todos sus músculos. Dejó escapar una lágrima ante la toca atada al cuello del monfí y se apostó a cierta distancia, escondida tras unos árboles, a la espera de que alguien encontrara el cadáver. Cuando el calor remitió, Aisha vio cómo una partida de mercaderes se detenía junto a Ubaid. Entonces salió de entre los árboles y se encaminó de vuelta a Córdoba.

—Dicen que han encontrado el cadáver del Manco de Sierra Morena, Ubaid, en el camino de las Ventas, cerca de la venta del Montón de Tierra —comentó a uno de los guardias de la puerta del Colodro—. ¿Sabéis algo de eso?

El hombre no se dignó en contestar a una morisca, pero Aisha torció el gesto en una triste sonrisa al verlo correr en busca de su sargento. Instantes después, un grupo de soldados partía a galope tendido hacia la venta.

Hernando se extrañó del gentío que se acumulaba en los alrededores de la puerta del Colodro. Dudó incluso en utilizar aquel acceso, pero ¿qué le importaba ya lo que sucediera? Había sido otra jornada infructuosa de gritos, amenazas e insultos a la nada que se abría entre los cerros de la sierra. Incluso había tenido que huir cuando se topó con los alanos de una partida de caza que perseguía a un oso. Espoleó a Azirat hacia la multitud y mientras se acercaba, vislumbró gran número de guardias y soldados entre la gente, así como nobles ricamente ataviados; incluso le pareció reconocer al corregidor andando arriba y abajo.

Iba a dejar a un lado al grueso de la gente y abrirse paso entre los curiosos que se hallaban algo más apartados para lograr cruzar la puerta cuando, desde el caballo, por encima de las cabezas de los demás, vio el cadáver de un hombre atado a un palo hundido en el suelo, al modo en que la Santa Hermandad ejecutaba a los delincuentes que capturaba fuera de la ciudad. Un escalofrío recorrió su columna dorsal. Aquel cadáver... Era manco. No necesitó acercarse, sólo aguzar la vista, quizá tan sólo oler el aire que le rodeaba. ¡Ubaid!

Tiró de las riendas de Azirat y sin prestar atención a la gente que discutía si aquél era o no el temido monfí de Sierra Morena, con la mirada clavada en el arriero de Narila, se dirigió al poste.

—¿Adónde te crees que vas a caballo? —le detuvo un soldado al tiempo que hombres y mujeres tenían que apartarse a su ciego caminar.

Hernando echó pie a tierra y entregó las riendas al soldado, que las cogió perplejo. Avanzó, ahora ya entre nobles y mercaderes hasta plantarse ante el cadáver de Ubaid. La Hermandad, aun muerto, aun en la duda sobre su identidad, le había acribillado a saetas.

De repente la gente le hizo sitio. Don Diego López de Haro,

presente, les había instado a separarse con un gesto de su mano.

—¿Es el monfí? —preguntó al morisco tras acercarse a él—. Tú lo conocías. ¿Es el asesino de tu esposa y de tus hijos?

Hernando asintió en silencio.

Un murmullo corrió entre las filas de gente.

—Ya no podrá cometer más delitos —aseguró el alcaide de la Hermandad.

Hernando continuó en silencio, con la mirada clavada en la toca de Fátima que rodeaba el cuello del monfí.

—Ve a tu casa, muchacho —le aconsejó el caballerizo real—. Descansa.

—La toca —logró articular Hernando—. Era… era de mi esposa.

Fue el propio alcaide de la Hermandad el que se acercó a Ubaid y desató con cuidado la prenda, que luego le entregó.

Pese a la suciedad, Hernando creyó notar la suavidad de la tela, cayó de rodillas al suelo y lloró con la toca pegada al rostro. Fue un llanto diferente a cuantos le habían asaltado hasta entonces: liberador. Ubaid había muerto, quizá no a sus manos, pero bienaventurado fuera quien había puesto fin a su miserable vida.

Aisha no encontró la tranquilidad que perseguía cuando, escondida entre la gente, vio cómo Hernando, con la toca asida con fuerza en una mano, cogía con la otra las riendas de Azirat que le entregó el guardia. Le había visto llegar y había sufrido un pinchazo de dolor en lo más profundo de su ser a cada paso con los que su hijo se acercaba al poste. Trató de imaginar qué era lo que sucedía frente al cadáver, y como si Dios se lo hubiera transmitido, estalló en llanto en el justo momento en que éste acarició la toca.

«Yo te cuidaré, hijo», sollozó al verle cruzar la puerta del Colodro a pie, tirando del caballo.

Y a partir de aquel día, Hernando se dejó cuidar. La obsesión de anteriores jornadas dejó paso a la melancolía y a la tristeza. ¿Para qué iba a buscar los cuerpos de su familia después de tantos días? Si habían sido abandonados en la sierra, ya habrían sido devorados por las alimañas. Lo había comprobado durante sus cabalgadas por aquellos bosques: nada se despreciaba; miles de animales estaban al acecho del más mínimo de los errores, del más nimio de los alimentos, para lanzarse sobre él. Con todo, continuó acudiendo a los poyos del convento de San Pablo.

A los pocos días del hallazgo del cadáver de Ubaid, Hernando recibió recado de don Diego para que se reintegrase a su puesto de trabajo; pese a que la yeguada estaba en Sevilla, todavía quedaban potros en las cuadras.

Aisha creyó percibir en su hijo un cambio de actitud al retornar a casa después de atender a los animales y la esperanza renació en ella. Pero no podía prever cuán alejados estaban sus deseos de la realidad.

42

Tienes que entregar tu caballo al conde de Espiel —le ordenó don Diego López de Haro una mañana, nada más llegar a las cuadras. Hernando sacudió la cabeza como si quisiera alejar de sí aquellas palabras—. El rey se lo ha regalado —tuvo no obstante que escuchar de boca del caballerizo.

—Pero… Yo… Azirat… —Su intento de protesta quedó en absurdas gesticulaciones con las manos.

—Sé lo que has trabajado ese animal y también sé que, pese a su capa, es uno de los mejores productos que han nacido en estas cuadras. Te permitiré elegir otro, incluso aunque no sea uno de los de desecho, siempre que tampoco sea de los destinados al rey…

—¡Yo quiero ése! Quiero a Azirat. ¡Es mío…!

Al instante lamentó sus palabras. Don Diego se puso en tensión, frunció el ceño y dejó transcurrir unos instantes antes de contestar:

—No es tuyo ni lo será nunca, y poco importa lo que tú quieras o puedas querer. Sabías cuál era el trato cuando optaste por cobrar parte de tu salario mediante un caballo: siempre estaría a disposición del rey. El conde ha conseguido que don Felipe le distinga con ese caballo, que por lo visto ha pedido expresamente. Hay que cumplir los deseos de Su Majestad.

—¡Lo destrozará! ¡No sabe montar ni correr toros!

Don Diego era consciente de ello. El mismo Hernando le había oído decirlo, le había visto burlarse del obeso conde de Espiel, siempre apoltronado en la montura como si estuviera en un sillón…

—No eres tú quién para juzgar cómo monta o deja de montar un noble —le contestó sin embargo el caballerizo con brusquedad—. En uno solo de sus borceguíes lleva más honor y servicios prestados a estos reinos de los que jamás prestará toda tu comunidad. Cuida tu lengua.

El morisco dejó caer los brazos a los costados y se deshinchó frente al caballerizo.

—¿Puedo…? —titubeó. ¿Qué quería? ¿Qué quería pedirle?—. ¿Podría montarlo por última vez? —Don Diego dudó—. Quizá… No sé… si merezco esa gracia. Me gustaría notarlo bajo mis piernas una vez más, excelencia. Es sólo una última cabalgada. Vos sois un gran jinete. Vos conocéis cuántas y qué graves han sido mis recientes desgracias…

«Trae mala suerte cambiar el nombre de origen de un caballo.» ¡Qué razón había tenido Abbas al advertírselo!, pensó mientras apretaba la cincha de la montura. El recuerdo del herrador le causó inquietud. Después de lo del Lomo del Grullo se vieron en las cuadras, pero no se hablaron; ni siquiera se saludaron. ¡Era incapaz de perdonarle! Saltó sobre Azirat, que se movió inquieto ante la violencia con la que el jinete se acomodó en la montura: tenía a Abbas en su mente, la ira le atenazaba. ¡Azirat lo sabía! Sabía que algo malo sucedía; lo presintió al solo contacto con su jinete mediante ese sexto sentido propio de los nobles brutos, y ahora mordía incesantemente el freno, como si quisiera comunicarse con su jinete a través de aquellos constantes y tan inusuales tirones en las riendas.

Hernando le palmeó el cuello y Azirat respondió sacudiéndolo y resoplando, todo bajo la atenta mirada de don Diego, que se mantenía en pie en la gran plaza abierta de las caballerizas tapándose la boca con los dedos de su mano, el pulgar por debajo del mentón, quizá replanteándose su decisión. Hernando no le dio tiempo y abandonó las cuadras a medio galope, haciendo una leve inclinación de cabeza al pasar por delante del caballerizo.

¡Y ahora le quitaban a Azirat! ¿Qué pecado habría cometido?

¿Por qué Dios le castigaba de aquella manera? En poco más de un año había perdido a casi todos sus seres queridos: Hamid, Karim, Fátima y los niños... El morisco se llevó la manga de la marlota a los ojos; Azirat caminaba al paso, libre. ¡Ahora su caballo! Abbas, otro de sus amigos... ¡Había incumplido sus promesas!

Y ahora el conde de Espiel había conseguido que el rey le regalase su caballo. No le había resultado difícil al noble. Desde Sevilla, donde se separó de la yeguada para dirigirse a las marismas, mandó a su secretario a tierras portuguesas con la petición de que el rey le hiciera la merced de regalarle aquel caballo colorado que caracoleaba y galopaba soberbio en el camino de Córdoba a Sevilla. Y el rey accedió gustoso a la solicitud de un aristócrata que no hacía más que pedirle un simple desecho de sus cuadras. Recordó el primer encuentro con Espiel, aquel en que el noble había citado al morlaco con tanta torpeza que la cogida del caballo resultaba inevitable. Lo había visto correr toros en otras ocasiones, siempre con similares resultados, más o menos desafortunados para los caballos. Azirat sintió el temblor en las piernas de su jinete y retrotó, inquieto. Hernando también había presenciado los juegos de cañas en la plaza de la Corredera y comprobado que mientras los demás nobles, al son de la música de atabales y trompetas, se exhibían con presteza y gallardía en simulado combate, y lanzaban y detenían con sus adargas las teóricamente inofensivas cañas, el conde ya tenía problemas desde el mismo inicio del espectáculo, puesto que descompensaba el equipo con el que por sorteo le tocaba participar. El pueblo abucheaba a la cuadrilla con la que participaba el noble cuando para cubrir la distancia que tenía que recorrer la lanza, se acercaba a la contraria más de lo que las reglas de la caballería y la cortesía permitían.

¿Por qué habría elegido el conde a Azirat si no se trataba más que de un desecho? ¿Por él? ¿Por los sucesos de la primera corrida de toros? En verdad, era cruel y vengativo. Lo llegó incluso a escuchar de boca de quien esa misma mañana le amonestara por poner en entredicho las cualidades que como jinete tenía el conde de Espiel. Había sido hacía cerca de dos años.

—¿Sabéis cuál es la última del conde de Espiel? —preguntó

don Diego a un grupo de nobles que cabalgaban junto a él probando los caballos del rey, Hernando y los lacayos del caballerizo con ellos.

—Cuenta, cuenta —le apremió uno de los caballeros ya con la sonrisa en la boca.

—Pues resulta que desde hace un par de semanas el médico le ha obligado a guardar cama por tercianas, y aburrido por no poder montar o salir de caza, ha ideado la forma de hacerlo desde el lecho…

—¿Dispara saetas a los pajarillos por la ventana? —bromeó otro de los nobles.

—¡Quia! —exclamó don Diego, sin poder evitar que la risa aflorase ya a sus labios—. A todo aquel sirviente que comete alguna falta, ¡y son muchas las que cometen los criados del conde!, le ata un cojín a las posaderas y le obliga a correr y saltar por el dormitorio hasta que él, armado con su saeta en la cama, logra acertarle en el culo.

Las carcajadas habían estallado en el grupo de jinetes. Incluso Hernando sonrió entonces al imaginar al conde en camisa de dormir, obeso y sudoroso, nervioso y excitado, tratando de hacer puntería con su ballesta a un sirviente que no cesaba de saltar por encima de sillas y muebles con un cojín atado al culo, pero borró su sonrisa tan pronto como su mirada se cruzó con la de José Velasco que, como sirviente que era de don Diego, se revolvía inquieto sobre la montura.

—Dicen… —balbuceó don Diego entre carcajada y carcajada—, dicen que se ha convertido en el más estricto de los mayordomos de su propia casa y que en todo momento… —el caballerizo real tuvo que dejar de hablar hasta que logró erguirse, con la mano en el estómago—, pregunta por las labores de todos los sirvientes y esclavos y las posibles faltas que pudieran haber cometido para que se los suelten en el dormitorio como liebres.

—¿Y la condesa? —logró articular entre risotadas uno de los acompañantes.

—¡Uh! ¡Preocupadísima! —Don Diego volvió a doblarse de la risa—. Les ha sustituido a los desgraciados los cojines de seda por cojines de algodón, algo más compactos, para no quedarse sin servicio… y sin ajuar.

Las risas volvieron a estallar en el grupo de jinetes.

¡Aquél era el hombre que iba a montar a su caballo!, pensó Hernando con las carcajadas de los nobles resonando en sus oídos.

Azuzó a Azirat con un simple chasqueo de su lengua y el caballo salió al galope. Hacía un magnífico día otoñal. ¡Podía escapar! Podía galopar hasta llegar… ¿adónde? ¿Y su madre? Ya sólo se tenían el uno al otro. Llevaba media legua a un galope relajado, sin rumbo fijo, cuando notó que Azirat se ponía en tensión: a su derecha se abría una dehesa en la que pastaban toros bravos. El caballo parecía desear jugar con ellos, como tantas otras veces.

No se lo pensó dos veces. Acortó las riendas, bajó los talones y apretó las rodillas para afianzarse en la montura. Entró en la dehesa y durante un buen rato volvió a tocar el cielo. Gritó y rió caracoleando frente a las astas de los morlacos, llegando a permitirse el rozar los cuernos con sus dedos en los quiebros, Azirat ágil y veloz, dulce al freno, entregado a sus piernas y a sus movimientos como no lo había estado nunca. ¡Era el mejor! A pesar de su color rojo, era el mejor caballo de los centenares que habían pasado por las cuadras del rey. Y aquel magnífico ejemplar iba a caer en manos del peor y más soberbio jinete de toda Andalucía.

En un determinado momento, Azirat se paró, enfrentado a un inmenso toro negro zaino; los dos tanteándose en la distancia, el toro humillando y el caballo manoteando sobre el sitio.

Entonces Hernando creyó escuchar los silbidos y abucheos de las gentes hacia el conde de Espiel, en la plaza de la Corredera.

El caballo cabeceaba y pateaba, como si él mismo citara a su enemigo. Era extraño, pensó Hernando. Sentía la acelerada respiración de Azirat en sus piernas.

De repente, el toro embistió enfurecido y Hernando tiró de las riendas y presionó los flancos de Azirat para que estuviese presto a requebrar, pero notó que el caballo no respondía. En sólo un suspiro, los abucheos que todavía resonaban en su cabeza se convirtieron en aplausos y vítores nacidos de gente alguna y cuando ya alcanzaba a ver los ojos coléricos del negro zaino, soltó las riendas de

Azirat para que éste marcase su destino. Entonces el caballo se alzó de manos y ofreció su pecho a las astas del toro.

El impacto fue mortal y Hernando salió despedido a varios pasos de distancia al tiempo que el morlaco, en lugar de ensañarse con el caballo ya tendido en tierra, se retiraba orgulloso, en homenaje, quizá por la ley que rige la vida de los animales, a aquel de los suyos que había decidido no huir ante su envite.

Más tarde, José Velasco, a quien don Diego ordenó que siguiera y vigilara al morisco con discreción, aseguraría, jurando y perjurando ante todo aquel que quisiera escucharle, que fue el propio caballo el que, como si lo desease, se había entregado a una muerte segura después de burlar con una elegancia y un arte nunca vistos a cuantos toros se había enfrentado durante esa mañana de otoño.

Pero los juramentos del lacayo, fantasías donde las hubiere al decir de quienes prestaron atención a su historia, no fueron suficientes para que un magullado Hernando evitara la detención y encarcelamiento que de inmediato y de acuerdo con la jurisdicción que le competía, ordenó don Diego López de Haro, burlado en su buena fe por conceder al morisco aquel deseo que le había suplicado. Al desengaño del caballerizo, se sumó la preocupación por la segura y predecible violenta respuesta del conde de Espiel ante la muerte de su caballo.

—Has tenido la posibilidad de medrar y la has desaprovechado —le dijo el caballerizo delante de los trabajadores de las cuadras, Abbas entre ellos, cuando Hernando fue materialmente transportado por José Velasco desde la dehesa—. No puedo hacer nada por ti. Quedarás a disposición de la justicia y de lo que contigo quiera hacer el conde de Espiel, propietario del caballo que has malogrado.

Pero Hernando no escuchaba; tampoco reaccionó ante las palabras de don Diego: se hallaba absorto en la magia de aquel momento en que Azirat cobró voluntad propia y decidió por su cuenta. ¡Ningún caballo de los que había montado llegó nunca a hacer algo parecido!

—Llevadlo a la cárcel —ordenó a sus lacayos—. Yo, don Diego López de Haro, caballerizo de Su Majestad don Felipe II, así lo ordeno.

Hernando ladeó la cabeza hacia el noble. ¡Cárcel! ¿Lo habría previsto Azirat? Quizá debería haber muerto él también, pensó mientras caminaba por el Campo Real, frente al alcázar de los reyes cristianos, donde la Inquisición, escoltado por José Velasco y un par de hombres más. No tenía nada por lo que vivir. Sólo su madre, pensó con tristeza. Se dirigían a la calle de la cárcel, y Hernando lo hacía renqueante y dolorido, agarrado del brazo por José, todavía confundido entre lo que había presenciado en la dehesa y los lógicos razonamientos de quienes escucharon sus explicaciones y se negaron a creerlas. ¡Pero él lo había visto! José y Hernando se miraron y una mueca ininteligible apareció en los labios del lacayo. Cruzaron bajo el puente de la catedral y ascendieron en silencio por la calle de los Arquillos, la mezquita a su derecha. La gente con la que se cruzaban miraba con curiosidad a la comitiva.

Sólo Dios podía haber guiado los pasos de Azirat, igual que hacía con todos los creyentes, concluyó Hernando. Pero si él había salido ileso, ¿de qué servía el sacrificio del caballo? ¿Para terminar en la cárcel a disposición del hombre por cuya causa había entregado su vida Azirat? «El diablo jamás entrará en una tienda habitada por un caballo árabe», escribió el Profeta para elevar a los nobles brutos a defensores de los creyentes. ¿Qué pretendía decirle Dios a través de Azirat? José Velasco tiró de su brazo ante la duda que llevó a Hernando a detener sus pasos. ¿Cuál era el mensaje divino que podía esconderse en lo sucedido esa mañana?, continuó preguntándose.

—¡Camina! —ordenó uno de los hombres al tiempo que le empujaba por la espalda.

Sintió el empujón sobre su espalda como uno de los golpes más fuertes que nunca hubiera recibido. ¡Azirat no podía pretender que él terminase encarcelado! Pero ¿cómo podía librarse de la prisión? No podría correr más que algunos pasos y los hombres iban armados mientras que él…

—¡Obedece! —Un nuevo empujón estuvo a punto de lanzarle al suelo.

José Velasco soltó su brazo y lo miró extrañado.

—Hernando, no me lo pongas más difícil —le rogó.

La puerta de los Deanes, que daba al huerto de la mezquita, se hallaba a sólo un par de pasos de donde se encontraban. El morisco la miró. También lo hizo José Velasco.

—No intentes… —trató de advertirle el lacayo.

Pero Hernando, pese al dolor que sentía en todo su cuerpo, corría ya hacia la mezquita.

Traspasó la puerta de los Deanes en el momento en que los tres hombres se abalanzaban sobre él; todos cayeron en el interior del huerto de naranjos de la catedral. Hernando luchó y pateó por librarse de ellos, pero sus músculos ya no respondían. Rodeados por la gente que se hallaba en el huerto, José Velasco logró inmovilizarlo al tiempo que sus compañeros, ya en pie, lo agarraban de tobillos y muñecas para extraerlo del huerto como si de un fardo se tratase.

—¡Grítalo! —le apremió un hombre que observaba la escena.

¿Qué…?, pensó Hernando.

—¡Dilo! —le conminó otro.

¿Qué tenía que decir?

Los hombres del caballerizo ya le habían alzado del suelo y Hernando colgaba igual que un animal.

—¡Sagrado! —escuchó de voz de una mujer.

—¡Sagrado! —gritó el morisco, recordando entonces cuántas veces había escuchado esa súplica en sus estancias en la catedral—. ¡Me acojo a sagrado!

En el linde interior de la puerta de los Deanes, los hombres que le acarreaban dudaron, pero inmediatamente hicieron ademán de sacarlo de la catedral.

—¿Qué pretendéis? —Un sacerdote se interpuso en su camino—. ¿Acaso no habéis oído que este hombre se ha acogido a sagrado? ¡Soltadle bajo pena de excomunión ipso facto! —Hernando notó cómo aflojaba la presión en sus manos y pies.

—Este hombre… —intentó explicar José Velasco.

—¡Es sacrilegio violar la inmunidad y el derecho de asilo de un lugar sagrado! —insistió el sacerdote interrumpiéndolo con brusquedad.

El lacayo hizo un gesto a los hombres que le acompañaban y éstos soltaron a Hernando, que quedó a los pies de todos ellos.

—No estarás mucho tiempo retraído en la catedral —le espetó José Velasco, temeroso ya del castigo que le impondría su señor por haber permitido que el detenido escapase—. Dentro de treinta días te echarán de aquí.

—Eso lo tendrá que decidir el provisor eclesiástico —volvió a interrumpirle el sacerdote. José y sus hombres, ambos con igual rostro de preocupación que el lacayo, fruncieron el ceño—. Y tú —añadió entonces, dirigiéndose a Hernando—, ve en busca del vicario a comunicarle las circunstancias que te han llevado a pretender este derecho.

43

Algunos hombres aplaudieron la actuación del sacerdote mientras Hernando trataba de levantarse dolorido; si ya lo estaba antes, ahora, después de pelear con José y sus acompañantes, y del tremendo golpe recibido en los riñones al caer al suelo, casi se veía incapaz de moverse. Un rubio de pelo rizado y ojos azules como los suyos se acercó a ayudarle.

—¡Silencio! —gritó entonces el sacerdote—. Aquel que alborote perderá el derecho de asilo y será expulsado del templo.

Los aplausos cesaron de inmediato, pero las chanzas y burlas hacia los hombres del caballerizo real que habían tenido que ceder al sagrado estallaron tan pronto como el sacerdote estuvo a la suficiente distancia como para no oírlas o, por lo menos, para no molestarse en regresar a fin de amonestar de nuevo al numeroso grupo de delincuentes y desgraciados que se hallaban asilados en la catedral para escapar de la justicia seglar. Y así fue, puesto que el sacerdote, sin ni siquiera volverse, negó cansinamente con la cabeza al escuchar las carcajadas que estallaron a sus espaldas.

—Me llamo Pérez —dijo el rubio que le había ayudado a levantarse, al tiempo que le ofrecía su mano.

—Pero lo llamamos «el Buceador» —terció otro hombre que se les unió y que mostraba el torso casi descubierto, pese al frío de octubre.

—Hernando —se presentó él.

—Pedro —dijo a su vez el del torso descubierto.

—Vamos a ver al vicario —le conminó el Buceador.

—No hace falta que me acompañes —lo excusó el morisco.

—No te preocupes —insistió el rubio que ya se dirigía hacia el interior de la catedral—, aquí no tenemos nada que hacer: no nos permiten ni jugar a los naipes. Ni siquiera podemos aplaudir, como habrás comprobado. —Hernando trató de darle alcance pero trastabilló por el dolor. Pérez le esperó y ambos se introdujeron en el templo—. Se peleó con el vicario —le explicó el rubio haciendo un gesto hacia el que se llamaba Pedro, que permaneció en el huerto—. Parece ser que ha tenido un problema con un collar muy valioso —explicó cuando ya deambulaban entre las columnas de la antigua mezquita—, pero no quiere contárnoslo en detalle; por lo visto tampoco quiso explicárselo al vicario.

La sacristía, como bien sabía Hernando, se hallaba adosada al muro sur de la catedral, junto al tesoro, en una capilla entre el *mihrab* y la biblioteca, que aún seguía en obras para convertirse en sagrario mayor. Pérez se extrañó ante la sonrisa con la que don Juan, el vicario, recibió al nuevo retraído después de que, desde el quicio de la puerta, humildemente, pidieran permiso para entrar.

—El conde de Espiel es un mal enemigo —afirmó don Juan tras la explicación que le ofreció el morisco. Pérez escuchó con atención la historia mientras el vicario tomaba notas en unos legajos—. Le pasaré estos datos al provisor a ver qué es lo que decide acerca de tu situación. En breve espero poder decirte algo… y siento lo de tu familia —añadió cuando los dos retraídos ya abandonaban la sacristía.

—¿Por qué te conoce? —le preguntó su compañero tan pronto como se encontraron fuera de ella—. ¿Es tu amigo? ¿Cómo…?

—Vamos a la biblioteca —le interrumpió Hernando.

Don Julián trajinaba con los últimos tomos que restaban en la biblioteca. La nueva librería, junto a la puerta de San Miguel, era de menor tamaño y la mayoría de los libros y rollos terminaban en la biblioteca particular del obispo, allí donde también se escondían coranes y profecías árabes.

—¿Permiso? —preguntó Hernando desde la reja que ahora separaba andamios y operarios del resto de la mezquita.

—¿También conoces al bibliotecario? —le susurró el sorprendido Buceador ante la sonrisa con que don Julián recibía al morisco; una sonrisa que poseía un deje de tristeza desde la desaparición de Fátima y sus hijos.

Pasearon por entre el millar de columnas de la mezquita con el Buceador tras ellos, y Hernando tuvo que repetir la misma historia que hacía unos instantes acababa de contar al vicario.

—¡El conde de Espiel! —suspiró don Julián sumándose a los malos augurios del vicario—. En cualquier caso, el provisor estará a tu favor: los de Espiel fueron una de las familias nobles que más tenazmente se opusieron a la construcción de la nueva catedral hasta que el emperador Carlos I autorizó su construcción y, con las nuevas obras, los Espiel perdieron su capilla. Luego, en desplante hacia el cabildo catedralicio, financiaron otra iglesia en la que consiguieron el patronato de su capilla mayor. Desde entonces no hay buenas relaciones entre el conde y el obispo.

—¿En qué me beneficiará tener a mi favor al provisor?

—Como juez eclesiástico, es quien debe decidir si tu asilo se ajusta a las normas canónicas y a los concilios. En principio, no eres un asesino ni un salteador de caminos; y, por lo que me has explicado, tu delito puede incluirse en aquellos que tienen derecho al asilo eclesiástico. Pero hay otra circunstancia más importante: el derecho de asilo no es indefinido, puesto que en caso contrario los templos se convertirían en moradas de delincuentes. Aquí, en Córdoba, se aplica un plazo máximo de treinta días durante los cuales se supone que el retraído puede hacer las gestiones oportunas para paliar las consecuencias de su falta. Conociendo al conde de Espiel, tú no lo conseguirás. —Hernando asintió con tristeza—. El conde no cederá un ápice. Ni siquiera se avendrá a una pena que no implique castigos corporales, que es una de las formas más usuales de terminar con el asilo: la Iglesia exige a la justicia seglar que se comprometa a tratar con benevolencia al delincuente y, si se firma ese pacto, lo entrega. Ahí es donde más influye el provisor, porque si no obtiene ese acuerdo, puede prorrogar el plazo del asilo sin limitación.

—¿Qué ganaría el conde si no pacta con la Iglesia? No podrá extraerme de la catedral y tampoco obtendrá ninguna satisfacción por mi… ¿delito?

—La mayoría de los cristianos —le contradijo don Julián— no osa contravenir el sagrado. La simple amenaza de excomunión ipso facto para quien atenta contra el asilo es suficiente para amedrentar a sus piadosas conciencias. —Instintivamente, Hernando se llevó la mano a los riñones y recordó la rapidez con la que le soltaron Juan Velasco y sus hombres a la sola mención de la excomunión—. Pero el conde de Espiel, como muchos otros principales —continuó el sacerdote—, puede contratar a gente que actúe en su nombre para no ser excomulgado. No te fíes de nadie. En cuanto se entere de que estás retraído aquí, sus hombres se apostarán en las puertas para impedir que te entren comida, que te visiten; en resumen, para hacerte la vida imposible. No te fíes de quien se te acerque en el huerto, ni siquiera aquí dentro. Podrían secuestrarte y hacerte desaparecer en alguna de las mazmorras de los estados del conde.

—Eso significa que, si no me secuestra… —murmuró Hernando—, ¿tendré que estar aquí toda la vida?

Don Julián se detuvo y, volviéndose hacia el Buceador, le hizo un autoritario gesto para que se apartase.

—Eso significa —susurró don Julián tras comprobar que Pérez se hallaba dos columnas más allá— que quizá sea llegada la hora de que huyas a Berbería.

—¿Y mi madre? —fue todo lo que se le ocurrió preguntar.

—Puede ir contigo. —Los dos hombres se miraron. ¡Cuánto trabajo y cuántos anhelos habían compartido juntos!—. Empezaré a preparar el viaje —añadió don Julián cuando Hernando dejó transcurrir unos instantes sin oponerse a la idea.

—Si preparas esa fuga, ten en cuenta que primero he de pasar por las Alpujarras, por el castillo de Lanjarón…

—¿La espada?

—Sí —afirmó con la mirada perdida en el bosque de columnas—. La espada de Muhammad.

—Será arriesgado, pero imagino que posible —consideró el sacerdote—. A pesar de la prohibición y de las nuevas deportaciones que se han llevado a cabo en Granada, son muchos los moriscos que vuelven a ese reino. —Don Julián sonrió—. ¡Qué mágica atracción tienen sus atardeceres rojos! Bueno. De Granada podríais ir a las costas de Málaga o Almería y embarcar en alguna fusta morisca de las de Vélez, Tetuán, Larache o Salé.

Cuando hubo anochecido, Hernando abandonó la catedral y salió al huerto con la promesa por parte de don Julián de ocuparse de todo, tanto de la huida como de interceder por él ante el provisor. Allí se encontró con Aisha esperándole; don Julián había ordenado que le dieran aviso.

—Huiremos a Berbería —le anunció en un susurro, poniendo fin a una nueva explicación de lo sucedido. En la penumbra, fue incapaz de percibir que a su madre se le demudaba el semblante.

—Ya no estoy para aventuras... —se excusó Aisha.

—Tengo veintiséis años, madre. Me tuviste a los catorce. ¡No eres tan mayor! Primero iremos a Granada y desde allí, o desde Málaga, no nos será difícil cruzar en alguna fusta hasta Tetuán.

—Pero...

—No nos queda otra solución, madre, salvo que quieras que me ponga en manos del conde. Y tampoco nos será sencillo —llegó a concluir con don Julián—. Tendremos que esperar que transcurran los días y los hombres del conde de Espiel se cansen y relajen la vigilancia a la que seguro me someterán. Debes estar preparada.

Pese a la conmoción de la noticia y las prisas, Aisha tuvo la precaución de llevarle algo de comida: pan, cordero y fruta; agua sobraba en el aljibe del huerto. Acababan de terminar los oficios de completas cuando Aisha se despidió de su hijo. Los porteros cerraban las puertas de acceso a la catedral y toda la gente que se refugiaba o se limitaba a merodear por su interior se acomodó en el gran huerto. Algunos lo abandonaron; los retraídos o asilados se agruparon en aquellos lugares que a base de reyertas se habían ido ganando unos a otros. A excepción del espacio que ocupaban la puerta del Perdón, la torre del campanario y una parte cerrada destinada a consistorio del arcediano, las tres galerías que cerraban el huerto se hallaban disponibles para los retraídos y en ellas buscaban cobijo durante las frías noches.

—¿Era tu madre?

Hernando se volvió para encontrarse con el Buceador, quien, ante los evidentes contactos con la jerarquía eclesiástica del nuevo inquilino del huerto, había decidido unirlo a su cuadrilla por si pudiera serles de alguna utilidad.

—Sí.

—Ven con nosotros. Tenemos algo de vino.

Hernando aceptó y, acompañado del Buceador, se dispuso a cruzar el huerto hasta la galería del muro sur desde la puerta del Perdón, donde se había despedido de su madre. La vio pasar bajo la gran arcada, compungida, pese al proyecto de huir a Berbería que le acababa de proponer. ¿A qué venía aquella tristeza?, se preguntó.

—¿Buceador? —inquirió unos pasos más allá, soltando por fin lo que llevaba todo el día preguntándose.

—Sí. Eso es lo que soy —sonrió el rubio—: buceador. Trabajo..., trabajaba —se corrigió—, para un capitán vasco que ostentaba la concesión real para el rescate de naves hundidas y tesoros en las costas españolas. Discutimos por unas monedas de oro que encontré lejos del pecio que estábamos rescatando en Cádiz —dijo chasqueando la lengua—, salí corriendo y logre refugiarme aquí cuando estaban a punto de pillarme.

Pese a las explicaciones que le proporcionó Pérez, que se detuvo frente al morisco para explicárselo mediante palabras y gestos, al llegar a la galería todavía Hernando no lograba entender cómo funcionaba ese imaginario artilugio de bronce bajo el que se sumergían los buceadores y que les permitía el rescate de los tesoros hundidos en la mar.

—No te preocupes —le dijo quien después se presentaría como Luis, un hombre de facciones rectilíneas y nariz quebrada que se tapaba la cabeza con un pañuelo colorado atado en la nuca—, ninguno lo hemos logrado entender todavía. Lo más probable es que sea mentira.

Pérez le soltó una patada que el otro esquivó entre risas.

A la luz de los hachones colocados en los arcos de las galerías que daban al huerto, se hallaban sentados en el suelo otros seis hombres, alrededor de una bota de vino y la comida que les suministraban sus parientes o amigos.

—Bienvenido a la galería de los niños —le saludó un rubio de pelo lacio haciéndole un sitio a su lado.

Hernando miró a lo largo de la galería, donde sólo vislumbró grupos similares.

—¿Niños? —se extrañó al tiempo que se sentaba.

—Hace algunos años que esta galería —le explicó el del pelo lacio, Juan, un cirujano que había tratado de complementar su profesión con negocios poco claros que le llevaron a solicitar asilo ante la denuncia de algunas viudas a las que sanó su cuerpo… y sus bolsas— estaba destinada al recogimiento de los niños expósitos de Córdoba; dormían en cunas aquí mismo —añadió haciendo un amplio gesto con la mano por la galería—, hasta que una noche una piara de cerdos se comió a unas cuantas criaturas. Entonces el piadoso deán catedralicio sufragó un hospital para expósitos y devolvió la galería a los retraídos. Por eso la llaman la de los niños.

Sin poder evitarlo, Hernando recordó a Francisco e Inés. ¡Cuánto había cambiado su vida en poco tiempo! Y ahora, Azirat, su detención… De repente se encontró con los seis hombres mirándolo fijamente.

—Bebe vino —le recomendó Pedro, que todavía seguía con el torso descubierto pese al frío de la noche.

Hernando negó la bota que le ofrecía Pedro. Los sambenitos que colgaban de todas las paredes de las galerías del huerto parecían temblar en la noche con el titilar del fuego de los hachones. Centenares de ellos recordaban a los penados de la Inquisición, otorgando al lugar una imagen macabra.

—¡Dámelo a mí! —El que estaba a su lado, que se apellidaba Mesa, moreno y de rasgos orientales, le quitó la bota de las manos y la escanció directamente en su garganta, bebiendo compulsivamente. Los tragos de vino estaban medidos, pero en esta ocasión nadie impidió a Mesa que casi acabase con él.

—Corre el rumor de que lo van a echar y entregar a la justicia —lo excusó en susurros a Hernando un hombre a quien llamaban Galo—. No sabemos por qué, pero los curas le odian. En realidad, sólo robó una cédula para poder trabajar… Será el primero del grupo al que echen.

—Un día u otro a todos nos harán lo mismo… y nos entregarán. Disfrutemos mientras podamos. —El que hablaba también se llamaba Juan, como el cirujano, y era un armero recién llegado de las Indias que había tenido ciertos problemas relativos a la misteriosa desaparición de una partida de arcabuces.

—No… —empezó a oponerse Pérez.

—¿Quién es Hernando?

El grito resonó en el huerto. La silueta de un hombre en jarras se dibujó a la luz del fuego junto a la puerta de Santa Catalina, allí donde se iniciaba la galería de los niños.

—¡Calla! ¡Estate quieto! —le ordenó el cirujano cuando Hernando hizo ademán de levantarse.

—¿Quién es el hijo de puta que se llama Hernando? —volvió a gritar el hombre desde la puerta.

—¿A qué este escándalo? —preguntó Pérez poniéndose en pie. Todos conocían al Buceador—.Vendrán los curas si continúas gritando. ¿Qué pasa con ese Hernando?

—Pasa que la catedral está rodeada de hombres del conde de Espiel en busca de ese hombre.Y pasa que me han amenazado con que si los demás tratamos de salir, nos detendrán y nos entregarán al justicia… salvo que seamos nosotros quienes les entreguemos a ese morisco.

Pese a que arriesgaban el derecho de asilo, la mayoría de los hombres retraídos se aventuraban en la noche cordobesa. El Potro estaba cerca, y allí les esperaban los naipes, los dados y las apuestas; el vino, las peleas y las mujeres. Los alguaciles y los justicias no podían apostar vigilancia permanente a las cercanías de la catedral; además, poco a poco, aunque fuera tras haber pactado condiciones más benévolas, los delincuentes eran entregados al concejo, por lo que tampoco estaban dispuestos a perder el sueño por un hatajo de desgraciados que tarde o temprano caerían en sus manos. Pero si, por un lado, el conde pagaba la vigilancia, y por otro evitaba que los retraídos disfrutasen de la noche, el asunto se complicaba.

Varios retraídos que se hallaban en otras galerías se acercaron a la puerta de Santa Catalina. En la norte, la de los niños, algunos se pusieron en pie.

—Es cierto. Yo he visto a soldados armados que merodeaban por las calles —afirmó uno de ellos.

—Parece que tú lo tienes peor que yo —afirmó Mesa haciendo una mueca con la boca después de dar otro trago de vino—, y eso que aún no llevas ni un día aquí dentro.

Hernando dudaba y se removía inquieto.

—¡Estate quieto! —masculló el Buceador.

—¿Quién es ese Hernando? —preguntó uno de los de la galería sur.

—¡Hay que entregarlo a los soldados del conde! —se oyó gritar.

En la oscuridad, muchos de los retraídos cruzaron el huerto en dirección a la puerta de Santa Catalina.

—¡Imbéciles! —En esta ocasión fue Luis quien les gritó a todos ellos—. ¿Qué os importa quién es? ¡Hernando soy yo!

—¡Y yo! —se sumó al punto el cirujano, entendiendo adónde quería llegar su compañero.

—¡Yo también me llamo Hernando! —afirmó el Buceador—. Si cedemos, hoy será ese tal Hernando, pero mañana podrá ser cualquiera de nosotros. Tú —añadió, señalando al más cercano—, o tú. A todos nos persigue alguien. Quizá no tengan los dineros del conde para contratar a un ejército de soldados, pero si se enteran de que nosotros mismos echamos a los nuestros… Además, es sacrilegio atentar contra el asilo, lo haga quien lo haga. ¡Mañana sería el obispo quien nos echaría a todos nosotros si lo entregásemos! Y bien contento que estaría Su Ilustrísima si pudiera expulsarnos a todos de aquí.

—Quizá tengas suerte —le dijo Mesa a Hernando ante un momento de duda que pareció asaltar a todos los presentes. Eran los dos únicos del grupo que continuaban sentados, entre las piernas de sus compañeros.

—Pero no podemos salir —insistió alguien. El murmullo que siguió a sus palabras se vio interrumpido por algunas imprecaciones—. ¡Entreguémoslo! El obispo ni siquiera se enterará.

—O quizá sí —añadió Mesa con cierto retintín, volviendo a coger la bota de vino.

—No. No podemos entregarlo —sentenció Luis dirigiéndose

a la gente——. Aquellos que quieran salir, que lo hagan en grupos numerosos y por varias puertas a la vez, para dividirlos. Los soldados del conde no querrán arriesgar sus vidas si les dejáis comprobar que ese hombre no está en el grupo; nada ganan con ello, nadie les va a pagar por uno de nosotros. Mostradles vuestras dagas y puñales.

——¡Cualquiera de nosotros puede con tres de ellos! ——exclamó alguien en tono soberbio.

Otro murmullo surgió de la gente, en este caso de aprobación, y un grupo se reunió junto a la puerta, con las armas en las manos.

Otros se asomaron y comprobaron cómo efectivamente los soldados del conde se amedrentaban al ver salir a varios hombres juntos y les permitían continuar su camino cuando se cercioraron de que el morisco que buscaban no estaba entre ellos. La voz corrió entre los retraídos y un nuevo grupo se apresuró en dirección a la puerta de los Deanes.

——Parece que esta vez te has librado ——sonrió Mesa cuando los demás ya se sentaban.

——Os agradezco… ——empezó a decir Hernando.

——Mañana ——le interrumpió el cirujano——, intercederás por Mesa ante el bibliotecario.

El morisco miró al ladrón de cédulas. Sus ojos rasgados, afectados por el vino, le interrogaban.

——La fortuna es caprichosa ——bromeó Hernando.

Pese a que aquellos delincuentes le prometieron seguridad, Hernando no logró conciliar el sueño durante lo que restaba de la noche, atento a cualquiera que pasara por su lado; aún corría peligro, y era consciente de que un par de coronas de oro serían más que suficientes para que muchos de los allí retraídos, que entraban y salían, peleándose o bromeando, por más sacrilegio y excomunión a la que se arriesgasen, estuvieran dispuestos a extraerlo de la catedral. Sólo un pensamiento lograba tranquilizar sus tormentos y a él se agarró tratando de evitar el recuerdo de su familia muerta o de la vida que se le había venido abajo: ¡Berbería!

El repique de campanas llamando a laudes puso en pie a todos los grupos de retraídos del huerto. Hernando se desperezó para sumarse a ellos antes de que la riada de sacerdotes, músicos, cantores y demás personal de servicio de la catedral, empezara a invadir la zona, pero se detuvo al ver remolonear a sus compañeros de noche.

—¿No os levantáis? —preguntó al cirujano, acostado a su lado.

—Preferimos empezar mejor el día, nunca al mandato de los campaneros. Espera y verás. ¡Va una blanca a que sí! —exclamó después.

—De acuerdo —aceptó la apuesta el Buceador.

—¡Dos a que no acierta! —apostó Luis.

—¡Ésa es mía! —cantó Mesa.

—Mira —le indicó el cirujano, señalándole a un hombre delante de ellos, parado a tres o cuatro pasos de distancia, entre unos naranjos, en la mitad de uno de los caminos que desde la galería se internaba en el huerto.

Hernando lo observó: era calvo, tenía los ojos entrecerrados y una sonrisa apretada como si quisiera esconder los labios, aunque un incisivo le sobresalía entre ellos; estaba en pie, hierático, con una loseta plana de mármol en equilibrio sobre su cabeza.

—¿Qué hace?

—¿Palacio? Espera y lo verás.

Con la gente que entraba en el huerto entraron también algunos cerdos dispersos y bastantes perros que perseguían a los sacerdotes, en pos del aroma del desayuno que algunos curas todavía conservaban en las manos o dispuestos a lamer las losas sobre las que habían cenado los retraídos. Hernando reparó en cómo algunos de los perros escondían el rabo entre las piernas y echaban a correr a la simple vista del tal Palacio.

—¿Por qué…?

—¡Silencio! —le interrumpió el Buceador—. Siempre hay alguno que no lo conoce y pica.

Volvió a prestar atención en el momento en que, efectivamente, un podenco manchado y con el rabo enroscado olisqueaba los zapatos y las andrajosas calzas rojas del hombre. El perro buscó la posición revolviéndose inquieto y cuando por fin levantó la pata dispuesto a orinar sobre la pierna de Palacio, éste calculó la trayectoria e inclinó la cabeza para dejar que la losa resbalara por ella y cayese a peso sobre el lomo del animal, que vio bruscamente interrumpida su micción y salió aullando dolorido. Quieto todavía, como si saludase a la audiencia, Palacio abrió su sonrisa y mostró su incisivo sobresaliente.*

—¡Bravo! —gritaron Mesa y el cirujano, al tiempo que extendían las manos en busca de las apuestas ganadas.

—¿Siempre lo hace? —preguntó Hernando.

—¡Cada día! Fijo como las campanadas —le contestó el Buceador—.Y eso que en alguna ocasión ha sido él quien ha tenido que correr delante del dueño del perro, si es que lo tiene. Esa apuesta, la de que aparezca el dueño del perro, la pagamos diez a uno entre todos —añadió riendo.

Esa noche, Hernando no durmió en el huerto.

—Ayer mismo al anochecer, probablemente al tiempo que mandaba a sus hombres a vigilar las calles que rodean la catedral, el conde ya pidió audiencia con el obispo —le explicó don Julián después del oficio de laudes y oír el relato del morisco sobre los sucesos acaecidos la noche anterior—.Tengo entendido que estaba hecho una furia. No creo que el obispo acceda a recibirlo, por lo que el conde de Espiel hará cuanto esté en su mano para apresarte, y si tiene que mandar una partida para que te secuestre, lo hará. Estoy seguro.

—¡Para él era un simple caballo, don Julián! ¡Un desecho de las cuadras del rey! ¿Por qué ese empeño?

—No te equivoques: no es un simple caballo, ¡es su honor! Un morisco ha mancillado su nombre y su derecho; no hay mayor afrenta para un noble.

¡El honor! Hernando recordó cómo hacía años, aquel hidalgo

---

* Con mi admiración y agradecimiento al maestro de la novela, Miguel de Cervantes, de quien he tomado prestado al «loco de Córdoba», personaje de la segunda parte de El Quijote. (N. del A.)

que decía descender de los Varus romanos había llegado a jugarse la vida por la mera sospecha de que alguien osara mancillar su linaje. El recuerdo voló entonces hasta las monedas que había sacado del incauto y que luego había corrido a entregar a Fátima. ¡Su Fátima...!

—Como bien sabes —continuó don Julián interrumpiendo sus pensamientos—, además de bibliotecario soy el capellán de la de San Bernabé, una de las tres pequeñas capillas que existen tras el altar mayor. Esta noche te proporcionaré un juego de las llaves de sus rejas y mientras los porteros cierran el templo y echan a la gente, te esconderás en un armario empotrado que hay en ella y que vaciaré durante el día. Deja transcurrir un tiempo prudencial; luego sal y escóndete en algún otro lugar para dormir, pero lleva cuidado: aun con el templo cerrado, hay vigilantes, sobre todo en el tesoro.

—No debes arriesgarte tanto. Si me descubriesen...

—Ya soy viejo, y tú tienes mucho que hacer por nosotros, aunque sea desde Berbería. Has sufrido muchos reveses, Dios sabrá por qué, pero la esperanza de nuestro pueblo descansa en personas como tú.

Los retraídos no se preocuparían por sus ausencias nocturnas, trató de convencerle el sacerdote, y en cuanto a la intercesión por Mesa, el ladrón de cédulas, que Hernando no olvidó, fue recibida por el sacerdote con un gesto pesaroso y la promesa de hacer cuanto pudiera por él. Por su parte, el conde de Espiel aumentó la presión en las calles y pese a que también estaba considerado sacrilegio y causa de excomunión —lo que terminó de convencerle de la necesidad de refugiarse por las noches en el interior de la mezquita—, Aisha fue despojada de la comida que transportaba, por los esbirros del conde que vigilaban las calles. Mientras tanto don Julián, con la ayuda de Abbas, quien rogó al sacerdote que mantuviera a Hernando ajeno a su intervención, intentaban encontrar una vía de escape a Berbería, pero el conde, consciente de que aquélla era la única posibilidad del morisco, también se movía en esa dirección: sus espías, cargados de dineros y de pocos escrúpulos, pagaban o amedrentaban a todos aquellos que se dedicaban a tales menesteres.

Pese a la relativa facilidad con la que Hernando logró burlar a los porteros mientras éstos hacían salir a la gente que aún estaba en la catedral tras los oficios de vísperas, en momento alguno dejó de notar el frenético palpitar de su corazón, el sudor en sus manos y el temblor que hizo tintinear el manojo de llaves que portaba, obligándole a mover la cabeza de uno a otro lado ante lo que para él era un estruendo. Don Julián se ocupó de engrasar la cerradura y los goznes de la gran reja de la capilla de San Bernabé, excesivamente alta para la diminuta capilla.

—¡Abandonad el templo! —escuchó que exigían los porteros alzando la voz, sin llegar a gritar, después de cerrar la reja tras de sí. A su izquierda, tras un magnífico tapiz, se escondía el armario mencionado por don Julián.

Sin embargo, Hernando se quedó hechizado por los reflejos que la luz de las lámparas de aceite que colgaban del techo de la catedral, así como del millar de velas que titilaban en las capillas y los altares, arrancaban al mármol blanco del interior de la capilla. Había pasado infinidad de veces por delante de esa capilla pero entonces, rozando con sus dedos el mármol del altar y del retablo que cubría la totalidad de su pared frontal, percibió la gran diferencia entre aquélla y todas las demás. La de San Bernabé era una joya de aquel estilo romano tan difícil de introducir en unas tierras exacerbadamente católicas como las regidas por el rey Felipe. Las diferentes escenas de los retablos en mármol blanco habían sido esculpidas por un maestro francés, como si peleasen con la profusión de colores, molduras doradas e imágenes oscuras o apocalípticas que adornaban el resto de la catedral.

Hernando respiró hondo, en un intento de impregnarse de la serenidad y belleza que reinaba en el lugar, cuando oyó cómo los porteros volvían tras haber cerrado las puertas de acceso a la catedral y comprobaban las rejas de las capillas. Oyó sus risas y sus comentarios y saltó hacia el tapiz, introduciéndose en el interior del armario justo en el instante en que los porteros se asomaban a la de San Bernabé.

Esa noche no abandonó su escondite. Rendido por el cansancio, por las muchas noches pobladas de dolorosas pesadillas, se acurrucó en el suelo y se dejó vencer por el sueño. Le despertó el alboroto que se produjo en la catedral al amanecer y no le fue difícil salir del pequeño armario: los oficios de prima se desarrollaban en el altar mayor y en el coro, al otro lado de la gran construcción en cuya parte trasera estaba la capilla. Para que no le pillasen con ellas, escondió las llaves, atándolas con un alambre herrumbroso por debajo del barrote inferior de la reja.

Tampoco abandonó el armario a lo largo de las siguientes noches, temeroso de ser descubierto: dormía medio sentado, con las piernas encogidas, dormitaba en pie o simplemente lloraba a Fátima y a sus hijos, a Hamid y a todos cuantos había perdido; disponía del largo y tedioso día para recuperar fuerzas. Despidió a sus compañeros de la primera noche sin mayores explicaciones e hizo caso omiso de su curiosidad y una mañana, algo alejado de ellos, sabiéndose observado, contempló cómo definitivamente extraían a Mesa, el ladrón de cédulas, para entregarlo a la justicia seglar, cuyos alguaciles lo esperaban en la calle frente a la puerta del Perdón. Aisha había recurrido a hermanos fieles de la comunidad para que llevaran comida a Hernando, y cada día, alguno de los muchos moriscos acudía al huerto provisto de alimentos. Aisha también tuvo que encontrar refugio junto a los moriscos, cuando sin miramientos, el cabildo catedralicio la desahució de la casa patio de la calle de los Barberos por impago del alquiler.

—Para hacerse cobro de las rentas atrasadas se han quedado con todo lo que nos dieron nuestros hermanos —sollozó—. Los jergones, los cazos...

Hernando dejó de escucharla y sintió que se rompía el último hilo que le unía con su anterior vida; allí donde había encontrado una felicidad que al parecer les estaba vetada a los seguidores de la única fe.

—¿Y el Corán? —la interrumpió de repente, hablando sin precauciones. Fue Aisha quien, sorprendida, miró a uno y otro lado por si alguien había oído a su hijo.

—Se lo entregué a Jalil cuando me avisaron del desahucio. —Aisha dejó transcurrir unos instantes—. Lo que no le entregué fue esto.

En ese momento, discretamente, deslizó entre los dedos de su hijo la mano de Fátima, la pequeña joya de oro que su mujer lucía justo donde nacían sus pechos. Hernando acarició la alhaja y el oro le pareció tremendamente frío al tacto.

Esa noche, escondido en el armario de la capilla de San Bernabé, con lágrimas en los ojos, besó mil veces la mano de Fátima, con el aroma de su esposa vivo en sus sentidos y sus palabras resonándole en los oídos, aquellas que Fátima había pronunciado allí mismo, en la casa de los creyentes:

—Ibn Hamid, recuerda siempre este juramento que acabas de hacer y cúmplelo suceda lo que suceda.

Le juró por Alá que algún día orarían al único Dios en aquel lugar santo. Apretó la joya de oro en su mano. «¡Cúmplelo suceda lo que suceda!», había insistido Fátima con seriedad. Besó una vez más la joya y notó el sabor salado de las lágrimas que empapaban sus manos y el oro. ¡Lo juró por Alá! También le juró poner a los cristianos a sus pies... y ahora Fátima estaba muerta. ¡Tenía que cumplir aquel juramento!

Abandonó su refugio y salió a la tenue luz de lámparas y velas. Intentó hacerse una idea del tiempo transcurrido, pero en el interior del armario perdía la noción. ¡Suceda lo que suceda!, se repetía una y otra vez. El templo se hallaba en silencio, salvo por los rumores de voces provenientes de la sacristía del Punto, en el muro sur, donde se guardaban los enseres para celebrar las misas que no eran cantadas, junto al tesoro y las reliquias de la catedral. A la derecha de la sacristía del Punto se ubicaba la sacristía mayor, luego el sagrario, en la capilla de la Cena del Señor y, junto a ella, la capilla de San Pedro, donde se hallaba el fantástico *mihrab* construido por al-Hakim II, ahora profanado y convertido en vulgar y simple sacristía.

Rodeó el altar mayor y el coro, construidos en el centro de la catedral, con el corazón desbocado, atento siempre a la entrada de la sacristía del Punto, desde donde le llegaban las voces de los guardias. Alcanzó la parte trasera de la capilla de Villaviciosa, en la misma nave en la que se encontraba el *mihrab*. Rodeó también la capilla de Villaviciosa hasta situarse pegado a su muro sur, justo enfrente del lugar sagrado de los creyentes, a sólo nueve columnas de distancia.

«Hoy te juro que algún día rezaremos al único Dios en este lugar santo.» El juramento que le hiciera a Fátima resonó en sus oídos. ¡Suceda lo que suceda!, le exigió ella. De repente, amparado en el bosque de columnas erigido en homenaje a Alá, se sintió extrañamente tranquilo y los murmullos de los guardias fueron dando paso a los cánticos de los miles de creyentes que habían orado al unísono en aquel mismo lugar durante siglos. Un escalofrío le recorrió la columna dorsal.

No tenía con qué purificarse: ni agua limpia ni arena. Se descalzó y con la humedad de sus lágrimas en las manos, se las llevó al rostro y se lo frotó. Luego hizo lo mismo con las manos, frotándose hasta los codos y, tras pasarlas por su cabeza, las bajó a los pies para continuar frotando hasta los tobillos.

Luego, ajeno a todo, se postró y oró.

Cada día, escondido a la mirada de las gentes, cuidaba de purificarse debidamente antes del cierre de las puertas de la catedral con el agua del aljibe del huerto, entre los naranjos. Por las noches repetía sus oraciones, intentando llegar a Fátima y a sus hijos a través de ellas.

En alguna ocasión los guardias habían salido de ronda desde la sacristía del Punto, pero en todas ellas, como si Dios le avisara, Hernando se percató a tiempo: se limitó a pegar la espalda al muro de la capilla de Villaviciosa y a permanecer inmóvil, casi sin respirar, mientras los vigilantes paseaban por la catedral charlando distraídamente.

Sus compañeros de la primera noche desaparecieron uno tras otro y sólo Palacio continuaba cada mañana, con mayor o menor fortuna, intentando acertar a los infelices perros que acudían al olor de sus calzas y zapatos.

Y mientras el juez eclesiástico decidía sobre su asilo y don Julián, infructuosamente, trataba de superar los inconvenientes que suponían para su huida la constante vigilancia y las artimañas del conde de Espiel, Hernando sólo vivía por los momentos en que se postraba en dirección a la quibla, notando que en aquel lugar tantas veces profanado por los cristianos aún se podía percibir el latido de la verdadera fe.

Noche a noche se adueñó del templo. ¡Aquélla era su mezquita! La suya y la de todos los creyentes, y nadie conseguiría arrebatársela.

—¡Abrid paso!

Detrás de tres porteros de maza, más de media docena de lacayos armados, ataviados con libreas rojas bordadas en oro y calzas de colores acuchilladas en los muslos, irrumpieron por la puerta del Perdón en el huerto el mismo día en que se iniciaba el invierno, la mañana de Todos los Santos.

El propio obispo de Córdoba, lujosamente engalanado y rodeado por gran parte de los miembros del cabildo catedralicio, esperaba en la puerta del Arco de las Bendiciones.

—Hoy, antes de los oficios solemnes —le había comentado don Julián a Hernando esa misma mañana ante el trajín que se desplegaba en la catedral—, tiene previsto acudir a honrar a sus muertos el duque de Monterreal, don Alfonso de Córdoba, que acaba de regresar de Portugal. —El morisco se encogió de hombros—. De acuerdo —concedió el sacerdote—, poco puede importarte, pero te aconsejo que no permanezcas en el interior del templo durante su visita. El duque es uno de los grandes de España; como descendiente del Gran Capitán pertenece a la casa de los Fernández de Córdoba y a sus lacayos no les gusta que la gente curiosee a su alrededor. ¡Sólo faltaría que te enemistases con otro grande de España!

—¡Apartaos! —gritó uno de los lacayos del duque, empujando con violencia a una anciana que trastabilló en su huida.

—¡Hijo de puta! —se le escapó a Hernando en el momento en que intentaba agarrar a la mujer, sin lograr impedir que ésta cayese desmadejada al suelo. Mientras la ayudaba a levantarse percibió que se había hecho el silencio a su alrededor y que varias de las personas que estaban junto a él se apartaban. Agachado, volvió la cabeza.

—¿Qué has dicho? —espetó el lacayo, parado en el camino.

En aquella posición, con la anciana medio incorporada, agarrada a su mano, Hernando le sostuvo la mirada.

—No ha sido él —escuchó que aseveraba entonces la mujer—. Se me ha escapado a mí, excelencia.

Hernando tembló de ira ante la cínica sonrisa con que el hombre recibió las palabras de la anciana. Aun a salvo del conde de Espiel, vivía preso en espera de la ayuda de sus hermanos, recibiendo cada día la comida que podían proporcionarle como si fuese un mendigo, escuchando las desgracias que día tras día le lloraba su madre, y ahora era una mujer vieja y débil la que tenía que salir en su defensa.

—¡Hijo de puta! —masculló cuando el lacayo, aparentemente satisfecho, hizo ademán de continuar con su camino—. He dicho hijo de puta —repitió irguiéndose y soltando a la mujer.

El lacayo se volvió bruscamente y echó mano a su daga. Aquellos que todavía no se habían apartado de Hernando, lo hicieron presurosos y varios de los lacayos que acompañaban al otro en su marcha, desanduvieron sus pasos hasta acercarse, mientras la comitiva del duque continuaba accediendo al huerto a través de la puerta del Perdón.

—¡Enfunda tu arma! —reprendió al lacayo un sacerdote que observaba la escena—. ¡Estás en lugar sagrado!

—¿Qué sucede aquí? —intervino uno de los acompañantes del duque. El lacayo mantenía la daga en el pecho de Hernando, ya inmovilizado por otros dos hombres.

El propio duque, precedido por un criado con un estoque con la punta hacia arriba, oculto entre mayordomo, canciller, secretario y capellán, se vio obligado a detenerse. De reojo, entre todos ellos, Hernando llegó a vislumbrar las lujosas vestiduras del aristócrata. Tras el duque esperaban varias mujeres también engalanadas para la ocasión.

—Este hombre ha insultado a uno de los servidores de vuestra excelencia —contestó uno de los alguaciles de la corte del noble.

—Esconde tu daga —ordenó el capellán del duque al lacayo tras acercarse al grupo, manoteando en el aire para quitarse de los ojos los cordones del sombrero verde que portaba—. ¿Es cierto eso? —inquirió, dirigiéndose a Hernando.

—Es cierto y me acojo a sagrado —respondió el morisco con soberbia. A fin de cuentas, ¿qué le importaban un noble o dos?

—No puedes acogerte a sagrado —afirmó el capellán con parsimonia—. Aquellos que cometen un delito en lugar sagrado no pueden beneficiarse del asilo.

Hernando flaqueó y notó que se le doblaban las rodillas. Los lacayos que le agarraban de las axilas tiraron de él.

—Llevadlo ante el obispo —ordenó el alguacil al tiempo que el capellán les daba la espalda para reintegrarse a la comitiva—. Su Ilustrísima ordenará la expulsión de este delincuente.

Si le extraían de la catedral, primero le condenaría el duque, pero después sería el conde de Espiel quien lo hiciera. ¿Qué iba a ser de él… y de su madre? ¡Berbería! Tenían que huir a Berbería. Eso era lo que preparaba don Julián. ¡Sólo podía fingir que pedía clemencia! Se dejó caer como si se hubiera desmayado y en el momento en que los lacayos se agacharon para asirle mejor, se zafó de ellos y echó a correr hacia el hombre que creía ser el duque.

—¡Piedad! —suplicó, arrodillándose a su paso y echándose a besar sus zapatos de terciopelo—. ¡Por Dios y la santísima Virgen…! —Varios hombres saltaron sobre Hernando, lo levantaron y lo apartaron del camino del duque, quien ni siquiera se vio obligado a detenerse—. ¡Por los clavos de Jesucristo! —gritó mientras pataleaba y se revolvía entre los lacayos.

¡Por los clavos de Jesucristo!

La sorpresa apareció en el semblante del noble ante aquella última expresión y, por primera vez, se interesó en el plebeyo que tantas incomodidades estaba originando. Entonces, Hernando alzó la mirada y la cruzó con la del duque.

—¡Quietos! ¡Soltadle! —ordenó don Alfonso a sus hombres.

La comitiva se detuvo. Algunas personas se asomaron por detrás. Los miembros del cabildo empezaron a acercarse y hasta el obispo aguzó la vista para ver qué era lo que sucedía.

—¡He dicho que lo soltéis! —insistió el noble.

Hernando, harapiento y sucio, quedó en pie frente al imponente duque de Monterreal. Ambos se observaron, atónitos. No fueron necesarias preguntas ni comprobaciones: al mismo tiempo los recuerdos de noble y morisco retrocedieron hasta la tienda de campaña de Barrax, el arráez corsario, en las cercanías de Ugíjar, donde estableció su campamento Aben Aboo tras la derrota de Serón.

—¿Qué fue de la Vieja? —preguntó de repente Hernando.

Uno de los alguaciles consideró una impertinencia aquella pregunta e hizo ademán de abofetearlo, pero don Alfonso, sin dejar de mirar a Hernando, se lo impidió con un autoritario movimiento de su mano.

—Cumplió, tal y como me aseguraste. —El canciller y el secretario, hombres adustos y sobrios, dieron un respingo ante la amabilidad con que su señor trataba a aquel andrajoso. Otros miembros de la comitiva intercambiaron susurros—. Me llevó cerca de Juviles, en cuyo camino me encontraron los soldados del príncipe. Desgraciadamente, no sé más del animal. De allí, casi inconsciente, me trasladaron a Granada y luego a Sevilla para curarme.

—Estaba convencido de que la Vieja no me defraudaría —afirmó Hernando.

Ambos sonrieron.

Los rumores entre las gentes aumentaron.

—¿Encontraste a tu esposa y a tu madre? —se interesó a su vez el noble, haciendo caso omiso de cuantos le rodeaban.

—Sí. —La respuesta de Hernando fue casi un suspiro. Había hallado a Fátima, sí, pero ahora la había perdido para siempre...

Las palabras del duque interrumpieron sus pensamientos:

—Sabed todos —proclamó, alzando la voz—, que debo la vida a este hombre al que llaman el nazareno, y que a partir de hoy goza de mi favor, mi amistad y mi eterna gratitud.

III

En nombre de la fe

… Como los hombres me habían llamado Dios e hijo de Dios, mi Padre, no queriendo que fuese en el día del Juicio un objeto de burla para los demonios, prefirió que fuese en el mundo un objeto de afrenta por la muerte de Judas en la cruz… Y esta afrenta durará hasta la muerte de Mahoma, que cuando venga al mundo sacará de semejante error a los que creen en la ley de Dios.

Evangelio de Bernabé

44

Hernando observaba los trabajos de pintura y remodelación que se realizaban en la biblioteca de la catedral, una vez vacía de volúmenes, que la convertirían en la capilla del Sagrario. El lugar le atraía poderosamente y acudía a él con regularidad. Salvo pasear a caballo y encerrarse a leer en la gran biblioteca del palacio del duque de Monterreal, su nueva morada, poco más tenía que hacer. El duque había arreglado sus problemas con el conde de Espiel mediante un pacto del que Hernando nunca llegó a conocer los detalles, y, al estilo de los hidalgos españoles, le prohibió trabajar asignándole una generosa cantidad mensual que Hernando ni siquiera sabía cómo gastar. ¡Hubiera sido una afrenta para la casa de don Alfonso de Córdoba que uno de sus protegidos se rebajase a desempeñar cualquier tipo de trabajo!

Sin embargo, y pese a la estima en que le tenía el duque, Hernando quedaba excluido del resto de las actividades sociales en que se entretenían aquellos ociosos hidalgos. El duque tenía sus propias tareas y sus obligaciones en la corte, amén de las impuestas por sus extensos y ricos dominios, que le obligaban a ausentarse de Córdoba durante largas temporadas. Aunque le hubiese salvado la vida, Hernando no dejaba de ser un morisco a duras penas tolerado por la soberbia sociedad cordobesa.

Pero si esto ocurría con los cristianos, algo similar sucedía con sus hermanos en la fe. La noticia de que había liberado al duque en la guerra de las Alpujarras y los favores que dicha acción le reportaba estaban en boca de toda la comunidad. Con la esperanza de que sus correligionarios acabarían por entender y no dar mayor importancia a aquel lejano suceso, admitió el amparo del noble, pero cuando quiso darse cuenta, la historia circulaba por toda Córdoba y los moriscos se referían a él despectivamente con el odiado nombre que le había perseguido desde su infancia: el nazareno.

—No quieren aceptar más tu dinero. No desean deberle favores a un cristiano —le comunicó un día Aisha, cuando él pretendía entregarle una buena cantidad que debía servir para el rescate de esclavos.

Además de los dineros destinados a ese menester, Hernando proporcionaba a su madre el suficiente como para salir adelante sin estrecheces compartiendo casa con varias familias moriscas. Hernando fue en busca de Abbas, el único de los antiguos miembros del consejo que quedaba con vida tras la epidemia de peste que había azotado la ciudad dos años atrás, provocando cerca de diez mil muertos, la quinta parte de la población, entre ellos Jalil y el buen don Julián. Lo encontró en las caballerizas reales.

—¿Por qué no aceptáis mi ayuda? —le preguntó a solas, en la herrería, tras murmurar un saludo casi ininteligible a su llegada. Después de recibir la noticia de la muerte de Fátima y de sus hijos, y de la violenta reacción de Hernando con el herrador, la amistad entre ambos se había resentido—. Fátima y yo fuimos los primeros en contribuir para la liberación de esclavos moriscos, y lo hicimos en mayor medida que los demás miembros de la comunidad, ¿recuerdas?

Durante unos instantes, Abbas desvió su atención de los instrumentos con que trajinaba sobre una mesa.

—La gente no quiere dádivas del nazareno —le contestó secamente antes de concentrarse de nuevo en sus quehaceres.

—Precisamente tú más que nadie deberías saber que eso no es cierto, que no soy cristiano. El duque y yo nos limitamos a unir nuestras fuerzas para escapar de un corsario renegado que…

—No quiero escuchar tus explicaciones —le interrumpió Abbas sin dejar de trabajar—. Son muchas las cosas que todos sabemos que no son ciertas y sin embargo... Todos los moriscos juraron fidelidad a su rey, por eso están aquí, humillados, porque perdieron la guerra. Tú también juraste lealtad a la causa y sin embargo ayudaste a un cristiano. Si pudiste quebrantar ese juramento, ¿por qué juzgas con tanta dureza a quienes en algún momento no han podido cumplir con sus promesas?

Tras pronunciar estas palabras, el herrador se irguió frente a él, imponente. «¿Por qué sigues juzgándome?», preguntaban sus ojos. «No pude hacer nada por evitar la muerte de tu esposa», parecían querer decirle.

Hernando se mantuvo en silencio. Posó la mirada en el yunque donde se daba forma a las herraduras. No era lo mismo: Abbas le había prometido cuidar de su familia; Abbas le había asegurado que Ubaid no les molestaría. Abbas... ¡Le había fallado! Y Fátima, Francisco, Inés y Shamir estaban muertos. ¡Su familia! ¿Acaso existía perdón para algo así?

—Yo no hice daño a nadie —replicó Hernando.

—¿Ah, no? Devolviste la vida y la libertad a un grande de España. ¿Cómo puedes asegurar que en verdad no dañaste a nadie? El resultado de las guerras depende de ellos, de todos y cada uno de ellos: de sus padres y de sus hermanos, de los pactos a los que pueden llegar si uno de su familia es hecho preso. Esta misma ciudad santa —continuó Abbas elevando la voz— pudo ser reconquistada por los cristianos porque un solo noble, uno sólo, don Lorenzo Suárez Gallinato, convenció al rey Abenhut de que se hallaba apostado con un gran ejército en Écija, ¡a tan sólo siete leguas de aquí! Y de que debía dirigirse en ayuda de Valencia en lugar de acudir a socorrer a Córdoba. —Abbas resopló; Hernando no supo qué decir—. ¡Un solo noble cambió el destino de la capital musulmana de Occidente! ¿Sigues afirmando que no dañaste a nadie?

Ni siquiera se despidieron.

La recriminación de Abbas persiguió a Hernando durante varios días. Una y otra vez trató de convencerse de que el corsario Barrax sólo quería a don Alfonso para obtener un rescate por él. ¡Su libertad no pudo haber influido en el desarrollo de la guerra de las Alpujarras!, se repetía con insistencia, pero las palabras del herrador no dejaban de regresar a su mente en los momentos más inoportunos. Por eso le gustaba visitar la capilla del Sagrario de la catedral, la antigua biblioteca que tantos recuerdos le traía. Allí lograba el sosiego, mientras contemplaba cómo Cesare Arbasia, el maestro italiano contratado por el cabildo, pintaba y decoraba la capilla desde el suelo hasta la bóveda, incluyendo las paredes y los dobles arcos. Poco a poco, aquel fondo en tonos ocres y rojos se iba llenando de ángeles y escudos. La mano del artista alcanzaba hasta el más pequeño rincón. ¡Hasta los capiteles de las columnas se recubrían de una capa dorada!

—Dijo el gran maestro Leonardo da Vinci que los creyentes prefieren ver a Dios en imagen antes que leer un escrito referido a la divinidad —le explicó uno de aquellos días el italiano—. Esta capilla se hará a imagen y semejanza de la Sixtina de San Pedro de Roma.

—¿Quién es Leonardo da Vinci?

—Mi maestro.

Hernando y Cesare Arbasia, un hombre de unos cuarenta y cinco años, serio, nervioso e inteligente, habían trabado amistad. El pintor se había fijado en aquel morisco, siempre impecablemente ataviado a la castellana, como era obligado en la corte del duque, en la tercera ocasión en que lo vio sentado en la capilla, contemplando su labor durante horas, y ambos habían congeniado con facilidad.

—Poco te importan las imágenes, ¿no es verdad? —le había preguntado un día—. Nunca te he visto observarlas, ya no con devoción, sino ni tan siquiera con curiosidad. Te interesas más por el proceso de pintura.

Así era. Lo que más atraía a Hernando era el método, tan diferente al que había visto utilizar a los guadamacileros y pintores cordobeses, que usaba el italiano para pintar la capilla del Sagrario: el fresco.

El maestro revocaba la parte del muro que deseaba pintar con una mezcla de cierto espesor hecha con arena gruesa y cal, que después alisaba a conciencia y enlucía con arena de mármol y más cal. Sólo podía pintar sobre ella mientras estuviera fresca y húmeda, por lo que, en ocasiones, cuando veía que el revoco iba a secarse antes de que pudiera finalizar su tarea, los gritos e imprecaciones en su lengua materna resonaban por toda la catedral.

Los dos hombres se observaron en silencio durante unos instantes. El italiano sabía que Hernando era cristiano nuevo e intuía que continuaba profesando la fe de Mahoma. Al morisco no le preocupó confesarse a él. Estaba seguro de que Arbasia también escondía algo: se comportaba como un cristiano, pintaba a Dios, a la Virgen, a los mártires de Córdoba y a los ángeles; trabajaba para la catedral, pero algo en sus formas y en sus palabras lo diferenciaba de los piadosos españoles.

—Yo soy partidario de la lectura —reconoció el morisco—. Nunca encontraré a Dios en simples imágenes.

—No todas las imágenes son tan simples; muchas de ellas reflejan aquello que esconden los libros.

Con esa enigmática declaración por parte del maestro dieron por terminada la conversación ese día.

El palacio del duque de Monterreal estaba en la zona alta del barrio de Santo Domingo. Su cuerpo principal databa del siglo XIV, la época en que fue conquistada la ciudad de Córdoba, de cuyo esplendor califal era testigo un antiguo alminar que destacaba en una de sus esquinas. La casa constaba de dos pisos de altísimos techos, a los que se les habían añadido varias edificaciones hasta llegar a conformar un laberíntico entramado. Poseía dos grandes jardines y diez patios interiores, que unían unos edificios con otros. Todo el conjunto ocupaba una inmensa extensión de terreno. Su interior mostraba las riquezas propias de un noble: una profusión de grandes muebles, esculturas, tapices y guadamecíes, que no obstante iban cediendo su lugar, poco a poco, a pinturas al óleo; la plata y el oro se mostraba en vajillas y cuberterías; el cuero y la seda bordada aparecían por doquier. El palacio contaba con todos los servicios: múltiples dormitorios y letrinas, cocina, almacenes y despensas, capilla, biblioteca, contaduría, caballerizas y vastos salones para fiestas y recepciones.

En 1584, Hernando tenía treinta años y el duque treinta y nueve. De su primer matrimonio le sobrevivía un hijo varón de dieciséis años y del segundo, contraído ocho años atrás con doña Lucía, noble castellana, dos niñas de seis y cuatro años y el benjamín, de dos. Salvo Fernando, el primogénito, que había sido enviado a la corte de Madrid, doña Lucía y sus tres vástagos vivían en el palacio de Córdoba, y con ellos lo hacían once parientes hidalgos sin fortuna, de una u otra rama de la familia y de edades diversas, a quienes don Alfonso de Córdoba, titular del mayorazgo, acogía y mantenía.

Dentro de aquella variopinta corte que vivía a expensas del duque, hidalgos orgullosos y arrogantes como aquel que un día pagó cuatro reales a Hernando para que le señalara quién había puesto en duda su linaje, también había parientes más lejanos, retraídos y callados, como don Esteban, un sargento de los tercios impedido de un brazo, un «pobre vergonzante» al que don Alfonso llevó a su hogar.

Los «pobres vergonzantes» eran una categoría especial de mendigos. Se trataba de hombres y mujeres sin recursos, a quienes el honor impedía tanto trabajar como mendigar públicamente, y que eran aceptados por la digna sociedad española. ¿Cómo iban a pedir limosna honorables hombres o mujeres? Se crearon, por tanto, cofradías para atender a sus necesidades. Investigaban sus orígenes y su condición y, si realmente se trataba de vergonzantes, los propios cofrades pedían limosna de casa en casa por ellos para después entregarles el fruto de las dádivas en privado. En una de sus estancias en la ciudad, don Alfonso de Córdoba presidió la cofradía y se enteró de la existencia de su pariente lejano; al día siguiente le ofreció su hospitalidad.

Hernando volvió al palacio después de pasar la tarde con Arbasia. Recorrió con desidia la distancia que separaba la catedral del barrio de Santo Domingo, deteniéndose aquí y allá sin más objetivo que el de perder tiempo, como si quisiera aplazar el momento de cruzar el umbral del palacio. Sólo en las raras y escasas ocasiones en las que el duque recalaba en Córdoba y le pedía que se sentara a su vera, lograba sentirse a gusto en aquella hermosa y tranquila mansión; en ausencia de don Alfonso, sin embargo, el trato que recibía estaba lleno de sutiles humillaciones. Muchas veces se había planteado la posibilidad de abandonar el palacio, pero se veía incapaz de adoptar decisión alguna. Las muertes de Fátima y de sus hijos le habían secado el corazón y mermado la voluntad, dejándole sin fuerzas para enfrentarse a la vida. Fueron muchas las noches en que permaneció insomne, aferrado a su recuerdo, y muchas más las que pasó sumido en pesadillas en las que Ubaid asesinaba a su familia una y otra vez, sin que él pudiera hacer nada para evitarlo. Después, poco a poco, esas terribles imágenes que poblaban sus sueños fueron dejando paso a otros recuerdos más felices que llenaban su mente mientras dormía: Fátima con su toca blanca, sonriente; Inés, seria, esperándole en la puerta de su casa, y Francisco, enfrascado en escribir los números que le dictaba la entrañable voz de Hamid. Hernando se refugió en esas evocaciones y los días se convirtieron en jornadas interminables de las que sólo aguardaba su final, la noche que le permitía reunirse con los suyos aunque fuera en sueños. El resto poco le importaba: al parecer su lugar no estaba con los cristianos ni tampoco con los moriscos. No sabía hacer otra cosa que montar a caballo. Su trabajo en las caballerizas reales se había acabado después del triste incidente con Azirat; en ellas ya no le quedaban amigos. ¿Qué futuro le esperaba si abandonaba el palacio? ¿Regresar a la curtiduría? ¿Enfrentarse al desprecio de sus hermanos en la fe? En una ocasión, convencido de que un trabajo le ayudaría a salir de su estado de melancolía, se había atrevido a insinuar a don Alfonso la posibilidad de trabajar domando a los caballos, pero la respuesta de éste fue tajante.

—No pretenderás que la gente piense que no soy generoso con quien me salvó la vida. —Se hallaban en el despacho del duque. Don Alfonso leía un documento mientras un numeroso grupo de personas esperaba en la antesala—. ¿Acaso te falta algo aquí? —añadió sin levantar los ojos del papel—. ¿No eres bien tratado?

¿Cómo decirle al duque que su propia esposa era la primera que le humillaba? El agradecimiento de don Alfonso de Córdoba era sincero. Hernando lo sabía, y no percibía en él un ápice de impostura, pero doña Lucía…

—¿Y bien? —le insistió el noble desde detrás de su escritorio.

—Ha sido una necedad —se retractó Hernando.

Pasara lo que pasase, nunca volvería a la curtiduría, se dijo ese día, una vez más, cuando llegó a las puertas del palacio. El portero le hizo esperar un instante de más antes de abrir la puerta. Lo recibió en silencio, sin la reverencia con que saludaba a los demás hidalgos. En la entrada, el morisco le entregó su capa.

—Con Dios —le dijo él de todos modos, mientras el hombre la recogía sin mirarlo.

A sabiendas de que el portero le observaba a sus espaldas, reprimió un suspiro y se enfrentó a la inmensidad del palacio: en ese momento, y hasta que no pudiera refugiarse en la soledad de la biblioteca, se iniciaba un sinfín de pequeñas afrentas. La cena estaba pronta a ser servida y Hernando vio moverse por el palacio a varios criados; lo hacían en silencio, presurosos. Más de cien personas atendían a los duques, a su familia y a cuantos pululaban a su alrededor.

Hernando había tenido que aprender a distinguir a todo aquel personal. El capellán, el mayordomo, el secretario, el camarero y la camarera de los duques encabezaban la larga lista. Les seguían el maestresala, el caballerizo, el contador y el tesorero. Tras ellos el veedor, el botellero, el repostero de estrados y el repostero de plata; el comprador, el despensero, el repartidor y el escribano. Las ayas de los niños y sus profesores. Y por último el resto de los criados, decenas de ellos: varones en su mayoría; algunos de ellos libres, otros esclavos, y entre estos últimos varios moriscos. Para terminar, media docena de niños que actuaban como pajes.

Doña Lucía había dispuesto que Hernando fuera instruido en los modales cortesanos, principalmente en los de la mesa, una de las ceremonias más importantes en las que debía distinguirse a los caballeros. La dama tomó esa decisión tras la primera comida de Hernando en la larga mesa a la que se sentaban los duques, el capellán y los once hidalgos. Ese día, los pajes y oficiales de mesa sirvieron capones y palominos, carnero, cabrito y lechones como primer plato. Luego, el consabido potaje de los cristianos, cocido hecho con carne de gallinas, carnero, vaca y legumbres, todo aderezado con libras de tocino para el caldo. Después, el manjar blanco: pechugas de gallina cocidas a fuego lento en salsa de azúcar, leche y harina de arroz, y para terminar, pasteles hojaldrados y fruta. Hernando, sentado a la derecha del duque, frente al capellán, se encontró con tenedores, cuchillos y cucharas de plata dorada ordenadamente dispuestos; platos y tazas, copas y vasos de cristal, saleros, servilletas y una escudilla con agua que le trajo un paje. Ante la socarrona mirada de los hidalgos y del capellán, Hernando hizo ademán de llevársela a los labios para beber cuando, azorado, vio cómo el duque le guiñaba un ojo antes de lavarse las manos en ella.

Doña Lucía no pensaba tolerar esa falta de modales en su mesa. Cuando terminaron de comer, el morisco fue llamado a una salita privada donde le esperaban los duques; don Alfonso sentado en un sillón, con la vista algo baja, un poco molesto, como si con anterioridad a la llegada del morisco se hubiera tenido que plegar a las exigencias de su esposa. Al contrario que el duque, doña Lucía le esperaba en pie, soberbia, vestida de negro hasta el cuello por el que asomaban unas delicadas puntillas blancas. Hernando no pudo evitar compararla con las mujeres musulmanas, recatadas y ocultas ante los extraños. A diferencia de ellas, y como todas las nobles cristianas, doña Lucía se mostraba a la gente, aunque, como cualquier dama recatada, trataba de esconder sus atractivos: se fajaba los pechos después de apretarlos con unas laminillas de plomo e intentaba que su tez tuviera un tono macilento, para lo cual ingería con regularidad tierra arcillosa.

—¡Hernando, no podemos…! —El duque carraspeó; doña Lucía suspiró y suavizó su tono—. Hernando…, al duque y a mí nos complacería mucho que te instruyeras en los buenos modales.

Le asignaron al mayor de los parientes que vivían en palacio, un peripuesto hidalgo llamado Sancho, primo del duque, que aceptó a regañadientes el encargo. Durante casi un año, don Sancho le enseñó cómo utilizar la cubertería, cómo comportarse en público y cómo vestir; incluso se empeñó en tratar de corregir la dicción del aljamiado de Hernando que, como todos los moriscos, adólecía de ciertos defectos fonéticos, entre ellos la tendencia a convertir las eses en equis y viceversa.

Aguantó estoicamente las clases que cada día le impartía don Sancho. En esa época, el desánimo de Hernando era tal que ni siquiera llegaba a plantearse la humillación de ser tratado como un niño; simplemente obedecía sin pensar, hasta que un día el hidalgo, alegre, como si aquello le complaciese, le propuso que aprendiera a danzar.

—Pasos —anunció en voz alta al tiempo que andaba con afectación por el salón en el que estudiaban—, floretas, saltos, encajes, campanelas —recitó don Sancho al tiempo que brincaba con torpeza y trazaba un círculo con un pie—, cabriolas. —Con las cabriolas, Hernando le dio la espalda y abandonó la estancia en silencio—. Cuatropeados —escuchó que cantaba el hidalgo en la estancia—, giradas…

Después de ese día, doña Lucía consideró que el morisco ya podía convivir con ellos; entendió que difícilmente se vería en la tesitura de tener que acreditar sus dotes en el arte de la danza y dio por finalizada su instrucción. Pese a ello, sus nuevos modales no variaron el rechazo que sufría en palacio cuando don Alfonso no estaba presente.

La noche del viernes en que Hernando confesó a Arbasia que él no podía encontrar a Dios en sus imágenes, cenaron en palacio pescado fresco traído por los playeros del Guadalquivir. En los días de abstinencia, las conversaciones de los catorce comensales eran bastante más parcas y serias que cuando degustaban carnes y tocino, y era sabido que muchos de ellos, entre los que cabía incluir al sacerdote, acudían después a las cocinas a hacerse con pan, jamón y morcillas. Durante la cena, Hernando no prestó atención a las palabras que se cruzaron los hidalgos, el capellán o doña Lucía, que presidía majestuosamente la larga mesa. Éstos, a su vez, tampoco le hacían el menor caso.

Deseaba irse a la biblioteca, donde se refugiaba todas las noches entre los casi tres centenares de libros acumulados por don Alfonso, y así lo hizo tan pronto la duquesa dio por finalizada la cena. Por fortuna para él, había quedado excluido de las largas veladas nocturnas en las que se leían libros en voz alta o se cantaba. Cruzó diversas estancias y dos patios antes de llegar al que llamaban patio de la biblioteca, tras el que se hallaba la gran sala de lectura. Llevaba varios días enfrascado en la lectura de *La Araucana*, cuya primera parte había sido publicada quince años antes, pero esa noche no tenía intención de continuar con aquel interesante libro. Las palabras que esa tarde había pronunciado Arbasia, citando a Leonardo da Vinci y hablando de buscar a Dios en las imágenes, le habían hecho pensar en otras que en su día le dirigiera don Julián en el silencio de aquella misma capilla:

—Lee, pues tu Señor es el más generoso. Él es el que ha enseñado al hombre a servirse del cálamo.

—¿Qué significan esas aleyas? —le interrogó entonces Hernando.

—Establecen la relación divina entre los creyentes y Dios a través de la caligrafía. Debemos honrar a la palabra revelada. A través de la caligrafía permitimos la visualización de la Revelación, de la palabra divina. Todos los grandes calígrafos se han esforzado por embellecer la Palabra. Los fieles deben poder encontrar la Revelación escrita en sus lugares de oración para que siempre la recuerden y la tengan ante sus ojos, y cuanto más bella sea, mejor.

A lo largo de aquellas jornadas en las que ambos copiaron ejemplares del Corán, don Julián le habló de los diferentes tipos de caligrafía, principalmente la cúfica, la elegida por los Omeyas en Córdoba para sacralizar la mezquita, o la cursiva nazarí utilizada en la Alhambra de Granada. Pero ni siquiera mientras se recreaban en comentarios sobre los trazos o los magníficos conjuntos que algunos calígrafos conseguían utilizando varios colores, buscaban la belleza en sus escritos; cuantos más ejemplares del Corán pudieran ofrecer a la comunidad, mejor, y la rapidez estaba reñida con la perfección.

Esa noche, tras acceder a la biblioteca y despabilar las lámparas, Hernando sólo tenía en mente un propósito: coger una pluma y un papel, y entregarse a Dios, igual que hacía Arbasia mediante sus pinturas. Visualizaba ya la primera sura del Corán pulcramente caligrafiada en árabe andalusí: las verticales de las letras rectilíneas, que después se prolongaban en forma circular; los signos volados en negro, rojo o verde. ¿Habría tinta de colores en la biblioteca? Ni el secretario ni el escribano de don Alfonso la utilizaban en sus escritos. En ese caso, tendría que comprarla. ¿Dónde podría encontrarla?

Con esos pensamientos se sentó ante un escritorio, rodeado de libros ordenados en estanterías finamente labradas en maderas nobles. Como era de esperar, no había tinta de colores. Hernando observó las plumas, el tintero y las hojas de papel. Podía ejercitarse primero, decidió. Mojó una de las plumas y con delicadeza, deleitándose en el trazo, dibujó una gran letra, el alif, la primera letra del alfabeto árabe, larga y sensualmente curvada, como el cuerpo humano, tal cual la definieron en la antigüedad. Dibujó la cabeza con su frente, el pecho y la espalda, el vientre…

Unas risas en el patio le sobresaltaron. Se estremeció. ¿Qué estaba haciendo? Estuvo a punto de derramar el tintero debido al sudor que empapó las palmas de sus manos; agarró el papel y lo dobló con rapidez para esconderlo debajo de la camisa. Con el corazón golpeándole el pecho, escuchó cómo el sonido de las risas y los pasos se alejaban por el extremo opuesto del patio. Ni siquiera se le había pasado por la cabeza, se recriminó mientras sentía cómo se acompasaban los latidos. ¡No podía dedicarse a la caligrafía árabe en la biblioteca de un duque cristiano, donde en cualquier momento podía entrar uno de los hidalgos o cualquier criado! Pero tampoco podía encerrarse en su dormitorio, pensó al plantearse aquella posibilidad. Llevaba dos años acudiendo regularmente a la biblioteca después de cenar, mientras los demás leían o cantaban a la espera de que doña Lucía se retirase a sus aposentos, momento que aprovechaban para salir por fin en busca de los placeres que ofrecía la noche cordobesa. Desconfiarían de aquel cambio en sus costumbres. Además, ¿dónde iba a guardar los instrumentos de escritura y los papeles? Los criados… y quizá no sólo ellos, le revolvían sus pertenencias. Lo había notado desde el principio, incluso aquellas que guardaba en el arcón, aunque lo cerrara con llave; alguien disponía de otro ejemplar, dedujo cuando por tercera vez comprobó que habían registrado sus cosas. Desde el primer día mantenía escondida la mano de oro de Fátima, su único tesoro, en el pliegue de un colorido tapiz que representaba la escena de caza de un cerdo salvaje en la sierra; allí estaba a salvo. Pero esconder plumas, tintero y papeles… ¡era imposible!

¿Dónde podía escribir sin peligro de ser descubierto? Hernando recorrió la gran biblioteca con la mirada: se trataba de una habitación rectangular con una puerta en cada uno de sus extremos. Entre las estanterías de los libros y las ventanas enrejadas que daban a la galería y al patio había una larga mesa con sillas y lámparas para la lectura y tres escritorios independientes. No tenía dónde esconderse. Observó una tercera puerta al fondo de la estancia, encajonada en la librería, y que daba acceso al antiguo alminar adosado a una esquina del palacio. En alguna ocasión había curioseado en el interior del alminar y lo único que encontró fue la nostalgia al imaginar al muecín llamando a la oración: se trataba de un simple torreón cuadrado, estrecho, con un machón central a cuyo alrededor, en forma circular, ascendían las escaleras que llevaban a lo alto. Debía encontrar algún sitio donde escribir, incluso si ello requería cambiar de costumbres o hacerlo fuera del palacio, en otra casa. ¿Por qué no? Extrajo el arrugado papel de su camisa y contempló el alif. Le pareció diferente a cuantas letras pudiera haber escrito hasta entonces; notó en ella una devoción de la que adolecían las demás. Hizo ademán de romper el papel, pero se arrepintió: era la primera letra que escribía tratando de representar a Dios en ella, igual que le sucedía a Arbasia con sus imágenes sagradas.

¿Dónde podía ocultar sus trabajos? Se levantó, cogió una lámpara, paseó por la biblioteca descartando posibles escondrijos y al final se encontró al pie de las escaleras del alminar. No parecía que nadie acudiese allí a menudo; los escalones estaban llenos de la arenilla que se desprendía de los viejos sillares. Aquella torre no había sido reparada en siglos, quizá por el significado que tenía para los cristianos. Empezó a ascender apoyándose en el pilar central. Algunas de sus piedras se movían. ¿Y si pudiera esconder sus papeles tras alguna de ellas? Las palpó con detenimiento para encontrar alguna que le sirviese. De repente, a mitad de la ascensión, una de las piedras cedió. Hernando acercó la lámpara: no sólo había sido la piedra; un par de ellas, en línea, habían dejado a la vista una rendija casi inapreciable. ¿Qué era aquello? Empujó con fuerza y las piedras se desplazaron: parecía una pequeña portezuela secreta que se abría a un reducido hueco abierto en el pilar.

Iluminó el interior; la lámpara temblaba en su mano y descubrió una arqueta: lo único que cabía en aquel reducido espacio. Se trataba de un arca de cuero repujado y ferreteado muy diferente a las arcas y arcones que se podían encontrar en el palacio, la mayoría de estilo mudéjar, taraceados en hueso, ébano y boj, o fabricados en Córdoba y adornados con guadamecíes. Tiró de ella para extraerla, se arrodilló en las escaleras y acercó la lámpara para examinarla: el cuero estaba muy trabajado, y entre varios motivos vegetales, entrevió un alif como el que acababa de dibujar. ¡No podía ser más que un alif!

Se acercó cuanto pudo y limpió el polvo del cuero. Tosió. Luego acercó la llama de la lámpara a los dibujos que acababa de limpiar y recorrió las letras desgastadas con la yema de sus dedos al tiempo que las leía: «*Muham… Ibn Abi Amir*». ¡Al-Mansur!, musitó reverentemente. Poco más podía leerse. Un escalofrío recorrió su columna vertebral. ¡Se trataba de una arqueta musulmana de la época del caudillo Almanzor! ¿Qué hacía allí escondida? Se sentó en el suelo. ¡Si pudiera abrirla!

Inspeccionó la cerradura que unía las dos láminas de hierro que recorrían la parte central de la arqueta. ¿Cómo podría abrirla? Mientras sus dedos jugueteaban sobre el cierre, la veta de hierro se desprendió suavemente del cuero al que estaba cosida con un tenue ruido a viejo y a podrido. Hernando se encontró con la cerradura en la mano. Dudó unos instantes. Volvió a arrodillarse y abrió la tapa con solemnidad.

Cuando iluminó el interior, descubrió varios libros escritos en árabe.

45

Cesare Arbasia vivía solo en una casa cerca de la catedral, donde estuvo la alcaicería. La noche en que invitó a cenar a Hernando tuvo la cortesía de evitar el tocino, así como los rábanos, los nabos o las zanahorias, que los moriscos relacionaban con la alimentación de los marranos y por tanto detestaban.

—Lo que no he podido conseguir —le confesó el pintor antes de cenar, mientras los dos tomaban una limonada en la galería que daba a un patio primorosamente cuidado— es que el carnero haya sido sacrificado de acuerdo con vuestras leyes.

—Hace mucho tiempo que no podemos permitirnos esos alimentos. Vivimos amparados por la *taqiya*. Dios lo comprenderá. Sólo en contadas ocasiones, en la soledad de las alquerías perdidas en los campos, algunos de nuestros hermanos pueden hacerlo.

Ambos hombres cruzaron sus miradas en silencio, oliendo el perfume de las flores en la noche de primavera. Hernando aprovechó para dar un sorbo de limonada y se dejó llevar por los aromas, con el recuerdo de otro patio similar y las risas de sus hijos mientras jugaban con el agua. Esa misma mañana había descubierto el último rostro que Arbasia había pintado en el fresco de la Santa Cena que embellecía la capilla del Sagrario. La pintura aparecía en el frontón, sobre la misma hornacina destinada a guardar el cuerpo de Cristo, el lugar principal. Hernando no pudo apartar los ojos de la figura que se sentaba a la izquierda del Señor, abrazada por Él; parecía… ¡parecía una mujer!

—Tengo que hablar contigo —le dijo con los ojos clavados en la figura de mujer.

—Espera. Aquí, no —contestó el pintor al tiempo que seguía la mirada del morisco e intuía su desconcierto.

Entonces, por primera vez, lo invitó a cenar a su casa. Con el rumor del agua de la fuente siempre presente, charlaron un rato hasta que el maestro decidió tomar la iniciativa:

—¿De qué querías hablarme? ¿Es sobre la pintura?

—Tenía entendido que en la última cena sólo se hallaron presentes los doce apóstoles. ¿Por qué has pintado una mujer abrazada por Jesucristo?

—Se trata de san Juan.

—Pero...

—San Juan, Hernando, no insistas.

—De acuerdo —accedió Hernando—. Escúchame entonces porque hay algo que quiero contarte. Hará cerca de un mes, encontré en el antiguo alminar del palacio del duque las copias en árabe de varios libros, junto a la nota de un escriba de la corte califal. En los dos años que he pasado en casa del duque he leído mucho sobre él. Al-Mansur, que los cristianos llamaban Almanzor, fue caudillo del califa Hisham II y el mejor general musulmán de la historia de la Córdoba musulmana. Llegó a atacar Barcelona y hasta Santiago de Compostela, en el interior de cuya catedral permitió que abrevara su caballo. De allí hizo traer hasta Córdoba las campanas, a hombros de los cristianos, para luego fundirlas y convertirlas en lámparas para la mezquita; más tarde, el rey Fernando el Santo vengó esa afrenta. —Arbasia escuchaba con atención, sorbiendo limonada—. Pero Almanzor también fue un fanático religioso, lo que le llevó a cometer verdaderas tropelías para con la cultura y la ciencia. Se da el caso de que el padre del califa, al-Hakam II, fue uno de los califas más sabios de Córdoba. Una de sus preocupaciones fue la de reunir en Córdoba el saber de la humanidad, para lo que mandó emisarios a los confines del mundo a fin de que comprasen cuantos libros y tratados científicos hallasen. Reunió una biblioteca de más de cuatrocientos mil volúmenes. ¿Te imaginas? ¡Cuatrocientos mil volúmenes! Más libros que en la biblioteca de Alejandría o en la que ahora se encuentra en la Roma de los papas.

Hernando hizo una pausa para beber y comprobar el efecto de sus palabras en el maestro, que asentía levemente, como si imaginase tal maravilla del saber.

—Pues bien —continuó—, Almanzor ordenó que, salvo los relativos a medicina y matemáticas, debían quemarse todos aquellos libros que se separasen un ápice o que no tuvieran relación con la palabra revelada; libros de astrología, de poesía, de música, de lógica, de filosofía... ¡De todas las artes y ciencias conocidas! ¡Miles de libros únicos, irrepetibles en su saber, ardieron en Córdoba! El propio caudillo los echaba a la pira.

—¡Qué barbaridad! ¡Qué locura! —musitó el maestro.

—En la carta que encontré en la arqueta, el escriba explica cuanto te he contado sobre la quema y el intento por su parte de salvar para la posteridad el contenido de algunos libros que, en contra de las creencias de Almanzor, él consideraba que merecían pervivir, aunque fuera en forma de copias que escribió apresuradamente, con trazos veloces, sin correcciones, ni reglas.

—¡Cuatrocientos mil volúmenes! —lamentó Arbasia con un suspiro.

—Sí —asintió Hernando—. Parece ser que sólo los índices de la biblioteca ocupaban cuarenta y cuatro tomos de cincuenta páginas cada uno.

Los dos hombres se dieron un respiro hasta que Arbasia indicó a su invitado que continuara.

—Desde entonces, cada noche me he dedicado a leer alguna de esas copias escondiéndolas en el interior de grandes tomos cristianos: magníficas poesías y tratados de geografía; uno sobre caligrafía, aunque mal favor le hizo a la materia la rapidez del copista. —Arbasia abrió las manos como si aquellas palabras no explicasen la urgencia por hablar con él—. Espera —le instó Hernando—, uno de esos libros es la copia de un evangelio cristiano; un evangelio atribuido al apóstol Bernabé.

Al oír ese nombre, el pintor se irguió en su asiento.

—En la portada de esa copia, el escriba sostiene que los ulemas y alfaquíes designados por Almanzor entre los más inflexibles para escoger qué libros debían ser destruidos, no tuvieron duda alguna al toparse con un evangelio cristiano, pero que él, sin embargo, consideraba que el texto de Bernabé, pese a haber sido escrito por un discípulo de Cristo y ser anterior al Corán, no hacía más que confirmar la doctrina musulmana. Termina diciendo que tal era la importancia que concedía a la doctrina de Bernabé que, además de hacer la copia, intentaría salvar el original de la quema definitiva, ocultándolo en algún lugar de Córdoba, pero, obviamente, en su escrito no consta si lo consiguió o no.

—¿Qué dice ese evangelio?

—A grandes rasgos sostiene que Cristo no fue hijo de Dios, sino un ser humano y un profeta más. —Hernando creyó ver en Arbasia un casi imperceptible gesto de asentimiento—. Afirma también que no fue crucificado, que Judas le suplantó en la cruz; niega que Él sea el mesías y anuncia la llegada del verdadero Profeta, Mahoma, y la futura Revelación. También afirma la necesidad de las abluciones y la circuncisión. Se trata de un texto escrito por alguien que vivió en tiempos de Jesús, que le conoció y vio sus obras, pero, al contrario del resto de los evangelios, confirma las creencias de nuestro pueblo.

El silencio se hizo entre los dos hombres. Quedaba poca limonada y una criada apareció por el otro extremo del patio con una nueva jarra, pero Arbasia le hizo un gesto para que se retirase.

—Es sabido que los papaces han manipulado la doctrina de los evangelios —añadió Hernando.

Esperó una reacción por parte de Arbasia a sus últimas palabras, pero éste se mantuvo impasible, quizá en exceso.

—¿Por qué me lo cuentas? —preguntó al cabo, con cierta rudeza—. ¿A qué viene la urgencia por hablar conmigo? ¿Qué te hace pensar…?

—Hoy —le interrumpió Hernando—, ante tu obra, he visto en el Jesucristo que has pintado a un hombre normal, a un ser humano que abraza a una… que abraza a alguien con cariño; amable, sonriente incluso. No es el Jesucristo Hijo de Dios, omnímodo y todopoderoso, sufriente y herido, ensangrentado, que puede verse en todos y cada uno de los rincones de la catedral.

Arbasia no contestó; se llevó una mano al mentón y permaneció pensativo. Hernando respetó su silencio.

—Tú eres musulmán —dijo al fin—. Yo soy cristiano…

—Pero…

El maestro le rogó silencio.

—Es difícil saber quién está en posesión de la verdad… ¿Vosotros? ¿Nosotros? ¿Los judíos? Y ahora los luteranos. Ellos se han separado de la doctrina oficial de la Iglesia, ¿tienen razón? Muchos otros cristianos tampoco aceptan la doctrina oficial. —Arbasia interrumpió su discurso un instante—. Lo cierto es que todos creemos en un único Dios, que es siempre el mismo: el Dios de Abraham. Los musulmanes invadieron estas tierras porque otros cristianos, los arrianos, hoy considerados herejes, los llamaron; pero los castellanos eran arrianos. Los arrianos también estaban en el norte de África y hasta mucho tiempo después no comprendieron que aquellos árabes que habían acudido en su ayuda en realidad eran musulmanes. ¿Te das cuenta? Arrianismo, que no era sino una forma de cristianismo, e islamismo, eran similares. Para ellos, el islam era una religión parecida a la suya: ambas negaban la divinidad de Jesucristo. Ésa fue la razón de que todos estos reinos se conquistaran en tan sólo tres años. ¿Crees que hubiera sido posible conquistar toda Hispania en sólo tres años de no haber sido porque los que vivían en estas tierras se entregaron a aquellas creencias sin abandonar su propia fe? Es un único Dios, Hernando, el de Abraham. A partir de ahí, todos lo vemos de una forma u otra. Es mejor no insistir en ello. La Inquisición…

—Pero si los propios cristianos, aquellos que conocieron a Jesucristo, sostienen que no fue el hijo de Dios… —trató de insistir Hernando.

—Somos los hombres los que nos separamos, los que interpretamos, los que elegimos. Dios sigue siendo el mismo; creo que eso nadie lo niega. Vamos a cenar —añadió, al tiempo que se levantaba bruscamente—. El carnero ya debe de estar listo.

Durante la cena, Arbasia rehuyó cualquier diálogo sobre sus pinturas de la capilla del Sagrario y sobre el evangelio de Bernabé. Derivó la conversación hacia trivialidades. Hernando no insistió.

—Que la fortuna y la sabiduría te acompañen —se despidió del morisco a la puerta de su casa.

¿Qué debía hacer con aquel evangelio?, se preguntó Hernando cuando se hallaba ya de nuevo en el palacio. Abbas, según le comentaba Aisha durante sus frecuentes encuentros, se había rodeado de hombres violentos e impetuosos a los que guiaba el rencor y el odio hacia los cristianos. Ya no existía ninguna trama para proveer a la comunidad de la palabra revelada; el nuevo consejo apostaba con decisión por la lucha y los rumores sobre revueltas e intentos de levantamiento corrían de boca en boca por la ciudad de Córdoba, lo que contribuía a exacerbar la animosidad entre cristianos y moriscos. La última tentativa había tenido lugar un año atrás, y originó la inmediata reacción del Consejo de Estado, que solicitó un detallado informe a la Inquisición. Se trataba de una conjura entre los turcos y el rey de Navarra Enrique III, hugonote y enemigo acérrimo de Felipe II, para invadir España con la ayuda interna de los moriscos.

—Son hombres incultos —afirmó Aisha refiriéndose a los nuevos miembros del consejo—. Tengo entendido que ninguno de ellos sabe leer o escribir.

Hernando sabía que no sería bien recibido por Abbas y sus seguidores. ¿Qué iban a hacer aquellos hombres con la copia del evangelio? Probablemente actuarían igual que en su día lo hizo Almanzor: por más que apoyase las doctrinas coránicas, condenarían el libro por herético, en cuanto que había sido escrito por un cristiano. Además, a pesar de su antigüedad, sólo se trataba de una copia y con toda seguridad desconfiarían de él. ¿Habría conseguido el escriba salvar el original de la quema?

Hernando suspiró: si de algo estaba seguro era de que la violencia no mejoraría la situación de su pueblo. Siempre serían aplastados por una fuerza mayor, como ya había sucedido en el pasado, que encontraba en las rebeliones el motivo para dar rienda suelta al profundo odio hacia los moriscos. ¿Existiría, pues, algún otro camino para lograr que unos y otros pudieran convivir en paz?

Ocho días después de la cena con Arbasia, Hernando fue llamado a presencia del duque, que recaló en Córdoba de camino a Sevilla desde Madrid. Se lo comunicaron en las caballerizas de palacio, en el momento en que se disponía a salir a pasear a lomos de Volador, el magnífico tordo que le había regalado el duque y que aparecía herrado con la «R» de la nueva raza creada por Felipe II. Pasara lo que pasase, aquel caballo era suyo, le aseguró don Alfonso, sabedor del problema con Azirat. En prueba de ello, le entregó un documento a su favor, emitido por su secretario y firmado de puño y letra por el duque de Monterreal.

Devolvió a Volador al mozo de cuadras y partió tras el joven paje encargado de transmitirle el requerimiento del duque.

Tuvieron que cruzar cinco patios, todos ellos floridos, todos con una fuente en su centro, antes de llegar a la antesala, donde un nutrido grupo de personas aguardaba a ser recibido por el aristócrata: en cuanto se supo de la llegada del noble, muchos se habían apresurado a solicitar audiencia. En los bancos de las visitas, adosados a las paredes laterales del salón, aparecían sentados algunos sacerdotes, un veinticuatro de Córdoba, dos jurados, varias personas desconocidas por Hernando y tres de los hidalgos que vivían en palacio. En otro banco se sentaban los criados, ocupados en atender a los visitantes durante la espera, y a su lado una banqueta baja donde se sentó el paje que le conducía en cuanto el maestresala se hizo cargo del morisco.

Hernando percibió las miradas de odio con que los visitantes acompañaban su recorrido a lo largo de la sala: pasaba por delante de todos ellos. A diferencia de quienes esperaban ataviados con sus mejores galas, él vestía el atuendo de montar: borceguíes hasta las rodillas, calzas sencillas, camisa y una marlota ceñida, sin adornos. El portero que custodiaba el acceso al despacho del duque llamó suavemente a la puerta al ver acercarse a Hernando y al maestresala, y les franqueó el paso sin que tuvieran necesidad de detenerse.

—¡Hernando! —El duque abandonó el escritorio tras el que se

sentaba y se levantó para recibirle como si fuera un buen amigo. Tanto secretario como escribano fruncieron el ceño.

—Don Alfonso —saludó el morisco, aceptando con una sonrisa la mano que le tendía.

Se dirigieron a un par de sillones de cuero en el otro extremo del despacho, algo alejados del secretario y del escribano. El duque se interesó entonces por su vida y Hernando contestó a sus muchas preguntas. El tiempo transcurría y la gente esperaba fuera, pero aquello no parecía importar al noble, que se explayó a sus anchas sobre los volúmenes que conformaban su biblioteca cuando, por casualidad, surgió ese tema de conversación.

—Me gustaría poder disponer de tanto tiempo como tú para dedicarme a la lectura —anheló en un determinado momento—. Disfrútalo, porque en breve no podrás hacerlo. —La expresión de sorpresa por parte de Hernando no pasó inadvertida al duque—. No te preocupes, podrás llevar contigo los libros que desees. Silvestre —llamó entonces a su secretario—, acércame la cédula. Verás —añadió con el documento en sus manos—, como sabes, tengo el honor de formar parte del Consejo de Estado de Su Majestad. En realidad, lo que te voy a contar es un problema que concierne al Consejo de Hacienda, pero sus funcionarios son tan incapaces de obtener los recursos que el rey necesita que don Felipe no hace más que despotricar contra ellos cuando le niegan los dineros. Las Alpujarras —soltó entonces don Alfonso entregándole el documento—. ¿No me pediste quehacer? —sonrió—. Casi todos los lugares que componen las Alpujarras pertenecen a la Corona, y Su Majestad está colérico porque no rentan lo que deberían, y ello pese a haber concedido a sus repobladores exenciones en el pago de alcabalas y otros beneficios. Aun así, los tercios reales que debería obtener la hacienda del reino no son los que cabría esperar; así me lo comentó enojado, y entonces se me ocurrió que quizá tú, que conociste la zona, podrías investigar para que Su Majestad compare tus informes con los del tribunal de Población de Granada y el Consejo de Hacienda. El rey aceptó de buen grado la propuesta. Le gustaría darles una lección a los del Consejo.

¡Las Alpujarras!, musitó Hernando. ¡Don Alfonso le estaba proponiendo que viajara a las Alpujarras! Erguido en el sillón, incómodo, manoseó el documento que le entregó Silvestre y miró al malcarado secretario que permanecía a espaldas del duque. Estuvo tentado de romper el lacre que cerraba la cédula, pero el discurso de don Alfonso reclamó su atención.

—Tras la expulsión de los cristianos nuevos de las Alpujarras, el rey envió agentes a Galicia, Asturias, Burgos y León para encontrar colonos con los que repoblar esas tierras. A los nuevos habitantes se les asignaron casas y haciendas, y como te he dicho, se les concedieron beneficios en el pago de alcabalas, además de entregárseles alimentos y bestias para fomentar el cultivo de las tierras. Su Majestad es consciente de que la repoblación no fue completa y que muchos lugares quedaron deshabitados, pero aun así…, las tierras no rentan lo que debieran. Tu objetivo será viajar por la zona como enviado personal mío, nunca del rey, ¿has entendido? Su Majestad no quiere que el alcalde mayor de las Alpujarras ni el procurador general crean que desconfía de ellos.

—¿Entonces…? —preguntó Hernando.

—Otro de los beneficios concedido a aquellas gentes es el de poder echar el garañón a las yeguas sin necesidad de consentimiento real, por lo que es de suponer que la cabaña equina habrá aumentado considerablemente durante estos años. Tu misión, la que consta en esa cédula, será la de encontrar buenas yeguas de vientre para mis cuadras. Tú entiendes de caballos. Evidentemente, no te satisfará ninguna. No creo que en esas tierras puedan existir animales de calidad, pero si considerases que alguno realmente merece la pena —sonrió—, no dudes en comprarlo.

Hernando pensó unos instantes: las Alpujarras, ¡su tierra! Con todo, un sudor frío le asaltó de repente.

—Allí todavía vivirán cristianos que padecieron la guerra. ¿Cómo recibirán a un cristiano nuevo…?

—¡Nadie osará poner la mano encima de un enviado del duque de Monterreal! —alzó la voz don Alfonso. Sin embargo, la indecisión que se reflejó en el rostro de Hernando le obligó a replantearse su afirmación—. Tú eras cristiano. Sabías rezar. Lo hiciste conmigo, ¿recuerdas? Rezamos juntos a la Virgen. Ahora también lo haces. Supongo que tendrás amigos que puedan atestiguar tu condición si alguien la pusiera en duda.

Hernando percibió que Silvestre se ponía en tensión y se acercaba por detrás de don Alfonso para escuchar su respuesta. ¿Qué amigos cristianos tuvo en Juviles? ¿Andrés, el sacristán? Le odiaría por lo que su madre le había hecho al sacerdote. ¿Quién más? No lograba recordar a nadie, pero tampoco debía reconocérselo al duque; no podía desvelar que su liberación fue sólo el fruto de una casualidad.

—Los tienes, ¿no? —preguntó Silvestre desde detrás del duque.

Don Alfonso permitió la intervención de su secretario.

—He prometido al rey que se llevaría a cabo esa investigación —insistió el noble.

—Sí…, sí —titubeó Hernando—, los tengo.

—¿Quiénes? ¿Cómo se llaman? —saltó el secretario.

Hernando cruzó su mirada con la de Silvestre. El hombre parecía saber la verdad y le taladraba con los ojos. Era como si hubiera esperado aquel momento con ansiedad: el momento en el que se desvelaría la verdadera fe de quien tantos favores recibía de su señor. ¡Hasta un caballo de la nueva raza le había regalado!

—¿Quiénes? —insistió Silvestre ante las dudas del morisco.

—¡El marqués de los Vélez! —afirmó entonces Hernando alzando la voz.

Don Alfonso se irguió en su asiento, Silvestre retrocedió un paso.

—¿Don Luis Fajardo? —se extrañó el duque—. ¿Qué puedes tener tú que ver con don Luis?

—Igual que hice con vos —explicó Hernando—, también salvé la vida de una niña cristiana llamada Isabel. Se la entregué al marqués y a su hijo don Diego a las puertas de Berja. Salvé a varias personas —mintió al tiempo que miraba descaradamente a Silvestre, cuyo semblante estaba demudado. El duque escuchaba con atención—. Pero para eso tenía que parecer morisco, pues en caso contrario me hubiera sido imposible hacerlo. Algunos llegaron a saber de mí, la mayoría no. Isabel sí que me conoció y, como se trataba de una niña, la llevé adonde se encontraban los Vélez. Podéis preguntarle a ellos.

—Estás hablando del segundo marqués de los Vélez, el «Diablo Cabeza de Hierro» que luchó en las Alpujarras. Murió poco después —le comunicó el duque—. El actual marqués, el cuarto, también se llama Luis. —Hernando suspiró—. No te preocupes —le animó don Alfonso como si hubiera entendido el porqué de aquel suspiro—. Podemos confirmar tu historia. Su hijo Diego, el que le acompañaba en Berja, caballero de la orden de Santiago, sí que vive y además es pariente lejano mío. El Diablo casó con una Fernández de Córdoba. —El duque dejó transcurrir unos instantes—. Te admiro por lo que hiciste en esa maldita guerra —dijo después—. Y estoy seguro de que todos cuantos viven en esta casa comparten este sentimiento, ¿no es cierto, Silvestre?

Don Alfonso ni siquiera se volvió hacia su secretario, pero el tono imperativo de sus palabras bastó para que Silvestre entendiera que su señor no iba a tolerar más murmullos o suspicacias acerca de su amigo morisco.

—Por supuesto, excelencia —contestó el secretario.

—Pues ponte en contacto con don Diego Fajardo de Córdoba e interésate por esa niña cristiana. Yo te creo, Hernando —aclaró, dirigiéndose a él—. No necesito confirmar tu historia, pero quiero que cuando cabalgues por las Alpujarras seas recibido como lo que eres: un cristiano que arriesgó su vida por los demás cristianos. El rey no debe ver en peligro sus intereses por los posibles recelos de los cristianos viejos que habitan esos lugares.

El duque dio por finalizada una audiencia que se había prolongado mucho más tiempo del que le ocupaban otros temas, por importantes que fuesen, pero que despachaba con rapidez.

—Continuemos con los suplicantes —ordenó don Alfonso. Al instante, de algún lugar del que Hernando no llegó a ver, salió corriendo un paje de escritorio para avisar al maestresala—. No es necesario —dijo el duque interrumpiendo la carrera del pequeño.

El niño se detuvo y, extrañado, interrogó al escribano. Silvestre le hizo señas de que retornase a un pequeño banco situado en una esquina escondida y oscura, en el que se hallaba sentado otro joven paje. El mismo duque, rompiendo el protocolo, acompañó a Hernando hasta la puerta, la abrió y, delante de las sorprendidas visitas, siempre pendientes de las correrías de los pajes con sus instrucciones y mensajes, le abrazó y se despidió de él con sendos besos en las mejillas. Muchos, que no habían ocultado su desprecio a la entrada del morisco, bajaron ahora la vista mientras éste volvía a cruzar la antesala en dirección a las caballerizas.

Aún pendiente de la confirmación del hijo del marqués de los Vélez, el rumor de la ayuda prestada por Hernando a Isabel y a un número indeterminado de cristianos durante la revuelta, que crecía a medida que corría de boca en boca, se propagó tanto por la comunidad cristiana como por la morisca. Los esclavos moriscos del duque se ocuparon de ponerlo en conocimiento de Abbas y de los demás miembros del consejo, quienes encontraron en aquellas informaciones la prueba de cuantas acusaciones vertían contra el traidor.

—¿Cómo es posible? —le gritó Aisha en una de las ocasiones en que fue a visitarla. Paseaban por la ribera del Guadalquivir en dirección al molino de Martos, cerca de las curtidurías, allí desde donde años ha, se embarcaba en *La Virgen Cansada*. El cabildo municipal había decidido hacer de aquella zona un lugar de esparcimiento de los cordobeses. Aisha no reparó en la gente que circulaba a su alrededor: hablaba en tono ofendido, no exento de tristeza—. ¡Nos engañaste a todos! ¡A tu pueblo! ¡Al propio Hamid!

—Sólo era una niña, madre. ¡Querían venderla como esclava! No creas en las habladurías…

—¡Una niña igual que tus hermanas! ¿Las recuerdas? Las mataron los cristianos en la plaza de Juviles junto a más de mil mujeres. ¡Más de mil, Hernando! Y las que no fueron asesinadas terminaron vendidas en almoneda en la plaza de Bibarrambla de Granada. Miles y miles de nuestros hermanos fueron ejecutados o esclavizados. ¡El mismo Hamid! ¿Lo recuerdas?

—¿Cómo no voy a recordar a…?

—Y Aquil y Musa… —le interrumpió su madre, gesticulando

con violencia—, ¿qué hay de ellos? Nos los robaron nada más llegar a esta maldita ciudad y los vendieron como esclavos pese a ser sólo unos niños. ¡Ningún cristiano acudió en su defensa! Eran tan niños como esa…, esa Isabel de la que hablas. —Anduvieron una buena distancia en silencio—. No lo entiendo —se lamentó Aisha con voz rendida, ya cerca del molino que se introducía en el río para aprovechar la corriente y moler el grano—. Ya me costó hacerlo con lo del noble, pero ahora… ¡Traicionaste a tu pueblo! —Aisha se volvió hacia su hijo; su rostro expresaba una firmeza que él pocas veces había percibido en ella antes—. Tal vez seas el jefe de la familia… de una familia que ya no existe, tal vez seas lo único que me queda en este mundo, pero aun así, no quiero volver a verte. No quiero nada de ti.

—Madre… —balbuceó Hernando.

Aisha le dio la espalda y se encaminó al barrio de Santiago.

46

Hernando evocó todos y cada uno de los momentos vividos hacía catorce años, cuando había recorrido aquel mismo camino en dirección a Córdoba, desastrado y maltrecho, junto a miles de moriscos. Sintió de nuevo el peso de los ancianos a los que había tenido que ayudar y escuchó el eco de los lamentos de madres, niños y enfermos.

De malos modos ordenó hacer noche en la abadía de Alcalá la Real, todavía en construcción.

—Podríamos continuar un poco más —se quejó don Sancho—. En primavera los días son más largos.

—Lo sé —contestó Hernando, muy erguido, a lomos de Volador—. Pero nos detendremos aquí.

Don Sancho, el hidalgo designado por el duque para acompañar a Hernando en el viaje, torció el gesto ante las imperativas instrucciones de quien no hacía mucho era su pupilo. Los cuatro criados armados que los acompañaban, y que vigilaban la reata de mulas cargadas con sus pertenencias, cruzaron miradas de complicidad ante lo que no era más que una nueva muestra de autoridad de las muchas producidas durante las jornadas precedentes. Hernando hubiera preferido viajar solo.

La comitiva se acomodó en la abadía. El sol empezaba a ponerse y el morisco pidió que le aparejasen de nuevo a Volador y, solo, al paso, observado por las gentes de la villa, descendió del cerro donde estaban fortaleza y abadía, con las extensas tierras de cultivo a sus pies y Sierra Nevada en la lejanía. Al abandonar la medina y encontrarse en campo abierto, espoleó a Volador. El caballo corcoveó con alegría, como si agradeciera el galope que le pedía su jinete tras las largas, lentas y tediosas jornadas en que había tenido que acompasar su ritmo al de las mulas.

A Hernando no le costó identificar el llano donde pasaron la noche en su éxodo a Córdoba, pero sí encontrar la acequia en la que Aisha lavó a Humam después de arrancar su cadáver de brazos de Fátima. No podía estar muy lejos del campamento. Cabalgó por los campos atento a las acequias que los regaban. No habían señalado la tumba del pequeño; lo enterraron en tierra virgen, sólo envuelto por el triste silencio de Fátima y el monótono canturreo de Aisha.

Creyó adivinar el lugar, cerca de un hilo de agua que aún corría igual que entonces. Se lo debía, pensó. Se lo debía a Fátima y a sus hijos, a quienes ni siquiera había podido enterrar; se lo debía a sí mismo. La tumba de aquel niño muerto era el único resto que le quedaba de su esposa y sus hijos, que, igual que Humam, habían nacido del vientre de Fátima. Hernando desmontó frente a un pequeño túmulo de piedras que el paso del tiempo no había logrado esconder, seguro de que bajo esa tierra reposaba el cadáver del hijo de Fátima. Miró a uno y otro lado: no se veía a nadie; sólo se oía la respiración del caballo a sus espaldas. Ató a Volador a unos matorrales y se dirigió a la acequia, donde se lavó lenta y cuidadosamente. Contempló los destellos rojizos del sol crepuscular, se quitó la capa y se postró sobre ella, pero cuando iniciaba las oraciones, se le formó un nudo en la garganta y rompió a llorar. Sollozó mientras trataba de cantar las suras hasta que el color ceniciento del cielo le indicó que era momento de poner fin a la oración de la noche.

Entonces se levantó, rebuscó entre sus ropas y extrajo una carta escrita con tinta de azafrán: la «carta de la muerte», aquélla por la que se recompensaría al fallecido a la hora de pesar sus acciones en la balanza divina.

Escarbó con sus manos allí donde supuso que debía de estar la cabeza del niño y enterró la carta.

—No pudimos acompañar tu muerte con esta carta —susurró mientras la tapaba con tierra—. Dios lo entenderá. Permíteme que incluya en ella oraciones por tu madre y por los hermanos a los que no llegaste a conocer.

Igual que todas las poblaciones que habían atravesado en el camino que nacía en Lanjarón, ante cuya ruinosa fortaleza Hernando no pudo evitar pensar en la espada de Muhammad enterrada a los pies de su torre, Ugíjar, la capital de las Alpujarras, aparecía casi despoblada. Los gallegos y castellanos llegados para reemplazar a los moriscos expulsados no eran suficientes para repoblar la zona, y casi una cuarta parte de los pueblos fueron abandonados. La sensación de libertad al paso por el valle, con las cumbres de Sierra Nevada a su izquierda y la Contraviesa a su derecha, se vio enturbiada ante las casas cerradas y derruidas.

Pero, pese al abandono en que se hallaba sumido el pueblo, Hernando disfrutó con nostalgia de cada árbol, cada animal, cada riachuelo y cada roca del camino; sus ojos recorrían sin cesar el paisaje y los recuerdos se le agolpaban en la mente, mientras don Sancho y los criados no cesaban de quejarse, sin esconder la repugnancia que les causaba la pobreza de tierras y gentes.

Habían transcurrido cerca de dos meses desde que el duque le habló de su misión hasta que llegó el momento de la partida. Durante ese plazo, Hernando habló con Juan Marco, el maestro tejedor en cuyo taller trabajaba Aisha. Se conocían. En alguna ocasión había acudido al taller y conversado con él; se trataba de un arrogante tejedor de terciopelos, rasos y damascos que se consideraba por encima de quienes, en su mismo gremio, trataban con otra clase de telas: sederos, toqueros, hiladores, e incluso de los demás tejedores «menores», los tafetaneros. El maestro no escondía su interés en poder llegar a vender en la casa del duque de Monterreal.

—Auméntale el jornal —le instó Hernando una tarde. Había esperado, escondido en una esquina cercana al taller, a que la silueta de su madre se perdiera en la calle. A partir de la discusión, Aisha no admitía ayuda alguna por parte de su hijo.

—¿Por qué debería hacerlo? —soltó el maestro—. Tu madre conoce el producto, como muchas granadinas, pero nunca ha llegado a tejer. Las ordenanzas me impiden encargarle ningún trabajo que no sea el de ayudar…

—De todas formas, auméntaselo. Además, nada te costará.

—Entonces puso en su mano tres escudos de oro.

—¡Es fácil para ti decirlo! No sabes cómo son estas mujeres: si le subo el sueldo a una, las otras se me echarán encima como lobas…

Hernando suspiró. El tejedor se hacía de rogar.

—Nadie debe enterarse; sólo ella. Si cumples, intercederé ante el duque para que se interese por tus productos —dijo Hernando, mirándole directamente a los ojos.

La promesa de Hernando, junto a los escudos de oro, convencieron al tejedor, que sin embargo se quedó con la última pregunta en la boca:

—De acuerdo, pero… ¿Por qué?

—Eso no te incumbe —le interrumpió Hernando—. Limítate a cumplir tu parte.

Una vez resuelto ese problema, le restaba un segundo. ¡Qué pocas eran las previsiones que debía tomar ante un viaje!, pensó después de llamar una noche a la puerta de la casa de Arbasia. Importantes ambas, sí, pero tan sólo dos. La criada que abrió la puerta le hizo esperar en el zaguán de entrada, en penumbra. La última vez que había tenido que viajar, se había limitado a dejar la casa en manos de Fátima y a pedir a Abbas que cuidase de su familia…

—¿A qué debo tu visita, Hernando? Es tarde —interrumpió sus pensamientos un Arbasia que parecía cansado.

—Disculpa, maestro, pero debo partir de viaje y creo que en toda Córdoba sólo hay una persona en la que puedo confiar.

Le tendió un rollo de cuero en cuyo interior estaba escondida la copia del evangelio de Bernabé. Arbasia lo imaginó y no hizo ademán de cogerlo.

—Me pones en un compromiso —adujo—. ¿Qué sucedería si la Inquisición encontrase ese documento en mi poder?

Hernando, a su vez, mantuvo el brazo extendido.

—Gozas del favor del obispo y del cabildo. Nadie te molestará.

—¿Por qué no lo escondes donde lo encontraste? Lleva años sin ser descubierto…

—No se trata de eso. Ciertamente, podría esconderlo en muchos lugares. Lo único que pretendo es que si a mí me sucede algo, este valioso documento no vuelva a perderse. Estoy seguro de que tú sabrás qué hacer con él si se diera esa situación.

—¿Y tu comunidad?

—No confío en ellos —reconoció Hernando.

—Ni ellos en ti, al parecer. He oído rumores…

—No sé qué hacer, César. He luchado hasta arriesgar mi vida por nuestras leyes y nuestra religión. Me dijeron que para ello debía parecer más cristiano que los cristianos y, ahora, la misma persona que me lo dijo, me rechaza como musulmán. Toda la comunidad me desprecia… Piensan que soy un traidor. ¡Hasta mi propia madre! —Hernando tomó aire antes de continuar—. Y no es sólo eso: por lo que he oído, para mis hermanos la violencia parece ser la única manera de salir de la opresión.

Arbasia cogió el evangelio.

—No pretendas el reconocimiento de tus hermanos —le aconsejó el pintor—. Eso no es más que soberbia. Busca sólo el de tu Dios. Continúa luchando por lo que sientes, pero piensa siempre que el único camino es el de la palabra, el de la comprensión, nunca el de la espada. —Arbasia se mantuvo unos instantes en silencio antes de despedirse—: La paz, Hernando.

—Gracias, maestro. La paz sea contigo también.

En Ugíjar, el alcalde mayor de las Alpujarras había sido advertido de su llegada. De la misma manera que Hernando había adoptado ciertas medidas antes de partir, también el duque ordenó a su secretario que mandara recado al alcalde de la capital de las Alpujarras, al tiempo que le pedía que, a través de las noticias que pudieran proporcionarle los Vélez, buscara a aquella niña, ya una mujer, que respondía al nombre de Isabel.

Hernando y sus acompañantes llegaron a la plaza de la iglesia. El templo ya estaba restaurado. Montado sobre Volador, paseó la mirada por el lugar. ¡Cuántas experiencias había vivido en aquella plaza y sus alrededores! La recordó abarrotada por los hombres del ejército de Aben Humeya. El mercado, los jenízaros y los turcos que por primera vez conoció en ella. Fátima, Isabel, Ubaid, Salah el mercader, la llegada de Barrax y sus garzones…

—¡Bienvenidos!

Tan absorto estaba en sus recuerdos que Hernando ni siquiera había advertido la llegada de una pequeña comitiva encabezada por el alcalde mayor, un hombre basto y bajo, de cabello tan negro como su traje, al que acompañaban dos alguaciles. Hernando desmontó, imitando a don Sancho. El alcalde se dirigió al hidalgo, pero éste le hizo una brusca seña de que era al otro jinete a quien debía dirigirse.

—En nombre del corregidor de Granada —añadió, ya frente al morisco—, os doy la bienvenida.

—Gracias —dijo Hernando, y estrechó la mano que le ofrecía con solemnidad el alcalde.

—El duque de Monterreal se ha interesado ante el corregidor por vuestra estancia. Os tenemos preparado un alojamiento.

Varios curiosos se acercaron al grupo. Hernando se movió, incómodo por el recibimiento, y, entendiendo que debía seguir al alcalde hacia la casa que le tenían dispuesta, dio un paso hacia delante, pero el hombre continuó su discurso.

—También debo daros la bienvenida en nombre de Su Excelencia, don Ponce de Hervás, oidor de la Real Chancillería de Granada… —Hernando abrió las manos en señal de ignorancia—. Se trata —explicó el alcalde— del esposo de doña Isabel, la niña a quien valientemente salvasteis de la esclavitud a manos de los herejes. El juez, su esposa y toda su familia desearían daros las gracias personalmente y, por mediación de mi humilde persona, os ruegan que una vez hayáis finalizado la misión que os trae a las Alpujarras, os dirijáis a Granada, donde seréis honrados en casa de Su Excelencia.

Hernando dejó escapar una sonrisa. La niña vivía. Allí mismo, en esa plaza, había tirado de la soga que la ataba, tratando de sortear a los mercaderes del zoco y desdeñar las ofertas que recibía. ¡Más de trescientos ducados podrás obtener por ella!, recordó que le había gritado uno de los jenízaros a las puertas de la casa de Aben Humeya.

—¿Qué le contesto? —preguntó el alcalde.

—¿A quién? —preguntó Hernando, volviendo en sí de sus recuerdos.

—Al oidor. Espera respuesta a su invitación. ¿Qué le contesto?

—Decidle que sí… Que iré a su casa.

El duque tenía razón: las yeguas nacidas en las Alpujarras no eran de buena calidad. Se trataba de animales de poca alzada, torpes, de cuellos cortos y rígidos, y grandes cabezas que parecían pesarles en exceso. Hernando recorrió pueblos y lugares preguntando por los caballos, y lo hizo solo, decisión que ni don Sancho ni los criados discutieron, montado en un Volador que por sí solo despertaba admiración en las humildes gentes que se le acercaban para intentar venderle alguno de sus caballos. Nadie reconoció en él a uno de los moriscos que se habían alzado catorce años atrás. Vestía a la castellana, con un lujo que le incomodaba; sus ojos azules y su tez, más pálida incluso que la de muchos alpujarreños, evitaban que llegara a despertar la menor sospecha. Sintiéndose un traidor a su gente, aprovechó las lecciones que le había enseñado don Sancho y trató de hablar sin usar la fonética característica de los moriscos. Todo ello le proporcionó libertad de movimientos. Visitó Juviles. Varias poblaciones de la taa estaban abandonadas y en el pueblo donde vivió sus primeros años no habitaban más de cuarenta personas.

Con sentimientos encontrados a la vista de las casas del pueblo, de la iglesia y de la plaza que se abría junto al templo, siguió al alcalde hacia el lugar donde éste tenía cuatro caballos que quizá pudieran interesarle. Al cruzar la plaza cerró los ojos y, al instante, oyó el ruido de los arcabuces y de los gritos de las mujeres, aspiró el olor a pólvora, a sangre y a miedo. ¡Mil mujeres habían muerto en aquella plaza! Respiró hondo tratando de recuperarse… Aquella noche había visto a Fátima por primera vez, aquella noche habían muerto sus hermanastras. Aquella noche se había convertido en un héroe para su madre, la misma que ahora le despreciaba…

Tan pronto como el hombre se encaminó hacia las afueras, en dirección a lo que había sido su antiguo hogar, Hernando entendió que utilizaba el cercado de sus mulas para estabular a los caballos. Andaba junto al alcalde, tirando de Volador de la mano, y a medida que se acercaban, el sonido de sus cascos se trocó en sus oídos en el irregular repiqueteo de la Vieja al arribar sola al pueblo, anunciando la próxima llegada de la recua. No pudo evitar evocar el temor cerval que él sentía entonces, cuando debía encontrarse con su padrastro. Brahim... ¿Qué habría sido de él? ¡Ojalá estuviera muerto!

Examinó los cuatro caballos del alcalde fingiendo más interés del que sentía, y aprovechó para mirar aquí y allá. Descubrió, arrinconados, el yunque donde arreglaba las herraduras y algunos objetos en los que creyó reencontrar parte de su niñez. La casa estaba deshabitada, se usaba sólo como almacén y, según le dijo el alcalde, como criadero de gusanos de seda que él mismo explotaba con su esposa.

—Las habitaciones del piso superior estaban ya preparadas con andanas de zarzos pegadas a sus paredes para la cría de los capullos —explicó como si aquella situación le hubiera ahorrado mucho trabajo—. ¡No tuve más que aprovechar la labor de los herejes! —rió.

El alcalde se molestó ante la negativa de Hernando a comprarle la única de las yeguas que poseía.

—No encontraréis nada mejor en toda la sierra —le espetó, y escupió al suelo.

—Lo siento —contestó él—. No creo que sea lo que el duque pretende para sus cuadras.

A la sola mención del noble, el hombre se movió inquieto, como si hubiera insultado al noble con el escupitajo.

Perezosos, indolentes y holgazanes; tal fue la impresión que se formó de los repobladores de las tierras que antaño habían pertenecido a su gente. Dejó al alcalde con sus pencos y sus capullos, y ascendió por las laderas de la sierra. Todos los pequeños bancales ganados a la montaña durante años, tanto el que él había trabajado como el de Hamid y los de muchos más, laboriosos moriscos que fecundaban las piedras a golpes de azada, se hallaban baldíos e invadidos por las malas hierbas. Los muretes de piedra que aguantaban los bancales y que escalaban las laderas de la sierra aparecían derruidos en muchos de sus tramos y la tierra caía de unos a otros sin el menor impedimento; las acequias que irrigaban campos y huertos, rotas y descuidadas, dejaban escapar el agua, fuente de toda vida.

Inútiles en el cultivo e incapaces en la ganadería, concluyó Hernando. Cada uno de los repobladores poseía el triple de tierras que los moriscos y, sin embargo, se morían de hambre. Los aldeanos trataban de excusar su dejadez.

—Todas estas tierras pertenecen al rey —le explicó un gallego grueso, rodeado de lugareños, en un alto que Hernando hizo en un mesón—, y por lo tanto dependen directamente del corregidor de Granada, entre ellas las del monte alto, donde el ganado se alimenta de algo de hierba, matas y lastón durante el verano. Siendo los pastos comunales, muchos principales de la ciudad amigos del corregidor envían sus rebaños a pastorear a las Alpujarras y permiten, con indolencia, que los animales arruinen las cosechas y los morales. Además, a la hora de recogerlos o de cambiarlos de un pasto a otro, utilizan a hombres armados que eligen a los mejores, aunque no sean suyos.

—Nos los roban, excelencia —gritó, sofocado, otro hombre—, y el alcalde mayor de Ugíjar nada hace para defendernos.

Pero Hernando no le escuchaba. Recordaba con nostalgia cómo de niño tenía que recomponer los rebaños, una vez desperdigados, para librarse del diezmo.

—¿Hará algo vuestra excelencia? —insistió el gallego, haciendo ademán de agarrar a Hernando del brazo, acción que fue bruscamente interrumpida por un anciano que se hallaba a su lado.

—Sólo he venido a comprar caballos —le contestó Hernando con cierta brusquedad. ¿Qué sabían aquellos cristianos de lo que eran los robos y las violaciones de los derechos de las gentes? ¿Qué sabían de la impunidad con que se maltrataba a los moriscos?, pensó ante la expectativa con que le interrogaban. Ni siquiera pagaban alcabalas: estaban exentos. ¡Trabajad!, estuvo a punto de exhortarles.

A pesar de que estaba seguro de cuáles eran las causas de las exiguas rentas reales, y más seguro todavía de que allí no encontraría yegua alguna que mereciera ser adquirida para las cuadras de don Alfonso, Hernando decidió prolongar su estancia en las Alpujarras. La irritación de don Sancho y de los criados por tener que vivir en una pequeña casa sin comodidades y en un pueblo perdido eran recompensa suficiente. El tosco alcalde mayor y el abad de Ugíjar, junto a algunos de los seis canónigos, constituían las únicas personas con quienes el hidalgo podía permitirse un atisbo de conversación. Hernando, a caballo, abandonaba Ugíjar al amanecer, después de la misa. Le gustaba hacerlo rodeando la casa de Salah el mercader, ahora habitada por una familia cristiana, y recorría todos aquellos lugares que había conocido durante la sublevación. Estudiaba el comercio y hablaba con las gentes para conocer cuáles eran los problemas reales por los que la actividad de esa zona, en la que tantos y tantos moriscos se alimentaron y sacaron adelante a sus familias, se había estancado. En ocasiones buscaba refugio por las noches en alguna casa y dormía lejos de Ugíjar. Ascendió al castillo de Lanjarón pero no se atrevió a desenterrar la espada de Muhammad. ¿Qué iba a hacer con ella? En su lugar, a solas, se arrodilló y rezó.

Pero tal era el aburrimiento del viejo y acicalado don Sancho que un día insistió a Hernando en acompañarle en sus salidas.

—¿Estáis seguro? —le preguntó el morisco—. Pensad que las zonas por las que me muevo son extremadamente agrestes...

—¿Dudas de mis habilidades a caballo?

Partieron una mañana al amanecer; el hidalgo se había ataviado como si asistiese a una montería real. Hernando sabía de algunos caballos que se apacentaban en las cercanías del puerto de la Ragua y se encaminó a Válor para desde allí, por senderos o campo a través, ascender a la sierra. Ahora le tocaba a él enseñarle algo al primo del duque.

—Sé cuál es el objeto de tu misión —le advirtió a gritos el hidalgo desde el otro lado de un riachuelo que Volador había saltado sin problema. Don Sancho azuzó a su caballo y éste saltó también. Hernando tuvo que reconocer que el hidalgo se defendía en la montura con una soltura impropia de su edad—. No creo que sea necesario este recorrido para averiguar por qué el rey no obtiene las suficientes rentas…

—¿Conocéis las tierras y dónde y qué se cultiva? —le preguntó Hernando. Don Sancho negó—. ¿Tenéis miedo entonces?

El hidalgo frunció el ceño y chasqueó la lengua para que su caballo se pusiese en movimiento.

Hacía un espléndido día de finales de mayo, soleado y fresco. Siguieron ascendiendo, don Sancho detrás de Hernando. Sortearon barrancos, descendieron por quebradas y superaron todo tipo de obstáculos. Ambos jinetes estaban ya absortos en sus monturas y en el suelo que pisaban, compitiendo sin hablarse, escuchando sólo el resoplar de los animales y las palabras de ánimo con las que cada uno de ellos los azuzaban. De repente Hernando se topó con una pared casi vertical en la que se adivinaba un sendero para cabras. No lo pensó dos veces: se alzó sobre los estribos y con una mano se agarró a la crin del caballo, casi en la testuz de Volador; entonces lo espoleó con fuerza, el caballo inició el ascenso y Hernando, tirando de la crin y sosteniendo las riendas en la otra mano, pegó su cuerpo al cuello de Volador, que casi miraba al cielo.

El caballo fue ascendiendo a pequeños saltos, uno tras otro, sin detenerse un instante, incapaz de moverse con normalidad por aquella pared vertical. Las piedras del sendero saltaban al vacío y sólo a mitad de la subida, cuando Volador perdió pie y resbaló un corto tramo hacia abajo, sentado sobre sus ancas y relinchando, comprendió Hernando el gran riesgo que corría: si perdía la verticalidad, si Volador se ladeaba siquiera un ápice, rodarían pared abajo irremisiblemente.

—¡Sube! —gritó, al tiempo que clavaba las espuelas casi en la grupa del animal—. ¡Vamos!

Volador se levantó sobre sus patas y volvió a brincar hacia arriba. Hernando casi salió despedido.

—¡Te vas a matar! —gritó don Sancho al pie del despeñadero.

—*Allahu Akbar!* —aulló Hernando al oído de Volador, entre el ruido de piedras al caer, los cascos del caballo resbalando sobre la tierra y sus bufidos. Mantenía el cuerpo tumbado sobre el cuello del animal y la cabeza casi entre sus orejas—. ¡Alá es grande! —repitió, a cada salto que el caballo lograba culminar.

Volador casi tuvo que escalar el final de la cortadura, allí donde terminaba y sus manos no podían ya seguir impulsándole hacia arriba. Hernando saltó de la montura y corrió al frente para tirar de las riendas y ayudarle. Caballo y jinete, sudorosos, se quedaron temblando y resoplando en un pequeño llano plagado de flores.

De rodillas, Hernando se asomó al vacío. Le faltaba el aire y era incapaz de controlar sus temblores.

—¡Ahora me toca a mí! —gritó de nuevo don Sancho al ver aparecer la cabeza del morisco por el borde del precipicio. ¡No podía ser menos que el morisco!—. ¡Santiago!

—¡No! —clamó Hernando. El hidalgo se detuvo justo antes de atacar la cortadura. Hernando logró levantarse—. Es una locura —chilló desde arriba.

Don Sancho obligó a su caballo a dar unos pasos atrás para lograr ver al morisco.

—Soy hidalgo… —empezó a recitar don Sancho.

Se matará, pensó Hernando. Y él tendría la culpa. ¡Le había animado!

—¡Por Dios y la santísima Virgen que un caballero español es capaz de subir allí por donde ha subido un…!

—Vos, sí —le interrumpió Hernando antes de que mencionara su condición de morisco—. ¡Vuestro caballo, no!

El hidalgo pensó un instante y miró la cortadura. El caballo se movía inquieto. Alzó la mirada a lo alto, acarició suavemente a su montura y se destocó a regañadientes, cediendo a los consejos de Hernando.

—Montáis realmente bien —reconoció Hernando tras bajar del llano rodeando el pico en el que se ubicaba y encontrarse con don Sancho. Volador aparecía sudoroso y ensangrentado allí donde le había espoleado.

—Lo sé —replicó el hidalgo, tratando de esconder su alivio por no haber tenido que seguir los pasos del morisco.

—Volvamos a Ugíjar —propuso Hernando, orgulloso al sentirse superior al hidalgo.

Esa misma noche, Hernando anunció que a la mañana siguiente partirían para Granada.

—Al parecer —le contó don Sancho durante el viaje—, doña Isabel fue acogida por el marqués de los Vélez.

Andaban los dos por delante de criados y mulas, con las riendas de los caballos en banda.

—¿Cómo lo sabéis?

—Por el abad mayor de Ugíjar. Eso es lo que me explicó, y varias veces, por cierto, mientras tú andabas por ahí. —Hernando alzó las cejas como si no comprendiera—. Sí, sí —se quejó don Sancho—. Doña Isabel entró en casa del marqués para asistir como dama de compañía de las niñas, aprendió con ellas, y tanto se hizo querer que el sucesor del Diablo Cabeza de Hierro ofreció una buena dote para su matrimonio. Entonces casó con un licenciado que prosperó con la ayuda de los Vélez y que de la mano de otro Fajardo de Córdoba, juez en Sevilla, llegó a ser oidor de una de las salas de la Chancillería de Granada.

—¿Eso es importante?

Don Sancho dejó escapar un silbido antes de contestar:

—La Chancillería de Granada, con la de Valladolid, es el tribunal más importante del reino de Castilla. En Aragón hay otros. Por encima suyo y exclusivamente con respecto a algunos asuntos, sólo tiene al Consejo de Castilla en representación de Su Majestad. Sí, sí que lo es. Don Ponce de Hervás es juez de una de las salas de lo civil. Todos los pleitos de Andalucía terminan en él o en alguno de sus compañeros. Eso da mucho poder... y dinero.

—¿Está bien pagado?

—No seas ingenuo. ¿Sabes lo que decía el duque de Alba de la justicia en este país? —Hernando se volvió en la montura hacia don Sancho—. Que no hay causa alguna, sea civil o criminal, que no se venda como la carne en la carnicería y que la mayoría de los consejeros se venden a diario a quienes los quieran comprar. Nunca pleitees contra un poderoso.

—¿Eso también lo decía el duque?

—Éste es un consejo que te doy yo.

Hicieron noche en Padul, a algo más de tres leguas de Granada, puesto que no querían llegar a casa de sus anfitriones a horas intempestivas, y Hernando sorprendió a don Sancho al empeñarse en acudir a la iglesia antes de partir la mañana siguiente. Allí fue donde contrajo matrimonio con Fátima según el edicto del príncipe don Juan de Austria. Un falso enlace, sólo válido a los ojos de los cristianos, pero que para él había supuesto un rayo de esperanza. Fátima… La iglesia, vacía a aquellas horas, se le antojó un espacio frío, tan helado como su alma. Cerró los ojos, arrodillado, y simuló rezar, pero de sus labios sólo salía «Muerte es esperanza larga». Aquella frase le perseguía, parecía haber sellado su destino desde el mismo día que la pronunciara para ella. ¿Por qué, Dios? ¿Por qué Fátima…? Tuvo que enjugarse las lágrimas antes de levantarse y, ante la extrañeza de don Sancho, se mantuvo en pertinaz silencio hasta llegar a la ciudad de la Alhambra. Accedieron a ella a media mañana por la puerta del Rastro. Cruzaron el río Darro por una zona en la que se vendían todo tipo de maderas. Una calavera, metida en una oxidada jaula de hierro que colgaba del arco de la puerta de la ciudad, le recibió con su lúgubre presagio. Algunos campesinos y mercaderes que intentaban cruzar se quejaron cuando Hernando se detuvo a leer la inscripción que se mostraba por encima de la jaula:

ESTA CABEZA ES LA DEL GRAN PERRO ABEN ABOO,
QUE CON SU MUERTE DIO FIN A LA GUERRA

—¿Le conociste? —inquirió don Sancho en un susurro, mientras la gente, malhumorada, adelantaba mulas y caballos por los costados para sortear a la pareja de jinetes que se había detenido en mitad del paso.

¿A Aben Aboo? Aquel perro castrado le había vendido como esclavo a Barrax y entregó a Fátima en matrimonio con Brahim. Hernando escupió.

—Veo que sí —sentenció el hidalgo, y azuzó a su caballo tras Hernando, que se había apresurado a cruzar bajo la calavera del rey de al-Andalus.

Siguiendo el curso del Darro, que atravesaba la ciudad, llegaron hasta la alargada y bulliciosa Plaza Nueva, donde el río desaparecía hasta emerger de nuevo más allá de la iglesia de Santa Ana. A su derecha, la cuesta que ascendía a la Alhambra, presidiendo Granada; a su izquierda, un gran palacio casi terminado.

—¿Cómo sabremos dónde vive don Ponce? —preguntó Hernando al hidalgo.

—No creo que nos resulte difícil. —Don Sancho se dirigió a un alguacil armado que estaba frente al palacio en construcción—. Buscamos la residencia de don Ponce de Hervás —le dijo con autoridad, desde su caballo. El alguacil entendió el apremiante lenguaje de los nobles.

—En este momento, Su Excelencia está ahí adentro. —El hombre señaló hacia el edificio en el que montaba guardia— . Os halláis frente a la Chancillería, pero él vive en un carmen en el Albaicín. ¿Deseáis que le mande recado?

—No pretendemos molestarle —contestó don Sancho—. Sólo queremos llegar a su casa.

El alguacil recorrió la plaza con la mirada y llamó a dos chiquillos que jugaban.

—¿Conocéis el carmen del oidor don Ponce de Hervás? —les gritó.

Hernando, don Sancho y los criados con las mulas se internaron con los niños en el laberinto de callejuelas que conformaban el Albaicín de Granada y que se elevaba en la otra vertiente del valle que formaba el río Darro, frente a la Alhambra. Muchas de las pequeñas casas propiedad de los moriscos aparecían cerradas y abandonadas y, como en Córdoba, allí donde se había alzado una mezquita, aparecía ahora una iglesia, un convento o un hospital de los muchos que se podían contar en Granada. Ascendieron una larga cuesta, estrecha y sinuosa, y descendieron por otra mucho más corta y empinada que moría en el portalón de doble hoja de una casa. Ya pie a tierra, tras haber dejado los caballos junto con las mulas en manos de los criados, Hernando entregó una blanca a los muchachos mientras don Sancho golpeaba la madera de una de las puertas con una aldaba en forma de cabeza de león.

Los recibió un portero vestido de librea que mudó el semblante al escuchar el nombre de Hernando y que corrió a avisar a su señora, después de dejarles apresuradamente en los jardines que se abrían detrás del portalón. Hernando y don Sancho se apoyaron en una de las muchas barandillas de obra que cerraban largos y estrechos jardines y huertos, que descendían por la ladera a modo de bancales, por debajo de la vivienda, hasta el linde del siguiente carmen o de alguna de las sencillas y humildes viviendas moriscas con las que compartían el espacio del Albaicín. Ambos miraron al frente, embriagados: entre el aroma de las flores y los frutales, entre el murmullo del agua de las numerosas fuentes, la Alhambra se alzaba al otro lado del valle del Darro, magnífica, esplendorosa, como si les llamara para que alargaran las manos hacia ella.

—Hernando…

La voz sonó tímida y rota a sus espaldas.

Hernando tardó en volverse. ¿Cómo sería ahora aquella niña de pelo pajizo y ojos castaños siempre temerosos? Fue lo primero en que se fijó: el pelo rubio, recogido en un moño, contrastaba con el vestido negro de una bella mujer cuyos ojos, a pesar de estar enturbiados por las lágrimas, se percibían vívidos y brillantes.

—La paz sea contigo, Isabel.

La mujer apretó los labios y asintió, recordando la despedida de Hernando en Berja, antes de que su salvador partiese a galope tendido, aullando y volteando el alfanje sobre su cabeza. Isabel sostenía en brazos a un bebé y junto a ella, dos niños, uno agarrado a su falda y el otro algo mayor, de unos seis años, quieto a su lado. Empujó al mayor por la espalda para que se adelantase.

—Mi hijo Gonzalico —lo presentó, al tiempo que el pequeño extendía avergonzado su mano derecha.

Hernando evitó estrechársela y se acuclilló frente a él.

—¿Te ha hablado tu madre de tu tío Gonzalico? —El niño asintió—. Fue un niño muy, muy valiente. —Hernando notó que se le hacía un nudo en la garganta y carraspeó antes de continuar—. ¿Tú eres tan valiente como él?

Gonzalico volvió la mirada hacia su madre, que asintió con una sonrisa.

—Sí —afirmó.

—Un día saldremos a pasear a caballo, ¿quieres? Tengo uno que pertenece a las cuadras del rey Felipe, el mejor de Andalucía.

Los ojos del pequeño se abrieron de par en par. Su hermano se soltó de la falda de su madre y se acercó a la pareja.

—Éste es Ponce —dijo Isabel.

—¿Cómo se llama? —preguntó Gonzalico.

—¿El caballo? Volador. ¿Querréis montar en él?

Los dos niños asintieron.

Hernando les revolvió el cabello y se levantó.

—Mi compañero, don Sancho —indicó, señalando al hidalgo, que se adelantó un paso para inclinarse ante la mano que le tendía Isabel.

Hernando observó a Isabel mientras ella contestaba a las solícitas preguntas de cortesía de don Sancho. La chiquilla asustada de antaño se había convertido en una bella mujer. Durante unos instantes la vio sonreír y moverse con delicadeza, sabiéndose observada. Cuando el hidalgo se retiró un paso e Isabel desvió la mirada hacia él, sus ojos castaños le transmitieron mil recuerdos. Hernando se estremeció, y como si quisiera liberarse de aquellas sensaciones, la urgió a que le contara qué había sido de su vida a lo largo de los años.

47

El oidor don Ponce de Hervás templó su carácter austero y reservado con una actitud de agradecimiento hacia Hernando que sorprendió incluso al servicio de la casa. Se trataba de un hombre bajito, de rostro redondo y facciones blandas, entrado en carnes, siempre vestido de negro y que medía una cabeza por debajo de su esposa, por la que mostraba adoración. Distinguió a su huésped con un sobrio dormitorio en la segunda planta del carmen, junto a los del matrimonio, con acceso a una terraza que daba a los jardines, frente a la Alhambra. Don Sancho fue acomodado en el mismo piso, en una zona cercana a la de los niños, al otro lado de un largo pasillo lleno de recovecos que cruzaba la mansión.

Sin embargo, la presencia de Hernando no varió los hábitos de don Ponce, que se volcaba en su trabajo como si en él encontrase el reconocimiento que no obtenía junto a la protegida de un grande de España y que con sólo un movimiento de su mano, una sonrisa o una palabra, eclipsaba al pequeño juez. Don Sancho, por su parte, solicitó permiso a la anfitriona para perderse por Granada en busca de la compañía de parientes y conocidos. Hernando, pues, pasaba los días en el carmen, junto a Isabel y sus hijos.

Con el permiso del oidor, durante las primeras jornadas Hernando usó el escritorio que éste tenía en la planta baja para escribir al duque e informarle del resultado de sus averiguaciones.

«Cabría establecer una alcaicería en Ugíjar», propuso después de advertir del perezoso carácter de las gentes y de los problemas con que se topó en sus paseos por las Alpujarras. «De esta forma, los lugareños no tendrían que malvender sus sedas en Granada, como al parecer hoy se ven obligados a hacer. Con ello se ahorrarían los gastos del viaje hasta la ciudad, y tampoco afectaría a los numerosos telares de Granada, puesto que se surten de la seda de otros muchos lugares además de la de las Alpujarras…»

Unas risas infantiles le distrajeron de su trabajo. Hernando se levantó del sencillo escritorio de madera labrada del oidor y se acercó a una puerta de doble hoja, entreabierta para que entrase la brisa procedente del jardín principal del carmen: un pedazo de tierra largo y estrecho que se abría en uno de los costados del edificio al nivel de la planta baja. En su centro, ocupando toda su extensión, había un estanque alimentado por numerosas fuentes dispuestas a intervalos en sus lados. El jardín estaba cubierto por emparrados sostenidos por arcos que en aquella época primaveral estaban tupidos, así que encerraban un fresco y agradable túnel que finalizaba en una glorieta. Junto a las bases de los emparrados estaban dispuestos bancos de obra desde los que contemplar los numerosos chorros de agua que se alzaban en el aire antes de caer al estanque.

Hernando se apoyó contra una de las hojas de la puerta. En uno de los bancos estaba sentada Isabel con un bordado en su regazo. Miraba sonriente las correrías de sus hijos, que intentaban escapar de los cuidados del aya. Un rayo de sol que se filtraba a través del emparrado iluminaba su figura en la umbría del frondoso túnel. Hernando la contempló, vestida con su acostumbrado traje negro: su cabello pajizo, el mismo que llamó su atención años atrás y la salvó de la esclavitud, hacía destacar unas facciones dulces y agradables, unos labios carnosos, el cuello largo bajo su pelo recogido y unos pechos generosos que pugnaban con el vestido que los oprimía; cintura estrecha y caderas grandes, el cuerpo voluptuoso de una joven madre de tres hijos. El sol se reflejó en su mano cuando Isabel la extendió para indicarle a Gonzalico que no se acercase tanto al estanque. Hernando siguió el movimiento de aquella mano blanca y delicada y se quedó prendado de ella. Luego observó al niño, pero éste volvía a correr delante del aya, sin hacer caso a su madre. Un inquietante cosquilleo recorrió la espalda de Hernando cuando se volvió hacia Isabel: sus ojos castaños se mantenían fijos en él. Su respiración se aceleró al percibir cómo los senos de Isabel se agitaban bajo el «cartón de pecho» que los aprisionaba. ¿Qué estaba sucediendo? Turbado, aguantó su mirada unos instantes, seguro de que desviaría la atención a los niños o al bordado, pero ella no cedió. En el momento en que empezaba a sentir cómo el cosquilleo descendía hasta su entrepierna, abandonó con brusquedad el lugar, buscó a uno de los criados y le ordenó que embridase a Volador.

Una semana más tarde, don Ponce y su esposa organizaron una fiesta en honor de su invitado. Durante esos siete días, mientras trabajaba por las mañanas, Hernando, de espaldas a las puertas, trató de concentrarse en el informe del duque y hacer caso omiso de las risas que parecían llamarle desde el jardín.

Establecer una feria franca anual para que los alpujarreños pudieran vender sus mercaderías… Habilitar un puerto… Plantar morales y viñas… Permitir que los lugareños pudieran vender las tierras adjudicadas… Organizar la justicia en la zona… Reprimiendo el instinto que le movía a volverse hacia el jardín para ver a Isabel, desarrolló todas y cada una de las ideas que se le ocurrieron a fin de promover el comercio en la zona y así posibilitar un aumento de las rentas reales. Pero lo cierto es que trabajaba con lentitud, se sentía cansado. No dormía bien. Durante las noches, cada ruido que escuchaba desde el dormitorio de doña Isabel retumbaba en su habitación. Sin quererlo, sin poder evitarlo, se encontró aguzando el oído, conteniendo la respiración para escuchar los murmullos al otro lado de la pared; hasta creyó oír el roce de las sábanas y el crujir de la madera de la cama, seguramente adoselada, cuando Isabel cambiaba de postura. Porque tenía que ser ella; en momento alguno de sus tortuosas noches pudo imaginar que cualquiera de aquellos sonidos provinieran del juez. A veces pensaba en Fátima y se le encogía el estómago, como la primera vez que tras su muerte había acudido a la mancebía, pero al cabo de unos instantes volvía a descubrirse pendiente de la habitación contigua. Sin embargo, durante el día, a la luz del sol, se esforzaba por evitar a Isabel, entre avergonzado e incómodo.

La misma mañana del día de la fiesta logró poner punto final a su informe, en el que en carta aparte comunicaba al duque su estancia en casa de don Ponce de Hervás y de su esposa Isabel. Como no disponía de sello, pidió al oidor que lo lacrase con el suyo y, aprovechando una expedición que según don Ponce iba a partir hacia Madrid, despachó a uno de los criados con el encargo.

La fiesta estaba prevista para el atardecer. Hernando y don Sancho, a cargo del oidor, fueron provistos de ropas nuevas acordes con el boato que éste quería dar al acontecimiento. Parados en la entrada del carmen, como les rogó don Ponce, el hidalgo y Hernando esperaban a los invitados para ser presentados a ellos. Don Sancho no podía ocultar su nerviosismo.

—Tendrías que haber aprendido a danzar —le dijo, contemplándose con vanidad.

—¡Campanela! —se burló Hernando dando un saltito en el aire.

—El arte de la danza… —empezó a replicar el hidalgo.

Unos comedidos aplausos interrumpieron sus palabras.

—¿También sabes danzar? —se escuchó de voz de una mujer.

Hernando se volvió. Isabel dejó de palmear y se dirigió hacia ellos erguida y altiva. Andaba a pasitos debido a los chapines de suela de corcho adornada con incrustaciones de plata y de una altura de cuatro dedos, que se entreveían bajo su falda. La mujer había trocado el negro habitual por un traje de raso verde oscuro de dos piezas, acuchillado y picado con telas en diferentes tonalidades del mismo color. La pieza superior, que se iniciaba en una lechuguilla que le tapaba el cuello hasta las orejas, tenía forma de cono invertido, cuya punta se montaba sobre la falda verdugada que se abría en campana desde la cintura. El cono escondía un «cartón de pecho» que presionaba sobre sus senos, quizá más de lo usual, ocultando la generosidad natural que se intuía otros días. Sus pómulos resaltaban, coloreados con papel tintado en rojo, y sus ojos aparecían brillantes y delineados con una mezcla de antimonio disuelta en alcohol. Un magnífico collar de perlas realzaba el conjunto. Don Sancho desvió la mirada de Isabel, regañándose con una casi imperceptible negación al percatarse de que su atención superaba los límites de la cortesía. Luego intentó advertir a Hernando llevando la mano a su antebrazo, pero ni siquiera consiguió que éste cerrara la boca: observaba embobado a la mujer que caminaba hacia ellos.

—¿Sabes danzar? —repitió Isabel ya a su lado.

—No... —titubeó envuelto en el aroma del perfume que acompañaba a aquella encantadora figura.

—No quiso aprender —intervino el hidalgo, procurando romper el hechizo, consciente de las miradas que de reojo les dirigían algunos de los criados ataviados con libreas coloradas que esperaban a los invitados.

Isabel contestó a don Sancho con una ligera inclinación de cabeza y una leve sonrisa. Sólo un paso separaba su rostro del de Hernando.

—Es una lástima —musitó la mujer—. Seguro que a muchas damas les complacería que las sacaras a bailar esta noche.

Se hizo un silencio espeso, casi palpable, que don Sancho rompió de repente.

—¡Don Ponce! —exclamó el hidalgo. Isabel se volvió, azorada—. Me había parecido verle —se excusó don Sancho ante la expresión con que le interrogó ella al no ver a su esposo.

—Disculpadme —dijo Isabel, escondiendo su turbación tras cierta brusquedad—. Aún tengo cosas que hacer antes de que lleguen los invitados.

—¿Qué pretendes mirando así a una dama? —le regañó en un susurro don Sancho cuando Isabel se hubo alejado de ambos—. ¡Es la esposa del oidor!

Hernando se limitó a abrir las manos. ¿Qué pretendía?, se preguntó a su vez. Lo ignoraba, sólo sabía que, por primera vez en años, se había sentido hechizado.

Hernando y don Sancho, junto al oidor e Isabel, superaron el besamanos y las presentaciones de cerca de un centenar de personas que aceptaron encantadas la invitación del rico e importante juez granadino: compañeros de don Ponce, canónigos catedralicios, inquisidores, sacerdotes y frailes, el corregidor de Granada y varios veinticuatros del cabildo municipal, caballeros de diversas órdenes, nobles, hidalgos y escribanos. Hernando recibió tantas felicitaciones y agradecimientos como personas circularon por delante de él.

Don Sancho permanecía a su lado, intentando infructuosamente terciar en las conversaciones, hasta que el morisco, consciente de su desesperación, trató de darle oportunidad:

—Os presento a don Sancho de Córdoba, primo del duque de Monterreal —le dijo a quien le anunciaron como el párroco de la iglesia de San José.

El cura saludó al hidalgo con una inclinación de cabeza y ahí terminó su interés en él.

—Me siento dichoso —afirmó, dirigiéndose a Hernando— por conocer a quien salvó a doña Isabel del martirio a manos de los herejes. Sé de vuestras hazañas con don Alfonso de Córdoba y muchos otros cristianos. —Hernando trató de ocultar su sorpresa. Desde su llegada a Granada, muchos habían sido los rumores de liberaciones que se sumaron a las dos únicas actuaciones que verdaderamente se podía atribuir—. Doña Isabel —continuó el sacerdote llamando la atención de la mujer— es una de mis feligresas más piadosas, podría decir que la que más, y todos nos sentimos felices de que salvarais su alma para el Señor.

Hernando miró a su anfitriona, que aceptaba los halagos con humildad.

—He hablado con algunos de los canónigos de la catedral —prosiguió el sacerdote— y nos gustaría proponeros cierto asunto. Estoy seguro de que el deán, que según tengo entendido compartirá mesa con vos, os hablará de ello.

Después de escuchar al párroco de San José, Hernando permaneció distraído mientras los demás personajes discurrían por delante de él. ¿De qué asunto se trataría? ¿Qué podían querer de él los miembros del cabildo catedralicio?

No tardó en enterarse. Efectivamente, fue invitado a ocupar un lugar de honor en la larga mesa principal, instalada en uno de los corredores emparrados del jardín principal, entre don Ponce y el corregidor de la ciudad; enfrente se sentaban Juan de Fonseca, deán de la catedral, y dos veinticuatros de Granada que ostentaban los títulos de marqués y conde. Más allá, el resto de los invitados, acomodados por orden de preeminencia. En el corredor del otro lado del estanque se dispuso una mesa gemela en la que Hernando distinguió a don Sancho, que departía animadamente con los demás comensales. Además de aquellas dos, se repartieron otras muchas por los jardines y huertos abancalados del carmen que descendían por la ladera. En unas cenaban los hombres, la mayoría vestidos de negro riguroso según las normas tridentinas, y en otras las mujeres, compitiendo entre sí en boato y belleza. En la glorieta que cerraba el jardín principal, un grupo de música compuesto por un sacabuche, una corneta y una chirimía, dos flautas, un timbal y una vihuela, amenizaba la noche fresca, clara y estrellada.

Mientras daban cuenta de las perdices y capones rellenos que les sirvieron como primer plato, Hernando tuvo que satisfacer la curiosidad de los huéspedes de don Ponce, y fue asediado a preguntas acerca del cautiverio y fuga del duque don Alfonso de Córdoba y alguna que otra, más comedida y prudente, sobre la esposa del oidor.

—Tengo entendido —terció uno de los veinticuatros mientras mordisqueaba el ala de una perdiz— que, además de al duque y a doña Isabel, ayudasteis a más cristianos.

La pregunta quedó flotando en el aire justo en el momento en que la vihuela tocaba en solitario y uno de los músicos la acompañaba con una canción sentimental. Hernando escuchó el triste rasgueo del instrumento, parecido al de los laúdes que amenizaban las fiestas moriscas.

—¿Os acordáis de quiénes eran? —preguntó el corregidor, volviéndose hacia él.

—Sí, pero no en todos los casos —mintió. Había preparado la respuesta al enterarse de los rumores sobre sus imaginarios favores a más cristianos.

El veinticuatro dejó de mordisquear el ala y se produjo un incómodo silencio.

—¿Quiénes? —le apremió el deán catedralicio.

—Preferiría no decirlo. —En ese momento, incluso don Ponce, empeñado en la pechuga de un capón, se volvió hacia él. ¿Por qué?, parecía preguntar con sus ojos. Hernando carraspeó antes de explicarse—: Algunos tuvieron que dejar atrás a familiares y amigos. Los vi llorar mientras huían; amor y pánico enfrentados en sus conciencias mientras luchaban por la supervivencia. Hubo uno que, cuando estaba ya libre y escondido, renunció a escapar, prefiriendo volver y ser ejecutado junto a sus hijos. —Varios de los comensales que escuchaban asintieron con expresión seria, los labios apretados, alguno con los ojos cerrados—. No debo descubrir sus identidades —insistió—. De nada sirve ya. Las guerras... las guerras llevan a los hombres a olvidar sus principios y actuar según sus instintos.

Sus palabras originaron más asentimientos y un silencio que permitió escuchar los últimos lamentos de la vihuela, que se prolongaron en la noche hasta que los comensales recuperaron su ánimo.

—Hacéis bien en callar —intervino entonces el deán Fonseca—. La humildad es una gran virtud en las personas, y el miedo a la muerte o la tortura, excusable en quienes cedieron. Sin embargo, confío que vuestro silencio no se extienda a los herejes que tanta sangre cristiana derramaron y tantos sacrilegios y profanaciones cometieron. —Hernando clavó sus ojos azules en el deán—. El arzobispado de Granada está llevando a cabo una investigación sobre los mártires de las Alpujarras. Disponemos de datos y decenas de declaraciones de las miles de viudas que perdieron a sus esposos e hijos en las sucesivas matanzas, pero entendemos que los conocimientos de alguien como vos, un buen cristiano que vivió la tragedia desde la posición de los moriscos, mezclado con ellos, constituirían una fuente imprescindible e inconmensurable. Necesitamos que nos ayudéis en el estudio de los mártires. ¿Qué sucedió? ¿Cuándo? ¿Dónde? ¿Cómo? ¿Quién lo ordenó y quiénes lo ejecutaron?

—Pero... —titubeó Hernando.

—Granada tiene que acreditar a esos mártires ante Roma —le interrumpió el corregidor—. Llevamos casi cien años, desde el mismo momento en que la ciudad fue reconquistada por los Reyes Católicos, buscando los restos de su patrón, san Cecilio, pero todos los esfuerzos son inútiles. Esta ciudad necesita equipararse a las demás sedes cristianas de los reinos: Santiago, Toledo, Tarragona… Granada ha sido la última ciudad en ser arrebatada a los moros y carece de antecedentes cristianos, como el apóstol Santiago o san Ildefonso. Son precisamente esos valerosos cristianos los que hacen grandes a sus ciudades. Sin santos, sin mártires, sin historia cristiana, una ciudad no es nada.

—Sabéis que vivo en Córdoba —se le ocurrió decir a Hernando como única excusa al encontrarse con la mirada de los comensales puesta en él.

—Eso no es ningún problema —se apresuró a señalar el deán, como si con ello cerrara las puertas a cualquier otro impedimento—. Podríais seguir haciéndolo. El arzobispado os proveerá de cédulas y de dinero suficiente para vuestros viajes.

—Sabía que no fallaríais a tan santa y justa causa —afirmó entonces don Ponce al tiempo que le daba una palmada en el hombro—. Tan pronto como me enteré del interés de la Iglesia granadina en vuestra participación, escribí al duque de Monterreal solicitando su permiso, pero sabía que no sería necesario.

Alguien alzó una copa de vino, y al instante los invitados más cercanos a Hernando brindaron por él.

Terminó la cena y los músicos se desplazaron al interior de la mansión, al salón principal, que previamente había sido vaciado de todos los muebles. Una parte de los invitados se desperdigó en grupos por los jardines o por la gran terraza que, desde el salón, se alzaba por encima del cauce del Darro, frente a la Alhambra, con el Albaicín a sus pies; otros se prepararon para el baile. Hernando vio a don Sancho remoloneando por la estancia, pendiente de que empezase la música, y envidió su alegría y despreocupación. ¡Sólo le faltaba aquel encargo por parte del arzobispado! Hasta su madre le había dado la espalda y ahora tenía que trabajar para la Iglesia… ¡denunciando a sus hermanos!

Escuchó la música y observó cómo danzaban hombres y mujeres, en círculos o en fila, en parejas o en grupo, acercándose unos a otros, sonriendo, flirteando incluso, saltando todos a la vez, como hacía el hidalgo en el palacio de don Alfonso. Reconoció a Isabel con su traje verde y sus chapines, que destellaban cuando la falda se levantaba del suelo, pero que pese a su altura no le impedían danzar con elegancia. Creyó ver que ella le miraba de reojo en varias ocasiones.

Mientras se desarrollaba el baile, se vio obligado a saludar a las numerosas personas que se le acercaron y a contestar a sus preguntas, aunque su mente estaba muy lejos de allí.

Toda su vida se había desarrollado igual, pensó mientras una dama vestida de azul le hablaba de algo a lo que no prestó atención. Había pasado toda su vida atrapado entre cristianos y musulmanes. Hijo de un sacerdote que violó a una morisca, de niño le quisieron matar en la iglesia de Juviles por cristiano; más tarde, Aben Humeya le distinguió como el salvador del tesoro de sus hermanos, pero luego terminó cayendo en la esclavitud acusado de cristiano, período en el que tuvo que negarse a renegar de una religión que no era la suya para no convertirse en el simple garzón de Barrax. En Córdoba, en la misma catedral, trabajó como cristiano para el propio cabildo catedralicio y copió el libro revelado una y mil veces, al tiempo que la Inquisición le obligaba a presenciar, como un buen cristiano que colaboraba con el Santo Oficio, la tortura y muerte de Karim. Y ahora que acababa de encontrar el extraño y sorprendente evangelio de Bernabé, la Iglesia reaparecía otra vez imponiéndole una nueva colaboración. Y sin embargo, él sabía quién era su Dios, el único, el misericordioso… ¿Qué pensaría de él el buen Hamid, si le viera en esa situación?

—Lo siento, no sé danzar —dijo, sin pensar, al toparse con la mirada interrogante de la dama de azul que, aún a su lado, parecía esperar una respuesta.

No había llegado a escuchar su pregunta. Quizá no fuera aquella la respuesta adecuada, concluyó al comprobar la cara ofendida de la mujer, que le dio la espalda sin despedirse.

El baile se desarrolló hasta bien entrada la noche. Don Sancho reapareció sudoroso en la terraza cuando la música cesó a instancias de don Ponce. La danza había terminado.

—Como final de fiesta —gritó el oidor desde el pequeño estrado donde tocaban los músicos—, los invito a presenciar el castillo de fuegos que tenemos preparado en honor a nuestro invitado. Les ruego acudan a las terrazas y los jardines.

Don Ponce buscó a su esposa y acudió adonde se hallaba Hernando.

—Acompañadnos, por favor —le rogó.

Se situaron en primera fila, sobre la balaustrada que cerraba la terraza del salón principal, Isabel a espaldas de Hernando y del deán Fonseca. Alguien hizo una señal luminosa desde el carmen y parte de las murallas de la Alhambra se encendieron en un fuego amarillo intenso. La gente, apiñada tras ellos, se deshizo en elogios cuando unas bolas de fuego surcaron el cielo estrellado, pero también, sin querer, todos se apretaron contra la balaustrada en busca de una mejor visión del espectáculo. Una sucesión de rayos cruzó el cielo nocturno y Hernando notó el calor del cuerpo de Isabel. El tronar de las explosiones de pólvora se confundió en él con la cálida respiración de Isabel junto a su oído, entrecortada. Isabel no se movía, ni rehuía el contacto. Los invitados estaban absortos en los fuegos de artificio; nadie se percató del gesto, pero Hernando notó el roce de una mano contra la suya. Volvió la cabeza. Isabel esbozó una sonrisa tímida. Entonces él presionó con dulzura esa mano. Entre la confusión de los invitados que se agolpaban en la terraza, juguetearon y entrelazaron sus dedos; acercaron sus cuerpos uno contra otro, sintiéndose, hasta que una traca puso fin al castillo de fuegos y la gente estalló en vítores y aplausos.

Después, los invitados empezaron a abandonar el carmen. En esa ocasión no tuvo la menor duda: entre el bullicio de las despedidas, Isabel sostuvo la mirada de Hernando cuando éste la persiguió con la suya.

48

Qué sucedió en Juviles?
El notario del cabildo se apresuró a formular esa pregunta una vez hechas las presentaciones formales, dispuesto a transcribir cuanto antes la contestación de Hernando. Se encontraban en una estancia de reducidas dimensiones, cerca del archivo catedralicio.

A la mañana siguiente de la fiesta, temprano, mientras la casa aún dormía —a excepción del oidor, al que nada ni nadie hacía faltar a sus obligaciones—, Hernando había tenido que acudir a la llamada del deán. Montó en Volador y acompañado de un criado, cruzó el Albaicín hasta la calle de San Juan. Pasó junto a la ermita de San Gregorio y desde allí a la calle de la Cárcel, que lindaba con la catedral que, aquellos días, como la de Córdoba, se hallaba en construcción: se habían terminado ya las obras de la capilla mayor y se trabajaba en las torres, pero a diferencia de lo que sucedía con la cordobesa, el templo granadino no se erigía sobre la antigua mezquita mayor, sino a su lado. La gran mezquita granadina con su alminar había sido reconvertida en sacristía, y en ella había, además, diversas capillas y servicios. Cruzó el lugar de oración de los musulmanes granadinos de antaño, de techos bajos, con la atención puesta en las columnas de piedra blanca culminadas en arcos que aguantaban la techumbre de madera y que dividían las cinco naves de la mezquita. Desde allí, un sacerdote le acompañó al escritorio del notario.

¿Qué decir de Juviles?, se preguntó mientras el hombre, pluma en mano, esperaba su respuesta. ¿Que su madre acuchilló hasta la muerte al sacerdote de la parroquia?

—Es difícil y verdaderamente doloroso para mí —dijo, tratando de eludir la cuestión— hablaros de Juviles y del horror que me vi obligado a presenciar en ese lugar. Mis recuerdos son confusos. —El notario alzó la cabeza y frunció el ceño—. Quizá…, quizá fuera más práctico que me permitierais pensar en ello, aclarar mis ideas y que yo mismo las pusiera por escrito y os las hiciera llegar.

—¿Sabéis escribir? —se sorprendió el notario.

—Sí. Precisamente me enseñó el sacristán de Juviles, Andrés.

¿Qué habría sido de Andrés?, pensó entonces. No había vuelto a saber nada de él desde su llegada a Córdoba…

—Lamento deciros que ha fallecido recientemente —afirmó el notario como si hubiera adivinado sus pensamientos—. Tuvimos conocimiento de que se instaló en Córdoba, y lo buscamos para que testificase, pero…

Hernando respiró hondo, si bien al instante se removió inquieto en el duro y desvencijado sillón de madera en el que permanecía sentado frente al escritorio. ¿Por qué no terminar con aquella burla? ¡Él era musulmán! Creía en un único Dios y en la misión profética de Muhammad. Al tiempo que se lo planteaba, el notario cerró el legajo que descansaba sobre la mesa.

—Tengo muchos quehaceres —adujo—. Me ahorraríais un tiempo precioso si vos mismo lo relataseis por escrito.

Y esfuerzo, añadió para sí Hernando cuando el hombre se levantó y le tendió la mano.

El sol brillaba con fuerza y Granada hervía de actividad. Hernando acababa de montar sobre Volador y pensó en despedir al criado y perderse en la ciudad; pasear por la cercana alcaicería o buscar un mesón en el que meditar acerca de todo lo que le estaba ocurriendo. La noche anterior, cuando el carmen ya había quedado libre de invitados, oró con la mente puesta en Isabel, excitado, sintiendo el calor de su cuerpo y el roce de sus dedos. ¿Por qué había buscado su mano? Volador piafó inquieto ante la indecisión de su jinete. El criado esperaba sus órdenes con cierta displicencia. Y ahora, Juviles. De pronto, Hernando tironeó de las riendas del animal con brusquedad. Recordó a los cristianos del pueblo, desnudos y con las manos atadas a la espalda, en fila, esperando a la muerte en un campo, mientras los moriscos, su madre entre ellos, terminaban con la vida del cura y el beneficiado. Muchos de esos hombres sobrevivieron por la clemencia del Zaguer, que detuvo la matanza contrariando las órdenes de Farrax. ¿Qué habrían contado todos ellos? A nadie pudo pasarle inadvertida la crueldad de Aisha ni su aullido al cielo clamando a Alá, con la daga ensangrentada en las manos al poner fin a su venganza. ¿La habrían relacionado con él? ¡La madre de Hernando asesinó a don Martín! Probablemente no, procuró tranquilizarse. Como mucho, habrían vinculado a Aisha con Brahim, el arriero del pueblo, no con un niño de catorce años, pero aun así siempre cabía la posibilidad…

—Volvemos al carmen —ordenó al criado, adelantándose sin esperarle.

Hernando encontró a don Sancho desayunando, a solas.

—Buenos días —le saludó.

—Veo que has madrugado —replicó el hidalgo. Hernando se sentó a la mesa y le explicó la solicitud del deán y su temprana y rápida gestión de esa mañana. Don Sancho escuchó su historia entre bocado y bocado—. Pues yo también tengo otro encargo para ti. Ayer cené junto a don Pedro de Granada Venegas —anunció. Hernando frunció el ceño. ¿Qué más querrían ahora los cristianos?—. Periódicamente —continuó don Sancho—, los Granada Venegas celebran una tertulia en su casa de los Tiros, a la que don Pedro ha tenido a bien invitarnos.

—Tengo mucho que hacer —se excusó—. Id vos.

—Nos han invitado a los dos… Bien, en realidad creo que el interés de don Pedro es exclusivamente conocerte a ti —reconoció. Hernando suspiró—. Son gente importante —insistió el hidalgo—. Don Pedro es señor de Campotéjar y alcaide del Generalife. Sus circunstancias podrían compararse a las tuyas: musulmanes de origen que abrazaron el cristianismo; quizá por ello desee conocerte. Su abuelo, descendiente de príncipes moros, prestó grandes servicios en la conquista de Granada, después lo hizo al emperador. Su padre, don Alonso, colaboró con el rey Felipe II en la guerra de las Alpujarras, hasta el punto de que casi llegó a arruinarse y el rey le ha señalado una modesta pensión de cuatrocientos ducados para compensar sus pérdidas. Acude gente muy interesante a esas tertulias. No puedes desairar así a un noble granadino emparentado con las grandes casas españolas; mi primo don Alfonso se sentiría contrariado si se enterase.

—Veo que tenéis mucho interés como para presionarme con el posible malestar del duque —repuso Hernando—. Ya hablaremos, don Sancho. —Se zafó de la conversación con el hidalgo levantándose de la mesa.

—Pero…

—Después, don Sancho, después —insistió ya en pie.

Dudaba si salir a los jardines y optó por refugiarse en su dormitorio. Isabel, Juviles, el cabildo catedralicio y ahora esa invitación a casa de un noble musulmán renegado que había colaborado con los cristianos en la guerra de las Alpujarras. ¡Todo parecía haber enloquecido! Necesitaba olvidar, sosegarse, y para ello nada mejor que encerrarse a orar durante lo que restaba de la mañana. Cruzó por delante del dormitorio de Isabel en el momento en el que su camarera abandonaba la estancia tras ayudarla a vestirse. La muchacha lo saludó y Hernando giró la cabeza para responder. A través de la puerta entreabierta vio a Isabel alisándose la falda de su vestido negro. Con la mano en el pomo, la camarera tardó un instante de más en cerrarla, el suficiente para que Isabel, arqueada en el centro de la habitación, el sol entrando a raudales por el gran ventanal que daba a la terraza, clavase sus ojos en él.

—Buenos días —balbuceó Hernando sin dirigirse a ninguna de las dos mujeres en concreto, asaltado por una repentina oleada de calor.

La camarera curvó los labios en una discreta sonrisa e inclinó la cabeza; Isabel no tuvo oportunidad de contestar antes de que la puerta se cerrase. Hernando continuó hasta su habitación con el recuerdo del calor del cuerpo de Isabel pegado a él, respirando con agitación. Turbado, recorrió la estancia con la mirada: la magnífica cama con dosel ya arreglada; el arcón de marquetería; los tapices con motivos bíblicos que colgaban de las paredes; la mesa con la jofaina para lavarse y las toallas de hilo pulcramente dobladas junto a ella; la puerta que se abría a la misma terraza que las de los dormitorios del oidor y su esposa, con vistas a la Alhambra.

¡La Alhambra! «Desdichado el que tal perdió.» Con la vista clavada en el alcázar, recordó la frase que, según decían, había exclamado el emperador Carlos. Alguien explicó al monarca las palabras con que Aisha, la madre de Boabdil, último rey musulmán de Granada, recriminó a éste sus llantos al tener que abandonar la ciudad en manos de los Reyes Católicos: «Haces bien en llorar como mujer lo que no has tenido valor para defender como hombre».

«Razón tuvo la madre del rey en decir lo que dijo —contaban que replicó el emperador— porque si yo fuera él, antes tomara esta Alhambra por sepultura que vivir sin reino en las Alpujarras.»

Embelesado con la roja silueta del palacio, se sobresaltó ante la figura de Isabel, que desde su dormitorio se había adelantado hasta la baja baranda de piedra labrada que cerraba la terraza del segundo piso del carmen, en la que se apoyó con sensualidad para contemplar el gran alcázar nazarí. Desde el interior de su habitación, Hernando contempló el cabello pajizo de Isabel recogido en una redecilla; se fijó en el esbelto cuello de la mujer y se perdió en la voluptuosidad de su cuerpo.

Hernando avanzó un par de pasos hasta llegar a la terraza; Isabel giró la cabeza hacia él al oír el ruido; sus ojos chispeaban.

—Resulta difícil elegir entre dos bellezas —le dijo Hernando, señalándola a ella y luego a la Alhambra.

La mujer se enderezó, se' volvió y se dirigió hacia él con la mirada trémula hasta que sus respiraciones se confundieron. Entonces buscó el contacto de sus dedos, rozándolos.

—Pero sólo puedes llegar a poseer una de ellas —le susurró.

—Isabel —musitó Hernando.

—Mil noches he fantaseado con el día en que cabalgué contigo. —La mujer llevó la mano del morisco hasta su estómago—. Mil noches me he estremecido igual que lo hice entonces, de niña, al contacto de tu mano.

Isabel le besó. Un largo, dulce y cálido beso que Hernando recibió con los ojos cerrados. Isabel separó sus labios y Hernando tiró de ella hacia el interior del dormitorio. Luego comprobó que la puerta estaba atrancada y se dirigió a cerrar la que daba al balcón.

Volvieron a besarse en el centro del dormitorio. Hernando deslizó sus manos por su espalda, luchando con la falda verdugada que le impedía acercarse a su cuerpo. Isabel, pese a la pasión de sus besos y su respiración entrecortada, mantenía las manos quietas, apoyadas en la cintura de él, sin ejercer presión. Hernando tanteó las puntas con las que se abrochaba la parte superior del vestido y peleó torpemente con ellas.

Isabel se separó y le ofreció la espalda para que pudiera desabrochar el vestido.

Mientras Hernando pugnaba con los corchetes con dedos temblorosos, Isabel se desabrochó las mangas, independientes del vestido, y se deshizo de ellas. Después de conseguir desabrochar el cuerpo superior de la saya, que cayó hacia delante liberando a sus senos de la presión del cartón, el morisco se empeñó con las puntas que ceñían la falda a la cintura, hasta conseguir que Isabel se deshiciera de las incómodas prendas. Terminó de quitarle la parte superior del vestido al tiempo que buscaba sus pechos con las manos, por encima de la camisa, y le besaba el cuello. Isabel hizo ademán de separarse de él, pero Hernando se apretó contra su espalda. Suspiró en su oído y deslizó una mano hasta sus muslos; los extremos de la larga camisa se doblaban por debajo de su pubis y sus nalgas, cubriendo sus partes íntimas. Deshizo los nudos con torpeza.

—No… —se opuso Isabel al notar los dedos de Hernando en la humedad de su entrepierna. El morisco cedió en sus caricias e Isabel se zafó de su abrazo y se volvió, acalorada y convulsa, con las mejillas enrojecidas—. No —musitó de nuevo.

¿Habría ido demasiado rápido?, se preguntó Hernando.

Ella extendió las manos hacia el pecho de él y, para su sorpresa, en lugar de desabrocharle el jubón, le besó y se dirigió al lecho donde se tumbó vestida con la camisa y con las piernas encogidas y ligeramente entreabiertas.

Hernando se quedó inmóvil al pie de la cama, observando cómo los senos de la mujer subían y bajaban al acelerado ritmo de su respiración.

—Tómame —le pidió, al tiempo que abría ligeramente las piernas.

¿Tómame? ¿Eso era todo? ¡Permanecía vestida con la camisa! Ni siquiera había logrado verla desnuda, juguetear, acariciarla para procurarle placer, conocer su cuerpo. Se acercó al lecho y se recostó junto a sus piernas. Trató de alzar la camisa para descubrir el triángulo de pelo oscuro que se adivinaba bajo ella, pero Isabel se incorporó y le agarró la mano.

—Tómame —repitió tras volver a besarle, agitada.

Hernando se puso en pie y empezó a desnudarse. Si ella era incapaz…, él no lo sería. Continuó hasta quedar completamente desnudo al pie del lecho, con el miembro erecto, pero Isabel apoyó la mejilla en la cama, con la mirada perdida, y suspiró abriendo todavía un poco más las piernas. La camisa resbaló hasta el inicio de sus muslos.

Hernando la observó. Lo deseaba, eso era evidente: suspiraba y se removía inquieta sobre el lecho esperando a que él la poseyese, sin embargo… ¡sólo conocía aquella actitud! ¡Pecado! Era pecado disfrutar del amor. Como un fogonazo se le apareció la imagen de Fátima, desnuda, alheñada y aceitada, adornada, buscando la postura más placentera para ambos, retorciéndose entre sus piernas, dirigiendo sus caricias sin vergüenza. ¡Fátima! Un gemido de Isabel le devolvió a la realidad. ¡Cristianos!, murmuró para sí antes de tumbarse sobre ella con la camisa interpuesta entre sus cuerpos.

Isabel tampoco se liberó de sus prejuicios mientras Hernando se movía rítmicamente, despacio, firmemente acoplado, empujando su miembro con suavidad. Ella lo mantenía agarrado por la espalda, el rostro todavía apoyado en el lecho, como si no se atreviera a mirarle, pero Hernando no notó sus uñas clavándose en su piel.

—Disfruta —susurró a su oído.

Isabel se mordió los labios y cerró los ojos. Hernando continuó, una y otra vez, tratando de entender el sentido de los apagados gemidos de la mujer.

—¡Libérate! —insistió mientras la luz que entraba en el dormitorio envolvía sus cuerpos.

Empuja, le rogó. Siénteme. Siéntete. Siente tu cuerpo. Déjate ir, mi amor. ¡Disfruta, por Dios! Hernando alcanzó el éxtasis sin dejar de pedirle que se entregara al placer y se quedó encima de ella, jadeante. ¿Buscaría Isabel un segundo lance?, se preguntó. ¿Querría…? La respuesta le llegó en forma de un incómodo movimiento que la mujer hizo bajo su cuerpo, como si pretendiera indicarle que quería escapar de él. Hernando la liberó de su peso apoyándose sobre las manos y buscó sus labios, que lo recibieron sin pasión. Entonces se levantó y tras él, lo hizo la mujer, escondiendo su mirada.

—No debes avergonzarte —intentó tranquilizarla cogiéndola del mentón, pero ella se resistió a alzar el rostro y, descalza, vestida con la sola camisa, se apresuró a huir a la terraza para cruzar hacia su dormitorio.

Hernando chasqueó la lengua y se agachó para recoger sus ropas, amontonadas al pie de la cama. Isabel le deseaba, de eso no le cabía duda alguna, pensó mientras empezaba a ponerse la camisa, pero el sentimiento de culpa, el pecado y la vergüenza le habían dominado. «La mujer es un fruto que sólo ofrece su fragancia cuando se frota con la mano», recordó que le había explicado Fátima con voz dulce, remitiéndose a las enseñanzas de los libros sobre el amor. «Como la albahaca; como el ámbar, que retiene su aroma hasta que se calienta. Si no excitas a la mujer con caricias y besos, chupando sus labios y bebiendo de su boca, mordiendo el interior de sus muslos y estrujando sus senos, no obtendrás lo que deseas al compartir su lecho: el placer. Pero tampoco ella guardará ningún afecto por ti si no alcanza el éxtasis, si, llegado el momento, su vagina no succiona tu pene.» ¡Cuán lejos estaban las piadosas cristianas de tales enseñanzas!

Esa misma noche, al otro lado del estrecho que separaba España de Berbería, tendida en la penumbra de su dormitorio en el lujoso palacio de la medina de Tetuán que Brahim había construido para ella, Fátima era incapaz de conciliar el sueño. Notaba a su lado la respiración del hombre a quien más odiaba en el mundo, notaba el contacto de su piel y no podía evitar un escalofrío de repugnancia. Como todas las noches, Brahim había saciado su deseo; como todas las noches, Fátima se había acurrucado a su lado para que él pudiera introducir el muñón de su brazo derecho entre sus senos y así mitigar los dolores que aún le provocaba la herida; como todas las noches, los lamentos de los cristianos presos en las cárceles subterráneas de la medina se hacían eco de las mil preguntas sin respuesta que poblaban la mente de Fátima. ¿Qué habría sido de Ibn Hamid? ¿Por qué no había ido en su busca? ¿Seguiría con vida?

Durante los tres años que llevaba en poder de Brahim, nunca había dejado de esperar que el hombre a quien amaba acudiese en su ayuda. Pero, a medida que pasaba el tiempo, comprendió que Aisha había accedido a su muda súplica. ¿Qué le habría dicho a su hijo para que no acudiera en su busca? Solamente podía ser una cosa: que habían muerto. De no ser así…, en cualquier otro caso, Ibn Hamid los habría seguido y peleado por ellos. ¡Estaba segura! Sin embargo, aunque Aisha le hubiese asegurado sus muertes, ¿por qué Ibn Hamid no había buscado venganza en Brahim? En la quietud de la noche, escuchó de nuevo los gritos de los hombres del marqués de Casabermeja durante su secuestro: «¡En nombre de Ubaid, monfí morisco, cerrad las puertas y las ventanas si no queréis salir perjudicados!». Todos en Córdoba debían de pensar que había sido Ubaid quien los había matado y si Aisha callaba… Ibn Hamid nada sabría de todo lo sucedido. ¡Tenía que ser eso! En caso contrario habría removido cielo y tierra para vengarlos. No le cabía duda… ¡Venganza! El mismo sentimiento que, con el transcurso de los meses, cuando se convenció por fin de que él no acudiría en su busca, Fátima había logrado aplacar en Brahim.

—No es más que un cobarde —repetía Brahim, refiriéndose a Hernando—. Si él no viene a Tetuán a recuperar a su familia, mandaré una partida para que lo maten.

Fátima se cuidó mucho de decirle que no creía que llegase a venir, que ella misma le había suplicado a Aisha con la mirada que no le dijera nada de lo sucedido.

—Si cejas en tus intenciones de matarle, me tendrás —le propuso una noche después de que la hubiera montado como podía hacerlo un animal—. Gozarás de mí como si en verdad fuera tu esposa. Me entregaré a ti. De lo contrario, yo misma me quitaré la vida.

—¿Y tus hijos? —la amenazó.

—Quedarán en manos de Dios —susurró ella.

El corsario pensó durante unos instantes.

—De acuerdo —consintió.

—Júralo por Alá —le exigió Fátima.

—Lo juro por el Todopoderoso —afirmó él, sin detenerse a pensar en el compromiso.

—Brahim —Fátima frunció el ceño y habló con voz firme—, no trates de engañarme. Tu sola sonrisa, tu solo ánimo, me indicarán que has incumplido tu palabra.

A partir de ese día, Fátima había cumplido su parte del trato y noche tras noche transportaba a Brahim al éxtasis. Le dio dos hijas más y el corsario no volvió a visitar a su segunda esposa, que quedó relegada en un ala apartada de palacio. Shamir y Francisco, rebautizado como Abdul, los dos retajados a lo vivo nada más llegar a Tetuán, se preparaban para zarpar algún día a las órdenes de Nasi, quien cada vez asumía más responsabilidades en el negocio del corso, como si fuera el verdadero heredero de Brahim, mientras éste se dedicaba a engordar, obsesionado sólo en contar y recontar los beneficios obtenidos por el saqueo y sus múltiples negocios. No le costó demasiado esfuerzo a Nasi, el niño piojoso que el corsario había encontrado a su llegada a Tetuán, ocupar el lugar que habría correspondido al hijo del corsario: Shamir se negaba a reconocer en Brahim al padre que nunca había tenido. Al principio, asustado, añorando día y noche a la madre que había dejado atrás, le negó el cariño y se refugió en Fátima y Francisco. ¡Aisha le había dicho que su padre había muerto en las Alpujarras! Brahim se sintió despreciado y respondió con su acostumbrada brutalidad. Arrancaba al niño de manos de Fátima y le golpeaba e insultaba cuando éste trataba de zafarse de sus brazos. Francisco, también maltratado, se convirtió en su inseparable compañero de desgracia. Nasi se estaba aprovechando de la situación y se acercaba al corsario, mostrándole su fidelidad y lealtad, recordándole con sutileza todo cuanto habían sufrido hasta aquel momento. Por su parte, la pequeña Inés, ahora Maryam, corrió la suerte que Brahim había anunciado en la venta del Montón de la Tierra y fue destinada al servicio de su segunda esposa, hasta que Fátima concibió a su primera hija. Entonces, tras una noche de pasión, ella logró convencerle. ¿Quién mejor que Maryam, su hermanastra, iba a cuidar de Nushaima, la pequeña que acababa de nacer?

Los ronquidos de Brahim, mezclados con los lamentos que llegaban del subsuelo, interrumpieron sus recuerdos. Fátima reprimió la necesidad de moverse, de levantarse de la cama, de apartar el muñón de Brahim de su cuerpo. Estaba presa... prisionera en aquella cárcel dorada.

Había llegado a convencerse de que no era más que otra esclava de las muchas que servían y atendían el lujoso palacio que, al estilo andalusí, como una gran casa patio, construyó Brahim en la medina, cerca de los baños públicos, de la alcazaba y de la mezquita de Sidi al-Mandari, erigida por el refundador de la ciudad, un exiliado granadino. Ella jamás había convivido con esclavos. Hombres y mujeres que obedecían, siempre dispuestos a satisfacer hasta el más nimio de los deseos de sus amos. Observó que sus rostros eran inexpresivos, como si les hubiesen robado el alma y los sentimientos; se fijó en ellos y se vio reflejada en sus semblantes: obediencia y sumisión.

El nuevo palacio que el gran corsario ordenó construir se levantó en la calle al-Metamar, sobre las inmensas e intrincadas cuevas calcáreas subterráneas del monte Dersa, en el que se asentaba Tetuán. Las cuevas eran utilizadas como mazmorras en las que se encerraba a miles de cautivos cristianos. Durante el día, cuando salía a comprar acompañada de los esclavos y se dirigía a alguna de las tres puertas de la ciudad, donde se asentaban los agricultores que traían sus productos de los campos extramuros, Fátima veía a los cautivos esforzarse bajo el látigo, descalzos, encadenados por los tobillos y vestidos con un simple saco de lana. Cerca de cuatro mil cristianos al permanente servicio de las necesidades de la ciudad.

Rodeada por esclavos y cautivos, todos sometidos, poco tardó en comprender que tampoco encontraría consuelo en sus paseos por la ciudad. Tetuán había seguido el modelo de los pueblos de al-Andalus, pero evitando la más mínima influencia cristiana. Sus casas se alzaban como el más claro exponente de la inviolabilidad del hogar familiar, y aparecían cerradas a las calles con las que lindaban, sin ventanas, balcones ni huecos. El sistema hereditario imperante llevaba a que los edificios se dividieran y subdividieran hasta dibujar un trazado caótico: las calles no eran más que la proyección exterior de la propiedad privada, por lo que su espacio era anárquicamente ocupado por tiendas y todo tipo de actividades y edificaciones. Algunas construcciones sobrevolaban las calles mediante «tinaos», otras las cortaban o las interrumpían con caprichosos e inoportunos salientes en un alarde de convenios entre vecinos, generalmente familiares, sin que las autoridades intervinieran en modo alguno.

Fátima era una mera esclava en su lujoso palacio, pero fuera de él tampoco existía lugar alguno en el bastión corsario que pudiera ayudarle a evadirse de su fatal condición, ni siquiera anímicamente, ni siquiera durante unos instantes. Dios parecía haberse olvidado de ella. Tan sólo en las plazas, allí donde confluían tres o más calles, encontraba, si no sosiego espiritual, sí algo de diversión en los titiriteros que cantaban o recitaban leyendas al compás del laúd o que vendían a las gentes papelitos con extrañas letras escritas prometiendo que curaban todos los males. También se distraía con los encantadores de serpientes, que las llevaban colgando alrededor del cuello y en las manos al tiempo que hacían bailar a ridículos monos a cambio de las monedas que mendigaban del público. Alguna vez les premió con una de ellas. Pero por las noches, cuando sentía el muñón de Brahim entre sus pechos, escuchaba con terrible nitidez los llantos y lamentos de los miles de cristianos que dormían bajo palacio y que se deslizaban al exterior por los agujeros que servían de ventilación de las mazmorras subterráneas, la cárcel que ocupaba gran parte del subsuelo de la medina. «Algún día seré libre —pensaba entonces—. Algún día volveremos a estar juntos, Ibn Hamid.»

49

Al fin, Hernando cedió ante la insistencia de don Sancho y acudió a la casa de los Tiros, donde los Granada Venegas celebraban sus tertulias. Al atardecer de un día de junio, ambos montaron a caballo y descendieron desde el Albaicín hasta el Realejo, el antiguo barrio judío del que se apoderaron los Reyes Católicos tras la toma de Granada y la expulsión de los judíos, y que se extendía en la margen izquierda del río Darro, bajo la Alhambra. La casa de los Tiros se emplazaba frente al convento de los franciscanos y su iglesia junto a otra serie de palacios y casas nobles construidos en los solares de la derruida judería.

A lo largo del trayecto, Hernando hizo caso omiso a la conversación que le procuraba el complacido hidalgo. Durante los días anteriores había intentado cumplir con su promesa al notario del cabildo catedralicio y escribir un informe acerca de los sucesos de Juviles durante la sublevación, pero no sólo no encontró las palabras para excusar los monstruosos desafueros de sus hermanos, sino que en cuanto trataba de concentrarse, sus pensamientos volaban hacia Isabel y se confundían con los recuerdos del día en que su madre acuchilló a don Martín.

—No me gusta verlos morir —recordaba haberle dicho a Hamid ante la fila de cristianos desnudos y atados que se dirigían al campo—. ¿Por qué hay que matarlos?

—A mí tampoco —le había contestado el alfaquí—, pero tenemos que hacerlo. A nosotros nos obligaron a hacernos cristianos so pena de destierro, otra forma de morir, lejos de tu tierra y tu familia. Ellos no han querido reconocer al único Dios; no han aprovechado la oportunidad que se les ha brindado. Han elegido la muerte.

¿Cómo iba a trasladar las palabras de Hamid en un informe al arzobispado? Y en cuanto a Isabel, ésta parecía haberse sobrepuesto a la vergüenza con la que abandonó el dormitorio tras su único encuentro, y se movía por el carmen con fingida soltura. No obstante, la duda le asaltaba al toparse con la mirada de ella: unas veces se la sostenía un instante de más, otras la escondía con celeridad. Quien nunca la escondía era la joven camarera de Isabel, que incluso se permitió sonreírle con cierto aire de picardía; debía de haber sido ella quien recogió las ropas de su señora.

La misma mañana en que debía acudir a la tertulia volvió a encontrarse con Isabel en la terraza y el deseo mutuo afloró en el incómodo silencio que se produjo entre la pareja. Pero Hernando, pese a la pasión que sentía, no quiso repetir una experiencia que no había logrado más que satisfacer su lado más instintivo, sin procurarle el gozo que esperaba.

—Debes aprender a disfrutar de tu cuerpo —le susurró, notando cómo ella se estremecía al oír esas palabras.

Isabel enrojeció, pero calló y se dejó llevar por segunda vez al interior del dormitorio de Hernando.

Él quiso hablarle de que se podía encontrar a Dios a través del placer, pero se limitó a proporcionárselo tratando de no asustarla en el momento en que ella se ponía en tensión y reprimía los jadeos de satisfacción. Isabel se dejó acariciar los pechos, sin llegar a descubrirlos, de espaldas a él, erguida, mordiéndose el labio inferior ante los pellizcos en sus erectos pezones, pero escapó como alma que lleva el diablo, volviendo a abandonar sus ropas, cuando Hernando deslizó una mano hasta su entrepierna.

—Hemos llegado —le sobresaltó el hidalgo interrumpiendo sus pensamientos.

Hernando se encontró frente a un torreón cuadrado coronado por almenas, en cuya fachada se abrían dos balcones y en la que a diversos niveles se adosaban cinco esculturas de cuerpo entero de personajes de la antigüedad. Tras el torreón que daba a la calle se extendía un edificio noble, con numerosos salones distribuidos en varios pisos alrededor de un patio con seis columnas de capiteles nazaríes y un jardín en el extremo opuesto. Después de dejar sus caballos en manos de los criados y acceder al palacio, fueron guiados por un portero a través de unas estrechas escaleras que llegaban al segundo piso, donde había un gran salón.

—A este salón se le conoce como la «Cuadra Dorada» —susurró don Sancho mientras el criado abría unas puertas en cuyas hojas se mostraban bustos laureados.

Nada más acceder a la estancia, Hernando entendió el porqué del nombre: la sala estaba inundada por unos reflejos dorados provenientes del magnífico artesonado del techo, en verde y oro, donde aparecían tallados personajes masculinos.

—Bienvenidos. —Don Pedro de Granada se separó de un grupo de hombres con los que charlaba y le tendió la mano a Hernando—. Nos presentaron en la fiesta que el oidor don Ponce ofreció en vuestro honor, pero no pudimos cruzar más que un corto saludo. Sed bienvenido a mi casa.

Hernando aceptó la mano del noble, que se la mantuvo presionada más tiempo del que era necesario. Aprovechó para fijarse en él —delgado, de frente ancha y despejada, cuidada barba negra y expresión inteligente—, y se esforzó por no exteriorizar los prejuicios con los que acudía a la cita: don Pedro y sus antecesores habían renunciado a la verdadera religión y colaborado con los cristianos.

Después de saludar al hidalgo, el señor de Campotéjar fue presentándoles a las demás personas que se hallaban en la Cuadra Dorada: Luis Barahona de Soto, médico y poeta; Joan de Faría, abogado y relator de la Chancillería; Gonzalo Mateo de Berrío, poeta, y otras cuantas personas más. Hernando se sentía incómodo. ¿Por qué habría cedido a la insistencia de don Sancho? ¿De qué podía hablar él con todos aquellos desconocidos? En una de las esquinas del salón se hallaban dos hombres que departían con sendas copas de vino en la mano. Don Pedro los llevó hasta ellos.

—Don Miguel de Luna, médico y traductor —presentó al primero.

Hernando le saludó.

—Don Alonso del Castillo —dijo su anfitrión refiriéndose al otro hombre, elegantemente vestido—, también médico, y también traductor oficial del árabe al servicio de la Inquisición de Granada, y ahora del rey Felipe II.

Don Alonso le ofreció la mano con la mirada clavada en sus ojos. Hernando aguantó el envite y la apretó.

—Deseaba conoceros. —Hernando dio un respingo. El traductor le hablaba en árabe al tiempo que aumentaba sensiblemente la presión sobre su mano—. He oído de vuestras hazañas en las Alpujarras.

—No hay que concederles mayor importancia —contestó Hernando en castellano. ¡Otra vez la liberación de cristianos!—. Don Sancho, de Córdoba —continuó, haciendo un gesto hacia el hidalgo y liberándose de la mano del traductor.

—Primo de don Alfonso de Córdoba, duque de Monterreal —se jactó don Sancho igual que venía haciendo con cuantos saludaba.

—Don Sancho —terció Pedro de Granada—, creo que todavía no os he presentado al marqués. —El hidalgo se irguió ante la mera mención del título—. Venid conmigo.

Hernando hizo ademán de seguir a los dos hombres, pero Castillo le agarró del antebrazo y le retuvo. Miguel de Luna le rodeó también, y los tres quedaron en grupo en la esquina de la Cuadra Dorada.

—He oído también —apuntó el traductor, esta vez en castellano— que colaboráis con el obispado en la investigación del martirologio de las Alpujarras.

—Así es.

—Y que trabajabais en las caballerizas reales de Córdoba —añadió en esta ocasión Miguel de Luna.

Hernando frunció el ceño.

—También es cierto —admitió con cierta brusquedad.

—En Córdoba —agregó el primero sin prestar importancia a la actitud de Hernando, manteniéndolo todavía agarrado del brazo—, auxiliasteis en la catedral, como traductor…

—Señores —le interrumpió Hernando al tiempo que se soltaba—, ¿acaso me habéis invitado para someterme a un interrogatorio?

Ninguno de los dos hombres se inmutó.

—Allí en la catedral de Córdoba, en la biblioteca —continuó hablando don Alonso, al tiempo que volvía a agarrar suavemente a Hernando, como si no quisiera darle la oportunidad de escapar—, trabajaba un sacerdote…, don Julián.

Hernando torció el gesto y se zafó una vez más del contacto del traductor. Los tres permanecieron en silencio unos instantes, sondeándose, hasta que Miguel de Luna tomó la palabra.

—Sabemos de don Julián, el bibliotecario del cabildo catedralicio de Córdoba.

Hernando titubeó y se movió, inquieto. En el resto del salón, la gente charlaba animadamente en grupo, algunos en pie, otros sentados en lujosos sillones alrededor de mesas bajas de marquetería surtidas de vino y dulces.

—Mirad —intervino Castillo—, Miguel y yo, al igual que don Pedro de Granada, descendemos de musulmanes. Después de la guerra de las Alpujarras, en la que trabajé como traductor para el marqués de Mondéjar primero y después para el príncipe don Juan de Austria, fui llamado por el rey Felipe para ocuparme de los libros y manuscritos árabes de la biblioteca del monasterio de El Escorial: debía traducirlos, catalogarlos… Otra de las funciones que me encomendó el rey fue la de buscar y adquirir nuevos libros en árabe. Hallé algunos en tierras de Córdoba, un par de ejemplares del Corán que no resultaron interesantes para la biblioteca real y algunas copias de jofores y de calendarios lunares.

El traductor detuvo su discurso. Hernando ya no pugnaba por librarse de su mano y Castillo le permitió pensar. ¿Qué pretendían aquellos dos renegados? ¡Todos colaboraban con los cristianos! Sus padres fueron quienes entregaron Granada a los Reyes Católicos y no les dolían prendas por reconocer que ellos mismos estuvieron en el bando cristiano en la guerra de las Alpujarras. Eran nobles, eruditos, médicos o poetas entregados a la evangelización, igual que don Pedro de Granada. ¡Castillo trabajaba para la Inquisición! ¿Y si aquella invitación no era más que un ardid para desenmascararle?

—Finalmente no los compré. —La repentina afirmación del traductor puso en guardia a Hernando—. Estaban escritos en papel basto y actual e interlineados en aljamiado, como si…

—¿Por qué me contáis todo eso? —le interrumpió Hernando.

—¿Qué es lo que le contáis a mi invitado?

Hernando se volvió y se encontró cara a cara con don Pedro de Granada.

—Le estábamos hablando acerca del trabajo de Alonso en la biblioteca del rey —explicó Luna—, y de que conocíamos a don Julián, el bibliotecario de la catedral de Córdoba.

—Buen hombre —afirmó el noble—. Una persona volcada en la defensa de la religión…

El señor de Campotéjar dejó flotar en el aire sus últimas palabras. Hernando sintió sobre sí la atención de los tres. ¿Qué quería decir? Don Julián, el bibliotecario, era un musulmán escondido bajo los hábitos de un sacerdote.

—Sí —mintió—. Era un buen cristiano.

Don Pedro, Luna y Castillo intercambiaron miradas. El noble asintió con la cabeza a Castillo, como si le autorizase. El traductor comprobó que nadie podía escucharles antes de hablar.

—Don Julián me contó que erais vos quien copiaba los ejemplares del Corán —le espetó entonces con seriedad—, para distribuirlos por Córdoba…

—Yo no… —empezó a negar Hernando.

—Me contó también —añadió, al tiempo que aumentaba la presión sobre su antebrazo— que gozabais de la confianza del consejo de ancianos junto a Karim, Jalil y… ¿cómo se llamaba? Sí: Hamid, el alfaquí de Juviles.

Hernando se encontraba rodeado por los tres hombres, sin saber qué hacer, qué decir o adónde mirar.

—Hamid —tercio entonces don Pedro— era descendiente de la dinastía nazarí. Teníamos cierto parentesco. Su familia eligió otro camino: el destierro a las Alpujarras junto a Boabdil, pero tampoco quisieron huir a Berbería cuando el Rey Chico lo hizo.

Hernando tiró del antebrazo para librarse definitivamente de Castillo.

—Señores —empezó a decir haciendo ademán de abandonar el grupo—, no entiendo qué es lo que pretendéis, pero…

—Escuchad —le interrumpió bruscamente Castillo al tiempo que se apartaba para franquearle el paso, como si ya no pretendiera obligarle a permanecer con ellos—, ¿acaso creéis que don Julián, el bibliotecario, hubiera sido capaz de traicionaros y contarle a unos simples renegados como ahora mismo pensáis que somos todo lo que os hemos revelado?

Hernando se detuvo en seco. ¿Don Julián? Mil recuerdos acudieron a su mente en un fogonazo. ¡Jamás lo hubiera hecho! Antes hubiera dejado que lo torturasen, igual que Karim. ¡Ni la Inquisición consiguió que el anciano les proporcionase el nombre que pretendían y que no era otro que el suyo: Hernando Ruiz, de Juviles! Los verdaderos musulmanes no se denunciaban unos a otros.

—Pensadlo —escuchó que le decía Luna.

—Sé muchas más cosas de vos —insistió Castillo—. Don Julián os tenía en alta estima y en la mayor consideración.

¿Por qué había tenido que contarles nada el sacerdote?, continuaba preguntándose Hernando. Pero si lo hizo, eso sólo podía significar que aquellos tres hombres luchaban por la misma causa que él. Sin embargo, ¿luchaba él ya por algo? Hasta su propia madre acababa de repudiarle.

—Ya no tengo nada que ver con todo aquello —afirmó con voz tenue—. La comunidad de Córdoba me ha dado la espalda al enterarse de la ayuda que presté a los cristianos durante la guerra…

—Todos jugamos esas cartas —le interrumpió don Pedro de Granada—. Yo, el primero. Mirad —añadió señalando un gran arcón que estaba detrás de Miguel de Luna, que se apartó para permitir la visión—. ¿Veis el escudo de armas? Ése es el escudo de los Granada Venegas; esas mismas armas han estado del lado de los reyes cristianos en las guerras contra nuestro pueblo, pero ¿distinguís su emblema?

—Lagaleblila —leyó Hernando en voz alta—. ¿Qué quiere decir…?

Él mismo se interrumpió al desentrañar el significado: *Wa la galib illa Allah*. ¡No hay vencedor sino Dios! El lema de la dinastía nazarí; el lema que se repetía por toda la Alhambra en honor y glorificación del único Dios: Alá.

—A nosotros no nos interesan los consejos de ancianos de las comunidades moriscas —adujo entonces Castillo—. De una u otra forma, todos apuestan por la confrontación armada si no por la conversión verdadera; todos esperan la ayuda del turco, de los berberiscos o de los franceses. Creemos que no es ésa la solución. Nadie acudirá en nuestra ayuda y si lo hicieran, si alguien se decidiese a ello, los cristianos nos aniquilarían; los moriscos seríamos los primeros en caer. Mientras tanto, y debido a esas actitudes, la convivencia degenera y se va haciendo más difícil cada día. Los moriscos valencianos y los aragoneses son levantiscos y en cuanto a los granadinos… ¡no son más que un pueblo sin tierra! Hace seis meses fueron expulsados de nuevo de Granada cerca de cuatro mil quinientos moriscos que habían retornado subrepticiamente al que fuera su hogar. Ya son muchas las voces que se alzan exigiendo la expulsión de España de todos los moriscos, o la adopción de medidas mucho más crueles y sanguinarias. Si continuamos así…

—¿Y qué? —le interrumpió Hernando—. Soy consciente de que carecemos de oportunidades en un enfrentamiento armado contra los españoles y de que, salvo un milagro, nadie va a acudir en nuestra ayuda, pero en ese caso sólo nos resta la conversión que pretenden los cristianos.

—¡No! —afirmó con contundencia Castillo—. Existe otra posibilidad.

—¡Debemos volver a Córdoba!

Don Sancho irrumpió en el escritorio donde Hernando, por enésima vez, trataba de explicar los sucesos ocurridos en Juviles durante el levantamiento. Unos días atrás, después de releer lo escrito, desechó y rompió los legajos. Alzó la vista de un papel que seguía en blanco desde que se había sentado detrás la escribanía, hacía ya más de una hora, y vio al hidalgo caminando hacia él con el rostro desencajado.

—¿Por qué? ¿Qué sucede? —se preocupó.

—¿Qué sucede? —gritó don Sancho—. ¡Dímelo tú! Estás en boca de la servidumbre de la casa. ¡Has mancillado el honor de un oidor de la Real Chancillería de Granada! Si don Ponce se enterase... ¿Cómo has osado? El rumor podría extenderse por la ciudad. ¡No quiero ni pensarlo! ¡Un juez! —Don Sancho se revolvió el escaso cabello cano que le cubría la cabeza—. Debemos irnos de aquí, volver a Córdoba ahora mismo.

—¿Qué es lo que se cuenta? —preguntó Hernando, simulando desinterés, en un esfuerzo por ganar tiempo.

—Tú deberías saberlo mejor que nadie: ¡Isabel!

—Sentaos, don Sancho. —El hidalgo golpeó el aire con una mano y permaneció en pie, andando arriba y abajo junto al frontal de la mesa—. Os veo alterado y no alcanzo a comprender el motivo. Isabel y yo no hemos hecho nada malo —trató de convencerle—. No he mancillado el honor de nadie.

Don Sancho se detuvo, se apoyó con los puños en la mesa y observó a Hernando como haría un maestro a su pupilo. Luego desvió la mirada hacia el jardín a espaldas del morisco y pensó unos instantes: Isabel no se hallaba en él.

—No es eso lo que ella dice —mintió entonces.

Hernando palideció.

—¿Habéis... habéis hablado con Isabel? —balbuceó.

—Sí. Hace un momento.

—¿Y qué os ha contado? —Su voz traicionaba la seguridad en sí mismo que había intentado fingir.

—Todo —casi gritó don Sancho. Respiró hondo y se obligó a bajar la voz—. Su rostro me lo ha contado todo. Su azoramiento es suficiente confesión. ¡Casi se desmaya!

—¿Y cómo pretendéis que reaccione una piadosa cristiana si la acusáis de adulterio? —se defendió Hernando.

Don Sancho golpeó la mesa con un puño.

—Ahórrate el cinismo. Me he enterado. Una de las criadas cristianas ha tratado de convencer a un esclavo morisco para que le proporcione el placer que al parecer tú le proporcionas a su señora; quiere ser tomada «a la morisca», según ha dicho. —Hernando no pudo reprimir una casi imperceptible mueca de satisfacción. Le había costado días y encuentros furtivos el que Isabel empezara a ceder y abandonarse a sus caricias—. ¡Sátiro! —le insultó el hidalgo al percatarse de la complacencia con que el morisco se deleitaba en sus últimas palabras—. No sólo te has aprovechado de la inocencia de una mujer que probablemente habrá caído en tus garras por agradecimiento, sino que la has pervertido obscena e impúdicamente atentando contra todos los preceptos de la Santa Iglesia.

—Don Sancho… —intentó calmarle Hernando.

—¿No te das cuenta? —volvió a interrumpirle el hidalgo, en esta ocasión hablando con lentitud—. El oidor te matará. Con sus propias manos.

Hernando se pasó la mano por el mentón; a su espalda los rayos del sol atravesaban las puertas que daban al jardín.

—¿Qué estás pensando? —insistió don Sancho.

Que no es el momento de abandonar, le hubiera gustado contestarle. Que estaba consiguiendo que los ojos de Isabel languidecieran y que sus suspiros fueran más y más profundos mientras la acariciaba y mordisqueaba, señal inequívoca de que su cuerpo anhelaba copular. Que en cada uno de sus encuentros Isabel lograba superar un escalón más por encima de la rutina, las culpas, los prejuicios y las enseñanzas cristianas, y que estaba casi preparada para alcanzar un éxtasis que jamás había llegado tan siquiera a imaginar. Y que, a través del placer de aquel cuerpo, él quizá volvería a tocar el cielo como hacía con Fátima. Hernando notó el miembro erecto bajo sus calzas. Su mente recreó a Isabel desnuda, deseable, voluptuosa, solícita y atenta a las yemas de sus dedos y a su lengua, ávida por descubrir el mundo.

—Pienso —replicó al hidalgo— que ahora no puedo partir hacia Córdoba. El obispado espera mi informe y vuestros amigos de la casa de los Tiros reclaman mi presencia. Lo sabéis.

—Y tú también debes saber —bramó don Sancho— que la ley dice que después de que don Ponce acabe con tu vida, tiene obligación de matarla a ella.

—Quizá no lo haga con ninguno de los dos.

Hidalgo y morisco enfrentaron sus miradas por encima de la mesa.

—Escribiré a mi primo contándole lo que sucede —le amenazó aquél.

—Os cuidaréis mucho de poner en duda la virtud de una dama.

—¿Tanto vale esa mujer como para arriesgar tu vida por ella? —soltó don Sancho antes de abandonar la estancia sin darle oportunidad a contestar.

«¿Qué vale mi vida?», se preguntó Hernando tras el portazo con el que el hidalgo se despidió. No poseía más que un buen caballo con el que no podía ir a ningún lugar, puesto que no tenía adónde ir ni quien le esperase, ¡ni siquiera su propia madre! El duque no le permitía trabajar, pero le mandaba de viaje en interés del mismo rey que humilló y expulsó de Granada a su pueblo. Había aceptado trabajar para el obispo. «Continúa con el martirologio», le había aconsejado Castillo en una de las tertulias. «Debemos parecer más cristianos que los cristianos», afirmó después. ¡La misma recomendación que en su día le hiciera Abbas! ¿Qué valía la vida de alguien que fingía ser siempre lo que no era? ¿Cuál era su objetivo? ¿Dejar que su existencia transcurriera cómodamente gracias a la generosidad del duque, al igual que la de sus aduladores parientes?

Don Pedro de Granada, Castillo y Luna le habían revelado su nuevo plan en cuanto lo conocieron mejor: convencer a los cristianos de la bondad de los musulmanes que vivían en España para que variaran su parecer sobre los moriscos. Luna se hallaba escribiendo un libro titulado *La verdadera historia del rey Rodrigo*, a través del cual, partiendo de los relatos de un imaginario manuscrito árabe de la biblioteca de El Escorial, planteaba la conquista de España por parte de los musulmanes venidos de Berbería como una liberación de los cristianos sometidos a la tiranía de sus reyes godos. Tras la conquista, habían transcurrido ocho siglos de paz y convivencia entre las dos religiones.

—¿Por qué no puede repetirse esa convivencia ahora? —Había sido el propio Luna quien lanzó la pregunta sin esperar respuesta.

—Debemos luchar contra la imagen que los cristianos tienen de los moriscos —intervino don Pedro—. Ellos, sus escritores y sacerdotes, crean la ficción de que los moriscos somos extremadamente fecundos porque las moriscas se casan de niñas y tienen muchos hijos. ¡No es cierto! Tienen los mismos que los cristianos. Dicen que nuestras mujeres son promiscuas y adúlteras. Que los hombres moriscos no somos objeto de leva para el ejército ni entramos al servicio de la Iglesia, por lo que la población de cristianos nuevos aumenta desmesuradamente y atesora oro, plata y todo tipo de bienes, arruinando al reino; ¡falso! Que somos perversos y asesinos. Que en secreto, profanamos el nombre de Dios. ¡Todo mentiras! Pero el pueblo las cree a medida que unos y otros las repiten, las gritan en sus sermones o las publican en sus libros. Debemos luchar con sus mismas armas y convencerlos de lo contrario.

—Escucha —añadió entonces Castillo—: si algún berberisco cruza el estrecho para vivir en España y convertirse al cristianismo es recibido con los brazos abiertos. Nadie sospecha de esos nuevos conversos aunque sus intenciones disten mucho de abrazar la religión de los papaces. Sin embargo, a los moriscos que llevan casi un siglo bautizados no se les conceden iguales privilegios. Debemos variar esos conceptos tan arraigados en esta sociedad. Y para esa lucha necesitamos personas como tú, cultas, que sepan leer y escribir, que nos acompañen en ese empeño.

Era la historia de su vida desde la misma Juviles, cuando de niño los del pueblo le encomendaban las mercaderías y los ganados para librarse del diezmo porque sabía escribir y contar. Lo mismo que le había sucedido en Córdoba. ¿Y de qué le servía todo ello? Convencer a los cristianos le parecía un proyecto tan descabellado como intentar derrotarles en una nueva revuelta armada.

Soltó la pluma que todavía mantenía en su mano sobre el papel en blanco.

—Sí, don Sancho —se encontró murmurando hacia la puerta cerrada del escritorio—, probablemente valga la pena arriesgar una vida absurda aunque lo sea por un solo momento de placer con una mujer como ella.

En cualquier caso, pensó, debería andarse con cuidado a partir de ese momento.

Esa noche, después de cenar, don Ponce de Hervás se retiró a su escritorio para trabajar. Poco después, un criado que esperaba obtener algunos dineros por información tan importante para su señor, llamó titubeante a la puerta. El oidor escuchó los tartamudeos del hombre con el mismo semblante que adoptaba ante los litigantes en la Chancillería: impasible.

—¿Estás seguro de lo que dices? —le preguntó una vez finalizada la delación.

—No, excelencia. Sólo sé lo que se habla en las cocinas, en el huerto, en los dormitorios del servicio o en las cuadras de vuestra excelencia, pero nada puedo aseguraros. Con todo, creía que estaríais interesado en ello.

Don Ponce lo despidió con su premio y el mandato de que continuara informándole. Luego estrujó con violencia el papel en el que trabajaba. Con las manos agarrotadas, tembló convulso sentado en la misma silla en la que pocas horas antes Hernando había decidido arriesgar su vida por alcanzar el éxtasis con Isabel. Sin embargo, acostumbrado como estaba a la toma de decisiones, el oidor reprimió su ira y el impulso que le llamaba a levantarse, apalear a su esposa en el dormitorio y luego matar al morisco.

El carmen cayó en el silencio de la noche mientras don Ponce se martirizaba imaginando a Isabel en los brazos del morisco. «Buscan el placer —le había contado el criado—. No…, no fornican», logró articular después, encorvado ante el juez, con los dedos de las manos blanquecinos, fuertemente entrelazados. ¡Puta!, masculló en la noche don Ponce. ¡Igual que una vulgar prostituta de la mancebía! Sabía de qué hablaba el criado: el prohibido placer que él mismo buscaba al acudir al burdel. Durante horas se imaginó a Isabel como la muchacha rubia con la que disfrutaba en otro lecho: obscena, pintarrajeada y perfumada, mostrando su cuerpo al perro morisco mientras lo besaba y lo acariciaba. En la mancebía había elegido a una muchacha por su parecido con Isabel, y ahora el morisco se estaba aprovechando del placer que él mismo no obtenía con su esposa. Pensó en matarlos.

Durante la madrugada, con el relente de la noche entrando desde el jardín y refrescando el sudoroso cuerpo de don Ponce, éste decidió no adoptar una medida tan drástica como la de ejecutar a los amantes. Si mataba a Isabel, perdería la sustanciosa dote con que la premiaron los Vélez por razón de su matrimonio, pero lo que era más importante, perdería también una influencia en el entorno del monarca y sus diversos consejos de la que no quería prescindir: contar con la protección de unos grandes de España como los Vélez le convenía. Luchar, con el honor como bandera, sólo podían permitírselo los muy ricos, los muy pobres o los insensatos, y él no pertenecía a ninguna de esas categorías: acusar de adulterio a la protegida de los marqueses se le antojó entonces una apuesta demasiado arriesgada amén de deshonrosa, pero tampoco podía consentir que su casa acogiese el adulterio… ¡Maldito morisco hijo de puta! Lo había tratado como a un hidalgo, había organizado una fiesta en su honor… Y ni siquiera podía vengarse de él sin que ese acto legítimo diera pábulo a comentarios mordaces. ¡Ante todos el morisco era un héroe! ¡El salvador de los cristianos! El protegido del duque de Monterreal… Aquella noche don Ponce no pudo conciliar el sueño, pero, al amanecer, su decisión estaba tomada: Isabel no abandonaría sus aposentos; según el oidor yacía aquejada de fiebres. La mujer permaneció, pues, recluida, hasta que esa misma mañana, llamada con urgencia, llegó al carmen una prima de don Ponce, doña Ángela, viuda, seria, seca y malcarada, quien tan sólo cruzar la puerta de la casa se hizo cargo de la vigilancia de Isabel.

Tras una breve conversación con el oidor, doña Ángela se puso manos a la obra: la joven camarera de Isabel desapareció aquel mismo día. Alguien contó después que la vieron en las mazmorras de la Chancillería, acusada de ladrona. Por la tarde, bajo la excusa de que le había faltado al respeto, la viuda dispuso que la criada que pretendiera placeres del esclavo morisco fuera azotada. También ordenó que otro criado perdiera parte de su salario por no trabajar a su satisfacción.

En un solo día toda la servidumbre se dio por enterada del claro mensaje del oidor y su prima. Poco podían hacer: la ley establecía que, salvo que fueran expresamente despedidos, ninguno de ellos, bajo pena de cárcel de veinte días y destierro por un año, podía dejar el carmen sin licencia de don Ponce para servir en otra casa de la ciudad de Granada o sus arrabales. Quien lo hiciera, si alguien marchase sin su consentimiento, sólo podía emigrar o colocarse como jornalero, y lo cierto era que en casa del oidor nunca faltaba de comer.

Pero no sólo fue la servidumbre la que comprobó el duro carácter de la prima del oidor; ni don Sancho ni Hernando pudieron permanecer ajenos al revuelo. Doña Ángela se ocupó de que todas sus decisiones fueran lo suficientemente públicas como para que no pasasen inadvertidas al morisco, y a última hora de la tarde, antes de que se pusiese el sol, ordenó a Isabel que abandonase su dormitorio, vestida de negro, igual que ella, y la paseó por los jardines del carmen a la vista de todos, pero principalmente de la de Hernando, anunciando así a su amante que ya nunca podría acercarse a ella en privado.

Pero no sólo fue Hernando quien pudo contemplar a Isabel bajo la estricta vigilancia de doña Ángela; don Sancho también lo hizo y comprendió que el asunto había llegado a conocimiento del oidor. Un par de veces se cruzó con don Ponce por el carmen, y el juez ni siquiera tuvo la cortesía de contestar a sus saludos, girándole el rostro; don Sancho no esperó ni un instante en enfrentarse a Hernando.

—Nos iremos mañana por la mañana, sin excusas —llegó a ordenarle. Hernando quedó pensativo—. ¿No lo entiendes? —gritó don Sancho—. ¿Qué piensas? Por poco respeto o… ¡lo que sea que sientas por esa mujer!, debes apartarte de ella. ¡Es imposible que vuelvas a verla a solas! ¿No te das cuenta? El oidor ha debido de enterarse y ha tomado medidas. —El hidalgo dejó transcurrir unos instantes—. Ya que tu vida —dijo después— parece que poco te importa, piensa en que si persistes en este comportamiento arruinarás la vida de Isabel.

Hernando se sorprendió asintiendo al discurso de su acompañante. ¡Qué poco había durado su determinación! Pero era cierto, tenía razón el hidalgo. ¿Cómo iba a acercarse a Isabel? Su imagen, vestida de negro y paseando cabizbaja por los jardines esa misma tarde, en contraste con el porte altivo y desafiante de doña Ángela, le habían convencido de ello. Además, si los rumores habían llegado a conocimiento del oidor… ¡Sería una locura!

—De acuerdo —cedió—. Partiremos mañana por la mañana.

Esa noche Hernando empezó a preparar sus pertenencias para el viaje. Entre sus ropas, encontró aquellas que el oidor le había comprado para la fiesta; la noche que las había vestido, Isabel… Había sido una necedad, trató de convencerse. ¿Qué derecho tenía, como decía don Sancho, a arruinar la vida de una mujer digna? Sí, sentía que ella lo deseaba, cada vez más, pero quizá fuera cierto que se había aprovechado de una mujer que le debía gratitud. Miró a su alrededor; ¿olvidaba algo? ¿Y aquellas ropas? Las agarró y las lanzó al suelo, lejos de él, a una esquina de la alcoba. ¡Tampoco era cierto que se hubiera aprovechado de la ingenuidad de Isabel como le había recriminado don Sancho! Había sido ella la que se pegó a su espalda el día del castillo de fuegos y había sido ella quien alargó la mano hasta la suya. En cualquier caso, ¿qué más daba ya? Regresaba a Córdoba.

Hernando se dejó caer en una silla con adornos en plata batida tallada, y perdió la mirada en la Alhambra y en el juego de luces doradas y sombras que arrancaban de sus piedras los hachones y la luna. Pasaba la medianoche. El carmen estaba en silencio; el Albaicín estaba en silencio; ¡toda Granada parecía estarlo! Una brisa caprichosa refrescaba el ambiente y lograba hacer olvidar el sofocante calor del día. Hernando se dejó llevar, cerró los ojos y respiró hondo.

—Será la primera vez que nos acompañará la luna.

Las palabras le sobresaltaron. Isabel, vestida con la camisa de dormir, se hallaba en la terraza, bella, sensual, con la Alhambra recortada a su espalda.

—¿Qué haces aquí…? —Hernando se levantó de la silla—. ¿Y tu esposo?

—Le he oído roncar desde mi habitación. Y doña Ángela se retiró hace horas.

Al tiempo que le contestaba, en la misma terraza, Isabel deslizó de sus hombros la camisa, que resbaló por su cuerpo hasta llegar al suelo, y se le mostró desnuda; le miró a los ojos, atrevida, orgullosa, invitándole a deleitarse en ella.

Hernando se quedó paralizado, ¡hasta la luna, con sus reflejos, parecía acariciar aquel cuerpo esplendoroso!

—Isabel... —susurró Hernando sin poder apartar la mirada de sus pechos, de sus caderas y de su vientre, de su pubis...

—Mañana te vas —musitó ella—. Eso me ha dicho Ponce. Sólo nos queda esta noche.

Hernando se acercó a Isabel y le tendió una mano para que entrase en la alcoba. Recogió su camisa y cerró las puertas de la terraza. Luego se volvió y fue a decirle algo, pero ella llevó uno de sus dedos hasta los labios de Hernando, pidiéndole así que no lo hiciera. Y le besó, dulcemente. Él trató de acariciarla, pero Isabel cogió sus manos y las separó de su cuerpo.

—Déjame a mí —le rogó.

¡Sólo le quedaba esa noche! Empezó a desabrocharle la camisa. ¡Quería hacerlo ella! ¡Anhelaba ese placer que tanto le había prometido Hernando! Se sorprendió al notar la firmeza de sus propias manos cuando acariciaron los hombros de Hernando para deslizar la camisa por su espalda. Luego besó su pecho y bajó las manos hasta sus calzas. Dudó un instante, tras el que se arrodilló frente a él.

Hernando suspiró.

Cuando Isabel llegó a conocer el cuerpo de Hernando, después de besarlo y lamerlo, se dirigieron al lecho. Durante un largo rato, la tenue luz de una única lámpara alumbró las siluetas de un hombre y una mujer, sudorosos y brillantes, que se hablaban en susurros, entrecortadamente, mientras se besaban, se acariciaban y se mordían sin urgencias. Fue Isabel quien le llamó a penetrarla, como si ya estuviera dispuesta, como si hubiera llegado a comprender, por fin, el sentido de todas aquellas palabras que tanto le había dicho Hernando. Y se fundieron en un solo cuerpo; los apagados jadeos de Isabel fueron aumentando hasta que Hernando trató de acallarlos con un largo beso, sin dejar de empujar, hasta que él mismo notó en su interior, apagado, reprimido por su beso, un aullido gutural que la mujer, extasiada, nunca hubiera llegado a imaginar que pudiera surgir de sus entrañas y que vino a confundirse con su propio éxtasis. Luego, durante un largo rato, se quedaron quietos, saciados, uno encima del otro, sin separarse, sin hablarse siquiera.

—Mañana me voy —dijo al fin Hernando.

—Lo sé —se limitó a contestar ella.

El silencio volvió a hacerse entre los dos, hasta que Isabel negó casi imperceptiblemente con la cabeza y deshizo el abrazo de sus cuerpos.

—Isabel…

—Calla —le suplicó la mujer—. Debo volver a mi vida. Dos veces has entrado en ella y dos veces he resucitado. —Ya sentada, Isabel acarició el rostro de Hernando con el dorso de sus dedos—. Debo regresar.

—Pero…

Ella llevó de nuevo uno de sus dedos a los labios de Hernando, rogándole silencio.

—Ve con Dios —susurró conteniendo el llanto.

Luego abandonó el dormitorio sin mirar atrás.

Hernando no quiso verla marchar y permaneció tumbado con la mirada perdida en el techo artesonado. Al cabo, cuando los sonidos de la noche granadina volvieron a hacerse presentes, se levantó y fue hacia la terraza, donde se perdió una vez más en la contemplación de la Alhambra. ¿Por qué no insistía? ¿Por qué no corría a ella y le prometía felicidad eterna? Pese a las advertencias de don Sancho y el peligro, había llegado a jugarse la vida por aquella mujer. ¿Acaso el mero hecho de lograr el placer con ella era suficiente? ¿Era amor lo que sentía?, se preguntó, turbado y confuso. Transcurrió el tiempo hasta que la esplendorosa alcazaba roja que se abría al otro lado del valle del Darro pareció contestarle: allí, de muchacho, en los jardines del Generalife, había soñado en bailar con Fátima. ¡Fátima! ¡No! No era amor lo que sentía por Isabel.

Los grandes ojos negros almendrados de su esposa le trajeron al recuerdo sus noches de amor: ¿dónde estaba aquel espíritu saciado, de dicha absoluta, de miles de silenciosas promesas con el que terminaban todas ellas?

Hernando dedicó el poco tiempo que restaba hasta el amanecer a finalizar los preparativos de la marcha. Luego bajó a las cuadras, para sorpresa del mozo, que ni siquiera había llegado a retirar el estiércol de las camas de los caballos.

—Limpia y embrídame a Volador —le ordenó—. Después, prepara también el caballo de don Sancho y las mulas. Partimos.

Se dirigió a la cocina, donde pilló al servicio desperezándose y desayunando. Cogió un pedazo de pan duro y lo mordió.

—Avisa a don Sancho —dijo a uno de sus criados— de que volvemos a Córdoba. Estad listos para cuando regrese. Tengo que ir a la catedral.

Descendió del Albaicín hacia la catedral. Granada se despertaba y la gente empezaba a salir de sus casas; Hernando montaba erguido, sin mirar a nada ni a nadie. En la catedral no encontró al notario, pero sí a un sacerdote que le ayudaba y que lo recibió de mala gana. Si volvía a Córdoba necesitaría una cédula que le permitiese moverse por los reinos, al modo de la que en su día le proporcionara el obispado de Córdoba para hacerlo por la ciudad.

—Decidle al notario —le encargó tras un frío saludo que Hernando hubiera incluso evitado— que debo volver a Córdoba y que me es difícil trabajar aquí en Granada, en un lugar tan implicado en los acontecimientos que debo narrarle. Yo personalmente le traeré mi informe y todos aquellos que puedan interesar al deán o al arzobispo. Decidle también que, como morisco que soy, necesitaré una cédula del obispado, o de quien sea menester, por la que se me autorice a moverme con libertad por los caminos. Que me la haga llegar a Córdoba, al palacio del duque de Monterreal.

—Pero una autorización... —trató de oponerse el sacerdote.

—Sí. Eso he dicho. Sin ella no habrá informes. ¿Lo habéis entendido? No os estoy pidiendo dinero por mi trabajo.

—Pero…

—¿Acaso no me he explicado con claridad?

Sólo le quedaba una gestión antes de emprender el regreso. Los granadinos ya atestaban las calles, y la alcaicería, junto a la catedral, recogía torrentes de personas interesadas en la compra o venta de sedas o paños. Don Pedro de Granada ya se habría levantado, pensó Hernando.

El noble lo recibió a solas, en el comedor, mientras daba buena cuenta de un capón.

—¿Qué te trae tan temprano por aquí? Siéntate y acompáñame —le invitó haciendo un ademán hacia los demás manjares que reposaban sobre la mesa.

—Gracias, Pedro. Pero no tengo apetito. —Se sentó junto al noble—. Parto hacia Córdoba y antes de hacerlo, necesitaba hablar contigo. —Hernando hizo un gesto hacia los dos criados que atendían la mesa. Don Pedro les ordenó que se fueran.

—Tú dirás.

—Necesito que me hagas un favor. He tenido una diferencia con el oidor.

Don Pedro dejó de comer y asintió como si ya lo previera.

—Como todos los leguleyos, es un hombre retorcido —afirmó.

—Tanto, que temo que pretenda vengarse de mí.

—¿Tan grave ha sido el asunto? —Hernando asintió—. Mal enemigo —sentenció entonces.

—Me gustaría que estuvieras al tanto de lo que hace o dice de mí, y que me mantuvieras informado. Podría tratar de perjudicarme ante el cabildo catedralicio. He pensado que debías saberlo.

El señor de Campotéjar apoyó los codos en la mesa y luego el mentón sobre las manos, con los dedos entrecruzados.

—Estaré alerta. No te preocupes —prometió—. ¿Debería saber cuál ha sido el problema?

—Es fácil de imaginar conviviendo con una beldad como la esposa del oidor.

El puñetazo sobre la mesa retumbó en el comedor y volcó un

par de copas. Al tiempo que golpeaba de nuevo la mesa, don Pedro soltó una carcajada. Los criados entraron extrañados, pero el noble volvió a despedirlos entre risotadas.

—¡Esa mujer era tan inexpugnable como la Alhambra! ¡Cuántos lo han intentado sin éxito! Yo mismo...

—Te ruego discreción —trató de calmarle Hernando, al tiempo que se preguntaba si habría hecho bien en contarle de sus amoríos.

—Por supuesto. Por fin alguien ha puesto al juez en su sitio —rió de nuevo—, y dándole donde más puede dolerle. ¿Sabías que gran parte de la fortuna del oidor proviene de los expolios que los escribanos hicieron a los moriscos cuando desempolvaron pleitos antiguos y les exigieron los títulos de propiedad de unas tierras que les pertenecían desde hacía siglos? Su padre trabajaba entonces como escribano de la Chancillería y, al igual que muchos otros, se aprovechó de todo ello. Ya tiene dinero, ahora pretende poder a través de la protegida de los Vélez. No puede interesarle un escándalo de ese tipo.

—¿No te pongo en un compromiso?

Don Pedro mudó el semblante.

—Todos tenemos compromisos, ¿no es cierto?

—Sí —aceptó Hernando.

—¿Estarás en contacto con nosotros?

—No lo dudes.

50

¿Qué más reliquias deseáis que las que tenéis en
aquellos montes? Tomad un puñado de tierra, ex-
primidla y verterá sangre de mártires.

El papa Pío IV al arzobispo de Granada,
Pedro Guerrero, que solicitaba
reliquias para la ciudad

Si a su regreso de Granada Hernando mantenía alguna esperanza de que la comunidad morisca de Córdoba hubiera sua-
vizado su postura respecto a él, ésta se esfumó enseguida:
gracias a la carta remitida a don Alfonso por el oidor, la noticia de
su intervención en el estudio de los mártires cristianos de las Alpujarras le había precedido. La solicitud del arzobispado se comentó en la corte de mantenidos del duque y poco tardó en llegar a
oídos de Abbas a través de los esclavos moriscos de palacio.

A los pocos días de su retorno, tras la insistencia de Hernando,
su madre consintió en hablar con él. Se la veía envejecida y encorvada.

—Eres el hombre —le aclaró en un tono inexpresivo cuando
Hernando acudió a la sedería—. La ley me exige obediencia, a
pesar de mis deseos.

Se hallaban los dos en la calle, a unos pasos del establecimiento en el que trabajaba Aisha.

—Madre —casi suplicó Hernando—, no es tu obediencia lo
que busco.

—Has sido tú quien ha logrado que me aumentaran el jornal, ¿no? El maestro no ha querido darme explicaciones. —Aisha hizo un gesto hacia la puerta. Hernando se volvió y vio al tejedor, que le saludó en la distancia y se mantuvo en la puerta, observándolos, como si esperara para hablar con él.

—¿Por qué no podemos recuperar nuestra…?

—Tengo entendido que ahora trabajas para el arzobispo de Granada —le interrumpió Aisha—. ¿Es eso cierto? —Hernando titubeó. ¿Cómo podían saberlo con tanta celeridad?—. Dicen que ahora te dedicas a traicionar a tus hermanos alpujarreños…

—¡No! —protestó él, con el rostro enrojecido.

—¿Trabajas para los papaces o no?

—Sí, pero no es lo que parece. —Hernando calló. Don Pedro y los traductores le habían exigido secreto absoluto acerca de su proyecto y él lo había jurado por Alá—. Confía en mí, madre —le rogó.

—¿Cómo quieres que lo haga? ¡Ya nadie confía en ti! —Los dos quedaron en silencio. Hernando deseaba abrazarla. Alargó una mano con la intención de rozarla, pero Aisha se apartó—. ¿Deseas algo más de mí, hijo?

¿Por qué no contárselo todo?

«¡Jamás a una mujer! —casi había gritado don Pedro después de que él plantease la posibilidad de confiar en su madre—. Hablan. No hacen más que parlotear sin comedimiento. Aunque sea tu madre.» Luego le había obligado a jurarlo.

—La paz sea contigo, madre —cedió, y retiró la mano.

Con un nudo en la garganta, la vio alejarse calle abajo, muy despacio. Luego carraspeó y se dirigió donde todavía lo esperaba el maestro tejedor, quien tras intercambiar los saludos de rigor, le exigió que cumpliera su palabra: la casa del duque debía comprarle mercadería.

—Te prometí interceder para que el duque se interesara en tus productos —le contestó Hernando—. Que compre o no ya no dependerá de mí.

—Si vienen, comprarán —asintió, señalando el interior de su tienda.

657

Hernando echó un vistazo: se trataba de un buen establecimiento. La luz, como era obligado, entraba a raudales por las ventanas abiertas, carentes de toldos o telas que las cubriesen, para que
los compradores apreciaran con claridad las mercaderías; las piezas
de terciopelo, raso o damasco se exponían al público sin ningún
reclamo o trampa que pudiera inducir a error.

—Estoy seguro de ello —afirmó Hernando—. Te agradezco lo
que has hecho por mi madre. Tan pronto como vea al duque…

—Tu señor —le interrumpió el tejedor— puede tardar meses
en volver a Córdoba.

—No es mi señor.

—Díselo a la duquesa entonces. —La expresión de Hernando
fue suficiente como para que el maestro frunciera el ceño—. Hicimos un trato. Yo he cumplido. Cumple tú —exigió.

—Lo haré.

¿Cómo no iba a cumplir?, se planteó tan pronto como dio la espalda al tejedor. Su madre no admitiría un real de su mano. No podía
consentir que ella viviera en la pobreza mientras él disponía de una
cuantiosa asignación. Era lo único que le quedaba, aunque lo rechazase.
Algún día podría decirle la verdad, trató de animarse mientras andaba
por delante de los poyos adosados a la pared ciega del convento de San
Pablo. El cadáver de una mujer joven encontrado en los campos por
los hermanos de la Misericordia, rodeado por un grupo de niños que
lo contemplaban boquiabierto, le recordó la época en que día tras día
acudía allí, conteniendo la respiración, a la espera de ver expuesto al
público el cuerpo de Fátima o el de alguno de sus hijos.

Fátima había vuelto a su recuerdo con una fuerza inusitada.
Días atrás, al abandonar Granada, en la vega, Hernando hizo un alto
y volvió grupa para contemplar la ciudad de los reyes nazaríes. Allí
quedaba Isabel. Sin embargo, aquellas nubes que se abrían por encima de la sierra y de cuyas caprichosas formas y colores tantas
predicciones extraían los ancianos le mostraron el rostro de Fátima.

Alguien, quizá don Sancho, había hecho ruido a sus espaldas,
como llamándole la atención para que continuaran el camino; el
hidalgo se mostraba seco y distante con él. Hernando no se volvió,
la vista puesta en esa nube que parecía sonreírle.

—Id vosotros. Ya os daré alcance —les dijo.

Habían transcurrido tres años desde que Ubaid había asesinado a Fátima y los niños, pensó Hernando. Acababa de conocer a otra mujer con la que había intentado alcanzar ese mismo cielo que se abría por encima de la nube, pero era Fátima quien se le presentaba, como si Isabel, en aquella Granada que casi podía tocar, le hubiera liberado y permitido abrir las puertas de un sentimiento que mantenía encerrado dentro de sí. Tres años. Hernando no lloró como lo había hecho tras la muerte de su esposa; ni las lágrimas ni el dolor vinieron a empañar las risas de ella, las dulces palabras de Inés o los delatores ojos azules de Francisco. Miró a la nube y siguió su recorrido en el cielo hasta que ésta se enredó con otra. Luego palmeó al caballo en el cuello y le obligó a volverse. El hidalgo y los criados se habían alejado. Pensó en azuzar a Volador para alcanzarles, pero prefirió seguirlos en la distancia, al paso.

El camarero del duque de Monterreal se llamaba José Caro y tenía cerca de cuarenta años, diez más que Hernando. Se trataba de un hombre estirado, serio y extremadamente escrupuloso en sus cometidos, como correspondía a una persona que había servido ya como paje al padre de don Alfonso, siendo sólo un niño. El camarero, a quien la jerarquía situaba sólo por debajo del capellán y del secretario, se hallaba al cuidado del guardarropa y demás atavíos y efectos personales del duque, amén de todo lo correspondiente al ornato y mantenimiento del palacio. José Caro era la persona a la que tenía que convencer para que se interesase en las sedas del maestro, pero durante los tres años que llevaba viviendo en el palacio ni siquiera había cruzado una docena de palabras con él.

Una tarde, Hernando lo vio en uno de los salones, impecablemente vestido con su librea, vigilando a un maestro carpintero que arreglaba un aparador desportillado. A su lado, una joven criada barría el serrín del cepillado antes incluso de que llegara a tocar el suelo.

Hernando se detuvo en la entrada del salón. «Necesito que acudáis a la tienda del maestro Juan Marco a comprar...», pen-

só que podía decirle. «¿Necesito?» «Me gustaría…, os ruego…»
¿Por qué? ¿Qué le contestaría si le preguntaba el porqué? Seguro
que lo haría. «Porque soy amigo del duque —podía contestarle—,
le salvé la vida.» Se imaginó entonces obligado a repetir ese argumento delante de doña Lucía y lo descartó de inmediato. Don Sancho le había enseñado muchas cosas, pero ciertamente nunca
llegó a darle ninguna lección acerca de cómo dirigirse a los criados con aquella autoridad de la que todos ellos hacían gala de manera natural. También pensó en acudir al hidalgo, pero éste no le dirigía la palabra tras su discusión sobre Isabel.

De repente se sintió observado. El camarero tenía la mirada
clavada en él. ¿Cuánto tiempo llevaba parado bajo el quicio de la
puerta?

—Buenos días, José —le saludó con una mueca que pretendía
ser una sonrisa.

La criada dejó de barrer y se volvió extrañada. El camarero le
contestó con una leve inclinación de cabeza y al instante devolvió
su atención al maestro.

La sorpresa que se reflejó en el rostro de la muchacha le confundió y Hernando cejó en su propósito. Lo cierto era que poco se
había prodigado en sus tratos durante los tres años pasados en palacio. Dio media vuelta y remoloneó por los patios del palacio hasta
que vio pasar a la criada.

—Acércate —le pidió. A medida que la muchacha lo hacía,
Hernando rebuscó en su bolsa—. Toma. —Le entregó una moneda
de dos reales. La criada aceptó el dinero con recelo—. Quiero que
vigiles al camarero y que me avises si sale del palacio por la noche.
¿Me has entendido?

—Sí, don Hernando.

—¿Sale por las noches?

—Sólo si no está Su Excelencia.

—Bien. Tendrás otra moneda más cuando cumplas tu encargo.
Me encontrarás en la biblioteca, después de cenar.

La muchacha asintió indicando que lo sabía.

Hernando salía a cabalgar todos los días. Procuraba levantarse temprano, antes que los hidalgos, que acostumbraban a hacerlo a media mañana, pero sobre todo trataba de evitar a doña Lucía. Llegó a la conclusión de que don Sancho le había contado a la duquesa sus amoríos con Isabel, puesto que del desdén que le mostraba, la mujer pasó a un odio que no podía disimular. En las pocas ocasiones en las que se encontraban en palacio, doña Lucía giraba el rostro, y a las horas de las comidas Hernando era sentado en el extremo más alejado de la mesa, casi sin acceso a los alimentos. Los hidalgos sonreían ante los esfuerzos del morisco por hacerse con algo de comida.

Así las cosas, desayunaba en abundancia y salía de Córdoba para perderse en las dehesas y disfrutar de la mañana. A menudo pasaba horas entre los toros, caminando a distancia, sin citarlos ni correrlos. El recuerdo de Azirat lanzándose sobre las astas de uno de ellos le perseguía; tampoco acudía a ver cómo los corrían los nobles en la ciudad. En otras ocasiones se cruzaba con los jinetes de las caballerizas reales y, con cierta nostalgia, los veía pelear con los potros de ese año. Después de comer se encerraba en la biblioteca. Tenía bastantes ocupaciones. Una era la de transcribir el evangelio de Bernabé, que había ido a buscar a casa de Arbasia; probablemente algún día tendría que compartir aquel descubrimiento y no estaba dispuesto a entregar el manuscrito. Leyó sus capítulos y preceptos en árabe, pero fue mientras los transcribía, cuando llegó a entender su verdadero significado. Ya en la anunciación, el ángel Gabriel no le dice a María que parirá a un ser divino, sino a alguien que indicará el camino. ¿Adónde?, se preguntó deteniendo la escritura. ¿A quién? Al verdadero Profeta, se contestó a sí mismo. Al igual que los musulmanes, ni Jesús ni su madre podían beber vino o comer cosas inmundas, y los ángeles no anunciaron a los pastores el nacimiento del Salvador, sino el de un Profeta más. En contra de los relatos de los evangelistas posteriores, Bernabé afirmaba que el propio Jesucristo, a quien llegó a conocer personalmente, nunca se llamó a sí mismo Dios o hijo de Dios, ni siquiera Mesías. No se consideraba más que un enviado de Dios que anunciaba la llegada del verdadero Profeta: Muhammad.

Otra de sus tareas consistía en preparar el memorial de los hechos acaecidos en Juviles para el arzobispado de Granada, que le recordó su compromiso haciéndole llegar la cédula especial a su nombre. Hernando no estaba dispuesto a traicionar a su pueblo, por más que así lo pensasen Abbas, sus adláteres o incluso su madre. Fue un morisco, el Zaguer, escribió, quien impidió la ejecución de todos los cristianos del pueblo; es más, si alguna matanza llegó a producirse realmente en Juviles, ésa no fue otra que la de más de mil mujeres y niños moriscos a manos de los soldados cristianos, añadió recordando con dolor la desesperada búsqueda de su madre y la casual salvación de Fátima y su pequeño Humam, entre los fogonazos y las humaredas de los arcabuces en la oscuridad de la plaza del pueblo.

Entre una y otra, asumiendo su compromiso, comunicándose mediante la inmensa red de arrieros moriscos, colaboraba con Castillo para el libro que versaba sobre don Rodrigo, el rey godo, que preparaba Luna. Su contribución consistía en proporcionar datos sobre la convivencia entre cristianos y musulmanes en la Córdoba califal. Se trataba de demostrar que en la época en que gobernaron los musulmanes, los cristianos, entonces llamados mozárabes, pudieron vivir en sus dominios y, lo que era más importante, practicar su fe dentro de una cierta tolerancia. Hernando llegó a comprobar que los mozárabes conservaron sus iglesias y sus templos, su organización eclesiástica y hasta su justicia. Por el contrario, ¿cuántas mezquitas quedaban en pie en las tierras del Rey Prudente? Los mozárabes no fueron obligados a convertirse; los moriscos, sí.

Aportó noticias sobre las iglesias de San Acisclo y San Zoilo, San Fausto, San Cipriano, San Ginés y Santa Eulalia; todas ellas quedaron en pie en el interior de la ciudad de Córdoba durante la dominación musulmana, si bien evitó hablar de la situación de sumisión en la que se encontraban los mozárabes —por lo menos podían seguir con sus creencias, arguyó para sí—, durante la terrible época del visir Almanzor.

Y si se cansaba de esas labores y deseaba disfrutar, se dedicaba al arte de la caligrafía. El tratado que encontró en el arcón junto al evangelio no era sino una copia de la obra *Tipología de escribas*, escrita por Ibn Muqla, el más grande de los que estuvieron al servicio de los califas de Bagdad. Entonces, al escribir, buscaba la perfección en el trazo y se sumía en un estado de espiritualidad sólo comparable a los momentos de oración.

—Has ofendido a Dios con tus imágenes de la palabra sagrada —se recriminó un día en el silencio de la biblioteca, consciente de la imperfección de su escritura y de la falta de magia en los caracteres que en lugar de dibujar, garabateaba en los ejemplares del Corán que copiaba.

Necesitaba hacerse con cálamos y aprender a cortar su punta, larga y ligeramente inclinada a la derecha, como indicaba Ibn Muqla; las plumas cristianas no eran suficientes para servir a Dios. No le sería difícil encontrar cañas con que hacerlo, pensó.

Sin embargo, también necesitaba esconder su cada vez más prolífico trabajo, lo que le obligaba a visitas frecuentes a la torre del alminar. Aprovechaba para ello la oscuridad, temiendo ser visto, consciente de que el menor descuido podía arrastrar fatales consecuencias. En el doble fondo de la pared de la torre, en la misma arqueta que había encontrado, tenía escondida la mano de Fátima, que había sacado del tapiz cuando halló aquel escondrijo y el evangelio y su copia. Por lo que se refiere a sus ensayos de caligrafía, los iba destruyendo en el fuego para que no quedara ni rastro de ellos. Sólo dejó a la vista el memorial al cabildo de Granada, que no tardó en ser inspeccionado, puesto que el capellán de palacio se empezó a sumar a sus solitarios desayunos y a interesarse por la opinión de Hernando, tan contraria a la causa de los mártires alpujarreños.

—¿Cómo te atreves a comparar una desgracia, el resultado de un malentendido que produjo la muerte de unas cuantas moriscas en la plaza del pueblo de Juviles, con el premeditado y vil asesinato de cristianos? —le preguntó un día el sacerdote con todo descaro.

—Veo que espiáis mi trabajo. —Hernando no dejó de comer. Ni siquiera se volvió hacia el capellán.

—Trabajar para Dios exige todo tipo de esfuerzos. El marqués de Mondéjar ya castigó aquellos asesinatos —insistió el cura—. Con ello se hizo justicia.

—El Zaguer hizo más que el marqués —adujo Hernando—. Evitó los asesinatos, impidió las muertes de los cristianos de Juviles.

—Pero éstas se produjeron igualmente —sentenció el sacerdote.

—¿Deseáis comparar? —preguntó el morisco, en tono audaz.

—No eres tú quien debe hacerlo.

—Tampoco vos —replicó Hernando—. Ya lo hará el arzobispo.

Una noche, empezaba a poner fin a su trabajo en el memorial cuando la criada se asomó a la biblioteca.

—El camarero de Su Excelencia acaba de salir de palacio —anunció la muchacha bajo el quicio de la puerta.

Hernando recogió los papeles, se levantó del escritorio, buscó la moneda prometida y se la entregó.

—Lleva estos papeles a mi dormitorio —dijo, entregándole el memorial—. Y gracias - -añadió en el momento en que la criada cogía papeles y dineros. Ella le contestó con una tímida sonrisa. Hernando se fijó en que tenía una cara bonita—. ¿Tienes idea de qué es lo que acostumbra a hacer, de adónde va? —aprovechó para preguntarle entonces.

—Se rumorea que le gustan los naipes.

—Gracias de nuevo.

Se apresuró hacia la salida. Al llegar al patio al que daba el salón preferido de la duquesa, oyó a uno de los hidalgos leyendo en voz alta para los demás. Procuró cruzarlo rápido y sin ser visto: al amparo de las sombras de las galerías contrarias, salió a una fresca noche de otoño. No tuvo tiempo de hacerse con una capa. Hacía más de diez años que no pisaba una casa de tablaje y no quería perder al camarero en la oscuridad de las calles cordobesas. ¿Subsistirían todavía aquellas en las que trabajó como encerrador, llevando a los palomos para que fueran desplumados? En cualquier caso el camarero debía dirigirse hacia la zona de la Corredera o la del Potro; para eso tenía que cruzar la vieja muralla árabe que separaba la medina de la axarquía y los dos únicos pasos que existían eran a través del portillo del Salvador o por el de Corbache. Hernando optó por el primero. Tuvo suerte y distinguió la silueta del camarero en el momento en que éste era abordado por los pobres que se refugiaban bajo el arco real a pasar la noche. A la luz de las velas permanentemente encendidas en honor de un eccehomo que estaba en un nicho cerrado bajo el arco, vislumbró a José Caro rodeado de un grupo que pedía limosna y le agarraba impidiéndole el paso. Preparó una moneda de blanca, y cuando el camarero logró zafarse de los mendigos y proseguir su camino hacia el portillo del Salvador, él se encaminó al arco real.

El asedio se repitió con el morisco. Hernando alzó la moneda y la arrojó a sus espaldas. Cuatro de ellos se lanzaron tras la blanca y él pudo eludir sin problemas a los otros dos que suplicaban otra moneda.

José Caro se dirigió a la zona del Potro. ¿Dónde si no?, sonrió Hernando, que le seguía a cierta distancia, escuchando sus pasos en la oscuridad o entreviendo su figura al pasar junto a algún altar iluminado. Estuvo a punto de perder la pista del hombre al toparse con la gente, el bullicio y la vida que rebosaba la plaza. ¿Cuánto tiempo hacía que no pasaba una noche en el Potro? Buscó al camarero entre la multitud. Dio un paso, pero un muchacho se interpuso en su camino.

—¿Vuestra excelencia busca una casa de tablaje donde ganar un buen dinero? Yo puedo indicaros la mejor...

Hernando sonrió.

—¿Ves a aquel hombre? —le interrumpió señalando al camarero, que doblaba la calle para dirigirse hacia la de Badanas. El muchacho asintió—. Si me dices adónde va, te pagaré una moneda.

—¿Cuánto?

—Se te escapará —le advirtió.

El muchacho salió corriendo y Hernando se dejó llevar por los recuerdos: la mancebía y Hamid; Juan el mulero; Fátima derrotada, escupiendo el caldo que Aisha trataba de introducirle en la boca; él mismo, corriendo tras los clientes de las casas de tablaje...

—Ha entrado en el garito de Pablo Coca. —Las palabras del chico le devolvieron a la realidad—. Pero yo puedo llevaros a una casa mejor; en ésa no juegan limpio.

—¿Hay alguna en la que se juegue limpio? —ironizó. No conocía la de Coca; cuando él frecuentaba esos barrios, el establecimiento no existía.

—¡Claro que sí! Yo os llevo…

—No te esfuerces. Iremos a la de Coca.

—¿Iremos? —preguntó el muchacho, extrañado.

—Dentro de un rato. Me indicarás dónde está. Entonces te pagaré.

Esperaron el tiempo suficiente como para que diera la impresión de un encuentro casual y, tras pagar al muchacho después de que éste le señalara una oscura y angosta entrada, Hernando mostró un par de escudos de oro a los porteros y se deslizó hacia el interior de un lugar de considerables dimensiones, disimulado en la trastienda del establecimiento de un fabricante de cepillos para cardar. Cerca de medio centenar de personas, entre tahúres, fulleros, mirones, contadores y demás gentes del naipe o de los dados, se arrimaban a varias tablas de juego, corriendo de una a otra. De no ser por el bullicio que reinaba en la zona del Potro, el griterío del interior del local hubiera llegado a cruzar las paredes del dormitorio del propio corregidor de la ciudad.

Paseó la mirada por el local hasta que dio con el camarero, sentado a una mesa y ya rodeado por un par de mirones a sus espaldas. ¿Sería un tahúr entendido en el juego o un ingenuo palomo al que en algunas ocasiones permitían ganar para desplumarlo cuando iba cargado de dinero? Una muchacha le ofreció un vaso de vino y él lo cogió. La casa invitaba; convenía que aquel que entraba con monedas de oro bebiera y se sentara a jugar. Rodeó las tablas interesándose por ver a qué se jugaba en cada una de ellas: dados, la treinta, la primera de Alemania o la andaboba. Llegó a la de José Caro y se detuvo al otro lado de la mesa. Observó el juego: la veintiuna. Hernando tardó poco en comprender que José Caro no era más que un palomo. Detrás del camarero de palacio se había apostado un mirón, ataviado con un jubón y un cinturón en los que lucía pequeñas piezas de metal bruñidas como adorno. El fullero que se sentaba al otro lado de la tabla y que actuaba como banca aprovechaba para mirar de reojo los espejos del jubón y el cinturón de su cómplice, que reflejaban el punto de José Caro. Hernando negó casi imperceptiblemente; ¡todos los demás puntos de la tabla parecían saberlo y todos cobrarían su beneficio por ayudar al fullero a desplumarle! El camarero destapó su juego, un as y una figura: veintiuna. Ganó una buena mano. Querían que se confiase.

—Eres muy caro de ver. —Hernando se volvió hacia el hombre que le hablaba y frunció el ceño, tratando de reconocerle—. Desapareciste, y pensé que te había sucedido algo, pero es evidente que no. Vuelves vestido como un noble y con monedas de oro.

—¡Palomero!

Varios de los jugadores de la tabla, el camarero incluido, levantaron la mirada hacia el recién llegado que así trataba al dueño del garito. Pablo Coca le hizo un gesto para que evitase aquel mote.

—Ahora soy el coimero —susurró—. Debo velar por mi reputación.

—Pablo Coca —murmuró Hernando para sí. Nunca había llegado a saber el nombre de aquel joven capaz de embaucar al jugador más renuente. Los tahúres volvieron a sus apuestas. José Caro, intrigado por la presencia del morisco, lo miraba de reojo—. Tienes un buen garito —añadió—; debe de costarte mucho dinero en sobornos a los justicias y alguaciles.

—Como siempre —rió Pablo—. Ven, deja ese bebedizo de uva, que cataremos un buen vino.

Hernando le acompañó a una zona algo retirada de las tablas, donde, tras una tosca mesa, un hombre, protegido por otros dos malcarados con armas al cinto, hacía cuentas y contaba dineros. Pablo sirvió dos vasos de vino y brindaron.

—¿Qué haces por aquí? —le preguntó después de entrechocar los vasos.

—Quiero obtener un favor del jugador de la veintiuna… —le confesó Hernando con franqueza.

—¿El camarero del duque? —le interrumpió Pablo—. Es uno de los más blancos que aparecen por aquí. Como no te apresures a hablar con él, le ganarán hasta el último real y no estará muy dispuesto para entender de favores.

Hernando miró hacia la tabla. El camarero estaba pagando una apuesta a la banca. Otro discutía la jugada y se enzarzó a puñetazos con un tercero. Al instante dos hombres acudieron a la mesa, los separaron y los conminaron a calmarse. El morisco no quiso pensar en lo alejado que estaba en ese momento de la ley musulmana: bebiendo, en una casa de juego… ¿Por qué era tan difícil poder ser fiel a sus creencias?

—Si te interesa que esté de buen humor, déjale perder un poco más. Ya te han visto conmigo. Cuando te sientes, cambiarán los tahúres y podrás hacer lo que quieras. ¿Sabes hacer fullerías? ¿Así te has ganado la vida? ¿En Sevilla?

—No. Sé lo que un día, hace muchos años, me contó un buen compañero. —Hernando le guiñó un ojo—. No deben haber cambiado mucho, ¿no? A partir de ahí… que la suerte reparta.

—Ingenuo —sentenció Pablo.

Charlaron durante un buen rato y Hernando le habló sobre su vida. Luego se dirigieron a la tabla en la que el camarero ya casi carecía de resto. Pablo hizo una seña al jugador que estaba sentado a la derecha del camarero, que se levantó para ceder su lugar al morisco. José Caro hizo ademán de hacer lo mismo, pero Hernando se lo impidió poniendo una mano en su antebrazo y obligándole a sentarse.

—A partir de ahora podrás jugar sólo contra el azar —le susurró al oído.

Algunos jugadores de la tabla se levantaron; otros nuevos se sentaron.

—¿Qué pretendes decir? —le contestó el camarero mientras se producía el relevo de jugadores—. He estado bien atento a que no se hicieran fullerías.

—No pretendo molestarte. Lo que intento decirte es que esto no es como jugar con la duquesa, a real la mano. Nunca te sientes delante de un hombre con espejos. —Hernando le señaló con el mentón al del jubón adornado que había permanecido tras él y que, algo apartado de la tabla, recibía sus beneficios de manos del tahúr ganador. Otros jugadores, que habían presenciado en silencio la estratagema, esperaban su parte.

El camarero, irritado, fue a dar un golpe sobre la mesa, pero Hernando le detuvo.

—Nada conseguirás ahora. La partida ha terminado.

—¿Qué pretendes? ¿Por qué me ayudas?

—Porque quiero que te intereses por las mercaderías del maestro tejedor Juan Marco, ¿conoces su establecimiento? —El camarero asintió. Iba a decir algo, pero Hernando no se lo permitió—. No estás obligado a comprar. Sólo pretendo que lo visites.

La tabla se recompuso y nueve jugadores se sentaron a ella. Uno cogió los naipes y se dispuso a repartir, pero Hernando lo detuvo.

—Baraja nueva —exigió.

Pablo ya la tenía preparada. Hernando se hizo con la vieja, que el jugador arrojó con disgusto sobre la mesa, y se la entregó al camarero.

—Guárdala. Luego te enseñaré un par de cosas.

El cambio de baraja desanimó al hombre que iba a repartir y a otro tahúr, que abandonaron la partida. En presencia de Pablo Coca, jugaron a la veintiuna, dos cartas a cada jugador contra otro que tenía la banca; el que se acercara más a veintiún puntos, el as contando uno u once indistintamente, las figuras diez y los demás naipes su valor, ganaba a la banca si lograba acercarse más que ésta al citado número, o si ésta se pasaba. La suerte cambió y el camarero se recuperó de sus pérdidas; incluso invitó a Hernando, que se mantenía sin ganar ni perder, a un vaso de vino.

Fue en un momento en que Hernando dudaba en la cantidad a apostar. Empezaba a estar aburrido de unas cartas anodinas y manoseó su resto. Miró hacia la banca. Pablo estaba tras el tahúr, erguido y serio, controlando el juego, pero el lóbulo de su oreja derecha se movió de forma imperceptible. Hernando reprimió un gesto de sorpresa y apostó fuerte. Ganó. Con una sonrisa, recordó entonces la afirmación del coimero: ¡lo llevaban en la sangre!

—Compruebo que por fin aprendiste del Mariscal —le comentó Hernando al final de la partida, cuando él y el camarero se despedían de Pablo Coca. El morisco había ganado una cantidad considerable; su compañero había logrado resarcirse un poco de sus pérdidas anteriores.

—¿Qué es eso del Mariscal? —intervino José Caro.

Los viejos compañeros cruzaron sus miradas, pero ninguno contestó. Hernando sonrió al simple recuerdo de las constantes y grotescas muecas del joven Palomero cuando trataba de mover el lóbulo de su oreja y le tendió la mano. El camarero hizo lo propio y se adelantó unos pasos.

—No sé si este dinero está bien ganado —aprovechó para decirle Hernando a Pablo mientras sopesaba su bolsa.

—No te tortures. Tampoco creas que ha sido una partida limpia. Todos han intentado una u otra fullería. Lo que pasa es que no eres más que un simple palomo como tu compañero y ni te has enterado. Los tiempos cambian y las trampas son cada vez más complicadas.

—Ahora no debo… —Hernando se volvió hacia el camarero, detenido unos pasos más allá—. Otro día te daré tu beneficio.

—Eso espero. Es la ley de la tabla, lo sabes. Vuelve siempre que quieras. Hace tiempo que el Mariscal y su socio fallecieron llevándose su secreto a la tumba, por lo que la flor de mover la oreja sólo la conocemos tú y yo. Nunca he querido decírselo a nadie ni utilizarla; no habría podido llegar a poseer un garito. Nadie puede pillarnos. Me costó Dios y ayuda aprender su truco —suspiró al tiempo que le señalaba al camarero, que esperaba.

Hernando se despidió una vez más, alcanzó al camarero y los dos se encaminaron a palacio.

—¿Irás a ver al tejedor? —le preguntó al cruzar la plaza del Potro, que presentaba el mismo bullicio que él recordaba.

—Tan pronto como me enseñes las flores de esta baraja.

51

E se año la reina de Inglaterra, Isabel Tudor, «permitió» la ejecución de la de Escocia, la católica María Estuardo. Indignado, y en defensa de la fe verdadera, Felipe II dio el impulso definitivo a su idea de armar una gran flota al mando de Álvaro de Bazán, marqués de Santa Cruz, con la que conquistar Inglaterra y someter a los herejes protestantes. A pesar de la intervención de sir Francis Drake, el intrépido pirata inglés que en abril capitaneó un ataque sorpresa en la bahía de Cádiz, provocando el hundimiento o el incendio de cerca de treinta y seis navíos españoles, y que se mantuvo por la zona interceptando numerosas barcazas y carabelas que transportaban material para la flota del rey español, Felipe II siguió adelante con su proyecto.

La Grande y Felicísima Armada que por designio de Dios, al decir de su embajador en París, debía dirigir el rey Felipe contra los herejes, exacerbó también la religiosidad del pueblo y de la nobleza española, siempre ávida por vencer en nombre de Dios a unos ancestrales enemigos como los ingleses, que además resultaban ser los aliados de los luteranos de los Países Bajos en su guerra contra España. Don Alfonso de Córdoba y su primogénito, que ya contaba veinte años, se prepararon para embarcar junto al marqués de Santa Cruz en la nueva cruzada.

Pero al mismo tiempo que los preparativos para la guerra con Inglaterra, llegaron noticias preocupantes para los moriscos. Desde la junta celebrada en Portugal seis años antes, en la que Felipe II había estudiado la posibilidad de embarcarlos a todos y hundirlos en alta mar, se redactaron varios memoriales que aconsejaban la detención de los moriscos y su posterior envío a galeras. Y en ese año de preparativos bélicos se alzó una de las voces más autorizadas del reino de Valencia, la del obispo de Segorbe, don Martín de Salvatierra, quien, apoyado por algunos personajes de igual parecer, dirigió un memorial al consejo en el que proponía lo que a su entender constituía la única solución: la castración de todos los varones moriscos, ya fueran adultos o niños.

Hernando sintió un escalofrío al tiempo que notaba cómo se le encogían los testículos. Acababa de leer la carta remitida por Alonso del Castillo desde El Escorial, en la que éste le comunicaba el contenido del informe del obispo Salvatierra.

—¡Perros cornudos! —masculló en el silencio y la soledad de la biblioteca del palacio del duque.

¿Serían capaces algún día los cristianos de llevar a cabo tan horrendo acto? «Sí. ¿Por qué no?», se contestaba Castillo en la carta ante esa misma pregunta. Hacía tan sólo quince años que el propio Felipe II, instigador de revueltas y protector de la causa católica en Francia, había reaccionado con entusiasmo al saber de la matanza de la noche de San Bartolomé, en la que los católicos aniquilaron a más de treinta mil hugonotes. Si en un conflicto religioso entre cristianos, aducía el traductor en su carta, el rey Felipe era capaz de mostrar públicamente su alegría y satisfacción por la ejecución de miles de personas —quizá no católicas, pero cristianas al fin y al cabo—, ¿qué misericordia podría esperarse de él si los condenados no eran más que un hatajo de moros? ¿Acaso no había considerado el monarca español la posibilidad de ahogarlos a todos en alta mar? ¿Movería un solo dedo el Rey Católico si el pueblo se levantaba y, siguiendo los consejos de ese memorial, se lanzaba a castrar a todos los varones moriscos?

Releyó la carta antes de arrugarla con violencia. Luego la destruyó tal y como hacía con todas las comunicaciones que recibía del traductor. ¡Castrarlos! ¿Qué locura era aquélla? ¿Cómo un obispo, adalid de aquella religión que ellos mismos tildaban de clemente y piadosa, podía aconsejar esa barbaridad? De repente, su trabajo para Luna y Castillo se le mostró de todo punto intrascendente; los sucesos se les adelantaban a un ritmo vertiginoso, y para cuando Luna hubiera puesto fin a su panegírico acerca de los conquistadores musulmanes, hubiera obtenido la licencia necesaria para su publicación, y por fin el texto llegara a ojos de los cristianos, ya los habrían exterminado de una forma u otra. ¿Y si Abbas y los otros moriscos que eran partidarios de una revuelta armada pudieran llegar a tener razón?

Se levantó del escritorio y paseó por la biblioteca, arriba y abajo, ofuscado, retorciéndose las manos, mascullando improperios. Le hubiera gustado poder comentar esas noticias con Arbasia, pero el maestro había abandonado Córdoba hacía ya unos meses para pintar en el palacio del Viso, contratado por don Álvaro de Bazán, marqués de Santa Cruz. Había dejado tras de sí una majestuosa capilla del Sagrario en la que destacaba la para él enigmática figura que se apoyaba en Jesucristo durante la Santa Cena.

—Lucha por tu causa, Hernando —recordaba que le animó, ya montado en una mula, de la mano de un arriero.

¿Cómo luchar contra la propuesta de castrarlos?

—¡Perros hipócritas! —gritó en el silencio de la biblioteca.

¡Hipócrita! Así había descrito Arbasia al propio rey Felipe en uno de sus encuentros. «Vuestro piadoso rey no es más que un hipócrita», le dijo sin ambages.

—Poca gente sabe —le contó después— que el rey Felipe está en posesión de una serie de cuadros eróticos que encargó en persona al gran maestro Tiziano. Tuve oportunidad de ver uno de ellos en Venecia, una obra de arte en la que Venus, desnuda, se aferra lascivamente a Adonis. Son varios los cuadros que pintó para el monarca cristiano, con diosas desnudas en diferentes posturas. «Para que le resulten más agradables a la vista», le escribió el maestro a tu rey. Nunca una mujer cristiana osaría lanzarse sobre su esposo tal cual lo hace la Venus de Tiziano. —Por unos instantes, Hernando dejó vagar sus recuerdos hacia Isabel—. ¿Qué piensas? —le preguntó el pintor al verlo pensativo.

—En las mujeres cristianas —trató de excusarse—. En su situación…

—Vosotros no tenéis en mayor consideración a las mujeres. Sólo son vuestras prisioneras, incapaces de hacer nada por sí mismas, ¿no es eso lo que dijo vuestro Profeta?

Hernando asintió en silencio.

—Sí —reiteró tras pensar en ello—, ambas religiones las han apartado. En eso nos parecemos. Tanto es así, que hasta en la Virgen María convenimos: cristianos y musulmanes creemos en ella en forma similar. Pero es como si el hecho de coincidir en una mujer, aunque sea la madre de Jesús, careciera de importancia...

Hernando detuvo su pesaroso deambular por la biblioteca de palacio al recuerdo de la conversación sostenida con Arbasia. ¡La Virgen María! Aquél era, verdaderamente, un punto de unión entre cristianos y musulmanes. ¿Para qué empeñarse en demostrar la benevolencia de los conquistadores árabes para con los cristianos, como pretendía Luna, si disponían de un elemento de entronque indiscutible para ambas comunidades? ¿Qué mejor argumento que ése? ¡Hasta el evangelio de Bernabé coincidía con la versión que presentaban aquéllos manipulados por los papas y que los cristianos defendían como verdaderos! ¿Por qué no iniciar ese camino de unión que permitiera la convivencia entre las dos religiones a través de la única persona en la que todos parecían estar de acuerdo? España entera vivía una época de devoción mariana rayana en el fanatismo; eran constantes las exigencias a Roma para que declarase dogma de fe la concepción inmaculada de María. Ni siquiera Dios, el mismo para ambas religiones, el Dios de Abraham, podía llegar a suscitar la misma unanimidad: los cristianos lo habían desvirtuado con su doctrina de la Santísima Trinidad.

Durante algunos días no pudo concentrarse en sus labores. Ya había mandado a Granada su memorial sobre las matanzas de Juviles y, para su sorpresa, puesto que creía que tras leerlo renunciarían a su colaboración, el cabildo le solicitó información acerca de los sucesos de Cuxurio, donde Ubaid había arrancado el corazón de Gonzalico. ¿Cómo iba a excusar aquella carnicería? Allí ningún caudillo morisco había detenido las matanzas. Dejó de lado la transcripción del evangelio de Bernabé y los escritos para Luna y se empeñó en la caligrafía. Había conseguido unas buenas cañas con las que fabricar cálamos con la punta ligeramente inclinada hacia la derecha, como recomendaba Ibn Muqla; sin embargo, le costaba encontrar el punto exacto en que debía tallar esa curvatura, y por las mañanas, mientras Volador ramoneaba en las dehesas, él se apoyaba en un árbol y empezaba a cortar las puntas de las cañas que después probaría en la biblioteca.

Pero la caligrafía ya no lograba aplacar su ansiedad. No se hallaba en la disposición de ánimo necesaria para encontrarse con Dios a través de los dibujos. Después del día en que creyó haber encontrado la solución a través de Maryam, las dudas le asaltaron. ¿Cómo hacerlo? ¿Tenía razón? ¿Cómo presentarlo a los cristianos para que tuviese el eco necesario? ¿Cómo podía, él solo, afrontar tal proyecto?

Sin embargo, la realidad estaba ahí. Desde el día en que fuera al garito de Pablo Coca siguiendo al camarero, quien cumplió con su palabra y acudió al establecimiento del maestro tejedor tras las explicaciones que Hernando le proporcionó acerca de las tretas que utilizaban los fulleros para marcar los naipes —tiznándolos, con diminutas marcas sobre ellos, o con naipes de unas medidas diferentes, imperceptibles, a las del resto del mazo—, Hernando había vuelto en varias ocasiones a jugar; algunas lo hizo solo, otras acompañado por el camarero. Sabía que estaba incumpliendo el mandato que prohíbe el juego, pero ¿cuántos mandamientos más se veía obligado a incumplir en aquellas tierras?

Una noche trataba de ajustar las medidas de las letras a un alif previamente dibujado. Rodeó la primera letra del alifato árabe con una circunferencia en la que el alif era su diámetro, y se ejercitó en trazar las demás conforme al canon que marcaba aquella circunferencia. No llevaba ni media hora de ejercicio cuando comprobó que por más que se esforzase, no conseguía que la ba, horizontal y curvada, se circunscribiese a las medidas de aquella circunferencia ideal ni a la posición que debía ocupar en el plano con respecto al alif.

Rompió los papeles, se levantó y decidió ir a jugar al garito de

Coca pese a que le tocaba perder. Llevaba dos noches perdiendo y aun así, Pablo le anunció que todavía debería hacerlo otra más.

—No puedes ganar siempre —le había advertido—. Es posible que nadie reconozca nuestra flor, pero todos pensarían que algo extraño sucede si siempre ganas y no tardarían en asociarte conmigo. Por más que me mueva de una tabla a otra, saben que eres mi amigo. Deja que corran los dineros.

A partir de ahí, Pablo le marcaba los días en que obtendría beneficio, ganancias que por otra parte siempre eran muy superiores a la suma de las pérdidas acumuladas. Con todo, Hernando se distraía en la casa de tablaje. Por más que hubiera aprendido, jugaba como un verdadero palomo y apostaba sin sentido salvo en el momento en el que el lóbulo de la oreja del coimero se movía. Además, cuando salía de la tabla, aprovechaba para visitar la mancebía, donde disfrutaba con una joven pelirroja de cuerpo exuberante y actitud lujuriosa. Antes de abandonar el palacio preguntó por el camarero, ya que le gustaba tenerlo a su lado el día en que le tocaba perder; así al menos podía charlar con alguien conocido. El duque se hallaba fuera, en la corte, preparando la invasión de Inglaterra y José Caro acudió presuroso.

—No pareces de buen humor —comentó el camarero al cabo de un rato de caminar en silencio.

—Lo siento —se excusó Hernando.

Sus pasos resonaban en las desiertas callejuelas del barrio de Santo Domingo. Andaban con energía, el camarero permitiendo que los eslabones y la vaina de su daga entrechocasen y tintineasen, para advertir a quienes pudieran estar embozados en la oscuridad de las noches cordobesas que se trataba de dos hombres fuertes y armados. Hernando llevaba un simple puñal escondido en su marlota, violando la prohibición para los moriscos de portar armas.

Ciertamente no estaba de buen humor. La idea de utilizar a la Virgen María para acercar a las dos comunidades seguía rondándole por la cabeza, pero todavía ignoraba cómo desarrollarla y no tenía con quién comentarla. Uno de los muchos altares que iluminaban Córdoba en la noche asomó al final de la calle por la que transitaban. Si durante el día la multitud de retablos, hornacinas e imágenes de las calles de la ciudad atraían los rezos y súplicas de los devotos cristianos, por la noche se erigían en verdaderos fanales que parecían indicar algún camino más allá de la oscuridad reinante. Se trataba de un retablo en la fachada de una casa, con velas encendidas, flores y una serie de exvotos a sus pies. Hernando se detuvo frente a la pintura: la Virgen del Carmen.

—Virgen santísima —murmuró José Caro.

—A ella no le tocó el pecado —susurró Hernando repitiendo inconscientemente las palabras del Profeta contenidas en los hadices.

—Así es —afirmó el camarero mientras se santiguaba—: pura y limpia, sin pecado concebida.

Continuaron su camino, Hernando absorto en sus pensamientos. ¿Acaso aquel cristiano podía llegar a imaginar que su afirmación sobre la Inmaculada Concepción no procedía sino de la Suna, la recopilación de dichos del Profeta? ¿Qué pensaría aquel hombre si le explicase que el reconocimiento como dogma de la Inmaculada Concepción por el que tanto luchaban los cristianos ya se hallaba contenido en el Corán? ¿Qué pensaría el camarero si le dijese que fue el Profeta quien sostuvo que a la Virgen nunca le tocó el pecado? ¿Qué pensaría ante la consideración en que el Profeta tenía a Maryam? «Tú serás la señora de las mujeres del paraíso... —anunció Muhammad a su hija Fátima cuando vio que la hora de su muerte estaba cerca—, después de Maryam.»

Hernando aligeró el paso. ¡Aquél era el camino que debían seguir para acercar las religiones y obtener el respeto que pretendían don Pedro y sus amigos para los moriscos! ¡Tenía que conseguirlo!

Obsesionado por esa idea, tuvo conocimiento de que ese mismo año de 1587 se había descubierto otra conjura entre moriscos de Sevilla, Córdoba y Écija, que querían aprovechar la carencia de defensas de la capital para hacerse con la ciudad hispalense durante la noche de San Pedro. Los cabecillas fueron ejecutados de forma sumaria; Abbas no se hallaba entre ellos, pero varios vecinos de Córdoba corrieron esa suerte. ¡Las armas! Jamás conseguirían con las armas otra cosa que no fuera soliviantar aún más a los cristianos y a su rey, pensó. ¡Querían castrarlos! ¿Acaso no se daba cuenta de ello la comunidad morisca y los ancianos y sabios que la dirigían?

Hernando por fin había pergeñado un plan: los granadinos buscaban mártires y reliquias, las necesitaban para hacer de su ciudad cuna de la cristiandad y compararse a los grandes centros de peregrinación de España: Toledo, Santiago de Compostela, Sevilla... ¿Por qué no proporcionárselos? Así se lo propuso a Castillo en una larga misiva.

Creemos en el mismo Dios, el de Abraham —escribió—. Para nosotros, su Jesucristo es el Mesías, la Palabra de Dios y el Espíritu de Dios, así lo afirma el Corán, muchas veces. ¡Isa es el Enviado!, lo dijo Muhammad, la salvación sea con Él. ¿Saben eso los cristianos? Nos juzgan como simples perros, como si fuésemos mulas ignorantes; ninguno de ellos se ha preocupado por conocer cuáles son nuestras verdaderas creencias y los polemistas, nuestros o suyos, con sus escritos y discusiones, profundizan más en todo aquello que nos separa que en lo que pudiera llegar a unirnos. Todos sabemos que trescientos años después de su muerte, la naturaleza divina de Jesús fue adulterada por los papas. Él, Isa, nunca se llamó Dios o Hijo de Dios, nunca defendió más que la existencia de un Dios, solo y único, como hacemos nosotros. Pero si la naturaleza divina de Jesús fue falseada por los papaces, no sucedió lo mismo con la de su madre. Quizá el hecho de que fuera mujer la relegó a un segundo plano y no se preocuparon de ella; aún hoy los papas, pese al clamor del pueblo, se resisten a elevar a dogma de fe la Inmaculada Concepción. Es, pues, en María donde nuestras dos religiones continúan coincidiendo, y quizá sea a través de María como podamos acercar a nuestras dos comunidades. Las polémicas sobre la Virgen giran en torno a su genealogía, no en cuanto a su consideración. Si el pueblo y sus sacerdotes, esos mismos que hoy nos consideran unos perros herejes, entienden que veneramos a la madre de Dios igual que ellos, quizá se replanteen sus posturas. La devoción mariana se halla a flor de piel en el pueblo llano; ¡no pueden odiar a quienes comparten con ellos esos sentimientos! Quizá sea ése el principio de entendimiento que con tanto ahínco buscamos.

Luego, Hernando desveló a Castillo, como si lo hubiera hallado entonces, la existencia de la copia del evangelio de Bernabé.

Con toda seguridad, un documento como el evangelio sería inmediatamente tachado de apócrifo, hereje y contrario a los principios de la Santa Madre Iglesia si viera la luz sin una previa estrategia. Empecemos a convencer a los cristianos de cuáles son nuestras creencias y cuál es la realidad; preparémosles para su conocimiento y algún día podremos mostrarlo para, por lo menos, sembrar en ellos la duda y conseguir un trato más benevolente y misericordioso.

El traductor real no tardó en contestarle. Una mañana, un arriero venido especialmente de El Escorial, le salió al paso a las afueras de Córdoba y le entregó una carta. Hernando galopó hasta las dehesas, buscó un lugar escondido, desmontó y se enfrascó en la contestación de Castillo.

En el nombre de Alá, el Clemente, el Misericordioso, el que indica el camino recto. Muchos de nuestros hermanos, por contrariar a los cristianos, han olvidado cuanto dices en tu carta. Pero tienes razón: con la ayuda de Dios, éste puede ser un buen camino para intentar acercarnos los unos a los otros y que la paz reine entre los dos pueblos. Espero con ansiedad poder leer ese evangelio del que me hablas. En el decreto gelasiano del siglo VI sobre «libros aprobados y no aprobados», la Iglesia ya hace referencia, calificándolo de apócrifo, a un evangelio de san Bernabé. Estoy contigo en que el conocimiento de ese texto, sin una previa preparación, no nos llevaría a ningún sitio. Granada es el lugar. Empieza en ella. Proporciónales pruebas de esa tradición cristiana que tan desesperadamente buscan y aprovecha entonces para sembrar todo aquello que un día pueda llevarlos a la Verdad. La Virgen, cierto, pero acuérdate también de san Cecilio. San Cecilio fue el primer obispo de Granada, supuestamente martirizado en época del emperador Nerón. San Cecilio y su hermano, san Tesifón, eran árabes. Utiliza por lo tanto nuestra lengua divina; que los cristianos encuentren su pasado a través de la lengua universal, pero hazlo ambiguamente, en forma tal que tus escritos se presten a diversas interpretaciones.

Recuerda que ya en los primeros tiempos no se utilizaban vocales, ni signos diacríticos, en la escritura. Cuando estés preparado, mándame aviso. La paz sea contigo y que Dios te guíe.

Rompió la carta y montó sobre Volador. El cielo amenazaba tormenta. ¿Cómo hacerlo? A lo largo de su vida había engañado a mucha gente. Siendo muchacho, haciéndose con dineros para trocar a Fátima por una mula e incluso ahora, apostando en el momento en que Pablo movía la oreja... Pero engañar a todo un reino, ¡a la Iglesia católica! Una lluvia fresca empezó a caer con insistencia. Hernando continuó al paso, imaginándose que iniciaba una gran partida él solo. Una partida que debería jugar con inteligencia; no se trataba de los naipes y sus fullerías. ¡Ajedrez! Una gran partida de ajedrez: él a un lado de la mesa; la cristiandad entera al otro.

Esa noche excusó su presencia en palacio. Necesitaba estar solo. El huerto de la mezquita continuaba igual: centenares de sambenitos, con los nombres de los penados escritos en ellos, colgando de las paredes del claustro que rodeaba el patio; algunos de los delincuentes acogidos a sagrado vagabundeaban por el recinto ajenos a la lluvia; otros trataban de refugiarse. Hernando pensó en qué habría sido de sus compañeros de asilo. También había sacerdotes, decenas de ellos, jóvenes y ancianos, entre la multitud de feligreses: muchos corrían para escapar del insistente aguacero. Entró en la catedral y al pasar junto a la reja de la capilla de San Bernabé, se detuvo un instante. Se agachó, como si se le hubiera caído algo: las llaves de la capilla permanecían escondidas en el mismo lugar en que las dejó, atadas bajo la reja. ¡San Bernabé!, murmuró Hernando. ¡Su evangelio! ¿Qué más señal necesitaba? Las cogió mientras se preguntaba si habrían cambiado la cerradura. No lo sabría hasta que intentara abrirla, después de que los porteros hubieran cerrado la catedral. La examinó de camino al sagrario. ¿Era la misma cerradura? De momento debía dejar pasar el tiempo; lo hizo extasiado en las pinturas de Arbasia en el nuevo sagrario y en la figura que acompañaba a Jesucristo en la Santa Cena. ¿Por qué?, se preguntó por enésima vez.

Las llaves abrieron la capilla de San Bernabé, y él se deslizó en el armario. Se introdujo como pudo, pues estaba lleno, y amontonó a sus pies los ornamentos para oficiar la misa. Luego esperó. De madrugada, con la catedral aún vacía y los vigilantes apostados en la alejada capilla del Punto, la tormenta descargó sobre Córdoba y los relámpagos iluminaron fugazmente, una y otra vez, la figura de un hombre postrado frente al *mihrab* de la más maravillosa de las mezquitas del mundo. Un hombre cuya mente estaba absorta en un proyecto que, tal vez, conseguiría por fin el acercamiento de ambas religiones.

52

Hernando encontró aposento en la casa de los Tiros, invitado por don Pedro de Granada. Había partido de Córdoba con la excusa de visitar al cabildo catedralicio con motivo de la investigación de los mártires de las Alpujarras, y provisto de su cédula personal se lanzó al macabro camino que tantas muertes había originado durante el éxodo de los moriscos. Como quiera que viajaba solo, llegó a plantearse la posibilidad de variar la ruta para evitar recuerdos dolorosos, pero las alternativas duplicaban la distancia. Marzo traía la vida a los campos y cuando visitó de nuevo la tumba del pequeño Humam, allí donde para él permanecía enterrada su propia familia, los olores de una noche fresca acompañaron sus oraciones. En Granada, ya advertidos de su viaje, le esperaban Luna y Castillo, que también acababa de llegar a la ciudad desde El Escorial.

Cuando se encerraron todos en la Cuadra Dorada, Hernando presentó una arqueta de plomo embreada. La abrió y extrajo de ella solemnemente un lienzo de tela, una pequeña tablilla con la imagen de la Virgen, un hueso y un pergamino que colocó encima de una mesa baja de marquetería.

Los cuatro hombres permanecieron unos instantes en silencio, en pie alrededor de la mesa, con la vista fija en los objetos.

—Encontré un antiguo pergamino —empezó a explicar Hernando—, en el alminar del palacio del duque. Debe de datar de la época de los califas, en el tiempo en el que al-Mansur aterrorizaba la península —sonrió hacia Luna—. Sólo tuve que recortar la parte que estaba escrita para obtener un buen fragmento limpio. —Entonces desdobló el pergamino y agarrándolo por las esquinas superiores, lo mostró a sus compañeros—. Es como un gran tablero de ajedrez —musitó.

En la parte central del pergamino aparecían dos tablas, una encima de la otra. La superior, compuesta por 48 columnas y 29 filas, contenía una letra árabe en cada una de sus casillas; en la inferior, de 15 columnas y 10 filas, con casillas mucho más anchas, se acertaba a leer una palabra árabe en cada una de ellas. Casi ninguna de las letras o palabras, escritas alternativamente en tinta roja o marrón, contenía vocales o signos diacríticos, comprobaron Luna y Castillo al tiempo, inclinándose sobre el pergamino para examinarlo con detenimiento.

—Profecía del apóstol Juan —leyó en voz alta Castillo una introducción escrita en árabe, en el margen superior de las tablas—, sobre la destrucción y juicio de los pueblos y sobre las persecuciones que continuarán después, hasta el día conocido en su exaltado evangelio, descifrada del griego por el letrado y santo sirviente de la fe, Dionisio el Aeropagita. —El traductor se incorporó—. ¡Excelente!, ¿qué dicen las demás inscripciones? —añadió, señalando unas líneas al pie del pergamino y otras en sus márgenes.

—Si se combinan letras y palabras, se puede llegar a deducir una supuesta profecía que san Cecilio tradujo del griego y que le comunicó Dionisio, arzobispo de Atenas, en la que se vaticina el advenimiento del islam, el cisma de los luteranos y los padecimientos que sufrirá la cristiandad, que llegará a disgregarse en multitud de sectas. No obstante, del este arribará un rey que dominará el mundo, impondrá una sola religión y castigará a todos aquellos que la han llenado de vicios.

—¡Bravo! —aplaudió Pedro de Granada.

—¿Y esta firma al pie del pergamino? —señaló Luna.

—La de san Cecilio, obispo de Granada.

—¿Y todo lo demás? —inquirió Castillo haciendo un gesto hacia los demás objetos que reposaban sobre la mesa.

—Según el pergamino, esto es el velo de la Virgen María —señaló el lienzo triangular—, con el que secó las lágrimas de Jesucristo en su pasión; una tablilla de la Virgen y un hueso de san Esteban.

—¡Lástima! —saltó don Pedro—. Los cristianos no tendrán las reliquias de san Cecilio que tanto buscan.

—San Cecilio no podía escribir y aportar un hueso suyo al mismo tiempo —adujo Hernando con una sonrisa.

—Es un velo sencillo —afirmó Castillo palpando la tela. Hernando asintió—. ¿Puedo saber cómo has conseguido todo esto?

—La tablilla la tomé prestada de un exvoto que estaba al pie de un altar dedicado a la Virgen, en Córdoba. Luego, en las dehesas, la envolví en un paño y la introduje en un hoyo con estiércol para que tomase aspecto de antigua…

—Buena idea —reconoció Luna.

—Sé algo de los efectos del estiércol sobre cualquier objeto —explicó Hernando—. En cuanto al hueso y al lienzo… pagué a unos desgraciados del Potro para que exhumaran algunos cadáveres de las fosas comunes del campo de la Merced, hasta que me hice con un lienzo y un hueso limpio…

—¿Podrían reconocerte? —le interrumpió Castillo.

—No. Era de noche y en todo momento fui embozado. Pensaron que lo quería para brujería. Nadie puede relacionarlo con nuestro proyecto. ¡Salí cargado de huesos!

—¿Y ahora? —planteó don Pedro.

—Ahora —contestó Castillo—, debemos encontrar la forma de hacer llegar nuestro primer mensaje a los cristianos. Entiendo que éste no es más que el primer paso de un plan mucho más ambicioso, ¿no es así? —Hernando asintió a las palabras del traductor—. Veremos cómo reacciona la Iglesia ante su venerado obispo y patrón de Granada manifestándose en árabe…

—Y ante la profecía —añadió Hernando.

—La profecía la interpretarán a su conveniencia. No te quepa duda.

—Me recomendaste que fuera ambiguo —se quejó entonces.

—Sí. Es imprescindible. Lo importante es sembrar la duda. Habrá quien lo interprete a favor de la Iglesia, pero habrá otros que no lo entiendan así y se entablarán discusiones. En estas tierras somos muy dados a ello. Sólo es necesario que uno diga una cosa para que el otro sostenga lo contrario, aunque sea para ganar protagonismo. Con toda seguridad, Miguel y yo seremos llamados a traducir el pergamino; ya nos ocuparemos nosotros de hacerlo a nuestra conveniencia. Si fuésemos precisos y mandáramos un mensaje claro a favor del islam, lo tacharían de hereje desde un principio y no habría lugar a la discusión; hay mucha gente que sabe árabe. Ese mensaje, el contenido en el evangelio que has descubierto… Por cierto, ¿lo has traído? Me gustaría leerlo.

—No, lo siento —se excusó Hernando—. Todavía no he terminado de transcribirlo y prefiero no correr riesgos con el original.

—Haces bien. Bueno, como os decía, ese mensaje, la Verdad, debe llegar en el momento en que hayamos sembrado las mayores dudas posibles; debemos preparar concienzudamente su aparición. El problema sigue siendo qué hacer con esto. —Castillo señaló los objetos depositados sobre la mesa—. ¿Cómo esconderlos para que los cristianos los encuentren?

—Están derribando la Torre Vieja, la Turpiana —apuntó don Pedro.

—Sería el lugar idóneo para nosotros —asintió Luna—: el antiguo alminar de la mezquita mayor.

—¿Cuándo? —terció Castillo.

—Mañana es la festividad del arcángel Gabriel —sonrió Hernando.

Los cuatro se miraron. Gabriel era Yibril, el ángel más importante para los musulmanes, el que se encargó de transmitir al Profeta la palabra revelada.

—Dios está con nosotros. No hay duda —se felicitó don Pedro.

Castillo buscó con qué escribir, luego pidió permiso a Hernando, que se lo concedió con un gesto de la mano, y añadió unas frases en latín y castellano al pergamino, en las que entre otras cosas se ordenaba esconderlo en lo alto de la Torre Turpiana.

Los demás lo observaban en silencio.

—Más incógnitas para los cristianos —anunció al terminar, entre soplo y soplo sobre la tinta para que se secase—. Mañana por la noche, iremos a la torre.

Igual que sucedía con la Turpiana, el cuerpo del campanario de la iglesia de San José, en el Albaicín, había sido el alminar de la más antigua de las mezquitas de Granada, la Almorabitin, pero a diferencia de lo que estaba ocurriendo con la Turpiana, en este caso se había procedido al derribo de la mezquita y se mantuvo su alminar. Amaneció un día que presagiaba sol y calor. Hernando madrugó y merodeó por los alrededores del templo. La noche anterior, antes de retirarse, en un aparte con don Pedro, le había preguntado sobre el oidor don Ponce de Hervás: quería saber si sus amoríos con Isabel habían tenido alguna consecuencia.

—Ninguna —contestó el noble—. Tal como te anuncié, el juez no va a provocar ningún escándalo. Puedes estar tranquilo.

Hernando se recreó en la composición que formaba la desigual sillería y las lajas de piedra dispuestas en dibujos almohadillados del alminar. Una maravillosa ventana en arco de herradura, manifiestamente musulmana, que se conservaba en una de sus paredes, captó su atención. Trató de imaginar tiempos pasados, cuando los musulmanes eran llamados a la oración desde aquel alminar, y estuvo a punto de no reconocer a dos mujeres que, entre los feligreses, abandonaron la iglesia una vez finalizada la misa. Sin embargo, el pelo rubio de Isabel refulgía bajo el sol incluso entre los delicados bordados de la mantilla negra que cubría su cabeza y enmarcaba su rostro. Hernando sintió un escalofrío al verla moverse, orgullosa, altiva, inaccesible. Doña Ángela andaba a su lado, vigilante y malcarada. Ninguna de las mujeres se fijó en él; las dos caminaban en silencio, mirando al frente. Permaneció oculto en el quicio de una de las pequeñas puertas de una casa morisca y las vio descender en dirección al carmen. La noche anterior, la visión de una iluminada Alhambra había dado alas a una renacida pasión. Con los ojos puestos en Isabel, las siguió a cierta distancia, entre la gente. ¿Qué podía hacer? Doña Ángela no le permitiría hablar con Isabel y cuando llegara al carmen ya no podría ni acercarse a ella. Se cruzó con cuatro mocosos que holgazaneaban en la calle. Extrajo un real de su bolsa y lo mostró; los muchachos le rodearon de inmediato.

—¿Veis a aquellas dos mujeres? —señaló Hernando, procurando que ninguna de las personas que deambulaban a su alrededor se percatase de sus intenciones—. Quiero que corráis hacia ellas y tropecéis con la más baja de las dos. Luego la distraéis durante un buen rato. A la otra ni rozarla, ¿entendido?

Los cuatro asintieron al tiempo y tal como el mayor de ellos agarró el real, salieron corriendo sin necesidad de trazar plan alguno. Hernando se apresuró calle abajo, sorteando a hombres y mujeres y planteándose si no se habría excedido; la prima del oidor era una persona mayor...

El grito de una mujer resonó en el callejón cuando doña Ángela salió despedida hasta caer de bruces, cuan larga era, sobre la tierra. Hernando meneó la cabeza. ¡Ya no tenía solución! Los mocosos no tuvieron necesidad de distraer a doña Ángela: un corro de viandantes se formó en derredor de las mujeres mientras los chavales escapaban a las imprecaciones y a algún que otro pescozón. Se acercó al grupo; dos personas trataban de ayudar a doña Ángela a levantarse; otras miraban y un par de hombres hacían aspavientos hacia los muchachos, ya lejos. Isabel estaba inclinada sobre doña Ángela. Mientras la accidentada era izada por las axilas, Isabel pareció presentir que alguien la observaba, así que se irguió y miró entre la gente hasta que dio con Hernando, situado justo enfrente de ella, entre un hombre y una mujer que se habían detenido a contemplar la escena.

Se miraron con intensidad. Isabel resplandecía. Hernando dudó entre sonreír, lanzarle un beso, rodear el corro para agarrarla del brazo y llevársela de allí o sencillamente gritar que la deseaba. Pero no hizo nada. Ella tampoco. Mantuvieron sus ojos fijos el uno en el otro hasta que doña Ángela logró sostenerse en pie sin ayuda. Hernando se distrajo al observar cómo una mujer se empeñaba en frotar el vestido de la prima del oidor para limpiarlo de arena mientras ésta rechazaba la ayuda, como si tuviera prisa por escapar de la situación. Al mirar de nuevo hacia Isabel, la encontró con los ojos llorosos; su mentón y su labio inferior temblaban. Hernando hizo un movimiento hacia ella, como si tratara de acercarse entre la gente, pero Isabel apretó los labios y negó con la cabeza de forma casi imperceptible, en un mohín expresivo que se coló hasta la médula del morisco. Luego, acompañadas por la mujer que había tratado de limpiar el vestido de doña Ángela, ambas damas continuaron su camino: la prima cojeando y quejándose, Isabel reteniendo las lágrimas.

Hernando apartó a la gente que ya se dispersaba y la siguió unos pasos, hasta que Isabel volvió la cabeza y lo vio.

—Seguid vos, prima —dijo, al tiempo que indicaba a la mujer en la que doña Ángela apoyaba su brazo que continuara en dirección al carmen—. Creo que en el alboroto se me ha caído un alfiler de la mantilla. Ahora mismo os alcanzo.

Mientras la veía acercarse, Hernando trató de distinguir en el rostro de Isabel el más mínimo atisbo de alegría, pero cuando la tuvo a su lado percibió las lágrimas que pugnaban por asomar a sus ojos.

—¿Qué haces aquí, Hernando? —susurró ella.

—Quería verte. Hablar contigo, sentir...

—No puede ser... —La voz le surgió quebrada—. No vuelvas a entrar en mi vida. Me ha costado una enfermedad olvidarte... ¡Calla, por Dios! —le pidió cuando Hernando se acercó a ella para decirle algo al oído—. No me hagas sufrir de nuevo. Déjame, te lo suplico.

Isabel no le dio oportunidad de replicar. Le volvió la espalda y se apresuró para alcanzar a doña Ángela.

La negativa de Isabel le persiguió durante toda la jornada. Ya anochecido, acompañado por don Pedro, Castillo y Luna, rodeó la alcaicería granadina hasta llegar a la puerta de los Jelices, desde la que se divisaban las obras de construcción de la catedral. A sus espaldas quedaba el barrio en el que se comerciaba en sedas. Cerca de doscientas tiendas se apretaban en sus estrechos callejones. Nadie vivía por la noche en el barrio. Se cerraban sus diez puertas y un alcaide vigilaba los comercios y el edificio de la aduana en el que se pagaban los impuestos del trato de la seda.

Frente a la puerta de los Jelices se alzaba la Turpiana, el antiguo alminar de la mezquita mayor de Granada, y si la mezquita se reconvirtió en sagrario cristiano, su torre cuadrada, de poco más de trece varas de altura, lo hizo en campanario de la catedral. Pero en enero de ese mismo año se había finalizado la construcción de una majestuosa torre nueva de tres cuerpos destinada a campanario y la Turpiana, ya innecesaria, se interponía en la continuación de las obras de la seo episcopal.

Desde la puerta en la que se encontraban los cuatro hombres, se podía divisar toda la zona, tenuemente iluminada por las antorchas de los vigilantes de las obras y las de los colegios que se alzaban frente a ella. Ante ellos se abría una plaza. A la izquierda, el Colegio Real y el colegio de Santa Catalina; a la derecha, distanciada de la plaza, la catedral, de la que sólo se hallaban en pie la rotonda y la girola, así como el nuevo campanario, que lindaba con la plaza y dejaba un enorme espacio abierto y yermo entre la cabecera y la nueva torre. A escasos pasos de ellos, en el extremo opuesto del nuevo campanario, se alzaba la antigua mezquita y su alminar.

La Turpiana se estaba derribando cuidadosamente, piedra a piedra, desde arriba, para aprovechar sus sillares y evitar cualquier daño en la cubierta del templo. Observaron la torre, atentos a las conversaciones y risas que les llegaban de los vigilantes, que se encontraban fuera de su visión, en la zona central de la catedral.

—No deben vernos —susurró Castillo—. Nadie debería relacionar nuestra presencia esta noche con el hallazgo de la arqueta.

—Hay demasiada vigilancia —arguyó con cierto desánimo don Pedro—. Es imposible pasar inadvertidos.

Siguió un silencio sólo roto por los gritos de los vigilantes. Hernando, con la arqueta embreada escondida entre su capa, aspiró el aroma de la seda que impregnaba el entramado de callejuelas de la alcaicería, parecido al que tantas veces percibiera en las Alpujarras, cuando hervían los capullos e hilaban el preciado producto. «Me ha costado una enfermedad olvidarte», le había dicho Isabel. Hernando la imaginó de nuevo en brazos de don Ponce...

—¡Hernando! —musitó junto a su oído Castillo—, ¿qué hacemos?

¿Qué hacemos?, se repitió. A él lo que le gustaría era salir corriendo a escalar la fachada del carmen del oidor y volver a deslizarse en el dormitorio de Isabel y…

El traductor lo zarandeó.

—¿Qué hacemos? —repitió, esta vez en un tono de voz más elevado. Hernando se concentró en la plaza—. Hay demasiada vigilancia —le indicó Castillo.

¡Un noble y dos intelectuales! ¿Qué picardía podía esperarse de ellos?

—Sí —reconoció Hernando—. Parece que hay varias personas, pero no vigilarán la Turpiana. Carece de interés para ellos. En todo caso, estarán pendientes de la catedral; ésa es su misión. —Pensó durante unos instantes—. Vosotros rodead el templo y en el extremo opuesto, más allá de la calle de la Cárcel, embozaos y simulad una disputa. En el momento en que escuche vuestros gritos, entraré y subiré a la torre.

Los tres hombres no escondieron su alivio ante la propuesta de Hernando y se apresuraron en dirección a la plaza de Bibarrambla hasta llegar a la calle de la Cárcel, por debajo de la catedral. En cuanto le dejaron, volvió a pensar en Isabel. ¿Significaba su negativa que nunca más podría hablar con ella? En realidad, ¿deseaba verla de nuevo? ¿O esos sentimientos eran sólo un espejismo provocado por la ensoñadora luz de la Alhambra? Cerró los ojos y suspiró.

Unos gritos le devolvieron a la realidad. «¡Santiago!», se oyó en la noche. No lo pensó. En un par de saltos se plantó junto a la fachada de la mezquita, a la que arrimó su espalda para deslizarse pegado a ella, al amparo de las sombras. La torre no tenía entrada por la plaza; su acceso debía hallarse en el interior de la mezquita. Superó la Turpiana y se encontró en el espacio abierto donde se construía el crucero y la nave. Varios fuegos se emplazaban cerca de la cabecera abierta del templo, y los guardias, en pie, se hallaban pendientes de los gritos y el entrechocar de espadas que procedía de la calle de la Cárcel. Rodeó la Turpiana y allí mismo, entre los cimientos, encontró el acceso a la torre. Casi de costado, ascendió por una angosta escalera interior de poco más de dos palmos de anchura hasta salir de nuevo a la noche granadina. Los gritos de don Pedro y sus compañeros continuaban, pero allí arriba dejó de escucharlos: ¡podía ver la Alhambra y toda Granada! ¡Cuántas veces se habría llamado a la oración de los fieles desde aquel lugar! «¡Alá es grande!», exclamó con la arqueta en sus manos. A la luz de la luna buscó un sillar que estuviera suelto, alguno que ya hubiera empezado a ser desmontado. Lo encontró, lo separó, escarbó en el yeso que unía las piedras e introdujo en el hueco la arqueta embreada. Luego volvió a colocar el sillar. Descendió y deshizo el camino hasta la alcaicería, desde donde se dirigió a Bibarrambla y a la calle de la Cárcel para poner fin a la fingida disputa.

53

A principios de mayo de 1588, pocos días antes de que la armada española zarpara desde Lisboa a la conquista de Inglaterra, Felipe II escribió al arzobispo de Granada agradeciéndole el regalo de la mitad del velo de la Virgen María que le hizo llegar a El Escorial, al tiempo que en nombre de sus reinos se felicitaba por la aparición de tan preciadas reliquias. Poco después de que los operarios que desmontaban la Turpiana encontraran la arqueta embreada que había escondido Hernando y descubriesen el pergamino firmado por san Cecilio, el velo de la Virgen y la reliquia de san Esteban, Granada estalló en fervor cristiano. Eran las primeras y tan deseadas noticias de san Cecilio. Y la certeza de que, antes de la llegada de los musulmanes, Granada era tan cristiana como cualquiera de las demás capitales del reino, provocó en el pueblo una eclosión de éxtasis y misticismo, que la Iglesia no apaciguó en modo alguno. Muchos fueron los que a partir de aquel momento juraron haber presenciado milagros, fuegos misteriosos, apariciones y todo tipo de fenómenos prodigiosos. ¡La catedral de Granada ya disponía de sus reliquias y la fe de sus habitantes podía sustentarse en algo más que palabras!

Aisha se sorprendió cuando uno de los dos únicos mendigos moriscos de la ciudad cerró con inusitada agilidad la misma mano mugrienta y temblorosa que poco antes suplicaba limosna a la gente que transitaba por la calle de la Feria, junto al portillo de Corbache, justo en el momento en que ella iba a darle una blanca. La mujer se quedó con la moneda entre los dedos al tiempo que el pobre lanzaba un escupitajo a sus pies y le daba la espalda. De inmediato, varios pordioseros cristianos la rodearon para hacerse con el dinero. Aisha titubeó. La ley del Profeta ordenaba la limosna, pero no a los cristianos. Sin embargo, aturdida, al ver cómo, algo más allá, aquel que acababa de despreciarla volvía a reclamar caridad, dejó caer la moneda en una de las manos abiertas que insistentemente rozaban la suya.

¡Ni los pordioseros la respetaban! Arrastró los pies en dirección a la tejeduría de Juan Marco. ¡La nazarena! Algunos ya la llamaban así tras correr por Córdoba la noticia de que Hernando estaba traicionando a sus hermanos y colaboraba con la Iglesia en la investigación de los crímenes de las Alpujarras. En esos años, la situación económica de la comunidad granadina deportada había mejorado sensiblemente: la laboriosidad de los moriscos, tan contraria a la haraganería cristiana, les proporcionó cierta prosperidad y muchos de aquellos que se habían visto obligados a vender su trabajo por míseros jornales, poseían ahora sus propios negocios. La gran mayoría completaba sus ingresos con el cultivo de pequeñas hazas en las afueras de la ciudad, junto al Guadalquivir. Hasta tal punto, que los gremios cordobeses, como sucedía en muchas otras partes, elevaron solicitudes a las autoridades para que impidiesen que los cristianos nuevos se dedicasen al comercio o a la artesanía y limitasen sus actividades a los trabajos asalariados; peticiones que cayeron en saco roto, ya que los cabildos municipales se hallaban satisfechos con la competencia comercial que planteaban los moriscos. Por todo ello, las rencillas entre cristianos viejos y nuevos se agravaban.

Aisha rondaba los cuarenta y siete años y se sentía vieja y sola. Sobre todo sola. El único hijo que le restaba no era más que un enemigo de la fe, un traidor a sus hermanos. ¿Qué habría sido de sus demás hijos?, se preguntó en el momento en que entraba en el luminoso establecimiento del maestro tejedor. Shamir. Fátima y los niños. ¿Cómo sería su vida en manos de Brahim? Por las noches, quieta y acongojada, trataba de espantar las imágenes que la asaltaban de Fátima violentada por Brahim; de su propio hijo y de su nieto Francisco, quizá azotados en uno de los barcos, obligados a bogar como galeotes. Pero las imágenes volvían una y otra vez y, confundidas en un trágico aquelarre, atacaban sus duermevelas. ¡Musa y Aquil! Se sabía que todos aquellos niños que fueron entregados a los cristianos tras el levantamiento habían sido evangelizados o vendidos como esclavos. ¿Seguirían vivos sus hijos? Aisha se llevó el antebrazo a los ojos y detuvo las lágrimas que ya afloraban. ¡Más lágrimas! ¿Cómo podían esos ojos agotados llorar tanto?

Ganaba un buen salario, sí. Todos parecían saber que Hernando estaba detrás de ese privilegio, y desde que ella empezó a oír cómo en su propia casa la llamaban nazarena, en susurros, aquellos dineros de poco le sirvieron. Nadie le hablaba. Primero le desapareció algo de comida. Y calló. Luego, allí donde ella guardaba los víveres, encontró mendrugos secos de harina de panizo. Y siguió callando, aunque no por ello dejó de comprar víveres que comían los demás. Un día encontró su habitación invadida por una familia con tres hijos. Volvió a callar y continuó pagando como si la utilizara ella sola. ¿Y si la echaban? ¿Dónde iría? ¿Quién la admitiría? Aun con dinero, no era más que la nazarena y allí tenía un techo. Otro día, al volver del trabajo, se topó con sus pertenencias amontonadas en el zaguán de entrada, donde dormía desde entonces, acurrucada junto a la puerta de entrada de la casa.

En la trastienda de la tejeduría, donde se tejía el tafetán en cuatro telares, Aisha se dirigió a su puesto de trabajo, frente a una serie de cestas en las que se apilaban los hilos de seda previamente tintados divididos por colores: azules, verdes y tonalidades diversas; dorados, el conocido rojo de España, o los preciados carmesíes, obligatoriamente tintados con cochinilla, colorante que se obtenía de un pulgón que vivía en las encinas, nunca con brasil. Ella tenía que encañarlos, desenredar los cabos de los hilos y después preparar la urdimbre reuniendo uno a uno los hilos de igual longitud hasta devanarlos y enrollarlos alrededor del huso de hierro que se utilizaría en los telares. Cogió un taburete y, tras llevarse la mano a los riñones en gesto de dolor, se sentó delante de un cesto. ¿Por qué la había abandonado el Todopoderoso?, se lamentó ante una madeja de hilos colorados.

Más allá del estrecho que separaba España de Berbería, en un lujoso palacio de la medina de Tetuán, Fátima dictaba una carta a un comerciante judío al que prometió una buena cantidad de dinero por escribirla en árabe, hacerla llegar a Córdoba a través de alguien de su confianza y volver con la respuesta.

—Amado esposo —empezó a dictar con el nerviosismo presente en su voz—. La paz y la bendición del Indulgente y del que juzga con verdad, sean contigo…

Fátima se detuvo, ¿qué decirle a quien hacía siete años que no veía? ¿Cómo hacerlo? Tenía preparado su discurso, lo había meditado entre los recuerdos, el llanto y la alegría, pero en el momento de la verdad no le surgían las palabras. El judío, ya mayor, paciente, levantó la mirada del papel y la fijó en la mujer: bella, soberbia y altanera, dura y fría, con una severidad que ahora parecía sucumbir ante la duda. La observó andar de un lado a otro de la estancia hasta atravesar los arcos que daban al patio y volver a entrar; llevarse los dedos cargados de anillos a los labios para luego entrelazarlos por debajo de sus pechos o hacer un gesto al aire con la mano extendida, como si esperase que aquel ademán lograse atraer la fluidez verbal que parecía haberla abandonado.

—Señora —dijo con respeto el comerciante convertido en amanuense—, ¿os puedo ayudar? ¿Qué queréis decirle a vuestro amado?

Los ojos negros de Fátima, brillantes y gélidos, se posaron en el judío. Lo que quería decirle no cabía en una simple carta, estuvo a punto de contestarle. Quería contarle algo tan sencillo como que Brahim había muerto y que deseaba que Hernando fuera a encontrarse con ella en Tetuán. Que ya nada impedía que fueran felices y que lo esperaba. Pero ¿y si se había casado de nuevo? ¿Y si él ya había encontrado su felicidad? Habían pasado siete años…

¡Siete años de sumisión absoluta! Fátima se plantó delante del viejo judío que continuaba observándola con el cálamo en la mano.

—Fue un grito —susurró. El anciano hizo ademán de mojar el cálamo en tinta pero Fátima se lo impidió—. No. No lo escribas.

Fue un grito el que me despertó, el que me trajo de nuevo a la vida.

El anciano dejó el cálamo sobre el escritorio y se acomodó en la silla, animando a la señora a continuar con la historia que pretendía relatar. Sabía de la muerte de Brahim; todo Tetuán sabía de su asesinato.

—¡Perro asqueroso! —continuó Fátima—. Eso fue lo que escuché que le gritaba Shamir a Nasi. Y luego, tras el insulto, comprendí que el niño de dieciséis años ya se había convertido en un hombre, curtido en la mar, en los asaltos a las naves cristianas y en las incursiones en las costas andaluzas. Sucedió en el patio, allí mismo —añadió señalando hacia la maravillosa fuente que ocupaba el centro del patio porticado, a ras de suelo, con un surtidor que expulsaba el agua desde el centro de un mosaico circular compuesto por diminutas piedras de colores que formaban un dibujo geométrico—. Contemplé cómo Nasi, diez años mayor que él, el temido corsario de Tetuán, cruel donde los haya, echaba mano a su alfanje ante la ofensa. Temblé. Me encogí como llevaba haciéndolo en esta miserable ciudad desde que puse el pie en ella. Mi pequeño Abdul, con sus ojos azules airados, acompañaba a Shamir. El reflejo de la hoja del alfanje de Nasi, que éste blandía hacia los muchachos, me cegó y creí desfallecer. —Fátima calló con los recuerdos perdidos en aquel momento; el judío no osó moverse. De repente la señora lo miró—. ¿Sabes, Efraín? Dios es grande. Shamir y Abdul retrocedieron unos pasos, pero no fue para escapar como yo deseaba, sino para desenvainar sus armas, los dos al tiempo, juntos, codo con codo, con las piernas firmemente plantadas en el suelo, como si fueran una sola persona, sin el menor atisbo de miedo. Shamir ordenó a Abdul que se retrasase, que lo dejara solo, y mi pequeño lo hizo, y le guardó las espaldas en un movimiento que parecían haber realizado miles de veces. «¡Perro!», insultó de nuevo Shamir a Nasi, manteniendo firme su alfanje por delante de él. «¡Cerdo piojoso!», volvió a insultarle.

»Ciego de ira, Nasi atacó y se lanzó sobre el muchacho, pero Shamir, como un felino, se apartó, golpeó el alfanje de Nasi y desvió la estocada. Recuerdo…, recuerdo que el ruido de los aceros al entrechocar hizo temblar las columnas del patio y fue como la señal para que, a su vez, mi pequeño Abdul se revolviese desde la espalda de su compañero y lanzase otro golpe sobre el alfanje de Nasi, que vio, impotente, cómo el arma salía despedida de su mano. No transcurrió ni un instante y los chicos ya volvían a estar en posición, sus armas atentas, sonriendo. ¡Sonreían! Como si el mundo estuviera a sus pies. "Si no quieres morir como el marrano que eres, recupera tu arma y trata de luchar como un verdadero creyente", le dijo Shamir al corsario.

Fátima calló y desvió la mirada hacia el patio, reviviendo la pelea.

—Señora..., continuad —suplicó el judío ante un silencio que se prolongaba.

Fátima sonrió con nostalgia.

—El tumulto alertó a mi esposo —continuó—, que apareció en el patio arrastrando sus carnes para detener la pelea y abofetear a Shamir y Abdul. «¿Cómo se os ocurre enfrentaros a mi lugarteniente y en mi propia casa?», les gritó. «Escoria», añadió escupiendo a sus pies. Pero yo ya había visto el universo que se abría a los pies de mi hijo y de Shamir, ese mundo al que sonreían altivos y seguros, como los hombres que ya eran... Día tras día, al albur de la hombría de mis niños, fui recuperando mi propia estima y unas noches después, mientras los cuatro cenaban, desarmados, sentados sobre cojines alrededor de una mesa baja, irrumpí en el comedor y despedí a los criados y esclavos. Recuerdo la mirada de sorpresa de Brahim. Poco podía suponer él lo que se le avecinaba. «Tengo que tratar un asunto urgente con vosotros», solté con desparpajo. Entonces extraje dos dagas que llevaba escondidas entre mis ropas. Lancé una de ellas a Shamir y empuñé la otra. Nasi se levantó con agilidad, pero Brahim fue incapaz de reaccionar, y antes de que su lugarteniente hubiera llegado a mí, hundí la daga en su pecho. —En ese momento, Fátima miró desafiante al anciano judío; su voz era fría, carente de expresión—. Shamir tardó algo más en comprender qué era lo que sucedía, pero cuando lo hizo, atajó a Nasi amenazándole con la daga; Abdul también se abalanzó sobre él.

Fátima calló durante unos instantes. Cuando volvió a hablar, su tono descendió hasta convertirse en un susurro. El anciano la contemplaba, impasible: ¿qué más secretos se escondían detrás de aquellos hermosos ojos negros?

—Mi esposo no murió de la primera herida. Soy sólo una mujer débil e inexperta. Sin embargo, la cuchillada sí que bastó para originarle tanto dolor que no pudo defenderse. Le acuchillé en la boca para que no gritara y luego sajé su muñón y hurgué en él con la daga hasta casi llegar al codo. Tardó en desangrarse. Tardó mucho… Suplicaba. Recordé toda una vida de sufrimiento mientras veía cómo se le escapaba la suya. No aparté la mirada hasta que expiró. Murió desangrado, como los cerdos.

—¡Madre! ¿Qué has hecho? —gritó Abdul.

El joven contemplaba con los ojos muy abiertos cómo Brahim, recostado en los cojines, se llevaba la mano izquierda a la herida del pecho; la sangre manaba a borbotones de su cuerpo.

Fátima no contestó. Se limitó a hacer un gesto con la mano para que guardasen silencio mientras Brahim agonizaba sobre las lujosas alfombras de seda que cubrían el suelo de la estancia.

—Shamir —dijo con voz firme cuando su odiado esposo expiró—, a partir de hoy tú eres el jefe de la familia. Todo es tuyo.

El joven, desde la espalda de Nasi, con la daga atenazando el cuello del lugarteniente, era incapaz de apartar la mirada de su padre. Abdul, por su parte, contenía la respiración y paseaba la mirada, angustiado, de Brahim a Shamir.

—No era una buena persona —adujo Fátima ante el silencio de Shamir—. Destrozó la vida de tu madre, la mía. Las vuestras…

La mención de Aisha hizo reaccionar al muchacho.

—¿Qué hacemos ahora? —preguntó, al tiempo que presionaba el cuello de Nasi con el filo de la daga, como si el lugarteniente tuviera que correr la misma suerte que su patrón.

—Vosotros dos —Fátima se dirigió a Shamir y Abdul—, recoged el tesoro de Brahim y escondeos en el puerto, con todos los hombres y los barcos dispuestos para zarpar. Allí esperaréis mis instrucciones—.Tú —añadió acercándose al lugarteniente—, acudirás de inmediato a casa del gobernador, Muhammad al-Naqsis, y le transmitirás que Shamir, hijo del corsario Brahim de Juviles, ahora jefe de su familia, le jura lealtad y se pone a su disposición con todos sus barcos y sus hombres.

—¿Y si me negara? —le escupió el hombre.

—¡Mátalo! —contestó Fátima dándole la espalda.

El inmediato sonido de la daga al sajar el cuello del lugarteniente la sorprendió. Esperaba oír las súplicas del corsario, pero Shamir no le concedió la menor oportunidad. Fátima se volvió en el instante en que Nasi se desplomaba degollado.

—No era una buena persona —dijo simplemente Shamir.

—De acuerdo —resolvió Fátima—. Esto no cambia las cosas. Haced lo que os he dicho.

Al amanecer, Shamir y Abdul partieron hacia el puerto con todo el oro, joyas y documentos de Brahim. Fátima había ordenado a dos esclavos que preparasen los cadáveres y limpiasen el comedor. Esa misma noche se había dirigido al ala del palacio donde vivía relegada la segunda esposa de Brahim, a quien informó de la muerte de su marido sin darle más detalles, pero recalcando que Shamir era ahora el nuevo jefe de la familia; la otra bajó la vista y no dijo nada. Sabía que dependía ahora de la generosidad de ese joven que amaba a Fátima como si fuera una madre.

Por la mañana, una vez vestida, Fátima se dirigió a la casa de Muhammad al-Naqsis. Durante el siglo XVI, la ciudad había pertenecido al reino de Fez, que luego fue tomado por el de Marruecos, y, tras un período de independencia, volvió a ser conquistada. El poder central era débil y hasta el palacio de Brahim habían llegado insistentes rumores acerca de que la familia al-Naqsis pretendía declararse independiente. Incluso el propio Brahim lo había comentado, enojado por la posibilidad de que sus enemigos comerciales se hicieran con el control de la ciudad. Pese a su condición de mujer, Fátima fue recibida por el gobernador. Los al-Naqsis mantenían rencillas con Brahim por el reparto del corso y la visita de la esposa de su adversario se consideró un gesto extraño, que suscitó la curiosidad del jefe de familia.

—¿Y Brahim? —inquirió Muhammad al-Naqsis después de que Fátima le jurase fidelidad en nombre de Shamir.

—Muerto.

El gobernador examinó a Fátima de arriba abajo sin esconder su admiración. Tenía delante a la mujer más bella, y ahora más rica, de todo Tetuán.

—¿Y su lugarteniente? —inquirió, fingiendo aceptar la escueta respuesta.

—También ha fallecido —respondió Fátima, en tono firme aunque sin levantar la vista del suelo, como correspondía a una sumisa mujer musulmana.

«¿Fallecido? —pensó el gobernador—. ¿Eso es todo? ¿Qué habrás tenido que ver tú con ambas muertes?»

El hombre miró a Fátima con cierto respeto. Ella siguió hablando: fue un discurso breve, sin rodeos. Él tardó sólo unos instantes en decidirse a no hacer más preguntas y aceptar la ayuda que aquella generosa viuda parecía dispuesta a poner a sus pies para permitirle alcanzar la independencia.

Al día siguiente, Fátima, rodeada de plañideras, todas vestidas con ropas bastas y los rostros tiznados con hollín, escuchó versos y canciones en honor de los muertos. Después de cada verso, de cada canción, las mujeres gritaban, se laceraban el pecho y las mejillas hasta sangrar y se arrancaban los cabellos. Durante siete días repitieron aquellos ritos funerarios.

El anciano judío levantó la vista. Sus ojos se cruzaron con los de Fátima. Ambos sabían que la confesión que acababa de pronunciarse jamás sería repetida en ningún otro lugar. Él había aprendido hacía tiempo a ver, oír y callar. Su pueblo había sobrevivido, y se había enriquecido, gracias a la virtud de la discreción; sobre todo cuando dicha discreción era muy bien recompensada.

—Señora… —murmuró él entonces, señalando la misiva aún en blanco.

Fátima suspiró. Sí… Había llegado la hora. Con voz firme, empezó a dictar:

—Amado esposo. La paz y la bendición del Indulgente y del que juzga con verdad sean contigo.

54

Dios sopló y fueron dispersados.

Insignia que mandó inscribir
Isabel I de Inglaterra

Después de una estancia de dos meses en el puerto de La Coruña, y pese a varias conversaciones de paz y reuniones en las que se desaconsejaba la empresa, la gran armada zarpó definitivamente a la conquista de Inglaterra al mando del duque de Medina Sidonia, que ocupó el puesto del marqués de Santa Cruz, tras el repentino fallecimiento de éste.

Don Alfonso de Córdoba y su primogénito, junto a veinte sirvientes, entre los que se hallaba el camarero José Caro, y decenas de baúles con sus pertenencias, trajes, libros y un par de vajillas completas, zarparon en una de las naves capitanas.

Las noticias de la flota que empezaban a llegar a España no eran las que cabía esperar de la misericordia del Dios por el que habían acudido a la guerra contra Inglaterra. El objetivo de la armada era reunirse con los tercios del duque de Parma en Dunkerque, embarcarlos e invadir Inglaterra. Sin embargo, tras anclar en Calais, a sólo veinticinco leguas de donde se hallaban las tropas del duque de Parma, los españoles se encontraron con que los holandeses habían bloqueado la bahía de Dunkerque: así pues, el duque carecía de los medios necesarios para embarcar a sus soldados, sortear el bloqueo holandés y unirse a la flota. Lord Howard, el almirante inglés, no desaprovechó la oportunidad que le brindaba la flota enemiga api-ñada e inmovilizada en Calais y la atacó con brulotes.

La noche del 7 de agosto, los españoles observaron cómo desde la flota inglesa partían hacia ellos, sin tripulación, a favor de viento y marea, ocho barcos de aprovisionamiento en llamas. Dos de los tan temidos «mecheros del infierno» pudieron ser desviados de su ruta mediante largos palos manejados desde chalupas, pero los otros seis se internaron entre las naves españolas disparando sus cañones indiscriminadamente y estallando en llamas entre ellas, lo que obligó a sus capitanes a cortar las amarras, abandonar las anclas y huir a toda prisa, rompiendo la formación de media luna que habían adoptado durante toda la travesía. Los ingleses atacaron al comprobar que la armada enemiga perdía su acostumbrada y segura formación y se produjo una lucha sangrienta, tras la cual los españoles se vieron empujados por el viento hacia el norte del canal de la Mancha. Por más intentos que el duque de Medina Sidonia hizo por regresar y acercarse lo suficiente a las costas de Flandes, las condiciones atmosféricas se lo impidieron. Mientras, los ingleses, sin presentar batalla, se limitaron a vigilar el posible regreso de sus enemigos.

Unos días después, el almirante español ordenó arrojar por la borda a todos los animales que transportaba la flota y, en condiciones precarias, con el agua y los víveres podridos a consecuencia de la mala calidad de los barriles fabricados con los flejes y duelas con que se tuvieron que sustituir los quemados por Drake el año anterior, las embarcaciones destrozadas y la tripulación muriendo a diario por el tifus o el escorbuto, puso rumbo hacia España por el norte, rodeando las ignotas costas irlandesas.

El 21 de septiembre, la nave del duque de Medina Sidonia, toda ella envuelta en tres grandes maromas para que no se despedazase, como si de un macabro regalo se tratase, con su almirante agonizante en una litera, atracaba en Santander junto a ocho galeones. Tan sólo treinta y cinco navíos de los ciento treinta que conformaban la gran armada consiguieron arribar a diferentes puertos. Algunos fueron hundidos durante la batalla en el canal de la Mancha; otros, los más, se perdieron en las costas irlandesas, donde los temporales se ensañaron en unos navíos destartalados, sembrando de naufragios toda la costa oeste irlandesa. Muchos otros, sin embargo, permanecían en paradero desconocido. Algunos días más tarde, un correo partía hacia Córdoba: el barco en el que navegaban don Alfonso y su hijo no había arribado a puerto.

Ante la noticia, doña Lucía dispuso que todos cuantos habitaban el palacio, hidalgos, sirvientes y esclavos, Hernando incluido, acudieran a las tres misas diarias que a tales efectos ordenó al sacerdote que oficiaba en la capilla de palacio. El resto del día el silencio sólo se veía interrumpido por el murmullo de los rosarios que debían rezar a todas horas los hidalgos y la duquesa, reunidos en la penumbra de uno de los salones. Se estableció un estricto ayuno; se prohibió la lectura, las danzas y la música y nadie osó abandonar palacio si no era para acudir a la iglesia o a las constantes rogativas y procesiones que, desde que se supo el desastre de la armada y la falta de noticias sobre tantas naves y sus tripulaciones, se organizaron en todos los rincones de España.

—*Maria, Mater Gratiae, Mater Misericordiae*…

Todos de rodillas, tras la duquesa, rezaban el rosario una y otra vez. Hernando murmuraba mecánicamente la interminable cantinela, pero a sus lados, por delante o por detrás, escuchaba las voces de aquellos cortesanos orgullosos y altivos, que se elevaban con verdadera devoción. Observó en sus rostros la inquietud y la angustia: su futuro dependía de la vida y generosidad de don Alfonso y si éste moría…

—No os preocupéis, prima —dijo un día don Sancho a la hora de la comida: la mesa presentaba un aspecto sobrio, con pan negro y pescado, sin vino ni ninguna de las demás preciadas viandas que se acostumbraban a servir en palacio—, si vuestro esposo y su primogénito han sido apresados en las costas irlandesas, sus captores los respetarán. Suponen un extraordinario rescate para los ingleses. Nadie les hará daño. Confiad en Dios. Serán bien acomodados hasta que se pague su rescate; es la ley del honor, la ley de la guerra.

Sin embargo, el brillo de esperanza que destelló en los ojos de la duquesa ante las palabras del viejo hidalgo se fue trocando en llanto a medida que llegaban noticias a la península. Sir William Fitzwilliam, a la sazón capitán general de las fuerzas inglesas de ocupación en Irlanda, tan sólo disponía de setecientos cincuenta hombres para proteger la isla frente a los naturales que aún defendían sus libertades, por lo que no estaba dispuesto a consentir la llegada de tan elevado número de soldados enemigos. Su orden fue tajante: detener y ejecutar de inmediato a todo español hallado en territorio irlandés, fuera de la condición que fuese, noble, soldado, sirviente o simple galeote.

Los espías de Felipe II y aquellos soldados que con la ayuda de los señores irlandeses lograron escapar a través de Escocia se explayaron en el relato de estremecedoras matanzas de españoles; los ingleses, sin la menor compasión o caballerosidad, mataban incluso a quienes se rendían.

Entonces Hernando, preocupado por la suerte de quien le había tratado como un amigo, empezó también a temer por su propio porvenir. Las relaciones con la duquesa habían empeorado aún más en los últimos tiempos a raíz del conocimiento de sus amoríos con Isabel. Al igual que don Sancho, doña Lucía no le dirigía la palabra; la altiva noble ni siquiera lo miraba y Hernando parecía haberse convertido en una rémora impuesta por aquel de cuya vida nada se sabía. Quizá en otras circunstancias no le hubiera dado mayor importancia: odiaba la hipocresía de tan ocioso tipo de vida, pero el favor del duque, su biblioteca y las decenas de libros a los que tenía acceso, así como la posibilidad de dedicarse por entero a la causa de la comunidad morisca tras el espectacular éxito del descubrimiento del pergamino en la Torre Turpiana, eran algo a lo que no quería ni podía renunciar, por más incómoda que se le hiciera su estancia en el palacio del duque. El cabildo catedralicio encargó la traducción del pergamino precisamente a Luna y Castillo y él, Hernando, acababa de conseguir dar el sutil punto de curvatura hacia la derecha a la punta de los cálamos. Y como si su mano sirviese a Dios, llegó a dibujar sobre el papel las más maravillosas letras que pudiera haber imaginado.

En septiembre de aquel año, al tiempo que toda España, su rey incluido, lloraba la derrota de la gran armada, un joven judío tetuaní provisto de cédulas falsificadas que lo acreditaban como comerciante de aceites malagueño, llegaba a Córdoba acompañando a una caravana a la que se había unido en Sevilla.

Tras superar la aduana de la torre de la Calahorra, mientras cruzaba el puente romano a pie, al lado de unas mulas, el joven fijó su mirada en la gran obra que se abría justo frente a ellos, más allá del puente y de la puerta de acceso a la ciudad. Recordó las palabras de su padre.

—Por delante del puente encontrarás la gran mezquita sobre la que los cristianos están construyendo su catedral —le había explicado éste antes de que partiera, repitiendo las indicaciones de Fátima, hablándole en castellano para recordarle el idioma que sólo utilizaban para tratar negocios con los cristianos que acudían a Berbería. ¡Y ahora allí estaba!

El hijo de Efraín, del mismo nombre que su padre, perdió el paso ante la monumental estructura que se alzaba por encima del bajo techo de la mezquita, con unos majestuosos arbotantes a la espera de que se construyesen el cimborrio y la cúpula que debían coronar el templo.

—En la fachada principal de la catedral, al otro lado del río, donde se alza el campanario —había continuado su padre—, encontrarás una calle que asciende hasta la de los Deanes y que llega a otra conocida como la de los Barberos para después, algo más arriba, llamarse de Almanzor…

La voz del anciano judío tembló.

—¿Qué sucede, padre? —se preocupó Efraín, adelantando una mano para ponerla sobre su antebrazo.

—Esa zona a la que debes dirigirte —explicó tras carraspear—, es precisamente la antigua judería de Córdoba, de donde nos expulsaron los cristianos no hace todavía un siglo. —La voz del anciano volvió a temblar. Fátima le explicó dónde estaba la casa patio en la que vivían y él escuchó con paciencia a la señora. ¡Cuántas veces había escuchado la descripción de aquellas calles de boca de su abuelo!—. Allí están tus raíces, hijo, ¡respíralas y tráeme algo de ese aire!

La mujer que le recibió en la casa patio no le dio noticia de aquel Hernando Ruiz, cristiano nuevo de Juviles, a quien debía encontrar para entregarle la carta que llevaba escondida bajo su camisa; es más, le echó sin contemplaciones cuando el muchacho insistió en que en esa vivienda había vivido antes una familia morisca.

—¡Ningún hereje ha pisado nunca esta casa! —le gritó, y cerró la puerta que daba al zaguán.

«Si por algún motivo no lo encontrases —le había indicado su padre—, deberás dirigirte a las caballerizas reales. Según la señora, allí seguro que te darán nuevas de él.» Efraín preguntó cómo llegar, desanduvo el camino, pasó por delante del alcázar, residencia del tribunal del Santo Oficio, y llegó a las cuadras.

—No sé de quién me hablas —le contestó un mozo con el que se topó nada más cruzar el portalón de entrada—, pero si se trata de un cristiano nuevo, pregunta en la herrería. Seguro que Jerónimo sabrá de él; lleva muchos años trabajando aquí.

Superado el zaguán de entrada y la nave de cuadras, Efraín se encontró con el picadero central, donde varios jinetes domaban potros. El joven judío se detuvo unos instantes. ¡Qué diferentes eran aquellos caballos de los pequeños árabes de su tierra! Desde el zaguán, el mozo le llamó la atención y le ordenó continuar hacia la herrería. ¿Por qué el tal Jerónimo debía saber de un cristiano nuevo?, se preguntó mientras caminaba en su busca. Encontró la respuesta en la tez oscura y en las facciones árabes del herrador, que lo recibió con una sonrisa que se borró en cuanto supo el motivo de su visita.

—¿Qué quieres de Hernando? —espetó.

Efraín dudó; ¿a qué ese recelo? Entre yunques, el horno encendido, herramientas y barras de hierro, el herrador se irguió ante él cuan grande era, respirando con fuerza a través de su nariz bulbosa.

—¿Lo conoces? —inquirió el joven con firmeza.

En esta ocasión fue el herrador quien dudó.

—Sí —reconoció al fin.

—¿Sabes dónde puedo dar con él?

Jerónimo dio un paso hacia el joven.

—¿Por qué?

—Eso es asunto mío. Sólo te pregunto si sabes dónde puedo encontrar al tal Hernando. Si es así y quieres decírmelo, bien; en caso contrario, no pretendo molestarte, ya lo buscaré en otro lugar.

—No sé nada de él.

—Gracias —se despidió Efraín con la convicción de que el árabe le engañaba. ¿Por qué?

El herrador no estaba dispuesto a dar referencia alguna de Hernando, pero quizá fuera conveniente enterarse de las intenciones del visitante.

—Pero sí sé dónde puedes encontrar a su madre —rectificó.

Efraín se detuvo. «La señora exige que la carta le sea entregada a él personalmente o a su madre. Se llama Aisha. No debes hacerlo a ninguna otra persona», le había advertido su padre.

¿Qué sucedía con aquella familia?, se preguntaba Efraín cuando llegó ante la puerta de la casa de Aisha, en una callejuela estrecha del barrio de Santiago, en el extremo opuesto de la ciudad. Era evidente que Jerónimo le había mentido; sus ojos oscuros le delataban, y cuando preguntó por Aisha a unas mujeres que trajinaban con tiestos y flores en el patio del edificio, éstas le miraron con desdén. Efraín era un joven fuerte, probablemente no tanto como el herrador, pero con seguridad más que el morisco que acudió a la llamada de las mujeres. Y estaba cansado. Durante jornadas había caminado desde el puerto de Sevilla, adonde arribó en un barco portugués que había zarpado de Ceuta, y llevaba todo el día de un lugar a otro buscando al tal Hernando Ruiz o a su madre, arriesgándose a que cualquier altercado pudiera originar su detención y poner de manifiesto su condición de judío o la falsificación de su cédula como vendedor de aceites.

—¿Para qué buscas a Aisha? —le preguntó el morisco con desprecio.

¡Ya era suficiente! Efraín prescindió de la prudencia, frunció el ceño y acercó la mano a la empuñadura de la daga que llevaba en su cinto. El morisco no pudo impedir que su mirada siguiera el movimiento de la mano del joven judío.

—Eso no es de tu incumbencia —respondió—. ¿Vive aquí?
—El morisco titubeó—. ¿Vive o no vive aquí? —estalló Efraín, haciendo ademán de desenvainar la daga.

Vivía. Dormía allí mismo, a espaldas de donde se encontraba Efraín, en el zaguán. El joven volvió la mirada hacia la manta arrugada que le indicó el morisco con un movimiento de su mentón. Sin embargo, a esas horas la mujer aún no había regresado de la tejeduría.

Efraín esperó en el callejón que conducía a la casa. Un rato después algo le dijo que la mujer que se dirigía hacia él, despacio, encorvada, con la mirada clavada en el suelo y unas grandes ropas que colgaban de sus hombros caídos, era la persona a la que buscaba.

—¿Aisha? —preguntó cuando la mujer pasaba por su lado. Ella asintió mostrándole unos ojos tristes, hundidos en cuencas amoratadas—. La paz sea contigo —saludó Efraín. La cortesía pareció sorprenderla. El joven judío la vio como un animal indefenso y herido. ¿Qué sucedía con esas personas?—. Me llamo Efraín y vengo desde Tetuán... —le susurró acercándose a ella.

Aisha reaccionó con inusitada energía.

¡Calla! —advirtió, al tiempo que hacía un gesto hacia el interior del edificio, más allá del zaguán. Efraín se volvió para encontrarse con varios rostros atentos a ellos.

Sin articular palabra, Aisha se encaminó hacia el río. Efraín la siguió, tratando de acompasar su marcha a la lentitud de la mujer.

—Vengo... —insistió ya lejos de la casa, pero Aisha le acalló de nuevo con un gesto.

Llegaron al Guadalquivir por la puerta de Martos, delante del molino que pertenecía a la orden de Calatrava. Allí, a la orilla del río, Aisha se volvió hacia él.

—¿Traes noticias de Fátima? —preguntó con un hilo de voz.

—Sí. Tengo...

—¿Qué sabes de mi hijo, de Shamir? —le interrumpió ella, obligándole a detenerse.

Efraín creyó percibir un destello de vida en aquellos ojos apagados.

—Está bien. —Antes de partir, su padre le había explicado la situación—. Pero poco más sé de él —aclaró—. Te traigo una carta de la señora Fátima. Va dirigida a tu hijo, Hernando, pero también es para ti.

Efraín rebuscó en el interior de sus ropas.

—No sé leer —adujo Aisha.

El joven se quedó con la carta en la mano.

—Dásela a tu hijo y que lo haga él —arguyó acercándosela para que la cogiera.

Aisha dejó escapar una triste sonrisa. ¿Cómo iba a decirle a su hijo que le había engañado y que Fátima, Francisco e Inés vivían?

—Léela tú.

Efraín dudó. «A Hernando o a su madre», recordó. De fondo se oía el incesante ruido de las piedras del molino que machacaba el grano al paso del agua del Guadalquivir.

—De acuerdo —cedió y rasgó el sello lacrado—. Amado esposo —leyó después—. La paz y la bendición del Indulgente y del que juzga con verdad sean contigo…

El sol iniciaba su ocaso, delineando ambas siluetas a orillas del río. Concentrado en la lectura, Efraín no pudo captar la sonrisa de Aisha en el momento en que la misiva contaba la muerte de Brahim, desangrado como un puerco. El joven judío tuvo que carraspear en repetidas ocasiones mientras leía el relato del asesinato que tan detalladamente aparecía escrito con la familiar letra de su padre.

Tu hijo está bien —proseguía la carta dirigida a Hernando—. Se ha hecho un hombre inteligente y se ha curtido en el corso contra los cristianos. ¿Cómo se encuentra tu madre? Confío que la fuerza y el valor con que me cuidó y apoyó le hayan servido para superar todas las pruebas a las que Dios nos ha sometido. Dile que Shamir también es ya todo un hombre y, además, es ahora rico y poderoso tras la muerte de su maldito padre. Ambos, valientes y soberbios, en nombre del único Dios, del verdadero, del Fuerte y Firme, del que hace vivir y morir, surcan los mares luchando y dañando a los cristianos, aquellos que tantos males nos han originado. Inés crece sana. Amado esposo: ignoro qué es lo que te dijo tu madre acerca del secuestro de tu hijo, de Inés y de tu esclava, que soy yo, pero debo suponer que te contó que habíamos muerto, porque, de no ser así, estoy convencida de que habrías venido a por nosotros. Los muchachos no alcanzaron a saberlo nunca y esperaron mucho tiempo tu llegada. Dudé si decírselo, pero decidí que esa posibilidad, esa esperanza, los ayudaría en un camino que se les presentó cruel y difícil. Hoy ya es tarde para hacerlo. Tú mismo podrás decírselo y te perdonarán, seguro, como confío en que perdones a tu madre; fui yo quien le pedí que lo hiciera así, que impidiera que nos siguieras hasta este nido de corsarios donde Brahim te esperaba con todo un ejército para matarte.

Efraín tuvo que interrumpir su lectura ante los sollozos de Aisha. Evitó mirar a la mujer, sobrecogido ante un dolor que ella no hacía nada por esconder.

—Continúa —le instó Aisha, con voz temblorosa.

Hernando, tenemos muchas noches que recuperar —leyó el judío—. Tetuán es nuestro paraíso. Aquí podemos vivir sin problemas y en la verdadera fe, sin escondernos de nada ni de nadie. Con todo, ignoro si habrás contraído nuevo matrimonio. No te lo reprocho, sería comprensible. En ese caso acude con tu nueva esposa y tus hijos si los tienes. Como buena musulmana que estoy segura de que lo será, tu esposa comprenderá y aceptará la situación. Trae también a Aisha: Shamir la necesita. ¡Todos os necesitamos! Que Dios guíe al portador de ésta, te encuentre con salud y te devuelva a mis brazos y a los de tus hijos.

Aisha se mantuvo quieta durante un largo rato, con la mirada perdida en las aguas ya casi negras del Guadalquivir.

—Así termina la carta —añadió Efraín ante su silencio.

—¿Espera respuesta? —Aisha se encaró con el joven.

—Sí —titubeó Efraín ante su actitud—. Eso me han dicho.

—Tampoco sé escribir…

—Tu hijo…

—¡Mi hijo ya no escribe en árabe! —replicó Aisha, con la voz tomada por el rencor—. Recuerda bien lo que voy a decirte y trasládaselo a Fátima: el hombre al que amó ya no existe. Hernando ha abandonado la verdadera fe y ha traicionado a su pueblo; nadie de los nuestros le habla ni le respeta. Su sangre nazarena ha vencido. En las Alpujarras ayudó a los cristianos y, a escondidas, salvó algunas de sus miserables vidas. Ahora vive en el palacio de un noble cordobés, uno de los que mató a tantos de los nuestros, como uno más de ellos, entregado al ocio. En lugar de copiar ejemplares del Corán o profecías, trabaja para el obispo de Granada ensalzando a los mártires cristianos de las Alpujarras, aquellos que nos robaban, nos escupían... o nos ultrajaban.

Aisha calló. Efraín la vio temblar, distinguió unas lágrimas que pugnaban por salir de unos ojos enfurecidos y tristes.

—Hernando ya no es mi hijo y no es digno de ti ni de mis nietos —murmuró—. Te lo dice Aisha, aquella que lo concibió violentada, que lo llevó en su seno y que lo parió con dolor..., con todo el dolor del mundo. Fátima, mi querida Fátima, que la paz sea contigo y con los tuyos. —Aisha agarró la carta que todavía permanecía en manos del joven, la rasgó en varios pedazos y, tras acercarse al río, los dejó caer el agua—. ¿Lo has entendido? —preguntó, de espaldas a él.

—Sí. —Efraín tuvo que hacer un esfuerzo para articular el simple monosílabo. Luego tragó la poca saliva que le quedaba en la boca—. Y tú, ¿qué harás? La carta decía...

—Ya no me quedan fuerzas. Dios no puede pretender que inicie un camino tan largo. Vuelve a tu tierra y transmítele mi mensaje a Fátima. Que Dios te acompañe.

Luego, sin ni siquiera mirarle, dio media vuelta y se alejó, con paso muy lento, recorriendo el mismo camino que un día anduvo con Hernando, junto al río que se había tragado a Hamid.

Varios días antes del 18 de octubre, festividad de San Lucas, los alguaciles de Córdoba fijaron carteles por toda la ciudad en los que se anunciaba la gran rogativa por el retorno de los navíos de la armada de los que todavía no se tenía noticia. ¡Aún faltaban setenta por llegar! Al mismo tiempo, pregoneros del cabildo municipal leyeron en los lugares más concurridos el bando por el que se convocaba a todos los cordobeses a acudir a la procesión, confesados y comulgados, cada cual con su cruz, su disciplina o su fuego. La comitiva debía salir de las puertas de la catedral, una hora después del mediodía, por lo que los cordobeses dedicaron la mañana a confesarse y comulgar como si fuese Jueves Santo.

En el palacio del duque de Monterreal, doña Lucía, sus hijas y su hijo pequeño se hallaban dispuestos, vestidos de negro riguroso, cada uno con un cirio en las manos. Los hidalgos y Hernando, también de negro, se procuraron hachones para acompañar a la rogativa y empezaron a reunirse en el salón de doña Lucía, a la espera del tañido de todas las campanas de la ciudad. El obispo había ordenado que tocaran hasta las de los conventos y ermitas de la sierra y lugares cercanos. Una macilenta doña Lucía, sentada junto a sus hijos, murmuraba oraciones al tiempo que pasaba las cuentas del rosario; los demás se hallaban sumidos en una tensa espera. Entonces apareció don Esteban, descalzo, desnudo de cintura para arriba, con sólo unos calzones y una gran cruz de madera sobre su hombro sano, se acercó a la duquesa y la saludó con una leve inclinación de cabeza. El viejo sargento impedido mostraba todavía un torso fuerte, surcado por numerosas cicatrices, algunas en forma de simples líneas en su piel, más o menos gruesas y mal cosidas; otras, como la que nacía de su hombro izquierdo, eran surcos que le atravesaban la espalda. Doña Lucía contestó al saludo del sargento, con los finos labios apretados y los ojos repentinamente humedecidos. Al instante, uno de los hidalgos salió de la estancia en busca de otra cruz que portar en la procesión. Los demás se miraron entre sí y al cabo siguieron los pasos del primero.

—Ahora, encomendándote a Dios, puedes volver a salvar la vida de don Alfonso. —Don Sancho se dirigió a Hernando por primera vez en mucho tiempo—. ¿O te da igual que muera?

¿Quería que muriese el duque? No. Hernando recordó los días en la tienda de Barrax y su huida. Era cristiano, pero era su amigo; quizá el único con quien podía contar en toda Córdoba. Además, ¿acaso no era él, Hernando, quien defendía la existencia de un único Dios, el Dios de Abraham? Siguió al hidalgo decidido a sufrir penitencia por don Alfonso. ¿Qué más daba ya todo? Sus hermanos en la fe ya estaban convencidos de su traición, nada de lo que hiciera podía empeorar el desprecio que sentían hacia él.

—¿Cómo conseguimos ahora una cruz de madera? —oyó que preguntaba uno de los hidalgos—. No tenemos tiempo de…

—Sirven espadas, barras de hierro o simples maderos para atárnoslos por la espalda a los brazos extendidos. La cruz la formarán nuestros brazos —le interrumpió el que iba a su lado.

—O una penitencia —intervino otro—: un látigo o un cilicio.

No faltaban espadas en el palacio del duque. Sin embargo, Hernando recordó la gran y antigua cruz de madera que colgaba arrinconada en las cuadras. Según le había explicado el mozo, el duque decidió mudar el magnífico Cristo de bronce que presidía el altar de la capilla de palacio por una cruz trabajada en costosa madera de caoba traída de la isla de Cuba y la vieja, ya sin figura, fue a parar a los establos.

Era un día soleado pero frío. Al tañido de todas las campanas de la ciudad y de los lugares cercanos, la gran procesión rogativa salió de la catedral de Córdoba por la puerta de Santa Catalina: la rodeó en dirección al río, y cruzó bajo el puente entre el obispado y la catedral hasta el palacio del obispo, donde éste la bendijo desde el balcón. La procesión iba encabezada por el corregidor de la ciudad y el maestre de la catedral, a quienes seguían los veinticuatros y jurados del municipio provistos de sus pendones. Tras ellos, con los miembros del cabildo catedralicio, sacerdotes y beneficiados, iba el Santo Cristo del Punto en unas andas; los frailes de los numerosos conventos de la ciudad portaban pasos con imágenes de sus iglesias, algunas bajo palio. Más de dos mil personas con cirios o hachones encendidos en las manos, con doña Lucía y sus hijos al frente, consolados por los nobles que se habían hecho un sitio al lado de la familia del duque.

Y, por detrás de todos ellos, la procesión había congregado a cerca de un millar de penitentes. Cargado con su cruz, Hernando los observó mientras esperaban a ponerse en marcha. Igual que él, casi todos caminaban descalzos y con los torsos descubiertos. A su alrededor vio más hombres con cruces al hombro. Otros iban aspados: con los brazos en cruz, atados a espadas o hierros. Había penitentes con cilicios en piernas y cintura, hombres con los torsos envueltos en zarzas y ortigas, o con sogas en la garganta dispuestas para que otro penitente tirara de la cuerda durante el camino. Los murmullos de las oraciones de todos ellos resonaron en sus oídos y Hernando sintió un inquietante vacío interior. ¿Qué pensarían los moriscos que le viesen? Quizá entre tanta gente no llegaran a reconocerle y, en todo caso, se repitió, ¿qué importaba ya?

La procesión, con los cordobeses cayendo de rodillas a su paso, trazó el recorrido previsto por las calles de la ciudad en busca de iglesias y conventos. Cuando pasaba por algún templo de dimensiones suficientes, la rogativa cruzaba su interior, acompañada por los cánticos del coro. La fila era tan larga que la cabeza de la procesión quedaba a varias horas del paso de los penitentes. En los templos de menores dimensiones era recibida por la comunidad religiosa, que había salido a la calle con las imágenes, y entonaba misereres desde las puertas; las monjas lo hacían escondidas, desde los miradores de los conventos.

Había transcurrido un larguísimo trecho de una marcha que según el bando debía prolongarse hasta el anochecer, Hernando empezó a notar que el peso de la cruz sobre su hombro aumentaba de forma insoportable. ¿Por qué no se habría limitado a asparse como los demás hidalgos? Es más, ¿qué demonios hacía allí, destrozándose los pies, pisando los charcos de barro y sangre, rezando y cantando misereres? El viejo sargento de los tercios, por delante de él, empleando sólo su brazo útil, se encalló cuando el extremo de la cruz que arrastraba se introdujo en un hoyo de la calle. Aunque don Esteban tiró de la cruz, fue incapaz de extraerla del hoyo; los penitentes lo adelantaron, pero los que portaban cruces no pudieron hacerlo y se vieron obligados a detenerse. Un joven que presenciaba la procesión saltó de entre el público y levantó el extremo de la cruz. El sargento se volvió hacia él y se lo agradeció con una sonrisa. La rogativa continuó, con los dos portando la cruz. Tendrían que ayudarle también a él, temió Hernando al volver a iniciar la marcha haciendo un esfuerzo para tirar de los pesados maderos cruzados. ¡Le quedaba toda la tarde!

—Dios te salve María, llena de gracia, el Señor es contigo… —se sumó Hernando a los murmullos.

Ave Marías, padrenuestros, credos, salves… el murmullo de oraciones era incesante. ¿Qué hacía allí? Misereres cantados. Millares de velas, cirios y hachones. Incienso. Bendiciones. Santos e imágenes por doquier. Hombres y mujeres arrodillados a su paso, algunos gritando y suplicando con los brazos extendidos hacia el cielo en arrebatos místicos. Flagelantes con la espalda ensangrentada a su alrededor. De pronto se sintió fuera de lugar… ¡Él era musulmán!

Si la piadosa feligresía de Córdoba había sido convocada mediante anuncios y pregones, no lo fue así la comunidad morisca. Días antes de la festividad de San Lucas, párrocos, sacristanes y vicarios, jurados y alguaciles, echaron mano de los detallados censos de los cristianos nuevos y, casa por casa, los conminaron a que se presentaran en la rogativa. Como si se tratase de un domingo, el día de San Lucas, a primera hora de la mañana, con los censos en las manos, se apostaron en las puertas de las iglesias para comprobar que no faltaba ninguno a confesar y comulgar. Nadie podía permanecer en su casa; todos debían acudir a ver la procesión y a rezar por el retorno de los barcos de la gran armada que aún no habían arribado a puerto. ¡Toda España rogaba al unísono por su regreso!

—¿A qué esperas, vieja? —El panadero morisco zarandeó a Aisha, que estaba acostada en el zaguán.

Fueron varios los hombres que, mientras salían de la casa para acudir a confesar y comulgar, la instaron a levantarse del zaguán, pero ella no les hizo caso. ¡Qué le importaban los asquerosos barcos del rey cristiano! El último en salir, el viejo panadero, no iba a permitir que la mujer se quedase allí.

—Es una procesión de nazarenos —le gritó al ver cómo Aisha se encogía en su manta, sobre el suelo—. ¡La tuya y la de tu hijo! Los justicias vigilarán que todos acudamos a la rogativa. ¿Acaso pretendes que la desgracia caiga sobre esta casa y todos nosotros? ¡Levanta!

Dos moriscos más de los que compartían la casa y que ya estaban en la calle volvieron sobre sus pasos.

—¿Qué pasa? —preguntó uno de ellos.

—No quiere levantarse.

—Si no acude a confesar, los justicias vendrán a comprobar y sospecharán de esta casa. Los tendremos encima todos los días del año.

—Eso le he dicho —alegó el panadero.

—Mira, nazarena —dijo el tercero, acuclillándose junto a Aisha—, o vienes por las buenas o te llevaremos por las malas.

Aisha acudió a la parroquia de Santiago trastabillando entre dos jóvenes moriscos que la agarraban de las axilas sin contemplaciones. El sacristán tachó su nombre en la puerta de la iglesia, tras apartarse y mirarla con aprensión.

—Está enferma —se excusaron los jóvenes.

Lo que no pudieron obligarla fue a confesar y menos se atrevieron a acercarla al altar a comer «la torta», pero tal era la afluencia de feligreses a la iglesia, tal el alboroto y las colas en el confesionario, que nadie se percató de ello. Los justicias dieron por bueno que hubiera acudido a la iglesia. Desde allí, vigilados por un alcaide, los moriscos del barrio de Santiago se situaron en la calle del Sol, entre la parroquia de Santiago y el cercano convento de Santa Cruz, a la espera del paso de la procesión. Aisha estaba entre ellos, encogida, ajena a todo. Varias horas tuvieron que permanecer en la calle desde el tañido de campanas hasta que la rogativa, ya encaminada de regreso a la catedral, recorrió el barrio de Santiago, junto a la muralla oriental.

Aisha no habló con nadie. Hacía días que no lo hacía, ni siquiera en la tejeduría, donde aguantaba en silencio, con la mirada perdida, las increpaciones del maestro Juan Marco ante los hilos de seda mal encañados o con los colores o las medidas mezcladas. Trabajaba pensando en Fátima y en Shamir. ¡Fátima lo había conseguido! Había sufrido años de humillaciones, pero calló y aguantó, y su fuerza de voluntad y su constancia la llevaron a obtener una venganza que a ella jamás se le hubiera pasado siquiera por la imaginación. ¡Un paraíso!, recordó que decía la carta. Vivía en un paraíso. Y ella, ¿qué había hecho ella a lo largo de su vida? Vieja, enferma y sola. Observó a los vecinos que la rodeaban, como si pretendieran esconderla. Comían. Comían pan de panizo, y tortas, y dulces de almendra, y buñuelos que se habían procurado. Ninguno de ellos le ofreció un pedazo, aunque tampoco hubiera podido co-

merlo. Le faltaban algunos dientes y el cabello se le caía a mecho-
nes; tenía que desgajar en migas el pan duro que le dejaban cada
noche. ¿Qué gran pecado habría cometido para que Dios la casti-
gara de aquella manera? Hernando traicionaba a los musulmanes y
Shamir vivía lejos, en Berbería; sus otros hijos… habían sido asesinados o vendidos como esclavos. ¿Por qué, Dios? ¿Por qué no se la
llevaba ya de una vez? ¡Deseaba la muerte! La llamaba cada noche
que se tenía que tumbar sobre el frío y duro suelo del zaguán, pero
no llegaba. Dios no se decidía a liberarla de sus miserias.

Le dolían las piernas en el momento en que el Cristo del Punto
pasaba por delante de ella. Los moriscos hincaron sus rodillas en
tierra. Alguien tiró de su falda para que hiciera lo mismo, pero ella
no cedió y permaneció en pie, callada, sin rezar, encogida como
una anciana entre los hombres arrodillados. Al cabo de un buen
rato llegaron los penitentes. Después de recorrer la ciudad, muchos
eran los que caían bajo el peso de las cruces y la gente se veía obligada a acudir en su ayuda. Ése no era el caso de Hernando, pero el
sargento, que caminaba junto a él, ya había dejado la cruz al superar
la Corredera y caminaba entre el grupo de penitentes, cabizbajo y
vencido, libre de una carga que habían hecho suya dos jóvenes.
Quienes portaban disciplinas aparecían ya con el cuerpo ensangrentado; los fervorosos cristianos que presenciaban la procesión se
conmovían y emocionaban ante esas muestras de pasión y se sumaban a los gritos y aullidos de dolor que surgían de boca de los penitentes. Las monjas de Santa Cruz empezaron a entonar el *Miserere*, alzando la voz para hacerse oír entre el escándalo, animando al
millar de hombres desgarrados.

—*Miserere mei, Deus, secundum magnam misericordiam tuam* —retumbó el lúgubre cántico en la calle del Sol.

Aisha miraba sin interés el paso de aquellos desgraciados cuando entre ellos, tirando de una cruz inmensa, con la espalda llena de
sangre debido a las heridas ocasionadas por el roce de la madera
sobre su hombro desnudo y el rostro congestionado, vio a su hijo,
que arrastraba los pies junto al resto de los penitentes: su imagen le
recordó a uno de los centenares de Cristos que mostraban las iglesias y los altares callejeros cordobeses.

—¡No! —gritó. Los dedos de las manos se le crisparon. El panadero se volvió hacia ella para encontrarse con que las mansas venas azules del cuello de la anciana aparecían ahora abultadas bajo su mentón. Sus ojos irradiaban odio—. ¡No! —volvió a gritar. Otro morisco más se volvió hacia ella. Un tercero trató de acallarla, lo que llamó la atención del alguacil, pero Aisha le sorprendió y se zafó de él con la fuerza nacida de la ira—. ¡Alá es grande, hijo! —gritó entonces. El alguacil ya se dirigía hacia Aisha.

—*Et secundum multitudinem miserationum tuarum, dele iniquitatem meam* —se lamentaban las monjas de Santa Cruz.

Los moriscos se separaron de Aisha.

—¡Escucha, Hernando! ¡Fátima vive! ¡Tus hijos también! ¡Vuelve con tu gente! ¡No hay otro Dios que Dios y Muhammad es el env…!

No pudo terminar la profesión de fe. El alguacil se lanzó sobre ella y la hizo callar de un manotazo que le saltó un par de dientes.

Hernando, ido, loco de dolor, entre gritos y aullidos, repetía para sí aquellos cánticos quejumbrosos que llevaba escuchando todo el día: *Amplius lava me ab iniquitate mea.* Y tiraba de la cruz, sólo pendiente de arrastrar los pesados maderos. No se enteró del alboroto entre los moriscos. Ni siquiera volvió la cara hacia el tumulto que se había formado alrededor de su madre.

55

A finales de octubre, el rey Felipe se dirigía a todos los obispos del reino agradeciéndoles sus rogativas, pero también instándoles a que las suspendieran; consideraba imposible que transcurridos dos meses y medio desde que la armada se hubiera internado en aguas del Atlántico, retornara ya algún otro barco. Días después, el propio rey escribía una sentida carta personal a la esposa de su primo, el duque de Monterreal, grande de España, para comunicarle la muerte de don Alfonso de Córdoba y su primogénito a manos de los ingleses en las costas de Irlanda, donde naufragó su navío.

Dos marineros que escaparon de la matanza con la ayuda de los rebeldes irlandeses, y que lograron huir a Escocia primero y a Flandes después, habían relatado sin ningún género de dudas el asesinato del duque y de su hijo. Según contaron, una brigada del ejército inglés había detenido al duque y a sus hombres mientras éstos vagaban por tierras irlandesas, después de ganar la costa a nado tras el naufragio. Sin hacer el menor caso a la calidad de don Alfonso, que trató de hacer valer su condición de noble ante el sheriff, obligaron a desnudarse a todos los españoles y los ahorcaron en una colina como a vulgares delincuentes.

Hernando no se hallaba presente la mañana en que el secretario de palacio, don Silvestre, dio lectura a la carta ante todos los hidalgos, tras haberlo hecho antes en privado frente a doña Lucía. Llevaba dos días acudiendo al alcázar de los reyes cristianos, solicitando audiencia al relator, al notario o al propio inquisidor, esperando a que alguno de ellos le recibiera. Tardó casi diez días en tener conocimiento de la detención de su madre por parte de la Inquisición, hecho del que supo cuando Juan Marco, el maestro tejedor, le mandó recado devolviéndole el dinero que cada mes le hacía llegar el morisco puesto que su madre no se presentaba a trabajar en el taller. Fue el mismo aprendiz que le llevó el dinero, tan sólo un niño, quien, en presencia de varios criados de palacio, le escupió la noticia con rencor:

—Tu madre invocó al Dios de los herejes al paso de los penitentes de la rogativa. —Las monedas escaparon de la mano de Hernando y cayeron al suelo produciendo un extraño tintineo. Sintió que le flaqueaban las piernas. ¡Le habría visto en la procesión! No podía ser otra cosa—. ¡Es una sacrílega! —afirmó el niño al cesar el ruido de los dineros.

Uno de los criados asintió a las palabras del muchacho:

—Merece la máxima pena que le pueda imponer el Santo Oficio: la hoguera será poco castigo para quien es capaz de blasfemar ante una sagrada procesión.

Lo más que consiguió Hernando de la Inquisición fue que aceptaran su dinero para la alimentación de Aisha, aunque poco imaginaba que ella había decidido no comer y que rechazaba las exiguas e infectas raciones que los carceleros arrojaban a su celda.

Don Esteban fue el primero en caer de rodillas cuando el secretario puso fin a la lectura de la carta del rey. Don Sancho se santiguó en repetidas ocasiones mientras otros hidalgos imitaban al viejo sargento de los tercios. El murmullo de oraciones inconexas empezó a asolar la estancia hasta que la voz potente del capellán se alzó por encima de él:

—¿Cómo iba Cristo a atender nuestras súplicas si al tiempo que nosotros rogábamos su intercesión, la madre de aquél a quien don Alfonso beneficiaba con su favor y amistad invocaba al falso dios de la secta de los musulmanes?

Doña Lucía, que hasta entonces había permanecido hundida en un sillón, alzó el rostro. Le temblaba el mentón.

—¿De qué sirve una rogativa en la que se comete sacrilegio? La duquesa desvió sus ojos llorosos hacia el hidalgo que acababa de expresarse en tales términos. En el momento en que asintió a sus palabras, otro de ellos se sumó al ataque contra Hernando.

—¡Madre e hijo lo tenían preparado! Yo vi al morisco hacer una señal…

A partir de ahí, la corte de ociosos nobles se ensañó con Hernando.

—¡Blasfemia!

—¡Dios se ha sentido ofendido!

—Por eso nos ha negado su gracia.

Los ojos de doña Lucía se cerraron en finas líneas. ¡No iba a permitir que el hijo de una sacrílega que había ultrajado la rogativa continuara viviendo en palacio y disfrutando del favor de quien ya no podía concedérselo!

Esa misma noche, cuando Hernando, ignorante de la muerte de don Alfonso, volvía derrotado del tribunal de la Inquisición tras esperar infructuosamente durante todo el día a que alguien le atendiese, el secretario le abordó en la misma puerta de palacio.

—Mañana por la mañana —le anunció don Silvestre— deberás abandonar esta casa. Así lo ha ordenado la duquesa. No eres digno de vivir bajo este techo. Su Excelencia, el duque de Monterreal, y su hijo han muerto defendiendo la causa del catolicismo.

El chasquido de las cadenas que unían sus tobillos cuando don Alfonso, herido, descargó su acero toledano sobre ellas junto a un riachuelo de las Alpujarras, resonó de nuevo en su cabeza. Hernando entornó los párpados. El duque, con su muerte, volvía a liberarle de una servidumbre a la que él no se atrevía a poner fin.

—Transmitidle mis condolencias a la duquesa —dijo.

—No creo que sea oportuno —se negó el secretario con acidez.

—Pues os equivocáis —replicó Hernando—. Quizá sean las únicas sinceras que vaya a recibir en esta casa.

—¿Qué insinúas?

Hernando hizo un gesto al aire con la mano.

—¿Qué puedo o no puedo llevarme? —inquirió.

—Tus ropas. La duquesa no quiere verlas. El caballo…

—El caballo y su equipo son míos. No necesito que nadie me permita llevármelos —dijo Hernando con firmeza—. En cuanto a mis escritos...

—¿Qué escritos? —preguntó el secretario, con sorna.

Hernando exhaló un suspiro de fastidio. ¿Iban a humillarlo hasta el final?

—Lo sabéis bien —contestó—. Los que estoy preparando para el arzobispo de Granada.

—De acuerdo. Tuyos son.

Sentía la muerte de don Alfonso. Llegó a confiar en su pronto regreso. Apreciaba sinceramente al duque, que tanto había hecho por él, y en esos momentos también habría querido contar con su ayuda para que intercediera por su madre ante la Inquisición. Cien veces mencionó su nombre para ser recibido, pero poco parecían importarle al Santo Oficio las referencias a los nobles o grandes de España. ¡Nadie, cualquiera que fuere su calidad, estaba por encima de la Inquisición y podía presionar a sus miembros! Se dirigió deprisa hacia la torre del alminar donde tenía escondidos el evangelio de Bernabé y sus demás secretos. Silvestre era capaz de registrarle a su salida del palacio, así que decidió llevarse pocas cosas. Sacó la mano de oro de Fátima... La sostuvo en la palma de su mano unos instantes, tratando de recordar cómo brillaba allí donde nacían los pechos de su esposa, acompañándolos en sus movimientos; la joya se había oscurecido con la muerte de Fátima, pensó, igual que su vida. Por lo que respectaba a los libros y escritos, la decisión fue rápida: sólo se llevaría la copia en árabe del evangelio de Bernabé; todo lo demás, incluida la transcripción del evangelio que había realizado, sería destruido. El tratado de caligrafía de Ibn Muqla correría la misma suerte. No podía arriesgarse a que le pillaran y se lo sabía de memoria; las imágenes de las letras y los dibujos de sus proporciones aparecían ante sus ojos nada más acercar el cálamo al papel.

Por último volvió a sus aposentos y abrió el arcón para coger la bolsa en la que guardaba sus ahorros, pero no la encontró. Rebuscó entre sus pocas pertenencias. Se la habían robado. ¡Perros cristianos!, murmuró. Poco habían tardado en lanzarse a la rapiña, igual que en las Alpujarras. Sólo le quedaban los pocos dineros que llevaba encima.

Maldiciéndose por no haber puesto sus ahorros a buen recaudo, preparó un hatillo con sus ropas y escondió los pergaminos del evangelio entre sus escritos sobre el martirologio. Pasaban inadvertidos. Dejó la deslustrada mano de Fátima encima de las ropas: llevaría la joya escondida en su cuerpo. Por último se lavó para rezar. Luego, al poner fin a sus oraciones, se quedó parado en el centro del dormitorio, ¿qué haría a partir de entonces?

—Necesito dinero.

Pablo Coca no se inmutó ante las palabras de Hernando. La casa de tablaje estaba vacía; una esclava negra guineana limpiaba y ponía orden tras una noche de juego.

—Todos lo necesitamos, amigo —le contestó—. ¿Qué ha sucedido?

Hernando recordó a aquel niño que forzaba sus rasgos para conseguir mover el lóbulo de su oreja como hacía el Mariscal, y decidió confiar en él y contarle su situación. Evitó, no obstante, explicarle cómo esa misma mañana había logrado burlar la inspección a la que le sometió Silvestre.

—¿Y eso? —había preguntado el secretario señalando los papeles que Hernando sostenía en la mano derecha, a la vista. Silvestre acababa de revolver el hatillo, tratándole como a un vulgar ratero delante de los criados que iban y venían por el patio al que daban las cuadras.

—Mi informe para el cabildo de la catedral de Granada.

El secretario hizo un gesto para que se lo entregase. Hernando se limitó a acercarle los papeles, sin soltarlos.

—Son confidenciales, Silvestre —le dijo permitiéndole no obstante leer el contenido de la primera página, en la que relataba las matanzas de Cuxurio—. Te he dicho que son confidenciales de la Iglesia de Granada —insistió entonces, echándole en cara su curiosidad—. Si el arzobispo se entera…

—¡De acuerdo! —cedió el secretario.

—Y ahora, ¿vas a desnudarme? —ironizó Hernando pensando en la mano de Fátima que llevaba escondida en sus calzas—. ¿Acaso te gustaría? —le provocó haciendo ademán de extender los brazos. Silvestre enrojeció—. No te preocupes, llegué pobre a este palacio y salgo de él tan pobre como lo era entonces. —Hernando sonrió cínicamente hacia el secretario; ¿habría sido él el ladrón?—. Miserable, como decís vosotros.

El mozo de cuadras se negó a embridarle a Volador, vertiendo en su sola negativa todo el rencor acumulado a lo largo de los años en que se había visto obligado a servir a un morisco. Hernando lo aparejó, aunque tuvo que desembridarlo poco rato después, en el mesón del Potro, donde buscó alojamiento. De la multitud de mesones que había en la plaza y sus alrededores, eligió ése porque el mesonero no lo conocía. Volador, con el hierro de las cuadras reales, el doble de grande que cualquiera de las mulas y asnos que descansaban en el patio del mesón, y la distinguida ropa que vestía, le procuraron la mejor de las habitaciones de la posada, una estancia para él solo. Una cama, un par de sillas y una mesa constituían todo su mobiliario. Adelantó el pago como si se tratase de un hombre rico, pese a que al extraer el dinero de su bolsa se percató de que tan sólo le restaban un par de monedas de dos reales. Luego, en unas hojas de papel en blanco que se llevó de palacio, escribió una carta a don Pedro de Granada Venegas explicándole su situación, la de su madre, e implorando ayuda. Poco más podría hacer por ellos, por la causa morisca, anunciaba, si caía en la miseria. En el mismo mesón del Potro encontró a un arriero que se dirigía a Granada y la bolsa se le vació definitivamente.

—Mucho del dinero que tenía —terminó explicando a Pablo Coca— se lo he dado al carcelero de la Inquisición para el sustento y atención de mi madre. El resto…

—Esta noche podrás hacer algunos beneficios —trató de animarle el coimero. Hernando hizo un gesto de disgusto—. Te servirán para ir tirando —insistió Pablo—. Al menos tendrás para pagar el mesón.

—Palomero —arguyó Hernando, utilizando el mote de su juventud—, necesito mucho dinero, ¿entiendes? Tengo que comprar muchas voluntades en el alcázar de los reyes cristianos.

—De nada te servirán los dineros con la Inquisición. Cuando lo de las brujas, las Camachas, detuvieron a don Alonso de Aguilar, de la casa de Priego. ¡Un Aguilar! No hubo dinero que bastase hasta que no se aclaró el asunto y lo liberaron. Se han atrevido hasta con arzobispos…

—Mi madre tan sólo es una vieja morisca sin importancia, Pablo.

Coca pensó durante unos instantes, jugueteando con un dedo por encima del borde de un vaso. Estaban los dos sentados alrededor de una jarra de vino que les había servido la guineana.

—A menudo me llaman para organizar partidas importantes —comentó como si dudase de la posibilidad. Hernando dejó el vaso que iba a llevarse a la boca y se acercó por encima de la mesa—. No me gustan. A veces cedo y lo hago, pero… A esas partidas acuden nobles, escribanos, alguaciles, jurados, jóvenes altaneros y soberbios, hijos de grandes familias, ¡y hasta curas! Se trata de juegos de estocada en los que se mueve mucho dinero y muy rápido; no tiene nada que ver con la sangría lenta que se puede jugar en las coimas. Todos ellos son tan fulleros como cualquiera de los desgraciados que entran en mi casa de tablaje, pero prestos a desenvainar la espada si les recriminas alguna de sus burdas «flores» o ingenuas trampas. Parece como si el honor del que tanto alardean fuera suficiente para excusar una baraja tiznada.

—¿Por qué recurren a ti?

—Siempre solicitan la ayuda de algún coimero por dos razones. En primer lugar porque no quieren humillarse acudiendo a las casas de tablaje; y, aún más importante, porque como bien sabes todas las partidas, salvo aquellas en que se juega para comer o en las que las apuestas son inferiores a los dos reales, están prohibidas. Hasta hace algunos años, cualquiera que hubiera perdido en una partida clandestina podía reclamar en el plazo de ocho días que le devolvieran lo perdido. Ahora ya no se puede reclamar esa devolución; lo perdido, perdido está, pero si alguien denuncia una partida ilegal, hay cárcel para todos, y quienes han ganado tienen que pagar una multa igual a lo que se han embolsado más un tanto por igual importe que se reparte por tercios entre el rey, el juez y el denunciante. Ahí es donde entramos nosotros, los coimeros: todos los que se sientan o saben de una mesa clandestina son conscientes de que si llegan a denunciar una partida, su vida no vale una blanca. Cualquier coimero de Córdoba, de Sevilla, de Toledo, o de allí adonde escapase el denunciante ejecutará esa sentencia aunque no haya sido él quien organizara la partida. Es nuestra ley y tenemos medios para hacerlo, nadie lo duda, y el que es jugador… un día u otro reaparece en alguna tabla.

—En cualquier caso —dijo Hernando tras pensar unos instantes las palabras de Pablo—, ¿no te gustaría aprovecharte de ellos?

Coca sonrió.

—¡Claro! Pero me juego mi negocio si nos descubren. Los coimeros corremos un riesgo añadido: aunque no se denuncie la partida, cualquier alguacil rencoroso que hubiera perdido en ella podría hacerme la vida imposible; un veinticuatro resentido me arruinaría. Explotar una casa de tablaje conlleva una pena de dos años de destierro y si te pillan con juegos de dados, la pena es la de confiscación de todos tus bienes, cien azotes y cinco años de galeras. Y en mi casa hay dados: buen dinero me rentan…

—No tienen por qué saber que jugamos juntos. Gano yo, tú pierdes, y repartimos después. Palomero, te costó mucho esfuerzo aprender el truco del Mariscal como para desaprovecharlo con cuatro muertos de hambre. Recuerda las ilusiones que nos hacíamos entonces.

—A veces corre la sangre —dudó el coimero.

—¡Vamos a por su dinero! —insistió Hernando.

—¿Piensas vivir del juego? —preguntó Coca—. Al final, de una forma u otra, nos relacionarían. No puedes estar ganando siempre en mis tablas.

—No es mi intención convertirme en fullero. Tan pronto como solucione lo de mi madre, escaparé de esta ciudad. Nos iremos… a Granada, probablemente.

El coimero bebió un largo trago de vino.

—Lo pensaré —dijo después.

Pablo Coca cumplió esa primera noche con sus señas y Hernando obtuvo unos beneficios tranquilizadores. Regresó a la posada del Potro y, antes de subir a su habitación, se dirigió a las cuadras para comprobar el estado de Volador. El caballo dormitaba atado a un pesebre corrido sin separaciones; descollaba entre dos pequeñas mulas. Con los animales dormían arrieros y huéspedes que no podían pagar las habitaciones del piso superior. Volador sintió su presencia y resopló. Hernando se acercó para palmearlo.

—¿Qué haces ahí, chiquillo? —exclamó al observar a un muchacho hecho un ovillo, acostado sobre la paja, pegado a los cascos de las manos de Volador.

El niño, que no tendría más de doce años, mostró unos inmensos ojos castaños a Hernando, pero no se levantó.

—Os cuido el caballo, señor —contestó con voz tranquila y una serenidad impropia para su edad.

—Podría pisarte mientras duermes. —Hernando le tendió una mano para que se levantase.

El chaval no hizo ademán de agarrarse a ella.

—No lo hará, señor. Volador…, os oí llamarlo así a vuestra llegada —aclaró—, es un buen animal y nos hemos hecho amigos. No me pisará. Yo os lo cuidaré.

Como si hubiese entendido las palabras del muchacho, Volador bajó la cabeza hasta dar con los belfos sobre el pelo enmarañado y sucio del niño. La ternura de la escena contrastó con los gritos, las amenazas, las trampas, las apuestas y la codicia que se vivían en la casa de tablaje y que Hernando todavía llevaba pegadas a las ropas. El morisco dudó.

—Venga, venga. Podría lastimarte —decidió—. Los caballos también duermen y, aun sin querer, podría pis…

Calló de repente. Tras una mueca de tristeza, el muchacho se esforzaba por levantarse agarrándose a una de las manos del caballo, como si pretendiera trepar por ella. Sus dos piernas no eran más que un amasijo deforme: estaban espantosamente quebradas. Hernando se agachó a ayudarle.

—¡Dios! ¿Qué te ha sucedido?

El niño logró tenerse en pie, con las manos apoyadas sobre los hombros de Hernando.

—Lo difícil es mantenerse erguido. —Sonrió mostrando unos dientes rotos y huecos en las encías—. Si me alcanzáis esos cayados, ya podré…

—¿Qué te ha pasado en las piernas? —preguntó Hernando, consternado.

—Mi padre las vendió al diablo —contestó el muchacho con seriedad.

Sus rostros casi se tocaban.

—¿Qué quieres decir? —preguntó Hernando en un susurro.

—Mi hermano mayor tenía los brazos y las manos destrozadas. Yo las piernas. José, mi hermano mayor, me contó que hacía poco de mi alumbramiento y que lloré mucho mientras mi padre me quebraba los huesos con una barra de hierro; luego, todos estuvieron pendientes de si sobrevivía. Todos los hermanos teníamos alguna tara. Recuerdo cómo mis padres cegaron a mi hermana pequeña pasándole un hierro candente por los ojos a los dos meses de parirla. También lloró mucho —añadió el chaval con tristeza—. Se consiguen mejores limosnas con un niño tullido al lado. —Hernando notó que se le erizaba el vello—. El problema es que el rey prohíbe a los mendigos pedir caridad acompañados de niños de más de cinco años. Los diputados y los párrocos podrían quitarles la licencia para mendigar si los pillan haciéndolo con niños de más de esa edad. A mí me dejaron seguir un poco más porque era muy menudo, pero a los siete ya me abandonaron. Ya veis, señor: unas piernas por siete años de limosnas.

Hernando fue incapaz de articular una palabra. Sentía la garganta agarrotada. Sabía de los crueles procedimientos para arrancar una mísera blanca de la compasión de las gentes, pero nunca había llegado a vivir de cerca la realidad de uno de aquellos desgraciados. «¡Ya veis señor: unas piernas por siete años de limosnas!» Sus palabras eran tan tristes… Sintió un repentino impulso de abrazarle. ¿Hacía cuánto que no abrazaba a un niño? Carraspeó.

—¿Estás seguro de que Volador no te pisará? —terminó preguntando.

Los dientes rotos reaparecieron en una sonrisa.

—Seguro. Preguntádselo a él.

Arrodillado junto a las manos del caballo, Hernando palmeó la cabeza de Volador y ayudó al niño a tumbarse por delante de sus cascos.

—¿Cómo te llamas? —le preguntó mientras el crío volvía a hacerse un ovillo sobre la paja y ya cerraba los ojos.

—Miguel.

—Vigílalo bien, Miguel.

Esa noche, Hernando no durmió. Después de haber escrito a don Pedro a Granada le quedaba una sola hoja de papel en blanco, un cálamo y algo de tinta. Se sentó a la desvencijada y tosca mesa de su habitación, limpió la capa de polvo que se acumulaba sobre su tablero y a la luz de una titilante candela se dispuso a escribir con todos sus sentidos exacerbados. Su madre, Miguel, el juego, aquella lúgubre y sucia habitación, los ruidos y rumores de los demás huéspedes rompiendo el silencio de la noche… El cálamo se deslizó sobre el papel y trazó la más hermosa de las letras que había escrito nunca. Sin pensarlo, como si fuera Dios el que guiara su mano, escribió la inconclusa profesión de fe que acababa de llevar a su madre a las mazmorras de la Inquisición: «No hay otro Dios que Dios, y Muhammad es el enviado de Dios». Luego se dispuso a continuar con la oración que añadían los moriscos. Mojó el cálamo en tinta con la imagen de Hamid en su memoria. Se la había hecho rezar en la iglesia de Juviles para demostrar que no era cristiano. ¿Y si hubiese muerto entonces? «Sabe que toda persona está obligada a saber que Dios…» Se habría ahorrado una vida muy dura, pensó al volver a mojar el cálamo.

Por la mañana Volador no estaba en las cuadras; tampoco Miguel. Hernando buscó a gritos al mesonero.

—Han salido —le contestó éste—. El chico dijo que le habíais dado permiso. Uno de los muleros que dormía en el establo confirmó que le encargasteis el cuidado del caballo.

Hernando corrió ofuscado a la plaza del Potro. ¿Le habría engañado el muchacho? ¿Y si le robaban a Volador? Se detuvo nada más cruzar el umbral: Miguel, apoyado en uno de sus cayados, con las piernas retorcidas, contemplaba cómo el caballo bebía en el pilón de la fuente de la plaza; un monumento con la escultura de un potro encabritado que hacía pocos años que se había construido. El pelo de Volador brillaba al sol todavía mortecino; lo había cepillado.

—Tenía sed —explicó el muchacho sonriendo al ver a Hernando ya junto a él.

El caballo ladeó la cabeza y babeó sobre Miguel el agua que acababa de sorber. El muchacho lo apartó con el extremo de una de las muletas. Hernando los observó: parecían entenderse. Miguel imaginó lo que pasaba por su mente.

—Los animales me quieren tanto como las personas evitan mi compañía —afirmó entonces.

Hernando suspiró.

—Tengo que hacer —le dijo después, entregándole una moneda de dos reales que el chaval agarró con los ojos muy abiertos—. Cuida de él.

Se alejó en dirección a la calle del Potro y la dobló·para encaminarse al alcázar, donde su madre estaba presa. En ese momento volvió la cabeza y vio cómo el muchacho se entretenía junto a la fuente, apoyado en sus cayados, jugueteando con Volador, salpicándole agua con el extremo de los dedos, ajenos los dos a todo cuanto pudiera suceder a su alrededor. Se dispuso a continuar su camino en el momento en que Miguel decidió regresar a las cuadras. No agarró el ronzal de Volador, se limitó a colgárselo de uno de sus hombros y el caballo le siguió, libre, como si fuera un perro. El morisco negó con la cabeza. Se trataba de un caballo de pura raza española, brioso y altivo. En cualquier otra ocasión se hubiera asustado de los simples saltitos con los que se desplazaba Miguel por delante de él, sobre sus muletas, procurando que sus pies tocasen lo menos posible el suelo, como si el hacerlo pudiera quebrar todavía más sus escuálidas y deformes piernas.

Llegó al alcázar de los reyes cristianos con una sensación extraña derivada de los saltitos de Miguel y la docilidad de Volador. Todavía prendado de esa escena, le sorprendió que el carcelero que hasta entonces se negaba a permitirle ver a su madre, aceptase el escudo de oro que Hernando extrajo mecánicamente de su bolsa, sin convicción alguna; lo había ganado con una veintiuna de banca, un as y un rey, que provocó mil imprecaciones por parte de los puntos que apostaban contra él.

Extrañado, siguió al carcelero hasta un gran patio con una fuente, naranjos y otros árboles, que habría sido hermoso de no ser por los lamentos que surgían desde las celdas que lo rodeaban. Hernando aguzó el oído, ¿alguno de ellos provendría de su madre? El carcelero le franqueó el paso a una celda en el extremo del patio y Hernando cruzó una puerta encastrada en sólidos y anchos muros. No. De aquella pútrida e infecta celda no provenía sonido alguno.

—¡Madre!

Se arrodilló al lado de un bulto inmóvil en el suelo de tierra. Con manos temblorosas tanteó entre las ropas que cubrían a Aisha en busca de su rostro. Le costó reconocer en él a quien le diera la vida. Consumida, la piel le colgaba lacia de cuello y mejillas; las cuencas de los ojos aparecían hundidas y amoratadas y los labios resecos y cortados. Su cabello no era sino un amasijo sucio y enredado.

—¿Qué le habéis hecho? —masculló hacia el carcelero. El hombre no respondió y permaneció parado bajo el ancho quicio de la puerta—. Es sólo una anciana… —El carcelero se movió de un pie a otro y frunció el entrecejo hacia Hernando—. Madre —repitió él, agarrando con las palmas de las manos el rostro de Aisha y acercándolo hasta sus labios para besarlo. Aisha no respondió a los besos. Tenía la mirada perdida. Por un momento creyó que estaba muerta. La zarandeó levemente y ella se movió.

—Está loca —afirmó entonces el carcelero—. No quiere comer y apenas bebe agua. No habla ni se queja. Permanece así todo el día.

—¿Qué le habéis hecho? —volvió a preguntar con la voz tomada, estúpidamente empeñado entonces en limpiar con su uña una pequeña mancha de tierra que Aisha mostraba en la frente.

—No le hemos hecho nada. —Hernando volvió la mirada hacia el carcelero—. Es cierto —aseguró el hombre, abriendo las manos—. El tribunal considera suficiente la declaración del alguacil para condenarla. Ya te he dicho que no habla. No han querido torturarla. Habría muerto. —Hernando volvió a buscar infructuosamente alguna reacción por parte de Aisha—. A nadie le extrañaría que muriera... esta misma noche...

Hernando se quedó quieto, de espaldas al hombre, con su madre en los brazos, inerte. ¿Qué quería decir?

—Podría morir —repitió el hombre desde la puerta—. El médico ya lo ha anunciado al tribunal. Nadie se preocuparía. Nadie vendría a comprobarlo. Yo mismo daría parte y luego la enterraría...

¡Era eso! Por eso le había permitido visitar a Aisha.

—¿Cuánto? —le interrumpió Hernando.

—Cincuenta ducados.

¿Cincuenta? ¡Cinco!, estuvo a punto de ofrecer, pero se mordió la lengua. ¿Acaso iba a regatear con la vida de su madre?

—No los tengo —dijo.

—En ese caso... —El carcelero dio media vuelta.

—Pero tengo un caballo —susurró Hernando, mirando a los ojos inexpresivos de Aisha.

—No te oigo. ¿Qué has dicho?

—Que tengo un buen caballo —se esforzó Hernando elevando el tono de voz—. Marcado con el hierro de las caballerizas reales. Su valor es muy superior a esos cincuenta ducados.

Quedaron para esa misma noche. Hernando trocaría a Volador por Aisha. ¿Qué le importaba el dinero? Se trataba, simplemente, de un animal quizá... quizá por la sola oportunidad de poder enterrar a su madre y de que ésta muriera en sus brazos. Igual Dios le permitía abrir los ojos en ese último instante y él debía estar ahí. ¡Tenía que estar a su lado! Aisha no podía morir sin que él disfrutara de la oportunidad de reconciliarse con ella.

Miguel permanecía sentado en el suelo al lado de Volador, mirando cómo el caballo ramoneaba un manojo de verde que le había colocado en el pesebre.

—Lo siento —le dijo Hernando, acuclillándose para revolverle el cabello—. Esta noche venderé el caballo. —¿Por qué se disculpaba?, pensó al instante. Sólo era un chiquillo que…

—No —le contestó Miguel, interrumpiendo sus pensamientos, sin hacer el menor ademán de volverse hacia él.

—¿Cómo que no? —Hernando no sabía si sonreír o enfadarse.

En ese momento Miguel levantó la vista hacia Hernando, que se había levantado y estaba junto al caballo.

—Señor, he estado con perros, gatos, pajarillos y hasta con un mono. Siempre sé cuándo van a volver… y siempre presiento cuándo es la última vez que voy a verlos. Volador volverá conmigo —afirmó con seriedad—, lo sé.

Hernando bajó la mirada hacia las piernas quebradas del muchacho, tendidas sobre la paja.

—No te lo discutiré. Quizá sea así. Pero me temo que en ese caso no vendrá conmigo.

Con el toque de completas, Hernando sacó a Volador de las cuadras y se encaminó por la calle del Potro hacia la mezquita. Habían quedado en la plaza del Campo Real, junto al alcázar. No quiso montarse en él. Andaba sin mirar hacia atrás, tirando del ronzal. Algo apartado, Miguel les perseguía a saltitos. Hernando llegó a la plaza y se dirigió a una de sus esquinas, donde igual que en casi todo el lugar se acumulaba la basura; allí, en el muladar, sin altar alguno que iluminase la noche, se procedería al trueque. Miguel se detuvo a algunos pasos de donde Hernando se puso a escrutar en la oscuridad, esperando distinguir la figura del carcelero con su madre a cuestas. El morisco no dio ninguna importancia a la extraña posición del muchacho, ambas piernas extrañamente apoyadas en el suelo y agarrado a una sola de sus muletas; tenía la otra en su mano derecha, alzada sobre su cabeza. Volador estaba nervioso: rebufaba, manoteaba y hasta hacía ademán de cocear.

—Tranquilo —trató de calmarle Hernando—, tranquilo, bonito.

El caballo debía presentir, pensó palmeándolo en el cuello, que iba a separarse de él. En ese mismo momento una rata enorme chilló y correteó entre las piernas de Hernando y de Volador. Otra y otra más la siguieron. Hernando saltó. Volador se encabritó, se liberó del ronzal y salió galopando despavorido. Miguel, en precario equilibrio, espantaba a las ratas a golpes de muleta.

Los relinchos de Volador, espantado, llamaron la atención de todos los caballos que permanecían estabulados en las caballerizas reales, junto al alcázar, y que, a su vez, se sumaron al escándalo. El portero de las caballerizas y dos mozos de cuadra salieron a la calle que daba a la plaza del Campo Real para vislumbrar en la oscuridad un magnífico caballo tordo que galopaba suelto, arrastrando el ronzal.

—¡Se ha escapado un caballo! —gritó uno de los mozos.

El portero iba a discutir con el mozo, seguro de que ningún animal había escapado de las caballerizas, pero calló cuando a la luz de uno de los hachones de la Inquisición, Volador mostró el hierro del rey en su anca; sin duda se trataba de un caballo de las cuadras reales.

—¡Corred! —chilló entonces.

Hernando también corría tras Volador. ¿Cómo iba a liberar a su madre con todo aquel jaleo? El carcelero no comparecería. Miguel logró alejarse de las ratas y permanecía quieto, extasiado en la fuerza y belleza de los movimientos del caballo, odiando las piernas inútiles sobre las que se mantenía. «Volverá», musitó hacia Hernando. De las caballerizas continuaban saliendo personas, pero también del propio alcázar; lo hacían por la puerta en la que durante el día los porteros vendían paños. Hernando se detuvo irritado al contemplar cómo cerca de media docena de hombres lograban acorralar a Volador contra uno de los muros del alcázar.

Cercado, resoplando, el caballo se dejó agarrar del ronzal.

—¡Es mío! —Hernando se acercó al tiempo que mascullaba improperios contra las ratas. ¿Cómo no lo había previsto cuando el carcelero le propuso aquel lugar?

El personal de las cuadras no tardó en comprobar que aquel animal no era uno de los potros de las caballerizas.

—Deberías poner más atención —le recriminó uno de ellos—. Podría lastimarse en la noche.

Hernando no quiso contestar y alargó la mano para coger el ronzal. ¿Qué sabrían aquellos desgraciados?

—¿Tú no eres el que viene cada día a ver a la loca? —le preguntó entonces uno de los porteros de la Inquisición.

Hernando frunció el ceño sin contestarle. ¿Cuántas veces podría haber llegado a pedirle a ese hombre permiso para ver a su madre, mientras él, en lugar de dedicarse a sus quehaceres, atendía a la venta de paños en la plaza, escuchaba con displicencia sus súplicas y se negaba?

—Ya era hora de que vinieras a por ella —comentó entonces otro de los porteros—. Si llegas a tardar un par de días más, la encuentras muerta.

El ronzal de Volador escapó de la mano de Hernando, pero antes de que tocara al suelo, una tosca muleta se interpuso en su camino. Hernando se volvió hacia Miguel, que le sonrió con sus dientes rotos mientras deslizaba el ronzal por la muleta hasta su mano. ¿Había dicho el portero que ya era hora de que viniese a por su madre? ¿Qué significaba aquello?

—¿Cómo…? —titubeó—. ¿Y la sentencia? ¿Y el auto de fe?

—El tribunal celebró hace unos días un autillo particular en el mismo salón de audiencias y la condenó a sambenito y oír misa cada día durante un año… aunque dado su estado, es difícil que llegue a cumplir la pena. Y tampoco interesa mucho que una loca como ella pise lugares sagrados —le espetó uno de los porteros—. Por eso celebraron el autillo. El médico aseguró que tu madre no superaría la espera hasta el próximo auto general y el tribunal quiso condenarla antes de que muriera. ¡Está loca! ¡Llévatela ya!

—Entregádmela —alcanzó a articular al tiempo que comprendía que el carcelero había pretendido estafarle.

Poco rato después, Hernando deshacía el camino hacia la posada del Potro cargando con su madre en brazos.

—¡No hace falta que la lleves a la iglesia! —le espetó a gritos uno de los porteros.

—¡Dios, es más liviana que una pluma! —exclamó Hernando

hacia un cielo estrellado al pasar tras el muro que encerraba el *mihrab* de su mezquita.

Tras ellos iba Miguel con el ronzal de Volador al hombro. El caballo le seguía, manso, como si no quisiera adelantarle.

56

Los funerales del duque de Monterreal fueron tan solemnes como tristes por la imposibilidad de dar cristiana sepultura a sus cadáveres. En la catedral, el obispo clamó el nombre del sheriff de Clare, Boetius Clancy, responsable de la muerte de don Alfonso y su primogénito, y rogó a Dios que jamás le permitiera abandonar el purgatorio. Desde ese día, anunció airado, cada siete años se repetiría la misma solicitud para recordarle al Señor que el vil asesino no debía salir del purgatorio.

Quien tampoco abandonaba su particular purgatorio era Aisha. Hernando todavía no tenía noticias de don Pedro de Granada Venegas y no se atrevía a iniciar un viaje tan largo, en invierno, en el estado en que se encontraba su madre. Todos pensaron que moriría. Entregó unas monedas a la esposa y a la hija del mesonero para que limpiasen y cambiasen de ropa a su madre.

—Su cuerpo es todo huesos y pellejo —le comentó la mesonera tras abandonar la habitación—. Se la puede ver al trasluz. No aguantará mucho tiempo.

Hernando jugaba a las cartas por las noches, con mayor o menor fortuna, dejándose ganar en alguna de ellas, como le exigía Coca. A lo largo del día se empeñaba en que Aisha reaccionase, pero la mujer seguía manteniendo los ojos en blanco, sin moverse y sin aceptar comida alguna, en un silencio sólo roto por su respirar sibilante. Hernando la recostaba en el lecho y le hablaba al tiempo que, una y otra vez, le mojaba los labios con caldo de gallina, procurando que algo de alimento se deslizase por su garganta. En susurros le contaba lo que estaba haciendo por la comunidad; cómo escondió el pergamino de la Turpiana. ¡Estaba escrito en árabe, madre, y los cristianos veneran el paño de la Virgen y el hueso de san Esteban! ¿Por qué no se lo habría dicho antes? ¿Por qué no rompió su juramento? ¿Acaso Dios le hubiera echado en cara el salvar la vida de su madre? Pero nunca podría haber imaginado… ¡Era culpa suya! Fue él quien la abandonó para vivir rodeado de comodidades, como un parásito, en el palacio de un duque cristiano.

Pero transcurrían los días, Aisha no reaccionaba y Hernando se iba consumiendo junto a su madre, llorando y maldiciéndose.

—Dejadme a mí, señor —le propuso Miguel una mañana en la que le encontró al pie de las escaleras que ascendían al piso superior, dudando, con un tazón de caldo en las manos, sin atreverse a subir.

El muchacho subió agarrándose a la barandilla, con las dos muletas en una sola mano; Hernando le acompañó con el caldo.

—Ponedlo ahí, señor, junto a la cama.

Obedeció y se retiró hasta la puerta. Miguel tomó asiento a la vera de Aisha y mientras le introducía el caldo en la boca, le habló como hacía con Volador, tratándola igual que a aquellos pajarillos con los que decía haber convivido, como a un animal indefenso. Hernando permaneció largo rato parado en la puerta, observando al niño de las piernas quebradas, que sabía cuándo volvían o se irían los animales, y a su madre inerte junto a él. Le escuchó contar historias que acompañaba con risas y mil gestos, ¿de dónde podía sacar tanto optimismo un muchacho tullido al que la vida le había negado todo? ¿Qué le contaba? ¡Un elefante! Miguel estaba persiguiendo a un elefante… ¡con una barca por el Guadalquivir! Le vio simular la trompa del paquidermo, con el antebrazo doblado a la altura del codo por delante de su boca y la mano doblada, que hacía revolotear con la cuchara frente a los inexpresivos ojos de Aisha. ¿Dónde habría escuchado el muchacho la historia de un elefante? Suspiró acongojado y abandonó la habitación con el sonido de las risas de Miguel persiguiéndole —¡el elefante se había hundido a la altura del molino de la albolafia!— y, por primera vez en muchos días, ensilló a Volador y enfiló las dehesas, donde se lanzó a un frenético galope.

«Pagaréis por esta primera de cambio en banco, con seis al millar, a Hernando Ruiz, cristiano nuevo de Juviles, vecino de Córdoba, la cantidad de cien ducados, a razón de trescientos setenta y cinco maravedíes cada uno de ellos…» Hernando contempló la letra de cambio que le entregó un arriero en la posada del Potro por cuenta y orden de don Pedro de Granada Venegas. Cien ducados era una cantidad considerable. No podía fallarles ahora, decía el noble en la carta que adjuntaba con la cambial. El pergamino de la Torre Turpiana había sido un excelente primer paso. Luna y Castillo traducían el damero de letras a conveniencia de la causa, pero el objetivo no podía ser otro que descubrir el evangelio de Bernabé y tratar de acercar a las dos religiones a través de María. Porque los memoriales contra los moriscos continuaban llegando al rey con propuestas a cuál más descabellada, aseguraba don Pedro. Alonso Gutiérrez, desde Sevilla, proponía reagrupar a los moriscos en aljamas cerradas de no más de doscientas familias cada una de ellas, bajo el mando de un jefe cristiano que controlaría hasta sus matrimonios; marcarlos en el rostro para que fuesen reconocidos allí donde fueren y gravarlos con importantes cargas fiscales.

Pero hay más —continuaba la carta—. Un cruel e intransigente fraile dominico llamado Bleda va mucho más lejos y sostiene, argumentándolo en la doctrina de los Padres de la Iglesia, que sería moralmente lícito que el rey dispusiese de la vida de todos los moriscos como le viniese en gana, matándolos o vendiéndolos como esclavos a otros países, por lo que propone destinarlos a galeras. De esa forma, continúa el fraile, podrían sustituirse a los muchos sacerdotes que reman en ellas por la costumbre de sus superiores de castigarlos como galeotes ante sus faltas, con el solo objeto de ahorrarse su manutención en prisión. Esa Iglesia que se considera tan misericordiosa pretende asesinar o esclavizar a miles de personas. Debemos trabajar. Todas estas propuestas se filtran hasta las comunidades moriscas y enardecen los ánimos en un círculo diabólico: cuantos más memoriales se producen, más intentos de rebelión se maquinan y, a medida que se descubren las conspiraciones, más y más argumentos tienen los cristianos para adoptar alguna de esas sangrientas soluciones. Desde otro punto de vista, la derrota de la gran armada no es cuestión baladí. Inglaterra se ha hecho fuerte y su ayuda a los ejércitos que luchan en Flandes aumentará; en Francia, la Liga cristiana promocionada y pagada por el rey español se halla en serias dificultades tras la derrota. Todo eso repercutirá en nosotros, Hernando, no te quepa duda. A medida que los españoles pierdan poder en Europa, verán en los moriscos la posibilidad de aliarse con alguna de esas potencias y adoptarán medidas de algún tipo. Las circunstancias juegan en nuestra contra. Mantenme informado de tu situación y cuenta conmigo; te necesitamos.

Quemó la carta de don Pedro, salió de la posada y después de preguntar a un alguacil dónde se emplazaba el banco de don Antonio Morales, establecimiento al que el banquero de don Pedro en Granada dirigía la letra de cambio, se encaminó a él provisto del documento y de su cédula personal. El escritorio de Morales se hallaba cerca de la alcaicería y la alhóndiga, y Hernando, bien vestido, fue recibido por el propio banquero, que le cobró el seis por millar que figuraba en la letra de cambio, le abrió un depósito por importe de noventa ducados y le libró el resto mediante siete coronas de oro, varios reales de a ocho y otros más fraccionarios.

Volvió a la posada y pagó generosamente al posadero acallando de esa manera las suspicacias del hombre, ya enterado de su condición de morisco y fullero. El asunto se había complicado con la presencia de una penitenciada por la Inquisición.

—No sé si tenéis licencia para vivir en esta parroquia —le dijo unos días antes—. Comprendedlo. Si viniese el alguacil… Los cristianos nuevos necesitáis permiso de los párrocos para cambiar de residencia.

Hernando le calló mostrándole el salvoconducto expedido por el arzobispado de Granada.

—Si puedo moverme con libertad por los reinos de España —alegó—, ¿cómo no voy a poder hacerlo por una simple ciudad?

—Pero la mujer… —insistió el posadero.

—La mujer va conmigo. Es mi madre.

Le contestó con dureza, pero acompañó sus palabras con algunas monedas más.

Sin embargo, era consciente de que aquella situación no podía eternizarse. Don Pedro le había mandado dinero, sí, pero también le rogaba que trabajase en el proyecto, y en la posada no podía hacerlo. Dormía en el suelo, ya que el lecho lo ocupaba Aisha, que permanecía en el mismo estado en el que había abandonado las mazmorras de la Inquisición. Miguel la cuidaba cada día con afecto y cariño, hablándole, contándole historias, acariciándola y riendo, siempre riendo, salvo cuando exigía ayuda a la mujer e hija del posadero para que la limpiasen o la cambiasen de postura a fin de que no se llagase.

—¿Has logrado que coma? —le preguntó un día Hernando.

—No lo necesita, señor —contestó el muchacho—. De momento le sigo dando caldo de gallina. Es suficiente alimento para una mujer en su estado. Ya comerá si quiere.

Hernando dudó y se llevó la mano al mentón. No se atrevió a preguntarle si aquel animalillo volvería o se iría, pero sí que se dio cuenta de que el muchacho, parado sobre sus muletas, frente a él, sabía qué era lo que pasaba por su cabeza.

Miguel sonrió, pero no dijo nada.

Hernando comprendió que con Aisha en aquel estado no podía dejar Córdoba. Mientras tanto, podía alquilar una casa y buscar trabajo. Con caballos. Era un buen jinete. Quizá algún noble le contratase como domador o como caballerizo, incluso como mozo de cuadras. ¿Por qué no? Si eso fallaba, también sabía escribir y llevar cuentas; alguien podría estar interesado. Y por las noches se dedicaría a trabajar en el evangelio, que seguía manteniendo escondido entre unos papeles por los que, al contrario de lo que sucedía en el palacio del duque, nadie mostró interés en sus ausencias de la posada; allí nadie sabía leer.

Sus pensamientos le llevaron a la casa de tablaje de Coca. La esclava guineana le franqueó el paso. Quizá Coca supiera de alguna vivienda que pudiera alquilar…

—¡Mira por dónde! —le espetó el coimero, que contaba los dineros ganados en la noche anterior—, precisamente ahora iba a ir en tu busca.

Hernando avanzó hacia la mesa a la que se sentaba Coca.

—¿Sabes de alguna casa en alquiler por la que no pidan demasiada renta? —le preguntó de sopetón mientras se dirigía hacia él. Coca enarcó las cejas—. Pero ¿por qué ibas a ir en mi busca? —cayó en la cuenta.

—Espera. —Coca terminó de calcular los beneficios de las tablas, despidió a la guineana y, solos en la coima, se enfrentó con seriedad a su visitante—. Esta noche hay una gran partida —anunció.

Hernando dudó.

—¿No te interesa? —se sorprendió el coimero.

—Sí…, creo que sí. Yo… —Dudó si contarle lo de los cien ducados que acababa de recibir de don Pedro. Había sido él quien le insistiera en aquella partida, pero ahora… los cien ducados le proporcionaban una seguridad de la que no disponía entonces. Era el dinero que le garantizaba los cuidados de su madre, el poder alquilar una casa… ¿Cómo iba a jugarse los ducados que su protector le había mandado para que pudiera trabajar por la causa morisca?—. Tengo cien ducados —terminó confesando—. Me los ha prestado un conocido…

—No me interesan tus ducados —le sorprendió Coca.

—Pero…

—Te conozco. En este negocio he aprendido a distinguir a la gente. La huelo, presiento sus reacciones. Viniste a mí diciendo que no tenías dinero. Si ahora que dispones de él, tienes que arriesgarlo, no lo harás. No eres un jugador. —Coca se agachó y agarró algo a sus pies: dos bolsas llenas de monedas que dejó caer sobre la mesa—. Aquí están nuestros dineros —dijo entonces—. Sinceramente, en circunstancias normales nunca jugaría contigo como cómplice de fullerías, pero eres el único que conoce mi secreto y el único que lo conocerá; el único con el que puedo hacerlo y de las pocas personas, quizá la única también, a quien le debo gratitud como amigo. Y quiero ganarles. Mucho dinero. Cuanto más mejor. Ésta debe ser nuestra noche.

—Pero tu dinero… —exclamó Hernando, sorprendido—. ¡Ahí debe de haber una fortuna!

—Sí, la hay. Olvídate de lo que has venido jugando aquí por las

743

noches. Eso es otro mundo. Si cuentas en reales te descubrirán...
y contigo, a mí. Son escudos de oro; eso es lo que se mueve en cada
mano. Tienes que convencerte de que un escudo de oro no tiene
más valor que el de una blanca. ¿Te ves capaz?

Hernando no dudó:

—Sí.

—Es peligroso. Eso es lo primero que quiero que comprendas.
Nadie debe saber de nuestra amistad.

La partida se organizó en la casa de un rico mercader de paños
tan soberbio y pedante como temerario a la hora de apostar a los
naipes.

Ya anochecido, Hernando recorrió nervioso la escasa distancia
que separaba la posada del Potro de la calle de la Feria, donde vivía el mercader, agarrado a la abultada bolsa de dinero y pensando
en las instrucciones que le había proporcionado Pablo Coca. Debían sentarse el uno delante del otro para que Hernando pudiera
llegar a ver el lóbulo de su oreja. Apostaría fuerte incluso en el supuesto de que Coca no le hubiera hecho señal alguna; no podía ser
que sólo lo hiciera en el momento de ganar.

—Procura no hablarme más que a los otros —le instruyó también—, pero mírame directamente, como a los demás jugadores,
como si pretendieras adivinar mi juego por mi semblante. Piensa
que no jugaré por mí, sino por ti y que, si tenemos suerte y usan
nuestras barajas, conoceré los naipes; en otro caso, sólo podré ayudarte con los míos. Juega con decisión pero no pienses que son
tontos; saben lo que se hacen y por lo general usan de tantas fullerías como cualquiera de los que frecuentan las casas de tablaje. Pero
por encima de todo recuerda siempre una cosa: el honor de esta
gente los lleva muy rápido a echar mano a su espada, y tratándose
de partidas prohibidas, existe un pacto de silencio si alguien hiere
o mata a otro.

Un criado acompañó a Hernando a un salón bien iluminado y
lujosamente adornado con tapices, guadamecíes, muebles de madera brillante y hasta un gran cuadro al óleo en el que se representaba

una escena religiosa que llamó la atención del morisco. En la estancia ya se hallaban presentes ocho personas, en pie, que charlaban en voz baja, emparejados. Pablo estaba entre ellos.

—Señores —el coimero llamó la atención de dos parejas que se hallaban cerca de la puerta por la que acababa de entrar su compañero—, les presento a Hernando Ruiz.

Un hombre grande y fuerte cuya lujosa indumentaria destacaba por encima de todas las demás, fue el primero en tenderle la mano.

—Juan Serna —lo presentó Pablo—, nuestro anfitrión.

—¿Traéis dinero con vos, señor Ruiz? —inquirió socarronamente el mercader mientras se saludaban.

—Sí... —titubeó Hernando ante alguna carcajada por parte de los jugadores que se habían acercado.

—¿Hernando Ruiz? —preguntó en ese momento un anciano de hombros hundidos, vestido completamente de negro.

—Melchor Parra —dijo Pablo, presentándole—, escribano público...

El anciano hizo al coimero un autoritario gesto con la mano para que callase.

—¿Hernando Ruiz —repitió—, cristiano nuevo de Juviles?

Hernando evitó mirar a Pablo. ¿Cómo sabía aquel anciano que era morisco? ¿Querrían jugar con un cristiano nuevo?

—¿Cristiano nuevo? —oyó que se interesaba otro de los jugadores que se habían acercado a saludarle.

—Sí —afirmó entonces—, soy Hernando Ruiz, cristiano nuevo de Juviles.

Pablo trató de intervenir, pero el mercader se lo impidió.

—¿Tienes dinero? —volvió a preguntar como si el hecho de que fuera morisco le importase poco.

—A fe mía que sí, Juan —saltó el anciano cuando Hernando pretendía mostrar su bolsa—. Acaba de heredar un legado del duque de Monterreal, a quien Dios tenga en su gloria. Yo mismo abrí y leí el testamento unos días antes del funeral. Don Alfonso de Córdoba efectuó una manda de bienes ajenos al mayorazgo. A mi amigo Hernando Ruiz, cristiano nuevo de Juviles, a quien le debo la vida, decía. Lo recuerdo como si lo estuviera leyendo ahora mismo. ¿Vienes a jugarte tu herencia? —terminó preguntando con cinismo.

Aquella noche en casa del mercader de paños, Hernando no logró concentrarse en los naipes. ¡Una herencia! ¿De qué se trataría? El escribano no se lo dijo y él tampoco tuvo oportunidad de hacer un aparte para preguntárselo puesto que, con su llegada, Juan Serna dispuso que se iniciase el juego de inmediato. Pablo Coca se sentó a la mesa con semblante de preocupación; Hernando ni siquiera buscó un lugar enfrentado a él y tuvo que ser el coimero quien se las arreglase para que pudieran jugar el uno delante del otro. Sin embargo, mano tras mano, Coca empezó a relajarse: Hernando jugaba distraído, apostaba fuerte y perdía algunos lances pero machacaba mecánicamente la mesa tan pronto como percibía el movimiento del lóbulo de la oreja de su cómplice. La partida se prolongó durante toda la noche sin que nadie llegara a sospechar del juego cruzado entre ambos. Los desplumaron a todos. Serna, igual que el escribano, perdió casi quinientos ducados que pagó en oro a Hernando, exigiendo con caballerosidad mal disimulada la revancha. Los demás jugadores, Pablo incluido, le pagaron sumas menos importantes pero de consideración. Un joven pretencioso, hijo de la nobleza, que durante la noche llegó a insultar a un Hernando imperturbable, perdido en sus propias elucubraciones acerca de la herencia, se tragó el orgullo poniendo encima de la mesa su espada de empuñadura trabajada en oro y piedras preciosas, y su anillo grabado con el escudo de armas de la familia.

—Firma un papel conforme son mías —le exigió el morisco al percatarse de que el ofendido joven hacía ademán de dar la espalda a la mesa.

El viejo escribano también se vio obligado a firmar un papel, pero en este caso de reconocimiento de deuda a favor de Hernando, puesto que no le alcanzaba el dinero que traía en la bolsa y le habían permitido jugar al fiado. Lo hizo con mano temblorosa. Renegaba por la pequeña fortuna que acababa de dejarse en la mesa y rogaba tiempo para satisfacer su deuda. Hernando dudó.

Sabía que los compromisos de pago derivados del juego no eran legales y que ningún juez los ejecutaría, pero Pablo le hizo un casi imperceptible gesto para que consintiera. Pagaría, el escribano pagaría.

Salieron de la casa de la calle de la Feria. El sol brillaba y los cordobeses ya trajinaban por las calles. Hernando, escoltado a una distancia prudencial por dos vigilantes de la coima, armados, que Pablo tuvo la precaución de apostar a la puerta ante la previsión de importantes ganancias, siguió los pasos del viejo escribano. Le dio alcance cerca de la plaza del Salvador.

—No habéis tenido una noche afortunada, don Melchor —le comentó mientras acompasaba su caminar al del disgustado escribano. El anciano masculló unas palabras ininteligibles—. Me hablasteis de un legado a mi favor.

—Tendrás que aclararte con la duquesa y los comisarios de la herencia nombrados por don Alfonso, que en paz descanse —soltó el escribano de malos modos.

Hernando lo agarró del antebrazo, lo obligó a detenerse e incluso lo volvió hacia él con violencia.

Un par de mujeres que se cruzaron con ellos los miraron sorprendidas antes de continuar su camino cuchicheando. Los vigilantes de Pablo Coca se acercaron.

—Mirad, don Melchor, haremos otra cosa: vos arreglaréis mi situación y con prontitud, ¿entendéis?, puesto que en caso contrario no esperaré el plazo de gracia que habéis solicitado. Si lo hacéis así, yo os devolveré vuestro compromiso de pago… gratuitamente.

57

Pero el autor desta historia, puesto que con curiosidad ha buscado los hechos que don Quijote hizo en su tercera salida, no ha podido hallar noticias dellos, a lo menos por escrituras auténticas; sólo la fama ha guardado, en las memorias de la Mancha, que don Quijote, la tercera vez que salió de su casa fue a Zaragoza, donde se halló en unas famosas justas que en aquella ciudad se hicieron, y allí le pasaron cosas dignas de su valor y entendimiento. Ni de su fin y acabamiento pudo alcanzar cosa alguna, ni la alcanzara ni supiera, si la buena suerte no le deparara un antiguo médico que tenía en su poder una caja de plomo, que según él dijo, se había hallado en los cimientos derribados de una antigua ermita que se renovaba, en la cual caja se habían hallado unos pergaminos escritos con letras góticas, pero en versos castellanos, que contenían muchas de sus hazañas, y daban noticia de la hermosura de Dulcinea del Toboso, de la figura de Rocinante, de la fidelidad de Sancho Panza y de la sepultura del mismo don Quijote con diferentes epitafios de su vida y costumbres.

MIGUEL DE CERVANTES por boca
de Cide Hamete Benengeli, morisco.
El Quijote, primera parte, capítulo LII

Una casa patio en el barrio de Santa María, cerca de la catedral, en la calle Espaldas de Santa Clara y una serie de hazas de regadío próximas a Palma del Río, alrededor de un cortijillo abandonado, que rentaban cerca de los cuatrocientos ducados anuales, más tres pares de gallinas, quinientas granadas y otras tantas nueces, tres fanegas de aceitunas que cada semana le traían unos u otros arrendatarios, ciruelas y una cantidad semanal de hortalizas de invierno o de verano. Tal fue la manda que, entre otras pías para el pago de la dote a favor de doncellas casaderas sin recursos, o para la redención de cautivos, dispuso don Alfonso de Córdoba en favor de quien le había salvado la vida en las Alpujarras. Melchor Parra y los comisarios de la herencia del duque le entregaron su legado sin más problema que la envidia y los insultos que con cierto sarcasmo le trasladó el escribano y que, a su decir, habían salido de boca de la retahíla de cortesanos a los que ni siquiera les había tocado una blanca en la herencia, que eran todos.

—Parece que ninguno de ellos te tiene simpatía —le dijo el escribano sin esconder su satisfacción, mientras el morisco procedía a la firma de sus títulos de propiedad.

Hernando no contestó. Terminó de firmar y se irguió frente al anciano. Buscó el reconocimiento de deuda en el interior de sus ropas y en presencia de los comisarios de la herencia se lo entregó.

—Es un sentimiento recíproco, don Melchor.

Tras pasar cuentas con Pablo, que se encaprichó de la espada y el anillo del joven noble, perdonar el crédito del escribano y devolver los cien ducados a don Pedro de Granada Venegas, a Hernando le restaba una buena cantidad de dinero hasta que empezase a disfrutar de su nueva casa y de sus rentas.

La vida volvía a tomar un giro inesperado.

—Está arrendada, señor —se lamentó Miguel, los dos parados frente a la casa patio en la calle Espaldas de Santa Clara, después de que su señor le ordenó que dispusiese lo necesario para trasladar a su madre y a Volador a su nuevo domicilio—. Deberéis esperar a que finalice el contrato de alquiler.

—No —afirmó Hernando con contundencia—. ¿Te gusta?

—Miguel silbó por entre sus dientes rotos admirando el magnífico edificio—. Bien, vamos a hacer lo siguiente: cuando me vuelva a la posada, vas y preguntas por la señora de la casa. La señora, Miguel, ¿has entendido?

—No me lo permitirán. Creerán que vengo a pedir limosna.

—Inténtalo. Diles que eres el criado del nuevo propietario.

—Miguel casi perdió el equilibrio sobre sus muletas al volverse bruscamente hacia Hernando—. Sí. No creo que ni mi madre ni mi caballo pudieran encontrar mejor sirviente que tú. Inténtalo, estoy seguro de que lo conseguirás.

—¿Y si lo consigo?

—Le dices a la señora que a partir de ahora deberá pagar la renta a su nuevo casero: el morisco Hernando Ruiz, de Juviles. Que se entere bien de que soy morisco, y granadino expulsado de las Alpujarras, de los que se alzaron en armas, y de que pese a todo ello, soy su nuevo casero. Repíteselo varias veces si es menester.

Los inquilinos, una acaudalada familia de tratantes en seda, no tardaron una semana en poner la casa patio a disposición de Hernando, una vez confirmaron con el secretario de la duquesa que efectivamente éste era el nuevo propietario. ¿Qué cristiano viejo bien nacido iba a permitir que su casero fuera un morisco?

El patio abierto a la luz del sol; el aroma de las flores que lo inundaban y el agua corriendo sin cesar en su fuente parecieron revivir a Aisha. Algunos días después de que tomaran posesión de la casa, con Miguel atendiendo a la mujer, explicando historias en voz alta mientras saltaba de un lado a otro y cortaba flores que dejaba en el regazo de la enferma, Hernando observó que su madre movía ligeramente la mano.

Las palabras que pronunció Fátima el día en que él se encontró a sus hijos recibiendo clases en el patio de su primera casa, tornaron a su memoria con fuerza: «Hamid ha dicho que el agua es el origen de la vida». ¡El origen de la vida! ¿Sería posible que su madre se recuperase?

Acudió esperanzado a donde se encontraba la curiosa pareja. Miguel narraba casi a voz en grito la historia de una casa encantada.

—Las paredes cimbreaban como cañas al viento… —decía en el momento en que el morisco llegó hasta él.

Hernando le sonrió y después fijó la mirada en su madre, encogida en una silla junto a la fuente.

—Se os va a ir, señor —oyó que le anunciaba el tullido a su lado.

Hernando se giró hacia él con brusquedad.

—¿Cómo…? ¡Pero si está mejor!

—Se va, señor. Lo sé.

Cruzaron sus miradas. Miguel se la sostuvo unos instantes y entrecerró los ojos asegurando su premonición. Negó con la cabeza, levemente, como compartiendo el dolor de Hernando, y continuó con su historia.

—La pared del dormitorio donde dormía la muchacha desapareció por arte de magia, señora María. ¿Os lo imagináis? Un enorme hueco…

Hernando hizo caso omiso a la narración, se acuclilló frente a su madre y la acarició en una rodilla. ¿Sería posible que Miguel fuese capaz de predecir la muerte? Aisha pareció reaccionar al contacto de su hijo y volvió a mover una mano.

—Madre —susurró Hernando.

Miguel se acercó.

—Déjanos, te lo ruego —le pidió Hernando.

El tullido se retiró a las cuadras y Hernando tomó la mano descarnada de Aisha entre las suyas.

—¿Me oyes, madre? ¿Eres capaz de entenderme? —sollozó apretando aquella mano débil—. Lo siento. Es culpa mía. Si te hubiera contado… Si lo hubiera hecho, esto no habría sucedido. Nunca he dejado de luchar por nuestra fe.

Luego relató cuanto había hecho y el trabajo que le había encargado don Pedro; ¡todo aquello que pretendían conseguir!

Cuanto terminó, Aisha no hizo movimiento alguno. Hernando escondió el rostro en su regazo y se entregó al llanto.

Cuatro días transcurrieron hasta que se cumplió el presagio del joven; cuatro largos días en los que Hernando, a solas con su madre, repasó una y otra vez su vida mientras ella se consumía hasta que una mañana, serenamente, dejó de respirar.

No quiso pagar entierros ni funerales. Miguel torció el gesto en el momento en que oyó cómo Hernando se lo comunicaba al párroco de Santa María, al que avisó tarde a propósito, Aisha ya cadáver, para que acudiese a otorgar la extremaunción y la diese de baja en el censo de moriscos de la parroquia.

—Aunque fuese mi madre, estaba endemoniada, padre —trató de excusarse ante el sacerdote, a quien no obstante entregó unas monedas por unos servicios que no llegaría a prestar—. La propia Inquisición así lo determinó.

—Lo sé —contestó el párroco.

—No puedo explicártelo —se excusó después con Miguel, que había escuchado sus palabras con estupor.

—¿Endemoniada decís, señor? —chilló el joven llegando a perder el equilibrio—. Aun en su silencio, su madre sufría más… ¡que yo cuando me utilizaban para pedir limosna! Merecía un entierro…

—Yo sé lo que merece mi madre, Miguel —le interrumpió, tajante, Hernando.

No lo habría podido conseguir si él hubiese pagado y Aisha hubiera sido enterrada en el cementerio parroquial, pero sí en las fosas comunes del campo de la Merced, donde la vigilancia era inexistente. ¿Quién iba a velar por unos cadáveres cuyos parientes no habían estado dispuestos a proporcionarles un buen entierro cristiano?

—Vuelve a casa —ordenó a Miguel una vez hubieron presenciado cómo los sepultureros, sin el menor respeto, lanzaban el cadáver a la fosa.

—¿Y vos qué vais a hacer, señor?

—Vuelve, te he dicho.

Hernando acudió en busca de Abbas, por quien preguntó en las caballerizas; le permitieron entrar y se plantó en la herrería. Lo encontró mucho más viejo que la última vez que hablaron, cuando la comunidad se negaba a admitir sus limosnas. El herrador también vio deterioro en el aspecto del nazareno.

—Dudo que alguien quiera ayudarte —afirmó el herrador de malos modos, después de que Hernando le explicase el porqué de su visita.

—Lo harán, si tú así lo exiges. Pagaré bien.

—¡Dinero! Eso es todo cuanto te interesa. —Abbas le miró con desprecio.

—Estás equivocado, pero no pienso discutir contigo. Mi madre era una buena musulmana, tú lo sabes. Hazlo por ella. Si no lo haces, tendré que recurrir a un par de cristianos borrachos del Potro y entonces todos corremos el riesgo de que se sepa cómo enterramos a nuestros muertos y de que la Inquisición investigue. Te consta que los curas serían capaces de levantar todo el camposanto.

Esa noche le acompañaron dos jóvenes fuertes y una mujer anciana; ninguno quiso cobrarle, pero tampoco le dirigieron la palabra. Salieron de la ciudad hacia el campo de la Merced por un portillo abandonado en las murallas. A la luz de la luna, en el camposanto desierto, los jóvenes moriscos exhumaron el cadáver de Aisha allí donde les señaló Hernando, y se lo entregaron a la anciana mientras ellos empezaban a cavar un hoyo largo y estrecho en tierra virgen, hasta la altura de la mitad de un hombre.

La anciana venía preparada: desnudó al cadáver y lavó el cuerpo; luego lo frotó con hojas de parra remojadas.

—¡Señor! Perdónala y apiádate de ella —recitaba en susurros una y otra vez.

—Amén —contestaba Hernando de espaldas a la mujer, la vista nublada por las lágrimas sobre una Córdoba oscura. La ley prohibía mirar el cadáver a quien no lo limpiase, aunque tampoco se hubiera atrevido a infringir aquella norma.

—¡Señor Dios!, perdóname —rogó la anciana por haber tocado el cadáver, después de poner fin a la purificación—. ¿Has traído lienzos? —preguntó a Hernando.

Sin girarse hacia la mujer, le entregó varios lienzos de lino blanco con los que ésta envolvió el diminuto cuerpo de Aisha. Los jóvenes, ya cavado el hoyo, hicieron ademán de coger a su madre para enterrarla, pero Hernando se lo impidió.

—¿Y la oración por el difunto? —les preguntó.

—¿Qué oración? —escuchó que inquiría a su vez uno de ellos.

Quizá alcanzaran la edad de veinte años, pensó entonces Hernando. Habían nacido ya en Córdoba. Todos aquellos jóvenes apartaban el estudio, el conocimiento del libro revelado o las oraciones, y las sustituían, simplemente, por un odio ciego hacia los cristianos con el que trataban de sosegar sus almas. Probablemente sólo supieran la profesión de fe, se lamentó.

—Dejad el cuerpo junto a la fosa y, si lo deseáis, idos.

Entonces, a la luz de la luna, alzó los brazos e inició la larga oración del difunto: «Dios es muy grande. Alabado sea Dios, que da la vida y la muerte. Alabado sea Dios, que resucita a los muertos. Suya es la grandeza, suya es la sublimidad, suyos el señorío...».

Los jóvenes y la anciana permanecían quietos tras él, mientras recitaba la plegaria.

—¿Es éste a quien llaman el nazareno? —susurró uno de los jóvenes al otro.

Hernando terminó de rezar; introdujeron a Aisha en la fosa, de lado, mirando hacia la quibla. Antes de que la cubrieran con piedras sobre las que a su vez echarían tierra para que no se notase el enterramiento, introdujo la carta de la muerte entre los lienzos de lino, de caligrafía perfecta, escrita esa misma tarde con tinta de azafrán en íntima comunión con Alá.

—¿Qué haces?

—Pregúntaselo a tu alfaquí —replicó Hernando hoscamente—. Podéis iros. Gracias.

Los jóvenes y la anciana se despidieron de él con un gruñido y Hernando se quedó solo al pie de la tumba. Había sido una vida realmente dura la de su madre. Por su memoria desfilaron los recuerdos, pero a diferencia de muchas otras ocasiones en que se amontonaban caóticamente, en ésta lo hicieron despacio. Durante un buen rato permaneció allí, alternando las lágrimas con nostálgicas sonrisas. Ahora ya descansaba, trató de tranquilizarse antes de volver a la ciudad.

De camino, ya cruzada la muralla por el mismo hueco, escuchó un sordo pero conocido repiqueteo a sus espaldas. Se detuvo en el centro de una callejuela.

—No te escondas —dijo en la noche—. Ven conmigo, Miguel.

El muchacho no lo hizo.

—Te he oído —insistió Hernando—. Ven.

—Señor. —Hernando trató de localizar de dónde procedía la voz. Sonaba triste—. Cuando me tomasteis como criado, dijisteis que me necesitabais para cuidar de vuestra madre y de vuestro caballo. María Ruiz ha muerto y al caballo… ni siquiera puedo embridarlo.

Hernando notó cómo un escalofrío le recorría el cuerpo.

—¿Crees que podría echarte de mi casa sólo porque mi madre ha muerto?

Transcurrieron unos instantes antes de que el repiqueteo de las muletas rompiera el silencio que se hizo tras su pregunta. En la oscuridad, Miguel llegó hasta él.

—No, señor —contestó el tullido—. No creo que lo hicierais.

—Mi caballo te aprecia, lo sé, lo veo. En cuanto a mi madre…

La voz de Hernando se quebró.

—La queríais mucho, ¿verdad?

—Mucho —suspiró Hernando—. Pero ella no…

—Murió confortada, señor —afirmó Miguel—. Lo hizo en paz. Escuchó vuestras palabras, podéis estar tranquilo por ello.

Hernando trató de vislumbrar el rostro del tullido en la noche. ¿Qué decía?

—¿A qué te refieres? —inquirió.

—A que ella entendió vuestras explicaciones y supo que no habíais traicionado a vuestro pueblo. —Miguel hablaba cabizbajo, sin atreverse a levantar la vista del suelo.

—¿Qué es lo que sabes tú de eso?

—Debéis perdonarme. —El muchacho posó entonces sus sinceros ojos en Hernando—. Sólo soy un mendigo, un pordiosero. Nuestra vida siempre ha dependido de lo que podíamos escuchar, en las calles, tras una esquina…

Hernando negó con la cabeza.

—Pero soy leal —se apresuró a añadir Miguel—, nunca os descubriría, nunca lo haría con personas como vos, ¡lo juro!, aunque me quebraran los brazos.

Hernando dejó transcurrir unos instantes. En cualquier caso, ¿cómo podía aquel muchacho asegurar que su madre había muerto confortada?

—Han sido muchas las veces que he deseado la muerte —comentó el tullido como si adivinase sus pensamientos—. Han sido muchas las ocasiones que he estado a sus puertas, enfermo en las calles, solo, despreciado por las gentes que se apartaban para no pasar a mi lado. He vivido en su estado, y en ese limbo he conocido decenas de almas como la de la señora María, todas a las puertas de la muerte; unas tienen suerte y entran, otras son rechazadas para continuar sufriendo. Lo supo. Os escuchó. Os lo aseguro. Lo sentí.

Hernando permaneció en silencio. Algo en aquel muchacho le hacía confiar en él, creer sus palabras. ¿O era sólo su propio deseo de que su madre hubiera muerto en paz? Suspiró y rodeó los hombros del chico con el brazo.

—Vamos a casa, Miguel.

—Lo comprobé, señora. —Efraín, ya de regreso a Tetuán, levantó la voz ante los constantes gemidos de incredulidad por parte de Fátima al escuchar el mensaje de Aisha. El anciano judío, que le había acompañado al palacio de Brahim, llevó la mano al antebrazo de su hijo para que se calmase—. Lo comprobé —repitió Efraín, esta vez con calma, ante una Fátima que no dejaba de pasear arriba y abajo de la lujosa estancia que se abría al patio—. Cuando terminé de hablar con Aisha, vino en mi busca el herrador de las caballerizas reales…

—¿Abbas? —saltó Fátima.

—Un tal Jerónimo… Él fue quien me indicó dónde vivía la mujer. Debió de seguirme y esperó a que finalizase de conversar con ella para atajar mi camino y asaltarme a preguntas…

—¿Le contaste algo de mí? —volvió a interrumpirle Fátima.

—No, señora. Le conté lo que tenía preparado por si las cosas no salían bien: que buscaba a Hernando porque disponía de un excelente caballo de pura raza árabe entregado en pago de una partida de aceite, y que quería que él lo domara...

—¿Y?

—No me creyó. Insistió en preguntar el porqué de la carta que Aisha había roto en pedazos sobre el Guadalquivir, pero no cedí. Os lo aseguro.

—¿Qué te dijo Abbas? —inquirió Fátima parada frente al joven, en tensión. Acababa de escuchar de Efraín acerca de la situación de Aisha; le había hablado de sus evidentes achaques y de la vejez que arrastraba por las calles. Quizá..., quizá se hubiera vuelto loca, especuló Fátima. ¡Pero Abbas no podía mentir! Era amigo de Hernando y habían trabajado codo con codo, jugándose la vida por la comunidad. Abbas no. Él no podía mentir.

Efraín titubeó.

—Señora..., ese Jerónimo, o Abbas como vos lo llamáis, me confirmó todo cuanto me acababa de contar la madre. Esa noche, el herrador me ofreció la hospitalidad de la casa de un tal Cosme, amigo suyo y hombre respetado por la comunidad morisca cordobesa. Ambos repitieron, con mayor detalle, las palabras de Aisha; justo después de que se os creyera muerta, porque os creen muerta, señora, a vos y a vuestros hijos... —Fátima asintió con un suspiro—. Bien, pues justo después de eso, no había transcurrido ni un año, cuando vuestro esposo se fue a vivir al palacio del duque de Monterreal. Rezuman odio hacia el nazareno, señora. —El padre de Efraín se removió inquieto ante el apodo utilizado por su hijo, pero Fátima no se inmutó; su expresión se endureció y mantenía los puños fuertemente apretados—. Toda la comunidad morisca lo odia por sus actos y su traición; lo comprobé con varios vecinos moriscos de la casa de Cosme. Lo siento —añadió el joven al cabo de unos instantes de silencio.

Durante el transcurso del largo viaje del joven Efraín desde Tetuán a Córdoba y su regreso, Fátima había especulado con mil posibilidades: que Hernando hubiera rehecho su vida y que se negara a abandonar la capital de los califas, ¡lo hubiera entendido! Incluso..., incluso llegó a plantearse que pudiera haber fallecido, sabía de la terrible epidemia de peste que había diezmado la población de Córdoba seis años atrás. Pudiera ser que tampoco quisiera abandonar el puesto de jinete de las caballerizas reales que tanto le satisfacía, o que sencillamente decidiera que la comunidad lo necesitaba allí, en tierras cristianas, copiando el libro revelado, los calendarios o las profecías... ¡Eso también lo hubiera entendido! Pero jamás llegó a pasar por su imaginación que Hernando hubiera traicionado a sus hermanos y a sus creencias. ¿Acaso no había sido ella misma quien renunció a su libertad para entregar aquellos dineros por la manumisión de un esclavo morisco?

—¿Y dices...? —Fátima dudó. Era la época en que vivían juntos, los años del levantamiento de las Alpujarras en los que sufrieron mil y una calamidades por su Dios, con Ubaid y Brahim maltratándoles y humillándoles. ¿Cómo podía haberlo mantenido en secreto? Hernando le había contado de su fuga de la tienda de Barrax con aquel noble cristiano, pero ¿cómo podía haber callado la verdad después de los sacrificios que ella misma hizo por unirse en matrimonio? ¡Había perdido a su pequeño Humam en aquella guerra santa!—. ¿Dices que ya en las Alpujarras salvó la vida de varios cristianos?

—Sí, señora. Se sabe con certeza del noble que lo acogió en su palacio y de la esposa de un oidor de la Chancillería de Granada, pero la gente habla de muchos más.

Fátima estalló. Los gritos e insultos que surgieron de su garganta resonaron en la estancia. Anduvo airada hasta el patio, en donde levantó los brazos al cielo y dejó escapar un aullido de rabia y dolor. El viejo judío hizo una seña a su hijo y ambos abandonaron el palacio.

Pocos días después, Fátima llamó a Shamir y a su hijo, Abdul, y les contó cuanto sabía de Hernando.

—¡Perro! —se limitó a mascullar Abdul en el momento en que su madre puso fin al relato.

Luego, ella los observó retirarse, serios y decididos, los colgantes de las vainas de sus alfanjes tintineando a su paso. ¡Eran corsarios!, pensó, hombres acostumbrados a vivir la crueldad.

A partir de aquel día, Fátima se dedicó a administrar con mano de hierro los beneficios y el patrimonio de la familia mientras los jóvenes navegaban. Nada la distrajo de su labor, aunque a solas, por las noches, seguía recordando a Ibn Hamid con una mezcla de rabia y dolor. Mediante una espléndida dote, casó a Maryam con un joven de la familia Naqsis, quienes ya dominaban Tetuán. También buscó esposas adecuadas para Abdul y Shamir. La alianza que trabó con la familia Naqsis tras la muerte de Brahim le resultó rentable, y su condición de mujer tampoco le impidió hacerse un lugar preeminente en el mundo de los negocios de la ciudad corsaria. No era la primera que intervenía en los asuntos de Tetuán; no en balde, tras ser conquistada por los musulmanes, su primera gobernadora fue una mujer tuerta cuya memoria era recordada y respetada. Como ella, Fátima también era temida y reverenciada. Como ella, también Fátima estaba sola.

En nombre de nuestro señor

Y dígoos que los árabes son una de las más excelentes gentes, y su lengua una de las más excelentes lenguas. Eligiolos Dios para ayudar a su ley en el último tiempo... Como me dijo Jesús, que ya ha precedido sobre los hijos de Israel, los que de ellos fueron infieles... que no se les levantará cetro jamás. Mas los árabes y su lengua volverán por Dios y por su ley derecha, y por su evangelio glorioso y por su Iglesia santa en el tiempo venidero.

Libros plúmbeos del Sacromonte:
El libro de la historia de la verdad del evangelio
(ed. de M. J. Hagerthy)

58

Córdoba, enero de 1595

El día había amanecido frío y encapotado, y Hernando, que a la sazón tenía ya cuarenta y un años, parecía haberse levantado de un humor tan gris como el cielo que se veía desde el patio. Miguel no podía evitar preocuparse por su señor y amigo: le notaba nervioso, desazonado, invadido por una ansiedad inusual en quien, durante siete años, desde que volvía de montar por las mañanas hasta la madrugada, solía recluirse tranquilamente en una estancia del segundo piso, convertida en biblioteca, donde los libros, los papeles y los escritos se amontonaban en mayor abundancia que las hojas de los árboles sobre el suelo en invierno.

No era sino la culminación de siete años de trabajo lo que originaba la ansiedad que Miguel observaba en Hernando en esos días. Siete años de estudio; siete años dedicado a pensar y urdir una trama que pudiera acercar a las dos grandes religiones: a cambiar la percepción que tenían los cristianos acerca de aquellos que habían señoreado los reinos españoles durante ocho siglos y a quienes ahora despreciaban. Había aprendido incluso latín para poder leer ciertos textos. Lograr el acercamiento entre ambas religiones había sido su único objetivo: había dejado de jugar a las cartas y sólo se permitía acudir de vez en cuando a la mancebía.

—¡Los siete varones apostólicos! —había exclamado un día

en el patio, hacía ya tiempo, sobresaltando a Miguel, que trajinaba con los arriates y las cañas donde brotarían las flores en primavera—. Si utilizo esa leyenda como referencia, me encajan todas las piezas, incluso la de san Cecilio de la que me habló Castillo.

El muchacho, enterado de sus manejos desde que oyó cómo Hernando se los confesaba a su madre antes de morir, compartía con indiferencia y bastante escepticismo los planes y progresos de su señor y amigo.

—¿Acaso esperas, señor —le espetó un día en que hablaron del tema—, que yo pueda confiar en algún Dios? ¿Qué Dios es ése, sea el tuyo o el de ellos, que permite que a los niños se les rompan las piernas para obtener unos dineros de más?

Pese a ello, Hernando continuaba buscando en Miguel la posibilidad de exteriorizar sus dudas o sus progresos diarios. Necesitaba comentarlos con alguien, y Luna, Castillo y don Pedro se hallaban a leguas de distancia.

—¿Y quiénes son esos varones apostólicos? —preguntó Miguel en tono de fastidio, aunque sólo fuera por complacerle.

—Según la leyenda que recogen algunos escritos —le explicó Hernando—, son siete apóstoles a quienes san Pedro y san Pablo enviaron a evangelizar la antigua Hispania: Torcuato, Tesifón, Indalecio, Segundo, Eufrasio, Cecilio e Hiscio. Las reliquias de cuatro de ellos ya han sido encontradas y son veneradas en diversos lugares, pero ¿sabes una cosa?

Hernando dejó que la pregunta flotara en el aire. Miguel, apoyado en una de sus muletas mientras con la mano libre agarraba una rama seca, le miró con afecto: los ojos azules de su señor brillaban tanto que se obligó a cambiar de actitud y le mostró los dientes rotos en una sonrisa.

—¿Qué, señor? Dímela.

—Que entre los tres varones apostólicos que todavía faltan por localizar se encuentra san Cecilio, de quien aseguran que fue el primer obispo de Granada. Sólo tengo que utilizar esa leyenda y hacer aparecer los restos de san Cecilio en Granada. ¡Hasta encajaría con el pergamino de la Turpiana! Podría…

—Señor —le interrumpió Miguel, dejando la rama y apoyándose en la segunda muleta—, ¿no sostienen los obispos que quien evangelizó nuestros reinos fue Santiago? Eso hasta yo lo sé, y no has nombrado a Santiago entre los siete.

—Cierto —reconoció Hernando—.Ya sé lo que voy a hacer. ¡Uniré las dos leyendas! —Y tras estas palabras, corrió escaleras arriba, como si pretendiese realizar dicha tarea en ese mismo momento.

Miguel le vio tropezar con un escalón y trastabillar para recuperarse.

—Uniré las dos leyendas —repitió el tullido con sarcasmo acercándose a un arriate de lo que serían preciosas rosas—. Uniré las dos religiones —añadió, como tantas veces había oído decir a Hernando, buscando tallos muertos que cortar—. Sólo hay una cosa que debería unirse —llegó casi a gritar en la soledad del patio—: ¡los huesos quebrados de mis piernas!

Esa gélida mañana de enero, en el patio, mientras oía a Hernando reprender a María, la morisca que les hacía las tareas domésticas, Miguel recordó esas palabras que había pronunciado en un arrebato de frustración. Al contemplar ese mismo arriate, que el año anterior había florecido y llenado el patio de aromáticas rosas, tuvo por un instante la sensación de que la naturaleza se burlaba de él. ¿Por qué todo renacía con belleza excepto sus piernas? Nunca a lo largo de toda su vida había odiado tanto su invalidez como le había ocurrido durante el último mes, al darse cuenta de que su vecina, Rafaela, turbada, posaba sus ojos inocentes en aquellas piernas deformes. La muchacha carecía de la más mínima picardía, y no conseguía evitar ciertas miradas de soslayo hacia ellas; luego, azorada, balbuceaba y desviaba la atención hacia su rostro.

Aunque llevaba mucho tiempo viéndola entrar y salir de la casa de al lado, no se había fijado en ella hasta unas cuantas semanas atrás. Era de noche, Córdoba estaba en silencio y él había acudido a las cuadras a comprobar cómo se aclimataba el nuevo potro que les acababa de traer Toribio desde el cortijo. Cinco años atrás Hernando, al ver que Volador envejecía, se había decidido a arreglar el cortijillo de Palma del Río con la idea de cruzar a Volador con algunas yeguas de desecho que compró en las caballerizas reales. Allí también contrató a un jinete: Toribio, quien desde entonces, con más o menos acierto, se encargaba de la doma de los potros. Cuando los creía domados, los hacía llegar a las cuadras de la casa de Córdoba.

Aquella noche Miguel bajó a ver un potro que se llamaba Estudiante y era hijo, igual que César —el otro caballo que tenían estabulado en las cuadras de la casa—, de Volador y de una yegua de color fuego. Hernando estaba preocupado por los potros; por eso Miguel acudía a las cuadras con asiduidad, a cualquier hora. Lo cierto era que los animales no estaban bien domados al pesebre; eran ariscos y desconfiados y en cuanto se les montaba quedaba claro que tampoco su doma de silla había sido correcta, sino violenta y carente de arte. Toribio no tenía sensibilidad, tuvo que reconocerle un día Hernando a Miguel. Sin embargo, todos aquellos defectos consiguieron que el morisco se acercase de nuevo a los caballos para tratar de corregirlos, labor a la que dedicaba las mañanas. A partir de ese momento, Miguel percibió que su señor recuperaba su apetito y que el aire de las dehesas por las que cabalgaba hacía desaparecer el tono macilento de su rostro, fruto de tantas horas de encierro en la biblioteca.

La noche que conoció a Rafaela, Miguel había ido a comprobar que Estudiante permanecía tranquilo al lado de César. Luego giró sobre sus muletas, dispuesto a volver a su dormitorio, cuando el sonido apagado de unos sollozos le detuvo. ¿Acaso lloraba su señor? Aguzó el oído y alzó la vista hacia la biblioteca en la que Hernando continuaba trabajando; la luz de las lámparas se colaba por la ventana que daba al corredor sobre el patio. Desechó la idea. El llanto provenía del lado opuesto, donde las cuadras lindaban con el patio de la casa vecina, la del jurado don Martín Ulloa. Estuvo a punto de retirarse sin darles mayor importancia, pero aquellos suspiros de tristeza le hicieron pensar en los sollozos de sus hermanos durante las noches: reprimidos para que no los escuchasen sus padres, apagados por el miedo de suscitar nuevos golpes. Miguel se acercó al muro de separación. Alguien lloraba con tristeza. Los sollozos, que ahora se le presentaron con nitidez, imploraban al cielo igual que lo habían hecho los de sus hermanos... Y los suyos propios.

—¿Qué te pasa? —Presentía que era una joven. Sí, sin duda. Se trataba del llanto de una muchacha.

Nadie contestó. Miguel oyó cómo alguien sorbía los mocos, esforzándose por acallar unos gemidos que, a su pesar, se trocaron en hipidos incontenibles.

—No llores, niña —insistió Miguel al otro lado del muro, pero fue en vano.

Miguel alzó la vista al cielo estrellado de Córdoba. ¿Qué edad tendría en aquel entonces su hermana ciega? La última vez que la vio debía de contar cinco o seis años: los suficientes como para darse cuenta de que su vida era diferente de la de los demás niños que reían por las calles. Miguel susurró a la muchacha las mismas palabras que le había dicho a su hermana, años atrás, en la oscuridad del húmedo y nauseabundo cuartucho que compartían con sus padres:

—No llores, mi niña. ¿Sabes? Érase una vez una niña ciega —empezó a contarle entonces, recostándose contra el muro y recordando con melancolía, palabra a palabra, la primera historia que inventó para su hermana pequeña—, que con los brazos extendidos al aire daba muchos saltos para tocar ese maravilloso cielo estrellado que todos decían que estaba por encima de sus cabezas y que ella no podía ver...

Así, hablaron varias noches seguidas a través del muro: Miguel, con sus historias, arrancando sonrisas que no alcanzaba a ver, mientras aquella muchacha se dejaba mecer por una voz que durante un rato le hacía olvidar sus desdichas.

—Tú eres el... —susurró una noche.

—El cojo —afirmó Miguel con un suspiro de tristeza.

Por fin, varios días después, se conocieron. Miguel la invitó a ver los potros; había llegado a contarle mil historias sobre ellos. Rafaela salió subrepticiamente de su casa por una antigua portezuela que casi no se utilizaba y que daba al callejón que moría en el portón de salida de las cuadras de Hernando. Miguel apretó los labios y la esperó erguido sobre sus muletas. Pese a que sólo tenía que cruzar dos pasos, ella llegó a las cuadras embozada en una capa negra. Miguel nunca la había visto tan de cerca: la muchacha debía de rondar los dieciséis o diecisiete años; tenía largos cabellos castaños que le caían sobre los hombros, una mirada dulce y una nariz pequeña sobre labios finos. Esa noche, por fin, cara a cara, ella le contó el porqué de sus sollozos. Su padre, el jurado don Martín Ulloa, no tenía dinero para dotar a sus dos hijas y al mismo tiempo costear los gastos de sus dos pretenciosos hijos varones.

—Se creen hidalgos —comentó Rafaela con resquemor—, y no son más que los hijos de un fabricante de agujas cuyo padre consiguió con malas artes una juraduría. Mi padre, mis hermanos, mi madre incluso, actúan como si fueran nobles de cuna.

Por ello, don Martín había decidido que la primogénita, la tímida y seria Rafaela, que no parecía ser capaz de atraer a un buen partido, ingresase en un convento; así él podría concentrar la dote en una sola de sus hijas, la pequeña, más agraciada y, según todos, más coqueta. Pero el jurado tampoco tenía dinero para donar a las órdenes de religiosas con las que negociaba el ingreso de su hija, y Rafaela veía que iba a terminar encerrada, en calidad de vulgar criada, al servicio de las monjas más pudientes: la única salida que se le presentaba a una piadosa joven cristiana soltera y sin recursos.

—Oí cómo lo comentaban mi padre y mis hermanos. Mi madre estaba presente, pero callada, sin oponerse a ese mercadeo. Si cualquiera de ellos ahorrase en sus fatuos dispendios… ¡Me tratan como a una apestada!

Odiando sus piernas deformes, noche tras noche, Miguel se sorprendió al observar que los ariscos potros se dejaban acariciar por Rafaela, entregados a sus dulces susurros y caricias hasta que una noche, por primera vez en su vida, con la muchacha sentada frente a él, sobre la paja, le fallaron las palabras con las que acostumbraba a urdir sus historias; sólo deseaba acercarse a ella y abrazarla, pero no se atrevía; ¿cómo hacerlo con aquellas piernas? Cuando volvió a quedarse a solas, meditó durante el resto de la noche. ¿Qué podía hacer él por aquella desgraciada joven que merecía un destino mejor?

59

Los ángeles dijeron a María: Dios te ha escogido,
te ha dejado exenta de toda mancha, te ha elegido
entre todas las mujeres del universo.

Corán 3,42

Una mañana de aquel enero de 1595, Hernando se dispuso a ensillar a Estudiante.

—Me voy a Granada —anunció a Miguel.

—Señor, ¿no sería mejor que montases a César? —sugirió éste—. Está más…

—No —le interrumpió Hernando—. Estudiante es un buen caballo y le vendrá bien el viaje. Tendré tiempo para enseñarle y entrenarle. Además, así me distraeré durante el camino.

—¿Cuánto tiempo estarás fuera?

Hernando le miró con la cabezada en la mano, dispuesto a ponerle el freno a Estudiante, y sonrió.

—¿No eres tú el que sabes cuándo vuelven o no vuelven los animales y las personas? —le dijo, tal y como acostumbraba a hacer cada vez que salía de viaje.

Miguel esperaba aquella réplica.

—Bien sabes que contigo no me sirve, señor. Hay cosas que hacer, decisiones que tomar, cobrar a los arrendatarios, y necesito saber…

—Y encontrarte con tu visitante nocturna —le sorprendió.

Miguel enrojeció. Trató de excusarse, pero Hernando no se lo permitió—. Yo no tengo nada que objetar, pero ten cuidado con su padre: si se enterase, sería capaz de colgarte de un árbol y me gustaría encontrarte sano y salvo a mi regreso.

—Es una muchacha muy desgraciada, señor.

Hernando acababa de embocar el freno a Estudiante, que respondió mordisqueando el hierro sin cesar.

—Este Toribio nunca entenderá lo de los palos con miel —se quejó ante el vicio del potro—. ¿Desgraciada? ¿Qué le pasa a esa joven? —preguntó entonces, en tono distraído.

El silencio que siguió a su pregunta le obligó a detenerse, en esta ocasión con el recado de montar en sus brazos. Hernando intuyó que Miguel quería contarle algo; llevaba intentándolo desde hacía días, pero él tenía otras cosas en la cabeza. Al ver su semblante triste, Hernando suspiró y se acercó a su amigo.

—Te veo preocupado, Miguel —le dijo mirándole a los ojos—. Ahora no puedo demorarme, pero te prometo que cuando regrese hablaremos de ello.

El joven asintió en silencio.

—¿Ya has puesto fin a lo que estabas escribiendo, señor?

—Sí. Yo he terminado. Ahora —añadió después de hacer una pausa— le corresponde actuar a Dios.

Pero Hernando no se dirigió a Granada como había dicho. En lugar de salir de Córdoba por el puente romano, lo hizo por la puerta del Colodro y tomó la ruta de Albacete hacia la costa mediterránea, en dirección a Almansa desde donde tenía intención de encaminarse al norte, hacia Jarafuel. Desde el primer momento, Estudiante se mostró arisco y huidizo. Le dejó hacer, soportando sus espantadas y sus hachazos en el freno mientras cabalgaba por los transitados alrededores de Córdoba. Más tarde, al dejar atrás el cruce con el camino de las Ventas que llevaba a Toledo, lo espoleó para ponerle a galope tendido e iniciar una frenética carrera en la que sólo mandó la violencia del jinete. Bastaron dos leguas. Pese al frío del invierno, el caballo sudaba cuando cruzó el puente de Alcolea;

resoplaba por los ollares pero, sobre todo, se había entregado ya a sus espuelas. A partir de allí anduvieron al paso; le quedaban cerca de sesenta leguas hasta llegar a Almansa y se trataba de un viaje largo y pesado, como había tenido oportunidad de comprobar hacía unos meses, tras un viaje a Granada por el asunto del martirologio. El nuevo arzobispo, don Pedro de Castro, seguía encargándole informes tal y como había hecho su difunto antecesor.

Había sido Castillo quien le aconsejó que se dirigiera a Jarafuel. Este pueblo, junto con Teresa y Cofrentes, estaba situado en el linde occidental del reino de Valencia, al norte de Almansa, en un fértil valle cuyas aguas iban a unirse al río Júcar; al otro lado del valle se alzaba la Muela de Cortes. Pero lo importante era que esos lugares eran mayoritariamente moriscos.

—No tengo pergaminos antiguos —se había quejado en su anterior viaje a Granada, reunido con don Pedro, Miguel de Luna y Alonso del Castillo en la Cuadra Dorada, bajo los reflejos verdes y dorados del artesonado del techo—. De momento lo estoy escribiendo todo en papel normal, pero…

—No deberíamos utilizar pergaminos —alegó Luna, que acababa de publicar la primera parte de su obra *La verdadera historia del rey Rodrigo*, originando una acerada polémica entre los intelectuales de toda España. Desgraciadamente para el escritor, las opiniones más desfavorables a la positiva visión árabe que proponía en su obra fueron encabezadas precisamente por un morisco, el jesuita Ignacio de las Casas—. Algunos intelectuales han tachado el pergamino de la Turpiana de falso, arguyendo que no era antiguo…

—Antiguo sí que lo era —le interrumpió Hernando con una sonrisa—, por lo menos de la época de al-Mansur.

—Ya, pero no lo bastante —terció Castillo—. Utilicemos otro material que no sea papel o pergamino: oro, plata, cobre…

—Plomo —apuntó don Pedro—. Es fácil de conseguir y se utiliza mucho en orfebrería.

—Los griegos ya escribían sobre láminas de plomo —indicó Luna—, es un buen material. Nadie podrá decir si es antiguo o actual, sobre todo si lo pasamos por un baño de estiércol, como ya hizo nuestro amigo con el de la Turpiana.

Hernando se sumó a las sonrisas de sus compañeros.

—En el reino de Valencia, en Jarafuel —dijo Castillo—, conozco a un orfebre que, a pesar de la prohibición, continúa trabajando en secreto las joyas moriscas. También conozco al alfaquí del pueblo. Ambos son de confianza. Binilit, el orfebre, se dedica a elaborar manos de Fátima y patenas con lunas e inscripciones en árabe para el bautizo de los recién nacidos. También fabrica ajorcas, pulseras y collares en los que cincela aleyas y magníficos grabados moriscos, como los que lucían nuestras mujeres antes de la conquista cristiana. Estoy seguro de que estará en disposición de pasar esos escritos a láminas de plomo.

—Algunos están en latín —explicó entonces Hernando—, pero para otros, los escritos en árabe, he utilizado complicados caracteres puntiagudos, con una caligrafía desconocida que he inventado yo mismo, basándome en la imagen de los vértices de la estrella del Sello de Salomón: el símbolo de la unidad. He pretendido apartarme de cualquier estilo posterior al nacimiento del profeta Isa.

Don Pedro asintió complacido; Luna premió la idea con un par de aplausos corteses.

—Te aseguro que el maestro Binilit —insistió Castillo— posee la suficiente destreza como para cincelar sobre el plomo cualquier escrito que le presentemos.

Hernando había podido comprobar las habilidades de Binilit en su anterior visita a Jarafuel. Buscó a Munir, el alfaquí del pueblo, un hombre sorprendentemente joven para la responsabilidad que cargaba sobre sus hombros, y juntos se encaminaron al diminuto taller del viejo orfebre. Cuando llegaron, Binilit estaba trabajando en una mano de Fátima que le habían encargado para una boda: colocó una lámina de plata sobre un molde de hierro rehundido y, sobre ésta, otra lámina de plomo que fue martilleando con precisión hasta extraer la joya, limpia y lisa, en la que empezó a cincelar dibujos geométricos. Mientras tanto, el alfaquí, ya advertido por Castillo, le explicaba lo que se esperaba de él.

—Se trata de un trabajo secreto del que puede depender el futuro de nuestro pueblo en estas tierras —terminó diciéndole Munir.

Binilit asintió y abandonó por primera vez la atención que tenía puesta en la joya.

Abstraído en el arte del platero, Hernando aprovechó ese momento para deleitarse en su trabajo. Binilit le animó a coger la pieza de plata; Hernando pensó que se parecía a la mano de Fátima que tan celosamente escondía en la biblioteca. La sopesó. Quizá pesaba algo menos. Deslizó las yemas de los dedos por los inacabados dibujos. ¿Qué muchacha la luciría en secreto? ¿De qué andanzas sería testigo aquella joya? Los recuerdos de las suyas propias con Fátima le arrancaron una sonrisa nostálgica.

—¿Te gusta? —preguntó Binilit tornándole a la realidad.

—Maravillosa.

Permanecieron unos instantes en silencio.

—Déjame ver esos escritos —le rogó el platero.

Hernando devolvió la mano a su lugar y le entregó los papeles que llevaba. El maestro los examinó: primero con cierta displicencia, pero después, tras fijarse en los sellos de Salomón dibujados en varios de los escritos, en los caracteres puntiagudos con que aparecían trazadas las letras árabes y de descifrar alguna que otra frase al azar, entornó los ojos y se enfrascó en ellos como si le hubieran propuesto un reto.

—Hay veintidós conjuntos de escritos —explicó Hernando—. Algunos, como verás, de una sola hoja; otros son más extensos.

El orfebre revisó una y otra vez los papeles, extendiéndolos sobre la pequeña mesa de trabajo, calculando mentalmente su extensión, imaginando ya cómo podían quedar cincelados sobre láminas de plomo. De repente se centró en unas hojas de caracteres ilegibles que no estaban escritas ni en latín, ni con la curiosa caligrafía árabe utilizada por Hernando.

—¿Y esto? —inquirió.

—Lo llamo el Libro Mudo. No tiene sentido. Como verás, sus caracteres son totalmente indescifrables; me ha costado lo mío inventar letras sin sentido. En otro de los libros —Hernando revolvió entre los papeles—, en éste, en el de la *Historia de la verdad del evangelio*, se anuncia que el contenido del Libro Mudo será dado a conocer más adelante; ambos se complementan —continuó explicando Hernando. Dudó si contar también que aquel contenido no sería otro que el del evangelio de Bernabé; decidió no hacerlo—. Pero eso será el día en que los cristianos estén preparados para recibir el verdadero mensaje, aquel que no ha sido tergiversado por sus papaces, el que demuestra que sólo hay un único Dios.

Mientras Binilit asentía con un murmullo, Hernando dejó vagar la idea que había guiado sus pasos: aquellos plomos eran un ingenioso rompecabezas elaborado alrededor de una figura central, la Virgen María, que, uno tras otro, conducían hasta un final aparentemente sin salida: el Libro Mudo, el Evangelio de la Virgen, escrito en una lengua incomprensible, que dejaría perplejos a quienes lo estudiaran. Sin embargo, tal y como acababa de explicar a Binilit, en otro de los plomos se anunciaba la aparición de un texto que aclararía el misterio. Aquél sería el evangelio de Bernabé, que él tan celosamente guardaba. Cuando los plomos fueran aceptados, y con ellos aquel enigmático Libro Mudo, el evangelio de Bernabé, con su contenido cercano al islamismo, resplandecería como la única e incuestionable verdad.

—De acuerdo —convino el platero sacándole de sus pensamientos—. Os avisaré cuando los tenga hechos.

Hernando echó mano a su bolsa para pagar los trabajos, pero el maestro le detuvo.

—No cobro por mis joyas más que lo necesario para llevar una vida sobria y frugal; ya soy viejo. Lo único que pretendo es que los musulmanes puedan seguir luciendo los adornos de sus antepasados. Así pues, me pagarás cuando los cristianos acepten la palabra revelada.

En aquel segundo viaje, Hernando llegó a Jarafuel tras cuatro días de viaje en los que fue sumándose a las caravanas de mercaderes o arrieros que encontraba en las ventas donde hacía noche. Aquellos caminos podían deparar desagradables encuentros con cuadrillas de bandoleros, pero también con todo tipo de gentes que los frecuentaba: infinidad de frailes y sacerdotes que se desplazaban entre conventos, titiriteros que iban de pueblo en pueblo para ofrecer sus espectáculos, extranjeros y gitanos, pícaros, y un sinfín de mendigos expulsados de las ciudades y que pedían limosna a viajeros y peregrinos.

En la tercera jornada, Hernando hizo noche en la misma Almansa. Allí debía abandonar la transitada y antigua vía romana para internarse a lo largo de cinco leguas por senderos, y quería hacerlo de día.

Al día siguiente, ya de camino, fue Estudiante el que receló y le avisó del peligro. Caminaba al paso por una vereda solitaria a lo largo del fértil valle rodeado de altas montañas; el castillo de Ayora se alzaba ante sus ojos, sobre un risco, a una legua de distancia. Sólo se oía su propio caminar en el momento en que Estudiante irguió las orejas e hizo además de no querer continuar. Hernando escrutó los alrededores: no se percibía movimiento alguno, pero Estudiante caminaba reacio, atento, en tensión, volviendo las orejas, tiesas, hacia uno y otro lado. El caballo parecía pedírselo, porque en el mismo momento en que decidió confiar en el instinto del animal, antes incluso de clavarle las espuelas, Estudiante dio una lanzada hacia delante y se puso a galope tendido; Hernando se tendió sobre su cuello. Sólo unos pasos más allá, de ambos lados del camino surgieron varios hombres armados, cuyos rostros ni siquiera llegó a vislumbrar. Uno de ellos se apostó desafiante en el centro de la vereda con una vieja espada en la mano. Hernando gritó y espoleó con fuerza a Estudiante. El hombre dudó, pero optó por saltar para apartarse del frenético galope del animal; pese a ello, Hernando, con la mirada clavada en la herrumbrosa espada del bandolero, quebró el galope de Estudiante justo a la altura de su atacante para lanzarle el caballo encima y así impedir que descargara el golpe de espada a su paso. Estudiante respondió con agilidad, como si de sortear las astas de un toro se tratase, y el bandido salió despedido más allá del camino. Luego reinició el galope y Hernando volvió a tumbarse sobre el cuello del caballo, para esquivar dos disparos de arcabuz. Las pelotas de plomo silbaron en el aire, muy cerca de él.

—Volador puede estar orgulloso de ti —le felicitó después, palmeando el cuello del caballo, con el castillo de Ayora ya sobre sus cabezas.

Continuó hasta Jarafuel, adonde llegó sin ningún otro incidente. Buscó al joven alfaquí y, con él, se dirigió al taller de Binilit. Dejaron a Estudiante atado en un pequeño huerto situado en la parte posterior de la casa de Munir.

—¿Has venido solo? —le preguntó el alfaquí mientras iban en dirección al taller.

—Sí. Y además he tenido un mal encuentro a la altura de Ayora…

—No lo preguntaba por eso —le interrumpió el alfaquí—, aunque buscaré a alguien que, por lo menos, te acompañe de vuelta a Almansa; yo mismo puedo hacerlo. No. Lo decía porque no sé cómo te vas a llevar tú solo todo lo que ha preparado el maestro Binilit. Ha hecho un gran trabajo.

Hernando no había previsto que una cosa era transportar papeles y otra muy diferente llevar láminas de plomo, así que en Córdoba se limitó a coger unas alforjas que había colgado de la grupa de Estudiante y atado a la parte posterior de la montura. Ya en el taller de Binilit, no pudo impedir que se le escapase un silbido de sorpresa ante el trabajo que le mostró el orfebre: habría cien o doscientas láminas… ¡Quizá más! Se trataba de medallones de plomo de casi medio palmo de diámetro en los que el maestro había cincelado los escritos proporcionados por Hernando. Estaban amontonados en pilas en una esquina del taller. ¡Era imposible transportar todo aquel volumen y peso en unas simples alforjas!

Cogió uno de los medallones al azar, el primero de una pila: *El libro de los fundamentos de la Iglesia*, lo había titulado Hernando en sus escritos. Sopesó el medallón de plomo en su mano y luego observó el trabajo del orfebre. ¡Magnífico! Binilit había trasladado con precisión sus letras puntiagudas a aquella pequeña lámina.

—A María no le tocó el pecado primero —sentenció el alfaquí. Hernando se volvió hacia él—. He pasado muchos días aquí —explicó—, leyendo… más bien tratando de interpretar tus escritos. Has omitido la puntuación y las vocales.

—En aquella época todavía no se utilizaban. —El alfaquí hizo ademán de intervenir, pero Hernando continuó hablando. Binilit escuchaba con atención—. Además, nuestro mensaje no debe ser directo, debe moverse en la ambigüedad. En caso contrario, los cristianos desecharían de inmediato los libros.

—Sin embargo, las referencias a María son claras —arguyó Munir.

—En ese aspecto no existe ningún problema. Los cristianos aceptarán la intervención de la Virgen sin dudarlo —afirmó, contundente, Hernando—; la figura de María es probablemente el único punto de unión entre ambas religiones que aún no ha sido mancillado. Además, en España existe un clamor para que la Iglesia, de una vez por todas, eleve a dogma de fe la concepción sin pecado de María. Los textos apoyan esa idea, así que los utilizarán. Como habrás comprobado, María se convierte en el eje central de todos los libros. Ella está en posesión del mensaje divino, que traslada a Santiago y a los demás apóstoles tras la muerte de Isa; es ella quien ordena a Santiago la evangelización de España y es ella la que le entrega un evangelio, el Libro Mudo, ilegible, que algún día saldrá a la luz, cuando los cristianos lleguen a comprender que sus papas han subvertido la palabra de Dios. Todo ello llegará a través de un rey de los árabes.

—¿Qué ganamos si los cristianos no llegan a entender el mensaje? —inquirió entonces el orfebre—. Podrían interpretarlo a su conveniencia.

—Y lo harán. No os quepa duda alguna —afirmó Hernando.

Binilit abrió las manos en dirección a las pilas de medallones, casi como si se sintiera defraudado después de tanto trabajo

—Eso es lo que nos interesa, Binilit —trató de tranquilizarle Hernando—. Si los cristianos interpretan todos estos libros a su conveniencia, se verán obligados a reconocer que tanto san Cecilio, el patrón de Granada, como su hermano, san Tesifón, eran árabes; ambos vinieron con Santiago a evangelizar España. ¡El patrón de Granada, un árabe! Por más que lo intenten, no pueden tomar unas partes de los libros como buenas y hacer caso omiso de aquellas otras que pudieran no interesarles. También tendrán que reconocer, como dice la Virgen María, que la lengua árabe es la más sublime de todas las lenguas. Para aprovecharse del contenido de los libros tendrán que pasar por reconocer esas ideas y muchas más que aparecen en ellos. Es un buen método de acercamiento entre ambos pueblos; quizá pudiéramos conseguir que se nos levantase la prohibición de hablar en nuestra lengua. Es más, si san Cecilio era árabe, ¿a qué ese odio hacia nuestro pueblo? —Munir asintió pensativo—. Muchos serán los que tendrán que volver a considerar sus escritos y opiniones. ¡Cristianos y musulmanes creemos en el mismo Dios! Eso es algo que la mayoría del pueblo llano no sabe y que sus sacerdotes le esconden, despreciando constantemente al Profeta. Pero en cualquier caso, Binilit, todo esto es sólo un paso más después de lo de la Turpiana; no es el definitivo. En el momento en que se dé a conocer el verdadero contenido del Libro Mudo, el evangelio que no ha sido tergiversado por los papas, todos esos aspectos ambiguos que se incluyen en el texto de muchos de estos libros, como por ejemplo las sucesivas profesiones de fe musulmanas y la naturaleza de Isa, deberán interpretarse conforme a nuestras creencias.

—Pero ¿cómo puede llegar a conocerse el contenido de un libro ilegible? —inquirió el platero.

—No podrá descifrarse este texto —explicó Hernando—: nos basta que sea aceptado como el evangelio de la Virgen. Si los cristianos aceptan los plomos, tendrán que aceptar también la llegada de ese rey árabe que se anuncia en ellos y que dará a conocer el verdadero evangelio, aquel que ningún Papa o evangelista ha podido falsear. Y nadie podrá sostener que lo que afirma ese evangelio está en contradicción con el contenido del Libro Mudo… Así, el círculo se cerrará: el Libro Mudo, o evangelio de la Virgen, que habrá permanecido como un enigma, encontrará la solución en ese evangelio llegado de tierras árabes. Nadie podrá cuestionar este último sin poner en tela de juicio todo lo anterior, que ya habría sido aceptado.

«Nadie podrá cuestionar entonces el evangelio de Bernabé», dijo para sus adentros.

Hernando pasó la noche en casa de Munir, donde tuvo oportunidad de rezar con un alfaquí, algo que no hacía en mucho tiempo.

Luego se enfrascaron en una íntima y profunda conversación que se prolongó hasta altas horas de la madrugada. En aquellas zonas perdidas del reino de Valencia se mantenían más vivas sus creencias. Los señores, pendientes sólo de los beneficios que les reportaban los moriscos, se mostraban indulgentes hacia su forma de vida, y no existía sacerdote capaz de evangelizarlos.

Por la mañana, el propio Munir y dos jóvenes moriscos lo acompañaron hasta las cercanías de Almansa, adonde llegaron cuando anochecía. Hernando se dirigió a la ciudad en busca de un mesón y compañía con la que iniciar el viaje hasta Granada; los moriscos, pese al frío del invierno, se dispusieron a pernoctar a la intemperie, escondidos, ya que no disponían de las cédulas necesarias para abandonar Jarafuel.

—Que el que guía el camino recto te acompañe y te lo revele —se despidió el alfaquí.

Tardó cuatro días en llegar a Granada. Lo hizo alternativamente acompañado de mercaderes, frailes y soldados que se dirigían a Murcia o a la ciudad de la Alhambra. En las alforjas portaba algo más de veinte medallones de plomo cuidadosamente elegidos entre los montones cincelados por Binilit. Optó por dos de los libros: *Los fundamentos de la Iglesia* y *La esencia de Dios*, además de una serie de plomos que anunciaban el martirio de varios de los discípulos de Santiago, entre ellos el de san Cecilio, escrito en el que Hernando había incluido una referencia al hallazgo de la Turpiana, ardid mediante el que trataba de otorgar al pergamino la credibilidad que algunos estudiosos seguían poniendo en entredicho.

Antes de partir, prometió al orfebre que él o sus amigos granadinos se encargarían de recoger los plomos que faltaban. A lo largo de aquellas jornadas de viaje, alardeó en público de sus trabajos para el arzobispado de Granada, mostrando la cédula que le permitía desplazarse con libertad y algunos escritos de lo que calificó como atroces crímenes de las Alpujarras y que llevaba en las alforjas, para ocultar los plomos. ¿Quién iba a atreverse a hurgar en ellas sabiendo que contenían escritos sobre los mártires de las Alpujarras?

En cualquier caso, no se separó de las alforjas, y en las ventas del camino dormía con la cabeza apoyada sobre ellas.

Perdió una jornada entera en Huéscar, población a la que llegó un sábado al anochecer. El domingo acudió a misa mayor y se entretuvo el resto de la mañana en espera de que el sacerdote le certificara el cumplimiento de sus obligaciones religiosas, documento que debería presentar al párroco de Santa María a su regreso a Córdoba. Durante la espera en la iglesia, tres frailes franciscanos descalzos, enterados por el sacerdote de que estaba de paso hacia Granada, le procuraron su compañía puesto que llevaban el mismo camino.

—Como bien comprenderéis —alegó cuando excusó su viaje en el martirologio de las Alpujarras y los franciscanos le pidieron ver los escritos—, son confidenciales. Hasta que el arzobispo no les dé su visto bueno, nadie debe leerlos.

Así pues, Hernando realizó la última parte del viaje acompañado de aquellos tres franciscanos quienes, pese al intenso frío invernal, sólo vestían un basto hábito pardusco tejido en lana burda, del color de la tierra, símbolo de humildad. En el camino, al tiempo que le mostraban una cédula especial, le explicaron que debían obtener el permiso del provincial de la orden para no ir descalzos y usar unas alpargatas abiertas en su parte superior. Durante las dos jornadas en las que caminó junto a ellos, se sorprendió de la austeridad y extrema pobreza en la que vivían los «descalzos», que aprovechaban cualquier encuentro para pedir limosna. Admiró la frugalidad de su alimentación y su estoica forma de vida, que les llevaba incluso a dormir sobre el mismo suelo.

Se despidió de los frailes a la entrada de Granada, una vez superada la puerta de Guadix, por encima del Albaicín. Desde allí, descendió por la carrera del Darro en dirección a la Plaza Nueva y a la casa de los Tiros. A su derecha quedaba la ladera en la que se alzaban los cármenes de Granada, velados por la bruma en aquel día de invierno granadino. ¿Qué habría sido de Isabel? Hacía siete años que no la veía. En los esporádicos viajes que durante ese tiempo había hecho a Granada para entrevistarse con don Pedro, Miguel de Luna o Alonso del Castillo, o para entregar algún escrito sobre los mártires, no quiso volver a insistir, respetando la negativa envuelta en lágrimas con la que ella se había despedido en su último encuentro, a la salida de la iglesia.

Azuzó a Estudiante para que avivase el paso. ¡Siete años! Sí, gozaba de la pelirroja de la mancebía, incluso de alguna otra mujer, pero jamás había llegado a olvidar la última noche que pasó junto a Isabel, cuando, los dos en el lecho, estuvieron a punto de rozar el cielo. Entre la bruma creyó ver la terraza del carmen del oidor que se abría a la ladera del Darro. Con la mirada clavada en la terraza, sintió una repentina debilidad en todo su cuerpo y apoyó sus manos sobre la cruz de Estudiante que, libre de mando, se detuvo para mordisquear el verde que nacía a la vera del camino, con las aguas del Darro corriendo a sus pies. Había trabajado duramente para su Dios, pero ¿qué tenía? Sólo recuerdos… el de Isabel, bella y sensual; el de los seres queridos que habían muerto: su madre, Hamid… Fátima y sus pequeños. Su vida se había centrado en un sueño: unir a dos religiones enfrentadas y demostrar la supremacía del Profeta. ¿Para qué? ¿Para quién? ¿Quién se lo agradecería? ¿La comunidad que le rechazaba? El segundo paso después de la Turpiana ya estaba dado. ¿Y ahora? ¿Y si no obtenía éxito? ¡Fátima! Los ojos negros almendrados de la muchacha revivieron en su memoria; su sonrisa; su resuelto carácter; la joya de oro colgando entre sus pechos y las noches de amor vividas junto a ella. Hernando no hizo nada por impedir que una lágrima corriese por su mejilla mientras permitía que sus recuerdos volaran hacia Francisco e Inés jugueteando en el patio de la casa de Córdoba, estudiando con Hamid, aprendiendo, riendo o mirándole en silencio, atentos y felices.

¡Necesitaba decirlo! Necesitaba oírse a sí mismo reconociendo la verdad.

—Solo. Estoy solo —murmuró entonces con la voz tomada, al tiempo que tironeaba de las riendas para que Estudiante dejase de morder el verde y emprendiese la marcha de nuevo.

Entretanto, en la casa de Córdoba, Miguel seguía reuniéndose con Rafaela todas las noches, pero las historias que le contaba ya no versaban sobre seres fantásticos, sino que tenían un único protagonista: Hernando, su señor, el apuesto dueño de la casa. Rafaela escuchaba embobada los relatos del joven tullido. Hernando había sido un héroe, había salvado a muchachas durante la guerra, había luchado y sobrevivido a numerosos peligros. Casi lloró cuando Miguel le contó las muertes de su esposa y de sus hijos a manos de unos crueles bandidos... Y él sonreía con cierta tristeza, al ver cómo aquella joven, casi sin darse cuenta, poco a poco, iba sintiéndose cautivada por el protagonista de sus relatos.

60

Hernando había decidido no permanecer en Granada más tiempo del que necesitara para hacer entrega de los plomos. Después de siete años de estudio y de trabajo, en el mismo momento en que hubo puesto su obra a disposición de don Pedro, Luna y Castillo, quienes le esperaban en la casa de los Tiros, le asaltaron las dudas acerca de la posible efectividad de sus esfuerzos y trabajo.

Los tres hombres tomaron los medallones con solemnidad y fueron pasándoselos de mano en mano, enfrascados en su contenido. Hernando los dejó hacer, incluso se separó de ellos unos pasos hasta situarse frente a una de las ventanas de la Cuadra Dorada. Se perdió en la contemplación del convento de los franciscanos que se abría frente al palacio de los Tiros. ¿Una fantasía?, se preguntó entonces. El país entero se hallaba invadido por leyendas, mitos y fábulas. Los había leído y estudiado; él mismo llegó a copiar centenares de profecías moriscas, pero todo aquello sólo calaba en las mentes crédulas de un pueblo ignorante, ya fuera cristiano o musulmán, que gustaba de entregarse a todo tipo de sortilegios y hechizos.

Tan sólo hacía unos días, en Jarafuel, a la vista de la Muela de Cortes al otro lado del valle, mientras hablaban del futuro de los moriscos en España, Munir le contó de una profecía que Hernando no conocía y que se hallaba muy extendida por aquellas tierras: creían los lugareños que un día acudiría a liberarles el caballero moro al-Fatimi o Alfatimí, que se hallaba escondido en aquella sierra desde época de Jaime I el Conquistador, hacía más de trescientos años.

—En lo que no se pone de acuerdo la gente —se lamentó el joven alfaquí— es en si el caballero moro es verde o lo que es verde es su caballo; hay algunos que sostienen que ambos son verdes: caballo y caballero.

Un caballero verde de más de trescientos años que acudiría en su salvación… ¡Ingenuos!

Se volvió hacia sus compañeros de la Cuadra Dorada, que examinaban los plomos con detenimiento. Negó con la cabeza antes de volver a mirar a través de la ventana. Los plomos eran algo muy distinto. No se trataba de simples profecías. Los plomos estaban llamados a cambiar el mundo de las creencias religiosas, a minar los fundamentos de la Iglesia cristiana. Obispos, sacerdotes, frailes e intelectuales, hombres doctos e instruidos, se volcarían en su contenido. ¡El asunto llegaría con seguridad hasta la misma Roma! Era algo que jamás había llegado a plantearse mientras trabajaba, dejando volar la imaginación para unir tradiciones, historias y leyendas en torno a la Virgen, entrelazando vidas de santos y apóstoles, moviéndose en la ambigüedad entre una y otra religión, dejando gazapos aquí y allá. ¿Quién era él para cambiar el curso de la historia? ¿Acaso Dios le había iluminado? ¿A él? ¿Al aprendiz de arriero de un humilde pueblo de las Alpujarras? ¡Pedante! ¡Soberbio!, pensó. Entonces recordó cuanto constaba escrito en aquellos pequeños medallones y le pareció zafio, vulgar, simple, equívoco…

—¡Magnífico!

Se volvió sobresaltado.

Don Pedro, Luna y Castillo sonreían. ¡Magnífico! Fue Alonso del Castillo quien lo exclamó; luego los otros dos se sumaron a los elogios. ¿Por qué no podía él compartir su entusiasmo? Les dijo que debían ir a buscar el resto de los plomos que aún restaban en poder de Binilit. Les dijo también que los medallones debían ir acompañados de huesos y cenizas, que él no había podido traer desde Córdoba. Les rogó que, en su nombre, entregaran los escritos sobre los mártires al cabildo catedralicio. Castillo le pidió una vez más la copia del evangelio de Bernabé pero, no, no la tenía. La había destruido cuando le echaron del palacio del duque y no se había molestado en transcribirlo de nuevo; no le pareció lo más importante, y el estudio y la redacción de los plomos le habían ocupado todo su tiempo.

—¿Y por qué no le hacemos llegar el ejemplar que tenemos? Debemos enviar ese evangelio a la Sublime Puerta. El sultán es el llamado a darlo a conocer —arguyó don Pedro, como si fuera una necesidad apremiante.

Luna tranquilizó al noble:

—Transcurrirán años antes de que eso sea menester. De momento sigue guardándolo en lugar seguro, pero ahora que has terminado esta magnífica labor con los plomos, podrías dedicar tu tiempo a la transcripción del evangelio para que también podamos estudiarlo. Ardo en deseos de leerlo.

—No me parece sensato que nos desprendamos de ese documento todavía —argumentó Hernando tras las palabras de Luna—. Lo haremos sólo cuando tengamos noticias de que el sultán está dispuesto a apoyar nuestro plan. Hasta ahora, los turcos no se han distinguido precisamente por ayudar a nuestro pueblo.

Luego, mientras los otros tres especulaban acerca del cómo y dónde dar a conocer los plomos a la cristiandad, Hernando anunció que regresaba a Córdoba.

—Has estado todo el día meditabundo —apuntó Castillo—. No parece que participes de nuestras ilusiones. Todo esto —añadió el traductor, señalando los medallones de plomo que reposaban sobre una mesa— es el fruto de tu trabajo, Hernando, una labor de años. Una labor excepcional. ¿Qué te sucede?

Él no tenía preparada respuesta alguna. Vaciló. Se llevó la mano al mentón y miró de hito en hito a sus compañeros.

—Me asaltan las dudas. Necesito…, no sé. No sé lo que necesito. Pero quizá sea preferible que en este momento no interfiera en vuestro trabajo…

—¿Nuestro trabajo? —saltó don Pedro—. ¡Tú eres el artífice…!

Hernando le rogó que callase con un gesto calmo de su mano.

—Sí. Cierto. Y no reniego de él, por supuesto, pero tengo el presentimiento de que ahora no os sería de mucha ayuda.

—Vaciado —intervino entonces Miguel de Luna. Hernando

clavó sus ojos azules en él—. Te has vaciado. Has trabajado muy duro y es normal que eso te suceda. Descansa. Te vendrá bien. Nosotros nos ocuparemos.

—Mi madre se dejó morir por culpa de este proyecto —les sorprendió entonces. Don Pedro, Miguel de Luna y Alonso del Castillo observaron cómo se contraían los rasgos de su rostro y cómo luchaba por contener el llanto en su presencia. El noble bajó los ojos, los otros dos se buscaron con la mirada—. Ella no pudo soportar la idea de que su hijo se hubiera entregado a los cristianos, y yo había jurado no desvelar nada de nuestro plan.

Respiró hondo y habló con voz trémula:

—De momento, amigos, eso es lo único que he conseguido de estos plomos.

Hernando chasqueó la lengua para azuzar a Estudiante en el camino de regreso a Córdoba. Había salido de Granada al amanecer, sin buscar compañía para el largo viaje. Al paso por la vega granadina se puso en pie sobre los estribos y, llevando la vista atrás, observó las blancas cumbres de Sierra Nevada que dejaba a su espalda. Hacía frío. Los pueblos más altos de las Alpujarras, en la otra vertiente, debían de estar también cubiertos de nieve. Juviles. Allí vivió su niñez, con su madre… y Hamid. Negó con la cabeza cuando una bandada de tordos que volaba muy bajo casi rozó su cabeza. Los vio remontar el vuelo, como si se dispusieran a alcanzar las cimas de la sierra, pero algo más allá giraron todos al tiempo y tornaron a los sembrados. Volvió a acomodarse en la montura y con las riendas sueltas sobre la cruz de Estudiante, se frotó las manos con vigor, las ahuecó y exhaló su aliento cálido en ellas. Casas y alquerías se diseminaban por las fértiles tierras de la vega, y aquí y allá se divisaban hombres que trabajaban los campos. Desde la distancia, alguno de ellos alzó la vista al paso del jinete. Hernando escrutó el horizonte y suspiró ante el largo y solitario camino que se abría frente a él. Resonando en sus oídos, el rítmico golpeteo de los cascos de Estudiante sobre la tierra endurecida por el frío se le presentó como su única compañía.

Con solo verle, Miguel advirtió la pena y congoja de su señor.

Esperaba su regreso con inquietud para poder hablarle de Rafaela, tal y como éste le había prometido que harían antes de partir, pero, al verle en ese estado, no se atrevió, y durante los siguientes días se limitó a tratar de interesarle en las nuevas acaecidas durante su ausencia, en la casa, en las tierras y en el cortijillo. ¡Había llegado a discutir con Toribio por la violenta doma a la que sometía a uno de los potros!, le explicó airado en una ocasión, alzando amenazadoramente una muleta.

—¡Lo maltrataba sin razón! —gritó—, le clavaba las espuelas y el potro era incapaz de entender lo que pretendía de él.

Pero ni siquiera esa disputa llegó a captar el interés de Hernando, que continuó destilando nostalgia, pese a sus salidas a caballo e incluso alguna que otra escapada nocturna a la mancebía.

—Señor —resopló un día Miguel, que avanzaba hacia él, a saltitos, a través de la galería que daba al patio—, ¿conoces la historia del gato que quería montar a caballo? —Hernando detuvo sus pasos. El repiqueteo de las muletas dejó de escucharse a sus espaldas—. Se trataba de un gato de color pardo…

—Conozco la historia —le interrumpió Hernando—. Te oí contársela a mi madre en la posada del Potro. Trata de un noble caballero al que unas brujas malévolas convierten en gato y que sólo se librará del hechizo si logra montar y conducir a un caballo de guerra. Pero no recuerdo el final, quizá me distraje.

—Si ya la sabes, quizá entonces debería contarte la del caballero que vivía encerrado en una torre, siempre solo… —Miguel dejó la frase en el aire, a propósito.

Hernando resopló. Pasaron unos instantes.

—Creo que no me gustará esa historia, Miguel.

—Quizá no, pero deberías oírla… El caballero…

Hernando le hizo callar con un gesto.

—¿Qué quieres decirme, Miguel? —preguntó con semblante serio.

—¡Que no es bueno que estés solo! —replicó éste, alzando la voz—. Ahora has terminado tu trabajo. ¿Qué piensas hacer? ¿Pasarte el día metido en esta estancia, rodeado de papeles? ¿No te gustaría volver a casarte? ¿Tener hijos?

Hernando no contestó. Miguel, con un gesto de fastidio, dio media vuelta y se alejó, cojeando con sus muletas.

Pero Hernando, una vez más, buscó refugio en la biblioteca. En la intimidad de la estancia contempló los casi treinta libros con los que se había hecho durante los siete años de trabajo en los plomos, todos cuidadosamente ordenados en estanterías. Intentó releer alguno, sin éxito; no transcurría mucho rato y ya estaba cansado. También trató de volcarse en la caligrafía, pero el cálamo se deslizaba con torpeza sobre el papel. Parecía como si hubiese perdido el vínculo espiritual que debía unirle con Dios en el momento de dibujar los caracteres llamados a ensalzarle. Hernando cogió con delicadeza el último cálamo que había preparado y comprobó su punta ligeramente curvada; estaba bien cortada... De repente, lo supo: ¡el vínculo con Dios! Golpeó el escritorio con el puño. ¡Eso era!

Así pues, a la mañana siguiente, Hernando se encaminó a la mezquita. Previamente, en su casa, había hecho las obligadas abluciones. ¿Podía haber llegado a olvidar a su Dios?, pensó durante el corto trayecto hasta la puerta del Perdón. Llevaba siete años escribiendo sobre la Virgen, el apóstol Santiago y un sinfín de santos y mártires que habían acudido a aquellos reinos. Su intención era buena, pero todo aquel trabajo..., ¿podría haber llegado a minar sus propias creencias, la pureza de sus convicciones? Sentía que necesitaba plantarse frente al *mihrab*, por más que los cristianos lo hubieran profanado, y rezar, aunque fuera en pie, en silencio. Si la *taqiya* les permitía ocultar su fe sin que por ello pudiera considerarse que pecaban o renegaban de ella, ¿por qué no rezar también a escondidas en la mezquita? Allí, tras el sarcófago del adelantado mayor de la frontera, don Alonso Fernández de Montemayor, se hallaba uno de los más espléndidos lugares de culto creados por los seguidores del Profeta a lo largo de toda la historia. Traspasó la puerta del Perdón y cruzó el huerto; las paredes de las galerías que lo rodeaban continuaban adornadas con infinidad de sambenitos de los penados por la Inquisición, con sus nombres y culpas escritos en ellos, y los retraídos haraganeaban y buscaban refugio del frío de aquella mañana plomiza. El bosque de maravillosos arcos de la mezquita le aportó un soplo de tranquilidad. Anduvo por el templo con despreocupación. Sacerdotes y fieles se movían por el interior y aquí y allá, en las capillas laterales, se celebraban misas y oficios. Las obras del crucero y el coro se hallaban interrumpidas desde hacía años y continuaban paradas, a la espera de que se construyera el cimborrio, su cúpula, el coro, y la bóveda que debía cubrirlo. Los cristianos eran ruines con su Dios, pensó mientras paseaba por las obras inacabadas: obispos y reyes vivían en la opulencia, pero preferían malgastar los dineros en lujos antes que destinarlos a sus templos.

«¡Oh, los que creéis!», creyó leer al llegar al *mihrab*, a través del enlucido de yeso mediante el que los cristianos pretendían esconder la palabra revelada. Se trataba del inicio de las inscripciones cúficas de la quinta sura del Corán escritas en la cornisa que daba acceso al lugar sagrado. Luego, en silencio, continuó recitando: «Cuando os dispongáis a hacer la plegaria...».

Entonces, mientras rezaba, lo entendió, como si Dios premiase su devoción: ¡la verdad, la palabra revelada y cincelada en duro y precioso mármol, escondida tras un vulgar revoque de yeso llamado a caer con el más débil de los golpes! ¿Acaso no era aquélla la misma situación contra la que él pretendía luchar mediante los plomos? La verdad, la única, la primacía del islam oculta tras las palabras y manejos de papaces y sacerdotes; una ficción que con la revelación del Libro Mudo se desmoronaría, como en cualquier momento podía hacerlo el frágil revoque de yeso que ocultaba la palabra revelada en el *mihrab* de la mezquita cordobesa. Luego alzó la vista hacia los arcos dobles que se levantaban sobre otros simples para descansar en esbeltas columnas de mármol: el poderío de Dios caía a plomo sobre sus fieles, al contrario de lo que sucedía con los cristianos, que buscaban bases firmes. El peso de la voluntad divina sobre simples creyentes como él. Llenó sus pulmones de aquella fantástica certeza al tiempo que reprimía los gritos con los que deseaba continuar rezando al único Dios, y apretó los labios para que ni siquiera sus murmullos resultaran audibles.

Ese mismo día, en el monte de Valparaíso de Granada, dos buscadores de tesoros, de los muchos que recorrían las tierras granadinas en pos de las valiosas pertenencias dejadas tras de sí por los moriscos en su precipitada salida de la sierra, encontraron en una de las cuevas de una mina abandonada del cerro, justo por encima del Albaicín, una extraña e inútil lámina de plomo escrita en un latín casi indescifrable.

El hallazgo, ininteligible para los buscadores de tesoros, llegó a manos de la Iglesia y fue entregado a un jesuita que, en cuanto lo tradujo, llegó a la conclusión de que en verdad constituía un verdadero tesoro. Se trataba de una inscripción funeraria que anunciaba que las cenizas allí enterradas eran las de san Mesitón mártir, ejecutado bajo el mandato del emperador Nerón, uno de los siete varones apostólicos de los que hablaba la leyenda, y cuyos restos jamás habían sido encontrados. Inmediatamente, el arzobispo don Pedro de Castro ordenó que se recogiesen las cenizas que hubiese en la cueva, y que se procediese a excavar y limpiar las minas a fin de continuar buscando. Durante el mes de marzo de ese mismo año, se encontró otra lámina referente al entierro de san Hiscio, más cenizas y algunos huesos humanos calcinados. Antes de terminar el mes, apareció *El libro de los fundamentos de la Iglesia* y poco después *El libro de la esencia de Dios*. El 30 de abril, en pleno éxtasis religioso de Semana Santa, mientras los granadinos sentían en sus propias carnes y conciencias la pasión de Cristo, una niña de nombre Isabel encontró la lámina que certificaba el martirio de san Cecilio, patrón de Granada y primer obispo de Ilíberis. Junto a aquella lámina aparecieron las tan deseadas y buscadas reliquias del santo.

Granada entera estalló en fervor religioso.

Tras aquella visita a la mezquita, Miguel percibió en Hernando un favorable cambio de actitud. Sonreía de nuevo y sus ojos azules mostraban el brillo que les caracterizaba. Necesitaba hablar con él; la situación de Rafaela era ya insostenible puesto que su padre, el jurado don Martín, estaba a punto de alcanzar un pacto con uno de los muchos conventos de la ciudad. Una tarde, después de comer, ascendió trabajosamente las escaleras hasta la biblioteca del primer piso, donde encontró a su señor y amigo absorto en la caligrafía.

—Señor, hace tiempo que quiero hablarte de algo. —Lo dijo desde la puerta, respetando aquel espacio que casi consideraba sagrado. Esperó a que Hernando alzase la vista.

—Dime. ¿Te sucede algo?

Miguel carraspeó y entró cojeando en la estancia.

—¿Recuerdas a la muchacha de la que te hablé antes de que te fueras a Granada?

Hernando suspiró. Había olvidado por completo la promesa hecha a Miguel. Ignoraba qué podía querer Miguel de él, ni por qué le importaba tanto la chica, pero sin duda el rostro preocupado de su amigo, tan distinto de su alegre expresión habitual, indicaba que el asunto era de cierta gravedad.

—Entra y toma asiento —le dijo con una sonrisa—. Presiento que la historia va a ser larga… A ver, ¿qué le pasa a esa joven? —añadió, mientras veía cómo Miguel avanzaba sobre las muletas hasta dejarse caer en una silla.

—Se llama Rafaela —empezó Miguel—, y está desesperada, señor. Su padre, el jurado, pretende encerrarla en un convento.

Hernando abrió las manos.

—Muchas hijas de cristianos terminan tomando los hábitos de buen grado.

—Pero ella no lo desea —replicó Miguel enseguida. Las muletas yacían en el suelo, a ambos lados de la silla—. El jurado no quiere entregar cantidad alguna al convento, por lo que el futuro que le espera es el de ser una criada de las demás monjas.

Hernando no supo qué decir; su mirada se posó en el rostro consternado de su amigo.

—¿Y qué quieres que haga? No creo que esté en mi mano…

—¡Cásate con ella! —le interrumpió Miguel, sin atreverse a mirarlo.

—¿Qué? —El semblante de Hernando denotaba una incredulidad absoluta. No sabía si reír o enojarse. Al ver que Miguel levantaba los ojos, brillantes de las lágrimas que luchaba por contener, optó por no hacer ninguna de las dos cosas.

—¡Es una buena solución, señor! —prosiguió el tullido, animado por el silencio de su amigo—. Tú estás solo, ella debe casarse si no quiere acabar encerrada en un convento… todo se arreglaría.

Hernando le escuchaba, atónito. ¿Podía estar hablando en serio? Comprendió que así era.

—Miguel —dijo despacio—, tú mejor que nadie sabes que ésta no es una cuestión fácil para mí.

El joven le sostuvo la mirada, desafiante.

—Miguel —continuó Hernando, tratando de buscar una respuesta—, aun en el supuesto de que yo estuviera dispuesto a contraer matrimonio con esa muchacha, a la que por cierto ni siquiera conozco, ¿crees que un altivo jurado de Córdoba lo consentiría? ¿Crees que permitiría que su hija se casase con un morisco? —Miguel intentó contestar, como si tuviera la solución, pero Hernando le impidió hacerlo—. Espera… —le instó.

De pronto se dio cuenta de lo que realmente le sucedía a Miguel. Había estado tan absorto en sus propios pensamientos aquellos últimos tiempos que no había reparado en la transformación del muchacho.

—Creo que existe otro problema todavía más difícil de solucionar… —Clavó sus ojos azules en los de aquel que podía contarse como su único amigo y dejó transcurrir unos instantes—. Tú…, tú estás enamorado de esa muchacha, ¿verdad?

El tullido escondió su mirada, unos instantes tan sólo, antes de volver a enfrentarla a la de Hernando con determinación.

—No lo sé. No sé qué es amar a alguien. A Rafaela… ¡le gustan mis historias! Se tranquiliza cuando acaricia a los caballos y les habla. En cuanto entra en las cuadras deja de llorar y se olvida de sus problemas. Es dulce e ingenua. —Miguel dejó caer la cabeza, negó con ella, y se llevó la mano al mentón. Ante aquella visión, Hernando notó que le flaqueaban las fuerzas y se le hacía un nudo en la garganta—. Es… es delicada. Es bella. Es…

—La quieres —afirmó en voz baja y firme. Carraspeó un par de veces—. ¿Cómo viviríamos en esta casa? ¿Cómo podría casarme con la mujer de la que me consta estás enamorado? Nos cruzaríamos todo el día, nos veríamos. ¿Qué pensarías, qué imaginarías durante las noches?

—No lo entiendes. —Miguel continuaba cabizbajo. Hablaba en susurros—. Yo no pienso nada. No imagino. No deseo. Yo no puedo amar a una mujer como la ama un esposo. Nunca me han respetado. ¡Sólo soy escoria! Mi vida no vale una blanca. —Hernando trató de intervenir, pero en esta ocasión fue Miguel quien se lo impidió—. Nunca he tenido más aspiración que la de llevarme un hueso o un pedazo de pan podrido a la boca. ¿Qué más da si la quiero o no? ¿Qué importa lo que yo desee? Siempre, a lo largo de los años, mis ilusiones se han perdido, enmarañadas en mis piernas. Pero hoy tengo una, señor. Y es la primera vez en mi asquerosa existencia que creo que, con tu ayuda, podría conseguir que se cumpliera. ¿Te das cuenta? Durante los diecinueve años con los que debo contar, nunca, ¡nunca!, he tenido la oportunidad de ver cumplido uno de mis deseos. Sí. Tú me has recogido y me has dado trabajo. Pero ahora te estoy hablando de mi anhelo, ¡únicamente mío! Sólo pretendo ayudar a esa muchacha.

—Y ella, ¿te quiere?

Miguel alzó el rostro y torció el gesto en una amarga sonrisa.

—¿A un tullido? ¿A un criado? Te quiere a ti…

—¿Qué dices…? —Hernando llegó a levantarse de la silla.

—Le he hablado tanto de ti que creo que sí, que te quiere; por lo menos te admira profundamente. Tú has sido el caballero de mis historias, el salvador de doncellas, el domador de fieras, el encantador de serpientes…

—¿Te has vuelto loco? —Los ojos azules de Hernando parecían a punto de salirse de sus órbitas.

—Sí, señor —respondió Miguel, con el semblante congestionado—. Es una locura lo que llevo viviendo desde hace algún tiempo.

Esa misma noche, Miguel subió a buscarle a la biblioteca, donde Hernando había empezado a transcribir de nuevo el evangelio de

Bernabé a petición de los de Granada. Si don Pedro y sus amigos de Granada insistían en enviar el ejemplar que él escondía en su biblioteca, debía necesariamente hacer una transcripción del texto. Los había convencido de que no era el momento de desprenderse de ella, pero tal vez no tuviera tanta suerte la próxima vez. Hernando no podía evitar albergar dudas respecto al sultán. ¿Sería el otomano capaz de ayudar al pueblo morisco? Aunque, en esta ocasión, cuando llegara el momento, sólo tendría que dar a conocer el evangelio que anunciaba el Libro Mudo; no se trataba de lanzar a su armada contra los dominios del rey de España, tan sólo debía convertirse en ese rey de reyes que anunciaba la Virgen María y desvelar las mentiras de los papaces.

—Señor —le distrajo el muchacho—, me gustaría que conocieras a Rafaela.

—Miguel… —empezó a quejarse.

—Por favor, acompáñame. —Su tono de voz era tan implorante que Hernando no pudo negarse. Además, en el fondo, sentía cierta curiosidad.

Rafaela esperaba junto a Estudiante. Entrelazaba los dedos de una mano en sus largas y tupidas crines mientras con la otra le acariciaba el belfo. La luz era escasa; una sola lámpara alejada de la paja iluminaba tenuemente las caballerizas. Hernando vio a la muchacha, que lo recibió con recato, cabizbaja. Miguel se quedó algo por detrás, como si pretendiera con ello separarse de la pareja. Hernando titubeó. ¿Por qué estaba nervioso? ¿Qué le habría contado Miguel además de convertirle en el protagonista de sus historias? Se acercó hasta Rafaela, que continuaba con la mirada clavada en la paja. La muchacha vestía una saya, terciada en su cintura para que no se ensuciara, con lo que mostraba una vieja basquiña que le llegaba a la altura de los zapatos, y, en el cuerpo, un jubón abierto con mangas, sobre la camisa. Todo en color pardusco; todo cayendo a peso, como si aquellas sencillas ropas no encontrasen turgencia en la que apoyarse. ¿Qué le habría prometido Miguel? Quizá…, ¿habría sido capaz de decirle que se casaría con ella para librarla del convento antes de consultárselo?

De repente se arrepintió de haber acudido a las cuadras. Dio media vuelta y se encaminó hacia la salida, pero se topó con Miguel, plantado en el pasillo, firme sobre sus muletas.

—Señor, te lo ruego —le suplicó el muchacho.

Hernando cedió y se volvió de nuevo hacia Rafaela. La encontró mirándole con unos ojos castaños que incluso en la penumbra pregonaban su desconsuelo.

—Yo… —trató de excusar su intento de huida.

—Os agradezco de corazón lo que estáis dispuesto a hacer por mí —le interrumpió Rafaela.

Hernando se sobresaltó. La dulzura de la voz de la muchacha le sobrecogió; sin embargo, ¿qué era lo que había dicho? ¡Miguel! ¡Había sido capaz! Iba a volverse hacia el tullido, pero la muchacha continuó hablando:

—Sé que no soy gran cosa; mis padres y hermanos no cesan de repetírmelo, pero estoy sana. —Sonrió para acompañar tal afirmación, dejando a la vista sus dientes, blancos y perfectamente alineados—. No he padecido ninguna enfermedad y en mi familia somos extremadamente fértiles —continuó. Hernando se sintió abrumado. La sinceridad y vulnerabilidad de aquella voz le estremecían—. Soy una buena y piadosa cristiana y os prometo ser la mejor esposa que podáis encontrar en toda Córdoba. Os compensaré con creces el que mi padre no aporte dote alguna —añadió poniendo fin a su discurso.

El morisco no encontró palabras. Gesticuló y se removió inquieto. La candidez de la muchacha despertó su ternura; sus tristes ojos castaños expresaban un dolor desapasionado que hasta Estudiante, extrañamente quieto junto a ella, parecía palpar todavía. Sólo la respiración acelerada de Miguel, a sus espaldas, desentonaba en el ambiente.

—Soy cristiano nuevo. —Fue lo primero que se le ocurrió decir.

—Sé que vuestro corazón es limpio y generoso —afirmó ella—. Miguel me lo ha contado.

—Tu padre no permitirá… —balbuceó Hernando.

—Miguel cree tener la solución.

En esta ocasión sí que giró la cabeza hacia el tullido. ¡Sonreía! Lo hacía con aquellos dientes rotos en sierra, tan diferentes a los de Rafaela. Miró al uno y a la otra alternativamente. Las miradas ansiosas de ambos parecían acorralarlo. ¿Qué solución sería aquélla?

—¿No será nada contrario a las leyes? —le preguntó a Miguel.

—No.

—Ni a la Iglesia.

—Tampoco.

¿Cómo iba a permitir don Martín Ulloa la boda de su hija con un morisco hijo de una condenada por la Inquisición?, se preguntó entonces. Era de todo punto inimaginable. Ni siquiera necesitaba excusarse con Rafaela; sería su propio padre quien impidiera la boda, por lo que bien podía seguir el plan propuesto por Miguel sin necesidad de ser él quien frustrase las expectativas de ambos.

—Estoy cansado —se excusó—. Mañana hablaremos, Miguel. Buenas noches, Rafaela.

—Espera, señor —le rogó Miguel cuando Hernando pasaba por su lado.

—¿Qué quieres ahora, Miguel? —inquirió con voz cansina.

—Tienes que verlo tú, personalmente. Sólo te robaré un rato más de tu descanso. —Hernando suspiró, pero la actitud de Miguel le obligó a ceder de nuevo. Asintió con la cabeza—. Ven —le pidió el muchacho—, tenemos que apostarnos en el primer piso.

Tal y como lo dijo, giró sobre sus muletas y se dispuso a salir de las cuadras.

—¿Y Rafaela? —protestó Hernando—. Ella no puede acceder a nuestra casa. Es una joven soltera. —Miguel no le hizo caso, como si pretendiera que Rafaela esperase allí su vuelta—. Regresa a tu casa, muchacha —la instó entonces Hernando.

—Ahora no puede hacerlo —oyó que decía Miguel, saltando ya hacia la puerta—. Es peligroso.

—¿Qué quieres decir?

—Ella nos esperará aquí, con los caballos.

La voz se perdió tras el tullido, que salió al patio sin esperar.

Hernando se volvió hacia Rafaela, que le contestó con una sonrisa y siguió a Miguel. ¿Por qué no podía volver a su casa la muchacha? ¿Qué peligro corría? Miguel, agarrado a la barandilla, ya ascendía por las escaleras al piso superior. Le dio alcance en los últimos peldaños.

—¿Qué pasa, Miguel?

—Silencio —le rogó el tullido—. No deben oírnos. Ahora lo verás.

Recorrieron la galería superior hasta donde el edificio se cortaba sobre el callejón ciego que daba a la salida de las caballerías. Miguel se movió despacio, tratando de no hacer ruido. Al llegar al final, Hernando le imitó y se pegó a la pared, oculto, en la esquina que permitía la vista sobre el callejón.

—No creo que tarden mucho más, señor —susurró, uno al lado del otro, hombro con hombro, pegados a la pared—. Es la hora de costumbre. —Hernando no quiso preguntar—. Te felicito, señor —volvió a murmurar Miguel al cabo de un rato de espera—: te llevas a la mejor mujer de toda Córdoba. ¿Qué digo Córdoba? ¡De España entera!

Hernando negó con la cabeza.

—Miguel…

—¡Ahí están! —le interrumpió el joven—. Silencio ahora.

Hernando asomó la cabeza para vislumbrar en la oscuridad cómo dos figuras se detenían ante la portezuela por la que solía escapar Rafaela. Entonces comprendió la razón por la que la muchacha no podía abandonar las cuadras. Al cabo, un hombre con una linterna abrió la portezuela desde el patio del jurado y la luz iluminó el rostro de dos mujeres, que se acercaron a don Martín Ulloa, a quien no le costó reconocer. Las mujeres le entregaron algo al jurado y desaparecieron al amparo de las sombras del callejón. Don Martín cerró la puerta y los destellos de su linterna fueron apagándose.

Hernando abrió las manos hacia su amigo.

—¿Y bien? ¿Era esto lo que tenía que ver? —inquirió.

—Hará dos semanas —le explicó Miguel en el momento en que consideró que el jurado ya debía de estar en el interior de su casa—, mientras estabas de viaje en Granada, de poco nos topamos con las mujeres y el padre de Rafaela. Desde entonces, noche tras noche, he tenido que comprobar que se iban para que Rafaela pudiera volver a su casa.

—¿Qué significa esto, Miguel? —Hernando se separó de la pared y se irguió frente al muchacho.

—Esas mujeres, como tantas otras que vienen por aquí, son mendigas. Una noche reconocí a una de ellas: la Angustias, la llaman. Volví a salir a las calles y me mezclé con…, con mi gente. No conseguí ni una moneda de vellón, ni siquiera falsa. —Sonrió en la oscuridad—. Debo de haber perdido la costumbre…

—Abrevia, Miguel —atajó Hernando—. Es tarde.

—De acuerdo. Estuve haciendo preguntas aquí y allá. Esas dos que has visto esta noche se llaman María y Lorenza. Lorenza era la más bajita…

—¡Miguel!

—Alquilan niños para mendigar —soltó Miguel, con voz firme.

Hubo un momento de silencio, antes de que Hernando reaccionara.

—¿Al jurado? —preguntó, por fin, sorprendido.

—Sí. Es un buen negocio. El jurado pertenece a la cofradía que se ocupa de los niños expósitos y se encarga de decidir a quién deben entregarse. Los niños se adjudican a mujeres cordobesas, a las que se les pagan unos pocos ducados al año para que les den el pecho si todavía son mamones o para que los mantengan si ya no maman. Esas amas de cría, a su vez, se los alquilan a las mujeres que has visto para que mendiguen con los niños. Mueren muchos de ellos… —La voz de Miguel se quebró en la última frase.

—¿Qué tiene que ver el jurado en ello?

—Todo —replicó el joven, a quien el interés de Hernando dio nuevos ánimos—. Los estatutos de la cofradía disponen que un visitador compruebe periódicamente si los niños que se han entregado se encuentran con las personas a las que se les paga por ello; si viven y cuál es su estado de salud. Don Martín y el visitador están conchabados. Uno los entrega a las mujeres que le interesan y el otro hace la vista gorda. Cada semana, las mendigas vienen a pagar la parte que corresponde al jurado; lo mismo hacen con el visitador. Rafaela me ha contado que su padre necesita mucho dinero para sus lujos, para equipararse a los veinticuatros del cabildo municipal. Podría cantarte los nombres de la última docena de niños que han sido entregados, los de aquellas a quienes se les han dado y los de las mendigas que hoy los arrastran por las calles.

Hernando entrecerró los ojos.

—¿Dices que mueren muchos? —preguntó, mientras negaba con la cabeza.

—Esto no es más que un negocio, señor. Por desgracia lo conozco bastante bien. Hay algunos niños que logran arrancar las lágrimas y la compasión de la gente; otros no. Estos últimos no sirven. Tampoco se puede pedir limosna con niños gordos y bien alimentados; es la regla fundamental de este oficio. Todos ellos están en los huesos. Sí, señor, mueren de hambre, mordidos por las ratas o de la más benigna de las calenturas, y nada de eso termina reflejándose en los libros de la cofradía.

Hernando alzó la vista hacia el cielo, negro y encapotado.

—Y tú pretendes que yo coaccione al jurado con esta historia para que me conceda la mano de Rafaela, ¿no es así? —preguntó después.

—Ciertamente.

61

Don Martín Ulloa, fabricante de agujas, jurado de Córdoba por herencia de su padre, se negó a recibirle. Una esclava morisca, gorda y vieja, pretendidamente ataviada de sirvienta con unas ropas que habían visto tiempos mejores, le transmitió el mensaje de su amo: en una primera ocasión con displicencia, en la segunda de forma impertinente y en la tercera incluso airada.

—Dile a tu señor —replicó Hernando a esa última, elevando también la voz, consciente de que alguien escuchaba más allá de la puerta— que me envía la Angustias y otras compañeras y amigas suyas. ¿Me has entendido? ¡La Angustias! —repitió, en tono alto y claro—. Le dices también que mañana le espero en mi casa por un negocio de su interés. No le concederé otra oportunidad más antes de acudir al corregidor o al obispo. Vivo en la casa de ahí al lado, por si no lo supiera —ironizó.

A solas en la biblioteca, Hernando no podía dejar de pensar en todo aquello: ¿quería casarse con Rafaela?

—¡Estás solo! ¡Necesitas una mujer a tu lado, que cuide de ti, que te quiera y te dé el calor de una familia —le había gritado Miguel a la mañana siguiente del encuentro en las cuadras, cuando Hernando le comentó que lo sentía pero que debía encontrar otra solución ya que él no estaba dispuesto a contraer matrimonio; lo que debía hacerse, le dijo también, era denunciar la situación de los expósitos a la justicia—. ¿No te das cuenta? —continuó el muchacho—. Llevas años recluido entre tus libros y tus escritos. Y los hijos, ¿no te gustaría tener hijos que hereden tus propiedades? ¿Formar una nueva familia? ¿Cuántos años tienes? ¿Cuarenta? ¿Cuarenta y uno? Estás envejeciendo. ¿Quieres vivir solo tu vejez?

—Te tengo a ti.

—No. —Se hizo un embarazoso silencio entre ambos—. Lo he pensado mucho. Si no te casas con Rafaela, si no la libras del convento, volveré a las calles.

—No es justo que me amenaces así —replicó Hernando, al tiempo que adoptaba una actitud extremadamente seria.

—Sí, sí que es justo —insistió Miguel, mientras con los labios apretados negaba con la cabeza, consciente de la trascendencia de sus palabras—. Te dije que salvar a esa muchacha era todo mi objetivo. Por Dios que si yo pudiera, si tuviera la más mínima oportunidad, no recurriría a ti. Tú puedes negarte a contraer matrimonio, lo respeto. Pero yo no podría continuar viviendo aquí si no me prestas la ayuda que te pido.

—¡Pero me estás pidiendo que me case!

—¿Y? Aquellos que llamas tus hermanos en la fe no quieren saber nada de ti. ¿Pretendes salir en busca de otra cristiana para casarte? ¿Qué hay de malo en hacerlo con Rafaela? Tendrás una buena mujer que te servirá, te atenderá y te dará hijos. Eres rico. Posees una casa, rentas, tierras y caballos. ¿Por qué no casarte?

—¡Soy musulmán, Miguel! —protestó Hernando.

—¿Y qué más da? Córdoba está llena de matrimonios entre moriscos y cristianas. Educa a tus hijos en esas dos religiones que pretendes unir, ¿a qué si no tanto trabajo? ¿En beneficio de aquellos que te rechazan y te insultan? ¿Hacia dónde vas?, ¿cuál es tu futuro? Cásate con Rafaela y sé feliz.

«Sé feliz.» Aquellas dos simples palabras le persiguieron durante todo el día siguiente antes de que se decidiese a llamar a la puerta del jurado. ¿Llegó alguna vez a buscar la felicidad? Fátima y los niños se la proporcionaron. ¡Qué lejos estaban aquellos tiempos! Hacía ya catorce años que los habían asesinado a todos. ¿Y desde entonces? Estaba solo. La tristeza que le había asaltado durante su último viaje a Granada, con Estudiante mordisqueando las hierbas de la ribera del Darro y él mirando la ladera donde estaba emplazado el carmen de Isabel, tornó a su recuerdo. Miguel tenía razón. ¿Para quién tanto trabajo y esfuerzo? ¡Sé feliz! ¿Por qué no? Rafaela parecía una buena mujer. Miguel la adoraba. ¿Y si se iba Miguel? Si también le abandonaba su único amigo…

¿Qué podía perder casándose? Imaginó la casa con niños correteando, sus gritos y risas alegrando el trabajo que llevaba a cabo en la biblioteca. Se imaginó contemplando sus juegos en el patio, apoyado en la barandilla de la galería, igual que hacía con Francisco e Inés. ¡Catorce años! Se sorprendió al no sentirse culpable por plantearse aquella posibilidad: Rafaela era tan distinta a Fátima… Nadie hablaba de amor; pocos matrimonios se contraían por amor. Tampoco de pasión; sólo de la posibilidad de huir de aquella melancólica soledad que debía reconocer que tan a menudo le embargaba. Entonces imaginó esos otros hijos y una indefinible sensación de sosiego se apoderó de él.

—¿Qué pretendes, moro asqueroso?

Don Martín Ulloa no esperó al día siguiente. Esa misma noche se presentó en casa de Hernando, que lo recibió en la galería, sentado en el patio. El jurado escupió su pregunta inclinado por encima de él, sin aceptar su invitación para que tomase asiento. Hernando se percató de la espada que colgaba de su cinto. Miguel escuchaba tras el portalón de las caballerizas.

—Sentaos —le invitó una vez más.

—¿En la silla de un moro? No me siento con moros.

—En ese caso, apartaos unos pasos de este moro que tanto os incomoda. —El jurado accedió. Hernando continuó sentado—. Pretendo la mano de vuestra hija Rafaela.

Se trataba de un hombre corpulento, algo entrado en años pero de un porte soberbio. Las canas del poco cabello que le restaba en la cabeza y su poblada barba blanquecina contrastaron con el repentino sofoco que enrojeció su rostro. Don Martín bramó algún insulto ininteligible, luego soltó dos carcajadas profundas y volvió a los improperios.

Miguel, asustado, asomó la cabeza tras el portalón.

—¡La mano de mi hija! ¿Cómo te atreves a mentar su nombre? Tus sucios labios manchan su honra…

—Vuestra honra —le interrumpió Hernando, amenazante— es la que no se repondrá nunca si el cabildo se entera de vuestros manejos con los niños expósitos. La vuestra, la de vuestra esposa y la de vuestros hijos. La de vuestros nietos… —Don Martín echó mano a su arma—. ¿Me tomáis por imbécil, jurado? Ahí donde estáis, esos moros a los que tanto odiáis crearon la más espléndida de las culturas en esta misma ciudad, y eso no fue por casualidad. —Habló tranquilamente ante la espada a medio desenvainar del jurado—. En este momento hay un escrito lacrado en manos de un escribano público —mintió— que relata al detalle todo cuanto hacéis con los expósitos, incluyendo los nombres de los niños y las personas que han intervenido. Si a mí me sucediese algo, ese escrito sería inmediatamente entregado a las autoridades. —Hernando vio dudar al hombre, parte del filo de la espada brillaba fuera de su vaina—. Si me matáis, vuestro futuro no vale una blanca. ¿Recordáis a una niña llamada Elvira? —continuó para demostrarle la certeza e importancia de sus amenazas. El jurado negó una sola vez con la cabeza—. Vos entregasteis esa niña recién nacida a un ama de cría de nombre Juana Chueca. A la tal Juana sí que la recordáis, ¿verdad? Elvira fue, a su vez, entregada para mendigar a la Angustias. La niña falleció hará cerca de medio año, pero nada de eso consta en los libros de la cofradía.

—Eso es problema del visitador —arguyó don Martín.

—¿Y creéis que el visitador cargará él solo con toda la culpa? ¿Tampoco dirán nada las mujeres y las mendigas acerca de vuestra participación, del dinero que os llevan a vuestra casa por las noches? —Vio la indecisión reflejada en el rostro del jurado—. Tenéis una hija de la que pretendéis desprenderos entregándola a un convento, sin dote alguna. ¿Vale la pena arriesgar vuestro honor y el de toda vuestra familia por esa hija?

—¿Cómo conoces a mi hija? —inquirió el jurado, mirándole con suspicacia—. ¿Cuándo la has visto?

—No la conozco, pero he oído hablar de ella. Somos vecinos, don Martín. Pensad en el trato que os ofrezco: mi silencio por esa hija que os molesta… y vuestra palabra de honor de que cesaréis en vuestros manejos con los niños. ¡Os juro que estaré pendiente de ello! Soy cristiano nuevo, cierto, pero colaboro con el arzobispado de Granada. Tomad. —Hernando le entregó la cédula expedida por el arzobispado cuando don Martín envainó su espada, pero el jurado no sabía leer, por lo que se la devolvió tras echar un vistazo al sello del cabildo catedralicio—. Tenéis excusa frente a vuestros iguales. Sabéis que fui protegido del duque de Monterreal…

—Y que te echaron de palacio —masculló don Martín, con sorna.

—El duque nunca lo habría hecho —repuso Hernando—. Me debía la vida. Pensadlo, don Martín. Pero espero vuestra respuesta mañana por la noche a más tardar. De no ser así…

—¿Me estás amenazando? —Don Martín retrocedió un paso; en su rostro asomaba ya la duda.

—¿Ahora os dais cuenta? Estoy haciéndolo desde que habéis entrado en esta casa —contestó Hernando, con una sonrisa cínica.

—¿Y si mi hija no consiente? —murmuró el jurado entre dientes.

—Por vuestro bien y el de vuestros hijos, procurad que lo haga.

Hernando puso fin a la conversación y con precaución, sin darle la espalda, acompañó al jurado hasta la puerta. El hombre andaba pensativo y ya en el zaguán, donde trastabilló, Hernando tuvo la convicción de que le había vencido. A su vuelta al patio se encontró con Miguel parado junto a la puerta de las cuadras. Unas lágrimas corrían por sus mejillas. Con las piernas colgando y las manos aferradas a las muletas, era incapaz de limpiárselas, de detener su caída; tampoco intentó hacerlo. Era la primera vez, se dio cuenta entonces, en que veía llorar al tullido.

La boda se celebró a finales de abril de ese mismo año. Hernando supo por Miguel que Rafaela, en una muestra de inteligencia, se había negado a aceptar la propuesta de su padre de contraer matrimonio con un morisco. «¡Prefiero ingresar en el convento!», le gritó. Si el jurado don Martín temía por su honor y su posición social debido al manejo de los niños expósitos, la negativa de su hija lo exasperó más todavía y, a voz en grito, impuso su voluntad.

Así, el enlace se llevó a cabo, sin fiesta y con el menor alboroto posible, sin la presencia de los ofendidos hermanos de la novia y sin dote alguna. Cuando terminó la ceremonia y volvían de la iglesia, Hernando fue tomando conciencia del paso que acababa de dar. Rafaela entró en la que sería su nueva casa cabizbaja, casi sin atreverse a decir palabra. Un silencio tenso se apoderó de ambos. Hernando la observó: aquella chiquilla temblaba... ¿Qué iba a hacer con una muchacha asustada, casi veinticinco años menor que él? Con sorpresa se dio cuenta de que él también sentía cierto temor. ¿Cuánto tiempo hacía que sus encuentros amorosos se habían reducido a las jóvenes de la mancebía? Con un suspiro, la acompañó a un dormitorio separado del suyo. Rafaela entró, ruborizada, y murmuró algo en voz tan baja que él no llegó a entenderlo. Hernando se fijó en las manos de su esposa: tenía la piel arañada por la fuerza con que se las había frotado.

Luego se refugió en la biblioteca.

Al día siguiente de la boda, Miguel fue a hablar con él. Con el rostro enrojecido, balbuceando, le anunció su intención de abandonar la casa de Córdoba e instalarse en el cortijillo, para, según él, vigilar a Toribio, a la docena de yeguas de vientre con que contaban entonces y a los potros que nacían. Sin embargo, ambos sabían las verdaderas razones por las que el tullido había decidido marcharse: se apartaba, dejaba el campo franco a Hernando y a Rafaela. Su señor había cumplido y se había casado, y Miguel no deseaba que su presencia en la casa pudiera ser una barrera entre la nueva pareja.

No hubo forma de convencerle, así que tanto Hernando como su esposa lo vieron partir. Cuando entraron de nuevo en casa, Hernando se sintió extrañamente solo. Comió con Rafaela en un silencio sólo interrumpido por frases de cortesía y volvió a la biblioteca. Desde allí oyó cómo Rafaela limpiaba las habitaciones y trajinaba por la casa; a ratos, incluso, le pareció oír que tarareaba alguna canción, algo que de repente ella misma interrumpía, como si se arrepintiese de hacer ruido.

Así transcurrieron las semanas. Hernando se acostumbró a la presencia de Rafaela, y ella iba sintiéndose cada día más cómoda en su nuevo hogar. Iba al mercado con María, cocinaba para él, y no le molestaba nunca durante los ratos que él pasaba encerrado, ni preguntaba qué hacía en ellos. El verano había dado algo de color a las pálidas mejillas de Rafaela, y aquellos tímidos y apagados canturreos llegaron a convertirse en canciones que se oían por toda la casa.

—¿Por qué este potro lleva un freno diferente al que le embocas al otro? —le sorprendió su esposa un día en las cuadras, antes de que Hernando saliera a cabalgar.

Ella nunca antes había entrado en las cuadras mientras Hernando se preparaba para montar. Rafaela señaló la colección de hierros que colgaban de las paredes.

Si en general Hernando se mostraba parco en palabras, en esta ocasión, sin darse cuenta y sin dejar de embridar al potro, se encontró dándole una lección a su esposa.

—Depende de la boca que tengan —contestó—. Los hay que la tienen negra, otros que la tienen blanca y otros colorada. Los mejores son los que la tienen negra: es lo más natural, como le sucede a éste. —Hernando hizo un esfuerzo para cinchar al animal—. A éstos, los de la boca negra, hay que ponerles un freno común, suave, corto de tiros y de bocado... —Se detuvo unos instantes, de espaldas a Rafaela, pero continuó hablando—: Esos frenos deben tener los asientos gruesos y atravesados... —Entonces se volvió hacia su esposa—. Y la barbada gruesa y redonda —terminó de explicar ya mirándola directamente.

Rafaela mostró la más dulce de sus sonrisas.

—¿Y por qué te interesa a ti todo esto? —preguntó él.

Permanecieron unos momentos el uno frente al otro. Fue Hernando quien, al fin, se adelantó. La tomó por los hombros y la besó en los labios, delicadamente. Un estremecimiento recorrió el cuerpo de la muchacha.

Esa misma noche, Hernando la observó mientras cenaban. La joven estaba animada y le contó una divertida historia sobre algo que había visto de camino al mercado. Sus finos labios sonreían, mostrando los blancos dientes; su voz era dulce, ingenua. Hernando se sorprendió riéndose con ella por primera vez.

Después de cenar, ambos salieron al patio. Hacía una noche estrellada y las rosas vertían en el aire su fragante perfume. Ambos contemplaron el brillo del cielo nocturno. Fue entonces cuando ella le preguntó en voz muy baja:

—¿Es que no deseas tener hijos conmigo?

Hernando, sorprendido, la miró de arriba abajo.

—Y tú, ¿lo deseas? —le preguntó a su vez.

Rafaela parecía haber agotado su coraje con la primera pregunta.

—Sí —musitó cabizbaja.

En silencio subieron al dormitorio: la inmensa timidez de la joven parecía contagiosa, y Hernando actuó con prudencia, procurando no dañarla. Olvidó el placer que buscaba con Fátima e Isabel y se ayuntaron a la cristiana, con la muchacha postrada en el lecho, sin mostrar su cuerpo, ataviada con su camisa larga, evitando el pecado.

Un año y medio después, su unión se vio bendecida con el primero de sus hijos: un varón, al que llamaron Juan.

62

En el año de 1600, don Pedro de Granada Venegas reclamó la presencia de Hernando en su ciudad. Se aproximaba el momento de enviar el evangelio de Bernabé al turco, porque los plomos que recogían los escritos de Hernando y que don Pedro, Luna y Castillo habían ido escondiendo desde la aparición del primero de ellos para que los cristianos los encontraran en las cuevas del monte Valparaíso, ahora rebautizado por el pueblo como el Sacromonte, habían logrado su primer objetivo.

Ese año, el arzobispo don Pedro de Castro, haciendo caso omiso a las voces que clamaban su falsedad, y a los requerimientos de Roma que aconsejaban prudencia ante los hallazgos, calificó los huesos y cenizas encontrados junto a los plomos como reliquias auténticas. ¡Por fin Granada disponía de las reliquias de su patrón, san Cecilio, y de otros tantos mártires que acompañaron al apóstol Santiago! ¡Por fin Granada se liberaba del yugo de ciudad mora y se equiparaba a cualquiera de las más importantes sedes de la cristiandad en España! Granada era tan cristiana, quizá incluso más, que Santiago, Toledo, Tarragona o Sevilla. Allí mismo, en el monte sagrado, habían padecido martirio muchos hombres santos.

Pero si el arzobispo de Castro tenía autoridad y legitimidad para declarar auténticas las reliquias, no disponía de igual capacidad para hacer lo propio con los plomos y afirmar la verdad de la doctrina que contenían láminas y medallones; eso era competencia exclusiva de Roma, que reclamó que le fuesen enviados, algo a lo que el prelado se negaba, reteniéndolos con la excusa de la complejidad de su traducción, encargada precisamente a Luna y Castillo.

Tal fue la situación que Hernando encontró en Granada: las reliquias habían sido declaradas auténticas, mientras que los plomos que decían que aquéllas eran precisamente las reliquias de tal o cual santo varón apostólico se hallaban todavía en estudio. Pero esos problemas formales de competencias no parecían afectar al fervoroso pueblo granadino, ni tampoco al nuevo rey Felipe III, coronado dos años antes tras la lenta, agónica y dolorosa muerte de su padre, que se mostraba entusiasmado ante esa nueva y cristianísima Granada.

Hernando acudió al Sacromonte acompañado de don Pedro de Granada; tanto Castillo como Luna excusaron la visita. Los dos hombres, a caballo, seguidos por un par de lacayos, siguieron la carrera del Darro, doblaron la puerta de Guadix e iniciaron el ascenso al monte sagrado por un sendero que partía de una de las salidas en las viejas murallas que rodeaban el Albaicín. Hernando no conocía ese camino. Hacía tres años que no visitaba Granada, desde que les había llevado por fin la esperada transcripción del evangelio de Bernabé, que Luna y Castillo habían podido estudiar a su gusto. Por otra parte, el descubrimiento de los plomos había desplazado el interés del cabildo catedralicio por los mártires de las Alpujarras, así que éste había dejado de encargarle informes.

—Desde que apareció la primera lámina —comentó don Pedro mientras ascendían—, se han sucedido los milagros y las apariciones. Gran parte de los granadinos, entre ellos todas las monjas de un convento, ha testificado ante el arzobispo haber visto y presenciado luces extrañas sobre el monte y hasta procesiones etéreas iluminadas por fuegos sagrados dirigiéndose hacia las cuevas. ¿Te lo imaginas? ¡Todo un convento de monjas! —Hernando meneó la cabeza, gesto que fue percibido por don Pedro—. ¿No lo crees? —le preguntó—. Pues escucha: una niña tullida rezó en las cuevas y sanó. La hija de un oficial de la Chancillería, postrada en cama desde hacía cuatro años, fue llevada en litera hasta las cuevas y salió andando por su propio pie; decenas de personas lo han testificado en el expediente de calificación de las reliquias. ¡Hasta el obispo de Yucatán viajó desde las Indias para rogar a los mártires por la curación de un *herpes militaris* que padecía! Ofició misa y después amasó tierra de las cuevas con agua bendita, se aplicó la pasta sobre el herpes y se curó al instante. ¡Un obispo! Y así lo ha testificado también. Muchas más son las curaciones y milagros que la gente cuenta del Sacromonte.

—Don Pedro… —empezó a decir Hernando con sorna.

—Observa —le interrumpió el noble. Se acercaban ya al lugar del cerro donde se hallaban las cuevas. Hernando siguió la mano de don Pedro, que se movía en el aire tratando de abarcar cuanto se les abría por delante—. Éste es el resultado de tu trabajo.

Un bosque de más de mil cruces se elevaba en torno a la pequeña entrada a la mina en la que se hallaban las cuevas, lugar en el que se amontonaban los peregrinos alrededor de unas minúsculas capillas y las viviendas de los capellanes. Los dos detuvieron a sus caballos, el colorado que montaba Hernando se movía, inquieto. El morisco paseó la mirada por el lugar, deteniéndola en las cruces y en los fieles arrodillados bajo ellas. Algunas eran sencillas cruces de madera, pero otras eran de piedra finamente cincelada, altas e inmensas, montadas sobre grandes pedestales. «El resultado de mi trabajo», susurró. Cuando estuvo en Granada para entregar los primeros plomos, llegó a dudar de sus esfuerzos, pero la credulidad del pueblo era muy superior a cualquier error que pudiera haber cometido en sus escritos.

—Es impresionante —se admiró, torciendo la cabeza para alcanzar a ver el extremo de la cruz que se alzaba a su lado, muy por encima de él.

—La mayoría de las iglesias de la ciudad han erigido cruces —explicó don Pedro acompañando a Hernando en su mirada—. Lo mismo han hecho los conventos, el cabildo, las juntas, los colegios y las cofradías: cereros, herreros, tejedores, carpinteros, la Chancillería y los notarios, en fin, todas. Ascienden en procesión con sus cruces, escoltados por guardias de honor al son de pífanos y timbales, entonando el *Te Deum*. Se realizan constantes romerías al Sacromonte.

Hernando meneó la cabeza.

—No puedo creerlo.

—Sin embargo —prosiguió don Pedro—, sé que Castillo está teniendo verdaderos problemas con la traducción de los plomos.

Hernando se extrañó. ¿Qué problemas podía tener el traductor?

—El arzobispo controla personalmente su trabajo —explicó don Pedro— y en el momento en que alguna frase ambigua parece inclinarse hacia la doctrina musulmana, la corrige según sus deseos. Ese hombre está empeñado en hacer de Granada una ciudad más santa que la propia Roma. Pero al final, el día en que el turco dé a conocer el evangelio, resplandecerá la verdad: todos ellos —hizo un gesto hacia la gente— se verán obligados a reconocer sus errores.

«¿El sultán?», se planteó Hernando.

—No creo que debamos enviar ese evangelio al turco —adujo de inmediato. Don Pedro le miró sorprendido—. No lo creo —insistió—. Los turcos no han hecho nada por nosotros…

—En cuanto al evangelio —le interrumpió don Pedro—, no se trataría sólo de nosotros, sino de toda la comunidad musulmana.

El morisco continuó hablando, como si no hubiera escuchado las palabras del noble:

—Desde hace años, los turcos no fletan ninguna armada para atacar a los cristianos en el Mediterráneo; sólo se ocupan de sus problemas en Oriente. Incluso se habla de que esa tranquilidad permitirá al nuevo rey de España atacar Argel y que ya está preparándose para ello.

—¡Fuiste tú el que habló de enviárselo al turco!

—Sí —reconoció Hernando—. Pero ahora creo que debemos ser más precavidos. Los plúmbeos todavía no han sido traducidos, ¿no es eso lo que acabas de decirme? —Don Pedro asintió—. En las referencias al Libro Mudo sólo se decía que el descubrimiento llegará a través de un rey de los árabes; entonces pensé en el turco, sí, pero cada vez se aleja más de nosotros. Y hay más reyes de los árabes, tan importantes o más que el sultán otomano: en Persia reina Abbas I y en la India Akbar, al que llaman el Grande. Allí, en esas tierras hay jesuitas y me he enterado de que Akbar, pese a ser un musulmán convencido, es un rey conciliador con las religiones de aquellos reinos. Quizá sea él, por su carácter, quien debiera dar a conocer la doctrina del evangelio de Bernabé.

Don Pedro sopesó las palabras que acababa de escuchar.

—Podríamos esperar a que se traduzcan definitivamente los plúmbeos —concedió—. Entonces decidiremos a quién mandarlo.

Hernando iba a asentir cuando uno de los lacayos indicó a su señor que ya podían acceder a las cuevas. La gente se abrió en un pasillo ante la llegada del señor de Campotéjar y alcaide del Generalife. Un sacerdote los acompañó durante la visita por la intrincada mina, iluminando con un hachón los largos, estrechos y bajos pasillos que desembocaban en las diversas cuevas, de distintos tamaños. Rezaron con fingido fervor ante los altares erigidos donde habían aparecido los restos de algún mártir, depositados ahora en urnas de piedra. El sacerdote, un joven imbuido de un exagerado misticismo, fue explicando al acompañante del respetado noble granadino el contenido de las láminas, mientras don Pedro observaba de reojo las reacciones de un Hernando que se las sabía de memoria. ¡Él las había creado!

—Los libros y tratados hallados, mucho más complejos que las láminas que anunciaban el martirio de los santos, se están traduciendo —pareció querer excusarse el joven sacerdote al llegar a una pequeña cueva redonda—. Por cierto —añadió ante un hombre que en aquel momento se ponía en pie tras rezar ante el altar—, os presento a un paisano vuestro que también está de paso, el médico cordobés don Martín Fernández de Molina.

—Hernando Ruiz —se presentó él, aceptando la mano que le ofreció el médico.

Tras saludar respetuosamente al noble, don Martín se sumó a la comitiva; finalizaron juntos la peregrinación por las cuevas y regresaron a Granada. Hernando cabalgaba por delante de los otros dos, con paso tranquilo, absorto en sus pensamientos, hechizado por todo lo que había nacido de los siete años de duro trabajo dedicados al objetivo de que los cristianos rectificaran la consideración en que tenían a la comunidad morisca. ¿Lograrían su propósito? De momento la cristiandad parecía haberse apoderado del lugar…

Luego, al pasar por la carrera del Darro, desvió su atención hacia donde se alzaba el carmen de Isabel. Don Pedro había evitado cualquier comentario sobre la mujer. ¿Qué habría sido de ella? Se sorprendió al comprobar que sus recuerdos eran difusos. En su interior le deseó suerte y continuó su camino, como ella misma le indicara un día. Sólo cuando vio a don Martín echar pie a tierra en la casa de los Tiros, comprendió que se había perdido alguna conversación entre el médico y don Pedro.

—Comerá con nosotros —le explicó el noble mientras los lacayos se hacían cargo de los caballos—. Tiene mucho interés en conocer a Miguel de Luna y Alonso del Castillo. Le he comentado que además de traductores, también son médicos. Don Martín sostiene que existe una epidemia de peste en Granada.

Mientras comían en la casa de los Tiros, don Martín reconoció que se hallaba en la ciudad en calidad de comisionado por el cabildo cordobés para investigar unos rumores de peste. Todas las grandes ciudades españolas se negaban a reconocer oficialmente la epidemia hasta que los muertos se amontonaban en las calles. Declarar la enfermedad conllevaba el inmediato aislamiento de la ciudad apestada y la paralización de todo trato comercial con ella. Por eso, en el momento en que surgía la menor sospecha en algún lugar, los cabildos de las otras ciudades enviaban a médicos de su confianza para que comprobaran por ellos mismos la veracidad de los rumores.

—El presidente de la Chancillería —explicó don Martín durante la comida— me ha autorizado a investigar y me ha comentado que es poca cosa, que las gentes están sanas.

Tanto Luna como Castillo soltaron una exclamación.

—El cabildo organiza fiestas y bailes por las noches para distraer a los ciudadanos —reconoció el último—, pero hace ya algún tiempo que se han empezado a tomar medidas contra la peste.

—Lo sé, pero no son medidas preventivas, sino paliativas —afirmó el doctor Martín Fernández—. He visto las sillas entoldadas en las que extraen a los apestados de la ciudad, y a cuadrillas de soldados que controlan los barrios. He visitado el hospital de apestados y ninguno de los médicos que trabajan en él hablan de otra cosa que no sea de la peste.

—No pasará mucho tiempo —intervino Miguel de Luna— hasta que se vean obligados a reconocer oficialmente la epidemia.

Hernando escuchaba con un interés no exento de estupor.

—¿No sería mejor actuar de inmediato? —preguntó—. ¿Qué

se gana con negar la realidad? Es el pueblo el que sale perjudicado, y la peste no distingue entre señores y vasallos. ¿Qué queréis decir con medidas paliativas? ¿Existe alguna forma de prevenir la enfermedad?

—Son paliativas —le contestó el médico cordobés— porque sólo se adoptan frente a los apestados. Tradicionalmente se ha creído que la peste se contagia a través del aire, aunque ahora ganan terreno algunas teorías que sostienen que también se propaga mediante las ropas y el contacto personal. Lo más importante es purificar el aire y quemar hierbas aromáticas en todos los rincones de la ciudad, pero también hay que procurar la limpieza y favorecer la reclusión de la gente en sus casas en lugar de promover fiestas y aglomeraciones; ordenar el tapiado de las casas donde se ha producido algún caso y el aislamiento de cualquier persona que presente algún síntoma, incluso de sus familiares. Mientras no se adopten esas medidas, se deja vía libre al contagio y a la verdadera epidemia.

—Pero… —trató de intervenir Hernando.

—Y lo más importante —le interrumpió don Martín al tiempo que Luna y Castillo asentían, seguros de lo que diría a continuación—, cerrar la ciudad para que la epidemia no se extienda a otros lugares.

Granada cayó al poco y la peste llegó a Córdoba al año siguiente, en la primavera de 1601. Pese al contundente informe que el doctor Martín Fernández había presentado sobre la negligente actuación de las autoridades granadinas, el cabildo de la ciudad califal actuó exactamente igual que el de la Alhambra, y al tiempo que prohibía las ventas en almoneda y los tratos con ropavejeros o sacaba extramuros camas de enfermos para quemarlas, los ocho médicos municipales suscribían una declaración por la que certificaban que Córdoba estaba libre de la peste y de cualquier otra enfermedad contagiosa de consideración.

Hernando tenía dos preciosos hijos, Juan, de cuatro años, y Rosa, de dos, a los que adoraba y que habían venido a cambiar su vida. «Sé feliz», recordaba noche tras noche, al observarlos mientras dormían. Le aterrorizaba la sola idea de perder de nuevo a su familia y, en cuanto regresó de Granada, se aprovisionó lo suficiente como para poder resistir encerrado en su casa los meses que fueran necesarios. Tan pronto tuvo noticias de que la peste asolaba la cercana Écija, hizo llamar a Miguel, que vivía en el cortijillo con los caballos y que en un primer momento rehusó la invitación alegando el mucho trabajo que tenía, pero que finalmente tuvo que ceder cuando Hernando fue a buscarlo y le obligó a volver con él a la casa de Córdoba, a pesar de sus protestas.

—Hay mucho que hacer aquí, señor —insistió el tullido, señalando yeguas y potros.

Hernando negó con la cabeza. Miguel había realizado una buena labor: hacía años que Volador había muerto y el tullido se había movido con la picardía que le caracterizaba para encontrar buenos sementales con los que mezclar la sangre. Por orden real, la cría de caballos estaba fiscalizada por los corregidores de los lugares en los que se emplazaban las yeguadas. Ningún caballo andaluz podía superar el río Tajo y ser vendido en tierras de Castilla y las cubriciones de las yeguas debían ser efectuadas por buenos sementales debidamente registrados ante los corregidores. Miguel consiguió que los productos de las cuadras de Hernando fueran altamente cotizados en el mercado.

Hernando sabía lo que temía su amigo, y decidió mostrarse más retraído con Rafaela mientras Miguel viviera con ellos. Durante ese tiempo, la convivencia entre los esposos se había desarrollado de forma plácida; habían ido conociéndose poco a poco. Hernando había encontrado en ella a una compañera dulce y discreta; Rafaela, a un hombre solícito y amable, que nunca la apremiaba, mucho más cultivado que su padre y hermanos. Y el nacimiento de los niños la había sumido ya en la felicidad más completa. Rafaela, a quien la maternidad había dotado de formas más redondeadas, había resultado ser lo que Miguel le había predicho: una buena esposa y una madre excelente.

Así pues, permanecieron todos encerrados en la casa cordobesa, con un fuego de hierbas aromáticas permanentemente encendido en el patio. Sólo salían para acudir a misa los domingos. Era entonces cuando Hernando, imprecando por lo bajo ante el hecho de que la Iglesia insistiese en reunir a las gentes en misas o en rogativas, comprobaba sobrecogido los efectos de la enfermedad en la ciudad: tiendas cerradas, ninguna actividad económica; hogueras de hierbas junto a los retablos y los altares callejeros, frente a las iglesias y conventos; casas marcadas y cerradas; calles enteras, aquellas en las que se habían producido numerosos contagios, tapiadas en sus accesos; familias expulsadas de la ciudad al tiempo que su pariente, enfermo, era llevado al hospital de San Lázaro y las ropas de todos ellos quemadas, y mujeres todavía sanas, otrora honestas y a las que su honor les impedía mendigar por las calles, ofreciendo públicamente su cuerpo para ganar algunos dineros con los que alimentar a sus maridos e hijos.

—¡Es absurdo! —susurró Hernando a Miguel un domingo en que se cruzaron con una de ellas—. Pueden convertirse en prostitutas, pero no en mendigas. ¿Cómo pueden sus hombres aceptar esos dineros?

—Su honor —le contestó el tullido—. En estos tiempos no funcionan las cofradías que atienden a los pobres vergonzantes.

—En la verdadera religión —apuntó Hernando bajando todavía más el tono de su voz—, recibir limosna no significa ninguna humillación. La comunidad musulmana es solidaria. Haced la plegaria y dad la limosna, dice el Corán.

Pero no sólo la Iglesia desafiaba a la enfermedad con las reuniones de sus fieles. El propio cabildo municipal, ante la tristeza del pueblo y desoyendo cualquier consejo, organizó unos juegos de toros en la plaza de la Corredera en el momento más crudo de la epidemia. Ni Hernando ni Miguel pudieron ver cómo dos hijos de Volador, que en su día habían vendido, sorteaban y requebraban a los astados, levantando aclamaciones por parte de un público que, si bien momentáneamente olvidaba sus penas, parecía incapaz de comprender que la aglomeración y el contacto de unos con otros sólo servía para agravarlas.

Por su parte, durante aquellos meses de reclusión, Miguel se volcó en los dos niños. Evitaba hasta la posibilidad de mirar a Rafaela, que por su parte actuaba con prudencia y recato. Allí, en aquellas largas noches de tedio, el tullido se refugiaba en sus historias haciendo sonreír al pequeño Juan con sus aspavientos.

—¿Por qué no me enseñas de cuentas? —le pidió Miguel un día a Hernando, que vivía casi enclaustrado en su biblioteca.

Los años dedicados a la escritura de los plomos habían despertado en él una sed insaciable de aprender, que intentaba colmar con lecturas sobre temas diversos, siempre con un objetivo: hallar algo que pudiera servir para lograr la convivencia pacífica de ambas culturas. Sus amigos de Granada le proveyeron, gustosos, de cuantos libros tuviesen a su alcance y pudieran ser de su interés.

Hernando entendió las razones que se escondían detrás de aquella petición y se prestó a ello, por lo que el tullido, entre números, sumas y restas, también se recluyó durante el día en la biblioteca. Así fueron superando la incomodidad que suponía el encierro, mientras la epidemia diezmaba a la población de Córdoba.

El jurado don Martín Ulloa fue una de sus víctimas. Los jurados de cada parroquia tenían la obligación de controlar las casas, comprobar si en ellas habitaban apestados y, en su caso, enviarlos a San Lorenzo y expulsar a sus familias de la ciudad. Don Martín se presentó en numerosas ocasiones en la de Hernando y Rafaela, exigiendo al médico que le acompañaba exámenes innecesarios y mucho más exhaustivos que aquellos a los que sometía a los demás parroquianos; ya no temía al morisco, hacía tiempo de lo de los expósitos, ¿quién iba a preocuparse entonces de aquel asunto? Don Martín no escondía sus ansias por encontrar el más nimio de los síntomas de la enfermedad hasta en su propia hija.

Hernando se sorprendió el día en que, en lugar de presentarse el jurado, lo hizo su esposa, doña Catalina, acompañada del hermano menor de Rafaela.

—¡Déjanos entrar! —le exigió la mujer.

Hernando la miró de arriba abajo. Doña Catalina temblaba y se retorcía las manos, el rostro contraído.

—No. Tengo obligación de dejar entrar a vuestro esposo, no a vos.

—¡Te ordeno…!

—Avisaré a vuestra hija —rehuyó Hernando, convencido de

que sólo algo grave podía lograr que aquella mujer se humillara a llamar a la puerta de su casa.

Desde el zaguán, Hernando y Miguel escucharon la conversación entre Rafaela y su madre.

—Nos echarán de Córdoba —sollozaba doña Catalina, tras comunicar a su hija la noticia de que su padre había contraído la letal enfermedad—. ¿Qué haremos? ¿Adónde iremos? La peste asola los alrededores. Permite que nos refugiemos en tu casa. La nuestra quedará cerrada. Así nadie se enterará. Tu hermano mayor, Gil, será el nuevo jurado de la parroquia, como le corresponde. Él mantendrá el secreto de nuestra estancia aquí.

Hernando y Miguel alzaron el rostro y se miraron sorprendidos cuando la voz de Rafaela rompió el silencio.

—No has venido a vernos en todo este tiempo. Ni siquiera te has molestado en conocer a tus nietos, madre.

La mujer no contestó. Rafaela siguió hablando, con voz firme y clara.

—Y ahora quieres vivir con nosotros. Me pregunto por qué no acudes a casa de Gil. Estoy segura de que te sentirías mucho más a gusto allí…

—¡Por todos los santos! —insistió la mujer, con voz brusca y colérica— ¿A qué viene esto ahora? Te lo estoy pidiendo. ¡Soy tu madre! Ten misericordia.

—¿O quizá ya lo has hecho? —prosiguió Rafaela, desoyendo las protestas. Doña Catalina calló—. Por supuesto, madre. Me consta que sólo vendrías a esta casa si no te quedara otro remedio. Dime, ¿acaso mi hermano teme el contagio?

Doña Catalina balbuceó una respuesta. La voz de Rafaela se elevó entonces, clara y firme.

—¿Crees de verdad que voy a poner en peligro a mi familia?

—¿Tu familia? —La mujer soltó un bufido de desprecio—. Un moro…

Rafaela alzó la voz a su madre, quizá por primera vez en toda su vida.

—¡Fuera de esta casa!

Hernando suspiró, satisfecho. Miguel dejó escapar una sonrisa.

Luego vieron pasar a Rafaela por delante de ellos, caminando en silencio, la cabeza erguida, en dirección al patio, mientras las súplicas y sollozos de su madre se oían desde la calle.

El morisco y su familia superaron la peste. Igual que muchos otros cordobeses, doña Catalina, consumida y cargada de ira contra Hernando y Rafaela, regresó tan pronto como la ciudad se declaró libre de la epidemia y se abrieron sus trece puertas.

Al tiempo que una muchedumbre las cruzaba para retornar a sus casas, Miguel se apresuró a volver al cortijillo tras una rápida y balbuceante despedida.

Más de seis mil personas habían fallecido durante la epidemia.

63

Camino de Toga, reino de Valencia, 1604

Para aquel viaje al pequeño pueblo de Toga, al norte de Segorbe, enclavado en un valle tras la sierra del Espadán, pasando primero por Jarafuel, Hernando eligió un magnífico potro colorado de cuatro años que, haciendo honor a su color de fuego, retrotaba más que andaba y tenía que ser refrenado constantemente. Llevaba su ancho y soberbio cuello de caballo español siempre erguido; bufaba incluso a las mariposas y se asustaba del revoloteo de los insectos, con las orejas tiesas y atentas en todo momento.

Después de nueve años desde su última visita, Hernando encontró a Munir, el alfaquí, prematuramente envejecido; la vida era muy dura en aquellas tierras de la sierra valenciana, máxime para quien pretendía mantener vivo el espíritu de unas creencias cada vez más perseguidas. Los dos hombres se abrazaron y luego se observaron el uno al otro, sin reparos. Durante la exigua cena que les sirvió la esposa del alfaquí de Jarafuel, sentados en el suelo sobre unas sencillas esteras, hablaron de la reunión que iba a celebrarse en el pequeño y escondido pueblo de Toga, todavía a varias jornadas de allí y de mayoría morisca, como casi todos los de la zona. Se discutiría allí el intento de rebelión más serio urdido desde el levantamiento de las Alpujarras en el que, según se decía, estaban implicados el rey Enrique IV de Francia y lo había estado también la reina Isabel de Inglaterra hasta su reciente muerte.

La rebelión llevaba fraguándose tres años y don Pedro de Granada Venegas, Castillo y Luna, rogaron a Hernando que acudiera junto a Munir a la reunión en la que iban a culminar todas aquellas negociaciones. Los tres veían cercano el éxito de los plomos; el proceso de autentificación no podía demorarse mucho más y una nueva revuelta echaría por tierra todos sus esfuerzos.

El alfaquí de Jarafuel entendió los argumentos que en ese sentido le expuso Hernando.

—En todo caso —alegó sin embargo—, va a hacer diez años que aparecieron los plomos y debes reconocer que nada se ha conseguido. Y sin el reconocimiento de Roma no valen nada. Ésa es la realidad. Por el contrario, la situación de nuestros hermanos ha empeorado de forma significativa en estos reinos. Fray Bleda continúa exigiendo con insistencia en nuestra más completa destrucción por el medio que sea. Tal es el rigor de ese dominico que hasta el inquisidor general, ¡el inquisidor general!, le ha prohibido opinar acerca de los nuestros, pero el fraile continúa acudiendo a Roma, y allí el Papa le escucha. Sin embargo, lo más importante es el cambio de opinión del arzobispo de Valencia, Juan de Ribera.

Munir hizo una pausa; su semblante, con más arrugas de las que debería haber tenido a su edad, expresaba una franca preocupación.

—Hasta hace poco —prosiguió el alfaquí—, Ribera era un ferviente defensor de la evangelización de nuestro pueblo, tanto que llegó a pagar de su pecunio personal los sueldos de los párrocos que debían llevar a cabo esa tarea. Eso nos beneficiaba: los sacerdotes que llegan por aquí no son más que una banda de ladrones incultos que no se preocupan lo más mínimo por nosotros; con que acudamos a comer la torta los domingos se dan por satisfechos. La única iglesia que hay para todo el valle de Cofrentes es ésta, la de Jarafuel, y ni siquiera es una iglesia, ¡se trata de la antigua mezquita! Después de años de intentarlo sin resultados y de gastar mucho dinero, Ribera ha cambiado de opinión y ya ha enviado un memorial al rey en el que propone que todos los moriscos sean esclavizados, destinados a galeras o condenados al trabajo en las minas de Indias. Sostiene que Dios agradecería esa decisión, así que el rey podría tomarla sin escrúpulo alguno de conciencia. Ésas han sido sus palabras, literalmente.

Hernando negó con la cabeza. Munir asintió gravemente.

—El fraile no me preocupa, hay muchos como él, pero Ribera, sí. No sólo es el arzobispo de Valencia, también es patriarca de Antioquía y, lo más importante, capitán general del reino de Valencia. Se trata de un hombre muy influyente en el entorno del rey y del duque de Lerma.

El alfaquí hizo otra larga pausa, como si necesitara meditar antes de seguir hablando.

—Hernando, te consta que aplaudí vuestro intento con los plomos, pero también entiendo al pueblo. Temen que llegue el día en que el rey y su Consejo lleguen a adoptar alguna de esas drásticas medidas de las que tanto se habla, y frente a ello sólo nos resta una posibilidad: la guerra.

—Desde las Alpujarras he sabido de muchos intentos de levantamiento, algunos disparatados, todos fracasados. —Hernando no estaba dispuesto a dar su brazo a torcer. ¿Más guerra? ¿Más muertes? ¿No había habido ya bastantes?—. ¿En qué se diferencia éste?

—En todo —replicó con contundencia el alfaquí—. Hemos prometido… —Al ver que Hernando enarcaba las cejas, Munir aclaró—: Sí, me incluyo; lo apoyo, ya te lo he dicho. Es una guerra santa —afirmó con solemnidad—. Hemos prometido que si los franceses invaden este reino, les ayudaremos con un ejército de ochenta mil musulmanes y les entregaremos tres ciudades, entre ellas Valencia.

—Y… ¿los franceses os creen?

—Lo harán. Se les va a entregar ciento veinte mil ducados en garantía de nuestra palabra.

—¡Ciento veinte mil ducados! —exclamó Hernando.

—Así es.

—Es una barbaridad. ¿Cómo…? ¿Quién ha sufragado esa cifra?

Hernando rememoró las graves dificultades padecidas por la comunidad morisca para hacer frente a los impuestos especiales a los que los sometían los reyes cristianos, los mismos que después pretendían exterminarlos. Tras la derrota de la Gran Armada se les obligó a pagar, «graciosamente», rezaban los documentos, doscientos mil ducados; otro tanto les fue requerido tras el saqueo de Cádiz por parte de los ingleses, además de las múltiples contribuciones especiales con que los cristianos cargaban a los moriscos. ¿Cómo podían hacer frente ahora a tan importante desembolso?

—Pagan ellos —rió el alfaquí imaginando las dudas de su compañero.

—¿Ellos? —preguntó Hernando, extrañado—. ¿A quién te refieres?

—A los cristianos. Lo hace el propio rey Felipe. —Hernando le hizo un imperioso gesto para que se explicase—. Pese a todas las riquezas que llegan de las Indias y los impuestos que cobra a los pecheros, la hacienda del reino está en bancarrota. Felipe II suspendió sus pagos en varias ocasiones y su hijo, el tercero, no tardará en hacerlo.

—¿Qué tiene eso que ver? Si resulta que el rey no tiene dinero, ¿cómo va a pagar esos ciento veinte mil ducados? Eso suponiendo que... ¡Es absurdo!

—Ten paciencia —le rogó el alfaquí—. Esa situación financiera llevó al rey Felipe II a rebajar la ley de la moneda de vellón. —Hernando asintió. Como todas las gentes de España, también él había sufrido la decisión del monarca—. De un vellón rico, con cuatro o seis granos de plata por moneda, pasó a labrarse otro de un solo grano.

—La gente se quejaba —rememoró Hernando—, porque obligaron a cambiar monedas con mucha plata por otras que carecían de ella, ¡a la par! Por cada vellón perdieron tres granos o más de plata.

—Exacto. La hacienda real recogió las monedas antiguas y obtuvo unos importantes beneficios con esa artimaña, pero los consejeros no previeron el efecto que eso supondría en la confianza del pueblo en su moneda, sobre todo en la menuda, la que más se utiliza. Luego, hace dos años, su hijo, Felipe III, decidió que el vellón no debía labrarse ni con ese grano de plata y ordenó que fuera exclusivamente de cobre. Como las monedas carecen de ley, ni siquiera llevan la marca del ensayador de la ceca que las ha labrado. ¡Y no-

sotros nos estamos hartando de labrar monedas! —sonrió Munir—.
Binilit ya falleció, pero en su taller, el que fuera su aprendiz ya no
fabrica joyas moriscas; se limita a falsificar moneda constantemente,
y como él, muchos otros. Hoy en día ya no es necesario que las
monedas sean de cobre, se admiten las de plomo y hasta las simples
cabezas de clavo toscamente repujadas con algo similar a lo que
pueda ser un castillo y un león en cada una de sus caras. ¡Por cada
cuarenta monedas falsas, los cristianos nos están pagando hasta diez
reales de plata! Se calcula que hay centenares de miles de ducados
en moneda falsa corriendo por el reino de Valencia.

—¿Por qué no las falsifican los mismos cristianos? —inquirió
Hernando a pesar de que intuía la respuesta.

—Por miedo a las penas a los falsificadores y porque no poseen
nuestros talleres secretos. —Munir sonrió—. Pero principalmente
por simple pereza: hay que trabajar, y eso, ya sabes, no le atrae ni al
más humilde de los artesanos cristianos.

—Pero la gente, los comerciantes, ¿por qué admiten esos dineros que les consta son falsos? —siguió interesándose Hernando,
recordando de nuevo cómo controlaba Rafaela que las monedas
menudas con las que compraba fueran auténticas, aunque en Córdoba esas falsificaciones no se daban en tanta abundancia como la
que acababa de señalar el valenciano.

—Les da lo mismo —explicó el alfaquí—. Eso es lo que te he
comentado antes. Desde que Felipe II les robó tres granos de plata
por cada pieza, desconfían de la moneda. Con la aparición de la
falsa todos creen ganar y para que lo haga el rey, ya lo hacen ellos.
Simplemente, se acepta. Es un nuevo sistema de cambio. El único
problema es que los precios suben, pero a nosotros eso no nos afecta tanto como a los cristianos; no compramos como ellos, nuestras
necesidades son mucho menores.

—¿Y así habéis conseguido los ciento veinte mil ducados?
—Hernando no podía evitar un enorme asombro ante ese hecho.

—Gran parte de ellos —dijo el alfaquí con una sonrisa de satisfacción—. Otra parte nos ha llegado en ayuda desde Berbería, de todos nuestros hermanos que han ido estableciéndose allí y que comparten nuestras esperanzas de recuperar las tierras que nos pertenecen.

Habían dado ya cuenta de la frugal cena servida por la esposa de Munir. El alfaquí se levantó y le invitó a salir al huerto posterior de la casa, donde la luna y un límpido cielo estrellado sobre la Muela de Cortes les ofrecía un panorama espectacular.

—Pero —dijo Munir mientras le guiaba—, háblame de ti. Ahora ya sabes cuáles son mis intenciones: luchar y vencer... o morir por nuestro Dios. Soy consciente de que no son de tu agrado.

—El alfaquí se apoyó sobre la baranda que cerraba el huerto, en lo alto del cerro en el que se enclavaba Jarafuel, el valle a sus pies y la Muela de Cortes más allá—. ¿Qué ha sido de tu vida desde la última vez que nos vimos? —inquirió al notar que Hernando se situaba a su lado.

El morisco dirigió la vista al cielo y sintió el frío del invierno en su rostro; luego empezó a contarle los sucesos acaecidos desde que volviera a Córdoba tras entregar los primeros plomos en Granada.

—¿Te has casado con una cristiana? —le interrumpió Munir al saber de Rafaela.

No hubo reproche en su pregunta. Ambos permanecían con la vista al frente; dos figuras recortadas en la noche, erguidas sobre la baranda, solas.

—Soy feliz, Munir. Vuelvo a tener una familia, dos hijos hermosos —contestó Hernando—. Tengo mis necesidades holgadamente cubiertas. Monto a caballo, domo los potros. Son muy apreciados en el mercado —hablaba con sosiego—. El resto del día lo dedico a la caligrafía o a estudiar mis libros. Creo que la serenidad que me ha proporcionado esta nueva situación me permite unirme a Dios en el momento en que mojo el cálamo en la tinta y lo deslizo sobre el papel. Las letras surgen de mí con una fluidez y una perfección que pocas veces antes había conseguido. Estoy escribiendo lo que pretendo sea un bello ejemplar del Corán. Los caracteres brotan proporcionados entre ellos y disfruto coloreando los puntos diacríticos. También rezo en la mezquita, delante del *mihrab* de los califas. ¿Sabes?, cuando me coloco frente a él y susurro las oraciones, me sucede algo parecido al espectáculo que se nos ofrece esta noche: igual que todas estas estrellas, veo refulgir los destellos del oro y de los mármoles con los que se construyó ese lugar sagrado. Y sí, me he casado con una cristiana. Mi esposa… Rafaela es dulce, buena, discreta y una gran madre.

En ese momento, la mirada de Hernando se perdió en el cielo estrellado. La imagen de Rafaela acudió a su mente. Aquella joven delgada y temerosa había florecido y se había convertido en toda una mujer: tras el nacimiento de sus hijos, sus pechos se habían vuelto más generosos, sus caderas más anchas. Munir no quiso interrumpir unos pensamientos que presentía se dirigían hacia aquella muchacha que parecía haberse ganado el corazón de su compañero.

—Y además están los niños —añadió Hernando, con una sonrisa—. Ellos son mi vida, Munir. Pasé muchos años, más de catorce, sin oír la risa de un niño; sin notar el contacto de esa mano frágil que busca protección entre la tuya y sin observar en sus ojos, inocentes y sinceros, todo aquello que no se atreven o no saben cómo decir. Su solo rostro es la más bella de las poesías.

»Sufrimos mucho cuando se nos murió el tercer hijo, que ni siquiera había empezado a andar. Ya perdí dos, pero éste fue el primero cuya vida vi apagarse entre mis manos sin poder hacer nada por evitarlo. Sentí un inmenso vacío: ¿por qué Dios se llevaba a ese ser inocente? ¿Por qué me castigaba con dureza una vez más? No era el primer hijo que me arrebataba cruelmente, pero Rafaela… Se quedó destrozada; tuve que ser fuerte por ella, Munir. Aunque parte de mí también murió con ese pequeño, me vi obligado a demostrar entereza para ayudar a mi esposa a superar ese trance. Desde entonces Rafaela no había vuelto a quedarse embarazada. Pero ahora Alá nos ha bendecido: ¡esperamos un nuevo hijo!

La mirada de Hernando volvió a perderse en el cielo estrellado. Rafaela y él habían sufrido la agonía del pequeño, cada uno rezando a su Dios en silencio. Estuvieron al lado del tercero de sus hijos hasta que éste exhaló su último aliento. Juntos lo lloraron; juntos lo enterraron según los ritos cristianos, sumidos en la desesperación; juntos regresaron a casa, apoyados el uno en el otro. Rafaela, deshecha en llanto, se vino abajo cuando por fin se encontraron a solas. Había tardado mucho en volver a ver su sonrisa, en volver a oír sus cantos por la casa. Pero poco a poco, los otros dos niños y el apoyo de Hernando habían logrado que su rostro recobrara la alegría. Hernando recordó esos tristes meses con dolor, pero a la vez con un íntimo orgullo: ambos habían superado aquella desdicha, y su unión, que había empezado con una base débil, se había visto reforzada después de ellos. Sólo dos cosas no habían cambiado desde aquel frío y lejano inicio: Rafaela continuó respetando la biblioteca, donde sabía que él escribía en árabe; Hernando, pese a la decisión de dormir juntos, respetó las convicciones de su esposa y no intentó que olvidara el pecado cuando mantenían relaciones sexuales. Sin embargo, se extrañó al descubrir otra forma de placer: el derivado del amor con que ella lo recibía por las noches, silencioso, tranquilo, desapasionado y ajeno al disfrute de la carne, como si ambos pretendieran que nada ni nadie pudiera enturbiar la belleza de su unión.

—Y, dime, a los niños, ¿los educas en la verdadera fe? ¿Sabe tu esposa de tus creencias? —se interesó Munir.

—Sí, lo sabe —contestó—. Es una larga historia… Miguel, el tullido que urdió el matrimonio, se lo confesó con anterioridad. Ella…, ella es de pocas palabras, pero nos entendemos con la mirada, y cuando rezo ante el *mihrab* en la mezquita, permanece a mi lado como si supiera perfectamente lo que estoy haciendo. Sabe que estoy rezando al único Dios. Respecto a los niños, el mayor sólo tiene siete años. Todavía no son capaces de fingir. Sería peligroso si se delatasen en público. Un preceptor viene a casa a educarlos. Yo me conformo, por ahora, con contarles cuentos y leyendas de nuestro pueblo.

—¿Lo consentirá Rafaela cuando llegue el momento? —preguntó el alfaquí.

Hernando suspiró.

—Creo… estoy seguro de que hemos llegado a un acuerdo tácito. Ella reza sus oraciones con ellos, yo les narro historias del Profeta. Me gustaría… —se interrumpió. No sabía si el alfaquí podría entender cuál era su sueño: educar a sus hijos en las dos culturas, en el respeto y la tolerancia. Optó por no seguir—. Estoy convencido de que lo hará.

—Buena mujer, entonces.

Continuaron charlando largo rato bajo las estrellas, aprovechando los breves instantes de silencio en su conversación para respirar la espléndida noche que les rodeaba.

Tres días antes de la Navidad de 1604, sesenta y ocho representantes de las comunidades moriscas de los reinos de Valencia y Aragón se dieron cita en el claro de un bosque por encima del río Mijares, cerca de la pequeña y apartada población de Toga. Con ellos, una decena de berberiscos y un noble francés llamado Panissault, enviado por el duque de La Force, mariscal del rey Enrique IV de Francia. Anochecía cuando, tras superar la vigilancia de algunos hombres que controlaban los alrededores del lugar, Hernando llegó a Toga de mano de Munir, que iba en representación de los moriscos del valle de Cofrentes. Hernando dejó su caballo en Jarafuel para no levantar sospechas y recorrió el trayecto montado en una mula, como el alfaquí. Tardaron siete días en llegar, tiempo durante el que Hernando y Munir mantuvieron intensas conversaciones que les sirvieron para profundizar en su amistad.

El resplandor de varias hogueras alumbraba tenuemente el claro en el bosque. El nerviosismo se podía palpar en los hombres que se movían entre los fuegos. Sin embargo, la decisión flotaba en el aire: en cuanto saludó a algunos de los otros jeques moriscos, Hernando percibió en todos ellos la firme determinación de llevar adelante su proyecto de rebelión.

¿Qué sería de sus esfuerzos con los plomos?, se preguntaba ante los enardecidos juramentos de guerra a muerte que oía una y otra vez de boca de los delegados moriscos. Ya no se contaba con los turcos, como le explicó Munir durante el camino; a lo más a que aspiraban era a conseguir alguna ayuda berberisca de más allá del estrecho. ¡Los plomos terminarían por dar resultados!, se decía Hernando para sus adentros. Pronto llegaría el momento de hacer llegar la copia del evangelio de Bernabé a aquel rey árabe destinado a darlo a conocer. Así lo sostenían don Pedro, Luna y Castillo, pero aquellas gentes no estaban dispuestas a esperar más tiempo. Hernando se sentó en el suelo, junto a Munir, entre los delegados moriscos. Frente a ellos, en pie, se hallaban el noble francés Panissault disfrazado de comerciante y Miguel Alamín, el morisco que durante dos años había llevado a cabo la negociación con los franceses que culminaba con aquella reunión. ¿Cuál era el verdadero camino? ¿Quién tendría razón? Hernando no dejó de darle vueltas mientras Alamín presentaba al francés. Por un lado había un noble granadino estrechamente relacionado con los cristianos, dos médicos traductores del árabe y él, un simple morisco cordobés; por otro, los representantes de la mayoría de las aljamas de los reinos de Valencia y Aragón, que promovían la guerra. ¡La guerra! Recordó su infancia y el levantamiento de las Alpujarras, la ayuda exterior que nunca llegó y la humillante y dolorosa derrota. ¿Qué diría Hamid de aquel nuevo proyecto violento? Y Fátima, ¿cuál hubiera sido la posición de Fátima? Con los gritos de los jeques moriscos en sus oídos, en una discusión ya iniciada, se sumió en la melancolía. ¡Tanto esfuerzo y tantas penurias para otra guerra! No podía quitarles la razón a quienes defendían con pasión la necesidad de tomar las armas. Pero algo le decía que, una vez más, esa no sería la solución. «Quizá me he hecho viejo —pensó Hernando—. Quizá la vida apacible que llevo ahora me ha debilitado…» Sin embargo, en su fuero interno algo seguía diciéndole que la violencia resultaría inútil.

—¡La Inquisición nos esquilma! —oyó que gritaba un morisco a sus espaldas.

Era cierto. Munir también se lo había explicado durante el largo camino hasta Toga. En Córdoba no sucedía así, pero en aquellas tierras de moriscos eran tantos los pecados que teóricamente cometían los cristianos nuevos que la Inquisición cobraba por adelantado y cada comunidad estaba obligada a pagar una cantidad anual a la Suprema.

—¡Los señores también! —gritó otro.

—¡Pretenden matarnos a todos!

—¡Castrarnos!

—¡Esclavizarnos!

Los gritos se sucedían, cada vez más fuertes, cada vez más airados.

Hernando escondió la mirada en la tierra. ¿Acaso no era verdad? ¡Tenían razón! Las gentes no podían vivir, y el futuro… ¿qué futuro esperaba a los hijos de todos ellos? Y ante eso, él, Hernando Ruiz, de Juviles, se refugiaba en su biblioteca, mientras vivía con holgura y comodidad… ¡Y se empeñaba ingenuamente en minar los cimientos de la religión cristiana buscando respuesta en los libros!

Tembló al oír el proyecto que se llegó a pactar tras arduas discusiones entre los presentes: la noche del Jueves Santo de 1605, los moriscos se levantarían en Valencia e incendiarían las iglesias para llamar la atención de los cristianos. Al mismo tiempo, Enrique IV mandaría una flota al puerto del Grao. En todos los lugares, los jeques moriscos alzarían en armas a sus gentes. Pero ¿y si el rey francés no cumplía como no lo hicieron los del Albaicín de Granada cuando la sublevación de las Alpujarras? En ese caso, los moriscos volverían a quedarse solos, una vez más, frente a la ira de los cristianos por haber profanado sus iglesias. Igual que años atrás. Estaban poniendo su futuro en manos de un rey cristiano; enemigo de España, cierto, ¡pero cristiano al fin y al cabo! ¿Cuántos de aquellos que ahora discutían habían vivido la guerra de las Alpujarras? Quiso intervenir pero el griterío era ensordecedor; hasta Munir, con el brazo alzado al cielo, aullaba exigiendo la guerra santa.

—*Allahu Akbar!*

El grito, unánime, retumbó en el bosque.

Se procedió entonces al nombramiento del rey de los moriscos: Luis Asquer, del pueblo de Alaquás, fue el elegido. El nuevo monarca fue vestido con una capa roja, empuñó una espada y se dispuso a jurar el cargo conforme a las costumbres. Los hombres lo aclamaron, se levantaron y lo rodearon. Hernando se apartó del grupo; la decisión ya estaba tomada… La guerra era inevitable. ¡Ganar o ser exterminados! Fue alejándose de los vítores y el bullicio, mientras recordaba las muchas ocasiones en que había oído esos mismos gritos en las Alpujarras. Él mismo…

De repente, sintió un fuerte golpe en la nuca. Hernando creyó que le iba a reventar la cabeza y empezó a desplomarse. Sin embargo, aturdido, notó cómo varios hombres lo agarraban de los brazos y lo arrastraban más allá del claro y de sus fuegos, hasta los árboles. Allí lo dejaron caer al suelo. Entre el retumbar de su cabeza y la visión borrosa, creyó ver tres… cuatro hombres en pie, quietos a su alrededor. Hablaban en árabe. Intentó incorporarse pero el aturdimiento se lo impidió. No llegaba a entender lo que decían; los aplausos y ovaciones al nuevo rey resonaban con potencia.

—¿Qué… qué queréis? —logró balbucear en árabe—. ¿Quiénes…?

Uno de ellos le arrojó el contenido de un pellejo de agua helada sobre el rostro. El frío lo reanimó. Hizo entonces otro intento de levantarse, pero en esta ocasión una bota sobre su pecho se lo impidió. La silueta de cuatro hombres se dibujaba contra el resplandor de las hogueras, sus rostros seguían ocultos en las sombras.

—¿Qué pretendéis? —preguntó, algo más consciente.

— Matar a un perro renegado y a un traidor —contestó uno de ellos.

La amenaza resonó en la noche. Hernando se esforzó por pensar con celeridad, al tiempo que notaba cómo la punta de un alfanje se posaba en su cuello. ¿Por qué querían matarlo? ¿Quizá alguien que le conocía de Córdoba? No había reconocido a nadie de la ciudad en la reunión, pero… La punta del alfanje jugueteó sobre su nuez.

—No soy renegado ni traidor —afirmó con determinación—. Quien os haya dicho tal cosa…

—Quien nos lo dijo te conoce bien.

Hernando casi no podía hablar; la punta del alfanje presionaba sobre su garganta.

—¡Preguntad a Munir! —balbuceó—. ¡El alfaquí de Jarafuel! Él os dirá…

—Si lo hiciésemos y le contáramos cuanto sabemos de ti, sería él quien te mataría, con toda seguridad, y esto es algo que debemos hacer nosotros. La venganza…

—¿Venganza? —se apresuró a preguntar—. ¿Qué mal os puedo haber causado a vosotros para que busquéis venganza? Si es cierto que soy renegado y traidor, que me juzgue el rey.

Uno de ellos se acuclilló junto a él: tenía aquel rostro a un palmo escaso del suyo, notaba su aliento cálido. Sus palabras rezumaban odio.

—Ibn Hamid —susurró. Hernando tembló con solo escuchar aquel nombre. ¿Alpujarreños? ¿Qué significaba…?—. Era así como te gustaba que te llamasen, ¿no? —volvió a susurrar.

—Así es como me llamo —afirmó.

—¡El nombre de un traidor a su gente!

—Jamás la he traicionado. ¿Quién eres tú para sostener tal infamia?

El hombre hizo una seña a otro de ellos que corrió al claro y volvió con una tea encendida.

—Mírame, Ibn Hamid. Quiero que sepas quién va a poner fin a tu vida. Mírame…, padre.

El hombre acercó la tea, y la oscuridad se quebró para que Hernando observase unos inmensos y furibundos ojos azules clavados en él. Sus rasgos, sus facciones…

—Dios —murmuró desconcertado—. ¡No puede ser! —Se sintió mareado. Miles de recuerdos se amontonaron en su mente a la sola visión de aquel rostro, todos ellos pugnando por imponerse a los demás. Habían transcurrido más de veinte años…—. ¿Francisco? —musitó.

—Hace mucho que me llamo Abdul —respondió con dureza su hijo—. Y aquí está también Shamir, ¿le recuerdas?

¡Shamir! Hernando intentó reconocerle entre los tres restantes, pero ninguno de ellos salió de entre las sombras. La confusión se apoderó de su mente: Francisco estaba vivo…Y también Shamir. ¿Habían escapado de Ubaid? Pero su madre… Aisha le había asegurado que estaban muertos, que había visto con sus propios ojos cómo el arriero los mataba en la sierra.

—¡Me aseguraron que habíais muerto! —exclamó—. Busqué… Os busqué durante semanas, recorrí la sierra tratando de hallar vuestros cuerpos. El de Inés… y el de Fátima.

—¡Cobarde! —le insultó Shamir.

—Mi madre esperó… todos esperamos durante años a que vinieses a ayudarnos —añadió Abdul—. ¡Perro! No moviste ni un dedo por tu esposa, ni por tu hija, ni por tu hermanastro. ¡Ni por mí! Hernando sintió que le faltaba el aire. ¿Qué acababa de decir su hijo? Que su madre había esperado… ¡Su madre! ¡Fátima!

—¿Fátima vive? —preguntó con un hilo de voz.

—Sí, *padre* —le escupió Abdul—. Vive… Aunque no gracias a tu ayuda. Todos hemos sobrevivido. Tuvimos que soportar el odio de Brahim, sentirlo en nuestras carnes. ¡Ella la que más! Y mientras tanto, tú te olvidabas de tu familia y traicionabas a tu pueblo. El perro de Brahim ya lo ha pagado con su vida, te lo aseguro. ¡Ahora eres tú quien debe rendir cuentas por ello!

¡Brahim! Hernando cerró los ojos, dejó que la verdad fuera penetrando en su mente. Brahim había cumplido con su amenaza: había vuelto a por Fátima y se había vengado de su hijastro arrebatándole a sus hijos, a su esposa, todo cuanto amaba… ¿Cómo no se le había ocurrido pensarlo? Había venido a por ellos y se los había llevado… Pero entonces… ¿Y la toca blanca de Fátima? ¡La había visto en el cuello del cadáver de Ubaid! ¿Cómo era posible? ¿Ubaid y Brahim juntos? Un pensamiento cruzó su cerebro sin que pudiera detenerlo. ¡Su madre debía de saberlo! Aisha le había dicho que Ubaid los mató a todos, Aisha había jurado y perjurado que había presenciado las muertes de Fátima y los niños… Aisha le había engañado. ¿Por qué? La idea de que su madre le hubiera mentido se le hizo insoportable, y pese al alfanje, a Francisco y al hombre que mantenía la tea junto a sus rostros, Hernando se aovilló en el suelo. Notó que el corazón se le aceleraba en el pecho, como si quisiera estallar. ¡Dios! ¡Fátima vivía! Quiso llorar, pero sus ojos se negaban a derramar ni una sola lágrima. Se encogió todavía más a consecuencia de las convulsiones que de repente asaltaron su cuerpo, como si él mismo pretendiera romperse en pedazos. ¡Toda una vida convencido de que su familia había sido asesinada por Ubaid!

—¡Fátima! —llegó casi a gritar.

—Vas a morir —sentenció Shamir.

—Muerte es esperanza larga —contestó Hernando sin pensar.

Abdul extrajo una daga de su cinto. En el claro, los moriscos asistían en respetuoso silencio a la coronación de su rey. «Juro morir por el único Dios», se oía en el bosque en el mismo momento en el que el hombre que aguantaba la tea estiró del cabello de Hernando para que presentase su cuello. La hoja de la daga brilló.

¡Fátima! La mujer estalló en la memoria de Hernando.

—¿Quién eres tú para hacerlo? —se revolvió entonces—. ¡No moriré sin antes poder hablar con tu madre! ¡No dejaré que me mates sin conseguir su perdón! Os creía muertos, y sólo Dios sabe cuánto he sufrido por vuestra pérdida. Que sea Fátima quien decida si desea concederme el perdón o el castigo; no tú. Si debo morir, que sea ella quien lo decida.

Movido por un súbito acceso de rabia, empujó a su hijo que, desprevenido, cayó sentado al suelo. Hernando trató de levantarse, pero el alfanje de Shamir amenazó su pecho. Hernando lo agarró con la mano. El filo le hirió la palma.

—¿Acaso crees que voy a escapar? —le espetó—. ¿A luchar con vosotros? —Abrió los brazos para mostrar que no llevaba armas—. Quiero entregarme a Fátima. Necesito que sea ella quien clave ese cuchillo, si es que cree realmente que yo habría sido capaz de renunciar a ella, a vosotros, de haber sabido que seguíais vivos.

Por primera vez llegó a vislumbrar el rostro de su hermanastro y reconoció en él los rasgos de Brahim. Shamir interrogó a Abdul con la mirada y éste asintió tras unos momentos de duda: Fátima se merecía llevar a cabo su venganza, en persona, igual que había hecho con Brahim.

En ese momento, en el claro, finalizó la coronación y los moriscos estallaron en vítores y aplausos.

La mayoría de los delegados y jeques aprovecharon lo que restaba de la noche para iniciar el regreso a sus pueblos. El francés Panissault lo hizo con la promesa de que los ciento veinte mil ducados le serían entregados en la ciudad de Pau, en el Bearne francés, de donde era gobernador el duque de La Force. Al principio, con el trajín de gente despidiéndose alborotada, Munir ni se había percatado de la ausencia de Hernando, pero poco a poco empezó a preocuparse y a buscarlo. No lo encontró y se dirigió al lugar donde habían dejado las mulas: las dos permanecían atadas.

¿Dónde podría estar? No se habría marchado sin despedirse de él, ni sin la mula; su caballo estaba en Jarafuel. Preguntó a varios moriscos, pero ninguno supo darle razón. Uno de los berberiscos que colaboraba en el proyecto de rebelión pasó por su lado, cargado y presuroso. ¿Qué iba a saber un berberisco...?

—Oye —reclamó su atención, no obstante—, ¿conoces a Hernando Ruiz, de Córdoba? ¿Lo has visto?

El hombre, que hizo ademán de detenerse ante la llamada del alfaquí, se excusó con un balbuceo y prosiguió raudo su camino tan pronto como hubo oído el nombre por el que le preguntaban.

¿A qué esa actitud?, se extrañó Munir mientras lo observaba dirigirse hacia el bosque. Unos pasos más allá, el berberisco volvió la cabeza, pero al comprobar que el alfaquí continuaba mirándole, avivó la marcha. Munir no lo dudó y se encaminó tras él. ¿Qué escondía el berberisco? ¿Qué sucedía con Hernando?

No tuvo oportunidad de plantearse más cuestiones. Nada más internarse entre los árboles, varios hombres saltaron sobre él y lo detuvieron; otro lo amenazó con una daga.

—Un solo grito y eres hombre muerto —le advirtió Abdul—. ¿Qué es lo que pretendes?

—Busco a Hernando Ruiz —contestó Munir tratando de mantener la calma.

—No conocemos a ningún Hernando Ruiz... —empezó a decir Abdul.

—Entonces —le interrumpió el alfaquí—, ¿quién es el hombre que ocultáis allí?

Incluso en la penumbra, los borceguíes de Hernando destacaban entre las piernas de un grupo de cuatro berberiscos que pretendían esconderlo, todos ellos con práctico calzado para la navegación. Abdul se volvió hacia donde señalaba Munir.

—¿Ése? —indicó con cinismo al comprender la imposibilidad de negar la presencia de alguien ajeno al grupo de berberiscos—. Es un renegado, un traidor a nuestra fe.

Munir no pudo evitar una sonora carcajada.

—¿Renegado? No sabes lo que dices. —Abdul frunció el entrecejo, sus ojos azules denotaban duda—. Pocas personas existen en España que hayan luchado y luchen más por nuestra fe que él. Abdul titubeó. Shamir abandonó el grupo que escondía a Hernando y se aproximó.

—¿Y quién eres tú para sostener tal afirmación? —preguntó al plantarse junto a ellos.

El alfaquí pudo entonces ver a Hernando: su amigo parecía derrotado, cabizbajo, ausente. Ni siquiera mostraba interés en la conversación que se desarrollaba a poca distancia de él.

—Me llamo Munir —afirmó. ¿Qué le sucedía a Hernando?—. Soy el alfaquí de Jarafuel y del valle de Cofrentes.

—Nos consta —saltó Shamir— que este hombre colabora con los cristianos y que ha traicionado a los moriscos. Merece morir.

Hernando continuó sin reaccionar.

—¡Qué sabréis vosotros! —le espetó Munir—. De dónde venís, ¿de Argel, de Tetuán?

—Nosotros, de Tetuán —contestó Abdul con cierta actitud de respeto ante un alfaquí—; los demás…

Munir aprovechó la indecisión de quien parecía mandar a los berberiscos para liberarse de las manos que le detenían, y le interrumpió:

—Vivís más allá del estrecho, en Berbería, donde se puede practicar libremente la verdadera fe. —El alfaquí cerró los ojos y negó con la cabeza—. Yo mismo comulgo cada domingo. Confieso mis pecados cristianos para obtener la cédula que me permite moverme. A menudo me veo obligado a comer cerdo y a beber vino. ¿También me consideráis renegado? ¡Todos los moriscos que habéis visto esta noche se pliegan a las órdenes de la Iglesia! ¿Cómo, si no, íbamos a poder sobrevivir y a mantener nuestra fe? Hernando ha trabajado por el único Dios tanto o más que ninguno de nosotros. Creedlo, no conocéis a ese hombre.

—Lo conocemos bien. Es mi padre —reveló Abdul.

—Y mi hermanastro —añadió Shamir.

Munir trató de convencer a los dos jóvenes berberiscos de la soterrada labor de Hernando en favor de la comunidad. Les habló de sus escritos, de sus años de trabajo, de los plomos y de la Torre Turpiana, del Sacromonte y de don Pedro de Granada Venegas; de Alonso del Castillo y Miguel de Luna, del evangelio de Bernabé y de lo que pretendían. Les explicó que Hernando creía que todos ellos habían muerto a manos de Ubaid.

—Su madre no sabía nada acerca de sus trabajos —replicó a Abdul cuando éste le habló de la contestación de Aisha a la carta que Fátima había enviado a Córdoba con el judío—. Hernando tuvo que mantenerlo en secreto... incluso ante su madre. Para ella, como para todos los demás, su hijo era un renegado, un cristiano. Hernando os creía muertos. Creedme. Jamás tuvo noticia de dicha carta.

Les contó también que pese a estar casado con una cristiana debía de ser el único morisco que rezaba en la mezquita de Córdoba.

—Dice que le juró a tu madre que rezaría frente al *mihrab* —añadió, dirigiéndose a Abdul, cayendo en la cuenta de que citar a la esposa cristiana de Hernando podía dar nuevos bríos a las ansias de venganza de aquellos corsarios.

El ajetreo, las charlas y despedidas de los moriscos en el claro pudieron oírse con nitidez durante unos instantes. Munir observó cómo Abdul y Shamir dirigían sus miradas hacia Hernando. ¿Habría convencido a aquellos corsarios?

—Ayudó a los cristianos en la guerra de las Alpujarras —masculló Abdul de repente. Su expresión era dura; el azul de sus ojos glacial.

—Sólo trató de librarse de la esclavitud y lo hizo con un cristiano, sí, pero... —trató de excusarlo el alfaquí.

—Luego ha colaborado con los cristianos de Granada —le interrumpió Abdul—, acusando a los moriscos que se rebelaron.

—¿Y los demás cristianos a los que salvó la vida? —terció Shamir. Munir se sobresaltó; no sabía nada de otros cristianos. El corsario vio en aquella duda la oportunidad de liberarse del respeto con que había acogido las explicaciones de un reconocido alfaquí—. Salvó a muchos más. ¿No lo sabías? ¿No te lo había contado? No es más que un cobarde. ¡Cobarde! —gritó hacia Hernando.

—¡Traidor! —añadió Abdul.

—Si creía que había sido Ubaid el que nos asesinó, ¿por qué no lo persiguió hasta el infierno? —continuó Shamir, gesticulando violentamente ante el alfaquí—. ¿Qué hizo por vengar lo que él creía que era la muerte de su familia? Yo te diré lo que hizo: refugiarse cómodamente en el lujoso palacio de un duque cristiano.

—Si hubiera insistido, si hubiera buscado venganza como todo musulmán que se precie debe hacer —añadió Abdul a gritos—, quizá habría llegado a descubrir que no había sido Ubaid, sino Brahim, el causante de sus desdichas.

A pocos pasos de distancia, Hernando sintió cómo le abofeteaban aquellas palabras. Ni siquiera tenía fuerzas para defenderse, para decir en voz alta que había visto el cadáver de Ubaid, que la venganza que anhelaba se había frustrado al verlo muerto. Que había recorrido la sierra en busca de los cuerpos de su familia para darles sepultura… ¿Qué sentido tenía todo eso ahora? Mientras oía las acusaciones vertidas por sus hijos, sus palabras que rezumaban rencor, su mente tenía sólo una pregunta. ¿Por qué? ¿Por qué le había mentido Aisha? ¿Por qué le había dejado sufrir sabiendo la verdad? Recordó sus lágrimas, su rostro contraído por el dolor cuando clamaba haber visto cómo Ubaid los mataba a todos. «¿Por qué, madre?»

Las palabras de su hijo interrumpieron sus pensamientos.

—¡Y además casado con una cristiana! ¡Reniego de ti, perro sarnoso! —añadió Abdul, escupiendo a los pies de su padre.

Munir, inconscientemente, siguió la dirección del escupitajo. Luego observó a Hernando. Ni siquiera se había movido ante la injuria de su propio hijo. Aun en la oscuridad, su cuerpo aparecía hundido, destrozado por la culpa, superado por cuanto se desarrollaba a su alrededor.

—Pero los plomos… —insistió el alfaquí, compadeciendo a quien consideraba su amigo.

—Los plomos —le interrumpió Shamir—, ¿qué valen cuatro letras? ¿Acaso han servido para algo? ¿Se ha beneficiado alguno de los nuestros? —Munir no quiso darle la razón y apretó los labios con firmeza—. Esos manejos sólo sirven para los ricos, para todos aquellos nobles que nos traicionaron y que ahora pretenden salvar sus pellejos. ¡Ninguno de nuestros hermanos, de los humildes, de los que continúan creyendo en el único Dios, de los que se esconden para rezar en sus casas o en los campos, logrará algo positivo de todo ello! Debe morir.

—Sí —se sumó Abdul—, debe morir.

La sentencia resonó en el bosque por encima de los ya escasos ruidos del claro. Munir sintió un escalofrío al tiempo que advertía en aquellos dos hombres la crueldad de los corsarios. Los supo acostumbrados a juguetear con la vida y con la muerte de las personas como si se tratase de animales.

—¡Quietos! —gritó el alfaquí, en un intento desesperado por salvar la vida de su amigo—. Este hombre ha venido a Toga bajo mi responsabilidad, bajo mi salvaguarda.

—Morirá —exclamó Abdul.

—¿Acaso no comprendéis que ya está muerto? —replicó Munir, al tiempo que lo señalaba con tristeza.

—Hay miles de cristianos como él apiñados en las mazmorras de Tetuán. No nos conmueve tu piedad. Nos lo llevamos —afirmó Shamir—. En marcha —ordenó después a los berberiscos.

Munir sacó fuerzas de flaqueza. Respiró hondo antes de hablar, y cuando lo hizo su voz sonó firme y decidida, sin revelar el temor que le atenazaba por dentro.

—Os lo prohíbo.

El alfaquí se mantuvo impasible ante las miradas de ambos corsarios. Abdul llevó su mano hacia el alfanje, como si le hubieran insultado, como si jamás hubiera recibido una orden como aquélla. Munir continuó hablando, tratando de que no le temblara la voz:

—Me llamo Munir y soy el alfaquí de Jarafuel y de todo el valle de Cofrentes. Miles de musulmanes acatan mis decisiones. Según nuestras leyes, ocupo el segundo lugar de los grados por los que se rige y gobierna el mundo y ordeno en las cosas de la justicia. Este hombre se quedará aquí.

—¿Y si no obedeciéramos? —inquirió Shamir.

—Salvo que me matéis a mí también, nunca llegaréis a embarcar en vuestras fustas. Os lo aseguro.

Todos, corsarios y berberiscos, mantenían la mirada en el alfaquí. Sólo Hernando seguía de rodillas en el suelo, cabizbajo, absorto en sus pensamientos.

—Brahim pagó sus fechorías —afirmó entonces Shamir—; y este perro traidor no se librará del castigo.

—Debéis respetar a los sabios y ancianos —insistió Munir.

Uno de los berberiscos bajó la cabeza ante aquella afirmación, justo cuando Hernando pareció despertar; ¿qué había dicho Shamir? Abdul se percató de ambas situaciones: sus hombres respetarían las leyes, y él tampoco iba a matar a un alfaquí. Enfrentó sus ojos azules a un Hernando que ahora le interrogaba con su expresión. Brahim había muerto… El corsario se adelantó hacia su padre.

—Sí —le espetó—, lo mató mi madre: ella tiene más hombría y valor en una de sus manos que tú en todo tu ser. ¡Cobarde!

En ese momento, uno de los berberiscos que custodiaban a Hernando le zarandeó con fuerza y otro le propinó un tremendo golpe en los riñones con la culata de su arcabuz. Hernando cayó al suelo, donde lo patearon sin que él hiciera el menor ademán por defenderse.

—¡Basta, por Dios! —imploró Munir.

—Por ese mismo Dios que invoca tu alfaquí, por Alá —masculló Abdul ordenando a los hombres que cesaran en el maltrato con un gesto de la mano—, juro que te mataré como te vuelvas a cruzar en mi camino. Recuerda siempre este juramento, perro.

¡Brahim! Fátima reconoció a Brahim en los gritos y amenazas de Shamir. Mucho más poderoso que el vulgar arriero de las Alpujarras, más listo… Fátima se estremeció al descubrir la misma voz airada, los mismos gestos, la misma expresión de ira.

Nada más volver de Toga, Abdul y Shamir acudieron a palacio y se presentaron ante ella; ambos aparecían hoscos y serios, y se negaron a contarle qué era lo que les había ido mal. Fátima conocía su misión en Toga, ella misma se había ocupado de reunir una gran cantidad de dinero berberisco para aquel nuevo levantamiento. Escuchó sus noticias con interés, pero algo en el semblante de su hijo la turbaba.

—Abdul —dijo ella por fin, apoyando la mano en el fuerte brazo de su hijo—. ¿Qué te sucede?

Él negó con la cabeza y murmuró algo incoherente.

—A mí no puedes engañarme. Soy tu madre y te conozco bien.

Abdul y Shamir cruzaron sus miradas. Fátima aguardaba, expectante.

—Hemos visto al nazareno —le espetó Shamir por fin—. Ese perro traidor estaba en Toga.

Fátima se quedó boquiabierta; por un instante le faltó el aire.

—¿Ibn Hamid? —Al pronunciar su nombre, sintió una opresión en el pecho y se llevó una mano enjoyada hasta él.

—¡No le llames así! —replicó Abdul—. No lo merece. ¡Es un cristiano y un traidor! Pero se arrastró como el perro que es...

Ella levantó la vista, consternada.

—¿Qué...? ¿Qué le habéis hecho? —Intentó incorporarse del diván pero le flaquearon las rodillas.

—¡Deberíamos haberlo matado! —gritó Shamir—. ¡Y juro que lo haremos si volvemos a verlo!

—¡No! —La voz de Fátima surgió en forma de un aullido ronco—. ¡Os lo prohíbo!

Abdul miró a su madre, sorprendido. Shamir dio un paso hacia ella.

—Esperad... ¿Qué, qué hacía en Toga? Contádmelo todo —exigió Fátima.

Lo hicieron; le hablaron del nazareno con odio, le narraron con detalle la escena vivida en Toga, le relataron las palabras del alfaquí que habían logrado salvar la vida del perro traidor. Mientras los escuchaba, atenta a cada una de sus palabras, Fátima no dejaba de pensar. Ibn Hamid estaba en Toga, con los que planeaban la revuelta; había dedicado años de su vida a esos textos. Eso significaba que no había renunciado a su fe. Su rostro se fue animando a medida que los oía. ¡Si fuera cierto...! ¡Si fuera verdad que Ibn Hamid seguía siendo un creyente! Fue entonces cuando las palabras de Shamir resonaron en la estancia como una bofetada.

—Y debes saber que se ha casado… con una cristiana. Así que eres libre, Fátima. Puedes volver a casarte… Aún eres bella.

—¿Quién te crees que eres para decirme qué puedo o no hacer? ¡Nunca volveré a casarme! —le espetó ella entonces.

Y ahí, al percibir las emociones que se escondían ante esa negativa, aparecieron los demonios de Brahim renacidos en Shamir, que se adelantó amenazadoramente hacia ella.

—Jamás volverás a verlo, Fátima. Lo mataré si me entero de que existe la menor comunicación entre vosotros. ¿Lo oyes? Le arrancaré el corazón con mis propias manos.

Sus gritos prosiguieron durante un buen rato ¡Ella sólo era una mujer! Una mujer que debía obedecer. Aquel palacio era suyo, y los esclavos, y los muebles, y la comida, hasta el aire que respiraba le pertenecía a él, a Shamir. ¿Cómo iban a permitir que se relacionase con aquel perro cobarde que no les había defendido en su infancia? Perderían el respeto de sus hombres y de toda la comunidad. Todos conocían el juramento que habían hecho en Toga con respecto a Hernando: los berberiscos lo habían explicado a quien quisiera escucharles. ¿Qué autoridad tendrían para impartir justicia entre sus hombres si consentían la más mínima relación con el nazareno? ¿Con qué potestad arriesgarían la vida de sus hombres, a menudo en incursiones peligrosas, cuando a sus espaldas, en su casa, una simple mujer se permitía desobedecerles? Cumplirían su juramento si volvían a verlo. Lo matarían como a un perro.

Fátima aguantó en pie, erguida, como la noche en que había anunciado a Brahim que jamás volvería a poseerla. Lo hizo sin buscar la ayuda de Abdul, sin mirarlo siquiera, tratando de no poner en un compromiso a su hijo, de no enfrentarlo con su compañero y con quien a la postre, efectivamente, era el dueño de todo.

—Recuerda lo que te he dicho… No cometas ninguna estupidez —masculló Shamir antes de dar media vuelta y salir de la estancia.

Fue entonces cuando Fátima, a espaldas de su hijastro, intentó encontrar en su hijo un atisbo de comprensión y apoyo, pero sus ojos se le mostraron fríos y sus rasgos, curtidos por el sol, tan tensos como los del otro corsario. Lo vio abandonar la estancia con un caminar igual de decidido. Sólo cuando se quedó sola permitió que sus ojos se llenaran de lágrimas.

64

En Valencia se ha hecho prisión de muchos moriscos, por ciertas cartas que el rey de Inglaterra ha · enviado, las cuales se habían hallado entre los papeles de la reina pasada, que le habían escrito los moriscos pidiéndole favor para levantarse, y que ellos darían orden que pudiese saquear aquella ciudad, viniendo con su armada. Hase dado tormento a muchos de ellos para averiguarse lo que pasaba en este negocio, y no dejarán de castigarse algunos para ejemplo de los demás.

LUIS CABRERA DE CÓRDOBA,
Relaciones de las cosas sucedidas en la corte de España

Tras la muerte de Isabel de Inglaterra, a finales de agosto de 1604, España e Inglaterra suscribieron un tratado de paz. Entre otros compromisos, el rey español se comprometía a cejar en su empeño por elevar al trono de la isla a un rey católico. Quizá por ello, meses más tarde, una vez firmado el acuerdo y en muestra de gratitud, Jacobo I hizo llegar a Felipe III una serie de documentos hallados en los archivos de su antecesora. En ellos constaban las propuestas de los moriscos españoles para, con la ayuda de ingleses y franceses, alzarse contra el rey católico y reconquistar los reinos de España para el islam.

El virrey de Valencia y la Inquisición pusieron manos a la obra tan pronto como el Consejo de Estado hizo pública la conjura.

Multitud de moriscos fueron detenidos y sometidos a tormento hasta que confesaron el plan. Varios de ellos fueron ejecutados conforme a las costumbres valencianas. Al reo se le preguntaba si quería morir en la fe cristiana o en la musulmana. Si contestaba que en la primera, era ahorcado en la plaza del mercado; si se empeñaba en conservar su fe, se le llevaba extramuros de la ciudad, a la Rambla, y conforme al castigo divino previsto en el Deuteronomio para los idólatras, el pueblo lo lapidaba y después quemaba su cadáver.

Salvo excepciones, los moriscos optaban por una muerte rápida y elegían hacerlo en la fe cristiana, pero justo en el momento en que la soga se tensaba, estallaban en gritos invocando a Alá. Tan conocida era esa estratagema que la gente acudía a las ejecuciones provista de piedras para lapidar al ahorcado en el momento en que clamaba el nombre del Profeta. Luego, las familias moriscas recogían las piedras y las guardaban en recuerdo de la ejecución de sus muertos.

A los tres meses de su vuelta a Córdoba, Hernando tuvo conocimiento de que la tentativa de revuelta urdida en Toga había sido desbaratada. Lo cierto era que durante esos tres meses, sólo una cosa le había aportado algo de bienestar en su permanente desesperanza: la carta que logró escribir para Fátima.

Él y Munir habían hecho el camino de regreso de Toga en silencio, su mula siempre por detrás de la del alfaquí, como si éste tirase de él para llegar cuanto antes a Jarafuel. Su madre le había engañado. Fátima vivía y había matado a Brahim. Su hijo también había jurado matarle si sus caminos volvían a cruzarse. ¡Matarle! ¡Su propio hijo!, pero ¿acaso no lo habría hecho ya en Toga? Recordó los inocentes y expresivos ojos azules de Francisco en el patio de la casa cordobesa. Y la pequeña Inés, ¿qué habría sido de ella? La cabeza de Hernando no paraba de dar vueltas a las revelaciones de las últimas horas. Las imágenes, las preguntas, se agolpaban en su mente, y las punzadas de dolor se acompasaban a los cortos trancos del animal que montaba.

¡Fátima! El semblante de su esposa aparecía y desaparecía en su recuerdo como si jugueatease con su sufrimiento. ¿Qué habría pensado de él? ¿Habría esperado que fuera en su busca? Cuánto tiempo, ¿cuántos años debió de confiar en su ayuda? El estómago no podía encogérsele más al imaginarla sometida a Brahim esperando su ayuda; ¡su Fátima! La había defraudado.

«¿Por qué, madre?» Mil veces elevó la mirada al cielo. ¿Por qué me lo ocultaste?

Lo que a la ida les había costado siete días de viaje, ahora les llevó sólo cuatro. Munir, sumido en un pertinaz mutismo, se detuvo lo estrictamente necesario y viajaron por las noches, a la luz de la luna. Hernando se limitaba a obedecer las órdenes de su compañero de viaje: descansemos aquí; comamos algo; demos de beber a las mulas; esta noche pararemos junto a ese pueblo... ¿Por qué le había salvado la vida?

En Jarafuel, el alfaquí lo hizo esperar a la puerta de su casa, sin invitarlo a entrar. Al cabo, él mismo apareció con el caballo de la mano.

—Aparte de al duque —trató de explicarse entonces Hernando—, sólo salvé a una niña de corta edad. Lo demás son rumores...

—No me interesa —le interrumpió Munir secamente.

Hernando le miró a la cara; el alfaquí le contemplaba con dureza, pero al cabo de unos instantes pareció asomar a sus ojos un atisbo de compasión.

—Te he salvado la vida, Hernando, pero es Dios quien te juzgará.

Durante el regreso a Córdoba evitó la compañía de frailes, mercaderes, cómicos o caminantes de los que acostumbraban a transitar por los caminos principales e hizo el viaje solo, absorto en sus pensamientos. La culpa pesaba en él como una losa, y hubo momentos en que creyó que no soportaría más ese lastre. A medida que se acercaba a la ciudad, sus penas se vieron sustituidas por una congoja aún mayor: no deseaba llegar. ¿Qué iba a decirle a Rafaela? ¿Que su matrimonio con ella no era válido? ¿Que su primera esposa estaba viva?

Retrasó cuanto pudo su llegada a casa. Temía enfrentarse con ella. Temía enfrentarse consigo mismo si se veía obligado a confesarle la verdad. Cuando por fin cruzó la puerta de su casa, ni siquiera se atrevió a mirarla.

Observó impasible cómo se borraba la sonrisa con que Rafaela, de nuevo embarazada, acudió a recibirle. La mujer detuvo sus apresurados pasos a la vista de los moratones y heridas que le habían causado los berberiscos al patearle.

—¿Qué te ha sucedido? —Rafaela trató de acercar su mano al magullado rostro de su esposo—. ¿Quién…?

—Nada —contestó él, rechazando inconscientemente la mano de su esposa—. Me caí del caballo.

—Pero ¿estás bien…?

Hernando le dio la espalda y la dejó con la palabra en la boca. Anduvo hasta las cuadras para desembridar al caballo y luego cruzó el patio en dirección a las escaleras.

—Comeré y cenaré en la biblioteca —ordenó secamente al pasar junto a su esposa.

También durmió en ella.

Así transcurrieron los días. Hernando arrinconó el Corán en el que se hallaba trabajando y se esforzó en escribir una carta para Fátima. Tardó en conseguirlo; tardó en lograr plasmar en papel todo cuanto sentía. En el momento en que intentaba concentrarse en la escritura, su mente se perdía en la culpa y el dolor. Desechó y rompió muchas hojas. Al final le contó de Rafaela, de sus dos hijos y del que estaba por venir. «¡No lo sabía! ¡No sabía que vivías!», rasgueó con mano temblorosa. Una vez la tuvo escrita, decidió recurrir a Munir para remitírsela a Fátima pese a la fría despedida del alfaquí. Era un hombre santo; le ayudaría, además, era desde Valencia desde donde más moriscos partían para Berbería. ¡Necesitaba su ayuda! Escribió otra carta para Munir implorándosela.

Un día que supo que Miguel se encontraba en Córdoba, lo llamó. Tenía que recurrir al tullido para que le consiguiese un arriero morisco de confianza; él seguía siendo un apestado entre la comunidad cordobesa y había perdido todo contacto con la red de miles de hombres que se movían por los caminos, pero el tullido, al contrario que su señor, compraba y vendía cuanto necesitaba para los caballos y utilizaba con asiduidad los servicios de los arrieros.

—Necesito hacer llegar una carta a Jarafuel —le comunicó con una aspereza innecesaria, sentado ante el escritorio. Miguel permaneció plantado delante de él tratando de imaginar qué era lo que le sucedía a su señor. Antes había hablado con Rafaela, y ella le había confiado su enorme inquietud—. ¿A qué esperas? —le recriminó Hernando.

—Conozco la historia de un correo portador de malas noticias —contestó el tullido—, ¿quieres que te la cuente?

—No estoy para historias, Miguel.

El repiqueteo de las muletas del tullido sobre el entablado de la galería resonó en los oídos de Hernando. ¿Y ahora, qué? Manoseó el bello Corán en el que trabajaba; no se veía con ánimo de continuar. Aun así, canturreó algunas de las suras ya escritas.

—Cualquier cosa que estuviese haciendo, parece que ya la ha terminado.

Tales fueron las palabras que Miguel le dijo a Rafaela en cuanto hubo salido de la biblioteca con la orden de su señor de encontrar a un arriero para que llevara una carta a Jarafuel.

La mujer lo interrogó con unos ojos enrojecidos por el llanto.

—Ve —la instó el tullido—. Lucha por él, por ti.

Rafaela no había podido ver a Hernando durante los días que estuvo recluido en la biblioteca. Pensaba que podría hacerlo al llevarle la comida, pero éste dio orden de que se la dejaran tras la puerta. Hernando había pedido también una jofaina con agua limpia para sus oraciones, que él mismo dejaba tras la puerta una vez utilizada. En todo momento Rafaela estuvo pendiente del sonido de aquella puerta para apresurarse a cambiar el agua. Cinco veces al día.

¿Qué le había sucedido?, se preguntó la mujer por enésima vez al iniciar el ascenso de las escaleras, jadeando. El nuevo embarazo le pesaba más que los anteriores. Dudó al acercarse a la biblioteca. El murmullo de las suras se colaba por la puerta, ahora abierta, y llegaba hasta ella. ¿Y si Hernando se enojaba? Se detuvo y estuvo a punto de echarse atrás, pero los momentos vividos con anterioridad al viaje a Toga, el cariño, las risas, la alegría, la felicidad, ¡el amor que se profesaron!, la impulsaron a continuar.

Hernando permanecía sentado a su escritorio. Con un dedo seguía las letras del Corán mientras salmodiaba en árabe, ajeno a todo. Rafaela se detuvo sin atreverse a romper lo que le pareció un momento mágico. Cuando Hernando se apercibió de su presencia y volvió la cabeza hacia ella la encontró parada bajo el quicio de la puerta, con los ojos llenos de lágrimas, agarrándose con ambas manos la prominente barriga.

—No creo haber hecho nada para que me trates así. Necesito saber qué te está pasando… —musitó Rafaela, antes de que se le quebrara la voz.

Hernando asintió, con cierta frialdad, sin levantar la cabeza del escritorio.

—Hace más de veinte años… —empezó a decir. Pero ¿por qué contárselo? Nunca le había hablado de Fátima o de sus hijos; ella conocía la historia por Miguel—. Tienes razón —reconoció—. No lo mereces. Lo siento. Son cosas del pasado.

El mero hecho de pronunciar aquella disculpa pareció liberar a Hernando. La carta dirigida a Fátima obraba ya en manos de Miguel, ¿quién podía predecir cuáles serían sus resultados o qué le contestaría Fátima, si es que lo hacía? Rafaela se enjugó las lágrimas con una mano mientras con la otra continuaba asiéndose la barriga.

Y entonces Hernando comprendió algo: sí, había fallado a Fátima, y ésa era una culpa de la que nunca podría librarse… pero no iba a cometer dos veces el mismo error con la persona a la que entonces amaba. Sin decir palabra, se levantó, rodeó el escritorio y se fundió con su esposa en un dulce abrazo.

A pesar de sus esfuerzos por ocultar sus inquietudes a Rafaela, Hernando no podía dejar de pensar en las revelaciones que le había hecho su hijo. Ella no volvió a mencionar lo sucedido, como si aquellos días de reclusión no hubieran existido. Hernando buscó consuelo en sus pequeños y esperanza en el que estaba por venir.

Un día, incluso se dirigió al campo de la Merced y paseó por el triste cementerio hasta dar con la tumba de su madre. Allí habló con Aisha en silencio.

—¿Por qué lo hiciste, madre?

Intentó encontrar la respuesta en su interior. El tiempo transcurrió con Hernando especulando mil posibilidades hasta que una de ellas, ajena a las razones de Aisha para haber obrado como lo hizo, despuntó entre las demás: «Viven». Fátima vivía. Francisco también, y Shamir, y probablemente Inés. ¿Hubiera preferido que todos ellos estuvieran muertos para aliviar sus penas? Se sintió indigno. Hasta entonces sólo había pensado en él mismo, en sus culpas, en la cobardía que tanto le echara en cara Francisco. Sin embargo, lo importante era que vivían aunque fuera lejos de él. Halló cierto consuelo en esta idea… Pero seguía necesitando obtener su perdón. Aguardaba con ansiedad noticias de Munir, pero dicho anhelo se trocó en decepción cuando el alfaquí hizo que le devolvieran la carta dirigida a Fátima junto a su negativa de remitírsela a Tetuán.

Fátima no pudo dejar de darse cuenta: después de la visita de Shamir y su hijo, tres imponentes esclavos nubios, armados, se sumaron al personal de servicio que atendía el palacio.

—Son para vuestra seguridad, señora —le contestó uno de los sirvientes —. Corren tiempos revueltos y vuestro hijo así lo ha dispuesto.

¿Para su seguridad? Dos de ellos la seguían, un par de pasos por detrás, en sus salidas por Tetuán. Fátima lo probó. Una mañana, acompañada de dos esclavas a las que hizo cargar con algunos bultos, se dirigió con resolución a la puerta de Bab Mqabar, al norte de la muralla de la ciudad.

Antes de que pudiera cruzarla, los dos nubios se interpusieron en su camino.

—No podéis salir, señora —le dijo uno de ellos.

—Sólo quiero ir al cementerio —afirmó Fátima.

—No es seguro, señora.

Otro día, de madrugada, abandonó su dormitorio. No había recorrido la mitad del pasillo y la inmensa figura de uno de los negros apareció de entre las sombras.

—¿Deseáis algo, señora?

—Agua.

—Yo ordenaré que os la traigan, no os preocupéis. Descansad.

¡Estaba presa en su propia casa! No se había planteado huir, ni siquiera sabía qué hacer o qué pensar; sólo sabía que después de años de creer en la traición de Hernando, la simple posibilidad de que no hubiera sido así hizo revivir en ella unos sentimientos que durante años se había obligado a arrinconar en lo más recóndito de su interior. Desde la muerte de Brahim se había dedicado a dirigir los negocios y a amasar dinero con tanta frialdad como Abdul y Shamir atacaban a los barcos cristianos o las costas españolas. Llegó incluso a renunciar a su condición de mujer. Pero ahora algo había vuelto a despertar en ella y de vez en cuando, por las noches, con la mirada perdida en el horizonte, allí donde debían alzarse las sierras granadinas, unos casi imperceptibles estremecimientos le recordaban que había sido capaz de amar con todo su ser.

Una tarde Efraín acudió a despachar de negocios con ella. El judío, muerto ya su padre, se había convertido en el más íntimo colaborador en los negocios familiares dirigidos por la gran señora tetuaní.

—Tengo que pedirte un favor, Efraín —le dijo mientras el otro le explicaba de números y mercaderías.

—Debes saber que tu hijo ha venido a verme —susurró el inteligente judío.

Fátima clavó en él sus hermosos ojos negros.

—Pero mi lealtad está contigo, señora —añadió Efraín al cabo de unos instantes de silencio.

65

Muerte es esperanza larga.

«Romances de Aben Humeya»,
Romancero morisco

Rafaela había acompañado hasta la puerta al preceptor, que acudía diariamente a dar lecciones a Juan y Rosa, cuando vio que un desconocido se acercaba a su casa. Aunque Hernando parecía haber recuperado su estado de ánimo habitual, cualquier imprevisto desasosegaba a Rafaela, cuyo embarazo ya estaba a punto de llegar a su fin. El hombre, que contaría cerca de cuarenta años y cuyas ropas, de estilo castellano, aparecían sucias por el largo viaje, preguntó con voz educada si aquélla era la casa de Hernando Ruiz. Rafaela asintió y mandó a Juan a que diera el recado a su padre; Hernando no tardó en bajar al zaguán.

—La paz sea con vos —saludó al hombre, en la creencia de que no sería más que un arrendatario o un interesado en algún caballo—. ¿Qué deseáis?

Efraín aguardó un instante antes de hablar. Por suerte, en esta ocasión no le costó dar con Hernando.

—La paz —contestó el judío, que clavó la mirada en su anfitrión.

—¿Qué deseáis? —repitió.

—¿Podemos hablar en algún lugar privado?

En ese momento Hernando comprendió que aquel hombre

era algo más que un simple tratante en caballos; aunque percibió un extraño acento en su voz, había algo en él que le inspiró confianza.

—Acompañadme.

Salieron del zaguán y cruzaron el patio.

—Que nadie me moleste —advirtió a Rafaela.

Subieron a la biblioteca y Hernando reparó en la admiración con la que el judío corría su mirada por los libros que constituían su más preciado tesoro.

—Os felicito —dijo Efraín refiriéndose a ellos al tiempo que tomaba asiento tras el escritorio. Hernando hizo un gesto de asentimiento y los dos guardaron silencio unos instantes—. Me envía Fátima, vuestra esposa —reveló al fin.

Un tremendo escalofrío recorrió el cuerpo de Hernando. Se vio incapaz de decir nada y el judío se dio cuenta.

—La señora Fátima necesita saber de vos —continuó Efraín—. Son muchos los rumores que llegan a Tetuán y ella se niega a creerlos, salvo que vos mismo los confirméis. Debo significaros, antes que nada, que hará cerca de quince años, yo mismo estuve aquí, en Córdoba, en vuestra busca, también enviado por mi señora…

—¿Cómo está ella? —le interrumpió Hernando.

Hablaron durante todo el día. Hernando contó su vida y lo hizo sin disimulo, sin ocultar el más nimio de los detalles. ¡Contó incluso sus amoríos con Isabel! Era la primera vez que se confesaba a alguien con tal sinceridad. Excusó su imagen cristiana, pero también reconoció el error que significaba que en algunos momentos, llevado por los acontecimientos, se hubiera excedido en aquella postura. ¿Por qué tuvo que salir cargado con una cruz en procesión?

—Mi madre no habría muerto si hubiera evitado ese alarde —añadió con la voz tomada.

Luego se explayó en la historia de los plomos.

—Shamir —recordó— sostuvo que nunca se beneficiarían los humildes… y probablemente tenga razón.

—Quizá algún día ese evangelio del que habláis pueda salir a la luz.

—Quizá —suspiró Hernando, pesaroso—, pero no sé cuál será nuestra situación para entonces. En verdad parece que no seamos más que unos apestados: los cristianos nos odian a muerte y ninguno de los gobernantes musulmanes ha hecho nada por ayudarnos. Somos un pueblo que siempre ha estado oteando el horizonte con la esperanza de vislumbrar una armada, turca o argelina, que nunca ha aparecido.

Efraín estuvo tentado de discutir. ¿Apestados? Su pueblo sí que lo había sido, en España y en todos los reinos europeos. Los judíos ni siquiera tuvieron la oportunidad de otear el horizonte: nadie podía acudir en su ayuda. Sin embargo, calló; no era ése su cometido. Fátima le había proporcionado instrucciones: él mismo debía juzgar las palabras y la actitud de Hernando. Él mismo debía decidir si trasladarle su mensaje o retirarse sin hacer entrega de él a aquel hombre que le miraba consternado. «Confío plenamente en ti», le había dicho ella antes de despedirse. Y el judío ya había decidido.

—Muerte es esperanza larga —dijo entonces.

Efraín sintió cómo el morisco clavaba sus ojos azules en él, igual que había hecho su hijo Abdul hacía poco tiempo, cuando fue a visitarle y a advertirle de que bajo ningún concepto debía ayudar a Fátima en nada relacionado con el «maldito traidor». Los mismos ojos, pero ¡qué diferencia entre el mensaje que lanzaban unos u otros! Los del corsario emanaban odio y rencor; los de Hernando, en cambio, mostraban una tristeza infinita.

¿Cuántas veces llegó a confiar Fátima en la muerte para encontrar la esperanza?, pensaba Hernando tras volver a escuchar aquella frase. ¿Por qué una vez más ahora?

—Vuestra esposa está cautiva en su propia casa —anunció Efraín como si adivinase lo que pasaba por su cabeza—. Varios guerreros nubios la vigilan día y noche.

—¿Por mi causa? —preguntó Hernando con un hilo de voz.

—Sí. Si os acercáis a Fátima, os matarán y a ella…

—¿Francisco la mataría?

—¿Abdul? No creo que fuera capaz… pero no lo sé a ciencia

cierta —rectificó el judío recordando las amenazas del corsario—. Pero no podemos olvidarnos de Shamir… La verdad es que ignoro qué podría hacer. En cualquier caso la desgracia caería sobre ella, con toda seguridad.

Efraín le habló de Fátima, y Hernando supo por fin por qué su madre había actuado como lo hizo: la misma Fátima se lo había pedido. Ambas quisieron protegerle de una muerte segura. Se enteró del asesinato de Brahim así como del viaje que hizo Efraín, muchos años atrás, y de la carta de Fátima que éste leyó a Aisha al no encontrarle; de las amargas palabras de Aisha y también de los insultos que profirieron contra él Abbas y los demás moriscos. El judío perdió la mirada en el momento de ensalzar a Fátima, de alabar su belleza y elogiar su coraje y determinación; Hernando percibió en Efraín unos sentimientos que iban más allá de la simple admiración y sintió una punzada de celos de aquel hombre que vivía tan cerca de ella. También le habló de Abdul y Shamir; Inés, ahora Maryam, estaba bien; se había casado y tenía varios hijos. Elogió la astucia de su señora en los negocios y volvió a insistir en la admiración y el deseo que producía en todo Tetuán. Se explayó en descripciones y explicaciones ante un Hernando que dejaba vagar los recuerdos asintiendo y sonriendo.

—Mi señora confía en que cumpláis el juramento que un día le hicisteis: que pongáis a los cristianos a sus pies, a los pies del único Dios. Que continuéis trabajando por la causa de nuestra fe en España, como hacíais mientras estabais casados —terminó diciendo—. Su felicidad depende de ello. Sólo en esa comunión de ideas puede encontrar la tranquilidad; es cuanto desea y a cuanto puede aspirar. Dice que Dios volverá a uniros… tras la muerte.

—¿Y hasta entonces? —musitó Hernando.

Efraín negó con la cabeza.

—Ella nunca pondrá en riesgo vuestra vida. —Hernando hizo ademán de replicar, pero el judío se lo impidió con un gesto de la mano—: No pongáis en riesgo vos la suya.

El silencio se hizo entre los dos hombres.

—Tenía preparada una carta para ella —dijo por fin Hernando—, que intenté hacerle llegar sin éxito.

—Lo siento —rechazó Efraín—, no puedo llevarla… ni vuestra esposa tenerla. He excusado mi viaje en tratos comerciales. Si vuestro hijo o Shamir, o los vigilantes nubios descubrieran a cualquiera de nosotros con una carta…

—¡Pero necesito explicarle! —exclamó Hernando, casi implorante—. Tengo tantas cosas que decirle…

—Y así será: a través de mí. Conocéis a la señora Fátima. —El judío negó con la cabeza, corrigiéndose—. ¿Cómo no vais a conocerla? Mejor que yo. Ella tenía dudas y yo le procuraré la alegría que sé que desea; ¿acaso creéis que entonces no me hará repetir hasta la última palabra de las que me habéis dicho? —Hernando no pudo evitar una triste sonrisa al recordar el fuerte carácter de Fátima; el judío se percató de ello—. ¡Mil veces me obligará a hacerlo!

—Y hacedlo, más de mil si fuese necesario. Decidle…, decidle también que la sigo queriendo, que nunca he dejado de hacerlo. Pero la vida… El destino fue cruel con ambos. He pasado media vida llorando su muerte. Pedidle perdón en mi nombre.

—¿Por qué debería hacerlo?

—Me he vuelto a casar… Tengo otros hijos.

El judío asintió.

—Ella lo sabe y lo comprende. La vida no ha sido fácil para ninguno de los dos. Recordad: Muerte es esperanza larga. Eso es lo primero que me ha pedido que os dijera.

Esa noche, Efraín fue agasajado en casa de Hernando, donde pernoctó antes de partir de vuelta a Tetuán. Advertido por su anfitrión de que Rafaela no debía saber en ningún momento el motivo que le había traído a aquella casa, el judío se mostró sumamente discreto e hizo gala de unos modales exquisitos, pero tras su cortesía se escondía el interés por poder proporcionar a su señora la información que ésta le había solicitado sobre la esposa cristiana. ¿Cómo es la mujer con la que se ha casado? ¿La quiere?

Durante la noche, Hernando, absorto en el recuerdo de Fátima, se mostró extremadamente frío y distante con Rafaela.

Poco tiempo después, con Hernando entregado a la escritura del Corán y a la oración en la mezquita, creyendo encontrar en ello la comunión en la distancia que Fátima le había rogado, Rafaela dio a luz a su tercer hijo. Lázaro, como bautizaron al niño en presencia de unos padrinos cristianos elegidos por el párroco y a los que no conocían, rompió con la tradición y nació con inmensos y claros ojos azules. ¡En aquel recién nacido resurgía el estigma con el que un sacerdote cristiano emponzoñó a una inocente niña morisca!, determinó Hernando en cuanto los vio. No podía ser más que una señal divina.

—Su nombre será Muqla, en honor del gran calígrafo —anunció el mismo día del bautizo ante Rafaela y Miguel, después de limpiar con agua caliente los óleos ungidos sobre el niño—. En esta casa deberéis llamarle así.

Rafaela bajó la vista y asintió con un murmullo imperceptible.

—¿No será peligroso? —se alarmó Miguel.

—Lo único peligroso es vivir de espaldas a Dios.

A partir de ese día decidió que había llegado el momento de explicar a sus hijos algo más que leyendas musulmanas, así que despidió al preceptor y asumió la tarea de la·educación de Juan y Rosa, a quienes rebautizó como Amin y Laila. El Corán, la Suna, la poesía y la lengua árabe, la caligrafía, la historia de su pueblo y las matemáticas se convirtieron de repente en las asignaturas que impartió a sus hijos, siempre con Muqla a su lado, en la cuna, al que dormía canturreándole las suras. Amin, con ocho años, ya tenía ciertos conocimientos, pero la niña, que sólo tenía seis, se resintió del cambio.

—¿No crees que deberías esperar a que Rosa creciera algo más, darle tiempo? —trató de aconsejarle Rafaela.

—Se llama Laila —la corrigió Hernando—. Rafaela, en estas tierras, las mujeres son las llamadas a enseñar y divulgar la verdadera fe. Debe aprender. Es mucho lo que deben conocer. ¿Cuándo si no van a hacerlo? Es ésta la edad en la que deben aprender nuestras leyes. Creo…, creo que he cometido demasiados errores.

Rafaela no se dio por satisfecha con la contestación.

—Es una situación muy complicada —afirmó—. Pones en peligro a nuestra familia. Si alguien llegara a enterarse... No quiero ni pensarlo.

Hernando dejó transcurrir unos instantes, mirando fijamente a su esposa.

—Lo sabías, ¿verdad? —dijo al cabo—. Miguel te lo dijo antes de que contrajésemos matrimonio. Él te confesó que yo practicaba la fe verdadera —Rafaela asintió—. Y en consecuencia, cuando te casaste conmigo, aceptaste que nuestros hijos se educarían en las dos culturas, en las dos religiones. No pretendo que compartas mi fe, pero mis hijos...

—También son míos —replicó ella.

Rafaela no insistió, ni tampoco intervino de nuevo en la educación de los niños. Sin embargo, por las noches rezaba con ellos, como siempre había hecho, y Hernando lo consentía. Diariamente, al finalizar las clases, se lavaba y purificaba, y acudía a la mezquita para rezar frente al *mihrab*, a veces quieto, parado delante de allí donde debían estar aquellos grafismos sagrados cincelados en mármol, otras escondido, algo alejado, si consideraba que su permanencia podía originar sospechas. «¡Aquí estoy, Fátima! —susurraba para sí—, suceda lo que suceda.» La mezquita se lo recordaba una y otra vez: los cristianos ya se habían apropiado de ella definitivamente. La capilla mayor, el crucero y el coro acababan de ser terminados, y el cimborrio ya se elevaba por encima de los contrafuertes para mostrar al mundo entero la magnificencia del tan deseado templo. Hasta el antiguo huerto en el que se retraían los delincuentes acogidos a asilo, había sido renovado. Los sambenitos de los penados por la Inquisición seguían colgando macabramente de las paredes de las galerías, pero el huerto aparecía ahora ajardinado, con calles empedradas y fuentes entre naranjos; el Patio de los Naranjos lo llamaban ahora las gentes.

Religiosos, nobles y humildes se enorgullecían de su nueva catedral y cada expresión de asombro, cada vanidoso comentario que Hernando podía oír por parte de los fieles ante la magna obra, le reconcomía e irritaba. Aquella catedral hereje que había venido a profanar el mayor templo musulmán de Occidente no era sino un ejemplo de lo que sucedía en toda la península: los cristianos les aplastaban y Hernando tenía que luchar, aun a riesgo de su vida y la de sus hijos.

A veces se quedaba absorto a las puertas del sagrario de la catedral y contemplaba la *Santa Cena* de Arbasia. Entonces recordaba los días allí transcurridos mientras era la biblioteca, con don Julián, engañando a los sacerdotes y trabajando para sus hermanos en la fe. ¿Qué habría sido del pintor italiano? Miraba a la que él imaginaba mujer y que acompañaba a Jesucristo. Él también había elegido una mujer, la Virgen, en la trama de los plomos del Sacromonte. Una trama que parecía estancada, sin dar los frutos deseados, tal y como le informaban desde Granada.

Y cuando no se hallaba rezando o instruyendo a sus hijos, montaba a caballo. Miguel hacía un trabajo excelente y los potros que nacían en el cortijillo eran cada vez más cotizados entre los ricos y la nobleza de toda Andalucía. Incluso llegaron a vender algunos ejemplares a cortesanos de Madrid. Periódicamente, el tullido mandaba a Córdoba un par de potros ya domados por el personal que contrataba. Elegía los mejores, aquellos que consideraba merecedores del aprendizaje que les podía proporcionar su señor. Durante un tiempo, Hernando montaba en ellos y salía al campo, donde perfeccionaba la técnica de los animales. También enseñaba a montar a Amin, que lo acompañaba a lomos de un Estudiante ya viejo y dócil que parecía entender que no debía mover un solo músculo de más con el niño encima de él. Y en presencia de un entusiasmado Amin que gritaba y aplaudía al ver a su padre sorteando las astas de los morlacos, volvió a correr los toros en las dehesas; atrás quedaba la triste experiencia con Azirat. Luego, en el momento en que consideraba que los potros estaban convenientemente domados, los devolvía a Miguel para que éste los pusiera a la venta. Hernando presenció con orgullo cómo algunos de ellos se enfrentaban a los toros en la Corredera con motivo de alguna fiesta, con mayor o menor fortuna según el arte de los señores cordobeses que los montaban, pero siempre mostrando nobleza y buenas maneras.

Por las noches se encerraba en la biblioteca y tras disfrutar caligrafiando en colores y con letras surgidas de su unión con Dios alguna nueva sura en su Corán, copiaba nuevos ejemplares con letra rápida, interlineando su traducción aljamiada, igual que había hecho junto a don Julián en la biblioteca. Había vuelto a ello. Remitía los libros a Munir, gratuitamente, quien pese a la fría despedida de Jarafuel y su negativa a mandar la carta a Fátima, los aceptaba en bien de la comunidad, como así le hizo saber Miguel a través del arriero que llevó al alfaquí las primeras copias. ¡Luchaba! Continuaba luchando, susurraba Hernando a Fátima a centenares de leguas de distancia; estaba en paz con Dios, consigo mismo y con cuantos lo rodeaban. Y la imaginaba bella y altiva, como siempre lo había sido, enardeciendo su religiosidad y animándole a proseguir.

66

Al virrey de Cataluña se podrá escribir que en lo que toca a los moriscos que pasaren a Francia, ordene que se reconozcan, y si entre ellos fuesen algunos que sean ricos y acreditados entre ellos, se les detenga y ponga a buen recaudo para procurar sacar de ellos sus intentos, y que con la gente común disimulen y los dexen pasar, porque cuantos menos quedaren mejor.

Dictamen del Consejo de Estado,
24 de junio de 1608

Miguel ya pasaba de los treinta años, pero su aspecto y su condición de tullido parecían cargarle con más edad. Le faltaban los dientes y las piernas parecían haberse negado a seguir el crecimiento de su cuerpo cintura arriba. A lo largo de su vida, los huesos que le habían machacado de recién nacido fueron articulándose por el lugar en el que se los quebraron, pero carecía de musculatura capaz de moverlos, lo que le presentaba como un grotesco títere, más y más a medida que pasaba el tiempo. Sin embargo, continuaba con sus cuentos e historias, haciendo reír a los niños o encandilando a Rafaela en los únicos momentos de asueto que la mujer se permitía, como si Dios, el que fuere, hubiera trocado su capacidad de andar o correr por una fuente inagotable de imaginación y fantasía.

Fue Miguel quien, siempre al tanto de lo que sucedía entre las

gentes adineradas, aquellas que podían comprar los magníficos caballos que criaban en el cortijillo, comentó a Hernando el éxodo
de moriscos ricos hacia Francia; lo hizo como si le advirtiera de las
decisiones que tomaban sus iguales.

En enero de ese año, el Consejo de Estado, encabezado por el
duque de Lerma, acordó por unanimidad proponer al rey la expulsión de España de todos los cristianos nuevos. La noticia corrió de
boca en boca, y los moriscos acaudalados empezaron a vender sus
propiedades e intentar adelantarse a la drástica medida. El embarque a Berbería estaba prohibido, por lo que todos ellos fijaron sus
miras en el reino vecino. Francia era cristiana y estaba permitido
cruzar esa frontera.

Aquella mañana, Hernando lo observó antes de desechar tal
posibilidad.

—Mi sitio está aquí, Miguel —le contestó Hernando, percibiendo en el tullido un suspiro de tranquilidad—. No es la primera
vez que se habla de expulsión —añadió—. Ya veremos si se ejecuta
la orden. Por lo menos no proponen castrarnos, degollarnos, esclavizarnos o lanzarnos al mar. Los nobles perderían mucho dinero si
nos expulsaran. ¿Quiénes cultivarían sus tierras? Los cristianos no
saben hacerlo, ni están dispuestos a ello.

Durante el año de 1608, el rey Felipe no adoptó la propuesta
que le recomendaba su Consejo. Salvo el patriarca Ribera y algunos otros exaltados que continuaban abogando por la muerte o la
esclavitud de los moriscos, la mayor parte del clero se rasgaba las
vestiduras al imaginar a miles de almas cristianas acudiendo a tierras de moros donde debían renegar de la verdadera religión. Ciertamente, los intentos de evangelización fracasaban una y otra vez.
Sin embargo, ¿acaso no era cierto —como defendió el comendador de León— que se mandaban religiosos y santos a la China para
llevar el mensaje de Cristo a aquellos lejanos e ignotos pueblos?
Y si así se hacía, ¿por qué cejar en el empeño de convertir a los de
los propios reinos?

Pero si estaba prohibido huir a tierras musulmanas, también lo
estaba el extraer oro o plata de España, aunque fuera a otro reino
cristiano, y el mismo Consejo de Estado acordó detener a los mo-

riscos ricos en la frontera. El flujo de adinerados hacia Francia cesó. Las aljamas de todos los reinos vivían a la expectativa, con gran inquietud: los humildes, la gran mayoría, apegados a sus tierras; aquellos con más posibles, estudiando cómo burlar la orden real en el caso de que se produjera.

Hernando no era ajeno a la inquietud de sus hermanos en la fe. Tras el nacimiento de Muqla, Rafaela dio a luz a otro precioso varón, Musa, y luego a una niña, Salma, cuyos nombres cristianos serían Luis y Ana, ninguno de ellos de ojos azules. Tenía una gran familia y el hecho de que los moriscos ricos, aquellos que podían tener acceso a los entresijos de la corte, huyesen de España, le hacía pensar que había motivos para preocuparse. Por todo ello se dispuso a viajar a Granada para averiguar qué sucedía con los plomos.

Recuperó la cédula que le había librado el arzobispado de Granada y que guardaba celosamente. Ya nadie se interesaba por los mártires de las Alpujarras: bastantes santos y mártires de la antigüedad, discípulos del apóstol Santiago, se habían hallado en el Sacromonte como para preocuparse por unos cuantos campesinos torturados por los moriscos tan sólo cuarenta años antes. Sin embargo, ningún alguacil, alcaide o cuadrillero de la Santa Hermandad habría osado poner en duda el documento que Hernando exhibía con decisión cuando alguien se lo pedía. Junto a la cédula, escondida en una pared falsa, se hallaba el ejemplar del Corán, ya finalizado; la copia del evangelio de Bernabé de la época del caudillo Almanzor y la mano de Fátima. Como en todas las ocasiones en que abría aquel escondrijo, cogió la joya y la besó pensando en Fátima. El oro se veía ennegrecido.

En Granada no le esperaban buenas noticias. Si los cristianos cordobeses se habían apropiado definitivamente de su mezquita, los granadinos habían hecho otro tanto con el Sacromonte. Como era usual, Hernando se reunió con don Pedro, Miguel de Luna y Alonso del Castillo en la Cuadra Dorada de la casa de los Tiros.

—No tiene ningún sentido que hagamos llegar el evangelio de

Bernabé al sultán… —afirmó don Pedro—. Necesitamos que la Iglesia reconozca la autenticidad de los libros; sobre todo del plomo que se refiere al Libro Mudo, el que anuncia que algún día llegará un gran rey con otro texto, éste legible, que dará a conocer la revelación de la Virgen María que se recogía en aquel libro indescifrable.

—Pero las reliquias… —le interrumpió Hernando.

—Eso hemos ganado —intervino un Alonso del Castillo envejecido—; las reliquias las han dado por auténticas y las veneran como tales. El arzobispo Castro ha decidido levantar una gran colegiata en el Sacromonte. Ya se lo ha encargado a Ambrosio de Vico.

—Una colegiata —se quejó Hernando en un susurro—. No debería haber sido así. ¡La doctrina de los libros es musulmana! —llegó casi a gritar—. ¿Cómo van a levantar los cristianos una colegiata allí donde se han encontrado unos plomos que ensalzan al único Dios?

—El arzobispo —intervino en esta ocasión Luna— no permite que nadie vea esos plomos. A pesar de no saber árabe, dirige personalmente su traducción y, si algo no le gusta, él mismo lo cambia o prescinde del traductor. Yo mismo lo he vivido. Tanto la Santa Sede como el rey le reclaman que envíe los libros, pero él se niega. Los conserva en su poder como si fueran suyos.

—En ese caso —alegó Hernando—, nunca se revelará la verdad.

Su voz era la de un derrotado. Los reflejos dorados de las pinturas del techo bailaron en el silencio que se hizo entre los cuatro hombres.

—No llegaremos a tiempo —insistió, apesadumbrado—. Nos expulsarán o nos aniquilarán antes.

Nadie respondió. Hernando percibió incomodidad en sus interlocutores, que se removieron en sus asientos y evitaron su mirada. Entonces lo entendió: habían fracasado, pero a ellos no iban a expulsarlos. Eran nobles o trabajaban para el rey.

Estaba solo en su lucha.

—Podemos conseguir que tú y tu familia os salvéis de la expulsión o de las medidas que se adopten contra los nuestros, si es que éstas llegan a tomarse algún día —le dijo don Pedro ante un Hernando que dio por terminada la conversación e hizo además de levantarse para abandonar la Cuadra Dorada.

Escrutó al noble. Se hallaba apoyado en los brazos de la silla, a medio incorporarse.

—¿Y nuestros hermanos? —inquirió sin evitar mostrar cierto resentimiento—. ¿Y los humildes? —añadió, recordando la predicción realizada por Shamir.

—Hemos hecho cuanto estaba en nuestra mano —terció Miguel de Luna con sosiego—. ¿O no lo consideras así? Hemos arriesgado nuestras vidas, tú el primero.

Hernando se dejó caer en la silla. Era cierto. Había arriesgado su vida en aquel proyecto.

—De momento —prosiguió el traductor—, Dios no nos ha premiado con el éxito. Él, en su infinita sabiduría, sabrá por qué. Quizá algún día…

—Si llega la expulsión —aprovechó entonces don Pedro—, o cualquier otra medida drástica, debemos vivir y permanecer en España. Nuestra semilla debe estar siempre aquí, en estas tierras que son nuestras. Una simiente siempre en disposición de crecer, multiplicarse y recuperar al-Andalus para el islam.

Lo pensó durante unos instantes. Toda una vida de entrega y sufrimiento pasó por delante de él. ¿A qué tantas desgracias? Tenía cincuenta y cuatro años y se sintió viejo, tremendamente viejo. Sin embargo, sus hijos…

—¿Cómo me libraríais de la expulsión? —preguntó débilmente.

—Un pleito de hidalguía —contestó don Pedro.

No pudo reprimir el replicarle con una cínica carcajada.

—¿Hidalgo yo? ¿Un morisco de Juviles? ¿El hijo de una condenada por la Inquisición?

—Tenemos muchos amigos, Hernando —insistió el noble—. Hoy en día se puede comprar todo, hasta la hidalguía. Se falsifican declaraciones de pueblos enteros. Tú tienes unos excelentes antecedentes en la Iglesia de Granada. Has colaborado con ella. ¡Salvaste a cristianos en la guerra de las Alpujarras! Eso es público y notorio.

—¿No eres hijo de un sacerdote? —intervino Castillo, a sabiendas de que era un tema delicado—. La hidalguía se transmite por línea paterna, nunca materna.

Hernando resopló y negó con la cabeza. ¡Sólo faltaba que aquel perro sacerdote que había violado a su madre, fuera ahora la causa de su salvación y la de su familia!

—Hay muchas limpiezas de sangre que son falsas —trató de convencerle Luna—. Todo el mundo sabe que el abuelo de Teresa de Jesús, la fundadora de las carmelitas descalzas, era judío. ¡Y pretenden beatificarla! Como ella los hay a cientos, a miles. Cristianos de toda condición pretenden que se les conceda la hidalguía para evitar el pago de impuestos y ahora, muchos moriscos han acudido a esos pleitos para evitar la expulsión; mientras se tramitan los procedimientos, no les molestarán, y el proceso puede demorarse durante años.

—¿Y si al final los pierden? —inquirió Hernando.

—Los tiempos habrán cambiado —contestó Castillo.

—Confía en nosotros —insistió don Pedro—. Nos ocuparemos de todo.

Antes de partir de Granada, Hernando otorgó poderes a un procurador para litigar en la Sala de Hidalgos.

Sin embargo, los acontecimientos se precipitaron. Los moriscos, desesperados ante los rumores de expulsión, acudieron en solicitud de ayuda al rey de Marruecos, Muley Zaidan. Una embajada de cincuenta hombres se desplazó hasta Berbería y le propuso invadir España con la ayuda de los holandeses, ya comprometidos a aportar los suficientes barcos como para tender un puente sobre el estrecho. La oferta era similar a todas las que proponían: Muley Zaidan sólo tenía que apoderarse de una ciudad costera con puerto, aportar veinte mil soldados y ellos levantarían a otros doscientos mil para hacerse con unos reinos debilitados.

El marroquí, pese a ser acérrimo enemigo de España, se rió de la propuesta morisca y despidió a la embajada. Quien no rió fue Felipe III, harto ya de conjuras y preocupado por el hecho de que alguna de ellas llegara a materializarse y sus dominios fueran efectivamente invadidos por una potencia extranjera con la ayuda de los moriscos. En abril de 1609, el propio rey remitió un memorial al Consejo en el que emplazaba a sus miembros a adoptar medidas definitivas contra esa comunidad, «sin reparar en el rigor de degollarlos», escribió el monarca.

Cinco meses después se publicaba en la ciudad de Valencia el bando de expulsión de los moriscos de aquel reino. Por fin se impusieron las tesis intransigentes del patriarca Ribera y otros exaltados; la única oposición a la expulsión que podía preverse, la de los nobles que temían el empobrecimiento de sus tierras a falta de mano de obra tan barata y cualificada como la de los moriscos, fue acallada bajo promesa de entrega de la propiedad de las tierras y de todos los bienes que los moriscos no pudieran llevar consigo. Lo único que se les autorizó a extraer de España eran los bienes que fueran capaces de transportar a sus espaldas hasta los puertos de embarque que se les señalaron, en los que deberían presentarse en el plazo de tres días; todo lo demás debían dejarlo en beneficio de sus señores, bajo pena de muerte para aquel que destruyese o escondiese cualquier propiedad.

Cincuenta galeras reales con cuatro mil soldados; la caballería castellana, la milicia del reino de Valencia y la armada del Océano fueron las encargadas de controlar y ejecutar la expulsión de los moriscos valencianos.

No por esperada, la orden real dejó de suponer un golpe tremendo para Hernando y para todos los moriscos de los diferentes reinos de España. Valencia sólo era el primero de ellos; después vendrían los demás reinos. Todos los cristianos nuevos debían ser expulsados y sus bienes requisados en favor de los señores, como en Valencia, o en favor de la Corona.

Hernando aún no había llegado a asimilar la orden de expulsión, cuando comprobó que frente a su casa se hallaban apostados dos soldados. La primera vez no le dio importancia: «Una coincidencia», pensó, pero tras encontrarse con ellos día tras día, llegó a la conclusión de que vigilaban sus movimientos.

—Son órdenes del jurado don Gil Ulloa —le contestó socarronamente uno de los soldados cuando se decidió a preguntarles. «¡Gil Ulloa!», masculló al dar la espalda a un par de sonrientes soldados. El hermano de Rafaela que había heredado la juraduría de su padre. Mal enemigo, se lamentó.

Los cristianos de Córdoba celebraron la medida real y el cabildo municipal, ante el peligro de algaradas, amenazó a las exultantes gentes con penas de cien azotes y cuatro años de galeras a quien maltratara a los cristianos nuevos. Al mismo tiempo, en lugar de cien azotes y cuatro años de galeras, amenazó a los moriscos de la ciudad con doscientos azotes y seis años de galeras si se reunían más de tres de ellos a la vez.

Sin embargo, la decisión que más afectó a los intereses de Hernando y que fue adoptada de inmediato, consistió en prohibir a los moriscos la venta de sus casas y tierras.

—Tampoco se venden los caballos —le comunicó un día Miguel—. Tenía acordadas un par de ventas, pero los compradores se han echado atrás.

—Esperan que tengamos que malvenderlos.

El tullido asintió en silencio.

—Los arrendatarios se niegan a pagar las rentas —añadió haciendo un esfuerzo.

Miguel sabía que aquellos dineros eran imprescindibles para la familia. Él mismo, el año anterior, había logrado convencer a Hernando de que efectuase mejoras en el cortijillo. Necesitaban cuadras nuevas, un picadero, un pajar; todo se caía de viejo. Y Hernando atendió su consejo e invirtió gran parte de sus ahorros en la ganadería. Lo que no sabía Miguel era que el resto del dinero del que disponía el morisco lo había tenido que destinar al pleito de hidalguía, a los honorarios del procurador y del abogado granadino y al pago de los muchos informes necesarios para plantear la cuestión ante la Sala de Hidalgos.

—Las pagarán —afirmó—. A mí no me van a expulsar. He iniciado un pleito de hidalguía —explicó ante la expresión de sorpresa de Miguel—. Díselo a los arrendatarios. Lo único que conseguirán será perder las tierras si no pagan. Díselo también a los compradores de los caballos. —Había hablado con firmeza, pero de repente el cansancio se apoderó de su rostro y de su voz—. Necesito dinero, Miguel —musitó.

Mientras, las noticias acerca del proceso de expulsión de los valencianos iban llegando a Córdoba. Las aljamas valencianas se convirtieron en zocos a los que acudieron especuladores de todos los reinos para comprar a bajo precio los bienes de los moriscos. El odio entre las comunidades, hasta entonces latente y reprimido por los señores que defendían a sus trabajadores y que ahora, salvo raras excepciones, se despreocuparon de ellos, estalló con violencia. De nada sirvieron las amenazas del rey contra quienes atacasen o robasen a los moriscos; los caminos por los que transitaban en dirección a los puertos de embarque se sembraron de cadáveres. Largas filas de hombres y mujeres, niños y ancianos —enfermos algunos, todos cargados con sus enseres cual una inmensa comitiva de buhoneros derrotados— se encaminaron al exilio. Los cristianos les cobraron por sentarse a la sombra de los árboles o por beber el agua de unos ríos que habían sido suyos durante siglos. El hambre hizo mella en muchos de ellos y algunos vendieron a sus hijos para conseguir algo de alimento con el que mantener al resto de la familia. ¡Más de cien mil moriscos valencianos, fuertemente vigilados, empezaron a concentrarse en los puertos del Grao, Denia, Vinaroz o Moncófar!

Hernando levantó la cabeza, sorprendido. Algo grave debía suceder para que Rafaela irrumpiera en la biblioteca, sin tan siquiera llamar a la puerta. Eran escasas las ocasiones en las que su esposa acudía a su santuario mientras él trabajaba en la escritura de un Corán, y en todas ellas, sin excepción, era para tratar algún tema de importancia. Ella se acercó y se quedó en pie frente a él, al otro lado del escritorio. Hernando la contempló a la luz de las lámparas: tendría poco más de treinta años. Aquella chiquilla asustada que había conocido en las cuadras se había convertido en toda una mujer. Una mujer que, a juzgar por su semblante, estaba hondamente asustada.

—¿Conoces el bando de expulsión de los valencianos? —inquirió Rafaela.

Hernando sintió los ojos de su esposa clavados en él. Titubeó antes de contestar.

—Sí... Bueno... —balbuceó—, sé lo que todos: que los han expulsado del reino.

—Pero ¿no sabes las condiciones concretas? —prosiguió ella, inflexible.

—¿Te refieres a los dineros?

Rafaela hizo un gesto de impaciencia.

—No.

—¿Adónde quieres llegar, Rafaela? —Era raro verla en esa actitud tensa.

—Me han contado en el mercado que el rey ha dispuesto condiciones específicas para los matrimonios compuestos por cristianos nuevos y viejos. —Hernando se echó hacia delante en la silla. No conocía esos detalles. «Continúa», la instó con un gesto de su mano—. Las moriscas casadas con cristianos viejos están autorizadas a permanecer en España y con ellos sus hijos. Los moriscos casados con cristianas viejas deben abandonar España... y llevar consigo a sus hijos mayores de seis años; los menores se quedarán aquí, con la madre.

La voz le tembló al pronunciar las dos últimas frases,

Hernando apoyó los codos sobre la mesa, entrecruzó los dedos y dejó caer la cabeza en ellos. Eso significaba que, si llegase a afectarle la orden real, expulsarían también a Amin y Laila. Muqla y sus dos hermanos menores quedarían con Rafaela en España para vivir... ¿de qué? Sus tierras y su casa serían requisadas, y sus bienes...

—Eso no sucederá en nuestra familia —afirmó con contundencia. Las lágrimas corrían por las mejillas de su esposa sin que ésta hiciera nada por detenerlas. Toda ella temblaba, con sus ojos húmedos clavados en él. Hernando sintió que se le encogía el estómago—. No te preocupes —añadió con dulzura, levantándose de la silla—. Ya sabes que he iniciado un pleito de hidalguía y ya me han llegado los primeros papeles desde Granada. Tengo amigos importantes allí, cercanos al rey, que abogarán por mí. No nos expulsarán.

Se acercó a ella y la estrechó contra su pecho.

—Hoy… —Rafaela sollozó—. Esta mañana me he cruzado con mi hermano Gil de vuelta a casa. —Hernando frunció el ceño—. Se ha reído de mí. Sus carcajadas han resonado a medida que he empezado a apresurar el paso para alejarme de él…

—¿Y a qué venían esas risas?

—«¿Hidalgo?», ha preguntado a gritos. Entonces me he vuelto y ha escupido al suelo. —Rafaela estalló en llanto. Hernando la apremió a continuar—. «¡El hereje de tu esposo… jamás obtendrá la hidalguía!», ha asegurado.

Lo sabían, pensó Hernando. Era de esperar. Miguel se lo habría dicho a los arrendatarios y a los nobles que pretendían comprar los caballos y la noticia habría corrido de boca en boca.

—Mujer, aunque no me concedieran la hidalguía, sólo el hecho de pleitear ya paralizará la expulsión durante años. Después…, después ya veremos. Las cosas cambiarán.

Pero el llanto de su esposa era incontenible; se llevó las manos al rostro y sus lamentos rompieron el silencio de la noche… Hernando, que se había separado de su mujer, se puso tras ella y acarició su cabello con ternura, esforzándose por aparentar una serenidad que estaba muy lejos de sentir.

—Tranquilízate —le susurró—, no nos pasará nada. Seguiremos todos juntos.

—Miguel tiene un presentimiento… —musitó ella entre sollozos.

—Los presentimientos de Miguel no siempre se cumplen… Todo saldrá bien. Tranquila. No pasará nada… —murmuró—. Cálmate, los niños no deben verte así.

Rafaela asintió y respiró hondo. Se resistía a dejar sus brazos. Sentía un miedo inmenso, que sólo el contacto con Hernando conseguía mitigar.

Hernando la observó salir de la biblioteca enjugándose las lágrimas y un fuerte sentimiento de ternura de apoderó de él. Había aprendido a vivir entre Fátima y Rafaela. A una la encontraba en sus oraciones, en la mezquita, en la caligrafía o en el momento en que escuchaba a Muqla susurrar alguna palabra en árabe, con sus inmensos ojos azules clavados en él a la espera de su aprobación. A Rafaela la encontraba en su vida diaria, en todas aquellas situaciones en que necesitaba de la dulzura y el amor; ella le atendía con cariño y él se lo devolvía. Fátima se había convertido sólo en una especie de fanal al que seguir en sus momentos de conjunción con Dios y su religión.

La expulsión de los moriscos valencianos se llevaba a cabo, aunque no sin dificultades. Trasladar a más de cien mil personas exigía que los barcos fueran y vinieran de la costa levantina española hasta Berbería una y otra vez. Pese a los tres días de plazo marcados, los meses transcurrían y ese retraso conllevó que, a través de las tripulaciones de los barcos que tornaban y la maliciosa crueldad de los cristianos, que no dudaban en difundirlas, empezaran a llegar noticias de la situación de los recién llegados a las costas africanas. Los más afortunados, aquellos que desembarcaban en Argel, eran inmediatamente trasladados a las mezquitas; una vez allí los hombres eran dispuestos en fila, se examinaban sus penes y se les retajaba a lo vivo, uno tras otro. Luego pasaban a engrosar la más baja de las castas de la ciudad corsaria regida por los jenízaros y eran empleados en la labor de las tierras en condiciones infrahumanas.

Los menos afortunados fueron a caer en manos de las tribus nómadas o beréberes que asaltaron, robaron y asesinaron a quienes para ellos no eran más que cristianos: hombres y mujeres que habían sido bautizados y que habían renegado del Profeta. Se hablaba de que cerca de tres cuartas partes de los moriscos valencianos, más de cien mil personas, habían sido asesinadas por los árabes. Hasta en Tetuán y en Ceuta, ciudades donde vivía un gran número de moriscos andaluces, torturaron y ejecutaron a los recién llegados. Comunidades enteras, clamando su cristiandad, se acercaron a las murallas de los presidios españoles enclavados en la costa africana en busca de protección. Centenares de moriscos, aterrorizados y desengañados, se las arreglaron para volver a España, donde se entregaban como esclavos al primer hombre con el que se encontraban; los esclavos estaban exentos de la expulsión.

También se hablaba de que pasajes enteros fueron despojados de sus bienes y lanzados al agua en alta mar. En los mercados cristianos las sardinas se empezaron a comprar al nombre de «granadinas».

Las noticias de las macabras matanzas berberiscas y demás infortunios se propagaron entre los moriscos valencianos que restaban a la espera de la expulsión. Dos comunidades se alzaron en armas. Munir levantó a los hombres del valle de Cofrentes, que al mando de un nuevo rey llamado Turigi se embreñaron en lo más alto de la Muela de Cortes. Lo mismo hicieron otros miles de hombres y mujeres en la Val de Aguar bajo las órdenes del rey Melleni. Pero el caudillo Alfatimí montado en su caballo verde no acudió en su ayuda, y los experimentados soldados de los tercios del rey no tuvieron problema alguno en poner fin a la revuelta. Miles de ellos fueron ejecutados; otros tantos acabaron como esclavos.

Antes del final de ese mismo año se dictó el bando de expulsión de los moriscos de las dos Castillas y de Extremadura. Los andaluces sabían que, en breve, serían los siguientes.

Una fría y destemplada mañana de enero, Hernando se hallaba en la biblioteca corrigiendo las letras que Amin escribía con el palillo sobre las hojas embetunadas en blanco de su librillo de memorias. Había probado a dejarle un cálamo, pero el niño emborronaba el papel con la tinta, por lo que resultaba más cómodo aquel librillo en el que se podía borrar lo escrito y repetir las letras una y otra vez. Amin había logrado dibujar un alif esbelto y proporcionado. Hernando tomó la tablilla y aprobó el trabajo con satisfacción al tiempo que le revolvía el cabello. Muqla también se acercó y miró a su hermano mayor con envidia.

—Si sigues así, pronto podrás hacerlo con el cálamo, buscando la sutil curvatura de la punta que más se adapte a los movimientos de tu mano.

El niño le miró con ojos llenos de ilusión, pero justo cuando iba a decir algo, unos atronadores golpes en la puerta de acceso a la casa retumbaron en el zaguán, se extendieron hasta el patio y ascendieron a la biblioteca. Hernando se quedó inmóvil.

—¡Abrid al cabildo de Córdoba! —se oyó desde la calle.

Tras ordenar con un apremiante gesto a su hijo que lo escondiese todo, Hernando se dirigió a la galería con el pequeño Muqla cogido de la mano. Antes de abandonar la biblioteca comprobó que Amin ponía orden en el escritorio, sobre el que dispuso un libro de salmos; lo habían ensayado en varias ocasiones.

—¡Abrid! —Los golpes volvieron a retumbar.

Hernando se agarró a la barandilla y miró hacia el patio. Rafaela se hallaba de pie en él, asustada, preguntándole con la mirada.

—Ve —le indicó antes de correr escaleras abajo.

Llegó cuando su esposa acababa de descorrer el pasador que cerraba por dentro. En la calle, un alguacil y varios soldados rodeaban a un hombre cercano a la treintena, lujosamente ataviado. Tras ellos asomaba la cabeza de un sonriente Gil Ulloa y por detrás de todos, un enjambre de curiosos. Hernando se adelantó a Rafaela, que mantenía la mirada en su hermano. Él, por su parte, trataba de reconocer al noble; sus facciones…

—Abrid al cabildo municipal —volvió a gritar el alguacil pese a que Hernando ya se hallaba en la calle—, y a su veinticuatro don Carlos de Córdoba, duque de Monterreal.

¡El hijo de don Alfonso! Los rasgos de su padre aparecían mezclados con los de doña Lucía. ¡La duquesa! Al solo recuerdo de la mujer, del odio que le profesaba, Hernando notó cómo le flaqueaban las rodillas. Aquella visita no podía augurar nada bueno.

—¿Eres tú Hernando Ruiz, cristiano nuevo de Juviles? —le preguntó don Carlos con aquella voz segura y autoritaria con la que los nobles se dirigían a cuantos les rodeaban.

—Sí. Soy yo. —Hernando esbozó una triste sonrisa—. Bien lo sabe vuestra excelencia.

Don Carlos hizo caso omiso a la observación.

—Por orden del presidente de la Real Chancillería de Granada, te hago entrega de la resolución recaída en el pleito de hidalguía que tan temerariamente has incoado. —Un escribano se adelantó y le entregó un pliego—. ¿Sabes leer? —inquirió el duque.

El papel quemaba en la mano de Hernando. ¿Por qué el propio duque se había molestado en desplazarse hasta su casa para entregársela cuando podía haberle citado en el cabildo? La curiosidad de las gentes, cada vez más numerosas, le ofreció la contestación: quería que fuera un acto público. Por el rabillo del ojo percibió cómo Rafaela se tambaleaba; ¡le había asegurado que aquel proceso podía durar años!

—Si no sabes leer —insistió don Carlos—, el escribano procederá a la lectura pública…

—Leí libros cristianos al padre de vuestra excelencia —mintió Hernando, elevando la voz—, mientras agonizaba cautivo en la tienda de un arráez corsario, poco antes de arriesgar mi vida para liberarle.

Un murmullo brotó del grupo de curiosos. Don Carlos de Córdoba, sin embargo, no mudó el semblante.

—Guarda tu soberbia para cuando te halles en tierras de moros —replicó el duque.

Hernando logró sujetar a Rafaela en el momento en que ésta se desplomaba tras escuchar las palabras del noble. El pliego de hojas se arrugó al contacto con el cuerpo de su esposa.

«Así lo ordena don Ponce de Hervás, oidor de la Real Chancillería de Granada, alcalde de su Sala de Hidalgos.» Hernando acomodó a Rafaela en una silla de la galería, humedeció su rostro y le dio un vaso de agua, pero no pudo esperar a que se recuperase totalmente de su vahído para leer el documento. ¡Don Ponce! ¡El esposo de Isabel! El oidor rechazaba su petición de hidalguía *ad limine*, sin tan siquiera entrar a considerarla, sin darle trámite alguno. «Cristiano nuevo público y notorio —decía en su resolución—, como él mismo se ha declarado en reiterados escritos ante el arzobispado de esta ciudad de Granada. Su taimada defensa de las matanzas de piadosos cristianos, mártires de las Alpujarras, en el lugar de Juviles, acredita su adhesión a la secta de Mahoma.» Recordó aquel primer escrito que había hecho llegar al arzobispado de Granada y en el que efectivamente intentaba excusar las carnicerías cometidas por monfíes y moriscos en las Alpujarras. ¿Tenían que aparecer justo ahora todos aquellos que podían llamarse sus enemigos? Don Ponce, Gil Ulloa y el heredero del duque de Monterreal criado por una mujer que le odiaba. ¿Quién más faltaba? «La relación de hechos y circunstancias en las que el suplicante pretende fundamentar su hidalguía ante esta Sala no es más que una burda y torpe falsificación de la realidad que no merece la más mínima atención por parte de este tribunal.» Le vinieron a la mente las promesas de don Pedro, Luna y Castillo. «¡Todo se puede falsificar!», le habían dicho. ¿De qué le había servido a él? ¡Don Ponce de Hervás había obtenido su venganza! Estrujó el documento entre sus manos.

—¡Cornudo hijo de puta! —exclamó.

Luego se encorvó en la silla, derrotado. Los años parecieron caer sobre él de repente. Rafaela, a su lado, alargó el brazo y descansó una mano sobre su pierna. El contacto le acongojó. Miró los dedos de su esposa, largos y delgados, la piel castigada por años de trabajo en la casa. Luego se volvió hacia ella. Estaba pálida. Él siguió inmóvil, paralizado. Rafaela se arrodilló a sus pies y apoyó la cabeza en su regazo. Permanecieron un rato así: quietos, con los ojos cerrados, como si se negaran a abrirse ante aquella realidad que los superaba.

La sombra de la expulsión se cernió sobre la casa. Desde ese día, Hernando estaba más atento a los pasos de Rafaela, a las conversaciones que ésta mantenía con los niños; la oía llorar a solas. Una noche, al tomarla entre sus brazos, ella lo rechazó.

—Déjame, te lo ruego —le pidió ella ante la primera caricia.

—Ahora debemos estar más unidos que nunca, Rafaela.

—¡No, por Dios! —sollozó ella.

—Pero...

—¿Y si me quedo embarazada? ¿No lo has pensado? ¿Para qué queremos otro hijo? —murmuró ella con amargura—. ¿Para que dentro de unos meses te expulsen y me tengas que abandonar preñada?

Poco después Hernando, con el semblante triste y envejecido, decidió que agotaría su última posibilidad: iría a Granada, a hablar con don Pedro y los demás, con el arzobispo si fuera necesario.

A la mañana siguiente se lo comunicó a Miguel, que se había instalado en la casa de Córdoba tan pronto como había conocido que la Chancillería rechazaba el pleito de hidalguía. Sin embargo, Hernando no le había oído contar ninguna historia, ni siquiera a los niños, que presentían que alguna desgracia se avecinaba y se mostraban tristes y callados. El tullido le abrió los portones para que saliera montado en un potro veloz y resistente. Hernando estaba dispuesto a galopar hasta Granada, a reventar al caballo si fuese necesario. Pero no pasó del callejón.

—¿Adónde crees que vas? —le detuvo uno de los soldados de Gil.

—A Granada —contestó desde encima del potro, reteniéndolo—. A ver al arzobispo.

—¿Con qué autorización?

Hernando le entregó la cédula. El hombre la ojeó con displicencia. «¡No sabes leer!», estuvo tentado de gritarle. En su lugar, intentó explicarle de qué se trataba.

—Es una autorización del arzobispado de…

—No sirve —le interrumpió el soldado al tiempo que rompía la cédula por la mitad.

—¿Qué haces? —¡Era su última opción! Hernando sintió que le hervía la sangre—. ¡Perro!

Instintivamente, Hernando azuzó al potro sobre el soldado y saltó de él para recoger los pedazos, pero antes de que hubiera tocado tierra, su compañero le amenazaba ya con la espada.

—¡Atrévete! —le desafió el soldado.

Hernando titubeó. El primero ya se había repuesto de la embestida del caballo y hacía costado al otro, también con la espada desenvainada. El potro tiraba de las bridas, excitado. Comprendió que todo era en vano.

—Sólo…, sólo pretendo recoger los pedazos…

—Ya te he dicho que no sirve para nada. No puedes abandonar Córdoba.

El soldado pisoteó los pedazos.

—Vuelve a tu casa —le instó el segundo moviendo la espada en dirección al callejón.

Hernando regresó andando con el caballo de la mano. En los portones, todavía abiertos, le esperaba Miguel, que había presenciado la escena.

Intentó comunicarse por carta con Granada pero no encontró el medio para hacerlo. Los arrieros, la mayoría de ellos valencianos, habían sido expulsados, así como los de Castilla, la Mancha y Extremadura; los de los demás reinos tenían prohibido hacer los caminos.

—Me cachean cada vez que salgo de la casa —le confesó Miguel, indignado y compungido—. A Rafaela la siguen de cerca en todo momento. Es imposible…

—¿Por qué no son ellos los que se ponen en contacto conmigo? —se quejó Hernando en voz alta. En su voz se advertía una nota de desesperación—. Deben saber que el pleito ha sido rechazado.

—Nadie puede acercarse a esta casa sin pasar antes por el control de los hombres del jurado —le contestó Miguel, intentando calmarlo—. Si lo han intentado, habrán desistido.

Por otra parte, Hernando era consciente de que ni don Pedro ni ninguno de los traductores se arriesgaría a acudir personalmente. Le constaba que el año anterior se había publicado un libro, *Antigüedad y excelencias de Granada*, que ensalzaba a la estirpe de los Granada Venegas, sosteniendo que sus miembros encontraban sus raíces cristianas en los godos. ¡Una de las más importantes familias de la nobleza musulmana! ¡Irónico! En el libro, que había logrado superar la censura real, venía a asegurarse que tras la toma de Granada por los Reyes Católicos, al predecesor de don Pedro, Cidiyaya, se le reveló el mismo Jesucristo en forma de una milagrosa cruz en el aire que le llamó a abrazar la religión de sus antepasados godos. Los Granada Venegas renegaron del «Lagaleblila», *wa la galib ilallah*, nazarí, «No hay vencedor sino Dios», que había constituido hasta entonces su divisa nobiliaria, y la trocaron por un cristianísimo «*Servire Deo regnare est*». ¿Quién iba a poner en duda la limpieza de sangre de una familia que, como san Pablo, había llegado a ser señalada por mano divina?

—Ellos ya se han procurado su salvación —susurró—. ¿Qué les puede importar un simple morisco como yo?

El dinero se acabó, y también las provisiones que mantenían en la despensa; los arrendatarios nada les traían y Rafaela tenía problemas para comprar comida. Nadie le fiaba: ni los cristianos ni los moriscos. Pero las dificultades del día a día, y el hambre de sus hijos, parecían haberle proporcionado la fuerza que iba menguando en su esposo.

—Vende los caballos. ¡A cualquier precio! —ordenó Hernando un día a Miguel, después de oír llorar a Muqla diciendo que tenía hambre.

—Ya lo he intentado —le sorprendió el tullido—. Nadie los comprará. Un tratante de confianza me ha asegurado que no lograría venderlos ni por un mísero puñado de maravedíes. El duque de Monterreal lo ha prohibido. Nadie quiere problemas con un veinticuatro y grande de España.

Hernando negó con la cabeza.

—Quizá recuperen su valor cuando todo esto haya terminado —trató de consolarse—, y Rafaela pueda venderlos a buen precio.

—No creo —negó el tullido. Hernando abrió las manos en gesto de impotencia. ¿Qué más desdichas podían acaecerles?—. Señor —continuó Miguel—, hace ya tiempo que no pagamos la paja, ni la cebada, ni al herrador o al guarnicionero, ni los jornales de mozos y jinetes. El día que faltes, si no antes, los acreedores se nos echarán encima y una mujer sola… ¿No lo imaginabas? —añadió.

Hernando no contestó. ¿Qué podía hacer? ¿Cómo iban a salir adelante?

Miguel escondió la mirada. ¿Cómo pensaba que mantenía el cortijillo y los caballos si no era endeudándose? Había sido el mismo Hernando quien había ordenado que los caballos que estaban en las cuadras de la casa fueran mandados al cortijillo puesto que allí no podían alimentarlos.

Intentaron malvender los muebles de la casa y los libros de Hernando en una Córdoba convertida en un inmenso zoco. Miles de familias moriscas subastaban sus enseres en las calles, rodeados por cristianos viejos que se divertían regateando entre ellos a la baja, burlándose de unos hombres y mujeres que esperaban con ira contenida que alguien entre la multitud adquiriese aquel mueble que con tanta ilusión y esfuerzo habían logrado comprar hacía algunos años, o los lechos donde habían dormido y fantaseado con una vida mejor. Los artesanos y los comerciantes, zapateros, buñoleros o panaderos, suplicaban a sus competidores cristianos que les comprasen sus herramientas y sus máquinas. Sin embargo, ningún cristiano se acercó a los libros y muebles que Hernando sacó de su casa y que Rafaela y los niños vigilaban para que, cuando menos, no se los robasen.

Una noche, preso de la desesperación, Hernando fue en busca de Pablo Coca; quizá pudiese ganar algo de dinero con el juego, pero el coimero había fallecido. Entonces, y pese a carecer de licencia, Miguel se lanzó a las calles a pedir limosna. Los soldados que vigilaban los alrededores se reían y se burlaban al verle volver cada anochecer, saltando sobre sus muletas, con algún manojo de verduras podridas en un zurrón a su espalda. Mientras, durante el día, Hernando intentaba conseguir audiencia con el obispo, con el deán o con cualquiera de los prebendados del cabildo catedralicio de Córdoba. El obispo podía salvarle si certificaba su cristiandad, y ¿acaso no había trabajado para la catedral?

Esperó días enteros, en pie, en el mismo patio de acceso del gran edificio, igual que otros muchos moriscos que pretendían lo mismo, todos arracimados.

—No lograréis que nadie os reciba —les espetaban los porteros jornada tras jornada.

Hernando sabía que iba a ser así, que ninguno de aquellos sacerdotes les prestaría la menor atención, tal y como sucedía cuando pasaban por su lado. Algunos los miraban, otros recorrían el patio presurosos intentando evitarles. Pero ¿qué podía hacer sino esperar algo de esa misericordia que tanto pregonaban los cristianos? No se le ocurría ninguna otra solución. ¡No existía! Los rumores sobre la fecha de expulsión de los moriscos andaluces aumentaban día a día y, salvo que obtuviese la certificación de la Iglesia, Hernando estaba condenado a abandonar España junto a Amin y Laila.

¿Qué sería del resto de su familia?, se preguntaba cada noche al regresar cabizbajo a su casa y amontonar en el zaguán los mismos muebles y los mismos libros que con la ayuda de Rafaela habían sacado por la mañana.

Los niños le esperaban como si su sola presencia pudiera llegar a arreglar todos aquellos problemas vividos durante el largo y tedioso día de infructuoso mercado. Y Hernando se obligaba a sonreír y a permitir que saltaran a sus brazos, tratando de convertir los impulsos de estallar en llanto en palabras de ánimo y de cariño, escuchando sus apremiantes conversaciones, inocentes y atropelladas. Los mayores debían saberlo, pensaba entre el griterío; los mayores no podían ser ajenos a la tensión y nerviosismo que vivía la ciudad entera, pero eran incapaces de imaginar las consecuencias de aquella expulsión para una familia como la suya. Luego esperaban los desechos que traería Miguel para cenar y, con los niños ya dormidos y el tullido discreta y voluntariamente retirado, Hernando y Rafaela se hablaban en silencio, sin que ninguno de los dos se atreviese a plantear la situación con crudeza.

—Mañana lo conseguiré —afirmaba Hernando.

—Seguro que lo harás —le contestaba Rafaela buscando el contacto de su mano.

Amanecía y volvían a sacar a la calle los muebles y los libros. Los niños, arremolinados en derredor de su madre, les contemplaban marchar: Miguel a mendigar, Hernando al palacio del obispo.

—¡Por los clavos de Jesucristo, ayudadme!

Hernando saltó del grupo de moriscos y se hincó de rodillas en el patio al paso del deán catedralicio. El prebendado se detuvo y le miró. Las ropas de Hernando delataban de quién se trataba; sus problemas con el cabildo municipal le precedían.

—Tú eres el que excusó las matanzas de los mártires de las Alpujarras e hijo de una hereje, ¿no? —le espetó el deán.

Hernando trató de acercarse al hombre, arrastrándose sobre las rodillas, con los brazos extendidos. El preboste reculó. Los porteros corrieron hacia él.

—Yo… —llegó a balbucear antes de que los porteros le agarraran de las axilas y lo devolviesen al grupo.

—¿Por qué no buscas ayuda en tu falso profeta? —escuchó que gritaba a sus espaldas el deán—. ¿Por qué no lo hacéis todos? —chilló hacia los demás moriscos—. ¡Herejes!

67

El domingo 17 de enero de 1610, festividad de San Antón, se publicó y pregonó en la ciudad de Córdoba el bando de expulsión de los moriscos de Murcia, Granada, Jaén, Andalucía y la villa de Hornachos. El rey prohibió que los cristianos nuevos extrajesen de sus reinos cualquier tipo de moneda, oro, plata, joyas o letras de cambio, excluyendo los dineros necesarios para su manutención durante el viaje al puerto de Sevilla —en el caso de los cordobeses—, y el precio del pasaje del barco, que deberían costearse ellos mismos, atendiendo los más ricos al costo de los humildes. Después de malbaratar sus enseres y herramientas de trabajo, los moriscos se lanzaron a la compra, en esta ocasión a precios superiores a los de mercado, de mercancías ligeras que pudieran transportar: paños, sedas o especias.

Reunidos en el comedor, alrededor de mendrugos de pan ácimo a los que Rafaela trataba de rascar el verdín del moho, Hernando se dispuso a explicar a sus hijos qué era lo que sucedería con su familia a partir del pregón que todos habían escuchado.

—Hijos…

La voz se le quebró. Los miró uno a uno: Amin, Laila, Muqla, Musa y Salma. Intentó hablar, pero le venció la tensión acumulada durante meses, se llevó las manos al rostro y estalló en llanto. Durante un rato nadie se movió, los niños asustados con los ojos clavados en su padre. Laila y la pequeña Salma empezaron a llorar también. Entonces Miguel se levantó con torpeza e hizo ademán de llevarse a los dos más pequeños.

—No —se opuso Rafaela. Su semblante denotaba una inmensa fatiga, pero su voz conservaba la calma—. Sentaos todos. Debéis saber —continuó una vez que Miguel volvió a dejarse caer en la silla— que dentro de poco vuestro padre, Amin y Laila partirán de Córdoba. Los demás os quedaréis aquí, conmigo.

Rafaela sacó fuerzas de su interior para esbozar un amago de sonrisa. Salma, incapaz de entender lo que sucedía, sonrió también.

—¿Cuándo volverán? —preguntó el pequeño Musa.

Hernando alzó por fin el rostro y cruzó la mirada con Rafaela.

—Pues será un viaje muy largo —contestó ésta—. Irán a un lugar muy, muy lejano...

—Madre. —La voz del mayor rompió el silencio que siguió a las palabras de Rafaela. Él sí había escuchado atentamente el pregón y entendía su significado; sabía que los expulsaban de España, que no se trataba de un viaje del que pudieran regresar, «so pena», había gritado el pregonero, «que si no lo hicieren y cumplieren así, y fueren hallados en los dichos mis reinos y señoríos, de cualquier manera que sea, pasado el dicho término, incurran en pena de muerte y confiscación de todos sus bienes, en las cuales penas les doy por condenados por el simple hecho, sin otro proceso, sentencia, ni declaración». ¡Los matarían si volvían! Lo había entendido perfectamente: cualquier cristiano podía matarlos si volvían, sin juicio, sin tener que dar explicación alguna—. ¿Por qué no podéis venir con nosotros, vos, el tío Miguel y los demás?

—¡Eso! Nos vamos todos —apuntó Musa.

Rafaela suspiró. La inocencia de su hijo pequeño la enternecía. ¿Cómo iba a explicarles esto? Buscó ayuda en su marido, pero Hernando seguía en silencio, con la mirada perdida, como si no estuviera allí.

—Dios así lo ha dispuesto —contestó a Amin.

—¡Ha sido el rey! —la contradijo Laila.

—No. —Todos se volvieron hacia Hernando—. Ha sido Dios, como bien dice vuestra madre.

Rafaela lo miró, agradecida.

—Hijos —continuó él, recuperando la entereza—, Dios ha dispuesto que debemos separarnos. Vosotros, los pequeños, os quedaréis aquí, en Córdoba, con vuestra madre y el tío Miguel. Los mayores vendréis conmigo a Berbería. Recemos todos —Hernando fijó entonces su mirada en Rafaela—, hagámoslo al Dios de Abraham, al Dios que nos une, para que algún día, en su bondad y misericordia, nos permita reencontrarnos. Rezad también a la Virgen María; encomendaos siempre a ella en vuestras oraciones.

Al terminar de hablar se encontró con los ojos azules de Muqla clavados en él. Sólo tenía cinco años, pero parecía comprender.

Al anochecer, Hernando se sentó junto a Rafaela en el centro del patio, junto a la fuente, bajo un frío cielo estrellado, y llamó a los dos mayores para explicarles el porqué de la separación:

—Los cristianos no permiten que tu madre, cristiana vieja, o que tus hermanos, los menores de seis años que han sido bautizados, vayan a Berbería. Consideran que los mayores de esa edad son irrecuperables para el cristianismo y por eso los expulsan junto a sus padres. De ahí la separación.

—¡Huyamos todos! —insistió Amin con lágrimas en los ojos—. Venid con nosotros, madre —suplicó.

—El hermano de tu madre, el jurado, nunca lo permitirá —alegó Hernando.

—¿Por qué?

—Hijo, hay cosas que no puedes entender.

Amin no dijo nada más. Intentó retener una lágrima, era el mayor de los hermanos, pero se acercó a su madre y buscó su cariño. Laila se había sentado a los pies de Rafaela. Hernando los miró: Rafaela tomó la mano de su hijo mayor al tiempo que acariciaba el cabello de Laila. Ese momento no volvería a repetirse. ¿Cuántos momentos como aquéllos se habría perdido a lo largo de los años, siempre encerrado en la biblioteca, estudiando, escribiendo y luchando por la ansiada convivencia religiosa? Entonces recordó las canciones de cuna que canturreaba su madre en las escasas ocasiones en las que podía demostrarle su amor y entonó las primeras notas. Amin y Laila se volvieron hacia él, sorprendidos; Rafaela procuró controlar el temblor de sus labios. Hernando sonrió a sus hijos, levantó la mirada al cielo y volvió a canturrear aquellas canciones de cuna entre el constante rumor del agua que brotaba de la fuente.

Luego, cuando consiguieron que los niños se fueran a acostar, ambos permanecieron quietos, tratando de escuchar la respiración del otro.

—Te haré llegar suficiente dinero —prometió Hernando tras un largo rato de silencio. Rafaela fue a decir algo, pero él se lo impidió con un gesto—. Las tierras y esta casa quedarán para la hacienda real, ya has oído las palabras del pregonero. Los caballos serán embargados para saldar deudas. No tenemos nada más, y tú quedarás aquí con tres criaturas a las que alimentar. —El hecho de decirlo en voz alta lo hizo más real, más tangible, más tremendo.

Rafaela suspiró. No podía permitir que él se viniera abajo en esos momentos.

—Yo me las arreglaré —susurró, apretándose contra él—. ¿Cómo vas a mandarme dinero? Bastante tendrás con salir adelante tú y los dos mayores. ¿Qué vas a hacer? ¿Domar caballos? ¿A tu edad?

—¿Acaso dudas de que pudiera hacerlo? —Hernando tensó los músculos e intentó imprimir cierta ligereza a sus palabras; Rafaela le contestó con una sonrisa forzada—. No. No creo que me dedique a los caballos. Esos pequeños caballos árabes… quizá sean excelentes para el desierto, pero no se parecen en nada a los pura raza españoles. Conozco el árabe culto y sé escribir, Rafaela. Creo que lo hago muy bien, sobre todo si de ello depende la vida de mis hijos… y la tuya. Dios me guiará el cálamo, estoy seguro. El trabajo de escriba está muy valorado entre los musulmanes.

Ella no pudo más. Llevaba todo el día fingiendo delante de los niños, sofocando sus miedos. Entonces, en la penumbra de la noche, dio rienda suelta a su desesperación.

—¡Matan a todos los que llegan a Berbería! Y a los que no asesinan, los explotan en los campos. ¿Cómo puedes pensar…?

Hernando volvió a rogarle silencio.

—Eso es en las ciudades corsarias o en tierras berberiscas. Sé que en Marruecos los moriscos están siendo bien recibidos. Se trata de un reino inculto y su monarca ha entendido que puede beneficiarse de los conocimientos de los andalusíes. Puedo encontrar trabajo en la corte, y quizá algún día tú…

Rafaela se removió, inquieta. Él fue consciente de lo que pensaba: pocas veces habían hablado de sus creencias, de sus distintas religiones. Pero la posibilidad de verse obligada a vivir en un territorio musulmán la aterraba.

—No sigas —le interrumpió Rafaela—. Hernando, yo nunca he intervenido en tus creencias, ni siquiera cuando hacías partícipe de ellas a nuestros hijos. No me pidas que renuncie yo a las mías. Ya sabes que el día que faltes, tus hijos serán educados en la fe cristiana.

—Lo único que te pido —prosiguió Hernando— es que el día en que Muqla tenga suficiente uso de razón, le entregues el Corán que he escrito. Lo esconderé en algún lugar seguro hasta entonces.

—Para entonces será cristiano, Hernando —murmuró su esposa.

—Seguirá siendo Muqla, el niño de ojos azules. Él sabrá qué hacer. Prométemelo.

Rafaela se quedó pensativa.

—Prométemelo —insistió Hernando.

Ella asintió con un beso.

Desde que ambos esposos aceptaron que la situación era irreversible, que nada podían hacer ya por variarla, los días se sucedieron en una inquietante armonía. Hernando tampoco dejó de acudir a la mezquita a rezar en secreto, como siempre. Sin embargo, algo había cambiado: ya no trataba de encontrar aquella extraña simbiosis con Fátima; sus plegarias invocaban la ayuda de Dios para Rafaela y aquellos de sus hijos que iban a quedarse en Córdoba. Había pensado en acudir a Tetuán con Amin y Laila, reencontrarse con Fátima y solicitar su ayuda; incluso estuvo a punto de mandar recado a Efraín, pero las palabras del judío resonaron en sus oídos: «Te matarán». ¿Y si mataban también a sus hijos? Tetuán no había recibido bien a los moriscos; Shamir y Francisco estarían vigilantes ante la llegada masiva de los andaluces. Se le encogió el estómago al solo pensamiento de sus pequeños alanceados por los corsarios.

Paseó por la mezquita. Allí, en el templo entre cuyo mágico bosque de columnas jamás dejaría de resonar el eco de las oraciones de los verdaderos creyentes, decidió esconder su preciado Corán para que un día el pequeño Muqla lo recuperara; era el lugar indicado y estaba seguro de que Muqla lo conseguiría. ¡Tenía que ser así!

Pero ¿dónde hacerlo?

—¿Te has vuelto loco? —exclamó Miguel tras escuchar su plan.

—No es locura —contestó Hernando con tal determinación que el tullido no pudo tener la menor duda acerca de la seriedad de la propuesta—. Será la mejor historia que hayas contado nunca. Os necesito, a ti… y a Amin.

—Pero inmiscuir al niño…

—Es su obligación.

—¿Eres consciente de que si nos descubren, la Inquisición nos quemará vivos? —murmuró Miguel.

Hernando asintió.

Esa misma mañana, los tres accedieron a la mezquita. Hernando provisto de una fuerte palanca de hierro y un mazo escondidos bajo sus ropas; Amin, con las hojas todavía no encuadernadas del ejemplar del Corán, también escondidas, apretadas contra su pecho, y Miguel con sus muletas, andando a saltitos. Padre e hijo se apostaron reverentemente frente a la capilla de San Pedro, el profanado *mihrab*, y simularon rezar mientras el tullido lo hacía un poco más allá, a sus espaldas, entre la Capilla Real y la de Villaviciosa. El tiempo transcurrió con Hernando notando cómo el sudor empapaba la mano con la que sostenía las herramientas y con la mirada fija en aquella capilla ante la que tanto había rezado. Su frontal aparecía cerrado mediante una pared de mampostería y sillarejos en gran parte del espacio que existía entre los intercolumnios de la mezquita; en el extremo de la pared, justo frente al *mihrab*, la capilla se cerraba con dos rejas que llegaban hasta los capiteles. Tras la pared y la reja se hallaba el sarcófago de don Alfonso Fernández de Montemayor, adelantado mayor de la frontera. Se trataba de un grande pero sencillo sepulcro de mármol blanco, sin inscripciones, dibujos o adornos añadidos; tan sólo una banda adragantada que cruzaba su tapa. La mitad del sarcófago era visible tras la reja; la otra mitad se hallaba oculta a la vista tras la pared. En varias ocasiones, Hernando se volvió hacia Amin; el muchacho no mostraba nerviosismo alguno; permanecía quieto a su lado, erguido, sobrio y orgulloso, murmurando padrenuestros y avemarías. Multitud de feligreses y sacerdotes deambulaban a sus lados. ¿Sería cierto que era una locura?, pensó entonces. Tanta gente…

No tuvo oportunidad de continuar preguntándoselo. Como era su costumbre, el beneficiado de la capilla de San Pedro se dirigió a abrir el cerrojo de las rejas para preparar la misa. Hernando dudó. Miró a sus espaldas y Miguel le sonrió, animándole a decidirse, apoyándole; Amin le dio un suave golpe con el hombro para indicarle que el sacerdote acababa de abrir la reja. Entonces hizo un gesto de asentimiento hacia el tullido.

—¡Dios! —resonó en la mezquita. La gente se volvió hacia donde un tullido bailaba excitado sobre sus muletas—. ¡Estaba ahí! ¡Lo he visto!

Algunos fieles se arremolinaron en torno a Miguel. Sus gritos continuaron. Hernando mantenía la mirada entre el tullido y la reja de San Pedro; el sacerdote ya había salido alarmado y observaba parado junto a las rejas.

—¡Su bondadoso rostro se hallaba detrás de una paloma blanca…! —seguía chillando Miguel.

Hernando no pudo evitar una sonrisa. La credulidad de la gente siempre le sorprendía. Una anciana cayó de rodillas santiguándose.

—¡Sí! ¡Lo veo! ¡Yo también lo veo!

Muchos otros gritaron apagando la voz de Miguel. La gente se arrodillaba y señalaba hacia la cúpula del altar mayor, a espaldas de la capilla de San Pedro, allí donde Miguel seguía sosteniendo que había visto una paloma blanca. El sacerdote corrió hacia el grupo, al que ya se dirigían gran número de religiosos con sus trajes talares revoloteando.

—Ahora —indicó Hernando a su hijo.

En pocos pasos se plantaron en el interior de la capilla. Hernando se dirigió a la cabecera del sarcófago del adelantado, escondida a la vista por la pared. El sarcófago no estaba sellado, como había creído ver el día anterior, pero cuando extrajo la palanca y apoyó su filo bajo la gran tapa, le pareció imposible alzarla. Envolvió el extremo de la herramienta con sus ropas para amortiguar el ruido y golpeó con la maza. La cubierta se descascarilló, pero al final el filo se introdujo lo suficiente como para hacer palanca. Pesaba demasiado. No podría. El griterío continuaba y él se dio cuenta entonces de la edad que tenía: cincuenta y seis años. No era más que un viejo pretendiendo levantar la enorme y pesada tapa de un sarcófago. Amin esperaba a su lado, quieto, con los papeles en la mano. Hernando creyó que no podría alzarla jamás.

—Alá es grande —masculló.

Empujó cuanto pudo, pero la tapa ni siquiera se movió. Amin contemplaba el esfuerzo de su padre.

—Alá es grande —susurró también.

Entonces el muchacho volcó su cuerpo sobre el hierro.

—Tú que otorgas poder —invocó Hernando—, el Fuerte y el Firme, ¡ayúdanos!

La tapa se alzó la escasa anchura de un dedo.

—¡Mételos! —instó a su hijo con los dientes apretados y la cara congestionada.

Tal y como estaba, sobre la palanca, Amin empezó a introducir pequeños paquetes de folios; por la estrecha ranura no cabía todo el legajo a la vez.

—¡Continúa! —le animaba Hernando—. ¡Rápido!

Faltaban pocas hojas y ahora ya sólo resonaban los gritos de Miguel en un alarde de imaginación.

—¡Padre! —se oyó casi junto a las rejas.

Hernando estuvo a punto de dejar caer la tapa. Amin se quedó a mitad de introducir unas páginas. ¡Era la voz de Rafaela!

—¡Padre! —volvió a escucharse casi en la entrada de la capilla.

Rafaela se hincó de rodillas delante del sacerdote que retornaba y se agarró a los bajos de su sotana para detenerlo—. ¡Salvad a mi esposo y a mis hijos de la deportación! —gritó. Hernando apremió a Amin. Sólo restaban unas hojas. Las manos del muchacho temblaron y no acertó a introducirlas—. ¡Son buenos cristianos! —suplicaba Rafaela.

—¿De qué me hablas, mujer?

El religioso hizo ademán de continuar pero Rafaela se lanzó a sus pies y los besó.

—¡Por Dios! —sollozaba—. ¡Salvadlos!

La mujer pugnó por impedir que el sacerdote continuara su camino hasta que éste logró zafarse violentamente y entró en la capilla seguido de una Rafaela que saltó tras él y que cerró los ojos nada más superar las rejas.

—¿Qué hacéis aquí?

Con el estómago encogido, Rafaela abrió los ojos: Hernando y Amin estaban arrodillados, rezando frente al altar y al retablo que descansaba sobre él, en la cabecera del sarcófago. De espaldas al cura, Hernando aferraba las herramientas entre sus ropas, mientras con la otra mano trataba de esconder bajo el sarcófago los pequeños cascajos de la tapa que habían caído al suelo. Amin se dio cuenta de lo que pretendía y le imitó.

—¿Qué significa esto? —insistió el sacerdote.

—Son buenos cristianos —repitió Rafaela tras él.

Hernando se levantó.

—Padre —arguyó, empujando el último de los cascajos con el pie—, rezábamos pidiendo la intercesión del Señor. No merecemos la expulsión. Nosotros, mi hijo y yo…

—No es mi problema —le contestó secamente el sacerdote, al tiempo que comprobaba que no faltara nada del altar—. Fuera de aquí —les ordenó cuando se dio por satisfecho.

Salieron los tres. A unos pasos de la capilla, Hernando se dio cuenta de que temblaba. Cerró los ojos con fuerza, respiró hondo y trató de controlarse. Al abrirlos se topó con los de su esposa.

—Gracias —le susurró—. ¿Cómo sabías lo que me proponía?

—Miguel creyó que no sería suficiente con su ayuda y me aconsejó que estuviera por aquí.

En la capilla de San Pedro, el cura pisó el polvillo que restaba sobre el suelo y renegó de aquellos sucios moriscos. Fuera, rodeado de sacerdotes y un corro cada vez mayor de feligreses, algunos arrodillados, otros rezando y santiguándose sin cesar, Miguel continuaba con su inacabable historia, gesticulando con la cabeza a falta de manos con las que señalar dónde había visto la imponente espada de fuego con la que Cristo celebraba la expulsión de los herejes de tierras cristianas. En cuanto el tullido vislumbró a Hernando, a Rafaela y a Amin, se dejó caer al suelo como si le hubiera dado un vahído. En tierra, aovillado, continuó con su pantomima y se convulsionó violentamente.

Cruzaron la mezquita hacia el Patio de los Naranjos. Quizá los cristianos lograran expulsarles de España, de las tierras que habían sido suyas durante más de ocho siglos, pero en la mezquita de Córdoba, frente a su *mihrab*, todavía obraba la palabra revelada en honor del único Dios.

Nada más superar la puerta del Perdón, entre la gente, Rafaela se detuvo e hizo ademán de dirigirse a él.

—Ya sabes dónde está escondido —se le adelantó su esposo.

—¿Cómo va a conseguir Muqla extraer ese libro?

—Dios dispondrá —la interrumpió antes de tomarla cariñosamente del antebrazo y encaminarse hacia su casa—. Ahora, la Palabra está donde tiene que permanecer hasta que nuestro hijo se haga cargo de mi labor.

A media tarde, Miguel regresó.

—Al despertar en la sacristía —explicó con un guiño simpático—, les he dicho que no recordaba nada.

—¿Y? —inquirió Hernando.

—Han enloquecido. Me han repetido todo cuanto expliqué. ¡Qué poca imaginación tienen estos sacerdotes! Ni siquiera habiendo escuchado la historia son capaces de reproducirla. ¡Una espada de oro!, sostenían. He estado a punto de corregirles, decirles que era de fuego y descubrirme. ¡Sólo piensan en el oro! Pero me han dado buen vino para reanimarme y ver si recordaba algo.

—Gracias, Miguel. —Hernando fue a decirle que la próxima vez no se lo contase a Rafaela, pero se detuvo. ¿Qué otra vez?, se lamentó para sí—. Gracias —repitió.

Como si Dios hubiera querido premiar aquella obra, una noche Miguel apareció en la casa con medio cabrito, verduras frescas, aceite, unos pellizcos de especias, hierbas, sal, pimienta y pan blanco.

—¿Qué...? ¿De dónde has sacado todo esto? —inquirió Hernando curioseando en el zurrón que cargaba a su espalda el tullido. Rafaela y los niños lo rodearon también.

—Parece que algo de esa suerte esquiva ha decidido sonreírnos —contestó Miguel.

Los deportados necesitaban medios de transporte para las mercancías que podían llevar y para sus mujeres, hijos o ancianos en lo que se les presentaba como un largo viaje. Pocos quedaban ya de los cerca de cuatro mil arrieros moriscos que recorrían los caminos por España; la mayoría de ellos habían sido expulsados, y los que aún seguían por allí permanecían en sus casas a la espera de la expulsión o incluso habían vendido aquellas mulas o asnos que no podían llevarse.

—Se están pagando barbaridades por una simple mula —explicó con la mirada puesta en Rafaela y los niños, que ya corrían con las viandas en dirección a la cocina.

Mientras mendigaba, Miguel había presenciado cómo pujaban varios hombres por contratar el porte de una simple mula. ¡Ellos disponían de dieciséis buenos caballos!, pensó entonces. Eran animales grandes y fuertes, capaces de transportar mucho más peso que un asno o una mula.

—Nunca han servido como bestias de carga —dudó Hernando.

—Lo harán, ¡por Dios que lo harán!

—Se encabritarán —objetó Hernando.

—No les daré de comer. Los mantendré unos días sólo a base de agua y si se encabritan...

—No sé. —Hernando imaginó a sus magníficos ejemplares cargados de fardos, con dos o tres personas a sus lomos entre una riada de gente mucho mayor que la que vino desde Granada tras la guerra de las Alpujarras—. No sé —repitió.

—Pues yo sí que lo sé. Ya he cerrado los tratos. Hay quien llega a pagar hasta sesenta reales por cada jornada de camino, incluidas las de vuelta. Son muchos los ducados que obtendremos. —Hernando, serio, mantenía la mirada fija en el tullido—. Ya he pagado la deuda que teníamos con los proveedores y he contratado personal para el camino. Cuando vuelvan de Sevilla, los caballos estarán libres de deudas y Rafaela podrá venderlos... si el duque lo permite. También dispondrá de dinero mientras ello sucede, y tú tendrás para el viaje y lo que te permitan sacar de España.

Hernando pensó en las palabras de Miguel, cedió y le palmeó la espalda.

—Últimamente te estoy dando demasiadas veces las gracias.

—¿Te acuerdas de cuando me encontraste a los pies de Volador, en la posada del Potro? —Hernando asintió—. Desde ese día no es necesario que me agradezcas nada... ¡pero me gusta escuchar cómo lo dices! —añadió sonriendo ante el semblante emocionado de su señor y amigo.

68

Transcurrió menos de un mes desde que se dictó el bando de expulsión de los moriscos andaluces hasta que los cordobeses fueron obligados a abandonar la antigua ciudad de los califas. En ese escaso margen de tiempo, pocas gestiones pudieron efectuarse frente al rey para que suavizase la medida. Es más, el cabildo municipal acordó no acudir a Su Majestad en demanda de indulgencia para los cristianos nuevos: la orden debía cumplirse sin excepciones.

La fortaleza de ánimo que había acompañado a Rafaela durante la espera desapareció el día anterior al señalado por las autoridades para la expulsión. Entonces la mujer se sumió en llanto y desesperación. Los niños, de los que ya no intentaba esconderse, terminaron acompañándola en su dolor. Al contrario de lo que había hecho unos días antes, Hernando mintió a los pequeños: volverían, les aseguró, sólo se trataba de un corto viaje. Pero luego se escondía, para que no vieran sus ojos a punto de derramar las mismas lágrimas que llenaban los de su madre. Entre juegos forzados e historias de las que contaba Miguel, entregó al pequeño Muqla el librillo encerado para que escribiese. A sus cinco años, el niño trazó con el palillo un delicado alif como los que había visto escribir a su hermano. ¿Por qué, Dios?, preguntó Hernando antes de borrarlo con tristeza.

Por último, mientras preparaba un hatillo donde llevaría las pertenencias que les autorizaban a portar consigo, Hernando extrajo de su escondrijo tras la pared falsa la mano de Fátima y el ejemplar del evangelio de Bernabé que había hallado en el viejo alminar del palacio del duque. Guardó el evangelio en la bolsa —pensaba esconderlo bajo la montura de alguno de los caballos, igual que hacían con los papeles que les llegaban de Xàtiva— e iba a hacer lo mismo con la joya prohibida, pero antes se la llevó a los labios y la besó. Lo había hecho muchas veces, pero en esta ocasión la apretó con fuerza entre sus manos, como si se resistiese a soltarla.

Por la noche, los dos tendidos en el lecho, Rafaela ya con los ojos secos, dejaron transcurrir las horas en silencio, como si pretendieran saturarse de recuerdos: de olores; de los crujidos nocturnos de la madera; del salpicar del agua, abajo, en el patio; de los esporádicos gritos nocturnos que desde las calles venían a romper la quietud de la noche cordobesa o del acompasado respirar de sus hijos que ambos creían escuchar aun en la distancia.

Ella se apretó contra el cuerpo de su marido. No quería pensar que ésa sería la última noche en que compartirían esa cama, que a partir de entonces ella dormiría sola. La palabra surgió de sus labios sin casi pensarla.

—Tómame —le pidió de repente.

—Pero… —Hernando le acarició el cabello.

—Una última vez —susurró ella.

Hernando se volvió hacia su esposa, que se había incorporado. Para su sorpresa Rafaela se quitó la camisa de dormir y le mostró sus pechos. Luego se tumbó, desnuda, desprovista ya de toda timidez.

—Aquí estoy. Ningún hombre me verá nunca como me ves tú ahora.

Hernando besó sus labios, primero con dulzura, luego llevado por una pasión que hacía tiempo que no sentía. Rafaela le atrajo hacia sí, como si quisiera retenerle para siempre.

Después de hacer el amor permanecieron abrazados hasta la madrugada. Ninguno de los dos logró conciliar el sueño.

Los gritos desde la calle y los golpes en la puerta les hicieron enmudecer. Acababan de desayunar y estaban todos reunidos en la cocina, los bultos de los que marchaban amontonados en una de las esquinas. Poco era lo que Hernando había dispuesto para tan largo viaje, pensó Rafaela una vez más, al dirigir la mirada hacia un pequeño baúl y varios hatillos. No quería echarse a llorar de nuevo. Pero antes de que volviera la atención hacia su familia, Amin y Laila se abalanzaron sobre ella y la abrazaron, aferrándose a su cintura, dispuestos a que nadie los separase.

Las palabras, entrecortadas, se mezclaron con los sollozos. Los golpes en la puerta resonaron de nuevo.

—¡Abrid al rey!

Únicamente el pequeño Muqla mantenía una extraña serenidad; sus ojos azules estaban fijos en los de su padre; los dos pequeños se sumaron entonces a los llantos. Rafaela se rindió por fin, y lloró abrazada a sus hijos.

—Debemos marcharnos —dijo Hernando después de carraspear, sin poder resistir la intensa mirada de Muqla. Nadie le hizo caso—. Vamos —insistió, al tiempo que trataba de separar a los mayores de su madre.

Sólo lo consiguió cuando Rafaela se sumó a su empeño. Hernando cargó a sus espaldas el pequeño baúl y uno de los hatillos, Amin y Laila cogieron los que restaban. La estrecha callejuela a la que daba la casa les presentó un espectáculo desolador: las milicias cordobesas se habían repartido por parroquias al mando de los jurados de cada una de ellas y recorrían las calles de vivienda en vivienda en busca de los moriscos censados. Más allá de Gil Ulloa y los soldados que esperaban frente a la puerta, una larga fila de deportados cargados con sus pertenencias se arracimaba en la calle, todos esperando a que Hernando y sus hijos se sumasen a la columna antes de acudir a la siguiente vivienda de la lista.

—Hernando Ruiz, cristiano nuevo de Juviles, y sus hijos Juan y Rosa, mayores de seis años.

Las palabras surgieron de boca de un escribano que, provisto del censo de la parroquia, acompañaba a Gil y sus soldados. A su lado se hallaba el párroco de Santa María.

Hernando asintió mientras comprobaba que sus hijos no volvieran a abalanzarse sobre su madre, que se había quedado parada bajo el quicio de la puerta, pero Amin y Laila no podían desviar la mirada de la columna de deportados que permanecían en silencio, sometidos y humillados, tras los soldados.

—¡Id con los demás moros! —les ordenó Gil.

Hernando se volvió hacia Rafaela. Ya no les quedaba nada que decirse, después de aquella última noche. Abrazó a los tres pequeños que quedaban con ella. «¡Mis niños!», pensó con el corazón oprimido mientras los llenaba de besos.

—¡Id! —insistió el jurado.

Con los ojos enrojecidos, Hernando apretó los labios; no existían palabras con las que despedirse de una familia. Iba a obedecer la orden cuando Rafaela saltó hacia él, le echó las manos alrededor del cuello y le besó en la boca. El baúl y el hatillo que portaba su esposo cayeron al suelo al acoger su abrazo. Fue un beso apasionado que enfureció a su hermano Gil. Los soldados que iban con él observaban la escena. Algunos negaron con la cabeza, compadeciendo a su capitán: su hermana, cristiana vieja, besando ávidamente a un moro. ¡Y en público!

Gil Ulloa se acercó a la pareja y trató de separarlos con violencia, pero nada consiguió. Al instante, varios soldados acudieron en ayuda de su capitán y empezaron a golpear a Hernando. Éste hizo ademán de revolverse, pero los golpes le llovieron con más fuerza. Rafaela cayó al suelo con un gemido; Amin acudió en defensa de su padre y pateó a uno de los soldados.

El último puñetazo lo propinó Gil Ulloa a un Hernando que, vencido y sangrando por la nariz, fue puesto ante él, inmovilizado por sus hombres. Amin también sangraba por el labio.

—¡Perro moro! —masculló Gil después de golpearle con furia en el rostro.

Rafaela, ya en pie, se acercó en defensa de su esposo, pero Gil la apartó de un manotazo.

—¡Requisad esta casa en nombre del rey! —ordenó entonces al escribano.

Hernando, aturdido, quiso protestar, pero los soldados le golpearon de nuevo y lo arrastraron hacia el grupo de moriscos que presenciaba la reyerta. Amin y Laila fueron empujados tras su padre. Gil dio orden de continuar y los deportados se pusieron en movimiento. Hernando y sus hijos recogieron sus pertenencias mientras la columna de moriscos, franqueada por soldados, desfilaba por delante de la casa.

—¡Dios! ¡No! —gritó Rafaela al paso de su esposo—. ¡Te quiero, Hernando!

Mezclado entre sus hermanos en la fe, Hernando quiso contestar, pero el empujón de quienes le seguían se lo impidió. Intentó volverse: le fue imposible. Padre e hijos se vieron arrastrados por la muchedumbre.

Al final de la mañana, cerca de diez mil moriscos cordobeses habían sido reunidos a las afueras de la ciudad, en el campo de la Verdad, al otro extremo del puente romano. Las milicias cordobesas los cercaban y vigilaban. Miguel también se encontraba allí, con su mula y los caballos completamente cargados con fardos, para controlar el alquiler que había pactado con los moriscos; sería él quien tendría que volver de Sevilla con animales y dineros.

«¿Por qué no?» Fátima se permitió lanzar la pregunta al aire, en voz alta, sola en el salón. «¿Por qué no?», repitió sintiendo un dulce escalofrío. Hacía ya bastante rato que Efraín había abandonado el palacio tras comunicarle las últimas noticias relativas a Córdoba. Ella misma le había apremiado a enterarse de qué le iba a suceder a Ibn Hamid cuando los primeros moriscos valencianos empezaron a llegar a Berbería, y el judío se movió con rapidez y eficacia entre las redes comerciales que no entendían de religiones.

Efraín había regresado hacía poco con las noticias que había ido a buscar: se había dictado la orden de expulsión y Hernando no tardaría en ser deportado a través del puerto de Sevilla. Nada podría hacer el morisco por evitarlo. Según había averiguado el judío, Hernando Ruiz se había granjeado muchos enemigos entre los dirigentes de la ciudad e incluso entre los de Granada, donde su pleito de hidalguía no había llegado a prosperar. Su esposa cristiana quedaría en España con los hijos menores de seis años.

En cuanto Efraín salió de la sala, la idea acudió a la mente de

Fátima. Recorrió la amplia estancia con la mirada. Los muebles taraceados, los cojines y almohadones, las columnas, el suelo de mármol y las alfombras que lo cubrían, las lámparas... todo cobró un nuevo sentido, que le invitaba a tomar la decisión. Hacía ya tiempo que se ahogaba en aquel lujoso entorno: Abdul y Shamir habían sido capturados por una flota de barcos españoles que les tendió una encerrona cuando trataban de abordar una nave mercante que actuaba como señuelo. ¿Cómo pudieron caer en semejante engaño? Quizá debido a un exceso de confianza... Los marineros de una fusta que logró escapar trajeron noticias confusas y contradictorias: unos decían que habían muerto, otros que habían sido capturados y hubo hasta quien sostuvo que los había visto lanzarse al mar. Luego, alguien trajo la noticia de que habían sido condenados a galeras, pero nadie pudo comprobarlo con seguridad. Fátima lloró por la suerte de su hijo, aunque en su fuero interno era consciente de que su relación con él se había visto enturbiada desde lo acontecido en Toga entre los corsarios e Ibn Hamid.

De inmediato, la viuda y los hijos de Shamir se echaron encima del gran patrimonio que éste dejaba y los jueces, sin dudarlo, les dieron la razón.

La relación de Fátima con la familia de Shamir era muy lejana: no era más que la esposa de su hermanastro cristiano y los suegros de Shamir le dieron plazo para desalojar el palacio. ¿Qué podía hacer a partir de entonces? ¿Vivir de la caridad de la esposa de Abdul o con alguna de sus otras hijas?

Pero existía una posibilidad. Lo había hablado con Efraín; el propio judío se lo había propuesto nada más enterarse de la situación. Sin la ayuda de Efraín, era imposible que la familia de Shamir llegase a conocer las inversiones que en interés del corsario se mantenían a lo largo y ancho del Mediterráneo, de lo que se podía aprovechar Fátima en su propio beneficio. El judío tampoco deseaba perder la dirección y los beneficios de todos aquellos negocios que con seguridad los familiares de Shamir no continuarían confiándole. Fátima podía continuar siendo rica, pero no en Tetuán, un lugar en el que nunca podría acreditar de dónde obtenía aquellos dineros.

Paseó por el salón rozando distraídamente los muebles con las yemas de sus dedos. Sin Abdul y Shamir estaba sola, pero por fin era totalmente libre. Ya nada la retenía en Tetuán. ¿Por qué no marcharse de aquí para siempre? Y ahora Ibn Hamid iba a ser expulsado de España y su insulsa esposa cristiana se vería obligada a quedarse atrás. ¿Quién sino el propio Dios podía mandarle un mensaje tan claro? Llegó hasta el patio y contempló el correr del agua de una fuente, pensando que pronto dejaría de verla. ¡Constantinopla! Allí podría vivir. En esos momentos Fátima se permitió pensar en Ibn Hamid, algo que en los últimos años había intentado evitar: debería de rondar ahora los cincuenta y seis años, uno más que ella. ¿Qué aspecto tendría? ¿Cómo le habría tratado el paso del tiempo? Sus dudas se disiparon de repente. ¡Sí! ¡Tenía que verlo! El destino, que los había separado con crueldad, le deparaba ahora la oportunidad del reencuentro. Y ese reencuentro era algo que ella, Fátima, la mujer que había sufrido y matado, amado y odiado, no pensaba dejar escapar.

—¡Llamad a Efraín! —se decidió por fin, dirigiéndose a sus esclavos.

El judío le había dicho que serían expulsados por el puerto de Sevilla. Necesitaba acudir allí antes de que lo desembarcaran en algún lugar en el que pudiera caer en manos de los berberiscos. Conocía las matanzas de los deportados del reino de Valencia; en Tetuán tampoco fueron bien recibidos aquellos que lograron llegar a la ciudad corsaria, muchos los consideraron cristianos que sólo acudían a Berbería a la fuerza y los mataron. ¡Tenía que llegar a Sevilla antes de que embarcase! Necesitaba una nave capaz de ir luego a Constantinopla. Necesitaba cédulas que le permitiesen moverse por la ciudad española para encontrarlo. Pero antes debía arreglar sus asuntos. Tendría que comprar muchas voluntades. Efraín se ocuparía de todo. Siempre lo hacía. Siempre conseguía cuanto deseaba… por más oro que costase.

—¿Dónde está Efraín? —aulló.

Les permitieron quedarse en la casa hasta que el jurado Gil Ulloa regresase de Sevilla y dispusiese de ella. Durante todo el día, Rafaela presenció cómo un escribano y un alguacil hacían detallado inventario de todos los objetos y enseres que quedaban en la vivienda.

—El bando… —titubeó Rafaela en el momento en el que el escribano revolvía en el baúl donde guardaba sus ropas—, el bando establece que sólo los bienes raíces quedarán en poder real. Los demás son míos.

—El bando —le contestó ásperamente el hombre, mientras el alguacil, con lascivia, alzaba a contraluz una enagua blanca bordada— otorgaba a los moros la posibilidad de llevarse sus pertenencias. Si tu esposo no lo ha hecho así…

—¡Esas ropas son mías! —protestó ella.

—Tengo entendido que acudiste al matrimonio sin dote, ¿no es así? —replicó el escribano sin volverse hacia Rafaela, anotando la enagua en sus papeles al tiempo que el alguacil, tras lanzarla sobre el lecho, se disponía a coger la siguiente prenda—. Careces de bienes —añadió—. La propiedad de todo esto la tendrá que decidir el consejo o un juez.

—Son mías —insistió Rafaela con voz cada vez más débil. Se sentía agotada, desbordada por todo aquello.

En ese momento el alguacil ya sostenía entre sus manos un delicado corpiño, con los brazos abiertos, en esta ocasión en dirección a Rafaela, como si, desde la distancia, se lo estuviese probando directamente sobre sus pechos.

La mujer escapó corriendo del dormitorio. Las risotadas del alguacil la persiguieron escaleras abajo, hasta el patio donde estaban los niños.

¿Cómo podía Nuestro Señor permitir todo aquello?, pensó Rafaela durante la noche, tumbada con los ojos abiertos clavados en el techo y los tres niños durmiendo amontonados sobre su madre. Ninguno de ellos había querido dormir en su cama. Rafaela tampoco deseaba hacerlo sola. Transcurrieron las horas mientras les acariciaba la espalda y las cabezas, enredando los dedos entre sus cabellos. Durante la tarde, había escuchado de un soldado que se presentó en la casa para hablar con el alguacil, que la columna de deportados ya marchaba en dirección a Sevilla, despedida entre los insultos y el griterío de los cordobeses. Imaginó a Hernando, a Amin y Laila entre ellos, caminando cargados. Quizá sus hijos pudieran hacer el camino montados en la mula, con Miguel; todos los caballos estaban arrendados a otros moriscos. ¡Sus hijos! ¡Su esposo! ¿Qué sería de ellos? Todavía sentía en sus labios la pasión del último beso que le había dado a Hernando. Ajena a su hermano, a los soldados y a las decenas de moriscos que observaban, Rafaela se había estremecido como si de una jovencita se tratara, toda ella tembló de un doloroso amor antes de que Gil interviniese para separarles. ¿Qué misericordia era aquella que tanto llenaba la boca de sacerdotes y piadosos cristianos? ¿Dónde estaban el perdón y la compasión que predicaban a todas horas?

La pequeña Salma, tumbada de través sobre sus piernas, se agitó en sueños y estuvo a punto de caer al suelo. Como pudo, Rafaela se incorporó, la acercó hasta su vientre y la acomodó entre sus hermanos.

¿Qué futuro se le presentaba a aquella criatura?, pensó Rafaela. ¿El convento, que ella misma había evitado? ¿Servir a alguna familia acomodada? ¿La mancebía? ¿Y Muqla y Musa? Recordó la mirada de lascivia del alguacil toqueteando sus ropas; ése era el trato que podía esperar de las gentes. No era más que la esposa abandonada de un morisco, y sus hijos, los hijos de un hereje. ¡Toda Córdoba lo sabía!

Pero ella, Rafaela Ulloa, pese a todo, había decidido permanecer en tierras cristianas, celosa de su fe y de sus creencias. Sin embargo, ni siquiera había transcurrido un día y su mundo se desmoronaba. ¿Dónde estaba el resto de su familia? Le quitarían los caballos igual que pretendían hacer con sus ropas y muebles. ¿De qué vivirían entonces? No podía esperar ayuda de sus hermanos; había mancillado el honor de la familia. ¿Podía esperarla de algún cristiano?

Sollozó y abrazó con fuerza a los pequeños. Muqla abrió sus ojos azules y, aún somnoliento, la miró con ternura.

—Duerme, mi niño —le susurró al tiempo que aflojaba la presión y empezaba a mecerlo con suavidad.

El niño volvió a acompasar la respiración y Rafaela, como era su costumbre, trató de encontrar consuelo en la oración, pero las plegarias no surgieron. Rezad a la Virgen, recordó. Hernando creía en María. Le había oído hablar a los niños de la Virgen y contarles con entusiasmo que María era el punto de unión entre aquellas dos religiones enfrentadas a muerte. Su inmaculada concepción permanecía incólume desde hacía siglos, tanto para cristianos como para musulmanes.

—María —musitó Rafaela en la noche—. Dios te salve…

Entonces, mientras ella murmuraba la plegaria, su corazón le marcó el camino: fue una decisión súbita, pero irrevocable. Y, por primera vez desde hacía días, sus labios esbozaron una sonrisa y sus ojos cedieron a la presión del sueño.

Al amanecer del día siguiente, Rafaela, con Salma en sus brazos y Musa y Muqla andando a su lado, cruzaba el puente romano entre la gente que acudía a trabajar los campos: su único equipaje era una cesta con comida y los dineros que le había entregado Miguel y que había logrado esconder al avaricioso escribano.

—Madre, ¿adónde vamos? —inquirió Muqla cuando ya llevaban un buen rato andando.

—A buscar a tu padre —contestó ella con la vista al frente, el largo camino abriéndose por delante de ellos.

María volvería a unir a su familia, igual que pretendía Hernando con las dos religiones, decidió Rafaela.

El Arenal de Sevilla era un gran espacio de terreno situado entre el río Guadalquivir y las magníficas murallas que encerraban la ciudad y que por uno de sus extremos llegaban hasta la Torre del Oro, en la ribera. En aquella zona se desarrollaban todos los trabajos necesarios para el mantenimiento del importante puerto fluvial hispalense, destino obligado de las flotas de Indias, que transportaban al reino de Castilla las riquezas obtenidas por los conquistadores de las Indias. Calafates, carpinteros de ribera, estibadores, barqueros, soldados…, centenares de hombres acostumbraban a trabajar atendiendo al tráfico portuario y a la reparación y mantenimiento de las naves, pero en febrero de 1610, el Arenal de Sevilla, fuertemente vigilado por soldados en aquel de sus extremos que no estaba cerrado y en las puertas que daban acceso a la ciudad, se convirtió en cárcel de miles de familias moriscas cargadas con sus enseres a la espera de ser deportadas a Berbería. Las había ricas, puesto que ni Córdoba ni Sevilla hicieron excepciones a la hora de cumplir el bando real, familias cuyos miembros vestían con lujo y que buscaban un lugar donde apartarse de aquellos otros miles de moriscos humildes. Centenares de niños menores de seis años habían quedado atrás, en manos de una Iglesia obcecada en conseguir con ellos lo que no habían logrado con sus padres: evangelizarlos. Entre la muchedumbre, hacinada y sometida, entregada a su suerte, alguaciles y soldados buscaban el oro y las monedas que se decía escondían los deportados. Cacheaban a hombres, mujeres y niños, ancianos o enfermos; rebuscaban entre sus ropas y propiedades y hasta deshacían las cuerdas que portaban por si bajo sus hilos habían ocultado collares o joyas.

Galeras, carabelas, galeones, carracas y todo tipo de naves de menor calado permanecían atracadas en el río para embarcar a los cerca de veinte mil moriscos que debían salir por Sevilla; algunas formaban parte de la armada real, pero la mayoría de ellas eran naves expresamente fletadas para aquel viaje sin retorno. A diferencia de lo sucedido con los moriscos valencianos, los andaluces debían pagar el coste de sus pasajes, y los armadores olieron el negocio de un macabro transporte por el que cobraban más del doble de lo habitual.

En una de aquellas naves, una carabela redonda catalana atracada a cierta distancia de la ribera del río, apoyada en la borda, Fátima observaba el gentío reunido en el Arenal. ¿Cómo encontrar a Hernando entre todos ellos? Tenía noticia de que las gentes de Córdoba ya habían llegado y se habían mezclado con las de Sevilla; la noche anterior vio cómo la inacabable columna rodeaba las murallas para llegar al Arenal. Desde el amanecer, las barcazas transportaban gente, mercaderías y equipajes desde la ribera hasta los barcos. Fátima escrutaba los rostros demudados de los moriscos que viajaban en ellas; algunos de aquellos rostros aparecían llorosos. Mujeres a las que les habían robado sus hijos; hombres que dejaban atrás ilusiones y años de esfuerzos por sacar adelante hogares y familias; ancianos enfermos a los que había que ayudar a subir a la barca e izar hasta la nave. Sin embargo otros se percibían felices, como si estuvieran alcanzando la liberación. No reconoció a su esposo en ninguna de las barcazas, aunque, de todas formas, era demasiado pronto para que los cordobeses embarcasen. Durante el viaje, ella había dado rienda suelta a sus más peregrinos sueños. Imaginaba a Ibn Hamid corriendo a sus brazos, asegurándole que no la había olvidado nunca, jurándole amor eterno. Luego se reprendía a sí misma. Habían pasado más de treinta años… Ella ya no era joven, aunque sabía que seguía siendo hermosa. ¿Acaso no tenía derecho a la felicidad? Fátima se dejó mecer por una imagen que la llenaba de ilusión: ella e Ibn Hamid, juntos en Constantinopla, hasta el fin de sus días… ¿Era una locura? Tal vez, pero nunca la locura le había parecido tan maravillosa. Ahora que había llegado a su destino, el nerviosismo se apoderó de ella. Tenía que encontrarlo entre aquella multitud de desesperados, hombres y mujeres perdidos que se enfrentaban a un destino incierto.

—Avisa al piloto para que disponga lo necesario para que una barcaza me lleve a tierra —ordenó Fátima a uno de los tres nubios que decidió comprar a través de Efraín. Si los anteriores, puestos para vigilarla por Shamir, habían cumplido bien su función, éstos harían lo mismo para protegerla, ahora bajo sus órdenes—. ¡Ve! —le gritó ante la mirada de duda del esclavo—. Vosotros me acompañaréis. No —se corrigió al pensar en la expectación que podían originar los tres grandes negros—, dile al piloto que disponga de cuatro marineros armados para que vengan conmigo.

Tenía que desembarcar. Sólo si buscaba entre la gente lo encontraría. Disponía de cédulas y autorizaciones suficientes. Efraín había cumplido con su encargo, como siempre, sonrió. La señora tetuaní figuraba como armadora de la carabela con autorización para una ruta con destino final en Berbería. Nadie la molestaría en el Arenal, se dijo Fátima, pero por si acaso…, palpó la bolsa repleta de monedas de oro que escondía entre sus ropas, podía sobornar a todos los soldados cristianos que corrían por la zona.

Descendió ágilmente hasta la barcaza y al cabo estuvo sentada en uno de sus bancos junto a una sirvienta y a cuatro marineros catalanes que el piloto dispuso a sus órdenes. Con los marineros abriéndole paso entre la muchedumbre, Fátima empezó a recorrer el Arenal manteniendo sus grandes ojos negros en todos cuantos la miraban con curiosidad. ¿Cuál sería el aspecto de su esposo?

Rafaela se sentó, exhausta y derrotada, sobre un tocón a la vera del camino y soltó a Salma y a Musa, que continuaron llorando pese a que la última parte del camino la habían hecho en brazos de su madre. Solo Muqla, a sus cinco años, había resistido en silencio, andando junto a ella, como si fuera verdaderamente consciente de la trascendencia del viaje. Pero la mujer no podía continuar. Llevaban varias jornadas de marcha en pos de los deportados cordobeses que sólo les adelantaban media jornada, pero no lograba darles alcance. ¡Media jornada! Los dos pequeños eran incapaces de andar ni siquiera un cuarto de legua más y su lento caminar la exasperaba, aunque también intuía que la marcha de los cordobeses era tan lenta como la suya. Había tirado la cesta con la comida, los había cogido a los dos, uno en cada brazo y había apresurado el paso. Pero ahora ya no aguantaba más. Le dolían las piernas y los brazos, tenía los pies llagados y los músculos de su espalda parecían a punto de reventar entre agudos y constantes pinchazos. ¡Y los pequeños continuaban lloriqueando! Transcurrió el tiempo entre el silencio de los campos desiertos y los sollozos de los niños. Rafaela mantuvo la vista en el horizonte, allí donde debía estar Sevilla.

—Vamos, madre. Levantaos —la instó Muqla justo cuando vio que se llevaba las manos al rostro.

Ella negó con el rostro ya escondido. ¡No podía!

—Levantaos —insistió el pequeño, tironeando de uno de sus antebrazos.

Rafaela lo intentó, pero en cuanto apoyó el peso sobre sus piernas, éstas le fallaron y tuvo que sentarse de nuevo.

—Descansemos un rato, hijo —trató de tranquilizarle—, pronto continuaremos.

Entonces lo observó: sólo sus ojos azules brillaban límpidos, expectantes; el resto de él, sus cabellos, sus ropas, sus zapatos ya rotos, ofrecían un aspecto tan desastrado como el de cualquiera de los chiquillos que recorrían las calles de Córdoba mendigando una limosna. Sin embargo aquellos ojos... ¿sería fundada la confianza que Hernando depositaba en esa criatura?

—Ya hemos descansado muchas veces —se quejó Muqla.

—Lo sé. —Rafaela abrió los brazos para que su hijo se refugiase en ellos—. Lo sé, mi vida —sollozó a su oído cuando consiguió abrazarle.

Sin embargo, el descanso no hizo que se recuperase. El frío del invierno se coló en su cuerpo y sus músculos, en lugar de relajarse, se contrajeron en dolorosos aguijonazos hasta llegar a agarrotarse. Los pequeños jugueteaban distraídos entre las hierbas del campo. Muqla los vigilaba con un ojo siempre puesto en la espalda de su madre, presto a reemprender la marcha tan pronto la viera levantarse del tocón en el que continuaba sentada.

No lo conseguirían, sollozó Rafaela. Sólo las lágrimas parecían estar dispuestas a romper la quietud de su cuerpo y se deslizaban libres por sus mejillas. Hernando y los niños embarcarían en alguna nave rumbo a Berbería y los perderían para siempre.

La angustia fue superior al dolor físico y los sollozos se convirtieron en convulsiones. ¿Qué sería de ellos? Empezaba a sentir un tremendo mareo cuando un sordo alboroto se escuchó en la distancia. Muqla apareció a su lado, como salido de la nada, con la mirada puesta en el camino.

—Nos ayudarán, madre —la animó el pequeño buscando el contacto de su mano.

Una larga columna de personas y caballerías apareció a lo lejos. Se trataba de los moriscos de Castro del Río, Villafranca, Cañete y otros muchos pueblos que también se dirigían a Sevilla. Rafaela se enjugó las lágrimas, venció el dolor de su cuerpo y se levantó. Se escondió con sus hijos a unos pasos del camino, y cuando la columna pasó por delante de ellos y comprobó que ningún soldado le observaba, agarró a los pequeños y se confundió con las gentes. Algunos moriscos los miraron con extrañeza, pero ninguno de ellos les concedió importancia; todos ellos se dirigían al destierro, ¿qué más daba que alguien se sumase a la columna? Ella no se lo pensó dos veces: extrajo la bolsa con los dineros y pagó con generosidad a uno de los arrieros para que permitiese a Salma y a Musa encaramarse sobre un montón de fardos que transportaba una de las mulas. ¡Podían llegar a Sevilla a tiempo! La sola idea le proporcionó fuerzas para mover las piernas. Muqla caminó sonriente junto a ella, los dos cogidos de la mano.

Fátima tuvo que sobreponerse al hedor de miles de personas reunidas en las peores condiciones. Los gritos, el humo de las hogueras y de las frituras, el chapotear en el barro, los correteos de los niños que se colaban entre sus piernas, los llantos en algunos grupos o las zambras en otros, los empujones que llegó a recibir pese a la protección de los marineros, y el caminar de un lado al otro, a menudo pasando por el mismo lugar por el que ya lo habían hecho, la convenció de que aquélla no era la manera de conseguirlo. Llevaba mucho tiempo recluida en su lujoso palacio, aislada entre sus muros dorados, y notó que empezaba a sudar. Intentó controlar su nerviosismo: no quería presentarse ante Ibn Hamid sucia y desastrada después de tanto tiempo.

Preguntó por Hernando a unos soldados que la miraron como a una idiota antes de estallar en carcajadas.

—No tienen nombre. ¡Todos estos perros son iguales! —espetó uno de ellos.

Junto a la muralla, encontró un poyo en el que sentarse.

—Vosotros —ordenó dirigiéndose a tres de los marineros—, buscad a un hombre llamado Hernando Ruiz, de Juviles, un lugar de las Alpujarras. Ha venido con las gentes de Córdoba. Tiene cincuenta y seis años y ojos azules —«unos maravillosos ojos azules», añadió para sí—. Le acompañan un niño y una niña. Yo esperaré aquí. Os recompensaré generosamente si lo encontráis, a todos —agregó para tranquilidad del que obligaba a permanecer con ella.

Los hombres se apresuraron a dividirse en varias direcciones.

Mientras en el puerto de Sevilla aquellos marineros catalanes se mezclaban entre los moriscos, escrutaban en su derredor y preguntaban a gritos entre las gentes, zarandeando a quienes no les prestaban atención, Rafaela, en el camino, trataba de acompasar su ritmo al lento caminar de la columna de deportados. Los dolores habían cedido ante la esperanza, pero sólo ella parecía tener prisa. Las gentes caminaban despacio, cabizbajas, en silencio. «¡Ánimo! —le hubiera gustado gritar—. ¡Corred!» El pequeño Muqla, cogido de su mano, alzó el rostro hacia ella, como si leyera sus pensamientos. Rafaela apretó la mano de su hijo al tiempo que con la otra acariciaba a los dos pequeños que dormitaban agarrados a los fardos que transportaba la mula.

—El hombre que buscáis está allí, señora —anunció uno de los marineros, a la vez que señalaba en dirección a la Torre del Oro—, junto a unos caballos.

Fátima se levantó del poyo en el que había permanecido sentada.

—¿Estás seguro?

—Sí. He hablado con él. Hernando Ruiz, de Juviles, me ha dicho que se llama.

La mujer notó cómo un escalofrío recorría su cuerpo.

—¿Le has dicho…? —La voz le temblaba—. ¿Le has dicho que le están buscando?

El marinero dudó. Alguien de Córdoba le había señalado a un hombre que estaba de espaldas con los caballos, y el marinero se había limitado a agarrar al morisco del hombro y girarlo con brusquedad. Luego le había preguntado su nombre y, al oír su respuesta, había vuelto enseguida en busca del premio prometido.

—No —contestó.

—Llévame hasta él —ordenó Fátima.

El marinero se lo señaló: era aquel hombre que, de espaldas a ella, charlaba con un tullido apoyado en unas muletas. Entre ellos se interponía un constante ir y venir de gente cargada con fardos. Tembló y se detuvo un instante. Esperó a que se diera la vuelta: no se atrevía a dar un paso más. El marinero se paró a su lado. ¿Qué le pasaba ahora a la señora? Gesticuló y volvió a señalar al morisco. Miguel, que estaba de frente a ellos, reconoció al hombre que acababa de hablar a Hernando y llamó la atención de éste con un movimiento de cabeza.

—Me parece que alguien te busca, señor.

Hernando se volvió. Lo hizo despacio, como si presintiese algo inesperado. Entre la gente vio al marinero, en pie a pocos pasos de él. Le acompañaba una mujer… No consiguió verle la cara porque en ese momento alguien se interpuso entre ellos. Lo siguiente que vio fueron unos ojos negros clavados en él. Le faltó el aliento… ¡Fátima! Sus miradas se cruzaron y quedaron fijas la una en la otra. Un incontrolable torbellino de sensaciones le atenazó y le impidió reaccionar. ¡Fátima!

Fue el pequeño Muqla quien tuvo que detener a su madre, tirando de su mano, cuando ésta aligeró el paso a la vista de las murallas de Sevilla. ¡Los moriscos habían aminorado su ya lento caminar! Los suspiros se oían por todas partes. El pavoroso sollozo de una mujer se alzó por encima del sonido de los cascos de las caballerías y del arrastrar de miles de pies. Un anciano que andaba junto a ellos negó con la cabeza y chasqueó la lengua, sólo una vez, como si fuera incapaz de mostrar mayor dolor que el que se desprendía de aquella insignificante queja.

—¡Caminad! —gritó uno de los soldados.

—¡Andad! —se escuchó de boca de otro.

—¡Arre, malas bestias! —los humilló un tercero.

Entre las carcajadas que surgieron de boca de los soldados tras la burla, Rafaela miró a su hijo. «¡Continúa igual que ellos! —pareció indicarle el niño en silencio—; no nos descubramos ahora. ¡Llegaremos!», le auguró con una sonrisa que borró de inmediato de sus labios. Pero Rafaela no quería entregarse a la desesperación que se respiraba entre las filas de moriscos. Se soltó de la mano de Muqla y zarandeó con cariño a Musa.

—Vamos, pequeño, despierta —le dijo antes de darse cuenta de la mirada de sorpresa que le dirigía el arriero.

Rafaela vaciló, pero luego hizo lo mismo con Salma.

—¡Ya llegamos! —susurró al oído de la niña, ocultando su ansiedad al arriero.

La pequeña balbuceó unas palabras, abrió los ojos pero los volvió a cerrar, rendida por el cansancio. Rafaela la desmontó de la mula, la tomó en brazos y la apretó contra sí.

—¡Tu padre nos espera! —volvió a susurrar, esta vez escondiendo sus labios en el enmarañado cabello de la niña.

Fue Fátima quien rompió el hechizo: cerró los ojos al tiempo que apretaba los labios. «¡Por fin!», pareció decirle a Hernando con aquel gesto. Luego se encaminó hacia él, muy despacio, con los ojos negros llenos de lágrimas.

Hernando no pudo apartar la mirada de Fátima. Treinta años no habían sido suficientes para marchitar su belleza. Una sucesión de recuerdos pugnó por aflorar y le hizo temblar como una criatura justo en el momento en que ella llegó a su altura.

—¡Fátima! —susurró.

Ella le miró durante unos instantes, acarició con la mirada aquel rostro, tan distinto del que recordaba. Los años no habían pasado en balde, se dijo, pero el azul de aquellos ojos seguía siendo el mismo que la enamoró en las Alpujarras.

No se atrevía a tocarlo. Tuvo que agarrarse las manos para no lanzarle los brazos al cuello y llenar aquel rostro de besos. Alguien que pasaba la empujó sin querer y él la agarró para que no se cayera. Notó la mano en su piel y se estremeció.

—Ha pasado mucho tiempo —musitó él por fin. Seguía cogido de su mano, aquella mano que tantas noches le había acariciado.

Con un suspiro, Fátima dio un paso hacia él y ambos se fundieron en un estrecho abrazo. Por unos instantes, entre el tumulto que había a su alrededor, los dos permanecieron inmóviles, sintiendo sus respiraciones, invadidos por mil y un recuerdos. Él aspiró el aroma de sus cabellos, apretándola con fuerza, como si quisiese retenerla para siempre.

—¡Cuánto tiempo he soñado…! —empezó a decirle al oído, pero Fátima no le permitió seguir hablando. Echó la cabeza hacia atrás y le besó en la boca; fue un beso ardiente y triste, que él avivó deslizando las manos hasta su nuca.

Miguel y los niños, que habían salido de entre los caballos, observaban atónitos la escena.

La columna de deportados de Castro del Río rodeó las murallas de la ciudad y dejó atrás el cuerpo de guardia que vigilaba los accesos al Arenal de Sevilla. Los moriscos se desperdigaron entre la muchedumbre y Rafaela se detuvo para hacerse una idea del lugar. Sabía qué buscar. Dieciséis caballos juntos tenían que ser fácilmente reconocibles incluso entre la multitud; con ellos estarían Hernando y los niños.

—Estate atento a tus hermanos y permaneced junto a mí. No vayáis a extraviaros —advirtió a Muqla al tiempo que se encaminaba hacia una carreta que se hallaba a pocos pasos.

Sin pedir permiso, se encaramó al pescante nada más llegar a ella.

—¡Eh! —gritó un hombre que trató de impedírselo. Pero Rafaela ya tenía prevista aquella posibilidad y se zafó de él con determinación—. ¿Qué haces? —insistió el carretero tirando de la saya de la mujer.

Sólo necesitaba unos instantes. Aguantó los tirones, se puso de puntillas sobre el pescante y recorrió el amplio lugar con la mirada. Dieciséis caballos. «No puede ser difícil», musitó Rafaela. El hombre hizo ademán de subir también, pero Muqla reaccionó y se abalanzó sobre él para aferrarse a sus piernas. Un corrillo de curiosos se formó en el lugar mientras el carretero trataba de librarse a patadas del mocoso. «¡Dieciséis caballos!», seguía diciéndose Rafaela. Escuchaba los gritos del hombre y los esfuerzos de su pequeño por detenerle.

—¡Allí! —se sorprendió gritando.

Los caballos aparecieron nítidos al pie de una torre resplandeciente que se alzaba en la ribera del río, al otro extremo de donde se hallaban.

Saltó del pescante como si fuera una muchacha. Ni siquiera sintió el dolor de sus pies al golpear sobre la tierra.

—Gracias, buen hombre —le dijo al carretero—. Deja tranquilo a este caballero, Muqla. —El niño liberó su presa y salió corriendo por si se escapaba otra patada—. ¡Vamos, niños!

Se abrió paso entre los curiosos y se encaminó airosa hacia la torre, con una sonrisa en los labios, sorteando a hombres y mujeres o apartándolos a empujones si era menester.

—Lo hemos conseguido, niños —repetía.

Volvía a llevar a los pequeños en brazos. Muqla se esforzaba por seguir su paso.

—No quiero volver a separarme de ti —había exclamado Fátima tras aquel largo beso.

Seguían muy cerca uno del otro, recorriéndose con la mirada, posando los ojos en cada arruga de sus rostros, intentando borrarlas; por unos momentos volvieron a ser el joven arriero de las Alpujarras y la muchacha que le esperaba. El tiempo transcurrido parecía desvanecerse. Ahí estaban, los dos, juntos; el pasado se perdía llevado por la emoción del reencuentro.

—Ven conmigo a Constantinopla. —dijo Fátima—. Tú y tus hijos. No nos faltará de nada. Tengo dinero, Ibn Hamid, mucho dinero. Ya nada ni nadie me impide entregarme a ti. Ninguno de los dos correremos peligro. Empezaremos de nuevo.

Hernando escuchó aquellas palabras y en su semblante apareció una sombra de duda.

—Haremos llegar dinero al resto de tu familia —se apresuró a decir ella—. Efraín se ocupará. A ellos tampoco les faltará de nada, te lo juro. —Fátima no le dio tiempo a pensar y continuó hablando precipitadamente, con pasión. Amin y Laila se miraban el uno al otro, boquiabiertos, buscando inconscientemente el contacto de Miguel mientras escuchaban a aquella desconocida que había besado a su padre—. Tengo un barco. Tengo los permisos necesarios para transportar a nuestros hermanos hasta Berbería. Después, nosotros continuaremos navegando hacia Oriente. En poco tiempo estaremos instalados en una gran casa… ¡No! ¡En un palacio! ¡Lo merecemos! Tendremos cuanto deseemos. Y podremos ser felices, como antes, como si nada hubiera sucedido a lo largo de estos años, reencontrándonos cada día…

Hernando se agitaba en un sinfín de sensaciones y sentimientos encontrados. ¡Fátima! Los recuerdos acudían impetuosos a su mente, atropellándose los unos a los otros. La comunión en la distancia que durante los últimos tiempos había mantenido con Fátima, como si se tratase de un fanal etéreo que alumbrara su camino, se había trocado ahora en una realidad tangible y al tiempo maravillosa. Era…, era como si su cuerpo y su espíritu al tiempo hubieran despertado a la vida, permitiendo aflorar unos sentimientos que, de forma consciente y voluntaria, había reprimido. ¡Cuánto se habían amado a lo largo de los años! Fátima estaba allí, delante de él, hablándole sin cesar, ilusionada, apasionada. ¿Cómo había sido capaz de pensar que todo aquel amor podía desaparecer?

—Nadie podrá separarnos de nuevo, jamás —repetía ella, una vez más, cuando Hernando desvió la mirada hacia sus hijos.

¿Y ellos? ¿Y Rafaela? ¿Y los pequeños que habían quedado en Córdoba? Una casi imperceptible sacudida de repulsa vino a turbar el hechizo del momento. ¿Los estaba traicionando? Amin y Laila mantenían la mirada clavada en él, haciéndole mil preguntas silenciosas al tiempo que mil reproches. Hernando sintió sus censuras como finas agujas que se clavaban en su carne. ¿Quién es esa mujer que te besa y a la que has acogido con tanta pasión?, parecía echarle en cara su hija. ¿Qué vida es esa que tienes que reemprender lejos de mi madre?, le recriminaba Amin. Miguel…, Miguel se mantenía cabizbajo, sus piernas más encogidas que nunca, como si toda su vida, todos sus esfuerzos y renuncias, se concentrasen en el barro sobre el que se apoyaban sus muletas.

Fátima había callado. El alboroto, los lamentos de los miles de moriscos reunidos en el Arenal se hicieran sonoros de repente. La realidad se imponía. Los cristianos los habían echado de Córdoba.

Le aguardaba el destierro, un futuro incierto, tanto a él como a sus hijos. ¡Tal vez Dios hubiera puesto ahora a Fátima en su camino! ¡No podía ser otro sino Él quien había llevado hasta allí a su primera esposa!

Iba a responderle cuando la voz de su hija Laila le sorprendió.

—¡Madre! —exclamó la niña de repente, echando a correr.

—¡Lai…! —empezó a decir Hernando. ¿Madre? ¿Había dicho madre? Vio entonces a Amin, que salía en pos de su hermana.

No pudo decir más. Se quedó paralizado. A varios pasos de donde se encontraba, Rafaela abrazaba a Amin y Laila y les besaba rostros y cabezas. Alrededor se encontraban los tres pequeños, quietos, mirándole expectantes.

Con ternura, Rafaela apartó de sí a los niños y se irguió frente a su esposo. Entonces le sonrió apretando los labios en un gesto decidido, triunfal. «¡Lo he conseguido! ¡Aquí estás!», le decían. Hernando fue incapaz de reaccionar. La mujer se extrañó e inconscientemente examinó sus ropas. ¿Sería por su aspecto? Se vio harapienta y sucia. Avergonzada, trató de alisarse la saya con las manos.

—¿Tu esposa cristiana?

La voz de Fátima resonó en los oídos de Hernando a modo de pregunta y de reproche, de lamento incluso.

Él asintió con la cabeza, sin volverse.

Rafaela se percató de la presencia de la hermosa y lujosamente ataviada mujer que se hallaba al lado de su esposo y avanzó hacia él, pero con la mirada fija en la desconocida.

—¿Quién es esta mujer? —inquirió Rafaela, acercándose a Fátima.

—¿No le has hablado de mí, Hamid ibn Hamid? —preguntó Fátima, aunque sus ojos estaban puestos en aquella figura desastrada y sucia que se acercaba a ellos.

Hernando fue a contestar pero Rafaela se le adelantó con la misma resolución con la que un día, cuando la peste, había echado a su madre de la casa de Córdoba.

—Yo soy su esposa. ¿Con qué derecho te atreves a interrogarnos?

—Con el que me concede el ser su primera y única esposa

—afirmó Fátima haciendo un gesto con el mentón hacia Hernando.

El desconcierto se mostró en el rostro de Rafaela. La primera esposa de Hernando había muerto. Todavía recordaba el triste relato de Miguel. Negó con la cabeza, con los ojos cerrados, como si quisiera alejar de sí aquella afirmación.

—¿Cómo? —dijo con un hilo de voz—. Hernando, dime que no es cierto.

—Sí, díselo, Hamid. —La voz de Fátima sonó desafiante.

—Cuando me casé contigo, creía que había muerto —acertó a contestar Hernando.

Rafaela sacudió la cabeza con violencia.

—¡Cuando te casaste conmigo! —gritó—. ¿Y después? ¿Lo has sabido después? ¡Virgen santísima! —terminó exclamando.

Lo había dejado todo por Hernando. Había recorrido leguas para encontrarse con él. Estaba harapienta y sucia, con los zapatos destrozados. ¡Todavía le sangraban los pies! ¿De dónde salía aquella mujer? ¿Qué quería de Hernando? A su alrededor había miles de moriscos derrotados, todos entregados a su maldita suerte. ¿Qué hacía ella allí? Notó que le flaqueaban las fuerzas, que la determinación con la que había iniciado aquella empresa desaparecía confundiéndose en los llantos y lamentos de las gentes.

—Ha sido una marcha interminable —sollozó como si renunciase—. Los niños… ¡no hacían más que llorar! Sólo Muqla aguantaba. Pensaba que no llegaríamos a tiempo, ¿y para qué? —En ese momento separó ligeramente uno de sus brazos del cuerpo y como si hubiera sido una señal, Laila acudió a abrazarla—. Nos lo han quitado todo: la casa, los muebles, mis ropas…

Hernando se acercó a Rafaela con las manos abiertas y algo extendidas, tratando de explicarse a través de ellas; su mirada, sin embargo, era furtiva.

—Rafaela, yo… —empezó a decir.

—Podría arreglarlo para que también pudiera venir ella —le interrumpió entonces Fátima, alzando la voz. ¿Qué hacía allí la cristiana? No estaba dispuesta a renunciar a sus sueños aunque eso significase… Ya lo arreglaría.

Hernando se volvió hacia Fátima y Rafaela percibió la duda en su esposo.¿Por qué dudaba? ¿De qué hablaba aquella mujer? ¿Ir adónde? ¿Y con ella?

—¿Qué es esta locura? —preguntó entonces.

—Que si lo deseas —contestó Fátima—, tú y tus hijos podréis venir con nosotros a Constantinopla.

—Hernando —Rafaela se dirigió a su esposo con dureza—. Te he entregado mi vida. Estoy…, estoy dispuesta a renunciar a los dogmas de mi Iglesia y a compartir contigo la fe en María y el destino que te aguarda, pero jamás, ¿me escuchas? —masculló—, jamás te compartiré con otra mujer.

Finalizó sus palabras señalando a Fátima con el índice.

—¿Y qué otra alternativa tienes, cristiana? —le dijo ésta—. ¿Crees que te dejarán embarcar con él hacia Berbería? No te lo permitirán. ¡Y te quitarán a los niños! Lo sabéis ambos. Lo he visto mientras esperaba: los arrancan sin la menor compasión de los brazos de sus madres… —Fátima dejó que las palabras flotaran en él aire y entrecerró los ojos al comprobar que Rafaela mudaba el semblante ante la posibilidad de perder a sus pequeños. La comprendió, entendió su dolor al pensar en su propio hijo, muerto por culpa de esos cristianos, pero al mismo tiempo el recuerdo la enfureció. Era una cristiana, no merecía su compasión—. ¡Lo he visto! —insistió Fátima con terquedad—. En cuanto comprueben que ella no tiene papeles moriscos, que es una cristiana, la detendrán, la acusarán de apostasía y os quitarán a los niños.

Rafaela se llevó las manos al rostro.

—Hay cientos de soldados vigilando —prosiguió Fátima.

Rafaela sollozó. El mundo parecía desdibujarse a su alrededor. El cansancio, la emoción, la tremenda sorpresa. Todo pareció unirse en un instante. Sintió que le fallaban las piernas, que le faltaba el aire. Sólo oía las palabras de aquella mujer, cada vez más difusas, cada vez más lejos…

—No tenéis escapatoria. No hay forma de salir del Arenal… Sólo yo puedo ayudaros…

Entonces Rafaela, ahogando un gemido, se desmayó.

Los niños corrieron a su lado, pero fue Hernando quien, apartándolos, se arrodilló junto a ella.

—¡Rafaela! —dijo, palmeándole las mejillas—. ¡Rafaela!

Desesperado, miró a su alrededor. Sus ojos se cruzaron, sólo un instante, con los de Fátima, pero ese fugaz contacto sirvió para que ésta comprendiese, antes que él incluso, que lo había perdido.

—No me abandones —suplicaba Rafaela, medio aturdida—. No nos dejes, Hernando.

Miguel, los niños y Fátima observaban a la pareja algo alejada de ellos, junto a la ribera del río, adonde Hernando había llevado a su esposa. Rafaela aún tenía el semblante pálido, su voz seguía siendo trémula; no se atrevía ni a mirarle.

Hernando todavía sentía el aroma de Fátima en su piel. No hacía mucho rato se había entregado a ella, deseándola; hasta había soñado fugazmente, unos meros instantes, en la felicidad que le proponía. Pero ahora… Observó a Rafaela: las lágrimas corrían por sus mejillas mezclándose con el polvo del camino que llevaba pegado en su rostro. Vio temblar el mentón de Rafaela, que trataba de reprimir sus sollozos como si quisiera presentarse ante él como una mujer dura, decidida. Hernando apretó los labios. No lo era: era la muchacha a la que había librado del convento, aquella que poco a poco, con su dulzura, había ganado su corazón. Era su esposa.

—No te dejaré nunca —se oyó decir a sí mismo.

La tomó de las manos, dulcemente, y la besó. Luego la abrazó.

—¿Qué haremos? —escuchó que le preguntaba ella.

—No te preocupes —musitó tratando de parecer convincente.

Los niños no tardaron en rodearles.

—Ahora hay algo que debo hacer… —empezó a decir Hernando.

Miguel se separó cuando vio acercarse a Hernando donde todavía estaba Fátima.

—He venido a buscarte, Hamid ibn Hamid —le recibió ella con seriedad—. Creía que Dios…

—Dios dispondrá.

—No te equivoques. Dios ya ha dispuesto esto —añadió señalando la muchedumbre que se apretujaba en el Arenal.

—Mi sitio está con Rafaela y mis hijos —dijo él. La firmeza de su tono no admitía réplica.

Ella tembló. Su rostro se había convertido en una máscara bella y dura. Fátima hizo ademán de marchar, pero antes de dar un solo paso volvió sus ojos hacia él:

—Yo sé que todavía me amas.

Tras estas palabras, Fátima dio media vuelta y empezó a alejarse.

—Espera un momento —le rogó Hernando. Corrió hacia donde estaban los caballos y volvió enseguida, con un paquete en sus manos; rebuscaba en su interior al llegar a su lado—. Esto es tuyo —dijo entregándole la vieja mano de oro. Fátima la cogió con mano temblorosa—. Y esto… —Hernando le acercó la copia árabe del evangelio de Bernabé de la época de Almanzor—, estos escritos son muy valiosos, muy antiguos y pertenecen a nuestro pueblo. Yo debía intentar hacerlos llegar a manos del sultán. —Fátima no cogió los pliegos—. Sé que te sientes defraudada —reconoció Hernando—. Como bien has dicho antes, es difícil que escape de aquí, pero lo intentaré y si lo consigo, continuaré luchando en España por el único Dios y por la paz entre nuestros pueblos. Entiéndeme, puedo arriesgar mi vida, puedo arriesgar la de mi esposa y hasta la de mis hijos, puedo incluso renunciar a ti…, pero no puedo arriesgar el legado de nuestro pueblo. No puedo hacerme cargo de esto, Fátima. Los cristianos no deben hacerse con él. Guárdalo tú en homenaje a nuestra lucha por conservar las leyes musulmanas y haz con él lo que consideres más oportuno. Cógelo, por Alá, por el Profeta, por todos nuestros hermanos.

Ella extendió una mano hacia el legajo.

—Piensa que te amé —aseguró entonces Hernando—, y que seguiré haciéndolo hasta mi… —Carraspeó y permaneció callado un instante—. Muerte es esperanza larga —susurró.

Pero Fátima había dado media vuelta antes de que él pudiera terminar la frase.

Sólo después de ver cómo Fátima desaparecía entre la muchedumbre, Hernando llegó a comprender la verdad de las palabras que ella había pronunciado. Sintió cómo se le encogía el estómago al recorrer el Arenal con la mirada. Miles de moriscos encarcelados en aquella superficie; soldados y escribanos dando órdenes sin cesar; gente embarcando; mercaderes y buhoneros tratando de aprovecharse de la última blanca de aquellas gentes arruinadas; sacerdotes pendientes de que nadie escapase con niños menores...

—¿Qué hacemos, Hernando? —inquirió Rafaela, aliviada al ver alejarse a aquella mujer. De nuevo estaban juntos, eran una familia. Los niños los rodeaban y esperaban, expectantes, ya todos junto a él.

—No lo sé. —No podía apartar la mirada de Rafaela y los niños. Había estado a punto de perderlos...—. Aun suponiendo que, de una forma u otra, tú pudieras embarcar como morisca, nunca dejarían hacerlo a los niños. Nos los robarían. Tenemos que escapar de este agujero. No hay tiempo que perder.

Bajo el resplandor que el atardecer arrancaba de los azulejos de la Torre del Oro, Hernando observó las murallas de la ciudad. Rafaela le imitó; Miguel también lo hizo. A sus espaldas no había salida: la propia muralla y el alcázar cerraban el paso. Algo más allá se hallaba la puerta de Jerez que daba acceso a la ciudad, pero estaba vigilada por una compañía de soldados, igual que la del Arenal y la de Triana. Sólo podía salirse de allí por el río Guadalquivir. Rafaela y Miguel vieron que Hernando negaba con la cabeza. ¡Eso era imposible! Bajo concepto alguno debían acercarse a los barcos, con los escribanos y sacerdotes vigilando la ribera. La única salida era la misma por la que habían accedido al Arenal, en el otro extremo, extramuros, aunque también se trataba de un lugar fuertemente vigilado por soldados. ¿Cómo podrían hacerlo?

—Esperadme aquí —les ordenó.

Cruzó el Arenal. Efectivamente, en la entrada se apostaba un cuerpo de guardia, provisto de armas, en unos chamizos precariamente construidos para recibir las columnas de moriscos. Hernando observó, sin embargo, que los soldados perdían el tiempo charlando o jugando a los naipes. Ya nadie entraba y ningún morisco se atrevía a intentar salir. Los cristianos que se hallaban en el Arenal lo abandonaban por las puertas de acceso a la ciudad, no por una zona que continuaba rodeando las murallas. Sin embargo… ¡Tenían que salir!

Regresó a la Torre del Oro cuando empezaba a anochecer; la hora de la oración. Hernando miró al cielo e imploró la ayuda divina. Luego reunió a Rafaela y Miguel, también a Amin y Laila. Era arriesgado, muy arriesgado.

—¿Dónde están los hombres que has traído con los caballos? —le preguntó a Miguel.

—En la ciudad. Queda uno de guardia.

—Dile que vaya con sus compañeros. Dile…, dile que me gustaría pasar la última noche con mis caballos, a solas. ¿Lo creerá?

—Le importará muy poco el porqué. Saldrá a divertirse. Les he pagado. Tienen dinero caliente y la ciudad bulle.

Esperaron a que Miguel volviese.

—Hecho —confirmó el tullido.

—Bien. Tú, como cristiano, puedes salir de aquí… —Miguel fue a quejarse pero Hernando le interrumpió—. Haz lo que te digo, Miguel. Sólo tendremos una oportunidad. Abandona el Arenal por cualquiera de las puertas, cruza la ciudad y sal por otra de ellas. Espéranos más allá de las murallas.

—¿Y ella? —intervino el tullido señalando a Rafaela—. También es cristiana. Podría salir conmigo…

—¿Con los niños? —preguntó Hernando—. No superaría el cuerpo de guardia. Creerían que ha entrado para robarlos y los perderíamos. ¿Qué excusa podría proporcionar una mujer cristiana para hallarse en el Arenal con sus hijos pequeños? La detendrían. Seguro.

—Pero…

—Ve, Miguel.

Hernando abrazó a su amigo y luego ayudó a Miguel a encaramarse a su mula. Quizá aquélla fuera la última vez que lo viera.

—La paz, Miguel —le dijo al pasar junto a ellos. El tullido murmuró una despedida—. No llores, Rafaela —añadió al volverse hacia su esposa y encontrársela con lágrimas en los ojos—. Lo conseguiremos…, con la ayuda de Dios lo conseguiremos. Niños, tenemos mucho trabajo y poco tiempo —apremió a Amin y Laila.

Se acercó a los caballos, que descansaban rendidos por el viaje. Miguel, como había advertido en su día, les había reducido la comida para que perdieran fuerzas y soportasen sumisos la carga de bultos, mujeres y ancianos. Casi todos ellos presentaban rozaduras y mataduras por la carga que habían transportado. Hernando cogió ronzales y cuerdas.

—Atadlos a todos entre sí, de una cabezada a la otra, bien fuerte —explicó a sus hijos entregándoles varios ronzales y reservándose unas cuerdas largas—. No —rectificó sopesando la dificultad de controlar dieciséis caballos atados—; atad… diez como mucho. Quiero que vayas con los tres pequeños hasta el otro extremo —dijo entonces, dirigiéndose a Rafaela—. Tú tardarás más que nosotros. Allí deberás apostarte lo más cerca del cuerpo de guardia que te sea posible, pero sin que te vean o sospechen de ti. Lanzaré los caballos contra ellos… —Rafaela se sobresaltó—. Es lo único que se me ocurre, amor mío. Cuando eso suceda, cruza rápidamente con los niños y escóndete entre las matas de la ribera, allí no hay barcos, pero no te quedes quieta, vete, aléjate cuanto puedas. Continúa por la ribera rodeando la muralla hasta que dejes atrás la ciudad y te encuentres con Miguel.

—¿Y vosotros? —preguntó ella, consternada.

—Llegaremos. Confía en ello —le aseguró Hernando, pero el temblor de su voz contradecía su firmeza.

Hernando le dio un dulce beso y la urgió a cruzar el Arenal. Rafaela titubeó.

—Lo conseguiremos. Todos —le insistió Hernando—. Confía en Dios. Ve. Corre.

Fue el pequeño Muqla quien tiró de la mano de su madre para encaminarla hacia el otro extremo del Arenal. Hernando perdió unos instantes observando cómo parte de su familia se perdía entre la muchedumbre; luego se volvió con resolución para ayudar a sus hijos.

—¿Habéis oído lo que le he dicho a vuestra madre? —preguntó a los dos mayores. Ambos asintieron—. De acuerdo entonces. Cada uno de vosotros irá a un lado de la manada; yo los dirigiré. Nos costará pasar entre tanta gente, pero tenemos que conseguirlo. Por suerte la mayoría de los soldados están de fiesta en la ciudad y ya no deambulan entre nosotros; no nos detendrán. —Hablaba con energía mientras ataba los caballos, sin dar oportunidad a que sus hijos se plantearan lo que iban a hacer—. Arreadlos por detrás y por los costados para que caminen —les ordenó—, hacedlo con brío, sin que os importe lo que nadie pueda deciros. Nuestro objetivo es cruzar esta explanada, como sea. ¿Me habéis entendido? —Amin y Laila asintieron de nuevo—. Cuando estemos cerca de la salida, quedaos detrás de ellos, luego escapad y corred igual que vuestra madre. ¿De acuerdo?

No esperó confirmación. Los diez caballos ya estaban atados. Entonces Hernando cogió las cuerdas largas y, por encima de las cruces, las ató a las manos de dos de los animales que irían en cabeza, luego agarró del ronzal a otro que pretendía llevar libre.

—¿De acuerdo? —repitió. Amin y Laila asintieron con la cabeza. Su padre los animó con una sonrisa—. ¡Nos espera vuestra madre! ¡No podemos dejarlos solos! ¡En marcha! —ordenó sin permitirse un respiro. Amin sólo tenía once años; su hermana uno menos. ¿Serían capaces?

Hernando tiró de los tres caballos de cabeza, los siete restantes por detrás, atados entre ellos, agrupados, abriéndose por los flancos.

—¡Arre! ¡Vamos, preciosos!

Le costó ponerlos en movimiento; no estaban acostumbrados a moverse atados unos a otros. Los de detrás cocearon, se encabritaron y se mordieron, negándose a adelantar. ¿Y él?, se preguntó entonces, ¿sería capaz a su edad? Pateó con fuerza la barriga de uno de los caballos.

—¡Moveos!

—¡Arre! —escuchó entonces desde detrás.

Entre los animales vio que Amin había cogido una cuerda y azotaba las grupas de los traseros. Al instante se sumó la voz de Laila, primero titubeante, después firme como la de su hermano.

¡Serían capaces!, sonrió con los gritos de sus pequeños en los oídos.

Cuando todos los caballos se pusieron en movimiento lo hicieron como un ejército imparable; Hernando creyó que no podría controlarlos, pero sus hijos iban y venían corriendo desde atrás a los flancos, para azuzarlos y mantenerlos agrupados.

—¡Cuidado! ¡Apartaos! —gritaba él sin cesar.

Los niños también gritaban. Y la gente, que se quejaba y los insultaba.

Los moriscos saltaban a su paso para apartarse. Pisotearon enseres y arrollaron tiendas. Cuando pasaron por encima de una pequeña hoguera, Hernando llegó a comprender lo ciegos que estaban los animales entre el gentío: jamás habrían hecho tal cosa en otras condiciones; nunca habrían pasado por encima de un fuego.

—¡Cuidado!

Tuvo que tironear con violencia de los caballos de cabeza para dar tiempo a que una anciana escapase y no fuera arrollada, aunque más de algún morisco salió despedido al chocar con los animales que iban por los costados.

Por extenso que fuera el Arenal, el tiempo voló y Hernando distinguió el cuerpo de guardia por delante, los soldados extrañados ante el escándalo.

—¡Ahora, niños! ¡Huid! ¡Al galope! —gritó.

No fue necesario que se esforzara. El espacio libre que se abría entre donde se asentaban los últimos moriscos y la guardia animó a los animales a lanzarse a un frenético galope. Hernando corrió un par de trancos al lado del caballo libre y se agarró a su crin para montar aprovechando la inercia. Le costó hacerlo; sus músculos chasquearon ante el esfuerzo. Falló en su primer intento y se quedó con la pierna derecha a medio camino de la grupa, pero tal y como volvió a tocar el suelo, sin llegar a dar un paso, se izó con fuerza y lo consiguió. El resto, sin Amin y Laila azuzándoles, se abrió en abanico. Los soldados observaron aterrados cómo se les venían encima once caballos al galope: una manada de animales desenfrenados, locos.

—*Allahu Akbar!*

No había terminado de invocar a su Dios cuando tiró de las dos cuerdas largas que había atado a las manos de los otros dos caballos de cabeza. Los animales tropezaron, cayeron de bruces y dieron una vuelta de campana. A la luz de las antorchas, Hernando llegó a vislumbrar el pánico en los rostros de los soldados cuando todos los animales tropezaron entre sí y se abalanzaron sobre hombres y chamizos. Él, en el caballo libre, galopó fuera del Arenal dejando atrás un cuerpo de guardia destrozado.

Saltó a tierra igual que había montado y corrió hacia las matas de la ribera. Los relinchos de los caballos y el griterío resonaban en la noche.

—¿Rafaela? ¿Amin?

Tardó unos interminables momentos en escuchar contestación.

—Aquí.

En la más absoluta oscuridad, reconoció la voz de su hijo mayor.

—¿Y tu madre?

—Aquí —respondió Rafaela algo más lejos.

Le dio un vuelco el corazón al oír su voz. ¡Lo habían logrado!

69

Escaparon a Granada sabiendo que, en caso de que fueran detenidos, les aguardaba la muerte o la esclavitud. Los capitanes de las milicias cordobesas debían saber que había sido él: era el dueño de los caballos y su nombre y los de sus hijos no aparecerían en los censos de embarque. A las Alpujarras, decidió. Allí había pueblos enteros abandonados. Miguel, con su mula, no tuvo problemas para salir del Arenal y se encontró con ellos más allá de las murallas de la ciudad; atrás quedaban los dieciséis magníficos caballos. Pero ¿qué importaban ya?

Después de un largo viaje desde Sevilla a las Alpujarras, evitando los caminos, escondiéndose de las gentes, robando la poca comida de los campos en invierno o esperando ocultos fuera de los pueblos a que Miguel consiguiese alguna limosna, encontraron refugio cerca de Juviles, en Viñas, un lugar desierto desde la expulsión de sus vecinos después de la rebelión.

El frío todavía era intenso y las cumbres de Sierra Nevada estaban cubiertas de nieve. Hernando las miró y luego posó los ojos en sus hijos; allí había transcurrido su infancia. Prohibió encender fuego; sólo lo harían por las noches. Se acomodaron en una vivienda desvencijada que Rafaela y los niños pugnaron por limpiar, sin medios y con escaso éxito. Hernando y Miguel los observaron: parecían pordioseros.

Los dos hombres salieron fuera de la casa, a una callejuela sinuosa limitada por casas derruidas. Rafaela los vio, ordenó a los niños que continuaran y los siguió.

¿Y ahora?, preguntó con la mirada nada más acercarse a ellos. ¿Iban a vivir allí, escondidos, toda la vida?

—Tengo que pedirte otro favor, Miguel —se apresuró a decir Hernando sin volverse hacia el tullido, sosteniendo la mirada de su esposa y alargando una mano hacia ella.

—¿Qué es lo que quieres?

Hernando acompañó a Miguel lo más cerca que pudo de Granada y después volvió a las Alpujarras con la mula; un mendigo no debía poseer un animal como aquél. El tullido cruzó la puerta del Rastro después de pelearse con los guardias, que cedieron, vencidos por su incontinente verborrea y, desde allí, directamente, se encaminó a la casa de los Tiros.

Durante los días que Miguel estuvo fuera, Hernando entretuvo a sus hijos y trató de enseñarles a cazar pajarillos. Encontró parte de una soga reseca, desunió los hilos y bajo la atenta mirada de sus hijos empezó a hacer diversos tipos de lazadas que luego colocaron en las ramas de los árboles. No cazaron ninguno, pero los críos pasaron mucho tiempo distraídos. Tampoco les faltó de comer, Hernando conocía bien esas tierras y salvo carne, encontró cuanto era necesario para mantenerse. Transcurrió una semana y nadie se había acercado a Viñas, entonces anunció a Rafaela que partía por unos días con Amin y Muqla.

—¿Adónde vais?

—Debo enseñarles una cosa. —El temor apareció en el semblante de su esposa—. No te preocupes —la tranquilizó—. Nadie vendrá por aquí. Estate atenta y si vieses algo extraño, refúgiate con los niños en las cuevas cerca de las que intentamos cazar los pajarillos. Laila sabe dónde están.

El castillo de Lanjarón se alzaba, imponente, tal y como Hernando lo recordaba. Esperaron al pie del cerro a que anocheciese antes de iniciar el ascenso. Hernando había procurado que el viaje coincidiera con la luna llena, que brillaba inmensa en un cielo estrellado y sin nubes. Seguido de sus hijos, se dirigió hacia el bastión del lado sur de la fortaleza.

—No hay otro Dios que Dios y Muhammad es el enviado de Dios —susurró en la noche:

Luego se acuclilló y empezó a excavar. Cuando dio con la espada de Mahoma, la extrajo con cuidado y la presentó a sus hijos, destapando reverentemente las telas en las que la había envuelto en su día.

—Ésta —les dijo— es una de las espadas que perteneció al Profeta.

Hubiera deseado que la vaina de oro y sus colgantes brillara a la luz de la luna del mismo modo que relucía años atrás, cuando él la contempló por primera vez en la cabaña de Hamid. En su lugar, encontró ese deseado refulgir en los ojos desmesuradamente abiertos de sus hijos. Desenvainó el alfanje. La hoja rechinó al salir y Hernando se estremeció al comprobar que entre la herrumbre del filo todavía se apreciaban manchas de sangre seca, la del cuello de Barrax. ¡El arráez corsario! Su mente se perdió en los recuerdos, y una vez más, pese a todo, los ojos negros de Fátima se le aparecieron como estrellas en la noche.

Unas tosecillas le devolvieron a la realidad. Miró a Amin y luego se quedó prendado en Muqla; incluso a la luz de la luna, sus ojos refulgían.

—Durante años —afirmó entonces con vehemencia—, esta espada ha sido custodiada por musulmanes. Primero, cuando reinábamos en estas tierras, fue exhibida con orgullo y utilizada con valor; luego, cuando llegó el momento del sometimiento de nuestro pueblo, fue escondida a la espera de una nueva victoria que algún día llegará. Nunca dudéis de ello. Hoy estamos más derrotados que nunca; nuestros hermanos son expulsados de España. Si lo que tengo previsto sale bien, deberemos seguir comportándonos como cristianos, más si cabe puesto que ya pocos musulmanes quedarán en España; deberemos hablar como ellos, comer como ellos y rezar como ellos, pero no desesperéis, hijos. Probablemente yo no lo vea, quizá tampoco vosotros, pero algún día, algún creyente volverá aquí para hacerse con esta espada y… —Por un instante vaciló al recordar las palabras de Hamid, tantos años atrás. ¿Qué iba a decirles? ¿Que la espada se alzaría para vengar la injusticia? A pesar de la rabia que sentía, no quería que sus hijos crecieran con una idea de odio en sus mentes—. Y la sacará a la luz, como símbolo de que nuestro pueblo ha recuperado la libertad.

»Acordaos siempre de dónde está esperándonos y, si no es en vida vuestra, transmitid este mensaje a vuestros hijos para que ellos lo hagan con los suyos. Nunca desfallezcáis en la lucha por el único Dios. ¡Juradlo por Alá!

—Lo juro —contestó Amin con seriedad.

—Lo juro —le imitó Muqla.

Durante el camino de vuelta a Viñas, Hernando pensó en lo que acababa de hacer jurar a sus hijos. Había trabajado para acercar a las dos religiones, para lograr que los cristianos aceptasen su presencia, para que les permitiesen hablar en árabe…, y sin embargo había atizado a sus hijos contra ellos, en busca ¿de qué? Estaba confundido. Con las imágenes de miles de moriscos sometidos, amontonados y tratados como animales en el Arenal de Sevilla, recordó el día en que Hamid le entregó el alfanje; entonces luchaban por su supervivencia, dispuestos a entregar la vida por sus leyes y sus costumbres. ¡Qué diferencia con esta humillante expulsión de España! Sólo quedaban ellos y probablemente algunos moriscos más escondidos en los campos y las ciudades. ¿Dónde estaba el entendimiento por el que había apostado? En la noche, andando hacia las sierras, pasó los brazos por encima de los hombros de sus hijos y los atrajo hacia sí. Ellos mantendrían encendida la llama de la esperanza para un pueblo maltratado; un débil fuego, ciertamente, pero ¿no empezaban los grandes incendios por la más nimia de las chispas?

Miguel volvió a las Alpujarras al cabo de casi veinte días, montado en una nueva mula y acompañado por don Pedro de Granada Venegas, a caballo, solo, sin la compañía de criado alguno. Podían refugiarse, les ofreció el noble, en las tierras que señoreaba en Campotéjar, en el límite de las provincias de Granada y Jaén, pero debían hacerlo como cristianos trasladados desde la capital granadina. Don Pedro consiguió que le falsificaran documentos que los acreditaban como ciudadanos granadinos, supuestamente cristianos viejos. Hernando se llamaba ahora Santiago Pastor; Rafaela, Consolación Almenar. Nadie se extrañaría de su traslado. La expulsión de los moriscos había dejado los campos vacíos, sin manos que los trabajaran, principalmente los del reino de Valencia, pero también los de otros lugares, y el señorío de los Granada Venegas no era una excepción. También le entregó dos cartas: una dirigida al criado que se ocupaba de los asuntos de su señorío y otra de presentación para el párroco de Campotéjar, amigo suyo, en la que encomiaba la religiosidad de quienes presentaba como sus más leales servidores y a los que garantizaba como personas temerosas de Dios. Miguel aparecía en los papeles como un familiar más. Si no cometían errores, nadie les molestaría, les aseguró don Pedro.

—¿Qué se sabe de los plúmbeos? —le preguntó Hernando en un aparte, antes de que el noble montase en su caballo para volver a la ciudad.

—El arzobispo continúa reteniendo los libros e interviniendo personalmente en su traducción. No permite la más mínima referencia a doctrinas musulmanas. Se está construyendo una colegiata en el Sacromonte en la que se veneran las reliquias, y un colegio para impartir estudios religiosos y de derecho. Hemos fracasado.

—Quizá algún día… —dijo Hernando, con la voz teñida de esperanza.

Don Pedro lo miró y negó con la cabeza.

—Aunque lo consiguiéramos, aunque el sultán o cualquier otro rey árabe diera a conocer el evangelio de Bernabé, ya no quedan musulmanes en España. Carecería de importancia.

Hernando fue a replicar, pero se contuvo. ¿Acaso don Pedro no otorgaba importancia al hecho de que saliera a la luz la verdad, con independencia de los moriscos españoles? Los nobles conversos habían logrado salvarse de la expulsión. Don Pedro había encontrado sus raíces cristianas a través de la aparición de Jesucristo que alguien había contado en un libro para su mayor grandeza. Los ayudaba, sí, pero ¿seguía creyendo en el único Dios?

—Os deseo una larga vida —añadió el noble al tiempo que echaba un pie al estribo de la montura—. Si tenéis algún problema, hacédmelo saber.

Luego partió al galope.

Epílogo

Hanse quedado muchos, particularmente donde
hay bandos y son favorecidos...

El conde de Salazar al duque
de Lerma, septiembre de 1612

Campotéjar, 1612

Habían transcurrido cerca de dos años desde aquella conversación y, efectivamente, no habían tenido ningún problema para establecerse en una apartada alquería del señorío de los Granada Venegas, bajo la protección de don Pedro, como antiguos criados suyos. Su forma de vida cambió. Hernando ya no poseía libros en los que refugiarse, ni siquiera papel o tinta con la que escribir. Tampoco caballos. El escaso dinero del que disponían no lo podía destinar a tales menesteres pero, de haberlos tenido, tampoco hubiera podido dedicarse a la caligrafía; la convivencia entre las familias que habitaban aquel lugar perdido en los campos era tan íntima y cerrada que sus vecinos se habrían dado cuenta y habrían desconfiado. Las puertas de las casas estaban permanentemente abiertas y las mujeres rezaban rosarios en un constante murmullo que llegó a convertirse en una cantinela propia del lugar. En alguna ocasión, no obstante, solos en los campos, con alguna ramita en la mano, casi inconscientemente, trazaba letras árabes sobre la tierra, que Rafaela o sus hijos borraban rápidamente con los pies. Sólo Muqla, que cada vez más tenía que atender al nombre de Lázaro, ya con siete años, fijaba sus ojos azules en aquellos grafismos, como tratando de retenerlos. Era al único de sus hijos al que Hernando continuaba enseñando la doctrina musulmana, siempre con el recuerdo del Corán que había escondido en el *mihrab* de la mezquita de Córdoba para que algún día él lo recuperase.

Salvo la excepción que hacía con Muqla, evitaba hablar de religión; ni siquiera enseñaba a los demás niños por miedo a que los descubriesen. Las gentes estaban revueltas y las denuncias contra los moriscos que habían logrado burlar la expulsión y esconderse eran constantes. Muerte, esclavitud, galeras o trabajo en las minas de Almadén, tales eran las penas que se imponían a los moriscos capturados. ¡No podía arriesgar la vida de sus hijos! Pero Muqla era diferente. Mostraba el mismo color de sus ojos, el legado del cristiano que violentó a su madre, el símbolo de la misma injusticia que impelió a los alpujarreños a alzarse en armas.

Hernando resopló, apoyó la larga vara en el suelo y se detuvo. Inconscientemente, fue a llevarse una mano a sus doloridos riñones, pero se dio cuenta a tiempo de que Rafaela le observaba y se reprimió.

—Descansa un rato —le aconsejó su esposa por enésima vez, sin dejar de doblar la espalda para recoger las aceitunas del suelo e introducirlas en un gran cesto.

Hernando apretó los labios y negó con la cabeza, pero se permitió observar a sus hijos durante unos instantes: Amin, que para el pueblo volvía a ser Juan, saltaba de una rama a otra del olivo. Reptaba por los troncos torcidos de los árboles para alcanzar aquellas aceitunas que se resistían a los golpes de la vara, igual que de niño hacía él con el viejo olivo que resistía al frío en uno de los bancales de Juviles; los otros cuatro ayudaban a su madre recogiendo la aceituna ya madura caída, o la que caía como resultado del vareo. Su hijo mayor tenía ya quince años y manejaba el largo palo con habilidad, pero si era Amin quien vareaba el árbol para que se desprendieran las aceitunas tardías, ¿qué le quedaba a él? No podía subirse al árbol con casi sesenta años.

Volvió a alzar la vara para golpear las ramas del olivo. Rafaela lo vio y negó con la cabeza.

—¡Terco! —gritó.

Hernando sonrió para sí tras dar un nuevo golpe. ¡Lo era! Pero debían recoger la aceituna. Igual que a muchas otras familias de aquellas tierras, les esperaban decenas de árboles alineados en lo que se les presentaba como una extensión interminable, y cuanto antes se llevase la aceituna a la almazara, mejor aceite se obtendría y mayores jornales ganarían ellos.

Al atardecer, agotados, se dirigieron a su hogar, un ruinoso y minúsculo edificio de dos plantas, que junto a otros cinco igual de destartalados, componían la pequeña alquería alejada del pueblo de Campotéjar.

Allí vivían desde que se habían trasladado, y trabajaban los campos por míseros jornales que les daban para alimentar a sus cinco hijos a duras penas. A menudo pasaban hambre, como todos los que se dedicaban a la tierra, pero estaban juntos, y eso les daba fuerzas.

Los domingos y fiestas de guardar acudían a misa en Campotéjar, donde se mostraban más piadosos que cualquiera de los vecinos. Desde 1610, el arzobispo de Castro, exacerbado defensor de los plomos del Sacromonte, había dejado la sede granadina para ocupar la hispalense. Desde Sevilla, a costa de su enorme patrimonio personal, continuaba con su labor de traducción de láminas y plomos y con la construcción de la colegiata sobre las cuevas, pero también se convirtió en el mayor impulsor del concepcionismo, haciendo de la pureza de la Virgen María la bandera de su episcopado. Las doctrinas acerca de la Inmaculada Concepción se transmitieron por toda España llegando a los rincones más recónditos y a las parroquias más pequeñas, como la de Campotéjar. Hernando y Rafaela escuchaban las apasionadas homilías sobre María, la misma Maryam a la que el Profeta había señalado como la mujer más importante en los cielos y a la que el Corán y la Suna reconocían idénticas virtudes que las que ahora se ensalzaban en las iglesias cristianas. Hernando y Rafaela, cada cual desde su propia fe, se unían alrededor de ella, él con respeto, ella con devoción.

A menudo, en aquellas ocasiones, se buscaban con la mirada, hombres y mujeres separados en el interior de la iglesia, y cuando lograban encontrarse se hablaban en silencio. La Virgen María se alzaba como el punto de unión en sus respectivas creencias, tal y como sugerían aquellos plomos que tan pobres resultados habían dado. ¿Cómo, si no fue por su intercesión —había llegado a comentar ella en la intimidad de las noches—, podían haber escapado un morisco y una cristiana de Sevilla? ¿Cómo, si no era gracias a la intercesión de María ante Dios, podía Él permitir la felicidad de un matrimonio entre un seguidor del Profeta y una devota cristiana?

Porque en esos días de asueto en el pueblo, cuando Hernando veía algún caballo, por rucio que pudiera ser, Rafaela se estremecía al comprobar que entornaba los párpados con nostalgia. Entonces la mujer se preguntaba si habría hecho bien en tomar la decisión de huir con él, si no le habría condenado a una vida estéril y simple, alejada de sus estudios y proyectos, aburrida y miserable.

Sin embargo, indefectiblemente, en aquellos días de fiesta obligada, su esposo le demostraba que no había errado en su decisión. Jugaba con los pequeños Musa y Salma, los abrazaba y los besaba con ternura. A escondidas, en el campo, trataba de enseñarles los números y la aritmética y todo cuanto se podía sin papel o tablillas. Pero ellos se cansaban pronto de unas lecciones que de nada podían servirles y le exigían sentarse para escuchar alguna historia de boca de Miguel. Luego, por la noche, en casa, los dos esposos charlaban de sus hijos, del futuro de Amin y Laila, que ya eran casi adultos, de los campos, de la vida y de mil cosas más, antes de entrar en el pequeño cuarto que compartían donde, con ternura y cariño, hacían el amor.

En una de las jornadas de duro trabajo se levantaron al alba para continuar con la recogida de la aceituna. Hernando tuvo que zarandear a sus hijos, que dormían juntos y encogidos en uno de los jergones, para que despertasen. Después de un desayuno frugal, partieron al campo, en brumas, a la espera de que el calor del sol las levantase. Trabajaron en silencio. Rafaela estaba preocupada: a pesar de sus deseos, su cuerpo le indicaba que había vuelto a quedar encinta. ¿Cómo iba a traer a otro hijo a aquel mundo de pobreza y sufrimiento?

A media mañana hicieron un alto para almorzar. Fue entonces

cuando Román, un anciano impedido que siempre quedaba en la alquería, apareció en la distancia, andando lentamente con la ayuda de su tosco bastón. Desde allí, con el bastón, señaló a Hernando y su familia a dos caballeros que le seguían.

—Don Pedro —anunció Miguel, sorprendido, con la mirada puesta en los caballeros.

—¿Quién le acompaña? —preguntó Rafaela con la inquietud en el rostro.

—Tranquilízate, don Pedro no nos jugaría una mala pasada —dijo su esposo, pero en su voz había una nota de temor.

Los dos caballeros se dirigían hacia ellos a medio galope.

Hernando se levantó y, por si acaso, se adelantó unos pasos para recibirlos. La sonrisa que vislumbró en los labios del noble le tranquilizó; entonces hizo un gesto a Rafaela para que también se acercase.

—Buen día —saludó don Pedro saltando del caballo.

—La paz —contestó Hernando observando al acompañante del noble, de mediana edad, bien vestido aunque no al uso español, de barba cuidadosamente recortada y mirada penetrante—. ¿Vienes a vigilar tus tierras? —Sonrió alargando la mano hacia don Pedro de Granada.

—No —contestó éste aceptando el saludo y apretando con fuerza. La sonrisa con la que había llegado se amplió. Rafaela se arrimó a su esposo mientras Miguel trataba de mantener a los niños alejados—. Traigo buenas noticias.

Don Pedro rebuscó entre sus ropas y extrajo un documento que le entregó con solemnidad.

—¿No lo abres? —inquirió al comprobar que su amigo permanecía con él en la mano.

Hernando miró el documento. Estaba lacrado. Examinó el sello. Se trataba del escudo real. Dudó. Tembló. ¿De qué se trataría?

—¡Ábrelo! —le instó Rafaela.

Miguel no pudo resistir la curiosidad y se desplazó hasta él con dificultad; las muletas se hundían en la tierra. Los niños le siguieron.

—Abridlo, padre. —Hernando se volvió hacia su hijo mayor, asintió y rompió el sello.

Luego empezó a leer el documento en voz alta:

—«Don Felipe, por la gracia de Dios rey de Castilla, de León, de Aragón, de las dos Sicilias, de Jerusalén, de Portugal, de Navarra, de Toledo, de Valencia, de Galicia, de Mallorca… —inconscientemente, fue bajando la voz hasta convertirla en un murmullo, mientras enumeraba los títulos de Felipe III— … archiduque de Austria… duque de Borgoña…» —Al fin continuó leyendo en silencio.

Nadie se atrevió a interrumpirle. Rafaela, con las manos fuertemente entrelazadas, intentaba adivinar el contenido a través del casi inapreciable movimiento de los labios de su esposo.

—El rey… —anunció emocionado al poner fin a la lectura—, el rey, personalmente, nos excluye del bando de expulsión, a nosotros, Hernando Ruiz de Juviles y sus hijos. Nos reconoce como cristianos viejos y nos devuelve todas las propiedades que nos fueron requisadas.

Rafaela sollozó en una mezcla irrefrenable de risa y llanto.

—¿Y Gil? ¿Y el duque? —acertó a decir.

Hernando volvió a leer, esta vez en voz alta, con energía:

—«Así lo ordenamos por el rey nuestro señor a los grandes, prelados, titulados, barones, caballeros, justicias, jurados, de las ciudades, villas y otros lugares, bailes, gobernadores y otros cualesquiera ministros de Su Majestad, ciudadanos y vecinos particulares de nuestros reinos.»

Le enseñó la carta. Rafaela no podía contener el llanto. Hernando abrió los brazos y la mujer se refugió en ellos.

—Tu nuevo hijo nacerá en Córdoba —sollozó entonces Rafaela al oído de su esposo.

—¿Cómo se ha conseguido esto? —había preguntado Hernando.

Don Pedro le indicó que se separasen y mientras los tres paseaban entre los olivares le presentó a su acompañante: André de Ronsard, miembro de la embajada francesa en la corte española.

—El caballero De Ronsard trae otra carta.

Los tres hombres se detuvieron a la sombra de un viejo olivo de troncos retorcidos. El francés rebuscó entre sus ropas y le entregó un segundo escrito.

—Es de Ahmed I, sultán de Constantinopla —anunció. Hernando le interrogó con la mirada y el francés se explicó—: Como ya debes saber, a raíz de la expulsión de vuestro pueblo, fueron muchos los musulmanes que pasaron a Francia. Desgraciadamente, nuestras gentes les robaron, les maltrataron y hasta dieron muerte a muchos de ellos. Todos esos desmanes llegaron a oídos del sultán Ahmed, que de inmediato remitió un embajador especial a la corte francesa para que intercediese ante el rey a favor de los deportados. Agí Ibrahim, que así se llama el embajador, consiguió sus propósitos, pero estando en nuestro país también recibió otro encargo que nos hizo llegar a la embajada francesa en España: conseguir vuestro perdón y el de vuestra familia… costara el dinero que costase. Y ha costado mucho, os lo puedo asegurar. —Hernando esperó más explicaciones—. No sé más —se excusó Ronsard—, simplemente me ordenaron que cuando consiguiéramos nuestro objetivo buscásemos a don Pedro de Granada Venegas; que probablemente él sabría de vos por el asunto de los plomos. Sólo me encargaron que le acompañase para entregaros la carta del sultán.

Hernando abrió la carta. La grafía árabe, pulcra y coloreada, estilizada, escrita por mano experta, le produjo un escalofrío. Luego empezó a leer en silencio. Fátima había viajado a Constantinopla, como se proponía, y allí había hecho entrega del evangelio al propio sultán. Ahmed I le felicitaba por la defensa del islam y le agradecía el haberle enviado el evangelio de Bernabé pero, sobre todo, le mostraba su gratitud por haber mantenido vivo el espíritu del islam en la mezquita de Córdoba, rezando ante su *mihrab*. ¿Quién a lo largo del mundo musulmán no había oído hablar de ella?

El sultán, rezaba la carta, estaba construyendo en Constantinopla la mayor de las mezquitas en honor de Alá y de su Profeta. Tendría seis altos minaretes y una inmensa cúpula, y estaría revestida por un mosaico compuesto por millares de piezas azules y verdes, pero aun así, reconocía, por más preciosa que pudiera ser, nunca llegaría a la altura del símbolo de la victoria sobre los reinos cristianos de poniente.

Es mi deseo y el de todos los musulmanes —proseguía el sultán— que continúes ensalzando y alabando al «Creador sin par» entre los muros de la que fue la mayor mezquita de Occidente; que, aunque sea en susurros, sigan escuchándose de tu boca las plegarias al único Dios, y que cuando faltes tú, lo hagan tus hijos y los hijos de tus hijos. Que vuestras oraciones se confundan con el eco de los murmullos de los miles de nuestros hermanos que lo hicieron en ella, para que el día que Dios disponga, a través de ti y de tu familia, se una el pasado y ese presente que con ayuda del Todopoderoso, sin duda llegará.

Los doctores en la religión consideran imprescindible encontrar el original del evangelio que el copista dice haber escondido en tiempos de al-Mansur. Ojalá pudiéramos hallarlo. Daríamos cualquier cosa por obtenerlo, ya que los cristianos nunca admitirán una copia.

Tu esposa te desea todos los parabienes y te anima a que continúes con la lucha que iniciasteis juntos. Nosotros cuidaremos de ella hasta que la muerte os una de nuevo.

¡Fátima! ¡Le había perdonado!

Las risas de sus hijos, algo más allá, le distrajeron. Los miró: corrían y jugaban entre los olivos, animados por los gritos de Miguel, bajo la mirada sonriente de su esposa. Sí, su familia era su gran logro…, suspiró Hernando. ¿Por qué no había sido posible esa convivencia entre ambos pueblos? Entonces vio a Muqla, que permanecía algo apartado: quieto, serio, atento a él. Todos eran sus hijos, pero aquél era el heredero del espíritu labrado a lo largo de ocho siglos de historia musulmana en aquellas tierras, aquél sería quien continuaría con su obra.

De repente, Rafaela se dio cuenta de la afinidad entre padre e hijo y, como si supiera lo que pasaba por la cabeza de su esposo, se acercó a Muqla, se situó a sus espaldas y apoyó las manos sobre sus hombros. El pequeño buscó el contacto con su madre y entrelazó sus dedos con los de ella.

Hernando contempló con cariño a su familia y luego elevó la mirada por encima de las copas de los olivos. El sol estaba en lo alto, y por un instante, sobre el nítido cielo, las nubes dibujaron para él una blanca e inmensa mano de Fátima que parecía protegerlos a todos.

Nota del autor

La historia de la comunidad morisca, desde la toma de Granada por los Reyes Católicos hasta su expulsión definitiva, de la que se cumple el cuarto centenario en el año 2009, es la de uno de los numerosos episodios de xenofobia que ha producido la historia de España. Valgan también como ejemplo los ataques de Almanzor contra hebreos y cristianos y la conocida expulsión de los judíos españoles por los Reyes Católicos. Las capitulaciones para la rendición de Granada establecían unas condiciones muy generosas para los musulmanes, que podrían conservar su lengua, religión, costumbres, propiedades y autoridades; pero ocho años después, el cardenal Cisneros impuso la cristianización forzosa de los moriscos, así como la eliminación de su cultura, el establecimiento de nuevos y gravosos impuestos y la supresión de su autonomía administrativa. Los llamados cristianos nuevos se convirtieron en personas explotadas y al tiempo odiadas, y sus antiguos derechos, fueron drásticamente restringidos.

La sublevación morisca de las Alpujarras, tierra de orografía quebrada y gran belleza, fue consecuencia del irreversible deterioro de la situación de este pueblo, y es conocida a través de los detallados relatos de los cronistas Luis de Mármol Carvajal (*Historia del rebelión y castigo de los moriscos del reino de Granada*) y Diego Hurtado de Mendoza (*Guerra de Granada hecha por el Rey de España Don Felipe II contra los moriscos de aquel reino, sus rebeldes: historia escrita en cuatro libros*). Se trató de una guerra que ambos bandos llevaron a cabo con suma crueldad, aunque los desafueros de los moriscos se conocen mejor debido a la parcialidad de los cronistas cristianos. A pesar de ello, una de las pocas voces que se alzó para explicar, que no excusar, los excesos fue la del embajador español en París el cual, en la carta al rey que se cita en la página 20, expuso que todo un pueblo se quejaba de que sus mujeres eran violadas por el cura y de que los niños nacían con el estigma de los ojos azules del sacerdote, como es el caso del protagonista de esta novela. Pero atrocidades también se cometieron en el bando cristiano. Las matanzas, con el pueblo de Galera como exponente máximo, la esclavización de los vencidos y la rapiña fueron moneda común. Por eso cabría dar crédito a aquellos sucesos que, como la muerte de más de mil mujeres y niños en la plaza de Juviles y la venta de otros tantos seres de ambos grupos en almoneda pública en Granada, aparecen relatados en estas crónicas.

Estas carnicerías fueron perpetradas por unas tropas compuestas por soldados y mandos que no formaban parte de cuerpos regulares y cuyo único objetivo parecía ser el enriquecimiento personal. En las crónicas aparecen constantes episodios en los que el botín y su reparto, la ambición como única estrategia o la deserción de hombres ya satisfechos con lo que habían logrado ocupan un lugar prominente.

Junto a ello, también he tratado de proporcionar en mi novela una imagen de los conflictos y condiciones de vida del campo insurrecto hasta que los moriscos, abandonados a su suerte por argelinos y turcos —como lo habían sido y lo seguirían siendo—, fueron vencidos por los tercios españoles. El consumo de hachís para enardecer el espíritu guerrero, el uso del acónito como veneno en las flechas, la caída en desgracia de Aben Humeya a causa de su afición por las mujeres, la actitud soberbia del cuerpo de jenízaros que se envió desde Argel, los corsarios y la inclinación de algunos de ellos hacia los muchachos... aparecen en los relatos de los cronistas de la época. También en la obra *Mahoma* de Juan Vernet se apunta que, según costumbre árabe, algunas de las espadas del Profeta llegaron hasta al-Andalus, como recoge mi novela.

El levantamiento de las Alpujarras terminó con la deportación de los moriscos granadinos a otros reinos de España. En el caso de los que fueron llevados a Córdoba, como los protagonistas de la novela, este éxodo ocasionó la muerte a lo largo del camino de cerca de una séptima parte de los expulsados, como desvela el trabajo *Los moriscos en tierras de Córdoba* de Juan Aranda Doncel.

La derrota, la dispersión de los moriscos, las leyes discriminatorias, que por otra parte hacían vanos los intentos de asimilación, no pudieron resolver el problema. Son muchos los memoriales y dictámenes de la época que lo ponen de manifiesto, y que proponían «soluciones finales» ciertamente terroríficas. En consecuencia, también fueron muchas las conspiraciones, todas fracasadas. Fue particularmente grave la de Toga, que narra la novela y que se frustró a causa de los documentos que el rey de Inglaterra remitió al de España tras la muerte de Isabel I y el tratado de amistad angloespañol. El historiador Henry Charles Lea, en su obra *Los moriscos españoles; su conversión y expulsión*, afirma que los ciento veinte mil ducados que se comprometió a entregar en aquella ocasión la comunidad morisca para asegurarse el apoyo del rey de Francia a la insurrección efectivamente llegaron a pagarse en Pau; aunque Domínguez Ortiz y Bernard Vincent, en su *Historia de los moriscos; vida y tragedia de una minoría*, sostienen que no llegaron a satisfacerse; pero el pago o el compromiso de realizarlo parece cierto. Por razones de trama, me he inclinado por el pago, estableciendo éste, ficticiamente, a través de los beneficios obtenidos de la falsificación de moneda, una verdadera lacra económica que se produjo sobre todo en el reino de Valencia, cuya tabla municipal quebró en 1613 y hubo que proceder a la retirada de la circulación de centenares de miles de ducados en moneda falsa. De esa falsificación se acusó directamente a los moriscos. Hubo varios berberiscos presentes en Toga, pero la ayuda no debía venir de Argel o de la Sublime Puerta, sino de los propios cristianos.

Los sufrimientos que vivieron los niños, y me refiero ahora a los moriscos, inocentes víctimas de la tragedia de su pueblo, merecería un estudio a fondo. Para ello, las referencias son abundantes; en primer lugar, consta la esclavitud a la que fueron sometidos los menores de once años pese a las disposiciones reales durante la guerra de las Alpujarras; cuesta, no obstante, desde nuestra visión actual, considerar adultos a todos los mayores de dicha edad. Posteriormente, en segundo lugar, una vez finalizada la guerra, la entrega de los hijos de los moriscos deportados a familias cristianas; existen documentos que dan fe de algunos procedimientos judiciales tramitados a instancias de esos mismos niños, una vez alcanzada la edad necesaria, con el fin de recuperar su libertad. En tercer lugar, se produjo una nueva esclavización de niños tras las rebeliones de las sierras valencianas (Val de Aguar y Muela de Cortes). Por último, hay documentación sobre los menores de seis años que fueron retenidos en España cuando se produjo la expulsión definitiva. Se cuenta que, ya ordenada esa drástica medida, algunas familias lograron pasarlos a Francia (la prohibición era trasladarlos a Berbería) y que algunas otras burlaron la orden real embarcando en naves con destino a países cristianos para después variar el rumbo hacia las costas africanas. En la novela se cita que algunos centenares de niños fueron retenidos en Sevilla. En Valencia, cerca de un millar fueron puestos a cargo de la Iglesia, y la propia esposa del virrey, a través de sus criados, raptó a un número indeterminado de criaturas, de las que cuidó para evitar su caída en manos de Satanás, como hubiera sucedido de ser llevados a «tierras de moros».

Tras la expulsión, los moriscos del pueblo de Hornachos, una comunidad beligerante y cerrada, se asentaron y llegaron a dominar la villa corsaria de Salé, al lado de Rabat. En 1631 negociaban con el rey de España la entrega de esa plaza, bajo unas condiciones entre las que se incluía la de que les devolvieran aquellos hijos que les habían robado. Reino a reino, pueblo a pueblo, existen numerosos ejemplos de comunidades a las que les fueron arrebatados sus hijos menores.

Por lo que respecta al número de moriscos expulsados de España, las cifras son tan dispares que sería realmente farragoso citar los autores que defienden unas u otras. Quizá, siguiendo a Domínguez y Vincent, la más correcta sea la de aproximadamente trescientas mil personas. Por otra parte, la mayoría de los autores que han estudiado el tema morisco (Janer, Lea, Domínguez y Vincent, Caro Baroja…) reseñan las matanzas que se produjeron a la llegada de los deportados a Berbería. Alguno de ellos afirma que cerca de un tercio de los deportados valencianos fueron asesinados a su llegada a aquellas tierras, siguiendo en eso al cronista de Felipe III, Luis Cabrera de Córdoba, en sus *Relaciones de las cosas sucedidas en la corte de España desde 1599 hasta 1614*: «… y están tan escandalizados [los moriscos] del mal tratamiento y daño que han recibido los de Valencia en Berbería, habiéndose muerto más de las tres partes de los que fueron, que muy pocos se inclinaban a pasar allá». Mientras tanto, el rey Felipe festejaba la operación y regalaba cien mil ducados de bienes moriscos al duque de Lerma con ocasión del matrimonio del valido con la condesa de Valencia.

Tras la primera expulsión, se sucedieron una serie de edictos que insistían en la deportación de los que pudieran haberse quedado o regresado a España, o permitiendo y premiando el asesinato o la esclavitud a voluntad de quien los hallase. Debe tenerse en cuenta, por otra parte, que los diferentes edictos de expulsión de cada uno de los reinos españoles diferían entre sí, aunque en el fondo tales diferencias fueran mínimas. A efectos de la novela me he basado en el primer edicto que se promulgó, el del reino de Valencia.

Entre las excepciones, es particularmente curiosa la de la ciudad de Córdoba que, mediante acuerdo de su cabildo municipal de 29 de enero de 1610, suplicó al rey que concediera licencia para que se quedaran en la ciudad dos freneros moriscos viejos y sin hijos, «por el bien que resultará y al ejercicio de la jineta della». No tengo constancia de que, salvo esos dos viejos moriscos que debían seguir atendiendo a los caballos, se solicitase ninguna otra excepción; tampoco me consta la respuesta de Su Majestad a esa súplica.

En el año 1682, tras hacerse con ellos a la muerte del arzobispo don Pedro de Castro, el papa Inocencio XI declaró falsos los Libros Plúmbeos del Sacromonte y el pergamino de la Torre Turpiana. Sin embargo, nada dijo el Vaticano acerca de las reliquias, calificadas de auténticas por la Iglesia granadina en el año 1600 y que han continuado siendo veneradas hasta la fecha. Es una situación similar a la que vivió el protagonista de esta novela: los documentos —aunque fueran en plomo— que acreditaban que tal o cual hueso o ceniza correspondían a un mártir determinado fueron declarados falsos por el Vaticano; pero las reliquias, cuya credibilidad se basaba precisamente en esos documentos —¿por qué si no unas cenizas halladas en una mina abandonada de un monte podían atribuirse a san Cecilio o a san Tesifón?— se siguieron considerando auténticas de acuerdo con la Iglesia granadina.

Hoy, la mayoría de los investigadores se hallan contestes en que los Libros Plúmbeos y el pergamino de la Turpiana fueron falsificados por los moriscos españoles, en un desesperado intento de sincretismo entre ambas religiones para hallar lazos comunes que efectivamente pudieran cambiar la percepción que tenían los cristianos de los musulmanes, sin renunciar a los dogmas de su fe.

También existe casi unanimidad en considerar impulsores de la fabulación a los médicos y traductores oficiales del árabe Alonso del Castillo y Miguel de Luna, que escribió una *Verdadera historia del rey Rodrigo* en la que ofrecía una visión favorable de la invasión árabe de la península y de la convivencia entre cristianos y musulmanes. La intervención de Hernando Ruiz en todo ello es ficticia; no así la de don Pedro de Granada Venegas, citado en algunos estudios, quien terminó sustituyendo su emblema nobiliario, ese victorioso «Lagaleblila» —*wa la galib ilallah*— nazarí, por el cristiano «*Servire Deo, regnare est*». En 1608, poco antes de la expulsión, vio la luz el libro escrito por el licenciado Pedraza, *Antigüedad y excelencias de Granada*, en el que se ensalza la conversión del príncipe musulmán y antecesor de don Pedro, Cidiyaya, a raíz de la milagrosa aparición de una cruz en el aire frente a él. Muchos fueron los nobles musulmanes que, al igual que los Venegas y de una forma u otra, lograron integrarse en la sociedad cristiana.

La conexión entre los Libros Plúmbeos y el evangelio de Bernabé, tesis sostenida por Luis F. Bernabé Pons en *Los mecanismos de una resistencia: los Libros Plúmbeos del Sacromonte y el Evangelio de Bernabé* y *El Evangelio de san Bernabé. Un evangelio islámico español*, se origina con el hallazgo en 1976 de una transcripción parcial efectuada en el siglo XVIII del supuesto original, en español, del que ya se tenían ciertas referencias escritas, sobre todo tunecinas; dicha copia se conserva en la Universidad de Sidney. Esta moderna teoría, sin embargo, podría poner en entredicho el exclusivo objetivo de sincretismo entre las religiones cristiana y musulmana que se imputa a los Libros Plúmbeos. Parece lógico pensar que los autores del Libro Mudo de la Virgen, cuyo contenido, según su prólogo y otro de los libros, éste sí legible, sería dado a conocer por un rey de los árabes, preveían la aparición de un nuevo escrito, aunque no existe constancia de que llegara a suceder. Si este nuevo escrito era o no el evangelio de Bernabé, cuyas semejanzas con los Plúmbeos son notables, no deja de ser una hipótesis. Lo que no es hipótesis, sino fruto exclusivo de la imaginación del autor, es la relación entre el evangelio y ese ficticio ejemplar que se libró de la quema de la magnífica biblioteca califal de Córdoba ordenada por el caudillo Almanzor, hecho que desgraciadamente sí fue cierto, como tantas otras bárbaras hogueras de triste recuerdo en la historia de la humanidad en las que el conocimiento se convierte en objeto de la ira de los fanáticos.

Por otra parte, también es cierto que se realizaron estudios sobre los mártires cristianos de las Alpujarras, si bien en fecha posterior a la que se consigna en la novela: la primera actuación de la que se tiene constancia, a través de unas informaciones efectuadas por el arzobispo Pedro de Castro, data del año 1600. En las actas de Ugíjar (1668), que recogen la mayor parte de las matanzas de cristianos acaecidas en las Alpujarras, aparece citado un niño llamado Gonzalico, el cual calificó de «lindo» su sacrificio por Dios antes de ser martirizado. La acción de extraerle el corazón por la espalda que se describe en la novela es reiteradamente citada por Mármol en sus crónicas como muestra de la crueldad de los moriscos con sus víctimas cristianas.

Córdoba es una ciudad maravillosa, razón por la que posee la extensión urbana más importante de Europa declarada Patrimonio

Histórico de la Humanidad por la Unesco. En algunos lugares se puede dejar volar la imaginación para revivir la esplendorosa época del califato musulmán. Uno de ellos, qué duda cabe, lo constituye la mezquita-catedral. No se puede asegurar con certeza que el emperador Carlos I pronunciara esas palabras que se le atribuyen cuando contempló las obras que él mismo había autorizado en su interior: «Yo no sabía qué era esto, pues no hubiera permitido que se llegase a lo antiguo, porque hacéis lo que puede haber en otras partes y habéis deshecho lo que era singular en el mundo». La verdad es que la catedral, tal y como fue concebida a través de los diferentes proyectos con la consecuencia de quedar embutida en el bosque de columnas de la antigua mezquita, es una obra de arte. Ciertamente, se cegó la luz del templo musulmán, se quebró su linealidad y se cercenó su espíritu pero, con todo, ahí está buena parte de la fábrica califal. ¿Por qué no se arrasó, al igual que sucedió con muchas otras mezquitas, para alzar sobre su solar una nueva catedral cristiana? Quizá, dejando de lado posibles intereses de los veinticuatros y la nobleza, valga la pena recordar la sentencia de muerte que dictó el cabildo municipal contra los que osasen trabajar en las nuevas obras de la catedral.

En el alcázar de los reyes cristianos todavía se pueden ver las ruinas y las marcas en el suelo de las antiguas celdas de la Inquisición rodeando uno de los patios; a su lado está otro de los edificios que puede trasladar al visitante a aquellas épocas: las caballerizas reales, en las que Felipe II decidió crear, y lo consiguió, una nueva raza de caballos cortesanos, una raza que hoy enaltece y caracteriza la ganadería equina de este país.

La mano de Fátima (*al-hamsa*) es un amuleto en forma de mano con cinco dedos, que, al decir de algunas teorías, representan los cinco pilares de la fe: la declaración de fe (*shahada*); la oración cinco veces al día (*salat*); la limosna legal (*zakat*); el ayuno (Ramadán) y la peregrinación a La Meca al menos una vez en la vida (*hach*). Sin embargo, este amuleto también aparece en la tradición judía. No es momento ni lugar para entrar a considerar sus verdaderos orígenes y mucho menos para discutir la funcionalidad de los amuletos. Los estudios insisten reiteradamente en que no sólo los moriscos, sino la sociedad de la época, utilizaba amuletos y creía en todo tipo de hechicerías y sortilegios. Ya en 1526, la Junta de la Capilla Real de Granada hizo referencia a las «manos de Fátima», prohibiendo a los plateros que las labraran y a los moriscos que las utilizasen; similares preceptos fueron establecidos en el sínodo de Guadix de 1554. Hay numerosos ejemplos de «manos de Fátima» en la arquitectura musulmana, pero quizá el más representativo, dentro del marco de esta novela, sea el de la mano con los cinco dedos extendidos, cincelada en la piedra de clave del primer arco de la Puerta de la Justicia que da acceso a la Alhambra de Granada y que data de 1348. Así pues, el primer símbolo con el que se encuentra el visitante de ese maravilloso monumento granadino no es otro que una mano de Fátima.

No podría terminar estas líneas sin expresar mi agradecimiento a cuantos, de una u otra forma, me han ayudado y aconsejado en la escritura de esta novela, en especial a mi editora, Ana Liarás, cuya implicación personal, consejos y trabajo han tenido un valor incalculable, reconocimiento que hago extensivo a todo el personal de Random House Mondadori. Mi gratitud, desde luego, a mi primera lectora: mi esposa, incansable compañera, y a mis cuatro hijos, que se empeñan en recordarme con tenacidad que hay muchas cosas más allá del trabajo, y a quienes dedico este libro en homenaje a todos esos niños que sufrieron y desgraciadamente todavía sufren las consecuencias de un mundo cuyos problemas somos incapaces de resolver.

Barcelona, diciembre de 2008

"Un relato que se lee con la misma avidez que se ha escrito y que uno quisiera prolongar aun sabiendo que ha terminado. Un relato de maravillas". —La Vanguardia

Disponible en su librería favorita en octubre de 2009

LA CATEDRAL DEL MAR
de Ildefonso Falcones

Siglo XIV. La ciudad de Barcelona se encuentra en su momento de mayor prosperidad; ha crecido hacia la Ribera, el humilde barrio de los pescadores, cuyos habitantes deciden construir, con el dinero de unos y el esfuerzo de otros, el mayor templo mariano jamás conocido hasta entonces: Santa María de la Mar. Una construcción que es paralela a la azarosa historia de Arnau, un siervo de la tierra que huye de los abusos de su señor feudal y se refugia en Barcelona, donde se convierte en ciudadano y, con ello, en hombre libre. El joven Arnau trabaja como palafrenero, estibador, soldado y cambista. Una vida extenuante, siempre al amparo de la catedral de la mar, que le llevará de la miseria del fugitivo a la nobleza y la riqueza. Pero con esta posición privilegiada también le llega la envidia de sus pares, que urden una sórdida conjura que pone su vida en manos de la Inquisición. *La catedral del mar* es una trama en la que se entrecruzan lealtad y venganza, traición y amor, guerra y peste, en un mundo marcado por la intolerancia religiosa, la ambición material y la segregación social.

Ficción/978-0-307-47473-5

"El talento narrativo de Ruiz Zafón arrasa". —El Mundo

LA SOMBRA DEL VIENTO
de Carlos Ruiz Zafón

Un amanecer de 1945, un muchacho es conducido por su padre a un misterioso lugar oculto en el corazón de la ciudad vieja: el Cementerio de los Libros Olvidados. Allí encuentra *La Sombra del Viento*, un libro maldito que cambiará el rumbo de su vida y le arrastrará a un laberinto de intrigas y secretos enterrados en el alma oscura de la ciudad. Ambientada en la enigmática Barcelona del siglo XX, este misterio literario mezcla técnicas de relato de intriga, de novela histórica y de comedia de costumbres, pero es, sobre todo, una tragedia histórica de amor cuyo eco se proyecta a través del tiempo. Con gran fuerza narrativa, el autor entrelaza tramas y enigmas a modo de muñecas rusas en un inolvidable relato sobre los secretos del corazón y la magia de los libros, manteniendo la intriga hasta la última página.

Ficción/978-0-307-47259-5

EL JUEGO DEL ÁNGEL
de Carlos Ruiz Zafón

En la turbulenta Barcelona de los años 20, un joven escritor obsesionado con un amor imposible recibe la oferta de un misterioso editor para escribir un libro como no ha existido nunca, a cambio de una fortuna y, tal vez, mucho más. Con un estilo deslumbrante e impecable, Zafón nos transporta de nuevo a la Barcelona del Cementerio de los Libros Olvidados para ofrecernos una gran aventura de intriga, romance y tragedia, a través de un laberinto de traición y secretos donde el embrujo de los libros, la pasión y la amistad se conjugan en un relato magistral.

Ficción/Tapa blanda/978-0-307-45537-6
Ficción/Tapa dura/978-0-307-45536-9

VINTAGE ESPAÑOL
Disponible en su librería favorita, o visite
www.grupodelectura.com